KNAUR

Im Knaur Taschenbuch Verlag sind bereits folgende Bücher der Autorin erschienen:

Die Wundärztin
Hexengold
Bernsteinerbe
Gold und Stein

Über die Autorin:
Heidi Rehn wurde 1966 in Koblenz/Rhein geboren und wuchs in einer Kleinstadt am Mittelrhein auf. Zum Studium der Germanistik, Geschichte, BWL und Kommunikationswissenschaften kam sie nach München. Nach dem Magisterexamen war sie zunächst als Dozentin an der Ludwig-Maximilians-Universität München tätig, anschließend war sie PR-Beraterin in einer Agentur. Seit mehr als zehn Jahren arbeitet sie als freie Journalistin und Autorin. Zusammen mit ihrer Familie lebt sie mitten in München.

HEIDI REHN

Die Wundärztin

Bernsteinerbe

Zwei Romane in einem Band

KNAUR

Die Wundärztin:
Dieser Titel erschien bereits unter der Bandnummer 50537.
Bernsteinerbe:
Dieser Titel erschien bereits unter der Bandnummer 50732.

Besuchen Sie uns im Internet:
www.knaur.de

FSC
www.fsc.org
MIX
Papier aus verantwortungsvollen Quellen
FSC® C083411

Einmalige Sonderausgabe Juni 2014
Knaur Taschenbuch

Die Wundärztin:
Originalausgabe April 2010 Knaur Taschenbuch

Ein Unternehmen der Droemerschen Verlagsanstalt
Th. Knaur Nachf. GmbH & Co. KG, München
Bernsteinerbe:
Originalausgabe Juni 2012 Knaur Taschenbuch

Ein Unternehmen der Droemerschen Verlagsanstalt
Th. Knaur Nachf. GmbH & Co. KG, München

Redaktion: Regine Weisbrod
Umschlaggestaltung: ZERO Werbeagentur, München
Umschlagabbildung: © Stephen Mulcahey / Arcangel Images
Satz: Adobe InDesign im Verlag
Druck und Bindung: CPI books GmbH, Leck
ISBN 978-3-426-51685-0

2 4 5 3 1

Die Wundärztin

Warum verlieben sich Frauen immer wieder in Männer, die das Schicksal ihnen nicht bestimmt hat, so daß diesen nur die Wahl bleibt, wider das eigene Wesen zu handeln oder sie zu hassen?

MARGUERITE YOURCENAR (1903–1987)

Für Lilli und Beatrix

50 km
N
W
O
S
TEUTOBURGER WALD
Weser
Leine
Magdeburg
HARZ
Halle
Köln
Rhein
Weimar
Marburg
Amöneburg
THÜRINGER WALD
Werra
Fulda
RHÖN
WESTERWALD
Lahn
VOGELS-
BERG
TAUNUS
Mosel
Frankfurt
Main
SPESSART
Königsberg
HASS-
BERGE
ODEN-
WALD
Haßfurt
Bamberg
Würzburg
STEIGER-
WALD
Tauber
Ochsenfurt
Rothenburg
Nürnberg
PFÄLZER-
WALD
Ansbach
Neckar
Regensburg
SCHWÄBISCHE ALB
Donau
Strasbourg
SCHWARZWALD
VOGESEN
Tübingen
Ulm
Augsburg
Landsberg
München
Freiburg
Memmingen
Konstanz
Lech
Basel
Zürich
Innsbruck
Inn
Meran

Prolog

MAGDEBURG

Ende Mai 1631

Für einen Moment wurde es totenstill in dem schmalen Hof. Mitten im Zank hielten die beiden Mädchen inne. Der eben noch straff gespannte Stoff schlackerte schlaff in ihren Händen. Ein Ruck würde genügen, ihn der anderen zu entreißen. Keine von beiden aber wagte, sich zu rühren. Stocksteif standen sie einander gegenüber, die Augen weit aufgerissen. Angst und Anspannung spiegelten sich darin.

Im Gebälk der nahen Scheune knarrte es. Eine Latte krachte herunter. Für einen quälend langen Moment kehrte die Stille wieder zurück, bis die hölzerne Scheunenwand unter gewaltigem Getöse in sich zusammenstürzte. Haushoch wirbelten Funken auf, Ascheregen rieselte nieder. Schreckensbleich stierten die kleine Blonde und die schmächtige Rothaarige in das Flammenmeer.

Dort, wo eben noch die Scheune gestanden hatte, tanzte nur mehr dichter, stinkender Rauch. Das Holz am Boden glühte. Begierig leckte das Feuer an den Balken entlang. Abermals brauste der Wind in den Hof, wehte eine weitere Wolke Asche und Glut herein. Undurchdringlicher Qualm umnebelte die Kinder. Das Luftholen wurde zur Qual, jeder Atemzug biss schmerzhaft in die Brust. Abrupt drehte der Wind und riss das Feuer mit sich herum, um es zum nächsten Hof zu jagen. Das Prasseln der Flammen wurde leiser, und die

Hitze schwand so rasch, wie sie gekommen war. Hustend und spuckend rangen die Mädchen nach Luft.

Seit dem frühen Morgengrauen wütete das Feuer in der ehedem so prächtigen Stadt an der Elbe. Satt aber war es noch lange nicht. Stunde um Stunde fraß es sich durch die Gassen, leckte mit tausend Zungen in die Höfe und Häuser hinein, um binnen Augenblicken mit abertausend hungrigen Flammen aus den Fenstern zu schlagen. Auf der Straße wälzte sich der Zug der Fliehenden vorbei. Verzweiflungsschreie hallten von den rußgeschwärzten Mauern wider. Von der sanften Maisonne war nirgendwo etwas zu ahnen.

»Gib endlich her!« Als Erste erwachte die blonde Elsbeth aus der Erstarrung. Entschlossen zerrte sie an dem Stoff, den die beiden Mädchen in Händen hielten. Durch den Ruck wurde auch die rothaarige Magdalena wieder lebendig. Erstaunt blickte sie Elsbeth an. Die Augen ihrer Cousine verengten sich zu schmalen Schlitzen, die sonst so vollen Lippen bildeten gerade Striche in dem ebenmäßigen Gesicht. Energisch hielt sie den Stoff fest. Straff wie eine Flagge spannte er sich zwischen ihnen.

»Er gehört mir!« Magdalena stemmte den rechten Fuß in den Boden, lehnte den Oberkörper zurück und legte ebenfalls alle Kraft in ihr Ziehen. Nur weil Elsbeth ein gutes Stück größer war als sie, sollte sie nicht wieder die Oberhand behalten. Sie fuhr sich mit der Zunge über die aufgesprungenen Lippen und schmeckte die salzigen Tränen, die ihr die Wangen hinunterkullerten.

»Nein, mir!« Wut funkelte in Elsbeths Augen. Die alabasterweißen Arme schimmerten im Feuerschein. Ein Heiligenschein aus gelbroten Flammen umkränzte ihren Kopf. Kein Zweifel: Der dunkle Taftrock würde sie in eine wahre Prinzessin verwandeln. Darum sollte sie den Rock auch nicht haben! Magdalena kniff ebenfalls die Augen zusammen und klammerte die kurzen Finger um den Stoff. Auch sie würde wunderschön darin sein. Schon sah sie den stolzen Blick ihres Vaters vor sich. Ihre smaragdgrünen Augen würden mit dem tannengrünen Stoff um die Wette leuchten, kühn würde sich der Taft beim Tanzen bauschen. Die Traumbilder schienen ihr mit einem Mal so wirklich, dass sie erst wieder verschwanden, als ihr der harte Stoffwulst in die Handflächen schnitt und der Schmerz sie jäh in den kahlen Hof zurückholte. Die roten Locken klebten ihr auf der Stirn, sie wegzuwischen, fehlte die Zeit. »Lass los!«

»*Mir* hat ihn Babette geschenkt!« Entschlossen zerrte Elsbeth ein weiteres Mal an dem Stoff.

»Du lügst! Sie ist meine Mutter! Deshalb hat sie den Rock *mir* gegeben!« Wütend stampfte Magdalena auf und versuchte gleichzeitig, den glatten Taft festzuhalten.

»Nein, mir!« Elsbeth genügte ein neuerlicher Ruck, um Magdalena ins Straucheln zu bringen. Ein lautes Ratschen war zu hören. Haltlos purzelten beide Mädchen nach hinten und betrachteten entsetzt die Fetzen in ihren Händen. Sofort stimmte Elsbeth ein markerschütterndes Schreien an.

Im selben Moment schoss Magdalenas Mutter Babette um die Ecke, einen großen Berg Weißzeug vor der Brust, die ansehnliche Beute vormittäglichen Mausens in der frisch eroberten Kaufmannsstadt. Ein Blick auf die jammernde Elsbeth und die stumm dasitzende Magdalena genügte. Zornig warf sie das Weißzeug zu Boden, ohne auf den Dreck zu achten, und verpasste Magdalena rechts und links zwei Maulschellen. »Dich werd ich lehren, deiner armen Cousine alles wegzunehmen! Bist du denn zu gar nichts zu gebrauchen?«

Elsbeths neuerliches Aufschreien unterbrach ihr Schimpfen. Magdalena nutzte die Gelegenheit, sich unter der halberhobenen Hand wegzurollen. Nach einem kurzen Blick auf Babette, die sich besorgt über die wimmernde Elsbeth beugte, beschloss sie wegzulaufen, hinaus auf die Gasse, hinein in das unübersichtliche Menschengewühl, weiter, immer weiter, einfach dem Strom der Fliehenden hinterher. An einer Straßenecke geriet der Zug ins Stocken, kam schließlich ganz zum Stehen. Rechts und links brannten die Häuser lichterloh. Das stete Prasseln schmerzte in den Ohren, die Hitze nahm den Atem. Ein süßlicher Geruch breitete sich aus. Verbranntes Fleisch! Magdalena stockte das Herz. Kaum wagte sie Luft zu holen. Gleichzeitig wurde die Enge um sie her unerträglich. Schulter an Schulter stauten sich die Menschen, schimpften und schrien, weil es nicht mehr weiterging. Angst packte Magdalena. Sie konnte nicht mehr länger in der Menge ausharren, sie musste weg. Wohin? Sie reckte und streckte sich, doch es nutzte nichts. Mit ihren sechs Jahren war sie einfach zu klein, um über die anderen hinwegsehen zu können. Flink duckte sie sich und versuchte, zwischen den Beinen der Großen nach vorn zu schlüpfen. Als auch das nicht gelang, beschloss sie, einen anderen Weg zu suchen. Sie zwängte sich an der Menge vorbei in ein halbwegs intakt aussehendes Gemäuer. Ächzend schwang eine Tür auf. Dahinter empfingen sie nichts als rauchende Schuttberge, Wände und Mauern waren eingestürzt. Das Feuer hatte auch hier ganze Arbeit getan. Mitten in einer einsam aus Trümmern aufragenden Wand entdeckte sie eine weitere Tür. Als sie sie öffnen wollte, hob ein ohrenbetäubender Lärm an.

»Nicht!« Jemand riss sie fort. Im selben Augenblick stürzte auf der anderen Seite der Tür ein brennender Balken herab und riss die gesamte Wand mit sich zu Boden. Verwundert fand sich Magdalena zwei Schritte neben der Stelle, an der sie eben noch gestanden hatte, und betrachtete die hoch aufschlagenden Flammen.

»Glück gehabt.« Die Stimme kam von dicht neben ihr und gehörte einem rotblonden, kräftigen Jungen, der sie um mehr als zwei Köpfe überragte. Sie schätzte ihn auf mindestens zwölf, also gut doppelt so alt wie sie. Erleichtert lächelte er sie an. In seinen tiefblauen Augen und dem durchdringenden Blick blitzte etwas auf, was sie tief im Innersten berührte. Sofort fasste sie Zutrauen und schob ihre kleine Hand in die seine.

»Komm mit. Hier können wir nicht bleiben«, sagte er und zog sie fort. Hand in Hand kletterten sie über die glimmenden Trümmer, suchten sich zwischen den Ruinen einen Weg und erreichten bald eine Straße. Auch die war voller Menschen. Die Richtung, die sie einschlugen, schien dem Jungen zu gefallen. Zufrieden schmunzelte er, umfasste ihre Hand noch ein wenig fester und reihte sich mit ihr in den Strom der Fliehenden ein. Wenig später bereits gelangten sie zu einem Tor, das aus der Stadt hinausführte.

»Wo gehörst du hin?« Kurz vor dem Tor zog er sie in eine Mauernische. Verwundert bemerkte sie, dass seine Stimme zitterte. Sie blickte zu ihm auf, konnte aber nicht viel von seinem Gesicht erkennen. Der vorragende Mauersturz überschattete seine Augen. Die Menschen drängten so dicht vorbei, dass sie Mühe hatte, nicht mitgerissen zu werden. Alte, Junge, Männer, Frauen, Kinder rempelten sie an, Bürger und Habenichtse schoben vorbei, alle geeint in der Sorge, sich aus dem brennenden Inferno zu retten.

Jetzt erst überkam sie die Furcht. Babettes wutverzerrtes Gesicht tauchte vor ihr auf, Elsbeths siegesgewisses Lachen.

Unwillkürlich klammerte sie sich an dem fremden Jungen fest. Bei ihm könnte sie doch einfach bleiben, fortan immerzu in diesen wundervollen blauen Augen versinken! Die Seinen nahmen sie vielleicht freudig bei sich auf. Doch da schob sich das Gesicht ihres Vaters vor ihre Augen. Sie meinte zu hören, wie er zärtlich nach ihr rief. Dabei war es ihr halbwüchsiger Retter, der sie am Arm fasste und noch einmal fragte: »Wo gehörst du hin?«

»Zu den Pappenheimerschen.« Ohne nachzudenken, kamen ihr die Worte über die Lippen, die der Vater ihr eingeschärft hatte. Stolz fügte sie hinzu: »Wir kämpfen für die gerechte Sache des Kaisers!«

In den Mundwinkeln des Jungen zuckte es. Ein Beben lief durch seinen dünnen, langen Körper. Er räusperte sich, bevor er heiser erklärte: »Dann bring ich dich eben dorthin.« Wie selbstverständlich reihte er sich bei den vorbeiziehenden Söldnerweibern ein. Keine achtete auf die beiden. Hochbepackt mit Beute, eilten sie zur Elbe, um mit einem der vielen Kähne auf die östliche Flussseite überzusetzen, wo sich das Quartier der kaiserlichen Truppen befand. Jemand half ihr ungefragt in den Kahn. Sie zögerte, fürchtete, ihr junger Retter nutzte die Gelegenheit, sie im Stich zu lassen. Dann aber tauchte sein rotblonder Haarschopf neben ihr auf, und sie griff beruhigt nach seiner Hand.

Friedlich schlummerte das Heerlager im milchigen Licht der schrägstehenden Nachmittagssonne. Die zigtausend Soldaten- und Trossweiberfüße hatten längst die zart keimenden Frühlingsblumen auf den Wiesen ringsum niedergetrampelt. Den Geruch des lichterloh brennenden Magdeburg in der Nase, schien es Magdalena, als ströme ihr nun aus jedem Winkel üppiger Maiduft entgegen. Begierig sog sie ihn ein. Endlos weit erstreckte sich das Lager: Zelte reihten sich an Zelte, Wagen an Wagen, dann folgten wieder Zelte, dazwischen waghalsige Verschläge aus Decken, Ästen und dornigem Gestrüpp, bevor die Gassen abermals breiter und die Unterkünfte wieder prächtiger wurden. In jedem Winkel tummelten sich Männer, Frauen und Kinder, Soldaten und Handwerker. Dazwischen feilschten Marketender und Huren mit ihrer Kundschaft, buhlten Spielleute und Wahrsagerinnen um Aufmerksamkeit. Das Gerassel der Säbel, das Klirren der Klingen und das Knacken der Gewehre waren vertraute Musik in Magdalenas Ohren, selbst die dumpfen Befehle, mit denen ein Feldwebel seine Rotte durch die Gassen scheuchte, wurden zu beruhigendem Gesang. »Da lang!« Ihr rechter Zeigefinger schnellte nach vorn. Noch bevor der Junge sich besinnen konnte, führte sie ihn zielsicher durch das Gewirr der Zelte und Gassen, so wie er sie vorhin durch die Trümmer Magdeburgs gelotst hatte.

In weiter Ferne verklangen die letzten Schüsse und Explosionen. Auch der Trubel im Lager wurde bedächtiger. Bis zur Unterkunft der Eltern am östlichen Rand war es noch ein gutes Stück zu gehen. Überrascht bemerkte Magdalena, wie die Schritte ihres Retters zögerlicher wurden, und seine Hand fühlte sich feucht an. Sie beschloss, ihn abzulenken. Munter plapperte sie davon, wie Babette, Elsbeth und sie gleich bei Tagesanbruch zum Mausen in die Stadt aufgebrochen waren. Nach der Aufzählung all der vielen Stoffe, Kleider, Töpfe und Tücher, die sie aus den Häusern geholt hatten, ging sie dazu über, zu erklären, dass Elsbeth die Tochter der Schwester ihrer Mutter war, die im letzten Winterlager gestorben war. Auch dass sie mit der schönen Cousine um den tannengrünen Taftrock gestritten hatte, verschwieg sie nicht. Erst als sie zu der Stelle kam, wie er sie vor dem brennenden Balken gerettet hatte, hielt sie erschöpft inne und warf ihm einen ängstlichen Blick zu. Beharrlich starrte er nach vorn. Ein bitterer Zug umspielte seine Mundwinkel, und auf der Wange glitzerte eine Träne. Hastig wischte er sie fort. Es sah nicht so aus, als wolle er noch mehr von ihren Geschichten hören. Also schwieg sie.

Lange liefen sie nebeneinander her. Magdalena wurde müde und stolperte bald mehr, als dass sie ging. Doch der Junge verlangsamte seinen Schritt nicht. Glutrot leuchtete die Sonne schließlich in ihren Rücken auf, entzündete am Abendhimmel dasselbe Feuer wie am Tag die hungrigen Flammen in der Stadt. Um die Erinnerung zu verscheuchen, richtete Magdalena die Augen stur nach vorn, Richtung Osten, wo irgendwo das Zelt der Eltern sein musste. Endlich tauchte ein gutes Stück entfernt von den übrigen Leiterwagen die vertraute Silhouette eines einzelnen Fuhrwerks mit einem angrenzenden Zelt auf.

»Meister Johann!« Magdalenas Stimme überschlug sich vor Freude. »Der Wagen da vorn gehört Meister Johann, unserem Feldscher. Endlich sind wir da!«

»Bist du sicher?« Ihr Retter gab sich keine Mühe, die Enttäuschung in seiner Stimme zu verbergen.

Heftig nickte sie und fragte, als er stehen geblieben war: »Du hast wohl keinen mehr, zu dem du gehen kannst? Komm doch mit! Meister Johann wird wissen, wo du hinkannst, wenn du sonst niemanden mehr weißt.«

»Meinst du?« Schüchtern sah er sie an.

»Ganz bestimmt.«

Ein Zug der Erleichterung huschte ihm über das Gesicht. Zwei helle Falten gruben sich oberhalb der Nasenwurzel ein.

Tastend suchte er mit den Fingern unter seinem Hemdkragen und zog behutsam etwas darunter hervor: eine Lederschnur mit einem honiggelben Stein. Im letzten Licht der untergehenden Sonne glich er erstarrtem Feuer. Etwas Schwarzes schien darin gefangen.

»Hier, für dich. Der passt auf dich auf, damit dir nichts Böses geschieht. Mit seiner Hilfe findest du künftig auch allein zu deinen Leuten zurück.«

»Auch ohne dich?«

»Auch ohne mich.« Eine Spur zu hastig beugte er sich herunter und band ihr die Schnur um den Hals. Dabei hörte sie ihn leise aufschluchzen.

»Danke«, sagte sie und steckte den Stein unter ihr Hemd. Niemand sollte den Schatz entdecken, vor allem nicht Elsbeth, ihre habgierige Cousine.

»Wie heißt du eigentlich?« Noch einmal suchte sie den Blick seiner tiefgründigen blauen Augen, spürte den Strudel darin, der sie mit sich fortreißen wollte.

»Eric.«

»Danke, Eric, für den Stein. Auch dich werde ich jetzt immer wiederfinden können, ganz gleich, wo du steckst.«

Verschwörerisch zwinkerte sie ihm zu. Dann wandte sie sich um und führte ihn zu Meister Johanns Wagen. Kaum waren sie auf wenige Schritte heran, kam ihr Vater unter der Plane des angrenzenden Zeltes hervor.

»Vater!« Magdalena flog ihm in die Arme. Freudig drückte er das Mädchen an sich und vergrub das Gesicht in ihren roten Locken. Schließlich drehte er sich zu ihrem jungen Retter um. Sobald er seines Gesichts gewahr wurde, setzte er sie ab und trat zwei Schritte zurück. Dabei erblasste er, das Lächeln in seinen Augen erstarb. »Nein!« war alles, was er herausbrachte.

Bestürzt verfolgte Magdalena den plötzlichen Sinneswandel. »Das ist Eric. Er hat mich aus dem Feuer in Magdeburg gerettet und zurückgebracht.«

Zur Bestätigung wollte sie den Stein unter ihrem Hemd hervorziehen und dem Vater zeigen. Der aber schüttelte den Kopf. Wortlos wandte er sich ab und zog sie ohne weitere Erklärung mit sich fort.

Erster Teil

Belagerung

FREIBURG IM BREISGAU

Juli bis August 1644

1

Viel zu schnell war die Nacht vorüber, viel zu früh graute der Tag. Eine Taube begann ihr aufdringliches Gurren, eine Amsel stimmte tiefkehlig in den morgendlichen Gruß ein. Magdalena schmiegte den schmalen Körper an Erics nackte Brust. Verträumt fuhren ihre Fingerspitzen die Adern seiner muskulösen Oberarme nach. Winzige Schweißtropfen perlten auf der sonnengebräunten Haut. Zärtlich saugte sie die mit den Lippen auf und sog seinen Geruch ein. »Ich liebe dich.«

»Ich dich auch.« Sacht presste er sie auf den Rücken, ließ den Blick über ihren bloßen Leib gleiten und hauchte einen sanften Kuss mitten darauf. Ihr Atem ging schneller. Ein leichtes Zittern durchlief sie. Schaudernd vor Wonne, stellten sich ihr die Nackenhaare auf.

»Wie gut, dass wir uns wiedergefunden haben«, flüsterte sie und schnappte spielerisch mit den Zähnen nach seinem Ohrläppchen. »Ich kann mir gar nicht mehr vorstellen, wie ich je ohne dich und deine Liebe sein konnte. Das will ich nie mehr erleben.«

»Ich hoffe nicht, dass du das jemals musst.« Mit einem leidenschaftlichen Kuss verschloss er ihre Lippen und begann abermals, ihren alabasterweißen Körper mit Liebkosungen zu verwöhnen. Eine neue Woge der Lust durchflutete sie, bis ein lauter Trompetenstoß sie auffahren ließ.

Erschrocken sahen sie einander an. Abermals ertönte die Fanfare. Unruhe machte sich unterhalb ihres Liebesnestes breit. Es befand sich auf dem Heuboden einer Scheune in der Freiburger Gerberau. Dort hatten die Zimmerleute der Kaiserlichen, zu denen Eric seit einigen Jahren gehörte, Quartier bezogen.

»Ob es tatsächlich losgeht?« Magdalena spähte durch die Giebelluke auf den Hof hinunter. Im diffusen Graublau der Dämmerung liefen ein gutes Dutzend Zimmerleute zusammen. Schwere Schritte knallten auf dem Steinboden, Holzdielen knarrten, Rufe wurden laut. Manche der Männer knöpften sich noch im Laufen die Hosen zu und gähnten herzhaft, andere wirkten bereits hellwach und für alles gerüstet. Übermütig schwenkten sie die breitkrempigen Hüte, schulterten die Äxte und schoben sich Zangen und Hämmer in die Gürtel. Sie hatten es eilig, zum Schanzenbau vor den Toren der Stadt auszurücken.

»Da übt gewiss einer, damit er das Trompeten nicht verlernt.« Eric pustete eine rotblonde Haarsträhne aus dem Gesicht und machte nicht die geringsten Anstalten, sich zu erheben und den Kameraden zu folgen. Stattdessen begann er, die Strohhalme aus Magdalenas roten Locken zu zupfen. Es war bereits die zweite Nacht, die sie gemeinsam auf dem Heuboden verbrachten. Noch immer bekam er nicht genug von ihr, wie seine gierigen Küsse bewiesen. »Vergiss doch endlich die Franzosen! Auch wenn sie letztens ehrenvoll mit Pauken und Trompeten aus Freiburg abgezogen sind, sind sie vorerst geschlagen. Unser tapferer Mercy jagt ihnen viel zu viel Angst ein. Solange er mit seinen Truppen hier ist, trauen die sich nicht wieder zurück. Der Bau von neuen Schanzen hat also noch viel Zeit. Unterdessen sollten wir uns lieber Wichtigerem widmen.« Damit wollte er sie von neuem sanft, aber entschieden ins Heu ziehen.

»Du redest, als wärst du immer schon einer von uns gewesen.« Magdalena widersetzte sich erfolgreich seinem Begehren und betrachtete nachdenklich den Geliebten. Das sanfte Licht der Morgendämmerung hob die Konturen seines wohlgestalteten Körpers hervor. Selbst im Sitzen war Eric sehr groß. Die meisten Männer des Regiments überragte er um einige Handbreit. Sein muskulöser, sonnengebräunter Oberkörper zeugte von der harten Arbeit, die er als Zimmermannsgeselle zu verrichten hatte. Die feingliedrigen Hände mit den langen, grazilen Fingern verrieten, dass er eigentlich nicht zu dieser Arbeit geboren worden war. Auch das Profil seines Gesichts wies edle Züge auf. Hell flimmerte der Bartflaum auf Kinn und Wangen. Wenn er lächelte, so wie im Moment, gruben sich auf beiden Seiten des Mundes zarte Grübchen ein. Ebenmäßig blitzten die weißen Zähne zwischen den Lippen hervor. Schweren Herzens unterdrückte Magdalena den Wunsch, ihn abermals zu umarmen. Ihre kleinen, apfelgleichen Brüste dürsteten nach der Berührung mit seiner warmen Haut, vorwitzig reckten sich die Brustwarzen hervor. Gewiss aber war es besser, sie ließen es für dieses Mal bewenden. Die Aufbruchsstimmung unten im Hof wurde dringlicher. Bedauernd sprang sie auf, schlüpfte in das leinene Mieder, knöpfte es zu und streifte sich den Rock über. Abschließend fuhr sie mit den schlanken Fingern durch das gelockte, offen fallende Haar. Dabei verharrte der Blick ihrer smaragdgrünen Augen weiterhin auf Eric. Sie liebte ihn, wie sie noch nie einen Menschen geliebt hatte. Seit ihrer ersten Begegnung, nachdem er seine Familie bei der Magdeburger Hochzeit verloren und sie aus den Trümmern der brennenden Stadt gerettet hatte, zog er im kurfürstlich bayerischen Heerestross mit. Jahrelang hatten sie sich aus den Augen verloren, bis sie sich erst in diesem Frühjahr wiedergefunden und rettungslos ineinander verliebt hatten. Seither teilten sie jede freie Minute miteinander. Keiner konnte ahnen, wie viel Zeit ihnen vergönnt war. Umso wichtiger war es, dass sie jeden Augenblick miteinander auskosteten. Längst hatte sie das Gefühl, jedes einzelne Haar seines Körpers zu kennen, jeden Gedanken in seinem Kopf erraten zu können, bevor er ihm selbst überhaupt bewusst wurde. Und dennoch spürte sie, dass etwas an ihm ihr fremd blieb, trotz aller Liebe und Vertrautheit nicht so recht in ihr Leben im Tross passen wollte.

»Du täuschst dich gewaltig.« Zärtlich strich sie ihm über die glattrasierte Wange. »Vater meint, die Franzmänner warten nur auf Verstärkung aus dem Hinterland. Sobald die eintrifft, schlagen sie von neuem los. Immerhin liegt Turenne kaum zwei Meilen von hier auf dem Batzenberg mit zehntausend Mann bereit. So schnell geben die Franzosen Freiburg nicht auf, noch dazu, wenn auch der Weimarer an ihrer Seite gegen uns mit von der Partie sein will.«

»Wenn dein Vater das sagt, wird es schon stimmen, meine kleine geliebte Söldnerin. Dann ist es erst recht höchste Zeit, dass wir zuvor noch unsere privaten Angelegenheiten regeln. Wer weiß, wie viel Zeit uns bleibt.« Lächelnd kniff er sie in die Wange und küsste sie erneut leidenschaftlich auf den Mund. »Tut mir leid, dass ich vergessen habe, wie sehr dir als Soldatentochter das Verständnis für die kriegerischen Ränke im Blut liegt. Ich dagegen bleibe wohl für immer der unbelehrbare Kaufmannssohn, der nie verstanden hat, was da gespielt wird. Wahrscheinlich bin ich dir ganz und gar verfallen, weil mir einzig die Liebe zu dir noch das Überleben garantiert.«

Ehe sie sich versah, hatte er ihr den Rock hochgeschoben, das Mieder geöffnet und das unterbrochene Liebesspiel wieder aufgenommen. Dabei störte ihn die Unruhe im Hof nicht im Geringsten, auch das abermalige Trompetensignal beachtete er nicht. Ganz im Bann seiner Zärtlichkeiten, vergaß auch sie bald, was um sie herum vorging. Er hatte recht: Die wenigen gemeinsamen Stunden waren zu kostbar, um nicht in vollen Zügen genossen zu werden.

Die Sonne stand bereits hoch am Himmel. Vorwitzig kitzelte ihr Strahl Magdalenas Nasenspitze. Sie öffnete die Augen und blinzelte in die gleißende Helligkeit hinein. Es dauerte eine Weile, bis sie begriff, wo sie sich befand. Eric lag noch immer quer über ihren Oberschenkeln. Seine Haut glitzerte schweißnass. Sie waren beide noch einmal eingeschlafen.

»Los, du Faulpelz! Es ist lichter Tag! Wenn wir uns nicht vorsehen, kommt uns doch noch jemand auf die Schliche.« Sie schob ihn weg und klaubte ihre Kleidungsstücke aus dem Heu zusammen. Behende schlüpfte sie hinein und half auch ihm, sich anzukleiden und die verräterischen Strohhalme aus Hemd und Haar zu entfernen. »Dein Meister vermisst dich bestimmt schon. Auch Meister Johann wird nicht gerade erfreut darüber sein, dass ich mich den ganzen Morgen noch nicht habe blicken lassen. Dabei habe ich ihm versprochen, beim Anrühren neuer Salben zu helfen. Wenn es zum Gefecht kommt, müssen wir auf alles vorbereitet sein.«

»Meine tapfere kleine Wundärztin! Wie brav du immerzu an deine Pflichten denkst.« Sanft versetzte er ihr einen Nasenstüber. »Ich male mir lieber nicht aus, wie fürsorglich du all die Verletzten behandelst und wie zart du ihnen die Salben auf die Wunden streichst. Nur zu gern wäre ich auch mal einer deiner Patienten. Dann müsstest du mich mit sehr viel

Hingabe gesund pflegen.« Seine Finger liebkosten ihr spitzes Gesicht, fuhren die Bögen ihrer hohen Wangenknochen nach.

»Wünsch dir das lieber nicht! Oder hast du schon vergessen, wie viele uns unter der Hand wegsterben? Von all den Toten nach einer missglückten Operation ganz zu schweigen.«

»Meister Johann und dir sagt man Zauberhände nach. Es muss lange her sein, dass euch beiden ein Patient gestorben ist. Überall in Armee und Tross erzählt man sich eure Wundertaten.«

»Es ist beileibe kein Zuckerschlecken. Von ganzem Herzen wünsche ich mir, dich nie als Patienten vor mir liegen zu haben. Dich zu pflegen geht auf andere Weise sehr viel besser.« Von neuem schlang sie die Arme um ihn und küsste ihn. Widerstandslos ließ er es geschehen, dann aber unterbrach er ihre Zärtlichkeiten und sah sie mit ernster Miene an.

»Viel lieber wäre mir etwas ganz anderes.« Entschlossen umfassten seine Hände ihr spitzes Kinn. Seine blauen Augen versanken in ihren grünen. Es war ihr, als könne er bis auf den Boden ihres Innersten blicken, jedes Geheimnis tief in ihr aufspüren. »Tag und Nacht will ich mit dir zusammen sein, offen und ehrlich mein Leben mit dir verbringen. Wir müssen endlich einen Weg finden, uns nicht mehr heimlich treffen zu müssen. Ich liebe dich, und alle Welt soll das wissen!«

Ehe sie sich versah, nahm er sie hoch und wirbelte sie ungestüm über den Scheunenboden. Die Balken ächzten unter seinen tänzelnden Schritten. Schon geriet er ins Straucheln und ließ sie mitten ins Stroh fallen. Sie kreischte vor Freude auf und balgte noch ein wenig mit ihm herum. Dann aber wurde sie wieder ernst. »Lass gut sein, Eric. Wenn uns jemand hört und hier oben zusammen findet, gibt es nur Ärger.« Bei diesen Worten spürte sie wieder diesen eigenartigen Stich in der Brust, den sie stets empfand, wenn ihr bewusst wurde, wie erbittert sich ihre Familie gegen ihn stellte. »Du weißt, dass es nicht geht.«

Sie senkte den Blick und versuchte, die düsteren Erinnerungen zu verdrängen. Schon damals, als Eric sie aus Magdeburg hinausgeführt und dem Vater zurückgebracht hatte, war dessen feindliche Haltung offenbar geworden. Seither hatte der Vater alles darangesetzt, ihn aus ihrem Umfeld zu verbannen. Warum, hatte er ihr nie erklärt. Wüsste er, dass sie sich längst wieder getroffen hatten und ein Liebespaar geworden waren, geriete er außer sich vor Zorn.

»Wie vernünftig du sein kannst.« Bedauernd küsste Eric sie in den Nacken, spielte abermals mit ihrem Haar. Sein Blick glitt in weite Fernen, bis er sich auf einmal kerzengerade aufrichtete und sie voller Unternehmungslust an den Schultern packte: »Lass uns weggehen von hier, weit weg von Heer und Tross und all dem erbärmlichen Kriegsgemetzel. Irgendwohin, wo es keine Rolle spielt, dass du eine Söldnertochter und ich ein heimatloser Geselle bin. Wo uns keiner kennt und keiner etwas gegen unsere Liebe hat.«

»Weggehen?« Unwillig schüttelte sie seine Hände ab. »Wohin? Wie stellst du dir das vor? Dieses erbärmliche Kriegsgemetzel, wie du es nennst, ist alles, was ich kenne. Es ist mein Zuhause. Damit lebe ich, dafür lebe ich. Schließlich bin ich Wundärztin.«

»Als Feldscherin oder Wundärztin findest du jederzeit auch anderswo dein Auskommen. Verletzte und Kranke gibt es überall, selbst jenseits der Schlachten, und das mehr, als dir lieb sein kann.«

»Die gehen aber wohl kaum zu einer Frau, um Hilfe zu erhalten, noch weniger zu einer wie mir, die sie nicht kennen. Dir wird es als Zimmermannsgeselle nicht anders ergehen. Oder denkst du, in einer fremden Stadt oder einem unbekannten Dorf wird man uns mit offenen Armen empfangen? Niemand will uns haben. Söldnerkinder sind wir beide, verlottertes Volk, heimatloses Gesindel, marodierendes Pack. Das gilt für mich ebenso wie für dich, auch wenn du das nicht wahrhaben willst.«

»Das stimmt doch nicht. Wir haben ein ehrbares Handwerk erlernt. Außerdem gibt es noch die eine oder andere Verbindung meiner verstorbenen Eltern. Vielleicht hilft uns einer der alten Freunde weiter, irgendwo Fuß zu fassen.«

»Hat dir einer dieser angeblichen Freunde deiner Eltern in den letzten Jahren jemals geholfen? Hat dir jemand beigestanden, nachdem du bei der Magdeburger Hochzeit alles verloren hast? Komm, Eric, vergiss diese Träumerei. Im Tross liegt unsere Zukunft, hier können wir tun und lassen, was wir wollen. Wir werden gewiss einen Weg finden, dass wir unsere Liebe bald offen zeigen können.« Zärtlich legte sie ihm die Hand auf die Wange. Er hauchte einen Kuss auf ihre Finger.

»Im Tross werden wir keine gemeinsame Zukunft haben. Das weißt du genauso gut wie ich.« In seiner Stimme schwang Bitterkeit mit.

»Es ist das einzige Leben, das ich führen kann.« Sie spürte, wie die plötzlich aufsteigenden Tränen das Sprechen erschwerten. »Oder glaubst du im Ernst, du kannst mich auf Dauer in ein Haus einsperren, an den Herd ketten und mir ein Kind nach dem anderen machen, während du dich munter draußen herumtreibst?«

»Dich unglücklich zu sehen, ist das Letzte, was ich will.«

Seine Worte rührten sie. Gebannt wartete sie, ob er noch mehr sagen würde. Als er schwieg, wandte sie sich ab und ging zur Leiter.

»Warte.« Hastig kam Eric ihr hinterher. Dabei nestelte er etwas aus den Tiefen seiner Hosentaschen und ließ es dicht vor ihrer Nasenspitze baumeln. Ihr wurde heiß vor Scham, als sie erkannte, was es war: der kostbare Bernstein, den er ihr in Magdeburg geschenkt hatte. Sie musste ihn verloren haben, als sie sich im Heu gebalgt hatten – und sie hatte es nicht einmal gemerkt! Eric hielt das kostbare Stück noch ein Stückchen höher, mitten in die warmen Sonnenstrahlen, die durch die Luke im Giebel fielen.

»Du musst besser auf ihn aufpassen«, sagte er und knüpfte ihr behutsam das ledernde Band um den Hals. »Der Stein ist das Einzige, was mir von meiner Familie geblieben ist. Du bist damit alles, was ich jetzt noch habe. Ich liebe dich, Magdalena, für immer und ewig.«

Ihm versagte die Stimme. Wieder fielen sie einander in die Arme und verharrten fest ineinander verschlungen. Als sie sich endlich von ihm löste, nahm sie den honigfarbenen Stein in die Hand und betrachtete ihn versonnen. Noch immer streckte das schwarze Insekt darin seine Glieder aus, für alle Ewigkeit in der Bewegung erstarrt. Behutsam umfasste sie das kostbare Stück und presste es fest gegen die Brust. In Zukunft würde sie besser darauf achten. Eric hatte recht: Der Stein war mehr als ein Talisman. Er war das Zeichen ihrer Zusammengehörigkeit, ihrer ewigen Liebe, ganz gleich, was noch kommen mochte. Ein warmer Strahl durchlief ihren Körper, ließ sie die Kraft fühlen, die ihr der Stein spendete. Vorsichtig versenkte sie ihn wieder an seinem gewohnten Platz, der warmen, tiefen Spalte zwischen ihren Brüsten. Dann hob sie den

Kopf und sah Eric in die tiefgründigen Augen. »Auch ich liebe dich, Eric. Mein ganzes Leben will ich an deiner Seite verbringen. Nichts soll uns je voneinander trennen. Das schwöre ich dir!«

2

Kurz darauf eilte Magdalena aus dem Quartier der Zimmerleute Richtung Münster. Von dem kleinen Zwist mit Eric über ihre gemeinsame Zukunft schwirrte ihr der Kopf, andererseits fühlte sie sich von tiefer Liebe zu ihm durchströmt. Es musste eine Lösung geben, dass sie miteinander leben und beide ihre Zukunftsträume verwirklichen konnten! Als sie um die nächste Hausecke bog, stolperte sie über ein Ferkel, dem eine Frau hinterherjagte. Sicher hatte sie das Tier gerade günstig erstanden, um es für den nächsten Winter zu mästen. Seit dem letzten Winterlager im badischen Durlach war Freiburg die erste Stadt, in der sich das kurfürstlich bayerische Heer unter Mercy nebst zugehörigem Tross für längere Zeit aufhielt. Jeder nutzte die Verschnaufpause, sich mit Vorräten einzudecken und frisch Erbeutetes bei den Händlern und Kaufleuten in bare Münze umzuwandeln.

Die Belagerung der Stadt hatte erstaunlich wenig Kraft gekostet. Nach der Kapitulation hatte man die Franzosen wohlgemut mit klingendem Spiel und fliehenden Fahnen abziehen lassen und sich anschließend umso gieriger an die Plünderung gemacht. Trotz der sechsjährigen französischen Besatzung hatten die Freiburger einiges an Hausrat und Vorräten gehortet, was sich einzuverleiben lohnte. Entsprechend vielfältig war das Angebot, das sich nun auf dem Münsterplatz und überall in den Straßen und Gassen der Stadt fand. Nicht nur

Marketender hatten ihre Stände aufgeschlagen. So manches Trossweib und sogar Söldner boten ihre frisch erworbenen Schätze feil.

Laut pries einer mehrere dicke Stapel feinsten Papiers an, die er wohl aus einer Druckerei entwendet hatte. Ein anderer versuchte, kupferne Kochtöpfe und Pfannen zu Geld zu machen, blitzblank gewienert, kaum verbeult oder von Ruß geschwärzt. Neben ihm wartete eine Frau in Magdalenas Alter mit allerlei Schuhen und Schusterflickzeug auf, was sogleich eine Handvoll Interessenten anzog. Mit Kennermiene prüften sie die Qualität der Sohlen und Leisten. Eine andere versuchte es mit einem saftigen Schinken und einem halben Dutzend Würsten, die sie sich um den Hals geschlungen hatte. Der Duft nach frisch Geräuchertem war zwar äußerst verführerisch, der Preis aber, den sie dafür verlangte, verdarb nicht nur Magdalena gleich wieder den Appetit. Noch war die Frau guter Dinge, dass sie dennoch bald auf ihre Kosten kommen würde.

An einer Kiste mit Büchern blieb Magdalena stehen. Vielleicht fand sie darin ein Werk über Heilkunde, das sie noch nicht kannte. Der Händler bemerkte ihr Interesse und verfolgte argwöhnisch, wie sie sich über die Buchrücken beugte und die Titel las. Dabei fiel sein Blick in den Ausschnitt ihres Mieders. Rasch legte sie die Hand darauf, damit er den Bernstein nicht entdeckte.

»Suchst du was Bestimmtes?« Offensichtlich hatte er den Stein unter dem Mieder nicht entdeckt, sondern eine andere Art der Bezahlung im Sinn. Er leckte sich mit der Zunge über die Lippen und rückte dicht an sie heran. Sein Atem roch faulig, und aufs Waschen verzichtete er wohl gern zugunsten eines Trinkgelages.

»Hab nichts gefunden. Danke.« Rasch drehte sie sich um und mischte sich abermals in das Gewühl. Gerade trieb ein Junge eine Handvoll magerer Ziegen vorbei, die aufgeregt meckerten, als Magdalena sie ungeduldig beiseiteschob. Kurz darauf stieß sie gegen eine Frau, die an einer Hauswand kauerte und ein Huhn rupfte. Ein kleines Mädchen zu ihren Füßen versuchte, die Federn in ein Leinensäckchen einzusammeln. Als Magdalena ihm ausweichen wollte, schlitterte sie über das glitschige Straßenpflaster. Der heftige Gewitterschauer vom Tag zuvor hatte selbst mitten in der Stadt seine Spuren hinterlassen. Das Pflaster glänzte im Schatten noch immer nass, sofern es zwischen dem angeschwemmten Unrat überhaupt zu erahnen war. Die Stadtbäche, die Freiburg durchzogen, quollen über von schlammigem Wasser. Wo der Boden nicht gepflastert war, standen selbst jetzt noch tiefe Pfützen. Der sonst festgestampfte Lehm war vielerorts aufgeweicht. Jenseits des Walls wälzte die Dreisam endlose braune, schäumende Fluten vorbei.

Ungern malte Magdalena sich aus, wie es in den windigen Unterständen und Planwagen des Lagers außerhalb der Stadttore an diesem Vormittag zugehen mochte. Inzwischen brannte die Sonne zwar wieder vom Himmel und trocknete, was der Regen gestern durchweicht hatte. Dafür aber schürte die Hitze den Durst. Wohl dem, der ein schattiges, kühles Plätzchen fand und Gelegenheit hatte, seinen Durst zu stillen! Sauberes Trinkwasser würde schnell knapp werden. Schon sah sie vor sich, wie viele Durchfallpatienten demnächst bei ihr um Hilfe anstehen würden. Über diesen Gedanken wuchs die Vorfreude auf den Brunnen im Hof der Apotheke, in der Meister Johann derzeit logierte. Dort würde sie sich gleich ungestört erfrischen können. Das mehrstöckige, schmale Eckhaus befand sich in einer ruhigen Straße südlich des Münsters. Dank des Reichtums seines eigentlichen Besitzers wies es außer dem sauberen Brunnen im Hof noch vielerlei weiteren Komfort auf.

Bevor Magdalena die Offizin trat, betrachtete sie prüfend ihr Gesicht im frisch polierten Glas der Eingangstür. Die roten Locken steckte sie fester unter das helle Kopftuch. Ihre schmalen, eng beieinanderliegenden Augen wirkten leicht verquollen, ein Tribut an die lange Nacht mit Eric. Katzenaugen nannte er sie zärtlich, was sowohl die ungewöhnliche Form als auch die hervorragende Sehkraft bestens beschrieb. Das spitze Kinn war leicht gerötet, wie so oft, wenn sie direkt mit Heu in Berührung kam. Das fiel bei den Temperaturen aber gewiss nicht auf. Insgesamt konnte sie zufrieden sein mit ihrem Spiegelbild. Die Linien ihres Gesichts waren ebenmäßig. Zart, wie es war, wirkte es dennoch offen und unterstrich den neugierig der Welt zugewandten Blick. Mochten die Bürgerlichen in den Städten das rote Haar und die grünen Augen mit Argwohn betrachten, in Regiment und Tross erregte sie damit keinerlei Aufsehen. Dort lebten Rothaarige und Blonde, Weißhäutige und Dunkle, Kroaten wie Dänen, selbst Katholische und Protestantische friedlich mit dem ursprünglichen Kern der Pappenheimerschen zusammen. Letztlich kämpften sie alle für denselben Herrn: den Kaiser.

Sie befeuchtete die schmalen Lippen, damit sie richtig glänzten, und schob die Lederschnur des kostbaren Bernsteins unter den Stoff ihres Mieders. Schwungvoll drehte sie sich einmal um die eigene Achse, dass sich der weite Rock aus buntbedrucktem Kattun, den ihr der Vater vor wenigen Tagen geschenkt hatte, lustig aufbauschte. Zweifelsohne handelte es sich um ein Beutestück aus den Truhen des wohlhabenden Kaufmanns, in dessen prächtigem Haus die Eltern untergekommen waren. Stolz streckte sie die Fußspitzen unter dem Saum hervor. Auch ihre kleinen, schmalen Füße konnten sich sehen lassen, steckten sie doch in ebenfalls neuen, rotgefärbten Lederschuhen. In der Kammer der Apothekergattin war sie gestern erst darauf gestoßen. Noch waren sie vorn nicht abgestoßen, sondern lediglich staubig. Rasch polierte sie die Spitzen mit einem Rockzipfel glatt. Gutgelaunt sprang sie die drei Stufen zur Tür nach oben und drückte die Klinke.

Die Glocke tönte hell, als sie den Verkaufsraum betrat. Sogleich umfing sie der erfrischende Duft von Minze. Sie brauchte einen Moment, um sich an das düstere Licht in der Offizin zu gewöhnen. Blinzelnd glitt ihr Blick über den Raum. Büschel frischer Minze hingen zum Trocknen an einer Stange vor einem dunklen Eichenregal. Darauf reihten sich große, mit Pergament verschlossene Tonkrüge sowie bauchige Schraubgläser. Sorgfältig beschriftete Schilder wiesen auf getrocknete Blätter sowohl von heimischen wie auch von exotischen Heilpflanzen aus fernen Gefilden.

Die Tür zum angrenzenden Laboratorium öffnete sich, und der eigentliche Hausbesitzer, ein hagerer Mann mit einer schlohweißen Haarmähne, trat heraus. Müde schlurfte er zum Tresen, der sich wie ein mächtiger Riegel quer durch die gesamte Breite des Raumes spannte.

»Euer Meister ist nicht da. Lediglich Rupprecht ist hinten im Laboratorium und geht mir mit den Salben zur Hand.«

»Wo ist Meister Johann denn hin?« Ohne ihm viel Beachtung zu schenken, wollte sie sich an ihm vorbeidrängen, um zu erkunden, was Rupprecht, der zweite Feldschergehilfe, trieb. Hoffentlich hatte Meister Johann nicht sein Versprechen gebrochen und ihm das Rezept für seine berühmte Wundersalbe verraten.

Der blasse Apotheker versperrte ihr den Weg. »Wo wird er schon sein? Wahrscheinlich beim Würfeln oder Kartenspielen. Euer Vater hat ihn gerufen. Die beiden zechen doch wohl gern miteinander.« Sein Tonfall ließ keinen Zweifel, wie liederlich er dieses Verhalten fand. Kaum merklich schüttelte er den Kopf. »Dabei macht er eigentlich einen ganz soliden Eindruck. Zum ersten Mal hatte ich bei eurem Auftauchen das Gefühl, all meine Schätze hier«, seine Arme kreisten durch die Luft, um das gesamte Inventar der Offizin zu umfassen, »fielen endlich einmal den Richtigen in die Hände. Gestern Nachmittag noch haben wir Schulter an Schulter im Laboratorium die verschiedensten Mixturen ausprobiert. Wir könnten viel voneinander lernen.«

Die Augen hinter den runden Brillengläsern blickten traurig. Abermals schüttelte er das Haupt. Magdalena fühlte sich bemüßigt, ihn zu beruhigen: »Macht Euch keine Sorgen. Bei Meister Johann sind Eure Vorräte an Kräutern und Pigmenten wirklich bestens aufgehoben. Hat er Euch nicht schon vorgeführt, wie viele verschiedene Wundpflaster er herzustellen weiß? Soweit ich mich erinnere, wart Ihr ganz begeistert, weil Ihr sie noch nicht alle kanntet.«

»Ja, ja«, murmelte der Weißhaarige, schien aber nicht restlos überzeugt. Sie legte ihm die Hand auf den Arm und fügte hinzu: »Auch mit den fertigen Tinkturen und Rezepturen weiß er etwas anzufangen. Außerdem reißt er die Gerätschaften und Waagen, all die Tiegel, marmornen Mörser und die sündhaft teuren Destilliergefäße ganz gewiss nicht einfach an sich, um sie beim nächsten Marketender schnell zu Geld zu machen. Das wird er alles für seine Feldscherei verwenden und auch uns Gehilfen stets zu einem sorgfältigen Umgang damit anhalten. Verlasst Euch darauf.«

»Derzeit sieht der sorgfältige Umgang wohl eher so aus, dass er sich mit meinen Apparaturen Schnaps brennen wird, den er abends mit seinen Kumpanen versäuft. Meine Bestände an Aquavit und die Kisten mit dem Konfekt hat er sich jedenfalls schon einverleibt, um in seiner Kartenrunde Eindruck zu schinden. Ach, ihr Trossleute seid doch alle gleich. Wie konnte ich nur ernsthaft glauben, Meister Johann wäre eine Ausnahme?«

Noch bevor Magdalena einen weiteren Versuch zur Ehrenrettung ihres Lehrmeisters unternehmen konnte, wurden sie unterbrochen.

»Magdalena, endlich!« Unwirsch schob sich Rupprecht aus dem Laboratorium nach vorn in die Offizin. Die wendige, sehr kleine Gestalt, die Magdalena kaum überragte, ließ ihn neben dem weißhaarigen Apotheker wie einen unbedarften Lehrjungen wirken. Sie wusste, wie sehr er unter seiner wenig eindrucksvollen Erscheinung litt. Wie sie zählte er bereits achtzehn Jahre und arbeitete ebenfalls als ausgelernter Wundarztgehilfe bei Meister Johann. Da man ihm das allerdings nicht ansah und ihn deshalb nicht sehr respektvoll behandelte, war er oft übel gelaunt. Auch jetzt schien er nicht gerade gut aufgelegt. »Dein Vater sucht dich. Komm mit!«

Als er sie zur Tür drängte, stieß er gegen einen Korb mit Lavendel, der vor ihm auf dem Tresen stand. Im letzten Moment konnte Magdalena ihn auffangen und verhindern, dass sich die getrockneten Rispen über den Boden ergossen. Rupprecht quittierte das nicht einmal mit einem Lächeln. Seine schwarzen Locken wippten, als er ruckartig den Kopf hob und sie in seine finsteren, nahezu schwarzen Augen schauen ließ. Trotz seines Ärgers schimmerte Sorge darin. Er streckte die Hand mit den dunkelbehaarten Fingern nach ihr aus, hielt aber auf halber Höhe inne.

»Was ist denn los?« Ungeduldig sah sie ihn an.

»Mach schnell«, sagte er leise.

»Ist was mit meiner Mutter oder mit …?« *Fritzchen,* hatte sie sagen wollen, wagte es aber nicht, den Namen ihres wenige Wochen alten Bruders auszusprechen: Es durfte einfach nicht sein, dass schon wieder ein Kind ihrer Eltern so kurz nach der Geburt starb! Ihr schwindelte. Dabei hatte es so gut ausgesehen. Eine leichte, rasche Geburt war es gewesen während des Marsches von Überlingen in den Breisgau, ohne alle Schwierigkeiten, fast, als wäre es nichts, so ein Bündel Mensch lebend aus sich herauszupressen. Selbst Roswitha, die alte Hebamme und Vertraute Meister Johanns, hatte das hinterher gemeint.

Rupprecht nickte nur, während er sie aus der Offizin zog. Auch im Freien gewährte er ihr keinen Moment, sich zu fassen. Rücksichtslos eilte er ihr durch das Gewimmel unweit des Münsters voraus. Die Angst legte sich wie ein schwerer Umhang aus Blei auf ihre Schultern. Jeder Schritt schien ihr wie ein gewaltiger Kraftakt, trotzdem hatte sie rasch zu ihm aufgeschlossen. In ihrem Kopf überschlugen sich die Gedanken. Was war nur mit dem Kleinen? Hatte die Mutter ihm vor lauter Liebe und Fürsorge Schlechtes getan? Ihn zu fest gedrückt, zu warm in Kissen gepackt, zu eng gewickelt? Nur zu gut erinnerte sie sich an sein verzweifeltes Keuchen, weil ihm beim Trinken an Babettes prallem Busen die Luft weggeblieben war. Wie oft hatte sie in den letzten Tagen deswegen mit der Mutter gestritten! All ihre Vorwürfe und Ratschläge hatte Babette jedoch unwirsch zurückgewiesen. Mit ihren vierzig Jahren war sie schließlich keine unbedarfte Wöchnerin. Mehr als ein Dutzend Geburten hatte sie hinter sich. Lediglich Magdalena, ihr erstes und damals noch uneheliches Kind, hatte überlebt. Kein Wunder, dass Fritzchen, inzwischen immerhin schon sechs Wochen alt, neue Hoffnungen geweckt hatte. Meinte es das Schicksal so schlecht mit ihr, dass es ihr diesen Wunsch wieder zunichtemachen wollte?

»Beeil dich!« Energisch fasste Rupprecht Magdalena am Arm.

»Ich tue, was ich kann.« Sie keuchte. Die Seiten schmerzten, ihr wurde schwindlig vor Anstrengung, aber sicherlich auch vor Angst.

Rupprecht gab nichts auf ihren Zustand. »Meister Johann und Roswitha sind schon lange bei deinen Eltern. Überall haben wir dich gesucht, aber du warst nirgends zu finden. Hast wohl wieder was Besseres zu tun gehabt, was?«

Ein seltsamer Blick streifte sie. Plötzlich ahnte sie, dass er wusste, wo sie gesteckt hatte.

»Warum bist du nicht gekommen und hast mich geholt?«

»Hättest du das wirklich gewollt?« Noch bevor sie etwas erwidern konnte, fügte er hinzu: »Ist dir eigentlich klar, was das für deine Eltern bedeutet?«

In seiner Frage schwang mehr mit als nur Sorge um ihre Eltern. Er war doch nicht etwa eifersüchtig? Abrupt blieb sie stehen, zwang ihn, ebenfalls innezuhalten. Prüfend musterte sie ihn. Ja, das war es: Er konnte es selbst nicht ertragen, dass sie sich mit Eric traf! Wie hatte sie die ganze Zeit nur so blind sein können? Viel zu sehr war sie in den letzten Tagen mit Eric beschäftigt gewesen. Deshalb waren ihr wohl die Veränderungen bei Rupprecht entgangen. Nein, sie musste ehrlich mit sich sein: Sie hatte es nicht sehen wollen. Immerhin war er seit Kindertagen ihr Gefährte. Niemand war ihr so vertraut, nicht einmal Eric. Darüber aber sollte sie nicht jetzt nachdenken, da es um das Leben ihres kleinen Bruders ging. Sie gab sich einen Ruck. »Geh zurück und lass mich allein. Das ist meine Familie, nicht deine.«

Verblüfft starrte er sie an. Sie wartete seine Reaktion nicht ab, sondern verschwand um die nächste Ecke. Bis sie das Haus des Kaufmanns erreichte, in dem ihre Eltern logierten, wagte sie es nicht, sich umzudrehen. Dennoch war sie sicher, dass Rupprecht ihr nicht folgte.

Eine gespenstische Ruhe empfing sie in der kühlen Diele des mehrstöckigen Anwesens vis-à-vis der Martinskirche. Außer Atem stürmte sie die Treppen in den ersten Stock hinauf, wo ihre Mutter im weitläufigen Schlafgemach der ursprünglichen Hausbesitzergattin residierte. Gerade streckte sie die Hand nach der Türklinke aus, da ertönte ein Schrei. Verwirrt schoss sie herum.

»Wo kommst du jetzt her?« Wie aus dem Nichts stand Elsbeth vor ihr und verstellte ihr den Weg.

Im düsteren Flur war es zwar angenehm kühl, dennoch spürte Magdalena, wie ihr die Hitze ins Gesicht stieg. »Was schleichst du dich hier herum? Warum bist du nicht drinnen bei Babette und dem Kleinen?«

»Das fragst ausgerechnet du?« Kerzengerade richtete sich die Cousine auf, verschränkte die Arme vor der Brust und blickte von oben auf sie herab. Sie war gut einen Kopf größer als Magdalena. Die wasserblauen Augen funkelten zornig im dämmrigen Licht. Energisch warf sie das lange blonde Haar zurück, das sie wie immer offen trug. Ihrer einnehmenden Schönheit war sie sich sehr bewusst. »Warum stehst du nicht selbst längst am Krankenbett deiner Mutter und tust alles, um deinem kleinen Bruder das Leben zu retten? Das wäre doch eher die Aufgabe der Tochter als der Nichte, noch dazu, wenn das verehrte Fräulein Tochter Wundärztin ist, eine allseits hochgepriesene mit angeblichen Zauberhänden noch dazu!«

»Lass mich durch!« Magdalena wollte sie beiseiteschieben, doch sie war nicht stark genug und musste abwarten, bis Elsbeth den Weg freigab. Dazu war diese aber nicht bereit.

»Eins lass dir gesagt sein«, hob sie an, »du bist keineswegs die Bessere von uns beiden. Nur weil ich die Tochter von Babettes verstorbener Schwester bin und vor meinem prügelnden Stiefvater bei euch Zuflucht gesucht habe, musst du mich nicht behandeln wie eine Leibeigene.« Ihre Stimme ging in ein wütendes Zischen über: »Statt dich mit zwielichtigen Schurken wie diesem Eric im Stroh zu wälzen, hättest du heute Nacht lieber hier sein und der armen Babette helfen sollen. Vielleicht wäre es dann gar nicht erst so weit gekommen mit dem Kleinen. Aber du hattest ja wieder Besseres im Sinn als das Wohl deiner Familie. Du denkst immer nur an dich.«

»Halt endlich die Klappe und lass mich vorbei!« Magdalena gab sich alle Mühe, ihre Stimme fest klingen zu lassen. Doch sie hörte selbst, wie sehr man ihr das schlechte Gewissen anmerkte.

Die Cousine kostete das in vollen Zügen aus. »So viel Undank hat deine arme Mutter wirklich nicht verdient. Glaub mir, eins weiß sie genau: Wenn ihr jetzt auch dieser Sohn im Kindbett verreckt, trägst du allein die Schuld daran.«

»Du bist wohl die Letzte, die das entscheiden kann. Noch ist gar nicht klar, was ihm fehlt und ob man überhaupt etwas für ihn tun kann.«

»Ob man *jetzt* noch was für ihn tun kann, solltest du eher sagen.« Elsbeth stemmte die Hände in die Hüften. »So wie es aussieht, hätte man ihm in den ersten Stunden nämlich noch ganz sicher helfen können. Dein Meister Johann und die alte Roswitha, auf deren Hebammenkünste du so gern schwörst, haben das beide sofort gesagt.«

Magdalena schnappte nach Luft. Am liebsten hätte sie sich auf die Cousine gestürzt und ihr die Augen ausgekratzt. Insgeheim musste sie ihr jedoch recht geben. Schon den ganzen Weg über hatte sie sich mit ähnlichen Vorwürfen gequält: Wäre sie letzte Nacht bei Babette geblieben, statt in Erics Arme zu sinken, hätte sie Fritzchen wohl vor Schlimmem bewahren können. Sämtliche Mahnungen zum Beispiel wegen der vielen Federkissen, die Babette auf den Kleinen türmte, hatte sie als bloße Eifersucht ihrer Tochter gedeutet. Kein Wunder also, dass Magdalena nach einem neuerlichen Streit verärgert weggestürmt war.

Bei all der Lust und Wonne, die sie bei Eric gefunden hatte, war ihr die Sorge um den Bruder völlig entfallen. Hätte sie nicht eine Nacht darauf verzichten können?, fragte sie sich bangen Herzens. Noch dazu, da sie sich dann den Streit mit Eric über ihrer beider Zukunft erspart hätte. Hätte, immerzu dieses quälende »hätte«– es half nichts: Für Vorwürfe war es zu spät. Sie musste zu ihrem Bruder. Eine vage Hoffnung, ihn zu retten, gab es vielleicht noch.

3

Als Magdalena das Schlafgemach betrat, empfing sie unheilverkündende Stille. Die dicken, roten Vorhänge vor den beiden Fenstern waren fest zugezogen und verwandelten das einfallende Sonnenlicht in ein geheimnisvolles Glühen. Gespenstisch zuckte der Lichtschein flackernder Kerzen über die Silhouetten der Anwesenden. Klopfenden Herzens trat Magdalena näher. Auf ihr Räuspern erfolgte keine Reaktion. Sacht berührte sie Roswitha, deren halbkahler Schädel auf dem krummen Buckel sich deutlich von den anderen Umrissen abhob, an der Schulter. Die alte Hebamme fuhr zusammen, bevor sie sich umwandte. Dabei schwankte ihr gedrungener Körper beträchtlich. Das Schnaufen verriet, dass ihr selbst diese kleine Anstrengung Mühe bereitete. Trotz dieser Schwerfälligkeit entfaltete die langgediente Wehmutter im Notfall eine Wendigkeit, von der manch Jüngere nur träumen konnte. Bittend sah Magdalena auf sie hinunter. Roswitha war der einzige erwachsene Mensch, den sie kannte, der ihr nur bis zur Schulter reichte. Der Blick, den sie ihr aus den wässrigen, trüben Augen zuwarf, war nicht eben freundlich, doch das musste nichts heißen. Selten sah Roswitha jemanden sonderlich erfreut oder gar liebenswürdig an. Ihre Zuneigung pflegte sie auf andere Art zu zeigen. Außerdem erschwerten die vielen Falten, die Mimik des runden Mondgesichts zu erkennen.

»Was?« Das heisere Krächzen aus dem kleinen Mund mit den überraschend guten Zähnen zu hören beruhigte Magdalena. Es klang nicht anders als sonst. Schnaubend machte die Hebamme Platz, damit sie an das Bett treten konnte. Nach einem flüchtigen Blick in die Runde erkannte Magdalena neben der gedrungenen Gestalt ihres Vaters die beeindruckende Figur Meister Johanns sowie überraschenderweise auch den massig wirkenden Hagen Seume, seines Zeichens Regimentsprofos und zweiter Taufpate ihres Bruders. Seiner Position entsprechend war Seume auch jetzt feudal gekleidet. Golden flimmerten die Tressen am Rock, bunte Litzen zierten das helle Wams. Ein so hoher Besuch am Krankenbett war kein gutes Zeichen, wenn auch die Mienen der Männer abweisend, aber nicht sonderlich traurig schienen. Vorsichtig linste sie zu dem eigentlichen Patienten, von dem zunächst kaum mehr als ein dunkelbehaartes Köpfchen zu erkennen war. Friedlich schlummerte er in den Armen der Mutter, und die lag hellwach in der prall aufgebauschten Spitzenbettwäsche der vor wenigen Tagen davongejagten Kaufmannsgattin. Babettes kastanienbraunes Haar fiel locker auf die Schultern herab. Ein blütenweißes Leinennachthemd, sicherlich ebenfalls aus dem Bestand der Geplünderten, hob sich umso heller davon ab. Ihre Wangen glühten, die Stirn glänzte. Vorwurfsvoll blitzten ihre grünen Augen Magdalena an. Der zierliche Mund spitzte sich bereits, auch das Kinn ragte vorwitzig auf. Noch aber sagte sie nichts. Aufdringlicher Rosen- und Lavendelduft umgab sie. Wie immer hatte sie in ihrem Eifer übertrieben und ein besonders dickes Büschel der getrockneten lila Pflanzenstengel in einem Krug mitten auf dem Nachtkästchen drapiert und eine große Schale Rosenblätter gleich danebengerückt. Nun schien das selbst ihr den Atem zu nehmen. Übertrieben fächelte sie sich mit der freien Hand Luft zu und hüstelte trocken.

»Was willst du?«, fragte sie endlich mit ihrer viel zu schrillen Stimme und schob sich ein Stück höher in die Kissen. »Reichlich spät ist es. Dass du dich überhaupt noch hertraust! Wo hast du dich herumgetrieben, wenn ich als deine Mutter mal bescheiden nachfragen darf?«

Missbilligend glitt ihr Blick über die Tochter. Verlegen zwirbelte Magdalena an einer Locke, ärgerte sich aber im nächsten Moment, dass Babette sie überhaupt verunsicherte. Schon nickte die Mutter dem Vater zu, wie um ihm ein Zeichen zu geben, dass es an ihm war, eine ordentliche Standpauke zu halten. Er aber reagierte nicht. Abermals senkte sich bleiernes Schweigen über die Anwesenden. Unbehaglich rekelte sich der Vater, ein dicklicher Mann Mitte vierzig. Auch wenn er es selbst nicht zugeben wollte, waren ihm die zwei Jahrzehnte, die er unter den Waffen lag, deutlich anzumerken. Die grauen Augen entbehrten jeglichen Glanzes und blickten flatterig in die Welt. Seine fleischigen Finger fuhren über die schlechtrasierten Wangen, wobei der Stumpf des linken Zeigefingers deutlich sichtbar wurde. Erst im letzten November hatte der Vater die Fingerkuppe in der ruhmreichen Schlacht bei Tuttlingen verloren. Magdalena hatte die Wunde versorgt. Sein spitzer Bauch, der sich unter dem Wams abzeichnete, wackelte, weil er statt loszuschimpfen immer unruhiger auf den Fußspitzen wippte. Dankbar suchte Magdalena seinen Blick. Nur zu gut wusste sie, wie sehr ihm an ihr lag. Fritzchen hin oder her – sie war bislang sein einziges Kind geblieben, mit dem er vernünftig sprechen konnte. Auch wenn sie nur ein Mädchen war, hatte sie ihm in den letzten Jahren durch ihre Klugheit und ihr Geschick als Feldscherin so manchen Anlass für eine stolzgeschwellte Brust gegeben. Selbst das Exerzieren hatte sie sich als kleines Mädchen von ihm beibringen lassen. Magdalena meinte, so etwas wie Zustimmung in seinen Augen zu entdecken, gleichzeitig blitzte Traurigkeit darin auf. Ahnte er etwas von ihrer Liebe zu Eric? Wenn sie doch nur wüsste, was ihn so gegen ihn aufbrachte!

Meister Johann sah geflissentlich beiseite, Roswitha schnaubte. Lediglich Hagen Seume tat es der Mutter nach und musterte Magdalena gründlich vom Scheitel bis zur Sohle. Schamlos glotzte er ihr schließlich direkt auf den Busen. Unwillkürlich fasste sie sich ans Mieder und zog es enger zusammen. Daraufhin verzog er den Mund zu einem breiten Grinsen.

Der Vater ging indes noch immer nicht auf Babettes stumme Aufforderung ein. Kurz entschlossen nahm sie es deshalb selbst in die Hand, ihrem Ärger Luft zu verschaffen: »Während du dich offenbar mit einem Burschen im Heu vergnügt hast, ist dein Bruder fast erstickt. Tiefblau angelaufen war der arme Wurm schon. Kaum ein Schnaufen hat er mehr herausgebracht. Zum Glück war deine Cousine da und konnte zu Roswitha und Meister Johann laufen. Elsbeth weiß wenigstens, was sie zu tun hat.«

Im selben Moment trat die Erwähnte auf leisen Sohlen ins Zimmer. Eine leichte Röte überzog ihr engelsgleiches Gesicht, was es umso anziehender machte. Theatralisch streckte Babette die freie Hand nach ihr aus. Nicht weniger eindrucksvoll sank Elsbeth ihr zur Seite nieder und blickte lächelnd auf Fritzchens Köpfchen.

»Verzeih. Das habe ich nicht gewollt«, murmelte Magdalena. Versonnen fuhr Babette Elsbeth durch das offene blonde Haar, eine Geste, zu der sie sich in Magdalenas Gegenwart gern herabließ.

»Keine Sorge«, krächzte Roswitha, »Fritzchen ist schon wieder über den Berg. Die Hitze und das Gewitter gestern haben ihm wohl arg zugesetzt. Außerdem hat er kaum Luft bekommen. Kein Wunder, wenn er in so viele Schichten Spitzen und Leintücher gewickelt ist. Dass er da nicht trinken kann, sich vor lauter Durst aber verschluckt, ist doch klar. Ein paar Lagen weniger um den armen Wurm herum, und schon geht es ihm sichtlich besser.«

Sie schnaubte noch einmal betont, dann wandte sie sich ab, tätschelte Magdalena die Wange und wackelte ohne weiteren

Gruß davon. Meister Johann folgte ihr. Als sich die Tür hinter ihnen schloss, hörte man, wie sie draußen im Weggehen ein angeregtes Gespräch begannen. Wie gern wäre Magdalena ihnen gefolgt! Das Gesicht der Mutter aber ließ es ihr angeraten sein, vorerst zu bleiben. Hagen Seume nutzte die Gelegenheit, sich ebenfalls wortreich zu verabschieden. Dabei warf er Magdalena noch einen zweideutigen Blick zu und stolzierte hocherhobenen Hauptes hinaus.

»Ja, also«, sagte der Vater zögerlich und machte Anstalten, ebenfalls das Weite zu suchen. Babette allerdings ließ ihm das nicht durchgehen. »Willst du nicht endlich deiner Tochter sagen, was sich gehört? Oder muss ich wieder alles allein …«

»Reg dicht nicht auf. Das schadet nur dir und dem Kleinen«, sagte der Vater und beugte sich vor, um Fritzchen über das Köpfchen zu streicheln. Das besänftigte die Mutter. Unwillkürlich versetzte sie Elsbeth einen Stups mit dem Ellbogen und schob sie zur Seite. Beleidigt erhob sich die Cousine. Offensichtlich war sie enttäuscht, dass Magdalena ohne die gewünschte Schelte davonkam. Ihnen beiden blieb nichts anderes, als Seite an Seite abzuwarten, bis Babette die vorübergehende Eintracht mit Vater und Sohn wieder löste.

Der Kleine lag mit rosigen Wangen an Babettes üppiger Brust. Zwischen all den Kissen und Decken, die sich weiterhin um ihn türmten, war er kaum zu sehen. Friedlich schlummerte er, während Babette ihn lächelnd betrachtete und der Vater ihn sanft liebkoste. In ihren Augen lag so viel Glück, dass es Elsbeth einen tiefen Stich versetzte. Mit solch einer Liebe war sie noch nie bedacht worden. Wie viel besser mochte das sein als alle hitzigen, rasch verfliegenden Wonnen mit ungestümen Burschen im Heu! In diesem Moment wünschte sie sich nichts sehnlicher, als ein eigenes Kind in Armen zu halten. Das würde ihr endlich die Wärme schenken, die sie bislang vergeblich gesucht hatte. Schon spukte ihr eine Idee durch den Kopf, wie sich dieser Wunsch rasch erfüllen ließe.

Auch Magdalena fühlte sich ausgeschlossen aus der familiären Vertrautheit. Das wollte sie Babette jedoch nicht zeigen. Leise drehte sie sich um und schlich zur Tür. Kaum hatte sie die erreicht, da hörte sie die Mutter rufen: »Nicht so eilig, mein Fräulein! Dein feiner Zimmermann kann ruhig noch ein bisschen warten. Wird ohnehin Zeit, dass er seinem Meister zur Hand geht, statt bei dir zu liegen.«

Boshaft lachte sie, während Magdalena die Wangen zu glühen begannen. Kaum wagte sie, den Vater anzusehen.

»Welcher Zimmermann?«, fragte er tonlos, um gleich, als er Babettes triumphierende Miene sah, nachzusetzen: »Doch nicht etwa …?«

»Genau der!«, fiel Babette ihm ins Wort. »Das hättest du nicht gedacht, dass dein Augenstern mit dem Sohn deines Todfeindes anbändelt, was?«

»Wieso wisst ihr …?« Ein rascher Blick auf Elsbeths befriedigtes Lächeln bestätigte Magdalena den ungeheuren Verdacht: Die Cousine war ihr nachgeschlichen und hatte anschließend nichts Eiligeres zu tun gehabt, als die Mutter über ihre Entdeckung zu unterrichten. Ihre Gedanken überschlugen sich. Wenn ihre Eltern es nun ohnehin schon wussten, war vielleicht endlich die Gelegenheit, nachzufragen, warum sich der Vater so vehement gegen Eric sperrte. Was hatte Babette da eben mit »Sohn deines Todfeindes« gemeint? Waren die Eltern ihr nicht auch eine Erklärung schuldig?

»Das ist nicht wahr, Magdalena, oder?« Eher traurig als wütend sah der Vater sie an. »Sag mir jetzt sofort, dass du nicht mit Eric Grohnert zusammen bist.«

Beim Aussprechen des Namens zitterte seine Stimme. Wie die Mutter es vorhergesehen hatte, machte ihm weniger die Tatsache zu schaffen, dass sie sich körperlichen Freuden hingab, als vielmehr die Erkenntnis, mit wem sie es trieb. Der Triumph, einen Keil zwischen Vater und Tochter zu treiben, sollte Babette nicht auch noch gegönnt sein! Sanft berührte Magdalena seinen Arm.

»Was ist mit dir und Erics Vater?«, fragte sie vorsichtig. »Seit dreizehn Jahren ist er tot. Sein Sohn hat mir damals in Magdeburg das Leben gerettet. Warum kann dich diese selbstlose Heldentat nicht für ihn gewinnen?«

»Das sind uralte Geschichten.« Der Vater wich ihr aus. Ohne sie noch einmal anzusehen, stellte er sich ans Fenster, schob mit der Hand die Vorhänge auseinander, so dass ein gleißender Sonnenstrahl hereinfiel, und starrte blicklos nach draußen. »Darüber will ich nicht mehr reden. Eins jedoch musst du wissen: Dieser Eric bringt dir Unglück, seine ganze Familie bringt Unglück. Am eigenen Leib haben ich und die Meinen das erfahren müssen.«

»Warum willst du mir nicht endlich sagen, was damals geschehen ist? Was hat Erics Vater dir und deiner Familie angetan?« Magdalena bebte am ganzen Körper, konnte ihre Stimme kaum beherrschen. Der Vater schüttelte nur den Kopf.

Erst als Babette hörbar die Luft einzog, um sich in das Gespräch einzuschalten, sprach er endlich weiter: »Alles haben sie uns genommen. Sogar meinen Bruder. Tot ist er, weil Erics Vater ihn vernichtet hat. An dem Kummer sind am Ende auch meine Eltern zugrunde gegangen. Deshalb habe ich es in der Heimat nicht mehr ausgehalten und bin fort, ganz weit fort. Bis ich mich in Ulm von den Pappenheimerschen habe anwerben lassen und da endlich auch mein Glück an der Seite deiner Mutter gefunden habe.«

Langsam wandte er sich wieder um und sah sie offen an, während Elsbeth und Babette gebannt vom Bett aus zuhörten. »Versuch, Eric Grohnert zu vergessen, mein Kind. Das ist das Beste für uns alle.«

4

Am Abend des folgenden Tages verließ Rupprecht das Haus des Apothekers und brach zu seinem üblichen Rundgang durch die Stadt auf. Die rot verglühende Sonne warf bereits lange Schatten auf das Pflaster, und ein sanfter Wind strich durch die aufgeheizten Häuserschluchten. Nach dem heftigen Gewitter vor zwei Tagen war das Wasser in den kleinen Kanälen endlich abgeflossen. Die Pflastersteine und Lehmböden waren dank der Hitze längst wieder trocken, und der strenge Unratgeruch war verflogen. Von den Wasseradern inmitten der Stadt ging endlich wieder wohltuende Erfrischung aus.

Geduldig beobachtete Elsbeth aus einer Nische auf der gegenüberliegenden Straßenseite das Eckhaus. Aus Angst, auf Meister Johann oder gar Magdalena zu treffen und unangenehme Fragen beantworten zu müssen, hatte sie nicht zu Rupprecht ins Laboratorium gehen wollen. Auch mochte er es nicht besonders, wenn sie dort auftauchte. Das hatte er sie bereits am gestrigen Tag spüren lassen. Dennoch war sie sich sicher, dass sie nicht mehr lange würde warten müssen. Seinen anfänglichen Vorbehalten zum Trotz hatte er das Beisammensein mit ihr am Ende sehr genossen. Bei der Erinnerung kicherte sie in sich hinein: Reichlich unwirsch hatte Rupprecht zunächst auf ihre Avancen reagiert, als sie ihn unter einem Vorwand in die abgeschiedene Scheune am Wall gelockt hatte. Erst hatte er wohl gar nicht glauben mögen, dass sie, die blonde, hochgewachsene Schönheit, ihn, den etwas kümmerlichen, verschrobenen Gehilfen des Feldschers, zu umgarnen begann. Unbeholfen hatte er abgewartet, als sie sich an ihn geschmiegt und ihm einen tiefen Blick in ihr Mieder erlaubt hatte. Sie hatte schon etwas direkter werden und ihn aufreizend mit den Schenkeln berühren müssen, bis er begriff. Aber erst als sie ihm den Arm um die Schultern gelegt und einen langen Kuss auf die Lippen gepresst hatte, war er vollends überzeugt gewesen und hatte sich ihr hingegeben. Überraschenderweise hatte er sich dann als wahrer Meister der Zärtlichkeiten erwiesen. Stille Wasser gründeten eben tatsächlich tief.

Sie kicherte abermals. Gedankenverloren streichelte sie sich in Erwartung der neuerlichen Wonnen über den Körper. Allein bei der Erinnerung an seine Berührungen begann es in ihr zu lodern. Kein Zweifel: Er musste sie verhext haben! Warum sonst hielt sie, der die Männer aus den unterschiedlichsten Rängen des Regiments zu Füßen lagen, sich ausgerechnet an diesem zu klein geratenen Feldschergehilfen für ihre unerfüllten Sehnsüchte schadlos? Oft schon hatte sie ihr Glück bei anderen Männern gesucht, dabei jedoch nie das gefunden, was Rupprecht ihr geschenkt hatte. Eine Fügung des Schicksals, dass ihre Wahl bei ihrem Vorhaben auf ihn gefallen war.

Endlich öffnete sich die gegenüberliegende Tür. Ein Schatten trat heraus.

»Rupprecht?« Leise rief sie seinen Namen und ging ihm entgegen. »Schön, dass du kommst.«

»Grüß dich.« Zu mehr kam er nicht. Aufgeregte Stimmen näherten sich von rechts. Bald wurde ein Mann erkennbar, der Kleidung nach ein einfacher Söldner, der ein aus voller Kehle schreiendes Kind auf den Armen trug. Unablässig redete er auf das Kind ein. An seiner Seite lief eine Frau, deren zu locker gebundenes Kopftuch bei jedem Schritt ins Gesicht rutschte. Auch sie sprach ohne Unterlass auf das erbärmlich zeternde Kind ein. Männer und Frauen aus dem Tross begleiteten sie.

»Rupprecht, endlich!« Der Mann wirkte erleichtert, als er die Apotheke erreichte. »Mein Junge braucht dringend Hilfe. Sind Meister Johann oder Magdalena da?« Ohne die Antwort abzuwarten, schob er den Gehilfen beiseite und stürmte in die Offizin, die anderen hinterher.

»Spricht nicht eben für deinen Ruf, dass sie erst nach dem Meister und meiner Cousine fragen.« Elsbeth schüttelte den Kopf, weil Rupprecht sich dennoch anschickte, ebenfalls in die Apotheke zu gehen. »Was willst du da? Wenn sie deinen Rat nicht suchen, kannst du ebenso gut mit mir kommen. Ich wüsste einen besseren Zeitvertreib für dich, als den anderen die Salbentiegel zu halten.«

»Lass!« Ungehalten ging er hinein. Weil sie ihn ungern für diesen Abend aus den Augen verlor, folgte sie ihm.

Drinnen empfing sie wildes Stimmengewirr. Dank ihrer Größe konnte sie über die Köpfe der anderen hinwegsehen. Wie erwartet erspähte sie Magdalenas zierliche Gestalt vorn am Tresen. Der Mann hatte sein Kind darauf gebettet. Die Frau, offensichtlich die Mutter, stand dicht daneben und sah unruhig zwischen Magdalena und dem Kind hin und her. Angst, allerdings auch vorsichtige Zuversicht, endlich Hilfe zu finden, spiegelten sich auf ihrem Gesicht wider. Besorgt beugte sich Magdalena über das Kind. Sein Schreien war mittlerweile in ein klägliches Wimmern übergegangen. An der gekrümmten Haltung des schmächtigen Körpers waren die Schmerzen deutlich abzulesen.

Als Elsbeth sich nach vorn drängte, entdeckte sie auch die Ursache der Qual: Der rechte Arm des Kindes war völlig verbrannt. Am Unterarm warfen sich große Blasen, teilweise hing die Haut schon in Fetzen und gab das nackte, wunde Fleisch preis. Entsetzt wandte Elsbeth sich ab. Dabei traf sich ihr Blick mit dem Rupprechts, der neben Magdalena stand. Ein Ruck ging durch seinen Körper, als er Elsbeths Aufmerksamkeit gewahr wurde.

»Wärm mir je einen Krug Wein und Olivenöl und bring mir von hinten rechts im Regal die Hanfessenz, die ich heute Mittag frisch angerührt habe.« Magdalena erteilte Rupprecht ruhig, aber bestimmt ihre Anweisungen. Er jedoch runzelte die Stirn und machte keine Anstalten, ihrer Bitte zu entsprechen. Stattdessen sagte er: »Wir sollten den verbrannten Arm nahe gegen das Feuer halten und Salz hineinstreuen. Auch in Honigwasser genetzte Leintücher, die man über die Wunde legt, ziehen die Hitze heraus.«

Überrascht sah Elsbeth ihn an. Er widersprach doch nicht etwa ihretwegen seiner geliebten Magdalena? Bislang schien es ihn nie gestört zu haben, wie selbstverständlich die Cousine davon ausging, dass er sich ihr unterordnete.

»So?« Auch Magdalena war erstaunt. Nicht eben überzeugt von seinem Vorschlag, sah sie ihn an. Behutsam streichelte sie unterdessen dem wimmernden Kind über den Kopf. »Mag sein, dass deine Methoden einem erwachsenen Patienten gut anstehen, Rupprecht. Dies hier aber ist ein kleines Kind, das unerträgliche Qualen erleidet. Die Hanfessenz beruhigt es, so dass ich die Wunde mit dem Wein auswaschen und säubern kann, um sie anschließend mit warmen Olivenölumschlägen zu bedecken. Das fördert die Heilung und verhindert wulstige Narben. Meister Johann würde es nicht anders machen. Also tu endlich, worum ich dich bitte, bevor das Kind hier noch unnötig lange leidet.«

Rupprecht erblasste. Offenbar wurde ihm gerade bewusst, dass er seiner geliebten Magdalena vor zahlreichen Zuhörern in den Rücken gefallen war. Nichts wollte er weniger, als ihr zu schaden, trotz allen Bemühens, gleichzeitig vor Elsbeth gut dazustehen. Ob des Zwistes zwischen den beiden Feldschergehilfen hatten die Umstehenden zu reden aufgehört. Einzig das Weinen des Kindes durchbrach das Schweigen. Als Erste fasste sich die Mutter des kleinen Patienten: »Die rote Magdalena soll tun, was sie für richtig hält. Sie hat viel von dem Meister und der alten Roswitha gelernt. Ich vertraue ihr. Macht endlich, damit mein Kind nicht mehr leidet!«

Rupprecht warf einen fragenden Blick auf den Vater. Dessen Entscheidung sollte den Ausschlag geben. Auch die Frau und Magdalena sahen den Söldner erwartungsvoll an. Das behagte ihm ganz und gar nicht. Scheu sah er von seiner Frau zu Magdalena, dann zu den Umstehenden, bevor er sich endlich Rupprecht zuwandte und leise bat: »Bitte holt den Wein und das Öl.«

Das Ausatmen der Leute in dem engen Raum schien wie aus einer Kehle zu folgen. Elsbeth musste an sich halten. Wie konnte Magdalena Rupprecht das antun! Immerhin hatte er ihr zuliebe klein beigegeben. Staunend beobachtete Elsbeth, wie er sich trotz seiner erkennbaren Wut den Anweisungen fügte.

»Wollt ihr nicht lieber doch den Meister selbst fragen?« Schlagartig verstummte das Gemurmel. Elsbeth trat einen Schritt vor und sah ihrer Cousine herausfordernd ins Gesicht.

»Immerhin seid ihr beide seine Gehilfen, habt beide viel von ihm gelernt. Wenn ihr euch nun nicht einigen könnt, was das Beste für das Kind ist, sollte er entscheiden. Nicht dass das Kind einer falschen Behandlung wegen unnötig Schmerzen ertragen muss.«

Wie um das Gesagte zu unterstreichen, schrie das Kind plötzlich gellend auf.

»Tut endlich was, egal, was, nur helft meinem Kind!« Die Mutter geriet außer sich.

»Hau ab und lass uns unsere Arbeit tun!« Magdalenas smaragdgrüne Augen funkelten zornig. Rupprecht wirkte noch immer etwas unentschlossen. Erst als ihm einer der Umstehenden einen Stoß in die Seite gab, setzte er sich in Bewegung. Die Stimmung in der Offizin hatte sich gegen ihn gekehrt. »Ich hole dir, was du willst«, sagte er und verschwand im Laboratorium.

»Es war nur ein Versuch, den Streit zu beenden.« Elsbeth zuckte die Schultern. Wenn keiner ihre Mühe honorierte, mischte sie sich eben nicht mehr ein.

Der Posten gegenüber der Apotheke schien ihr weiterhin eine gute Zuflucht, um Rupprecht unbeobachtet abzupassen. Sie musste nicht lang ausharren, bis er herauskam. Ihre Vermutung, dass er Magdalena lediglich die gewünschten Heilmittel bringen und sich dann sofort aus der Behandlung zurückziehen würde, bestätigte sich. Zufrieden, ihn wenigstens so weit gebracht zu haben, dass er der Cousine nicht noch die Tücher zum Verbinden wie ein geringer Handlanger reichte, lächelte sie ihm entgegen. Seine närrische Verliebtheit in Magdalena würde gewiss nicht mehr lange sein Hirn trüben. Die Stunden, die sie beide miteinander verbrachten, würden das Ihre beitragen, dass er sich von dem Schatten löste und bald die ihm zustehende Position beim Feldscher einnahm. Ein weiteres Mal beglückwünschte sie sich zu dem Geistesblitz, dem unauffälligen Burschen für eine Weile ihre Gunst zu schenken. Durch ihn würde sie nicht nur ihren Kinderwunsch erfüllen, sondern auch Magdalena einige Steine in den Weg legen können. Die Cousine würde schon sehen, dass sie nicht für alle die beliebte kleine Wundärztin war, der die Herzen zuflogen. Doch jetzt galt es erst einmal, Rupprecht zu genießen.

»Schön, dass du kommst.« Wohlgemut zog sie ihn in einen benachbarten Hof, wo sie vor fremden Blicken sicher sein konnten.

»Was sollte das vorhin? Mit Magdalena komme ich schon allein zurecht.« Sein Grollen hinderte ihn, ihr Lächeln zu erwidern.

»Das weiß ich doch. Mir ging es nur darum, den unnötigen Streit zu beenden. Schade, dass du es nicht hast darauf ankommen lassen, wem von euch beiden Meister Johann recht gegeben hätte.« Sie streckte die Hand aus, um ihm über die Wange zu streicheln. Nichts lag ihr ferner, als den Zwischenfall in der Apotheke ausgerechnet jetzt zu diskutieren. Wenn er nicht begriff, dass sie nur zu seinem Wohl gehandelt hatte, war es ohnehin sinnlos. Dann wollte sie sich lieber gleich mit anderem beschäftigen. Angesichts des lauter werdenden Säbelrasselns wussten sie nicht, wie viel Zeit ihnen blieb.

»Ihr natürlich, das weißt du doch so gut wie ich.«

»Warum hast du dann überhaupt widersprochen?« Entgegen ihrer Absicht konnte sie das Thema doch nicht ruhenlassen. Verflixt, schalt sie sich, am Ende streiten wir uns jetzt auch noch deswegen. »Vergiss es«, schob sie also rasch nach. »Wenn du nicht willst, dass ich offen für dich eintrete, werde ich es nicht wieder tun. Das verspreche ich dir.« Feierlich hob sie die Hand zum Schwur und lächelte.

»Was willst du eigentlich von mir?«

»Das weißt du doch. Wir sind verabredet. Oder hast du etwa was Besseres vor?« Sie bemühte sich, belustigt zu klingen, und suchte seinen Blick. Um ihr ins Gesicht sehen zu können, musste er den Kopf heben. Sie störte das nicht. Vielleicht war gerade das der besondere Reiz, der von ihm ausging? Aufmunternd schwang sie sich ein wenig hin und her, nestelte wie zufällig an den Knöpfen ihres Mieders und hob den Saum des Rockes, um ihre Fußspitzen zu betrachten. Interessiert glitt ihr Blick dabei auch über seine Gestalt. Das Hemd war fleckig, weil er wohl beim Mischen der Tinkturen nicht sonderlich achtsam vorgegangen war. Auch die hellen Kniehosen wiesen deutliche Spuren seiner Arbeit auf. Lediglich die hohen, schwarzen Stiefel wirkten ordentlich gebürstet. Dass er bei den zierlichen Füßen überhaupt passendes Männerschuhwerk fand? Wahrscheinlich stopfte er die Spitzen mit Stroh aus.

»Komm, lass uns keine Zeit vertrödeln.« Sie hakte sich bei ihm ein und schob ihn wieder zur Straße. Ohne ein weiteres Wort folgte er ihr gehorsam wie ein kleiner Junge zu dem geheimen Ort und ihren verbotenen Spielen.

Als der Hahn den neuen Tag begrüßte, schreckten Elsbeth und Rupprecht aus tiefem Schlaf. Verstört sah er sie an. Offenbar verstand er nur sehr zögerlich, warum er mit ihr nackt in einer dämmrigen Scheune lag. Verärgert scheuchte er eine Schwalbe fort, die über seinem Kopf ihr Nest an der rückwärtigen Wand ansteuerte. Elsbeth schmunzelte. »Dir scheint es hier nicht sonderlich gut zu gefallen. Bereust du die Nacht etwa?«

»Du nicht?« Er raffte seine Hose und sein Hemd zusammen und zog sich an.

»Warum sollte ich? Wir hatten doch viel Spaß miteinander.«

»Ach, Elsbeth!« Die Hose halb über den Knien, hielt er inne und sah sie mit seinen dunklen Augen an. Sein trauriger Blick rührte sie. »Du weißt genau, dass wir beide das nicht aus Liebe füreinander tun. Weder du noch ich wollen einander wirklich. Wenn wir uns streicheln, sind wir beide in Gedanken bei anderen.«

»So?« Sie lachte, als zöge sie die Wahrheit seiner Worte in Zweifel. Den kurzen Anflug von Unsicherheit in seinen Augen genoss sie. Gern ließ sie ihn ein wenig zappeln, bevor sie sich zu einer Erwiderung entschloss. »Das ist aber nicht eben schmeichelhaft für mich. Wenn ich daran denke, was du mir letzte Nacht alles ins Ohr geflüstert hast, müsste ich dich allein deswegen zum Beichten schicken. Ganz zu schweigen davon, was du noch mit meinem Körper angestellt hast. Ich hatte nicht den Eindruck, dass du währenddessen in Gedanken anderswo warst. Aber letztlich ist es mir gleich. Zumindest dein Körper war mit seinem ganzen Verlangen bei mir.«

Sie zwinkerte ihm verschwörerisch zu und sprang splitternackt auf. Breitbeinig stellte sie sich über ihn. Ihre prallen Brüste baumelten aufreizend hin und her. Sie schob das Becken vor, um ihn noch ein wenig mehr zu reizen. Ob er wollte oder nicht: Ihm blieb nichts anderes übrig, als ihr mitten in die unbedeckte Scham zu sehen. Triumphierend bemerkte sie, wie er abermals unsicher wurde und schluckte, bevor er sich abrupt zur Seite rollte, um sich aus der misslichen Lage zu befreien. Eine Weile kehrte er ihr den Rücken. Gnädig ließ sie ihm Zeit, sich zu beruhigen. Schließlich war er nicht der Erste, mit dem sie ihre Spielchen trieb. So viel Vergnügen wie mit ihm aber hatte sie schon lange nicht mehr gehabt.

»Was spricht dagegen, sich ein wenig Spaß zu gönnen?« Langsam ging sie um ihn herum, baute sich abermals dicht vor ihm auf. »Keiner von uns weiß, was morgen ist, wie viel Zeit uns allen bleibt. Was sollen wir da unerfüllbaren Träumen nachhängen? Alles, was zählt, ist das Jetzt. Morgen kann es schon zu spät sein. Längst werden die Schanzen vor der Stadt verstärkt. Nicht weit im Westen gießen die Franzmänner neue Kugeln und wetzen die Messer für das nächste Gefecht. Auch die Unsrigen scheinen sich auf das Treffen zu freuen. Solange wir noch können, sollten wir das Leben in vollen Zügen genießen. Wenn nicht mit jenen, die wir uns erhoffen, dann wenigstens mit denen, die uns wohlgesonnen sind. Das Einzige, was zählt, ist das gute Gefühl. Sei froh, dass du Gelegenheit hast, es auszukosten.«

Ehe er es sich versah, sank sie neben ihm auf die Knie, zog ihm die Hosen wieder aus und begann, über die dunkelbehaarten Beine zu streicheln. Und auch wenn sie immer noch nicht seinen geheimen Sehnsüchten entsprechen mochte, gefiel es seinem Körper unübersehbar. Ihr war es gleich, ob er von Magdalena träumte, wenn er ihre Brüste knetete. Bald schien auch er nichts mehr darauf zu geben und ließ sich gern wieder in den Augenblick mit ihr fallen.

Die Sonne war längst aufgegangen, als Elsbeth sich zum Quartier der Tante schlich. Der Turm der Martinskirche warf seinen morgendlichen Schatten auf das Haus, das von außen still und verlassen aussah. Leise öffnete sie die Tür und schlich hinein. Das Knarren der Balken über ihr verriet, dass Babette in ihrem Gemach im ersten Stock hin und her ging. Vermutlich trug sie den Kleinen umher, damit er wieder einschlief.

Ansonsten war es mucksmäuschenstill. Die Bediensteten waren mit den ursprünglichen Besitzern geflohen, und der Onkel exerzierte vermutlich mit seinen Rotten draußen vor dem Wall oder vergnügte sich mit Hagen Seume und den anderen Offizieren bei einem Gelage. Elsbeth genoss es, in Ruhe durch die Räume im Erdgeschoss zu schlendern. Wie gern spielte sie Bürgersgattin und probierte das Leben in einem solchen Anwesen aus! Anders als Magdalena war sie das unstete Umherziehen im Tross gründlich leid. Auch als Eheweib würde sie Gelegenheit finden, sich weiter zu vergnügen. Dafür standen ihr dann aber auch noch andere Annehmlichkeiten zu. Außer einem eigenen Kind, das sie mit Liebe überschütten würde, wünschte sie sich nichts mehr als ein Dasein als brave Ehefrau an der Seite eines soliden Handwerkers oder Kaufmanns.

Ihre Finger fuhren über eine Anrichte aus schwarzem Kirschholz, rückten eine Schale aus buntem Glas zurecht und wischten den Staub von einem silbernen Leuchter. Die intakte Einrichtung des Gebäudes verriet, dass der Besitzer, ein wohlhabender Kaufmann, vor dem Eintreffen der Kaiserlichen Hals über Kopf geflohen war. Offenbar verdankte er seinen lohnenden Geschäftsverbindungen nicht nur die reichen Besitztümer, sondern auch die schnelle Fluchtmöglichkeit. Nur die wenigsten, dafür sicherlich wertvollsten Stücke seines Besitzes hatte er mitgenommen. Gemälde und Teppiche sowie Geschirr und Krüge aus Zinn, die er zurückgelassen hatte, waren Ausdruck seines unermesslichen Reichtums.

Gern malte Elsbeth sich aus, ihm leibhaftig gegenüberzutreten. Ihre anmutige Erscheinung würde ihn verleiten, sie zum Bleiben aufzufordern. Wenn er auch verheiratet sein mochte, so würde sie als seine heimliche Geliebte nicht minder gern in seinem Haus wohnen. Versunken in ihre Träume, ging sie in die Wohnhalle. Jedes Mal wenn sie an den Regalen mit Zierat vorüberkam, musste sie sich beherrschen, nicht eines der Stücke an sich zu bringen. Wie viele Gulden ließen sich wohl für dieses bunte Gefäß aus Glas oder die zierlich bemalte Schale aus Ton erzielen?

Längst hätte sie ihr Säckchen, das sie stets am Gürtel unter dem Rock mit sich trug, ordentlich füllen können. Auch in der Küche und im Keller gab es genug Dinge, die sie unbemerkt hätte wegschaffen können. Wenigstens eine kleine Entschädigung für das ihr vorenthaltene Glück als anständige Bürgersfrau sollte sie sich beschaffen. Gestern aber hatte die Tante sie wie aus heiterem Himmel gewarnt, ob zufällig oder weil ihr doch etwas aufgefallen war, ließ sich nicht feststellen. Vielleicht rührte es auch von dem Ärger, den Magdalena ihr durch das Techtelmechtel mit Eric eingebrockt hatte. Sollte Babette Elsbeth beim Stibitzen erwischen, würde sie sie fortschicken. Zu oft, so behauptete die Tante, hätte Elsbeth sie bereits bestohlen. Als ob die Speckseiten und das Weißzeug, das Babette letztlich selbst irgendwo hatte mitgehen lassen, groß ins Gewicht fielen! Viel zu viel hatte die Tante in den letzten Tagen schon zu den Marketendern geschleift. Dabei gehörte ihr nichts in diesem Haus rechtmäßig. Trotz der Wut über die Ungerechtigkeit hatte Elsbeth beschlossen, sich künftig zu beherrschen und nichts mehr heimlich zu verscherbeln. Von Babette fortgeschickt zu werden – was das hieße, malte sie sich jeden Abend aus: das Dasein im Hurenlager am anderen Ende des Trosses, fernab von jeder Möglichkeit, schnell wieder zu rechtschaffenen Regimentsangehörigen wie Onkel und Tante, Cousine und Feldschergehilfe Rupprecht zurückzukehren. Warum nur musste sie seit Jahren dieses erbärmliche Dasein als lästige Nichte fristen und immer brav schlucken, wenn die Tante sie ermahnte?

»Elsbeth?« Ungeduldig rief Babette durchs Haus. Wie hatte sie nur wieder gehört, dass sie gekommen war? »Wo steckst du?« Das klang sehr verärgert. Elsbeth beeilte sich, nach oben zu kommen.

»Willst du so enden wie meine missratene Tochter?« Ihre Tante wartete gar nicht erst ab, bis sie wieder zu Luft gekommen war, sondern stapelte gleich die verdreckten Windeln auf ihren Armen. »Das gehört ordentlich ausgekocht. Oder soll ich das etwa alles allein machen? Möchte wissen, was in euch gefahren ist, mich hier allein zu lassen. Es ist unglaublich. Weder meine Tochter noch meine Nichte scheren sich darum, dass ich die nötige Ruhe im Wochenbett habe. Denkt ihr, die Aufregungen um den Kleinen gehen spurlos an mir vorüber?« Demonstrativ hob die Tante die Hand an die Stirn und atmete laut. Dabei machte sie allerdings einen durchaus erholten, ausgeschlafenen Eindruck. Um sie nicht weiter zu erzürnen, verkniff sich Elsbeth eine Erwiderung und schickte sich an, mit der schmutzigen Wäsche zu verschwinden.

»Hiergeblieben! Noch bin ich nicht fertig!« Babette stemmte die Hände in die Hüften. In dem weißen Nachthemd, mit der verrutschten Haube auf dem Kopf und den nackten, platten Füßen wirkte sie lächerlich, aber das störte sie nicht im Geringsten. »Wenn du meinst, du kannst mich für dumm verkaufen, dann irrst du dich. Ich kriege mehr mit, als dir lieb sein kann. Deiner Mutter, also meiner armen Schwester, Gott schenke ihr eine fröhliche Auferstehung«, bei diesen Worten bekreuzigte sie sich, »habe ich zwar auf dem Sterbebett versprochen, mich deiner anzunehmen. Das gilt aber nicht für den Fall, dass du zur Hure wirst.

Und so, wie es aussieht, bist du wohl auf dem besten Wege dahin.«

Durchdringend sah sie sie an. Elsbeth erwiderte den Blick, ohne mit der Wimper zu zucken. Sollte die Tante doch drohen und wüten. Im Zweifelsfall würde sie Babette daran erinnern, wer sich gern Hagen Seume unter die Plane zog, wenn der Onkel den Versehrtenzug ins Krankenquartier begleitete. Auch dass Magdalena lang vor der ordentlichen Hochzeit das Licht der Welt erblickt hatte, fügte sich nicht in Babettes Traum von einer anständigen Existenz.

»Nur weil du mir verraten hast, dass Magdalena sich hinter meinem Rücken mit dem Lumpen Eric Grohnert trifft, hast du nicht gleich freie Bahn. Wie ich höre, bist du keinen Deut besser als deine Cousine. Glaub nicht, ich hätte nicht mitbekommen, dass du die Nächte mit irgendwelchen Burschen verbringst. Obendrein bestiehlst du mich hinterrücks. Ist das deine Art von Dankbarkeit dafür, dass ich dich aus den Händen deines Stiefvaters befreit habe? Ach, im Grunde kann es mir egal sein, was du tust. Zur Not gibt es immer noch deinen Stiefvater, der dafür sorgen muss, dass du nicht im Hurenlager endest. Wenn ich mich nicht täusche, wird er dich auch jetzt noch mit offenen Armen empfangen.«

Bei der Erwähnung des Stiefvaters zog sich Elsbeths Magen zusammen. Bevor sie zu dem zurückkehrte, brannte sie lieber durch oder verdingte sich als Trosshure. Er war es gewesen, der ihr als Zwölfjähriger die Unschuld geraubt hatte, und das nur, weil Babette sie während eines Winterlagers nicht bei sich hatte unterbringen wollen! Seither machte er stets unflätige Bemerkungen, wenn sie ihm im Lager über den Weg lief. Leider war er nach wie vor im selben Fähnlein wie ihr Onkel.

»Eins lass dir gesagt sein«, sagte die Tante, »mich täuschst du nicht. Ich weiß genau, was du vorhast: Dem einfältigen Rupprecht hast du dich an den Hals geworfen, damit er dir ein Kind macht. Denkst wohl, der heiratet dich und bleibt mit dir hier in Freiburg in der Apotheke, was? So dumm kannst auch nur du sein! Armes Gör, dass du doch nur die falschen Eigenschaften von meiner kleinen Schwester geerbt hast. Bild dir nur nicht ein, ich zieh dich hinterher aus dem Elend wieder raus!«

5

Grell schrie ein Verletzter auf. Der Schrei verfing sich in dem grob verputzten Gemäuer, hallte lange nach und erinnerte in nichts mehr an einen menschlichen Laut.

Obwohl das Brüllen und die Schmerzenslaute seit Tagen nicht mehr zu verstummen schienen, traf dieser eine Schrei Magdalena mitten ins Herz. Kurz richtete sie sich auf und sah sich um, das Leintuch dabei fest auf die klaffende Wunde an der linken Schläfe des Mannes auf dem Tisch gepresst. Ihr erschöpfter Blick kam schließlich wieder auf ihm zu ruhen. Fast schon friedlich lag er da. Wenigstens war er endlich dank des Branntweins eingeschlafen und nahm von dem Elend in dem notdürftig zum Lazarett umfunktionierten Gehöft nichts mehr wahr.

Das Bauernhaus lag in den Wäldern zwischen Slierberg und Wonnhalde südwestlich von Freiburg. Längst glich es eher einem Bienenstock denn einem Lager für Verwundete. Dicht an dicht reihten sich die Tische und Bänke aneinander. Schon den zweiten Tag taten Magdalena und die anderen Wundärzte ihr Möglichstes, die Söldner zu behandeln. Von Sonnenaufgang bis weit nach Sonnenuntergang standen sie an den Operationstischen. Klaffende Wunden galt es zu nähen, zerfetzte Gliedmaßen zu amputieren oder tückische Geschosse aus den Leibern herauszuoperieren. Pausenlos tupften sie den Schweiß von fiebrigen Gesichtern, verbanden Wunden, legten dick mit Salben bestrichene Kräuterpflaster auf, spendeten den Sterbenden Trost und drückten den Toten die Augen zu. Kaum hatte einer seinen letzten Atemzug getan, wartete schon der nächste Verwundete auf den frei gewordenen Tisch.

Magdalena atmete tief ein und aus. Endlich stoppte die Blutung bei dem Patienten, und sie konnte den Wundbalsam dick auf die Schläfe streichen. Roter Mangold färbte die Paste aus Baumöl, Terpentin, Kamillen- und Johannisblüten ein. Begierig schnupperte sie daran, um den Verwesungsgestank, der in dem feuchten Gemäuer hing, für ein paar Augenblicke zu vergessen. Schließlich bereitete sie ein Pflaster aus getrockneten Eibischblättern und legte den Kopfverband an. Unterdessen versorgten Meister Johann und Rupprecht die Wunden am restlichen Körper des Mannes, bis sie das Zeichen gaben, ihn fortzuschaffen. Helfer brachten ihn auf die andere Seite des Raumes, wo die bereits Behandelten vor sich hin dämmerten. Und schon wurde der nächste Patient auf den Tisch gehoben.

Seit zwei Tagen tobte die Schlacht zwischen den kaiserlich-bayerischen Truppen auf der einen und den französisch-weimarischen auf der anderen Seite. Mit den kalten Unwetterwolken zu Wochenbeginn war auch die erwartete Verstärkung für die Franzosen von den Vogesen herübergezogen. Zwar kämpften die Kaiserlichen strategisch günstig von oben vom Slierberg aus gegen den Feind, zudem war den Franzmännern vom ununterbrochenen Regen das Pulver nass geworden, während die Kaiserlichen das ihrige in einigermaßen trockenen Unterständen lagern konnten. Dennoch bewiesen die Feinde weiterhin bewundernswerten Kampfesmut und setzten immer wieder von unten herauf mit neuen Angriffen nach. Magdalena wusste genauso wenig wie die anderen Feldscher, den wievielten Anlauf sie gerade unternahmen, die Schanzen zu brechen. Ein halbes Dutzend mochten es gewiss schon gewesen sein. Keiner zählte das noch, genauso wenig wie einer von ihnen wusste, wie viele Beine er bereits abgesägt und wie viele Augenpaare er gnädig zugedrückt hatte.

Magdalenas müder Blick fiel auf Rupprecht, der gerade die Lederriemen um die Handgelenke des Verwundeten festzurrte. So wurde er selbst dann noch auf dem Tisch gehalten, wenn er sich mit letzter Kraft gegen die unerträglichen Schmerzen aufbäumte. Zum Zeichen, dass alles bereit war, nickte Rupprecht.

»Steck ihm das Holz zwischen die Zähne«, schrie sie Meister Johann zu. Mit glasigen Augen sah er zu ihr. Sie erschrak: Machte er etwa schlapp? Wie so viele andere Wundärzte neigte auch er dazu, nicht nur den Verwundeten vor einem Eingriff einen Schluck aus dem Branntweinschlauch zu gönnen. Bislang jedoch hatte er sich stets in der Gewalt gehabt und rechtzeitig aufgehört. Noch nie war er wegen Trunkenheit ausgefallen. Sollte das ausgerechnet jetzt passieren, hatten sie ein Problem: Dem Mann vor ihnen musste der Unterschenkel abgenommen werden. Das konnten sie nur zu dritt bewerkstelligen. Weit und breit aber war kein Ersatz für Meister Johann zu finden.

»Was-n-loss?« Mehr als ein unverständliches Lallen brachte er nicht heraus.

»Rupprecht! Mach du«, entschied Magdalena und beobachtete besorgt, wie Meister Johann zu ihr ans Tischende torkelte. Seine Fahne raubte ihr den Atem. Sie schnappte angestrengt nach Luft. Als wäre das ein Zeichen, ging plötzlich ein Ruck durch seinen Körper. Er rülpste, dann griff er sich die Säge und besah sich das zerschossene Bein. Ein-, zweimal schwankte er noch, bis er zu seinem Gleichgewicht fand. Sie stellte sich dicht neben ihn, um im Notfall einspringen zu können. Der Feldscher war entschlossen, sich keine weitere Blöße zu geben. Kurz nickte er ihnen zu, dann beugte er sich abermals tief hinunter und setzte die Säge an, bis er den besten Winkel gefunden hatte. Seine dicklichen Finger zitterten. Durch das Sägeblatt setzte sich das deutlich fort. Magdalena fasste sich an den Bernstein, wagte aber nicht einzugreifen. Auch Rupprecht am anderen Ende des Tisches sah mit großen Augen herüber. Der schwierigste Part des Eingriffs stand unmittelbar bevor. Das rechte Bein des Mannes war vom Knie abwärts völlig zerfetzt. Es würde nicht einfach sein, einen sauberen Schnitt zu vollbringen. Inständig flehte Magdalena, es möge auch dieses Mal alles gutgehen und der Patient den Eingriff überleben.

»Der muss wohl direkt in eine Kugel hineingelaufen sein«, sagte Rupprecht mitten in ihre Gedanken hinein und versuchte sich in einem schiefen Grinsen.

»Du weißt genau, dass ich solche Scherze nicht mag.« Der Meister warf ihm einen gereizten Blick zu. Auf einmal sprach er wieder klar und deutlich.

Magdalena nahm den mit Extrakten von Mohn, Alraunen und Bilsenkraut getränkten Schwamm vom Nachbartisch. Ohne ein weiteres Wort reichte sie ihn Rupprecht, damit er ihn dem Mann auf Nase und Mund drückte. Das würde dem Patienten die Sinne noch stärker benebeln als der Branntwein, so dass Meister Johann sich unbehelligt von Schmerzensschreien und Aufbäumen dem zerschossenen Bein widmen konnte.

»Ich glaube, wir können das Bein retten.« Als wäre seine Aufgabe am Kopf des Verwundeten beendet, schlenderte Rupprecht zu Meister Johann und Magdalena. »Schaut: Der Knochen liegt zwar frei, aber Muskeln und Sehnen sind nur wenig zerrissen. Das lässt sich gut wieder zusammenflicken, vor allem, wenn einer so geschickt ist wie du, Meister. Wahrscheinlich wird er zwar den Fuß nicht mehr bewegen können, aber ein steifer Fuß ist allemal besser als gar keiner.«

Regelrecht besessen schien Rupprecht von der Idee, so dass er gar nicht wahrnahm, wie wütend der Feldscher ihn ansah. Schon schwollen ihm die Adern an den Schläfen. Das ohnehin schon rotverschwitzte Gesicht färbte sich noch dunkler. Magdalena fasste sich ein Herz und sagte so unbekümmert wie möglich: »An den Rändern sieht die Wunde aber gar nicht gut aus. Das Licht hier drinnen ist viel zu schlecht, als dass wir es wagen sollten, die Wunde unter diesen Umständen zu säubern. Du weißt, Rupprecht: Wenn wir etwas übersehen, was herausgeholt werden müsste, stirbt uns der Mann spätestens morgen elendiglich am Wundfieber. Nein, der Meister hat recht: Das Bein muss ab. Besser, er überlebt mit einem Bein, als dass er mit beiden stirbt.«

»Schön, dass du mir zustimmst, mein Kind.« Der Zorn des Feldschers war nicht zu überhören. »Statt so kluge Reden zu schwingen, soll Rupprecht mir lieber endlich eine Laterne holen.«

Er gönnte seinem Gehilfen keinen Blick. Bevor Rupprecht widersprechen und die überflüssige Diskussion fortsetzen konnte, versetzte Magdalena ihm einen Schubs, damit er der Anweisung nachkam. Rasch schlang sie zum Abbinden des

Blutflusses ein Leinen um den Oberschenkel des Patienten. Während sie auf Rupprechts Rückkehr warteten, prüfte der Feldscher ein letztes Mal sorgfältig, wo er die Säge ansetzen wollte. Endlich kam Rupprecht mit einer Laterne zurück.

»Halt die Lampe weiter nach unten, sonst sehe ich nichts.« Langsam begann der Meister mit der Arbeit. Magdalena presste die Lippen zusammen und warf sich quer über den Patienten, um ihn niederzudrücken. Sicher wäre es geschickter gewesen, Rupprecht an ihren Platz zu lassen und selbst dem Meister zu leuchten. Nun war es dafür zu spät. Schon bewegte Meister Johann die Säge gleichmäßig auf und ab.

»Verdammt!« Abrupt hielt er inne, nahm die Säge von der rechten in die linke Hand und knetete die klammen Finger. Vorsichtig richtete Magdalena sich auf. War es ihm doch zu viel? Bang sah sie zu Rupprecht, dessen Gesicht im Lichtschein der Laterne starke Zweifel am Verhalten des Meisters verriet. Nicht auszudenken, wenn er jetzt versagte! Ähnliches schien auch der Feldscher selbst zu denken. Er fluchte. Hastig hauchte er in die Hand, um die Finger aufzuwärmen und beweglicher zu machen. Dann ging es endlich weiter. Blut spritzte ihnen entgegen, Knochen knirschten, der Leib auf dem Tisch bebte und zitterte. Im Delirium gab der Mann ein seltsames Stöhnen von sich. Magdalena konzentrierte sich ganz darauf, den Körper unten zu halten. Von der Anstrengung schwollen ihr die Ohren zu. Bald hörte sie nichts mehr von dem Schreien und Brüllen um sich herum. Dafür ging es bei Meister Johann schneller und leichter mit der Säge. Schließlich war es vollbracht. Dumpf fiel der nunmehr nutzlose Unterschenkel zu Boden. Der Feldscher ließ die Säge sinken. Rasch sprang sie ihm zur Seite, den Stumpf zu versorgen. Rupprecht stellte die Lampe ab und reichte ihr die Nadeln.

Nun war es an Meister Johann, die Haut über den Schnitt zu ziehen, damit sie die beiden Wülste zusammenflicken konnte. Erschöpft betrachteten sie schließlich ihr Werk.

»Er lebt!«, stellte sie nach einem Blick zum Tischende fest. Rupprecht hob nur kurz den Kopf, schien aber keine Freude über die gelungene Operation zu empfinden. Offenbar wurmte es ihn noch immer, dass seine Einschätzung so schnell verworfen worden war.

»Gut gemacht!« Meister Johann trug ihm nichts nach, sondern legte ihnen beiden die Hände auf die Schultern und drückte sie an sich. »Was täte ich nur ohne euch? Gehilfen wie ihr sind ein wahrer Glücksfall!«

Stolz über das Lob, lächelte Magdalena, während Rupprecht weiter schwieg.

»Lasst uns weitermachen. Der Nächste wartet schon«, sagte der Meister und deutete mit dem Kopf auf den Tisch, auf den einer der Helfer den nächsten Verwundeten gelegt hatte. »Willst du dieses Mal ran, Rupprecht? Ich muss mir kurz die Finger wärmen.«

6

Mitten in dem üblichen Tumult im Lazarett erhob sich draußen vor dem Gehöft plötzlich ohrenbetäubender Lärm. Selbst die verzweifelten Schmerzensschreie wurden übertönt. Die Tür schwang auf, und jemand brüllte: »Die Franzmänner kommen!«

»Rette sich, wer kann!«, schrie einer der Feldscher. Im nächsten Moment gab es kein Halten mehr. Wie auf Kommando ließen die Wundärzte die Instrumente fallen, die Helfer ließen die Verwundeten los. Jeder, der noch in der Lage war, auf eigenen Beinen zu stehen, erhob sich und versuchte, aus dem Bauernhaus zu fliehen. Ein rücksichtsloses Schieben und Drängen begann. Das Einzige, was zählte, war, den eigenen Kopf zu retten. Weil es viel zu wenige und nur schmale Türen gab, entbrannte ein heftiger Kampf darum, nach draußen zu gelangen. Schließlich schlug jemand die Fenster ein, um auch durch diese Öffnungen fliehen zu können.

»Lass mich durch, du Hundsfott!«

»Scher dich zum Teufel, du alte Vettel!«

»Aus dem Weg, du Hurensohn!«

»He! Wer wird einen alten, hilflosen Mann über den Haufen rennen wollen?«

Tische stürzten um, Holz zersplitterte, Balken barsten, Tontiegel sprangen entzwei. Manch einer benutzte den Nächstbesten, um mit dem Stiefel auf ihn zu steigen und aus dem Fenster zu klettern.

Starr vor Entsetzen verfolgte Magdalena das Geschehen. Längst hatte sie in dem Getümmel Meister Johann und Rupprecht aus den Augen verloren. Verwirrt versuchte sie, einem Mann, der lediglich an der Schulter verletzt war, von einem der Tische zu helfen und ihn zur Tür zu geleiten. Immer wieder blickte sie sich verzweifelt um. Wo waren der Feldscher und Rupprecht hin? Nachdem sie den Verwundeten mit Mühe nach draußen gebracht hatte und sich dem nächsten Hilfsbedürftigen zuwenden konnte, erspähte sie aus den Augenwinkeln, dass Meister Johann weiter hinten im Raum Gleiches tat. Gewiss versuchte auch Rupprecht, denen, die noch zu retten waren, gegen die rücksichtslosen Kameraden beizustehen. Wie vielen sie letztlich auf die Beine und ins Freie geholfen hatte, hätte Magdalena irgendwann nicht mehr zu sagen vermocht. Es schien ihr eine Ewigkeit, seit die Tür aufgeflogen und das Chaos ausgebrochen war. Irgendwer musste schließlich einen der Tische ins prasselnde Kaminfeuer gestürzt haben. Blitzschnell griffen die Flammen auf das Holz über. Wie gebannt starrte Magdalena auf die Feuerstelle. Ihre Kräfte schwanden, ihr wurde schwindelig, in den Ohren rauschte es. Das lang verdrängte Bild aus dem brennenden Magdeburg schob sich vor ihre Augen: unzählige fliehende Menschen, die nackte Angst, nicht mehr lebend davonzukommen. Sie kniff die Lider zusammen, umklammerte den Bernstein auf der Brust und begann inständig zu beten.

»Magdalena!« Aus weiter Ferne drang eine wohlbekannte Männerstimme schwach an ihr Ohr. Der Tonfall klang vertraut. Viel zu vertraut, wie sie im nächsten Augenblick mit Schrecken feststellte.

»Magdalena!«, hörte sie noch einmal. Kein Zweifel: Die Stimme gehörte einem geliebten Menschen. Allmählich erwachte sie aus ihrer Starre, öffnete vorsichtig die Augen und blinzelte ins Halbdunkel. Grausig war der Anblick, der sich ihr bot. Sie wusste nicht, wie lang sie so dagestanden und um Beistand des Allmächtigen gefleht hatte. Einzig die Kraft des Bernsteins hatte sie gespürt. Um sie herum war es still und leer geworden. Der brennende Tisch war in sich zusammengefallen. Dank der festen Ummauerung des Kamins und des Steinbodens hatte das Feuer nicht weiter um sich greifen können. In der Stille aber hörte sie außer dem ruhigeren Prasseln des niedergebrannten Feuers immer wieder diese schwache, geliebte Stimme, die ihren Namen rief.

Das Innere des Bauernhauses war völlig verwüstet, die Türen aus den Angeln gerissen, selbst die Fensterläden zerstört. Bis auf die Toten und Sterbenden befand sich außer ihr niemand mehr in dem behelfsmäßigen Lazarett. Die Franzmänner aber waren auch nicht gekommen. Das Stöhnen um sie herum wurde leiser. Einer weinte und rief verzweifelt nach seiner Mutter, ein anderer versuchte sich in einem letzten Vaterunser. Von einer Bahre nur wenige Schritt entfernt ragte eine Hand empor. Es sah aus, als winke sie ihr zu.

»Magdalena!« Das Rufen wurde schwächer. Voll böser Ahnungen schlich sie hinüber.

Auf der Trage unweit der unverputzten Hauswand lag ein Mann, das Gesicht verquollen, der Leib zerschossen, mehr konnte sie in der Dämmerung nicht erkennen. Noch einmal wandte sie sich zum Kamin, griff sich eines der brennenden Holzscheite und ging wieder zu der Bahre zurück, um den Verletzten anzuleuchten.

»Mein Mädchen!«

Der Vater! Sie zuckte zurück. Nein, das konnte nicht sein, durfte nicht sein! Langsam sank sie zu Boden, leuchtete die Gestalt an und zog im nächsten Augenblick das Licht zurück. Der Anblick war nicht zu ertragen.

»Vater!« Sie nahm seine Hand und drückte sie. Kaum spürbar erwiderte er den Druck. Auf seinem zerschossenen Gesicht wurde trotz aller Wunden so etwas wie ein Lächeln erkennbar. Das Weiß der Augäpfel leuchtete im Schein des Holzscheits hell auf. Warum hatte sie ihn nicht schon früher gefunden? Jemand hätte ihr Bescheid sagen müssen, damit sie nach dem verletzten Vater hätte sehen können. Vielleicht hätte sie vor einigen Stunden noch etwas für ihn tun können. Nun aber war es zu spät. Sie spürte, wie ihr die Tränen in die Augen stiegen, Verzweiflung sie überkam. Gerade noch konnte sie sich zurückhalten, nicht weinend über ihm zusammenzusinken. Der zerschossene Körper hielte die Belastung gewiss nicht mehr aus.

»Lass – mich – nicht – allein«, flüsterte er. Nach jedem Wort musste er innehalten, mühsam Speichel und Blut hinunterschlucken und neue Kraft zum Weiterreden sammeln.

»Nicht, Vater«, erwiderte sie und legte den Zeigefinger auf die Lippen. Die letzten Momente seines Lebens sollte er sich nicht noch durch unnötiges Reden quälen. Behutsam strich sie ihm über das schweißnasse Haar, rang sich ein aufmunterndes Lächeln ab. Sie wollte etwas sagen, doch ihr fehlten die Worte. Also blickte sie ihn einfach nur stumm an. In ihrem Innern tobte ein heftiger Kampf. Einerseits wollte sie ihn in Ruhe einschlafen lassen, andererseits haderte sie mit sich, ob sie nicht doch rasch aufstehen und drüben an ihrem Tisch nach schmerzlindernden Kräutern oder wenigstens nach dem Schlauch mit Branntwein suchen sollte.

Draußen wurde es wieder lauter. Zweifelsohne näherten sich die kämpfenden Truppen. Piken und Säbel klirrten gegeneinander, dazwischen fielen immer wieder einzelne Schüsse. Befehle erklangen. Die Franzosen mussten den Berg von der Westseite her erstürmt haben und in die Schanzen der Bayerischen eingedrungen sein. Versprengte Rotten hielten dagegen. Lange würden sie dem Ansturm gewiss nicht standhalten können.

Magdalenas Herz klopfte schneller. Sie konnte nicht weg. Sie musste bei ihrem Vater bleiben. Er durfte nicht allein sterben. Noch schien er zum Glück nichts von der Gefahr draußen zu ahnen.

»Mutter – und – Fritz«, mühte er sich nach einer Weile wieder und versuchte den Kopf zur Seite zu drehen, um ihr in die Augen sehen zu können. Ein gurgelndes Geräusch entschlüpfte seiner Kehle. Bläschen von Speichel und Blut quollen heraus. Sacht schüttelte sie den Kopf und bedeutete ihm, nicht weiterzureden. Gleichzeitig hoffte sie, dass die Feinde sich noch ein wenig Zeit ließen. Wenigstens das Sterben des Vaters sollten sie nicht stören.

»Mach dir keine Sorgen um die beiden«, sagte sie lauter als nötig, damit er von den Geräuschen draußen nichts hörte. Er würde sie fortschicken, wenn er wusste, was da vor sich ging. »Ich werde gut auf sie aufpassen. Fritzchen ist über den Berg. Er wird zu einem strammen Burschen heranwachsen. Darauf kannst du dich verlassen. Das verspreche ich dir.«

Sie erneuerte den Griff um seine Hand, spürte, wie sein Atem zögerlicher ging, die Brust sich kaum mehr hob und senkte. Rasch fühlte sie den Puls, konnte ihn kaum mehr finden. Umso erstaunlicher, dass er sich plötzlich aufbäumte, ihre Finger umklammerte, ihren Blick suchte und deutlich sagte: »Versprich, dass du Eric vergisst. Er ist dein Verderben!«

Ein Zucken fuhr durch seinen Körper. Er rollte mit den Augen und bewegte ein weiteres Mal tonlos die Lippen, als wollte er etwas hinzufügen, doch er brachte keinen Laut mehr heraus. Stattdessen sprudelte noch einmal Blut. Im nächsten Moment riss er entsetzt die Augen weit auf, als erblicke er die Hölle vor sich. Dann brach sein Blick, und er kippte jäh nach hinten.

Behutsam bettete Magdalena ihn zurück auf die Trage und strich ihm die Augen zu. Eine eisige Faust umklammerte ihr Herz. Nicht allein das grausige Sterben ließ sie erschauern. Den nahen Tod vor Augen, hatte der Vater sie ausgerechnet vor dem Mann gewarnt, den sie mindestens ebenso liebte wie ihn. Wie konnte er von ihr verlangen, ihn zu vergessen? Sie würde es nicht ertragen, nach dem Tod des geliebten Vaters auch Eric zu verlieren. Beide waren ihr die liebsten Menschen.

Nein, unmöglich, des Vaters letzte Bitte zu erfüllen und von Eric zu lassen. Das würde sie nicht überleben! Sie war froh, dass er gestorben war, noch bevor sie ihm den Schwur hatte leisten können. Ihr Magen krampfte sich zusammen. Bitter stieg ihr die Galle auf. Sie schluckte und würgte, fühlte, wie ihr die Sinne schwanden. Hastig presste sie die Hände auf den Leib. Taumelnd erhob sie sich, ging ein paar Schritte zur Seite und erbrach sich, bis sie sich völlig leer fühlte. Eric vergessen – warum verlangte der Vater das von ihr?

Ihre Hände zitterten, als sie sich das verschwitzte rote Haar aus dem Gesicht strich, das spitze, zarte Kinn trocknete. Sie erinnerte sich daran, wie Eric damals zu ihnen gestoßen war, wie er sie gerettet hatte aus der brennenden Stadt, sie begleitet hatte ins Lager. Eine mittellose Waise war er gewesen, die bei dem Fall Magdeburgs alles verloren hatte: seine Familie, sein Zuhause, seinen Besitz. Schutz hatte er im Tross gesucht und gefunden. Es war die einzige Möglichkeit, in Zeiten wie diesen weiterzuleben. Ein neuerlicher Stich fuhr ihr durchs Herz: Der entsetzte Blick, mit dem der Vater Eric damals angesehen hatte, stand ihr wieder vor Augen. Blass wie ein Leintuch war er geworden, als stünde der Teufel vor ihm. Trotzdem hatte er sich später seiner erbarmt und ihn zu Meister Rott, dem Zimmermann, gebracht, damit er einen festen Unterschlupf im Tross fand. Ein seltsamer Zufall, dass Eric und sie sich vor wenigen Monaten wiedergetroffen und ihre große Liebe zueinander entdeckt hatten. »Vorsehung«, hatte sie es genannt und wusste auch jetzt, dass es gegen den letzten Willen ihres Vaters ihr Schicksal war, an Eric festzuhalten. Ihre Wangen wurden nass vor Tränen. Sie schmeckte das Salz, wenn sie sich mit der Zunge über die Lippen fuhr.

Unter großer Anstrengung gelang es ihr, zu dem Leichnam

des Vaters zurückzukehren und mit gesenktem Blick ein Gebet für ihn zu sprechen. Ein letztes Mal berührte sie sein Gesicht und streichelte zärtlich seinen Arm. »Gott schenke dir eine fröhliche Auferstehung«, murmelte sie und hoffte, dass seine Seele im Jenseits angekommen war. Die sterblichen Reste würde sie irgendwo begraben müssen. Zu schrecklich war die Vorstellung, sie schutzlos zurückzulassen. Aber wo? Und wie sollte sie das ohne Hilfe bewerkstelligen? Ein Musketenschuss schreckte sie auf. Die kämpfenden Soldaten kamen zurück. Wieder suchten ihre Finger nach dem Bernstein. Ihr Herzschlag wurde ruhiger, sobald sie die Wärme des Steins fühlte. Nein, Eric würde sie nie verlassen. Der Vater hatte geirrt: Eric war gewiss der Letzte, der sie ins Verderben führen würde.

7

Wie und wann sie aus dem Bauernhaus gelangt war, daran konnte sich Magdalena später nicht mehr erinnern. Sie wusste nur noch, dass sie lange betend neben dem toten Vater gesessen und auf irgendein Zeichen gewartet hatte, was sie mit der Leiche tun sollte. Schließlich waren die Geräusche der Kämpfenden in die Ferne gerückt. Bald darauf hatte sie den Leichnam des Vaters aus dem Gehöft gezerrt, ihn in die Grube neben dem Stall geworfen und notdürftig mit Erde und Stroh bedeckt. Inständig hatte sie ihn und auch den Allmächtigen um Verzeihung für das unwürdige Grab gebeten. Aber ein Grab in der Jauchegrube war allemal besser, als gefleddert zu werden, sobald Marodeure das Bauernhaus fanden. Nach einem kurzen Gebet im strömenden Regen hatte sie das Gehöft schließlich verlassen.

Inzwischen war es finstere Nacht. Verloren irrte sie durch den Wald. Selbst durch die dichten Zweige der Tannen und Kiefern war der Regen zu spüren. Ein scharfer Wind heulte zwischen den riesigen Baumstämmen. Magdalena war nass bis auf die Knochen und fror. Die Locken klebten strähnig am Kopf. Das Tuch hatte sie sich zum Wärmen um den Hals gebunden, was aber nur für kurze Zeit nutzte. Mieder und Rock trieften vor Nässe. An den Sohlen ihrer viel zu feinen Apothekersgattinnenschuhe klebte die aufgeweichte Erde und erschwerte das Gehen. Der weiche Waldboden ließ sie immer tiefer einsinken. Mehr als einmal war sie versucht, sich einfach an einem Baumstamm niedersinken zu lassen. Etwas stimmte nicht mit ihr. Im Kopf schwindelte es sie, die Übelkeit schwand nicht. Nie zuvor hatte ihr ein Einsatz derart zu schaffen gemacht wie dieser am Slierberg. Wahrscheinlich war es der Schock des toten Vaters wegen. Schon schluchzte sie wieder auf, schmeckte abermals bittere Galle im Mund. Erschöpft erbrach sie sich an einem Baumstamm. Als sich ihre Eingeweide nicht mehr krampften und der Brechreiz abebbte, richtete sie sich auf und horchte in die unheimliche Stille des dunklen Waldes. Die Soldaten beider Seiten hatten sich gewiss in ihre Stellungen zurückgezogen. Keiner wollte sich unnötig den Gefahren der Nacht aussetzen. Bis zum Anbruch des Tages sollte auch sie abwarten. War es erst wieder hell, konnte sie den Weg zurück zu den Kaiserlichen finden und den Franzosen ausweichen. Langsam sank sie an einem breiten Kiefernstamm nieder, schlang den Rock um ihre angewinkelten Beine und hauchte sich mit ihrem eigenen Atem Wärme in die Hände.

Die Ruhe tat gut. In blinder Verzweiflung war sie vorhin zunächst einfach nur bergab gerannt, hatte gehofft, so irgendwann auf einen Posten der Kaiserlichen zu treffen. Dann aber hatte sie das Gefühl für die Richtung verloren. Angst war in ihr aufgestiegen. Wenn sie Pech hatte, lief sie unten am Fuß des Berges den Franzmännern und ihren Verbündeten, den Weimarischen, in die Arme. Also war sie wieder bergauf gestolpert. Aber auch da bestand die Gefahr, in die Hände der Feinde zu fallen. Mercy und seine Leute hatten sich vor den anrückenden Franzmännern offenbar immer weiter zurückgezogen. Doch wohin? Nein, es war besser, sie ließ es fürs Erste damit bewenden und schöpfte Kraft für den neuen Tag. Ihr Kopf sackte auf die Knie. Sie legte die Arme darum. Das Letzte, was sie wahrnahm, war der Geruch der feuchten Baumwolle, vermischt mit dem Harz, das vom Berühren der Baumrinden an ihren Fingerkuppen klebte.

Magdalena erwachte, als Stimmen an ihr Ohr drangen. Vorsichtig hob sie den Kopf. Tatsächlich, da waren Menschen. Sie sprachen sogar Deutsch. Das musste nichts heißen, dennoch klopfte ihr Herz schneller. Hoffnung keimte in ihr. Der Morgen dämmerte. Außerhalb des Waldes mochte es bereits viel heller sein. Die dichten Zweige ließen kaum Licht durch. Die ersten Vögel zwitscherten, Tauben gurrten, nicht weit entfernt krähte sogar ein Hahn. Wahrscheinlich lag ganz in der Nähe ein Bauernhof. Auch der Regen hatte nachgelassen. An Magdalenas Platz unter der Kiefer war der Waldboden fast trocken. Die Stimmen kamen näher, ließen sich mehr und mehr unterscheiden. Es waren drei Männer, dessen war sie sich bald sicher. Doch dann erkannte sie den Weimarer Akzent. Fieberhaft suchte sie die Umgebung nach einem besseren Versteck ab.

»Was haben wir denn da?« Zu spät! Einer der Soldaten hatte sie entdeckt. Wahrscheinlich hatte der helle Rock sie verraten. Im anbrechenden Tageslicht war er leicht zu erspähen. Sie verfluchte ihre Eitelkeit. Warum trug sie nicht mehr den grauen, alten?

»Keine Bewegung!«, brüllte ein Zweiter und legte mit der Pistole auf sie an. Noch hatten sie also nicht bemerkt, dass sie eine Frau war. Doch das würde ihr nicht helfen. Ein Entkommen gab es nicht, nur einen kleinen Aufschub, in dem die Furcht noch wachsen würde, bis sich die Männer auf ihr wehrloses Opfer stürzten. Bedächtig schob sie sich mit dem Rücken an dem Baumstamm in die Aufrechte, tastete mit den Fingerspitzen die Rillen der Rinde hinauf. Das Harz verklebte alles. Goldene Tropfen wie Bernstein. Sie musste auf einmal lächeln, trotz der Gefahr. Die Übelkeit schwand, sie fühlte sich kräftiger. Zum Zeichen, dass sie unbewaffnet war, hob sie die Hände.

Die drei Soldaten trugen die Armbinden der Weimarer. Kurz durchzuckte sie die Idee, sich die Schnur mit dem Bernstein vom Hals zu reißen und weit fortzuschleudern. Vielleicht lenkte das die Männer ab. Wertvoller Schmuck mochte in ihren Augen mehr wert sein als das kurze Vergnügen mit einer hilflosen Frau. Noch während sie darüber nachdachte, rumorte es wieder heftiger in ihrem Bauch, und sie brachte es nicht über sich, den Stein zu opfern.

»Ein Weibsbild!«, jauchzte der Erste auf.

»Ich fass es nicht!«, rief der Zweite.

»Die gehört mir! Ich hab sie zuerst entdeckt.« Der Dritte stieß die beiden anderen zur Seite und rannte geradewegs auf sie zu. Ungeduldig zerrte er an seinem Gürtel, begann bereits im Laufen, die Hose aufzuknöpfen.

»Dir pressiert's aber!«, lästerte der Erste, der es allerdings nicht weniger eilig hatte, sich untenherum frei zu machen. Ein

Pistolenschuss zerriss die Luft. Während die beiden halbnackten Soldaten mit heruntergelassener Hose und deutlich angeschwollenem Glied stehenblieben, lachte ihr Kamerad schallend über den gelungenen Streich.

»Ich bin zuerst dran, merkt euch das!« Triumphierend kam er auf Magdalena zu. Die Hände streckten sich ihr bereits entgegen. Gierig leckte seine Zunge über die Lippen, da ertönte abermals ein Schuss, und der Mann kippte vornüber. Entsetzt sah sie auf.

»Wenn du nicht warten kannst, trifft es dich genauso«, raunte der Schütze seinem schreckensbleich gewordenen Kameraden zu. Gehorsam stolperte der mit seiner heruntergerutschten Hose zur Seite und nahm die Hände hoch. Die Pistole weiter auf ihn gerichtet, schritt der zweite Soldat auf sie zu. Als sie ihn bereits hätte berühren können, hielt er plötzlich an.

»Da herüber«, befahl er seinem vor Angst schlotternden Kameraden und deutete mit der Pistole an, wohin er gehen sollte. »Knie dich hin und leg die Hände an den Kopf.«

»Nicht!«, flehte der. »Du kannst sie haben, ganz allein. Lass mich nur leben! Bitte!«

Braune Brühe wurde an den Innenseiten seiner nackten Oberschenkel sichtbar. Zäh rann sie herab. Der Gestank war unerträglich. Magdalena würgte es erneut. Sie wollte den Blick abwenden, doch es gelang ihr nicht. Wie gebannt starrte sie weiter auf den armen Tölpel. So viel hatte sie schon ertragen müssen, doch das hier übertraf alles bislang Dagewesene. Den anderen dauerte das Flehen des Kameraden nicht im Geringsten. Kurz drehte er sich zu Magdalena um: »Bin gleich bei dir, mein Täubchen. Mach dir schon mal schöne Gedanken!«

Flüchtig warf er ihr eine Kusshand zu, bevor er gemächlich zu seinem Kameraden ging und ihm die Pistole an den Kopf setzte. »Nein!«, brüllte der noch, doch der Mann kannte kein Erbarmen und erschoss auch ihn.

Magdalena schloss die Augen und dachte an Eric. Die Finger um den Bernstein geklammert, flehte sie: »Bitte lass mich nicht im Stich!« Wenn der Mann so erbarmungslos seine Kameraden tötete, nur um sie für sich zu haben, wollte sie sich gar nicht ausmalen, wie er gleich über sie herfallen würde. Ihre einzige Hoffnung war, dass es schnell vorüberging. Sich an der Todesangst der anderen zu weiden, schien seine größte Lust. Die wenigstens konnte sie ihm bieten, ohne sich verstellen zu müssen.

Plötzlich erklang ein fürchterlicher Schrei. Sie fuhr herum. Ein Ast sauste zischend durch die Luft. Auch der Soldat schaute verblüfft. Im nächsten Moment traf ihn das tückische Geschoss am Kopf, und er fiel um. Magdalenas Herz überschlug sich. Noch lag der Soldat am Boden. Ob er tot war oder nicht, spielte keine Rolle. Losrennen musste sie. Die Gelegenheit nutzen und einfach laufen, egal, wohin.

Ihre Beine aber gehorchten nicht. Tief krallten sich ihre Finger in die Baumrinde. Ein Splitter bohrte sich unter ihren Nagel. Sie empfand keinen Schmerz, nur Verwunderung. Noch immer konnte sie sich nicht von der Stelle bewegen. Es war, als klebte sie fest.

»Magdalena!« Eine vertraute Stimme erreichte ihr Ohr. Nein, sie musste sich täuschen. Abermals erklang die Stimme. Eric! Auf dem weichen Waldboden spürte sie Schritte. Ganz dicht mussten sie hinter ihr sein. Mit dem Rücken am Stamm wandte sie sich um und sah in Erics Gesicht. Erleichtert sank sie in seine Arme.

Hand in Hand kämpften sie sich wenig später durch das Gestrüpp am Waldsaum. Das muntere Plätschern eines kleinen Bachlaufs begleitete sie bereits eine ganze Weile und wies ihnen die Richtung, um endlich ins sichere Freiburg zu gelangen. Zu ihrer Rechten schälten sich Sonnenstrahlen durch die lichter werdende Wolkendecke. Der Himmel klarte auf, der Regen zog weiter. Noch war der Boden feucht genug, dass ihre Schritte lautlos waren. Das Laub der Büsche und Sträucher bot ihnen ausreichend Schutz, um nicht entdeckt zu werden. Linker Hand zogen sich Laubbäume und dichtes Gestrüpp den Berg hinauf. Irgendwo oben auf der Kuppe musste der Bauernhof liegen, in dem Magdalena ihren Vater in die Grube hatte werfen müssen. Ob sie jemals zurückkehren und ihm ein richtiges Grab schaufeln konnte? Bei dem Gedanken schluchzte sie laut.

»Bist du wahnsinnig?« Verärgert fuhr Eric herum. »Hinter jedem Busch können Weimarische oder Franzosen lauern. Vielleicht haben sie die drei anderen schon gefunden. Gnade uns Gott! Für deren Tod werden wir beide büßen müssen.«

Sie passierten die rauchende Ruine einer Mühle, die wohl erst in der letzten Nacht abgebrannt war. Eine einzelne Mauer ragte brusthoch daraus hervor. Weit und breit war niemand zu sehen.

»Lass uns kurz rasten«, bat Magdalena und ließ sich erschöpft nieder. »Ich kann nicht mehr.«

Es schwindelte sie, gleichzeitig spürte sie wieder heftige Übelkeit in sich aufsteigen. Eric musterte sie besorgt, bedeutete ihr, leise zu sein, und verschwand im Dickicht. Bald kam er mit einer Handvoll Beeren zurück. Während sie sich gierig darauf stürzte, kroch er zum Bach und brachte in den zur Kuhle geformten Händen einige Spritzer Wasser. Trotz der

Stärkung fühlte sie sich weiterhin zittrig und schwach. Das rührte nicht allein vom Schock des Erlebten und der Trauer um den toten Vater. So schmerzhaft sie waren, aber solche Erlebnisse war sie von klein auf gewohnt. Zu viele Menschen, die ihr lieb waren, hatte sie sterben sehen. Auch dass sie dem Vater das erhoffte Versprechen schuldig geblieben war, reute sie nicht. Mit einem Mal begriff sie, woher die Kraftlosigkeit rührte. Dass das allerdings nicht der geeignete Zeitpunkt dafür war, wurde ihr im nächsten Moment bewusst. Zu lange schon war sie Wundärztin, um nicht zu fühlen, dass sie ihre ganze Stärke jetzt selbst brauchte und nicht noch ein zweites Leben in sich heranwachsen lassen konnte. Und doch würde sie freudig die zusätzliche Last tragen. Immerhin war es ein Kind der Liebe, das unter ihrem Herzen wuchs.

»Wir müssen weiter«, mahnte Eric. »Die Ruhe täuscht. Wir sind noch lang nicht in Sicherheit. Die Unsrigen haben die Franzmänner zwar gestern Nacht vom Slierberg zurückgedrängt, doch du hast selbst erlebt, dass immer noch einzelne durch den Wald ziehen. Ein zweites Mal mag uns das Schicksal nicht gewogen sein.«

»Warte, nur einen kleinen Moment noch, dann geht es wieder.« Sie legte ihm den Kopf auf die Schulter, schloss die Augen und atmete tief durch. »Dich hat der Himmel geschickt, Eric, weißt du das? Wieso bist du eigentlich hier? Woher hast du gewusst, in welcher Bedrängnis ich war?«

Ihre Fingerkuppen streichelten sein rotblondes Haar, ihre Augen glitten über das markante Profil seines geliebten Gesichts, als müssten sie sich vergewissern, dass er leibhaftig neben ihr saß.

»Ich habe nicht einmal geahnt, dass du es bist. Wie sollte ich auch?« Versonnen sah er zum Himmel, verengte die Augen, als suchte er dort oben nach einem Zeichen, dann wandte er sich ihr wieder zu. »Der gestrige Tag war furchtbar. Nie hätte ich geglaubt, dieser Hölle noch einmal zu entrinnen. Wieder und wieder sind Enghien und seine Truppen gegen unsere Stellungen angestürmt und haben sie teilweise erheblich zerstört. Fast kam es mir vor wie damals in Magdeburg. Nur dass es nicht an allen Ecken und Enden gleichzeitig zu brennen begann.«

Er senkte den Kopf und hielt sich die Hände vors Gesicht. Mehrere Atemzüge lang kämpfte er mit den schrecklichen Bildern der Vergangenheit. Auch ihr war, als sähe sie das Lodern der Flammen wieder vor sich, hörte das verzweifelte Schreien der Menschen, die dem Inferno nicht mehr entrinnen konnten. Ihre Finger suchten den Bernstein.

»Plötzlich aber wurde es ruhig«, sprach Eric weiter. »Wir bekamen den Befehl, die Gelegenheit zu nutzen und die Schanze eine halbe Meile bergaufwärts stärker zu befestigen. Das rettete mir das Leben. Die Nacht habe ich dort oben verbracht, mich erst im Morgengrauen hinausgewagt. Dann sind die Schüsse gefallen. Warum ich ihnen gefolgt bin, kann ich dir nicht sagen. Als ich gesehen habe, dass einer bereits zwei halbnackte Kameraden totgeschossen hatte und eine dritte Gestalt an einem Baum bedrohte, wusste ich, was zu tun war.«

»Ich weiß jetzt, warum deine Mutter dir den Bernstein gegeben hat. Er ist wirklich ein Schutz. Inständig habe ich gefleht, du mögest bei mir sein, und wie aus dem Nichts bist du aufgetaucht. Dank seiner Hilfe hast du mir jetzt schon zum zweiten Mal das Leben gerettet. Wer aber behütet dich, wenn ich den Stein bei mir trage?«

Sie löste den Knoten an dem Band, um es ihm um den Hals zu legen. Er hielt sie zurück. »Um mich musst du dir keine

Sorgen machen. Solange ich weiß, dass der Bernstein dich beschützt, wird es auch mir gutgehen.«

Innig umarmte er sie. Sie spürte die Kraft seiner Muskeln und das gleichmäßige Pochen seines Herzens und fühlte sich geborgen. Wie hatte der Vater sie nur vor einem solchen Beistand warnen können? Eric war nicht ihr Verderben, er war ihre Rettung, wie sie gerade wieder erlebt hatte. Wie gut, dass sie dem sterbenden Vater den Schwur schuldig geblieben war.

»Der Wurf mit dem Holzstück war großartig.« Ihre Stimme klang heiser. Verlegen räusperte sie sich.

»Nicht umsonst arbeite ich als Zimmermann. Was glaubst du, womit wir uns die Zeit vertreiben, wenn wir mal nicht schanzen müssen?« Verschmitzt zwinkerte er ihr zu.

Gern hätte sie den Moment weiter ausgekostet. Seine Gegenwart tat so gut und tröstete sie über allen Schmerz hinweg. Schon schmiegte sie sich enger an ihn. Er aber drängte zum Aufbruch. »Nicht hier. Heute Nacht haben wir wieder unseren Heuboden. Der ist mir allemal lieber als diese halbzerschossene Mühle, wo jederzeit ein Franzmann auftauchen kann.«

»Dass du so vernünftig sein kannst!«

»Man soll sein Schicksal nicht unnötig herausfordern.«

8

Der Regimentsprofos Hagen Seume hatte es sich nicht nehmen lassen, Babette die traurige Nachricht vom Ableben ihres tapferen Gatten persönlich zu überbringen.

Seitdem herrschte Stille im Schlafgemach. Einzig das Surren einer dicken Fliege war zu hören, bis das Mittagsläuten an der nahen Martinskirche begann. Bald stimmten weitere Kirchenglocken in das Geläut ein. Die Sonnenstrahlen, die durch die halbgeöffneten Vorhänge fielen, warfen goldenes Spätsommerlicht auf den Dielenboden. Der Geruch von sonnengewärmtem Holz und reifem Obst mischte sich mit dem Duft von Babettes Lavendelstrauß.

Besorgt äugte Elsbeth zur Tante, die halb aufgerichtet, aber immer noch reglos in ihren Kissen verharrte. Elsbeth war auf das Schlimmste gefasst. Sollte die Tante zusammenbrechen, stand sie nahe genug, ihr helfend beizuspringen. Sie sollte wissen, auf wen sie im Angesicht eines solchen Schicksalsschlags zählen konnte. Der Säugling lag kaum sichtbar an Babettes Brust, Gott sei Dank zu winzig, etwas von der Tragweite des Geschehens für sein weiteres Leben ahnen zu können. Die Tante spitzte mehrmals den Mund, als wollte sie etwas sagen. In Elsbeths Körper spannten sich die Muskeln. Gebannt sah sie in das runde Gesicht, das vor der weißen Bettwäsche umso blasser wirkte. Doch Babette schwieg.

Seume hielt sich direkt neben dem Bett, den breiten Hut in der rechten Hand, die linke auf dem Säbelknauf. Trotz seines anmaßenden Habitus war ihm anzumerken, wie nah ihm der Tod des langjährigen Freundes und Zechkumpans ging. Anders war nicht zu erklären, dass er sich nach der erschöpfenden Slierbergschlacht noch auf den Weg gemacht hatte, um die Mitteilung höchstpersönlich zu überbringen. Magdalena hatte ihn gleich nach ihrer Rückkehr über den Unglücksfall informiert, das wenig ruhmvolle Grab in der Jauchegrube allerdings verschwiegen.

Seine klobige Figur wirkte gedrückt, der breite Schädel regelrecht in die Schultern eingesunken. Selbst der sonst so weit vorragende Bauch schien erschlafft. »Im furchtlosen Kampf gegen den gottlosen Feind hat es ihn übel erwischt. Gott hat ihm jedoch noch die Gnade gewährt, sein ihm wohlgefälliges Leben im Angesicht Eurer braven Tochter auszuhauchen«, sagte er, noch einmal denselben Satz wiederholend, den er inzwischen schon mindestens dreimal von sich gegeben hatte. Babette schien es nicht aufzufallen. Leer starrte sie geradeaus, auf einen nur für sie sichtbaren Punkt irgendwo auf der gegenüberliegenden Wand. Nicht einmal das greller werdende Sonnenlicht, das über ihr Gesicht wanderte, brachte sie zum Blinzeln.

»Gott schenke ihm eine fröhliche Auferstehung«, murmelte Seume und bekreuzigte sich.

»Wenigstens war er im Sterben nicht allein.« Leise räusperte sich Elsbeth und hoffte, dass der Trost, den sie Babette spenden wollte, die ersehnte Wirkung erzielte.

»Als ob das Weib ihm noch hätte helfen können.« Wutschnaubend schoss die Tante aus den Kissen empor. »Die wird schon ihren Grund haben, sich nicht bei mir blicken zu lassen. Oder habt Ihr meine Tochter irgendwo gesehen, mein lieber Seume?«

Gebannt blickte sie auf den Profos. Der senkte den Kopf und betrachtete angestrengt seine Stiefelspitzen. Offenbar beschämte es ihn, ihr auch zu Magdalena nichts Gutes sagen zu können.

»Wusste ich es doch!« Babette geriet in Fahrt. Laut zeterte sie weiter: »Nicht mal dem eigenen Vater kann das Weib helfen. Dabei vollbringen sie und ihr besoffener Meister doch angeblich eine Wundertat nach der anderen. Ausgerechnet beim eigenen Fleisch und Blut aber versagt ihre Kunst. Das stinkt doch zum Himmel! Zu nichts ist das Miststück zu gebrauchen.«

»So dürft Ihr nicht reden! Wenn Magdalena ihren Vater hätte retten können, hätte sie es gewiss getan. Aber nicht einmal Meister Johann hat noch was ausrichten können. Für ihn kam jede Hilfe zu spät. Euer Mann war einfach viel zu schwer verwundet.« Aufrichtig bemühte sich Seume, die ungeheure Anschuldigung zu entkräften. »Zudem haben die elenden Hundsfotte von Franzosen nicht einmal das Lazarett verschont, so dass sich kaum einer von dort retten konnte.«

»Ach, das sagt Ihr doch alles nur, um mich zu beschwichtigen. Interessiert Euch meine Tochter? Wenn Ihr Glück habt, hebt sie den Rock für Euch.« Bitterkeit schwang in ihren Worten mit. »Das Weib ist doch froh, dass die Franzmänner ihren Vater aus dem Weg geräumt haben. Jetzt kann sie sich ungestört mit dem Zimmermannslumpen vergnügen.«

»Tante, sag so was nicht!« Elsbeth trat ans Bett und legte Babette die Hand auf die Schulter, über sich selbst erstaunt, wie selbstverständlich sie die Cousine verteidigte. »Magdalena hat ihren Vater zutiefst geliebt und bewundert. Nie im Leben freut sie sich über seinen Tod.«

»Das stimmt, Verehrteste. So wie Euer Mann über sie gesprochen hat, waren die beiden ein Herz und eine Seele. Sie war sein ganzer Stolz. Das gilt umgekehrt genauso.«

Seumes Blick streifte Elsbeth, wie um sich weiterer Unterstützung zu versichern. Dass er so schwülstig von Magdalena schwärmte, wunderte sie nicht. Nur zu gut erinnerte sie sich an die Blicke, die er ihr letztens zugeworfen hatte. Ganz ohne Hintergedanken pries er die Cousine also nicht an.

»Habt Ihr schon einen Hinweis, wo Magdalena überhaupt steckt?«, fragte Elsbeth ihn leise. »Nicht einmal Meister Johann und Rupprecht konnten uns etwas sagen. Seltsam, als wäre sie vom Erdboden verschluckt. Hoffentlich geht zumindest dieser Kelch an meiner Tante vorüber. Reicht gerade, dass sie ihren Mann verloren hat. Auch wenn sie es sich nicht anmerken lässt: Magdalena zu verlieren wäre ein weiterer schwerer Schlag.«

Gerade wollte Seume sich äußern, da kam vom Flur her eine aufgeregte Stimme näher. Es polterte, als rückte eine ganze Armee an. Etwas fiel krachend zu Boden, daraufhin ertönte ein ungeheuerliches Fluchen, begleitet von abermaligem Scheppern. Elsbeth musste schmunzeln. Es war nicht zu überhören, wer da unterwegs war. Im nächsten Moment flog die Tür auf, knallte schwungvoll gegen die rückwärtige Wand, prallte zurück und wurde abermals weggestoßen. Blinzelnd stand die alte Hebamme Roswitha im Rahmen, dann hatte sie sich zurechtgefunden und watschelte auf ihren krummen, kurzen Beinen ins Zimmer.

»Keine Sorge, Babette, deine Tochter wenigstens lebt.« Das Krächzen ihrer Stimme veränderte sich nicht einmal, wenn sie eine frohe Nachricht zu überbringen hatte. Ihrem runden, runzeligen Gesicht war die Freude dagegen deutlich anzumerken. Die schmalen Lippen lachten von einem Ohr zum anderen, selbst die trüben Augen schienen ein wenig zu glänzen.

»Gott sei Dank!«, rief Elsbeth. Auch Seume brummte erleichtert und drehte den Hut schneller in der Hand.

»Sagst du denn gar nichts?« Roswitha ging zum Bett und sah Babette vorwurfsvoll an. Ehe die sich wehren konnte, schlug sie die Decke zurück. Es kümmerte sie nicht, dass Seume dadurch Babettes halbentblößte Brust zu sehen bekam, an der Fritzchen schon geraume Zeit nicht mehr nuckelte. Geschickt pflückte die Hebamme den Mund des Kleinen mit ihren knotigen Fingern von der Brustwarze und hob ihn hoch.

»Komm schon, mein Söhnchen! Mir machst du nichts vor. Hast doch gar nicht mehr richtig getrunken. Tief und fest schläfst du schon, stinkst aber wie ein Schwein. Höchste Zeit, dass du gewickelt wirst. Nicht, dass deine Schwester nachher kommt und dir als Erstes den dreckigen Hintern sauber wischen muss.«

Zärtlich herzte sie das Kind. Zu sehen, mit welcher Selbstverständlichkeit sie das tat, schmerzte Elsbeth. Warum hatte sie kein menschliches Wesen zum Liebkosen? Babette dagegen atmete erleichtert auf. Anscheinend war sie froh, den Kleinen für eine Weile los zu sein, was sie jedoch nie offen zugegeben hätte. »Wo steckt Magdalena? Warum kommt sie nicht selbst? Immerhin bin ich ihre Mutter!« Beleidigt zog sie die Decke wieder über die Brust. Seume entfuhr ein bedauerndes Seufzen.

»Sie wird schon wissen, warum. Vorerst ist sie drüben bei mir und schläft sich aus. Das alles war schlimm genug für sie.« Roswitha dachte nicht daran, auf Babettes versteckte Eifersucht einzugehen. Wie immer fühlte diese sich von Magdalena schlecht behandelt. Stattdessen beschäftigte sie sich damit, Fritzchen in frische Leintücher zu wickeln.

Babette besann sich wieder auf ihre Rolle als trauernde Witwe. »Was wird überhaupt jetzt aus uns?«

Mit großen Augen sah sie Seume an. Den Kopf leicht schräg gelegt, rang sie sich ein schmerzliches Lächeln ab und drehte gedankenverloren die Schnur an ihrem Nachthemd, was seine Wirkung nicht verfehlte. Diensteifrig buckelte er. »Keine Sorge, Verehrteste, ich lasse Euch nicht im Stich. Das bin ich Eurem Gatten wohl schuldig. Mehr als zwei Jahrzehnte war er ein treuer Söldner der kurfürstlich bayerischen Armee und außerdem mein Freund.«

»Das will ich meinen!« Babette fiel ihm ungeduldig ins Wort. »Seit Ulm ist er schon dabei, das wisst Ihr so gut wie ich. Sold aber hat er in all den Jahren nur äußerst selten bekommen. Besteht wenigstens jetzt die Aussicht, dass man mir etwas zahlt? Sonst weiß ich doch gar nicht, wie ich zurechtkommen soll, gerade so kurz nach der Geburt unseres Sohnes. Ach, wenigstens war meinem armen Gatten noch das Glück vergönnt, den Kleinen auf den Armen zu halten. Gott schenke ihm eine fröhliche Auferstehung!« Theatralisch ausholend schlug sie das Kreuz auf der Brust.

»Was ist mit deinem Bruder in Köln? Warum gehst du nicht zu ihm?« Stolz auf diesen Einfall, zupfte Elsbeth am Ärmel des blütenweißen Nachthemds der Tante. Mit einem »Lass mich!« schüttelte die sie verärgert ab.

»Macht Euch keine Gedanken«, Seume drückte wichtigtuerisch seine Brust heraus, »höchstpersönlich werde ich …«

»Pah! Das will ich sehen, mein Lieber!«, krächzte Roswitha dazwischen, die soeben mit dem frisch gewickelten Kind in den Armen zurück ans Bett trat. Laut lachte sie auf. Fritzchen hob kurz den Kopf, verzog das knitterige Gesichtchen zu einer Grimasse und verharrte mitten in der Bewegung, um sogleich friedlich weiterzuschlafen.

»Wollt Ihr etwa höchstpersönlich dem Kurfürsten die Truhen mit Gold rauben, damit die arme Babette ein paar Gulden sieht?« Dass sie einen ranghohen Offizier vor sich hatte, hielt Roswitha nicht davon ab, ihre Meinung offen kundzutun. »Wenn ich das recht überblicke – immerhin kenne ich viele Söldnerfamilien –, hat bislang kaum einer je seinen vollen Sold bekommen, erst recht nicht, wenn er das Pech hatte, auf dem Feld der Ehre zu bleiben. Die Witwen lässt der Herr Kurfürst gern im Regen stehen. Können sich ja als Trosshuren verdingen, dann haben die anderen auch was davon!« Höhnisch lachte sie auf. »Am Ende kann einer schon von Glück sagen, wenn er nach dem Ehrentod wenigstens halbwegs angezogen in ein ordentliches Grab gelegt wird. Die meisten Toten enden doch splitternackt als Fraß für die Krähen. Viel Aufhebens macht jedenfalls keiner um die Leichen, sobald ihnen alles Brauchbare wie Stiefel, Hosen und Rock abgenommen ist. Sind sowieso immer viel zu viele, die nach einer Schlacht herumliegen.«

»Red nicht so dumm daher, altes Weib!« Verärgert setzte Seume sich seinen Hut auf und schob die Hebamme beiseite. »Kannst froh sein, dass ich um deine Verdienste als Wehmutter weiß, sonst würde ich dich jetzt für dieses respektlose Verhalten an den Pranger stellen.« Hastig verabschiedete er sich von Babette, drängte Elsbeth grob beiseite und eilte hinaus.

Roswitha wartete kaum ab, bis sich die Tür hinter ihm geschlossen hatte, bevor sie weiterblaffte: »Wollen wir hoffen, dass es deinem Mann nach dem Sterben nicht so übel ergangen ist wie den anderen. Vielleicht hat sich doch einer seiner armen Seele erbarmt und ihn wie einen ordentlichen Christenmenschen unter die Erde gebracht.«

»Halt endlich deinen Mund! Wenn ich Pech habe, hast du mir gerade alles verdorben.«

»Was sagt denn Magdalena?« Elsbeth fasste sich als Erste wieder. »Sie war doch bei ihm, als er starb. Hat sie ihm denn kein Grab schaufeln können?«

»Wie denn, als Frau, allein im Schlachtgetümmel?« Roswitha warf ihr einen verächtlichen Blick zu. »Da sieht man es wieder: Selbst wer wie du sein ganzes Leben im Tross verbringt, hat noch lange keine Ahnung, was bei so einem Gefecht wirklich los ist. Einen Tag solltest du mal da draußen mit dabei sein, einmal so tüchtig wie deine Cousine bei den Verwundeten zur Hand gehen. Dann würdest du nicht mehr so einfältig fragen, warum Magdalena ihrem Vater kein Grab geschaufelt hat.«

Schon wollte Elsbeth ihr widersprechen und auf ihre Hilfe bei der Tante hinweisen, da wandte sich Roswitha bereits an Babette: »Auch dir würde es gut anstehen, dich nicht wochenlang faul im Bett zu rekeln, sondern dem Beispiel deiner Tochter zu folgen und was Sinnvolles zu tun.«

»Was fällt dir ein?« Sofort plusterte Babette sich auf. »Was weißt du schon von mir? Du bist wirklich die Letzte, die mir Vorwürfe machen darf. Soweit ich mich erinnere, bist du nicht eben freiwillig als Hebamme im Tross. Ganz schön lang hast gerade du dich geziert, bis du bereit warst, etwas Sinnvolles für die tapferen Soldaten und ihre Frauen zu tun.« Der Blick, mit dem sie die Hebamme bedachte, verriet, dass sie darauf brannte, ihr gutgehütetes Geheimnis auszuplaudern.

Roswitha aber blieb stumm. Offensichtlich wollte sie Babette nicht den Gefallen tun, sie am Reden zu hindern.

»So?« Neugierig spitzte Elsbeth die Ohren. Seit langem brannte sie darauf, mehr über Roswitha zu erfahren. Unter den Frauen im Tross wurde so manches gemunkelt. Mehr als einmal hatte sie die seltsamsten Geschichten gehört, angefangen bei abenteuerlichen Gerüchten, sie sei die Geliebte Pappenheims gewesen, was angesichts ihrer Hässlichkeit kaum zu glauben war, bis hin zu der wenig phantasievollen Behauptung, sie habe früher mit Meister Johann das Zelt geteilt und gemeinsam mit ihm der dunklen Magie angehangen. Am überzeugendsten fand Elsbeth bislang die Version, Roswitha habe wegen ihrer geheimnisvollen Kenntnisse als Hexe in ihrer Heimat verbrannt werden sollen und unter falschem Namen im Tross Unterschlupf gefunden. Dass ausgerechnet die Tante die Wahrheit über Roswithas Vergangenheit wusste und erst jetzt damit herausrückte, ärgerte sie ein wenig. Warum hatte sie ihr noch nie etwas davon verraten?

»Täusche ich mich, oder bist du nicht die feine Roswitha Muckenthaler, die Witwe eines seinerzeit hochdekorierten Offiziers, die sich nur allzu gern als Erste aus der Beute bedient und all den Schmuck und die feinen Kleider einverleibt hat? In Truhen mit Goldmünzen sollst du gebadet haben, bis dein Mann damals in Österreich einen schmachvollen Tod erlitt. Dann war es schnell aus mit deiner Vornehmheit. Nur weil du zu hässlich warst, um dich als Hure zu verdingen, hast du dein Glück als Wehmutter versucht. Außerhalb des Trosses wollte dich sowieso keiner haben.«

»Ach?« Enttäuscht über die wenig aufregende Geschichte, entfuhr Elsbeth ein Seufzer. Roswitha verzog keine Miene, sondern beschäftigte sich aufmerksam mit Fritzchen, der immer noch an ihrer Schulter schlief.

»Tu nicht so, als ginge dich das alles nichts an!« Babette geriet in Wut, mit der Enthüllung keine Empörung geerntet zu haben. Kampflustig nahm sie ihren Säugling aus den Armen der Hebamme und zischte: »Ich jedenfalls bin die Letzte, die von einem Weib wie dir an den Pranger gestellt werden darf. Seit Jahrzehnten ziehe ich brav und klaglos an der Seite eines nicht minder braven Söldners mit dem Heer durch die Lande. Genauso wie mein tapferer Mann habe auch ich alles dafür aufgegeben, den gerechten Kampf für die Sache Gottes, der katholischen Kirche und des Kaisers zu führen. Ein Kind nach dem anderen habe ich zur Welt gebracht, eine Fähigkeit, die du, soweit ich weiß, selbst nie gehabt hast. Ein Kind nach dem anderen habe ich in meinen Armen sterben sehen. Nie aber habe ich mich darüber beschwert, dass mir nur ein einziges Kind geblieben ist und dass ausgerechnet du und Meister Johann mir dieses eine Kind abspenstig gemacht habt, damit es als Wundärztin bei jeder Schlacht sein Leben und sein Seelenheil aufs Spiel setzt. Gott sei Dank ist sie wenigstens stark und klug, dass das auch jetzt wieder gut ausgegangen ist. Nicht auszudenken, wenn Gott mir auch noch meine Tochter genommen hätte, gerade jetzt, wo mein armer Gatte so kläglich dahingerafft wurde!« Wieder schlug sie sich mit der freien Hand ein Kreuz vor der Brust. »Jetzt also ist gewiss nicht der rechte Zeitpunkt, mir solch unverschämte Lügen an den Kopf zu werfen, wie du vermaledeites Weib es gerade eben getan hast.«

Einen Moment herrschte Stille.

»Bist du fertig mit deinem selbstgefälligen Jammern und Wehklagen?« Das Krächzen Roswithas, mit dem sie das Schweigen brach, klang noch barscher als sonst. »Ein Wunder, dass du in dem ganzen Sermon überhaupt ein Wort über Magdalena verloren hast. Sonst hat man ja immer den Eindruck, du verschwendest keinen einzigen Gedanken an sie. So eine tüchtige, tapfere Tochter hast du eigentlich gar nicht verdient. Wenn ich sie nicht mit eigenen Händen aus deinem Leib herausgezogen hätte, würde ich nie und nimmer glauben, dass sie dein eigen Fleisch und Blut ist. Wie ich dich kenne, hast du ihr gleich als Erstes die Schuld am Tod deines Mannes in die Schuhe geschoben, weil es ihr nicht gelungen ist, ihn zu retten. Du hast ja nicht die leiseste Vorstellung, wie es zugeht am Rand eines Schlachtfelds. Lieber hockst du hier in deinem sicheren Nest und jammerst allen die Ohren voll, dass sie dich allein lassen. So warst du schon immer: Statt stolz auf die Leistungen deiner Tochter und deines Mannes zu sein, beklagst du stets nur dein eigenes Schicksal. Dein Spatzenhirn reicht eben einfach nicht aus, mehr vom Krieg zu sehen und zu begreifen.«

»Was fällt dir ein, du alte Vettel?« Das Aufbegehren der Tante klang allerdings schon kleinlauter, und Roswitha ließ sich nicht beirren: »Deinen Eigennutz erkennt man schon daran, dass du nichts Besseres im Sinn hast, als Seume gleich nach Geld zu fragen. Als hätte dein Gatte dir nicht alles besorgt, was in seiner Macht stand. Kisten voll Tand hat er sogar in allergrößter Gefahr noch für dich zusammengerafft, selbst hier in Freiburg hat er dich wieder in einen Palast gebettet. Aber ganz gleich, welche Schätze er dir zu Füßen gelegt hat, dir war es immer zu wenig, du undankbares Weib! Genauso wirst du nie begreifen, was du an deiner Tochter hast.«

Verächtlich drückte sie ihr das Leintuch, das über ihrer Schulter gelegen hatte, in die Hand. Bevor Babette auch nur eine Silbe erwidern konnte, drehte sie sich um und watschelte hocherhobenen Kopfes hinaus.

»Warte!« Elsbeth lief ihr hinterher.

»He, Elsbeth! Wo willst du hin?« Schrill gellte die Stimme Babettes durch die offene Tür. Als ihre Nichte nicht reagierte, wurde die Tante deutlicher: »Dummes Miststück!« Schon flog eines der Kissen durch die Luft. »Meinst wohl, fortan mit Roswitha besser klarzukommen als mit mir. Dann viel Glück mit der alten Vettel! Wenn du jetzt mit ihr gehst, brauchst du nicht mehr zurückzukommen. Ich werde auch allein zurechtkommen. Klaust mir eh nur das Weißzeug unterm Hintern weg. Scher dich zum Teufel, du elende Hure!«

Elsbeth versuchte, nicht hinzuhören. Wie oft schon hatte sie das Gezeter ertragen? Es lag auf der Hand, dass die Tante nun, da der Onkel tot war, nur noch eins im Sinn hatte: sich und Fritzchen zu retten. Einen Teufel würde sie tun und ihr, der längst lästig gewordenen Nichte, hinterherrennen. Das hatten Babettes Andeutungen Seume gegenüber schon ahnen lassen. Da konnte sie auch gleich freiwillig gehen. Magdalena befand sich in einer ähnlichen Lage. Um die würde die Tante auch nicht lang herumschleichen. Also sollte Elsbeth sich wohl eher an die Cousine halten. Die wusste sich wenigstens zu helfen. Vielleicht kamen sie zu zweit besser klar.

Unten im Erdgeschoss, kurz vor der Haustür, blieb Roswitha stehen.

»Was ist mit Magdalena? Wie geht es ihr?«, fragte Elsbeth, sobald sie neben ihr stand.

»Was fragst du?« Prüfend glitten die wässrigen Augen der Alten über ihre Gestalt. Dass sie dank Babette ihre wenig ruhmreiche Vergangenheit kannte, schien sie nicht zu stören, vielmehr wunderte sie sich über ihr plötzliches Interesse an Magdalena. Trotzig hielt Elsbeth dem argwöhnischen Blick stand.

»Hast wohl begriffen, dass du nicht mehr allein auf Babette setzen solltest, was? Ganz so einfältig, wie ich dachte, bist du also doch nicht. Um es kurz zu sagen: Es geht ihr den Umständen entsprechend.«

»Den *Umständen* entsprechend?« Als Elsbeth das kurze Flackern in Roswithas Augen sah, begriff sie sofort. »Na, das trifft sich ja.«

»Wie meinst du das?« Ganz so schlau, wie die Alte tat, war sie wohl doch nicht. Elsbeth schmunzelte. Das wiederum genügte Roswitha, um ebenfalls zu verstehen. Mit Kennerblick musterte sie Elsbeths dralle Brüste, gewahrte auch das leicht vorgeschobene Becken. Und so erwiderte die erfahrene Wehmutter das wissende Schmunzeln.

»Wenn ich dir einen Rat geben darf«, krächzte sie, »halte dich trotz allem weiter an deine Tante. Mir scheint, die wird sich bald schon ein neues Nest suchen. Das wird dir bestimmt besser anstehen als das Dasein im Tross, gerade unter diesen Umständen. Magdalena dagegen kommt hier schon klar. Anders als du ist sie für das Trossleben geschaffen.«

9

Vergebens wartete Magdalena in den folgenden Nächten auf dem Heuboden. Roswitha hatte nichts dazu gesagt, dass sie kurz nach ihrer Rückkehr gleich wieder verschwunden war. Doch Eric tauchte nicht auf. Wieder und wieder spähte sie durch die Luke im Giebel, durchstreifte schließlich sogar die Ställe und angrenzenden Verschläge in der Unterkunft der Zimmerleute. Eine gespenstische Stille lag über allem. Niemand begegnete ihr, keine Nachricht erreichte sie. Besorgt suchte sie schließlich in der näheren und weiteren Umgebung nach Erics Meister Antonius Rott. Ihn aber fand sie ebenso wenig wie die beiden anderen Gehilfen des Zimmermanns.

»Die Zimmerleute sind nicht die Einzigen, die nach der Schlacht oben auf dem Berg spurlos verschwunden sind«, erklärte ihr ein zahnloser Soldat, der sich drei Häuser weiter in einem kleinen Hof neue Kugeln für seine Muskete goss. An der Behendigkeit, mit der er zu Werke ging, erkannte sie, dass er weitaus jünger sein musste, als sein zerfurchtes Gesicht und die spärlichen Haare auf dem vernarbten Schädel vermuten ließen. Wahrscheinlich hatte er dem Tod im letzten Moment entrinnen können und als Preis für sein Weiterleben die Jugendlichkeit opfern müssen. Nicht einmal der Anblick einer einsamen Frau, der sonst selbst den müdesten Lenden der Greise Lebendigkeit verlieh, schien bei ihm Wirkung zu zeigen.

»Hast du nicht mitbekommen, dass wir nur deshalb gesiegt haben, weil Mercy die Heilige Jungfrau um Beistand angefleht hat?« Er trat näher an sie heran und sprach leiser, als gelte es, ihr ein großes Geheimnis anzuvertrauen. »Ihr zu Ehren lässt unser Feldherr oben auf dem Slierberg eine Kapelle bauen. Aussehen soll sie wie die Santa Casa in Loreto. Wahrscheinlich sind die Zimmerleute da oben und werkeln schon kräftig mit Hammer und Axt. Sag aber niemandem, dass du das von mir weißt. Scheint noch ein Geheimnis zu sein.«

»Danke«, beeilte sich Magdalena zu sagen und wollte fort. Auf dem Slierberg würde sie Eric rasch finden. Der Zahnlose hielt sie am Arm zurück. »Ich an deiner Stelle würde nicht da hinaufgehen. In den Wäldern treiben sich immer noch die Franzmänner rum. Die werden sich freuen, einen Rock wie deinen zu finden. Ehe du dich versiehst, spreizen sie dir die Beine und lassen dich teilhaben an ihrer Seuche. Die edlen Herren aus dem Westen teilen nun einmal gern alles mit uns, vor allem ihre Krankheiten. Verfluchte Hunde!«

Zornig ballte er die Hand und fuchtelte damit wild durch die Luft. Da begriff sie, wo er seine Jugend verloren hatte: nicht im mutigen Gefecht auf dem Feld, sondern im Bett, im schmachvollen Kampf gegen die französische Seuche. Sosehr er das offensichtlich bereute: Von so manch anderem hatte die Seuche weitaus mehr als nur Zähne und Haare gefordert.

»Wie lang werden die für die Kapelle wohl brauchen?«, fragte sie. »Wir müssen doch weiter, den feigen Franzmännern hinterher. Es kann doch nicht sein, dass wir hier in Freiburg hocken und fromme Häuser bauen, während die in den Vogesen neue Kräfte sammeln, um uns wieder anzugreifen.«

»Sag das mal unserem allerhöchsten Feldherrn, dem Kaiser! Mercy und von Werth wollten den Fliehenden nachsetzen. Von ganz oben wurden sie zurückgepfiffen: Die Stadt wäre ohne Schutz, hieß es. Also haben sich die Unsrigen wieder hinter den Wall zurückgezogen. Zähneknirschend müssen sie den nächsten Befehl abwarten. In jedem Fall muss die Stellung hier gehalten werden, koste es, was es wolle. Stell dir vor, die Franzosen haben den Sieg einfach für sich reklamiert! Dabei haben die oben am Slierberg mehr Seelen verloren, als in einer einzigen Nacht in Paris geboren werden.«

Zornig funkelten die hellgrauen Augen in seinem blassen Gesicht. Magdalena schüttelte seine Hand ab. Schaudernd dachte sie an ihr Erlebnis mit den drei Soldaten letztens im Wald. Noch einmal wollte sie das Schicksal nicht herausfordern. Also wartete sie lieber bei Meister Johann in der Apotheke auf Erics Rückkehr. Wenn die Soldaten sich dort mit Branntwein versorgten, erfuhr sie als eine der Ersten wichtige Neuigkeiten. Gewiss würden sie erzählen, wenn die Kapelle fertig war und die Zimmerleute heimkehrten.

Über dem Anrühren von Salben und dem Mischen von Arzneien vergingen die Tage. In der Offizin an Rupprechts Seite und mit dem Feldscher zu arbeiten, fand Magdalena allemal besser, als bei der Mutter und der Cousine drüben im Kaufmannshaus zu sitzen und dem kleinen Fritz beim Wachsen zuzusehen. Weil sie es dem sterbenden Vater versprochen hatte, suchte sie die Mutter zwar brav jeden Abend auf, schlich sich bei Einbruch der Dunkelheit aber gleich wieder davon. Die Nächte verbrachte sie nach wie vor auf dem Heuboden in der Gerberau. Irgendwann, so träumte sie, würde Eric wieder auftauchen.

Bald fühlte sie sich immer elender. Ein ungewöhnlich eisiger

Augustwind hatte den Franzosen und Weimarischen zwar die dunklen Regenwolken nach Westen hinterhergefegt. Danach hatte die Sonne wieder die Herrschaft übernommen und Land und Leute rund um Freiburg kräftig aufgewärmt. Die dunklen Schatten auf Magdalenas Gemüt aber wollten nicht weichen. Die Ungewissheit über Erics Verbleib lastete schwerer auf ihr als die Trauer um den Vater. Denn die Erinnerung an die letzten Augenblicke mit ihm wurde von dem unerfüllbaren Wunsch getrübt, sie solle endgültig von Eric lassen. Sie aber sah keinen Grund, die Feindschaft ihrer beider Väter fortzusetzen. Eric wusste sicher ebenso wenig davon, sonst hätte er es längst angesprochen. Voller Sehnsucht dachte sie an die Nächte mit ihm. Das Betrachten des honiggelben Bernsteins mit dem rätselhaften Insekt, den sie sich während der Stunden auf dem Heuboden vor Augen hielt, schenkte ihr allerdings keinen rechten Trost mehr. Es schien, als weiche mit jedem Tag die einstige Stärke aus dem Stein wie aus ihrem Körper, der immer noch von ständiger Übelkeit gequält wurde.

Gleich bei ihrer Rückkehr vom Slierberg hatte Roswitha die wahre Ursache erkannt und sie beglückwünscht. Noch aber war Magdalena weit entfernt, sich über die Schwangerschaft zu freuen. Abgesehen von der Sorge um Eric machte ihr auch der Zustand selbst erheblich zu schaffen. Kaum zu glauben, dass Frauen das seit Menschengedenken geduldig ertrugen. Morgens schon fehlte ihr die Kraft aufzustehen. Hatte sie es dann endlich geschafft, sich zu erheben, überkam sie heftiger Würgereiz, kaum dass sie in der Aufrechten war. Tief in ihrem Innern keimte die Gewissheit, dass dieser Zustand nur vorübergehender Natur war, dass bald schon bessere Zeiten folgten. Sie fühlte sich jedoch zu ausgelaugt, um tatsächlich auf ein gutes Ende zu hoffen. Wie sollte sie auch, seit mit

Eric der wichtigste Mensch in ihrem Leben fehlte? Dass ihr Vater gestorben war, war schlimm. Allerdings hatte er als Soldat tagtäglich mit dem Tod rechnen müssen. Seit Jahren hatte er sie deshalb darauf vorbereitet, ohne ihn zurechtzukommen. Dass aber möglicherweise auch Eric und damit ihre Zukunft verloren sein konnte, empfand sie als unerträglich, selbst wenn sie wusste, dass fortan ein Teil von Erics Seele unter ihrem Herzen zu einem neuen, eigenständigen Wesen heranwuchs.

»Es gibt etwas zu feiern. Die Kapelle auf dem Slierberg ist fertig«, berichtete ihr eines Morgens ein Soldat, der einen Schlauch Branntwein in der Apotheke abholte. »Morgen wird sie geweiht.«

Seine Augen blitzten vor Freude, und auch Magdalena konnte zum ersten Mal wieder lächeln. Endlich war die Ungewissheit der letzten Tage verflogen. Sie musste sich beherrschen, nicht aufzujuchzen: Meister Rott und seine Gesellen würden nach getaner Arbeit in die Stadt zurückkehren! Womöglich konnte sie in dieser Nacht wieder in Erics Arme sinken. Ihre Finger zitterten, als sie dem Korporal den Branntwein übergab. Kaum hatte sie die Geduld abzuwarten, bis er ihr das Geld dafür in die Hand gezählt hatte. Hastig übertrug sie Rupprecht die Aufsicht über die Offizin und stürmte davon.

In dem kleinen Gehöft in der Gerberau, in dem außer den Zimmerleuten noch andere Handwerker hausten, war es noch immer still. Die letzten Hühner waren lange geschlachtet und in einigen der unzähligen hungrigen Bäuche verschwunden. Lediglich ein paar dürre Tauben gurrten unter dem löchrigen Dach, und eine schwarze Katze streunte durch die leerstehenden Gebäude. Sie kreuzte Magdalenas Weg von links nach rechts. Hastig schlug sie ein Kreuz. Für alle Fälle warf sie außerdem drei Steine über die Katzenspur und schloss die Augen, um fest an Eric zu denken.

»Suchst du immer noch nach deinem Zimmermann?« Plötzlich stand der Zahnlose dicht hinter ihr. »Es heißt, die Kapelle oben auf dem Slierberg ist fertig. Hier unten aber sind die Zimmerleute nicht angekommen. Das Letzte, was man von ihnen weiß, ist, dass ein halbes Dutzend bewaffneter Franzosen sie abgeführt hat. Weiß der Teufel, was die mit denen vorhaben. Nach dem Gemetzel letztens bestimmt nichts Gutes.« Verächtlich spuckte er vor ihr auf den Boden, wischte sich laut schniefend den triefenden Mund und schlurfte davon.

»Hör auf mit deinen Hirngespinsten!«, rief sie ihm nach. »Die Franzmänner haben sich längst verzogen und wagen es nicht, einem von uns zu nahe zu kommen, geschweige denn, ihn mitzunehmen.«

Als der Mann verschwunden war, kroch sie auf den Heuboden hinauf. Dort würde sie warten, bis Eric zurückkehrte. Lange konnte das nicht dauern. Sie rief sich seinen Anblick ins Gedächtnis, seine geschwungenen blonden Wimpern, die tiefgründigen blauen Augen. In Gedanken war er stets bei ihr, wo immer er auch stecken mochte. Warm flutete es durch ihren Körper. Beruhigt sank sie ins Heu und schlief ein.

10

Doch auch am nächsten wie auch am übernächsten und am darauffolgenden Morgen erwachte Magdalena stets allein. Eric kehrte ebenso wenig zurück vom Slierberg wie die anderen Zimmermannsgesellen. Sosehr sich Magdalena dagegen sträubte: Sie gewöhnte sich mehr und mehr an den Zustand des Wartens, wie sie sich schon an so vieles in ihrem Leben gewöhnt hatte.

Über Wochen saßen die Heere beider Lager nun schon in der Freiburger Gegend fest. Vor allem die Dörfer im Süden und Westen der Stadt hatten nicht nur die Last des Gemetzels zu tragen: Wie Heuschrecken fielen Tausende Soldaten und ein Vielfaches an Trossleuten über die Getreidespeicher und Vorratskammern her. Es war immer wieder das gleiche Spiel: Erst gab es in den Quartieren, die das kaiserliche Regiment für sich reklamierte, alle erdenklichen Vorräte im Überfluss, dann fraßen Söldner und Tross im Handumdrehen alles kahl. Auf ihrem morgendlichen Gang quer durch die Stadt zum Apothekerhaus konnte Magdalena beobachten, wie die Lage von Tag zu Tag schlimmer wurde: Hatte vor einiger Zeit noch reges Feilschen und Handeln der Marketender, Söldner und Weiber das Treiben rund um das Münster bestimmt, so wurden die Rufe, mit denen sie nun ihre Waren feilboten, stetig leiser. Kaum einer wollte mehr Tand kaufen, alle hatten nur noch eines im Sinn: etwas zu essen zu bekommen. Die Preise für Brot und Korn stiegen ins Unermessliche, kaum einer hatte noch Nahrungsmittel im Angebot, während die Preise für einst so begehrte Beutestücke wie Hausrat und Zinn ins Bodenlose stürzten. Davon gab es schließlich mehr als genug.

Was aber nützte das prächtigste Tafelsilber, wenn man nichts auf dem Teller liegen hatte, um es zu benutzen? Nicht einmal ein schöner Rock oder ein feinbesticktes Halstuch rief noch Freude hervor. Dagegen fanden selbst die dürrsten Hühner oder eine verschimmelte Speckschwarte gierige Abnehmer, auch wenn dafür ein Dutzend Taler verlangt wurde. Das

Einzige, was günstig blieb und nie auszugehen schien, war der Branntwein. Außerdem boten sich mehr und mehr Huren immer billiger an, um die hungrigen Mäuler ihrer Lieben zu stopfen.

Der Alkohol und die aussichtslose Lage, in der sich letztlich jeder befand, taten ein Übriges, dass es nicht allein bei solcher Hurerei blieb. Bald wurde an allen Straßenecken zu jeder Tages- und Nachtzeit ausgelassen gespielt, getanzt, gesungen und geliebt. Anderes hatte man schließlich nicht mehr. Solange keiner wusste, was der nächste Tag brachte, wollte man das Leben im Jetzt in vollen Zügen genießen.

Magdalena ahnte bereits, bei wie vielen Männern und Frauen sie bald wieder die ersten Zeichen der Franzosenkrankheit behandeln musste. Eben erst hatte sie bei einer Frau ein auffälliges Knötchen an der Scheide entdeckt, drei weiteren gingen bereits die Haare aus, eine fünfte kämpfte mit hohem Fieber und Wahnvorstellungen. Rupprecht und Meister Johann hatten von einigen männlichen Patienten mit den gleichen Anzeichen berichtet. Roswitha dagegen hatte erzählt, dass sie nach Haselwurz und anderen Tinkturen gefragt worden war, die die monatlichen Blutungen fördern oder die ungewollte Leibesfrucht gleich radikal austreiben sollten. Ein Wunder, dass der Mangel die Fruchtbarkeit nicht eindämmte!

Verdorbene Mägen, Durchfall und Hautausschläge galten schon als harmlose Erscheinungen, die es fortan auch immer häufiger zu behandeln gab. Aus purer Not gingen die meisten Frauen dazu über, Sägespäne unter den Brotteig zu mischen und Dreck in die Suppe zu werfen. So gewann die dünne Brühe im Kessel wenigstens etwas an Farbe und Festigkeit. Manch unbekanntes Kraut oder seltsamer Pilz fand sich ebenfalls in den Töpfen wieder, nicht immer zum Wohl der Menschen, deren einziger Kampf in diesen Tagen dem Knurren der Mägen galt.

Alles in allem bot sich also auch in Freiburg das übliche Bild, wenn sich die Heere über Wochen in einer Gegend festgesetzt hatten. In der Regel wies das auf einen baldigen Abzug hin, unabhängig davon, wie die Kämpfe zuvor ausgegangen waren. Magdalena jedoch fürchtete den Moment, in dem das Aufbruchssignal ertönte. Solange sie keine Nachricht von Eric hatte, wollte sie in Freiburg bleiben. Das aber würde auf Dauer nicht möglich sein. Allein bei dem Gedanken stieg in ihrer Kehle bittere Galle auf. Es würgte und schüttelte sie, dass sie sich kaum aufrecht halten konnte. Ohnehin erschwerte ihr der eigene Zustand, mit den Beschwerden der anderen gelassen umzugehen. Zusätzlich machte ihr Babette zu schaffen. Der Tod des Vaters und die Tatsache, dass ausgerechnet Magdalena die letzten Worte mit ihm gewechselt und ihm die Augen zugedrückt hatte, waren ein steter Quell für Streit.

Wie gut, dass Babette weder ahnte, worum der Vater Magdalena zuletzt gebeten hatte, noch, wie schmählich sie ihn in der Jauchegrube hatte bestatten müssen. Als sie an diesem Morgen die Tür des Kaufmannshauses erreichte, stand ihr wieder einmal der entsetzliche Anblick vor Augen.

»Wie man hört, sind die Zimmerleute nicht mehr aufgetaucht. Dein Eric hat dich also endgültig im Stich gelassen?« Die Arme vor der Brust verschränkt, wartete Elsbeth bereits auf sie. »Mach dir nichts daraus, meine Liebe, so sind sie alle: Gegen das Vergnügen im Heu haben sie nichts einzuwenden; da tauchen sie jeden Tag zuverlässig auf. Wenn es aber darum geht, für die Folgen des Stelldicheins einzustehen, ist es vorbei mit der Zuverlässigkeit, und sie hauen ab.«

»Was redest du da für einen Unsinn?« Magdalena spürte,

wie ihr die Röte ins Gesicht stieg. Wider ihren Willen fühlte sie sich ertappt. Woher wusste die Cousine, dass sie sich von Eric im Stich gelassen fühlte? Wieso sprach sie überhaupt schon von ihrer Schwangerschaft? Mit keinem Menschen außer mit Roswitha hatte sie darüber geredet. Elsbeth aber wäre bestimmt die Letzte, mit der die alte Hebamme darüber plaudern würde. Erics spurloses Verschwinden war allerdings kein Geheimnis. Dass die Zimmerleute um Meister Rott nicht vom Bau der Kapelle zurückgekehrt waren, sorgte bereits seit längerem für die abenteuerlichsten Gerüchte im Tross. Trotzdem wollte Magdalena nicht gerade mit der Cousine darüber sprechen. Hastig versuchte sie, sich an ihr vorbeizudrücken.

»Brauchst dir nicht einbilden, dir wäre nichts anzumerken.« Elsbeth ließ sie nicht durch. Krampfhaft bemühte sie sich um einen freundlichen Ton. So leicht es ihr fiel, die Männer zu umgarnen, so schwer tat sie sich mit Magdalena. Vielleicht lag es an den vielen Jahren, in denen sie gemeinsam um die Gunst der Tante hatten buhlen müssen. Jetzt aber galt es, das zu vergessen. Sie hatte schließlich ein Ziel: Magdalena davon zu überzeugen, dass sie sich fortan zusammentun mussten. Wenn Babette von ihrer Schwangerschaft erfuhr, würde sie sie hochkant hinauswerfen. Schlimmstenfalls würde sie abermals bei ihrem schrecklichen Stiefvater enden, und dagegen erschien selbst das Hurenlager als reinstes Paradies. Im Bündnis mit Magdalena bestand ihre einzige Chance, dem zu entgehen.

Erneut versuchte sie, ein Gefühl von Vertraulichkeit bei der Cousine zu wecken. »Sei froh, dass nur ich es bin, die dich darauf anspricht. Ein kleiner Rat: Du verhältst dich viel zu auffällig. Wenn du nachts aus dem Haus schleichst, um in deinem Liebesnest auf Eric zu warten, höre nicht nur ich die Balken knarren. Babette hat mich schon mehrmals danach gefragt, wohin du schleichst. Lange kann ich ihr nicht mehr die Geschichte von einem Patienten erzählen. Außerdem bemerke nicht nur ich deine ständige Übelkeit. Du siehst aus wie ein Gespenst, hast dunkle Ringe unter den Augen, dazu kommen die eingefallenen Wangen sowie das ständige Würgen und Schnaufen. Einfältig wie eine Nonne müsste man sein, würde man sich nichts dabei denken. Sei also auf der Hut: Deiner Mutter ist dieser Zustand seit zwanzig Jahren vertraut. Oder soll ich dir aufzählen, wie oft sie schon in anderen Umständen war? Schon länger hast du dir keine Leinenstreifen aus unserer Kiste oben in der Kammer geholt. Auch das hat deine Mutter bemerkt. Da du wohl kaum Meister Johann um Leinen bittest, wenn du deine Blutungen hast, wird sie sich auch darauf einen Reim machen.«

Insgeheim musste Magdalena ihr recht geben: Einer Frau wie Babette, die ihr halbes Leben nahezu jedes Jahr in anderen Umständen gewesen war, konnte sie nichts vormachen. Zufrieden über die offenkundige Wirkung, die ihre Worte erzielt hatten, stemmte Elsbeth die Hände in die Hüften und sah von oben auf Magdalena hinab. In der milden Augustsonne glänzte ihr Haar golden. Stolz ließ sie es über die Schultern fallen. Magdalena sollte ruhig merken, wie betörend es war, ihre Freundin und Verbündete zu sein.

»Wenn du es genau wissen willst: Drüben im Apothekerhaus habe ich viel feineres Leinen gefunden«, erwiderte Magdalena dennoch schroff. »Wenn du magst, bring ich dir später welches mit.«

»Danke, nicht nötig. Die nächsten Monate brauche ich auch keines mehr.« Elsbeth strich mit der Hand über den leicht vorgewölbten Unterleib. Versöhnlich schlang sie schließlich Magdalena den Arm um die Schulter und zog sie zu sich heran. »Lass uns zusammenhalten. Babette wird uns beide nicht mehr bei sich haben wollen, wenn sie weiß, dass wir schwanger sind. Gemeinsam aber wird es uns gelingen, uns im Tross durchzuschlagen.«

»Daher also weht der Wind.« Verärgert befreite sich Magdalena aus der Umarmung und trat zwei Schritte zurück.

»Es ist nicht so, wie du denkst. Schon länger will ich dich bitten, mir zu verzeihen.« Elsbeths Stimme wurde schmeichlerisch. »Dass ich deinen Eltern von Eric erzählt habe, war keine böse Absicht. Babette hat mich ganz harmlos danach gefragt. Wie sollte ich ahnen, dass sie ihn so heftig ablehnen? Erst recht das mit deinem und seinem Vater – nie im Leben wäre ich auf die Idee gekommen, dass eure beiden Väter bis aufs Blut …«

»Hör endlich auf damit. Ich kann es nicht mehr hören.« Magdalena presste sich die Hände auf die Ohren.

Elsbeth dagegen versuchte nun erst recht, sich anzubiedern: »Verzeih, ich wollte dich nicht wieder daran erinnern. Freuen wir uns lieber auf unsere Kinder. Wenn wir Glück haben, kommen sie zur selben Zeit zur Welt. Mit Rat und Tat können wir uns zur Seite stehen, unsere Kinder gemeinsam aufziehen und uns gegenseitig eine Familie sein.« Abermals drückte sie Magdalena versöhnlich an sich.

Der aber behagte die plötzliche Vertrautheit immer weniger. »Von wem bist du schwanger? Doch nicht etwa von …?«

»Ein Wort zu Rupprecht, und ich erzähle Babette sofort, dass du ein Balg von Eric im Leib trägst!« Mit einem Mal war Elsbeths Stimmung umgeschwenkt. Noch bevor sie begriff, welch entscheidenden Fehler sie damit beging, brauste sie weiter auf: »Dass er der Vater ist, wird deine Mutter über alle Maßen freuen. Ein weiterer Rat von mir: Fang nicht wieder mit den vermeintlichen Vergewaltigungen an. Deiner Mutter machst du nichts vor. Da sie weiß, mit wem du seit Wochen ins Heu gegangen bist, kann sie zwei und zwei zusammenzählen.«

»Misch dich nicht in meine Angelegenheiten.« Magdalena war fast erleichtert, dass Elsbeth in die altbekannte Manier zurückgefallen war. Rasch unternahm sie einen weiteren Versuch, an der Cousine vorbei ins Haus zu gelangen.

Elsbeth hielt sie am Handgelenk fest. Wenn es auf die friedliche Art nicht ging, musste ihr es eben anders gelingen, Magdalenas Unterstützung zu erhalten: »Ein Balg von Eric – wirklich unfassbar! Am Ende sieht man dem Wurm den Vater auch noch an. Ich kann mir gut vorstellen, dass noch so manch anderer im Lager die alten Geschichten kennt und sich seinen Teil dabei denkt.«

»Hör endlich auf!« Entschlossen schubste Magdalena die Cousine beiseite, doch unerbittlich spielte Elsbeth auch den letzten Trumpf noch aus: »Wenn das herauskommt, wird sich dein Vater im Grab umdrehen. Oh, entschuldige, ich vergaß: Dein Vater hat ja gar kein richtiges Grab.«

Einen Atemzug lang herrschte eine gefährliche Stille. Schon fürchtete Magdalena, Elsbeth würde offen aussprechen, was sie noch keinem hatte eingestehen wollen: dass sie den Leichnam ihres Vaters in der Jauchegrube hatte versenken müssen. Als ihr klarwurde, dass Elsbeth davon nichts wissen konnte, gewann sie einen Teil ihrer Sicherheit zurück. »Wie willst du eigentlich meiner Mutter deine Schwangerschaft erklären? Meinst du nicht, sie jagt dich ebenfalls davon, wenn sie davon erfährt?«

»Lass das mal meine Sorge sein.« Elsbeth gab sich selbstsicherer, als sie sich fühlte. »Seltsam, dass du immer noch glaubst, du kommst damit durch. Ich meine mich gut zu erinnern, wie auch dein hochgeschätzter Meister Johann nicht eben schmeichelhaft von deinem geliebten Eric gesprochen hat. Ist er nicht ein alter Freund deines Vaters? Damals in Magdeburg war er es doch, der deinem Vater geholfen hat, Eric am anderen Ende des Lagers unterzubringen, weit weg aus seinem Blickfeld. Gewiss wird er sich ebenfalls sehr freuen, wenn ich ihm sage, dass du ein Kind von Eric erwartest. Eine schwangere Gehilfin ist für einen Trunkenbold ohnehin nicht zu gebrauchen.«

»Bevor du mir Furcht einjagen kannst, verbündet sich eher Mercy mit den Franzmännern.« Magdalena versuchte sich in einem aufgesetzten Lachen, das ihr allerdings gründlich misslang. Längst war klar, dass Elsbeth es ernst meinte mit ihren Drohungen. Die schwarze Katze von links letztens war ein eindeutiges Zeichen gewesen. Seither wandte sich das Schicksal mehr und mehr gegen sie.

»Stimmt, du bist ja unverletzlich, weil du diesen Bernstein hast. Eric hat ihn dir geschenkt, damit dir nichts geschieht, wenn er nicht persönlich auf dich aufpassen kann, nicht wahr? Pass lieber gut auf, dass du den Stein nicht auch noch verlierst. Oder dass du ihn versetzen musst, weil dir und dem Balg sonst nichts mehr zum Leben bleibt.«

Magdalena verschlug es die Sprache. Dass die Cousine auch von ihrem geheimsten Schatz wusste, brachte sie vollends aus dem Konzept. Böse blitzten Elsbeths blaue Augen auf. Selbst der goldene Schimmer ihres blonden Haares konnte nicht verhindern, dass sie eher einer Hexe denn einem Engel glich.

»Lass mich endlich durch«, murmelte Magdalena nur und

hastete, sobald Elsbeth den Weg freigab, in den ersten Stock hinauf.

Babette residierte noch immer in dem ausladenden Bett der Kaufmannsleute. Der Tod ihres Mannes war ihr ein willkommener Anlass, sich eine ähnlich lange Kindbettzeit zuzugestehen, wie sie sonst nur Damen von Rang in prunkvollen Palästen zukam. Das Resultat fiel zu ihrer größten Zufriedenheit aus: Tag für Tag machte Hagen Seume seine Aufwartung. Seine Schuldgefühle, das Gemetzel am Slierberg überlebt zu haben, während sein bester Freund gefallen war, suchte er dadurch zu bekämpfen, dass er Babette begehrte Speisen wie Fleisch, helles Brot, Obst sowie genießbaren Wein zu beschaffen wusste. Auch die Frau des Feldwebels bemühte sich, sie mit Kuchen und Konfekt bei Laune zu halten, um ihrer Pflicht als Fritzchens Patin nachzukommen.

Gerade stand wieder ein Korb mit Schinken, süßem Gebäck und reifen Zwetschgen sowie ein paar Birnen auf dem Nachttisch. Angesichts dieser Kost wurden ihr selbst Roswithas bittere Sticheleien und Magdalenas abweisende Haltung erträglich. Lediglich Elsbeths Anwesenheit störte sie mehr und mehr. Zwar hatte sie der Schwester auf dem Sterbebett versprochen, sich um sie zu kümmern, bis sie ordentlich verheiratet war. Lange Jahre hatte sie es sogar genossen, das hübsche Kind um sich zu haben. Doch in letzter Zeit wurde sie zunehmend lästig. Die lüsternen Blicke, die die Männer in Heer und Tross auf sie warfen, entgingen ihr schließlich nicht. Ungeduldig sah sie Magdalena entgegen. Sosehr sie sich immer wieder über sie ärgerte, so gut tat es doch hin und wieder, sich mit ihr zu besprechen.

»Schön, dass du endlich kommst«, empfing sie die Tochter im Befehlston und stopfte sich rasch noch ein Stück Kuchen in den Mund. »Gerade hat mir ein Bote Nachricht von meinem Bruder aus Köln geschickt. Du weißt schon, der Fassbindermeister, der dort mit seinem Sohn lebt.«

Ein lautes Schmatzen begleitete das Abschlecken der zuckerverklebten Finger. Magdalena spürte, wie ihr Magen rumorte. Süßes widerte sie seit einigen Tagen regelrecht an.

»Was schreibt er denn?«, fragte sie so beiläufig wie möglich. Dunkel erinnerte sie sich daran, dass die Mutter schon vom letzten Winterquartier aus versucht hatte, mit dem Bruder Verbindung aufzunehmen. Seit der damals erlittenen Totgeburt hatte sie dem Vater in den Ohren gelegen, das Söldnerdasein aufzugeben und sich fern des Krieges in einer Stadt wie Köln niederzulassen. Babette träumte davon, ein ehrbares bürgerliches Leben ähnlich dem ihres Bruders zu führen. Nicht umsonst hatte der Vater in seinem früheren Leben einmal Kaufmann gelernt.

»Bist du neugierig?« Aufreizend schwenkte Babette den Brief hoch über dem Kopf und fächelte sich Luft zu. Magdalena zuckte mit den Schultern. Letztlich interessierte es sie nicht im Geringsten, was dieser fremde Onkel schreiben mochte. Stattdessen nahm sie Fritzchen und wickelte ihn mit geübten Handgriffen aus den Windeln. Aufmerksam untersuchte sie, wie er sich entwickelte. Sein Bäuchlein war weich und rund, der Nabel gut verheilt. Sanft liebkoste sie ihn, wischte ihn sauber und bestrich die wunde Haut am Po mit rotem Johanniskrautöl.

Wie erwartet, wurde Babette darüber ungeduldig. Des Lesens war sie nicht mächtig. Vielleicht hatte ihr also doch noch niemand das Schreiben vorgelesen, und sie wusste ebenfalls noch nicht, was der Bruder nach so vielen Jahren mitzuteilen hatte.

»Du musst ihn mir nicht vorlesen.« Babette lächelte triumphierend. »Die Feldwebelin hat das eben höchstpersönlich schon getan.«

Ihr Blick spiegelte deutlich den Stolz wider, dass eine hochgestellte Frau sie im Kindbett aufsuchte, mehrfach sogar, weil der Tod eines so langgedienten Soldaten wie des Vaters selbst angesichts der zahlreichen anderen Toten für Aufsehen sorgte. Ungeduldig bedeutete sie Magdalena, ihr den noch nackten Säugling zu reichen, und machte sich selbst daran, ihn in frische Leintücher zu wickeln. Zwischen die riesigen Kissen gebettet, schlummerte Fritzchen alsbald ein.

Magdalena trat mit dem Brief ans Fenster. Die hellen Sonnenstrahlen wärmten ihr den Rücken. Neugierig wanderte ihr Blick über das Papier. Es fiel nicht leicht, die ungelenken, oft unvollständigen oder seitenverkehrt geschriebenen Buchstaben zu entziffern. Auch klangen die gewollt vornehmen Formulierungen abenteuerlich.

»Was sagst du zu dem Vorschlag?« Babette schlug das Federbett zurück und schwang den massigen Körper über die Bettkante. Dicke blaue Adern mäanderten über ihre stämmigen Beine. Knapp unterhalb des Knies schwollen sie zu regelrechten Knoten an. Sobald Babette merkte, dass Magdalena sie anstierte, zog sie den Stoff des Nachthemds darüber und erhob sich. »Ich finde es sehr großzügig von meinem Bruder, dass er uns bei sich aufnehmen will. Obendrein ist sein Sohn eine hervorragende Partie für dich. Die Frau Feldwebel hat mir bereits zugesichert, mein Anliegen zu unterstützen. Die nächste Gelegenheit, ins Rheinland zu fahren, werden wir also annehmen.«

»Du vielleicht, ich aber nicht.« Magdalena wunderte sich selbst, wie entschlossen sie klang.

»Was?« Mit einem Ruck zog Babette die Ränder ihres Hemdes über der Brust zusammen. Das brünette Haar, das erst wenige graue Strähnen aufwies, fiel weich auf die Schultern. In Momenten wie diesen, die immer seltener wurden, meinte Magdalena zu ahnen, welche Schönheit ihre Mutter einstmals gewesen sein musste. Gut konnte sie nachvollziehen, wie zornig es sie stimmte, ihre Schönheit allein dafür eingebüßt zu haben, Jahr für Jahr ein Kind zu gebären. Trotz aller Mühen hatte bislang nur Magdalena, die zierliche, rothaarige Tochter, aus dieser reichen Kinderschar überlebt. Und ausgerechnet sie hatte so gar nichts von der früheren Schönheit der Mutter geerbt! Ein Zeichen aus dem Reich der Finsternis, wie Babette gern betonte, wobei sie vielsagend die Augen rollte und Magdalenas lockiges, rotes Haar abschätzig musterte. Magdalena musste an die Andeutungen über die Feindschaft ihres Vaters mit Erics Familie denken. Ob die am Ende mit Babette zu tun gehabt hatte?

»Wenn du meinst, ich gebe mein Leben als Wundärztin im Tross auf, um einen törichten Fassbindersohn zu heiraten, täuschst du dich gewaltig.« Wütend schleuderte sie der Mutter den Brief gegen die Brust.

»Was fällt dir ein, du dumme Gans?« Babettes Busen bebte vor Empörung. Der Duft nach Kamille und Seife, der von ihr ausging, reizte Magdalena zum Husten. Darauf nahm die Mutter keine Rücksicht. »Wenn ich sage, wir gehen nach Köln und du heiratest den Sohn meines Bruders, dann tust du das! Dein Vater hätte es nicht anders gewollt.«

»Lass Vater aus dem Spiel! Dass du deine einzige Tochter verschacherst, um ein festes Dach über dem Kopf und eine ordentliche Fleischbrühe im Topf zu haben, ist wohl kaum in seinem Sinn. Warum, denkst du, hat er damals zugestimmt, dass ich bei Meister Johann das Handwerk des Wundarztes erlerne? Doch nicht, um es bei erstbester Gelegenheit an den Nagel zu hängen und in einem schäbigen Fassbinderhaushalt zu versauern.«

»Sprich nicht so von dem großzügigen Angebot, das mein Bruder uns macht!«

»Großzügiges Angebot – dass ich nicht lache! Denk doch mal nach: Glaubst du nicht, es wird einen triftigen Grund geben, dass er dir ausgerechnet dann eine Unterkunft anbietet, wenn er seinen Sohn zu verheiraten hat? Warum dient er den wohl ausgerechnet seiner mittellosen Söldnernichte an? Bestimmt nicht, weil er sich auf unsere Verwandtschaft besinnt und uns etwas Gutes tun will. Wer eins und eins zusammenzählt, begreift sofort: Sein Sohn kriegt keine Frau! Den will einfach keine. Da er aber ein Weib braucht, die ihm einen Erben schenkt, muss die lästige Söldnernichte her. Die ist allemal besser als gar keine Frau im Haus.«

Babette schnappte nach Luft. Da hatte Magdalena einen Einfall, mit dem sich gleich zwei Fliegen auf einen Schlag erledigen ließen: »Preis ihm doch Elsbeth an! Damit bleibt alles in der Familie, und Elsbeth ist obendrein eine weitaus ansehnlichere Frau als ich. Das betonst du doch sonst so gern. Mit der könnte dein Fassbinderneffe sich überall in Köln sehen lassen.«

Eigenartigerweise erregte dieser Vorschlag erst recht Babettes Zorn: »Du weißt genau, dass ich Elsbeth nicht mit nach Köln nehmen kann. Niemals würde mein Bruder sie in seinem Haus dulden. Immerhin hat er sich seinerzeit mit Elsbeths Mutter, unser beider Schwester, gründlich überworfen. Deren Schamlosigkeit anderen Männern gegenüber war stadtbekannt. Also völlig unmöglich, dass er sich jetzt deren Tochter als Eheweib für seinen Sohn ins Haus holt. Die ganze Stadt würde ihn verhöhnen! Abgesehen davon, dass man nie sicher weiß, was Elsbeth so alles im Haus klaut und beim nächsten Marketender verhökert.«

»Solltest du nicht anständiger von der Tochter deiner verstorbenen Schwester reden? Du bist die Letzte, die über Schamlosigkeit und Raffgier herziehen sollte. Vom Hang zum Klauen mal ganz zu schweigen.«

Patsch! Für diese Äußerung verpasste die Mutter ihr eine kräftige Maulschelle. Bestürzt fasste Magdalena sich an die brennende Wange, ließ sich davon aber nicht zum Schweigen bringen: »Willst du wirklich mich deinem ehrbaren Bruder als Schwiegertochter ins Haus schleppen? Jeder, der rechnen kann, weiß, dass ich lange vor deiner Hochzeit mit Vater gezeugt wurde. Hast du nicht selbst erzählt, dass dein Bruder und deine Eltern drei Kreuze gemacht haben, als du mit Vater in den Tross gezogen bist? Nicht von ungefähr trage ich deshalb auch den Namen der biblischen Sünderin.«

Gerade holte die Mutter zu einer weiteren schlagkräftigen Zurechtweisung aus, da hielt sie inne, lauschte angestrengt zum Bett hinüber und bedeutete Magdalena Stillschweigen. Aus dem riesigen Kissenlager erklang ein leises Stöhnen und Rumoren, dann wurde es wieder ruhig. Babettes ständige Sorge um Fritzchens Wohlbefinden schmerzte Magdalena. »Weißt du, was, Mutter? Heirate deinen Neffen doch selbst!« Sie verließ das Schlafgemach und knallte die Tür hinter sich zu.

»Wenn du jetzt gehst, will ich dich nie mehr im Leben wiedersehen!« Babettes Stimme schrillte durch die geschlossene Tür. »Nie im Leben bist du meine Tochter, du erbärmliche Zimmermannshure!«

Fritzchen war von dem Lärm aufgewacht. Bis auf die Treppe hörte Magdalena sein empörtes Schreien. Sie unterdrückte den Wunsch, zurückzulaufen und ihn Babettes übertriebener Fürsorge zu entreißen. Doch sie konnte sich nicht mehr um ihn kümmern. Mit der Mutter musste er allein zurechtkommen. Bald würde er stark genug sein, ihr standzuhalten.

11

Außer Atem und noch immer bebend vor Empörung sowohl über Babettes Vorhaben als auch über Elsbeths Auftritt, erreichte Magdalena das Eckhaus des Apothekers. In den Gassen ringsum war es zu ihrem Erstaunen menschenleer. Zwar hatten sich schon in den letzten Tagen die Händler mehr und mehr zurückgezogen, weil es immer weniger zu feilschen und anzubieten gab. Dennoch hatte in der Stadt nach wie vor reger Trubel geherrscht. Not und Hungerleiden waren für Söldner und Trossleute kein Grund, die Spielkarten wegzustecken und auf das fröhliche Zechen und Huren zu verzichten. Waren die Wunden des letzten Gefechts erst einmal verheilt, konnte die Zeit bis zum nächsten Kampf erbärmlich lang werden.

Wer sich nicht mit Würfeln und Tändeln die Zeit vertrieb, widmete sich dem Auskurieren von Wehwehchen und Krankheiten. Allein am gestrigen Tag hatten Meister Johann, Rupprecht und Magdalena bis weit nach Sonnenuntergang Patienten versorgt. An diesem Mittag aber schienen auch die Jammerlappen wie vom Erdboden verschluckt, genauso wie die Spielsüchtigen und Trunkenbolde.

Mit düsteren Vorahnungen riss sie die Eingangstür der

Apotheke so ungestüm auf, dass die Glocke aus der Aufhängung sprang und scheppernd zu Boden fiel. Trotz des Lärms aber regte sich in der Offizin nichts. Befremdet blieb Magdalena vor dem schweren Tresen stehen und wartete, bis sich ihre Augen an das dürftige Licht gewöhnt hatten. Dabei wanderte ihr Blick über die Regale mit den Kräutervorräten. Die Reihen mit den Schraubgläsern und Tonkrügen hatten sich in den letzten Tagen stark gelichtet. Auch die Büschel mit Minze fehlten. Schwach nur ließ sich der Geruch noch erschnuppern.

Beunruhigt ging sie in das Laboratorium, doch auch hier empfing sie lediglich bedrückende Stille. Niemand machte sich an den Destilliervorrichtungen oder sonstigen Geräten zu schaffen, keiner rührte Salben an oder probierte neue Rezepturen aus. Der Abmarsch von Heer und Tross musste unmittelbar bevorstehen, anders war es nicht zu erklären, dass weder der Feldscher noch sein Gehilfe, nicht einmal der Apotheker in der Offizin anzutreffen waren. Wahrscheinlich waren alle drei damit beschäftigt, Meister Johanns Planwagen auf der rückwärtigen Gasse mit all den wertvollen Kräutern, Tinkturen und Essenzen zu füllen, die sie von hier zum nächsten Gefechtsort fortschleppen wollten.

Noch während sie darüber nachsann, ob sie nachsehen sollte, erhoben sich im angrenzenden Hof laute Stimmen. Eine Frau schien sich mit einem Mann zu streiten. Im nächsten Moment flog die Hintertür auf, und ein junges Fräulein stürmte herein, dicht gefolgt von dem Apotheker. Sie schienen Magdalena nicht zu bemerken, die vor dem schmalen Regal an der Seitenwand im Halbdunkel stand. Unwillkürlich presste sie sich noch enger dagegen und beschloss, erst einmal zu lauschen, worum es bei der Auseinandersetzung ging.

»Bild dir nicht ein, ich heirate diesen Hagestolz! Keinen Tag halte ich das in seinem Haus aus.« Die junge Frau nestelte am Kopftuch, bis sie die Zipfel unter dem Kinn gelockert hatte. Sobald sie das Tuch abgenommen hatte, schüttelte sie die Haare auf und fuhr mit den Fingern durch die borstigen Strähnen, bis die braunen Locken ihr Haupt munter umsprangen. Erst als sie den Kopf wieder ruhig hielt, wurde Magdalena sich der Ähnlichkeit bewusst, die die Gesichtszüge des jungen Fräuleins mit denen des Apothekers aufwiesen. Offensichtlich handelte es sich um seine Tochter, die sich da gerade in ihren Unmut hineinsteigerte: Sie hatte die gleiche, leicht nach oben ragende Nase, die gleiche Kinnpartie und eine ähnliche Art, durch herabgezogene Mundwinkel Missfallen zu bekunden, wie der weißhaarige Apotheker.

»Wie redest du über deinen künftigen Ehemann? Du kannst von Glück sagen, dass er dich in Zeiten wie diesen überhaupt zum Altar führen will.«

»Das Glück ist wohl eher auf deiner Seite. Oder soll ich dir vorrechnen, welche Vorteile du dir durch meine geplante Verbindung mit dem Stadtkämmerer sicherst?« Die junge Frau stemmte die Hände in die Seiten und maß den Apotheker mit abschätzigem Blick. Die beiden waren nahezu gleich groß, wobei die Tochter imposanter wirkte, weil ihr Körper weitaus üppiger als der ihres hageren Vaters war.

»Nicht zu glauben, wie gewissenlos du mich verschacherst. Dass Mutter das zulässt!« Noch einmal schüttelte sie vehement den Kopf, da holte der Apotheker blitzschnell aus und versetzte ihr eine schallende Ohrfeige. Verblüfft hielt sich die Tochter die brennende Wange.

»Du vergisst wohl, was dir ansteht: dich brav und sittsam in das zu fügen, was wir für dich arrangiert haben. Jedes andere

Mädchen in Freiburg würde sich glücklich schätzen, eine solche Partie zu machen.«

»Wenn ich aber nicht will? Vater, begreif doch: Ich kann das nicht! Ich kann diesen eigenartigen Kauz nicht heiraten und künftig seine Ehefrau spielen. Ich bin für ein solches Leben nicht geschaffen! Mir wird übel, wenn ich nur daran denke, was mir bevorsteht.«

»Was stellst du dir denn vor? Wofür ist dein Geschlecht denn geschaffen: um als Gattin und Mutter den Haushalt zu führen! Du wirst diesen angesehenen, rechtschaffenen Mann heiraten. Gebildet ist er obendrein. Was glaubst du, warum deine Mutter und ich in den letzten Wochen alles darangesetzt haben, deine Ehre zu bewahren? Warum wir dich oben auf dem Dachboden versteckt und dem Lumpenpack nie gezeigt haben? Damit keiner dieser Soldaten sich an dir vergeht und deine Zukunft zerstört. Schau dich doch um: All meine Schätze musste ich diesem Söldnerpack in den gierigen Schlund werfen, um deine Unschuld zu beschützen. Das alles zerrst du jetzt in den Dreck und stellst uns durch deinen Ungehorsam bloß!«

Das Gesicht des Apothekers war für Magdalena nicht mehr zu erkennen, weil er ihr vollends den Rücken gekehrt hatte. Sein ganzer Leib bebte. Umso besser sah sie das Antlitz der Tochter.

»Ungehorsam – du bist gut, Vater! Erst darf ich jahrelang an deiner Seite alles lernen, was es über die Heilkräfte der Kräuter und Pflanzen zu wissen gibt, du zeigst mir sogar, wie man Salben und Pasten rührt oder Erkrankungen erkennt und behandelt, so dass ich mir die größten Hoffnungen mache, und hinterher ende ich trotzdem als willenlose Ehefrau am Küchenherd. Das begreife ich nicht! Wäre ich doch nur als

Junge zur Welt gekommen, dann könnte ich mein Hirn gebrauchen und so leben, wie ich es möchte, ohne dass ein Vater oder ein Ehemann oder sonst ein Mann kommt und mir Vorschriften macht.«

Laut schluchzte sie auf, Tränen liefen ihr über die Wangen. Am liebsten wäre Magdalena zu ihr gestürzt und hätte sie in den Arm genommen, um sie zu trösten. Mühsam hielt sie sich zurück, biss sich auf die Lippen und umklammerte mit den Fingern das Regal, bis es weh tat. Gleichzeitig pries sie sich glücklich, das Schicksal der Apothekertochter nicht teilen zu müssen. Gerade hatte sie sich der ungewollten Ehe mit dem Vetter entzogen. Undenkbar, die Freiheit des Trosslebens einer Ehe wegen aufzugeben! Warum nutzte die Apothekertochter nicht auch die günstige Gelegenheit und lief einfach davon? Schon überlegte sie, wie sie ihr ein Zeichen geben konnte, um mit ihr über eine mögliche Flucht in den Tross zu reden, da bemerkte die Apothekertochter ihre Anwesenheit.

»Wer ist das?« Ihr rechter Zeigefinger schnellte nach vorn. Vor Aufregung überschlug sich ihre Stimme. »Wohl noch so eine Hure, wie sie jetzt überall in der Stadt herumlungern! Elendes Soldatengesocks! Pack dieses Weib und wirf sie raus, Vater!« Wahllos griff sie nach dem Nächstbesten, was ihr zwischen die Finger kam, und schleuderte es mit voller Wucht Richtung Magdalena. Gerade noch rechtzeitig konnte die sich unter dem Glaskolben ducken, der durch die Luft auf sie zusauste. Die Scherben des zerborstenen Glases rieselten auf sie herab. Mühsam klaubte sie die aus ihren Haaren und eilte in gebückter Haltung an den beiden vorbei aus dem Laboratorium.

Wie sie vermutet hatte, stand Meister Johanns Wagen in der Gasse hinter dem Hof. Die Münsteruhr schlug gerade zur

Vesper, als Magdalena ihn erreichte. Die ersten Kisten waren bereits aufgeladen, ein halbes Dutzend stand noch auf dem Pflaster neben mit Stroh ausgepolsterten Körben, die bauchige Glaskrüge mit Aquavit enthielten. Unter der Wagenplane hantierte Rupprecht herum, darum bemüht, die kostbaren Destilliergeräte, die sie aus dem Laboratorium gemaust hatten, für die holprige Fahrt über Land in weiteren Körben mit Stroh zu sichern.

»Wann geht es los?«, fragte sie.

»Bei Tagesanbruch.« Meister Johann klang zufrieden. »Zusammen mit Hauptmann Isel bringen wir die Geschädigten an die Bergstraße und bereiten dort das nächste Winterquartier vor. Komm, steh hier nicht rum! Es wäre einfacher, wenn du Rupprechts Part im Wagen übernimmst und dort oben alles Zerbrechliche verpackst. Dann kann er die restlichen Kisten aus der Apotheke holen.«

»Gleich«, sagte sie. »Ich muss nur noch mal kurz weg.«

Schon wollte sie kehrtmachen und zur Gerberau zu ihrem Versteck im Heuboden laufen. Wenn sie schon die Zimmerleute von Meister Rott nicht antraf, wollte sie wenigstens dem Zahnlosen eine Nachricht für Eric übergeben. Gewiss würde er bald dort auftauchen und nach ihr suchen.

»Nichts da. Wir brauchen dich jetzt hier.« Ungewohnt barsch stellte sich der Feldscher ihr in den Weg. »Was immer du vorhast: Es muss warten, bis wir gepackt haben.«

»Ich bin gleich zurück.« Sie versuchte, sich an ihm vorbeizuzwängen.

»Etwa so, wie letztens nach der Schlacht am Slierberg?« Er packte sie am Arm und zog sie dicht zu sich heran. Trotz der groben Geste wirkte er nicht wütend, sondern eher traurig. Seine vorquellenden grauen Augen schimmerten wässrig, sein

Kopf war noch röter als sonst, die Ader an der rechten Schläfe pulsierte bedrohlich. »Ach, Magdalena, Mädchen, wenn du wüsstest, welche Sorgen ich mir gemacht habe.« Seine Stimme zitterte. Er räusperte sich, bevor er weiterreden konnte: »Fast war ich mir sicher, dich nie mehr wiederzusehen. Zwei Tage warst du spurlos verschwunden. Nichts habe ich von dir gehört. Nicht einmal Rupprecht hatte eine Ahnung, wo du stecken könntest. Und das, während die Feinde da oben in den Wäldern hinter jedem Busch lauerten!«

Sie wollte etwas erwidern, da fiel er ihr ins Wort: »Wenn du bei deinem Liebsten bleiben willst, ist das bitter für mich. Trotzdem werde ich deine Entscheidung hinnehmen. Ich bin der Letzte, der sich deinem Glück in den Weg stellt. Überleg es dir jedoch gut, ob Eric Grohnert es wert ist, dass du alles, was dir lieb ist, für ihn aufgibst. Deine Entscheidung wird endgültig sein. Danach kannst du nicht mehr zurück.«

Durchdringend sah er sie an. Sein Atem roch nach Minze, also war die Zeit des wüsten Zechens vorbei. Seine Augen blickten ungewöhnlich klar, sein Gesicht verriet die Sorgen, die er sich machte. Erschöpft befreite sie sich aus seinem Griff und sank zu Boden. Er ließ sie gewähren, bedeutete sogar Rupprecht durch einen Wink mit der Hand, sich zurückzuziehen. Ihr schwirrte der Kopf. Auch ihr Magen rebellierte wieder, so dass sie würgen musste. Sie hustete und schluckte, bis Meister Johann sich zu ihr bückte und ihr den Rücken klopfte.

»Warum bist du so blass? Was ist denn los?«

»Geht schon«, presste sie hervor und versuchte, sich ganz aufs Denken zu konzentrieren. Unwillkürlich spielte sie mit der Lederschnur am Hals und kaute darauf herum. Nach dem Tod ihres Vaters waren Meister Johann, Rupprecht und die alte Hebamme Roswitha die Einzigen, auf die sie zählen konnte. Solange sie nicht sicher wusste, wann und ob Eric zurückkehrte, tat sie gut daran, auf die drei zu bauen. Als Frau allein, noch dazu in wenigen Monaten mit einem kleinen Kind, konnte sie nicht in Freiburg bleiben.

»Wann brechen wir auf?«, fragte sie und erhob sich mit zittrigen Knien. Eiskalt baumelte der Bernstein bei jeder Bewegung auf der nackten Haut zwischen ihren Brüsten.

Zweiter Teil

Lager

MITTELHESSEN

Sommer 1646

1

Der Morgendunst löste sich auf und hinterließ eine blaugrau gefärbte Landschaft. Weißgelb schälte sich die Sonne hinter der Silhouette des kegelförmigen Berges heraus. In einem Busch stimmte eine Amsel ein Loblied auf die frühe Tagesstunde an. Aus weiter Ferne tschilpte eine fröhliche Antwort herüber. Aufgeregt hüpfte ein Rotkehlchen von Ast zu Ast und stieß dabei ein scharfes »Zick-zick« aus. Magdalena entdeckte auch einen Gimpel, der die rote Brust der aufgehenden Sonne entgegenreckte. Sein klagendes Rufen lockte weitere Artgenossen an. Schon streckte Magdalena die Hand nach ihm aus, da schreckte ein Schuss die Vögel auf. Empört flatterten sie davon. Magdalena suchte die Berghänge und die weite Ebene nach dem Schützen ab. Bis zum Horizont erstreckten sich die Äcker und Felder. Nirgends war der Störenfried zu sehen. Alsbald senkte sich die Ruhe des frühen Morgens wieder über das Land. Wahrscheinlich, dachte Magdalena, hat einer der Wachposten oben auf dem Berg eine Taube gejagt, um sich eine spärliche Fleischeinlage für den Suppenkessel zu beschaffen.

Einer stolzen Königin gleich thronte Amöneburg oben auf dem Berg. Magdalena war der Anblick vertraut. Mehrmals schon hatte das Regiment in den letzten Jahren in der Gegend gelagert. Sie legte das Messer, mit dem sie einige Stengel Nelkenwurz geschnitten hatte, in den Korb und setzte sich auf einen Stein. Die kleine Verschnaufpause tat gut.

»Träum nicht!« Das Krächzen Roswithas klang liebevoller, als die barsche Aufforderung glauben machte. Lächelnd watschelte sie herbei. Selbst im Sitzen war Magdalena nicht viel kleiner als die Hebamme. Schon sprach sie weiter: »Die Stadt hat schon was. Gut, dass es die Unsrigen in diesem Sommer endlich geschafft haben, die Schweden davonzujagen. So oft schon haben wir hier gelagert und sind am Ende doch unverrichteter Dinge abgezogen. Höchste Zeit, dass wir endlich da oben unsere Fahnen hissen konnten. Schade nur, dass die Heringfresser die Vorratslager so gründlich geplündert haben. Der Sieg hat uns also nicht die Mägen gefüllt. Zudem sind sich die Herren Offiziere leider nicht einig, ob wir noch vor dem Herbst Richtung Süden ziehen und uns bei den Bayern endlich satt fressen dürfen oder ob wir halb verhungert noch ein paar Wochen hier bei Amöneburg abwarten sollen, bis die Schweden zurückkehren.«

»Was du schon wieder alles weißt.« Magdalena zwirbelte gedankenverloren an einer ihrer roten Locken, die unter dem hellen Kopftuch hervorgerutscht waren. Versonnen blickte sie Richtung Berg.

»Ich bin halt nicht so verliebt wie du.«

»Was?« Abrupt drehte Magdalena sich um. Ein verschmitztes Lächeln huschte über das faltige, wettergegerbte Gesicht der Hebamme.

»Brauchst dir nichts denken, mein Liebes.« Sie tätschelte ihr die Wange. Die helle Haut glühte, dass die Sommersprossen darauf kaum mehr zu sehen waren. »Ich freue mich doch, dass du endlich wieder an so was denkst. Darfst deiner Cousine Elsbeth nicht allein das Feld überlassen, erst recht nicht, wenn sich so ein schmucker Bursche für dich interessiert. Das Leben ist zu kurz, um jahrelang Trauer um Eric zu tragen. Oder willst du fortan wie eine Nonne leben? Dann kannst du auch gleich hinter Klostermauern verschwinden. Dafür ist das Dasein im Tross beileibe nicht geeignet. Brauchst nicht denken, du wirst Eric untreu, wenn du deine Fühler nach ein bisschen Liebe ausstreckst. Er hätte es bestimmt nicht anders gehalten. Wenn ich mich recht entsinne, war er alles andere als ein Trauerkloß.«

Bei der Erwähnung ihres seit zwei Jahren verschollenen Geliebten entfuhr Magdalena ein tiefer Seufzer. Auch wenn es längst eine Tatsache schien, sträubte sie sich nach wie vor, an seinen Tod zu glauben. Abend für Abend erzählte sie ihrer kleinen Tochter Carlotta, dass er bestimmt noch irgendwo lebte und eines Tages auftauchen und sie beide zu sich nehmen würde. Zwar verstand das knapp fünfzehn Monate alte Mädchen kaum, wovon sie sprach, doch eines Tages würde sie es ganz sicher begreifen. Jedenfalls brabbelte Carlotta bereits jetzt fröhlich »Eric« vor sich hin. Magdalenas Cousine Elsbeth, die sich seit ihrer Totgeburt um die Kleine kümmerte, hatte es längst aufgegeben, etwas dagegen einzuwenden.

»Der Sohn des Stadtkommandanten macht übrigens einen ganz guten Eindruck.« Verschwörerisch zwinkerte Roswitha ihr zu. »Mit einer klugen Frau wie dir kann er bestimmt was anfangen. Musst ihn nur überreden, sich endlich fürs Heer anwerben zu lassen. Oder willst du in diesem Nest da oben versauern? Auch was das Zustandekommen eines Treffens mit dir betrifft, ist der Gute noch ein bisschen einfallslos. Dass er gestern bei der Geburt seines Neffen so nachdrücklich auf deiner Anwesenheit bestanden hat, war einfach zu auffällig. Eine alte Hebamme wie ich reicht wirklich aus, wenn eine

Frau mit dem dritten Kind niederkommt. Nichts lag quer, nichts Ungewöhnliches gab es zu befürchten. Selbst das Mutterkorn weiß ich nach so vielen Jahrzehnten als Wehmutter noch zu dosieren, damit bei einem vorübergehenden Stillstand alles wieder in Gang kommt. Als der Gute obendrein so ungeschickt um dich herumgeschlichen ist, war allen klar, was er von dir will.«

Bei den letzten Worten ging ihr Krächzen in ein heiseres Lachen über, das alsbald in einem übel klingenden Husten endete. Besorgt klopfte Magdalena ihr auf den Rücken, froh über die erzwungene Pause. Schließlich war sie sich selbst noch nicht schlüssig, wie sie sich zu ihrem neuen Verehrer stellen sollte. Zumindest in einem Punkt hatte Roswitha recht: Wenn er in Amöneburg bleiben wollte, würde sie ihn sogleich wieder verlassen. Ihr stand nicht der Sinn danach, die brave Bürgersgattin zu spielen.

»Statt auf andere zu achten, musst du mehr auf dich selbst aufpassen, Roswitha. Drüben im Lager leg ich dir gleich einen Wickel auf die Brust und gieß dir einen Salbeitee auf. Dieser Husten ist ja nicht mit anzuhören. Kein Wunder, dass die Frauen ihre Kinder seit Tagen lieber ohne Probleme aus dem Leib herauspressen. Wer dich husten hört, tut alles, dich schnell wieder fortzuschicken. Ausgerechnet bei der Hitze und wo es kaum sauberes Wasser gibt, muss dich eine Erkältung quälen.«

»Mich quält gar nichts. Statt Wasser gibt es wenigstens ausreichend Aquavit. Weißt ja, dass Kümmel und Anis auch in flüssiger Form das Beste gegen Husten sind.«

»Leider beweist uns das Meister Johann jeden Tag aufs Neue. Eifere du ihm bitte nicht nach.«

»Keine Sorge, du kennst mich: Alkohol gebrauche ich

wirklich nur, um meinen Patientinnen Leiden zu ersparen. Schlimm genug, dass du in den letzten Monaten mehr oder weniger schon den Feldscher ersetzen musstest. Wenn du jetzt auch noch Hebamme spielen sollst, kommst du gar nicht mehr dazu, dich um deine Kleine zu kümmern.«

»Elsbeth wäre das ganz recht. Dann hätte sie Carlotta endlich für sich.« Bei diesen Worten huschte abermals ein Anflug von Traurigkeit über ihr Gesicht. Trotz der Dankbarkeit, die sie der Cousine gegenüber empfand, weil sie als Amme für die Kleine eingesprungen war, als sie den Säugling nicht hatte stillen können, stieg Eifersucht in ihr auf. Unwillkürlich tastete sie mit den Fingern nach dem Bernstein, der unter dem Mieder zwischen ihren Brüsten baumelte. Wie immer, wenn sie den Stein befühlte, durchströmte sie eine wohlige Wärme, und Zuversicht und Stärke kehrten zurück.

»Was reden wir hier unnützes Zeug, Roswitha! Wir sollten uns besser sputen und Kräuter sammeln. Der Tag scheint wieder heiß zu werden.«

»Ja, du hast recht«, krächzte die Alte. »Der Schuss vorhin hat wohl nichts zu bedeuten. Von den Schweden ist weit und breit nichts zu sehen. Also steht uns ein weiterer Tag bevor, an dem wir uns ungestört um unsere Pflanzenvorräte kümmern können.«

»Aber nur, wenn wir jetzt die Körbe füllen.«

Gut gestimmt stapften sie los. Am Waldsaum entdeckten sie Nelkenwurz, bevor sie auf das freie Feld traten und zu den Äckern und Wiesen in der Talsenke rund um die mittelhessische Stadt marschierten. Entlang der ausgetretenen Wege stießen sie auf Gänsefingerkraut. Auch ersten Ackerrittersporn entdeckten sie bald. Rasch waren die Körbe gut gefüllt, und sie schickten sich an, zum Lager auf der östlichen Seite zurückzukehren. Plötzlich aber hielt Roswitha inne und fasste nach Magdalenas Arm. Warnend legte sie den Finger auf die Lippen und wies mit dem Kopf nach Süden. Verwirrt folgte Magdalena ihrem Blick und starrte gebannt in die angegebene Richtung. Die Sonne war inzwischen über dem Bergrücken aufgetaucht und schickte die ersten Strahlen in die Ebene. Mehrere dunkle Punkte tanzten in der Ferne auf und ab. Je länger sie hinsah, umso klarer zeichneten sich die Umrisse ab. Bald wusste sie, worum es sich handelte: ein Trupp bewaffneter Männer!

Erschrocken schlug Magdalena die Hand vor den Mund. Der Schuss vorhin war also doch nicht harmlos gewesen. Offenbar war er nicht oben auf dem Berg abgegeben worden, sondern hing mit dieser Rotte zusammen. Hätten sie das doch gleich ernst genommen! Immerhin war es noch keine zwei Tage her, dass unweit des Lagers drei kaiserliche Soldaten heimtückisch überfallen und niedergestochen worden waren. Magdalena war selbst hinzugerufen worden, die Toten zu untersuchen.

Trotz all des Schrecklichen, was sie als Wundärztin bereits gesehen hatte, war sie entsetzt gewesen: Wie beim Schlachten von Schweinen waren die Leiber der Soldaten entzweigeteilt und an Pfählen aufgeknüpft worden. Auf einem Fetzen Papier, das in einer der Taschen steckte, stand, dies sei die Rache für die Greueltat an drei jungen Frauen, die vor einiger Zeit auf dem Weg zur Lache im Nordosten der Stadt überfallen und geschändet worden waren. Wer hinter dem Überfall auf die Frauen steckte, ob Kaiserliche oder marodierende Schweden oder gar Männer aus der Stadt, war noch ungeklärt und würde das wohl auch bleiben. So etwas geschah in Kriegszeiten einfach zu oft. Augenscheinlich aber hatte es die Stadtbewohner zu dem hinterhältigen Übergriff auf die Soldaten angestachelt. Um deren feige Meuchelmörder zu fangen, hatte der Profos Hagen Seume Suchtrupps losgeschickt und sich selbst an die Spitze eines solchen gestellt, damit den Marodeuren endlich das Handwerk gelegt wurde.

Die Blicke der beiden Frauen trafen sich. Sie kannten sich lange genug, um zu wissen, dass sie dasselbe dachten: Vielleicht waren die Heranrückenden diejenigen, die die Frauen überfallen hatten! Die Marodeure würden sich freuen, zwei weitere nahezu wehrlose Weiber allein und weit entfernt vom Lager anzutreffen. Zum Weglaufen war es zu spät: Der Schutz bietende Waldsaum am Berghang war zu weit entfernt. Auch sonst bot sich in der weiten Ebene, die seit Jahrhunderten als Ackerfläche diente, kaum eine Möglichkeit, sich zu verbergen.

Wie auf Kommando tasteten sie nach ihren Messern, mit denen sie die Kräuter abzuschneiden pflegten, und nickten sich zu. Bevor sie sich ergaben, würden sie wenigstens einem der Halunken die Kehle durchschneiden.

Schon kamen die tanzenden Punkte näher. Es waren fünf, alle zu Fuß unterwegs. Stille senkte sich über sie. Lediglich die Schritte der schweren Männerstiefel knallten auf den trockenen Lehmboden. Drei von ihnen trugen Messer, Säbel und Gewehre. Die breitkrempigen Hüte tief in die Gesichter gezogen, zerrten sie die beiden anderen, die barhäuptig waren, ungeduldig zwischen sich her. Offensichtlich handelte es sich um ihre Gefangenen. Als sie Magdalena und Roswitha erreichten, versetzte einer von ihnen den beiden in der Mitte einen kräftigen Tritt und bedeutete den anderen, die Gefangenen ebenfalls loszulassen.

Aufjaulend stürzten sie zu Boden. Ihre Körper wiesen Spuren von Misshandlung auf: Rücken, Beine und Arme waren übersät von blutigen Striemen. Aufgesprungene Lippen, blaue Flecken auf den Wangen sowie angeschwollene Augenpartien ließen erkennen, dass auch ihre Köpfe nicht verschont worden waren.

»Sieh an, die rote Magdalena und die alte Roswitha.« Derjenige von den dreien, der offenbar das Kommando führte, brachte sich breitbeinig, die Daumen in den Gürtelschlaufen der Hose, vor ihnen in Position. Seine Stimme war dunkel und rauh. Magdalena warf zwar noch einen kurzen Blick auf seine rote Armbinde, doch längst war klar, dass es sich bei den dreien um Angehörige ihres Regiments handelte. Woher sonst kannte der Mann ihre Namen? Prüfend sah sie ihm ins Gesicht. Die dicke, blaurot geäderte Knollennase war das Auffälligste, die dünnen Lippen und das ebenmäßige Kinn nichts Besonderes. Die Wangen waren glatt rasiert, das Haar ordentlich gestutzt. Nichts an ihm war ihr vertraut. In den letzten Jahren hatte sie so viele Soldaten behandelt, dass sie sich kaum an jeden einzelnen erinnern konnte. Die Geretteten vergaßen dagegen oft ein Leben lang nicht, dass sie ihnen geholfen hatte. Gut möglich, dass es sich bei diesem hier um einen ehemals Verletzten handelte, den sie vor Schlimmem bewahrt hatte.

Auch an keinen der Begleiter, die sie nun ebenfalls genauer musterte, konnte sie sich erinnern. Doch auch diese lächelten ihr anerkennend zu. Darüber wich ihre Furcht. Neben ihr ächzte und schnaufte Roswitha, ohne eingeschüchtert zu wirken.

»Wer seid ihr und was tut ihr mit den beiden da?«, krächzte sie, während sie sich die beiden Gefangenen genauer besah. »Weshalb habt ihr die zwei so zugerichtet?«

»Wenn ich euch sage, wer die sind, fragt ihr euch, warum wir sie nicht gleich gevierteilt und zerhackt haben, damit die

Krähen ein leichtes Fressen haben. Verdient hätten sie, dass die Vögel ihnen bei lebendigem Leib die Augen auspicken.« Der Anführer streckte die Brust heraus. Als die Frauen ihn nicht wie erhofft zu den Einzelheiten seiner Heldentat ausfragten, schob er nach: »Das sind die Schurken, die unsere tapferen Soldaten auf dem Gewissen haben. Die feigen, hinterhältigen Drecksäcke, die sich im Dunkeln heranschleichen, um unsere Männer niederzustechen. Hat wohl seinen Grund, dass sie den offenen Zweikampf fürchten wie der Teufel das Weihwasser. Schaut sie euch gut an, dann seht ihr selbst, dass sie keinen Mumm in den Knochen haben. Solche wie die können nur aus dem Hinterhalt heraus angreifen. Elende Halunken! In der Hölle sollen sie schmoren bis in alle Ewigkeit!«

Angewidert spuckte er vor den Gefangenen aus, die sich wimmernd vor Schmerzen auf dem Boden wanden. Schon versetzte ihnen einer der Söldner Tritte in die Eingeweide. Als sich der eine daraufhin aufbäumte, begann der zweite Soldat, mit der bloßen Faust auf ihn einzuschlagen, bis er kraftlos wie ein Sack Mehl wieder zu Boden sackte. Schützend warf sich der zweite Gefangene über ihn. Da erst hielt der Anführer seine Kameraden zurück: »Lasst ihn leben. Seume will an ihnen ein Exempel statuieren. Weit sichtbar sollen sie am Galgen baumeln, damit jeder begreift, welche Strafe denjenigen erwartet, der sich gegen die Unsrigen stellt.«

2

Seit dem ersten Morgengrauen drängten die Menschen zum Richtplatz. Das Geviert trennte das wohlgeordnete Offizierslager mit den ausladenden, herrschaftlichen Zelten von den bunt durcheinandergewürfelten Unterkünften und niedrigen Erdhöhlen der einfachen Soldaten, an die sich die endlos scheinenden Reihen des Trosses anschlossen. Aus allen Winkeln des kaiserlichen Armeequartiers strömten die Menschen herbei, begierig auf das Spektakel, das sie erwartete: die Hinrichtung der beiden Soldatenmörder. Die viel zu engen Gassen des Lagers wurden dem Ansturm der Massen nicht gerecht. Bald stauten sich die Menschen zwischen den Verschlägen. Erste Stützpfähle fielen um, Zelte brachen ein, die behelfsmäßigen Dächer aus Zweigen und Moos wurden umgerissen.

Ungeduldig schoben sich die Neugierigen weiter, fluchten lauthals über umherliegende Hindernisse und beschimpften einander. Manch einer gebrauchte seine Ellbogen, um sich den Weg nach vorn zu bahnen. Empört flogen daraufhin die ersten Fäuste durch die Luft, einige verteilten gar Kopfnüsse, um sich ein Durchkommen zu verschaffen. An vielen Ecken kam es zu handfesten Raufereien. Wer dabei zu Boden ging, hatte Pech, weil ihn die Nachfolgenden erbarmungslos überrannten. Mütter schrien verzweifelt nach ihren Kindern, Väter hielten Ausschau nach ihren Weibern, Kinder weinten, weil sie im dichten Gewühl der Körper kein bekanntes Gesicht mehr ausmachen konnten.

Seit Tagesanbruch rief das rhythmische Trommeln die Scharen herbei. Groß und Klein, Männer wie Frauen versetzte es in einen seltsamen Taumel. Ungnädig brannte die Sonne auf den Platz. Beim Errichten des Quartiers vor einigen Wochen waren die schattenspendenden Bäume größtenteils abgeholzt worden. Lediglich den Lauf des kleinen Flusses Ohm weiter östlich sowie einige Stellen des Offizierslagers säumten noch hinreichend große Stämme. Je länger die Menschen der

Sonne ungeschützt ausgesetzt waren, desto unberechenbarer wurden sie.

Doch es war nicht die Sonnenglut allein, die den gefährlichen Rauschzustand verursachte. Reines Trinkwasser war längst ebenso knapp wie Brot oder gar Fleisch, wohingegen Wein und Bier in erstaunlichen Mengen verfügbar waren. Nüchtern blieben deshalb die wenigsten, von den Kindern einmal abgesehen. Unter leeren Bäuchen, die ebenfalls zu Raserei führten, litten alle gleichermaßen. Der beißende Geruch nach Fäulnis, der über den Zelten und Planwagen hing, tat ein Übriges, die Menschen zu martern.

Magdalena schien es, als müsste sie immerfort langsamer atmen, was zu einer weiteren Trübung der Sinne führte. Die Junihitze war unerträglich und ließ alles vergammeln. Gleichzeitig rückten die Abfallgruben stetig näher ans Lager heran. Kaum einer nahm die Mühsal noch auf sich, den Unrat zu den Gruben zu schleppen. Auch die weiter draußen liegenden Latrinen und Aborte wurden nicht mehr aufgesucht. Stattdessen verrichtete jeder sein Geschäft gerade da, wo es ihn überkam. Höchste Zeit, dass es endlich wieder regnete. Das Wasser würde nicht nur den Dreck wegspülen, sondern auch die Menschen aus ihrer Trägheit reißen.

Magdalena spürte, wie die dumpfen Trommelschläge in ihrem Innersten widerhallten, ihren Körper in ähnliche Schwingungen versetzten wie die ihrer Mitmenschen. Unwillkürlich schaukelte sie die kleine Carlotta im Takt der Pauken auf den Hüften. Trotz des dichten Getümmels schien das einjährige Mädchen Gefallen daran zu finden. Munter patschte es die Händchen gegeneinander, stieß die Beinchen vergnügt gegen Magdalenas Leib und jauchzte vor Freude.

»Lass uns weiter nach vorn gehen«, schrie Elsbeth in Magdalenas Ohr. »Von hier aus sehen wir nichts.« Flink schob sich die Cousine bereits zwischen den vor ihr stehenden Männern hindurch und zog Magdalena am Handgelenk hinter sich her. Immer wieder sah sie das helle Kopftuch in der Menge aufblitzen. Elsbeths Körpergröße war ein immenser Vorteil. Sie sah nicht nur über die Köpfe der anderen hinweg, sondern konnte auch von weitem den besten Durchschlupf erkennen. Magdalena fiel es weitaus schwerer, in der dichten Menge voranzukommen. Den meisten reichte sie gerade bis zur Schulter. Drehte sich einer zu heftig um, bekam sie einen schmerzhaften Hieb vor die Brust. Mit der Kleinen auf dem Arm wagte sie kaum, entschiedener zu drängeln. Eine ganze Zeit nach Elsbeth erreichte Magdalena endlich die vorderen Reihen. Sie wunderte sich, kaum ein bekanntes Gesicht in der Menge auszumachen. Die Leute ihres Fähnleins mussten in einer anderen Ecke des Richtplatzes auf das Schauspiel warten. Entgehen lassen würde sich das Spektakel niemand.

»Macht Platz für die rote Magdalena«, raunte ein alter Soldat ehrfürchtig und bahnte ihr eine Gasse. Wenigstens einer, der sie erkannte. »Sicher braucht der Profos dich gleich. Die elenden Halunken werden so tun, als könnten sie nicht mehr auf eigenen Füßen zum Galgen laufen, und lautstark nach dem Wundarzt rufen.«

»Um unsere Soldaten hinterrücks zu meucheln, waren sie noch stark genug.« Eine Frau mittleren Alters schüttelte verärgert den Kopf, so dass ihre borstigen, braunen Haarfransen aus dem Kopftuch rutschten. Trotz ihrer Empörung musterte sie Magdalena neugierig. Ihre Lippen verzogen sich schließlich zu einem Lächeln, und sie rückte etwas zur Seite, um ihr eine bessere Sicht zu ermöglichen.

»Gleich erhalten die Schurken ihre gerechte Strafe.« Wie selbstverständlich drängte sich Elsbeth in die Lücke und zog damit die Aufmerksamkeit der Frau auf sich. »Hoffentlich spricht sich das bei den Leuten in Amöneburg rum. Dort hätte man eigentlich die Galgen aufbauen sollen. Dann würden die sehen, wie ihre Kameraden für die schändliche Tat büßen.«

»Da oben ist gar kein Platz für die Galgen«, stellte Magdalena klar. »Ganz abgesehen von den Zuschauern. Viel zu eng stehen die Häuser beieinander. Nicht einmal einen ordentlichen Marktplatz gibt es.«

»Das weißt du wohl von den Besuchen bei deinem neuen Kavalier?« Verschmitzt lächelnd knuffte Elsbeth sie in die Seite. Magdalena war froh, dass die anderen die Bemerkung nicht hörten.

»Außerdem residieren unsere Feldherren und Marschälle in den wenigen Häusern, die noch nicht abgebrannt sind. Von dem gewaltigen Ansturm bei einer Hinrichtung wollen die wohl kaum gestört werden.« Stolz, etwas beitragen zu können, streckte der Alte die schwache Brust heraus.

»Schade, dass die feinen Bürger von Amöneburg nicht sehen, wie die Halunken aufgeknüpft werden.« Die Augen der Braunhaarigen blitzten. Sie ballte die Fäuste, als wollte sie eigenhändig auf die Delinquenten losgehen. »Elende Verräter sind das. Verdienen gar nicht, dass die Unsrigen sie vom Joch der Schweden befreit haben.«

Magdalena ließ sich nicht vom Zorn anstecken. Ihr gestriger Besuch bei der Familie des Stadtkommandanten hatte ihr einen ernüchternden Einblick in die wahren Verhältnisse in der Stadt gewährt. Seither hatte sie beschlossen, die Bemühungen ihres neuen Verehrers nicht mehr zu beachten. Zu ungewiss war ihr seine Haltung. Laut sagte sie: »Die Stadtbewohner sind fast alle fort. Kaum einer kann also noch von der Hinrichtung beeindruckt werden. Die meisten sind gleich mit den schwedischen Truppen abgezogen. Sieht ganz so aus, als hätten die Bürger sich während der Besatzungszeit mit Wrangels Mannen verbrüdert und wollten gar nicht von uns befreit werden.«

»Von einer echten Befreiung kannst du sowieso nicht reden. Immerhin haben sich unsere Feldherren mit den Schweden verständigt, dass die Heringfresser kampflos abziehen und uns die Stadt übergeben.« Der alte Soldat machte keinen Hehl daraus, wie beschämend er die Umstände fand, die zur Einnahme geführt hatten. Eine richtige Schlacht wäre ihm allemal lieber gewesen.

»Sag ich doch, dass das Verräter sind. Gehören alle gleich mit aufgeknüpft. Eine Frechheit, dass sich unsere Feldherren auf den Kuhhandel eingelassen haben und die Schweden abziehen ließen.« Das Gesicht der Braunhaarigen lief vor Empörung rot an.

»Die sind es gar nicht wert, dass wir unsere Köpfe für sie hinhalten.« Der alte Soldat schien ehrlich entrüstet. Selbst nach fast dreißig Jahren Krieg fiel es ihm schwer zu begreifen, dass die Kaiserlichen nicht überall als Befreier vom schwedischen Joch bejubelt wurden und dass die Feldherren sich die Gelegenheit für ein ordentliches Gefecht hatten entgehen lassen.

»Du hast recht: Was kümmern uns die undankbaren Schweinehunde aus der fremden Stadt? Wahrscheinlich sehnen die sowieso nur die Rückkehr der Schweden herbei. Viel wichtiger ist, dass diese Mörder da vorn endlich am Galgen baumeln.« Damit verschränkte die Braunhaarige die Arme vor der Brust und drehte den Kopf, um das Geschehen auf dem Richtplatz besser im Auge zu haben. »Wie man hört, warst du dabei, als die beiden Meuchelmörder gestern früh gefasst wurden«, wandte sie sich kurz darauf an Magdalena.

»Was du nicht sagst!« Dem Alten stand vor Staunen der Mund offen. Sicherlich erhoffte er sich einen ausführlichen Bericht, gespickt mit all den grausamen Einzelheiten, die nur ein Augenzeuge wissen konnte.

»Los, erzähl ihm schon von deiner neuesten Heldentat«, raunte Elsbeth ihr ins Ohr und schickte sich an, Carlotta zu nehmen. Zunächst wehrte sich die Kleine heftig, die Arme der Mutter zu verlassen. Es kam sogar zu einem kleinen Gerangel. Magdalena nahm das jedoch kaum wahr. Zu tief war sie in ihre Gedanken versunken, sah wieder vor sich, wie die drei Söldner die beiden Gefangenen vor ihren Augen malträtiert hatten. Erst als Elsbeth etwas grober wurde und beinahe der Stoff von Magdalenas Mieder zerriss, weil Carlottas Fingerchen sich darin verhakten, wurde sie aufmerksam. Doch da war es bereits zu spät. Carlotta hatte sich beruhigt und lehnte ihr rotblondes Köpfchen Daumen lutschend an die Schulter der Cousine. Elsbeth herzte und liebkoste sie wie eine echte Mutter. Schweren Herzens musste Magdalena mit ansehen, wie Carlotta Elsbeths pralle Brüste betatschte und sie darüber zu vergessen schien.

»Was ist denn genau passiert, als ihr die Schurken gefunden habt?« Ungeduldig riss der Alte an Magdalenas Ärmel. Auch die Braunhaarige wollte nicht mehr länger auf die Folter gespannt werden: »Ist das ein Geheimnis, oder warum sagt uns keiner was?«

»Also gut, wenn Magdalena nicht will, erzähle ich es euch«, schaltete sich Elsbeth mit ihrer tiefen Stimme ein. Dass sich noch andere umdrehten, um ihr zuzuhören, bereitete ihr großes Vergnügen. Kokett wippte sie das Kind auf der Hüfte. Seiner rotblonden Haare und der tiefblauen Augen wegen musste man es für Elsbeths eigenes halten. Wie zufällig streckte Elsbeth ihren Busen heraus und genoss es sichtlich, dass sich der Alte bei diesem Anblick bereits die Lippen zu lecken begann. Kokett zwirbelte sie mit der freien Hand eine helle Locke und legte den Kopf leicht schief. Ihre himmelblauen Augen strahlten unbekümmert aus dem runden, ebenmäßigen Gesicht. Magdalena ließ sie gewähren. Anders als ihre Cousine hasste sie es, so viel Aufmerksamkeit zu erregen. Wenn Elsbeth sich einigermaßen an die Wahrheit hielt, waren die Leute sicher zufrieden.

»Noch ganz früh am Morgen war es, als Magdalena und die alte Hebamme Roswitha in der Ebene westlich von Amöneburg unterwegs waren, um Kräuter zu sammeln«, begann die Cousine ihren Bericht. »Statt auf die erhofften Heilpflanzen sind die zwei zufällig auf Seumes Männer gestoßen. Kurz zuvor erst hatten diese die beiden Schurken aufgegriffen. Gemeinsam gingen sie ins Lager zurück. Bei der anschließenden Befragung waren Magdalena und Roswitha natürlich dabei.«

Elsbeth sonnte sich in der ihr zukommenden Aufmerksamkeit und verstieg sich in grausame Einzelheiten. Mehrmals küsste sie Carlotta auf den Kopf und liebkoste sie, sobald sie merkte, dass die Frauen ihr dafür anerkennende Blicke zuwarfen. Den Männern zwinkerte sie dagegen aufreizend zu, was wiederum diesen gut gefiel.

Schweigend beobachtete Magdalena das Schauspiel. Schweiß stand ihr auf der Stirn, das Leinen ihres Mieders klebte nass am Rücken. Es war ihr, als durchlebte sie die nicht eben zimperliche Befragung der Gefangenen noch einmal. Wie Elsbeth sich trotz der grausigen Schilderungen so aufreizend gebaren konnte, war ihr ein Rätsel. Um zu unterstreichen, wie stolz sie auf Magdalenas Heldentat war, legte Elsbeth ihr die Hand auf die Schulter und strahlte sie an. Magdalena zwang sich ebenfalls zu einem freundlichen Gesichtsausdruck. Die Zuhörer klatschten begeistert in die Hände.

»Hoch soll sie leben!«

»Ein dreifaches Hoch auf die rote Magdalena!«

Schlapphüte flogen steil in die Luft, wild flatterten die roten Federn daran auf.

»Siehst du, so machst du dir Freunde«, raunte Elsbeth Magdalena triumphierend zu. Das einsetzende Trompetensignal bereitete dem Jubel ein jähes Ende. Alle wandten sich nach rechts. Der Trommelwirbel schwoll an. Noch einmal stieß der Trompeter in sein Instrument. Carlotta jauchzte und strampelte vor Freude. Elsbeth tat sich schwer, sie auf dem Arm zu halten. Einen Augenblick sah es aus, als torkele sie, und sie musste mit dem freien Arm durch die Luft rudern, um das Gleichgewicht zu halten.

»Gib sie mir!«, befahl Magdalena und holte sich ihre Tochter wieder zurück. Zufrieden presste sie die Kleine an sich und hauchte ihr einen Kuss auf die Stirn. Ihr Kopf kuschelte sich gegen ihre Brust, warm schmiegte sich der kleine Körper gegen den ihren. Sie fühlte eben doch, wer ihre wahre Mutter war. Eine Woge der Zärtlichkeit durchflutete Magdalena. Fast fühlte es sich an wie damals in Freiburg auf dem Heuboden, wenn Eric sie umarmte. Tränen stahlen sich in ihre Augen, rannen langsam die Wangen hinab. Wenigstens Erics Tochter konnte ihr keiner nehmen. Und den Bernstein nicht, der sie beide ganz im Sinne Erics beschützte. Suchend tastete die Kleine gerade unter dem Mieder nach der Lederschnur. Behende fasste Magdalena nach den winzigen Fingern und hielt sie davon ab. Niemand außer ihnen beiden durfte von dem Schatz wissen.

»Der Profos kommt!«, wisperte es in der Menge. Ehrfürchtig teilten sich die Neugierigen in zwei Gruppen, so dass sich dem Offizier und seinem Gefolge eine breite Gasse öffnete. Hagen Seumes massige Gestalt beeindruckte bereits ohne den reichgefederten Hut. Mit dem Kopfschmuck aber haftete ihm etwas Verwegenes an, was er durch das schwungvolle Schwenken der Kopfbedeckung gern unterstrich. In weiten Schritten holte er aus, dabei blinkte das dunkle Leder seiner frisch gewichsten Stulpenstiefel in der Sonne auf. An dem hüftlangen Rock, den er trotz der Hitze über dem Wams trug, fanden sich auffällige Perlenstickereien, Rosetten und Steppereien. Selbst das Band, mit dem seine Pluderhosen unterhalb der Knie gebunden waren, wies aufwendigen Zierat auf. Angesichts des geckenhaften Eindrucks, den Seume damit erweckte, musste Magdalena schmunzeln. Dabei kannte sie ihn schon so lange. Immerhin war er ein Freund ihres verstorbenen Vaters gewesen und der zweite Pate ihres kleinen Bruders, der mit der Mutter in Köln lebte. Um seiner Würde mehr Gewicht zu verleihen, umrundete Seume bedächtig den gesamten Platz. Ein knapper Befehl genügte, dass die Leute untertänig einen Schritt nach hinten traten. Erhaben schritt er ihre Reihen ab. Hin und wieder hielt sich einer die Finger an die Nase. Gewiss hatte Seume nicht am Duftwasser gespart, das er sich seit einigen Monaten von Magdalena mischen ließ. Der süßliche Moschusgeruch schwebte über den Menschen, überdeckte die der Hitze geschuldeten Gerüche.

Hinter Seume führten die Steckenknechte die beiden Gefangenen um den Richtplatz. Mit bloßen Füßen stolperten sie über die staubige Erde. An den Händen aneinandergefesselt, taumelten sie mehr übereinander, als dass sie noch gehen konnten. Blutig hing ihre Haut in Fetzen. Die Gesichter waren verquollen und von Blutergüssen entstellt. Die Nägel hatte man ihnen von den Fingerkuppen abgezogen. Selbst auf einige Entfernung waren die Schwellungen noch sichtbar.

»Schaut euch diese Sauhunde an!« Wie auf Befehl erhob sich das wütende Gejohle der Schaulustigen, die die Delinquenten anstarrten, als handelte es sich um wilde Tiere.

»Hängt sie auf!«

»Stecht die Schweine ab!«

»Aber nicht, bevor sie ihre Kumpane verraten haben!«

»Aufs Rad mit ihnen!«

»Lasst sie erst noch den schwedischen Trank probieren!« Das waren noch die harmlosesten Rufe, mit denen lauthals ein blutrünstiges Spektakel gefordert wurde. Das lange Ausharren der Menschen in der prallen Sonne heizte die Wut weiter an. Die Stimmen klangen bald schriller, die Forderungen wurden grausamer. Jeder wollte die Übeltäter mit eigenen Augen sehen und versuchte, sich noch ein Stück weiter nach vorn zu schieben. Bald warf der Erste Unrat in Richtung der Gefangenen, dem sogleich Holzstücke und Steine folgten. Allerdings trafen die Wurfgeschosse in den seltensten Fällen die Übeltäter vorne am Richtplatz, sondern landeten vielmehr auf den Schädeln und Leibern unbeteiligter Zuschauer. Einige Männer versuchten, die wütende Menge im Zaum zu halten. Schließlich schoss ein Steckenknecht zur Warnung in die Luft, was zumindest für einen Augenblick Ruhe einkehren ließ.

Unter den Galgenpodesten kam die kleine Prozession aus Seume, den beiden Übeltätern und den Steckenknechten zum Stehen. Unweit davon wurde ein Feuer geschürt, und ein

Knecht hielt Eisenstangen zum Erhitzen hinein. Zwei weitere Helfer schleppten stinkende Kübel Jauche herbei. Ein Raunen ging durch die Menge. Jeder wusste, was diese Vorbereitungen zu bedeuten hatten. Mit schreckgeweiteten Augen verfolgten auch die gefesselten Männer das Tun. Der eine begann, wild um sich zu schlagen, weshalb zwei weitere Soldaten herbeisprangen, um ihn festzuhalten. Der andere sank ohnmächtig zu Boden. Hilflos versuchten seine Bewacher, ihn wieder nach oben zu reißen, ließen es nach drei vergeblichen Versuchen allerdings sein.

Bei diesem Anblick drückte Magdalena der verblüfften Elsbeth entschlossen die kleine Carlotta in den Arm und schob dabei ungewöhnlich brüsk deren Händchen weg, das nach ihrer Brust grapschte. Dabei verspürte Magdalena einen kurzen Ruck am Hals, den sie sich nicht erklären konnte. Also verdrängte sie das ungute Gefühl und stürzte los, um Seume ihre Hilfe anzubieten. Die beiden Übeltäter sollten zumindest so weit wiederhergestellt werden, dass sie die ihnen zugedachte Strafe bei vollem Bewusstsein erhielten.

»Magdalena!« Energisch hielt sie jemand am Arm zurück. Wütend suchte sie den Mann abzuschütteln.

»Meister Johann braucht dich.«

Als sie den Namen des Feldschers vernahm, drehte sie sich um. Wie aus dem Nichts stand Rupprecht hinter ihr.

»Siehst du nicht, dass ich zu Seume will, um ihm mit diesen Schurken zu helfen?«

»Du musst mitkommen.« Rupprechts dunkle Augen verrieten keine Regung. »Darauf wird auch Seume großen Wert legen. Da vorne kann ihm einer der anderen Feldscher zur Hand gehen, drüben im Zelt von Meister Johann aber müssen wir drei gemeinsam ran, um noch etwas auszurichten.«

»Was ist passiert? Sprich nicht in Rätseln, sondern sag endlich, worum es geht.«

»Sie haben den dritten Mann gefunden.«

»Welchen dritten Mann?« Erstaunt löste sie sich aus seinem Griff und trat zwei Schritte zur Seite, damit sie etwas Abstand zu den Neugierigen bekamen.

»Den Kumpan von den beiden Schurken da vorn, die gleich am Galgen baumeln werden.« Breitbeinig stellte Rupprecht sich hin und verschränkte die Arme vor der Brust.

»Red keinen Unsinn. Da gibt es keinen dritten Mann. Das weißt du genauso gut wie ich. Die zwei waren allein. Selbst unter der Folter haben sie das noch geschworen. Die ganze Nacht war ich dabei, wie die Steckenknechte ihnen zu Leibe gerückt sind. Unmöglich, dass sie nichts davon preisgegeben haben.« Kurz blitzte die Erinnerung an die Schreie auf, mit denen die Männer letzte Nacht vergeblich um Gnade gefleht hatten. Unvorstellbar, dass sie der peinlichen Befragung standgehalten und den Hinweis auf einen Spießgesellen verschwiegen hatten.

»Komm mit, und du wirst mir glauben«, sagte Rupprecht bestimmt. »Drüben im Zelt liegt der dritte Mann. Ihm geht es nicht sonderlich gut. Du kannst dir vorstellen, dass diejenigen, die ihn aufgegriffen haben, nicht gerade zimperlich mit ihm umgesprungen sind. Bevor er zum Richtplatz ging, hat Seume ihn noch selbst angeschaut und ausdrücklich angeordnet, dass Meister Johann ihn zusammenflicken soll, damit er seine Hinrichtung erlebt. Wenn du dich nicht beeilst, wird der Schurke draufgehen. Schade ist es zwar nicht um ihn, aber ich weiß nicht, was Seume mit uns anstellt, wenn er den Kerl nicht eigenhändig aufknüpfen kann.«

»Ist ja schon gut, ich komme schon.« Obwohl sie sich ungern das Spektakel auf dem Richtplatz entgehen ließ, wusste sie, dass sie besser daran tat, Rupprecht zu folgen. Seume machte sie sich besser nicht zum Feind. Ein letzter Blick zu Elsbeth genügte, um zu wissen, dass weder die Cousine noch Carlotta sie in der nächsten Zeit vermissen würden. Gebannt starrten die beiden nach vorn, wo gerade einer der Steckenknechte unter dem Jubel der Zuschauer das Glüheisen zu einem der Delinquenten brachte.

3

Hastig eilte Magdalena hinter Rupprecht her, was angesichts des Aufruhrs im Lager nicht einfach war. Mehr als einmal war sie gezwungen, einen Haken zu schlagen, um den Entgegenkommenden, die weiterhin in großen Scharen zum Richtplatz strömten, auszuweichen. Rupprechts dunkler Wuschelkopf verlor sich im Gewühl. Seine fehlende Körperlänge machte er durch seine drahtige Figur wett. Flink wie ein Wiesel drückte er sich durch die engsten Löcher.

Außer Atem und schweißnass erreichte Magdalena Meister Johanns Wagen, der wie üblich etwas abseits der übrigen Trosswagen stand. Das Behandlungszelt war an der dem Lager abgewandten Seite aufgeschlagen. Kläglich drang das Stöhnen des Verwundeten nach draußen. Rupprecht hatte wohl recht mit seiner Behauptung, dass der Halunke bei seiner Ergreifung nicht gerade behutsam angefasst worden war. Sie konnte die Wut ihm gegenüber gut nachvollziehen. Zu tief hatte sich der Anblick der toten Soldaten auch in ihrer Erinnerung eingebrannt. Dass sie ihr Können ausgerechnet dazu einsetzen musste, feige Meuchelmörder für die Hinrichtung zu kräftigen, behagte ihr ganz und gar nicht. Mit einem flauen Gefühl im Magen öffnete sie die Zeltplane.

Ein strenger Geruch schlug ihr entgegen. Sie war einiges gewohnt, doch mit leerem Magen war der Gestank nach Blut, Schweiß, Urin und Erbrochenem noch schwerer zu ertragen als sonst, zumal die Hitze unter der Plane die Luft besonders stickig machte. Unerbittlich brannte die Vormittagssonne darauf nieder. Auch in dieser Ecke des Lagers fehlte es an Bäumen, die erholsamen Schatten hätten spenden können. Der breite Rücken des Feldschers verdeckte die Sicht auf die Matte. Magdalena reckte sich, um Meister Johann über die Schulter zu sehen. Dabei fiel ihr Blick auf den Branntweinschlauch. Gut gefüllt lag er griffbereit auf dem Boden neben Meister Johanns Knien. Nicht nur den Patienten würde er damit helfen, das Elend besser auszuhalten.

»Weißt du, was es mit ihm auf sich hat?«, fragte sie. Seltsamerweise hatte er das Gesicht des Patienten mit einem dünnen Leintuch bedeckt, das sich im Rhythmus des Luftholens hob und senkte. Magdalena wollte es wegnehmen, aber Meister Johann hielt sie zurück.

»Nicht! Ich sage dir Bescheid, wenn du es wegziehen kannst.« Als sie ihn fragend anstarrte, schob er nach: »Es hält die Fliegen ab.«

Ratlos zuckte Magdalena die Schultern. Es war nicht das erste Mal, dass Meister Johann sich solche Eigenartigkeiten erlaubte. »Nun sag mir schon, wie Seume dazu kommt, ihn für den Dritten im Bunde der Soldatenmörder zu halten«, drängte sie.

»Weißt du das nicht?« Ächzend erhob er sich vom Boden.

»Ich dachte bislang, es waren zwei«, sagte sie. »Von einem Dritten war nie die Rede. Ich war doch dabei, als die beiden anderen aufgegriffen wurden. Selbst unter der Folter haben sie keinen weiteren Namen genannt. Ich kann es einfach nicht glauben, dass es noch einen dritten Mann gibt.«

»Sag das nicht zu laut.« Eindringlich sah er sie an. »Seume mag nicht, wenn zu viel gefragt wird. Wir sollten ihm vertrauen. Er wird schon wissen, wen er hat gefangen nehmen lassen. Wir werden den Mann jetzt herrichten, damit er bei vollem Bewusstsein die gerechte Strafe für seine Übeltat bekommt. In ein paar Tagen schon wird er am Galgen baumeln, und Seume ist zufrieden.«

»Als ob wir nichts Besseres zu tun hätten.« Magdalena fühlte sich außerstande, klein beizugeben. »Der ausbleibende Regen und das fehlende Brot machen allen zu schaffen. Auf dem Weg zum Richtplatz habe ich gesehen, wie schon wieder einige Frauen Sägespäne unters Mehl gemischt haben, damit sie überhaupt was zum Backen zusammenkriegen. Ich wette mit dir, wir zählen heute Abend kaum bis fünf, da bringen die uns ihre Brut, weil die sich vor Leibschmerzen windet. Von all den anderen, die ihren Hunger mit Branntwein bekämpfen und deshalb unsere Kräuter brauchen, ganz zu schweigen.«

»Was kümmert es dich, dass wir den Schurken hier vor uns haben? Wie oft haben wir schon einen gesund gepflegt, nur damit er aufrecht unterm Galgen steht? Wenn du das nicht erträgst, dann bist du hier fehl am Platz.« Verärgert schnaufte der Feldscher auf und bückte sich nach dem Branntweinschlauch. Herausfordernd sah er sie an, während er zu einem kräftigen Schluck ansetzte. Sie ließ ihn nicht aus den Augen, verkniff sich allerdings eine Bemerkung.

In versöhnlichem Ton sagte er: »Sei gescheit, Magdalena: Gegen Seume aufzubegehren bringt nichts. Denk lieber an dein Kind. Wenn die Kleine jemals unbehelligt groß werden soll, um auf eigenen Beinen zu gehen, musst du tun, was Seume sagt.«

Es versetzte ihr einen Stich, dass ausgerechnet er sie an das Wohl ihrer Tochter gemahnte. Gemeinhin überging er das Vorhandensein der Kleinen. Als sie ihm seinerzeit die Schwangerschaft gebeichtet hatte, hatte er schwer mit sich gerungen, sie als Gehilfin zu behalten. Um nicht im Hurenlager zu enden, hatte sie ihm weisgemacht, das Kind entstamme einer Vergewaltigung. Weil sie dank ihres Geschicks als Wundärztin unentbehrlich für den Feldscher war, durfte sie schließlich bleiben. Zugute kam ihr obendrein, dass Elsbeth nach dem Verlust ihres eigenen Kindes Carlotta weitgehend versorgte.

»Trotzdem.« Wie ein bockiges Kind begehrte Magdalena ein letztes Mal auf. »Da stimmt was nicht.« Widerwillig machte sie sich daran, zusammen mit den beiden Männern den Zustand des Verwundeten zu prüfen.

Der Mann war auf das übelste zugerichtet. Ihn für die Hinrichtung zu heilen versprach alles andere als leicht zu werden. Die Haut über seinem Unterleib klaffte weit auseinander, die Gedärme quollen teilweise heraus. Der süßliche Geruch hatte die Fliegen angelockt. Einige krabbelten bereits über die Wunde. Meister Johann versuchte, sie zu verscheuchen; so schnell aber wollten sie sich das Festmahl nicht entgehen lassen. In der angespannten Stimmung im Zelt wurde ihr Surren unerträglich. Rupprecht begann, Arme und Beine des Mannes festzubinden, damit sie ungestört die Instrumente ansetzen konnten. Magdalenas Blick glitt über den halbnackten Leib. Wo er unversehrt war, verrieten sehnige Gliedmaßen und die muskulöse Brust, dass der Mann vor Gesundheit und Kraft gestrotzt haben musste. Die sonnengebräunte Haut schimmerte fiebrig. Magdalena war versucht, mit den Fingerkuppen über den zarten, blonden Haarflaum zu streicheln. Das erinnerte sie an Eric. Unterhalb der linken Achsel fiel ihr Blick auf ein Muttermal. Erschrocken zuckte sie zurück. Auf einmal kam es ihr seltsam vertraut vor, genau wie das Muster der blauroten Adern an den Unterarmen. Unsinn! Sie musste sich täuschen. Das war völlig unmöglich.

»Hol rasch die Instrumente. Wenn wir noch lange warten, ist er hin.«

Barsch riss Meister Johann sie aus ihren Überlegungen. Er hatte recht. Sie durfte nicht länger zaudern, sondern musste endlich etwas tun. Nach einem letzten Blick auf die Wunde am Unterleib kletterte sie in den angrenzenden Wagen, um das Nötige für die bevorstehende Operation zusammenzusuchen.

Die Tinkturen und Pflaster hatte sie rasch beieinander, auch die Suche nach Nadeln und dünnem Faden währte nicht lange. Ihr Blick fiel auf eine längliche Lederrolle, die sie noch nie gesehen hatte. Ein bestens sortiertes Wundarztbesteck mitsamt den schönsten Nadeln sowie blankpolierten Skalpellen und Scheren kamen darin zum Vorschein. Gewiss hatte Meister Johann es bei einem Bader im besetzten Amöneburg gefunden. Verzückt strich sie mit den Fingern darüber. Einen solchen Schatz wünschte sie sich auch. Die Klingen waren so scharf, dass sie sich beim Darüberstreichen in den Finger ritzte. Hastig saugte sie das Blut an, bis es aufhörte zu pochen, und packte mit der anderen Hand die Lederrolle. Darunter kamen einige Rollen Garn und ein Lappen, in dem die alten Nadeln steckten, zum Vorschein.

»Wo bleibst du nur?« Unwirsch schob Meister Johann seinen dicken Schädel unter die Wagenplane. Die Augen quollen ihm aus den Höhlen, langsam senkte sich der trübe Schleier des Alkohols darüber.

»Bin schon da!« Sie legte die Utensilien in ihren Rock und raffte ihn an zwei Enden zu einer Art Beutel. Ein letztes Mal wanderte ihr Blick durch den penibel aufgeräumten Wagen. Krüge und Kisten standen wohlgeordnet an der Seite, die Kräuter reihten sich kopfüber an einer Schnur zu fest gebundenen Büscheln. Ratsch! Ein hässliches Geräusch und ein Rucken bedeuteten ihr, dass sie mit ihrem Rock an einem Nagel hängengeblieben war. Sie taumelte, bis sie das Gleichgewicht wiedergefunden hatte. Dabei entdeckte sie die Ursache ihres Missgeschicks: Ein rostiger Nagel ragte genau in Taillenhöhe aus einer Kiste. Geschickt wand sie sich los. Der Riss im Rock war ärgerlich. Über eine gute Fingerlänge verlief er knapp neben der Seitennaht.

Sie griff sich einige Streifen sauberes Leinen und hoffte, es würde genügen, um den Patienten nach dem Eingriff zu verbinden. So wie seine Verletzungen ausgesehen hatten, benötigte sie gleich mehrere Lagen. Flink schnappte sie sich zudem einen zweiten Branntweinschlauch. Da Meister Johann dem Alkohol selbst so gern zusprach, schadete der gewiss nicht. Außerdem tupfte sie die Wunden gern damit aus. Aus purem Zufall war sie letztes Jahr nach dem Gefecht in Kirchhain, nicht weit von ihrem jetzigen Standort, darauf gekommen. Damals hatten sie kaum ausreichend Wasser gehabt, um die Wunden auszuwaschen. Deshalb hatte sie begonnen, den Verletzten mit Branntwein getränkte Lappen aufzulegen. Geschadet hatte es niemandem, im Gegenteil. Oft setzte danach sogar eine schnellere Heilung ein, und der gefürchtete Wundbrand blieb sogar ganz aus. Meister Johann hatte ihr Vorgehen gutgeheißen und billigte es auch jetzt, sofern sie genug Branntwein dafür übrig hatten. Das traditionelle Ausbrennen mit siedendem Öl und Glüheisen vermied er schon seit einigen Jahren. Dagegen setzte er auf die neuere Methode und legte ein Digestivum aus Eigelb, Oleum rosatum und Terpentin auf. Ein knapper Blick in ihren Rock bestätigte Magdalena, dass sie auch daran gedacht hatte.

»Endlich! Lange hält unser Patient nicht mehr durch, und du weißt, was das für uns bedeutet.« Der Meister würdigte sie keines weiteren Blickes, sondern griff gleich nach der Lederrolle. »Zusammenflicken müssen wir den wie einen löchrigen Strumpf. Rupprecht hat draußen schon das Feuer geschürt. Ich bring ihm die Nadeln, und du kümmerst dich darum, dass der Bursche uns in der Zwischenzeit nicht wegstirbt.«

Magdalena sah ihm nach, wie er in halb gebückter Haltung nach draußen kroch. Sobald sie sicher sein konnte, dass er sich nicht mehr umdrehte, kniete sie sich neben den Patienten und hob das dünne Leintuch auf dem Gesicht an.

Einen Augenblick war ihr, als stockte ihr Herzschlag. Mühsam schluckte sie, zwang sich weiterzuatmen. Vorsichtig wagte sie, erneut hinzusehen. Sie hatte sich nicht getäuscht: Vor ihr lag Eric! Noch lebte er. Lautlos begann sie zu weinen. Ob vor Freude oder Leid, hätte sie nicht zu sagen vermocht. Schwach keimte die Hoffnung in ihr, Carlotta würde ihren Vater nun also doch noch kennenlernen und Eric endlich von ihrem gemeinsamen Kind erfahren. Gleichzeitig erfasste sie wilde Verzweiflung: In wenigen Tagen würde er am Galgen baumeln.

Sie beugte sich über ihn, feierte mit jeder einzelnen Furche seines Gesichts ein stummes Wiedersehen und strich behutsam über das rotblonde Haar. Seit ihrem letzten Beisammensein in Freiburg vor zwei Jahren hatte er sich nur wenig verändert. Um Mund und Nase entdeckte sie die wohlbekannten, milden Züge, die im krassen Gegensatz zu seinen markanten Kieferknochen standen. Die beiden Falten oberhalb der Nasenwurzel waren tiefer geworden. Die Sonne hatte die Haut ringsumher gebräunt, so dass die Furchen zwei weiße Linien bildeten. Hell sprossen ihm die Bartstoppeln über Wangen und Kinn. Er hatte sich höchstens ein, zwei Tage nicht rasiert, legte sonst aber offenbar viel Wert auf sein Äußeres. Sein Haupthaar wirkte gepflegt und endete sorgfältig geschnitten in einer geraden Linie im Nacken. Noch einmal strich sie zärtlich darüber, fasste mit den Händen vorsichtig das Kinn. Eine warme Woge brandete durch ihr Inneres.

Im selben Moment durchzuckte sie ein jäher Schmerz. Wieso dachte sie, er sei noch derselbe, den sie damals in Freiburg geliebt hatte? Hielt Seume ihn nicht für einen heimtückischen Söldnermörder? Prüfend betrachtete sie sein Antlitz. Nein, völlig unmöglich. Alles in ihr sträubte sich zu glauben, die beiden Schurken am Richtplatz hätten einen weiteren Komplizen gehabt. Erst recht schien es ihr unvorstellbar, dass Eric dieser geheimnisvolle Dritte sein sollte. Hinterrücks Rache an jemandem zu nehmen war ganz und gar nicht seine Art.

»Eric!« Leise rief sie seinen Namen und wartete angespannt auf eine Reaktion. Die entsetzlichen Schmerzen hatten ihm das Bewusstsein geraubt. Sie setzte ihm den Branntweinschlauch an den Mund und kippte ihm die Flüssigkeit hinein. Davon erwachte er, prustete und spuckte. Der Alkohol brannte gewiss auf der wunden Haut und in der trockenen Kehle. Dennoch war es wichtig, dass er viel davon schluckte und in einen Dämmerzustand verfiel. Endlich schien die erhoffte Trübung der Sinne einzutreten. Die Augenlider fielen ihm zu. Einige Male riss er sie noch auf. Es kostete ihn zunehmend Kraft. Er stöhnte. Schließlich blieben die Augen geschlossen, seine Gesichtszüge entspannten sich. Magdalena schob ihm ein Stück Leder zwischen die Zähne. Sanft redete sie auf ihn ein, erzählte ihm unablässig von der kleinen Carlotta, tupfte ihm den Schweiß von der Stirn. Es beruhigte sie zu sehen, wie Friede in ihm einzukehren schien. Behutsam zog sie ihm das dünne Leintuch wieder über das Gesicht und hoffte, er war kräftig genug, den Eingriff durchzustehen.

»Ich operiere«, sagte sie, als Meister Johann und Rupprecht ins Zelt zurückkehrten.

4

Carlotta fand nicht lange Gefallen daran, wie die Steckenknechte die Delinquenten mit dem Glüheisen malträtierten. Bald stimmte sie ein ähnlich jämmerliches Geschrei an wie die beiden Männer, deren bloße Haut unter dem lauten Beifall der Menge versengt wurde. Elsbeth versuchte, die Kleine durch Hin-und-her-Wiegen zu beruhigen. Zu gern wollte sie dem Spektakel auf dem Richtplatz noch eine Weile zuschauen. Das dichte Gedränge machte es jedoch unmöglich, Carlotta ausgiebig zu schaukeln. Elsbeth spielte mit dem Gedanken, sie mit Hilfe des frisch eroberten Bernsteins zu besänftigen. Mehr als einmal hatte sie heimlich beobachtet, wie Magdalena diesen gutgehüteten Schatz unter dem Mieder hervorgezogen und ihn vor den Augen ihrer Tochter hatte baumeln lassen. Der Anblick des honiggelben Steins mit dem schwarzen Insekt faszinierte die Kleine meist so, dass sie darüber andächtig ruhig wurde. Weil Elsbeth aber eben erst die günstige Gelegenheit genutzt und der Cousine den wertvollen Stein entwendet hatte, wagte sie es nicht. Die Gefahr, dass jemand anderer den Stein entdecken und ihn ihr wieder wegnehmen konnte, war ihr zu groß. Bei einem der Händler würde man gewiss mehrere Speckseiten und einige Laibe Brot dafür eintauschen können. Allein bei dem Gedanken knurrte ihr der Magen. Vielleicht würde sie nachher sogar selbst den Stein für ein ordentliches Essen hergeben. Die Vorstellung, bald schon ein dickes Stück Speck in Händen zu halten, war äußerst verlockend.

»Hat wohl Hunger, die Kleine, was?« Die braunhaarige Frau neben ihr begann, mit der Zunge zu schnalzen und dicht vor Carlottas Augen Grimassen zu schneiden, um sie bei Laune zu halten.

»Magst du mit zu mir? Ich habe noch eine kräftige Brühe im Topf.« Der alte Soldat nutzte die Gelegenheit, sich vor Elsbeth in Positur zu schmeißen, und lachte zweideutig über sein knittriges Gesicht.

»Und als Lohn soll sie den Rock für dich heben?« Abfällig sah die Frau ihn an. »Dass du nicht selbst merkst, wie abstoßend du bist. Komm zu mir, meine Liebe, bei mir reicht es auch für deine tapfere Cousine. Bestimmt hat die großen Appetit, wenn sie ihre Arbeit als Wundärztin erledigt hat.«

»Wo drei satt werden, reicht es auch für einen Vierten, was? Da kann ich doch auch zu dir und meinen Löffel in deinen Topf stecken.« Erfreut schwoll die Brust des alten Soldaten noch weiter an.

Die Braunhaarige hatte genug Humor, seine Aufdringlichkeit leichtzunehmen: »Bring deinen Kessel noch mit, dann haben wir wenigstens genug Wasser drin!«

»Gern!« Er quittierte das mit einem prustenden Lachen. Elsbeth beschloss, sich unauffällig davonzustehlen. Sie hatte weder Lust, mit dem Alten eine wässrige Suppe zu löffeln, noch mochte sie das Geplapper der Frau über sich ergehen lassen. Gewiss fand sie anderswo ein Plätzchen, an dem man sie auf Vielversprechenderes als auf eine dünne Suppe einlud. Ohnehin war es Zeit, Carlotta die Brust zu geben, immer eine gute Gelegenheit, die richtigen Männer mit halbentblößtem Busen auf sich aufmerksam zu machen. Ein buntes Marketenderzelt, an dessen Spitze eine fadenscheinige Fahne im schwachen Luftzug wehte, erschien ihr geeignet für diese Zwecke. Immer wieder scharwenzelte hier einer vorbei, wenn sie Glück hatte, sogar einer der höheren Ränge. Gestern erst war sie von jemandem in den Offiziersbereich auf der anderen Seite des Lagers eingeladen und dort mit reichlich Essen und Getränken für ein bisschen Grapschen belohnt worden. Erschöpft sank sie im Schatten nieder und legte sich die schweißnasse Carlotta an die Brust.

»Ist halt doch kein Zuckerschlecken, so ein Kind!« Die krächzende Rabenstimme klang schadenfroh. Scheppernd fiel ein Kupferkessel um. Die Stimme fluchte, ihre Besitzerin stieß aber bereits gegen das nächste Hindernis, was dieses Mal ein dumpfes Geräusch verursachte. Abermals quittierte sie das mit wütendem Protest. Mit gemischten Gefühlen wandte Elsbeth sich um. Sie wusste auch ohne hinzusehen, dass die Hebamme Roswitha auf krummen Beinen angewackelt kam. Ungelenk stolperte sie über einen Haufen Lumpen, verhedderte sich mit den geschwollenen Füßen sogleich in einem Seil, warf beim Weitertorkeln noch einen zweiten Topf mit wässriger Suppe um und trat mitten in einen kleinen Berg aufgeschichteter Zweige, dass es knackte. Ein in die Erde gegrabener Backofen brachte sie schließlich zu Fall. Wie Strohhalme knickten ihre krummen Beine ein, und sie schlug der Länge nach hin. Mitleidlos beobachtete Elsbeth, wie sie sich mühsam wieder aufrappelte. So geschickt die alte Hebamme als Wehmutter sein mochte, so ungeschickt bewegte sie sich außerhalb des vertrauten Bereichs. Gerade darum liebte Magdalena die Alte abgöttisch. Elsbeth aber war der wabbelnde Strohsack nicht geheuer, obwohl sie bislang gut von ihr behandelt worden war.

»Hast du etwa schon genug von dem Schauspiel drüben auf dem Richtplatz?« Neugierig blinzelte Roswitha sie aus wässrigen Äuglein an. Fast versanken die ganz in den unzähligen Falten ihres Gesichts, das an einen eingelagerten Apfel am Ende des Winters erinnerte. Ähnlich vergoren roch die Alte, wenn auch ihr Mund stets frischen Minzgeruch verströmte. Auf die Pflege der erstaunlich weißen, guterhaltenen Zähne legte sie großen Wert.

»Der Kleinen war es wohl zu viel.«

»Wo steckt Magdalena?«

»Rupprecht hat sie gerufen. Es gibt wohl einen Schwerverletzten, den sie operieren müssen.«

»Hm«, krächzte Roswitha und wandte den Blick nicht ab. Unbehaglich rutschte Elsbeth mit dem Hintern nach hinten, bis sie einen Pfahl spürte, an den sie den Rücken anlehnen konnte. »Gute Gelegenheit für dich, mal wieder die Mutter zu spielen, was?«

»Was meinst du? Immerhin bin ich ihre Amme!« Ohne Grund meinte Elsbeth sich rechtfertigen zu müssen.

»Du weißt genau, dass Carlotta längst aus dem Alter raus ist, noch an der Brust zu liegen. Seit vier Wochen läuft sie schon.«

»Wenn es dir nicht passt, schau nicht hin. Magdalena hat nichts dagegen. Immerhin ist sie die Mutter.« Elsbeths Erwiderung fiel patziger aus, als sie beabsichtigt hatte. Schon ärgerte sie sich, der Alten von neuem auf den Leim gegangen zu sein.

»Gut, dass du es selbst sagst: Magdalena ist die Mutter und nicht du. Du bist nur die Amme. Wäre Magdalena damals nach der Geburt nicht an diesem heftigen Fieber erkrankt, hätte sie dich auch nicht gebraucht.«

»Und wer würde sich um den armen Wurm kümmern, wenn die gute Magdalena bei Meister Johann ihre Wunder als Wundärztin vollbringt?«

»Ist ja schon gut«, beschwichtigte Roswitha. »Ich will nur nicht, dass du vergisst, dass Carlotta nicht dein Kind ist. Frauen wie du, die ein totes Kind zur Welt gebracht haben, leiden oft darunter, dass andere Frauen gesunde Kinder haben, noch dazu, wenn sie ihre Ammen sind.«

Einen Augenblick lang fühlte Elsbeth sich regelrecht ins Gesicht geschlagen. Schnell aber fasste sie sich wieder, reckte das Kinn in die Höhe und sah von oben auf die alte Hebamme hinab. »Wer Schuld daran trägt, dass mein Kind tot zur Welt gekommen ist, steht wohl fest. Du tust besser daran, nicht immer wieder damit anzufangen. Nicht einmal gezeigt hast du mir das arme Ding. Wer weiß, warum. Sei froh, dass ich die Geschichte nicht dem Profos gemeldet habe.«

»Mir drohst du nicht! Viel zu lange bin ich Wehmutter, um nicht alles schon zigmal erlebt zu haben. Frauen, deren Kinder tot geboren werden, tun sich immer schwer, das zu begreifen. Trotzdem musst du das, Elsbeth. Manche Kinder wollen nun einmal nicht leben. Da kann niemand was dran ändern. Sei froh, das missgebildete Ding nicht gesehen zu haben. Es ist besser, dass du denkst, es wäre ein ansehnliches Kind gewesen. Wenigstens hattest du das Glück, gleich danach als Amme bei Magdalena einspringen zu können. Das hat dir viel Trost gegeben. Ich habe schon zu oft erlebt, dass Frauen nach Totgeburten anderen Frauen die Kinder gestohlen haben. Sie haben es einfach nicht ertragen, unnütz die Milch aus den schweren Brüsten tropfen zu sehen.«

Das war zu viel! Erbost sprang Elsbeth auf, und es war ihr gleich, dass die Kleine von der abrupten Bewegung erschreckt zu weinen begann. »Ich habe Magdalena nicht ihr Kind gestohlen! Sie selbst hat mir Carlotta anvertraut. Sie weiß nämlich sehr wohl, wie gut ich mich um sie kümmere.« Zornig blitzte sie die Alte an.

»Und du weißt sehr wohl, wie viel die Kleine Magdalena bedeutet.«

»Ach, red doch keinen Unsinn! Warum überlässt sie sie dann ständig mir? Für sie ist sie doch nur eine Last! Viel lieber, als sich um die Kleine zu kümmern, hockt sie doch drüben in Meister Johanns Zelt bei all den Siechen und Verletzten. Längst hat sie eingesehen, wie töricht es war, sich damals mit dem Halunken Eric einzulassen und ein Balg von ihm zu empfangen. Damals in Freiburg hat er die erstbeste Gelegenheit genutzt, sich aus dem Staub zu machen.«

Mit einem schadenfrohen Lächeln verfolgte sie, wie die Alte sich schwankend auf die Zehenspitzen zu manövrieren versuchte, um ihr leise zuzuzischen: »Du bist diejenige von uns beiden, die hier Unsinn verbreitet. Das kann schlecht für dich ausgehen, meine Liebe! Eine Mutter lässt nicht mit sich spaßen, wenn es um ihr Kind geht. Die Kleine ist für Magdalena das lebendige Band zu Eric, das Einzige, was die Franzmänner ihr nicht nehmen konnten, nachdem sie damals erst den Vater und wenige Tage später wohl auch Eric getötet haben. Nur durch Carlotta lebt er für Magdalena weiter.«

»Wenn du dich da mal nicht täuschst. Was passiert wohl,

wenn Meister Johann und Rupprecht erfahren, dass Magdalenas Kind von diesem windigen Burschen stammt? Bis heute glauben die doch, Magdalena wäre von einem Unbekannten geschwängert worden. Kaum auszudenken, wie sie darauf reagieren, dass ausgerechnet die edle, gute Magdalena sie so schamlos hintergangen hat. Dabei wissen wir alle genau, um wen es sich bei diesem blonden Eric aus Magdeburg tatsächlich handelt: um den Sohn des Todfeindes von Magdalenas Vater! Wenn rauskommt, dass ihr Kind von ihm ist, dann gnade ihr Gott!« Fest presste sie die Lippen auf Carlottas Köpfchen und schaukelte sie hin und her. Gierig fassten die Händchen der Kleinen nach den bloßen Brüsten.

Für eine Weile herrschte eisiges Schweigen.

»Kümmere du dich lieber darum, Magdalena nicht zu verärgern. Immerhin sorgt deine Cousine dafür, dass du jeden Tag was Ordentliches zu beißen hast und nicht im Hureneck landest.«

Ohne sie eines weiteren Blickes zu würdigen, drehte sich die Alte um und ging davon.

5

Bevor Magdalena die Operation begann, atmete sie mehrmals tief durch. Die stickige Luft im Zelt machte nicht nur ihr zu schaffen. Rupprecht und Meister Johann schwitzten ebenfalls, auch Erics nackte Brust glänzte feucht. Unter dem Leintuch musste sein Gesicht längst glühen. Hastig trank sie einen Schluck Wasser aus einem bereitstehenden Krug und benetzte sorgfältig die Lippen, damit die Erfrischung länger vorhielt. Ihre Finger zitterten. Instinktiv fassten die Hände zur Brust, suchten den Bernstein unter dem Mieder. Sie musste zur Ruhe kommen, alles um sich herum vergessen und sich allein auf die Behandlung konzentrieren. Der Bernstein würde ihr die Kraft schenken, die richtige Entscheidung zu treffen. Ein weiteres Mal holte sie tief Luft. Den Stein aber ertastete sie nicht. Fahrig strich sie über den Stoff. Nichts. Ihr wurde bang. Es musste eine Täuschung sein. Seit Jahren trug sie den Bernstein sicher unter dem Mieder. Nachdem Eric ihr damals in Freiburg vorwurfsvoll den verlorenen Stein vor Augen gehalten hatte, achtete sie noch besser auf ihn. Wahrscheinlich lag es an der Anspannung, dass sie ihn nun nicht gleich fand.

»Magdalena!« Rupprecht, der sich ihr gegenüber in Höhe von Erics Brust postiert hatte, um die Lampe zu halten, sah sie vorwurfsvoll an. »Fang endlich an, bevor uns der Kerl krepiert!«

»Ruhig Blut«, mahnte Meister Johann. Die dunklen Schweißflecke auf seinem Hemd verrieten, wie es um ihn stand. Wieder einmal war er nicht mehr in der Lage, selbst zu den Instrumenten zu greifen, und hatte widerspruchslos eingewilligt, dass Magdalena operierte. Bedächtig ließ er sich neben Erics Kopf nieder und hielt den Branntweinschlauch in der einen und den mit einem Kräutersud getränkten Schwamm in der anderen Hand. »Wenn wir uns gegenseitig angreifen, hilft das keinem von uns. Der Profos will den Mann lebend, um ihn zu hängen. Das wirst du schon hinkriegen, Magdalena. Mein Vertrauen hast du.«

Augenscheinlich war ihm klar, dass sie trotz des Tuches über dem Gesicht wusste, wen sie vor sich hatte, und in welcher Lage sie sich befand: Rettete sie Eric durch die Operation das Leben, wurde er hingerichtet. Starb er unter ihrem Messer, lud sie schwere Schuld auf sich und würde sie obendrein alle zusammen an den Galgen bringen. Mühsam schluckte sie. Die Sorge um den Stein musste sie vergessen. Es gab Dringenderes. Denk an Carlotta!, mahnte sie sich. Der Kleinen half es am wenigsten, wenn Eric unter ihren Händen starb. Überlebte er für ein paar Tage, konnte sie ihn wenigstens ein Mal sehen. Für sie musste es ihr gelingen, ihn zu retten.

»Verflucht noch mal, Magdalena, tu endlich was!«, schrie Rupprecht sie an.

Behutsam begann sie, die Wundränder zu säubern. Kleine Fetzen Stoff sowie einzelne Stückchen Dreck pulte sie mit einer Pinzette heraus. Nach jedem Handgriff säuberte sie die Spitzen des Instruments an Erics grobem Leinenhemd. Tief über ihn gebeugt, sammelten sich die Schweißtropfen an ihrer Nasenspitze. Sie seufzte vor Anstrengung. Eric antwortete mit einem Wimmern, das allmählich zu einem Wehklagen anschwoll. Unruhig begann er, den Kopf hin und her zu werfen. Das Leintuch über seinem Gesicht drohte herunterzurutschen. Rasch schob es Meister Johann wieder zurück. Das Fieber hatte Eric fest im Griff, sein Körper glühte, die Haut glänzte vor Feuchtigkeit.

»Festhalten!«, zischte Magdalena dem Feldscher zu. Gleichzeitig bedeutete sie Rupprecht, die Lampe niedriger zu halten. Auch wenn die Sonnenstrahlen durch den dünnen Stoff der Zeltplane drangen, reichte das gelbliche Licht für die schwierige Operation nicht aus. Erics Kopfbewegungen wurden heftiger, sein Stöhnen drängender. Schon versuchte er, den Oberkörper aufzurichten. Meister Johann musste alle Kraft aufbieten, ihn unten zu halten. Jede abrupte Bewegung mitten in der Operation konnte seinen Tod nach sich ziehen. Bald schwitzte Magdalena am ganzen Körper, konnte sich nicht einmal die Nässe aus dem Gesicht wischen, weil sie mit beiden Händen über der Wunde arbeitete. Die Schweißperlen rannen ihr die Schläfen hinab, sammelten sich am Hals zu kleinen Rinnsalen und sickerten von dort langsam in die Senke zwischen ihren Brüsten. Ihr Mieder klebte schwer auf der Haut. Vornübergebeugt schielte sie in den Ausschnitt. Erschrocken zuckte sie zusammen. Da fehlte wirklich etwas! Oder war es nur eine Täuschung? Ohne nachzudenken hob sie die Hand, wollte an den Stein fassen. Nichts!

»Bist du wahnsinnig? Was machst du da?« Rupprecht hatte seine Stimme nicht mehr im Zaum. Arme fuchtelten durch die Luft, Männerschreie gellten auf. Magdalena begriff nur langsam. Ihr wurde heiß und kalt zugleich. Gerade hatte sie den Patienten im Stich gelassen! Meister Johann konnte ihn nicht mehr halten. Erics Oberkörper schoss in die Höhe, und das mitten unter der Operation! Mund und Augen weit aufgerissen, schrie er wie wahnsinnig vor Schmerzen. Meister Johann versuchte, ihn wieder hinunterzudrücken, Rupprecht zappelte mit der Lampe, unschlüssig, was wichtiger war: weiter für ausreichend Helligkeit sorgen oder dem Feldscher beispringen. Entsetzt starrte Magdalena auf den offenen Bauch, das viele Blut. Die Wunde drohte durch die Bewegung immer weiter aufzureißen. Eric verblutete, und sie hatte Schuld daran!

Patsch! Eine Ohrfeige klatschte ihr ins Gesicht. Jäh erwachte sie aus der Erstarrung, Rupprechts wutverzerrtes Gesicht dicht vor Augen. Endlich besann sie sich wieder auf die Wunde vor sich. Aus den Augenwinkeln äugte sie ein letztes Mal in ihren Ausschnitt. Der Bernstein war verschwunden. Erneut wurde Erics Stöhnen lauter, sein Kopf bewegte sich rascher hin und her. Ihre Hände zitterten wieder. Kaum konnte sie die Pinzette halten. Sie schloss die Augen, zählte bis zehn, bat den Allmächtigen und sämtliche Engel und Heiligen um Beistand. Schwer atmend machte sie sich daran, die Arbeit fortzusetzen. Was nun allein zählte, war, die Wunde zu säubern und zu verschließen.

»Fertig!« Erschöpft richtete sie sich auf und legte Faden und Nadel beiseite. Ihr Blick fiel auf Rupprecht. Stumm hielt er die Lampe. Sie sah zum Feldscher. Einige Atemzüge lang hielten sie den Blick.

»Das Erste hast du überstanden«, sagte Meister Johann und nickte ihr zu. »Weiter geht es.«

Zeit zum Ausruhen war noch lange nicht. Sorgfältig wischte sie sich die blutigen Finger an einem Stück Leinen sauber.

»Meinst du nicht, er hat zu viel Blut verloren?«, machte Rupprecht Anstalten, das gewohnte Gespräch nach einer solchen Prozedur zwischen ihnen dreien in Gang zu setzen.

»Er wird es schon schaffen.« Das war das Einzige, was sie beizusteuern wusste. Mechanisch begann sie, das Digestivum mit den Fingerkuppen auf die Wunde zu streichen. Mit groben Stichen hatte sie die weit klaffende Haut zu einem Wulst zusammengerafft, wie sie es vor langer Zeit von Meister Johann gelernt hatte. Die riesige Naht zog sich quer über den Bauch und teilte ihn in zwei Hälften. Nach und nach bedeckte sie die blutunterlaufenen Stiche mit der Paste aus Eigelb, Öl und Terpentin, bis nichts mehr von ihnen zu erkennen war. Erst danach nahm Rupprecht die Lampe herunter. Beim abschließenden Verbinden musste er ihr zur Hand gehen, um Erics Leib anzuheben. Endlich war auch das vollbracht. Nicht ohne Stolz betrachtete Magdalena ihr Werk, drückte wie zufällig Erics Hand, die neben dem dick bandagierten Körper lag. Ihr war, als erwiderte er schwach den Druck. Ihr Herz raste. Bang blickte sie zu den beiden Männern hinüber.

Meister Johann hatte sich aufgerichtet und stützte sich auf Rupprechts Schultern ab. Sie brauchte gar nicht erst nach dem Branntweinschlauch zu sehen, um zu wissen, dass er leer war. Langsam schwankte der Feldscher auf sie zu und streckte die Hände aus, um ihr auf die Beine zu helfen.

»Gut gemacht, Mädchen.« Sanft tätschelte er ihr die Schulter. »Auf dich ist Verlass. Ein Feldscher muss nun einmal helfen, wenn ihm ein Patient gebracht wird, egal, wer oder was mit ihm ist. Das ist unser Beruf, daran müssen wir uns halten.«

Er wandte sich halb um und winkte Rupprecht zu sich. Wie um seinen Worten Nachdruck zu verleihen, legte er ihnen beiden die Arme um die Schultern und führte sie aus dem Zelt. Die Helligkeit der Nachmittagssonne blendete sie.

»Den da drinnen werden wir pflegen, bis er wieder ganz gesund ist. Und dann«, Meister Johann atmete tief ein, als müsse er für seine nächsten Worte alle Kraft in seinem müden Körper sammeln, »dann wird ihm Seume für den hinterhältigen Mord an unseren Soldaten die gerechte Strafe zuteilwerden lassen. Aber damit haben wir drei nichts mehr zu tun.«

Bei jeder Silbe war seine Stimme leiser geworden, bis er am Ende fast nur noch flüsterte. Aus der Ferne drang lautes Geschrei herüber und ließ seine Worte nahezu untergehen. Magdalena hatte dennoch jede Nuance registriert. Auf einmal hielt sie das Spiel nicht mehr aus und platzte heraus: »Hör auf, mir was vorzumachen. Ich weiß längst, dass Eric dort drinnen liegt.«

Der mächtige Körper Meister Johanns schwankte leicht, was daran liegen mochte, dass Rupprecht sich von ihm löste.

Mit erstarrtem Gesicht sah er sie beide an. »Warum habt ihr mir nichts davon gesagt?«

Als Meister Johann nicht antwortete, wandte er sich um und rannte davon, in die karge Ebene hinein, die sich auch südlich des Lagers noch einige Meilen weit erstreckte. Magdalena schaute ihm gebannt nach. Ein merkwürdiger Laut lenkte ihre Aufmerksamkeit wieder zurück auf den Feldscher. Über sein Gesicht lief ein Ausdruck von Ekel. Zum ersten Mal seit Wochen musterte sie ihn genauer. Wie hatte sie die Veränderungen so lange nicht wahrhaben wollen? Von seiner ehemals so imposanten Gestalt war kaum etwas geblieben. Nach wie vor hielt er zwar an den täglichen Ritualen des Bart- und Haareschneidens und des Waschens fest. Seine Schultern waren allerdings weit nach vorn gesackt, der Rücken wirkte bucklig. Der ohnehin recht kurze, breite Hals versank zwischen den Schultern, so dass der schwere Kopf nicht auf dem Nacken, sondern direkt auf dem Leib zu ruhen kam. Unstet wanderten die wasserblauen Augen hin und her. Die kugeligen Augäpfel drückten sich aus dem rotgefärbten Gesicht und schimmerten gelblich trüb. Mehrere Adern darin waren aufgeplatzt. Durch die hängende Unterlippe verstärkte sich der vermeintlich dümmliche Gesichtsausdruck, der seinen geistigen Fähigkeiten Hohn sprach. Sacht berührte sie ihn am Arm. Er zuckte nicht einmal zusammen. Da wusste sie, dass er ihr nicht weiterhelfen würde. Sie musste allein entscheiden, wie es mit Eric weitergehen sollte.

Wieder tastete sie mit den Fingern nach dem Bernstein, wieder griff sie ins Leere. Auch dieser Beistand fehlte. Ganz allein musste sie sich dem Schicksal stellen und hoffen, dass sich wenigstens für Carlotta alles zum Guten wendete.

6

Unter der erbarmungslosen Junisonne rannen die Tage dahin wie die Schweißperlen von den Schläfen. Am liebsten hätte Magdalena Tag und Nacht bei Eric gewacht, um sicherzugehen, dass ihn niemand erkannte. Mit Meister Johann und Rupprecht war sie sich einig, dass keiner erfahren sollte, wer als vermeintlich dritter Meuchelmörder in Meister Johanns Zelt auf die Hinrichtung wartete. Nach wie vor lag Eric reglos auf der Matte. Zwar war das Fieber gesunken, dennoch deutete nichts darauf hin, dass der Genesungsprozess voranschritt. Außer ihm aber gab es noch weitere Patienten, um die Magdalena sich kümmern musste. Also scheuchte der Feldscher sie immer wieder fort.

»Die Hitze bringt mich noch um.« Theatralisch wischte Elsbeth sich über die Stirn, als sie am frühen Morgen unter die Plane ihres gemeinsamen Zeltes kroch. »Nicht einmal nachts gibt es Abkühlung.«

»Vielleicht solltest du die Nächte nicht drüben bei den feiernden Offizieren verbringen. Mit all der Musik, dem Tanzen und Tändeln heizen die dir wohl zu kräftig ein. Wenn du da nicht mehr hingehst, findest du nachts bestimmt mehr Erfrischung.« Magdalena war damit beschäftigt, Carlotta in frische Leintücher zu wickeln. Obwohl sie die so dünn wie möglich um den kleinen Hintern schlug, waren sie der Kleinen lästig. Sie zerrte mit ihren Händchen daran, bis sich die Tücher lösten. Vergnügt gluckste sie, während Magdalena seufzend von vorn anfing.

»Du ärgerst dich doch nur, dass du neulich diesen feschen Kommandantensohn hast abblitzen lassen. An deiner Stelle würde ich mich auch in den Hintern treten: Immerhin sieht der Kerl nicht nur akzeptabel aus, sondern wohnt sogar noch oben in der Stadt in einem kühlen Haus. Statt hier unten weiter in der prallen Sonne bleiben zu müssen, könntest du es dir oben bei ihm gutgehen lassen. Einmal am Tag die Beine dafür breit zu machen, sollte dir das schon wert sein.« Kopfschüttelnd übernahm Elsbeth das Wickeln und bewies dabei weitaus mehr Geschick. Binnen kürzester Zeit war es vollbracht.

»Vielleicht sollte ich mal zu dem Burschen gehen«, sinnierte Elsbeth laut. »Kann doch sein, dass ich ihm auch gefalle. Pass doch heute mal selbst auf die Kleine auf.« Sie erhob sich und trat zu der Kiste, in der sie neben Leintüchern auch ein Stück Seife und eine kleine Phiole Rosenwasser aufbewahrten. Vergnügt summte sie ein Lied vor sich hin und machte sich für ihr Vorhaben zurecht. Ausgiebig bürstete sie ihr langes blondes Haar und betrachtete das Ergebnis in einer Spiegelscherbe.

»Viel Glück!« Magdalena schmunzelte über den Eifer der Cousine. Sollte sie doch ruhig mit dem Kommandantensprössling anbandeln. Ihr sollte es recht sein. Außerdem würde sie Carlotta heute gerne mit zu Meister Johann nehmen. Das lieferte ihr einen willkommenen Vorwand, die Wache bei Eric allein zu übernehmen. Mit dem Kind zwischen den Beinen konnte sie unmöglich die Patienten im Planwagen behandeln.

»Warte.« Elsbeth hielt sie am Handgelenk zurück. »Bist du wirklich sicher, mir diese gute Partie überlassen zu wollen? Wir können auch zu zweit zu ihm gehen. Vielleicht macht ihm das noch mehr Spaß.«

»Geh nur.« Magdalena befreite sich sanft. »Du weißt genau, dass ich für so was nicht geschaffen bin.«

»Du kannst aber doch nicht zeit deines Lebens Trauer um

Eric tragen!« Fragend sah Elsbeth sie an. Fast schien es, als musterte sie jede einzelne Sommersprosse, bevor sie auch das Grün der Augen prüfte und ihren Blick über das lockige, rote Haar wandern ließ. »Dazu bist du viel zu schön, glaub mir. Was ist eigentlich mit diesem geheimnisvollen Gefangenen, zu dem du ständig rennst? Ist der es wert, dass du dafür alles um dich herum liegenlässt? Vergiss nicht: Seume will ihn bald am Galgen zappeln sehen.«

Darauf erwiderte Magdalena nichts, sondern nahm Carlotta und ging. Der Feldscher erwartete sie bereits ungeduldig.

»Gut, dass du kommst. Oben im Wagen habe ich einen kleinen Jungen, der gestern Abend in einen rostigen Nagel getreten ist. Inzwischen hat er hohes Fieber. Wir müssen ihm den Fußballen aufschneiden, sonst übersteht er das nicht.« Damit wollte er sie mit sich ziehen, als er Carlotta bemerkte. »Warum hast du das Kind dabei? Kann Elsbeth sie nicht nehmen?«

»Heute nicht. Wo steckt Rupprecht? Er kann dir zur Hand gehen, während ich mit der Kleinen bei unserem Patienten bleibe.«

»Nein.«

Überrascht über seinen barschen Ton, starrte Magdalena ihn an. Meister Johanns Gesichtsausdruck ließ keinen Zweifel daran, dass es zwecklos war, ihm zu widersprechen. »Gut, dann bringe ich Carlotta ins Zelt und warte, bis sie eingeschlafen ist. Es wird nicht lange dauern, ich komme dann in den Wagen nach.«

Der Eingriff an dem Fuß des Jungen erwies sich als weniger schwierig als befürchtet. Vielleicht lag es auch daran, dass Meister Johann zu dieser frühen Stunde noch nicht so viel Branntwein getrunken hatte wie sonst. Seine Finger zitterten kaum, als er den Schnitt setzte. Geschickt entfernte er den rostigen Nagel und säuberte anschließend die Wunde, während Magdalena ihm leuchtete und gleichzeitig den wimmernden Jungen in Schach hielt. Bald war die Naht fertig, die heilende Paste darauf verteilt und der Verband angelegt.

»Danke, Meister.« Mit Tränen in den Augen drückte die Mutter des Kindes ihm die Hand. »Auf Euch ist doch immer Verlass!«

»Hier, für Eure Mühen.« Der Vater reichte ihm eine dicke Scheibe Speck. Für ein solches Stück wurde inzwischen gut ein Dutzend Gulden geboten. Gerüchte kursierten, dass gestern ein Söldner sein Gewehr für eine Schwarte Speck hatte eintauschen wollen.

»Behalt deinen Speck und sorg lieber dafür, dass der Junge künftig besser achtgibt, wo er hintritt.« Mit diesen Worten drängte Meister Johann den Vater aus dem Planwagen. Anschließend half er der Mutter, mit dem etwa fünfjährigen Buben auf den Armen hinunterzuklettern. Magdalena nickte zufrieden. Sie hätte es nicht anders gehalten. Noch waren sie nicht darauf angewiesen, sich derart ungebührlich für die selbstverständliche Rettung eines Kindes belohnen zu lassen.

»Das war es wohl für heute«, sagte der Feldscher. »Von mir aus kannst du dich also zu Carlotta ins Zelt hocken. Rupprecht kommt mit mir. Tut ihm sicher gut, mit an die Ohm zu gehen. Wir werden uns dort ein wenig erfrischen.«

Magdalena war dankbar für diesen Vorschlag, auch wenn sie genau wusste, was das hieß: dass sie mit den Offizieren würfeln und Karten spielen würden und dabei viel Branntwein tranken. »Geht nur, ich komme schon zurecht. Scheint ein ruhiger Tag zu werden.«

Die Krankenwache an Erics Seite verlief wie all die Tage

zuvor. Sein Zustand schien unverändert. Solange Carlotta in einer Ecke ruhig mit einer Lehmkugel spielte, wechselte Magdalena die Verbände und erneuerte die Salbenpflaster. Erleichtert stellte sie fest, dass die Wunden nicht mehr nässten. Als ihr Spielzeug sie zu langweilen begann, krabbelte Carlotta auf Magdalenas Schoß und zupfte an ihren offenen Haaren. Der Mann auf der Matte interessierte sie nicht im geringsten. Auch als Magdalena ihr erzählte, dass es sich um ihren Vater handele, zeigte die Kleine überhaupt keine Reaktion. Schließlich hielt sie Carlotta dicht an sein Gesicht, ließ sie das rotblonde Haar und die Nase berühren. Als sie auch das nicht beeindruckte, pustete Magdalena sich enttäuscht eine Haarsträhne aus der Stirn. Unter der Zeltplane staute sich die heiße Luft. Und Carlotta fuhrwerkte ununterbrochen mit ihren Fingerchen im Mund herum. Die langen Speichelfäden, die sich über das Kinn zogen und kleine Schmutzschlieren hinterließen, verrieten, dass sie zahnte. Sie begann zu quengeln und riss an Magdalenas Haaren. Ungeduldig löste sie sich daraus.

»Hier, nimm das«, versuchte sie die Kleine mit einer getrockneten Veilchenwurzel abzulenken und zeigte ihr, wie sie auf das weißliche Holz beißen konnte. Mit großen blauen Augen fasste Carlotta gierig danach. Eine Weile beschäftigte sie sich mit der Wurzel, steckte sie in den Mund und kaute darauf herum. Plötzlich aber hörte sie auf und hob den Kopf. Aufgeregt zeigten ihre feuchten Spuckefinger zur Zeltplane.

Frauenstimmen kamen näher, Elsbeth und Roswitha rückten an. Der Plan ihrer Cousine, sich beim Kommandantensohn anzubiedern, war also gescheitert. Vermutlich wollte sie Carlotta zum Stillen abholen, um sich von der Niederlage abzulenken. Roswitha folgte ihr, um das zu verhindern.

Um nichts in der Welt durften die beiden entdecken, welcher Patient hier im Zelt lag. Rasch sprang Magdalena auf und trat nach draußen. Hinter sich verschloss sie die Leinwand mit beiden Händen. »Carlotta hat noch keinen Hunger«, sagte sie eine Spur zu rasch. »Ich bringe sie später, wenn Meister Johann mich bei dem Verletzten ablöst.«

»Was?« Abrupt blieb Elsbeth stehen, stemmte die Hände in die Hüften und schenkte ihr ein falsches Lächeln. Die gute Laune vom Vormittag war verflogen. »Denkst du etwa, ich will dir deine Tochter wegnehmen? Wahrscheinlich hat dich die Alte hier aufgehetzt. Bring mir Carlotta, wann immer du willst. Später, nachts, morgen, es ist mir gleich.« Ihr rechter Arm vollführte einen weiten Bogen durch die Luft, ihre Stimme klang mit jeder Silbe schriller. »Um das ein für alle Mal klarzustellen: Ich will mich wahrlich nicht ständig mit dem Balg herumschlagen. Es gibt Besseres zu tun, als mir von deinem Bastard die Brust auszuckeln zu lassen und seine vollgeschissenen Windeln zu wechseln.«

»Beruhigend, dass du endlich Vernunft annimmst.« Roswitha verschränkte die kurzen Arme vor der Brust und musterte Elsbeth von oben bis unten.

Im selben Moment hob Carlotta drinnen im Zelt zu brüllen an. Erschrocken sahen sich die Frauen an, dann stürzten sie alle drei gleichzeitig ins Innere. Unter der Plane war es nahezu taghell. Carlotta hockte weinend auf dem Boden vor Eric, der leise stöhnte. Dennoch galt Magdalenas erste Sorge dem Kind. Zunächst war schwer auszumachen, weshalb es schrie. Behutsam hob sie die Kleine auf und redete tröstend auf sie ein. Dabei streichelte sie ihr zärtlich über Kopf und Wangen. Allmählich beruhigte sich Carlotta. Unterdessen besah sich die alte Hebamme seine Händchen. »Hat sich wohl auf die

Finger gebissen. Hast du ihr die Veilchenwurzel zum Kauen gegeben?«

Magdalena nickte und drückte sich den zitternden kleinen Leib enger gegen die Brust. Langsam wandte sie sich um. Dabei stieß sie gegen Elsbeth, die als Einzige nicht auf Carlotta achtete. Schreckensbleich starrte sie auf Eric.

»Er lebt!«, stieß sie hervor. »Dann stimmt also doch, was gemunkelt wird: Der dritte Mörder ist Eric! Bist du wahnsinnig, Magdalena? Hast du wirklich nichts Besseres zu tun, als Tag und Nacht bei diesem Halunken zu hocken? Damit bringst du uns alle noch an den Galgen!«

Langsam trat sie ein paar Schritte zurück und sah abwechselnd zwischen Eric, Magdalena und Roswitha hin und her. Dann lachte sie auf. »Jetzt wird mir alles klar! Du«, ihr Zeigefinger schnellte Richtung Roswitha, »warst natürlich die ganze Zeit eingeweiht. Kein Wunder, dass Rupprecht und Meister Johann so ungern Krankenwache schieben. Wer will schon neben einem Verräter sitzen und warten, dass er endlich die Augen aufschlägt, noch dazu, wenn Magdalena sich vor Sehnsucht verzehrt. So ein Pech, dass ich euch auf die Schliche gekommen bin. Ihr solltet euch was einfallen lassen, damit ich niemandem erzähle, wer hier von euch gesund gepflegt wird.«

Unsanft riss sie Carlotta aus Magdalenas Armen. Die wollte sich zwar wehren, merkte aber schnell, dass sie dem Kind damit weh tun würde. Roswitha schüttelte energisch den Kopf.

»Gib dir keine Mühe.« Magdalena bemühte sich um einen gelassenen Ton, wenn sie auch innerlich vor Wut bebte. »Seume weiß es natürlich. Immerhin hat er Eric zu uns bringen lassen.«

»Aber weiß er auch, wie du zu Eric stehst?« Um Elsbeths Mund zuckte ein böses Lachen. »Wenn er erfährt, dass Eric der Vater deines Kindes ist, wird er wohl kaum länger dulden, dass dieser ohne Wache bei Meister Johann im Zelt liegt. Ganz zu schweigen von den anderen Trossleuten. Wie werden sie sich freuen, dass Eric, der Verräter, von den Toten auferstanden ist.«

Rüde drängte Elsbeth Magdalena beiseite und verließ mit Carlotta auf dem Arm das Zelt.

»Vergiss nie, dass man den Ast, auf dem man selbst sitzt, nicht absägen sollte«, rief Magdalena ihr hinterher. Noch einmal drehte die Cousine sich um und winkte ihr, indem sie Carlottas kleinen Arm auf und ab bewegte und sie demonstrativ liebkoste. Begeistert quietschte die Kleine auf und strampelte mit den Beinchen. Das machte Magdalena es noch schwerer, die beiden gehen zu lassen. Betrübt sah sie ihnen nach, bis sie zwischen den Zelten verschwunden waren.

»Mach dir keine Gedanken. Elsbeth wird den Teufel tun und das mit Eric herumerzählen. Ich werde ihr später noch einmal klarmachen, wie sehr sie sich damit selbst schadet.« Roswitha trat zu ihr und legte ihr den Arm um die Schultern. Einen Moment spürte sie die beruhigende Wärme, die die alte Frau ausstrahlte.

»Du hast doch mitbekommen, wie egal ihr das ist.« Magdalena befreite sich vorsichtig aus der Umarmung und kroch ins Zelt zurück. Eine bleierne Erschöpfung drohte sich ihrer zu bemächtigen. Am liebsten hätte sie sich neben Eric ausgestreckt und dem ewigen Schlaf hingegeben.

Schnaufend folgte Roswitha ihr ins Zelt und fühlte ihr die Stirn, als befürchtete sie Fieber. Dann wandte sie sich Eric zu und untersuchte auch ihn, bevor sie Magdalena aufmunternd zuzwinkerte: »Der Bursche ist zäh. Ich bin mir sicher, in ein paar Tagen wird er kräftig genug sein, um aufzustehen.«

»Und dann? Es wird nur schlimmer: Je eher er zu sich kommt, desto rascher droht ihm die Hinrichtung.«

»Wer weiß, was geschieht?«, sagte Roswitha geheimnisvoll. Ihr trüber Blick wanderte durch das Zelt, als suchte sie etwas.

»Was soll denn schon Rettendes geschehen? Ach, Roswitha, ich fürchte, es gibt keinen Ausweg.«

»Gib nicht auf. Meinst du nicht, es war ein Fingerzeig des Schicksals, dass Eric zurückgekommen ist? Wir alle dachten, er sei tot, dabei hat er die ganze Zeit irgendwo gesteckt. Das muss etwas bedeuten! Es kann kein Zufall sein, dass er ausgerechnet jetzt bei dir und der Kleinen auftaucht. Du musst fest daran glauben, dann wird dir auch einfallen, wie du das für euch drei nutzen kannst.«

Magdalena warf der alten Hebamme einen überraschten Blick zu. »Mag ja sein, es bedeutet etwas, dass wir drei uns ausgerechnet jetzt wiedersehen. Aber wer weiß, ob Eric noch derselbe ist wie damals in Freiburg? Ob er mich überhaupt noch liebt? Vielleicht hat er mich längst vergessen, und es ist nur eine üble Laune des Schicksals, uns hier wieder zusammenzuführen. Immerhin sind seit jenem Sommer zwei Jahre ins Land gegangen. Da kann viel passiert sein. Möglicherweise hat er längst eine andere Frau getroffen und lieben gelernt, geheiratet, eine Familie gegründet. Schließlich muss es einen Grund geben, warum er nie nach mir gesucht hat, dem Regiment nicht hinterhergezogen ist, um mich zu finden. Dabei wäre es ein Leichtes gewesen, das zu tun.«

»Vielleicht war ihm das nicht möglich? Wegen der Franzmänner zum Beispiel. Du weißt, dass sie die Gefangenen zwingen, bei ihnen zu bleiben. Wir machen es meist nicht anders, gerade mit denen, die man ihrer Geschicklichkeit und Stärke wegen gut gebrauchen kann. Möglicherweise hat Eric sich erst vor kurzem befreit und nichts Eiligeres zu tun gewusst, als dir hinterherzuziehen. Dass sich die Kaiserlichen gerade hier in Mittelhessen befinden und die Schweden aushungern wollen, ist kein Geheimnis. Dass du weiterhin im Regiment als Wundärztin tätig bist, wird er ebenfalls schnell in Erfahrung gebracht haben. Also ist es reine Liebe, dass er jetzt hier vor dir liegt.«

»Und was ändert das, Roswitha? Seine Wunden habe ich nähen können, dennoch ist er zum Tode verdammt. Seume hat Meister Johann eingeschärft, dass wir ihn für eine aufwendig inszenierte Hinrichtung gesund pflegen müssen. Gelingt uns das nicht, wird er uns ebenfalls zur Rechenschaft ziehen. Immerhin ist Eric in seinen Augen ein gemeiner Soldatenmörder.«

»Das Märchen glaubst du wohl nicht etwa, Magdalena? Hast du nicht selbst gesagt, wie eigenartig es ist, dass Seume einen dritten Meuchelmörder präsentiert? Wir waren doch dabei, wie die beiden gefasst und unter der Folter verhört wurden. Traust du Eric tatsächlich zu, dass er mit solchen Verbrechern gemeinsame Sache macht?«

Beschämt senkte Magdalena den Blick. Ihre Wangen brannten. Natürlich hatte sie die Zweifel immer wieder geäußert. Weil sie allerdings in den letzten Tagen an Erics Krankenlager keine Antworten auf ihre Fragen gefunden hatte, war sie inzwischen so weit, Seumes Version zumindest nicht mehr laut anzuzweifeln.

»Warum sonst sollte der Profos Eric hängen wollen?«, sagte sie. »Er weiß, wer er ist. Damit ist ihm auch klar, dass es nicht wenige im Lager gibt, wie zum Beispiel die Zimmerleute, die hinter Eric stehen. Die wird er nicht gegen sich aufbringen wollen. Wenn er Eric nun also des Mordes bezichtigt, muss er dafür einen triftigen Grund haben. Und der kann nur lauten, dass er beweisen kann, dass Eric dabei war, als die Soldaten aus dem Hinterhalt erstochen wurden. Es sähe ihm doch ähnlich, dass er eine so abscheuliche Tat wie die Schändung der Frauen auf diese Weise rächt.«

»Rächen ja, aber nicht aus dem Hinterhalt. Magdalena, hör auf! Du kannst mir nicht weismachen, dass du das tatsächlich glaubst.«

»Was soll ich denn tun?«

»Das kann ich dir auch nicht sagen, dir nur den Rat geben: Hör auf deine innere Stimme! Ich weiß, dass ihr beide euch liebt, und ich weiß, dass es kein Zufall ist, dass ihr euch wieder begegnet seid. Alles andere wird sich finden. Du musst nur offen sein für das, was sich in dir drinnen regt. Immerhin ist er der Vater deines Kindes!«

7

Lange hallten die Worte Roswithas in Magdalenas Kopf nach, und sie begriff, dass die Hebamme recht hatte: Eric liebte sie noch immer und war einzig in die Gegend gekommen, um sie aufzuspüren. Sie musste etwas tun, ihn zu retten, noch bevor Elsbeth die Situation nutzen und Seume über die wahren Zusammenhänge aufklären konnte. Das war sie Eric und Carlotta schuldig. Ratlos betrachtete sie das Gesicht des geliebten Mannes. Wie er da auf der Matte lag, hatte es fast den Anschein, als schliefe er friedlich seiner Genesung entgegen. Behutsam tupfte sie ihm mit einem feuchten Schwamm die Lippen, fuhr zärtlich die sanften Linien um seinen Mund nach. Ein leises Stöhnen war die Antwort.

»Willst du nicht was essen?« Eine fröhliche Frauenstimme ließ sie herumfahren. Ohne dass sie es bemerkt hatte, war die Plane am Zelteingang aufgerissen worden, und aus einem runden, braungebrannten Gesicht strahlten sie zwei wasserblaue Augen an. Verwundert starrte Magdalena zurück, bis ihr nicht nur klarwurde, zu wem dieses Gesicht gehörte, sondern auch, dass die neugierige Hanna gerade ihr Geheimnis entdecken und Eric verraten konnte. Hastig sprang sie auf und drängte die Frau wieder hinaus.

»Was hast du? Warum gönnst du mir nicht mal einen kurzen Blick auf den gemeinen Schurken?« Schmollend ging Hanna beiseite. »Ich hätte wirklich gern aus der Nähe gesehen, wie so ein Halunke ausschaut.«

»Wie soll er schon ausschauen? Da gibt es nichts Besonderes zu sehen, sonst wäre es auch nicht so schwer, so einem wie ihm auf die Spur zu kommen.« Mit zittrigen Fingern umklammerte Magdalena noch immer die Zipfel der Zeltplane und hielt die beiden Enden dicht übereinander. »Hast du nicht was von Essen gesagt? Ich habe tatsächlich großen Hunger.« Auch wenn das nicht stimmte, so hoffte sie doch, Hanna damit abzulenken.

»Hier ist der Korb.« Die junge Frau, die in ihrem Alter war, sie aber wie so viele andere um gut einen Kopf überragte, zauberte einen Weidenkorb hinter ihrem Rücken hervor und hielt ihn ihr dicht vors Gesicht. »Weißt ja, dass meine Schwester dir immer und ewig dankbar sein wird, weil du ihren Mann wieder ins Leben zurückgeholt hast.«

»Das ist doch meine Aufgabe.« Magdalena war es unangenehm, dass viel Aufhebens um etwas gemacht wurde, was für sie alltäglich war: jemanden zu heilen oder ihm mit all ihrem Wissen beizustehen, um ihn vor Schlimmem zu bewahren. »Dass er sich an dem Hühnerknochen verschluckt hat, hätte wirklich übel ausgehen können. Zum Glück war ich in der Nähe und konnte gleich das Richtige unternehmen.«

»Viel hätte dieses Mal nicht gefehlt, und er wäre draufgegangen. Ganz blau war er schon. Ich glaube, meiner Schwester ist in dem Moment klargeworden, was sie wirklich an ihm hat, auch wenn er am nächsten Abend schon wieder sturzbesoffen vom Würfeln zurückgekrochen ist. Eine Frau allein mit zwei kleinen Kindern hat eben nicht viel zu lachen, vor allem, wenn sie ein Trossweib ist so wie wir. Ohne männlichen Beistand sind wir doch jeder Willkür ausgeliefert. Nur wer so gescheit ist wie du, kann sich als Frau allein durchschlagen.« Sie warf Magdalena einen bewundernden Blick zu.

»Du würdest das auch schaffen.« Magdalena versetzte ihr einen aufmunternden Schubs. »Sieh dir Roswitha und die anderen Hebammen an, auch so manche Marketenderin kommt ganz gut allein klar. Nicht jede endet gleich im Hureneck, wenn ihr Mann ins Gras beißt oder sie gar nicht erst einen abkriegt. Und selbst die Trosshuren bejammern nicht tagaus, tagein ihr Schicksal. Du kannst dich von deiner Schwester lösen und allein zurechtkommen, auch ohne Mann. Das Zeug, was Rechtes aus dir zu machen, hast du allemal. Frag doch Roswitha oder eine der anderen Wehmütter, ob sie nicht eine Hilfe gebrauchen könnten, oder Lene, die Marketenderin. Lang will die mit ihrem Kram wohl nicht mehr über Land ziehen, wie ich gehört habe. Eine gute Gelegenheit, bei ihr einzusteigen.«

»Ich weiß nicht.« Mit einem Mal hatte Hannas lustiges Gesicht alle Fröhlichkeit verloren.

»Du musst es natürlich wollen.« Magdalena wurde ungeduldig. Es war doch immer das Gleiche mit Frauen wie Hanna: Einerseits neideten sie ihr die Unabhängigkeit, andererseits waren sie zu bequem, selbst etwas zu tun, um ebenfalls so zu leben. »Einfach ist unser Leben natürlich auch nicht immer. Oft fragt man sich, ob es das alles wert ist oder ob so ein Leben an der Seite eines besoffenen Mannes nicht doch der einfachere Weg wäre.«

»Im Ernst?« Verblüfft riss Hanna die Augen auf. Inzwischen aber war Magdalena die Lust vergangen, das immer gleiche Gespräch fortzusetzen. Bevor Hanna wieder den üblichen Sermon über ihre ausweglose Lage als unverheiratete Frau anstimmen konnte, bückte sie sich lieber über den Korb und begutachtete die Schätze. Hannas Schwester zollte ihr aufrichtigen Dank, dass sie ihren versoffenen Mann wieder einmal vor dem vorzeitigen Ableben bewahrt hatte: ein Topf mit Brei, ein großer Kanten Brot sowie ein Stück Käse – das versprach ein ordentliches Mahl. Aber da Magdalena wusste, welches Opfer das für die Kinder bedeutete, sagte sie energisch: »Sag deiner Schwester, dass sie mir schon oft genug bewiesen hat, wie viel ihr meine Hilfe bedeutet. Ich kann das nicht annehmen.«

Hanna nickte, sichtlich froh, dass Magdalena nicht weiter darauf beharrte, sie zur Eigenständigkeit zu ermahnen. »Kommst du heute Abend mal wieder bei uns vorbei?«, fragte sie stattdessen. »Meine Schwester wird sich freuen, dich bei uns zu sehen. Bring auch Carlotta mit, dann kann sie mit meiner Nichte spielen. Du willst dich doch nicht ewig hier im Zelt verkriechen und diesen Mörder bewachen. Der alte Josef wird mit seiner Flöte kommen. Bestimmt wird es lustig, wenn wir dazu tanzen.«

Bei dem Gedanken leuchteten Hannas Augen wieder auf, und sie wiegte die Hüften in Vorfreude auf die Musik. Eine Strähne ihres dicken, braunen Haars ragte lustig in die Stirn. Unbekümmert pustete sie sie weg. Hanna war recht ansehnlich. Nicht zum ersten Mal wunderte sich Magdalena, warum sie nicht längst einen hartnäckigen Verehrer hatte. Selbst wenn die vom Alter in Frage kommenden Männer im Tross allmählich rar wurden, hatte eine Frau wie Hanna keine schlechten Chancen. Eine Andeutung Roswithas fiel ihr ein: Im letzten Frühjahr hatte Hanna sie um Hilfe gebeten, etwas Ungewolltes loszuwerden. Einen Trunk aus Mutterkorn oder Ähnliches hatte sie haben wollen. »Der alte Lump von Schwager hat wohl nicht aufgepasst«, hatte die Hebamme geknurrt und ihr das Gewünschte verschafft. Offenbar kroch also der von Magdalena bereits schon öfter Gerettete nicht nur zu seiner Frau unter die Decke. Hanna schien es zu gefallen, zwar einerseits das Vergnügen zu genießen, andererseits aber doch nicht die Gebundenheit einer Ehefrau ertragen zu müssen. Kein Wunder, dass sie sich schwertat, sich aus diesem Nest zu befreien.

»Mal sehen, ob Rupprecht rechtzeitig kommt, mich hier abzulösen«, sagte Magdalena und war froh, dass Hanna sich mit der vagen Antwort zufriedengab. Nachdenklich blickte sie ihr nach, wie sie im Trubel des Lagers verschwand, froh, selbst über ihr Leben zu bestimmen. Ihre Finger tasteten über das Mieder. Wie so oft in den letzten Tagen fiel ihr erst im letzten Moment wieder ein, dass der Bernstein verschwunden war. Vielleicht kam sie nachher endlich dazu, ausgiebig nach ihm zu suchen. Zunächst aber machte sie sich daran, im Zelt aufzuräumen. Die Instrumente mussten gesäubert werden, das überschüssige Leinen zusammengelegt und die Töpfe und Tiegel fest verschlossen werden. Zwischendurch sah sie immer wieder zu Eric. Sein Brustkorb hob und senkte sich schwach, aber beständig. Wenn sie ihn so liegen sah, kribbelte es nach wie vor in ihrem Bauch. Widerstandslos seinem weiteren Schicksal zuzusehen, würde sie nicht ertragen. Wie aber sollte sie ihn Seumes Händen entreißen, ohne selbst am Galgen zu enden?

Im orangefarbenen Licht der Spätnachmittagssonne kletterte sie schließlich in den angrenzenden Planwagen. Wie so oft trug sie die Tongefäße im gerafften Rock. Bei jeder Bewegung klirrten sie gegeneinander. Sie mahnte sich zu mehr Bedächtigkeit. Die Kräuter und Pasten waren kostbarer denn je. Seit Tagen war sie nicht vor dem Lager gewesen, um für Nachschub zu sorgen. Auch konnten sie derzeit bei keinem Marketender neue erwerben. Nach dem Abzug der Schweden waren die Kaiserlichen von sämtlichen Nachschublieferungen abgeschnitten. Umsichtig räumte sie die Utensilien an ihren Platz zurück. Dabei suchte sie gründlich zwischen den Tiegeln und Kisten nach dem verlorenen Bernstein. Jede Ritze zwischen den Holzlatten war ihr vertraut, jedes Wurmloch wusste sie blindlings mit den schlanken Fingern zu ertasten. Trotzdem wurde sie auch dieses Mal nicht fündig. Wo sonst als im Gewühl des Planwagens mochte der kostbare Schatz verlorengegangen sein? Deutlich stand ihr vor Augen, wie sie bei der Zusammenstellung der Hilfsmittel für Erics Operation mit dem Rock an einem rostigen Nagel hängengeblieben war. Dabei musste die Lederschnur mit dem Stein gerissen sein. Auf dem Richtplatz hatte sie das Schmuckstück noch gehabt. Carlotta hatte sich immer so gern an der Schnur festgekrallt, so auch an jenem Morgen. Ob dabei die Schnur gerissen war? Wenn der Stein im Gewühl des Richtplatzes verschwunden war, würde sie ihn wohl niemals wiederfinden. Verzweifelt wischte sie sich mit dem Handrücken den Schweiß von der Stirn. Um sich Luft zu verschaffen, knotete sie das Kopftuch auf und schüttelte die roten Locken, bis sie locker auf die Schulter fielen. Die Hitze war kaum auszuhalten. Mieder und Rock klebten schon wieder feucht auf der Haut. Sie rief sich zur Besinnung. Was stand sie untätig herum und grübelte über den Stein? Eric galt es zu retten! Das war das Wichtigste. Rasch kehrte sie zurück ins Zelt.

Eric hatte sich noch immer nicht gerührt. Einzig das Auf und Ab seines Brustkorbs deutete darauf hin, dass er lebte. Eine Zeitlang beobachtete sie seinen Atem, fühlte den schwachen Puls. Es konnte Tage dauern, bis sich sein Zustand spürbar veränderte. Würde sich Seume mit der Hinrichtung wirklich so lange gedulden? Nachdenklich knöpfte sie ihr Mieder wieder zu, strich den Rock glatt und trat vor das Zelt.

Wolkenfetzen verschleierten nun den Himmel, eine sanfte Brise strich über das Lager und spielte sanft mit den Stoffbahnen der Zelte und Wagen. Anders als am Nachmittag war kaum jemand in den Gassen zu sehen. Leise Flötenmusik tönte herüber, kurz darauf setzten Singen und Klatschen ein. Offensichtlich hatte der alte Josef beim Zelt von Hannas Schwester sein Flötenspiel begonnen. Magdalenas Blick glitt über die weite Ebene Richtung Westen. In großen Kreisen zogen zwei Krähen ihre Bahnen. Als führten sie eine rege Unterhaltung, krächzten sie abwechselnd auf. Grillen zirpten, eine dicke Hummel verirrte sich brummend in Magdalenas rotem Haar. Energisch schüttelte sie den Kopf, und die Hummel schwirrte davon. Magdalena wandte sich wieder dem Brachland zu. Der karge Lehmboden schimmerte gelblich. Der Himmel darüber wurde zunehmend grau. In der Ferne grollte es dumpf. Zaghaft regte sich Hoffnung auf ein Gewitter. Regen wäre ein wunderbares Geschenk. Das Licht wurde milchiger, die Wolken ballten sich zusammen. Flogen die Schwalben nicht schon bedeutend niedriger? Da durchschnitt ein einsamer Schuss die träge Sommerstimmung, und ein schwarzes Etwas stürzte vom Himmel. Wieder einmal hatte sich jemand aus der Luft einen Braten besorgt.

Ein Geräusch aus dem Zelt schreckte Magdalena auf. Beunruhigt spähte sie hinein. Es dauerte, bis sie sich wieder an die trüben Lichtverhältnisse gewöhnt hatte. Eric schien sich bewegt zu haben. Der Wasserkrug, der neben ihm gestanden hatte, war umgekippt und hatte sich über den festgestampften Lehmboden ergossen. Rasch ging Magdalena bis zur Matte und stellte den Krug wieder auf. Prüfend sah sie auf Eric. Ein leichtes Zittern durchlief seinen Körper. Mehrmals stöhnte er auf. Sein Gesicht verzog sich vor Schmerzen, die linke Hand fuhr in die Luft. Sanft, aber bestimmt presste sie sie zurück auf die Matte. Sie tupfte ihm den Schweiß von der Stirn. Seine Kiefer mahlten, die Augenlider flackerten. Mehrmals sah es so aus, als wolle er die Augen aufschlagen und mit ihr reden, doch nichts geschah. Endlich entspannten sich seine Züge wieder, das Flattern der Lider hörte auf, und sein Atem wurde gleichmäßig.

Ihre Hand blieb auf der seinen liegen. Wie winzig ihre Finger gegen seine waren! Plötzlich überkamen sie die Erinnerungen an den Sommer in Freiburg. Die lauen Nächte auf dem Heuboden, das gemeinsame Wachen im Mondschein. Zärtlich strich sie ihm über das helle Haar auf dem Handrücken, spürte den weichen Flaum unter ihren Fingerkuppen.

Ihre Kehle wurde trocken, der Hals eng. Dennoch kribbelte es wohlig in ihrem Bauch. Kaum merklich zuckte es in Erics Mundwinkeln. Es war ihr, als lächelte er. Die Furchen an seiner Nasenwurzel vertieften sich, dann glätteten sie sich wieder. Ohne weiteres Vorzeichen schlug er die Augen auf, sah erst gerade hinauf zur Decke, dann wandte er leicht den Kopf.

Magdalena hielt den Atem an.

Der erstaunlich klare Blick seiner tiefblauen Augen kam auf ihr zur Ruhe. Ihr wurde heiß. Die Wangen glühten, die Lippen bebten. Sie musste an sich halten, ihn nicht innig zu umschlingen.

8

Der Gewitterregen erquickte Land und Leute. Die warme Erde dampfte vor Freude. Beglückt tanzten die Menschen durch das langersehnte Nass, und Josef spielte dazu auf seiner Flöte. Jung und Alt sangen und lachten und vergaßen darüber die knurrenden Mägen und leeren Kochtöpfe. Die Erfrischung aber war nicht von Dauer. Noch vor Sonnenuntergang überzog das seit Wochen vertraute strahlende Blau wieder den Himmel. Glutrot färbte sich die Sonne und verkündete, dass sie auch am nächsten Tag die Oberhoheit über das Wetter beanspruchen würde. Der Geruch nach feuchter Erde und nasser Kleidung aber hing den restlichen Abend über dem Lager, vermischte sich bald mit dem von Lagerfeuer und Fackeln.

Bizarr huschten die Silhouetten der spielenden Kinder über den Lehmboden. Träge folgte Elsbeth ihnen mit dem Blick, wie sie zwischen Kisten und Zelten ihren Weg suchten, mal einem Erwachsenen ausweichen mussten, mal einem anderen auf die Füße traten oder flink zwischen den langen Beinen eines Dritten hindurchschlüpften. Fluchen und Schimpfen wurden laut, sobald sie etwas umstießen. Das focht sie in ihrem ungestümen Treiben nicht an. Unbeschwert verständigten sie sich über die Zelte hinweg, mitunter erhob sich dazwischen ein zartes Stimmchen, um einen Abzählreim oder ein kurzes Lied zu singen. Andere stimmten ein, bis ihnen das Singen zu fad wurde und sie wieder etwas Aufregenderes entdeckten.

Den ganzen Nachmittag schon sah Elsbeth ihnen zu und erinnerte sich daran, wie sie mit Magdalena, Rupprecht und den anderen Trosskindern fröhlich herumgetollt war. Langsam senkte sich die Dämmerung über das Lager. Als die Kinder vorhin ungestüm durch den Regenschauer getanzt waren, war Elsbeth versucht gewesen, es ihnen gleichzutun. Carlotta hatte sie jedoch daran gehindert. Erst hatte sie auf ihrem Schoß geschlafen, dann an ihrer Brust getrunken und sie auch danach nicht aufstehen lassen.

Die stickige Luft unter der Zeltplane ließ Elsbeth schläfrig werden, doch sie fühlte sich zu matt, einen kühleren Platz zu suchen. Carlotta lag schon wieder an ihrer Brust. Behutsam strich sie ihr mit der Hand über das rotblonde Köpfchen. Munter kräuselten sich die Haarbüschel darauf. Die blauen Augen hielt sie fest geschlossen. Die dünnen Lider flatterten, lila zeichneten sich die Adern darauf ab. Im Rhythmus ihres Atems bebten die Nasenflügel. Ein verstörendes Gefühl durchströmte Elsbeth, wie immer, wenn sie die Kleine betrachtete. Was wäre geworden, wenn sie letzten Sommer selbst ein lebendiges Kind geboren hätte? Roswitha hatte ihr nicht einmal verraten, ob es sich um einen Jungen oder ein Mädchen gehandelt hatte. Bevor sie den Wurm, den sie unter Mühen aus dem Leib gepresst hatte, anschauen konnte, hatte die Alte ihn verschämt beiseitegeschafft. Elsbeth lehnte den Kopf an den Pfahl, an dem sie saß. Manchmal träumte sie davon, dass es ein Junge gewesen war mit schwarzen Haaren und dunklen Augen, genau wie sein Vater. Hätte Rupprecht sich dann mehr um sie gekümmert? Vielleicht war es besser, dass das Kind nicht überlebt hatte. So konnte sie wenigstens für Carlotta da sein. Ohne sie hätte die Kleine keine Chance gehabt. Nicht zu ertragen, wenn auch sie gestorben wäre! Allein bei dem Gedanken wurden Elsbeths Augen feucht. Schniefend wischte sie mit dem Handrücken die Augenwinkel aus.

Durch den Tränenschleier verwandelten sich die spielenden Kinder vor ihr in Wesen aus dem Feenreich. Die nächtliche Schwüle tat ein Übriges, ihre sackähnlichen Kittel in Flügel zu verwandeln. Gleich würden sie abheben, mit den dünnen Armen und Beinen durch die Luft rudern, die langen Hälse mit den viel zu großen Köpfen neugierig in die Luft recken. Grillen zirpten, Lagerfeuer knisterten. An Elsbeths Brust schmatzte es herzhaft. Carlotta öffnete die Augen und wirkte einen Moment verwundert. Sobald sie ihre Tante entdeckte, verzog sich ihr Mund zu einem Lächeln. Wie liebte Elsbeth diese Momente! Beglückt herzte sie das kleine Grübchen auf Carlottas linker Wange, küsste das kaum wahrnehmbare Kräuseln der Nasenwurzel. Nie und nimmer wollte sie das missen. Was auch immer Roswitha und Magdalena meinten: Die Kleine würde immer ihr Kind sein!

Carlotta wurde unruhig. Der schmächtige Leib zitterte. Besorgt streichelte Elsbeth ihr über den Rücken. Darüber beruhigte sie sich wieder. Mit einem lauten Schnaufen entleerte sich ihr Darm. Fest presste Elsbeth den dünnen Leib an sich und erhob sich. Hinten in der Kiste waren noch ein paar saubere Leintücher.

»Pass doch auf!« Rupprechts Stimme klang wütend. Als sie hinterrücks unter der Zeltplane hervorkam, stieß sie mit ihm zusammen.

»Weißt du, wo Magdalena steckt?« Wie so oft würdigte er Carlotta keines Blickes. Auch sie sah er nicht an, starrte stattdessen zu dem benachbarten Zelt, vor dem eine hagere Frau emsig in einem Topf rührte.

»Was suchst du sie hier? Bei eurem Patienten wird sie sein. Tag und Nacht hockt sie dort. Ich jedenfalls kriege sie kaum mehr zu Gesicht, höchstens, wenn ich die Kleine zu ihr bringe oder zum Stillen abhole. Weißt du eigentlich, wer euer Patient ist?«

Neugierig musterte sie ihn, damit ihr keine Regung entging. Kaum vorstellbar, dass ihm die Wahrheit bislang entgangen war. Er musste Eric doch spätestens beim Operieren und Verbinden erkannt haben. Verändert hatte der Rotblonde sich in den letzten beiden Jahren kaum. Selbst bei dem schlechten Licht hatte sie gleich gewusst, um wen es sich handelte.

»Ich wüsste nicht, was dich das angeht.«

»Mich vielleicht nicht, aber Seume.« Aufreizend schob Elsbeth das Becken vor.

»Der weiß es.« Abermals wandte Rupprecht sich ab.

»So? Vielleicht den Namen, aber nicht mehr.« Dicht trat sie an ihn heran und gewährte ihm dabei einen tiefen Blick in ihr halboffenes Mieder. Auch wenn er vorgab, als interessiere sie ihn nicht mehr, wusste sie, dass er weiterhin empfänglich für ihre weiblichen Reize war. Keine Woche war es her, dass sie ihn wieder einmal hatte verführen können. Ganz enthaltsam konnte er eben auch nicht leben, gerade wenn er jeden Tag so eng mit Magdalena zusammenarbeitete, nach wie vor aber von ihr als Mann zurückgewiesen wurde.

»Könnte es Seume nicht interessieren, was Magdalena mit Eric verbindet?« Wie zufällig schob sie Carlotta vor ihren Busen und bemerkte lächelnd, dass Rupprechts Miene sich verfinsterte.

»Was weißt denn du?«, schnaubte er verächtlich.

»Mehr, als meiner Cousine lieb sein kann.«

»Wenn du dich da mal nicht täuschst! Statt solchen Unsinn zu erzählen, verrätst du mir jetzt besser, wo sie steckt.«

Breitbeinig verschränkte er die Arme vor der Brust. Schmunzelnd richtete sie sich zu ihrer vollen Größe auf und sah auf ihn hinab. Ihm blieb nichts anderes, als seiner geringeren Körperlänge wegen direkt auf ihren Busen zu schauen. Zufrieden wiegte sie sich vor ihm hin und her und hob Carlotta vorsichtig auf die andere Seite ihrer Hüfte. Das halboffene Mieder rutschte weiter auseinander und entblößte die weiße Haut ihres Busens. Rupprecht gelang es nicht, seine dunklen Augen von ihr abzuwenden. Das Auf und Ab seines Adamsapfels verriet angestrengtes Schlucken.

»Ich bin doch nicht Magdalenas Aufpasserin!« Schmollend verzog Elsbeth den Mund. »Oder meinst du, ich schleich ihr hinterher, so wie du?«

Vor Zorn lief sein Gesicht rot an. Sie lächelte. »Ich brauche sie nicht, um Appetit zu bekommen. Sollen wir mal schauen, ob es bei dir auch wieder von ganz allein klappt?«

Ohne sich um das Kind auf ihrem Arm zu kümmern, schmiegte sie sich eng an ihn und legte den freien Arm um seine Schultern. Im ersten Moment hatte sie das Gefühl, er ginge gern auf das Angebot ein. Dann fuhr ein Ruck durch seinen Körper, und er versteifte sich. Empört schüttelte er sie ab. »Wenn Magdalena bei dir auftaucht, schick sie zu Roswitha. Die braucht sie bei einer schweren Geburt. Ein Kind liegt quer. Weibergeschichten, um die sich besser Magdalena kümmert.«

Damit wollte er kehrtmachen, doch Elsbeth hielt ihn zurück. »Wenn Kinder quer liegen, dann haust du immer ab, was?«

Entsetzen huschte über sein Gesicht. »Fang nicht wieder damit an, Elsbeth. Was vorbei ist, ist vorbei. Tut mir leid, wenn du dir meinetwegen falsche Hoffnungen gemacht hast.«

»Falsche Hoffnungen? Ich? Ausgerechnet deinetwegen?« Ihre Stimme wurde schrill. »Was glaubst du, wer du bist?«

Die Kleine plärrte los. Elsbeth wiegte sie auf den Hüften. »Scht, ist ja gut!«, säuselte sie ihr ins Ohr, ließ Rupprecht dabei allerdings nicht aus den Augen. Im nächsten Moment versetzte sie ihm wütend einen Stoß gegen die Schulter. Er stolperte, blieb aber stehen. Das brachte sie noch mehr in Rage. Darüber fiel ihr nicht einmal auf, dass Carlotta aufgehört hatte zu weinen. Schritt für Schritt drängte sie Rupprecht vor sich her durch die Gasse und ließ ihm keine Gelegenheit, sich umzudrehen und wegzurennen. Er musste rückwärtsgehen, während sie ihn weiter lauthals beschimpfte. »Bist du dir überhaupt im Klaren, wie kümmerlich du ausschaust? Nicht mal bis zur Schulter reichst du mir! Bevor ich mich mit einem Zwerg wie dir abgebe, lege ich mich zehnmal lieber zu jedem anderen Mann!«

Ein hastiger Blick über die Schulter genügte ihr, um sich zu vergewissern, dass die Frau nebenan mit dem Rühren der Suppe aufgehört hatte und mit weitaufgerissenem Mund verfolgte, was Elsbeth Rupprecht entgegenschleuderte. »Hau nur ab, du elender Mistkerl, und kümmere dich um eure verfluchten Verwundeten! Meuchelmörder und Spitzel und andere Halunken sind das. Muss dir eine große Freude sein, mit bloßen Händen im stinkenden Gedärm dieser elenden Schufte zu wühlen!«

Im nächsten Moment senkte sie die Stimme, allerdings nur so weit, dass sie nicht mehr schrie, nebenan aber noch deutlich zu verstehen war. »Wenn das mal nicht mit dem Teufel zugeht, was ihr drei da in Meister Johanns Unterkunft treibt! Auffallen tut es mir schon länger, jetzt aber, wo Magdalena seit Tagen nicht mehr in unser Zelt zurückgekommen ist und auch das verlockende Angebot des Kommandantensohns abgewiesen hat, wird mir so manches klar: Weder Meister Johann noch Magdalena oder du habt eine Liebschaft. Das stinkt doch zum Himmel! Ihr drei seid euch nämlich selbst genug! Jeder andere stört euch wohl bei eurem Treiben. Pfui, ist das ekelhaft! Wahrscheinlich treibt ihr es besonders gern im Angesicht eurer halbtoten Verwundeten!«

Unfähig, etwas zu erwidern, schnappte Rupprecht nach Luft. Unter der Plane nebenan schepperte es, als der Topf mitsamt dem Löffel umkippte. Die hagere Frau war aufgesprungen und davongerannt.

»Du widerliches Miststück! Was meinst du, was du damit erreichst?« Rupprecht hatte seine nahezu schwarzen Augen zu einem schmalen Schlitz zusammengezogen. Finster wölbten sich die buschigen Augenbrauen darüber. Das Grübchen in seinem linken Mundwinkel wurde tiefer. »Alte Hexe!«, zischte er, dann drehte er sich um und ging.

Elsbeth sah ihm nach, bis seine mickrigen Umrisse von den Schatten der Wagen und Buden aufgesogen wurde. Für eine

Weile fühlte sie sich wie von einer schweren Last befreit. Fast war ihr zum Singen zumute. Selbst die schmachvolle Zurückweisung durch den Kommandantensohn verlor an Bedeutung. Auf einmal schien es ihr unwirklich, dass er sie ausgelacht und aus seinem Haus geworfen hatte, weil er nach wie vor auf Magdalenas Gunst hoffte. Armer Tölpel!, dachte sie mitleidig und lachte in sich hinein.

Carlotta schien zu spüren, wie sich ihre Laune besserte, und gluckste vergnügt. Elsbeth wiegte sie schwungvoll auf der Hüfte hin und her. Dabei summte sie ein Lied und kroch mit ihr zurück ins Zelt. In Magdalenas Kiste fand sie außer Leinen noch ein Stückchen Leder, das sie Carlotta in den Mund steckte. Begierig begann die Kleine, darauf herumzukauen, während sie sie von den schmutzigen Stoffstreifen befreite. Dabei kam etwas Helles, Gelbes auf dem Bäuchlein zum Vorschein. Der Bernstein! Wie hatte sie den vergessen können? Ein wahres Wunder, dass Magdalena ihn nicht schon entdeckt hatte. Anscheinend wickelte sie ihr Kind nicht, wenn sie es bei sich hatte.

Andächtig hob Elsbeth den Stein hoch und hielt ihn gegen das unruhig blakende Talglicht auf der Truhe. Golden leuchtete das Schmuckstück auf. Haarfein hoben sich die Einzelheiten des eingeschlossenen Insekts vor dem honiggelben Innern ab. Kaum konnte sie sich sattsehen an dieser Vollkommenheit. Erst Carlottas Quieken riss sie wieder in die Gegenwart zurück.

»Der wird uns Glück bringen, meine Kleine!« Freudig tätschelte sie Carlotta den nackten Bauch und ließ den Stein an der Lederschnur vor ihrem Gesicht pendeln. Aufmerksam folgte die Kleine ihm mit den blauen Augen und saugte weiter an dem Lederstück.

»Wird schon einen Grund geben, warum Magdalena ihn nie hergezeigt oder bei einem Händler eingetauscht hat. Ganz sicher verleiht der Stein besondere Kräfte. Oder er beschützt einen vor Unheil. Magdalena jedenfalls ist noch nie etwas Schlimmes passiert. Und das, wo sie doch seit zwei Jahren allein im Tross lebt.«

Obwohl sie wusste, dass Carlotta nichts von dem verstand, was sie sagte, konnte sie nicht aufhören zu reden. Insgeheim beruhigte es ihr Gewissen. Immerhin hatte sie der Cousine den Stein gestohlen.

»Wir werden schon sehen, was jetzt mit uns beiden geschieht.« Entschlossen knotete sie sich die Schnur um den Hals und schob den Stein unter das Mieder, wie sie es bei Magdalena beobachtet hatte. Länger wollte sie es nicht riskieren, das kostbare Stück bei Carlotta zu lassen. »Und ob es Magdalena schadet, wenn der Bernstein sie nicht mehr beschützt.«

Nachdenklich legte sie sich die Hand auf die Brust und tastete nach dem Stein. Dann lächelte sie zufrieden und wickelte Carlotta in trockene Tücher, bevor Magdalena auftauchen und das Linnen für sich zurückfordern konnte.

9

Vom Regen war nichts mehr zu spüren. Indes versank die Sonne als glühender Feuerball am Horizont. Zurück blieb ein leuchtendes Goldband, dessen Schlieren sich weit über den Abendhimmel ausbreiteten. Traurig beobachtete Magdalena das Schauspiel. Bernsteinfarben färbte sich das Firmament ein. Sie fühlte sich leer, bedauerte wieder einmal, den vertrauten Glücksbringer verloren zu haben. Ein schlechtes Zeichen. Je länger sie darüber nachgrübelte, wie sie Eric retten könnte, desto auswegloser erschien ihr ihre Situation. Aufgewühlt raufte sie sich die Haare. Jede Entscheidung ging zu Lasten eines geliebten Menschen. Unauflösbar war das Schicksal Erics, Carlottas und Meister Johanns miteinander verwoben.

Allmählich senkte sich die Nacht über das Lager. Höchste Zeit, zum Zelt zurückzukehren. Magdalena wandte sich vom Ufer der träge fließenden Ohm ab und trat den Weg vom östlichen Rand des Lagers quer durch das Quartier der Offiziere zu den Unterkünften der einfachen Soldaten an. Zügig schritt sie aus, stahl sich an dem Platz vorbei, auf dem die Offiziere beieinandersaßen, würfelten und Karten spielten. Ganz in ihre Partien vertieft, schien niemand von ihr Notiz zu nehmen, bis auf einmal eine heisere Stimme ertönte: »Sieh an, die rote Magdalena! Was schleichst du dich hier im Dunkeln herum? Komm ein bisschen her zu uns und vertreib uns die Zeit.«

Ehe sie sich versah, war einer der Männer aufgesprungen. Er legte den Arm um ihre Schultern und führte sie näher ans Feuer. Johlend wurde sie von gut einem Dutzend Offiziere begrüßt, darunter Korporale, Rottenführer und Steckenknechte. Einer von ihnen war der Anführer des Suchtrupps, der die beiden Soldatenmörder gefangen genommen hatte. Freudig nutzte er die Gelegenheit und erzählte seinen Kameraden, wie er sie und Roswitha draußen vor dem Lager getroffen und vor einem möglichen Überfall bewahrt hatte.

»Komm, nimm dir was von unserem Eintopf.« Schon reichte ihr jemand einen Löffel und wies mit dem Kopf auf einen Kessel, der über dem Feuer hing. Fackeln warfen ihren unsteten Schein auf die Versammelten, beleuchteten Buden und Zelte. Bald erspähte Magdalena auch eine Reihe Frauen, offenbar nicht allein Trosshuren, die mit den Offizieren ihren Spaß haben wollten. Sie trat zum Topf. Der verlockende Duft nach Gesottenem stieg ihr in die Nase, und ihr leerer Magen begann zu rumoren. Drüben im Wagen war zwar noch etwas gepökeltes Fleisch und zweifach gebackenes Brot, das war aber keine Verlockung im Vergleich zu diesem Eintopf. Dankbar schöpfte sie sich einige Löffel heraus. Die Männer setzten unterdessen das unterbrochene Spiel fort. Ein älterer Soldat bot ihr einen Schluck aus einem Branntweinschlauch an. Durstig von dem salzigen Fleisch, nahm sie auch das an. Dann verabschiedete sie sich.

»Schade, dass du nicht noch bei uns bleiben willst. Sind wir dir nicht gut genug? Dabei hätten wir dir viel Spaß zu bieten.« Der Anführer des Suchtrupps kniff einer der Frauen in die Wangen und gab einer anderen einen Klaps auf den Hintern, dass sie aufkreischte. »Aber eine Frau wie du gibt sich wohl nicht mit welchen wie uns ab, was? Mut und Tapferkeit von echten Kerlen locken dich offenbar nicht.«

»Es ist spät, und ich bin müde.« Rasch beeilte sich Magdalena, ihn durch eine ehrliche Antwort zu besänftigen. »Morgen muss ich schon sehr früh wieder raus. Meister Johann zählt auf mich.« Sie wollte gehen, doch es war zu spät.

»Warte.« Schon sprang der Anführer auf und hielt sie fest. Dabei fiel das Fass polternd um, auf dem er eben noch mit seinen Kameraden gewürfelt hatte. Schlagartig wurde es still, und die anderen unterbrachen ihr Spielen und Tändeln, um zu beobachten, was weiter geschehen würde. Magdalena wurde es unbehaglich.

»Du bist ein ansehnliches Weibsbild, und klug noch dazu.

Du hast doch ein Kind? Also lebst du nicht wie eine Nonne, sondern lässt schon mal einen unter deinen Rock.« Für diese Bemerkung erntete er schallendes Gelächter, was ihn weiter anstachelte. »Verrat uns doch, wie einer aussieht, der das darf! Ich bin sicher nicht der Einzige hier, der darauf brennt, das zu erfahren.«

Das Gebrüll der Männer wurde lauter.

»Das wüsste ich auch gern!«

»Wo steckt der Bursche?«

»Bring ihn her, damit ich ihn verprügeln kann!«

Die einen schlugen sich belustigt auf die Schenkel, die anderen starrten mit gierigen Augen und offenen Mündern auf Magdalena. Immer mehr kamen heran und bauten sich in einem Halbkreis um sie auf. Längst waren es zu viele, um einfach zwischen ihnen durchzuschlüpfen. So betrunken sie waren, würde es ihnen doch gelingen, sie festzuhalten. Auf eine Handgreiflichkeit aber sollte sie es nicht ankommen lassen.

Um Zeit zu gewinnen, ging Magdalena erst einmal auf das Spiel ein und hakte sich bei dem Anführer unter. Unauffällig zog sie ihn näher an die Feuerstelle, so dass sie sein Gesicht besser sah. Erwartungsfroh leuchteten seine runden Äuglein, die knollige Nase wurde rot.

Am nahen Flussufer zirpten Grillen, ein Käuzchen schrie. In der Ferne bellte ein Hund, verlegte sich alsbald aufs Heulen und schraubte sich dabei in schier unerträgliche Tonhöhen. Der Schuss aus einer Muskete setzte dem schrägen Nachtkonzert ein Ende. Als wäre das das erwartete Signal gewesen, legte sich plötzlich Stille über das Land.

»Gern erzähle ich dir das alles mal in Ruhe«, sagte Magdalena zu dem Mann. »Aber nur, wenn wir beide wirklich ungestört sind. Jetzt aber muss ich rüber zu Hagen Seume, ihn über den Zustand unseres Gefangenen unterrichten. Du weißt, wie ungeduldig der Profos sein kann. Wenn er noch länger auf mich warten muss, wird es Ärger geben. Nicht nur für mich, sondern auch für diejenigen, die mich aufgehalten haben.«

Schon als sie Seume zum ersten Mal erwähnte, hatte der Mann sie jäh losgelassen und sich aufgerichtet. Die weitere Erklärung wäre wohl gar nicht nötig gewesen, hatte ihr aber bei den Männern Respekt verschafft. So abrupt, wie sie vorhin ihr Grölen begonnen hatten, so rasch stellten sie es ein und machten ihr eine Gasse frei, durch die sie hocherhobenen Hauptes davongehen konnte. Keiner wunderte sich, warum sie erst die Einladung zum Essen und Trinken angenommen hatte, bevor sie angeblich so eilig zu Seume hatte aufbrechen müssen. Der Name allein verbreitete Schrecken. Keiner wollte ihm Anlass geben, sich seinetwegen zu ärgern.

Kaum hatte Magdalena die nächsten Zelte erreicht, huschte sie eilig in deren Schatten weiter. Sie wollte nur noch so schnell wie möglich auf ihre Seite des Lagers zurück. Zunächst führte sie das ein gutes Stück durch das Offizierslager. Viele Unterkünfte waren üppig verziert, wiesen selbst an der Außenseite bunte Stickereien auf. Fahnen und Federbüschel schmückten die gekreuzten Stangen, Fackeln sorgten für ausreichend Licht in den Gassen. Weil die Offiziere sich auf dem Spielplatz ausgelassen bei Musik und Wein vergnügten, waren die Zelte weitgehend verwaist. Lediglich ab und an verrieten Schatten vor einem schwachen Licht im Innern, dass man sich auch zu zweit bei einem trauten Stelldichein zu unterhalten wusste.

Die grau gewordene Plane einer schlichten Unterkunft, an deren Stirnseite eine weiß-blaue Fahne schlaff den Eingang markierte, weckte Magdalenas Aufmerksamkeit. Sie wusste, dass es sich um Seumes Zelt handelte. Eine seltsame Stimmung umgab es, gerade so, als wäre eine unsichtbare Bannmeile darum gezogen. Im Inneren sorgten mehrere Lampen für Licht, was helle Kreise auf die Leinwand warf. Schwarz zeichneten sich die Silhouetten zweier Gestalten davor ab. Sie beugten die Köpfe über einen Tisch, zeigten mit Fingern darauf, schienen sich allerdings nicht ganz einig bei dem, was sie miteinander besprachen. Gedämpft drangen ihre Stimmen nach draußen. Neugierig schlich Magdalena näher heran. Gerade noch rechtzeitig sah sie, wie sich Seume selbst mit seinen beiden Steckenknechten dem Zelt näherte. Die massige Figur war auch im Halbdunkel unverkennbar. Verwundert verbarg sie sich hinter einer hohen Kiste neben dem Zelteingang. Wer war in seinem Zelt, wenn Seume draußen unterwegs war?

Energischen Schritts hielt er darauf zu. Die lange Feder an seinem Schlapphut wippte im Rhythmus der Bewegung, das Leder seiner hohen Stiefelschäfte glänzte selbst im fahlen Mondlicht. Ein opulenter Siegelring blitzte an seiner rechten Hand auf, als er damit an die Hutkrempe fasste. Die Linke ruhte auf dem Griff seines Pallaschs. Bei jedem Schritt klirrte dessen breite Klinge gegen die Stiefelsporen. Ein eleganter Umhang verdeckte halb den dunklen Rock, den Seume darunter trug. Gegen den herausgeputzten Profos wirkten die beiden Steckenknechte in ihrer einfachen Soldatenkleidung blass. Die Federn an den breitkrempigen Hüten hatten schon bessere Tage gesehen, ausgebleicht von der Sonne, war ihre Farbe kaum mehr zu erkennen. Die hellen Lederröcke wiesen dunkle, speckige Flecken auf, die zu den Flicken auf den ebenfalls hellen Kniehosen passten. Quer darüber zogen sich die Patronengürtel und Pulvertaschen. Es fehlte jedoch gut die Hälfte der Knöpfe daran. Die recht neuen Stulpenstiefel schienen Beutestücke aus der jüngsten Besatzung zu sein. Das Leder glänzte zwar nicht, wirkte aber gepflegt. Der größere der beiden Steckenknechte hatte einen unförmigen Sack geschultert, in der freien Hand hielt er einen Weinschlauch. Der zweite Steckenknecht trug mit beiden Händen eine Kiste vor dem Bauch. Laut und unbekümmert redete Seume auf die beiden ein. Einzelne Satzfetzen wie »Morgen Abend«, »Ohne diesen Eric ist es leichter«, »Der Hundsfott hat uns gründlich über den Tisch gezogen« oder »Jetzt teilen wir allein unter uns« drangen an ihr Ohr. Magdalena beschloss, noch eine Weile in ihrem Versteck auszuharren. Nachdem sie Erics Namen gehört hatte, brannte sie darauf, zu erfahren, worum es ging.

Ein lautes Hallo erklang, als die drei das Zelt betraten: »Endlich! Wird aber auch Zeit, dass ihr kommt. Was bringt ihr Schönes mit?« Die beiden Unbekannten gingen händereibend auf die Neuankömmlinge zu. Kaum konnten sie es abwarten, dass der Sack geöffnet und die darin enthaltenen Schätze verteilt wurden. »Nicht so hastig! Es langt für alle«, dröhnte Seumes Bass. Stoff klatschte auf Stoff, Stiefel trampelten auf den Boden. Anscheinend kam es zu einem kleinen Handgemenge. Einer zischte etwas Böses, schließlich krachte ein Schemel auf den Boden, jemand fluchte. Offenbar stritten sie sich um das, was der Steckenknecht auf den Tisch schüttete.

»He, he«, meldete sich Seume erneut, doch erst als er laut »Es langt!« dröhnte, kehrte Ruhe ein. Wie auf Kommando traten die Schattenfiguren einen Schritt auseinander. Nun waren fünf Umrisse zu erkennen: Hagen Seume, flankiert von seinen beiden Untergebenen, sowie die beiden Männer, die im

Zelt auf seine Rückkehr gewartet hatten. Seume nahm etwas vom Tisch und lud dann die beiden Unbekannten mit einer Handbewegung ein, es ihm gleichzutun. Von dem kleineren Steckenknecht wurde der Weinschlauch herumgereicht. Eine Zeitlang waren die fünf mit Essen und Trinken beschäftigt. Sogar durch die Leinwand war das Schmatzen noch zu hören. Gerade als Magdalena überlegte, ob es sich lohnte, weiter zu spionieren, meldete sich einer der Unbekannten zu Wort: »Was ist jetzt eigentlich mit diesem Eric Grohnert?«

Das anschwellende Gemurmel verriet, dass auch die Knechte hellhörig wurden. Der Mann fuhr mit lauter Stimme fort: »Der Schuft liegt also halbtot drüben bei Meister Johann im Zelt. Nehmen der Feldscher und seine Gehilfen dir tatsächlich die Mär mit dem dritten Soldatenmörder ab? Immerhin war diese Magdalena dabei, als die echten Täter verhaftet und ausgiebig verhört wurden. Und es heißt, sie sei klug. Meinst du nicht, dass sie anfängt, Fragen zu stellen? Das könnte für uns gefährlich werden!«

Seume lachte auf. »Unsinn! Von einem Weib droht mir doch keine Gefahr, erst recht nicht von so einer kleinen Maus wie der!« Magdalena hielt den Atem an, während Seume weiter ausführte: »Ihr Vater war ein guter Freund von mir. Vor zwei Jahren ist er bei Freiburg gefallen. Ich bin der Taufpate ihres Bruders. Ansehnlich ist die Kleine trotz ihrer Klugheit: rote Locken und eine Figur, an der nichts schwabbelt, das hat was! Der muss man es nur mal ordentlich besorgen, dann weiß die schon, wo es langgeht.«

»Das willst du natürlich höchstpersönlich übernehmen, was?« Der Unbekannte schlug ihm mit der Hand auf die Schulter, die anderen Männer grölten los.

»Du hast recht: Höchstpersönlich und am besten sofort

sollte ich mich als alter Freund der Familie der Aufgabe widmen. Das bin ich nicht nur ihrem Vater – Gott hab ihn selig – schuldig.«

»Gib mir rechtzeitig Bescheid. Ich bin dabei. Auf die Kleine bin ich auch scharf.«

So ein Hundsfott! Dass der Prahlhans da drinnen sie ins Visier nahm, versetzte Magdalena derart in Rage, dass sie mit dem Fuß aufstampfte. Unglücklicherweise stieß sie dabei gegen einen Blechkessel, der scheppernd umfiel. Erschrocken machte sie einen Schritt zur Seite, stolperte über eine Schnur und verlor das Gleichgewicht. Um nicht gegen die Zeltplane zu kippen, streckte sie haltsuchend die Arme aus. Mit voller Wucht patschte ihre Hand auf die Leinwand. Verflucht! Jetzt war es nur noch eine Frage von Augenblicken, bis sie entdeckt wurde. Erstarrt harrte sie der Dinge, die geschehen würden.

Zu ihrer Überraschung passierte jedoch nichts. Die schwarzen Silhouetten im Zelt wandten sich zwar einmal kurz um und lauschten. Da es drinnen hell war, konnte der Schatten von außen nicht auf die Plane fallen. Die Männer setzten deshalb unbeirrt ihr Gespräch fort. Die Geschichte mit Eric ließ dem einen keine Ruhe. »Ob es damit getan ist, dass ihr die rote Magdalena nacheinander beglückt, bezweifle ich. Es geht um den Halunken Eric Grohnert. Mir wäre es lieber, du hättest den Schuft gleich bei der ersten Gelegenheit erledigt und irgendwo verscharrt. Schließlich hat er uns reingelegt, weil er uns viel zu hohe Preise für den Wein und die Fressalien abgeknöpft hat, noch dazu, wo er einen Großteil von dem Zeug aus unseren eigenen Nachschublagern im Süden bezogen hat. Und dann spielt sich dieser freche Kerl bei den Bauern im Spessart als Wohltäter auf und teilt den Gewinn mit ihnen.

Damit hetzt er die nur weiter gegen uns auf. Dass er ihnen Waffen aus den Magazinen der Regimenter besorgt, nenn ich echten Verrat. Dafür gehört er mehr als einmal am nächsten Baum aufgeknüpft! Glaub mir, Seume: Hättest du ihn gleich erschossen, hätte er die verdiente Strafe und würde längst in der Hölle schmoren. Und wir müssten uns keine Gedanken machen, ob uns einer diese blöde Geschichte mit dem Soldatenmord abnimmt.«

»Recht hast du«, stimmte sein Gefährte zu. »Es war nicht klug, diesen Eric ins Lager zu schleppen. Meister Johann hat ihn sofort erkannt. Auch seine Gehilfen werden wissen, wer er ist. Die Gefahr ist zu groß, dass sich Weitere finden, die sich seiner erinnern. Immerhin hat er lang genug im Tross gelebt, bevor er vor zwei Jahren in Freiburg verschwunden ist. Je länger wir damit warten, ihn aus dem Weg zu räumen, desto schwieriger wird es. Am besten, wir gehen sofort rüber und stechen das Schwein ab.«

Entsetzt hielt Magdalena den Atem an. Schon machte der Sprecher Anstalten, seinen Degen umzuschnallen und aufzubrechen.

»Hiergeblieben! Keiner verlässt das Zelt!« Seume versperrte ihm den Weg. Magdalena war, als könnten die da drinnen ihren Atem hören, so still wurde es. »Eric Grohnert wird demnächst am Galgen baumeln, genau so, wie ich es immer schon gesagt habe.«

Seumes Bass klang drohend. Selbst als bloßer Schatten verriet seine herausfordernde Körperhaltung, wie ernst es ihm war. »Vertraut mir. Nur zu gern werden die Leute glauben, er wäre der dritte Soldatenmörder. Wenn einige ihn wiedererkennen, umso besser. Seine ganze Familie ist damals in Magdeburg ums Leben gekommen. Nie hat er aufgehört zu behaupten, daran wären allein die Pappenheimerschen schuld. Dass der hinterhältige Mord an unseren Söldnern eine willkommene Gelegenheit für ihn war, endlich Rache zu nehmen, liegt also auf der Hand. Andererseits wird seine Hinrichtung für diejenigen, die an seiner Seite gegen uns Geschäfte machen, eine deutliche Warnung sein: Ihnen wird klar, dass sie besser damit aufhören, uns übers Ohr zu hauen. Und genau darum geht es mir bei dem Spektakel!«

»Dein Wort in Gottes Ohr.« Der erste Mann klang nicht überzeugt. »Ich verstehe, dass du für Grohnerts Komplizen ein Zeichen setzen willst, gerade, da wir nicht wissen, mit wem er hier im Lager unter einer Decke steckt. Trotzdem war es falsch, Grohnert erst noch aufpäppeln zu lassen. Wer sagt dir, dass er im Fieberwahn nicht was ausplaudert? Außerdem besteht die Gefahr, dass er abhaut, sobald er laufen kann. Dann wird es nichts mehr mit dem schön inszenierten Aufknüpfen.«

»Wie soll er abhauen, solange er noch nicht bei Bewusstsein ist? Also wird er auch nichts ausplaudern. Und selbst wenn: Wer soll ihm glauben? Öffentlich hängen aber muss er. Nur dann wissen seine Kumpane, dass er wirklich tot ist. Wirst schon sehen, wie schnell die angekrochen kommen, um künftig mit uns die geheimen Nachschublieferungen zu organisieren. Damit erschließen wir uns neue Quellen und haben den Handel im Lager künftig ganz allein im Griff, ohne lästige Konkurrenz, die noch einen auf Wohltäter macht. Obendrein kriegen die anderen Schurken gleich mit, dass mit uns nicht zu spaßen ist. Wer nicht aufpasst, baumelt schneller am Galgen, als er bis drei zählen kann.«

Magdalena hatte genug gehört. Schon lange ahnte sie, dass Seume mit seinem Tun unlautere Absichten verfolgte. Eric schien also seit längerem mit Heer und Tross durch seine Geschäfte in Kontakt zu stehen. Warum hatte er sich nicht bei ihr gemeldet? Je länger sie darüber grübelte, desto unwohler fühlte sie sich. Sie sollte endlich fort, hinüber zu Meister Johanns Zelt. Vielleicht wachte Eric endlich auf, und sie konnte ihn zur Rede stellen. Oder Roswitha war da. Die kluge Hebamme wusste sicherlich Rat.

Vorsichtig wagte sie sich aus dem Schatten, um hinter das nächste Zelt zu schlüpfen. Fast hatte sie es erreicht, da hörte sie hinter sich Stimmen. Ein Blick über die Schulter bestätigte ihre Befürchtung: Hagen Seume war vor sein Zelt getreten, um sich zu erleichtern. Aus den Augenwinkeln sah sie, dass Seume noch einen quälend langen Moment draußen verharrte und in die Nacht hinaussah. Dabei blickte er auch in ihre Richtung. Im fahlen Mondlicht blitzte das Weiß seiner Augäpfel auf. Hastig zog sie die Schultern ein und wagte kaum weiterzuatmen. Hatte er sie entdeckt? Waren sich ihre Blicke nicht gerade begegnet? Er schüttelte sich, sah noch einmal genau zu ihr herüber, als wolle er sich vergewissern, dann wandte er sich ab und ging ins Zelt zurück.

10

Ohne sich noch einmal umzudrehen, eilte Magdalena durch die Nacht. Weitläufig mied sie die Ecken, an denen weiterhin eifrig getrunken und gespielt wurde, als ginge die laue Sommernacht nie zu Ende. In den Gassen am äußersten Rand des Lagers hingegen herrschte gespenstische Stille. Dort konnte sie nicht nur den patrouillierenden Wachen besser aus dem Weg gehen, sondern auch den Betrunkenen, die mit ausgestreckten Armen und verzweifeltem Blick torkelnd den Weg zu ihrem Schlafplatz suchten. Endlich erblickte Magdalena Meister Johanns Wagen. Wenige Schritte waren noch zurückzulegen, dann war sie am Ziel. Unter einer halboffenen Plane schnarchte es laut, aus einer anderen Ecke drangen Gekicher und lustvolles Gestöhne herüber. Ein Kind weinte, eine Frau flüsterte so laut, dass jedes Wort gut zu verstehen war. Das Mondlicht tauchte die Wagen und Zelte in ein eintöniges Grau.

Plötzlich erklangen leise Stimmen, feste Männerschritte stapften über den Lehmboden. Gerade noch rechtzeitig wich Magdalena um die Ecke eines Planwagens. Zwei Wachposten staksten vorbei, die Musketen geschultert, Pallasch und Pistolen griffbereit am Gürtel. Aufgeregt redete der eine auf seinen Kameraden ein. Der lauschte ihm eifrig und nickte gelegentlich, dass die Federn am Hut wippten. »Hoffentlich haben Meister Johann und seine Gehilfen den Meuchelmörder bald so weit, dass er auf den Richtplatz kommt. Ich freue mich schon auf den Moment, in dem ihm der schwedische Trank kredenzt wird.«

»Wenn wir Pech haben, wird das ein kurzer Spaß«, erwiderte der zweite. »Am Ende geht der Sauhund schon gleich an dem Trank zugrunde, so schwer verwundet, wie der sein soll. Seumes Leute sind nicht eben zimperlich mit ihm umgegangen, als sie ihn aufgegriffen haben.«

»Den ganzen Bauch haben sie ihm aufgeschlitzt.« Schadenfroh rieb sich der erste die Hände. »Da wäre ich gern dabei gewesen.«

»Besser, dass du es nicht warst.« Der zweite klopfte ihm auf die Schulter. »Wahrscheinlich hättest du ihm gleich den Garaus gemacht, und nichts wäre es mit der schönen Hinrichtung. So werden wir bald noch ein ordentliches Spektakel erleben. Seume versteht es, dem Henker Lust zu machen, die richtigen Werkzeuge einzusetzen.«

»Vorher aber ist erst einmal die Kunst von Meister Johann gefragt.«

»Da kannst du beruhigt sein: Selbst wenn er sturzbesoffen ist, erweckt der Tote zum Leben.«

»Und seine kleine rothaarige Gehilfin erst! Wenn du die im Delirium vor dir hast, wirst du schon vor lauter Lust auf ein solches Weib gesund!«

Amüsiert schlugen sie einander auf die Schultern. Magdalena konnte sich kaum zurückhalten, zu den beiden zu stürzen und sie zur Rede zu stellen. Maulhelden wie diese kuschten in der Regel sofort vor ihr. Dabei ärgerte sie sich weniger darüber, wie sie über sie herzogen, sondern über die himmelschreiende Ungerechtigkeit, dass sie Eric für den Schurken hielten! Dabei war Seume derjenige, der alle im Lager schamlos hinterging. Fest an die hölzerne Seitenwand des Planwagens gepresst, atmete sie trotz ihrer Wut so flach wie möglich. Es dauerte eine halbe Ewigkeit, bis die beiden Wachleute vorüber waren und ihre Umrisse von den Schatten der Zelte aufgesogen wurden. Gerade wollte sie weiterschleichen, als ein Fauchen sie abermals zusammenfahren ließ. Wie ein Pfeil schoss eine schwarze Katze zwischen den Wagenachsen hervor und huschte geräuschlos zwischen ihren Beinen ins Zwielicht davon. Eine zweite folgte ihr dicht auf den Fersen und streifte mit steil aufragendem Schwanz Magdalenas nackte Wade. Die unerwartete Berührung machte sie schaudern. Die Tiere waren von links gekommen und nach rechts davongerannt. Ein schlechtes Omen, genau wie damals in Freiburg, als Eric spurlos verschwunden war. Entsetzt schlug sie ein

Kreuz vor der Brust. Vorsichtig nach allen Seiten spähend, schob sie sich aus dem Schutz des Wagens.

»Wusste ich doch, dass ich dich hier finde!«

Sie hielt inne. Das durfte nicht wahr sein! So schnell konnte Seume ihr nicht gefolgt sein. Unwillkürlich griffen ihre Finger an den Hals, suchten das Band mit dem hilfreichen Stein. Vergebens. Erschöpft ließ sie die Hand wieder sinken. Es gab kein Entrinnen.

»Du wirst doch nicht davonrennen wollen?«

Sie schloss die Augen und atmete tief durch. Seumes Bass dröhnte nah an ihren Ohren. Etwas Weiches schob sich ihr in die Seite, vermutlich sein praller Bauch. Schon umklammerten seine fleischigen Finger ihren Leib. Gänsehaut überlief sie. Seume ließ ihr keine Zeit, das Unglück lange zu beklagen. Heftig drängte er sich an sie. Sein alkoholgeschwängerter Atem schlug ihr ins Gesicht. Angewidert drehte sie den Kopf weg. Seine riesigen Hände packten sie an den Schultern und hielten sie fest. »Wo kommst du jetzt her? Täusch ich mich, oder warst du vorhin noch drüben, ganz nah bei meinem Zelt?«

Vorwitzig stieß sein wohlgenährter Wams gegen ihre Brust. »Lasst mich los!« Durch eine abrupte Drehung gelang es ihr, ihn abzuschütteln. Rasch schnellte seine zweite Hand hoch und griff ihr harsch an den Nacken. Wie ein kleines Kätzchen im Maul seiner Mutter zappelte sie in seiner Hand.

»Was hattest du da zu suchen?« Unvermittelt lockerte er seine Finger. Die unerwartete Freiheit brachte sie ins Schwanken, ein neuerlicher Vorwand für ihn, sie an den Armen zu fassen.

»Was wollt Ihr von mir?« Sie versuchte, ihn so unbekümmert wie möglich anzusehen. Seine Augen schimmerten glasig im Mondlicht. Als er schnaufte, roch sie abermals seinen weinsauren Atem. Den Mund zu einem frechen Grinsen verzogen, geriet er plötzlich ins Torkeln und stieß sie gegen den Wagen. Wie zufällig stützte er sich mit dem einen Arm an der Wand des Planwagens ab und presste die andere gegen Magdalenas Busen. Sie wand sich, konnte sich aber nicht befreien.

»Ein so schöner Abend, wie gemacht für ein Stelldichein. Ist doch schade für ein hübsches Ding wie dich, den allein zu verbringen. Und dann auch noch beim Lauschen! So was tut man doch nicht. Ts, ts, ts.« Er lachte hämisch auf. »Da weiß ich doch wirklich was Besseres für dich!«

Seine riesige Pranke krallte sich fest um ihren Busen. Vor Schmerz stöhnte sie auf, merkte aber im selben Moment, dass ihn das nur weiter reizte. Die zweite Hand umschloss ihren Oberarm wie eine Schraubzwinge.

»Komm schon, stell dich nicht so an!« Sein Atem wurde schneller. »Du weißt genau, dass ich mir das längst verdient hab. Seit Freiburg schon warte ich auf diesen Moment, mein Täubchen. Wart nur ab, was ich dir zu bieten habe. Dann wirst du dich nach keinem anderen mehr sehnen, das verspreche ich dir!«

Er packte sie an den Handgelenken und zog sie dicht heran. Ihre Nasenspitzen berührten sich fast, seine war violett angeschwollen und von vielen kleinen Adern durchzogen. Auf seinen Zügen lag eine Entschlossenheit, die sie dem Betrunkenen niemals zugetraut hätte.

»Was soll das? Lasst mich los!« Erneut wollte sie sich durch eine abrupte Windung befreien. Auch dieses Mal gelang es nicht. Sein Griff wurde fester und schmerzhafter.

»Bist wohl eine ganz Wilde! Genauso mag ich das!«

Grob schlang er ihr den Arm um die Hüften, presste seinen

Bauch gegen ihre Brust und versuchte gleichzeitig, ein Knie zwischen ihre Beine zu zwängen. Im letzten Moment schnellte ihre freie Hand nach oben und versetzte ihm eine schallende Ohrfeige. Die Wucht des Schlags war so heftig, dass ihm der Hut vom Schädel kippte. Spärlich ringelte sich das graue Haar um die im Mondlicht glänzende Glatze. Oberhalb des rechten Ohrs prangte eine wulstige Narbe. Überrumpelt ließ er sie los und hielt die Hand auf die schmerzende Wange.

»Verfluchtes Miststück! Was soll das?« Wut blitzte in seinem breiten Gesicht auf. Es lief rot an, dass die Adern an den Schläfen anschwollen. Schon wollte Magdalena sich unter ihm wegducken und davonschlängeln, doch noch immer umklammerte seine zweite Hand ihren Arm. Der Druck seiner Finger verstärkte sich. Es gelang ihr zwar, ein, zwei Schritte auszuweichen, dann aber stolperte sie. Seine blitzschnelle Reaktion überraschte sie abermals. Er riss sie am Arm herum. Dabei knackte ihr Handgelenk, jäh fuhr ihr der Schmerz durch die Glieder. Ungewollt prallte sie gegen ihn, versuchte, sich mit ausgestrecktem Arm abzufangen. Von dem Stoß strauchelte er, taumelte, verhedderte sich in der Stofffülle seines Umhangs. Geistesgegenwärtig zog er sie mit sich, und so fielen sie gemeinsam zu Boden.

Magdalena schrie auf. Eine Weile wälzten sie sich über den staubigen Boden. Sein Umhang sowie der ehedem so schmucke Rock waren bald ganz von Staub und Dreck überzogen. Immer wieder kam ihnen der dunkle Stoff in die Quere. Seume schien das wenig zu stören. Selbst als ein eindeutiges Reißen das vorläufige Ende seines prächtigen Putzes verkündete, rangelte er unbeirrt weiter. Mal presste er sie mit seinem schweren Leib auf die Erde, mal gelang es ihr, ihn so weit von sich wegzuschieben, dass sie wenigstens nach Luft schnappen konnte, bevor er sich wieder auf sie warf. Das Gewicht war seine stärkste Waffe, das begriff er selbst hinter dem dichten Alkoholschleier. Seine Finger wanden sich fest um ihr schmerzendes Handgelenk. Ihr blieb nur eine Hand, um sich zu wehren. Sie schlug und kniff, wo immer sie konnte. Stets musste sie auf der Hut bleiben, dass er die freie Hand nicht auch noch zu fassen bekam und sie vollends wehrlos machte. Dazu aber fehlte ihm die Behendigkeit. Beherzt spuckte sie und trat mit den Füßen wild durch die Luft. Endlich gelang ihr ein gezielter Stoß mit dem Knie in seinen Unterleib. Laut stöhnte er auf und wirkte für einen Moment geschlagen.

»Komm, mein süßes Kätzchen, zeig es mir endlich«, keuchte er jedoch schon bald darauf wieder lustvoll. Er drückte seinen Leib noch fester auf den ihren und begann, sich heftig an ihr zu reiben. Gleichzeitig gelang es ihm, abermals ein Knie zwischen ihre Beine zu zwängen. Unbeholfen zerrten seine Wurstfinger an ihrem Rock. Sein Atem wurde schneller, seine Hand grapschte nach ihrem Busen. Das Weiß seiner Augäpfel blitzte. Unbeschreiblicher Ekel würgte Magdalena.

Plötzlich schob sich von oben ein dunkler Schatten über sie. Seume lag mit dem Gesicht nach unten, deshalb nahm er es erst einen Wimpernschlag später wahr. Mit aller Kraft krümmte sie sich zusammen und schnellte im nächsten Augenblick nach oben. Ihr Kopf prallte gegen sein Kinn, seine Kiefer schlugen gegeneinander, gleichzeitig knirschte Holz. Sie hatte sich nicht getäuscht: Jemand schlug mit einem Knüppel auf Seumes Schädel ein. Das Holz barst, er jaulte auf und sank wie ein Sack Mehl zusammen. Sie konnte sich unter ihm wegdrehen, so dass er auf der nackten Erde zu liegen kam. Erleichtert atmete sie auf.

»Was hat er dir getan?«

»Rupprecht!« Ihre Stimme überschlug sich vor Erleichterung. Selten hatte das lautlose Auftauchen des Gefährten sie so erfreut wie in diesem Moment. Er streckte ihr die Hand entgegen, um ihr aufzuhelfen. Dankbar griff sie danach, zuckte dann aber zurück. Seume hatte sie vorhin wohl doch zu fest angefasst. Kaum konnte sie die Hand bewegen. Rupprecht begriff sofort und stützte sie sanft am Unterarm.

»Hat das Schwein dich verletzt?« Besorgt besah er sich das Handgelenk, tastete vorsichtig die Knochen ab und prüfte die Beweglichkeit der einzelnen Finger. »Sieht nicht gut aus. Ein paar Tage wirst du sie ruhig stellen müssen. Ich lege dir sicherheitshalber eine Schiene an und trage eine Salbe auf. Komm mit!«

»Lass nur, das geht schon wieder. Bringen wir lieber Seume weg, sonst wird es furchtbaren Ärger geben. Immerhin ist er trotz allem der Profos.«

»Ein feiner Profos!« Angeekelt verzog Rupprecht das Gesicht.

Sie machte einen Schritt auf ihn zu, knickte ein und kippte nach vorn. Sogleich fing er sie auf. Als sie sich in seinen Armen wiederfand, wurde ihr bewusst, dass sie am ganzen Leib zitterte. Ungewollt klapperten ihre Zähne aufeinander. Der Körper versagte ihr den Gehorsam, und sie ließ den Kopf gegen Rupprechts Schulter sinken. Beruhigend legte er ihr die Hand auf den Rücken und strich sanft darüber. Seine Hand fühlte sich zart und weich an. Sie schloss die Augen und genoss es. Wie ein frisch geschlüpfter Schmetterling im Frühling entfaltete sich die Wärme in ihrem Körper, ähnlich dem Gefühl, das der Bernstein ihr sonst vermittelt hatte. Der Schreck von vorhin war bald vergessen, die Anspannung aus den Gliedern gewichen. Rupprechts Kopf legte sich auf den ihren, sein

Atem tanzte über ihre Nasenflügel. Sie hob den Blick und sah ihn dankbar an. Das Schwarz seiner Augen schimmerte.

»Was ist denn hier passiert?«

Unwillkürlich ließen sie einander los. Magdalena blinzelte ins Dunkel und sah, wie Elsbeth hinter dem anderen Ende des Wagens hervortrat. Das Wiegen der kleinen Carlotta auf der Hüfte machte sie selbst bei Nacht unverwechselbar. Schon streckte Magdalena ihre Hände aus, um das Kind zu nehmen, da wandte sich Elsbeth abrupt ab. Wenigstens schlief die Kleine und nahm nichts davon wahr, was um sie herum geschah.

»Rupprecht hat mich vor Seumes Übergriff gerettet.« Verschämt ordnete Magdalena ihr verrutschtes Mieder und deutete mit der gesunden Hand auf den Mann am Boden. Als habe er ihre Worte gehört, bewegte er sich. Ein Stöhnen verriet, dass er wieder zu Sinnen kam. Prüfend rieb er sich mit der Hand über den fast kahlen Schädel, tastete die wulstige Narbe entlang und setzte sich auf. Alle drei sahen auf ihn hinunter.

»Was ist? Was glotzt ihr so?« Verärgert blickte er von einem zum anderen. Schließlich rappelte er sich auf. Kaum stand er, beugte er sich nach vorn. Fast sah es aus, als kippte er erneut um. Er bückte sich jedoch nur, um nach dem Hut zu fassen. Ohne den Kopf zu heben, setzte er ihn auf und hüllte sich in den zerrissenen Umhang. »Weiber!« Grob stieß Seume Elsbeth beiseite. Magdalena und Rupprecht traten einen Schritt auseinander. Ohne sie eines Blickes zu würdigen, wankte Seume torkelnd zwischen ihnen durch.

Schweigend sahen sie ihm nach. Ein-, zweimal stolperte er über die eigenen Füße, doch jedes Mal fing er sich wieder. Schließlich blieb er stehen, stützte sich an einem Holzpflock ab und beugte sich nach vorn. Ein Schwall Erbrochenes ergoss sich auf den ausgetrockneten Boden. Jemand brüllte:

»Du Schwein! Kotz gegen dein eigenes Zelt!« Das aber störte ihn wenig. Noch ein zweites Mal verschaffte er sich Erleichterung und wartete eine Weile. Als nichts mehr kam, wankte er weiter und verschwand um die Ecke.

»Hoffentlich gibt das keinen Ärger!«, raunte Magdalena Rupprecht zu.

Der zuckte nur die Achseln: »Den Teufel wird er tun und das an die große Glocke hängen. Immerhin war er viel zu besoffen, um es dir zu besorgen.«

»Weil du rechtzeitig eingegriffen hast«, wandte sie ein.

»Vor der Jammergestalt musste Rupprecht dich doch nicht etwa retten?« Elsbeth lachte auf. »Seume kann ja froh sein, wenn er von allein wieder zu seinem Zelt zurückfindet. So besoffen, wie der ist, tut der keiner Fliege was zuleide.« Hochmütig warf sie den Kopf zurück. Dabei schwang das lange blonde Haar locker um den Hals und gab den Blick frei auf die reine, helle Haut darunter. Etwas Schwarzes, Dünnes zeichnete sich darauf ab.

Magdalena stockte der Atem: die Lederschnur! Eindeutig hing dort das Band, an dem ihr Bernstein befestigt war! Auf einmal wusste sie auch, wie ihre Cousine an das Schmuckstück gekommen war: Ganz genau hatte sie es wieder vor Augen, wie Elsbeth ihr auf dem Richtplatz Carlotta vom Arm genommen hatte. Dabei hatte die Kleine an ihr gezogen und gezerrt – und den Stein gleich mit erwischt. Den Zufall hatte Elsbeth sich zunutze gemacht. Dieses Miststück! Wie hatte sie nur verdrängen können, wie hinterhältig die Cousine sein konnte? Am liebsten hätte sie sich auf sie gestürzt und ihr den Stein gleich wieder entrissen. Dann aber hätte Rupprecht von dem kostbaren Schatz erfahren. Also musste sie sich etwas anderes einfallen lassen.

11

Meister Johann musste nach seiner Rückkehr nicht lange erklärt werden, was vorgefallen war. Zwar ließen seine schwankenden Schritte und der Alkoholdunst darauf schließen, dass er von einem ausschweifenden Trinkgelage kam, dennoch genügte ihm ein Blick aus den branntweingetrübten Augen, das Geschehene zu erfassen. Barsch wies er Rupprecht an, bei Eric zu bleiben, und half Magdalena behutsam in den Planwagen.

»Das hätte ich dir gern erspart, mein Mädchen.« Besorgt sah er sie an. Unwillkürlich strich er ihr mit seinen riesigen Fingern über die Wange. Erschrocken entdeckte Magdalena Tränen in den trüben Froschaugen.

»Dich trifft doch keine Schuld!« Ergriffen fasste sie nach seinen Händen. »Wie kommst du denn darauf?«

Der Feldscher senkte den schweren Kopf, bevor er leise sagte: »Lang schon habe ich es geahnt. Auch dein Vater hat bereits in Freiburg befürchtet, dass Seume sich an dich ranmacht. Seine Blicke damals waren eindeutig. Ein elender Hund ist das! Keine Ruhe wird er geben, bis er es endlich geschafft hat. Bei meiner Anna war es das Gleiche. Nur das Ende war noch schlimmer. Wollen wir hoffen, dass es nicht so weit kommt.«

Er schniefte, fuhr sich mit der Hand unter der Nase entlang. Magdalena beobachtete ihn besorgt. Ihr schien es, als spüre sie seinen Schmerz am eigenen Leib. Ruckartig hob er den Kopf und sah sie stumm an.

»Was meinst du damit?« Jäh fuhr ihr der Schmerz durch das verletzte Handgelenk. Sie hatte sich zu unbedacht bewegt. Um nicht aufzuschreien, biss sie sich auf die Lippen und bekämpfte den Drang, einfach loszuheulen.

»Ach, das sind alte Geschichten. Zum Teil kennst du die schon.« Tief atmete er ein, wie um sich Mut zum Reden zu machen. Mit einem kurzen Blick auf Magdalena vergewisserte er sich ihres Beistands, den sie durch ein Nicken bekundete. »Seume hat auch meiner Anna nachgestellt. Dass sie mich geheiratet hat, war für ihn kein Hindernis. Selbst als sie hochschwanger war, hat er sie nicht in Ruhe gelassen. Doch Anna war stark. Deshalb ist es ihm auch nicht gelungen, sie flachzulegen. Mit Haut und Haaren hat sie sich gewehrt, ihn mehr als einmal der Lächerlichkeit preisgegeben. Als er es eines Tages wieder einmal bei ihr versucht hat, ist sie gestürzt und so unglücklich mit dem Kopf auf einem Stein aufgeschlagen, dass sie keine zwei Stunden überlebt hat. Und auch das Kind in ihrem Leib konnte nicht gerettet werden, obwohl Roswitha es noch herausholte.«

Traurig schüttelte er den Kopf. Wieder standen ihm Tränen in den Augen. Dieses Mal war es an Magdalena, ihm mit der gesunden Hand zärtlich über die Wange zu streichen. Dankbar hielt er ihre Finger fest und drückte sie. Auf einmal aber ging ein Ruck durch seinen Leib. »Inzwischen lässt Seume wenigstens die schwangeren Frauen in Ruhe. Die Geschichte mit meiner Anna hat selbst ein Ungeheuer wie ihn nicht kalt gelassen. Sonst hat er sich leider nicht viel verändert, der alte Hurenbock.«

Behutsam schob er ihre rechte Hand weg und kletterte nach draußen. Mit einem brennenden Kienspan kam er wenig später zurück. Er entzündete eine Handvoll Talglichter und reihte sie um einen Schemel.

Magdalena bedeutete er, sich darauf zu setzen. Dann beugte er sich über den verletzten Arm und untersuchte behutsam das Handgelenk.

»Warum hat Roswitha das getan?«

»Was?« Erstaunt hob er den Blick.

Sie suchte nach den richtigen Worten, um ihm nicht abermals weh zu tun. »Die tote Anna aufzuschneiden. Hätte sie nicht merken müssen, dass das Kind ebenfalls tot ist?«

Brüsk ließ er ihre verletzte Hand sinken: »Roswitha trifft keine Schuld. Sie hat alles getan, um Anna und das Kind zu retten. Meine Anna war übrigens ihre Schwester.«

»Tut mir leid. Das wusste ich nicht.«

»Woher auch?« Wieder senkte er seinen Kopf und betrachtete das verletzte Handgelenk. So viele Fragen ihr auch noch auf der Zunge lagen, ließ sie es doch schweren Herzens dabei bewenden.

Mehrmals drehte er ihre Hand behutsam zur Seite, beugte das Gelenk vor und zurück und widmete sich den einzelnen Fingern. Nicht nur seine Trunkenheit war wie weggeblasen. Auch von der aufwühlenden Erinnerung an den schrecklichen Tod seiner Frau und ihres Kindes ließ er sich nichts mehr anmerken. Selbst nach all den Jahren musste es schlimm für ihn sein, Seume täglich um sich zu haben.

Doch nun war er wieder ganz der erfahrene Feldscher, der wahre Wunder zu vollbringen wusste.

»Endlich erfahre ich mal am eigenen Leib, was es heißt, von dir untersucht zu werden.« Aufmunternd lächelte Magdalena ihn an, um ihn abzulenken. Dabei stimmte das nicht ganz, denn sie hatte sich bereits einige Male als Patientin in seine Obhut begeben. Gerade als Kind hatte sie gern jeden Vorwand genutzt, sich von ihm behandeln zu lassen. So hatte er früh ihre Vorliebe und ihre Begabung für die Wundarzttätigkeit erkannt.

»Du hast schon immer einen Grund gefunden, in den Genuss meiner Salben zu kommen.« Erleichtert griff er ihre Worte auf und zwinkerte ihr zu.

»Reicht es denn wenigstens dieses Mal, damit du den berühmten Tiegel mit der uralten Rezeptur deines Meisters hervorkramst?«

»Auch ohne dass du dir das Gelenk hättest brechen müssen, hätte ich sie dir gegönnt. Du weißt doch, dass mir für dich nichts zu kostbar ist. Das bin ich der Tochter meines Freundes schuldig, noch dazu, wo sie meine beste Gehilfin ist.« Vorsichtig bettete er die verletzte Hand auf ihren Schoß und begann geschäftig in einer der hintersten Kisten im Wagenkasten herumzukramen. Schwer atmend kam er mit einem tönernen Gefäß zurück. Ein letztes Mal betrachtete er das Handgelenk. Dann endlich bestrich er es sorgfältig mit der Salbe, die er angeblich vor mehr als dreißig Jahren von seinem Meister bekommen hatte und die gut und gern noch weitere zwei Jahrzehnte aufbewahrt werden konnte, ohne dass sie in ihrer Wirkung nachließ. Magdalena sog den Geruch in tiefen Zügen ein. Die Bestandteile der alten Salbe waren ein großes Geheimnis. Um sich ganz auf den Geruch besinnen zu können, schloss sie die Augen. Die vorsichtig kreisenden Bewegungen des Feldschers auf dem lädierten Gelenk taten ein Übriges, sie in einen wohligen Zustand zu versetzen.

Bald war sie sich sicher, dass sie neben dem holzigen, leicht eukalyptusartigen Kampfergeruch auch Lein- und Lorbeeröl, Terpentin, Weihrauch und Myrrhe erahnen konnte. Es ging doch nichts über eine geschulte Nase! Aloe war in jedem Fall auch enthalten, ebenso Harz von einem Ölbaum. Und Wacholder natürlich. Die weiteren Spuren konnte sie nicht zuordnen. Seit Jahren wetteiferte sie mit Rupprecht darum, das Rätsel der Salbe zu lösen, kam aber auch jetzt nicht viel weiter. Viel zu schnell, wie sie fand, hörte Meister Johann mit dem Auftragen auf und begann, die Hand zu bandagieren. Dabei schiente er sie zuvor noch mit zwei Holzstöckchen, die er in der richtigen Länge bereits zur Hand hatte.

»Die nächsten Tage schonst du dich. Rupprecht und ich kommen mit dem, was zu tun ist, gut allein klar. Ich gebe Roswitha Bescheid, damit sie ein Auge auf Elsbeth und die Kleine hat. Carlotta wirst du natürlich vorerst nicht heben. Von mir aus hockst du einfach nur bei deinem Eric. Weiß sowieso niemand, wie lange dir das noch vergönnt sein wird.«

Traurig nickte er ihr zu. Es war das erste Mal, dass sie diese Regung im Zusammenhang mit Eric an ihm wahrnahm. Vielleicht teilte er die Feindschaft, die ihr Vater für den Geliebten empfunden hatte, doch nicht? Schon überlegte sie, wie sie ihn am geschicktesten dazu befragen konnte, da machte er Anstalten, sich von ihr zu verabschieden.

»Wo gehst du hin? Schläfst du nicht hier?«

»Ich habe noch etwas zu erledigen. Spätestens mittags bin ich zurück.«

Erstaunlich behende für einen schweren Mann seines Alters schwang er sich vom Wagenkasten. Die tiefe Dunkelheit verschluckte ihn. Gern wäre Magdalena ihm gefolgt, nicht allein, um zu sehen, wo er hinging, sondern auch, um ihn vor einer unüberlegten Handlung zu bewahren. Gleichzeitig wusste sie, dass ihr eine Einmischung in seine Angelegenheiten nicht zustand. Wie so oft beschlich sie das Gefühl, dass er ihr trotz aller Nähe fremd blieb. Weder wusste sie, wohin er jetzt schlich, noch, was er außer Spielen und Trinken noch trieb, wenn er gerade keine Wunden zu kurieren hatte. Bekümmert kletterte sie nach nebenan in das Zelt.

Die wohltuende Wirkung der Salbe ließ bereits nach. Zusammen mit den Gedanken um den verlorenen Bernstein, Meister Johann, den unberechenbaren Hagen Seume sowie die Sorge um Erics Rolle in alledem kehrten die Schmerzen zurück. Die restliche Nacht war eine Tortur, an Schlaf kaum zu denken. Unruhig wälzte sie sich auf der Matte, versuchte, das verletzte Handgelenk nicht mit ihrem Gewicht zu belasten. Immer wieder stöhnte sie auf, wusste allerdings selbst nicht mehr zu unterscheiden, ob vor Schmerz, Wut oder Enttäuschung. Schwerfällig drehte sie sich auf die rechte Seite und ließ ihren Blick durch das Zelt wandern.

Rupprechts schmächtiger Körper zeichnete sich dunkel auf der Matte gegenüber ab. Sein gleichmäßiger Atem verriet, dass er tief schlief. Sie sah weiter zu Eric. Lang ausgestreckt lag er auf dem Rücken, den Mund halbgeöffnet, stieß er schnarchende Laute aus. Ihr war, als bessere sich sein Zustand mit jedem Ton, den er von sich gab. Wann endlich öffnete er die Augen und beantwortete ihre Fragen?

Seumes böses Lachen hallte in ihrem Innern. Ein saurer Geschmack füllte ihren Mund. Die Augen wurden feucht. Lautlos begann sie zu weinen. Schwer atmend rollte sie sich auf den Rücken und legte die bandagierte Hand auf die Stirn. Zum Glück war die linke Hand verletzt. Damit war sie die nächsten Tage nicht völlig hilflos. Um sich abzulenken, richtete sie ihre Gedanken abermals auf den betörenden Geruch der Salbe, der auch durch das Leinen hindurch zu riechen war. Auf einmal meinte sie einen Blick zu spüren. Vorsichtig drehte sie sich um. Eric war aufgewacht und wandte ihr das Gesicht zu. Das Weiß seiner Augäpfel leuchtete im Dunkeln. Wahrscheinlich beobachtete er sie schon eine ganze Weile. Mühevoll robbte sie näher zu ihm. Sein Atem wurde lauter, bald spürte sie den kühlen Hauch auf ihrem Gesicht. Ihre Brust stieß sacht gegen seinen

Arm. Schon klammerten sich die Finger ihrer rechten Hand um die seinen. Er erwiderte den Druck. Im Dunkeln versanken ihre Augen ineinander. Fast wie in Freiburg, durchzuckte es sie. Plötzlich aber war da wieder Seumes höhnendes Lachen, seine Behauptung, Eric sei seit langem schon in der Nähe gewesen, habe dunkle Geschäfte mit dem Nachschub des Regiments getrieben. Prüfend musterte sie ihn. Sein Gesicht wirkte unschuldig, dahinter aber verbarg sich eine Lüge. Abrupt ließ sie seine Hand los, rollte sich auf ihre Matte zurück und kehrte Eric den Rücken.

»Magdalena?«

Überrascht fuhr sie herum. Das war doch Roswithas Stimme, die nach ihr rief. Offenbar war sie über ihren Grübeleien eingeschlafen. Das gelbliche Licht und die Hitze unter der Plane verrieten, dass die Sonne hoch am Himmel stand. Rupprecht war verschwunden, dafür kauerte die alte Hebamme neben Eric und benetzte ihm mit einem feuchten Tuch die Lippen. Magdalena verfolgte jeden Handgriff. Es fiel ihr schwer, sich vorzustellen, wie Roswitha als junge Frau ausgesehen haben mochte oder auch ihre Schwester, in die sich Meister Johann verliebt hatte. So sehr, dass er sich danach zu keiner anderen mehr hingezogen fühlte. Sie hatte überhaupt noch nie eine Frau gesehen, für die sich Meister Johann interessiert hätte.

»Was war letzte Nacht mit Seume? Deine Hand wurde ja versorgt, aber brauchst du noch was für andere Geschichten?«

Knapp wies Roswitha mit dem Kinn auf Magdalenas Unterleib und nestelte in den Tiefen ihrer Röcke herum, um eine ihrer Wunderpasten hervorzukramen. »Hast du dich da unten gut gewaschen?«

»Rupprecht ist rechtzeitig gekommen.«

»Gut«, war alles, was die Alte dazu sagte. Dafür, dass ihre eigene Schwester ein Opfer von Seumes Gier geworden war, wirkte sie sehr beherrscht. Eine Weile kümmerte sie sich weiter um Eric, untersuchte gründlich den Zustand der Verbände, schob seine Augenlider mit den Fingerkuppen auf. Magdalena hielt den Atem an. Eine so erfahrene Frau würde er nicht täuschen können. Roswitha hatte es nicht eilig. Ohne eine Miene zu verziehen, betrachtete sie ihn lange. Das leichte Zucken in seinen Mundwinkeln verriet ihn.

Kräftig ohrfeigte sie ihn auf beide Wangen, nahm sein Gesicht in die Hände und sah ihn eindringlich, aber keineswegs erzürnt an, bis er nachgab und tatsächlich die Augen öffnete.

»Wusste ich es doch«, murmelte sie und ließ ihn wieder los. »Mir kannst du nichts vormachen, mein Lieber! Dazu habe ich schon viel zu viele so wie dich da liegen sehen.« Sie versetzte ihm einen leichten Nasenstüber mit dem feuchten Tuch, wandte sich dann aber sofort Magdalena zu. Eric drehte ebenfalls den Kopf zur Seite, um sie anzusehen. Nichts in seinem Gesicht verriet, dass ihm die Bloßstellung unangenehm war.

»Und jetzt zu dir, mein Täubchen.« Roswithas Körper schaukelte bedenklich, als sie im Sitzen näher heranrutschte, ihre gesunde Hand nahm und sie sanft drückte. »Du musst besser auf dich aufpassen.«

Magdalena senkte die Augen. »Lass uns ein paar Schritte nach draußen gehen«, schlug sie vor.

Auf der dem Zelt abgewandten Seite von Meister Johanns Wagen fanden sie ausreichend Schatten. Dort waren sie außerdem weit genug von Eric entfernt, damit er sie nicht belauschen konnte. Gleichzeitig behielten sie die nähere Umgebung im Blick, um jeden rechtzeitig zu entdecken, der sich näherte.

Gerade wollte Magdalena etwas sagen, da hüpfte ein kleines Mädchen heran und reckte ihr neugierig das helle Gesichtchen mit den blonden Zöpfen entgegen: »Was ist denn da passiert? Jetzt hat sich die rote Magdalena selbst verletzt! Kannst du den anderen nicht mehr helfen?«

»Das geht schon wieder. Ich bin nur auf die Hand gefallen. Zum Glück hat Meister Johann gleich seine Wundersalbe darauf gestrichen, so dass sie bald wieder heil ist.« Mit der rechten Hand strich sie dem Mädchen über den Kopf.

»Hoffentlich stimmt das. Sonst haben wir niemanden, der uns gesund macht, wenn wir krank sind. Meine Mama sagt nämlich immer, du bist die Beste. Und das stimmt wirklich, das weiß ich!« Fest schmiegte sich die Kleine an sie und machte keine Anstalten, ihr jemals wieder von der Seite zu weichen.

»Lauf geschwind zu deiner Mutter«, krächzte Roswitha unterdessen. »Sag ihr, dass sie der Magdalena und mir nachher was zum Essen bringen soll, sonst fallen wir um vor Hunger. Dann kann euch erst recht keiner mehr gesund machen.«

»Mach ich.« Stolz, einen wichtigen Auftrag zu haben, sprang die Kleine davon, stieß jedoch bereits auf Höhe des nächsten Zeltes mit einer Frau mittleren Alters zusammen.

»Pass doch auf, freche Göre!« Sofort verpasste die Frau dem Kind eine Ohrfeige. Die schien das gewohnt zu sein. Weder zuckte sie, noch schrie sie auf, sondern rannte einfach davon. Eilig lief auch die Frau zu ihnen weiter.

»Roswitha, endlich!«, rief sie von weitem. »Bei meiner Marie ist es so weit. Komm gleich mit, nicht dass wieder was schiefgeht. Du weißt, wie sehr sie sich fürchtet. Beim ersten

Mal ist schließlich alles schlimm ausgegangen. Das darf nicht noch mal passieren.«

»Wird schon nicht. Fürchten braucht sich keine Frau. Seit Menschengedenken bringen wir Kinder zur Welt. Wenn du noch hierherkommen kannst, um mich zu rufen, bleibt genug Zeit, bevor ich mich auf den Weg zu deiner Marie mache. Reißt schon mal Leintücher zurecht und stellt einen Kessel Wasser aufs Feuer. Ich bin bald bei euch.« Energisch schob sie die Frau fort. »Zwei Sätze aber muss ich zuerst mit Magdalena reden, ohne dass du uns zuhörst, verstanden?«

Unwillig gab die Frau nach. Magdalena wartete, bis sie weit genug weg war, dann fragte sie: »Weißt du, wo Meister Johann steckt?«

»Sag nur, du machst dir Sorgen um ihn?« Das Krächzen der Hebamme verwandelte sich in ein heiseres Lachen. »Dabei solltest du ihn doch kennen, mein Täubchen! Falls du fürchtest, er hätte was Törichtes im Sinn und würde sich auf Seume stürzen, kann ich dich beruhigen. Nach der Geschichte damals mit seiner Anna – Gott sei ihrer armen Seele gnädig – hat er viel dazugelernt. Das heißt aber nicht, dass er seine Wut gegen Seume je begraben wird.«

»Und du?«

»Was?« Forschend sah Roswitha ihr in die Augen, dann begriff sie. »Er hat es dir also erzählt. Ja, Anna war meine Schwester. Und glaub mir, ich würde Seume nach wie vor am liebsten den Hals umdrehen, wann immer ich ihn sehe. Andererseits weiß ich, dass das Anna nicht mehr lebendig macht. Aber ich müsste meinen Kopf dafür hergeben und kann keine Kinder mehr auf die Welt holen. Also lass ich es schweren Herzens bleiben.« Sie atmete keuchend, dann hob sie den rechten Zeigefinger und sah sie aus ihren wässrigen Augen starr an. »Eines Tages wird es so weit sein, dass ich ihn ungestraft töten kann. Auch Meister Johann ist klug genug zu wissen, dass die Stunde der Rache kommen wird. Niemand entgeht seiner gerechten Strafe, auch ein Hagen Seume nicht, vertrau mir.«

Befriedigt nickte sie, dass die dünnen Haarsträhnen auf ihrem unbedeckten Schädel wippten.

»Dass der Feldscher sich wieder mal verzogen hat, ist aber nicht das Einzige, was dich umtreibt, nicht wahr?« Aufmunternd stieß sie Magdalena in die Seite. »Los, sag schon, was du noch auf der Seele hast. Wahrscheinlich betrifft es deinen guten Eric, sonst hättest du ihn wohl kaum allein gelassen und mich aus dem Zelt geführt.«

Magdalena lächelte, weil Roswitha sie wieder einmal durchschaut hatte, und berichtete dann, was sie bei Seumes Zelt aufgeschnappt hatte. Darüber wurde die Wehfrau ungewohnt still. Sogar das rhythmische Wippen ihres Körpers setzte aus. Nachdem Magdalena geendet hatte, wandte sie den Kopf zur Seite. Ihr Blick wanderte über den Horizont, als verfolgte sie dort in der Ferne etwas sehr Aufregendes. Unablässig mahlten ihre Kiefer gegeneinander, ohne auch nur den geringsten Laut von sich zu geben. Ihr Gesicht wurde zunehmend sorgenvoll.

»Hast du Eric schon danach gefragt?«, war alles, was sie sagte. Vorsichtig legte sie eine Hand auf Magdalenas Schulter, wartete allerdings ihre Antwort nicht ab, sondern fuhr gleich fort: »Eric und seine Leute sind Seume also übel in die Quere gekommen. Außerdem gibt es da noch andere hier im Lager, die ebenfalls in den Handel verstrickt sind und für die Seume auf Erics Kosten ein grausiges Beispiel setzen will.«

»Wüssten wir, wer das ist, könnten die uns helfen, Eric

fortzuschaffen. Gewiss werden sie alles daransetzen, ihn vor dem Tod zu bewahren.«

»Das glaube ich nicht, Kindchen! Echte Helden gibt es viel zu wenige. Diese Leute sind vielleicht froh, dass Eric aus dem Weg geräumt wird, weil das auch ihnen nutzt. Oder sie haben schlicht Angst, selbst am Strick zu enden. Seume ist sehr mächtig. Du weißt doch, wie die Männer aller Ränge vor ihm kuschen. Er hat es nur zu gut verstanden, aus dem langen Krieg Nutzen zu ziehen. Gleichzeitig hält er als Hüter von Recht und Ordnung die nötigen Fäden in der Hand, unliebsame Menschen aus dem Weg zu räumen. So wie er das jetzt gegen Eric einsetzt, wird er es zweifelsohne bei jedem tun. Deshalb wird es niemand wagen, Eric gegen ihn zu verteidigen.«

»Also wird uns keiner helfen, Eric vor dem Galgen zu bewahren.« Magdalena fühlte sich auf einmal trotz Roswithas Gegenwart sehr allein. Ihr Blick glitt über die Reihen der Zelte und Planwagen. Bislang war sie sicher gewesen, bei jeder Gefahr, jeder Unbill der Unterstützung der anderen sicher sein zu können. Sie selbst hatte es doch auch nie anders gehalten, wenn sie einer um Hilfe gebeten hatte, ganz gleich, worum es ging.

Roswitha beugte sich vor und wisperte: »Gerade du bist in Gefahr, Magdalena. Sobald Seume erfährt, dass Eric und du einmal ein Paar wart, wird er sich erst recht mit Genuss an ihm rächen wollen. Dass er dich letzte Nacht nicht nehmen konnte, wird ihm bitter genug aufstoßen. Noch dazu, da es Zeugen dafür gibt. Ein Mann wie er vergisst so was nicht. Sieh dich gut vor! Auch Elsbeth solltest du in nächster Zeit besser nicht mehr reizen, sonst verrät sie Seume wirklich noch alles.«

»Ausgerechnet Elsbeth, die gemeine Diebin!«

Empört schnaufte Magdalena auf, hielt sich im nächsten Moment aber die Hand vor Mund. Wie dumm von ihr! Damit hatte sie sich verplappert. Niemand sollte von dem Bernstein erfahren, nicht einmal Roswitha. Folglich durfte sie auch den Diebstahl nicht erwähnen.

»Ach, Magdalena!« Roswithas krächzende Altfrauenstimme wurde sanft. Sie streckte sich, um sie in die Arme zu nehmen und an sich zu drücken wie ein kleines Kind. Dankbar ließ Magdalena es geschehen. Ein wenig erinnerte es sie an die Umarmung Rupprechts letzte Nacht, nachdem er sie von Seume befreit hatte.

»Dass Elsbeth deinen Talisman hat, weiß ich doch schon. Viel zu leichtsinnig bist du damit umgegangen. Sei froh, dass es nur Elsbeth ist, die ihn stibitzt hat. So hast du gute Aussichten, ihn wiederzukriegen. Bei Gelegenheit versuche ich, sie zur Vernunft zu bringen. Wirst schon sehen: Am Ende bringt sie ihn dir aus freien Stücken zurück.«

»Warum sollte sie? Ich glaube außerdem nicht, dass irgendwer Elsbeth zur Vernunft bringen kann. Nicht einmal du. Sie weiß doch gar nicht, was das ist.« Verärgert befreite sich Magdalena aus der Umarmung und trat einen Schritt zurück. Der gemeine Verrat der Cousine, die ihr den wertvollen Stein abspenstig gemacht und sogar die Dreistigkeit besessen hatte, ihn offen zu zeigen, schmerzte sie. Dabei verstanden sie sich, seit sie sich gemeinsam um Carlotta kümmerten, deutlich besser als früher. Tatsächlich war es schon so gewesen, seit Babette nicht mehr im Tross lebte. Trotzdem aber hatte die Cousine sie hinterhältig bestohlen.

»Zügele deinen Zorn! Womöglich liegt dein Leben in Elsbeths Hand. Du wirst sie noch brauchen, also verscherze es dir nicht mit ihr.« Eindringlich sah Roswitha sie an, bis Magdalena verlegen die Augen senkte.

»Vorerst bist du diejenige, die zur Vernunft kommen muss, mein Kind«, sprach die Alte weiter. »Dir bleibt nicht mehr viel Zeit, dich zu entscheiden, was du mit Eric tust.«

»Wenn das so einfach wäre!« Magdalenas Stimme klang tränenerstickt. »Wer sagt mir außerdem, dass er noch derselbe ist wie damals in Freiburg? Ob ihm an mir überhaupt noch etwas liegt, ob er unser Kind will? Meister Johann, Rupprecht und du, ihr seid längst so etwas wie meine Familie. Soll ich euch für jemanden in Gefahr bringen, der womöglich ein Lump ist?«

»Schon damals in Freiburg hast du dich nicht darum geschert, was deine Liebe zu Eric für deine Nächsten bedeutet. Oder hast du vergessen, dass eure Väter Todfeinde waren? Deshalb ist dein Vater in den Krieg gezogen. Dennoch hast du weiter an Eric festgehalten. Also wirst du einen guten Grund dafür haben.« Wieder suchte Roswitha ihren Blick. Magdalena war, als sähe sie ihr direkt ins Herz.

»Immerhin hat er mit Seume krumme Geschäfte gemacht«, begehrte sie noch einmal leise auf.

»Vergiss, was du letzte Nacht von Seume gehört hast. Vertrau lieber deinem Gefühl. Das allein zählt.«

12

Das ersehnte Gewitter kehrte die nächsten Tage nicht mehr zurück. Elsbeth wischte sich den Schweiß aus dem Gesicht und bedauerte zutiefst, den Regen letztens nicht besser genutzt zu haben und wie die Kinder einfach durchs Nass gehüpft zu sein. Eine solche Gelegenheit zur Erfrischung schien vorerst in weite Fernen gerückt. Unerbittlich brannte die Sonne vom tiefblauen Himmel, und die Luft flirrte vor Hitze. Elsbeth tränten die Augen von der Helligkeit. Wenigstens musste sie ihr schattiges Plätzchen unter der Plane nicht so rasch verlassen. Frisches Wasser, Brot und Wein, sogar ein ordentliches Stück Schinken waren in Griffnähe. Die Versorgung klappte reibungslos. Nicht einmal Magdalena war das jemals so gut gelungen. Langfristig sollte sie sich von der Cousine befreien. Dass Carlotta ihr erhalten blieb, da würde sich schon ein Weg finden.

Stolz lachte sie auf. Die Schmach mit dem Kommandantensohn jedenfalls war vergessen. Der Dummkopf würde sich noch grämen, sie abgewiesen zu haben. Magdalena hatte er trotzdem nicht bekommen, und Elsbeth hatte es nicht mehr nötig, sich an einen so undankbaren Burschen wie ihn zu halten. Zufrieden lehnte sie sich mit dem Rücken an die Kiste und genoss die Zweisamkeit mit Carlotta. Zugegeben, der Preis, den sie für das angenehme Leben zahlte, war nicht ohne. Doch was hieß das schon in Zeiten wie diesen? Die Marketender verlangten bereits sechs Batzen für den Laib Brot, ein Maß Wein kostete einen ganzen Batzen. Nicht einmal der Erlös aus dem Verkauf des Bernsteins hätte lange vorgehalten.

Eine dicke Fliege brummte dicht vor ihrer Nase. Elsbeth verscheuchte sie mit der Hand. Von der Bewegung fühlte Carlotta sich gestört und seufzte. Behutsam nahm sie das Kind von der Brust, wartete, bis es aufgestoßen hatte, und legte es auf der anderen Seite an. Aufgeregt fuhr es mit den Fäusten durch die Luft und strampelte mit den Füßen gegen Elsbeths Bauch. Kurz darauf sanken Arme und Beine schlaff nach unten. Auch das gierige Saugen ließ nach, verwandelte sich in ein langsames Nuckeln, bis Carlotta schließlich die Brustwarze aus dem halboffenen Mund schlupfte, weil sie tief und fest schlief. Wieder einmal war die Kleine rundum satt geworden. Liebevoll beugte sich Elsbeth über sie und beobachtete ihr friedliches Schlafen. Dabei baumelte plötzlich der Bernstein vor ihren Augen. Vorsichtig bettete sie das Kind neben sich auf die Matte, fasste mit der freien Hand nach dem Stein und drückte ihn fest. Der hatte ihr wirklich Glück gebracht. Sie schmunzelte, mahnte sich aber gleichzeitig zur Vorsicht. Nicht dass jemand den Stein entdeckte und ihn ihr wegnahm. Beunruhigt schweifte ihr Blick umher. Niemand schien sie zu beobachten. Sicherheitshalber knöpfte sie ihr Mieder zu und verbarg den Stein unter dem Stoff. Einzelne Strähnen ihrer langen blonden Haare drapierte sie geschickt darüber, so dass auch die Lederschnur am Hals nicht auffiel. Endlich setzte sie den Weinschlauch an die Lippen und trank in kleinen Schlucken. Genussvoll spürte sie dem Wein nach, wie er durch ihre Kehle rann. Sie fühlte sich nicht nur erfrischt, sondern auch froh und wunderbar leicht. Wie gut, dass sie den Wein hatte. Ein Hoch auf Hagen Seume! Vergnügt gluckste sie und hätte sich beinahe verschluckt.

Rasch ließ sie den Schlauch sinken, wischte sich die Lippen und dachte an Seume. Ein Segen, dass sie ihm letztens nachts nachgegangen war: Männer wie er trugen schwer an einer Schmach, wie Magdalena und Rupprecht sie ihm zugefügt hatten. Gut, dass sie den rechten Trost für ihn gewusst hatte. Ihr Schaden war es nicht. Nicht nur, dass er seither Tag für Tag höchstpersönlich das Essen bei ihr vorbeibrachte. Zufällig hatte er dabei gestern auch seine Tabakdose verloren, was ihm wohl noch gar nicht aufgefallen war. Vorerst behielt sie das reichverzierte, goldene Stück bei sich. Durch einen Blick in die Kiste mit dem Leinzeug vergewisserte sie sich, dass die Dose noch da war. Möglicherweise konnte sie sie einmal gut gebrauchen. Verlor er seine Lust an ihr, hatte sie damit immer noch etwas, was sich bei den Marketendern eintauschen ließ. Ach, Seume war wirklich ein Glücksfall!

»He, Elsbeth!« Ein riesiger Schatten schob sich vor ihre Zeltplane. Was sollte das? Seume war doch erst da gewesen und hatte sich für den mitgebrachten Nachschub ausgiebig entlohnen lassen. Eigentlich hatte er danach mit seinen Männern aus dem Lager marschieren wollen, weitere Vorräte organisieren. Langsam ging der Wein zur Neige, Brot und Schinken reichten ebenfalls nicht mehr lange. Hatte er seine Pläne etwa geändert? Hoffentlich war er ihr nicht auf die Schliche gekommen und hatte das Fehlen der Tabakdose bemerkt. Ihre Ohren begannen zu glühen, während sie fieberhaft darüber nachdachte, wie sie den Schatz am besten verbarg. Die Kiste war das Erste, was er öffnen würde, wenn er ihr Zelt durchsuchen sollte. Ein anderes Versteck aber gab es nicht.

»Moment noch, ich bin gleich so weit!«, rief sie nach draußen.

»Mach schon! Vor mir brauchst du dich nicht erst schön machen. Wir haben doch keine Geheimnisse voreinander!«

Sie schob die goldene Tabakdose tiefer zwischen das Leinen und klappte die Kiste zu. Carlottas Lider zuckten im Schlaf. Wenn die Kleine aufwachte und losschrie, war alles zu spät. Seume mochte nicht, wenn das Kind zwischen ihnen herumkrabbelte. Rasch leckte sie die Finger, zwirbelte eine Strähne an der Schläfe, um das Haar lockiger zu machen. Im selben Moment wurde die Plane weiter aufgerissen, und Seumes hoch aufragende Gestalt versperrte den Eingang.

»Was hockst du hier herum und träumst?« Ungeduldig fuchtelte er mit der Pistole dicht vor ihrem Gesicht. »Mit der Ruhe ist es vorbei!«

Elsbeth stockte der Atem. Alles umsonst, er hatte sie durchschaut! »Was?« Sie erschreckte, wie schrill ihre Stimme klang. »Was tust du da mit der Waffe in dem engen Zelt? Bist du wahnsinnig?«

»Wenn hier einer wahnsinnig ist, dann du!«

Sie sank auf die Knie, hob die gefalteten Hände zu ihm empor und flehte inständig: »Verzeih mir! Ich habe das nicht gewollt. Es ist doch nur wegen dem Kind.«

»Was faselst du da für einen Unsinn?« Unwillig steckte er die Pistole weg und riss sie an den Händen hoch. »Reiß dich zusammen! Ein Weib, das durchdreht, ist das Letzte, was ich brauchen kann. Hast du nicht mitbekommen, was los ist? Die Schweden rücken an! Keine zwei Tage, und sie stehen vor uns.«

»Was?« Im letzten Moment konnte sie ein hysterisches Lachen unterdrücken. Carlotta wurde wach und greinte los, sie strampelte mit den nackten Beinchen und hieb mit den Fäusten in die Luft. Das Leinen um ihren Leib war zu locker. Entblößt lag sie da und schrie darüber noch mehr.

»Willst du den Schreihals nicht endlich zum Schweigen bringen?«, fragte Seume ungehalten. Sie tat wohl besser daran, alles zu tun, seine üble Laune nicht weiter anzustacheln. Hastig begann sie Carlotta zu versorgen. Das verschaffte ihr Gelegenheit, darüber nachzudenken, wie sie Seume auf andere Gedanken bringen konnte. Ging es ihm nicht um die Tabakdose, dann erhoffte er sich von dem Besuch bei ihr tatsächlich Ablenkung. Doch in ihrer jetzigen Situation würde es ihr nicht leichtfallen, ihm dazu zu verhelfen. Schlimmer noch: Fühlte er sich nach dem Akt weiterhin schlecht, schob er am Ende ihr die Schuld dafür zu. Wenn ihm dann noch auffiel, dass seine wertvolle Tabakdose seit einem Stelldichein bei ihr verschwunden war, gab es keine Rettung mehr. Während sie Carlotta mit zittrigen Fingern in ein frisches Tuch wickelte, drangen nach und nach Seumes Worte in ihr Bewusstsein vor: Hatte er nicht behauptet, die Schweden seien zurück? Entsetzt schloss sie die Augen. Im Falle eines Angriffs hatten die Kaiserlichen wohl kaum eine Chance, Wrangels Truppen noch einmal zu vertreiben. Zu lang schon harrten sie in der Gluthitze aus, um noch schlagkräftig gegen die Angreifer vorpreschen zu können.

»Du kannst dir ausrechnen, was das für uns heißt«, redete Seume weiter. »Anders als unsere verehrten Feldherren meinen, sind in den letzten Wochen nämlich nicht die Schweden ausgehungert, sondern wir. Deren Nachschublager liegen nicht weit entfernt, wir aber werden umständlich von Magazinen aus Franken versorgt. Bis Brot und Getreide bei uns ankommen, ist es längst hart und schimmelig. Wenn so manch einer nicht einen anderen Weg wüsste, an was zu beißen zu kommen, wären wir längst alle miteinander krepiert. Das aber ist denen da oben einerlei.« Er zeigte mit dem Finger in die Luft, um die Offiziersquartiere in der Stadt auf dem Berg anzudeuten. »Die hohen Feldherren debattieren derweil lieber bei ihren Festmählern, wie sie taktisch am besten vorgehen. Wenn du mich fragst, Elsbeth: Vor lauter Taktik geht bald gar nichts mehr. Wrangel und seine Mannen scharren mit den Hufen, um den schmachvollen Rückzug auszulöschen, zu dem wir sie im Juni gezwungen haben. Inzwischen haben sie sich genug Speck auf die Rippen gefressen, um schweres Gerät zu bewegen und Geschütze aufzufahren. Die Unsrigen aber sind platt von der Hitze und besoffen vom Wein, den sie sich in die leeren Bäuche kippen. Danken wir Gott, wenn wir hier wieder heil fortkommen!«

Verzweifelt schüttelte er den Kopf, so dass die auffällige Feder am Hut wackelte. Elsbeth beobachtete ihn beunruhigt. Dass er sich ausgerechnet in ihrem Zelt den Kummer von der Seele redete, behagte ihr ganz und gar nicht. Sie kaute auf ihrer Unterlippe. Sobald Carlotta sich beruhigt hatte, wandte sie sich dem grobschlächtigen Mann zu und versuchte, alle beunruhigenden Gedanken zu verdrängen und sich ganz auf seine Gegenwart zu konzentrieren. Darin lag ihre einzige Chance. Aufrecht stehend war er zu groß für das Zelt. Die lange Feder seines Hutes wurde an der oberen Plane platt gedrückt. Seume schien es nicht zu merken. Elsbeth reichte ebenfalls mit dem Kopf fast bis an die Decke. Ihrem Besucher konnte sie geradewegs in die Augen schauen. Das brachte ihn leicht durcheinander, wie sie am Flattern seiner Lider ablas.

»Woher weißt du das so genau mit den Schweden?«, begann sie ihm zu schmeicheln. »Du hast wohl überall deine Augen?«

»Was meinst du, was ich gemacht habe, nachdem ich heute früh von dir fort bin?« Entgegen ihrer Absicht fühlte Seume sich durch ihre Frage angegriffen. Böse blitzte er sie an. »Vor mich hin geträumt habe ich ganz sicher nicht. Ich bin ja nicht du! Käme ja nie zu was, geschweige denn zu all den Köstlichkeiten, die du dir auch so gern in deinen süßen Mund steckst.« Sein Blick fiel auf den Weinschlauch. Schlaff lag er am Boden, ein deutliches Zeichen, wie sehr seine Fähigkeiten als Proviantbeschaffer vonnöten waren. Noch immer etwas brummig, aber in Erwartung weiterer Entlohnung bereits eine Spur freundlicher, fuhr er fort: »Weit draußen war ich mit meinen

Leuten, ein ganzes Stück weg von unserem Lager. Mit eigenen Augen habe ich die Schweden kommen sehen. Ein Hagen Seume glaubt schließlich nur, was er mit eigenen Augen sieht!«

Anzüglich glitt sein Blick über ihren Körper. Lange würde sie ihn nicht hinhalten können. Er schien nicht in der Stimmung, ihr Spaß bereiten zu wollen, sondern suchte nur das eigene Vergnügen. Plötzlich rührte sich etwas in seinem Rücken.

»Magdalena!« Von ihrem erstaunten Ausruf fuhr auch Seume herum. Elsbeth hatte Mühe, sich zu beherrschen. Die Cousine konnte sie gerade am allerwenigsten gebrauchen.

Zunächst hatte es den Anschein, die zierliche Rothaarige kostete ihren geglückten Auftritt in vollen Zügen aus. Die gesunde rechte Hand in die schmale Hüfte gestemmt, hielt sie die bandagierte linke wie eine stumme Anklage vor die Brust. Lächerlich, darum so viel Aufhebens zu machen! Elsbeth schnaubte empört. Seume war in der besagten Nacht völlig betrunken gewesen, nicht mehr Herr seiner Sinne, geschweige denn seiner Lust. Es wäre geschickter, ihn nicht an die Schmach zu erinnern, die er vor ihrer aller Augen erlitten hatte. Warum aber sollte sie Magdalena vor seiner Laune warnen? Vielleicht konnte Elsbeth sogar Profit daraus ziehen, wenn Seume weiterhin wütend auf Magdalena blieb.

»Was fällt dir ein!« Seume gab sich keine Mühe, seinen Ärger zu verbergen. Elsbeth schloss die Augen. Auf den Lärm hin schrie Carlotta wieder los, so dass sie nicht verstand, was Magdalena erwiderte. Ungeduldig wiegte sie die Kleine und spitzte vergeblich die Ohren. Das Gebrüll überlagerte alles andere. Kurz entschlossen streckte sie Magdalena das Kind entgegen. »Am besten kümmerst du dich selbst um deine Tochter!«

»Was?« Erstaunt blickte Seume zwischen den beiden Frauen hin und her. »Die Kleine ist gar nicht dein Kind?«

»Was hat sie Euch denn erzählt?« Magdalena tat überrascht. »Die Amme ist sie, mehr nicht. Kurz nach der Geburt war ich schwer krank, und Elsbeths Kind kam tot zur Welt. Seither stillt sie Carlotta. Aber *mein* Kind bleibt sie natürlich trotzdem.«

Als interessiere ihn das tatsächlich, trat Seume näher an das Kind und betrachtete es neugierig. »Von wem ist sie? So rotblondes Haar und blaue Augen haben nur wenige. Du jedenfalls nicht.« Nachdenklich glitt sein Blick über Magdalena.

Die für ihr Alter erstaunlich große und kräftige Carlotta wirkte in der Tat überhaupt nicht wie ihr Kind, stellte Elsbeth mit Genugtuung fest. Das war die Gelegenheit, sich mit Seumes Hilfe ein für alle Mal der Cousine zu entledigen. Wieder zwirbelte sie eine ihrer blonden Haarsträhnen, legte den Kopf schief und sah Seume aus großen blauen Augen an. Dabei trat sie einen Schritt näher an Magdalena, die einen guten Kopf kleiner war. Eine vage Ahnung musste Seume doch kommen, wenn er die Cousine ansah. So viel Grips hatte selbst er, zu erkennen, dass eine zierliche, rothaarige Frau wie Magdalena einen großen, rotblonden Mann brauchte, um Mutter eines Kindes wie Carlotta zu werden.

»Was denkst du wohl? Du kennst ihn gut.« Ein kurzer Blick auf Magdalena, die kreidebleich geworden war, stachelte sie weiter an. »Er befindet sich gerade zufällig in …«

Schon wollte sie fortfahren, da schoss Magdalenas rechte Hand nach vorn und griff ihr an den Hals. Mit einem Ruck riss sie die Lederschnur entzwei und brachte den Bernstein an sich, um ihn Seume erbost vor die Nase zu halten. »Schaut Euch diese Diebin an! Bestiehlt die eigene Cousine. Was blüht ihr wohl für diese schändliche Tat?«

Hagen Seume wich verblüfft einen Schritt nach hinten, stolperte über die Windeln und fluchte laut, bevor er antwortete. »Wer sagt denn, dass Elsbeth den Stein gestohlen hat?«

Elsbeth atmete auf und streckte bereits die Hand aus, damit Magdalena ihr das Schmuckstück zurückgab. Endlich schien Seume zu begreifen, dass der passende Moment für eine Abrechnung gekommen war, und er sagte: »Es verhält sich doch wohl genau andersherum. Du hast den Stein gerade ihr entrissen, und das vor meinen Augen! Ein Hagen Seume glaubt nur, was er mit eigenen Augen sieht. Du bist also die Diebin, nicht Elsbeth!«

Brüsk fasste er Magdalena am Arm, dass sie vor Schmerz aufschrie, und machte Anstalten, sie mit sich fortzuzerren. Erst im letzten Moment fiel ihm auf, dass sie das Kind noch hielt. »Gib Elsbeth die Kleine und den Bernstein, und dann komm mit, bevor ich mich ganz vergesse.«

Sein Bass grollte wie ein gefährlicher Donner. Auch wenn sich Elsbeth eben noch über Magdalenas missliche Lage gefreut hatte, so schüchterte sie der gewaltige Zornausbruch nun doch ein. Derart wütend hatte sie Seume noch nicht erlebt. Hoffentlich ahnte er nicht, dass ihr Gewissen ihm gegenüber alles andere als rein war.

»Der Stein gehört ihr ebenso wenig wie das Kind«, zischte Magdalena. »Merkt Ihr denn nicht, welch schamlose Lügnerin sie ist? Wahrscheinlich hat sie Euch ebenfalls hintergangen. Schaut lieber nach, ob Ihr wirklich alles, was Euch lieb und teuer ist, noch bei Euch habt. In ihrer Gegenwart ist nichts sicher.« Durch eine flinke Bewegung befreite sie sich aus seinem Griff und wollte zu der Kiste stürzen.

»Nein!«, schrie Elsbeth und stellte sich ihr in den Weg. Wollte sie Schlimmeres verhindern, blieb ihr keine Wahl: »Sie hat recht. Der Stein gehört ihr. Ich habe ihn mir ausgeliehen, um die Kleine zu beruhigen.«

Schlagartig wurde es still im Zelt. Selbst Carlotta hörte auf zu weinen. Die drei Erwachsenen sahen sich verwundert an.

»Du elende Lügnerin!« Magdalena löste sich als Erste aus der Erstarrung und spuckte angewidert aus.

Bevor Elsbeth wusste, wie sie darauf reagieren sollte, machte Magdalena kehrt und rannte mit Carlotta auf dem Arm an Seume vorbei nach draußen. Der sah Elsbeth verwundert an, sagte aber noch immer nichts. Erst da spürte sie, wie die Schamesröte ihr Gesicht überzog. Unterdessen fasste sich Seume an die Brust und tastete von außen sein Wams ab. Wie durch einen Schleier hörte sie, dass er »Gemeine Diebin, meine Tabakdose« murmelte und ebenfalls auf dem Absatz umdrehte, um davonzurennen.

Erst eine ganze Weile, nachdem der Geruch seines aufdringlichen Parfums verflogen war, begriff sie, dass er wohl weiterhin nicht sie, sondern Magdalena für die Diebin hielt. Welch göttliche Fügung! Damit war nicht alles zu spät. Wie von selbst stand ihr eine Idee vor Augen, wie sie die Gelegenheit nutzen konnte. Dazu musste sie Magdalena unbemerkt die Tabakdose zuspielen. Zog sie das Diebesgut vor seinen Augen aus ihren Taschen, stieg sie bei ihm weiter in der Achtung. Gewiss würde er unter diesen Umständen ihrem Wunsch nachgeben und ihr das Kind zusprechen. Eine hinterhältige Diebin wie Magdalena gehörte schließlich hart bestraft. Undenkbar, dass das Kind bei ihr bleiben durfte.

13

Die Augen voller Tränen, sah Magdalena zunächst nicht, wohin sie rannte. Es war auch einerlei, Hauptsache, weit weg von Elsbeth und Seume. Als es ihr in den Seiten stach, blieb sie stehen, setzte Carlotta ab und rang nach Luft. Vorsichtig beugte sie den Oberkörper und presste die Arme gegen den schmerzenden Leib. Dabei baumelte ihr der honiggelbe Bernstein dicht vor der Nase. Langsam richtete sie sich wieder auf. Vergeblich wartete sie auf das Gefühl der Erleichterung. Sie war sich nicht mehr sicher, ob der Bernstein ihr weiterhin Kraft und Glück brachte. Nachdenklich ließ sie ihn durch die Hand gleiten, hielt ihn gegen die Sonne, dass er golden schimmerte. Carlotta reckte ihr die Ärmchen entgegen und brabbelte »Mama, Mama!«.

»Was?« Magdalena brauchte einen Moment, um zu verstehen. Eine angenehme Wärme durchflutete sie. Zum ersten Mal nannte Carlotta sie Mama! Verzückt hob sie die Kleine auf und tanzte mit ihr. Sie jauchzte vor Glück. Was auch immer passierte: Ihr Kind war wichtiger als alles andere. Weder der Bernstein, nicht einmal Eric konnten ihr ähnlich viel bedeuten wie Carlotta. Die Kleine begann zu zappeln. Magdalena setzte sie wieder ab. Unbeholfen zog sich Carlotta an ihren Beinen hoch, machte ein paar tapsige Schritte und strahlte sie an.

»Laufen kannst du auch schon! Du hast aber viel gelernt. Nicht mehr lang, und wir beide laufen um die Wette ums Lager.« Kaum hatte sie das ausgesprochen, überfiel sie tiefe Trauer. Was hatte sie über der Beschäftigung mit dem verwundeten Eric nicht alles bei ihrem Kind versäumt! Sie durfte die Kleine nicht länger so vernachlässigen. Kein Wunder, dass

Elsbeth die Mutterrolle immer stärker für sich beanspruchte. Andererseits hatte sie Seume vorhin noch mehr gegen sich aufgebracht. Vielleicht war es ein Wink des Schicksals, dass die Cousine als würdiger Ersatz für Carlottas weiteres Wohl jederzeit bereitstand.

»Wenn ich das überhaupt noch erlebe«, setzte sie leise hinzu und drückte das Kind fest an sich. Der Nacken der Kleinen war schweißnass, die rotblonden Locken klebten ihr am Kopf. Auch Magdalena schwitzte aus allen Poren. In der prallen Sonne konnten sie nicht bleiben. Einige dürre Weißdornsträucher verhießen Schatten. Erschöpft sank Magdalena zu Boden. Carlotta patschte in die Hände. Wenigstens ihr bereitete der Ausflug Spaß.

»Sieh mal, dahinten!« Magdalena bemühte sich um einen begeisterten Ton. »Die Stadt dort auf dem Berg haben unsere Truppen erobert. Mit Pauken und Trompeten haben sie die schwedische Besatzung davongejagt.« Sie wies auf die Silhouette Amöneburgs. Interessiert, als verstehe sie jedes Wort, folgte das Kind ihrem Blick. Vor ihnen erstreckten sich die brachliegenden Äcker, linker Hand schwoll die Ebene an zu dem Berg, auf dem die Stadt residierte.

»Und dahinten ist der kleine Fluss, der für all die vielen Menschen im Lager das Wasser führt.« Es mochte zwar noch gut eine halbe Meile weiter östlich sein, bis sich das Ufer der Ohm abzeichnete, dennoch waren die Bäume entlang des Flusslaufs gut erkennbar. Die Kleine zeigte mit dem Finger nach Norden, wo sich das Lager befand, und brabbelte.

»Ja, da ist unser Quartier.« Versonnen blickte Magdalena dorthin. Aus der Ferne strahlte das riesige Lager mit all den verschiedenartigen Zelten und Wagen, Unterständen und abgezäunten Flächen noch immer eine beeindruckende Würde aus. Sorgsam bewacht grasten Pferde und Zugochsen die Felder am Rand ab. Deutlich sah Magdalena, wie dürr die Tiere waren. Spätestens im nächsten Winterlager kamen wieder bessere Zeiten, wenn nicht schon bald nach dem Aufbruch aus dieser Gegend, tröstete sie sich. In Bayern, so hieß es, warteten gutgefüllte Magazine. Das ewige Auf und Ab von Not und Überfluss gehörte zum Leben im Tross wie die Nacht zum Tag.

Dicht aufgereihte Wagenkolonnen markierten den äußersten Rand des Lagers, die großen und kleinen Zelte der einfachen Soldaten schlossen sich in ordentlicher Linie dicht dahinter an. Die ehemals bunten, in der prallen Sonne längst verblassten Fahnen hingen schlaff an den Stangen, nicht weniger träge bewegten sich die kleinen Punkte der Menschen durch die Gassen. Es war einfach zu heiß.

Jäh zerriss ein kräftiger Trompetenstoß die Stille. Erschrocken schrie Carlotta auf und presste sich die Händchen auf die Ohren.

»Keine Sorge, alles in Ordnung«, beschwichtigte sie Magdalena und nahm sie schützend auf den Arm. Gebannt starrten sie beide zum Lager. »Das ist das Signal, sich auf die Rückkehr der Schweden vorzubereiten. Seume hat eben bei Elsbeth davon gesprochen.«

Anschwellender Trommelwirbel erklang. Zwischen den Unterkünften entfaltete sich hektische Betriebsamkeit. Zunächst drang nur einzelnes Rufen zu ihnen herüber, bald erhob sich allerdings ein solcher Lärm, dass die Stimmen nicht mehr unterscheidbar waren. Hunde bellten, mehrere Schüsse lösten sich. Dunkle Gestalten liefen aufgeregt hin und her.

»Nicht mehr lang, und die Infanteristen exerzieren durch die Lagergassen«, erklärte Magdalena weiter. »Die Musketiere polieren eifrig die Waffen, und die Kürassiere satteln die Pferde. Dann werden aus dem Tross diejenigen zusammengerufen, die beim Instandsetzen der Schanzen von Nutzen sind. Du wirst staunen, wie gut jeder weiß, was er zu tun hat.«

Mit der ausgestreckten Hand deutete sie an, wo sich die Anlagen befanden, die kurz nach der Ankunft des Heeres auf geeignetem Kampfgebiet einige Meilen weiter nordöstlich angelegt worden waren. »In der sengenden Hitze hat keiner mehr dafür gesorgt, dass die erhalten bleiben. Umso wichtiger ist es, sie jetzt in Schuss zu bringen. Da, schau, ein Trupp Zimmerleute schwärmt aus, am Berg Holz zu schlagen. Siehst du die breiten, dunklen Hüte und die scharfen Äxte? So hat dein Vater in Freiburg ausgesehen. Der war nämlich auch Zimmermann.«

Wie oft hatte Eric so vor ihr gestanden? Dass die Zimmerleute schon ausgeschickt wurden, wunderte sie. Wahrscheinlich waren die Männer in Regiment und Tross trotz des Schrecks über die Rückkehr der Schweden auch froh. Endlich wussten sie wieder, wofür sie die Schwerter schärften, ihre Kugeln gossen und die Kanonen putzten. Eine Aufgabe zu haben war allemal besser als das zermürbende Warten. Gerade in den letzten Jahren, in denen die großen Schlachten mit dem Feind seltener und die Pausen dazwischen immer ausgedehnter geworden waren, bot ein Kampf willkommene Abwechslung. Ein Gefecht mit Wrangels Regiment und seinen hessischen Verbündeten versprach davon mehr als genug, immerhin hatte die erhoffte Schlacht zur Eroberung der Stadt zum Verdruss vieler Soldaten gar nicht stattgefunden.

»Wir müssen zurück. Wenn uns tatsächlich ein Gefecht bevorsteht, gibt es viel vorzubereiten. Was denkst du, haben wir alles zu tun, bis wir im Lazarett die Verwundeten behandeln können? Dabei weiß ich gar nicht, wo ich die Kräuter für die Salben hernehmen soll. Diese Dürre lässt nichts mehr wachsen! Auch das Leinen ist knapp, vom Branntwein für die Betäubung ganz zu schweigen. Nicht nur Meister Johann wird sich wohl etwas zurückhalten müssen mit seinem Durst.«

Wieder meinte sie, Carlotta hörte ihr genau zu. Gerade das, was sie nicht auszusprechen wagte, schien sie am ehesten zu begreifen. Verständnisvoll schien die Kleine zu nicken, während sie kaum wagte, den Gedanken zu Ende zu denken: dass das Auftauchen der Schweden der richtige Moment für Seume war, Erics Hinrichtung anzusetzen. Das Schauspiel würde die Stimmung gewaltig anheizen. Voller Rachegelüste würden sich die Kaiserlichen danach den Feinden entgegenwerfen.

Die Erinnerung an Erics geheimnisvolle blaue Augen, mit denen er sie eindringlich ansah, raubte ihr den Atem. Auf die gleiche Art sah Carlotta sie gerade an. In diesem Moment begriff sie: Diese Augen brechen zu sehen, würde sie nicht ertragen. Die Zweifel an Erics Redlichkeit änderten nichts daran, dass sie ihn noch immer liebte. Roswitha hatte recht: Allein ihrer Liebe wegen musste sie ihn retten, ganz gleich, ob er ihre Gefühle erwiderte oder nicht.

»Nicht so hastig, Magdalena! Nur nichts überstürzen.« Eine wohlbekannte Stimme rief sie von der anderen Seite der Büsche. Meister Johann stand dort. Das Gesicht rot angelaufen, die Nase bläulich gefärbt, die Augen verquollen, wankte der kräftige Mann auf sie zu.

»Was machst du hier?« Während sie ihn musterte, fragte sie sich, wie es ihm gelungen war, unbemerkt an sie heranzukommen, und wie viel er von dem recht einseitigen Gespräch zwischen ihr und Carlotta gehört hatte. Jetzt erst fiel ihr der halbverfallene Verschlag ein paar Schritte hinter den Büschen auf.

Dort musste der Feldscher sich verborgen haben. War das der geheimnisvolle Ort, an den er sich in der letzten Zeit zurückgezogen hatte? Was hatte er dort getan, und wie hatte ihr der Unterstand entgehen können? Der Leichtsinn hätte tödlich für Carlotta und sie sein können!

»Was mache ich hier wohl? Herumstolzieren wie ein eitler Pfau.« Das Zwinkern misslang dem Feldscher gründlich, dennoch wusste sie, auf wen er anspielte: Hagen Seume.

»Deine Scherze bringen mich leider nicht zum Lachen.«

»Soll ich dir was anderes zeigen? Vielleicht habe ich da drinnen was, was dich aufmuntern kann.« Einladend wies er mit dem Kinn auf den Unterstand. Sosehr es sie reizte, in sein Geheimnis eingeweiht zu werden, zögerte sie, ihm zu folgen. Ein weiterer Trompetenstoß aus Richtung des Lagers bestätigte ihr, dass es nicht die rechte Zeit war.

»Hast du mitbekommen, was Seume gesehen haben will?«

»Ach, das alte Lügenmaul! Was hat er denn nun schon wieder?« Meister Johann winkte ab, als gelte es, eine lästige Fliege zu verscheuchen. »Da drin in dem Unterstand arbeite ich an einer ganz besonderen Tinktur. Wenn mir gelingt, umzusetzen, was ich im Kopf habe, dann ist es bald vorbei mit Seume, glaub mir! Ein Schluck davon, und er wird elend zugrunde gehen. Ein ganz besonderes Gift, nur für ihn, das wird die gerechte Rache sein für meine arme Anna und den Wurm, der nie hat leben dürfen!«

Als sie seinen Blick sah, lief es Magdalena kalt den Rücken hinunter. War der Feldscher verrückt geworden? Andererseits hatte sich keiner so gut im Griff wie er. Selbst nach einer durchzechten Nacht gelang ihm noch der schwierigste Eingriff.

»Lass uns deine Tinktur zu einem anderen Zeitpunkt bewundern.« Vorsichtig setzte sie Carlotta zu Boden. »Wir müssen ins Lager zurück und uns auf einen Angriff vorbereiten. Keine zwei Tage, meint Seume, und die Schweden stehen wieder vor uns.«

»Das hat er wohl mit eigenen Augen gesehen, was?« Verächtlich schnaubte Meister Johann. »Seume lügt doch, dass sich die Balken biegen. Wenn er die Schweden tatsächlich gesehen haben will, kann das kaum heute Morgen gewesen sein. Entweder stehen sie schon weitaus näher vor unserem Lager, dann aber müssten auch wir sie sehen, oder er sieht Gespenster. Es gibt nirgendwo Schweden, die noch zwei Tage bis zu uns brauchen.«

»Hm.« Wenn Magdalena mit etwas Abstand darüber nachdachte, musste sie ihm recht geben. Viel zu unbedarft hatte sie Seume vorhin geglaubt. Ihr Blick streifte Meister Johann. Eigentlich ein Wunder, dass der regelmäßige Alkoholgenuss nicht längst sein Hirn zerfressen hatte. Messerscharf denken und schlussfolgern konnte er noch immer wie kein Zweiter. Vielleicht arbeitete er in dem Verschlag nicht allein an einer giftigen Tinktur für Hagen Seume, sondern auch an einem Elixier, das ihm Wunderkräfte verlieh?

»Trotzdem ist klar, was das heißt: Seume kann es kaum mehr erwarten, Eric endlich am Strick baumeln zu sehen.« Meister Johann hob den Blick und schaute in die Ferne, als sehe er dort bereits den Galgen. »Wenn wir was für ihn tun wollen, dann jetzt, sonst ist es zu spät.«

»Was?« Vor Überraschung riss sie die Augen auf. Im ersten Moment glaubte sie, sich verhört zu haben.

»Was ist?« Meister Johann wirkte beleidigt. »So besoffen kann ich nie gewesen sein, um nicht zu merken, was los ist: Die Kleine da ist Erics Tochter. Das hast du vorhin doch selbst erzählt. Geahnt habe ich es zwar schon immer, aber meist sieht man das Offensichtliche nicht, wenn man es nicht sehen will. Zum Glück muss dein Vater das nicht mehr erleben. Noch oben im Himmel wird ihm das weh tun.«

Für einen flüchtigen Augenblick meinte Magdalena Trauer und Schmerz auf seinem Gesicht zu erkennen. Behutsam berührte sie ihn am Arm. Er machte eine Bewegung, wie um sie abzuschütteln. Gleich hatte er sich wieder in der Gewalt. »Lass uns endlich gehen. Zu viele Väter sind in dem verfluchten Krieg schon draufgegangen. Deshalb sollten wir etwas tun, um wenigstens der Kleinen den Vater zu erhalten. Rupprecht werde ich überzeugen können, uns zu helfen. Roswitha wird uns ebenfalls beistehen. Mehr sollten allerdings nicht eingeweiht werden. Deiner Cousine traue ich nicht über den Weg. Auch den anderen gegenüber müssen wir vorsichtig sein. Bislang ahnt zum Glück kaum einer, dass es Eric Grohnert ist, der als dritter Meuchelmörder von Seume hingerichtet werden soll. Hoffentlich hat Seume unsere Abwesenheit nicht genutzt, ihn aus unserem Zelt zu holen.«

»Daran habe ich noch gar nicht gedacht.« Magdalena erschrak. »Du hast recht: So kurz vor der Hinrichtung wird er ihn wohl kaum länger unbewacht bei uns liegen lassen.« Sie scharrte mit den Füßen über den Boden. Die Erde war so trocken, dass es staubte.

»Die Zeit ist knapp«, mahnte der Feldscher.

»Und was ist mit deiner Wundertinktur? Lässt du das alles einfach so zurück?«

»Wer soll was damit anfangen?« Meister Johann lachte und klopfte gegen seine Rocktasche. »Das Gift habe ich natürlich bei mir. Da drinnen stehen nur die Kräuter und Phiolen, aus denen es gemischt ist. Das kann ruhig hierbleiben. Von alldem haben wir in unserem Wagen mehr als genug. Es kommt nur auf die besondere Mischung an.«

»Wie du meinst.« Magdalena hob Carlotta wieder hoch. Die Kleine schlang ihr die Ärmchen um den Hals. Dabei stieß sie gegen den Bernstein. Die Lederschnur öffnete sich, und das kostbare Stück fiel zu Boden.

Ehe sie es verhindern konnte, bückte Meister Johann sich und hob es auf. Fasziniert hielt er sich den honiggelben Stein vor die Augen, ließ ihn im Schein der Mittagssonne funkeln. Zwischen seinen gewaltigen Fingern wirkte er winzig. Fast hatte es den Anschein, der Feldscher zerdrücke ihn mitsamt dem haarfeinen Insekt zwischen den Fingerkuppen. Anerkennend pfiff er durch die Zähne. »Woher hast du den? Der muss ein Vermögen wert sein.«

»Der ist unbezahlbar, zumindest für mich!« Rasch ließ sie Carlotta hinunter und schnappte sich den Bernstein. Die Kleine weinte. Mit wackligen Beinchen stand sie da und riss empört an ihrem Rock. Magdalena schenkte ihr keine Beachtung. Starr richtete sie ihr Augenmerk auf den Bernstein. Ein Glück, dass er nicht schon unterwegs verlorengegangen war! Sie wandte sich halb ab, legte die Schnur wieder um den Hals und verknotete sie dieses Mal sorgfältiger. Einen Moment umschloss sie den Stein mit den Fingern der gesunden rechten Hand und wünschte sich aus tiefstem Herzen, dass die Kraft, die er verströmte, wieder auf ihren Körper überging. Ein Ruck durchzuckte sie. Erleichtert richtete sie sich auf. Ja, das war es, was sie so lange vermisst hatte! Gleich fühlte sie sich besser.

Ein weiteres Mal wehte ein kräftiger Trompetenstoß herüber. Sacht vibrierte der Boden. Ein gutes Dutzend Reiter preschten vom westlichen Rand des Lagers herüber. Der

Staub, den die galoppierenden Pferde aufwirbelten, hüllte sie ein. Carlotta hustete, Meister Johann fluchte. Kaum war die Fahne zu erkennen, die den Reitern voranwehte.

Gebannt verfolgten sie das Schauspiel, das sich vor ihren Augen bot. Die Kürassiere waren nicht zu beneiden. Unter den Pappenheimerhelmen musste es bei den hohen Temperaturen kaum auszuhalten sein. Auch die schweren, ledernen Stulpenhandschuhe waren sicherlich eine Tortur. Dennoch saßen die Männer stolz in den Sätteln. Die Pistolen in den Halftern rechts und links wirkten nicht minder martialisch wie der lange Degen, der kampfbereit an der linken Seite steckte. Im Sonnenlicht blinkten die Harnische. Die lange Pause nach der letzten Schlacht hatte dafür gesorgt, dass jeder ihn auf Hochglanz poliert hatte.

Von dem glockenförmigen Haubenhelm mit dem breiten Nasenschutz wurde den Männern die Sicht so weit eingeschränkt, dass sie von Magdalena und Meister Johann keine Notiz nahmen. Trotz der mageren Zeiten strahlten die Männer der schweren Reiterei Überlegenheit aus. In weitem Bogen ritten sie zu dem Flüsschen hinüber und umrundeten das Lager an dessen weiteren Verlauf nach Norden. Bald waren sie nur mehr verschwindend kleine Punkte am Horizont, die in einer Wolke aus Staub munter auf und nieder zu hüpfen schienen.

»Wenn ich es nicht besser wüsste, könnte ich glatt meinen, du hättest mit deinem Bernstein die Reiter herbeigezaubert.« Meister Johann lachte auf, doch es war ein freudloses Lachen. »Pass auf dich auf, Mädchen! Wenn einer von deinem Schatz erfährt, kann es übel für dich ausgehen. Gier kennt keine Vernunft. In Zeiten wie diesen sowieso nicht.«

14

Auf dem Weg zurück ins Lager kamen Magdalena und Meister Johann immer mehr Menschen entgegen. Nicht allein die Zimmerleute machten sich auf, die Schanzen zu befestigen. Mehrere Rotten Söldner begleiteten die Trupps. Karren mit Holz und groben Steinen sowie Leiterwagen mit den unterschiedlichsten Werkzeugen folgten. Bald tauchten die ersten Geschütze auf, die auf dem Kampffeld in Stellung gebracht werden sollten.

Hinter der Reihe Planwagen, die das Lager nach außen abschirmten, erwartete Magdalena und der Feldscher eine ausgelassene Stimmung: Es gab kaum ein Zelt oder ein Verschlag, vor dem nicht ein Söldner am Feuer saß und Bleikugeln goss oder seinen Pallasch polierte. An anderer Stelle wurden Messerklingen geschliffen, das Leder der Pistolengürtel eingefettet oder Pulvertaschen geflickt. Die Söldnerfrauen machten sich an den Röcken und Hüten zu schaffen, nähten Knöpfe an oder stopften Löcher, während die Kinder aufgeregt zwischen den Erwachsenen umherhüpften. Die Trägheit, die sich in den letzten Wochen im Lager breitgemacht hatte, war verflogen. Nicht einmal das Jammern über die dürftige Kost und die wässrigen Suppen war noch zu vernehmen. Stattdessen schienen alle dem Aufeinandertreffen mit den Schweden entgegenzufiebern. Die Ersten stachelten bereits zu Wetten an, wie der langersehnte Kampf gegen die Heringfresser wohl dieses Mal ausgehen mochte.

»Sieh an, die rote Magdalena und Meister Johann! Hoffentlich habt ihr die richtigen Wundermittel beisammen, um uns zu retten, wenn sich doch mal eine schwedische Kugel in unsere Leiber verirrt.«

»So weit wird es nicht kommen. Bevor die überhaupt zum ersten Schuss anlegen, haben wir sie schon plattgemacht.«

»Wahrscheinlich haben sie sowieso wieder nur nasses Pulver dabei. Wisst ihr noch, wie es damals in Freiburg mit den Franzosen zuging? So werden wir es dieses Mal mit den Schweden halten.«

»Wollen wir hoffen! Für alle Fälle aber besorg ich mir trotzdem noch was von meiner Liebsten. Bei allem Respekt vor Meister Johanns Kunst hat es mir bislang immer Glück gebracht, eine Locke aus ihrem Haar unterm Hemd zu tragen.«

»Darf ich mir auch eine bei ihr auszupfen? Ich nehme aber lieber nicht die vom Kopf.« Das schmutzige Lachen ließ keinen Zweifel daran, welche Körperstelle der Soldat im Sinn hatte.

»Ein Splitter aus dem Galgen kann auch nicht schaden.«
»Oder die Kralle eines schwarzen Huhns.«

Die Vorschläge, welcher Art der Talisman sein sollte, der einen am besten vor Unglück in der Schlacht bewahrte, wurden immer abenteuerlicher. Meister Johann blieb nicht einmal stehen, um auf die Zurufe der Männer einzugehen. So schwer es Magdalena fiel, den Unsinn mit den Hühnerkrallen und Galgensplittern unwidersprochen zu lassen, so tat sie es dennoch dem Feldscher nach.

»Versprich mir eins!« Einer der Männer sprang zu ihr und verstellte ihr den Weg. »Wenn ich halbtot ins Lazarett gebracht werde, dann will ich nur von dir aufgeschnitten werden.« Hastig küsste der Mann sie auf den Mund, bevor er ihr den Weg wieder freigab. Einen anderen ermutigte das, sich ebenfalls vor sie hinzustellen: »Auch ich will nur von dir ins Jenseits befördert werden, sollte es so weit sein, meine hochverehrte Magdalena.«

Wie ein Höfling vollführte er eine tiefe Verbeugung vor ihr, streckte den Arm dabei nach einer weit ausholenden Bewegung ab und kreuzte die Beine zu einem Knicks.

»Wollen wir hoffen, dass es nicht so weit kommt.« Magdalena erwiderte die übertriebene Geste mit einem Lachen und schickte sich an, jedem weiteren Soldaten aus dem Weg zu gehen. Meister Johann war schon fast bei seinem Zelt angelangt. Sie beeilte sich, ihm zu folgen.

Auf den ersten Blick schien unter der Zeltplane alles friedlich. Eric lag ruhig auf seiner Matte, Rupprecht saß daneben und rührte in einem Tiegel eine hellbraune, dickliche Paste an. Überraschenderweise hockte Roswitha in einer Ecke und riss ein großes Leinenstück in lange Streifen. Beide waren so vertieft in ihr Tun, dass sie nicht bemerkten, wie Eric ihnen aus halbgeöffneten Augen zuschaute. Als er Magdalenas und Meister Johanns Auftauchen gewahr wurde, drehte er kaum merklich den Kopf zur Seite. Das leichte Zucken um seine Mundwinkel sollte sie wohl als Komplizin verpflichten. Knapp nickte sie, während der Feldscher sich nicht anmerken ließ, ob er das wahrgenommen hatte. Räuspernd verschaffte er sich Aufmerksamkeit. »Habt ihr nichts gehört?«

»Was denn? Dass es endlich wieder Regen gibt?« Rupprecht hob kaum eine Handbreit den schwarzgelockten Kopf und unterbrach das Rühren in dem Tiegel nicht. Das Kratzen des Mörsers auf dem rauhen Ton klang schauerlich. Die Paste, die er bereitete, roch seltsam. Es war schwer zu bestimmen, was er hineingegeben hatte. Gut duftendes Rosen- oder Lavendelöl sicherlich nicht.

»Die Schweden kommen zurück!« Beunruhigt über seine Begriffsstutzigkeit, schleuderte Magdalena ihm die Worte entgegen. Von der Matte meinte sie ein leises Aufstöhnen zu hören. Eric kniff fest die Lider zusammen, rührte sich ansonsten aber nicht. »Im ganzen Lager herrscht Aufruhr. Hört ihr nicht, wie sie überall mit den Säbeln rasseln, die Geschütze postieren, die Zimmerleute zum Schanzenbau zusammenrufen? Selbst die Kinder schleppen Werkzeug herbei. Das kann euch doch nicht entgangen sein.«

Entrüstet schüttelte sie den Kopf. Rupprecht hörte auf, in dem Tiegel zu rühren, und sah sie aus seinen dunklen Augen an. Bildete sie sich das nur ein, oder war er tatsächlich belustigt über ihre Aufregung?

»Dann wird es wohl Zeit.« Schwer keuchend rappelte sich die alte Hebamme vom Boden auf und band ihr Tuch über die spärlichen, gelbgrauen Haarsträhnen. »Ich sammle noch ein paar Kräuter und bereite einige Wundsalben vor.«

Sie ging aus dem Zelt, stieß dabei gegen den Wasserkrug und stolperte über Magdalenas Füße. Gerade noch konnte Magdalena sie vor dem Hinschlagen bewahren. Roswitha dankte es ihr mit einem Lächeln. Zärtlich tätschelte sie Carlottas Köpfchen, der sich zwischen Magdalenas Rockfalten verbarg.

»Die Kleine nehme ich am besten mit. Wenn sie Hunger kriegt, bringe ich sie zu Elsbeth.« Kurz nickte sie Meister Johann zu, bevor sie mit Carlotta auf dem Arm nach draußen verschwand.

»Rupprecht, lass uns zum Quartiermeister gehen und sehen, wie es um die Branntweinvorräte bestellt ist. Wenn der knapp wird, sieht es übel für die Verwundeten aus.« Kaum entfernten sich die Stiefelschritte Rupprechts und des Feldschers vor dem Zelt, sank Magdalena neben Erics Matte nieder.

»Wie geht es dir?« Sie fühlte seinen Puls, bevor sie sich die

Verbände auf seinem Leib besah. Das Fieber schien besiegt, die Wunden bildeten dicken Schorf.

»Ich habe dich vermisst, Magdalena.« Seine tiefblauen Augen suchten die ihren. Um seine Mundwinkel zuckte es. Die Härchen des rotblonden Bartflaums, der in den letzten Tagen an seinem Kinn gesprossen war, vibrierten im Luftzug ihres Atems. Mühsam machte er Anstalten, den Oberkörper aufzurichten, doch sie drückte ihn sacht zurück.

»Nicht! Noch sind die Nähte nicht verheilt.« Sie lächelte, obwohl sie spürte, wie ihr die Augen feucht wurden. Sein Aufwachen freute sie, gleichzeitig nagte die Angst in ihr, weil es Zeit wurde, ihn zur Rede zu stellen.

»Du weinst?« Er hob die Hand und berührte ihre Wange, streichelte sie. Sie hauchte ihm einen Kuss auf die Fingerkuppen und legte die Hand zurück auf die Matte.

»Wo hast du all die Zeit gesteckt?« Schroffer als beabsichtigt sprudelten die Worte aus ihr heraus. »Zwei Jahre warst du fort! Eine so lange Zeit ohne die kleinste Nachricht, wenigstens ein Lebenszeichen. Ich musste denken, du bist tot!«

Sie verschluckte sich fast an den Tränen, die in ihr aufstiegen. Eine Weile hielt sie inne, die smaragdgrünen Augen starr auf ihn gerichtet. Er sagte nichts.

»Dabei hast du über Wochen mit Seume Geschäfte gemacht, mit den Leuten aus unserem Fähnlein Handel getrieben. Warum hast du dich nicht auch bei mir gemeldet, mir wenigstens ein Zeichen geschickt, dass du noch lebst? Was ist mit dir passiert, Eric? Bin ich dir so einerlei?«

Er biss sich auf die Lippen und starrte an ihr vorbei in weite Fernen, bevor er sich zu einer Antwort durchrang: »Eins musst du mir glauben: Nichts hätte ich lieber getan, als sofort wieder zu dir zu gehen.«

»Warum hast du es nicht einfach getan?« Von neuem erschwerten Tränen ihr das Sprechen. Dann aber spürte sie Entrüstung in sich aufsteigen: »Seit Monaten hättest du das tun können! Ein Wort zu Seume oder zu einem anderen aus seinem Umfeld, und wir wären wieder zusammen gewesen.«

Er schwieg, schien nach den richtigen Worten zu suchen. Dann sagte er leise: »Es ging nicht. Du musst es mir einfach glauben, Magdalena, bitte!«

»Warum? Hast du eine andere? Hast du mich vergessen?«

»Nein, nie, das weißt du genau.« Er suchte ihren Blick.

Eine Weile hielt sie ihm stand, dann übermannte sie wieder die Empörung, und sie schnaubte verärgert. »Erzähl keine Lügen. Das ertrage ich nicht.«

»Das würde ich nie tun.« Angesichts ihres eisigen Schweigens setzte er nach: »Du weißt nicht, was das für Menschen waren, mit denen ich zu tun hatte.«

»Ehrbare Leute wahrscheinlich, die mit Hagen Seume Geschäfte machen.« Abermals entfuhr ihr ein verärgertes Schnauben. Sie verschränkte die Arme vor der Brust und drehte sich halb von ihm ab, um ihn nicht mehr direkt ansehen zu müssen. Mit schmerzverzerrtem Gesicht richtete er nun doch den Oberkörper halb auf. Sie verbiss sich eine weitere Warnung. Ächzend stützte er sich auf die angewinkelten Arme.

»Dass Seume und seine Leute ehrbar sind, davon bin ich ausgegangen. Ein unentschuldbarer Fehler. Aber wenn ich dich erinnern darf, Magdalena: Selbst dein Vater nannte ihn seinen Freund, bat ihn zum Taufpaten für deinen Bruder. Welche Schufte Seume und seine Leute in Wahrheit sind, das habe ich erst viel zu spät begriffen. Nach dem Jahr bei den Franzmännern, die uns damals verschleppt hatten, war ich froh, wieder unter Menschen zu sein.«

»Lüg nicht. Von Anfang an hast du gewusst, mit wem du es zu tun hast. Überhöhte Preise hast du von Seume verlangt, ihm die Sachen zum Kauf angeboten, die du zuvor aus den Magazinen der Kaiserlichen gestohlen hast. Und den Gewinn hast du hinterher mit irgendwelchen Bauern geteilt, die sich weigern, die Unsrigen zu unterstützen, obwohl wir sie vom Joch der schwedischen Heringfresser befreien und Tag für Tag unser Leben für sie riskieren.«

»Wer hat das behauptet?«

»Das spielt doch keine Rolle. Lass gut sein, Eric. Was interessieren mich diese Leute? Nur eines zählt für mich: Du standest die ganze Zeit mit Seume in Verbindung. Du hättest ihn fragen können, wo ich bin. Warum bist du nicht zurückgekommen? Hast du vergessen, was wir uns in Freiburg geschworen haben? Ich habe auf dich gewartet.«

Mit dem Handrücken wischte sie sich die Wangen, fasste nach dem Bernstein unter ihrem Mieder und zog ihn heraus. »Hier, das Zeichen deiner ewigen Liebe, an die ich mal geglaubt habe.«

Sie löste das Lederband und legte ihm den auch im trüben Licht klar scheinenden Stein auf die bandagierte Brust. Verwundert starrte er darauf.

»Magdalena! Das ist nicht dein Ernst!« Abrupt fuhr er hoch und stöhnte im nächsten Moment vor Schmerzen auf.

»Nicht!«, rief sie und half ihm, sich wieder flach auf der Matte auszustrecken.

Rasch prüfte sie die Verbände. Zum Glück war nichts passiert. Die Wunden waren inzwischen wohl doch schon so weit verheilt, dass sie nicht bei jeder unbedarften Bewegung aufplatzten.

»Du hast es eben gehört«, wechselte sie rasch das Thema,

»die Schweden rücken näher. Ich weiß nicht, was zwischen dir und Seume vorgeht, nur dass Seume dich unbedingt am Galgen sehen will. Das Einzige, was jetzt zählt, ist: Du musst so schnell wie möglich fort. Bevor die Schlacht ausbricht, wird er dich hängen wollen. Uns muss etwas einfallen, wie wir dich vorher in Sicherheit bringen.«

Sie wollte sich gerade abwenden, um das Leinen, das Roswitha vorhin gerissen hatte, aufzuwickeln, da hielt er sie am Arm zurück. »Warum tust du das, wenn du glaubst, ich liebe dich nicht mehr?«

»Frag besser nicht.« Vorsichtig löste sie seine Finger von ihrem Arm und rutschte von der Matte weg.

»Seume wird bald kommen und höchstpersönlich nach ihm sehen.« Auf einmal stand Rupprecht im Zelt. Wie so oft hatte er sich lautlos herangeschlichen. »Einer seiner Knechte hat mich gewarnt. Euch ist klar, was das bedeutet?«

Betretenes Schweigen füllte das Zelt. Magdalena spürte Schwindel im Kopf, gleichzeitig zitterten ihr die Beine. Rupprecht schien ebenfalls von Unruhe gepackt. Sein Blick wanderte rastlos umher. Mehrmals räusperte er sich. Seine Stimme war so leise, dass sie die Ohren spitzen musste, um ihn zu verstehen. »Im Lager wird schon eifrig getuschelt, dass es sich bei dem dritten Mörder um Eric Grohnert handelt. Manch einer erinnert sich gut an ihn, besser, als dir lieb sein kann.«

»Was meinst du damit?«

»Ganz so unauffällig habt ihr euch damals in Freiburg schließlich nicht verhalten. Dass du neun Monate später ein großes, rotblondes, blauäugiges Mädchen zur Welt gebracht hast, ist ebenfalls bekannt. Die Geschichte mit der Vergewaltigung hat noch nie sehr überzeugend geklungen. Und dass du jetzt unablässig Krankenwache hältst, haben mehr Leute mitbekommen, als dir lieb sein kann.«

»Was?« Trotz des Flüsterns hatte Eric alles verstanden. »Die Kleine ist unser Kind?«

»Wessen Kind soll sie sonst sein?« Magdalena versetzte es einen Stich, dass er es auf diese Weise erfahren musste. Gleichzeitig ärgerte sie sich, dass er nicht von selbst darauf gekommen war. Wollte er es nicht wahrhaben? Unwillkürlich fasste sie sich an die Brust, tastete vergebens nach der harten Erhebung, die sonst der Bernstein unter dem Mieder verursachte. Halb drehte sie sich zu Eric um und sah, dass er den Bernstein weggesteckt hatte. Ein Anflug von Furcht bemächtigte sich ihrer. War es nicht doch besser, sie nahm den Stein wieder an sich? Wenn sie ihn nicht trug, widerfuhr ihr nur Unglück, wie letztens nachts, als Seume über sie hergefallen war. Ihr Herz raste.

»Elsbeth steckt dahinter, nicht wahr? Sie erzählt das überall herum.« Auf einmal klang Magdalenas Stimme wieder entschlossen. Sie strich sich über die bandagierte Hand und bewegte vorsichtig die Finger.

»Ob Elsbeth dahintersteckt oder nicht, spielt keine Rolle. Für wie dumm hältst du eigentlich die anderen im Tross?« Rupprechts dunkle Augen verengten sich zu schmalen Schlitzen, sein bartloses Gesicht wirkte finster. Zumindest sprachen sie beide auf gleicher Höhe miteinander. Wenn er ausatmete, spürte sie den warmen Lufthauch auf der Nasenspitze. Schweigend verharrten sie voreinander. Das plötzliche Poltern und Fluchen aus dem benachbarten Planwagen löste die Erstarrung. Beunruhigt sahen sie einander an.

»Da ist jemand!« Schon sprang Rupprecht hinüber. Weiteres Rumpeln ertönte, gefolgt von leisem Fluchen und Schimpfen. Gebannt horchte Magdalena.

»Was hat das zu bedeuten?«, flüsterte Eric.

»Scht!« Warnend legte Magdalena den Zeigefinger auf die Lippen und nickte mit dem Kopf zum Planwagen.

»Roswitha, was soll das?« Rupprechts aufgebrachter Ausruf erklärte alles. Erleichtert atmeten sie auf. Wenig später humpelte die Hebamme, gefolgt von Rupprecht, ins Zelt. Dabei blitzte etwas in ihrer Hand. Magdalena brauchte nicht lang, um zu erkennen, worum es sich handelte.

»Das habe ich drüben im Planwagen gefunden. Kann mir einer erklären, was das hier soll?« Die wässrigen Augen der Alten verrieten, dass sie die Antwort längst wusste. Ihre Miene wirkte besorgt, als sie Seumes goldene Tabakdose in den schwieligen Händen drehte.

»Elsbeth war wohl schneller, als ich dachte. Und geschickter obendrein.« Magdalena nahm ihr das wertvolle Stück aus der Hand und betrachtete es. Wie bei einem Gecken wie Hagen Seume nicht anders zu erwarten, handelte es sich um ein äußerst kostspielig verarbeitetes Stück. Rubinrot funkelte ein runder Stein in der Mitte der reichverzierten Dose. Beim Aufschnappen des Deckels wurde ein Futteral aus dunkelrotem Samt sichtbar. Auf der Innenseite des Deckels fanden sich Seumes ineinander verschlungene Initialen. Die Reste grober Tabakbrösel verströmten einen süßlichen Geruch.

»Vermute ich also richtig, dass deine liebe Cousine das gute Stück mit Absicht bei uns versteckt?« Von unten herauf blinzelte Roswitha sie an.

»Wo war es?«, fragte Magdalena.

»In deinem Korb mit den getrockneten Salbeiblättern. War nicht schwer, darauf zu stoßen, aber dennoch nicht zu auffällig, dass einer Verdacht schöpfen könnte, es läge nicht ganz zufällig dort.«

»Könnt ihr mir mal erklären, wovon ihr da redet? Wessen Tabakdose ist das, und wieso sollte Elsbeth die in unserem Wagen verstecken?« Rupprecht war bemüht um einen strengen Ton.

»Bevor wir hier lange herumschwadronieren, bringe ich das Ding lieber in Sicherheit. Falls ihr es vergessen habt: Gleich taucht Seume mit seinem Gefolge auf«, krächzte Roswitha. »Bin schon sehr gespannt, wie Elsbeth es anstellen will, zum richtigen Zeitpunkt dazuzustoßen. Wahrscheinlich schiebt sie die Kleine vor. Die hängt gerade wieder an ihrer Brust. Mal schauen, ob mir zu alledem nicht was Gescheites einfällt.« Sie kicherte in sich hinein, schob die Tabakdose zwischen die unzähligen Lagen ihres Rocks und watschelte aus dem Zelt.

Rupprecht fuhr sich mit den Händen durchs Gesicht und blickte dann nach draußen, als gäbe es nichts Wichtigeres, als der davonstapfenden alten Hebamme nachzuschauen. Schließlich drehte er sich um. »Komm mit!« Ohne Magdalena Gelegenheit zu geben, sich zu wehren, zog er sie vor das Zelt und von dort einige Schritt weiter ins freie Feld hinein, wo sie keiner belauschen konnte, ohne dass sie ihn rechtzeitig entdeckten. »Hast du in den letzten Tagen überhaupt jemals daran gedacht, dass da drin nicht nur dein Geliebter aus Freiburg, sondern auch ein gemeiner Mörder liegt?«

Die Frage kam so überraschend, dass Magdalena eine Weile brauchte, bis deren Sinn zu ihr vordrang.

»Er ist nicht mehr derselbe, den du in Freiburg geliebt hast«, setzte er nach.

»Wir sind alle nicht mehr dieselben«, antwortete sie und wollte sich losreißen. Er hinderte sie jedoch daran.

»Nur mit dem Unterschied, dass wir für den Schurken unser Leben aufs Spiel setzen, ohne recht zu wissen, ob er es wirklich wert ist.«

»Dann tu es halt nicht.« Sie entriss sich seinem Griff.

»Du weißt genau, dass ich es allein dir zuliebe doch tun werde.« Zum Zeichen der Versöhnung streckte er die Hand aus. Sie schob sie fort und eilte ohne ein weiteres Wort zu Meister Johanns Wagen.

15

Nachdem sie Meister Johanns Wagen aufgeräumt hatte, drängte es Magdalena, Carlotta wieder zu sich zu holen. Angesichts des Bevorstehenden wollte sie ihr Kind um sich haben. Sie wusste Rupprecht zusammen mit Meister Johann bei Eric, so dass sie guten Gewissens fortgehen konnte. Vielleicht bestand doch noch Hoffnung, Elsbeth zur Vernunft zu bringen. Zu viel hatten sie gemeinsam durchgestanden, um jetzt auf einmal wie erbitterte Feindinnen gegeneinander zu kämpfen. Doch im Zelt waren weder ihre Cousine noch ihre Tochter. Stattdessen stieß sie mit Roswitha zusammen, die zwischen den Kisten, Decken und Kissen herumfuhrwerkte.

»Keine Sorge, die zwei tauchen schon wieder auf.« Schnaufend richtete Roswitha sich auf. »Und das mit der Tabakdose ist auch geklärt. Du kannst beruhigt zu Meister Johann gehen. Seume wird sich noch wundern, wo du steckst, wenn du nicht da bist. Das wäre viel schlimmer als alles andere.«

»Du hast gut reden!« Ohne es zu wollen, brach Magdalena plötzlich zusammen. Die letzten Stunden waren zu viel gewesen. Schluchzend warf sie sich der alten Hebamme in die Arme und weinte, als könne sie nie wieder aufhören. Sie fühlte, wie die knöchernen Finger der Alten durch ihr Haar strichen. »Scht, scht«, murmelte Roswitha in ihrem krächzenden Tonfall und wiegte sie wie ein kleines Kind.

»Elsbeth wird der Kleinen nichts tun«, versicherte sie Magdalena, nachdem deren Tränen versiegt waren. »Sie liebt sie wie ihr eigenes Kind.«

»Das ist es ja! Längst hat sie vergessen, dass Carlotta mein Kind ist. Merkst du nicht, was in ihr vorgeht? Wenn die List mit der Tabakdose nicht klappt, dann wird sie sich etwas anderes ausdenken, um mich von Carlotta zu trennen. Das Kind will sie haben, das ist Sinn und Zweck ihres Tuns.«

»Und wir werden das zu verhindern wissen. Elsbeth braucht dich viel zu sehr, um dich an Seume auszuliefern. Wer sorgt für sie, wenn nicht du? Du glaubst doch nicht im Ernst, dass Seume lange an ihr als Gespielin Gefallen findet, wenn sie immerzu das Kind bei sich hat. Da wird sie sich also bald entscheiden müssen: entweder das sorgenlose Dasein mit Seume oder das Kind und du. Was glaubst du, wie schnell ihr das klar ist? Also hör auf, dir ihretwegen Gedanken zu machen. Jetzt geht es um anderes.«

Entschlossen schob sie Magdalena aus dem Zelt und drängte sie, zu Meister Johanns Wagen zurückzukehren.

Die Abendsonne färbte den Himmel rot. Für einen kurzen Augenblick schienen die hellen Leinwände der Zelte und Planwagen zu glühen. Einzelne Wolkenfetzen und ein entfernt rumorendes dumpfes Grollen ließen vermuten, dass endlich ein Wetterwechsel bevorstand. Schon zogen die Vögel ihre Bahnen tiefer als während der vorangegangenen Tage. Das Tschilpen der Amseln schien Unheil zu verkünden. Statt der drückenden Hitze der letzten Wochen hing eine Schwüle in der Luft, die einem den Schweiß aus den Poren trieb. Auch der Gestank der Aborte am südwestlichen Rand des Lagers zog in einer schweren Wolke herüber.

Die Aufregung des Nachmittags hatte sich gelegt. Der Schanzenbau sollte erst bei Anbruch des nächsten Tages fortgesetzt werden, und die Kürassiere waren wohlbehalten von ihrem Übungsritt zurückgekehrt. Während die Tiere sich auf den gutbewachten Weideflächen ausruhten, würfelten und zechten die Reiter wie jeden Abend mit den Fußtruppen auf den verschiedenen Spielplätzen abseits der Zelte. Hin und wieder drang lautes Lachen herüber, auch das Anschlagen eines neuen Weinfasses wurde freudig begrüßt. Flöten und Lauten ertönten, hie und da erklang Gesang. Bald flammten Feuer auf, die für ausreichend Helligkeit sorgten, um die Punktzahlen der knöchernen Würfel zu erkennen. An den Holzspießen drehten sich gerupfte Vögel, selbst ein Kaninchen oder ein Hase fand sich gelegentlich über den Flammen und verströmte trotz des mageren Fleisches einen betörenden Duft. Frauen und Kinder hatten sich zusammengefunden, um Stockbrote zu backen.

Dass Hagen Seume bei Meister Johann eingetroffen sein musste, verrieten die beiden Steckenknechte, die rechts und links des Zelteingangs postiert waren. Magdalena entdeckte sie bereits aus einiger Entfernung. Breitbeinig standen sie da und versuchten durch ihre martialische Bewaffnung mit Pistole und Pallasch Eindruck zu schinden.

Im Gegensatz zu ihrem zerrissenen Zustand im Innern gab sich Magdalena nach außen fest und entschlossen. Je näher sie dem Zelt kam, umso grimmiger blickten die beiden Steckenknechte ihr entgegen. Aus dem Innern des Zeltes klangen aufgebrachte Männerstimmen.

»Was willst du?«, knurrte der größere der beiden, noch bevor sie einzelne Worte verstehen konnte. Drohend sah er sie an und schob seinen breitkrempigen Hut mit dem Zeigefinger nach oben. Im nächsten Augenblick wurde die Zeltplane zurückgerissen, und Hagen Seume schoss heraus. Magdalena sprang zur Seite und rempelte dabei den Steckenknecht an, der sie verärgert wegstieß.

»Es bleibt dabei: Morgen früh bei Tagesanbruch geht es los«, blaffte Seume. Ohne eine Antwort abzuwarten, setzte er sich den riesigen Schlapphut mit der überlangen roten Feder auf den Kopf und legte die Hand auf den Säbelgriff. Sein Blick fiel auf Magdalena. Einen Atemzug lang blickten sie sich in die Augen, dann verzog er die wulstigen Lippen zu einem hämischen Grinsen. »Da fällt mir noch was Wichtiges ein. Meister?«

Seine Stimme schraubte sich höher, während er sich zurückdrehte, um den Feldscher direkt anzusprechen, der noch im Zeltinnern stecken musste. Aber erst als Seume sich auffällig räusperte, begriff Meister Johann wohl, was von ihm erwartet wurde. In gebückter Haltung kam er unter der Plane hervor. »Ihr wünscht?« Aufreizend langsam trocknete er die Finger an einem Tuch, jeden einzeln, eifrig darauf bedacht, keinen Tropfen auf der Haut zu übersehen.

Seume musste beschlossen haben, den offenen Affront zu übergehen. Betont freundlich sagte er: »Lass mich und meine Männer noch einen Blick in deinen Wagen werfen. Zu gern möchte ich sehen, ob du alles für die morgige Tortur bereit hast.«

Ein Wink zu seinen beiden Knechten genügte. Schon eilten sie zu dem Wagen und kletterten in den Kasten hinauf. Seume baute sich breitbeinig an der Deichsel auf, steckte die Daumen locker in die Gürtelschlaufen und grinste über das ganze

Gesicht. Dass er etwas ganz Bestimmtes von der Aktion erwartete, war nicht zu übersehen. Kaum konnte er an sich halten, nicht gemeinsam mit seinen Männern in Meister Johanns Sachen zu wühlen. Zögernd stellten sich Meister Johann und Magdalena neben ihn. Der Feldscher wirkte inzwischen doch beunruhigt, weil er Seumes Absicht nicht erkannte. Magdalena aber wusste genau, was der Profos im Schilde führte. Fehlt eigentlich nur Elsbeth, dachte sie, als sie Rupprecht neugierig aus dem Zelt kommen sah und auch Roswitha mit ihrem typischen Watschelgang wie zufällig um die Ecke bog.

Die Steckenknechte polterten im Innern des Planwagens, dass Magdalena um die mühsam errungenen Vorräte an Kräutern und Tinkturen fürchtete. Meister Johann wies empört mit der Hand Richtung Plane, da schälte sich der kleinere der beiden Steckenknechte darunter hervor und verkündete enttäuscht »Nichts!«.

»Wie? Nichts? Was soll das heißen?« Brüsk zerrte Seume ihn herunter und kletterte selbst hinauf.

»He, was soll das?«, brauste Meister Johann auf. »Was tut ihr da eigentlich?«

»Lass nur«, flüsterte Magdalena und hielt ihn zurück. »Da passiert nichts. Vertrau mir.«

Im Wageninnern schepperte es erneut. Ein Glas fiel herunter und zerbrach klirrend. Meister Johann reckte wütend die Faust in die Luft und warf ihr einen vorwurfsvollen Blick zu. Besorgt bemerkte sie, dass sein Gesicht dunkelrot angelaufen war, die Adern an den Schläfen pochten. »Von wegen!«, knurrte er und machte Anstalten, weiteres Unheil zu verhindern. Seume stieß ihn allerdings mit einem heftigen Stoß vom Wagenaufbau und sprang mit zornigem Gesicht zu Boden, dicht gefolgt von dem größeren der beiden Steckenknechte.

»Wo steckt sie?«

»Was meint Ihr?« Rupprecht schaltete sich ein. Als Einziger hatte er die Szene gelassen aus dem Hintergrund verfolgt. Nun trat er gemessenen Schrittes hervor, verschränkte die Arme vor der Brust und hob stolz den Kopf. Seiner geringen Körperlänge zum Trotz wirkte er in dieser Pose sehr beeindruckend. »Sucht Ihr etwa eine besondere Salbe oder Essenz? Erklärt Euch, Seume. Welcher Art sind Eure Beschwerden? Wir müssen das wissen, damit wir Euch helfen können.«

Seine dunklen Augen blickten furchtlos. Magdalena biss sich auf die Lippen, um ein Schmunzeln zu verbergen. Rupprecht tat genau das, was in dieser Situation vonnöten war: Er baute Seume eine Brücke, ohne Ansehensverlust aus der Geschichte herauszukommen. Sollte er sich abermals bloßgestellt fühlen, wäre keinem von ihnen geholfen. Seume aber begriff gar nichts. Feine Kleidung allein genügte eben nicht, um über ausreichend Feinsinn zu verfügen. Mit einem verärgerten »Wir gehen!« wollte er den unrühmlichen Auftritt beenden. Das Auftauchen Elsbeths just in diesem Moment hielt ihn jedoch zurück.

Carlotta auf der Hüfte wiegend, schlenderte die Cousine aufreizend langsam aus einer der Zeltgassen herbei und genoss es offensichtlich sehr, von der gesamten Versammlung beobachtet zu werden. Im letzten Tageslicht funkelten ihre blauen Augen, das Haar glänzte golden. Sie schien zu ahnen, was vor Meister Johanns Wagen vor sich ging, vielmehr zu hoffen, dachte Magdalena spöttisch, dass Seume gerade die gestohlene Tabakdose gefunden hatte. Das betretene Schweigen musste Elsbeth als Bestätigung deuten. Um ihren Mund spielte ein triumphierendes Lächeln. Wie vorhin Seume, so schien auch sie es kaum mehr erwarten zu können, den Lohn ihrer List einzufahren.

»Was ist denn hier los?«, fragte sie und setzte die Kleine zu Boden. Erfreut lief diese auf unsicheren Beinen zu Magdalena und vergrub das Gesicht in den Falten ihres Leinenrocks.

»Wonach sieht es denn aus?«, krächzte Roswitha und setzte sich ebenfalls schwankend wie ein einjähriges Kind in Gang, um zu den anderen zu gelangen. Wie so oft stolperte sie über den einzigen Stein weit und breit, rempelte den Kleineren der beiden Steckenknechte an und fiel schließlich mit ausgestreckten Armen Seume entgegen. Wie um sich vor dem direkten Kontakt mit der Hebamme zu schützen, riss er aufgebracht an seinem Mantel. Dabei fiel etwas Goldenes zu Boden. Fassungslos sah er es an, während sich Roswitha bückte und es aufhob.

»Oh, Eure wertvolle Tabakdose! Da habt Ihr aber Glück, dass sie Euch genau vor die Füße gepurzelt ist. Stellt Euch vor, Ihr hättet sie anderswo im Lager verloren. Nie und nimmer hättet Ihr das gute Stück wiederbekommen. Ehrliche Finder«, damit streiften ihre wässrigen Augen Elsbeth, die mit offenem Mund dastand, »sind nämlich rar geworden in letzter Zeit!«

Sie vollführte einen unbeholfenen Knicks und reichte Seume die Dose. Er schnappte sie sich, blickte wütend zu Elsbeth, die ihn fassungslos anstarrte, und steckte das kostbare Stück in die Brusttasche seines Wamses. Aus den Augenwinkeln bemerkte Magdalena, wie blass die Cousine geworden war. Offenbar rechnete sie sich gerade aus, was der verpatzte Fund der Tabakdose bedeutete: dass sie sich damit nicht allein die Gunst Seumes gründlich verscherzt hatte, sondern dass auch alle Umstehenden über ihre fehlgeschlagene List Bescheid wussten. Zögernd versuchte sie, sich aus Seumes Blickfeld zu stehlen.

»Morgen früh also ist der Mann fällig«, rief Seume unterdessen Meister Johann zu, rückte sich den Hut zurecht und winkte den Steckenknechten. Hocherhobenen Hauptes marschierte er den beiden voraus. Der rote Federschmuck seines Hutes wippte wie ein sichtbares Zeichen seines inneren Aufruhrs.

Schweigend sahen die anderen ihm hinterher. Keiner wagte, sich zu bewegen. Lediglich Carlotta brabbelte vor sich hin, als wüsste sie eine Menge über das eben Geschehene zu erzählen. Meister Johann fasste sich als Erster.

»Morgen früh – ihr wisst, was das bedeutet«, sagte er zu Rupprecht und Magdalena. Elsbeth, die sich gerade unbemerkt davonschleichen wollte, rief er schroff zu: »He! Hiergeblieben!« Er deutete mit ausgestrecktem Zeigefinger auf sie. »Du bleibst mit der Kleinen drüben in eurem Weiberzelt. Ich brauche Magdalena die ganze Nacht bei dem Verletzten. Das Kind stört dabei nur. Bis der Bursche da drinnen bei Morgengrauen den Weg zum Galgen auf eigenen Beinen schaffen kann, müssen wir noch wahre Wunder vollbringen.«

Elsbeth zuckte mit den Schultern. Sie hatte wohl Besseres vor, als seiner Anweisung zu gehorchen. Also nahm Roswitha das Kind auf den Arm und zupfte sie am Ärmel. »Hast du nicht verstanden?«, krächzte sie. »Lass uns gehen. Ich bleibe heute Nacht bei dir, damit dir die Zeit mit der Kleinen nicht lang wird und du am Ende wieder auf törichte Ideen verfällst.« Vielsagend zwinkerte sie Magdalena zu. »Bis du Seume wieder unter deine Röcke lässt, solltest du ohnehin einige Zeit verstreichen lassen. Er kann sehr nachtragend sein.«

»Halt dein loses Maul, du stinkende Vettel!«, brauste Elsbeth auf und hob die Hand, um ihr eine Maulschelle zu verpassen. Damit aber konnte sie die Alte nicht im Geringsten einschüchtern. Blitzschnell griff sie Elsbeths Handgelenk und zog sie mit sich fort wie ein bockiges Kind.

16

Magdalena, Meister Johann und Rupprecht sahen den beiden schweigend hinterher. Ein dumpfes Grollen kündete vom Heraufziehen eines Unwetters. Am Horizont dräuten schwere, dunkle Wolken. Eine kräftige Windböe fegte von Westen her ins Lager, durchwühlte Magdalenas Haare und bauschte ihren Rock. Schlagartig erwachte sie aus ihrer Starre. Es blieb ihnen nur diese eine Nacht, Eric zu retten.

»Nicht verzweifeln!« Meister Johann legte ihr den Arm um die Schultern. »Noch ist es nicht zu spät, noch gibt es Hoffnung.«

»Lasst uns endlich loslegen.« Aufgeregt rieb Rupprecht sich die Hände. »Je länger wir warten, desto schwieriger wird es. Seume hat seine Leute zwar wieder mitgenommen, doch wir sollten damit rechnen, dass sie im Laufe der Nacht zurückkehren.« Um seine Entschlossenheit zu unterstreichen, krempelte er die Ärmel seines Hemdes auf.

»Du bist also doch mit von der Partie?« Prüfend sah Magdalena ihn an. Kaum merklich räusperte sich Meister Johann. Trotzdem konnte sie sich die nächste Frage nicht verkneifen: »Ich denke, du kannst Eric nicht ausstehen? Das hast du vorhin erst gesagt. Schon in Freiburg hast du keinen Hehl aus deiner Abneigung gemacht.«

Einen kurzen Moment hielt Rupprecht inne. Sein Mund verzog sich zu einem Lächeln, und in seinen dunklen, tiefliegenden Augen schien es hell aufzublitzen. »Jeder kann seine Meinung ändern, meinst du nicht?«

»So ist es recht, mein Junge.« Der Feldscher legte ihm die Hand auf die Schulter. »Also los, meine Lieben. Noch bewacht niemand unseren Wagen. Auch die Kürassiere hören bald mit dem Exerzieren auf. Das aufziehende Gewitter treibt die Leute in die Wagen und Zelte. Sobald es dunkel genug ist, müssen wir Eric fortbringen. Unser Wagen steht abseits von den übrigen. Wenn wir Glück haben, wird keiner so schnell etwas merken.«

»Ich weiß auch schon, wohin wir ihn bringen können.« Rupprecht platzte schier vor Unternehmungslust. »Auf der kleinen Bergkuppe südwestlich der Stadt gibt es einen Felsvorsprung. Darunter liegt ein großer Dachsbau. Das ist genau das, was wir suchen.«

»Ich weiß, welche Höhle du meinst.« Meister Johann rieb sich nachdenklich das Kinn. »Die ist wirklich bestens geeignet: verborgen genug, damit niemand sie findet, und gleichzeitig geräumig, so dass es ein riesiger Bursche wie Eric einige Zeit darin aushält. Schließlich muss er eine ganze Weile dort bleiben, um zu Kräften zu kommen, bevor er seine Flucht fortsetzen kann.«

»Ihr redet, als wüsstet ihr schon genau, was alles zu tun ist.« Magdalena haderte noch mit sich, ob sie sich über den Eifer der beiden freuen sollte oder nicht. »Es ist noch lange nicht damit getan, Eric nur aus dem Zelt wegzubringen. Spätestens im ersten Morgengrauen kommen die Steckenknechte zurück. Bis dahin müssen wir uns etwas einfallen lassen, wie wir sein Verschwinden erklären. Euch ist hoffentlich klar, dass wir drei sonst unsere Köpfe für sein Verschwinden hinhalten.«

»Natürlich.« Rupprecht wirkte ganz ruhig. »Wenn sie Eric nicht mehr bei uns finden, baumeln wir drei schon am Strick, noch bevor die Sonne richtig aufgegangen ist.«

»Mach keine Scherze.« Deutlich war Meister Johann der Unmut anzusehen. »Magdalena hat recht: Wir sollten uns jeden Schritt genau überlegen. Überstürztes Handeln bringt nichts.«

Ein weiteres Donnergrollen rief das nahende Gewitter in Erinnerung. Die ersten Tropfen fielen. Die ausgelassene Abendstimmung im Lager fand ein abruptes Ende. Eilig räumten die Frauen Töpfe und Kisten in die Unterstände und riefen nach den Kindern, die noch in den Zeltgassen tobten. Nach und nach wurden die Feuer ausgetreten, an denen sich die Männer zum Trinken und Spielen versammelt hatten. Sosehr sie den Regen herbeigesehnt hatten, waren sie nun doch missmutig, weil sie ihre Würfelpartien abbrechen mussten. Langsam trotteten die Söldner und Trossleute in die Unterkünfte.

»Na, Meister Johann, heute Abend gar keine Lust auf eine Erfrischung?«

»Du schuldest mir noch eine Revanche für das Würfelspiel von gestern, vergiss das nicht!«

Solange immer wieder jemand an ihrem Wagen vorbeikam, konnten Magdalena, Meister Johann und Rupprecht nicht weiterreden. Hin und wieder grüßten sie oder wechselten ein paar Worte mit einem der Vorbeikommenden.

»Habt ihr drei nichts Besseres zu tun, als Löcher in die Luft zu starren? So gut wie ihr möchte ich es auch mal haben!« Ein zerlumpter Mann, deutlich gezeichnet vom Ausheben eines

Grabens, ging kopfschüttelnd an ihnen vorbei. Ein zweiter, der eine Axt geschultert hatte, blieb stehen und starrte sie an. »Na, dafür dürft ihr demnächst wieder die Knochensäge herauskramen«, murmelte er und trollte sich.

Endlich waren sie wieder unter sich. Zwei Katzen jagten durch die Gassen, eine graugetigerte und eine schwarze. Kurz stockte Magdalena der Atem. Ob sie von rechts oder links ihren Weg gekreuzt hatten, wusste sie nicht mehr zu sagen. Meister Johann und Rupprecht schienen die Tiere nicht gesehen zu haben. Eine vermeintlich einträchtige Ruhe senkte sich über die Zelte. Magdalena kletterte in den Wagen hinauf, um Verbandszeug und Salben zu packen, die Eric in seinem Versteck benötigen würde.

Dicht rückte Rupprecht ihr auf die Pelle und raunte ihr zu: »Es wird dir doch was wert sein, dass ich dir helfe, Eric in Sicherheit zu bringen?«

Entsetzt fuhr sie herum. »Was willst du damit sagen?«

»Ganz ohne Gegenleistung werde ich meinen Kopf bestimmt nicht riskieren.«

Sie schnappte nach Luft. Solche Worte hatte sie noch nie von ihm gehört. Ekel überkam sie. Als sie von ihm abrücken wollte, hielt er sie fest und zischte: »Dir bleibt keine Wahl. Das weißt du.«

Ächzend kletterte Meister Johann in den Wagen. Übermütig verkündete Rupprecht: »Verschwinden wir doch alle drei gleich mit Eric! Dann bleibt uns wenigstens der Galgen erspart.«

Entsetzt sah der Feldscher ihn an. »Das ist nicht dein Ernst«, war alles, was er zunächst herausbrachte. Erst nach einer Pause fuhr er fort: »Einfach so abhauen und das Regiment im Stich lassen ist unmöglich. Gerade wenn die Schweden anrücken, wird jeder Feldscher gebraucht. Das können wir nicht tun.«

Da kam Magdalena der rettende Einfall: »Fliehen ist gar nicht nötig! Wir schaffen das auch so.« Aufgeregt sprang sie hoch und trippelte in der Enge des Wagens hin und her, bis sie ihre Gedanken geordnet hatte.

»Was meinst du?« Meister Johann sah sie fragend an. Rupprecht war unterdessen ganz in sich zusammengesunken und tat so, als interessiere ihn das alles nicht.

»Das liegt doch auf der Hand: Der Angriff der Schweden ist unsere Chance! So kurz vor der Schlacht kann es sich der Profos nicht erlauben, uns drei aufzuknüpfen, selbst wenn er sicher ist, dass wir Eric haben entkommen lassen. Viel zu dringend braucht er uns, weil wir im Lazarett als Feldscher unverzichtbar sind.«

»Ja, natürlich!« Rupprecht hob den Kopf und zwinkerte ihr zu. »Seume und seine Leute werden morgen früh wahrlich Wichtigeres zu tun haben, als die Flucht eines simplen Mörders zu rächen.«

»Und selbst wenn sie es wollten, werden ihm der Generalauditor und die Feldherren schon klarmachen, dass es beim Angriff der Schweden anderes zu tun gibt, als ausgerechnet die besten Feldscher des Regiments an den Galgen zu hängen.«

Meister Johann musterte sie nachdenklich.

»Noch dazu, da jedem klar ist, dass Eric gar nicht weit kommen kann.« Die letzten Worte brachte Rupprecht so laut und verächtlich vor, dass Magdalena ihm dafür allzu gern eine Maulschelle verpasst hätte. Aus den Augenwinkeln aber beobachtete sie, wie der Feldscher sacht den Kopf schüttelte. Sie musste ihm abermals recht geben: Um der Sache willen mussten sie eine Weile zusammenhalten.

»Also sind wir uns einig?«, fragte sie mit erstickter Stimme.

»Dann bleibt uns nur zu hoffen, dass die Schweden wirklich morgen schon vor unserem Lager stehen.« Besorgt runzelte Meister Johann die Stirn. »Ich glaube, das ist das erste Mal in meinem Leben, dass ich mir wirklich wünsche, Wrangel und seine Leute könnten fliegen und wären bei Sonnenaufgang da.«

Wenig später machte sich Rupprecht mit den ersten Arzneien sowie Proviant und Decken auf den Weg zum Dachsbau. Im Weggehen warf er Magdalena einen Blick zu, der ihr das Blut in den Adern gefrieren ließ. Noch immer pochte ihr das Herz bis zum Hals, so hatte der eigenartige Ausdruck in seinen Augen sie entsetzt. Schweigend hockte sie zusammen mit Meister Johann im Zelt. Es blieb ihnen nichts zu tun, als geduldig auf Rupprechts Rückkehr zu warten. Ein heftiges Donnern erschreckte sie. Sturm kam auf. Das Gewitter, das sich seit dem Abend ankündigte, war endlich da. Schon zerrte eine Böe an der Zeltplane. Kurz darauf ging das sanfte Nieseln in kräftiges Tosen über. Die Nacht versprach ungemütlich zu werden. Besorgt hob Magdalena den Blick. Das unruhige Licht im Zelt reichte aus, ihre Befürchtungen zu bestätigen: Bereits nach wenigen Augenblicken zeichnete sich die Nässe auf der inneren Plane ab. Lange würde die Wachsschicht dem Wasser nicht standhalten. Auch der kräftige Wind ebbte nicht ab, sondern rüttelte immer heftiger an dem Tuch. Von unten her kroch Kälte herein. Fröstelnd zog Magdalena die nackten Füße unter die Oberschenkel, strich den Stoff ihres Rockes eng darüber und igelte sich ganz in ihren Körper ein, um die eigene Wärme so lange wie möglich auszukosten.

Meister Johann saß reglos auf einem Schemel an dem kleinen Tisch. Als fühlte er ihren Blick, wandte er den Kopf, nickte und kam leise zu ihr, um sich dicht neben ihr niederzulassen. Ein Blick zu Eric auf ihrer rechten Seite beruhigte sie. Weder das Rascheln durch Meister Johanns Aufstehen noch das Unwetter schienen seinen Schlaf zu stören. Nicht einmal die Augenlider flackerten. Es war, als wäre er zu Stein erstarrt.

Die Flamme des Talglichts kämpfte mit dem Wind. Der faulige Qualm stieg ihr direkt in die Nase, ihre Augen begannen zu brennen. Zusehends verschwammen die aufgeregt tanzenden Schatten an der Zeltwand, zauberten eine unheimliche Stimmung. Zitternd vor Kälte, rieb sie sich die Arme. Die Finger an der noch immer bandagierten linken Hand wollten gar nicht mehr warm werden. Mehrmals hauchte sie sie an.

»Mach dir keine Sorgen!«, knurrte Meister Johann und streckte die Hand aus, um ihre kalten Finger zu umfassen. »Rupprecht weiß, was er tut.«

Die rauhe Haut seiner Rechten strahlte angenehme Wärme aus. Als er merkte, wie gut ihr das tat, strich er zärtlich über ihre Hand. Dankbar sah sie zu ihm auf. Seine vorgequollenen Augen schimmerten im unregelmäßigen Licht der kleinen Flamme noch glasiger. Kurz durchzuckte sie der Gedanke, ob er heimlich von dem Branntwein trank, den sie drüben im Wagenkasten für die Patienten aufbewahrten. Unauffällig versuchte sie seinen Atem zu erschnuppern, roch allerdings nichts. Der beißende Geruch des Talglichts überdeckte alles. Dreimal schon war der Feldscher nach nebenan geklettert. Gut möglich, dass er damit seine Nerven beruhigte. Wenigstens zitterte er nicht.

»Müsste Rupprecht nicht schon längst zurück sein?«, fragte sie leise. »Bei dem Regen wird es nur noch schwieriger für ihn, sich im Dunkel zurechtzufinden. Gar nicht daran zu denken, wie wir Eric überhaupt dort hinauf zu dem Bau bringen sollen.«

Behutsam entzog sie dem Feldscher die Hand, legte sie in den Schoß und zupfte mit der gesunden Hand am Leinenverband. »Es war töricht von mir, euch beide mit hineinzuziehen. Ich hätte das besser allein in die Hand genommen. Wenn es schiefgeht, würde nur ich dafür einstehen müssen.«

»So ein Unsinn.« Unwirsch schnaufte Meister Johann auf. »Wie hätte das gehen sollen? Allein schaffst du Eric nicht mal aus dem Zelt raus. Und Seume würde dir ohnehin nicht abnehmen, dass du das allein getan hast. So oder so werden Rupprecht und ich also mit drinhängen. Dann können wir dir ebenso gut gleich helfen. Damit besteht wenigstens die kleine Chance, dass es am Ende doch gut ausgeht.«

»Du glaubst nicht daran, oder?«

»Geht es hier ums Glauben?«

17

Sobald Meister Johann die Zeltplane öffnete, klatschte ihm der heftige Regen ins Gesicht. Obwohl er sich beeilte, hinauszugelangen und den Eingang rasch wieder zu verschließen, fuhr eine neuerliche Windböe unter die Zeltplane. Ein Talglicht auf dem kleinen Tisch erlosch. Ätzender Qualm breitete sich im Zeltinnern aus.

»Magdalena!« Leise hörte sie Erics Rufen. Seine linke Hand tastete nach ihrem Oberschenkel, rüttelte leicht daran.

Bevor sie es verhindern konnte, richtete er sich auf. Eine Weile schloss er die Augen, biss sich auf die Lippen und atmete langsam. Dann kehrte die Farbe in sein Gesicht zurück.

»Was ist?«, raunte sie. Seine tiefblauen Augen musterten sie aufmerksam, als wollten sie sich jede Regung ihrer Miene ins Gedächtnis einbrennen.

»Nimm den Bernstein. Wenn nicht für dich«, fügte er fast atemlos hinzu, als sie widersprechen wollte, »dann für Carlotta. Eine Erinnerung an ihren Vater sollte ihr bleiben.«

Durch eine knappe Kinnbewegung deutete er an, wo unter seinem Hemd der Stein steckte. Selbst konnte er ihn nicht herausholen, weil er sich mit beiden Armen abstützen musste. Ihre Hand zitterte. Sie zögerte. Ihre Blicke verweilten abermals ineinander. Noch immer zog sie dieser tiefgründige Blick aus den blauen Augen in Bann. Gegen ihre Liebe war sie machtlos. Er war der Mann ihres Lebens. Nichts machte die glücklichen Wochen in Freiburg ungeschehen. Auch die bösen Verwicklungen, in die Eric sich seither verstrickt haben mochte, änderten nichts daran. Allein für die Liebe zu ihm tat sie das, was in dieser Nacht hoffentlich erfolgreich vonstattenging: ihn vor dem Galgen zu bewahren. Ob sie ihre Liebe jemals leben konnten, wagte sie nicht zu hoffen. Wenigstens aber musste sie ihrem Kind nicht eingestehen, die einzige Chance, seinen Vater zu retten, nicht genutzt zu haben.

Ein Lächeln huschte über ihr Gesicht. Vorsichtig zog sie den Bernstein aus dem Verband und legte sich die Schnur um den Hals. Wie gewohnt verbarg sie den honiggelben Stein zwischen der Falte ihrer Brüste.

»Danke!«, presste er mühsam hervor und sank zurück auf die Matte. Unter halbgeschlossenen Lidern ruhte sein Blick weiterhin auf ihr. Um seine Mundwinkel zuckte es, eine Ahnung des vertrauten Lächelns lag auf seinen Zügen. Einen

Augenblick schien es, als wäre die Zeit zurückgedreht und sie lägen wieder auf dem Heuboden in Freiburg, nur für sich und ihre Liebe lebend. Da schnappte Eric nach Luft. Das rasche Auf und Ab seines Brustkorbs verriet, wie sehr ihn das Aufrichten angestrengt hatte.

»Still«, mahnte sie und strich ihm mit den Fingerkuppen über die Wangen. Die rotblonden Bartstoppeln kratzten. Besorgt dachte sie daran, welche Anstrengungen ihm in dieser Nacht noch bevorstanden. Sobald Rupprecht auftauchte, würden sie Eric auf einen Karren verfrachten und hinüber zu dem Berg im Westen des Lagers schaffen.

»Carlotta wird noch viel mehr von dir haben als nur diesen Stein. Bald schon werden wir nachkommen. Dann können wir drei endlich miteinander leben.« Sie beugte sich über ihn und küsste ihn auf die Lippen. Endlich schloss er die Augen und atmete ruhiger.

Meister Johann blieb lange fort. Eric schlief tief, während Magdalena gegen die Müdigkeit ankämpfte. Immer wieder sackte ihr der Kopf auf die Brust, fielen ihr die Augen zu. Abrupt riss sie sie wieder auf und streckte sich. Wo blieben die anderen nur? War ihr Plan aufgeflogen? Die schlimmsten Befürchtungen kamen ihr in den Sinn. Nicht allein Rupprechts merkwürdiges Verhalten im Wagen ging ihr nicht aus dem Kopf. Auch Meister Johann blieb unerklärlich lange weg. Fahrig nestelten ihre Finger am Saum des Mieders herum. Verflucht! Jetzt war auch noch der Knoten an der morschen Lederschnur gerissen und der Bernstein verloren. Kurz nach dem ersten Schreck spürte sie erleichtert die Kälte des Steins, umklammerte ihn. Die Schnur war nicht gerissen, der Stein noch dort, wo er hingehörte: zwischen ihren Brüsten. Im selben Augenblick krachte ein neuerlicher Donner durch die

Nacht, eine Sturmböe schlug die Zeltplane hoch, so dass der Regen wieder hereinpeitschte. So schnell sie konnte, kroch sie zum Eingang, um die losen Enden der Plane fest miteinander zu verknoten.

Sie wagte einen Blick nach draußen. Dort schien die Hölle losgebrochen. Taghell flammte der Himmel auf, als sich ein Blitz seinen gezackten Weg auf die Erde suchte. Bedrohliche Wolkengebirge türmten sich am Firmament. Im nächsten Moment versank alles in tiefster Finsternis. Ein neuerliches Getöse zog durch die Nacht. Die ganze Urgewalt Gottes schien sich in der Ebene auszutoben. Der eben noch staubtrockene Boden wurde vom Regen durchpflügt, als sollten in dieser Nacht die Versäumnisse der letzten Monate wettgemacht werden. Wo die ausgedörrte Erde dem Wasser keinen Weg zum Versickern bot, bildeten sich Rinnsale, die im Handumdrehen zu kleinen Wasserläufen anschwollen. Blitz und Donner erfolgten nahezu gleichzeitig. Das wütende Grollen schien kein Ende zu nehmen. Wenigstens der Regen ließ irgendwann wieder nach, ging abermals in ein gleichmäßiges Prasseln über.

Nach einem letzten Blick in die menschenleere Weite, die vom Aufzucken des Blitzes taghell erleuchtet wurde, zog Magdalena sich ins Zelt zurück. So gut es ihr mit der bandagierten linken und der steif gefrorenen rechten Hand möglich war, verknotete sie die Lederschnüre am Eingang. Besorgt wanderte ihr Blick über das leinene Dach. Hie und da wölbte es sich unter der Last des Regenwassers nach innen. Damit nichts durchsickerte, befreite sie die Einbuchtungen von der Nässe, dann erst kauerte sie sich wieder nahe bei Erics Matte im Schein des blakenden Talglichts auf den Boden. Wenn doch nur Meister Johann zurück wäre! Ob er in der Finsternis verunglückt war? Die Latrinen waren ein ganzes Stück weg. Gut möglich, dass der Regen den Boden so aufgeweicht hatte, dass der Feldscher gestolpert und gestürzt war. Doch wie sollte sie ihm helfen, ohne Eric im Stich zu lassen? Abermals unterbrach ein heftiger Donnerschlag ihr Grübeln. Der größere Abstand zum vorausgegangenen Blitz wies auf ein allmähliches Abziehen des Gewitters hin. Bald konnte sie es wagen, aus dem Zelt zu schlüpfen und Ausschau nach Meister Johann zu halten.

»Wir sollten es lieber lassen«, hörte sie auf einmal Erics Stimme neben sich. Überrascht sah sie zu ihm. Er schien schon geraume Zeit wach zu sein. Der Blick war erstaunlich klar und frisch, als er sagte: »Es ist viel zu gefährlich. Ich will nicht, dass ihr euer Leben für mich riskiert. Denk an unser Kind. Was wird aus der Kleinen, wenn wir beide am Galgen hängen? Auch dass Rupprecht und Meister Johann sich opfern, kann ich nicht zulassen. Wenn ich auch weiß, dass sie es nicht mir zuliebe tun.«

»Niemand wird sich opfern, Rupprecht und Meister Johann schon gar nicht.« Dicht kniete sie neben ihm nieder. Eine Spur zu brüsk drehte er den Kopf weg, rang nach einer Erklärung.

»Nein, es geht nicht. Das Auftauchen der Schweden mag das kaiserliche Lager für eine Weile so sehr in Aufruhr versetzen, dass keiner daran denkt, euch ein Haar zu krümmen. Was aber kommt danach? Schlagt ihr Wrangel und seine Mannen, mag der Siegestaumel euch vor Schlimmem bewahren. Wahrscheinlicher aber ist, dass eure Männer viel zu ausgelaugt sind, um den Schweden die Stirn zu bieten. Und dann? Die Rache für die Niederlage wird die Männer blind machen. Sie werden Schuldige brauchen, um den Misserfolg zu erklären. Gnade euch Gott, wenn sie euch dann den schnellen Tod am Galgen zugestehen. Nein«, entschieden schüttelte er den Kopf und fasste nach ihrer Hand, »das werde ich nicht zulassen. Das bin ich nicht wert. Ihr seid diejenigen, deren Leben es zu retten gilt, nicht ich.«

Über den letzten Silben war seine Stimme brüchig geworden und die Kraft aus seinen blauen Augen gewichen. Und doch war sie überrascht, dass er so lange und klar hatte sprechen können, dass sich sein Zustand so grundlegend gebessert hatte. Mit der Erleichterung spürte sie, wie die alte Unsicherheit sich ihrer wieder bemächtigte. Was war in den letzten beiden Jahren geschehen? Deutete er da nicht gerade selbst an, dass er ihren hohen Einsatz nicht wert war? Unsinn! Wütend reckte sie das spitze Kinn und schürzte die schmalen Lippen. Ihre smaragdgrünen Augen funkelten.

»Mach dir keine Gedanken«, sagte sie und schüttelte entschlossen die roten Locken. »Unser Vorteil ist und bleibt das Anrücken der Schweden. Dadurch gewinnen wir wertvolle Zeit. Solange das Gefecht in Gang ist und die Verwundeten zu versorgen sind, ist jede helfende Hand unverzichtbar, die von erfahrenen Feldschern wie uns erst recht. Auch auf dem Feld wird jeder waffenfähige Mann gebraucht. Keiner wird auf die Idee verfallen, einen Suchtrupp zusammenzustellen, um dich aufzuspüren. Ist die Schlacht erst einmal vorbei, wird dein Verschwinden keinen mehr interessieren. Dann gilt es, andere Verluste zu bewältigen und Wunden zu lecken.« Dass dies nicht sonderlich überzeugend klang, wusste sie allerdings selbst.

»Was ist mit Rupprecht? Vertraust du ihm?« Wieder wollte er sich aufrichten, ließ es dann allerdings doch bleiben. Sie senkte den Blick und hoffte, dass er nicht bemerkte, wie ihr die Röte ins Gesicht stieß.

»Das ist es nicht wert, Magdalena.« Erneut griff er nach ihrer Hand und drückte sie. »Das Risiko ist viel zu groß«, begann er noch einmal. »Es kann doch auch ganz anders kommen. Stell dir vor, das Unwetter wird schlimmer, die Schweden bleiben stecken oder verlangsamen ihren Vormarsch, weil die Hessen, die sich bestimmt wieder mit ihnen verbündet haben, nicht auftauchen. Dann gibt es keinen Kampf und keinen Aufruhr im Lager, in deren Schutz die Flucht unbemerkt bleibt. Stattdessen hat Seume ausreichend Zeit, nach mir zu suchen und uns alle an den Galgen zu bringen. Du kennst ihn: Seine Wut wird durch das ungeduldige Warten auf den Feind wohl eher noch angestachelt, sein Wunsch nach Rache dadurch nur noch größer.«

»Was ist das eigentlich mit dir und Seume? Was hast du ihm getan, dass er dich so spektakulär am Galgen baumeln sehen will?« Sie rüttelte ihn an der Schulter und ließ erst von ihm ab, als ihr bewusst wurde, dass seine Wunden dadurch wieder aufreißen konnten. »Eric, bitte! Sag mir endlich die ganze Wahrheit.« Sie verlegte sich aufs Flehen, wurde jedoch gleich wieder lauter, so sehr brachte sie sein Schweigen auf: »Wie übel hast du ihn übers Ohr gehauen? Ihr beide kocht da wohl ein ganz besonderes Süppchen miteinander aus.«

Ihrem eindringlichen Blick konnte er nicht mehr standhalten. Er wandte den Kopf ab, sah ins Leere und stöhnte leise. Seine Lippen wurden hell, sein Gesicht blass. Ihre Wut verwandelte sich in Sorge. Sacht strich sie ihm über das Haar. »Was es auch ist, eines Tages musst du mit mir darüber reden. Versprich mir das. Ruh dich noch ein wenig aus. Wenn Rupprecht kommt, musst du bereit sein. Wir müssen dich fortbringen.«

Suchend tastete er nach ihrer Hand, drückte sie und sprach mit brüchiger Stimme: »Danke, Magdalena, aber lass es jetzt gut sein. Zu fliehen hat keinen Sinn. Ich liebe dich, bis in alle Ewigkeit. Dass du mir helfen willst, ist mehr als genug. Pass gut auf dich und unsere Tochter auf. Vielleicht erzählst du ihr eines Tages mal von mir.«

Die letzten Worte gingen in einem halb unterdrückten Schluchzen unter. Hastig drehte er das Gesicht weg, doch Magdalena hatte bereits gesehen, wie tränennass seine Wangen schimmerten.

18

Um sie herum war es gespenstisch ruhig geworden. Der Regen hatte nachgelassen, das Gewitter grollte in weiter Ferne. Hin und wieder zuckte ein schwacher Blitz über den Himmel, dem erst spät ein leichtes Dröhnen folgte. Das Unwetter war vorbei.

Doch da zerriss ein neuer Donner die Stille. Magdalena stutzte. So schnell konnte das Gewitter nicht zur ursprünglichen Stärke zurückgefunden haben. Erst durch Erics schreckgeweitete Augen wurde ihr klar, dass der Lärm eine andere Ursache haben musste. Im selben Moment fuhr der Wind ins Zelt, blähte das ölgetränkte Leinen auf. Das letzte Talglicht erlosch. Magdalena fluchte. Noch einmal knallte es. Ein Musketenschuss! Ganz nahe. Ihr Puls raste. Ihre Finger umklammerten den Bernstein, ihre Lippen formten ein lautloses Gebet. Voller Furcht starrte sie zum Eingang. Hatte sie es nicht geahnt? Das Verschwinden Meister Johanns und das Wegbleiben Rupprechts hätten Warnung genug sein müssen. Nun war sie ganz allein mit Eric, schutzlos allem Unheil ausgeliefert. Die nächsten Wagen und Zelte aus dem Tross standen zu weit weg, als dass sie von dort Beistand erhoffen konnte. Sie betastete ihre Hüfte. Das Messer steckte noch im Bund. Eine andere Waffe hatte sie nicht.

Ein weiteres Mal donnerte es, allerdings nicht aus einer Muskete. Dazu schepperte es zu sehr. Magdalena blinzelte in die Dunkelheit. Das einfallende Mondlicht bot ihr Orientierung. Die Zeltbahnen wehten haltlos im Wind, zwei umgefallene Blechkübel rollten hin und her. Seumes Steckenknechte standen im Eingang und traten mit den Stiefelspitzen immer wieder gegen die Eimer, als handelte es sich um lästige Fliegen, die sie verscheuchen wollten.

»Wo ist der Hundsfott?« Der größere der beiden trat einen Schritt näher. Das fahle Mondlicht verwandelte ihn in einen riesigen, schwarzen Schatten ohne Gesicht. Von seiner Hutkrempe tropfte das Regenwasser, die Feder hing schwer und schlaff herab. Auch der Umhang triefte vor Nässe und lastete schwer auf seinen massigen Schultern. Mit den beiden Soldaten war mehr als nur die eisige Gewitterstimmung in das enge Zelt eingedrungen.

»Da hinten, wo sonst?« Magdalena nickte mit dem Kopf in die Ecke, in der Eric lag. Innerlich drohte es sie zu zerreißen.

»Kann er aufstehen?«

Als wäre das eine Aufforderung an sie, erhob sie sich. Sie reckte das Kinn nach oben und stemmte die Hände in die Hüften. Die linke Hand schmerzte höllisch, doch sie biss sich auf die Lippen, um sich das nicht anmerken zu lassen. Zornig sah sie den Steckenknecht aus ihren blitzenden grünen Augen an. »Frag ihn doch. Vielleicht hast du Glück, und er gewinnt das Bewusstsein zurück, sobald er deine liebliche Stimme hört. So wie ihr beide ausseht, wird er von euch nur Gutes zu erwarten haben, was?«

Mit Aufmüpfigkeit hatten die Knechte nicht gerechnet. Magdalena wunderte sich selbst, woher sie den Mut nahm. Vielleicht war das die einzig richtige Art, mit ihnen umzuspringen. Unsinn!, schalt sie sich im nächsten Moment. Am Ende führte das nur dazu, dass die zwei noch übellauniger wurden. Der Weg quer durch das Lager von Seumes Unterkunft bis zu ihr durch den strömenden Regen durfte ihnen kaum Freude bereitet haben. Wahrscheinlich hatten sie dafür das abendliche Kartenspiel oder eine lustige Tändelei mit den Huren unterbrechen müssen. Umso schlimmer für sie, wenn sie bei dem Verwundeten statt eines verängstigten Hascherls ein freches Weibsbild antrafen.

»Er ist kaum bei Sinnen«, schob sie in freundlicherem Ton nach und rang sich sogar ein Lächeln für den muffigen Riesen direkt vor ihr ab. »Wenn er aufstehen soll, müsst ihr ihm schon kräftig unter die Arme greifen. Aber Vorsicht! Er hat eine riesige Wunde quer über den Leib.«

Sie trat beiseite, um den Weg zur Strohmatte frei zu machen, und wies mit der gesunden Hand auf Eric. Kurz wandten sich die beiden einander zu, dann nickte der kleinere, und sie bückten sich gleichzeitig, um ihn vom Boden aufzuheben.

»Was tut ihr da?« Sie musste an sich halten, um nicht aufzuschreien. »Der kann doch kaum die Augen aufhalten, geschweige denn stehen. Außerdem soll er erst im Morgengrauen mit dem Karren abgeholt und zum Richtplatz gebracht werden. Das hat Seume vorhin selbst angeordnet.«

Die Männer reagierten nicht auf ihren Einwand, sondern brachten Eric unter Schnaufen und Fluchen in die Aufrechte.

Einen Moment hielten sie inne. Kraftlos hing Erics rotblonder Kopf auf der Brust. Der im Liegen so stattlich wirkende Körper hielt sich lediglich durch das Stützen der beiden Soldaten einigermaßen gerade. Die Leinenverbände um seinen Bauch färbten sich dunkelrot. Durch das ruckartige Hochziehen musste die Naht aufgebrochen sein. Blankes Entsetzen erfasste Magdalena. So würde Eric nicht einmal den Weg ins Offizierslager überleben. Wo blieben nur Rupprecht und Meister Johann?

»Weiß Seume, was ihr da vorhabt?«, versuchte sie ein letztes Mal, die Steckenknechte von ihrem gefährlichen Tun abzubringen. »Bei Nacht sieht kein Mensch, wie der Lump zu ihm geschafft wird. Nur diejenigen, die direkt um den Richtplatz lagern, werden morgen früh etwas von der Hinrichtung mitbekommen. Aber gerade das wollte Seume doch nicht. Ein riesiges Spektakel will er haben! Alle Leute in Regiment und Tross sollten zusehen, wie auch der dritte Halunke für den feigen Mord an unseren Soldaten den Kopf hinhält.«

Ohne nachzudenken, zupfte sie den kleineren der beiden am Mantel. Unwirsch schüttelte er sie ab. Wieder war es der größere, der das Wort ergriff: »Seume will, dass wir den Schurken sofort in sein Zelt schaffen. Hier bei euch ist er nicht mehr sicher. Euer Zelt steht zu weit weg von den übrigen. Es könnte jemand kommen und ihn befreien. Oder die Späher von den schwedischen Hunden tun das.«

Sein Blick glitt über ihren Körper, verweilte lüstern auf ihrem Busen. Schnell leckte seine Zunge über die Lippen. »Gnade dir Gott, wenn die dich hier allein und völlig wehrlos finden. Mit einem Halbtoten zur Seite, der nicht einmal aufstehen kann. Sei froh, dass Seume das noch rechtzeitig eingefallen ist. Drüben bist auch du in Sicherheit.«

»Ich soll mitkommen?« Daran hatte sie keinen Augenblick gedacht. Wie sollten der Feldscher und Rupprecht dann erfahren, was in ihrer Abwesenheit passiert war?

»Natürlich! Oder glaubst du, dass wir dem Schurken die schmutzigen Verbände wechseln? Sieh dir doch an, welche Sauerei das ist. Pack ein, was du an Kräutern und Salben brauchst. Außerdem«, er kniff sie in den Hintern, »ist es drüben im Offizierslager weitaus lustiger als hier. Da wirst auch du deinen Spaß haben, das verspreche ich dir!«

19

Dass Rupprecht sich überhaupt noch hierherwagte! Als der drahtige Schwarzhaarige mitten in der Nacht in ihr Zelt kroch, schluckte Elsbeth eine böse Bemerkung hinunter. Dass er obendrein nach Magdalena fragte, setzte der Unverfrorenheit die Krone auf. Selbst Rupprecht sollte verstanden haben, wie sie inzwischen zu der Cousine stand. Schließlich war er selbst dabei gewesen, wie Magdalena sie vor dem Profos hatte auflaufen lassen. Carlotta war das Einzige, was sie an ihr mochte, ja liebte. Zärtlich hauchte sie einen Kuss auf den schlafenden Haarschopf in ihrem Schoß.

»Eric ist auch verschwunden, ebenso Meister Johann.« Rupprecht sprudelten die Worte aus dem Mund, so aufgebracht war er. »Unser Zelt ist leer. Wo sind die alle hin? Weißt du was, Elsbeth? Abgehauen werden sie wohl kaum sein. Eric ist viel zu schwach, kann sich nicht einmal aufrichten, geschweige denn gehen. Magdalenas linke Hand ist verletzt, der Feldscher gewiss betrunken. Solange Carlotta bei dir ist, ist Magdalena nicht freiwillig fort. Nie und nimmer würde sie ihr Kind im Stich lassen, geschweige denn allein mit Eric zu fliehen wagen.«

»Hat sie das vor? Ohne dich? Kaum zu fassen!« Verächtlich sah sie auf Rupprecht hinab, den sie selbst jetzt, da sie einander gegenübersaßen, überragte.

»Was weißt du?« Seine Stimme kippte. Es war unübersehbar, dass er etwas zu verbergen hatte.

»Was soll ich schon wissen?« Mit irgendwelchen Fluchtplänen wollte Elsbeth nichts zu tun haben. Ärger mit Seume hatte sie genug.

In der Ferne grollte das Gewitter. Dicke Regentropfen platschten auf das Leinen, so dass der durchnässte Stoff immer schwerer auf die Stangen drückte. An manchen Stellen hing er bereits bedrohlich durch. Sie reckte sich und pochte mit der Faust dagegen, um das Wasser herauszuschleudern. Mit der schlafenden Kleinen auf dem Arm war sie allerdings stark in ihren Bewegungen eingeschränkt. Tatenlos sah Rupprecht zu.

Geweckt hatte er sie nicht. Denn zum einen ging ihr die unglückliche Episode mit Seume nicht aus dem Kopf, zum anderen gab auch Carlotta keine Ruhe, immer wieder erwachte sie und schrie herzerweichend. Wenigstens die aufdringliche Roswitha war Elsbeth irgendwann losgeworden. Die Kleine aber beruhigte das nicht. Über Stunden schon wiegte Elsbeth sie in den Armen. Dabei war ihr stetig kälter geworden. Die Feuchtigkeit kroch unter ihre Kleider, die Decke über den Schultern war klamm. Auch von Carlottas Leib in ihren Armen strahlte zu wenig Wärme aus, um das Frösteln zu besiegen.

Sie wollte allein sein, niemanden sehen in ihrem Elend, am wenigsten Rupprecht. Die Schmach, von Magdalena vor aller

Augen bloßgestellt worden zu sein, konnte sie nicht verwinden. Zu allem Überfluss hatte sie vorhin ihre Blutungen bekommen, eine weitere Unbill, die ihr zu schaffen machte. So schnell konnte sie sich das Leinen gar nicht zwischen die Beine stopfen. Erschöpft hatte sie aufgegeben und es einfach zwischen den Beinen hinunterrinnen lassen. Beiläufig strich sie den Rock über dem Schoß glatt, damit Rupprecht die verräterischen dunklen Flecken nicht entdeckte. Den Becher Wermuttee gegen die Leibschmerzen hatte sie ausgetrunken, wartete aber noch auf die ersehnte Wirkung. Einige Tropfen Hirschhorn oder Serapin wären gewiss hilfreicher gewesen. An die aber kam sie nur über Magdalena oder Roswitha.

»Wo und wann hast du Magdalena zum letzten Mal gesehen?« Rupprechts Hartnäckigkeit machte sie noch wütender.

»Du kannst so oft fragen, wie du willst. Meine Antwort bleibt die gleiche: am frühen Abend, vor Meister Johanns Wagen. Da warst auch du, falls du es vergessen haben solltest.« Aufreizend schüttelte sie die langen blonden Haare nach hinten, warf den Kopf hoch und warf ihm einen weiteren verächtlichen Blick zu.

Natürlich war das eine dreiste Lüge. In dieser Nacht noch hatte sie Magdalena gesehen. Der Lärm, den die Steckenknechte gemacht hatten, als sie den Verwundeten wegschleppten, war trotz Gewitter und Carlottas Gebrüll nicht zu überhören gewesen. Kurz darauf war auch die Cousine aus Meister Johanns Zelt fort. Ob sie den anderen hinterhergelaufen war, hatte Elsbeth nicht feststellen können. Sie vermutete eher, dass sich Magdalena zu Roswitha geflüchtet hatte, um sich bei ihr auszuweinen. Dass Seumes Männer ihren geliebten Eric fortschleiften, setzte ihr bestimmt arg zu. Da konnte ihr selbst die geheimnisvolle Kraft des Bernsteins nicht helfen. Wehmütig dachte Elsbeth daran, wie sie den honiggelben Stein in Händen gehalten hatte. Wie gut hätte sie ihn jetzt gebrauchen können!

Verärgert glitt ihr Blick über Rupprecht. Erbärmlich, wie er da vor ihr saß, zitternd wie Espenlaub, nur weil das Zelt des Feldschers leer war! Nun reichte es ihr.

»Bis zum Sankt-Nimmerleins-Tag kannst du hier dumm rumstehen und warten. Ich sage nichts, weil ich nichts weiß.«

»Natürlich weißt du etwas.« Dicht baute er sich vor ihr auf, ohne dem unruhigen Kind auf ihrem Arm Beachtung zu schenken. Wütend zischte er: »Oder hältst du mich für so beschränkt, dass ich nicht merke, welches Spiel du mit mir spielst? So weit ist dein Zelt nicht von Meister Johanns Wagen entfernt. Da drin ist ein einziges Durcheinander, Kisten, Töpfe, Tiegel – alles durchwühlt. Den Lärm, den das verursacht hat, musst du gehört haben. Erzähl also keine Lügen, sondern sag endlich, was du mitbekommen hast.«

»Nichts habe ich mitbekommen! Wie denn auch? Ist dir schon mal aufgefallen, dass es seit Stunden donnert, als würden sämtliche Geschütze unseres Regiments gleichzeitig abgefeuert? Außerdem: Würde ich jedes Mal wenn es drüben in Meister Johanns Wagen rumpelt, nachsehen, hätte ich ganz schön was zu tun.«

Carlotta schrie auf und presste im nächsten Moment die winzigen Hände zu Fäusten. Ihr Kopf lief rot an, das Gesicht wurde zu einer verzerrten Grimasse, die dunklen Augen bildeten nur mehr einen schmalen Schlitz. Im nächsten Moment entlud sich eine stinkende Ladung in die Windeln. Carlottas Gesichtchen entspannte sich. Auch ihr Greinen hörte auf.

»Schnell, gib mir die Tücher und hilf mir«, raunzte Elsbeth

Rupprecht an, der wie erstarrt zusah, wie sie das Kind von dem verschmutzten Stoff befreite. Sie hatte sie auf dem kalten, nassen Boden ablegen müssen, was der Kleinen überhaupt nicht gefiel, erst recht nicht, als sie schließlich ganz nackt darauf zu liegen kam. Verängstigt wimmerte sie vor sich hin. Gespenstische Schatten huschten über die Zeltplane. Bald würde das Talglicht auf der Truhe endgültig verlöschen, ohne dass Elsbeth ein neues anzünden konnte. Seume hatte an diesem Abend keinen Nachschub mehr gebracht. Bald ließ Carlotta sich von dem unsteten Tanz der Silhouetten ablenken.

Geschickt hielt Elsbeth sie mit einer Hand auf dem Bäuchlein, während sie sich mit der anderen die Decke von der Schulter zog und über das Kind legte. Die Decke war zwar auch feucht, spendete aber dennoch ein wenig Wärme. Blindlings griff sie nach den Tüchern, die Rupprecht ihr umständlich reichte. Endlich war er auf die Idee gekommen, in der Truhe nachzusehen und noch ein paar Streifen einigermaßen trockenen Stoffs daraus zu ziehen. Mit drei, vier geübten Handgriffen hatte sie Carlotta wieder eingewickelt und hob sie hoch.

Die ganze Aktion hatte sie viel Kraft gekostet. Mit einem Mal war sie es leid. Rupprecht sollte endlich verschwinden, sie wollte nur noch ihre Ruhe. »Also gut«, sie wischte sich mit dem Handrücken über die Stirn, die nun sogar verschwitzt war, »ich habe tatsächlich gesehen, wie Magdalena weggegangen ist.«

»Was? Warum sagst du das nicht gleich? Wo ist sie hin?« Rücksichtslos riss Rupprecht sie herum, so dass Carlotta wieder weinte.

»Woher soll ich das wissen? Johann ist doch euer Meister. Der muss es wissen. Frag doch den!«

»Der ist auch weg. Das habe ich dir vorhin schon gesagt.«

»So?« Das klang beiläufiger, als sie es meinte. Langsam wurde ihr bewusst, dass sie Rupprecht wohl doch besser hätte zuhören sollen. In ihrem Kopf schwirrten die Gedanken durcheinander. Nachdem Seumes Knechte Eric mitgenommen hatten und der Feldscher verschwunden war, schien es ihr auf einmal unwahrscheinlich, dass Magdalena zu Roswitha gelaufen war. Seume musste sie wohl ebenfalls zu sich zitiert haben, um den Verletzten zu pflegen. Kein gutes Zeichen! Anscheinend traute er ihnen allen nicht mehr über den Weg und wollte Magdalena direkt unter seiner Kontrolle haben. Möglich auch, dass Gefahr von außen im Verzug war. Am Ende rückten die Schweden weitaus schneller heran, als Seume behauptet hatte. Beides machte ihr auf einmal Angst. Immerhin hockte sie mutterseelenallein in ihrem Zelt, auf der einen Seite lediglich flankiert von einer schusseligen, dürren Alten, auf der anderen Seite in einiger Entfernung zur leeren Unterkunft des Feldschers. Wer auch immer dort auftauchen mochte, ob die feindlichen Schweden oder die Kumpane des feigen Soldatenmörders, allen war sie schutzlos ausgeliefert. Was sollte sie tun? Zu Seume kriechen und ihn reumütig um Verzeihung bitten? Allein die Vorstellung ekelte sie an.

»He, was ist mit dir? Hat es dir die Sprache verschlagen?« Besorgt sah Rupprecht sie an und legte ihr sanft die Hand auf die Schulter. Für einen Moment trafen sich ihre Blicke. Hoffnung keimte in ihr auf. Seine dunklen Augen wirkten erstaunlich frisch. Warum blieb sie nicht einfach bei ihm? In der Not konnte er ihr wohl kaum den Beistand verwehren. Und sie wusste doch, wie sie ihn für sich gewinnen konnte. Oft genug war er in ihren Händen wie warmes Wachs zergangen. Entschlossen setzte sie ein strahlendes Lächeln auf. In dem schwindenden Schein des Talglichts konnte er zwar wenig davon erkennen, sie war sich jedoch sicher, dass ihrer Stimme das Wohlwollen anzuhören war. »Ich habe wirklich nur beobachtet, wie Magdalena fort ist, kurz nachdem Seumes Leute da waren und Eric mitgenommen haben. Davor war sie noch in Meister Johanns Wagen und kam mit einem gutgefüllten Beutel heraus. Kann es nicht sein, dass sie Eric in Seumes Zelt pflegen soll? Wahrscheinlich hat er Eric und Magdalena zu sich bringen lassen, weil er verhindern will, dass ihn jemand so kurz vor der Hinrichtung befreit.«

»Eric befreien? Wer um Himmels willen sollte das tun? Wie kommst du darauf?« Schlagartig wich die Farbe aus seinem Gesicht. Selbst als der Docht der kleinen Lampe endgültig erlosch, war das noch zu erahnen, so weiß schimmerte seine Haut. Rupprechts ruckartige Bewegung schreckte Carlotta auf. Von neuem weinte sie.

Argwöhnisch behielt Elsbeth Rupprecht im Auge, während sie das schreiende Kind von einer Hüftseite auf die andere hievte. Der wich ihrem Blick aus und blieb auf Abstand. »Warum haben sie den Halunken sonst weggebracht? Hat mich ohnehin schon gewundert, dass sie ihn so lange ohne Wachen bei euch haben liegen lassen.«

Das Schreien der Kleinen wurde lauter, beruhigend schaukelte Elsbeth sie hin und her. In der Finsternis wirkten Rupprechts Wangen eingefallen. Die dunklen Augen betonten den Eindruck der Magerkeit noch. Was hatte sie je an ihm gefunden? Ein Mann musste stattlich sein und mindestens einen Kopf größer als seine Frau. Wie sollte die sonst ausreichend Schutz an seiner Schulter finden? Lächerlich, wie schmächtig Rupprecht geraten war. Nie und nimmer würde er ihr bei Gefahr helfen können. Nicht nur seine geringe Körpergröße, auch die mangelnde Muskelkraft stieß ihr auf einmal übel auf. Dass sie das alles jetzt erst sah! Völlig verblendet musste sie gewesen sein. Gott wusste schon, warum ihr Kind gar nicht erst gelebt hatte. Sie drückte die Brust heraus und wandte sich von ihm ab. »Was willst du noch hier?«, herrschte sie ihn an. »Hau endlich ab, du erbärmlicher Hundsfott!«

20

»Du bist hier?« Magdalena erstarrte vor Schreck, als sie im Halbdunkel des schlecht ausgeleuchteten Zeltes Meister Johann entdeckte. Flankiert von den beiden Steckenknechten, stand er halb gebückt, blutbefleckte Leinenstreifen in der Hand. Auch er schien nicht erfreut über ihr Auftauchen. Seine hervorquellenden blassgrauen Augen wichen ihr aus, die riesigen Hände zitterten. »Was tust du hier?«, fragte sie ihn. Er blieb ihr die Antwort schuldig. Nervös sah er zu den Steckenknechten, dann flüsterte er ihr zu: »Sag mir lieber, was passiert ist? Warum haben sie Eric und dich hergebracht? Wo steckt Rupprecht?«

»Dasselbe wollte ich dich gerade fragen.«

Darauf ging er nicht ein, sondern wandte sich betont schroff an die Steckenknechte: »Dem Verwundeten geht es schlecht. Den Weg hierher hat er nicht gut überstanden, weil ihr alles andere als sanft mit ihm umgesprungen seid. Dringend müssen wir die Verbände wechseln und wirksame Pflaster gegen die Blutungen auflegen. Hast du alles dabei, Magdalena? Dann lass uns ans Werk gehen!«

Knapp wies er mit dem Kopf über die Schulter. Jetzt erst entdeckte sie den Vorhang, der das Innere des Zeltes in zwei

Räume teilte. Abrupt wurde der Stoff zurückgeschlagen, und Seume schob sich dahinter hervor.

»Da ist ja endlich unsere liebreizende Wundärztin. Päppel mir endlich den Halunken dahinten auf. Bis zum Morgengrauen soll er auf eigenen Beinen stehen. Seinen letzten Gang zum Galgen sollte man schon aufrecht hinter sich bringen, nicht wahr?« Dröhnend lachte er. Magdalena hob gar nicht erst den Kopf. Auch Meister Johann tat, als habe er nicht zugehört, und schob sich einfach an Seume vorbei. Sie wollte es ihm nachtun, da umklammerte der Profos mit fleischigen Fingern ihren Arm, dass es schmerzte.

»Wenn die Arbeit getan ist, mein Täubchen, warte ich im Zelt nebenan auf dich. Mir ist, als hättest du einiges bei mir wiedergutzumachen.« Gierig glitt sein Blick über ihren zierlichen Körper. Unwillkürlich raffte sie den Stoff ihres Mieders enger zusammen und zog die Schultern ein. Es widerte sie an zu sehen, wie seine Zunge über die Lippen leckte. Am liebsten hätte sie ihm ins Gesicht gespuckt. »Ich glaube, der Meister braucht mich«, war alles, was sie herausbrachte.

»Verschwende deine Reize nicht an diesen Schurken. Der ist es nicht wert, mein Täubchen! Bei mir dagegen wirst du bald wissen, welche Vorzüge es haben kann, brav zu sein.«

»So wie Elsbeth?« Die Frage war ihr ohne nachzudenken herausgerutscht. Ruckartig ließ er sie los, und sie taumelte nach hinten. Schweigend setzte er seinen Hut auf und verschwand, ohne sie eines weiteren Blickes zu würdigen, aus dem Zelt.

Hinter dem Vorhang war Meister Johann bereits damit beschäftigt, die wieder aufgerissenen Wunden an Erics Leib zu versorgen. Er blickte kaum auf, als sie ihm gegenüber niederkniete und ihm mit einer Lampe leuchtete. Besorgt betrachtete sie Eric. Abermals hatte er das Bewusstsein verloren. Fiebrige Schweißperlen glänzten auf seiner Stirn. Magdalena fühlte, wie Verzweiflung sie übermannen wollte. So nah war sie daran gewesen, ihn zu retten. Ein, zwei Stunden noch, und er wäre in Sicherheit gewesen. Die Steckenknechte hätte ihn nicht mehr vorgefunden. Erschüttert sah sie zu Meister Johann. Sein Augenmerk war ganz auf die Behandlung der Nähte gerichtet. Fieberhaft überlegte sie, ob sie nicht doch noch etwas für Erics Rettung tun konnte. Vielleicht sollte sie gleich zu Seume hinüber. Wenn es Erics Leben rettete, würde sie ihren Abscheu überwinden und Seume die Freuden gewähren, die er verlangte. Es wäre gewiss nicht das erste Mal, dass eine Frau ihren Mann auf diese Weise aus Seumes Händen befreite. Elsbeth hatte es sogar für weitaus geringeren Lohn getan.

»Gleich bin ich fertig«, erklärte der Feldscher und stellte die Schale mit der bewährten Salbe aus Leinöl, Kolophonium und Wachs ab. Schon begann er, einen neuen Verband anzulegen. Rasch sprang sie ihm bei. Als sie fertig waren, zerrte er mit den dicken Fingern an der dünnen Decke, die von Erics Beinen gerutscht war, und zog sie vorsichtig über den geschundenen Leib. Ein letzter Blick bestätigte den schlimmen Zustand: Die Blutungen waren zwar zum Stillstand gekommen, dennoch glühte Erics Antlitz weiterhin fiebrig, Schüttelfrost quälte seinen Körper. Immer wieder warf er den Kopf hin und her. Undenkbar, dass er in wenigen Stunden noch einmal in die Senkrechte gebracht und auf eigenen Beinen zum Richtplatz gehen konnte. Meister Johann schien Ähnliches zu denken. Unwirsch schüttelte er den Kopf. Schweigend kauerten sie sich neben Erics Krankenlager auf den Boden und warteten. Meister Johann legte den Arm schützend um Magdalenas Schultern und zog sie zu sich.

Der Regen trommelte auf das Zelt, das Gewitter verklang in der Ferne. Die Morgendämmerung war nicht mehr weit. Seit einer Weile schon drang stetes Hämmern und Klopfen zu Magdalena und Meister Johann. Draußen auf dem Richtplatz wurde der Galgen für den vermeintlichen dritten Soldatenmörder aufgerichtet.

»Gleich ist es so weit.« Seumes Bass übertönte sowohl das Hämmern als auch die Regentropfen auf der Zeltplane. Mit einem Ruck rissen seine riesigen Pranken den Vorhang zurück. Breitbeinig stand er vor ihnen. Die hünenhafte Gestalt verhinderte, dass viel Licht in ihren Teil des Zeltes fallen konnte. Schwankend machte er einige Schritte auf sie zu, dann ruderte er wild mit den Armen. Wäre ihm nicht einer der Steckenknechte zur Seite gesprungen, wäre er mitten in seinem eigenen Zelt umgekippt. Der Speichel troff ihm von den wulstigen Lippen, die Augen schimmerten glasig. Die knollige Nase war blaurot verfärbt und von unzähligen roten Äderchen durchzogen. Allein der Atem, den er ausstieß, genügte, um zu wissen, wie es um ihn stand. Ein Wunder, dass er überhaupt noch deutlich sprechen konnte.

»Komm schon, Meister Johann, zeig uns allen, dass du der beste Feldscher weit und breit bist. Sogar einen Toten erweckst du uns noch zum Leben, damit er nachher am Galgen zappelt!« Er lachte.

Magdalena sah zu Meister Johann. Der würdigte Seume keines Blickes, sondern blickte starr geradeaus. Von der Matte drang leichtes Stöhnen an ihr Ohr. Offensichtlich nahm Eric trotz des Fiebers wahr, was um ihn herum geschah. Inzwischen war auch der zweite Steckenknecht zum Profos getreten und griff ihm unter die Arme. Widerstandslos ließ er geschehen, dass sie ihn wie eine Puppe umdrehten und hinausführten. Mit einem Schlag auf die Schultern bedeutete er ihnen jedoch, noch einmal anzuhalten. Schwerfällig drehte er den massigen Kopf halb über die Schulter zurück und brüllte: »Vergiss nie, was du mir schuldig bist, du hochverehrter Heilkünstler! Nicht nur für deine Anna hast du noch eine Rechnung bei mir offen.«

Verächtlich spuckte er aus und brach in höhnisches Lachen aus. Erst im zweiten Anlauf gelang es den Männern, ihn zum endgültigen Umdrehen zu bewegen. Mit staksigen Schritten verließ er das Zelt. Er sprach so laut auf die Knechte ein, dass auch Magdalena die Worte verstand: »Schauen wir uns den Galgen an, ob er hoch genug steht. Alle müssen sehen können, wie dieser feige Mörder daran baumelt.«

Die Knechte schienen ihm den Wunsch zu erfüllen. Magdalena vernahm die Befehle, die den Zimmerleuten auf dem Richtplatz Einhalt im Hämmern geboten. In der plötzlich einkehrenden Stille hielt Magdalena den Atem an. Auch Meister Johann verfolgte das Treiben draußen gebannt. Kerzengerade richtete er sich auf und legte den Kopf in den Nacken, als könne er dadurch besser hören. Selbst Erics Stöhnen verklang. Die Augen hielt er fest geschlossen, der eben noch von Krämpfen geschüttelte Körper lag reglos. In der Ferne bellte ein Hund, ein zweiter antwortete. Ansonsten schien alles Leben erstarrt, selbst das Trommeln der Regentropfen war verstummt.

Der Morgen dämmerte. Unter der Zeltplane wurden die Konturen deutlicher, die Abstufungen der Grautöne waren besser zu unterscheiden. Bald brach der Tag an, und Erics letzte Stunde rückte näher. Magdalenas Augen füllten sich mit Tränen. Nicht einmal der Bernstein, den sie mit der rechten Hand umfasste, wollte ihr Kraft spenden.

Draußen auf dem Richtplatz brüllte Seume. Ein anderer erwiderte leise etwas, was der dröhnende Bass scharf zurückwies. Dann hörte man ein Poltern. Jemand schrie auf, im nächsten Moment krachte Holz, ein weiterer Schrei erklang. Das Poltern setzte sich fort.

»Potz Blitz!« Seumes lautstarkes Fluchen übertraf alles. Ein dumpfes Aufschlagen folgte. Man hörte Holz ächzen und splittern, ein tosender Lärm setzte ein.

Die spitzen Schreie kündeten von Ungeheuerlichem. Im nächsten Augenblick gingen sie in weiterem Krachen und Zersplittern unter. Entsetzt sahen sich Magdalena und Meister Johann an. Bevor sie etwas sagen konnte, sprang der Feldscher auf und stürzte hinaus. Sie warf einen Blick auf Eric. Das Fieber hielt ihn so fest in seinen Klauen, dass er nichts von dem Getöse mitbekam. Hastig tupfte sie ihm über die nasse Stirn, dann erst rannte sie Meister Johann hinterher.

Eisiger Wind schlug ihr vor dem Zelt entgegen. Sie lehnte den Oberkörper nach vorn, um den Regen nicht direkt im Gesicht zu spüren. Nach wenigen Schritten bereits war sie triefend nass. An den Schuhen klebte der Schlamm, aus den Haaren tropfte es. Noch hing triste Dämmerung über dem Lager. Dennoch drängten die Menschen aus allen Ecken herbei und eilten in dieselbe Richtung wie Magdalena. Der Lärm und das Geschrei hatten sie neugierig gemacht. Sich in der ungeduldigen Menge zu behaupten bereitete Magdalena große Mühe. Einmal spürte sie einen Ellbogen im Leib, ein anderes Mal riss sie jemand zur Seite oder schob sie von hinten rücksichtslos gegen ihren Vordermann. Weil die meisten sie um einen Kopf oder mehr überragten, sah sie lange nicht, was sich vor ihr tat. Die breiten Rücken verdeckten ihr die Sicht, der vom Regen durchweichte Boden behinderte sie beim Gehen. Immer wieder blieb sie mit den viel zu dünnen Lederschuhen im kalten Morast stecken.

Endlich erreichte sie den Richtplatz. Die Menge geriet ins Stocken. Das war ihr Vorteil. Zierlich, wie sie war, schlängelte sie sich flink zwischen den Glotzenden hindurch. Vorn angekommen, bot sich ihr ein chaotisches Bild: Der in der Nacht aufgebaute Galgen war mitsamt dem kunstvoll gezimmerten Podest eingestürzt.

Was war mit Hagen Seume? Sein Fluchen hallte noch in ihren Ohren nach, zu sehen aber war er nirgends. Sie kämpfte sich näher an die Trümmer heran. Wahrscheinlich hatte der Regen den Grund um die Stützbalken aufgeweicht. Steil ragten zersplitterte Holzstücke in die Luft. Ein gutes Dutzend Männer waren stumm damit beschäftigt, die herumliegenden Bruchstücke auseinanderzureißen. Nach und nach erklangen erste Rufe, schließlich bekam eine Stimme Oberhand und übernahm es, knappe Befehle an die anderen zu erteilen. Je länger Magdalena den Männern zusah, umso klarer wurde ihr, dass dies nicht allein um des Aufräumens willen geschah. Emsig schienen sie nach etwas zu suchen.

Inzwischen war es zwar heller geworden, dennoch schien die Düsternis des Unwetters die Nacht selbst in den anbrechenden Tag hinein fortsetzen zu wollen. Das Licht reichte gerade aus, um sich in den Schuttbergen zurechtzufinden. Erneut pfiff ein ungemütlicher Wind über den Platz. Weit entfernt grollte der Donner. Die Gesichtszüge der wühlenden Männer wirkten verbissen, spiegelten sowohl Furcht als auch Häme wider, wie sie verwundert bemerkte. Dunkel schwante ihr, wonach, vielmehr nach wem sie suchten: nach Hagen Seume, dem seiner üblen Launen wegen allseits gefürchteten Profos. Als Magdalena Meister Johann erspähte, der ebenfalls aufgeregt die Latten und Balken durchforstete, war sie sich sicher: Seume musste unter dem eingestürzten Gebälk begraben liegen, als sei der Galgen angesichts der drohenden Hinrichtung Erics wütend über ihm zusammengebrochen.

Zitternd rieb Magdalena sich die Arme. Wahrscheinlich war er ohne Hilfe in trunkenem Zustand die Stufen zum Podest hinaufgeklettert. Eine wahnwitzige Idee! Schon im Zelt hatte er sich kaum mehr auf den Beinen halten können. Auf den regennassen Holzbohlen musste er ausgeglitten und hingeschlagen sein. Unter seinem Gewicht war die gesamte Konstruktion auf dem regendurchweichten Boden ins Wanken geraten und zusammengestürzt. Entsetzt schüttelte Magdalena den Kopf.

Der Fluch, den der Profos im Fallen ausgestoßen hatte, wollte ihr nicht mehr aus dem Sinn. Kurz schloss sie die Augen, schluckte. Ein solches Ende wünschte sie nicht einmal ihm. Wie würde es weitergehen? Fand die Hinrichtung trotz des bösen Omens noch statt? Ihre Finger umklammerten den Bernstein. Fast hätte sie laut aufgelacht. Eric konnte gar nicht zum Richtplatz geführt werden. Zunächst einmal musste Seume unter den Trümmern geborgen und versorgt werden. Noch ging es um Leben und Tod. Erst wenn das überstanden war, konnte über alles andere entschieden werden.

»Hier liegt er!«, rief einer der Steckenknechte und begann, kräftig an den Balken und Holztrümmern zu zerren. Es knirschte gefährlich. Ein eben erst aufgeschichteter Stapel Latten geriet ins Wanken. Ein anderer sah das, ließ die Bohlen fallen, die er gerade aufgerafft hatte, und eilte dem Steckenknecht zu Hilfe. Im letzten Moment verhinderte er, dass ein weiterer, mannshoch aufragender Balken umfiel und den Steckenknecht unter sich begrub.

»Seid vorsichtig, sonst liegen wir bald alle zerschmettert am Boden«, mahnte Meister Johann und wischte sich die Stirn. Wieder war sein Gesicht rot angelaufen, die Adern an den Schläfen geschwollen. Wie so oft schenkte er der eigenen Gesundheit nicht die geringste Beachtung, um einem anderen das Leben zu retten. Und das ausgerechnet Hagen Seume! Magdalena schüttelte den Kopf. Angewidert dachte sie an die fleischigen Hände, den wollüstigen Blick, das gierige Lippenlecken, mit dem Seume sie belästigt hatte. Sollte das Ekel doch grausam unter den Trümmern des Galgens verrecken! Was kletterte er auch sturzbetrunken auf dem halbfertigen Gerüst herum? Nicht auszudenken, was noch alles hätte passieren können, wenn der Galgen in die andere Richtung umgefallen wäre. Ein kurzer Blick genügte Magdalena, um zu wissen, dass das Zelt des Quartiermeisters dort hinten noch unbeschadet stand. Keine fünf Tage war es her, dass seine Frau niedergekommen und mit Roswithas Hilfe einem entzückenden kleinen Mädchen das Leben geschenkt hatte. Wenigstens hatte Seume weder die junge Erdenbürgerin noch weitere Menschen mit ins Verderben gerissen.

»Lebt er noch?«, rief sie dem Feldscher zu und versuchte, an ihn heranzukommen, um ihm zur Hand zu gehen. Vornübergebeugt sah er zu Boden. Vorsichtig schob er eine Holzlatte zur Seite, griff nach einer dicken, weißen Hand und fühlte den Puls. »Schnell, Beeilung, helft mir, ihn hier herauszuziehen!«

Noch bevor ihm die anderen beispringen konnten, begann Magdalena, unter seinen knappen Anweisungen den verwundeten Seume Stück für Stück aus den Trümmern zu bergen. Sie achtete nicht auf die bandagierte linke Hand. Die Aufregung schien den Schmerz auf wundersame Weise zu besiegen.

Endlich hatten sie es geschafft. Seumes klobiger Leib lag so weit frei, dass vier starke Männer ihn an den Gliedmaßen fassen und vorsichtig herausheben konnten. Langsam trugen sie ihn zum Rand des Richtplatzes. Unter Raunen und Wispern wichen die Neugierigen zur Seite, machten dabei allerdings nur so viel Platz, wie die Retter zum Durchgehen benötigten. Magdalena und Meister Johann hingegen mussten sich ihren Weg unter Einsatz der Ellbogen und unter lautem Fluchen und Drohen frei schieben.

»Bringt ihn in sein Zelt, dort haben wir mehr Ruhe. Ich hole meine Instrumente. Magdalena, du kommst mit und hilfst mir, die Salben und Pflaster zusammenzustellen. Uns bleibt nicht viel Zeit, ihn ins Leben zurückzuholen.«

21

Meister Johann wartete gar nicht erst ihre Antwort ab, sondern lief bereits vor, quer durch das Lager, zum Wagen am westlichen Rand. Sie schürzte ihren Rock und hastete ihm hinterher. Der Weg ans entgegengesetzte Ende des Lagers schien ihr auf einmal erstaunlich kurz. Schon sah sie, wie der Feldscher in den Planwagen kletterte. Abermals beschleunigte sie ihren Schritt, stolperte fast über einen Strick, riss an einer Hecke das Leinen um ihre linke Hand auf. Verflixt! Es brannte höllisch. Rasch prüfte sie, ob ein Dorn in der Haut stecken geblieben war, doch die Handfläche war nur angeritzt. Sie wischte die Hand am Rock ab, zu mehr fehlte ihr die Zeit. Das letzte Stück zum Wagen rannte sie.

»Endlich!« Meister Johann schenkte ihr ein knappes Nicken und sprudelte gleich los: »Branntwein wird drüben bei

Seume genug sein. Alles andere müssen wir mitbringen. Einige Salben haben wir von letzter Nacht schon drüben. Brauchbares Leinen aber ist dort zu wenig. Denk daran, genug einzupacken, Seumes Leib ist kräftig. Verflucht, das frisst uns die letzten Vorräte auf! Und das, wo uns eine Schlacht bevorsteht.«

Hastig begann er, Tiegel und Töpfe auf dem schmalen Bord an der Seitenwand durchzusehen. Über das in der nächtlichen Eile des Aufbruchs verursachte Durcheinander verlor er nur ein verächtliches Schnauben.

»Als die Steckenknechte Eric fortgeschleift haben, blieb mir nicht viel Zeit«, versuchte sie rasch, den Zustand der halboffenen Kisten und durchwühlten Taschen zu erklären. Kaum wagte sie, ihn anzusehen. Die penible Ordnung in seinen Arzneien und Kräutern war ihm heilig. Doch Meister Johann schien gar nicht richtig zuzuhören.

»Wo mag Rupprecht wohl stecken? Langsam mache ich mir ernsthaft Sorgen.« Kurz hielt er im Verschrauben eines Glases mit Mennige inne und griff nach ihrer rechten Hand. Sein Gesicht war weniger gerötet, auch die Adern an den Schläfen waren wieder abgeschwollen. Trotzdem wirkte er noch sehr mitgenommen, in seiner Stimme schwang Furcht mit. Schon wollte sie sich seinem Griff entziehen, da verstärkte er den Druck der Finger um ihr Handgelenk. Das Herz pochte ihr bis zum Hals. Was sollte sie ihm nur antworten? Dass sie fürchtete, Rupprecht habe sie am Ende alle verraten? Sie biss sich auf die Lippen. Der eisige Blutgeschmack tat gut.

»Verzeih, Magdalena. Woher sollst du mehr wissen als ich?« Endlich gab er sie wieder frei. »Die Knechte haben dich und Eric mitten in der Nacht geholt. Da war Rupprecht wohl gerade bei einem Patienten, und du konntest ihm nicht einmal Nachricht geben. Das scheußliche Unwetter hat so manchen verzweifelt nach Hilfe rufen lassen, weil ihm ein Stock auf den Kopf gefallen ist oder das Herz vor Schreck ausgesetzt hat. Einem soll es beim Anblick des Blitzes gar braun aus der Hose gelaufen sein, einem anderen haben die Knie geschlottert, dass sein Nachbar dachte, die Schweden kommen!« Verschwörerisch zwinkerte er ihr zu. »Der arme Rupprecht hat all die Visiten allein übernehmen müssen, während wir beide drüben gemütlich im Offizierslager gesessen sind. Der wird sich freuen, wenn er uns nachher wieder nicht hier vorfindet.«

Er kicherte in sich hinein. Magdalena wurde noch unruhiger. Was sollte sie davon nun wieder halten? Stand der Meister kurz davor, wahnsinnig zu werden? Nein, sagte sie sich. Offenbar wollte er mit der Version verdrängen, dass Rupprecht sie alle hintergangen haben konnte. Derweil sie weiter darüber grübelte, wandte der Feldscher sich bereits seinen Schraubgläsern zu, maß einige Lot Wachs, Terpentin und Leinöl in ein Gefäß, verrührte es mit gleichen Teilen roter Mennige und verschloss es sorgsam. Er schien allein damit beschäftigt, in Gedanken bereits den anstehenden Eingriff an Seume vorzunehmen. Jäh fuhr ihr eine Idee durch den Kopf: die Phiole mit Gift, von der er ihr gestern erzählt hatte! Steckte die noch immer in seiner Tasche? Wenn er Seume nachher behandelte, wäre es ein Leichtes, ihm das Gift einzuträufeln. Niemand würde Verdacht schöpfen, wenn er unter diesen Umständen starb, alle würden das auf den Sturz zurückführen.

»Hast du die offene Wunde an der Stirn gesehen, knapp oberhalb des linken Auges?« Meister Johann klang hoch konzentriert. »Das wird nicht einfach zu nähen sein. Hoffentlich rinnt nicht zu viel Blut ins Auge. Es bleibt uns auch so kaum Platz, die Stiche anzusetzen. Wenigstens hat er genug Speck auf den Rippen, um manches auszuhalten, was einen anderen gleich ins Jenseits verfrachten würde.« Er schüttete getrocknete Kamillen- und Johannisblüten in die hohle Hand, mischte aus einem anderen Säckchen Blätter von rotem Mangold dazu und gab die Kräuter in ein Tuch. Geschickt band er das zu einem Beutel und verknotete die Enden. Dann zählte er ein Dutzend Blätter Lachenknoblauch ab und tat sie in ein weiteres kleines Leinsäckchen, das er danebenlegte. Der strenge Geruch stieg Magdalena sofort in die Nase. Auf leeren Magen machte ihr das Kraut schwer zu schaffen. Angestrengt suchte sie sich auf andere Düfte zu konzentrieren.

»Auch am Hals hat er eine üble, weit aufklaffende Stelle. Die ist recht nah an der Ader. Wenn wir Glück haben, bleibt die unverletzt, und er verblutet uns nicht«, fuhr Meister Johann fort. »Am restlichen Leib sind es, soweit ich gesehen habe, vor allem stumpfe Verletzungen, wahrscheinlich Knochenbrüche, die wir schienen müssen. Die linke Schulter scheint ausgerenkt, da muss einer der Steckenknechte mit ran. Wir zwei allein werden ihn nicht halten können, um das wieder einzurenken. Die eine oder andere Abschürfung können wir mit Branntwein austupfen, das wird reichen. Insgesamt müssen wir also zweimal nähen, ansonsten sorgfältig schienen und verbinden. Den Rest wird der Pfaffe mit Gebeten richten müssen. Noch kann keiner wissen, ob er den heutigen Tag übersteht.«

Mit diesen Worten griff er sich den Tiegel mit der geheimnisvollen, fünfzig Jahre alten Wundsalbe und prüfte mit zusammengekniffenen Augen die Eignung einiger gerader Stöcke als mögliche Schienen für die Gliedmaßen. Zu guter Letzt stellte er den Krug mit dem bewährten Digestivum aus Eigelb, Terpentin und Oleum rosatum bereit, das sie gestern in Erwartung des schwedischen Angriffs angerührt hatten, und packte die eindrucksvolle Lederrolle mit dem Chirurgenbesteck dazu. Ein erleichtertes Durchatmen kündete davon, dass er alles beisammenhatte, was er für den bevorstehenden Eingriff zu benötigen glaubte.

Magdalena fühlte sich nutzlos. Warum war sie ihm überhaupt gefolgt? Keinen einzigen Handgriff hatte sie zur Vorbereitung tun können. Verlegen wickelte sie den bereits halb abgelösten Verband von der linken Hand, bewegte vorsichtig die Finger, prüfte jedes einzelne Glied. Es schmerzte zwar noch etwas, angesichts der bevorstehenden Operation aber war es besser, sie verzichtete ganz auf den Verband. »Wie geht es jetzt weiter?« Mit brüchiger Stimme sprach sie endlich aus, was sie die ganze Zeit schon hatte fragen wollen, und besah sich weiter angestrengt ihre linke Hand. »Ist der Sturz gut oder schlecht für uns?«

»Was fragst du mich das?« Meister Johann fuhr herum und hätte dabei fast einen Tiegel mit Wundsalbe umgestoßen, der offen vor ihm auf dem Boden stand. Rasch bückte er sich und spannte ein Tuch darüber, das er mit einer Schnur festband. Als er sich aufrichtete, war die ungesunde Röte in sein Gesicht zurückgekehrt, sein Atem ging rasch. Behutsam berührte sie ihn am Arm. Warum war sie so ungeschickt gewesen? Sie hatte ihn nicht aufregen wollen.

Nach einem Seufzer kehrte sein Lächeln zurück. »Keine Sorge, mein Kind. Eigentlich entwickelt sich alles in unserem Sinn. Solange Seume nicht bei Bewusstsein ist, kann er nichts entscheiden. Ich gehe davon aus, dass die geplante Hinrichtung erst einmal aufgeschoben wird. Wo wollen sie Eric auch hängen? Der Galgen ist jedenfalls hin.«

»Den braucht es dazu nicht.« Sie schnappte nach Luft. »Um jemanden aufzuknüpfen, reicht schon ein einigermaßen kräftiger Ast an einem Baum. Alle wissen, wie sehr Seume daran liegt, die Hinrichtung als Einstimmung auf die Schlacht mit den Schweden durchzuführen. Und die steht unmittelbar bevor.«

Der Feldscher schüttelte den Kopf. »Das denkst du. Wo aber bleiben die verfluchten Schweden? Noch immer ist nichts von ihnen zu sehen. Wären sie tatsächlich so nahe, hätten die Kundschafter das längst gemeldet. Hat das Unwetter sie verschreckt? Gar der Blitz sie getroffen oder der Sturm sie hinweggefegt?«

Abermals kicherte er in sich hinein. Besorgt trat Magdalena an ihn heran und versuchte, in seinen Augen zu lesen, ob er nicht doch dem Wahnsinn verfallen war. Gleichzeitig keimte eine schwache Hoffnung in ihr, Wrangels Truppen steckten tatsächlich irgendwo in weiter Ferne im Morast fest. Vielleicht verschaffte ihnen das genügend Aufschub, um Eric aufzupäppeln und in den nächsten Tagen doch noch in Sicherheit zu bringen. Das aber setzte voraus, dass Rupprecht sie nicht verraten hatte oder gar selbst bei den Vorbereitungen in der Höhle erwischt worden war. Und natürlich waren sie andererseits darauf angewiesen, dass die Schlacht rechtzeitig losbrach, um im Getümmel der Kämpfenden mit Eric unbemerkt zu entkommen. Magdalena schien es, als platzte ihr angesichts all dieser Überlegungen der Schädel. Ihr Kopf dröhnte, die Augen schmerzten. Es fiel ihr immer schwerer, sich auf eine Sache zu konzentrieren.

»Lass uns gehen, bevor Seume sich für immer aus diesem

irdischen Jammertal verabschiedet.« Die Stimme des Feldschers klang entschlossen. »Wegen Rupprecht lassen wir zu Roswitha schicken. Vielleicht weiß die, wo er steckt. Falls nicht, kann sie hier auf ihn warten und derweil Ordnung in unsere Tiegel bringen.«

Magdalena nickte. Mit zittrigen Fingern verschnürte sie den Beutel, in den sie ihre Gerätschaften und Salben gestopft hatte, und schlang sich die Leintücher um die Hüften, weil sie keinen Platz mehr darin fanden.

Meister Johann hatte es noch eiliger als vorhin. Es kümmerte ihn wieder nicht, ob sie ihm auf ihren kurzen Beinen mit dem schweren Bündel folgen konnte. Den Blick stur geradeaus gerichtet, marschierte er durch die engen Lagergassen, achtete wenig darauf, ob er jemanden anrempelte oder zwang, zur Seite zu springen. Die matschige Erde, die er mit seinen schweren Stiefeln zertrat, quoll zur Seite weg, als presste er einen nassen Schwamm aus. Ihm war es gleich, fand er mit den beschlagenen Sohlen und Absätzen doch immer wieder ausreichend Halt. Magdalena aber musste achtgeben, dass sie mit ihren Schuhen nicht im Dreck versank oder in dem Schlamm ausglitt. Je schneller sie rannte, desto ärger wurde es. Es kam ihr vor, als liefe sie über schwimmende Holzbohlen im See. Längst hatte sie jegliches Gefühl in den eiskalten Zehen verloren.

Im Lager war das Leben endgültig erwacht. Grau und regenschwer wölbte sich der Himmel darüber. Mangels Sonne erwärmte sich die Luft äußerst langsam. Übel hatte das Unwetter der vergangenen Nacht gewütet. Immer wieder musste Magdalena Ästen und Gestrüpp ausweichen, die mitten im Weg lagen. So manches Zelt und einige notdürftig errichtete Unterstände waren eingestürzt, selbst Planwagen lagen umgekippt auf der Seite. Nicht auszudenken, wie die Gräben und Schanzen des Befestigungsrings um das Lager aussehen mochten. Die gestrige Mühe der Zimmerleute schien völlig umsonst. Bei einem Überraschungsangriff waren sie schutzlos den Feinden ausgeliefert. Ein stechender Schmerz durchfuhr Magdalena, als sie an Carlotta dachte. Unbedingt musste sie das Kind nachher zu sich holen.

Die Menschen in den Unterständen fluchten. Verbissen machten sich Groß und Klein daran, die Schäden des Unwetters auszubessern, bevor der nächste Sturm losbrechen und endgültig alles hinwegreißen würde. Einige waren klug genug, dabei nicht nur die Leinwände der Zelte fester zu verschnüren und die Stützpfähle tiefer in den Boden zu rammen, sondern auch Gräben um ihre Unterkünfte zu schaufeln, die das Regenwasser auffangen und ableiten konnten. Daran wollte Magdalena Meister Johann später erinnern, wenn erst einmal die Operation an Seume überstanden war. Wahrscheinlich würde es schon bald wieder zu regnen beginnen. Die düsteren Wolken senkten sich immer tiefer nach unten. Die Stadt auf dem Berg versank bereits im grau verschleierten Gewölk.

»Ob Rupprecht bald auftaucht?« Abrupt bremste der Feldscher kurz vor Erreichen des Ziels ab. Fast wäre sie in seinen Rücken gelaufen.

»Warum?« Kaum hatte sie die Frage ausgesprochen, schämte sie sich bereits dafür. Wie töricht sie sich anstellte! Es lag auf der Hand, dass sie ihn als zweiten Gehilfen dringend bei der Operation benötigten. Die Steckenknechte mochten zwar kräftig genug sein, um Seume beim Einrenken festzuhalten. Das machte ihre fehlende Übung als Feldschergehilfen aber nicht wett.

»Was sagen wir nur? Lang können wir sie nicht hinhalten«, wisperte Meister Johann, dessen Miene immer düsterer wurde.

»Dass er Roswitha wegen einer schwierigen Kindslage beistehen muss?«, schlug sie vor.

»Etwas Besseres fällt dir nicht ein?« Unsanft packte er sie am Arm und zwang sie, ihm direkt in die Augen zu sehen.

»Magdalena!« Fast flehentlich flüsterte er: »Bei denen da drinnen musst du dir genau überlegen, was du sagst. Die werden jedes Stottern bemerken.« Sein Kopf nickte in Richtung des Zeltes. Der Druck seiner Finger auf ihrem Oberarm ließ nach. Schließlich legte er ihr die Hand auf die Schulter, zog sie zu sich heran und flüsterte ihr ins Ohr: »Er hat uns nicht verraten, mach dir keine Sorgen. Für ihn lege ich meine Hand ins Feuer.«

Sie versuchte zu lächeln.

»Vergiss nicht: Kein anderer Patient darf uns jetzt so wichtig sein wie Seume«, insistierte der Feldscher. »Es muss uns was verdammt Gutes einfallen, Rupprechts Fehlen zu erklären.«

Ungeduldig wurde in diesem Moment die Plane am Zelteingang zurückgeschlagen, und die düstere Miene des Generalauditors tauchte auf. Trotz der widrigen Umstände war sein schwarzer Kinnbart frisch gestutzt, das üppige, wellige Haupthaar ordentlich nach hinten frisiert und seine Kleidung – angefangen bei dem hochmütig über die linke Schulter drapierten Imponiermantel bis hinunter zu den hellen, weiten Kniehosen – tadellos. Nicht der geringste Spritzer auf den Stiefeln verriet, dass er eben erst von seinem Quartier oben in der Stadt über die vom Regen aufgeweichten Felder ins Heerlager hinuntergeritten war.

»Endlich!«, stieß er beim Anblick des Feldschers aus. »Wenn Ihr den Tod des Profos verhindern wollt, wird es höchste Zeit.« Schwungvoll setzte er sich den Schlapphut auf, wobei die überlangen roten Federn nicht ohne Absicht Meister Johann mitten durchs Gesicht schleiften. Während er das reichbestickte Seidenwams unter dem Mantel glatt strich, behielten seine dunklen, wütend funkelnden Augen den Feldscher im Visier. »Sollte Seume sterben, dann gnade Euch Gott!« Er tippte das Leder seiner langen Handschuhe gegen Meister Johanns Brust und wandte sich grußlos ab.

In seinem Gefolge schlüpften zwei weitere Offiziere aus dem Zelt, schenkten Magdalena und Meister Johann allerdings keinerlei Beachtung. Sie mussten sich sputen, wollten sie den Auditor nicht verärgern. Er hatte schon sein nervös tänzelndes Ross bestiegen und trabte mitten über den Richtplatz davon. Im Weg liegende Galgentrümmer übersprang der elegante Schimmel ohne Zögern. Den Zimmerleuten, die mit dem Wegschaffen der Holzbalken beschäftigt waren, blieb kaum Zeit, sich zu ducken.

22

Im Innern des Zeltes herrschte gespenstische Ruhe. Der Vorhang zum hinteren Teil war straff gespannt. Nirgendwo schien eine Lücke, durch die auch nur ein Mäuslein hätte schlüpfen können. Das Geschehen spielte sich im vorderen Bereich ab. Talglichter und Laternen mussten weiter für Helligkeit sorgen. In einem schmiedeeisernen Ständer brannte eine Fackel, auch eine Handvoll Öllichter waren auf einer Truhe verteilt. Einer der Steckenknechte füllte eine Schale mit Kienspänen, sogar ein Leuchter mit mehreren kostbaren Wachskerzen wartete darauf, angezündet zu werden. Der Geruch nach feuchtem Stoff, Schweiß und Urin war beißend. Die vielen Lichter ließen die Luft in der engen Unterkunft noch stickiger werden.

»Achtung!« Ohne Vorwarnung riss der zweite Steckenknecht die Plane auf und kam mit einem brodelnden, dampfenden Kessel Wasser herein, den er draußen über dem Feuer erhitzt hatte. Erstaunt über so viel Umsicht, nickte Magdalena ihm zu. Dabei fiel ihr auf, dass sogar an das Bereitlegen frischer Leintücher gedacht worden war. Hatten Seumes Gehilfen nicht letzte Nacht erst erklärt, dass sie solche Krankenpflegedienste als unter ihrer Würde empfanden? Fragend blickte sie zu Meister Johann, der sie jedoch nicht beachtete.

Stattdessen überprüfte er, was ihm für den Eingriff noch fehlte. Leise erteilte er den beiden Soldaten Anweisungen. Dabei ruhten seine Augen bereits auf Seume, der auf den Tisch gebettet war. Magdalena entging nicht, dass er mehrmals an seine Hosentasche griff. Also hatte sie sich nicht getäuscht: Der Feldscher trug die Phiole mit Gift tatsächlich bei sich. Ob er es wagen würde, sich ihrer zu bedienen?

Magdalenas Blick wanderte zu Seume. Es war seltsam, den rüden Mann so hilflos daliegen zu sehen. Die Wunde am Kopf sah dramatisch aus, stetig pulste Blut heraus. Mittels eines aufgelegten Tuchs hatten die Knechte versucht, die Blutung zu stoppen, doch das nutzte wenig, weil der Druck fehlte. Das Leinen war tiefrot durchtränkt. Die offene Verletzung am Hals dagegen schien weniger schlimm als von Meister Johann befürchtet. Offensichtlich war die Schlagader nicht verletzt. Diese Blutung war zum Stillstand gekommen, an den Wundrändern bildete sich bereits dünner Schorf. Seumes restlicher Körper lag starr. Die Arme rechts und links waren mit Gurten am Tisch befestigt, bei den Beinen hatte sich die Maßnahme aufgrund der Verletzungen erübrigt. Verdreht hing das linke aus dem Hüftgelenk, auch das rechte war versehrt. Noch einmal besah sich Magdalena Seumes Gesicht. Die Augenlider hielt er geschlossen, als schliefe er. Sein Atem ging sehr flach, viel zu schwach für einen Mann seiner Konstitution. Sie wunderte sich, dass die rauhen Steckenknechte bereit gewesen waren, noch weitere Handlangerdienste zu leisten: Grob war das Gesicht von Blut und Schmutz gereinigt, Mantel und Wams hatten sie Seume bereits ausgezogen und das Hemd so weit aufgeknöpft, wie es für den Eingriff nötig war.

Plötzlich spürte sie einen leichten Luftzug aus dem hinteren, sauber abgegrenzten Bereich des Zeltes. Der Vorhang öffnete sich einen Spalt, eine Hand tauchte auf, löste die Verschnürung, dann stand Rupprecht vor ihr.

Gegen ihren Willen entfuhr ihr ein spitzer Schrei. Hastig presste sie die Hand auf den Mund und äugte zu Meister Johann. Auch der Feldscher riss die Augen auf, schluckte die Überraschung allerdings hinunter und setzte eine geschäftige Miene auf. Rupprechts dunkle Augen blickten unternehmungslustig, als freute er sich auf die bevorstehende Arbeit. Fehlte nur noch, dass er die Hände frohgemut gegeneinanderrieb.

»Zufrieden?«, fragte er Meister Johann und nahm ihm die Lederrolle mit den Instrumenten ab. Bevor der Feldscher etwas erwidern konnte, verschwand Rupprecht noch einmal und kehrte mit einem offenen Feuer in einer Kupferschale von draußen zurück. Umsichtig begann er, die Zangen und Nadeln darüber zu erhitzen.

»Roswitha hat mich die ganze Nacht gebraucht.« Als wäre sein überraschendes Wiederauftauchen die natürlichste Sache der Welt, grinste er Magdalena an. »Ein Kind wollte nicht raus. Das Gewitter muss es verschreckt haben. Vorhin erst ist es uns gelungen, das Balg mit vereinten Kräften ans Licht zu ziehen.« Kaum merklich zwinkerte er ihr zu. »Wenn dir das Licht reicht, können wir anfangen«, wandte er sich an Meister Johann. »Ich glaube, die Wunde an Seumes Schädel ist die schlimmste. Die sollten wir rasch nähen. Außerdem sind einige Knochen gebrochen, vor allem die Rippen. Deshalb tut er sich mit dem Atmen schwer. Das Einrenken der Beine sollten wir auch nicht lange aufschieben. Am Ende kann er sich sonst nicht mehr bewegen. Wenn du noch genug von der geheimnisvollen Paste deines Meisters hast, sollten wir ihn damit am Leib behandeln. Mehr als beten können wir danach nicht mehr.«

Abermals breitete sich im Zelt eine eigenartige Stille aus. Kaum wagte Magdalena Luft zu holen, um nicht zu viel Lärm zu verursachen. Dass Meister Johann noch immer schwieg, war kein gutes Zeichen. Sein Gesicht verfärbte sich bereits wieder. Die Hände ballte er zu Fäusten, bis die Fingerknöchel weiß hervortraten. In seinem Innern schien es so zu toben, dass das Unwetter der letzten Nacht im Vergleich dazu ein harmloser Schauer gewesen war.

Vor dem Zelt gingen die Aufräumarbeiten weiter, obwohl der Sinn angesichts des drohenden Angriffs der Schweden nicht mehr recht ersichtlich schien. Mehr als einmal krachte unter lautem Getöse ein weiterer Balken zu Boden. Die darüber ausgestoßenen Flüche ließen Übles befürchten. Erst leise und zart, dann immer lauter und heftiger trommelte der Regen wieder auf das Zeltdach.

Als wäre das das Zeichen, griff Meister Johann zu dem glühenden Besteck und beugte sich über Seume. Eilig nahm Rupprecht die Öllampe und beleuchtete die Kopfwunde. In der zweiten Hand hielt er weitere Instrumente für den Feldscher bereit. Die Steckenknechte stellten sich breitbeinig an der gegenüberliegenden Seite des Tisches auf. Voller Misstrauen verfolgten sie jeden Handgriff. Meister Johanns Blick streifte Magdalena. Sie meinte Enttäuschung darin zu lesen. Die Steckenknechte vereitelten seinen Plan, das Gift zu verwenden. Ihr blieb nichts anderes, als sich den Branntweinschlauch zu greifen. Dicht neben Seumes Kopf baute sie sich auf, jederzeit bereit einzugreifen, sollte der Schmerz, den das Nähen der Wunde mit der glühenden Nadel verursachte, Seume aus der Ohnmacht reißen. Gebannt starrte sie auf die Wunde. Der stärker werdende Regen schien den Rhythmus des darin pochenden Blutes vorzugeben.

Als Erstes entfernte Meister Johann das aufliegende Tuch. Sogleich quoll ein frischer Schwall Blut heraus, spülte Splitter und Dreck nach oben. Der süßliche Geruch rief die Fliegen auf den Plan. Hastig verscheuchte Magdalena sie. Die Hände des Feldschers zitterten auf einmal ungewöhnlich stark. Bevor er nähte, musste er die Wunde gründlich säubern, um die Gefahr des Wundbrands zu bannen. Rupprecht hielt die Lampe tiefer, damit der Lichtstrahl die Wunde besser ausleuchtete. Dabei wurde das Zittern von Meister Johanns Fingern noch deutlicher. Mit einem erbosten Aufschnaufen machte er sich Luft. Schwer atmend versuchte er, die kleine Zange ruhig zu halten, und beugte sich erneut über Seume. Knapp bevor er einen Spreißel in der Wunde erwischte, zögerte er ein weiteres Mal. Es sah aus, als überlegte er, was wirklich zu tun sei. Einer der Steckenknechte räusperte sich. Das Metall der Zangenspitze funkelte im Licht. Das Zittern wurde schlimmer, je näher Meister Johanns Finger dem Patienten kamen. Wieder zog er sie zurück, atmete tief durch, versuchte es erneut. Doch auch dann konnte er die Zange nicht still halten, geschweige denn, gezielt damit hantieren und wenigstens den dicksten Splitter entfernen. Ein letztes Mal wich er zurück, richtete sich auf und schloss die Augen.

Das Prasseln auf dem Zeltdach ließ nach. Besorgt beobachtete Magdalena Meister Johann. Blass war er geworden, die Adern an den Schläfen fast unsichtbar. Deutlich stand ihm die Qual ins Gesicht geschrieben.

»Zusammendrücken!«, schrie Rupprecht auf, als Meister Johanns Finger abermals knapp über der Wunde bebten und das Blut herauspochte. »Drück endlich zusammen, damit es aufhört zu bluten!«

Der Befehl traf sie wie ein Schlag ins Gesicht. Plötzlich ging alles sehr schnell. Meister Johann ließ die Zange fallen und stürzte hinaus. Verblüfft schaute Rupprecht ihm nach, die Öllampe immer noch dicht über dem Patienten. Magdalena brauchte nicht lange, um zu begreifen, was zu tun war. Schon drückte sie einem der Steckenknechte den Branntweinschlauch in die Hand, herrschte den anderen an, Seume besser festzuhalten, und griff selbst nach der Zange. Einen Augenblick noch zauderte sie. Seumes Leben lag in ihrer Hand. Es wäre ein Leichtes, den nächsten Stich absichtlich falsch zu setzen und die Wunde zu vertiefen, statt sie zu schließen. Niemand könnte ihr das nachweisen, nicht einmal der Generalauditor. Meister Johann aber wäre ihr dankbar, das Vorhaben in die Tat umgesetzt zu haben. Sie zögerte, schürzte die Lippen. Noch einmal hob sie den Blick und sah zu Rupprecht, der jedoch wie erstarrt wirkte.

Sie brachte es nicht über sich. Sie war Wundärztin, um Leben zu retten, nicht um zu töten. Auch Meister Johann hatte Seume aus den Trümmern geborgen, hatte sein Leben riskiert, um ihm zu helfen, statt ihn krepieren zu lassen. Nicht einmal das Gift hatte er ihm einträufeln können.

»Mehr Licht!«, verlangte sie und begann die Holzsplitter aus der Wunde zu ziehen. Gehorsam leuchtete Rupprecht. Als sie von ihm das Skalpell verlangte, um die Ränder zu glätten, erwachte er allmählich aus der Erstarrung. Ganz langsam schien er zu begreifen, dass sie schon dabei war, die Blutung zu stoppen und Seume das Leben zu retten, während er halb gelähmt danebenstand.

Nicht zum ersten Mal nähte sie eine solche Kopfwunde. Allerdings hatte sie noch nie zuvor so dicht am Lid entlang die Stiche setzen müssen. Gefährlich nahe kam sie dabei dem Augapfel. Stach sie daneben, würde Seume erblinden. Schweiß trat ihr auf die Stirn. Zeit, sich das Gesicht zu wischen, blieb nicht. Endlich ließ das Pulsieren des Blutes nach, versiegte allmählich ganz. Der Sturz musste den Profos in tiefe Bewusstlosigkeit versetzt haben. Das hatte den Vorteil, dass er nicht einmal zuckte, wenn sie mit der Nadel tief in die empfindlich dünne Haut unterhalb der Augenbraue eindrang. Irgendwann setzte sie tatsächlich den letzten Stich, verknotete den Faden und schnitt die überhängenden Enden ab. Zufrieden betrachtete sie ihr Werk, ging erst dann daran, die Paste aus Leinöl, roter Mennige, Bleiweiß und Seife darauf zu verteilen. Vom Auge war danach nichts mehr zu sehen. Vorsichtig legte sie den Verband an und hob sacht Seumes Schädel an, um das Leinen auch im Nacken glatt zu ziehen.

»Den kennt man nicht wieder!«, entfuhr es dem kleineren der beiden Steckenknechte, als sie auch die Verletzung am

Hals versorgt hatte und sich den Rippenbrüchen am Bauch zuwenden wollte. Kurz blickte sie auf. Es stimmte: Der Verband verdeckte nahezu das ganze Gesicht, auch vom stiernackigen Hals war wenig zu sehen. Zu vertraut war ihr wohl der Anblick, als dass sie sich noch Gedanken darüber machte. In dem Moment kam ihr eine Idee, und sie lächelte Rupprecht an. »Vielleicht sollte man ihm einen Zettel anheften. Nicht dass am Ende der ehrbare Profos mit einem der anderen Verwundeten verwechselt wird.«

Die verschiedenen Rippen- und Knochenbrüche waren rasch versorgt, selbst das Einrenken des linken Beines und das Schienen des rechten stellte keine Schwierigkeit dar. Der Verletzte gab keinen Mucks von sich, lediglich das stete Auf und Ab des Brustkorbs versicherte Magdalena, dass noch Leben in ihm steckte. Endlich verknotete sie das Leinen am letzten Verband.

»Gut gemacht!«, hörte sie hinter sich eine wohlbekannte Stimme. Meister Johann war zurück. Als sie sich zu ihm umdrehte, erschrak sie: Sein sonst so akkurat frisiertes, graumeliertes Haar klebte strähnig am Schädel, Hose und Wams waren schlammverdreckt. Kaum konnte er sich noch auf den Beinen halten. Die Augen glänzten fiebrig, die Hände zitterten nicht weniger als vorhin. Schwankend näherte er sich dem Tisch. Der Alkoholdunst, den er ausatmete, hätte ausgereicht, den Patienten zu betäuben. Magdalena konnte ihre Sorge nicht verbergen. »Wo warst du?«

Statt einer Antwort schob Meister Johann sie vom Tisch fort und betrachtete den bewusstlosen Seume. »Na, du alter Hundsfott! Hat es dich endlich auch einmal gründlich erwischt«, knurrte er, dann nickte er Magdalena zu. Seine trüben Augen blickten dabei erstaunlich klar. Eine schwere Last schien von ihm abzufallen. Auch ohne weitere Worte verstand sie, was er meinte. Sein alter Spruch fiel ihr ein: »Feldscher müssen Leben retten, nicht verderben.«

»Geht weg, ich kümmere mich um ihn.« Wild fuchtelte er mit dem linken Arm durch die Luft. Als Rupprecht und sie keine Anstalten machten, der Anweisung zu folgen, setzte er unwirsch nach: »Habt ihr nicht verstanden? Ich brauche euch hier nicht. Haut endlich ab!«

Sein Ton machte deutlich, dass er keine Widerrede duldete. Deshalb wagte Magdalena nicht, noch einmal zu Eric hinüberzuschlüpfen, um nach seinem Befinden zu sehen.

23

So gern Magdalena sofort zu Elsbeth gestürzt und Carlotta an sich gerissen hätte, so sehr war ihr bewusst, dass sie sich erst einmal Rupprechts weiterer Unterstützung versichern und ihn zudem für ihre neue Idee gewinnen musste. Von Rupprecht hing ihr Schicksal ab. Gewiss würde Roswitha in der Zwischenzeit dafür sorgen, dass Elsbeth ihr Carlotta nicht abspenstig machte.

Es war nicht leicht, eine Stelle zu finden, an der sie ungestört miteinander reden konnten. Der Regen trieb die Menschen zwar allerorten in die Unterkünfte, und wer trotzdem noch außerhalb seines Zeltes unterwegs war, kannte nur ein Ziel: ins Trockene zu gelangen. Weil das aber gar nicht einfach war, rannten einige seltsame Gestalten umher: Den Oberkörper gegen die Nässe weit nach vorn gebeugt, den Filzhut tief ins Gesicht gezogen oder eine Decke wie ein kleines Zelt über dem Kopf gespannt, hefteten sie sich in der Hoffnung an Magdalenas Fersen, dank ihrer Hilfe einen Unterschlupf zu finden. Mehr als einmal mussten sie handgreiflich werden, um sich dieser unfreiwilligen Kumpane zu erwehren. Triefnass klebten ihnen die Kleider am Leib, die Haare strähnten schwer vom Kopf, als sie sich nur unter dem Vorwand, einem Schwerkranken helfen zu müssen, in ein Zelt flüchten konnten.

Wider Erwarten stand das Zelt leer. Erschöpft ließ Magdalena sich auf einen Schemel fallen. Rupprecht bückte sich nach einer Decke und legte sie ihr fürsorglich um die Schultern. Ein wohliges Gefühl von Geborgenheit breitete sich in ihr aus. Plötzlich brach sich die aufgestaute Erschöpfung Bahn. Schwer kippte ihr Kopf nach vorn, auch die Augenlider konnte sie nicht mehr länger aufhalten. Sie wollte nur noch schlafen, gründlich ausschlafen und vergessen.

»Du bist völlig verrückt!« Anscheinend hatte Rupprecht nichts von ihrem Zustand bemerkt. Mühsam zwang sie sich, die Augen wieder zu öffnen und ihn anzusehen. Aufgeregt ging er hin und her und sah grübelnd zu Boden, während er sich mit den langen Fingern die dunklen Bartstoppeln am Kinn rieb. Je länger sie ihm zusah, desto kälter wurde ihr. Mit klammen Fingern zog sie die Decke um sich. Die schwere Wolle stank nach ungewaschenem, fremdem Mann. Angewidert hielt sie den Atem an und beschloss, sich auf Rupprecht zu besinnen, während das Prasseln der Regentropfen draußen weiterging, die Welt um sie her in einem grauen, eisig kalten Nebel versank.

»Hast du dir Meister Johann eben angeschaut? Völlig besoffen!« Rupprechts dunkle Augen blitzten.

»Kein Wunder, nach allem, was er in den letzten Stunden durchgemacht hat.« Magdalena war sich bewusst, wie müde ihre Stimme klang.

»Du verteidigst ihn selbst dann noch, wenn wir drei seinetwegen schon mit dem Kopf in der Schlinge unterm Galgen stehen! Hast du überhaupt mitbekommen, dass er Seume vorhin fast hätte krepieren lassen?«

»Die Steckenknechte haben ihn durcheinandergebracht. Und auch du hast ihn gestört. Wie hätte er da in Ruhe die Stiche setzen können?«

Empört schnappte Rupprecht nach Luft. Langsam nur sammelte er sich. »In dem Zustand können wir ihn nicht gebrauchen. So gefährdet er unseren Plan.«

»*Unseren* Plan?« Sie rieb sich erstaunt die Augen. »Weißt du, was du da sagst? Solange du für Stunden verschwindest, ohne dass wir wissen, was du treibst, scheint es keine gemeinsame Sache zu geben.«

»Vertraust du mir etwa nicht?« Aus Rupprechts Mund schlug ihr ein fauliger Atem entgegen. Dass er keine Pfefferminzblätter kaute oder mit Kamille den Mund ausspülte, wunderte sie. Sonst hielt er so viel darauf.

»Was würdest du an meiner Stelle tun?«, fragte sie leise. »Während wir auf dich gewartet und uns Sorgen gemacht haben, sind Seumes Knechte gekommen und haben Eric mitgenommen. Keiner hat gewusst, wo du steckst, aber jedem ist klar, dass du Eric schon in Freiburg nicht ausstehen konntest.«

Beschämt wandte Rupprecht den Kopf ab. Auf einmal tat er ihr leid. Streit brachte sie jetzt am allerwenigsten weiter. Sie mussten zusammenhalten, eine andere Möglichkeit blieb ihnen nicht. »Ich glaube, wir brauchen alle etwas Schlaf. Du wirst sehen, dass es Meister Johann dann auch wieder bessergeht.«

Zunächst reagierte Rupprecht nicht. Fast hätte sie aufgegeben und wäre gegangen, da begann er doch noch zu reden:

»Es ist völlig unmöglich, Eric ausgerechnet jetzt fortzuschaffen. Seume liegt direkt neben ihm im selben Zelt.« Als sie etwas erwidern wollte, fiel er ihr ins Wort: »Ihn mit einem Verband unkenntlich zu machen ist noch das Einfachste an der Geschichte. Mit etwas Glück können wir ihn sogar wirklich aus Seumes Zelt schaffen. Das Problem ist, dass Erics Verschwinden nicht zu früh entdeckt werden darf. Deshalb müssen wir einen anderen, ähnlich Verbundenen auf seinen Platz legen. Das aber wird für den armen Burschen übel ausgehen: Gehenkt wird er dafür, anstelle deines geliebten Erics umgebracht! Sag mir nicht im Ernst, dass du das willst.«

»Natürlich nicht!« Jetzt war es an ihr, ungeduldig aufzubrausen. Es ärgerte sie, dass er ihren Plan so missverstanden hatte. »Was bringt es, dem einen das Leben zu retten und einen anderen dafür zu opfern?«

»Noch dazu, wenn er ein feiger Mörder ist.« Wie schnell ihm das von den Lippen kam! Fassungslos starrte sie ihn an. Wenn er das noch immer glaubte, begriff sie nicht, warum er letzte Nacht bereit gewesen war, alles für Erics Rettung zu riskieren.

»Das stimmt nicht.« Mehr als ein heiseres Flüstern brachte sie nicht zustande. Fieberhaft arbeitete es in ihr: Sollte sie Rupprecht erzählen, was sie über Erics Geschäfte mit Seume wusste? Würde ihn das von dessen Unschuld überzeugen? Sie musste es versuchen. In wenigen Worten fasste sie zusammen, was sie vor Seumes Zelt belauscht und kurz darauf von Eric bestätigt bekommen hatte. Rupprecht blieb argwöhnisch.

»Das klingt zu schön, um wahr zu sein: Eric, der Rächer der geknechteten Landbevölkerung! Wie viele der Unsrigen hat er wohl auf dem Gewissen, um an die Vorräte in den Magazinen zu kommen? Und wie viel von dem Gewinn hat er tatsächlich den ausgebluteten Bauern überlassen? Komm schon, Magdalena, du bist doch eine kluge Frau: Wie auch immer du es drehst, du weißt nicht, was er die letzten beiden Jahre wirklich getan, wie er die Zeit bei den Franzmännern überstanden und warum er sich nicht bei dir gemeldet hat.«

Nicht ohne Genuss bohrte Rupprecht den Finger tief in die offene Wunde. Eine Weile sahen sie einander geradewegs in die Augen. Wie so oft war es am Ende Rupprecht, der als Erster den Blick senkte. »Also gut, wie stellst du dir das genau vor?« Er verschränkte die Arme vor der Brust.

»Die Sache ist denkbar einfach«, begann sie so gelassen wie möglich.

»Ach?« Seine Augenbrauen schoben sich zweifelnd nach oben.

Versöhnlich legte sie ihm die Hand auf die Schulter und bemühte sich um einen sachlichen Ton. »Eigentlich müsste ich dir zürnen, dass du mir überhaupt zutraust, einen Unschuldigen für Eric Schaden nehmen zu lassen. Aber sei beruhigt, so weit wird es niemals kommen. Ohnehin müssen wir erst einmal den Beginn der Schlacht mit den Schweden abwarten. Wenn es uns gelingt, Eric mit dem Verband um den Kopf aus dem Lager zu schaffen, legen wir einen unbekannten Toten an seiner statt auf die Matte. Sobald die Schlacht mit den Schweden in vollem Gang ist, wird es nicht schwer sein, eine passende Leiche aufzutreiben. Großgewachsene Rotblonde gibt es zuhauf, sowohl bei den Schweden als auch bei uns.«

»Hm.« Mehr sagte Rupprecht nicht. Unwirsch trat er zur Öffnung des Zeltes und sah in den grauen Tag. Magdalena tat es ihm gleich. Schweigend standen sie nebeneinander, ein jeder in seine Gedanken vertieft. Das sonst von Menschen wimmelnde Lager war wie ausgestorben. Heftig platzten die Tropfen auf den Lehmboden, rissen Furchen in die Erde, vergrößerten die Pfützen. Durch die graue Regenwand schien kein Durchkommen. Der kalte Wind war unangenehm, die feuchte Kälte machte die Körper klamm. Dennoch tat die frische Luft gut. Der üble Unratgestank, der in den letzten Tagen immer stärker von den Rändern des Lagers herübergezogen war, war verschwunden. Stattdessen verströmte die nasse Erde einen herben Geruch. Das versprach nicht nur das Ende der trägen Hitze, sondern auch das Ende von Hunger und Durst. Nicht mehr lang, und es würden wieder überall frische Kräuter sprießen. Sauberes Wasser zum Trinken und Baden wäre auch wieder zur Genüge vorhanden.

»Zwei Dinge setzt dein Plan voraus.« Rupprechts Stimme verriet, dass er ihn ernsthaft erwog.

»So?« Sie bemühte sich um Gleichgültigkeit, wenn sie auch innerlich schmunzelte, wie leicht sie ihn wieder eingefangen hatte. Die seltsame Drohung, er verlange eine Gegenleistung für seine Hilfe, schien vergessen.

»Zum Ersten muss es uns gelingen, Eric aus Seumes verdammtem Zelt fortzubringen, bevor jemand auf die glorreiche Idee verfällt, ihn doch noch rasch am nächsten Baum aufzuhängen.«

»Das werden sie nicht wagen, solange Seume es nicht befiehlt, und der kann, wie wir wissen, gerade nicht einmal einen leisen Piep von sich geben.«

»Und was ist mit dem Generalauditor? Auch er könnte das anordnen.«

Diesen Punkt hatte sie bereits bedacht. »Wenn er es wollte, hätte er es schon getan. Er will Seume jedoch nicht ins Handwerk pfuschen, denn noch besteht Hoffnung, dass der wieder auf die Beine kommt und sein Spektakel höchstpersönlich durchführt. Das will ihm niemand nehmen. Nicht einmal die obersten Offiziere wollen ihn unnötig reizen.«

»Hm.« Rupprecht machte keinen Hehl daraus, dass er sich nur ungern geschlagen gab.

»Und das Zweite?«, erinnerte sie ihn nach einer Weile daran, dass er mit seinen Einwänden noch nicht fertig war.

Er drehte sich um. »Die Schweden!«, raunzte er gereizt, weil er wohl nicht verstand, dass sie nicht von selbst darauf kam. »Das alles funktioniert doch nur, wenn die Schweden wirklich anrücken. Allein im Getümmel der Schlacht bietet sich uns die Gelegenheit, die Verwundeten auszutauschen.«

An der rückwärtigen Seite des Zeltes knirschte es. Erschrocken sahen sie sich an. Hatte sie jemand belauscht? Mit einem Satz war Rupprecht draußen. Magdalena suchte mit den Augen die nächste Umgebung ab. Niemand trieb sich in Sichtweite herum. Auch Rupprecht kam unverrichteter Dinge zurück.

»Wir müssen uns vorsehen.« Er schob sie ins Zeltinnere. »Nirgendwo sind wir ungestört. Trauen dürfen wir keinem. Nicht einmal Meister Johann darf etwas ahnen.«

»Das rate ich euch auch!« Eine dunkle Stimme ließ sie abermals zusammenzucken. Ertappt fuhren sie herum. Im Zelteingang stand der Quartiermeister Gottfried Strecker. Die Hände am Gürtel, den Hut tief ins Gesicht gezogen, so dass nicht viel mehr als sein grauer Bart zu erkennen war, nahm er ihnen alles Licht, das von draußen hereinfiel.

»Treibt ihr es jetzt schon in meinem Zelt miteinander?« Mit zwei großen Schritten stand er vor ihnen und nahm sie ins Visier. »Da muss es euch schon eifrig zwischen den Beinen jucken, dass ihr es nicht einmal aushaltet, bis ihr in eurem Unterschlupf seid.«

Heiser lachte er los und ließ dabei seinen Blick anzüglich über Magdalena gleiten. Der feuchte Stoff ihres Mieders klebte ihr eng an der Haut, betonte die Kontur ihrer Brüste. Schon blieb der Blick des Offiziers darauf haften. Als sie die ungezügelte Lust darin aufblitzen sah, kam ihr ein rettender Einfall. Die stinkende Decke glitt ihr von den Schultern. Unwillkürlich zog sie den Ausschnitt ihres Mieders weit auseinander, bis die eine Schulter fast entblößt war. Dabei steckte sie den Bernstein unauffällig tiefer in den Ritz des Busens und schmiegte sich aufreizend eng an Rupprecht. Das begehrliche Flackern in den Augen des Offiziers verriet, dass ihre Taktik aufging. Rasch küsste sie Rupprecht, behielt den Quartiermeister dabei allerdings weiter im Blick.

»Komm, mein Liebster, lass uns woanders hingehen. Hier stören wir nur«, wisperte sie gerade so laut, dass Strecker es noch hörte.

»Er schon, du aber nicht, mein Täubchen.« Strecker griff zur Gürtelschnalle und öffnete bereits seine Hose. Seine Pranke landete auf Rupprechts Schulter und drückte ihn beiseite wie eine lästige Fliege. »Darfst gern zuschauen, wie ich es deinem Täubchen besorge«, knurrte er und wollte sich auf sie stürzen.

Im nächsten Augenblick duckte sie sich weg und stieß ihm das Knie zwischen die Beine. Schmerzvoll krümmte er sich zusammen und presste die Hände gegen sein empfindlich getroffenes Gemächt.

»Nichts wie weg«, raunte sie Rupprecht zu, der starr vor Schreck hinter ihr stand.

24

Seumes Behauptung, den Feind mit eigenen Augen gesehen zu haben, konnte nicht stimmen. Die Schweden ließen sich jedenfalls noch lange nicht blicken. Dabei war es Elsbeth einerlei, ob Seume das nur so dahingesagt oder ob er Wrangels Truppen tatsächlich schon bedrohlich nah vor dem kaiserlichen Lager erspäht hatte. Fest stand: Die blauen Fahnen waren selbst am dritten Tag nicht am Horizont aufgetaucht. Dafür lag Seume inzwischen halbtot in seinem Zelt, und Magdalena hatte ihm das Leben gerettet.

Manchmal fiel es Elsbeth schwer, nicht an der allseits gerühmten Klugheit der Cousine zu verzweifeln. Nach allem, was Seume ihr angetan hatte, hätte jeder verstanden, wenn er die Operation unter ihren Händen nicht überlebt hätte. Niemand hätte ihr etwas nachweisen können. Andererseits war Magdalena alt genug zu wissen, was sie tat. Elsbeth jedenfalls wusste es sehr wohl. Sie hätte nicht gezögert, das Messer tiefer als nötig anzusetzen oder der Blutung freien Lauf zu lassen.

Wie zur Bestätigung gluckste Carlotta. Das erinnerte Elsbeth daran, dass es an der Zeit war, sie zu Roswitha zu bringen. Wenn Magdalena sich schon nicht um ihre Tochter kümmerte, sollte es wenigstens die Alte tun. Dann konnte sie ihr nicht fortwährend unterstellen, sie wolle die Kleine ihrer wahren Mutter entreißen. Das war die einzige Möglichkeit, sich für die Durchtriebenheit der Hebamme zu rächen, die Seumes Tabakdose letztens zur falschen Zeit am falschen Ort hatte auftauchen lassen.

Elsbeth sah hinaus. Vor dem Zelt bot sich das gleiche Bild wie seit Tagen: Statt Wrangel und seiner Leute hielt eine graue

Regenfront das Lager in Schach. Sie fluchte über das Nass, das durch sämtliche Ritzen, ja sogar bereits durch die Leinwand des Zeltes kroch. Kaum wusste sie der unzähligen Rinnsale Herr zu werden, die sich überall auf dem Lehmboden zu kleinen Wasserläufen vereinigten. Sämtliche Kleidungsstücke waren bereits feucht, auch in den Kisten waren keine trockenen Tücher oder Stoffe mehr. Wenn sie wenigstens etwas Warmes im Bauch hätte! Neben ihrem Zelt entdeckte sie die magere, alte Nachbarin. Voller Hoffnung, dass die ihr von dem Kessel Suppe anbot, in dem sie gerade gedankenverloren rührte, rief sie ihr zu: »Grüß dich, Tilda.«

Bevor sie ihr Anliegen vorbringen konnte, legte die Dürre los: »Geschieht Seume doch ganz recht, dass er jetzt halb tot ist. Was turnt er bei strömendem Regen auch sturzbesoffen auf dem Galgen herum?«

»Nicht so laut, oder willst du uns alle ins Unglück reißen?« Ihr einarmiger Gatte schoss aus dem Unterschlupf hervor und zog sie mit einem misstrauischen Blick auf Elsbeth weg. »Hast du keine Augen im Kopf? Seit Tagen schon hat Seume es nebenan mit Elsbeth getrieben. Wie kannst du nur so dumm sein, ausgerechnet vor ihr über ihn herzuziehen? Gleich wird die zu ihm rennen und dich anschwärzen. Willst du etwa die Nächste sein, die am Strick hängt?«

»Die Frage ist doch, wer von uns beiden dumm ist.« Ein kräftiger Ruck genügte der Dürren, sich loszureißen. Energisch stemmte sie die Hände in die Hüften, sah kurz zu Elsbeth und herrschte ihren Mann an: »Im Gegensatz zu dir ist mir aufgefallen, warum Elsbeth das tut: damit die Kleine was zu beißen hat! Einen feuchten Dreck kümmert sich Magdalena um ihr Kind, also muss Elsbeth schauen, wie sie das hungrige Mäulchen stopft. Aber für so was habt ihr Männer keinen

Blick. Ihr schaut immer nur drauf, wer wie oft ein Weibsbild flachlegen kann.«

»Sprich nicht so von der roten Magdalena!« Der Einarmige geriet noch mehr in Rage und versuchte, die Dürre erneut zu packen. Ein Arm war dazu zu wenig. Ohne große Mühe entwischte sie ihm.

»Du bist doch nur neidisch, weil du seit Jahren keinen mehr hochkriegst!« Wütend spuckte sie vor ihm aus und ließ ihn einfach stehen, um sich drei Zelte weiter zu einer Bekannten zu flüchten.

Belustigt sah Elsbeth ihr nach und beschloss, sich zu den anderen Frauen zu gesellen. Ihr fröhliches Lachen verriet den Spaß, den sie miteinander hatten. Kaum erreichte sie den Unterschlupf, wurde jedoch der Zelteingang brüsk vor ihr geschlossen. Enttäuscht wandte sie sich ab. Der Regen setzte wieder ein. Erst fielen einzelne, schwere Tropfen, die bald wieder in kräftiges Prasseln übergingen. Einem feuchten, grauen Vorhang gleich schob sich die Nässe abermals von Westen über das Lager. Ein Blitz zuckte über den Himmel, ein Donner krachte. Rasch verfinsterte sich das Firmament. Der noch junge Tag versank bereits wieder in Düsternis. Elsbeth zog das klamme Tuch enger um die Schultern und patschte durch die Pfützen und den schlammigen Boden zurück zu ihrem Zelt.

Bevor sie darin verschwand, glitt ihr Blick ein letztes Mal hinüber zum Rand des Lagers. Still und verlassen standen die äußersten Wagenreihen. Kein Mensch ließ sich freiwillig außerhalb der Unterkünfte blicken. Die Kürassiere und Dragoner hatten ihre Übungen eingestellt. Auch Musketiere oder Pikeniere sah man nirgends mehr. Das schlechte Wetter hatte sogar verhindert, dass noch Zimmerleute und Schanzenbauer ausrückten, um die Befestigungen instand zu setzen. Vielleicht war dieses unaufhörliche Nass ihr Glück. Das Unwetter unterschied nicht zwischen kaiserlichen und schwedischen oder den mit Wrangel verbündeten hessischen Regimentern. Wahrscheinlich steckten die Feinde mit ihren schweren Kanonen und Geschützen im Morast fest und konnten genauso wenig vorrücken, wie die Kaiserlichen sich gegen den Angriff mit dem Bau neuer Schanzen und Gräben wappnen konnten.

Elsbeth schlüpfte in ihr Zelt zurück. Mit einem Stecken stieß sie von unten gegen die durchhängende Plane, um das darin gesammelte Wasser herauszuschleudern.

»He, was soll das? Bist du verrückt?« Gottfried Strecker, der Quartiermeister, stapfte aufgebracht zu ihr herein. Direkt am Eingang stellte er sich in Positur. Von seinem Umhang tropfte es ohne Unterlass. Den Schlapphut riss er sich so schwungvoll vom Kopf, dass ein weiterer Schwall Wasser umherspritzte. Traurig hing die ehemals so stolze rote Feder von der Krempe. Auch der spärliche Haarkranz rund um Streckers Schädel wirkte klatschnass noch erbärmlicher als sonst. Selbst das gut eingefettete Leder seiner hohen Stiefel hielt der Feuchtigkeit nicht stand. Dunkel zeichneten sich Wasserflecken ab, nach und nach drückten sich gar die Zehen einzeln durch.

»Kannst froh sein, dass nur ich es bin, den du mit dem zusätzlichen Guss bedacht hast.«

»Was willst du schon wieder?« Sie bemühte sich gar nicht erst um Freundlichkeit. Der wohlbeleibte Offizier hatte sich gleich nach Seumes Sturz gestern ungefragt als Ersatz bei ihr aufgedrängt. Allzu gut kannte er also die Konditionen, zu denen sie das Spiel mitmachte. Umso mehr erzürnte es sie, dass er dieses Mal mit leeren Händen vor ihr aufzutauchen wagte.

»Bringst du mir wenigstens noch einen Wein und ein bisschen mehr Brot? Das von heute früh ist längst verdaut.«

Sie bückte sich, um Carlotta aufzunehmen. Solange sie nicht sicher sein konnte, ob der Dicke etwas Essbares mitbrachte, wollte sie gegen jegliche Annäherungsversuche gewappnet sein. Rasch hatte sie gelernt, dass er, anders als Seume, sie nicht anrührte, wenn sie die Kleine auf den Armen trug.

Das mochte daran liegen, dass seine Frau vor kurzem erst mit Roswithas und Magdalenas Hilfe entbunden hatte. Hautnah hatte er das miterlebt und sich wie ein König über das Kind gefreut. Einmal am Tag den Rock für ihn zu lüpfen reichte ohnehin für die karge Ration, die er Elsbeth als Lohn zu bieten hatte. An diesem Morgen war er gleich bei Morgendämmerung zu ihr gekrochen. Damit war ihr Soll erfüllt.

»Woher soll ich es nehmen?« Hilflos hob er die Arme. »Bei dem Sauwetter kommt keiner hier weg, um irgendwo was aufzutreiben. Das letzte Brot ist aus Franken zu uns gekommen. Natürlich war es längst schimmlig, bis wir es zwischen die Zähne schieben konnten. Fürs Erste kannst du dich drauf einstellen, künftig mit den andern Weibern und Kindern Wassersuppe zu schlürfen. Wenigstens davon gibt es inzwischen genug.«

Sein Blick schweifte über das Innere des Zeltes. Obwohl sie die Gräben außen herum so oft wie möglich frei schaufelte, bezeugten die breiter werdenden Rinnsale, dass der Regen seinen Weg immer schneller unter die Plane fand. Lang würde es nicht mehr dauern, bis die Matten auf dem Boden Feuchtigkeit aufsaugten. Für eine Weile würde sie es vielleicht auf den beiden zusammengeschobenen Kisten aushalten. Irgendwann würde ihr jedoch nichts anderes übrigbleiben, als bei Meister Johann um Unterschlupf im Wagen zu betteln.

»Was willst du also von mir?« Die Kleine auf den Hüften schaukelnd, zog sie mit der freien Hand das fadenscheinige Tuch noch enger um die Schultern. An Streckers grimmigem Blick las sie ab, wie enttäuscht er über ihre Ablehnung war. »Worauf machst du dir Hoffnung? Dass ich mich zum Vergnügen unter dich lege? Pah! Da müsstest du schon zwanzig Jahre jünger und weitaus fescher sein!«

»Luder!« Abfällig sah er sie an. Gleichzeitig blitzte Gier in seinen Augen auf. Das Streiten schien ihm zu gefallen.

»Mach dir keine falschen Hoffnungen. Wenn du nichts in Händen hast, hebe ich meine Röcke nicht. Eine ordentliche Ration Wein und Brot gegen einen schnellen Stoß, das ist ein ehrliches Geschäft. Damit warst du einverstanden.«

»Pass bloß auf, dass du es dir nicht mit mir verdirbst. Sonst landest du schneller bei den anderen Huren, als du denkst.« Grimmig musterte er sie und machte sich an seinem Gürtel zu schaffen. »Vielleicht sollte ich denen überhaupt mal einen Wink geben. Die haben es nicht gern, wenn ihnen eine mitten im Lager das Geschäft streitig macht. Auch dem Trossweibel könnte vielleicht etwas zu Ohren kommen. Der lässt sich nie lang bitten, mit Weibern wie dir kurzen Prozess zu machen. Da nutzt es dir wenig, dass du in letzter Zeit einzig Seume und mir zu Diensten warst. Seume pfeift aus dem letzten Loch, und ich werde es mir gut überlegen, ob ich für dich ein gutes Wort einlegen soll. Wozu?«

»Willst ausgerechnet du mir drohen?« Belustigt sah sie ihn an.

»Ach, ich glaube, wenn ich dich so anschaue, vergeht es mir gerade sowieso.« Schnaufend warf er sich den Zipfel seines Umhangs über die Schulter und wandte sich zum Gehen. »Anderswo im Lager gibt es genug willige Weiber, die nicht so anstrengend sind. Da kriege ich es weitaus einfacher.«

Elsbeth erschrak. Machte er tatsächlich Ernst und haute ab? Das war doch bislang nur das übliche Geplänkel gewesen, damit er begriff, was sie ihm wert sein musste. So leichtfertig durfte sie ihn nicht verprellen, wollte sie nicht bereits am nächsten Tag für einen Kanten harten Brotes als Lohn bei den billigen Huren am hinteren Ende des Lagers landen. »Komm schon, so habe ich das doch nicht gemeint.« Bedächtig setzte sie Carlotta in einer Ecke ab. Die war noch einigermaßen trocken und dennoch weit genug von der Matte weg. Das Kind sollte nicht zu viel davon mitbekommen, was sie mit dem Dicken vorhatte. Verführerisch ließ sie sich den Umhang von den Schultern gleiten. Dabei schoben sich die Ränder ihres Mieders auseinander und gaben den Blick auf die Ansätze ihrer Brüste preis.

Strecker entlockte sie damit nicht einmal ein müdes Wimpernzucken. Ungerührt blieb er stehen und legte beide Hände auf die Gürtelschnalle. Langsam trat sie auf ihn zu, nahm nun auch das Kopftuch ab und schüttelte ihre langen blonden Haare auf. Locker fielen sie auf ihren Rücken. Mit den Fingern strich sie sich die Mähne nach hinten. Auffordernd streckten sich ihre Brustspitzen dem Dicken entgegen. Aus den Augenwinkeln bemerkte sie zufrieden, wie er sich räusperte und die Lippen schürzte. Sie rekelte sich dicht vor seiner Nase, schob mal das Becken, mal den Busen vor. Endlich reagierte der Dicke mit einem heftigen Grunzen. Hastig riss er sich den nassen Mantel vom Leib, schleuderte ihn beiseite und drückte sie auf den Boden hinunter. Es gelang ihr gerade noch, mit der einen Hand den Rock hochzuheben und mit der anderen Carlotta fortzuschieben, die neugierig von ihrer

Ecke herübergekrabbelt war und sie mit großen Augen anschaute.

Strecker schien nichts von alldem zu bemerken. Schon hatte er seinen Unterleib entblößt und sich zwischen ihre Beine gedrängt. Längst war er tief in sie eingedrungen und stieß immer heftiger zu. Dazu keuchte er, als stünde er kurz vor dem Ersticken.

Verzweifelt weinte die Kleine los, steigerte sich in ein unaufhaltsames Brüllen. Wie gern hätte sich Elsbeth die Hände auf die Ohren gepresst. Es galt jedoch, Carlotta wegzuschieben. Dass das Kind sie so daliegen sah! Beschämt schloss sie die Augen und schmeckte die salzigen Tränen, die ihr über die Wangen liefen.

Strecker war indes ganz in seiner Lust gefangen. Es schien, als wollte er dieses Mal gar kein Ende finden, hielt kurz vor dem Höhepunkt immer wieder stöhnend inne, bis er sich endlich laut schreiend aufbäumte. Ein letztes bestialisches Schnaufen, ein unmenschliches »Ah!« begleitete seinen Erguss. Wie ein Mehlsack fiel er auf ihr zusammen. Sein Gewicht drückte sie so fest zu Boden, dass sie kaum mehr Luft bekam. Verzweifelt biss sie sich auf die Lippen und drehte das Gesicht zur Seite, um seinem weinsauren Atem zu entgehen. Undeutlich nahm sie durch den Tränenschleier wahr, dass im Zelteingang jemand stand. Sie erstarrte.

Die Umrisse waren eindeutig. Schon das lautlose Heranpirschen und das Auftauchen im ungünstigsten Moment waren Anzeichen genug. Das Gesicht brauchte sie gar nicht mehr zu sehen, um zu wissen, wer es war.

»Fertig?«, fragte Rupprecht und trat langsam näher.

Die Schamesröte ließ Elsbeths Wangen glühen, gleichzeitig breitete sich ein stumpfes Gefühl in ihr aus. War es nicht vollkommen gleichgültig, dass er sie so sah? Ihm war sie nichts schuldig.

»Was glotzt du so? Gefällt es dir mal wieder, anderen zuzuschauen, wie sie es miteinander treiben? Wenn ich mich recht entsinne, kriegst du es anders kaum hin.« Plötzlich fand sie Kraft genug, den Dicken von sich wegzudrücken.

»Ist ja gut«, grunzte Strecker und rollte sich zur Seite. Er hatte ihren Besucher noch nicht bemerkt. Unsanft half sie nach, bis er endlich ganz von ihr herunter war, strich sich den Rock über die Beine und nahm Carlotta in die Arme.

Der Rücken des Kindes war steif durchgedrückt, sein kleiner Körper ganz auf Abwehr eingestellt. Das Weinen war in ein verzweifeltes Wimmern übergegangen. Fest drückte sie die Kleine an sich, sog ihren Geruch ein und hauchte ihr tröstende Worte ins Ohr. Endlich entspannte sich Carlotta und schmiegte sich an sie.

»Was willst du schon wieder hier?«, herrschte sie Rupprecht an.

»Magdalena schickt mich, ich muss was holen.« Eine Spur zu hastig versuchte er sich an dem dicken Strecker und ihr vorbeizudrücken und die Kiste mit dem Leinzeug aus der hinteren Ecke herauszuziehen. Dabei wagte er kaum, den Dicken direkt anzusehen.

»Was ist mit der roten Magdalena?«, fragte Strecker ungerührt und setzte sich auf. »Ist Elsbeth eigentlich auch eins von deinen Täubchen? Scheinst es deinen Herzensdamen nicht gerade recht machen zu können, so gierig wie die sich mir entgegenbiegen. An dir ist wohl alles zu klein geraten.«

Er lachte dreckig und klopfte sich die Schenkel. Seine Hose stand noch immer weit offen. Zunächst unternahm er nicht das Geringste, sein erschlafftes, dabei immer noch recht imposantes Geschlecht zu verbergen. Fast hatte es den Anschein, als wolle er seine pralle Männlichkeit vor dem schmächtigen Rupprecht zur Schau stellen.

»Du tust immer nur das, was Magdalena dir sagt, was?« Elsbeth stellte sich ihm in den Weg, so dass er in seinen Bemühungen mit der Truhe innehalten musste. »Da wird sie aber stolz auf dich sein, wenn du ihr die schwere Kiste ganz allein rüberschleppst. So ein starker Junge!« Sie legte ihm die freie Hand auf die Schulter und hielt ihn fest.

»Wo steckt die rote Magdalena eigentlich?«, fragte Strecker. »Immer noch drüben bei Seume? Die muss es ja ganz wichtig haben mit ihrem neuen Patienten, dass sie gar nicht mehr aus dem Offizierslager rauskommt.«

»Was willst du von ihr?« Misstrauisch wandte Rupprecht sich um und schüttelte dabei Elsbeth ab. »Hast du es immer noch nicht aufgegeben? Auf die kannst du warten bis zum Sankt-Nimmerleins-Tag. Freiwillig legt die sich gewiss nicht für dich hin.«

»Andere dafür schon, wie du siehst. So ist das halt, wenn man den Weibern was zu bieten hat. Bist du etwa eifersüchtig? Letztens in meinem Zelt kamst du leider gar nicht erst zum Zug, was? Du Armer! Wenn du magst, arrangiere ich was für dich bei einem Weib. Ich kenne genug, die das für mich tun würden. Streng dich aber an, dass du mir keine Schande machst!«

Schmunzelnd erhob er sich und knöpfte sich aufreizend dicht vor Rupprecht die Hose zu. Seine winzigen, hellen Augen bohrten sich in die dunklen Rupprechts, seine dicke Pranke fasste genüsslich in seinen Schritt. Gleichzeitig rülpste er so laut, dass Rupprecht zurückwich. Dann erst bückte er sich nach seinem Hut. Umständlich setzte er ihn auf. Einen quälend langen Augenblick stierte Rupprecht wütend auf den weitaus größeren und breiteren Mann vor sich, bevor er sich eines Besseren besann. Ohne ein weiteres Wort fasste er nach dem Griff und zog die Kiste rücklings aus dem Zelt.

»Ja, mach nur, dass du das Leinzeug zu Magdalena bringst. Wird viel davon brauchen, wenn sie jetzt zwei Köpfe zu verbinden hat!« Strecker trat an den Zelteingang und sah ihm feixend nach, wie er die schwere Holzkiste über den schlammigen Boden durch den Regen zog.

Etwas stimmte da nicht. Elsbeth stellte sich neben ihn und musterte ihn aufmerksam.

»Was meinst du damit?«, fragte sie schließlich und ließ Strecker nicht aus den Augen.

Sein Profil erschien ihr platt. Die breite Nase ragte kaum hervor, als hätte man sie mit einem Brett absichtlich flach gedrückt. Um Streckers Mundwinkel zuckte es, die Ohrläppchen wackelten. Es war nicht zu übersehen, dass er etwas im Schilde führte.

»Das wüsstest du wohl gern.« Mit einem überlegenen Lächeln wandte er sich um und grinste schließlich über das ganze Vollmondgesicht. Die Augen strahlten siegesgewiss. »Vielleicht verrate ich es dir sogar. Musst nur eine Kleinigkeit für mich tun.«

»Noch mal?« Sie stöhnte auf und schob das mittlerweile wieder friedlich schlafende Kind auf ihren Armen wie einen Schild vor die Brust. Der Kerl war unersättlich. Hoffentlich kam Seume bald wieder auf die Beine und erlöste sie von diesem fetten Ungeheuer.

»Du hältst mich wohl für einen Stier?« Dröhnend lachte er und hielt sich den vorragenden Bauch. Machte der sich auch noch über sie lustig? Wie gern hätte sie ihm eine Maulschelle verpasst. Allein die Furcht, ihn damit endgültig zu verprellen, hielt sie ab.

»Schau nicht so ängstlich. Möchte wirklich nicht wissen, was du von mir denkst. Dabei mag ich dich wirklich.« Überraschend sanft strichen seine Finger über ihre Wange. Einen Moment ließ er die Hand liegen, betrachtete schweigend sie und das Kind. Fast schien es, als glitte er auf einem Traum in weite Fernen.

»Was ist mit Magdalena? Warum muss sie jetzt zwei Schädel verbinden?« Ruckartig drehte sie den Kopf zur Seite. »Und bevor du auf einer weiteren Kleinigkeit bestehst, denk lieber daran, dass du mir noch etwas schuldig bist für vorhin. Brot und Wein hast du nicht mehr, also sag schon, was mit ihr ist, und wir sind für heute quitt!« Rüde stieß sie ihn in die Seite. Carlotta öffnete schon wieder die Äuglein. Gleich musste sie die Kleine anlegen, damit sie wenigstens ein bisschen was in den Bauch bekam. Bis dahin wollte sie den Dicken jedoch los sein.

»Du vergisst wohl nie, den Gegenwert einzufordern für das, was du tust!«

»Was bleibt mir übrig, wenn ich als Frau allein hier im Tross überleben muss?«

»Gefällst mir jeden Tag besser, mein Täubchen. Aus dir kann noch was werden!« Anerkennend legte er ihr die Hand auf die Schulter und sah sie milde lächelnd an. »Nur bei deiner Cousine habe ich mich wohl verschätzt. Hab sie für klüger gehalten, als sie ist. Die rote Magdalena, wer hätte das von ihr gedacht!« Er schüttelte den Kopf, dann zog er sie näher heran und flüsterte verschwörerisch: »Kannst du deinen Mund auch wirklich halten? Das, was ich dir zu sagen habe, muss in jedem Fall unter uns bleiben. Wir zwei müssen uns noch überlegen, was wir damit anfangen.«

Er zwinkerte ihr zu. Stumm nickte sie und hoffte, die Kleine hielt es noch eine Weile aus. Sollte Carlotta ausgerechnet jetzt, wo der Dicke endlich mit der Sprache herausrückte, die Geduld verlieren und durch Schreien das Weiterreden unmöglich machen, wäre alle Mühe umsonst gewesen.

»Also?«, versuchte sie ihn zum Reden zu ermuntern.

»Vorhin habe ich zufällig gehört, was die rote Magdalena mit dem sauberen Rupprecht plant.« Abermals legte er eine bedeutungsvolle Pause ein, kostete die Spannung genüsslich aus.

»Und?«, fragte sie ungeduldig.

Strecker grinste. »Kannst du es dir nicht denken? Seumes geheimnisvollen Gefangenen will sie vor dem Galgen retten!«

»Was?« Ungläubig hatte sie aufgeschrien, hielt sich schnell die Hand vor den Mund. Leiser fuhr sie fort: »Bist du sicher?«

»Tu nicht so!« Einen Augenblick wirkte Strecker wütend, dann verzog er die Lippen zu einem schmutzigen Grinsen: »Wir beide wissen doch, wer der angebliche Soldatenmörder wirklich ist. Schon damals in Freiburg hat sie ihn heimlich getroffen. Zu der Kleinen auf deinen Armen ist sie auch nicht gerade wie die Heilige Jungfrau zum Kind gekommen, was? Wundert mich nur, dass Rupprecht ihr bei dem törichten Plan helfen will. Wahrscheinlich tut er es, weil es eine gute Gelegenheit ist, den Nebenbuhler endlich loszuwerden und sich gleichzeitig bei Magdalena ins rechte Licht zu setzen.«

»Was hast du jetzt vor? Welche Kleinigkeit soll ich für dich tun?«

Der Dicke zuckte mit den Schultern, als sei er nicht mehr sonderlich interessiert, und sagte: »Viel Zeit bleibt nicht. Seume geht es sicher bald besser, und die Schweden rücken näher. Hör deiner Cousine doch einfach gut zu, wenn du mit ihr über die nächsten Tage redest. Schon allein wegen der Kleinen wird sie dir sagen müssen, wann sie etwas plant. Wird sie wohl kaum mitschleppen, wenn sie ihren Eric fortbringt.«

Ohne weiter auf ihre Reaktion zu achten, drückte er sich den breitkrempigen Filzhut auf den Kopf, zog sich den Umhang mit einer Hand vor der Brust zusammen und trat hinaus in den Regen. Als ahnte Carlotta, dass ihre Zeit gekommen war, plärrte sie los. Leise fluchend öffnete Elsbeth ihr Mieder, zog sich ins Innere des Zeltes zurück und legte die Kleine an die Brust.

Das Trommeln des Regens wurde stärker. Sobald Carlotta mit hastigen Schlucken ihren ersten Hunger gestillt hatte, saugte sie im steten Rhythmus der Tropfen weiter. Besorgt blickte Elsbeth auf eine Einbuchtung am Zeltdach. In der Mitte löste sich allmählich ein Tropfen und fiel träge auf sie herab. Kein Zweifel, sie brauchte umgehend eine trockene Unterkunft. Sie wusste auch schon, auf wessen Hilfe sie dabei zurückgreifen würde. Zu Recht hatte der dicke Quartiermeister gesagt, dass Magdalena wohl kaum mit der kleinen Carlotta und dem verletzten Eric zusammen aus dem Lager verschwinden könne. Sie würde die Ohren offen halten, wie viel es der Cousine wert war, dass ihr jemand bei ihrem weiteren Vorhaben half.

25

Nass bis auf die Knochen erreichte Rupprecht Seumes Zelteingang. Unterwegs hatte er zwei halbwüchsige Trossbuben gebeten, ihm beim Tragen der Kiste behilflich zu sein. Mürrisch ließen sie die Last zu Boden sinken. Es war ihnen wohl klargeworden, dass sie außer Mühsal und Frust keinen Lohn erwarten durften. Um sie nicht völlig zu verärgern, reichte Magdalena ihnen rasch den Schlauch mit Branntwein. Der Alkohol war wie so oft das Einzige, das nicht ausgegangen war, trotz der großen Beliebtheit des Getränks. Gierig nahm jeder der Trossbuben einen großen Schluck. Eigentlich waren sie viel zu jung, doch schienen sie das Trinken bereits gewohnt. Der scharfe Brand entlockte ihnen nicht einmal ein Wimpernzucken. Aufrecht und ohne Schwanken zogen sie von dannen. Ein strenger Blick Magdalenas genügte, und die Steckenknechte nahmen sich der Kiste an. Sie dirigierte die zwei damit hinter den Vorhang, wo Eric lag. Noch immer hatte er das Bewusstsein nicht wiedererlangt.

»Frisches Leinen für den Profos«, erklärte sie, um jedem Argwohn vorzubeugen. »Es ist besser, wenn er die Kiste beim Aufwachen nicht sieht, sonst wird ihm seine missliche Lage sogleich wieder bewusst.«

Glücklicherweise gaben sich die Steckenknechte mit dieser fahlen Ausrede zufrieden. Den Patienten bedachten sie nur mit einem flüchtigen Blick. Viel war von ihm ohnehin nicht zu sehen. Auf seiner Stirn lag eine feuchte Kompresse, die Decke hatte Magdalena ihm bis unter das Kinn hochgezogen. Anfangs hatte sie diese Maßnahmen gegen das wieder aufgeflammte Fieber gedacht, dann aber hatte sie sie beibehalten. So würde es den Steckenknechten nicht auffallen, wenn bald ein anderer ähnlich hoch zugedeckt auf der Matte lag. Um den Unmut der beiden Knechte vollends zu beschwichtigen, drückte sie ihnen den Schlauch mit dem restlichen Branntwein in die Arme. »Rupprecht und ich legen dem Profos neue Verbände an. Wollt ihr zusehen? Eure Hilfe können wir ganz gut gebrauchen.«

Lächelnd sah sie die beiden an. Nur zu gut wusste sie, dass sie den Anblick der frischen Nähte um das Auge des Offiziers nicht ertrugen, genauso wenig, wie sie den Geruch der Pflaster und Wunden ausstehen konnten. Gestern erst hatte sich einer von ihnen mitten im Zelt übergeben, nachdem sie ihn um seine Hilfe gebeten hatte. Seither wusste sie, wie sie einige Momente allein mit Rupprecht sein konnte. Auch jetzt genügte bereits die bloße Erwähnung des Vorhabens, um die beiden zumindest vorübergehend aus dem Zelt zu treiben. Angesichts des Regens würden sie nicht einmal wie vorgeschrieben draußen vor dem Eingang warten, sondern schleunigst ins Nachbarzelt zu den Kameraden rennen und sich mit Trinken und Spielen ein wenig die Zeit vertreiben.

»Die sind wir los.« Rupprecht wirkte erleichtert.

»Wie geht es Carlotta?« Magdalena gierte nach Nachricht von ihrem Kind. Wie gern würde sie die Kleine wieder in ihre Arme schließen, allein die Steckenknechte ließen sie nicht zu ihr.

»Wie soll es ihr gehen? Gut natürlich.« Aus Rupprechts Worten ließ sich nichts heraushören. Mit der Kleinen hatte er noch nie viel anfangen, geschweige denn Magdalenas Sorge um sie verstehen können. »Auch wenn Roswitha nicht ständig bei ihr hocken kann, wird Elsbeth nicht noch einmal wagen, dich zu hintergehen. Die Sache mit der Tabakdose war ihr eine Lehre.«

»Dein Wort in Gottes Ohr, aber Elsbeth traue ich einfach nicht mehr. Was ist mit Strecker? Man hört so einiges. Hast du mitgekriegt, ob es stimmt, dass er an Seumes Stelle zu ihr schleicht? Wahrscheinlich will Elsbeth versuchen, mir mit seiner Hilfe eins auszuwischen.«

Rupprechts Antwort beschränkte sich auf ein verächtliches Schnauben. Für ihn schien damit das Gespräch beendet. Er kniete sich vor der Kiste nieder und machte sich an den Verschlüssen zu schaffen.

»Beeil dich«, sagte sie. »Viel Zeit bleibt uns nicht, Eric hinauszubringen. Wenn die Schweden nicht bald auftauchen, ist Seume schon wieder so weit, dass er die Hinrichtung durchführen kann.« Sie warf einen besorgten Blick zur Strohmatte. Seit Eric im Zelt des Offiziers lag, hatte er kaum die Augen geöffnet. Dennoch war sie sicher, dass es ihm längst gut genug ging, die Flucht zu überstehen. Das Fieber war gesunken, das Verheilen der riesigen Narbe am Bauch gut fortgeschritten. Es erschien ihr wie ein Wunder, dass er die rüde Behandlung durch die Steckenknechte nahezu schadlos überstanden hatte. Vielleicht war das ein Beweis seiner Unschuld?

»An mir liegt es nicht.« Rupprecht gab sich unbeeindruckt. »Beschwer dich bei den Schweden. Weiß der Teufel, wo die Heringfresser bleiben. Braucht man sie mal, sind sie wie vom Erdboden verschluckt.« Sein Augenmerk galt ganz der Kiste. Holz knirschte und splitterte, als er eines der beiden Schlösser mit dem Dolch aufhebelte. Bevor er sich dem zweiten zuwandte, wischte er sich den Schweiß von der Stirn. »Was hast du noch da drinnen? Weißzeug wirst du nicht wegsperren wie einen wertvollen Schatz aus Gold.«

»Doch, muss ich leider. Elsbeth ist zu faul, die Tücher, die ich ihr für Carlotta zum Wickeln gegeben habe, auszuwaschen. Sie holt lieber gleich frische. Wenn ich nichts unternommen hätte, bräuchte ich Leinenvorräte wie der Kaiser, bis Carlotta sauber ist.«

»Weiber!« Mit zusammengekniffenen Lippen hantierte Rupprecht weiter an dem Schloss. Schmunzelnd fingerte Magdalena einen Schlüssel unter ihrem Rock hervor und hielt ihn vor seine Nase. »Du hättest nur fragen brauchen, dann wäre es leichter und schneller gegangen.«

Wortlos griff er nach dem Schlüssel und öffnete die Kiste. Wie schon so oft sah Magdalena mit Bedauern auf die arg zusammengeschrumpften Vorräte an Weißzeug. Elsbeth hatte wahrlich darin geplündert. Dennoch würde das, was da in zwei oder drei Lagen den Boden der Kiste bedeckte, noch reichen, ihren Plan in die Tat umzusetzen. Nebenan schepperte etwas. Alarmiert sahen sie einander an.

»Er wird wach!« Rupprecht stürzte zu Seume. Magdalena blieb bei der Kiste und suchte ein paar besonders lange Streifen heraus, bevor sie den Deckel gut abschloss. Sie musste nicht hinsehen, um zu wissen, dass Eric sie die ganze Zeit beobachtete.

»Magdalena.« Mühsam streckte er die rechte Hand aus. Sie zögerte und warf einen kurzen Blick Richtung Vorhang. Dahinter war es wieder still. Rasch beugte sie sich zu ihm, ergriff seine Hand und sah ihn an. Der Blick in seine blauen Augen ließ einen ganzen Schwarm Schmetterlinge in ihrem Bauch auffliegen. Ihr wurde warm, gleichzeitig spürte sie, wie ihre Augen feucht wurden.

»Geh kein Risiko ein! Die Kleine ist wichtiger.« Seine Stimme war leise, aber er sprach erstaunlich klar. Schweigend nickte sie und wandte sich ab, damit er die aufsteigenden Tränen nicht entdeckte.

Rupprecht sah ihr entgegen, als sie hinter dem Vorhang hervorkam. Zum Zeichen, dass Seume wieder eingeschlafen war, legte er den Zeigefinger auf die Lippen. Nach der Operation hatten sie den Profos auf ein weiches, trockenes Lager aus Stroh gebettet. Der Tisch, auf dem sie ihn zuvor behandelt hatten, war fortgeräumt worden. Dadurch gab es ausreichend Platz im Zelt, damit die beiden Steckenknechte sowohl Rupprecht, Magdalena und Seume als auch Eric im abgetrennten hinteren Bereich im Auge behalten konnten. Nur Meister Johann hatte sich unter dem Vorwand, einen Kranken versorgen zu müssen, aus der Unterkunft verabschieden dürfen.

Ein halbes Dutzend Menschen hielten sich also seit mehreren Tagen schon in dieser Enge auf. Nachts rollten sie sogar die Decken nebeneinander auf dem Boden aus. Dabei schirmte Rupprecht Magdalena notdürftig mit seinem Körper gegen die Zudringlichkeiten der beiden Steckenknechte ab. Mehrfach hatten sie bereits versucht, ihr zu Leibe zu rücken. Jedes Mal hatte sie lediglich ein Grummeln von Seumes Lager vor Schlimmerem bewahrt. Es war, als spürte der Offizier bis in seine Bewusstlosigkeit hinein, was in seiner Umgebung vor sich ging. Wenn es hart auf hart gekommen wäre, hätte Rupprecht allein nichts für sie ausrichten können, das wussten sie alle vier.

Die Wachsschicht auf Seumes Planen war dicker als bei anderen Zelten. Deshalb war der Regen bislang nicht ins Innere durchgesickert. Auch die Gräben außen hielten das Wasser ab. Wenn sie Glück hatten, blieb das die nächsten Tage so. Alle in Regiment und Tross hofften auf besseres Wetter. Das vergebliche Warten auf das Auftauchen der Schweden erschien bereits als kleineres Übel als diese unerträgliche Nässe.

»Seume wird noch länger schlafen, dafür habe ich gesorgt.« Stolz hielt Rupprecht einen zweiten Schlauch Branntwein in die Höhe. »Schließlich soll er nicht darben, nur weil er verwundet ist.«

Das verschwörerische Zwinkern misslang ihm gründlich. Magdalena achtete nicht weiter darauf, sondern begann, die Verbände um Seumes Kopf zu lösen. Vorsichtig entfernte sie die Kräuterblätter, die sie direkt auf die Haut aufgelegt hatte. An manchen Stellen klebten sie am Wundschorf fest. Angestrengt biss sie sich auf die Lippen, als spürte sie den Schmerz am eigenen Leib, wenn sie das Pflaster energisch abriss. Seume brummte im tiefen Schlaf, zeigte höchstens durch ein Liderflattern, dass er etwas spürte. Endlich lag die Wunde frei. Stumm reichte ihr Rupprecht den Salbentiegel.

Vor dem Zelt wurde es unruhig. Männerstimmen klangen auf. Magdalena glaubte den Ausruf »Die Schweden« zu hören. »Halt dein Maul!«, fuhr ein anderer schroff dazwischen. Doch es war zu spät. Nun brach erst recht Trubel aus. Menschen rannten vorbei, patschten in Pfützen, stießen gegeneinander. Einmal wankte die Zeltwand gefährlich, weil ein dunkler Schatten von außen dagegenfiel. Laut wurde geflucht. Säbel rasselten, jemand lud eine Muskete, ein anderer schimpfte, weil er seinen Degen nicht fand.

»Holt die Pferde!«

»Wo bleibt das Signal?«

»Potz Blitz! Seid ihr alle närrisch geworden?« Eine dröhnende, tiefe Stimme übertönte die anderen. Schlagartig wurde es still. Lediglich das Klappern der Waffen verriet, dass die Männer sich weiter sortierten. Wahrscheinlich war es ein Oberst gewesen, der die anderen zur Ordnung rief. Leise erteilte er weitere Befehle. Nun waren nur noch sich eilig entfernende Schritte zu hören. Die Soldaten sammelten sich wahrscheinlich auf dem nahen Richtplatz.

Magdalena blickte zu Rupprecht. Erst in diesem Moment wurde ihr bewusst, dass das Trommeln der Regentropfen nachgelassen hatte. Schon erklang ein Trompetenstoß, dann ein zweiter. Das wohlbekannte Signal der Pauken rief die Soldaten zu ihren Waffen.

»Tatsächlich: die Schweden!« Rupprecht jauchzte auf.

»Pst!«, bedeutete sie ihm mit einem knappen Kopfnicken in Richtung Profos. Sie konnten nie sicher sein, ob er nicht doch etwas hörte.

»Ich sehe mal nach. Auch wenn es vorerst kein großes Gefecht geben sollte, wird man einen Feldscher nötig haben.« Er drückte ihr den Tiegel in die Hand und rannte hinaus.

26

Wie gern wäre Magdalena Rupprecht gefolgt, auch wenn sie bezweifelte, dass die heißersehnte Schlacht gegen die Schweden so bald losbrechen würde. Auf beiden Seiten hatte der Dauerregen die Planungen der Feldherren zunichtegemacht. Die mühsam ausgehobenen Schanzengräben standen voll Wasser, die Lafetten mit den Kanonen versanken im Schlamm. Die Zelte und Verschläge, die man als notdürftige Lazarette am Rand des Kampfplatzes errichtet hatte, waren vom Sturm hinweggerafft. Seit Einsetzen des Unwetters war der ungewisse Zustand des Munitionsdepots eines der Hauptgesprächsthemen. Am späten Abend hatte man noch einige Kisten Pulver in die Keller Amöneburgs gebracht. Natürlich meldeten einige Obristen starke Bedenken dagegen an, doch die rührten wohl eher von der Angst, ihre bequemen Schlafquartiere oben in der Stadt könnten in die Luft fliegen. Schon lange murrten die Mannschaften und Offiziere, die unten im Lager in den zugigen Unterkünften Wind und Wetter ausgesetzt waren, gegen die wenigen Hochrangigen, die sich in den Häusern der eroberten Stadt behaglich eingenistet hatten. Die plötzliche Aufregung über einen möglichen Angriff lenkte den Unmut in andere Kanäle. Sollte ihnen endlich wieder ein ordentlicher Kampf bevorstehen, würde das den aufgestauten Ärger in Regiment und Tross für eine Weile beschwichtigen.

Seumes Aufstöhnen riss Magdalena in die Wirklichkeit zurück. Sie konnte den Verwundeten nicht allein im Zelt zurücklassen. Schweren Herzens ging sie daran, ihn weiter zu versorgen. Ihm ohne Hilfe den Kopf neu zu verbinden erwies sich als denkbar schwierig. Entweder war er wirklich noch völlig bewusstlos, oder er machte es ihr absichtlich nicht leicht. Es kam ihr vor, als wöge sein Schädel mehr als ein Fass Wein. Mit zwei Händen musste sie ihn halten, gleichzeitig auch das Leinen für den Verband darum winden und glatt ziehen. Nach der Kopfbandage wechselte sie das Pflaster am Hals sowie die Umschläge um Leib und Arme. Ein Leinenstreifen fiel zu Boden. Sie bückte sich danach. Zufällig war er auf der Lederrolle mit Meister Johanns Chirurgenbesteck gelandet. Ohne nachzudenken, griff sie nach einem Skalpell, hielt es plötzlich dicht an Seumes Hals. Seume hatte die Augen weiter geschlossen, atmete gleichmäßig. Es wäre ein Leichtes, ihm jetzt die Kehle durchzuschneiden. Sie hielt die Luft an. Bedächtig setzte sie die Klinge an. Ihre Finger zitterten. Nein! Das würde nichts ändern, nur sie schneller an den Galgen bringen.

Rasch steckte sie das Instrument zurück in die Lederrolle, führte die üblichen Handgriffe an dem Patienten fort und überprüfte die Schienen am Bein. Die Arbeit erforderte nicht nur ihre ganze Kraft, sondern auch ihre gesamte Aufmerksamkeit. Zu leicht kippte der kräftige Körper zur Seite. Mehrfach plumpste der Hinterkopf hart auf die Unterlage. Dagegen tat sie vielleicht eine Spur weniger als bei anderen Patienten, trotzdem mahnte sie sich zur Vorsicht. Die Elle am linken Arm hätte sie beinahe ausgerenkt, weil sie ihn einfach nicht mehr länger hatte halten können. Erschrocken über die unterlaufene Unvorsichtigkeit, musste sie innehalten, bis ihre Hände aufhörten zu zittern. Die Verletzung am linken Handgelenk wirkte wohl einfach noch nach.

Schließlich war alles erledigt, selbst die verschmutzten Leinenstreifen hatte sie in einem Kübel ausgewaschen. Rupprecht war noch nicht wieder aufgetaucht. Auch die Steckenknechte kamen nicht zurück. Ihr blieb nichts anderes übrig, als sich geduldig neben Seume zu kauern und zu warten. Erst dann würde sie erfahren, was da draußen vor sich ging. Weil sie keinen Kampflärm hörte, vermutete sie, dass die Feinde auf einer weit entfernten Seite ins Lager eingedrungen waren. Kein beruhigender Gedanke, wenn sie daran dachte, wie schutzlos Meister Johanns Wagen am südwestlichen Rand stand. Von Elsbeth und Carlotta wusste sie nichts. Sie konnte nur hoffen, dass die Cousine sich im Zweifelsfall zu wehren und auch die Kleine zu verteidigen wusste. Wenn sie die Geräusche richtig interpretierte, waren die Männer ohnehin nicht in Richtung von Meister Johanns Wagen ausgeschwärmt.

Wenigstens die beiden Steckenknechte könnten sich doch blicken lassen! Seltsam, dass sie beim Signal zum Sammeln ebenfalls zu den Truppen gelaufen waren. Wüsste sie, wie lang sie fortblieben, könnte sie Eric fortbringen. Fürs Erste würde sich Roswitha sicher gern seiner annehmen. Doch das konnte sie kaum wagen. Schade um die Gelegenheit. Sie traute sich nicht, hinter den Vorhang zu blicken. Längst musste Eric die Veränderung bemerkt und die günstige Möglichkeit zur Flucht erahnt haben. Schon bei dem Gedanken, wie flehentlich er sie ansehen würde, schnürte es ihr die Kehle zu. Sie erhob sich und ging unruhig auf und ab. Schließlich trat sie vor das Zelt.

Der Regen hatte aufgehört. Dunkelgrau zogen die schweren Wolken vorüber. Ein eisiger Wind fegte durch die Zeltgassen. Alles war menschenleer. Zögernd ging sie zum nächsten Zelt und blickte hinein. Auf einem umgedrehten Fass lagen Würfelbecher. Die Augen auf dem knöchernen Würfel hatten gerade noch jemandem einen kleinen Triumph beschert. Abgeworfene Spielkarten verteilten sich überall über den gestampften Lehmboden. Die Männer mussten bei Ertönen des Signals Hals über Kopf ihr Spiel abgebrochen haben und davongestürmt sein. Lediglich die Branntweinschläuche hatten sie mitgenommen. Die Aussicht, das lange Dürsten nach direktem Kampf endlich stillen zu können, erklärte auch, warum die Steckenknechte sogar den Gefangenen in Seumes Zelt im Stich gelassen hatten. Glaubten sie wirklich, dass Magdalena die Situation nicht ausnutzen würde? Warum auch? Allgemein war bekannt, dass die rote Magdalena eine überzeugte Kaiserliche war. In der Vergangenheit hatte sie oft genug bewiesen, wie treu sie zu den Ihren stand. Die Szene vorhin, als sie Seume das Skalpell an die Kehle gesetzt hatte, beschämte sie. Sie brachte es nicht einmal fertig, ein allseits verrufenes Scheusal zu beseitigen. Dabei zuckte Seume im umgekehrten Fall nicht mit der Wimper, bevor er zustach. Der Gedanke versetzte ihr einen Stich.

In der Ferne erklang abermals ein Trompetenstoß, Trommelwirbel folgten. Der Wind musste gedreht haben. Wenn sie genau hinhörte, vernahm sie nun eindeutige Kampfgeräusche. Schüsse knallten. Blechern schlugen Piken gegeneinander. Dazwischen brüllten und schrien die Soldaten. Zweifelsohne galt es, sich und den Kameraden Mut zu machen sowie den Gegner durch bestialisches Getöse einzuschüchtern. Dem Lärm nach waren mehr als nur ein Dutzend Angreifer an einer unbefestigten Seite in das Lager eingedrungen. Rupprecht hatte recht: Das verhieß Arbeit für die Feldscher. Gerade das unkontrollierte Aufeinandertreffen der verfeindeten Kompanien ging oft übel für Leib und Leben der Söldner aus. Lange würde sie sich also nicht mehr um Seume und Eric kümmern können. Damit rückte der Zeitpunkt näher, sich endgültig zu entscheiden: für oder gegen die Flucht.

Sie atmete tief durch, spürte noch immer diesen letzten kleinen Rest Zweifel tief in ihrem Herzen. Sie musste sich aber zu etwas durchringen. Jetzt. Es war die letzte Gelegenheit.

27

Meister Johann war immer noch in einem erbärmlichen Zustand. Magdalena erschrak zutiefst, als er sie bei der Rückkehr vor dem Zelteingang erwartete. Die verquollenen Augen und das verzerrte Gesicht ließen auf starke Kopfschmerzen schließen. Seine Unterlippe hing noch mehr herab als sonst, die grauen Bartstoppeln sprossen an Kinn und Wangen, das Haar klebte am Kopf. Nur mit Mühe gelang es ihm, sich aufrecht zu halten. Er torkelte vor und zurück, ruderte gelegentlich mit den Armen. Schon wollte sie ihn ins Trockene des Zeltes zerren, da wehrte er sie brüsk ab.

»Wer ist da drin?« Barsch wies er mit dem Kopf ins Innere. Die Worte kamen erstaunlich deutlich, kein Lallen oder Verschlucken einzelner Silben.

»Wer schon? Seume natürlich. Oder denkst du, er wäre schon wieder auf den Beinen, um mitzukämpfen?«

»Sonst niemand?«

»Was fragst du? Hast du nicht mitbekommen, dass es einen Angriff gegeben hat? Die Männer sind alle fort. Auch die Steckenknechte haben nicht gezögert wegzurennen. Am anderen Ende des Lagers muss es einen Angriff gegeben haben. Sogar Rupprecht ist verschwunden. Wahrscheinlich hat er dort alle Hände voll zu tun. Die Schüsse hören gar nicht mehr auf. Scheint so, als wären alle froh, endlich mit ihren Kanonen, Musketen und Piken loslegen zu dürfen.«

»Komm mit.« Unversehens fasste er sie am rechten Handgelenk und zog sie hinter das Zelt.

Im ersten Moment wich sie entsetzt zurück. Das konnte nicht sein, nein, das durfte nicht sein! Um nicht laut aufzuschreien, schlug sie sich die Hand vor den Mund, zwang sich allerdings, gleich noch einmal hinzusehen. Im aufgeweichten Boden lag ein Mensch. Zunächst war nicht viel mehr von ihm auszumachen als ein heller Haarschopf und lange, arg verkratzte Beine sowie nackte Füße. Den Rest verbarg eine muffige Pferdedecke. Vorsichtig lupfte sie einen Zipfel. Noch einmal fuhr sie zurück. Ihr Herz schlug Purzelbäume, vor ihren Augen verschwamm alles. Nein, sie musste sich täuschen. Es war völlig unmöglich, dass Eric da vor ihr lag! Sie hatte ihn doch im Zelt zurückgelassen, hinter dem straff gespannten

Vorhang. Wie sollte er ohne Hilfe hierhergelangt sein, noch dazu dicht vorbei an Seume? Fragend sah sie hoch zu Meister Johann. Sein Gesicht blieb verschlossen.

»Auf so einen hast du doch gewartet«, sagte er leise. »Das ist genau der, den du brauchst, um Eric zu retten.«

»Ja.« Ihr wurde schwarz vor Augen. Damit war die Entscheidung gefallen, es gab kein Zurück. Meister Johann hatte nicht lang gezaudert, sondern die erstbeste Gelegenheit beim Schopf gepackt. Sie wagte nicht einmal zu fragen, woher er von ihrem Plan mit dem Austausch der Männer wusste. Bislang hatte sie nur mit Rupprecht darüber gesprochen. Wieder wandte sie sich dem Mann auf dem Boden zu.

Die Ähnlichkeit war verblüffend. Im Sterben musste er in den Schlamm gefallen sein. Das Haar wie der restliche Körper und die Kleidung starrten vor Dreck. Die sichtbaren Haarsträhnen waren jedoch eindeutig hell, wenn nicht gar rotblond wie bei Eric. Auch ließ die zusammengekrümmte Haltung auf einen großgewachsenen Mann von schlanker Statur schließen. Am Hinterkopf zeugte eine dicke Blutkruste von einer Wunde. Sie bückte sich tiefer und drehte den Schädel, um das Gesicht zu sehen. Selbst das Alter stimmte! Die Augen waren gebrochen. Kein Zweifel: Der Mann war tot. Gleichzeitig erkannte sie einen wichtigen Unterschied: Dieser hier hatte grüne und keine tiefblauen Augen wie Eric. Seltsamerweise fühlte sie sich dadurch getröstet.

Langsam richtete sie sich auf und sah den Feldscher erneut an. »Dem können wir also nicht mehr helfen, er aber uns. Weißt du, wer er ist?«

»Das spielt keine Rolle.«

»Doch.« Ohne dass sie es sich erklären konnte, sträubte sich etwas in ihr. Warum nur? Letztens nachts, als sie die

Flucht schon einmal geplant hatten, war sie sich ihrer Sache sicherer gewesen. Doch da hatte sie noch nicht diesen tückischen Plan mit dem Austausch der Verwundeten ersonnen, ganz abgesehen davon, dass es zwei Paar Schuhe waren, sich etwas auszudenken und es dann wirklich zu tun. »Was, wenn ihn jemand erkennt? Wenn jemand sieht, dass mit ihm der Falsche an den Galgen soll?«

»Für solche Überlegungen ist es zu spät.« Meister Johann wurde ungeduldig. Er fasste sie an beiden Armen und schüttelte sie leicht. »Komm schon, Magdalena: jetzt oder nie! Hast du nicht einen wie den hier gesucht? Sieh ihn dir an: groß und rotblond. Selbst du hast ihn im ersten Moment für Eric gehalten, das habe ich dir angesehen.« Er zog sie näher zu sich heran: »Und wenn du ihn schon für Eric hältst, werden die anderen es erst recht tun! Also komm, Mädchen, bringen wir ihn rein und schaffen Eric in Sicherheit, bevor die Steckenknechte vom Kampf zurückkommen oder Seume aufwacht.«

Er bückte sich und legte dem Toten die Arme um die Brust. Gleichzeitig bedeutete er ihr mit dem Kopf, dass sie ihn an den Füßen nehmen sollte. Sie zögerte, betrachtete den Toten, dann den Feldscher, schließlich wieder den Toten.

»Lass mich erst prüfen, ob Seume wirklich noch ohne Bewusstsein ist.« Ohne eine Antwort abzuwarten, schlüpfte sie ins Zelt.

Das trübe Licht und die Stille taten gut und ließen sie ruhiger werden. Sie musste unbedingt noch einmal mit Eric sprechen. Doch Vorsicht war angeraten. Seume lag nicht mehr in der gleichen Position auf dem Lager, in der sie ihn zurückgelassen hatte. Vermutlich war er für kurze Zeit wach geworden und hatte sich gewundert, allein zu sein. Beim Umherschauen musste er verrutscht sein. In Fieberschüben wälzte er sich unruhig auf dem Boden. Kein gutes Zeichen. Magdalena seufzte. Es blieb ihr keine Zeit, sich mit neuen Wickeln um ihn zu kümmern. Ohne lange nachzudenken, griff sie nach dem Branntweinschlauch, kniete nieder und setzte ihn Seume an die Lippen.

»Trink!«, beschwor sie ihn. Klopfenden Herzens stützte sie ihm den Kopf und stieß die Öffnung immer heftiger an seine Lippen. Warum öffnete er sie nicht? Sonst zierte er sich nicht lange, wenn ihn der Dunst des Alkohols in der Nase kitzelte! Ein Zittern durchlief seinen Körper. Es schüttelte ihn. Das Lid am unversehrten Auge zuckte heftig. Krämpfe und heftige Träume hatten ihn im Griff. Ihr blieb keine Wahl. Wollte sie sichergehen, musste sie ihn stärker betäuben. Noch einmal ruckte sie an seinem Kopf und presste den Schlauch fester gegen die Lippen. Einen quälenden Augenblick lang schlug er das gesunde Auge auf, stierte sie an. »So trink doch endlich!« Ihre Stimme überschlug sich vor Aufregung.

Endlich öffnete er die Lippen einen Spalt, gerade weit genug, um ihm den Schlauch gewaltsam hineinzuzwängen. Schon hob sie ihn an, kippte die Flüssigkeit in seinen Mund. Zu schnell. Er würgte und spuckte, hustete, bis sich sein Leib aufbäumte. Sie setzte den Schlauch ab und wartete. Ihr stand der Schweiß auf der Stirn. Längst schwanden ihr die Kräfte. Wenn sie nicht aufpasste, brachte sie ihn doch noch um. Nervös lachte sie auf. Irgendwann hörte er endlich auf zu husten. Sein Atem wurde flacher und gleichmäßiger. Endlich entfaltete der Alkohol seine Wirkung und versetzte ihn in einen sanften Schlaf. Ein geübter Trinker wie Seume hielt wohl auch dem Ärgsten stand. Sicherheitshalber legte sie ihm einen feuchten Umschlag auf den Kopf. Selbst wenn er aufwachte, würde er nicht sehen können, was im Zelt geschah.

Als sie hinter den Vorhang schlüpfte, hatte Eric sich bereits halb aufgerichtet und sah ihr lächelnd entgegen.

»Bist du verrückt?« Sofort hieß sie ihn, sich wieder hinzulegen. Besorgt machte sie sich an den Verbänden um seinen Bauch zu schaffen und überprüfte den Zustand der Heilung. Abermals aufgebrochen war zum Glück nichts. Vorsichtig betastete sie die Narbe und begutachtete den Grind, der sich darauf gebildet hatte. Rasch strich sie aus einem Tiegel Salbe darauf. Die rote Mennige verlieh ihr die auffällige Farbe, dafür verströmte sie dank des Rosenöls einen angenehmen Duft.

»Gleich musst du vorsichtig aufstehen. Schaffst du das?« Kaum hob sie den Blick, um ihn anzusehen, sondern konzentrierte sich darauf, ihm den Leib mit frischem Leinen fest zu verbinden. Das würde ihm auch etwas Halt spenden. Stumm nickte er, nahm ihre Hand und führte sie zum Mund, um sie zu küssen.

»Nicht.« Abrupt zog sie sie weg. Auf einmal scheute sie die Nähe. Um den plötzlich aufwallenden Schmerz in ihrem Innern nicht zu verschlimmern, wich sie dem Blick der blauen Augen aus. »Ich verbinde dir jetzt auch noch den Kopf. So wird man dich nicht erkennen und für einen frisch Verletzten halten, der vorhin beim Überfall eine Wunde davongetragen hat. Wenn dich einer fragt: Du hast einen heftigen Schlag auf den Schädel bekommen, als die Schweden uns angegriffen haben. Eine Weile warst du ohne Bewusstsein und kannst dich deshalb an nichts erinnern. Sprich möglichst wenig, tu einfach so, als könntest du kaum Deutsch. Gibt ja genug Kroaten oder Welsche in unseren Reihen. Niemand wird sich wundern.«

Als sie das Leinen um seinen Kopf schlang, zitterten ihre Hände. Immer wieder rutschte sie ab, musste neu ansetzen, um es straff und fest anzulegen. Dabei spürte sie Erics Atem wie einen heißen Strahl gegen ihren Busen. Er atmete gegen die nackte Haut ihrer Brust, dorthin, wo der Bernstein hing. Eric hielt die Augen geschlossen. Beruhigt schöpfte sie Luft. Die Wärme tat gut, durchströmte ihren Körper. Versonnen träumte sie einen Moment, genoss die Zweisamkeit.

»Wird man nicht merken, dass ich geflohen bin? Die Steckenknechte schöpfen doch sofort Verdacht, wenn mein Platz leer ist.«

Unsanft riss die Frage sie in die Wirklichkeit zurück. Verwirrt sah sie ihn an und brauchte etwas, bis sie den Sinn seiner Worte begriff. »Meister Johann hat einen Toten gefunden, den wir an deiner statt hierherlegen. Tu einfach, was der Meister dir sagt. Alles andere wird sich finden.«

»Danke!« Dieses Mal unterließ er es, sie anzufassen. Auch drehte er den Kopf zur Seite, so dass er nicht mehr direkt gegen sie atmete. Sie spürte ein leichtes Bedauern, sagte sich aber, dass es besser so war. Geduldig ließ er geschehen, dass sie ihm den Schädel nahezu vollständig verband. Ein Auge verschwand ganz unter dem Leinen. Das hatte den Vorteil, dass sie einen Großteil des Gesichts abdecken konnte. Zufrieden betrachtete sie ihr Werk und prüfte kurz den Sitz des Verbands. So schnell würde er nicht verrutschen, selbst im Laufen nicht. Mit den Fingern verteilte sie etwas von der roten Salbe auf dem Verband. Es sah täuschend echt aus. Eric räusperte sich. Rasch sammelte sie die Tiegel ein und legte das schmutzige Leinen bereit, um damit den Toten zu verbinden.

»Komm mit! Hol auch Carlotta. Dann wird alles gut.«

Die Erwähnung des Kindes traf sie wie ein Schlag in die Magengrube. Einen Augenblick lang hielt sie inne, sie hatte das Gefühl, der Boden sackte unter ihr weg. Mühsam schluckte sie und stützte sich mit den Händen ab, um Halt zu finden.

»Nein«, entgegnete sie tonlos und räusperte sich. »Das wäre zu gefährlich. Damit die Täuschung gelingt, muss ich mit ihr im Lager bleiben. Solange *ich* den Toten für dich ausgebe, werden das alle anderen auch glauben. Keiner wird nach dir suchen. Das gibt dir ausreichend Gelegenheit, dich in Sicherheit zu bringen. Carlotta und ich, wir kommen nach.«

»Versprich es mir!« Inständig bohrte sich sein Blick in den ihren. Sie hielt es nicht aus und wandte sich ab.

Vor dem Zelt wurde es unruhig. Ganz nahe waren Stimmen zu hören. Sie mussten sich beeilen. Die Gefahr, dass ihr Plan doch noch vereitelt wurde, wuchs mit jedem Moment. Der Regen verstärkte sich wieder. Nicht mehr lang, und das Schießen würde eingestellt, weil der Zunder feucht wurde. Sie mussten dringend raus aus dem Zelt. Meister Johann würde sich gewiss schon fragen, warum sie so lange brauchte. Eins aber musste sie noch klären, bevor Eric verschwand.

»Geht es Seume ausschließlich um euren Handel? Will er dich wirklich nur deshalb töten, weil du ihn übers Ohr gehauen hast?« Mehr wisperte sie die Frage, als dass sie sie verständlich aussprach. Sie wagte nicht, ihn dabei anzusehen, zu groß war die Angst, das in seiner Miene zu entdecken, was sie zutiefst fürchtete: die Wahrheit – dass er am Ende doch etwas mit dem Mord an den Soldaten zu tun hatte.

»Worum sollte es schon gehen? Um Geld natürlich, um nichts anderes. Die kleine Kiste, die drüben bei Seume steht, gehört mir. Sieh zu, dass du an sie rankommst. Was drinnen ist, ist für dich. Nimm es, bitte!« Als sie entrüstet den Kopf schüttelte, ergänzte er: »Tu es für Carlotta, ich flehe dich an!«

»Magdalena!« Energisch wurde der Vorhang zurückgerissen, und Meister Johann stand vor ihr. Erschrocken fuhr sie herum. »Wo bleibst du? Bis Weihnachten können wir nicht mehr warten. Komm schon, lass uns den anderen reinholen, bevor jemand auftaucht und alles zu spät ist.«

Damit fasste der Feldscher sie am Arm und zog sie aus dem Zelt. Eric hatte er nur einen knappen Blick zugeworfen. Auch der wich ihm aus. Vielleicht freute es ihn, durch Meister Johanns überraschendes Auftauchen weiterer Nachfragen enthoben zu sein.

28

Eisige Regenböen fegten über das flache Land und ähnelten mehr Herbststürmen denn lauen Sommerwinden. Der feindliche Überfall an der nordwestlichen Flanke des Lagers war weitaus heftiger als erwartet. Mehrere Stunden mochte das Scharmützel schon andauern. Vom Kampfplatz wehten immer wieder einzelne Fetzen von Geschrei, Kanonendonner und Schüssen herüber. Magdalena und Meister Johann mussten möglichst bald dort auftauchen, um den anderen Wundärzten beizustehen. Höchste Zeit, Eric gegen den Toten auszutauschen, während die Männer auf dem Schlachtfeld waren und sich die Frauen und Kinder nicht aus den Unterkünften wagten.

Als Magdalena zur Rückseite des Zeltes kam, lag der Tote noch so, wie sie ihn zurückgelassen hatte. Meister Johann hatte ihm nicht einmal die Augen zugedrückt. Leer stierten sie in den wolkenverhangenen Himmel. Seit Eintreten des Todes war schon viel zu viel Zeit vergangen. Von Kinn und Nacken breitete sich bereits die Starre aus. Magdalena und Meister Johann taten sich schwer, den Leichnam zu heben. Die zusammengekauerte Haltung des Toten ließ kaum geeignete Stellen zum Anpacken finden. Ächzend versuchte Magdalena, ihn an den nackten Fußgelenken zu fassen und hochzuhieven. Seine Stiefel mussten sofort nach seinem letzten Atemzug dankbare Abnehmer gefunden haben. Weiß und zart leuchteten die Fußsohlen auf. Dass sich keiner der restlichen, guterhaltenen Kleidung bedient hatte, lag wohl daran, dass der Feldscher anderen Abnehmern zuvorgekommen war. Magdalena wunderte sich, wie es ihm gelungen war, den Mann ohne Hilfe herzubringen. Meister Johanns eigener Zustand erbarmte sie derart, dass sie ihm am liebsten erst einmal selbst geholfen hätte.

Auch zu zweit brachten sie es kaum zuwege, den Toten in Seumes Zelt zu schaffen. Wenigstens betäubte der Branntwein den Profos zuverlässig. Sein wohliges Grunzen ließ darauf schließen, dass er sich einem tiefen, angenehmen Traum ergab. Friedlich lag er neben seiner Strohschütte. Als sie den leblosen, steifen Körper des Toten an ihm vorbeischleiften, stöhnte er nicht einmal auf. Hinter dem Vorhang hatte Eric sich bereits von der Matte erhoben und wartete im Sitzen. Die Schweißperlen auf seiner Stirn verrieten die Anstrengung, die das für ihn bedeutete. Dennoch half er mit, den Toten seiner Kleidung zu entledigen. Immer wieder mussten sie grob reißen. Die erstarrten Glieder gaben den Stoff nicht frei.

»Zieh dich aus«, wies Magdalena Eric an. »Er muss deine Sachen tragen. Damit keiner Verdacht schöpft, soll er selbst deine blutverschmierten Verbände um den Leib haben.« Behutsam half sie Eric aus dem Hemd und zog ihm die Hose aus. Oft genug entkleidete sie zwar ihre Patienten, dennoch beschämte es sie nun, Eric im Beisein Meister Johanns nackt zu sehen. Er schien ihre Verlegenheit zu teilen und deckte seine Blöße mit den Händen ab. Hastig streifte sie ihm die feuchte Hose des Toten über.

»Vorsicht!« Brüsk schlug der Feldscher ihr auf die Finger. »Nicht dass die Naht noch einmal aufreißt.«

Voller Abscheu erduldete es Eric, dass sie ihm in die restlichen Kleidungsstücke des anderen half. Auch sie biss sich angewidert auf die Lippen. Der Stoff stank, was nicht allein an der Feuchtigkeit und den Körpergerüchen des Toten lag. Vermutlich war er sterbend in Unrat gefallen. Endlich waren sie fertig.

»Jetzt kommt der schwierigste Teil«, sagte Meister Johann, der mittlerweile dem Toten die Verbände täuschend ähnlich wie Eric angelegt hatte. »Wir müssen unauffällig hier rauskommen.«

»Und wohin?« Magdalena dachte mit Schrecken daran, dass sie die Frage noch nicht geklärt hatten. Es war alles zu schnell gegangen. Regelrecht überrumpelt hatte der Feldscher sie vorhin mit dem Toten. Zu ihrem Wagen konnten sie Eric keinesfalls bringen. Die Entfernung war zu groß, sie hätten mitten durch das Lager gemusst, da der Weg am Rand der Zelte von Patrouillen bewacht wurde. Obendrein war das der Ort, an dem bei Misslingen der Täuschung zuerst nach ihm gesucht würde. Noch weniger war daran zu denken, dass sie beide ihn außerhalb des Lagers bringen konnten, ganz zu schweigen von der Höhle, die Rupprecht hatte vorbereiten wollen. Die war nicht nur zu weit entfernt, sondern bei Tageslicht auch nicht unauffällig zu erreichen.

»Roswitha wird uns helfen.« Meister Johann erahnte Magdalenas Gedankengang. »Entweder er bleibt bei ihr, oder sie weiß jemanden, zu dem sie ihn bringen kann. Ihr wagt niemand, etwas abzuschlagen. Kommt, lasst uns gehen. Wir haben schon viel zu viel Zeit vertan.«

Ächzend und mit schmerzverzerrtem Gesicht erhob Eric sich. Als er aufrecht stand, hielt er schwer atmend inne. Die Farbe wich aus seinem Gesicht, die Lippen bebten. Der Feldscher griff vorsichtig um seinen Leib und legte ihm den rechten Arm um die Schulter. Magdalena stützte ihn auf der anderen Seite. Langsam wankten sie hinaus. Seume schlief tief und fest.

29

Der Verletzte kämpfte, wand sich, brüllte und weinte. Magdalena atmete schwer. Mit müden Fingern presste sie das Leintuch auf die offene Wunde an der Schulter und stoppte die Blutung. Endlich konnte sie das Tuch wegnehmen. Dick trug sie den Wundbalsam auf. Ein Pflaster aus getrockneten Eibischblättern bildete den Abschluss. Das unmenschliche Schreien des Patienten ließ nicht nach. Sie seufzte. Schon der Anblick des Verwundeten dauerte sie. Inzwischen arbeitete sie schon ein halbes Dutzend Jahre an der Seite Meister Johanns und Rupprechts als Wundärztin, doch zum ersten Mal beschlich sie das Gefühl, es nicht mehr zu ertragen. Kaum war einer notdürftig versorgt, tauchte bereits der Nächste auf, der gerettet werden wollte.

Der war im Gegensatz zu seinem Vorgänger nur mehr zu kläglichem Wimmern fähig. Rasch wischte sie ihm das Gesicht und entdeckte eine kleine Narbe unterhalb des Kinns. Franz! Ungläubig starrte sie ihn an. Kein Zweifel: Vor ihr lag ein Kamerad aus fast vergessenen Kindertagen. Sie selbst hatte ihm die Narbe beschert, hatte ihm beim Spielen den Stock ins Kinn gerammt. Das war die erste größere Wunde, die sie Meister Johann hatte versorgen helfen. Ihr schlechtes Gewissen hatte sie dazu gebracht, den Ekel zu überwinden und wiedergutzumachen, was sie angerichtet hatte. Von diesem Tag an hatte sie Wundärztin werden wollen.

Ausgerechnet dieser liebenswerte Junge lag vor ihr, ihr erster Patient und zugleich einziges Opfer. Nie mehr hatte sie seither jemandem Schaden zugefügt. Ihr Herz raste. Sie konnte den Blick nicht mehr abwenden. Anklagend schob sich die Miene des falschen Toten dazwischen, der seit gestern in Seumes Zelt auf Erics Platz lag. Auch er ein viel zu junger Bursche, voller Träume und Pläne, am Ende aller Hoffnungen sogar um die eigene Geschichte gebracht, weil er im Tod für einen anderen gehalten werden sollte.

»Franz?« Mehrmals rief sie leise den Namen. Fahrig rollte der Mann auf dem Tisch die Pupillen und stöhnte. Eine Träne löste sich aus seinem linken Auge. Am liebsten hätte sie mit ihm geweint. Dass es derart übel hatte kommen müssen!

Vor Magdalena zogen die Aufregungen der letzten Stunden vorbei: Wrangel und seine Truppen waren am frühen Morgen eingetroffen. Der gestrige Überfall dagegen hatte sich als Akt erstaunlich gut ausgerüsteter Marodeure entpuppt und mehr Kräfte beansprucht, als für die Sicherheit des Lagers gut gewesen war. Zu viele der kaiserlichen Musketiere hatten bereits dabei ihr trockenes Pulver verschossen und so den Schweden an diesem Morgen nichts Wirksames entgegensetzen können. Ohnehin dauerte es des überfluteten Bodens wegen länger als üblich, bis sich die Fähnlein im Osten sammelten. Derweil hatten Wrangels Truppen den Vorteil nutzen und ihre schweren Geschütze in Stellung bringen können. Auch ihre Einheiten mit Tausenden von Kürassieren und Pikenieren waren bereits aufmarschiert.

Kaum hatten sich die Kaiserlichen formiert, war das Scharmützel losgebrochen. Die vom Regen weitgehend zerstörten Schanzen hielten die Feinde nicht lange ab. Den Schweden wurde zwar auch schnell das Schießpulver feucht, umso unerbittlicher aber bedienten sie sich ihrer Lanzen und Schwerter und suchten die direkte Konfrontation Mann gegen Mann. Doch auch die kaiserlichen Truppen wussten, was Mut hieß, und zeigten sich im Gebrauch ihrer Waffen wenig zimperlich. Innerhalb kürzester Zeit kam es auf beiden Seiten zu hohen Verlusten. Karren voller Verwundeter landeten in den Lazarettzelten am Schlachtfeldrand. Den Wundärzten blieb kaum Zeit zum Luftholen. In dieser Situation fehlte Rupprecht als Gehilfe besonders schmerzlich. Schon fragte sich Magdalena, ob es richtig war, dass er gerade jetzt Erics riskante Flucht aus dem Lager organisierte. Was, wenn alles schiefging, weil die Steckenknechte den Schwindel mit dem falschen Toten zu früh entdeckten?

Magdalena wagte nicht, Franz länger anzuschauen. Auf ihr Rufen reagierte er nicht. Besorgt äugte sie zu Meister Johann, der sich wieder einmal nicht schonte, um seiner Aufgabe bei den Verwundeten gerecht zu werden. Gerade wischte er sich über die Stirn und besah sich das Bein ihres Kameraden aus Kinderzeiten, das er unterhalb des Knies abzusägen gedachte. Der Einschuss war mitten in die Wade erfolgt.

»Ist dir nicht gut?«, fragte sie und machte Anstalten, ihm die Säge aus der Hand zu nehmen.

»Wie soll es einem gutgehen bei dem ganzen Schlamassel?« Unwirsch schüttelte er sie ab. Die Säge aber setzte er immer noch nicht an. »Ich denke, dem hier können wir das Bein retten. Der Schusskanal ist gerade, die Wundränder sind nicht allzu zerfetzt.« Er legte die Säge beiseite, um aus dem bereitliegenden Besteck das Nötige herauszusuchen. »Stell die Laterne weg, Magdalena, und hilf mir hier. Mehr Licht ist nicht so wichtig wie rasches Abbinden. Der Bursche hat schon viel zu viel Blut verloren.«

Gemeinsam schlangen sie das Leinen fest um den Oberschenkel. Endlich ließ der Blutfluss nach. Meister Johann griff nach der Fasszange und versuchte, die Kugel aus der Wunde zu ziehen. Unterdessen presste Magdalena Franz einen mit Mohnextrakt, Alraune und Bilsenkraut getränkten Schwamm auf Mund und Nase. Mitleidig strich sie ihm über das Haar. Für eine Weile schenkten die Kräuter ihm Ruhe, so dass er kaum zuckte, während der Feldscher die Wunde nähte. Erschöpft schweifte Magdalenas Blick ab. Vom Nachbartisch wurde ein lebloser Körper fortgetragen. Den Helfern fehlten Kraft und Ansporn, behutsam mit der Leiche umzugehen. Während der eine versuchte, der Leiche das noch unversehrte Hemd abzustreifen, zog der andere den Toten bereits kräftig an den Füßen. Der erste fluchte, weil dabei das Hemd entzweiriss. »Ich hätte es so gut brauchen können«, knurrte er und bemühte sich, wenigstens den Stoff der Hosenbeine unversehrt zu lassen.

Sie wandte sich wieder zu Franz. Er schlief. Sie prüfte, ob die Ledergurte, die seine Arme an den Tisch banden, fest genug saßen. Dann fühlte sie seine Stirn. Sie war warm, aber nicht erhitzt. Ein gutes Zeichen. Erleichtert sah sie wieder zum Fußende des Tisches und erstarrte. Meister Johann hantierte dort nun doch mit der Knochensäge!

»Es hat keinen Sinn. Das Bein muss ab«, erklärte er barsch. »Die Kugel steckt zu tief, außerdem ist viel Dreck rundherum. Halt ihn fest, es geht los.«

Ihr blieb nur, sich quer über Franz' Oberkörper zu werfen. Im selben Moment bäumte der sich auf und stieß sie zu Boden. Einer der Helfer vom Nachbartisch war geistesgegenwärtig genug, Franz niederzudrücken, bis sie wieder auf den Füßen stand. Zu zweit gelang es ihnen, ihn zu halten, während der Feldscher weitersägte. Bang sah Magdalena zu Meister Johann. Die Lippen fest aufeinandergebissen, die Augen starr auf das verwundete Bein gerichtet, bewegte er die Säge unermüdlich auf und ab. Das rotangelaufene Gesicht verriet nicht die geringste Regung, dabei wusste Magdalena, dass diese Erlebnisse auch an ihm nicht spurlos vorübergingen. Er hatte Franz gewiss auch erkannt, warum sonst hätte er versucht, sein Bein zu retten? Plötzlich hallte ein neuerlicher Aufschrei durch den Raum. Mit einem Ruck schnellte Franz' Körper abermals in die Höhe. Die Lederriemen an den Handgelenken rissen entzwei, wild schlug er um sich. Endlich sprang auch der Gehilfe von der anderen Seite des Tisches heran und warf sich bäuchlings auf ihn.

»Verdammt!« Meister Johanns Stimme krächzte. Magdalena versuchte, Franz ein Holzstück zwischen die Zähne zu schieben, aber er warf den Kopf panisch hin und her und brüllte immer lauter. Meister Johann fluchte. Das Leinen am Oberschenkel hatte sich gelöst, eine Blutfontäne schoss in die Luft. Abermals bäumte Franz sich auf. Seine Miene zeigte ungläubiges Staunen. Der eben noch schreiend aufklaffende Mund klappte langsam zu, das viel zu junge Gesicht verzog sich zu einer furchtbaren Fratze. Magdalena legte ihm den Arm um die Schultern und bettete ihn behutsam auf den Tisch zurück. Seinem Mund entstieg ein Röcheln. Er wollte etwas sagen, konnte es aber nicht mehr. Schon rollten seine Augen, brachen. Leblos kippte der Kopf zur Seite. Eine eisige Hand umklammerte Magdalenas Herz. Um sie herum wurde es gespenstisch still. Selbst Meister Johann hatte aufgehört zu fluchen. Als hätten sie sich abgesprochen, bekreuzigten sich die Männer und senkten die Köpfe. Wenigstens dieser armen Seele wollten sie gedenken. Vor ihrer aller Augen trat sie den einsamen Weg ins Jenseits an. Beten konnte Magdalena schon lange nicht mehr, hoffte aber trotzdem, dass irgendwo irgendwer den Toten in Empfang nehmen würde. Sanft strich sie ihm die Augenlider zu, faltete ihm die Hände auf der Brust und rief ihn ein letztes Mal mit seinem Namen an. Wenigstens glitt er so nicht als Unbekannter in die Ewigkeit.

»Weiter geht's«, murmelte einer der Helfer und schob sie zur Seite. Flink löste er die Reste der Riemen von Franz' Handgelenken und zog ihn vom Tisch. Erst wollte Magdalena ihn noch zurückhalten. Das leinene Hemd hätte sie als Verbandsstoff brauchen können, doch der Helfer war zu schnell. Er hatte den Leichnam bereits auf einen Karren gezerrt und aus dem Zelt geschoben.

»Magst du nicht doch einen Schluck?« Scharfer Branntweingeruch stieg ihr in die Nase. Von hinten legte ihr Meister Johann den Arm um die Schulter. Die Bartstoppeln auf seinem Gesicht kratzten. Gleichwohl tat es gut, seine Wärme zu spüren. Energisch setzte er ihr den Schlauch an die Lippen. »Komm, Mädchen, trink endlich mal einen Schluck. Du siehst ganz danach aus, als könntest du jetzt doch was vertragen.«

Sie rang mit sich. Es wäre so einfach. Dennoch blieb sie fest und umklammerte den Bernstein, hoffte durch ihn auf neue Kraft. Meister Johann torkelte ans Fußende des Tisches. Noch ein, zwei Stunden, und er würde sich nicht mehr auf den Beinen halten können. Das Blut des eben Verstorbenen klebte an seinen Fingern. Sie abzuwischen, blieb jedoch keine Zeit.

Schon wurde der nächste Verwundete gebracht, dessen Unterleib zerfetzt war. Sofort ging ein Ruck durch Meister Johanns Körper. Mit bloßen Händen fasste er auf den Leib, um die Blutung zu stoppen. »Worauf wartest du noch, Magdalena? Drück endlich zu, bevor uns der hier auch noch verreckt.«

Mit zittrigen Fingern strich sie sich die roten Locken aus dem Gesicht, bevor sie sich daranmachte, seiner Anweisung zu folgen. Zunächst nahm sie deshalb gar nicht wahr, dass jemand direkt auf sie zuhumpelte, gegen eine Kiste mit Gerätschaften stieß und über das ausgestreckte Bein eines Wartenden stolperte.

»Lasst mich vorbei«, krächzte Roswitha mit ihrer Rabenstimme und schob sich an Meister Johanns Tisch. Magdalena schreckte hoch. »Ist was mit Carlotta?« Ihr wurde eng ums Herz. Bang sah sie die Alte an.

»Mit der Kleinen ist alles bestens. Vorhin noch war ich bei Elsbeth. Zur Sicherheit habe ich Tilda, die Nachbarin, gebeten, ein wachsames Auge auf sie zu werfen.« Sie tätschelte Magdalena die Wange und lächelte mit den schmalen Lippen, dass die gutgepflegten weißen Zähne im Mund blitzten. »In eurem Wagen aber solltest du mal nach dem Rechten schauen. Bei der Gelegenheit kannst du Seume gleich die Verbände wechseln gehen.«

Unbeholfen zwinkerte sie ihr zu. Als wäre es das Selbstverständlichste von der Welt, griff sie nach dem Tuch, mit dem Magdalena dem Verletzten das schweißnasse Gesicht wischen wollte, und übernahm den Part.

»Für eine Weile kann ich dich hier vertreten. Ist ohnehin besser, wenn der Meister mal jemand anderen neben sich spürt.« Sie reckte ihr Kinn Richtung Branntweinschlauch und warf dem Feldscher einen vorwurfsvollen Blick zu. »Nicht dass er noch auf dumme Gedanken kommt. Reich mir mal Nadel und Faden, Johann, die Wunde am Ohr nähe ich. Deine Finger zittern zu arg, um die Stiche gerade zu setzen.«

Ohne Murren tat er, wie sie ihn geheißen hatte.

»Was willst du noch hier? Hat Roswitha nicht klar gesagt, was zu tun ist?« Mürrisch schaute Meister Johann sie an. Trotz allem belustigt über den seltsamen Anblick, den die beiden am Lazaretttisch boten, beeilte sich Magdalena, fortzukommen.

30

Die Leinwand von Meister Johanns Wagen war dick mit Wachs abgedichtet. Der Feldscher verstand es eben, an die wichtigsten Materialien zu kommen. Trotz des tagelangen Dauerregens hielt die Plane ihre Spannung. Elsbeth war froh, sich hierhergeflüchtet zu haben. Zwischen all den Kräuterbüscheln, Tiegeln und Kisten war es zwar eng, aber trocken. Die Kälte kletterte nicht so rasch hoch wie im Zelt, weil sie nicht mehr auf der nassen Erde sitzen musste. Auch Carlotta schien den Ortswechsel zu genießen. Zufrieden quiekte sie vor sich hin. Elsbeth versetzte ihr einen sanften Nasenstüber. Wann hatten sie beide sich zum letzten Mal so wohl gefühlt? Zu essen und zu trinken gab es ebenfalls genug: Meister Johann besaß eine gutgefüllte Kiste mit Vorräten. Neben steinhartem Brot hatte dort sogar noch ein Zipfel Räucherwurst als besonderer Schatz auf sie gewartet. Der dicke Strecker hatte sich zudem nicht lumpen lassen und ihr einen halben Schlauch Wein gebracht, dieses Mal sogar, ohne dass er eine Gegenleistung verlangt hätte. Manchmal lernte er eben doch dazu. Sie tunkte das Brot Bissen für Bissen in einen Becher Wein und genoss den Festschmaus, den sie ganz für sich und Carlotta hatte.

Durch das Prasseln der Regentropfen drangen plötzlich Stimmen an ihr Ohr. Leise stellte sie den Becher ab und presste Carlottas Köpfchen an die Brust. Die Stimmen kamen näher. Magdalena und Rupprecht – endlich! Elsbeth schmunzelte. Wenn sie sich nicht täuschte und die beiden tatsächlich endlich zurückkamen, um Nachschub an Kräutern, Salben und sonstigen Rezepturen zu holen, konnte sie sie nach Erics Befinden fragen. Ganz unschuldig würde sie sich sogar anbieten, in Seumes Zelt bei ihm zu wachen. Ein bisschen Pflege, während er dort mutterseelenallein auf sein verdientes Ende wartete, würde gewiss nicht schaden. Aus nächster Nähe bekäme sie dann mit, was die Cousine und Rupprecht mit ihm vorhatten. Strecker würde Augen machen, sobald sie ihm das erzählte! Er sollte sich gut überlegen, wie er ihr das lohnen würde. Schon sah sie sich an seiner Seite Einzug in die besseren Unterkünfte im Offizierslager halten.

Verflucht! Über diesen Gedanken hatte sie gar nicht gemerkt, dass es draußen wieder still geworden war. Klopfenden Herzens lauschte sie. Doch, da war etwas. Kaum wagte sie zu atmen, um das leise Gemurmel besser zu verstehen. Die zwei waren offenbar ins angrenzende Zelt gekrochen. Was taten sie da? Elsbeth legte den Kopf dichter an die Plane.

»Du hast es also geschafft!« Magdalena klang anerkennend. »Ich hatte schon das Schlimmste befürchtet, als Roswitha vorhin im Lazarettzelt aufgetaucht ist.«

»Einfach war es nicht.« Rupprecht gefiel sich in der Rolle des Helden. Gewiss erhoffte er sich dafür mehr von Magdalena als nur einen anerkennenden Klaps auf die Schulter. Er würde es wohl nie begreifen! Elsbeth lachte in sich hinein. Bei den nächsten Worten aber schlug ihre Stimmung jäh um. »Es ging Eric noch lange nicht so gut, dass er ganz allein hätte gehen können. Roswitha hat uns begleitet.«

Konnte das sein? War es Rupprecht tatsächlich schon gelungen, Eric aus Seumes Zelt herauszuschmuggeln? Gebannt presste sie das Ohr gegen die Leinwand. Hoffentlich verrieten die beiden, wo er jetzt steckte, sonst war die Information für Strecker wertlos. Vollendete Tatsachen interessierten ihn nicht. Weder bei Seume oder einem der anderen Offiziere konnte er sich damit andienen. Damit würde auch sie keinen Vorteil daraus ziehen können.

»Zum Glück waren alle so sehr mit dem Angriff der Schweden beschäftigt, dass uns kaum einer begegnet ist«, erzählte Rupprecht weiter. »Wenn doch, dann taten wir so, als wäre Eric am Fuß verletzt und würde von uns zur Behandlung weggebracht. Seltsamerweise hat sich keiner gewundert, dass wir in die entgegengesetzte Richtung des Schlachtfelds gezogen sind. Da siehst du mal, wie wenig die Leute aufpassen. Ich sage dir, Marodeure hätten ein leichtes Spiel, jetzt in unser Lager einzufallen. Wo sind die Halunken von gestern? Warum haben sie nicht einen Tag gewartet?«

Magdalena ging nicht darauf ein. Offenbar war sie in Gedanken ganz beim Befinden ihres Liebsten. Elsbeth musste an sich halten, nicht laut herauszulachen. Dass Rupprecht so töricht war! »Eric liegt also ganz auf sich gestellt in der kalten Dachshöhle?« Aus Magdalenas Frage sprach echte Besorgnis.

»Wo denn sonst? So hatten wir es besprochen.« Seine Stimme wurde leiser.

Elsbeth beugte sich noch näher zur Plane, verlor das Gleichgewicht, ruderte mit dem freien Arm durch die Luft und presste mit dem anderen Carlotta fester an sich. Dennoch erschreckte sich die Kleine und schrie los. Verdammt!

»Da ist jemand!« Rupprecht musste nah am Wagen gestanden haben. Im nächsten Moment war er bereits oben und starrte sie an. »Was machst du hier?« Unsanft riss er sie am Arm, so dass Carlotta noch lauter weinte. Wie immer scherte Rupprecht sich keinen Deut um sie. Magdalena indessen verwandelte sich sofort in die besorgte Mutter und griff sich Carlotta.

»Kannst du dir nicht denken, dass es mir drüben im Zelt zu kalt und zu nass war? Carlotta holt sich da noch den Tod.« Herausfordernd sah Elsbeth der Cousine ins Gesicht. »Um uns beide hat sich keiner von euch gekümmert. Ihr schaut immer nur nach den Verwundeten und den Kranken. Dabei steht euer Wagen hier leer. Es wäre ein Leichtes gewesen, ihn für das Kind und mich herzurichten. Weil ihr nicht selbst darauf gekommen seid, bin ich eben auf eigene Faust hierher. Es ist sowieso besser, wenn einer die Sachen bewacht. Nicht dass einer das Schlachtgetümmel ausnutzt, um Dinge von Wert beiseitezuschaffen.«

Die letzte Bemerkung sprach sie mit einem Augenzwinkern zu Magdalena. Die schenkte ihr allerdings keine Beachtung. Zu sehr war sie damit beschäftigt, Carlotta zu herzen.

»Du willst doch nicht etwa den Wachhund für uns spielen?« Rupprecht warf ihr einen verächtlichen Blick zu. »Das kannst du jemand anderem erzählen. Ich vermute, du bist hier, weil Strecker dich geschickt hat. Will er künftig vielleicht mit Salben und Pasten handeln? Zum Schachern kann der doch immer was gebrauchen. Ein Jammer, dass mit Eric und Seume seine besten Geschäftspartner ausgefallen sind.«

»Du kannst es wohl nicht verwinden, dass ich mit ihm mehr

Spaß habe als mit dir, was?« Elsbeth schmiegte sich an ihn. Ihre vom Stillen immer noch pralle Brust war genau auf seiner Augenhöhe. Beschämt drehte er den Kopf weg. Sie lachte. Carlotta stimmte ein und patschte freudig die Händchen zusammen.

»Du musst nicht rot werden, mein Lieber.« Zärtlich streichelte Elsbeth ihm über das Kinn. »Vielleicht hat Magdalena bald schon wieder mehr Zeit für dich. Jetzt, da du ihren heißgeliebten Eric fortgebracht hast, ist sie bestimmt wieder ganz für dich und Meister Johann da. Für deine tapfere Heldentat wird sie dich ganz sicher belohnen.«

»Was redest du da für einen Unsinn?« Wütend funkelte Magdalena sie an. »Dein dicker Galan hat dir wohl zu viel Wein und zu wenig Brot gebracht! Pass auf, was du sagst, nicht dass es übel für dich ausgeht.«

»Für mich soll es übel ausgehen? Ich glaube, da verwechselst du was. Vielleicht darf ich dich daran erinnern, wer Eric aus dem Lager fortgeschafft hat, bevor er seine verdiente Strafe bekommen kann? Mit eigenen Ohren habe ich gehört, wie ihr beide gerade darüber geredet habt. Wenn ihr nicht aufpasst, baumelt ihr dafür ganz schnell am nächsten Baum! Zusammen mit der alten Roswitha und eurem hochverehrten Meister Johann«, setzte sie genüsslich nach, als sie die blassen Gesichter der beiden bemerkte.

Zufrieden beobachtete sie, wie die Cousine und Rupprecht besorgte Blicke wechselten. Es war zwar nur ein kleiner Ersatz für die entgangene Genugtuung wegen der Sache mit der Tabakdose, aber besser als gar nichts. Sie kostete es noch etwas aus, die beiden in der Hand zu haben, bevor sie beschloss, es gut sein zu lassen. Letztlich zogen sie alle drei an einem Strang, insbesondere, was das Kind anging. Von ihm getrennt zu werden, durfte sie nicht riskieren. »Ganz so schlimm muss es nicht kommen«, sagte sie in versöhnlichem Ton.

Schwer atmend setzte Magdalena die Kleine zu Boden. Elsbeth wollte sie bereits nehmen, da schob Magdalena sie weg und begann, Carlotta sorgfältig zu wickeln. Weil sie genau wusste, dass Elsbeth jeden einzelnen ihrer Handgriffe verfolgte, ließ sie sich aufreizend viel Zeit. Auf einmal wurde es Elsbeth zu viel, ansehen zu müssen, wie die Cousine Carlotta an den Füßchen kitzelte und ihr den Bauch liebkoste. Mit welchem Recht spielte Magdalena sich als Mutter auf? Wer nährte die Kleine an ihrer Brust? Wer tröstete sie über ihren Kummer und hielt sie, wenn sie Angst hatte? Magdalena konnte nicht so tun, als zählte das alles nicht, nur weil sie die Kleine auf die Welt gebracht hatte. Letztlich kümmerte sie sich doch nur, wenn ihr gerade der Sinn danach stand. Schon wollte Elsbeth sich wütend zwischen Mutter und Kind drängen, da beendete Magdalena so abrupt, wie sie begonnen hatte, die Liebkosungen. Flink wickelte sie Carlotta in frisches Leinen, hüllte sie behutsam in eine Decke und hob sie auf. Bedächtig wiegte sie sie auf den Armen.

»Ich weiß gar nicht, was du hast«, sagte sie in betont ruhigem Ton. »Eric liegt drüben im Offizierslager und schläft friedlich seiner Genesung entgegen. Sobald es Seume will, wird er natürlich hängen und am Galgen seine furchtbare Tat büßen. Du kannst sicher sein, dass das ein Ereignis wird, das keinem hier im Lager entgeht.«

Nahe baute sie sich vor Elsbeth auf. Carlotta streckte die Händchen aus. Elsbeth wollte das Kind wieder nehmen, da drehte Magdalena sich jäh ab. Erschrocken weinte die Kleine los.

»Was erzählst du da für törichtes Zeug?«, fragte Elsbeth in das Brüllen hinein. Sie bemühte sich, ruhig zu wirken, auch wenn ihr plötzlich mulmig zumute war. »Du lügst doch, dass sich die Balken biegen!«

Forschend sah sie Magdalena an. Die reckte das Kinn nach oben und erwiderte herausfordernd den Blick mit ihren engstehenden grünen Augen. Zu allem Überfluss begann sie, mit Carlotta auf dem Arm fröhlich herumzutanzen. Die Kleine hörte auf zu weinen und lächelte unter den Tränen hindurch ihre Mutter an. Elsbeth schluckte. Nichts in Magdalenas Gesicht verriet, dass sie ihrer Sache nicht absolut sicher war. Trotz der klammen Kleidung wurde Elsbeth heiß. Verstört sah sie zu Rupprecht. Zunächst war sie überzeugt, der mickrige Schwarzhaarige wäre bei Magdalenas Worten blass geworden. Inzwischen aber hatte er seine alte Sicherheit zurückgewonnen und sah sie ebenfalls siegesgewiss an. Das verunsicherte sie noch mehr. Hatte sie da eben etwas falsch verstanden? Nein, unmöglich! Ganz eindeutig hatten die beiden davon gesprochen, wie Rupprecht Eric aus dem Lager geschafft und in die Dachshöhle gebracht hatte. Warum sonst hätten sie so entsetzt reagiert, als sie Elsbeth bemerkt hatten? Ihr blieb nur eins, um die Wahrheit herauszufinden. »Dann lass uns gemeinsam zu Seumes Zelt gehen und nachsehen. Ihr wart lange im Lazarett, es ist höchste Zeit, dass Seume und Eric die Verbände gewechselt werden. Dabei könnt ihr meine Hilfe bestimmt gut gebrauchen.«

»Du willst wirklich mitkommen?« Jetzt war es an Magdalena, zu zaudern. Wahrscheinlich suchte sie gerade nach einer Ausrede, wie sie das im letzten Moment verhindern konnte. Voller Hohn sah Elsbeth, wie sie mit den Fingern über das Mieder tastete. Der Talisman sollte ihr wohl Beistand leisten.

Elsbeth kam ein kühner Gedanke – aber nein, nicht einmal den Bernstein wollte sie annehmen, um sich von ihrem Entschluss abbringen zu lassen. Sie wusste zwar noch nicht, was sie tun würde, wenn sie tatsächlich Erics Flucht aus Seumes Zelt entdeckte, doch sie würde in jedem Fall ihren Vorteil daraus ziehen.

Rupprecht raffte bereits das Nötigste zusammen, was sie brauchten, um die Wunden der beiden Patienten zu versorgen. Bevor Magdalena es sich anders überlegte, griff Elsbeth nach ihrem Arm und zog sie und das Kind mit sich hinaus in den Regen. »Schnell, mach schon! Ich habe keine Lust, auf dem Weg ins Offizierslager bis auf die Knochen nass zu werden. Wir sehen uns drüben.«

Sie schlang den Umhang um Kopf und Schultern und eilte voraus. Trotz des Kindes auf den Armen würde Magdalena ihr dicht auf den Fersen bleiben. Ihre Angst war viel zu groß, dass ihre Cousine als Erste bei Seume eintraf und entdeckte, dass Eric geflohen war.

31

Der Weg ans andere Ende des Lagers war Magdalena noch nie so kurz erschienen. Während sie Elsbeth hinterherlief, spielten die Gedanken in ihrem Kopf verrückt. Unablässig suchte sie nach einer Möglichkeit, das sichere Unglück im letzten Augenblick abzuwenden. Elsbeth kannte Eric viel zu gut, als dass sie die List mit dem falschen Toten nicht sofort durchschauen würde. Kein Verband und kein trübes Licht würden sie täuschen können. Warum hatte es so kommen müssen? Sie waren so nah dran gewesen.

Wider Erwarten erreichte Magdalena als Erste Seumes Zelt. Verwundert zögerte sie und blickte sich um, wo Elsbeth blieb. Was bezweckte sie damit? Die ganze Geschichte war auch so Folter genug. Wenige Schritte vor dem Zelt ließ Magdalena Carlotta zu Boden. Neugierig stakte die Kleine weiter, während Magdalena beunruhigt die umliegenden Gassen nach Elsbeth absuchte. Nichts. Das Warten wurde unerträglich.

Seit dem frühen Morgen hatte Magdalena wegen ihres Einsatzes im Lazarettzelt sowohl Seume als auch den falschen Toten in der Obhut der beiden Steckenknechte zurücklassen müssen. Um zu verhindern, dass diese während ihrer Abwesenheit allzu gründlich nach dem Verletzten schauten und seinen Tod zu früh entdeckten, hatte sie behauptet, er schlafe fest und brauche völlige Ruhe. Aber hatten sich die beiden an ihre Anweisung gehalten? Längst musste der süßliche Geruch des Leichnams durch die Ritzen des Vorhangs gedrungen sein, schließlich war er bereits seit dem Vortag tot. Magdalena war der penetrante Geruch vertraut. Erst beim Operieren vorhin hatte er sie wieder eingehüllt. Doch für andere war er oft unangenehm und deshalb umso auffälliger.

Carlotta wackelte auf ihren krummen Beinchen stolz zu ihr und zeigte aufgeregt in die Luft. Zwei große, schwarze Krähen kreisten am Himmel. Offenbar gefielen ihr die unheilverkündenden Vögel. Magdalena schauderte. Sie sollte nicht zu viel auf solche Dinge geben. Wenn sie Glück hatte, war seit dem Morgengrauen genug Branntwein die Kehlen Seumes und seiner Männer hinuntergeflossen, um sie von dem Verwesungsgeruch abzulenken. Wenn sie Pech hatte, fragten sie sich gerade, warum ein so erfahrener Feldscher wie Meister Johann es nicht eher bemerkt hatte, dass Eric seit Stunden tot war, und begannen, der Sache auf den Grund zu gehen. Ihre einzige Chance bestand darin, dass Elsbeth sich entweder täuschen ließ oder das Spiel mitspielte. Wenn sie beide den Toten für Eric ausgaben, wäre die Sache gewonnen. Niemand konnte überzeugender behaupten, der Mann auf der Matte wäre Eric, als sie beide!

Patsch! Carlotta war in eine Pfütze geplumpst. Nach einem kurzen Augenblick des Schrecks rappelte sie sich auf und brüllte los. Gleich war Magdalena bei ihr, hob sie hoch, wickelte sie in den Umhang und schaukelte sie beruhigend auf der Hüfte. Zufrieden über ihre Nähe, lehnte die Kleine ihr schlammverschmiertes Gesicht an ihre Schulter und steckte den Daumen in den Mund. Es gab kein Zurück. Magdalena musste sich in ihr Schicksal fügen, was auch immer es für sie bereithielt. Aufgewühlt legte sie die kurze Strecke zum Zelt zurück. An der letzten Ecke hielt sie noch einmal Ausschau nach Elsbeth, erspähte sie einige Zelte weiter weg, wie sie fluchend und schimpfend herübermarschierte. Mit der vielgerühmten Schönheit hatte diese Gestalt wenig gemein. Strähnig hing ihr das Haar vom Kopf. Der lange Hals war durch die geduckte Haltung kaum zu erkennen, ebenso wenig die schlanken, grazilen Beine.

Auch Magdalenas Haar tropfte, hatte durch die Nässe sein leuchtendes Rot verloren. Schwer vom Regen drückte das Brusttuch auf ihre Schultern. Der kalte Schlamm des aufgeweichten Bodens klebte an den Schuhen. Sorgfältig strich sie sie gegen die Waden ab und wärmte sich durch das emsige Reiben gleichzeitig die Beine.

Der größere der beiden Steckenknechte beobachtete sie mit grimmiger Miene. Die Arme vor der Brust verschränkt, stand er breitbeinig im Zelteingang und machte keine Anstalten, sie vorbeizulassen.

»Lass mich rein. Meister Johann schickt mich, nach Seume zu sehen.« Drohend kniff sie die grünen Augen zusammen, was, wie sie wusste, ihrem Gesicht etwas Katzenhaftes verlieh. »Auch der andere Verwundete muss dringend versorgt werden.«

»Der zählt nicht«, brummte der Mann. »Hast dir viel Zeit gelassen zurückzukommen. Derweil du es dir gutgehen lässt, muss Seume fürchterliche Schmerzen ertragen. Schau, dass es ihm schnell bessergeht, sonst möchte ich nicht in deiner Haut stecken.«

»Habe ich ihn vom Podest gestoßen und ihm die Knochen gebrochen?« Magdalena kochte vor Empörung. Sie wusste, dass sie dabei war, einen entscheidenden Fehler zu begehen, doch sie konnte nicht an sich halten. »Selbst die Schweden habe ich nicht gerufen. Falls es dir entgangen sein sollte: Vor dem Lager tobt eine Schlacht. Todesmutig werfen sich die Unsrigen dem Feind entgegen. Seit dem Morgengrauen stehen wir Feldscher drüben im Lazarett an den Tischen und sägen und nähen, was das Zeug hält. Wenn du glaubst, das sei ein großes Vergnügen, dann stell dich selbst mal hin und säge einem deiner Kameraden den zerschossenen Unterschenkel ab oder halt einem anderen die Hand, bis sein Lebenslicht erlischt. Also, lass mich rein. Ich habe noch anderes zu tun, als Seume die selbstverschuldeten Wunden zu lecken.«

»Pass auf, dass du gleich nicht was ganz anderes leckst!«

»Dir bestimmt nicht!«

Verblüfft trat er beiseite, verwehrte aber Elsbeth den Zutritt, die inzwischen ebenfalls angelangt war. »Was willst du hier?«

»Sie hilft mir beim Verbandswechsel«, antwortete Magdalena an ihrer statt, um zu verhindern, dass Elsbeth etwas Falsches sagte. »Pass so lang auf das Kind auf. Dann habe ich beide Hände frei. Die werde ich auch brauchen, den guten Seume zu versorgen.« Entschlossen drückte sie dem Steckenknecht Carlotta in die Arme. Ihr mütterlicher Instinkt sagte ihr, dass er mit ihr umgehen konnte, und sie hatte sich nicht getäuscht: Geschickt fasste er nach der Kleinen und redete liebevoll auf sie ein. Bevor Elsbeth protestieren konnte, zog sie sie am Handgelenk ins Zelt. »Keinen Mucks. Tu einfach, was ich dir sage«, raunte sie ihr zu.

Im Innern umfing sie eine düstere Stimmung, die nicht allein von dem rauchigen, spärlichen Strahl der Talglichter rührte. »Endlich!« Der zweite Steckenknecht erhob sich von seinem Schemel am wackligen Tisch in der Zeltmitte. Erleichtert bemerkte Magdalena, dass der Vorhang zum rückwärtigen Teil des Zeltes noch genauso straff gespannt war wie am Morgen. Offenbar hatte sich der Steckenknecht an ihre Anweisungen gehalten.

»Mach, dass diese verdammten Schmerzen endlich aufhören!« Dafür, dass Seume sogleich losjammerte wie ein Sterbender, richtete er sich erstaunlich behende auf. Der turbanartige Verband am Kopf war verrutscht. Schnaufend schob er das Leinen über dem gesunden Auge hoch und verzog dabei das Gesicht zu einer leidenden Grimasse. Alles Furchteinflößende hatte er verloren. Er schien das nicht zu bemerken, sondern schimpfte in einer befremdlich krächzenden Stimme weiter: »Nicht zum Aushalten ist das! Der Branntwein geht auch zur Neige.«

Wütend schleuderte er den Schlauch seinem Gehilfen vor die Füße. Der zuckte nicht einmal mit der Wimper, geschweige denn dass er Anstalten machte, ihn aufzuheben und für Nachschub zu sorgen.

»Seid ihr nicht in der Lage, euch darum zu kümmern? Was treibt ihr die ganze Zeit, während ich hier leide?« Erschöpft plumpste Seume zurück auf seine Strohschütte und presste sich die Hände vor den schmerzenden Leib.

»Ihr müsst wirklich starke Pein ertragen! Zwei gebrochene Rippen und die Platzwunden sind schon übel. Gar nicht zu vergleichen mit dem, was die Söldner drüben im Lazarett erleiden. Und dann auch noch die falsche Pflege! So ein Pech, dass ausgerechnet jetzt, wo Ihr hier sämtliche Aufmerksamkeit braucht, die Schweden einfallen müssen. Als hätte Wrangel es geahnt, was er Euch persönlich in diesem Moment mit seinem Angriff antut. Elender Hundsfott, dämlicher Heringfresser!« Theatralisch schüttelte Magdalena den Kopf. Der Blick, mit dem der Steckenknecht auf ihre Worte reagierte, verriet, wie sehr der sich über Seumes Wehleidigkeit ärgerte. Das besserte ihre Laune schlagartig. Eine klammheimliche Freude überfiel sie, festzustellen, dass Seume vergessen hatte, in wessen Händen sein weiteres Schicksal derzeit lag. Sie nahm sich eines der Lichter vom Tisch und reichte es der Cousine. »Lass mich schauen, was die Wunden machen.« Sie zwinkerte dem inzwischen amüsiert schmunzelnden Steckenknecht zu und bedeutete Elsbeth, an Seumes Lager zu leuchten. Geschickt begann sie, das Leinen um den massigen Schädel abzuwickeln.

»Ist es nicht ein Wunder, dass Ihr seit Stunden schon bei Besinnung seid? Andere schaffen das mit diesen Wunden erst nach vielen, vielen Tagen.« Lächelnd untersuchte sie die lange Naht oberhalb der Augenbraue. Tatsächlich war sie besser verheilt, als sie erwartet hatte. Geschwind löste sie das Tuch, mit dem sie sich vorhin einige Salben und frisches Leinen um die Hüften gebunden hatte, und öffnete einen Tiegel. Sorgfältig strich sie die bewährte Paste aus roter Mennige, Leinöl, Bleiweiß und Seife über den Grind. Zusätzlich presste sie ein getrocknetes Eibischblatt obenauf. Dabei übte sie etwas mehr Druck aus als nötig und bemerkte zufrieden, dass Seume zusammenzuckte.

»Aua! Bist du wahnsinnig!«

»Oh, verzeiht. Bei einem so tapferen Mann wie Euch bin ich wohl doch zu leicht zu unvorsichtig. Dass ich immer gleich denke, ein Mann wie Ihr kenne keine Schmerzen!« Bedauernd schüttelte sie den Kopf und biss die Lippen aufeinander, um nicht herauszulachen. »Verbinde du ihm das Auge, Elsbeth. Schau, so quer herüber musst du das Leinen legen, aber vorsichtig, nicht dass du ihm unnötig weitere Schmerzen zufügst.«

Geduldig wies sie Elsbeth an. Sie winkte dem Steckenknecht, das Licht zu halten, und begutachtete unterdessen die Rippenbrüche. Auch dabei ging sie ruppiger vor als nötig. Seume sollte deutlich spüren, wie sehr es in ihrer Hand lag, ob er Schmerzen empfand oder nicht. Dass er überhaupt noch am Leben war, verdankte er allein Meister Johanns und ihrer Redlichkeit. Kurz huschte ihr die Erinnerung durch den Kopf, wie sie das Skalpell an seinen Hals gesetzt hatte. Ob sie es ein zweites Mal wieder zurückziehen würde, dessen war sie nicht sicher.

Ein-, zweimal stöhnte Seume auf, dann hatte er sich im Griff und ließ sich nichts mehr anmerken. Sie bedachte seinen Leib mit einer großzügig bemessenen Menge der roten Salbe. Ihre Finger auf der entblößten Brust weckten bei ihm noch weitere Lebensgeister. Statt weiterhin leidend zu schnaufen, ließ er bald ein lüsternes Grunzen hören. Sein Gesicht rötete sich, die Lippen wurden ihm feucht. Angewidert beendete Magdalena die Prozedur und versagte sich einen Blick auf seinen Unterleib. Sie ahnte, was sich dort bereits regte. Mit Elsbeths Hilfe legte sie ihm rasch neue Verbände um den Bauch und drückte ihn anschließend fest auf die Strohschütte zurück.

»Wenn Ihr Euch weiter so schont, könnt Ihr in wenigen Tagen aufstehen«, erklärte sie und wollte sich bereits abwenden. Blitzschnell fasste er mit der gesunden Hand nach ihrem Arm und zog sie näher. Elsbeth nutzte die Gelegenheit, sich in die andere Ecke des Zeltes in Sicherheit zu bringen.

»Was faselst du für einen Unsinn? Halb tot bin ich vor Schmerzen! Wenn du nicht hierbleibst und bei mir wachst, krepiere ich, eh der Tag vorbei ist. Die beiden Tölpel«, wütend nickte er zu seinem Steckenknecht am Tisch hinüber, »wissen doch gar nicht, wie sie mir beistehen sollen. Zu nichts zu gebrauchen sind die. Du allein aber bist schon eine gute Medizin.« Begehrlich glitt sein Blick über ihre Brust. Seine Hand landete auf ihrem Hintern und tastete ihn mit gierigen Fingern ab. »Selbst wenn ich wie ein hilfloser Krüppel hier liege, weiß ich doch, was mir helfen würde, um rasch wieder gesund zu werden.« Ehe sie sich versah, presste er ihre Hand in seinen Schritt.

Ein fremdartiges Quietschen und Schnappen, als rastete ein Eisenscharnier ein, lenkte sie kurz ab. Energisch befreite sie sich und rang sich trotz der wieder aufflammenden Wut ein süßliches Lächeln ab. »Ich sehe schon: Ihr seid ein tapferer Soldat und steht bald wieder voll im Saft. Bleibt trotzdem vorsichtig. Nicht dass Ihr Euch zu früh zu viel zumutet. Es könnte sein, dass ich dann ganz besondere Kräuter aufbieten muss, Euch zu heilen.«

Die Betonung, die sie den Worten beimaß, verdeutlichte, dass das mehr eine Drohung denn ein Versprechen war. Bevor er abermals nach ihr fassen konnte, suchte sie Schutz hinter dem Tisch. Elsbeth, die schon dort stand, schob hastig die Hände in die Falten ihrer Röcke und bemühte sich, unbeteiligt auszusehen. Was hatte sie gerade getan? Es blieb Magdalena keine Zeit, das in Erfahrung zu bringen. Von Seumes Lager erklang ein eigenartiges Geräusch, als entweiche ihm überflüssige Luft. Anscheinend musste er sich Erleichterung von den angestauten Gefühlen verschaffen. Der Steckenknecht hatte es eilig, von ihm wegzukommen.

Magdalena tat so, als bemerke sie nichts, und begann die Tiegel zu verschließen und die Leintücher aufzuwickeln. Elsbeth hustete immer lauter. Wütend blitzte sie sie an. Sie wusste selbst, was als Nächstes zu tun war.

»Nach dem Schurken nebenan muss ich auch noch schauen.« Ihre Stimme zitterte mehr, als ihr lieb war. »Schließlich wollen wir, dass er bald auf eigenen Beinen unter dem Galgen steht. Er soll nicht meinen, seiner gerechten Strafe zu entgehen.«

Verächtlich rümpfte Elsbeth die Nase.

»Wann findet die Hinrichtung statt? Wenn auch Ihr wieder auf den Beinen seid? Oder seht Ihr Euch das Spektakel vom Krankenlager aus an?«

Seume war mit anderem als mit einer Antwort beschäftigt. Sein Stöhnen wurde lauter. Er grunzte, schnaufte und entlud sich mit einem schrillen Schrei. Elsbeth kicherte, Magdalena kniff angewidert die Lippen zusammen. Mühsam richtete er sich endlich halb auf und sagte: »Ein Teufelsweib bist du! Kannst es wohl nicht abwarten, den Kerl hängen zu sehen, was? Los, schau nach, wie es um ihn steht. Ist mir schon unheimlich, wie ruhig der nebenan ist. Keinen Laut lässt der mehr von sich hören.«

Sein gesunder Arm kreiste durch die Luft, als gäbe es einen ganzen Schwarm Mücken zu verscheuchen.

»Weil er wohl immer noch schläft«, beeilte Magdalena sich gegen das aufkommende Misstrauen anzugehen. Ihr Herz klopfte bis zum Hals. »Eure beiden Gehilfen haben ihn nicht gerade sanft angefasst. Das hat ihm arg zugesetzt.«

»Höre ich da etwa doch Mitleid aus deinen Worten? Was habt ihr Weiber immer nur mit den falschen Kerlen? Wahrscheinlich hat er dir den Kopf verdreht, indem er dich gar zu leidend angeschaut hat. Solche Halunken wissen genau, was sie zu tun haben, um euch aufs Kreuz zu legen. Und das im wahrsten Sinne des Wortes. Los«, das Letzte galt seinem Gehilfen, der sich Richtung Zelteingang verdrücken wollte, »geh mit den beiden. Nicht dass der Schurke die beiden Weiber ganz für sich allein hat.« Dreckig lachte er auf und verfolgte mit gierigem Blick von seiner Lagerstatt aus, wie sie hinter den Vorhang schlüpften.

»Grässlich!« Elsbeth schlug sich einen Rockzipfel vor die Nase. Magdalena wusste nicht, worauf sich die Reaktion bezog: auf Seume, dem sie oft zu Diensten gewesen war, oder auf das, was sie im trüben Dämmerlicht vor sich entdeckte. Weil sie so schnell als möglich aus Seumes Dunstkreis wegkommen wollte, war sie als Erste hinter den Vorhang geschlüpft. Der Steckenknecht war ihr auf dem Fuß gefolgt, so dass Magdalena am längsten brauchte, um zu Erics Lager zu gelangen. Sie wusste zwar, was sie dort erwartete, dennoch wich auch sie entsetzt zurück. Die beiden anderen sollten ihr nichts anmerken.

»Tot!«, kreischte Elsbeth. »Der ist tot!«

Mit den Ellbogen musste Magdalena den Steckenknecht beiseiteschubsen, um einen Blick auf die Matte zu erhaschen.

So leicht aber wollte Seumes Gehilfe sie nicht vorbeilassen. »Pass auf!«, zischte er sie an. Ihr Schubs hatte ihn ins Stolpern gebracht, doch das war es nicht allein, was ihn aufregte. »Fass ihn nicht an!«, zischte er Elsbeth zu. Verärgert schlug er ihr auf die Finger.

»Was soll sie ihm noch tun?«, schaltete Magdalena sich ein, weil sie auf einmal befürchtete, er beschuldigte Elsbeth, ihn umgebracht zu haben. »Lass mich nachsehen, wie es um ihn steht.«

Sie spürte den misstrauischen Blick im Rücken, während sie niederkniete und die Decke zurückschlug. »O Gott!«, entfuhr es auch ihr.

Die letzten Stunden hatten ihre Spuren hinterlassen. Die Verwesung war deutlich fortgeschritten, wovon nicht allein der penetrante Geruch zeugte. Elsbeth ließ sich auf der anderen Seite der Matte nieder und verfolgte jeden ihrer Handgriffe mit Argusaugen. Der kleingewachsene Steckenknecht hingegen ertrug den Anblick nicht und hielt sich so weit als möglich entfernt.

»Wann er wohl gestorben ist?«, fragte Elsbeth so laut, dass auch er es hörte. Um ihren Mund zuckte es verräterisch. Das wissende Grinsen stieß Magdalena auf. Zu ihrem Entsetzen musste sie sich eingestehen, dass Elsbeth also wirklich Bescheid wusste. Anscheinend war sie jedoch bereit, vorerst mitzuspielen. Der Preis für ihr Schweigen würde gewiss nicht niedrig sein.

Beunruhigt tat Magdalena, als überprüfe sie die wichtigen Lebensfunktionen wie Puls und Herzschlag. Selbst im schwachen Licht war die graue Hautfarbe des Toten gut sichtbar. Die grünen Augen starrten leer nach oben, die Kinnlade klaffte weit offen.

»Schwer zu sagen, wie lange er schon tot ist.« Magdalena bemühte sich um einen ruhigen Ton. »Die letzten Tage hat er mehr oder weniger im Dämmerzustand verbracht. Der Weg von Meister Johanns Zelt hierher ist ihm nicht gut bekommen. Die Narben sind aufgeplatzt, das Fieber kam zurück. Dass er trotzdem so ruhig geschlafen hat, war uns sehr recht, denn wir hatten ja schon genug mit Seume zu tun.« Nach einem Blick auf den lauschenden Steckenknecht fuhr sie fort: »Du hast selbst erlebt, dass Seume unsere ganze Aufmerksamkeit beansprucht hat. Viel haben wir uns nicht um den Halunken kümmern können. So wichtig war das auch nicht. Von weitem hat es ausgesehen, als schlafe er. Kann also gut sein, dass er heute früh schon tot war, als wir hinüber zum Lazarett mussten. Wir haben es wohl einfach nicht bemerkt.«

Die Lügen gingen ihr leicht über die Lippen. In die Augen sehen konnte sie Elsbeth dennoch nicht. Die hatte weiterhin das wissende Lächeln um die Mundwinkel und schwieg.

»Ich sag es vorne«, murmelte der Steckenknecht und verdrückte sich. Die Übermittlung der Nachricht durfte nach Elsbeths Aufschrei zwar überflüssig sein, denn der Profos musste sie gehört haben. Trotzdem war Magdalena erleichtert, als sie die aufgeregten Stimmen hinter dem Vorhang vernahm. Weil er eine List befürchtete, ordnete Seume an, dass beide Steckenknechte zu ihnen kamen und der Untersuchung des Delinquenten beiwohnten.

Murrend kam also auch der zweite mit Carlotta auf dem Arm herüber. Still umklammerte die Kleine seinen Hals und würdigte die beiden Frauen keines Blickes.

»Tot«, stellte Magdalena erneut fest. Um keinen Zweifel aufkommen zu lassen, hatte sie zuvor im Beisein der beiden

Männer die Leiche noch einmal übertrieben gründlich geprüft. Elsbeth umschrieb mit dem Talglicht in der Hand einen Bogen über dem Kopf des Toten. Verwundert sah sie ihr dabei zu.

»Die Augen«, flüsterte die Cousine leise und sah sie auffordernd an. Magdalena verstand zunächst nicht, was sie meinte. »Drück sie endlich zu«, sagte Elsbeth lauter.

»Mach schon«, forderte der größere Steckenknecht Magdalena auf und schaukelte Carlotta auf den Armen, als wäre es seine eigene Tochter. Magdalena tat, wie ihr geheißen. Triumphierend lächelte Elsbeth sie an. Erst da begriff sie, was die Cousine ihr hatte klarmachen wollen: Ihr war die falsche Augenfarbe sofort aufgefallen.

»Hier brauchst du mich vorerst wohl nicht mehr«, sagte Elsbeth mitten in ihre Gedanken hinein. »Ich kümmere mich besser um Carlotta. Das Kind muss unbedingt raus an die frische Luft.«

Behende nahm sie es vom Arm des Steckenknechts und verschwand. Magdalena wollte ihr folgen. Das Zucken um Elsbeths Mundwinkel verhieß nichts Gutes.

»Hiergeblieben!«, herrschte der größere der Knechte sie an und riss sie am Arm zurück. »Das könnte dir so passen, uns mit dem stinkenden Toten allein zu lassen!«

32

Der wolkenverhangene Himmel verwischte den Unterschied zwischen Tag und Nacht. Die einsetzende Abenddämmerung machte sich nur dadurch bemerkbar, dass selbst in den wenigen Wolkenlücken keine Helligkeit mehr aufblitzte. Erschöpft lehnte Magdalena sich an eine Zeltstange und starrte nach Osten, über die Ufer der Ohm hinweg, dorthin, wo die Schweden und die Kaiserlichen seit dem frühen Morgen gegeneinander kämpften. Das Schlachtgetöse wurde leiser, die Abstände zwischen den Kanonenschüssen länger, und die Musketen knallten nicht mehr so häufig. Das Klirren der Piken und Schwerter erlahmte, selbst das Schreien der Söldner wurde heiserer. Am Rand des Schlachtfelds zogen die ersten Geschütze ab. Nach und nach würde die Kavallerie zurückweichen, bis ganz am Ende auch die Infanteristen ihr Gegeneinanderanrennen einstellen durften. Einen Sieger würde die Schlacht wieder nicht haben.

Unschlüssig, ob sie die Suche nach Carlotta und Elsbeth im Getümmel der sich auflösenden Rotten fortsetzen sollte, schlug Magdalena die ersten Schritte ostwärts ein. Dann aber blieb sie doch wieder stehen. Es war sinnlos. Nach ihrem Weggang aus Seumes Zelt hatte Elsbeth bestimmt genug Verstand besessen, sich mit dem Kind nicht ausgerechnet zu den kämpfenden Soldaten zu flüchten. Selbst wenn das Durcheinander am Rand des Schlachtfelds ein unauffälliges Untertauchen erleichtern sollte, lief sie Gefahr, unbeabsichtigt angegriffen zu werden.

Müde wandte Magdalena sich wieder dem Lager zu und stapfte zu den ersten Zeltreihen zurück. Es fiel ihr nichts anderes ein, als ein weiteres Mal die Lagergassen abzugehen, in unzähligen Unterkünften und Verschlägen nach der blonden Elsbeth und ihrer rotblonden Tochter zu fragen. Natürlich war es unmöglich, das gesamte Lager und den Tross mit seinen zigtausend Menschen zu durchkämmen. Elsbeth würde gewiss nicht bei fremden Menschen in einem völlig abseits gelegenen Teil unterkommen. Dazu waren die Menschen im

Lager längst zu misstrauisch gegenüber allen Unbekannten. Trotzdem ließ es Magdalena keine Ruhe. Die zwei konnten doch nicht spurlos verschwunden sein!

»Lass es für heute gut sein. Im Dunkeln wirst du sie nicht mehr finden.« Wie aus dem Nichts stand Roswitha vor ihr, seltsamerweise ganz ohne das übliche Poltern, Rumpeln und Stolpern. Der stete Regen hatte ihre wenigen Haarsträhnen auf dem grindigen Schädel angeklebt. Eine Haube band sie sich schon lang nicht mehr um. Das Schultertuch lag regennass auf ihrem breiten Rücken. Aus dem dicken Wollstoff des Rocks tropfte es unablässig. Roswithas Augen inmitten des faltigen Gesichts wirkten noch trüber als sonst. »Lass uns zu Meister Johanns Wagen gehen und uns bei einer heißen Suppe aufwärmen. Vielleicht ist Rupprecht zurück und weiß Neues.«

Gehorsam folgte Magdalena. Die Müdigkeit drohte sie zu übermannen. Ohnehin hatte Roswitha recht: Es war sinnlos, bei Anbruch der Nacht weiterzusuchen.

»Was klappert denn da? Hast du einen Sack Goldstücke dabei?« Die Hebamme griff nach ihrem Arm und zwang sie, stehenzubleiben.

»Ja.« Magdalena versuchte, sich loszureißen und weiterzugehen. Bislang hatte sie keine Idee, wohin sie das Säckchen mit den Goldstücken stecken sollte, wenn nicht in die Falten ihres Leinenrocks. Ungern wollte sie erzählen, wie sie an den Schatz gekommen war. Zu sehr schämte sie sich vor sich selbst, auch wenn sie wusste, dass das Gold, das sie im Auftrag Erics aus Seumes Truhe genommen hatte, ihm nicht rechtmäßig gehörte.

»Hast du es von Seume? Etwa aus Erics Truhe, die er neben sich gestellt hat? Das geschieht dem Halunken recht!« Roswithas Krächzen klang schadenfroh. »Das Gold steht dir zu. Du wirst es für Carlotta brauchen.«

»Dafür müsste ich sie erst wiederfinden!« Wütend drehte Magdalena sich zu Roswitha um. Das geschah so abrupt, dass die Alte in sie hineinstolperte. »Du kannst es gern haben. Hier!« Sie zerrte das schwere Säckchen unter dem Rock hervor und drückte es ihr gegen die Brust. Verwundert nahm Roswitha es entgegen.

»Seume hat sich eure List teuer bezahlen lassen, was? War es sehr schlimm?« Mitleidig hob Roswitha die Hand, um ihre Wange zu berühren. Magdalena senkte den Blick. Ihre Schultern bebten. Viel zu deutlich hatte sie das Erlebte wieder vor Augen.

»Es war nicht so, wie du denkst. Hagen Seume und seine beiden Männer haben die Gelegenheit zwar nutzen und über mich herfallen wollen«, sagte sie schließlich. »Dabei hat es sie nicht einmal gestört, dass der stinkende Leichnam mitten im Zelt lag. Seume ist sogar trotz seiner Verbände vom Lager aufgestanden.« Angewidert schloss sie die Augen. Bei der Erinnerung an die eisigen Männerhände auf ihrer nackten Haut überlief sie ein Schauer. »Ein Kerl wäre schon übel gewesen, aber alle drei waren nicht auszuhalten. Also habe ich mich mit aller Kraft gegen Seume geworfen. Davon ist er nach hinten gestürzt, mit dem Kopf hart auf dem Boden aufgeschlagen und besinnungslos liegen geblieben. Der eine Steckenknecht hat sich daraufhin sogleich besorgt über ihn gebeugt. Dem habe ich von hinten einen Schlag versetzt, dass auch er zusammengesackt ist. Der zweite hat still zugeschaut und sich mir sofort mit erhobenen Händen ergeben. Erst habe ich gedacht, er will mich täuschen. Dann aber hat er mir zugezwinkert und mir sogar noch die Truhe geöffnet, in der das Gold lag.

Zwar waren die Bestände schon reichlich zusammengeschmolzen, weil sich offenbar Elsbeth schon mittags daraus bedient hat. Aber ein hübsches Sümmchen war es trotzdem. Wir haben beide tief hineingegriffen. Am Ende hat er mich einfach so ziehen lassen.«

»Da siehst du es wieder: Ein Schurke zieht den nächsten an. Seume und seine Leute beklauen sich bei jeder Gelegenheit gegenseitig. Ich wette mit dir, wenn Seume wieder bei Sinnen ist, erzählt der missratene Zwerg ihm, du hättest auch ihn überwältigt und bestohlen.«

»Ob ich jetzt zwei oder drei matt gesetzt habe, darauf kommt es nicht mehr an. Wütend ist Seume ohnehin.«

»Nur dass er es mal wieder kaum offen zeigen darf.« Roswitha schmunzelte. »Wie steht er schließlich da, wenn sich herumspricht, dass er dich nicht mal mit Hilfe seiner beiden Steckenknechte flachlegen konnte?«

So hatte Magdalena das noch gar nicht betrachtet. Wenigstens ein kleiner Triumph an diesem Tag! Allerdings änderte er nichts an dem Unglück, dass Elsbeth ihre Chance genutzt hatte und mit Carlotta abgehauen war.

Als sie bei Einbruch der Nacht Meister Johanns Wagen erreichten, fanden sie ihn leer und verlassen. Der Feldscher hielt weiterhin im Lazarett die Stellung und flickte die aufgeschlitzten Söldner zusammen. Für Rupprecht konnten sie nur hoffen, dass es ihm gelungen war, Eric und sich in Sicherheit zu bringen. Geschickt entfachte Roswitha im angrenzenden Unterstand ein Feuer und brühte einen beruhigenden Tee aus Kamillenblüten und Fenchel auf. Es fand sich sogar ein Topf Honig, mit dem sie den Tee süßten.

Schwer atmend kletterte Roswitha zu Magdalena in den Wagenkasten. Dabei stieß sie mit dem Ellbogen gegen einen

Tiegel mit Wundpaste und fing ihn überraschend geschickt auf. Ein getrockneter Strauß Eibischblätter, den sie vom Nagel riss, segelte derweil ungehindert zu Boden. Dicht aneinandergeschmiegt saßen die beiden Frauen beieinander.

Seit Stunden trommelte der Regen wieder stärker auf die Wagenplane. Lang würde dem selbst die dicke Wachsschicht nicht mehr widerstehen können. Teilnahmslos verfolgte Magdalena einen einzelnen Tropfen, der als erster durch den Stoff gedrungen war und sich anschickte, schwer und träge nach unten zu fallen. Bald würde die Nässe auch an den anderen dunklen Flecken auf der Leinwand ins Wageninnere dringen. Ein tristes Talglicht dampfte auf einer Truhe und verströmte seinen beißenden Geruch. Jeder Atemzug wurde dadurch vergällt.

Magdalena aber nahm das kaum wahr. Selbst die Kälte spürte sie nicht. Die Fingerknöchel färbten sich weiß, weil sie den Bernstein um ihren Hals starr umklammerte. Verzweifelt schluchzte sie auf.

»Was ist?« Roswitha erwachte aus ihrer Starre und sah sie an. Da warf sich Magdalena ihr in die Arme und weinte. Schließlich wischte sie sich schniefend über das Gesicht und setzte sich wieder aufrecht neben die Hebamme. »Alles ist misslungen! Was nützt es mir, dass Eric aus dem Lager flüchten konnte, wenn Elsbeth meine Carlotta verschleppt hat? Damit hat sie mir das Schlimmste angetan, was man einer Mutter antun kann. Wie soll ich das ertragen?«

»Wer sagt denn, dass sie mit der Kleinen wirklich weg ist?« Roswitha bemühte sich, überzeugend zu klingen. »Nur weil du sie am Nachmittag nirgendwo aufgetrieben hast, muss das nicht gleich das Schlimmste bedeuten. Schließlich war ihr Zelt völlig nass, auch hier in Meister Johanns Wagen hat sie sich nicht wohl gefühlt. Du kennst sie doch: Wahrscheinlich hat sie irgendeinen Mann überreden können, ihr ein gemütliches, warmes und vor allem trockenes Lager herzurichten. Morgen schon werden wir sie finden, da bin ich mir ganz sicher.«

»Du weißt genau, dass das nicht stimmt. Dank ihrem tiefen Griff in Seumes Truhe hat sie genug Goldmünzen. Also hat sie irgendwen bezahlt, sie von hier wegzubringen. Mein Kind werde ich nie mehr wiedersehen! Seit Wochen schon hat sie es darauf angelegt. Immerzu will sie mir zeigen, dass sie die bessere Mutter ist, dass sie eigentlich das lebende und ich das tote Kind verdient habe.«

Roswitha ließ sich nicht aus der Ruhe bringen. »Wollte sie nicht oben in der Stadt beim Sohn des Kommandanten wohnen? Gleich bei Tagesanbruch gehe ich dorthin und sehe nach. Ich bin mir sicher, sie da zu finden.«

An Magdalena prallte das ab wie vormals der Regen an der gewachsten Leinwand. Tief in ihrem Innern kannte sie längst die Wahrheit: Dieses Mal hatte Elsbeth wirklich gewonnen und war auf Nimmerwiedersehen mit der Kleinen fort! Bis zum Tagesanbruch würden sie einen ausreichend großen Vorsprung haben, so dass es ausweglos war, die Verfolgung aufzunehmen, noch dazu, da sie nicht im Geringsten wusste, in welcher Richtung sie überhaupt mit der Suche beginnen sollte. »War es das wirklich wert, Eric zu retten? War Eric das wert?«

Aufgewühlt starrte sie Roswitha ins faltenreiche Gesicht. Die erwiderte ihren Blick ruhig und entgegnete trocken: »Wenn du nichts unternommen und tatenlos Erics Hinrichtung zugeschaut hättest, würdest du auch keine Ruhe finden.«

Zunächst wollte Magdalena aufbrausen. Sobald sie den Mund öffnete, brachte sie jedoch keine Silbe heraus. Sie musste Roswitha zustimmen. Eric widerstandslos an Seume auszuliefern, hätte sie niemals übers Herz gebracht.

Ohne ein Wort der Erklärung wickelte sich die alte Hebamme das Tuch enger um die Schultern und kroch über den Kutschbock aus dem Wagen. Die nächtliche Finsternis draußen verschluckte sie rasch. Erst nach einer ganzen Weile tauchte sie wieder auf. »Ich habe Strecker, den Quartiermeister, getroffen. Die Schlacht mit den Schweden ist vorbei. Das Pulver ist zu nass geworden. Auf beiden Seiten sind die Pikeniere im Schlamm stecken geblieben. Wrangel hat seine Schweden aus der Gegend abgezogen. Statt ihnen nachzusetzen, liegen sich unsere Feldherren mal wieder in den Haaren, was weiter zu befehlen ist. Von Werth hat die Unsrigen ins Lager zurückgeschickt, was aber Mercy nicht gefällt. Ein Schlamassel ist das, sag ich dir. Keiner weiß, was zu tun ist. Und dafür haben wir wochenlang die Hitze hier ertragen!«

Roswithas trübe Augen blickten müde. Als sie den quadratischen Schädel schüttelte, flogen die Regentropfen in alle Richtungen. Magdalena wischte sich mit dem Handrücken über die nassen Wangen. Wie gern hätte sie einen Lappen gepackt und der Hebamme damit den Mund gestopft, damit sie endlich aufhörte zu reden.

»Ich will das nicht mehr hören.« Sie presste sich die Hände auf die Ohren. »Das interessiert mich nicht mehr. Nichts interessiert mich mehr. Das Allerschlimmste ist mir passiert: Elsbeth ist mit meiner Carlotta verschwunden! Wann kapierst du das endlich?«

»Was ist denn hier los?« Rupprecht baute sich im Wageninnern auf, wie immer lautlos aus dem Nichts gekommen. »Wo ist Meister Johann?« Es schien ihn nicht zu kümmern, dass er die beiden Frauen mitten in der Nacht in so seltsamer Stimmung antraf. Argwöhnisch musterte Magdalena ihn. Auch er tropfte vor Nässe. Seine schlammverschmierte Kleidung, an der kein einziger Blutfleck zu finden war, bewies, dass er das Lazarettzelt am Rand des Schlachtfelds noch immer nicht von innen gesehen hatte, geschweige denn dem Feldscher bei der Versorgung der Verletzten zur Hand gegangen war.

»Wo warst du?«

Es kostete sie Mühe, ihn nicht ebenfalls so anzuschreien wie Roswitha eben. Unruhig sah er mal hierhin, mal dorthin. Schon drängte er sich in den rückwärtigen Teil des Wagens, wühlte in der Kiste mit den Vorräten, inspizierte die Töpfe und ließ seine Finger durch die Kräuterbüschel gleiten.

»Wenn du es genau wissen willst: Da, wo eigentlich dein Eric sein sollte.«

»Was heißt das: sein *sollte?*« Hellhörig geworden, packte sie ihn am Arm und riss ihn herum. Wieder zuckte er nur mit den Schultern, bevor er antwortete: »Am Mittag habe ich einige Sachen aus dem Lager zu ihm gebracht und bin nur noch einmal kurz weg, um ein bisschen die Gegend zu erkunden. Nicht lang, eine, höchstens zwei Stunden. Noch hatte niemand uns gesehen. Unmöglich, dass da bereits einer etwas von Erics Flucht ahnen konnte. Er selbst ist viel zu erschöpft gewesen, um noch einen Ton von sich zu geben. Was hätte also groß passieren können? Ich aber wollte nachsehen, ob sich nicht noch ein geeigneterer Unterschlupf finden ließe. Wir können ihn ja kaum mehrere Tage in dieser Dachshöhle lassen, dachte ich mir, gerade, wenn die Schweden wieder fort sind und sich die Unsrigen ebenfalls aufs Aufbrechen besinnen.«

»Was ist geschehen?« Magdalena hielt angstvoll den Atem an.

»Eric ist verschwunden.« Im nächsten Moment drehte sich Rupprecht von ihr weg. Als habe er ausgerechnet in diesem Moment ein großes Schraubglas entdeckt, begann er es ausgiebig zu untersuchen.

»Das ist nicht wahr!« Sie schüttelte ihn so lange, bis er endlich das Glas wieder abstellte und sie ansah. »Wie soll er verschwunden sein? Er ist doch gar nicht in der Lage, allein irgendwohin zu gehen. Du und Roswitha, ihr musstet ihn doch zu zweit stützen, um ihn überhaupt aus dem Lager zu bringen.«

»Na ja, so schlecht zu Fuß war er dann doch nicht.« Noch immer konnte Rupprecht ihr nicht in die Augen sehen. »Vielleicht ist er einfach ein guter Täuscher und hat uns alle an der Nase herumgeführt. Oder aber«, er legte eine bedeutungsvolle Pause ein, während der er von ihr zu Roswitha sah, »oder aber jemand hat ihn gefunden und fortgeschleppt, mit einem Karren oder auf einem Esel. Nach einem Kampf sah es in der Höhle jedenfalls nicht aus.«

33

Eine Stunde vor Anbruch der Morgendämmerung erklang das Signal der Trommler, mit dem das Fußvolk zur Vergatterung gerufen wurde. Die ganze Nacht hindurch hatte Magdalena auf dieses erlösende Zeichen gewartet. Schlafen konnte sie nicht. Jeder Augenblick, der verstrich, entfernte sie ein Stück mehr von ihrem Kind. Zwei Tage waren vergangen, seit sie die Kleine zuletzt in Seumes Zelt gesehen hatte. Verzweifelt biss sie sich auf die Lippen. Längst brannten die, weil die obere Hautschicht aufgerissen war. Tränen hatte sie keine mehr. Zu viele hatte sie in den letzten beiden Tagen vergossen. Mit dem Ertönen des Signals konnte sie endlich aus dem Wagen klettern und wieder etwas tun, statt sich unruhig auf der Matte hin und her zu wälzen und die schlimmsten Befürchtungen über Carlottas Schicksal zu hegen.

Vergebens war Roswitha am vorigen Tag zum Haus des Kommandanten in Amöneburg gegangen. Elsbeth hatte man dort seit Wochen nicht mehr gesehen. Magdalena suchte unterdessen die nähere und weitere Umgebung nach dem Kind und der Cousine ab. Nirgendwo fand sich auch nur die geringste Spur. So schnell wollte Magdalena es nicht aufgeben, wenigstens auf einen klitzekleinen Hinweis zu stoßen. Sonst würde sie die Gegend auf keinen Fall verlassen. Um Eric machte sie sich dagegen kaum Sorgen. Dass er sich durchschlagen konnte, hatte er schließlich schon in den letzten beiden Jahren bewiesen. Sie schluckte. Ihn zu vergessen würde nicht leicht werden, leichter aber, als die Suche nach Carlotta aufzugeben.

Noch lag Dunkelheit über der Lagerstatt. Ein milder Wind strich durch die Gassen. Magdalena rieb sich die Arme, weniger, um sich aufzuwärmen, als vielmehr, um die Unruhe zu besiegen. Aufmerksam glitt ihr Blick über jeden, der ihr begegnete. Verschlafen krochen die Männer aus den Unterkünften und nahmen am Versammlungsplatz Aufstellung, während die Frauen begannen, das spärliche Hab und Gut der Söldnerfamilien zusammenzuraffen. Ab und an musste Magdalena sich ein wenig recken, manchmal bücken, um einen Blick unter die Planen und Umhänge zu werfen. Hinter jedem Zipfel konnte sich Elsbeth mit Carlotta verbergen.

Kinder schrien, Männer schimpften, Weiber zeterten. Dazwischen kläfften Hunde. Die wenigen Hühner, die die langen, mageren Wochen in der Ebene von Amöneburg überlebt hatten, gackerten aufgeregt und hackten mit den spitzen Schnäbeln nach allem, was sich bewegte. Immer wieder scheuchte Magdalena eines der Viecher verärgert fort. Der Dauerregen war im Lauf der letzten Nachtstunden in ein dünnes Nieseln übergegangen. Wie ein feiner Vorhang hüllte die Feuchtigkeit sie ein, ließ das dünne Schultertuch klamm und die roten Haare nass werden. Bald vermochte sie nicht mehr zu unterscheiden, ob es sich schon um feuchten Nebel oder weiterhin noch um feinen Regen handelte. Es wurde schwerer, die Gesichter der Menschen zu sehen. Die meisten huschten mit eingezogenen Köpfen und hochgereckten Schultern umher, den Körper bedeckt mit unzähligen Tüchern und Umhängen. Die Schlammpfützen zwischen den halb abgebrochenen Unterkünften vergrößerten sich zusehends und erforderten es, den Blick aufmerksam zu Boden zu richten.

Wieder versank Magdalena in einem Dreckloch und spürte, wie das Wasser in die Schuhe lief. Als ihr darüber ein derber Fluch entwischte, herrschte eine Frau sie an: »Halt dein Maul und pack mit an!« Gerade schickte sich die Fremde an, mit der rechten Hand eine Holzkiste auf einen Karren zu heben, während sie mit der Linken ein kleines Kind festzuhalten suchte, das sich schreiend wehrte. Die rotblonden Locken flogen wild durch die Luft, der kleine Kopf fuhr ungestüm hin und her.

Für einen Moment setzte Magdalena das Herz aus. Das Alter stimmte, Größe und Haarfarbe auch, ansonsten war nicht viel zu erkennen, weil sich das Kind zuvor ausgiebig im Schlamm gewälzt hatte. Sie bückte sich und hielt den Kopf fest, um sein Gesicht besser zu sehen. Das Kleine hielt verdutzt inne und erwiderte neugierig den Blick. »Finger weg von meinem Kind«, brauste die Fremde auf und warf sich mit schreckgeweiteten Augen zwischen sie. Entsetzt wich Magdalena zurück. Offenbar fürchtete die andere, sie wollte ihr das Kind entreißen. »Scher dich zum Teufel und nimm deine Kiste allein!« Mit Tränen in den Augen rannte sie weiter, beschämt, schon so wirr zu wirken, als könne sie einer Mutter das Kind stehlen.

Mehrmals rempelte sie gegen gebückte Rücken oder schwerbeladene Gestalten. Sie wagte kaum mehr, den Kopf zu heben. Ihre Augen saugten sich an der Erde fest. Von den vielen Kisten und Karren hatten sich im Boden tiefe Schleifspuren eingegraben. Immer wieder geriet Magdalena darüber ins Rutschen. Die ehemals so hastig gegrabenen Entwässerungskanäle um die Zelte und Wagen weichten nun, da die Unterkünfte abgebaut wurden, völlig auf.

An einer Ecke prallte Magdalena mit einem breiten Männerrücken zusammen und hob erschrocken den Blick. Ein vollbeladener Leiterwagen war in gefährliche Schieflage geraten. Der Lehm unter den Rädern gab zusehends nach, bedrohlich rutschten die Kisten nach links, genau auf die Seite, an der Magdalena stand. Zurück konnte sie nicht. Hinter ihr drängten die Menschen nach. Auch zur Seite konnte sie nicht ausweichen, weil dort weitere Zelte und Fuhrwerke standen. Ein kleiner Junge auf dem Kutschbock schrie vor Angst. Mehrere Männer stemmten sich gegen den Wagenkasten, um das Gefährt mit ihren Schultern anzuschieben. Erst nach einem halben Dutzend Versuchen gelang es ihnen. Erleichtert drückte Magdalena sich vorbei.

Die wenigen Marketender und Handwerker, die einen Wagen nebst Zugtieren ihr Eigen nannten, waren vor dem Aufbruch des Regiments dicht umlagert. Einer solchen Menschentraube fand sich Magdalena in der Nähe des Richtplatzes gegenüber. Ein Händler war gerade dabei, seinen Planwagen zu beladen. Unvorsichtigerweise hatte er einer älter wirkenden Frau erlaubt, ihr Bündel mit aufzupacken. Drei andere Frauen hatten das gesehen und verlangten nach einer ähnlichen Vorzugsbehandlung. Solche Handgreiflichkeiten erlebte Magdalena nicht zum ersten Mal. Gewiss würde es so enden, wie es immer endete: Jede nahm schließlich doch wieder den seit Jahren angestammten Platz ein und versorgte ihr Bündel auf dem Plan- oder Handwagen, auf dem sie es stets unterzubringen pflegte. Das machte die Streitereien eigentlich überflüssig. Wahrscheinlich gehörte das Ritual des Zankens einfach zum Aufbruch dazu.

Eine der Frauen schüttelte ihr langes blondes Haar im feuchten Regenschleier und reckte den Kopf mitsamt dem wohlgeformten Kinn selbstsicher über die Schultern der anderen hinweg. Das Kind, das sie auf den Hüften wiegte, patschte vergnügt in die Hände. Wie vorhin, als sie ein Kind in Carlottas Alter erspäht hatte, wurde Magdalena bei dem Anblick seltsam zumute. Entschlossen schritt sie auf die Frau zu.

»Carlotta!«, rief sie und griff nach dem Kind. Im selben Augenblick, in dem das Kleine entsetzt aufschrie, wurde die Frau aufmerksam. »Bist du verrückt?« Schon verpasste sie Magdalena eine schallende Ohrfeige. Das ließ sie aus ihrem Wahn erwachen, und erschrocken sah sie in die dunklen Augen der Frau. Quer über deren rechte Wange zog sich eine wulstige Narbe. Das blutunterlaufene Auge verriet, dass sie öfter Schlägen ausgesetzt war. »Verzeih«, murmelte Magdalena beschämt und drehte sich ab, um schnell davonzueilen.

Unterdessen bliesen die Trompeter das *»boute-selle«* für

die Reiterei. Nicht weit hinter dem Richtplatz lagen die Unterstände für die Pferde der Offiziere. Magdalena warf nur einen kurzen Blick hinüber. Dass Elsbeth sich ausgerechnet dort mit Carlotta versteckte, vermutete sie nicht. Dazu hatte die Cousine zu viel Angst vor den Tieren. Die Stallburschen striegelten und tränkten die kostbaren Pferde, legten ihnen Geschirr und Sattel um. Sorgfältig klaubten ein paar jüngere Buben die Futterreste zwischen den Hufen auf und verstauten sie in Säcken mitsamt dem restlichen Geschirr und Zaumzeug auf den bereitstehenden Gerätewagen.

Prüfend schritt Magdalena die Wagenreihen ab, auf denen weiteres Material aus den Offizierszelten gepackt war. Hie und da warf sie einen Blick unter eine weniger straff gespannte Persenning. Doch nirgends war eine Spur von Elsbeth und Carlotta zu entdecken. Als die Dämmerung anbrach und man auch ohne Fackeln besser sehen konnte, formierte sich der schier endlose Heereszug. Ein Mann von der reitenden Patrouille scheuchte Magdalena mit einem Stock beiseite. Rasch lief sie in die entgegengesetzte Richtung davon. Sie wusste auch so, dass es wenig Sinn hatte, weiter nach Elsbeth und dem Kind Ausschau zu halten. Entweder kauerte die Cousine längst gut verborgen auf einem der vielen Wagen, oder sie hatte sich, mit einem Tuch verhüllt, ins Gedränge des Fußvolks gemischt.

In Gedanken ging Magdalena die immer gleiche Abfolge des Zuges durch, um sich weitere Möglichkeiten vorzustellen. Wenn sie geschickt genug war, konnte sie sich im Lauf des Marsches an geeignete Stellen heranpirschen. An der Spitze des Zuges fanden sich der Führer und die erste Patrouille, dicht gefolgt von den Brückenmeistern mitsamt ihren Handlangern und den Zimmerleuten. Daran schlossen sich die

Marschkolonnen der kämpfenden Verbände an. Erst die folgenden Bataillone des Fußvolks boten die Möglichkeit für Elsbeth unterzuschlüpfen, ohne dass sie den Zorn eines Patrouillengängers auf sich zog. Nachdenklich betrachtete Magdalena die weit vorweg marschierenden Verbände.

Sonne, Wind und die vielen Kriegsjahre hatten die ehemals stolzen, bunten Fahnen, Banner und Standarten in bleiche, zerfetzte Tücher verwandelt. Dennoch reckte jeder Fähnrich weiterhin stolz die guten Stücke seiner Truppe in die Höhe. Der Wald der Piken klapperte so vehement gegeneinander, dass es selbst auf große Entfernung hin gut zu hören war. So manche Muskete ragte ebenfalls steil nach oben. Abgerissen und müde präsentierten sich jene Männer, die vorgestern noch kühn den Schweden um Wrangel die Stirn geboten hatten. Ihre Röcke waren dreckverschmiert, das Leder der Stiefel kaum mehr als solches erkennbar, die Patronengürtel quer über die Brust gähnend leer. Schief saßen die Filzhüte auf den müden Schädeln, durchlöchert und aufgeritzt. Dennoch zeigten die Männer große Entschlossenheit, mit erhobenen Häuptern weiterhin hinter Johann von Werth zum nächsten Schlachtfeld zu ziehen. Die Patrouillen hatten mehr Mühe, das nachfolgende Durcheinander der Wagen, Karren und Fuhrwerke von den Tausenden Trossleuten auf Linie zu bringen, als dass sie desertierenden Söldnern hinterherrennen mussten.

Im Gewühl der Aufbrechenden bahnte Magdalena sich einen Weg ans hintere Ende des Zuges. Wieder und wieder hob sie eine der Abdeckungen hoch, die straff über die Fuhrwerke gespannt waren. Jedes Mal starb ein weiteres Stück Hoffnung, irgendwo doch noch auf Elsbeth und Carlotta zu stoßen. Mehr als einmal riss sie eine weitere in Tücher und Decken gehüllte Frau unsanft herum, weil sie der Täuschung erlag, es handele sich um die Cousine. Wieder erntete sie entrüstete Aufschreie oder gar weitere schmerzhafte Maulschellen. Dass die Feldherren ausgerechnet an diesem Morgen zum Aufbruch drängten, war das Schlimmste, was ihr nach Carlottas Verschwinden hatte passieren können.

Magdalenas Beine wurden schwer, sie spürte, wie ihr die Kräfte schwanden. Erschöpft stützte sie sich schließlich am erstbesten Wagen ab.

»He du! Scher dich zum Teufel. Das ist mein Wagen. Fort mit dir, du räudige Hure! Lass dir vom Trossweibel deinen Platz anweisen.« Dicht vor ihrer Nase knallte eine Peitsche. Fast hätte die Schmitze am Ende der Schnur ihre Wangen aufgeschlitzt. Der Knall zerriss ihr schier die Ohren. Ein bärtiger, grobschlächtiger Mann zerrte sie vom Wagenkasten weg. »Nimm deine dreckigen Pfoten von meinem Zeug!« Hasserfüllt blitzten seine hellen Äuglein sie an. »Fort mit dir! Solche wie dich können wir hier nicht brauchen.«

»Mach langsam, Meister! Siehst du nicht, wen du da vor dir hast?« Zwischen den Zugochsen drängte sich Meister Johann hindurch und packte den Peitschenschwinger am Arm. »Wenn du meiner Gehilfin auch nur ein Haar krümmst, kriegst du es mit mir zu tun.«

»Deine Gehilfin? Dann ist das die rote Magdalena?« Ungläubig ließ der Grobschlächtige die Peitsche sinken. »Nie und nimmer hätte ich die erkannt.« Mit der freien Hand kratzte er sich am Schädel und musterte sie. Magdalena hob den Blick und sah ihn müde an. Sein Gesichtsausdruck spiegelte wider, wie furchtbar sie aussehen musste: Der Dauerregen hatte sie völlig durchnässt, Schlammspritzer verunzierten Haut und Kleidung. Der fehlende Schlaf und die Angst um

Carlotta mochten ihr Gesicht gezeichnet haben, doch es war ihr gleich, was er von ihr dachte. Sie hatte nur eins im Sinn: Carlotta! Schon wollte sie weiter, aber der Mann fasste sie am Arm. »Was ist passiert?«

»Lass uns zu unserem Wagen gehen.« Meister Johann zog sie mit sich fort. Widerwillig stolperte sie neben ihm her, wich, so gut es ging, den Trossleuten aus, ließ ihre Augen aber weiterhin suchend über die Fuhrwerke gleiten. Es konnte doch nicht sein, dass Elsbeth nirgendwo zu entdecken war!

»Was tust du nur? Suchst du immer noch nach deiner Cousine? Die wird sich schon finden. Allein hat sie doch gar keine Chance, erst recht nicht mit dem Kind. Schneller, als dir lieb ist, taucht sie wieder bei uns auf.«

Magdalena schenkte sich die Antwort. Der Feldscher würde sie nie verstehen, weder jetzt, wenn er einigermaßen nüchtern war, noch später, wenn er wieder vom Branntwein berauscht seine Gefühle entdeckte.

Bald erreichten sie den Wagen, an dem Rupprecht die Plane festzurrte. Weit ragten die langen Zeltstangen am hinteren Ende heraus. Die Taue, die die Fourage halten sollten, machten keinen vertrauenerweckenden Eindruck, selbst wenn Rupprecht sie noch so geschickt verknotete.

»Schert euch fort!« Rupprecht hörte auf, sich mit den Tauen zu beschäftigen, und versuchte stattdessen, ein paar meckernde Geißen zu vertreiben, die ihrem Hütejungen entwischt waren.

»Pass besser auf, sonst kriegst du großen Ärger!« Magdalena half dem etwa Zehnjährigen rasch, zwei Zicklein unter dem Wagen herauszuziehen und die Tiere zur restlichen Herde zurückzuführen. Die bestand aus einigen lahmen Eseln, klapprigen Gäulen, die von ihren Reitern aussortiert worden waren, und etwas magerem Vieh. Drei weitere Buben waren damit beschäftigt, die Tiere zwischen den Fuhrwerken zusammenzutreiben. Dazu schlugen sie mit Gerten und pfiffen auf den Fingern. Zwei Hunde umkreisten die Herde und kläfften aufgeregt die störrischen Ziegen an. Das alarmierte einen Erwachsenen, nachzusehen, ob die Kinder alles im Griff hatten. Aufmerksam mischte sich Magdalena in den Tumult. Leise Hoffnung keimte in ihr auf, Elsbeth hätte vielleicht hier hinten, bei einem der Schäfer oder Hütejungen, Unterschlupf gesucht. Doch wieder musste sie unverrichteter Dinge abziehen.

»Mit jedem Tag bin ich mir sicherer, dass Elsbeth dir nur einen Schreck einjagen will«, krächzte es da von Meister Johanns Kutschbock herunter. Im nächsten Moment krachte bereits ein Holzstock auf sie herab. Roswitha hatte ihn fallen lassen, als sie gerade die letzten Bündel unter der Plane verstauen wollte. Schon verhedderte sie sich in einem Seil und fluchte leise, bevor sie noch einen Wasserkessel herunterpoltern ließ, dann endlich hatte sie sich aus der unfreiwilligen Fessel befreit. Keuchend kletterte sie herunter, stemmte die Hände in die Hüften und sah Magdalena aus ihren trüben Augen besorgt an. »Ihren ganzen Kram hat sie dagelassen. Eigenhändig habe ich den vorhin in eurem Zelt zusammengerafft und hier oben bei Meister Johann verstaut. Wenn die liebe Elsbeth nicht zurückkehren wollte, hätte sie das nicht getan. Die ist doch kiebig wie eine Elster auf alles, was sich nur irgendwie zu Geld machen lässt. Nie würde die freiwillig auch nur eine Decke liegen lassen.«

»Der wertlose Kram kann ihr einerlei sein«, widersprach Magdalena leise. »Vergiss nicht, dass sie jetzt Geld genug hat.«

»Sei nicht traurig«, krächzte Roswitha und tätschelte ihr die Wange. »So gerissen ist Elsbeth nicht, dass sie sich allein durchschlagen könnte. Am Ende fehlt ihr doch immer die Durchtriebenheit. Denk nur an die Geschichte mit der Tabakdose. Letztlich hat sie es nicht geschafft, sie dir als Diebesgut unterzujubeln und dich bei Seume anzuschwärzen. Auch mit deinem Bernstein ist es ihr nicht gelungen, dich längere Zeit zu hintergehen und das gute Stück zu Geld zu machen. Selbst wenn sie wirklich fortgelaufen sein sollte: In der Kürze der Zeit kann sie nicht weit gekommen sein, gerade mit der Kleinen am Wickel.«

»Ich Schaf!« Die letzten Worte der Alten waren an Magdalena vorbeigerauscht, denn endlich hatte sie erfasst, was sie vorhin bereits als dunkle Ahnung gespürt hatte. »Ich weiß, was ich tun muss.«

Entschlossen straffte sie sich, blinzelte mit den grünen Augen in den heller werdenden Himmel, als suchte sie dort oben eine Bestätigung, und wandte sich dann an Roswitha und Meister Johann, die neben dem Zugochsen standen. »Wenn zwischenzeitlich hier hinten das Signal zum Aufbruch ertönt, wartet nicht auf mich. Zieht einfach los. So schnell kommt ihr sowieso nicht voran. Ich werde euch schon finden.«

Bevor der Feldscher oder Roswitha noch etwas sagen konnten, drehte sie sich um und rannte davon. Ihr Ziel war der Berg im Nordwesten, auf dem majestätisch die Stadt thronte. Gerade linsten die ersten zarten Sonnenstrahlen zwischen den Wolken hindurch. Wenn sie Glück hatte, fand nicht nur die Sonne ihren Weg zurück in die trostlose Gegend. In der Dachshöhle würde es endlich hell genug sein, um Spuren zu entdecken. Erst vorige Nacht war sie dort gewesen. Doch der Schein der Fackeln hatte nicht ausgereicht, um Hinweise auf den Verbleib von Eric zu entdecken. Vielleicht stieß sie dort bei Tageslicht auf eine Spur von Carlotta oder Elsbeth. Danach hatte sie in der Höhle nicht gesucht. Und je länger sie darüber nachdachte, desto wichtiger erschien es ihr. Es konnte kein Zufall sein, dass die drei zur selben Zeit verschwunden waren. Doch was führte Elsbeth im Schilde? Anders als Roswitha hielt sie die Cousine inzwischen für mit allen Wassern gewaschen.

34

Wie ein endloser Wurm schlängelte sich der Heereszug der Kaiserlichen mit dem riesigen Tross durch die Felder. Auf einem kleinen Felsvorsprung unweit der Höhle, die Eric als Versteck gedient hatte, stand Magdalena und betrachtete das Spektakel von oben. Zu ihrer großen Enttäuschung hatte sie nichts in dem Versteck gefunden, was auf eine Anwesenheit Elsbeths und Carlottas hingewiesen hätte. Der Regen hatte die Spuren rund um die Höhle gründlich weggewaschen, so dass nicht auszumachen war, wie viele Menschen sich dort aufgehalten hatten. Trotzdem war sie überzeugt, dass Elsbeth hier gewesen und gemeinsam mit Eric und der Kleinen von der Höhle aufgebrochen war. Die Cousine war die Einzige, die außer ihr, Roswitha, Rupprecht und Meister Johann von der Flucht Erics gewusst hatte. Und sie war die Einzige, der Eric so weit vertraute, dass er sich von ihr helfen ließe. Und wie hätte er die Flucht allein bewerkstelligen sollen? Immerhin hatte sie vorgestern noch seine Wunden untersucht und neu verbunden. Wie aber waren die drei so schnell von hier weg? Und vor allem: Wohin waren sie geflohen?

Magdalenas Augen schweiften umher. In der weitläufigen Ebene waren sowohl die gutsortierte vordere Hälfte des Heereszugs mit den Soldaten, der Reiterei und den Zimmerleuten leicht zu überblicken als auch der ungeordnete Teil aus Hunderten von Fouragewagen, Karren und einer großen Menge abenteuerlichster Fuhrwerke. Übergangslos schlossen sich die Pikeniere an. Im Rhythmus der Marschtrommeln marschierten sie, begleitet von einer kaum zu überschauenden Zahl Fußvolk. Um sie herum bemühten sich die berittenen Patrouillen, die Ordnung aufrechtzuerhalten. Trommelwirbel begleiteten das emsige Gemurmel und Gezeter menschlicher Stimmen, die bis hinauf zu Magdalenas Posten am Berghang zu hören waren. Ein ausgezeichneter Ort für die drei, um sich zu verstecken, schoss es ihr durch den Kopf, natürlich nur dort, wo man sie nicht kannte, also außerhalb ihres gewohnten Fähnleins oder Quartiers im Tross.

Die Sonne hatte sich inzwischen so weit aus den Wolken herausgeschält, dass die klammen Planen über den Wagen trocknen konnten. Auch der Boden wurde wieder härter, so dass die Wagenräder, waren sie erst einmal im Rollen, nicht mehr so leicht im Schlamm stecken blieben. Bald musste Magdalena die Augen gegen die gleißende Helligkeit mit der flachen Hand abschirmen. Die tagelang vermisste Wärme auf der Haut zu spüren tat gut. Hin und wieder knallten in der Ebene Schüsse, auch das Klirren der Piken und Säbel war nicht zu überhören. Die Patrouillen hatten alle Hände voll zu tun, um den bunten Zug der Infanteristen in Schach zu halten. Erst der Abschnitt mit den Geschützen, Lafetten, Kugel- und Panzerkarren und dahinter die Rüstwagen, die dem Tross folgten, machten einen wohlorganisierten Eindruck. In einigem Abstand würde ihm die Nachhut folgen, die aber zahlenmäßig kaum ins Gewicht fiel. Gut eine deutsche Meile mochte der Zug insgesamt lang sein. Zwar hatten einige hundert Menschen während der entbehrungsreichen Wochen vor Amöneburg dank Hunger, Seuchen und Hitze ihr Leben lassen müssen, dennoch schien das Aufgebot an Männern, Frauen und Kindern nicht wesentlich kleiner als bei der Ankunft vor gut einem Monat.

Das Gewühl des Trosses bot Eric, Elsbeth und Carlotta tatsächlich die sicherste Möglichkeit, unentdeckt zu entkommen. Niemand hatte den Überblick, wer wohin gehörte. Weitab ihres gewohnten Fähnleins würde keiner die drei erkennen. An allen Ecken und Enden stießen Fremde hinzu, ohne Aufsehen zu erregen. Dafür kamen sie innerhalb des Heereszugs sicher vorwärts, was ihnen außerhalb des Zuges, allein auf sich gestellt, kaum möglich war. Magdalena umklammerte mit der einen Hand den Bernstein, wischte sich mit der anderen über die Augen und betrachtete weiter die Menschenmenge, die sich quer durch die Ebene Richtung Süden schlängelte. Tränen rannen ihr über die Wangen. Was hatte sie nur getan? War Erics Rettung es wert gewesen, Carlotta zu verlieren?

Immer verzweifelter wanderte ihr Blick über die Massen dort unten. Kaum eine Stadt in den deutschen Landen zählte noch so viele Einwohner, wie Heer und Tross an Menschen mit sich schleppten. Für Tausende war der riesige Zug zur Heimat geworden, wie auch Magdalena zeit ihres Lebens nie ein anderes Leben kennengelernt hatte als dieses unstete Umherziehen im Schatten der Kanonen und Lafetten. Bayern hieß das neue Ziel. Im Süden, so raunte man, seien die Kornkammern noch gut gefüllt und die Vorratskästen randvoll mit Nahrungsmitteln. Auch das Bier fließe im Land des unerbittlichen Kurfürsten Maximilian ohne Unterlass. Zwar hatten die schwedischen Feldzüge unter Gustav Adolf vor gut einem Dutzend Jahren das Land zwischen Isar und Lech erheblich verwüstet, doch hatten die Menschen sich in der Zwischenzeit wieder von dem ärgsten Schrecken erholen und ihre Speicher auffüllen können. Für einen Augenblick schien sich der gewaltige Wurm vor Magdalenas Augen in ein bedrohliches Ungetüm zu verwandeln.

Eine düstere Ahnung überfiel sie, was es bedeutete, nach einer kurzen Verschnaufpause, in der die ersten Felder wieder bestellt, die Ernten wieder eingebracht und der Viehbestand aufgestockt worden war, abermals mit dem Auftauchen der Truppen konfrontiert zu werden. Rücksichtslos wälzte sich das Ungetüm aus Regiment und Tross durch die Ebene. Dabei hatte das Scheusal auch ihre geliebte Carlotta verschlungen, ebenso wie es die Liebe zu Eric, die sie überhaupt erst zu der verrückten Tat angestiftet hatte, längst unter sich begraben hatte. Nichts blieb von ihrem bisherigen Leben übrig, alles, was sie besessen hatte, hatte sie hier vor Amöneburg für immer verloren.

Ähnlich mussten sich die Menschen fühlen, wenn ihnen das Nahen des Heereszugs angekündigt wurde. Selten konnte jemand rechtzeitig fliehen oder gar sein Hab und Gut in Sicherheit bringen. Alles wurde plattgemacht und zerstört. Zog die Bagage aus einer Gegend ab, bildete ödes Brachland die wenig ruhmreiche Hinterlassenschaft. Auch jetzt erstreckte es sich bis zum Horizont und taugte so schnell nicht wieder als Ackerland. Tiefe Furchen durchpflügten den Boden. Die vielen Zelte, Wagen, Stiefel und Hufe hatten ihre Spuren eingegraben. Selbst der letzte Grashalm war ausgerissen und der kleine Fluss Ohm am östlichen Rand der Ebene vollkommen verdreckt, so dass nach Abzug der Regenfront der faulige Gestank des Wassers schwer in der Luft lag. Die Feuerstellen und Latrinen sowie die gewaltigen Unratberge taten ein Übriges, das Land im wahrsten Wortsinn zu verheeren.

Dabei befand sich das eigentliche Schlachtfeld, auf dem sich die Kaiserlichen mit den Schweden vor zwei Tagen das heftige Scharmützel geliefert hatten, noch ein gutes Stück weiter ostwärts. Notdürftige Gräberfelder umrandeten es, flankiert von Feuerstellen, an denen die abgetrennten Gliedmaßen verbrannt worden waren. Magdalena war auf einmal, als stiege ihr der süßliche Geruch in die Nase. Angewidert schüttelte sie sich. Nein, dort unten würde sie keine Heimat mehr finden, das war vorbei, ein für alle Mal.

35

»Musst dich sputen, wenn du noch mitwillst, mein Täubchen.« Dröhnend lachte eine tiefe Männerstimme. Strecker! Überrascht drehte sie sich um und blinzelte den Mann an, der seinen vorspringenden Spitzbauch in die zarten Sonnenstrahlen reckte.

»Was macht Ihr hier oben? Werdet Ihr da unten nicht dringend gebraucht?«

»Das Gleiche könnte ich dich fragen, mein Täubchen. Schaut fast so aus, als wärst du nicht zufällig hier. Warst in der Höhle, was? Hast wen gesucht?« Seine runden Äuglein saugten sich an ihr fest. Schon trat er noch einen Schritt näher. Seine schmalen, feuchten Lippen versuchten ein Grinsen. Die faulen Zahnstümpfe dahinter blitzten kurz auf.

»Wen sollte ich hier suchen?« Den Kopf musste sie leicht nach hinten neigen, um ihm aus ihren grünen, engstehenden Augen ins Gesicht schauen zu können. Die Bartstoppeln an seinem Kinn sprossen aus rotverkrusteten Pusteln. Mit dem Rasiermesser schien er oder sein Bursche nicht eben behutsam umzugehen. Fast war sie versucht, ihm eine beruhigende Ringelblumensalbe für die entzündete Haut zu empfehlen. »Lasst mich durch. Ich muss weiter«, sagte sie stattdessen und schickte sich an wegzugehen.

»Nicht so hastig, mein Täubchen!« Breitbeinig verstellte er ihr den Weg und hakte die Daumen in die Gürtelschlaufen. »Bis der Wagen von Meister Johann ins Rollen kommt, können wir zwei uns hier oben noch gut die Zeit vertreiben. Ich hätte da auch schon einen Vorschlag.«

Brüsk fasste er sie am Arm und wollte sie Richtung Höhle zerren. Sie versuchte, sich zu wehren, musste bald aber feststellen, dass er es gewohnt war, widerspenstige Frauen zu bezwingen. Ähnlich wie bei Seume schien es seine Wollust zu verstärken, sie in seinen Armen zappeln zu sehen. Also stellte sie die Gegenwehr ein, in der stillen Hoffnung, bald eine Gelegenheit finden und sich befreien zu können.

»Wusste ich doch, dass du ein kluges Mädchen bist.« Ohne sie aus den Augen zu lassen, löste er die linke Hand von ihrem Handgelenk und öffnete Gürtelschnalle und Hosenknöpfe. Ein befreiendes Stöhnen offenbarte, wie nötig er den Bewegungsspielraum hatte. Kühn richtete sich das geschwollene Glied in die Luft. Sie versuchte, seine Unaufmerksamkeit zu nutzen und sich loszureißen. »Hiergeblieben!« Flink hielt er sie fest und zwang sie, vor ihm auf die Knie zu sinken. Den blaugeäderten Penis dicht vor den Augen, würgte es sie. Sie spürte seine Hand im Nacken. Ein Krampf schüttelte ihren schmächtigen Körper, als er ihren roten Lockenkopf nach vorn presste.

»Leg endlich los!«, japste er, während sie sich mit letzter Kraft wegdrehen konnte und sich erbrach. »Elende Vettel! Bist du denn zu nichts zu gebrauchen?« Wütend sprang er beiseite. Der weitgeöffnete Hosenlatz und der steif nach vorn ragende Penis verliehen ihm ein lächerliches Aussehen. Es dauerte eine ganze Weile, bis sein Fluchen verebbte. Sein Glied schrumpelte unterdessen zu einem runzeligen Etwas.

Sie wandte den Blick ab, starrte blicklos nach unten und wischte sich den Mund. Bitter erinnerte sie sich daran, wie schön sie einst das Zusammensein mit Eric erlebt hatte. Das Versinken in seinen blauen Augen, das gemeinsame Dahingleiten auf einer schier endlosen Woge des Glücks – sollten ihr solche Wonnen für immer versagt bleiben? Gegen ihren Willen schluchzte sie auf.

»Hör auf zu flennen! Hast du von deiner Cousine nichts gelernt?« Sie wehrte sich nicht, als er unter ihr spitzes Kinn fasste und sie zwang, den Blick zu heben. »Kein Wunder, dass der Rotblonde sich lieber an sie hält statt an dich«, redete er weiter. »Wird schon wiederkommen, die Zeit, in der seine Wunden verheilt sind und er die Freuden mit ihr genießen kann. Tja, Elsbeth hat wirklich Talent für die Liebe. Ein prächtiges Weib!«

Bei diesen Worten beulte sich von neuem seine Hose auf. Die wässrigen Augen glänzten. Magdalena fühlte einen Stich in der Brust. Sie zitterte vor Aufregung. »Woher wisst Ihr das?«

»Nenn ihn ruhig beim Namen, mein Täubchen: Eric Grohnert ist es. Du und ich, wir kennen ihn doch schon lange. Ein sauberer Geschäftspartner. Ich verstehe bis heute nicht, warum Seume ihn aus dem Weg haben will. Ich jedenfalls bin immer gut mit ihm klargekommen.«

»Ihr habt also auch Geschäfte mit ihm gemacht?«

»Wer hat das nicht? An Eric Grohnert kommt nun mal keiner im Heer vorbei, der was braucht. Aber damit ist es nun vorbei. Schade. Wir haben alle unseren Schnitt gemacht, weil der gute Eric einfach ausgezeichnete Verbindungen hat. Doch Seume kann den Hals nicht vollkriegen, will immer noch mehr und noch bessere Konditionen und stellt den kurzfristigen Vorteil über den langfristigen Erfolg. Wirklich schade um Eric, dass er deshalb mit Seume über Kreuz geraten ist. War auch für ihn ein todsicheres Geschäft. Aber Eric wird anderswo seinen Weg gehen, daran zweifle ich nicht. Über den Winter, spätestens im nächsten Sommer wird er mit anderen Regimentern in Kontakt stehen, für andere Offiziere Proviant, Tabak und dergleichen besorgen. Ein echter Hansdampf in allen Gassen ist das! Den wird man wirklich nur los, wenn man ihn höchstpersönlich massakriert, denn er weiß sich eben immer im letzten Moment zu retten. Schon allein, wie er das mit seiner Flucht eingefädelt hat: einfach bewundernswert!«

Er zwinkerte, wohl um seine Anerkennung auszudrücken. »Euch Weiber hat er gut im Griff. Braucht nur mit den Fingern schnippen oder euch einmal tief aus seinen schönen blauen Augen anzuschauen, und schon tut ihr, was er von euch verlangt. Hat dir mit seinem unschuldigen Blick ganz schön den Kopf verdreht, was? Ach, was gäbe ich drum, dich einmal so anschauen zu können! Ungeahnte Wonnen warteten dann wohl auf mich. Muss es wirklich in sich haben, der gute Eric, dass eine Frau wie du Wachs in seinen Händen ist. Wer hätte gedacht, dass die rote Magdalena einmal auf so einen Schurken hereinfällt und ihm zur Flucht verhilft? Wirkt da noch euer Techtelmechtel aus Freiburger Tagen nach? Das Alter deines Bastards könnte passen. Ein Wunder, dass Seume das nicht nachgerechnet hat. Sein Zorn wegen der paar Gulden, die Eric ihm stibitzt hat, war mal wieder größer als der gesunde Menschenverstand.«

»Genug! Haltet endlich Euer schändliches Maul!« Erst im letzten Augenblick hielt sie sich zurück, sich auf ihn zu stürzen und ihm das Gesicht zu zerkratzen. »Redet man so in Eurem erlauchten Offizierslager daher?«

»Musst keine Angst haben, mein Täubchen. Noch tratscht niemand über Eric und seine von dir eingefädelte Flucht. Und solange ich das nicht will, wird es auch niemand tun. Von mir erfährt keiner ein Sterbenswörtchen, dass du da mit drinhängst. Seume wird wohl auch nicht groß darüber reden, immerhin hat die gute Elsbeth ihm ordentlich die Geldtruhe geleert. Höchstpersönlich hat mir das Luder sein Beutelchen mit Goldmünzen gezeigt! Und was Eric betrifft: Mit Elsbeth an der Seite wird er klarkommen. Selbst die Kleine wird es gut haben bei den beiden, so abgöttisch, wie Elsbeth sie liebt.«

Erneut wurde es Magdalena flau im Magen, gleichzeitig schien der Schmerz ihre Brust zu zerreißen. »Ihr wisst, wo sie hin sind?«

Schweigend blickte er sie an. Mitleid schwang in seinen Worten, als er ihr endlich antwortete: »Natürlich weiß ich das! Wer, denkst du, hat Elsbeth geholfen, einen Karren und einen Ochsen aufzutreiben? Solange Eric noch nicht richtig auf den Beinen steht und der Balg an ihrem Rockzipfel hängt, hat sie doch gar keine andere Chance, von hier fortzukommen.«

»Sie sind also nicht mehr im Tross?«

»Aber natürlich nicht. Alles andere wäre doch viel zu gefährlich. Fernab vom Regiment kommen sie besser klar. Ihnen dabei zu helfen, dafür habe ich mein Bestes gegeben.«

»Aber wieso?«, platzte es aus ihr heraus, ehe sie sich besinnen konnte, »wieso tut Ihr das? Wieso helft Ihr den beiden? Ihr hättet sie und auch mich, ja, uns alle an den Galgen bringen können. Nicht nur Seume wäre Euch auf ewig zu großem Dank verpflichtet. Der Generalauditor würde sich nicht lumpen lassen und Euch mit Lob und neuen Posten überschütten.«

»Ach, was redest du denn da!« Verärgert schnaufte Strecker und befingerte seinen halbentblößten Unterleib. »Eine Beförderung hin oder her, was zählt das schon? Ordentlichen Sold kriegt sowieso keiner. Unsereins aber kommt in die Jahre und muss daran denken, dass es eines Tages noch etwas anderes geben wird als das rastlose Umherziehen mit dem Heer. Deshalb sorge ich vor, mein Täubchen, allein dafür. So ein dankbarer Mann wie Eric, der die gesamte Kaufmannschaft zwischen dem Meer hoch oben im Norden und den Häfen jenseits der Alpen kennt, ist mir dabei weitaus mehr von Nutzen als ein unberechenbarer Hagen Seume, dessen Zorn ihn schon morgen vergessen macht, welchen Dienst ich ihm heute erwiesen habe.«

Über diesen Worten hatte sich seine Laune wieder gebessert. Vielleicht war es auch das Wiederaufflammen der Lust, das ihn aufmunterte. Noch einmal zupfte er an seinem Penis, der über seinem Herumhantieren abermals fest geworden war, und grunzte voller Vorfreude. »Doch kommen wir zu dir, mein Täubchen: Lass dir von mir doch einfach zeigen, wie man auch den kleinen Augenblick genießen kann, und wir werden die nächsten Wochen im Tross ein paar wundervolle Stunden miteinander haben. Dein Schade soll es nicht sein.

Denk daran, dass ich dich und deinen Meister mitsamt eurem Gehilfen jederzeit auch gern an Seume verraten kann.«

Abermals fasste er sie am Arm, leckte sich die feuchten, schmalen Lippen und funkelte sie gierig aus seinen winzigen Schweineaugen an. Sie war so überrumpelt, dass sie ihm nichts entgegensetzte, als er sie hinterrücks flach auf den Boden warf und sich auf sie stürzte.

Der Aufprall auf dem harten Boden schmerzte. Einen Moment lang wurde ihr schwarz vor Augen, und sie rang nach Atem. Als er sein Knie zwischen ihre Beine schob und sie etwas Hartes, Zuckendes, Warmes zwischen den Schenkeln spürte, erwachte sie aus der Starre. Mit nicht gekannter Kraft bäumte sie sich auf und stieß seinen massigen Leib nach hinten weg. Zunächst wusste er offenbar nicht, wie ihm geschah. Wie ein Käfer ruderte er hilflos mit Armen und Beinen. Die Sonne blendete ihn, so dass er nicht sah, was sie tat. Suchend tastete sie mit der linken Hand über den Boden, bis sie etwas Festes, Kaltes zu greifen bekam, holte aus und schlug es schwungvoll gegen seinen Kopf. Der Aufprall war hart genug, ihn nach hinten taumeln zu lassen. Die scharfe Kante des Steins riss ihm die Schläfe auf. Verwundert über das Blut, das ihm über die Wangen rann, hob er die Hand und tastete am Schädel entlang. Sie nutzte den Moment, sich ganz von ihm zu befreien, und baute sich, den Stein weiterhin in der Hand haltend, drohend vor ihm auf.

»Wo stecken Elsbeth und Eric? Wohin haben die zwei mein Kind verschleppt? Redet endlich, oder ich schlage noch einmal zu!«

Schwerfällig setzte er sich auf und stierte sie an, als begreife er nicht, was sie von ihm wollte. Seine Kiefer mahlten gegeneinander. Gebannt starrte sie ihn an. Zum Reden kam er allerdings nicht mehr. Jäh sauste von hinten ein Knüppel auf seinen Kopf, und er kippte zur Seite. Dabei fiel er unglücklich nah an die Kante des Felsvorsprungs. Die sanfte Neigung des Bodens reichte aus, den schweren Körper nach unten rollen zu lassen, und er kippte besinnungslos zur Seite.

Ein Rascheln im nahen Weißdornzweig ließ Magdalena zusammenzucken. Um den feisten Strecker tat es ihr nicht leid. Viel eher fürchtete sie den, der sie gerettet hatte und dafür seinerseits eine Belohnung von ihr einfordern würde.

»Den hat es erwischt.«

Erleichtert erkannte sie Rupprechts Stimme, und schon trat er aus dem Dickicht und zupfte sich Dornen und Blätter aus Hemd und Haaren. Die anfängliche Freude über sein Auftauchen wich erneut aufflammendem Zorn. »Warum traust du dich jetzt erst da raus? Hast du etwa die ganze Zeit zugeschaut, was er mit mir anstellen wollte? Und wenn du schon so gerne zuguckst, dann hättest du wenigstens noch warten können, bis er mir verrät, wohin Elsbeth mit Carlotta und Eric verschwunden ist.«

Schon wollte sie sich auf ihn stürzen und auf ihn einschlagen, da hielt er sie mit ausgestreckten Armen auf. Sie trat zwei Schritte zurück, verfing sich in der dornigen Hecke und befreite sich fluchend. Er sah ihr offen ins Gesicht, als wäre nichts geschehen.

Ein Stöhnen von jenseits des Felsvorsprungs durchbrach die Stille. Mühsam schob sich Streckers Hand über den Stein, versuchte verzweifelt, die Kante besser zu umklammern. Die rutschige Erde ließ sie mehrfach abgleiten, bis sie endlich Halt fand. Strecker hatte sich wohl an einem Vorsprung festklammern können und wollte sich nun nach oben retten. Noch bevor sie das begriffen hatte, stand Rupprecht bereits mit dem

Knüppel in der Hand über ihm und hieb abermals auf ihn ein. »Hör auf!«, schrie sie und warf sich ihm in die Arme. »Bist du wahnsinnig? Es reicht!«

Es war zu spät. Er schubste sie beiseite und trat ungerührt auf Streckers Finger. Mehrmals ließ er den Stock nach unten sausen. Zwei-, dreimal stöhnte Strecker auf, dann lösten sich die Finger von der Kante, und er rutschte ab. Abermals trat Rupprecht mit den Füßen nach. »Den sind wir los«, stellte er zufrieden fest und wandte sich ihr lächelnd zu.

»Du Wahnsinniger!« Abermals wollte sie auf ihn einschlagen. Ein weiteres Mal jedoch erwies er sich als schneller und hielt sie an den Handgelenken fest, bis sie wieder zu sich kam und ruhiger atmete. »Eine Heldentat war das nicht«, sagte sie und befreite sich aus seinem Griff. »Deinetwegen werde ich nie erfahren, wohin mein Kind verschwunden ist.«

»Das hätte er dir sowieso nicht verraten, darauf kannst du Gift nehmen. An der Nase wollte er dich herumführen, dich nur dazu bringen, dass du die Beine für ihn breit machst und er seinen Spaß hat. Komm, wir müssen rasch hinunter zu Meister Johann. Wäre schlecht für uns alle, wenn wir nicht rechtzeitig beim Abmarsch bereitstünden.«

Er schickte sich an, den Berghang hinabzulaufen. Sie zögerte, ihm zu folgen. »Ich kann nicht mehr zurück«, rief sie.

Rupprecht, der bereits einige Schritte entfernt war, drehte sich langsam um. In dem Moment hörten sie Stimmen. Hunde bellten, Männer kamen näher. Bewaffnete Patrouillen! Entsetzt sahen sie sich an.

»Schau, wer hier liegt!«, rief einer von weiter unten. Er musste Streckers Leiche entdeckt haben. »Der Dicke hat es wohl wieder mal zu doll getrieben. Der Hosenlatz steht ihm noch offen.«

»Die Wunde am Schädel ist frisch. Weit kann der Halunke nicht sein«, stellte ein Zweiter fest.

»Du meinst, der Dicke ist nicht gestürzt, sondern erschlagen worden?«

»Ganz gewiss. Hier, schau, da hat ihm einer eins übergezogen. Wenn wir uns sputen, schnappen wir den Burschen noch!«

Sein Kamerad war nicht mehr zu halten: »Lass uns dafür sorgen, dass das Schwein gleich nachher unten am Galgen baumelt. Das wird Seume freuen.«

»Du hast recht. Selten ist eine ordentliche Belohnung so leicht verdient.«

Das Bellen und Knurren der Hunde wurde lauter. Magdalena stockte der Atem. Nicht lang, und eines der Tiere würde Witterung aufnehmen. Noch bevor ihre Flucht begonnen hatte, fände sie ihr unrühmliches Ende.

Dritter Teil

Flucht

FRANKEN

Sommer 1646

1

Die Sonne schickte sich an, als glutroter Ball hinter der Kuppel der Klosterkirche zu versinken. Die Fensterflügel auf beiden Längsseiten des Refektoriums standen weit offen. Dennoch staute sich stickige Luft in dem niedrigen Saal. Vielleicht brachte der Anbruch der Nacht endlich die erhoffte Abkühlung. Von den Wiesen am Mainufer wehte eine frische Brise herüber. Bald war sie auch in dem zum Lazarett umfunktionierten Refektorium zu spüren.

Magdalena trat an ein Fenster an der Ostseite. Auf dem gegenüberliegenden Flussufer ragten die vielen Turmspitzen hoch in den Himmel. Es schien, als reckten sie sich empor, um die Wolken aufzuspießen. Die aber zogen, vom Wind getrieben, rasch davon. Verzaubert betrachtete Magdalena das Schauspiel. Gedankenverloren spielte sie mit dem Bernstein um ihren Hals und versuchte, die Türme dem Rathaus, dem Kiliansdom und der Marienkapelle zuzuordnen.

Schließlich ging sie auf die Westseite und starrte in den Feuerball der untergehenden Sonne, bis ihr die Augen brannten. Sie brauchte diesen Schmerz, um die Qual tief in ihrem Innern zu ertragen. Jeder weitere Tag, den sie in dem elenden Spital der Schweden verbrachte, entfernte sie mehr von ihrem Ziel. Vier volle Wochen waren seit dem Aufbruch des kaiserlichen Heerlagers aus dem Mittelhessischen vergangen. Fast ebenso lang befanden Rupprecht und sie sich in den Händen der Schweden. Wenige Stunden nach Streckers Tod hatten Rupprecht und sie sich den gottlosen Heringfressern ergeben müssen.

Der stärker werdende Abendwind zerriss die blauroten Schlieren am Himmel in unzählige kleine Stränge. Sie schlangen sich um die Zinnen der Marienfeste, bevor sie sich endgültig auflösten. In Magdalena wuchs die Verzweiflung. Die Abendstunden waren am schlimmsten. Die Hetze des Tages versiegte, die Zeit der Erinnerung brach an. Carlottas Brabbeln und Quietschen klang ihr im Ohr. Deutlich sah sie die Kleine mit ihren blauen Augen und dem rotblonden Haar vor sich. Viel zu lang schon war sie von ihr getrennt. Längst war sie überzeugt, genau in die entgegengesetzte Richtung wie ihr Kind getrieben zu werden, immer weiter, immer schneller weg von ihm. Elsbeth brachte die Kleine und Eric gewiss nach Köln zu ihrer Mutter Babette und deren Bruder, dem strengen Fassbinderonkel. Vor zwei Jahren noch hatte Babette sich geweigert, Elsbeth mit dorthin zu nehmen. Magdalena zweifelte jedoch nicht daran, dass es der Cousine gelingen würde, sich dort einzunisten. Also musste auch Magdalena nach Köln. Damit sie aus diesem gottverfluchten Kloster im Schatten Würzburgs wegkam, musste allerdings ein Wunder geschehen.

Magdalena umklammerte den Bernstein noch fester. Die einst selbstverständliche Wärme war nicht zu spüren, von der Übertragung geheimnisvoller Kräfte ganz zu schweigen. Erschöpft lehnte sie die Stirn an den Fensterrahmen. Tränen verschleierten ihr den Blick. Sie schloss die Augen. Warum nur waren sie so kurz hinter Amöneburg ausgerechnet dem schwedischen Versehrtentrupp in die Hände gefallen? Auf jedes verdächtige Zeichen, jede noch so weit entfernt drohende

Gefahr hatten Rupprecht und sie geachtet. Trotzdem waren sie den zwei Dutzend Offizieren mit den rund zehn Dutzend Verwundeten genau in die Arme gelaufen, ohne Aussicht, ihnen je wieder lebend zu entkommen. Sie hatte sich schon mehrfach bei dem Gedanken ertappt, dass Rupprecht das absichtlich arrangiert haben könnte. Dachte sie darüber nach, überflutete sie jedes Mal von neuem schiere Verzweiflung. Konnte sie dem Gefährten noch trauen?

»He, Magdalena, träumst du? Die Schere will ich haben!« Ungeduld klang aus Rupprechts Stimme. Dicht war er zu ihr getreten und fuchtelte ihr mit der Hand vor der Nase herum. »Lass uns endlich mit der Operation beginnen. Der Bursche hier auf dem Tisch kann nichts für dein Elend. Wir aber können viel dafür tun, dass er nicht auch noch seinen rechten Arm verliert und ebenfalls ins Elend stürzt. Also, reiß dich zusammen und bring mir die Schere von dort drüben. Vielleicht gelingt es mir, die Kugel noch aus ihm herauszuziehen.«

Widerwillig drehte Magdalena sich um. Sie brauchte eine Weile, bis sie sich darauf besonnen hatte, was um sie herum geschah. Auf dem langen Tisch in der Mitte des Saales stöhnte ein dunkelhaariger Mann ihres Alters. Den Wortfetzen nach, die er hin und wieder von sich gab, handelte es sich um einen Kroaten. Vor vielen Jahren schon hatte er seine Heimat verlassen müssen und seither unter den verschiedensten Feldherren gekämpft. Einzig sein rotes Halstuch verband ihn mit seinem Vaterland.

Entsetzliche Schmerzen quälten ihn. Auf Stirn und Oberlippen stand ihm der Schweiß, und er zitterte am ganzen Körper. Unauffällig verstaute Magdalena den Bernstein unter dem Stoff ihres Mieders, griff nach dem Branntweinschlauch und gönnte ihm einen tiefen Schluck, bevor sie sich selbst einen nicht weniger kräftigen genehmigte. Der Brand in der Kehle tat wohl. Erleichtert schüttelte sie die roten Locken nach hinten, wischte sich mit der Hand über den Mund und das spitze Kinn. Als sie Rupprechts tadelnden Blick auf sich spürte, fiel ihr wieder ein, was er wollte: die Schere mit den nach außen zeigenden Schneiden! Gehorsam holte sie das Gewünschte. Durch den Nebelschleier vor ihren grünen Augen sah sie dem Gefährten zu, wie er mit dem Instrument geschickt an der offenen Wunde hantierte: Erst steckte er die spezielle Schere so in den Einschuss, dass sich der Kanal, durch den die Kugel tief in den Arm gedrungen war, ein wenig weitete. Dadurch kam Rupprecht nah genug an das Geschoss heran, um es mit der Fasszange zu packen und herauszuziehen.

Während er mit größtmöglicher Konzentration arbeitete, fiel ihr auf, dass er sie schon länger nicht mehr gefragt hatte, ob sie nicht auch einmal operieren wolle. Stillschweigend hatte sich in den letzten Tagen die zwischen ihnen übliche Aufgabenverteilung umgekehrt. Sie konnte nicht einmal mit Bestimmtheit sagen, ob sie jemals seit ihrer Ankunft in dem halbzerstörten Kloster etwas anderes als Gesichter abgetupft und einfache Handlangerdienste übernommen hatte. Als wäre es schon immer so gewesen, nahm Rupprecht das kommentarlos hin. Die schwedischen Offiziere erwarteten ohnehin nichts anderes, als dass der Mann operierte und die Frau half.

Ein lautes Stöhnen riss Magdalena aus diesen Gedanken. Allerdings hatte nicht der Kroate, sondern Rupprecht die Laute von sich gegeben. Sie hielt den Atem an. Zwei-, dreimal entglitt Rupprecht die schon sicher geglaubte Kugel und flutschte zurück in die offene Wunde. »Kruzifix!« Er beugte sich tiefer über den Patienten. Der Schweiß rann in dicken Tropfen über seinen schmalen Nasenrücken. Der Patient lag starr, der Alkohol hatte ihn vollends betäubt. Den mit Mohnextrakt, Alraune und Bilsenkraut getränkten Schwamm brauchte es nicht mehr. Abrupt richtete Rupprecht sich auf und wischte sich mit dem Handrücken über die Nase. Dann operierte er weiter. Wieder spreizte er die Schere, bohrte ein weiteres Mal mit der Fasszange nach der Kugel. Endlich schien er sie richtig gepackt zu haben und zog sie heraus. »Da ist das Miststück!« Triumphierend hielt er ihr das ungleichmäßige Bleistück vor die Augen. Wieder einmal handelte es sich um eine dieser daumendicken, unregelmäßigen Kugeln, die die Söldner selbst am Lagerfeuer gossen. Beim Herausklopfen aus der Kugelzange war ein scharfkantiger Rand zurückgeblieben, der den Einschuss im Fleisch des Unterarms erheblich verschlimmert hatte. Noch bevor Magdalena das genauer betrachten konnte, befahl Rupprecht: »Das Nähen kannst du übernehmen. Vergiss nicht, nachher ordentlich von der roten Salbe über die Wunde zu streichen und Eibischblätter aufzulegen, bevor du ihn verbindest. Ich schau noch bei dem Hauptmann vorbei.«

Damit wandte er sich vom Operationstisch ab. Als er bemerkte, wie gebannt sie auf die Kugel starrte, besah er sie sich ebenfalls noch einmal genauer. »Was sagst du zu diesem Stück? Die Heringfresser haben auch schon mal mehr Wert darauf gelegt, ebenmäßige Kugeln zu gießen. Ich kann mich erinnern, dass wir früher nach einem Treffen mit den Schweden wahre Prachtstücke an Geschossen aus den Leibern der Unsrigen gezogen haben.«

»Muss daran liegen, dass sie die hier nur für die eigenen Kameraden verwenden«, stellte sie trocken fest. »Noch dazu für die Kroaten. Wenn man einen von denen wegen einer Spielschuld niederschießt, tut es so ein missratenes Stück wie das hier, das man für die eigentliche Schlacht nie verwenden würde.«

»Stimmt, solche Kugeln gießen sie nachmittags noch schnell in großer Hast, bevor sie abends zum Spielplatz stürzen.« Rupprecht wischte sich die blutverschmierten Finger an einem Leinenlappen ab und musterte sie aufmerksam. »Da bleibt kaum Zeit, um das Blei richtig abzukühlen oder gar glatt zu polieren. Gestern erst habe ich so eine Kugelzange unten im Hof gefunden. Ein wirklich lausig zurechtgeschliffenes Teil war das! So gehen die schwedischen Halunken also mit ihren Kameraden um: Gönnen ihnen am Ende nicht einmal ordentliche Kugeln, um sie ins Jenseits zu befördern. Muss wohl daran liegen, dass sie alles, was sich eben noch auf zwei Beinen halten kann, in ihren Regimentern zusammenpferchen. Echte Kameradschaft ist denen doch so fremd wie einem Lutheraner der Papst.«

»Wie sollte es auch anders sein bei der unüberschaubaren Zahl der Länder, aus denen die Söldner stammen? Du weißt genau, dass das bei den Unsrigen nicht anders ist. Die Zeiten sind vorbei, wo wir einig im wahren Glauben an die katholische Kirche und in Treue gegenüber dem Kaiser loszogen.« Noch während sie das aussprach, ärgerte sie sich bereits, überhaupt etwas gesagt zu haben. Seinem Lächeln entnahm sie, dass er genau dieses Eingeständnis von mangelnder Zusammengehörigkeit von ihr hatte hören wollen. Also zügelte sie ihren Unmut und sagte nur: »Dass ausgerechnet du dich darüber auslässt! Verrat ist dir doch alles andere als fremd.«

Sie warf ihm einen vielsagenden Blick zu und fügte hinzu: »Die eigentliche Krux ist doch, dass wir längst mehr damit beschäftigt sind, solche Wunden zu versorgen, die sich die Männer im Streit gegenseitig zufügen, als die eigentlichen

Verletzungen aus der letzten Schlacht zu behandeln. Schlimm waren die ohnehin nicht. Bei den Verletzten und Siechen hier dreht es sich wie in jedem Regiment einzig darum, möglichst rasch wieder die Würfelbecher in die Finger zu bekommen und das Glück beim Spiel herauszufordern. Wer weiß, wie lange sie in der Lage sind, die Würfelbecher zu halten. Dabei ist das der einzige Zeitvertreib, den sie hier haben.«

»Da sagst du was. Nicht mal ordentliche Weiber gibt es hier«, stellte Rupprecht fest, während er ihr die Nadel reichte. »Das hat der Schwede davon, wenn er sein Spital in einem ehemaligen Männerkloster einrichtet. Hätten sie mal einen Weiberkonvent nehmen sollen, da wäre es ihnen wenigstens in dieser Hinsicht besser gegangen.«

Sie schluckte eine Entgegnung hinunter und schickte sich an, die Wundränder zu säubern und zur Sicherheit noch einmal mit einem in Branntwein getauchten Leinenstreifen abzutupfen. Das Nähen forderte sie heraus. Mehrmals musste sie innehalten und abwarten, bis ihr die Finger so gehorchten, wie sie sollten. Verflucht! Sie biss sich auf die Lippen. Dass es so weit hatte kommen müssen! Seit einigen Tagen ging ihr die Arbeit im Spital weitaus schlechter als früher von der Hand. Gerade wollte sie den nächsten Stich setzen, da spürte sie einen Krampf im Handrücken. Ehe sie es verhindern konnte, fiel ihr die Nadel hinunter. Sie musste sich bücken und suchend mit der linken Hand über den Boden tasten. Dicht an Rupprechts Stiefeln entdeckte sie das Gesuchte. Endlich gehorchten ihr die Finger wieder. Sie säuberte die Nadel rasch mit etwas Branntwein, dann setzte sie ihre Arbeit fort.

»Was ist?«, herrschte sie Rupprecht an, als sie spürte, wie aufmerksam er sie beobachtete. »Wartet dein schwedischer Hauptmann nicht längst sehnsüchtig auf dich? Sicher giert er ungeduldig nach dem, was du ihm jeden Tag so Geheimnisvolles bringst. Was treibt ihr beiden eigentlich Tag für Tag, wenn ihr euch so vertraulich trefft? Mischst du ihm einen besonderen Trank, oder kredenzt du ihm spezielle Kräuter? Dass du stundenlang allein bei ihm in der Kammer hockst, ist mir nicht geheuer. Gestern war mir, als ziehe ein eigenartiger Rauch unter den Ritzen der Tür hindurch in den Gang. Bei der Rückkehr waren deine Pupillen ordentlich groß. Und der Vorrat an Mohnsamen in der Kiste scheint mir auch schneller zu schwinden, als er sollte.«

»Da phantasierst du dir aber ganz schön was zusammen! Kehre du lieber vor deiner eigenen Tür und trink nicht so viel, sonst werden dir bald die Hände so zittern wie bei Meister Johann, als er den halbtoten Seume vor sich hatte. Du kannst von Glück sagen, dass außer mir noch keiner bemerkt hat, wie es um die vielgerühmten Künste der roten Magdalena inzwischen steht. Wenn du Pech hast, bleibt das nicht so. Und deine frisch entdeckte Liebe für den Branntwein werden die Schweden gewiss nicht allein mit deinem Kummer Carlottas wegen in Verbindung bringen. Gut möglich, dass sie es auch als Versuch werten, ihnen Schaden zuzufügen. Immerhin bist du hier, um ihre Wunden zu heilen, nicht, um deine zu lecken. Der Strick um den Hals wird noch das Mildeste sein, womit sie dir das vergelten.«

2

Elsbeth ging alles viel zu langsam. Jeden Tag kostete es sie mehr Kraft, ihre Ungeduld zu zügeln. Sie presste den Scheuerlappen fester auf die Holzdielen und schrubbte noch schneller, als gelte es, nicht nur dem Schmutz zu Leibe zu rücken, sondern die grau gewordenen Eichenholzplanken in jeder einzelnen Faser wieder hell zu bekommen. Das lenkte sie wenigstens davon ab, wie unnütz die Zeit verstrich. Längst hatte sie mit Eric und der kleinen Carlotta bei ihrer Tante Babette und deren Bruder in Köln sein wollen. Wo aber steckten sie stattdessen seit Wochen fest? Im Haus eines weltfremden Gelehrten in Würzburg! Der war ein guter Freund Erics und zollte ihnen nicht nur die übliche Gastfreundschaft, sondern sorgte auch dafür, dass Erics Kontakte zu anderen Freunden wieder auflebten.

Als wäre ihr Grübeln ein Zeichen gewesen, drückte sich der Hausherr, ein spinnenartiges Männlein mit winzigen, flinken Augen hinter einer runden Brille, in diesem Augenblick eng an ihr im düsteren Flur vorbei.

Den zahnlosen Mund zu einem Schmunzeln verzogen und den kahlen Schädel im Rhythmus seiner Bewegungen wiegend, stieß er dabei wie zufällig von hinten mit seinem Unterleib gegen ihren Hintern. Da sie sich gerade mit einem Scheuerlappen in der Hand über die Dielen beugte, ragte er ihm aufreizend entgegen. Elsbeth wandte ihm kurz den Kopf zu. »Verzeihung, mein Kind!« Seine dunkle Stimme flößte ihr ein behagliches Schaudern ein. Sie fühlte, wie es ihr warm im Leib wurde. »Bis später!« Verschwörerisch zwinkerte er ihr zu und verschwand über die Treppe hinauf ins obere Stockwerk.

Wieder einmal fragte sich Elsbeth, ob Eric sich auch über diese Seite seines Freundes bewusst gewesen war. Sie kam allerdings nicht dazu, länger darüber zu grübeln. Die Haustür schwang auf, und die bucklige Wirtschafterin kam mit einem prall gefüllten Korb herein. Zwischen gelben Rüben, Kohl und einer Handvoll schrumpeliger Äpfel steckten wie so oft ein Buch und eine Zeitung.

»Hast du wieder einmal deine Groschen zum Buchhändler getragen.« Elsbeth stemmte die feuchten Putzwasserhände in die Hüften und sah der grauhaarigen Frau missbilligend entgegen. »Wenn du ähnlich viel Wert auf ein sauberes Haus und eine ordentliche Küche legen würdest wie auf deinen Lesestoff, wäre viel gewonnen.«

»Viel gewonnen wäre auch, wenn du nur halb so viel putzen und dafür ein wenig mehr lesen üben würdest. Dann müsstest du mich nicht immerzu fragen, was sich in Münster und Osnabrück tut, sondern könntest dir selbst die neuesten Nachrichten besorgen.« Aufreizend wedelte sie mit einem Flugblatt durch die Luft, auf dem Elsbeth neben einer Zeichnung viele geheimnisvolle Buchstaben ausmachte. In der Tat war sie nicht in der Lage, die zu einem sinnvollen Wort zusammenzufügen. Dank Magdalena war sie bislang nie darauf angewiesen gewesen, das zu lernen, denn ihre Cousine hatte es gern für sie übernommen.

»Als ob es darum ginge!« Zur Antwort wedelte Elsbeth den nassen Scheuerlappen durch die Luft, dass es spritzte. »Keine Sorge: Ehe du dich versiehst, Luise, besteigen Eric und ich mit der Kleinen einen Kahn und schippern den Main hinunter bis zum Rhein. Wie ich dich kenne, wird hier im Haus der alte Schlendrian wieder eingekehrt sein, noch bevor wir Köln erreicht haben. Schade für deinen Herrn, dass er dann wieder nur Bohnensuppe und Brei vorgesetzt bekommt.«

»Dafür wird er nachts wieder mehr Ruhe finden und kann schlafen, statt dir zwischen die Beine zu greifen. Und ich muss mir dein Gestöhne und Geschrei nicht mehr länger anhören.«

»Du bist nur neidisch, weil er nicht mehr zu dir in die Kammer schleicht.«

»Vielleicht freue ich mich auch, dass ich endlich meine Ruhe habe vor dem geilen Bock?« Luise schob sich und den schweren Korb an ihr vorbei und verschwand in der Küche.

Erleichtert atmete Elsbeth auf, als sich die Tür schloss. Luise hatte doch keine Ahnung, was es hieß, wenn Doktor Mattes unter ihre Decke kroch. Schwer vorstellbar, dass er das bei dieser grantigen Frau mit dem breiten Hintern versucht haben sollte. Ihr konnte es gleich sein. Sie freute sich jedenfalls daran, was sie des Nachts mit dem bei Tageslicht so unansehnlichen Männlein erlebte. Das tröstete sie etwas über die vergeudete Zeit in Würzburg hinweg.

»Aua!« Im schummrigen Licht stolperte sie über etwas. Ein empörtes Fauchen verriet ihr, dass es sich um die getigerte Katze handelte, die Luise sich hielt. Flink huschte das Tier zwischen ihren Beinen hindurch. Kurz darauf vernahm Elsbeth ein Brabbeln aus dem vorderen Raum des Hauses. Carlotta! Wie hatte sie vergessen können, dass die Kleine sich dorthin verzogen hatte, als sie mit dem Wischen der Treppe begonnen hatte. Dass sie still und ruhig dort geblieben war, verhieß nichts Gutes. Ahnungsvoll eilte Elsbeth in das Zimmer, das Doktor Mattes als Wohn- und Empfangsraum galt. »Ach, du Schreck!« Entsetzt schlug sie die Hand vor den Mund.

Carlotta hockte in dem spärlich möblierten Raum inmitten des sonnigen Lichtkegels vor dem Fenster und strahlte über ihr pausbäckiges Gesichtchen. Munter brabbelnd streckte sie zwei honigverschmierte Händchen in die Luft. Sie musste einen Honigtopf entdeckt und geöffnet haben. Der goldene Saft klebte überall in den rotblonden Locken, an den Armen und Beinen sowie an dem hellen Leinenhemdchen, das sie am Leib trug. Beim Näherkommen erschrak Elsbeth allerdings noch mehr: In den Topf hatte das Kind ein gutes Dutzend Golddukaten gesteckt. Wo hatte sie die her? Unwillkürlich tastete Elsbeth über ihre Hüften und ließ die Hand suchend über die Leiste gleiten. In der Kuhle dort verwahrte sie tagsüber das Säckchen mit dem Geld, das sie aus Seumes Truhe genommen hatte. Sicher vor fremden Blicken und langen Fingern, trug sie es auf Schritt und Tritt bei sich – nur nicht in diesem Moment!

Also war es ihr Geld, das Carlotta quietschvergnügt in den Honigtopf eintauchte. Sie musste den Beutel stibitzt haben, den Elsbeth gewöhnlich morgens unter der Matratze herauszog und an den Gürtel band. Zum ersten Mal hatte sie das heute vergessen. Dass ihr das nicht früher aufgefallen war!

»Komm her, du kleines Ferkel!« Verärgert nahm sie die Kleine vom Boden und trug sie in die Küche. Um das Geld würde sie sich später kümmern. Solange Doktor Mattes oben in seiner Studierstube und die bucklige Luise in der Küche hockte, bestand keine Gefahr. Eric war noch zu schwach, um ohne Hilfe aus der Kammer im ersten Stock hinunterzukommen.

»Hier steht es schwarz auf weiß«, sagte Luise, als Elsbeth mit Carlotta auf dem Arm die Küche betrat. Längst trug die Wirtschafterin eine Brille auf der Nase und saß, ohne den Gemüsekorb ausgeräumt oder gar die Mittagssuppe aufgesetzt zu haben, mit einem der Zeitungsblätter am Küchentisch. Stattdessen studierte sie eifrig einen Artikel. »Wrangels schwedisches Heer ist mitsamt seinen hessischen Verbündeten nach Bayern gezogen. Der Nachschub soll dort bestens funktionieren, selbst Bier soll es ausreichend geben. Deshalb hat inzwischen auch von Werth die kaiserlichen Truppen gen Süden gelenkt. Die Bauern in Franken und Schwaben werden sich freuen, wenn sie jetzt zigtausend gefräßige Soldatenmäuler stopfen dürfen. Dafür bleibt Turenne mit seinen Franzmännern wohl jenseits des Rheins. Das heißt, bis Winter wird der nicht mehr Richtung Osten ziehen. Ein Glück, sage ich dir. Damit ist ein bisschen Zeit gewonnen, und die Herren oben in Westfalen können endlich klären, in welcher Reihenfolge wer mit wem verhandelt oder spricht. Vielleicht erleben wir den Frieden doch noch!«

Das Scheppern eines blechernen Deckels stoppte Luises Redefluss. Gerade noch rechtzeitig duckte sie sich weg, sonst wäre das Stück vom Wandbord auf ihren Kopf gefallen. Behende sprang die getigerte Katze herab und verschwand pfeilschnell hinter dem gemauerten Herd.

»Scher dich zum Teufel, du Mistvieh!«, schimpfte Elsbeth und setzte Carlotta ab. Es kostete sie wenig Mühe, die Katze in ihrem Versteck aufzuspüren. Zu oft schon hatte sie das Biest verfolgt. Geschickt packte sie es im Nacken und warf es in den ummauerten Hof. »Geh Mäuse jagen!«, zischte sie wütend und schlurfte in die Küche zurück. »Und nun zu dir.«

Sie bückte sich, nahm Carlotta auf und ging mit ihr nach draußen zum Brunnen. Ohne auf die Proteste des Kindes zu achten, wusch sie es mit eiskaltem Wasser. Vehement wehrte sich die Kleine, schrie und schlug mit aller Kraft um sich. »Gib endlich Ruhe!« Elsbeth verpasste Carlotta eine Maulschelle. Empört erstarrte die Kleine. Es dauerte einige Momente, bis sie sich so weit gefasst hatte, dass sie laut losbrüllte.

»Was machst du da?« Schon stand Luise neben ihr und schob sie von dem Kind weg. »Das ist ja nicht mit anzusehen, wie du mit dem armen Würmchen umspringst. Geh lieber putzen, ich wasch die Kleine. Nicht dass du sie vor lauter Groll im Brunnen versenkst.«

Im Grunde ihres Herzens war Elsbeth froh, auf diese Weise Carlotta für eine Weile los zu sein. Rasch lief sie in den Wohnraum, klaubte die verschmierten Geldstücke rund um den Topf auf und stahl sich über die Bodenklappe in der Küche in den Keller hinunter. Dort atmete sie auf. Wenigstens in diesem Teil des Hauses war es ihr gelungen, die gröbsten Spuren von Luises jahrelanger Misswirtschaft zu beseitigen. Unvorstellbar, wie der gelehrte Doktor Mattes, Erics Worten zufolge eine vielgerühmte Kapazität seines Faches, das irgendetwas mit Sternen und dem Himmel zu tun haben sollte, und die bucklige Luise derart hausen konnten! Das kam davon, wenn man seine Nase immerzu tief in Bücher und Zeitungen steckte. Die zwei wussten gar nicht zu schätzen, was es hieß, in Zeiten wie diesen ein festes Dach über dem Kopf und einen gutausgestatteten Hausstand mit all dem Weißzeug, den Bechern und Krügen aus Zinn, dem silbernen Besteck sowie dem Küchengarten im dreiseitig ummauerten Hof sein Eigen nennen zu können.

Entschlossen schüttete Elsbeth die klebrigen Goldstücke in einen Trog mit Seifenlauge und begann, ihren Schatz zu säubern. Später stieg sie mit dem prall gefüllten Geldsäckchen an dem bewährten Versteck unter dem Rock wieder nach oben. Zwar war das Mittagsläuten an den vielen Kirchtürmen ringsum längst verklungen, dennoch kochte weder eine Suppe auf dem Feuer, noch war Luise in der Nähe des Gemüsekorbs zu entdecken. Dafür drang aus der angrenzenden Kammer, in der Elsbeth mit Carlotta untergebracht war, fröhliches Lachen. Die bucklige Grauhaarige und das Mädchen hockten auf dem Boden und spielten mit der Tigerkatze und einem Stofffetzen.

»Zu essen gibt es heute nichts?« Elsbeth warf Luise einen strafenden Blick zu. Als keine der beiden den Kopf hob, stellte sie sich an den Herd und wärmte den Rest des Morgenbreis auf. Ihr Blick hellte sich auf, als sie sich in der Küche umsah. Auch in diesem Teil des Hauses zeigte ihre umtriebige Anwesenheit erste Früchte. Ausgiebig musterte sie die Pfannen und Töpfe, die über dem Rauchfang hingen. Während der letzten Tage hatte sie das Kupfer mit einem Gemisch aus Buttermilch und Salz so lang poliert, bis ihr die Arme schmerzten. Erst als sie ihre vollen Lippen, die hohen Wangenknochen und die sanft geschwungenen Augenbrauen aus sämtlichen Blickwinkeln darin betrachten konnte, hatte sie ihr Werk für beendet erklärt. Anschließend hatte sie die irdenen Gefäße auf dem schmalen Wandbord linker Hand des Herdes in Angriff genommen. Im Tross war sie nie zu solchen Hausarbeiten gekommen, doch die Winterquartiere, während deren sie in Handwerker- oder Kaufmannshaushalten logierte, waren eine gute Schule gewesen. So hatte sie sich an den Ratschlag einer Bierbrauerfrau aus Ingolstadt erinnert und das tönerne Geschirr über Nacht in einem Bottich im Hof gewässert. Am nächsten Morgen spülte sie es ausgiebig mit Essigwasser aus und reihte es der Größe nach wieder auf dem schmalen Regal auf. Mehl, Zucker, Salz und sonstige Vorräte, die sie darin aufbewahren konnte, fanden sich im Haus allerdings kaum mehr. Lediglich im Keller stieß sie noch auf ein halbgefülltes Fass mit saurem Kraut, ein weiteres mit Bohnen sowie eine Truhe mit ein paar Säckchen Getreide aus dem letzten Winter. Das Leinen war jedoch an einigen Stellen angeknabbert, ein deutlicher Hinweis, dass die Mäuse und Ratten sich bereits an den Schätzen labten. Um den ungebetenen Gästen zu Leibe zu rücken, hatte Elsbeth mitten im Vorratskeller einen großen Kupferkessel aufgestellt, in den sie Öl geträufelt hatte. Um das Gefäß herum hatte sie reichlich Pottasche gestreut. Der Erfolg der Maßnahme ließ nicht lange auf sich warten. Gestern hatte sie die letzten toten Nager auf den Unrathaufen im Garten geworfen.

Der Brei begann von jetzt auf gleich so heftig zu köcheln, dass die ersten Tropfen auf die Wand neben dem Herd spritzten. Elsbeth fluchte. Die weißgekalkte Wand hatte sie gestern erst mit unermüdlichem Schrubben vom Ruß befreit. Schon verzierten hässliche gelbe Schlieren den Putz. So gut es ging, wischte sie mit ihrer Schürze darüber.

»Elsbeth!«, rief es mitten in ihre Gedanken hinein aus dem oberen Geschoss herunter. Eric! Nicht eben erfreut über die Störung, schlurfte sie in den viel zu großen Holzpantinen über die enge, ausgetretene Treppe in den ersten Stock.

»Bin schon da«, murmelte sie, als sie die Tür zu dem schmalen Zimmer aufstieß. Seit ihrer Ankunft vor gut zwei Wochen lag Eric dort. An der gegenüberliegenden Schmalseite stand das Fenster zum Hof sperrangelweit offen. Ein süßlicher Geruch nach reifen Pflaumen wehte herein. Verloren irrte eine dicke Hummel in wellenförmigen Bewegungen durch die Luft, ängstlich brummend, bis sie den Weg nach draußen fand. Weil der Luftzug beim Öffnen der Tür zu stark wurde, eilte Elsbeth zum Fenster und schloss es.

»Gibt es heute Mittag nichts zu essen?« Schwer atmend schob Eric sich in dem schmalen Bett auf und sah sie erwartungsvoll an. »Ist was passiert? Sonst steht Schlag zwölf die Suppe auf dem Tisch.«

»Du hast wohl nichts anderes zu tun, als an dein Essen zu denken? Nicht so ungeduldig, gleich bring ich dir was.« Sie wollte wieder nach unten eilen, doch Eric hob die Hand, um sie zum Bleiben zu bewegen.

»Fast könnte man meinen, du weichst mir mit Absicht aus.« Er suchte ihren Blick. Seine tiefblauen Augen versenkten sich in den ihren. Eine Hitzewelle flutete durch ihren Körper. Rasch senkte sie die Lider. Dass er diesen Zauber noch immer besaß! Schon damals in Freiburg hatte sie sich ihm schwer entziehen können. Umso schlimmer war es für sie gewesen, mit ansehen zu müssen, wie Magdalena sein Herz erobert hatte. Ausgerechnet die kleine, dürre, rothaarige Cousine, deren Reize sich auf ihre für Frauen so untypische Klugheit beschränkten! Ein Mann, der darauf hereinfiel, war doch eigentlich nichts für sie. Schon drängte sie auf die Tür zu.

»Warum hast du es immer so eilig, von mir fortzukommen?« Eric richtete sich noch etwas höher im Bett auf. Die anstrengende Reise nach Würzburg hatte ihm arg zugesetzt. Noch immer konnte er kaum für längere Zeit das Bett verlassen, allzu rasch verließen ihn die Kräfte. »Habe ich etwas falsch gemacht? Dabei dachte ich, du hilfst mir aus ganz besonderem Antrieb.«

Wie sie diese vermeintlich harmlose Fragerei hasste! Er wusste genauso gut wie sie, worauf das hinauslaufen würde.

»Was meinst du damit?« In ihren Augenaufschlag legte sie alle Unschuld, deren sie fähig war. »Unten in der Küche gibt es genug zu tun. Luise hat es bislang nicht für wichtig erachtet, sich um den Haushalt zu kümmern.«

»Dann brauchst du das jetzt auch nicht zu tun.« Einladend streckte Eric die Hand aus, damit sie sich zu ihm auf die Bettkante setzte. Züchtig achtete sie darauf, ihn nicht zu berühren.

»Was ist nur los mit dir? Früher warst du nicht so scheu wie ein Reh.« Die schlanken Finger Erics berührten ihr Kinn und zwangen sie sanft, aber bestimmt, das Gesicht zu ihm zu wenden. Vorsichtig glitten die Fingerkuppen an ihrem Hals hinab, verharrten kurz in der Kuhle des Schlüsselbeins, strichen sanft über die Wölbung. Ihr Herz schlug schneller. Was hatte er vor? Hatte sie sich doch über seinen Zustand getäuscht? Anscheinend ging es ihm weitaus besser, als er sie durch sein Verharren im Bett glauben machte.

Seine Hand wanderte weiter über ihren Busen, bis sie auf dem Schenkel zu liegen kam. Ihr Bein zitterte noch stärker. »Mehr als einmal hast du mir Avancen gemacht«, sprach Eric leise weiter. Obwohl sie den Drang spürte, diese freche Bemerkung mit einer Maulschelle zu quittieren, blieb sie sitzen.

Schmeichelnd fuhr er fort: »Oder meinst du, das wäre mir entgangen? Ich bin kein einfältiger Mönch, der geschworen hat, den weiblichen Reizen zu entsagen. Gerade damals in Freiburg, in diesem besonderen Sommer, in dem wir zum letzten Mal alle zusammen waren, bist du mir doch gewiss nicht zufällig so oft über den Weg gelaufen. Jeden Tag aufs Neue haben sich unsere Bahnen gekreuzt, habe ich deine herrlichen blonden Haare in meiner Nähe erspäht.«

Die Finger seiner rechten Hand vergruben sich in einer ihrer Locken und zwirbelten sie sanft. Sie schloss die Augen und legte den Kopf in den Nacken. Gelangte sie nun endlich an das Ziel ihrer geheimen Wünsche? Geschah nun das, worauf sie seit Jahren wartete, was sie sich aber bislang nicht einmal selbst hatte eingestehen wollen?

»Dass du dich dann an Rupprecht gedrängt hast, weil ich nur Augen für Magdalena hatte, habe ich auch bemerkt.«

Gegen ihren Willen überflutete heiße Röte ihr Gesicht. Sie schlug die Augen auf und sah in sein amüsiertes Gesicht. Oh, dieser Schuft! Schon holte sie aus, um ihm doch noch eine

Ohrfeige zu verpassen, da packte er ihr Handgelenk und drückte zu, bis es schmerzte. Hastig wollte sie aufspringen und davonstürmen. So schnell aber ließ er sie nicht fort. Denn es stimmte: Es ging ihm bereits viel besser. Er lag nur noch im Bett, um sie zu täuschen.

Fest packte seine linke Hand ihren Oberschenkel, und er sprach gnadenlos weiter: »Was glaubst du, was ich mit dir vorhabe? Ganz gewiss nicht das, was du dir erhoffst! Frauen wie dich interessieren mich nicht. Was mich aber brennend interessiert, ist, wo Magdalena bleibt. Sag schon! Du weißt es doch! Warum ist sie nicht längst aufgetaucht, wie du es mir versprochen hast?«

Ohne ihr Zeit zu einer Erwiderung zu geben, fuhr er fort: »Dass du so grausam sein kannst und Carlotta so lange von ihrer Mutter trennst! Jeden Tag vermisst die Kleine ihre Mutter mehr.«

»Wir alle vermissen sie!«, brauste sie auf und erhob sich. Verärgert rieb sie sich die Arme und trat ans Fenster. Eric durfte nicht sehen, wie gedemütigt sie sich fühlte. Da keimte eine Idee in ihr. »Was denkst du, wie ich mich um meine Cousine sorge!«, sagte sie, während sie sich umwandte. Die Sonne wärmte ihr angenehm den Rücken. Ihr Gesicht lag im Schatten, so dass er es schwer haben würde, in ihrer Mimik zu lesen. Das erleichterte das Lügen. »Sofort, nachdem das Regiment aufgebrochen ist und sie ihre Aufgaben dort erledigt hat, wollte Magdalena nachkommen. Allerdings ist der Weg durch den Taunus nicht ungefährlich, ganz zu schweigen von den Gefahren, die im Spessart lauern. Jeden Morgen und jeden Abend flehe ich zur Heiligen Jungfrau Maria, dass sie die Arme beschützt. Eine Frau allein unterwegs in Zeiten wie diesen, das ist nur mit dem allerhöchsten Beistand möglich.«

»Ach, verschone mich mit deinen Lügen!« Flinker, als Elsbeth ihm zugetraut hätte, richtete sich Eric vollends von seiner Lagerstatt auf und sah sie vorwurfsvoll an. »Und untersteh dich, dich auf Heilige zu berufen, von denen du nie mehr als den bloßen Namen gehört hast. Echter Glaube ist dir genauso fremd wie echte Gefühle. Denkst du, ich habe nicht begriffen, welches Spiel du treibst? Nur um Rache geht es dir, blinde Rache an Magdalena und mir! Du kannst es einfach nicht ertragen, dass wir einander wiedergefunden haben und uns noch immer lieben. Noch dazu, wo auch unser gemeinsames Kind lebt. Dabei kann die Kleine am allerwenigsten etwas dafür, dass dir nicht das gleiche Glück vergönnt ist. Wenn du wenigstens Carlotta raushalten würdest!«

Einen Moment hielt er inne, um seiner Empörung Herr zu werden. Dann sprach er weiter: »Magdalena hat dich nie gebeten, mich aus der Höhle wegzuschaffen, das ist mir längst klargeworden. Du hast ausgenutzt, dass ich viel zu schwach war, um einen klaren Gedanken zu fassen, geschweige denn, um mich gegen dich zu wehren. Dennoch wäre ich niemals mit dir mitgekommen, erst recht hätte ich mich nicht von dem fetten Strecker und seinen Leuten auf den Karren legen und wegfahren lassen, wenn du mir nicht hoch und heilig versichert hättest, Magdalena wolle das so!«

Elsbeth hatte sich gezwungen, ihn bis zum Ende anzuhören. Doch dann brach sich ihr Zorn Bahn: »Hast du auch nur den Hauch einer Ahnung, in welcher Gefahr du geschwebt hast? Hätten Seumes Knechte dich finden und noch in derselben Nacht am nächsten Baum aufhängen sollen? Der Trug mit dem falschen Toten, den Magdalena ausgeheckt hatte, war längst aufgeflogen. So dumm sind Seume und seine Leute wahrlich nicht, um sich derart tölpelhaft hinters Licht führen zu lassen. Wäre es dir also lieber gewesen, Strecker und seine Leute hätten dich ins Lager zurückgebracht und Seume übergeben? Wie es heißt, kocht er vor Wut auf dich, weil er sich bei euren Geschäften von dir übervorteilt glaubt. Jeder weiß, dass mit Seume nicht zu spaßen ist, wenn es ums Geld geht. Über Monate, so hat mir Strecker verraten, hast du Seume um Geld geprellt, ihm viel zu sauren Wein und verdorbenes Korn für viel zu hohe Preise geliefert. Kein Wunder, dass er dich zur Abschreckung für alle anderen Halunken aufknüpfen wollte. Aber sag es nur, wenn dir immer noch danach gelüstet, den Krähen zum Fraß ausgesetzt zu werden. Auch der Büttel hier in Würzburg wird Schurken wie dich gern abholen. Wird sich schon einer finden, der das mit dem Galgen hier ordentlich erledigt.«

Wütend verschränkte sie die Arme vor der Brust und sah im Stehen auf Eric hinunter. Bei jedem ihrer Worte war er tiefer in sein Lager gesunken. Noch war er deutlich gezeichnet von den schweren Verletzungen. Die unbequeme Fahrt mit dem holprigen Ochsenkarren, das tagelange Ausharren in feuchten Unterkünften und zugigen Unterständen hatten ihm schwer zugesetzt. Allein seiner ursprünglich kräftigen Konstitution war es zu verdanken, dass er die Strapazen überlebt hatte.

Vielleicht lag es daran, dass er sie so unverwandt anstarrte und nicht einmal mit der Wimper zuckte, als sie ihm die Möglichkeit eines so schrecklichen Endes vor Augen führte. In jedem Fall beschloss sie in diesem Moment, noch einen Schritt weiter zu gehen, etwas zu sagen, was ihn zutiefst verletzen musste. In ruhigem Ton fügte sie hinzu: »Und vergiss nicht, lieber Eric, dass dann bald auch deine geliebte Magdalena am Strick hängt. Es wird keine Woche dauern, und der

Büttel findet sie. Damit machst du alles zunichte, was sie für dich riskiert hat. Sie ist bereit, ihr Leben für dich aufzugeben, die Feldscherei, das Ziehen im Tross, nicht zuletzt Meister Johann und Roswitha will sie für dich im Stich lassen. Kaum zu glauben, denn die beiden stehen ihr näher als die eigene Mutter. All das ist sie bereit zu opfern. Und für wen? Für einen Jammerlappen wie dich, der mir nicht glauben will, was die Stunde für ihn geschlagen hat! Ich bin schon gespannt auf ihr Gesicht, wenn man ihr eröffnet, wem sie das Scheitern ihrer kühnen Fluchtpläne zu verdanken hat.« Die Worte erzielten die beabsichtigte Wirkung. Beschämt senkte Eric den Blick.

»Ruh dich lieber aus, statt dich mit solch törichten Gedanken zu belasten«, riet sie ihm auf einmal sanftmütig. »Magdalena wird kommen. Strecker hat uns hoch und heilig versprochen, dafür zu sorgen, dass sie uns findet. Den Weg kennt sie. In Würzburg haben wir oft genug unser Winterquartier genommen. Wie gut, dass deine Leute und Strecker genug miteinander vertraut sind, um Nachrichten auszutauschen. Da kann nichts schiefgehen, außer dass Magdalena ein wenig länger braucht, als wir uns das in unserem sicheren Nest hier vorstellen, weil es wieder einmal im Spessart nicht vorangeht oder gleich im Taunus die ersten Wegelagerer lauern.«

Bevor er merken konnte, wie ihre Stimme bei der schamlosen Lüge bebte, beugte sie sich über ihn und richtete ihm geschäftig die Decke über der Brust. Sein Atem ging eine Spur zu schnell und zu laut, allmählich aber wurde er wieder ruhig. Sie bückte sich absichtlich dicht vor seinem Gesicht, um ihm wie zufällig den direkten Blick in ihren Ausschnitt zu ermöglichen.

Statt lüstern ihre Brüste zu bewundern, warf Eric ihr einen seltsamen Blick aus seinen tiefblauen Augen zu. Einen Moment meinte sie, einen Eispickel in ihrer Brust zu spüren. Unsinn!, schalt sie sich und richtete sich wieder zu ihrer vollen Größe auf.

»Verzieh dich ruhig wieder nach unten.« Sein Ton gefiel ihr ganz und gar nicht. So verletzend hatte er noch nie mit ihr gesprochen. Ungerührt fuhr er fort: »Das Scheuern und Putzen hält dich zumindest davon ab, wieder huren zu gehen. Oder hast du etwa schon versucht, dein Mieder vor meinem Freund aufzuknöpfen? Spar dir die Mühe für empfänglichere Opfer. Sinnliche Freuden empfindet der nur beim Anblick eines wertvollen Buches! Nicht mal mit deinen Goldstücken, die du Seume gestohlen hast und jetzt unterm Rock trägst, kannst du ihn verzücken.«

3

Nach der Behandlung des Kroaten waren nur noch drei Patienten zu versorgen. Zwei hatten tiefe Stichverletzungen. Magdalena war zufällig Zeuge der Auseinandersetzung geworden, aus der sie rührten. Zu dem Zeitpunkt musste sie sich auf dem Platz vor dem Kloster, wo gewürfelt und gespielt wurde, des aufdringlichen Grapschens eines Rotbärtigen erwehren. Ihre Geistesgegenwart rettete dem Franzosen und dem Italiener das Leben: Keiner von beiden war der Sprache des anderen mächtig. Deshalb hatten sie sofort die Messer gezückt, als sie über den Wert der Cavallkarte beim Tarock in Streit gerieten. »Zores, schofliges!«*, schimpfte ein Österrei-

* böses Gesindel

cher, der vergebens versuchte, zwischen ihnen zu vermitteln. »Du sollst Kappore wern!«**, verfluchte ihn der Franzose und zielte mit der Messerspitze plötzlich auf ihn. »Mich päkern scheft nicht kess, bloß grandig witsch!«*** Der Österreicher sprang geschickt zur Seite und suchte Schutz hinter einem anderen Soldaten. Das reizte den Angreifer noch mehr. Wild fuchtelte er mit dem Messer durch die Luft, bis ihm der Italiener, der ursprünglich mit ihm gestritten hatte, die Klinge ins Gedärm stieß. Inzwischen hielt auch der Österreicher ein Messer in der Hand und verletzte den Italiener am Hals, gefährlich nah an der Schlagader.

Zwei Schweden, die die Szene nicht minder verblüfft beobachtet hatten als Magdalena, überwältigten ihn endlich. Rupprecht half ihr, die Wunden der beiden Schwerverletzten noch auf dem Platz zu versorgen. Wäre ihnen das nicht gelungen, wären die beiden verblutet. Als Magdalena nach vollbrachter Leistung wegging, zollten die Männer ihr aufrichtigen Respekt. Weder der Rotbärtige noch sonst einer streckte an diesem und den nächsten Abenden die gierigen Finger nach ihrem Busen aus.

Auch die Verbrühung, die Magdalena und Rupprecht wenig später zu versorgen hatten, war Folge einer Auseinandersetzung, die beim abendlichen Zusammentreffen der Männer ihren unrühmlichen Anfang genommen hatte: Zwei Männer hatten einen dritten mit dem brodelnden Inhalt eines Suppenkessels übergossen, weil sie meinten, ihn beim Falschspiel mit gezinkten Karten überführt zu haben. Im qualmenden Schein der Talglichter fiel es Magdalena und Rupprecht nicht leicht,

** Der Teufel soll dich holen.
*** Mich zu töten, ist nicht besonders klug, sondern sehr dumm!

sämtlichen Dreck aus den großflächigen Brandwunden an Brust und Rücken des Opfers zu entfernen. Alsbald warfen die Wunden Blasen, denen sie weder mit dick aufgetragenem Rosenöl noch mit Umschlägen aus sauren Milchklumpen oder Ziegenmilchrahm, vermischt mit ungelöschtem Kalk und Honig, beikommen konnten. Am übernächsten Tag erlag der mutmaßliche Falschspieler seinen Verletzungen. Auf Geheiß des Hauptmanns wurden die beiden Übeltäter zur Abschreckung an einem Baum am Waldrand nahe den Weinbergen aufgeknüpft. Raben hatten ihnen die Augen ausgepickt, noch bevor die Dunkelheit anbrach. Und auch andere Vögel warteten nicht lang, sich an dem Fleisch gütlich zu tun. Bei den Männern des Versehrtenzugs zeigte das Vorkommnis Wirkung. Die Abende auf dem Spielplatz verliefen fortan friedlicher.

Magdalenas Arbeit im Lazarett beschränkte sich in den nächsten Tagen vor allem auf die Pflege des armoperierten Kroaten sowie auf die Behandlung von mehreren Zahnschmerzpatienten, denen sie einen Aufguss mit Betonie zum Gurgeln verordnete. Denselben Tee bereitete sie auch denjenigen, die mit verdorbenen Mägen und Durchfall zu ihr kamen. So mancher Soldat nutzte die Lazarettbesuche allerdings schamlos, um sie unter dem Vorwand von Gliederreißen oder Schwindel in den Hintern zu kneifen oder ihren Busen zu drücken, wenn nicht gar noch zudringlicher zu werden. Doch Magdalena wusste sich zu wehren. Ein gezielter Tritt in die empfindlichen Weichteile genügte meist, die Männer zur Räson zu bringen.

Da von einem Tag auf den anderen diese Art von Besuchen abrissen und die Patienten, die sich noch in das provisorische Spital im Refektorium wagten, tatsächlich behandlungsbedürftige Beschwerden aufwiesen, vermutete sie, dass

Rupprecht den Hauptmann darüber in Kenntnis gesetzt hatte. Auch außerhalb des Spitals gingen die Soldaten auf respektvolle Distanz zu Magdalena, und das, obwohl sie im Kloster die einzige Frau unter mehr als hundert Männern war. Je weniger Patienten zu ihr kamen, desto seltener wurde im ehemaligen Refektorium Alkohol zum Betäuben der Patienten und zum Auswaschen der Wunden benötigt. Ohnehin hatte der Branntweinvorrat auf wundersame Weise nie abgenommen. Wann immer Magdalena die Truhen und Kisten mit dem Verbandszeug, den Salben und Tinkturen an der hinteren Wand durchsah, stets stieß sie dabei auf einen frisch gefüllten Schlauch.

»Wer versorgt uns so verlässlich damit?«, fragte sie Rupprecht, als sie eines Morgens frische Wundsalben anrührten.

»Wovon sprichst du?«, entgegnete er und tat so, als bemerke er den prall gefüllten Schlauch mitten auf dem Eichenholztisch gar nicht. Stattdessen zog er einige Tiegel aus der Kiste, die sie aus der ehemaligen Klosterapotheke herübergeschafft hatten, und stellte sie auf dem langen Eichenholztisch parat. »Misch hieraus bitte noch eine frische Salbe. Du weißt, dass du acht Lot von dem Hasenschmalz brauchst, von dem Magnetstein, Krebspulver und Schwarzwurz allerdings je nur eines. Beim letzten Mal hast du zu viel von dem Schwarzwurz genommen und damit die ganze Salbe verdorben. Bevor du das alles mit dem Mörser zerstößt, kannst du es auf dem Reibstein grob zerkleinern. Danach nimmst du es und streichst es dem Dicken dort hinten ordentlich über die Fingerkuppe, in der ihm der Spreißel steckt. Das wird ihn herausziehen.«

»Was du nicht sagst!« Empört hörte Magdalena auf zu rühren. »Was glaubst du, wie oft ich diese Salbe schon zubereitet habe? Du sprichst mit mir, als wäre ich schwer von Begriff.

Warum? Was hat sich verändert, seit wir das Lager verlassen haben? Warum nimmst du mich nicht mehr für voll?«

»Rede doch keinen Unsinn.« Geflissentlich wich Rupprecht ihrem Blick aus. »Es gibt Wichtigeres. Lass uns zum Beispiel überlegen, wie wir an rote Mennige kommen. Unsere Vorräte gehen zur Neige. Wir brauchen aber dringend noch mehr von der Paste, um die vielen offenen Wunden zu behandeln.«

»Frag doch deinen Hauptmann. Der weiß alles aufzutreiben.« Ihre Stimme wurde schrill. Am liebsten hätte sie ihm die Salbe, die sie gerade im Mörser zerstoßen hatte, vor die Füße gekippt.

»Was passt dir nicht an ihm?« Verärgert nahm er ihr die Schale aus der Hand und gab davon auf ein Eibischblatt. »Sei froh, dass ich so gut mit ihm klarkomme, sonst sähen unsere Tage bei den Schweden ganz anders aus.«

»Erwartest du etwa Dank von mir, dass du unsere Seelen an den Feind verrätst?« Ihre Stimme zitterte, so aufgebracht war sie. »Ich habe dich nicht gebeten, ein gutes Wort für mich bei ihm einzulegen. Genauso wenig, wie ich dich gebeten habe, Strecker den Hang hinabzustürzen. Immerzu mischst du dich in mein Leben und zerstörst alles.«

»Bist du noch recht bei Trost?« Rupprechts dunkle Augen flammten wutentbrannt auf. Dennoch legte er den Mörser, mit dem er eben noch Pulver zerstampft hatte, bedächtig zur Seite.

»Du weißt ganz genau, was ich meine«, schleuderte sie ihm entgegen. »Wärst du nicht auf dem Felsvorsprung aufgetaucht, als ich Strecker zur Rede gestellt habe, wüsste ich längst, wohin Elsbeth Carlotta verschleppt hat. Kurz bevor du kamst, hat er nämlich begonnen, mir von Elsbeths Fluchtplänen zu erzählen. Aber du musstest ja den Rächer spielen und ihn den Abgrund hinunterstoßen.«

»Ach? Und du glaubst tatsächlich, der fette Strecker hätte dir die Wahrheit gesagt? Schänden wollte er dich, davor habe ich dich bewahrt. Aber wahrscheinlich warst du schon auf dem Berg zu besoffen und hast das gar nicht richtig mitbekommen. Vielleicht hätte ich ihn gewähren lassen sollen. Ihr Weiber scheint wohl darauf aus, dass man es euch so heftig wie möglich besorgt.«

»Mir scheint, du denkst an nichts anderes, weil du es bei mir noch nie geschafft hast.«

»Bild dir gar nicht erst ein, ich wollte es darauf anlegen.«

»Na wunderbar, dann ist doch alles in Ordnung!« Bebend vor Zorn, standen sie einander gegenüber und sahen sich stumm in die Augen, bis Magdalena einlenkte: »Lass uns den Streit begraben, Rupprecht. Schlimm genug, dass wir hierherverschleppt wurden und nicht wissen, ob Seume sich nicht längst für unser Verschwinden an Meister Johann und Roswitha gerächt hat. Und ich habe die Hoffnung nicht aufgegeben, dass wir Eric und Carlotta finden werden.«

»Weißt du, was? Daran bin ich überhaupt nicht interessiert. Ich finde das Leben hier bei den Schweden gar nicht schlecht. Es fehlt uns an nichts, und unsere Arbeit können wir ungestört tun. Was willst du eigentlich noch?«

»Das ist nicht dein Ernst!« Fassungslos starrte sie ihn an.

»Falls es dir nicht aufgefallen ist: Zum ersten Mal in meinem Leben bestimme ich hier, wie operiert und behandelt wird. Ohne dass ein Meister Johann oder eine Magdalena es mal wieder besser wissen und mich zum dummen Gehilfen degradieren.«

Er nahm den Branntweinschlauch, drückte ihn gegen ihre Brust und stürzte ohne ein weiteres Wort davon. Laut knallte die schwere Tür ins Schloss. Der Rahmen zitterte von der Erschütterung, selbst die Holzdielen am Boden schwangen eine Weile nach.

Gedankenlos hob Magdalena den Verschluss an die Lippen, um sich einen wohltuenden Schluck zu gönnen. Doch dann hielt sie inne. War es nicht genau das, was Rupprecht wollte: dass sie mehr und mehr dem Alkohol verfiel und unfähig wurde, selbst die einfachsten Verrichtungen ohne seine Hilfe zu erledigen? Langsam ließ sie den Lederschlauch sinken. Als gelte es, die Umgebung zum ersten Mal richtig wahrzunehmen, sah sie sich im Refektorium um. Die Vormittagssonne tauchte den langgestreckten Saal in angenehmes Licht. Der gewaltige Eichenholztisch, auf dem sie die Patienten zur Operation betteten, beherrschte die Mitte des Raumes. Sauber gescheuert mit Seifenlauge und frisch eingelassen mit Öl, schien er aufnahmebereit für den nächsten Eingriff. Die Bänke der Mönche sowie der wuchtige Armlehnstuhl des Priors reihten sich sorgfältig gestapelt an der hinteren Wand entlang. Davor lagen noch ein halbes Dutzend Männer auf dünnen Matten direkt auf dem Dielenboden. Sie waren die Letzten aus dem Versehrtenzug, die noch regelmäßiger Pflege bedurften. Das stete Auf und Ab ihrer Leiber verriet, dass sie tief schliefen. Keiner von ihnen gab einen Laut von sich. Der Gestank nach Männerschweiß, den sie verströmten, wurde ihr erst jetzt richtig bewusst.

Magdalena öffnete einen der Fensterflügel auf der Ostseite und sog gierig die frische Luft ein. Auf den nahen Wiesen am Mainufer wurde das Heu eingebracht. Der frische Geruch nach sattem Sommer erfüllte den Raum. Schon schwirrte eine Biene herein. Ihr verwirrter Tanz im staubigen Lichtstrahl amüsierte Magdalena. Erst nach einer Weile riss sie sich davon los. Höchste Zeit, mit der Krankenpflege zu beginnen. Gleich würde sie den Heilprozess der Wunden prüfen und die Verletzten mit frischen Verbänden sowie den eben angerührten Kräuterpflastern versorgen. Die Apotheke des Klosters war von der Plünderung weitgehend verschont geblieben, so dass sie über ausreichend Arzneien und Kräuter verfügten. Lediglich die Mennige ging rascher als üblich zur Neige. Meister Johann hätte seinen Spaß an den Vorräten. Wieder fragte sie sich voller Sorge, ob er und Roswitha zum Ziel von Seumes unberechenbarem Zorn geworden waren.

Ohne der neuerlichen Versuchung zu erliegen, doch noch einen Schluck aus dem Branntweinschlauch zu trinken, begann sie, die benötigten Tiegel zu öffnen und die Kräuterblätter bereitzulegen. Die Beschäftigung lenkte sie ab. Ohnehin hielt die wohltuende Wirkung des Branntweins nie lange an. Immer rascher und unerbittlicher fraß sich dagegen der Schmerz über Carlottas Verlust in ihr Herz. Am schlimmsten war, dass ihr von Tag zu Tag deutlicher vor Augen trat, wie riskant es gewesen war, durch Erics Flucht das Schicksal derart herauszufordern. Was wusste sie schon, was in den letzten Jahren mit Eric geschehen und ob er des hohen Einsatzes würdig war?

Als sie ein Büschel mit Johanniskraut in Händen hielt, meinte sie plötzlich Carlottas Stimmchen zu hören. Deutlich sah sie die fragend aufgerissenen Augen der Kleinen vor sich, wie sie die Hände nach ihr ausstreckte, um auf den Arm genommen zu werden. Warum hatte sie das aufs Spiel gesetzt? Und für wen? Hätte sie Eric seinem Schicksal überlassen, könnte sie ihr Kind jetzt in den Armen wiegen. Und nicht nur Carlotta wäre noch bei ihr. Unbehelligt lebte sie mit dem Feldscher und der guten Roswitha im Tross, zöge mit der Bagage der Kaiserlichen gen Bayern, täte das, was sie seit Jahren erfolgreich und gerne tat: dem Heer als Wundärztin dienen.

Wenn sie wenigstens Nachricht hätte, was mit Meister Johann und Roswitha geschehen war!

Hätte sie Eric bei Seume gelassen, wäre noch ein Menschenleben gerettet worden: Gottfried Strecker. Rupprecht hätte sich nicht als vermeintlicher Lebensretter geriert und besäße nicht das geringste Recht, dafür Dankbarkeit von ihr einzufordern. Ihr wurde übel, wenn sie daran dachte, dass Strecker kurz davor gewesen war, Elsbeths Pläne auszuplaudern. In ihrem Bauch rumorte es. Schwindel überkam sie. Wie gierte sie danach, die düsteren Gedanken loszuwerden! Am einfachsten ging das mit einem tiefen und befreienden Schluck aus dem Branntweinschlauch. Schon hatte sie ihn in der Hand, setzte ihn an die Lippen. Der Alkoholgeruch ätzte ihr in der Nase.

4

Das Aufstöhnen des Kroaten auf dem Strohsack vorne links schreckte Magdalena auf. Gewiss tat sie besser daran, den Branntweinschlauch rasch wieder abzusetzen. Von den ständigen Grübeleien sollte sie ebenfalls lassen. Es lenkte sie zu sehr von ihren Pflichten ab. Durch Unachtsamkeit riskierte sie am Ende ein weiteres Leben und verstrickte sich noch tiefer ins Unglück. Sie biss sich auf die Lippen, versuchte die Hände ruhig zu halten und den sehnlichen Wunsch nach Vergessen im Alkoholrausch zu unterdrücken. Stattdessen gönnte sie dem unruhig gewordenen Patienten auf dem Strohsack einen Schluck Schnaps. Dankbar trank er ihn, während sie ihm die Verbände wechselte.

Als sie das Leinen von seinem rechten Arm abwickelte, schlug ihr ein furchtbarer Gestank entgegen. Die Haut hatte sich dunkel verfärbt, die Wunde fraß sich nahezu über den gesamten Unterarm. Nun war es doch zum gefürchteten Wundbrand gekommen. »Der Arm muss ab!«, hörte sie eine leise Männerstimme hinter sich. Als sie sich umdrehte, erkannte sie den Mann. Bei ihren Streifzügen durch die verwinkelten Klostergemäuer hatte er sich als ehemaliger Hüter der Apotheke vorgestellt. »Nein!«, schrie unterdessen der Kroate und fuhr jäh von seinem Lager hoch. Die Finger seiner gesunden linken Hand krallte er in ihre Schulter. Wild rüttelte er an ihr, riss sie an den roten Haaren. Sein Gesicht glühte. Wie hatte sie das übersehen können? Die braunen Augen glänzten, sein Hemd klebte schweißnass am Leib. War sie schon nach drei Schluck aus dem verdammten Schlauch so berauscht, dass sie das Offensichtliche so leichtfertig übersehen hatte? Oder hatte ihr Kummer sie blind für das Elend anderer gemacht?

»Ruhig Blut!« Vorsichtig löste sie seine Finger aus ihrem Haar und half ihm, sich flach auf dem Strohsack auszustrecken. In ihrem Kopf überschlugen sich die Gedanken. Rupprecht zu suchen kostete zu viel Zeit. Außerdem war es nicht der erste Arm, den sie abnehmen würde. Einen kräftigen Beistand brauchte sie allerdings, damit der Patient festgehalten wurde. Alles andere würde sie allein bewältigen. »Kannst du helfen?«, wandte sie sich an den Mönch. Der Mann, der kaum größer war als sie, dafür aber mindestens zweimal so viel Leibesfülle mit sich schleppte, nickte, dass die Speckfalten an Wangen und Kinn wackelten. Seine wässrigen Augen fielen in dem teigigen Gesicht kaum auf, zeigten allerdings erstaunlichen Tatendrang. Kurz musterte sie seine klobigen Hände. Die verfärbten Fingerkuppen und die schwarzen Ränder entlang der Nägel verrieten Feldarbeit. Offensichtlich konnte er also auch kräftig zupacken.

»Oft habe ich dem Wundchirurgen beigestanden, wenn er hier im Spital seinem Handwerk nachgegangen ist. Doch verzeih mir die Frage: Willst du nicht lieber erst den tüchtigen Feldscher rufen, damit wir nicht noch weitere kostbare Zeit verlieren? Wie es scheint, muss dem Mann rasch geholfen werden.«

Schon krempelte er sich die Ärmel des knappen Bauernkittels auf, der augenscheinlich von jemand anderem stammte. Er schnürte ihn so eng ein, dass jedes Luftholen das Reißen der Nähte riskierte. Flink begann er, den Holztisch vorzubereiten, indem er ihn gründlich abwischte und mit frischem Stroh polsterte. Anschließend streute er Sägemehl auf die Holzdielen, das das Blut aufsaugen sollte.

»Ich werde den Eingriff selbst vornehmen«, erklärte Magdalena knapp und suchte aus der Truhe, in der sie die Instrumente verwahrte, das nötige Besteck zusammen. »Schür das Feuer im Kamin, damit ich die Werkzeuge vorglühen kann.«

»So viel Zeit, den Feldscher zu rufen, sollten wir uns schon noch lassen«, widersprach der Mönch und beugte sich ebenfalls über die Truhe. Wenn er das Haupt senkte, zeichnete sich auf seinem halbkahlen Schädel noch immer die Tonsur ab.

»Keine Sorge. Die eigentliche Wundärztin bin ich.«

»Aber …«

»Nichts aber. Die letzten Tage ging es mir nicht gut. Nur deshalb musste ich meinem Gehilfen das meiste überlassen, was leider nicht immer eine glückliche Lösung war.« Fast hätte sie hinzugefügt, dass der verpfuschte Arm, den sie abnehmen mussten, das Resultat von Rupprechts Unvermögen war. Andererseits trug sie die Schuld daran, nicht einsatzbereit gewesen zu sein. Nur deswegen hatte sie Rupprecht das Operieren allein überlassen müssen. Hätte sie besser aufgepasst und sich vor allem nicht vor Kummer betrunken, wäre es nicht so weit gekommen.

Mit vereinten Kräften fassten sie den wimmernden Mann an den intakten Gliedmaßen und trugen ihn zum Tisch. Weil es an Ledergurten fehlte, banden sie ihn kurzerhand mit Seilen darauf fest. Behutsam hob Magdalena seinen Kopf an und hieß ihn, kräftig aus dem Branntweinschlauch zu trinken. Dabei strich sie ihm das verschwitzte Haar aus der Stirn und streichelte ihm beruhigend über die Schläfe. Er zitterte am ganzen Leib. Als berge allein schon das Trinken die Erlösung, verschluckte er sich mehrmals vor Gier am Branntwein. Prustend und spuckend rang er nach Luft. Das strengte ihn so sehr an, dass der Kopf schließlich erschöpft zur Seite sank. Magdalena legte ihm die Zunge gerade und schob ihm ein Stück Leder zwischen die Zähne. Umsichtig prüfte sie die Seile um Fußgelenke, linken Arm und Oberkörper. Dann erst trat sie zum rechten Arm. Rasch fingerte sie den Bernstein unter dem Mieder hervor und küsste ihn. Lautlos sprach sie ein Gebet, während sie den gelben Stein umklammerte. Endlich fühlte sie sich für den Eingriff gewappnet und griff nach der Säge.

Der Mönch hatte nicht übertrieben, als er seine Erfahrung als Gehilfe des Wundchirurgen erwähnt hatte. Ohne dass sie ihn anweisen musste, wusste er stets einen Handgriff früher als nötig, was er zu tun, welche Geräte er ihr zu reichen und wie er den Patienten zu betreuen hatte. Sie konnte sich ganz auf ihre Aufgabe besinnen. Als sie die Säge ansetzte, hielt sie noch einmal inne, atmete einmal tief durch und legte dann los. Sie war erstaunt, wie gut ihr der Eingriff von der Hand ging. In einem Rutsch konnte sie ihr Werk vollbringen. Erschöpft, aber zufrieden beendete sie den letzten Stich an der Naht, mit der sie die Haut über dem frischen Stumpf zusammengezogen hatte. Sorgfältig strich der Mönch den Wundbalsam aus Wachs, Kolophonium und Leinöl darüber, drückte die Kräuterpflaster an und half ihr, den restlichen Arm zu verbinden. Endlich waren sie fertig.

»Er lebt!«, verkündete ihr neuer Gehilfe freudig und tupfte das Gesicht des Patienten. »Sein Atem geht gleichmäßig, das Fieber scheint zu sinken.«

»Das klingt so, als hättest du nicht damit gerechnet.« Matt stand Magdalena neben dem Tisch, den Branntweinschlauch in der Hand und kurz davor, den befreienden Schluck zu trinken. In diesem Moment fiel ihr auf, dass ihre Hände während der anstrengenden Arbeit nicht ein einziges Mal gezittert, sie nicht ein Mal an die betäubende Wirkung des Schnapses gedacht hatte. Es ging also immer noch gut ohne diese gefährliche Hilfe, stellte sie erleichtert fest.

»Ich werde die Nacht bei ihm wachen und dafür sorgen, dass er sie übersteht«, verkündete der Mönch. Nah trat er an sie heran und berührte sie am Arm. Er erklärte nichts weiter, sondern nahm schweigend den Branntweinschlauch aus ihrer Hand. Stattdessen reichte er ihr einen Krug mit Wasser und nickte ihr zu. »Wahrscheinlich muss ich mich einfach nur daran gewöhnen, dass auch Frauen zu solchen Heldentaten fähig sind. Wenn man wie ich jahrelang in einem weltabgewandten Kloster unter Männern lebt, blendet man einen erheblichen Teil des Lebens einfach aus.«

Sie rang sich ein Lächeln ab. Um nicht darauf eingehen zu müssen, bückte sie sich nach dem abgetrennten Unterarm und betrachtete die Wunde. Wie sie vermutet hatte, steckte ein winziger Splitter im Fleisch. Rupprecht hatte ihn entweder übersehen, oder der Splitter war durch das mehrfache Spreizen der Wunde mit der Schere erst tief hineingeraten. Zu sehr hatte Rupprecht die Entnahme der krummen Bleikugel beansprucht, als dass er darauf geachtet hätte, während des Eingriffs weitere Verunreinigungen zu vermeiden. Hätte sie besser aufgepasst und wäre rechtzeitig eingeschritten, hätte der Mann seinen rechten Arm wahrscheinlich behalten können. Was war er schließlich ohne ihn? Ein nutzloser Krüppel, der unbeholfen wie ein kleines Kind lernen musste, die einfachsten Handgriffe einarmig zu meistern. Verdammter Alkohol! Schon oft hatte sie gesehen, wohin das führte, und trotzdem nicht der Versuchung widerstanden, den eigenen Schmerz darin zu ertränken.

»Mach dir keine Sorgen. Der Mann ist kräftig und wird es schaffen. Dafür verbürge ich mich.« Abermals berührte der dicke Mönch sie, tätschelte ihr nahezu zärtlich den Arm. Ihr Können musste ihn beeindruckt haben.

5

Der Tag war weit fortgeschritten. Die langen Schatten des Dachfirsts der Kirche überdeckten fast die gesamte Breitseite des rechteckigen Klostergebäudes. Gänge und Innenhöfe der Anlage waren menschenleer. Von jenseits der Mauern schwappten fröhliche Musik und muntere Stimmen herüber. Aus Respekt vor der Heiligkeit des Ortes, die selbst den lutherischen Schweden bewusst war, lag der Platz zum Würfeln und Spielen jenseits der Tore.

Magdalena fühlte sich von der Fröhlichkeit magisch angezogen. Zu düster waren die vergangenen Stunden bei dem Verletzten im Refektorium gewesen, zu groß die Gefahr, dass sie deswegen am Ende doch wieder Trost im Branntwein suchte. Auch wenn die Männer auf dem Spielplatz in ihrer Trunkenheit gern aufdringlich wurden, war ihr Wunsch nach Ablenkung größer als die Angst, belästigt zu werden. Also lenkte sie ihre Schritte dorthin. Obendrein faszinierte es sie, dem flinken Würfeln der Soldaten zuzuschauen. Vielleicht ließ sich doch eine Regelmäßigkeit im Fallen der Zahlen beobachten.

Der Platz vor den Toren des Klosters lag größtenteils noch in der Sonne. Die Wärme tat gut, ebenso der freie Blick in die Umgebung. Erleichtert atmete Magdalena auf. Auf den nahen Weinbergen, die sich direkt hinter den Klostermauern bis hinauf zur trutzigen Marienfeste zogen, tanzte das Abendsonnenlicht. Ein sanfter Wind strich zärtlich über das Laub. Gelegentlich wechselte das Grün der Blätter schon ins Gelb, Rot oder gar Braun des bevorstehenden Herbstes.

Magdalena gesellte sich zu einer Gruppe Männer, die auf einem umgedrehten Weinfass ihre hellen Würfel warfen. Bereitwillig machten sie ihr Platz, damit sie besser sehen konnte. Der Sprache nach waren es vor allem Deutsche und Österreicher, die mit den knöchernen Würfeln ihr Glück herausforderten. Die wenigen Welschen, Kroaten und Ungarn fielen dagegen kaum ins Gewicht. Auch die Schweden waren in dem Versehrtenzug in der Minderheit. Das bunte Hin und Her der letzten Kriegsjahre hatte dazu geführt, dass sogar gefangengenommene Soldaten freiwillig bei dem alten Feind weiterdienten. Das war bei den Schweden nicht anders als bei den kurfürstlich bayerischen und kaiserlichen Regimentern.

»Na, meine Schöne, suchst du nicht doch mal einen Gefährten für die Nacht? Ich hätte dir was Ordentliches zu bieten.« Ein fast Zahnloser grinste sie an, dem Zungenschlag nach ein Wiener. Provozierend fasste er sich an den Hosenlatz. Sein Nachbar stieß ihm den Ellbogen in die Seite und sagte zu ihr: »Vergiss den alten Sack. Seit der Dom am Stephansplatz steht, steht bei dem schon gar nichts mehr. Komm mit zu mir, mein Schatz. Bei mir brennt noch echtes Feuer! Da erlebst du, was feurige Liebe ist.«

»Pass du lieber auf, dass dir nicht gleich was anderes brennt.« Brüsk versetzte sie ihm einen Schubs, dass er Richtung Feuer torkelte. Seine Kameraden brachen in schallendes Gelächter aus. Zwar hatten nicht alle ihren Wortwechsel verstanden, doch die Gestik war eindeutig gewesen. Plötzlich knallte ein Pistolenschuss, und einer der Gehilfen des Hauptmanns kam heran. »Elende Hundsfotte! Ihr kapiert wohl immer noch nicht, dass ihr die Finger von ihr lassen sollt. Oder wollt ihr so enden wie die zwei, die letztens drüben am Baum gehangen sind? Könnt ihr gern haben. Sagt es nur rechtzeitig!«

Murrend drehten sich die Männer ab. Manch einer erklärte einem anderen, der des Deutschen nicht mächtig war, was der Mann gesagt hatte. Die meisten aber verstanden es auch so. Ganz auf rasche Ablenkung bedacht, widmeten sie sich wieder dem Spiel. Unauffällig wanderte Magdalenas Blick über die Gesichter. Die meisten der Soldaten hatten vor kurzem erst das Refektorium verlassen. Die Verletzungen, die sie während des Gefechts vor Amöneburg erlitten hatten, waren Magdalena fast vertrauter als die Männer selbst. Der Dank, den sie ihr dafür zollten, stand vielen noch ins Gesicht geschrieben. Eine Rauferei mit Messern so wie letztens wollten sie wohl kaum erneut riskieren. Beruhigt wandte sich Magdalena wieder dem Treiben mit den Würfelbechern zu.

Im schwindenden Tageslicht war die Markierung auf den knöchernen Würfelflächen kaum mehr zu erkennen. Die Vorräte an Talglichtern und Fackeln aber gingen schnell zur Neige. Deshalb durften sie erst bei Anbruch völliger Dunkelheit entzündet werden. Die Männer störten sich nicht an den unzureichenden Sichtverhältnissen. Jeden Wurf kommentierten sie mit lautem Rufen und Schulterklopfen. Als einer der Würfel herunterfiel, fluchte ein spitzbärtiger Österreicher lauthals, während ihn ein anderer mit langen, schwarzen Locken auf Italienisch zurechtwies. Blindlings stürzten beide Männer zu Boden, um des kostbaren Stücks dort als Erster habhaft zu werden. Ein Rotblonder, offensichtlich der einzig echte Schwede unter ihnen, zog sie an den Kragen wieder hoch und fuhr sie in seiner eigenen, hart klingenden Sprache an. Wahrscheinlich gehörte er zum abkommandierten Begleitkorps des Geschädigtenzugs und hatte von daher das Recht, für Ordnung zu sorgen. Kleinlaut lenkten die Spieler ein und setzten sich wieder um das Fass.

Nach einer Weile verlor Magdalena die Lust, dem immer gleichen Ablauf von Sieg und Niederlage zuzuschauen. Also ging sie ins Gebäude zurück. Sie wollte noch ins eigentliche Spital des Klosters. In einem der Nebenräume hatte sie am Vortag eine Kiste mit Kräutern sowie ein kleines Buch mit handgeschriebenen Rezepturen entdeckt. Leider war noch keine Gelegenheit gewesen, den Schatz an sich zu bringen. Jetzt, da der ehemalige Apothekermönch bei den Patienten im Refektorium wachte, war ein guter Zeitpunkt, das zu tun.

Laut hallten ihre Schritte auf dem Steinboden. Der Kreuzgang des ehemaligen Benediktinerklosters wirkte düster und geheimnisvoll. Der rote Sandstein, aus dem die gesamte Anlage errichtet war, schien nahezu schwarz. Umso heller hoben sich davor die Grabplatten ab, die entlang des Kreuzgangs aufgestellt waren. Wind und Wetter, die ungehindert in den halboffenen Gang eindrangen, hatten die Inschriften glatt geschliffen. Sogar manche der Figuren, die einst die Platten geschmückt hatten, waren zerbrochen oder verwittert. Dem reichen Zierat an den Wänden schenkte Magdalena kaum Beachtung. Auch den weiter vorn weghuschenden, dunklen Punkt nahm sie zunächst kaum wahr, obwohl er doch von beträchtlicher Breite war. Möglich, dass er Ähnlichkeit mit dem dicken Apothekermönch aufwies, dachte sie kurz. Sie hielt an und sah angestrengt den Gang entlang, blickte jedoch niemanden. Der Mönch würde wohl kaum den frisch operierten Kroaten im Refektorium allein lassen. Sie musste sich getäuscht haben. Kopfschüttelnd ging sie weiter.

Aus einer der ehemaligen Mönchszellen, die sie im oberen Stockwerk passierte, drangen aufgeregte Männerstimmen. Noch bevor sie sie erreichte, verstand sie einzelne Worte. Bei einem der Männer handelte es sich um Rupprecht, das hörte sie gleich. Anscheinend verteidigte er sich gegen massive Vorwürfe. Seine Stimme klang schrill und aufgeregt. Deutlich sah sie vor sich, wie der zierliche Kerl in solchen Situationen mit dem Rücken zur Wand stand, seine Arme weit ausgebreitet, die schmächtigen Schultern hochgezogen, die dunklen Augen unter den buschigen Augenbrauen aufgerissen, und versuchte, einen anderen allein durch die Kraft der Worte von seiner Sicht der Dinge zu überzeugen. »Wie oft soll ich es noch sagen? Ich habe alles getan, den Arm Eures Freundes zu retten. Die Kugel war rasch herausgezogen, die Wunde gesäubert und glatt genäht. Nichts hat darauf hingedeutet, dass es zum Wundbrand kommen würde. Mehrere Tage sind vergangen, ohne dass es ihm schlechter ging. Im Gegenteil. Gestern Abend war er kurz davor, vom Lager aufzustehen. Meine Gehilfin hat ihn gewissenhaft gepflegt. Er hatte kein

Fieber, erst recht keinen Wundbrand. So glaubt mir doch endlich!«

»Wie kommt es dann, dass ihm der Arm abgenommen werden musste? Weißt du, was ein Mann ohne seinen rechten Arm anfängt? Dass du sein Fieber nicht bemerkt hast, ist mir ein Rätsel. Geglüht hat er, dass man Wasser auf seinem Leib hätte erhitzen können. Inzwischen ringt er mit dem Tod. Schon hadere ich mit mir, was ich ihm eher wünschen soll: die rasche Erlösung aus diesem irdischen Jammertal oder die Rückkehr ins Leben. Ohne den rechten Arm wird das Leben nur Elend und Hilflosigkeit bringen.«

Die tiefe Stimme hatte einen fremden Klang. Wahrscheinlich gehörte sie dem Hauptmann, um dessen Gunst Rupprecht sich seit ihrer Festsetzung durch die Schweden bemühte. Aufgrund seines langjährigen Aufenthalts in Deutschland beherrschte der Fremde die Sprache offensichtlich sehr gut, behielt aber dennoch die harte Aussprache bei. Die Worte wirkten abgehackt.

»Das ist einfach nicht wahr.« Rupprecht klang resigniert. »Wer hat denn behauptet, der Arm hätte unbedingt abgenommen werden müssen?«

»Der frühere Apothekermönch des Klosters war gerade bei mir. Ich hatte ihn gebeten, ein besonderes Auge auf meinen Burschen zu werfen. Obwohl er Kroate ist, dient er mir seit langem treu und redlich und ist mir zum wahren Freund geworden. Es wäre ein herber Verlust für mich, ihn einer Nachlässigkeit wegen zu verlieren.«

»Der Mönch hat Euch sicher auch gesagt, dass es Eurem Freund nun, da der Arm abgenommen ist, erheblich bessergeht.« Magdalena legte ihre ganze Kraft in ihre Stimme und trat hocherhobenen Hauptes in die Mitte des Raumes. »Er ist beileibe nicht der Erste, der seinen rechten Arm verloren hat. Wie all die vielen anderen, denen es ähnlich ergangen ist, wird er rasch lernen, den Verlust durch Geschicklichkeit mit der linken Hand auszugleichen. Hat nicht auch Euer großer Gustav Adolf den rechten Arm einer Schussverletzung wegen in den letzten Jahren vor seinem Tod nicht mehr frei bewegen können? Ein guter, tapferer Soldat war er dennoch bis zuletzt. Seine Heldentaten werden sicherlich nicht nur bei uns erzählt.«

Ihre grünen Augen suchten die hellen des Hauptmanns, der sie verblüfft anblickte. Unverhohlen musterte er sie vom Scheitel bis zur Sohle. In seinem Blick lag etwas Eigenartiges, keine Spur jener Anzüglichkeit, mit der Männer sie sonst betrachteten. Neugierig sah auch sie ihn geradewegs an. Seine Gesichtszüge erwiesen sich als mild, seine hochgewachsene Erscheinung wirkte in ihrem ganzen Habitus vornehm und zurückhaltend. Nichts deutete darauf hin, welches Elend ihm gewiss schon begegnet war, ganz zu schweigen, zu welchem Grauen er vermutlich selbst imstande war.

»Ihr seid wohl die besoffene Wundärztin, von deren Heldentaten mir so viel erzählt wurde.« Um seine Mundwinkel zuckte es spöttisch. Einen Moment erstarrte Magdalena. Nein, unmöglich, beruhigte sie sich. Wie soll es sich um die gleiche Mimik wie bei Eric handeln? Seine Größe ausnutzend, sah der Hauptmann von oben auf sie herab, knetete die langen, feingliedrigen Finger durch, bis die Gelenke knackten. Ein galanter Umgang mit Frauen gehörte offenbar nicht zu seinen herausragenden Charaktereigenschaften.

»Wenn Ihr eine torkelnde Wegelagerin erwartet, die ihre Zunge nicht mehr im Zaum halten kann und Unsinn von sich gibt, muss ich Euch leider enttäuschen. Mein Gehilfe Rupprecht scheint Euch einiges falsch überliefert zu haben.«

»Wie kommt Ihr darauf, dass meine Informationen von ihm stammen? Wieso bezeichnet Ihr ihn überhaupt als Euren Gehilfen? Dafür reicht mein Deutsch. Also, wer seid Ihr und in welchem Verhältnis steht ihr zwei zueinander?«

Seine hellen Augen blickten zwischen ihnen beiden hin und her. Rupprecht wirkte verlegen. Nachdem er sie vorhin gleich hatte unterbrechen wollen, um seine Version vorzutragen, hatte der Hauptmann ihn sogleich mit einer Handbewegung zum Schweigen verurteilt. Seither tat er geflissentlich alles, nicht ein weiteres Mal den Unmut des mächtigen Offiziers auf sich zu ziehen. Einen Augenblick lang war Magdalena versucht, die Gelegenheit zu nutzen und sich an Rupprecht zu rächen, indem sie seine jüngsten Ränkespiele entlarvte. Andererseits war und blieb der Schwede ihr Feind und Rupprecht ihr Gefährte, sosehr sie sich auch über ihn geärgert hatte. Schändlichen Verrat durfte sie nicht begehen. Wer wusste, wie nützlich ihnen Rupprechts Taktieren noch werden konnte? Immerhin versorgte er den Hauptmann mit besonderen Rezepturen und hatte sich dadurch in gewisser Weise unentbehrlich für ihn gemacht. Das konnte für sie beide von Vorteil sein. Ein kaum sichtbares Flackern in Rupprechts Augen bestätigte ihre Einschätzung, besser Vorsicht walten zu lassen. »Wir beide haben beim selben Feldscher unser Handwerk erlernt und über lange Jahre miteinander im Regiment der Kaiserlichen gearbeitet, bis wir unweit von Amöneburg in Eure Linien geraten sind.«

»Was nicht unbedingt euer Unglück gewesen sein muss. Schließlich werdet ihr triftige Gründe dafür gehabt haben, euch jenseits eures Trosses aufzuhalten. Wie mir zu Ohren kam, gab es einige ungeklärte Übergriffe auf ranghohe Offiziere. Ein Profos soll schlimm verunglückt, ein Quartiermeister gar zu Tode gestürzt sein.« Wieder umspielte der spöttische Zug seine Mundwinkel. Die langen blonden Wimpern ließen die hellen Augen selbst im schwachen Licht noch strahlen.

Unter anderen Umständen hätte sie seine Eleganz sicherlich bewundert. So aber überwog das Misstrauen. »Ihr seid bestens informiert über das, was sich bei den Kaiserlichen tut. Vermutlich verfügt Ihr über ausgezeichnete Kundschafter.« Sie bemühte sich, ihn nicht merken zu lassen, wie gern sie die Gelegenheit nutzen und langersehnte Nachrichten von ihm erfahren würde.

»Natürlich. Meine Leute haben mir übrigens auch berichtet, was sich nach diesen Übergriffen noch ereignet hat. Interessiert Euch das, oder ist es Euch einerlei, dass eine alte Wehmutter beim Abzug der Kaiserlichen zufällig unter die schweren Räder eines Geschützes geraten ist? Muss ein entsetzliches Bild gewesen sein. Trotzdem soll sich ein nicht minder alter Feldscher daran versucht haben, sie zu bergen. Der ganze Zug geriet darüber ins Stocken. Erst mehreren Bewaffneten gelang es, ihn von der Halbtoten wegzuziehen. Die Krähen werden sich über den Leckerbissen gefreut haben.«

Hört auf!, wollte Magdalena schreien. Fassungslos starrte sie auf Rupprecht. Ihm war nicht anzumerken, ob er das bereits gewusst hatte oder nun ebenfalls als Neuigkeit erfuhr. Der Schmerz fraß sich quer durch ihre Eingeweide. Allein der Wille, sich vor dem Hauptmann keine Blöße zu geben, hielt sie davon ab, in lautes Klagen und Weinen über Roswithas furchtbaren Tod auszubrechen. Als sie abermals das spöttische Zucken um die Mundwinkel des Hauptmanns wahrnahm, wusste sie, wie sie ihn packen konnte. »So gut Eure Kundschafter im kaiserlichen Heer sind, so nachlässig ist wohl Euer Mönch hier im Kloster. Oder steckt Absicht dahinter? Es sollte Euch zu denken geben, wie unzuverlässig er Euch über die Vorgänge im Refektorium unterrichtet.«

»Was wollt Ihr damit sagen?« Der Spott wich aus seiner Miene. Unwillig zog er die rechte Augenbraue hoch und knetete abermals seine Fingergelenke.

»Was den Zustand Eures kroatischen Freundes anbetrifft, hat er wohl etwas Wichtiges unterschlagen.« Unauffällig tastete sie auf ihrem Mieder nach der Erhebung des darunter verborgenen Bernsteins. Fortan musste er ihr Kraft spenden, Roswithas Tod zu verarbeiten. Tief atmete sie ein und aus, dann erklärte sie: »Ich war es, die den Arm Eures Freundes abgenommen hat. Wenn ich mich recht erinnere, habt Ihr vorhin von mir als der besoffenen Wundärztin gesprochen. Doch keine Sorge: Der Eingriff verlief ohne Schwierigkeiten. Sogar der Branntwein hat gereicht, allerdings diente er allein zur Betäubung des Patienten. Ihr könnt gern meinen Atem prüfen, um Euch von der Wahrheit meiner Aussage zu überzeugen. Die Wunde heilt übrigens hervorragend.«

»Wie könnt Ihr das wissen? Seid Ihr von Sinnen, den Patienten allein zu lassen?« Über seinem Zorn zog sich auch die zweite Augenbraue steil nach oben. Seine harte Aussprache verstärkte den Vorwurf.

»Bevor ich das Refektorium verlassen habe, hat mir der Mönch versichert, für das Wohlergehen des Patienten Sorge zu tragen. Mir schien er vertrauenswürdig genug, ihm das zu glauben. Sein Auftauchen bei Euch zeigt jedoch, dass ich mich getäuscht habe. Deshalb werdet Ihr mich nun entschuldigen. Ich gehe lieber zu meinem Patienten zurück und wache ab sofort selbst bei ihm.«

6

Mit zunehmender Trägheit verbrachte Elsbeth die Tage im Haus des gelehrten Doktor Mattes. Schmal ragte es unweit der Würzburger Franziskanerkirche nahe dem Mainufer auf. Der immer gleiche Ablauf erfüllte sie bald mit Unlust, weiterhin emsig herumzuwirbeln und zu wirtschaften. Die spätsommerliche Hitze tat ein Übriges, die Faulheit zu befördern. Elsbeths Sorge, nicht schnell genug aus Würzburg fortzukommen, schwand. Schließlich sorgten auch die lustvollen Nächte mit dem Hausherrn dafür, dass es ihr dort nicht schlecht gefiel.

Von Sonnenauf- bis Sonnenuntergang vergrub sich das unscheinbare Männlein in der düsteren Stube, in der die Regale vom Boden bis zur Decke mit staubigen Büchern angefüllt waren, und studierte, was andere vor langer Zeit an Weisheiten und Lebenseinsichten über Himmel, Sterne und Erde auf das Papier gebannt hatten. Morgens, mittags und abends stellte ihm die bucklige Luise eine Schale mit Haferbrei oder wässriger Suppe hin, die er, ohne dafür die Lektüre zu unterbrechen, am Pult stehend löffelte. Nur wenn er dreimal die Woche zur nahe gelegenen Universität musste, verließ er für wenige Stunden seine Bleibe. Sonst strich er lediglich dann durchs Haus, wenn er hoffte, Elsbeth allein zu erwischen und in eine kleine Nische zu drängen, um verbotene Dinge mit ihr zu tun, die die Vorfreude auf die gemeinsame Nacht steigerten.

Sosehr Doktor Mattes sich an ihrer Anwesenheit erfreute, so wenig nahm er wahr, was sie alles tat, um dem erbärmlichen Zustand seines Haushalts zu Leibe zu rücken. Kein einziges Wort des Lobes oder gar Dankes für das umtriebige Putzen, Aufräumen und Werkeln kam ihm über die Lippen.

Stattdessen erfand er bei jedem nächtlichen Besuch neue Worte, um den Liebreiz ihres Körpers und die lustvollen Vergnügungen mit ihr zu preisen. Für alles jenseits ihres nackten Busens und ihrer üppigen Schenkel zeigte er sich blind.

Eric ahnte nicht im Geringsten, wie falsch er seinen alten Freund einschätzte. Elsbeth war das nur recht. Auch Luises anzügliche Bemerkungen wurden mit der Zeit weniger. Statt zu reden, hockte sie lieber den ganzen Tag über arg zerfledderten Büchern im dunkelsten Winkel der Küche. Nicht einmal Erics ungewöhnlich langsam voranschreitender Genesungsprozess interessierte sie sonderlich. Dafür entlockte ihr das Zusammensein mit der kleinen Carlotta offensichtlich Freude. Für das Kind legte sie immer öfter ihre Lektüre beiseite.

Noch hielt das Sommerwetter an. Golden glänzten die Dächer der unzähligen Kirchen und der furchteinflößenden Marienfeste in der Sonne. Doch die schlierenartigen Wolken am Himmel, die die dicken weißen Wolkentürme vertrieben hatten, und die immer kräftiger auffrischenden Windböen deuteten an, dass bald schon mit einer unfreundlichen Witterung zu rechnen war.

Vier Wochen waren seit ihrer Ankunft in der Stadt am Main bereits verstrichen, dennoch behauptete Eric, sich weiterhin zu schwach für die Strapazen der Abreise zu fühlen. Dabei hütete er längst nicht mehr das Bett, sondern machte bereits einen munteren Eindruck und verließ das Haus täglich.

»Wenn wir noch lang hierbleiben, wird der Regen die Reise nach Köln unmöglich machen«, wagte Elsbeth eines Morgens einen Vorstoß.

»Dann warten wir eben ab, bis die Straßen wieder trocken sind«, wischte er ihren Einwurf vom Tisch.

»Du hast dich hier wohl gemütlich eingerichtet, so dass es dich gar nicht mehr fortzieht«, warf sie ihm einige Tage später ungeduldig an den Kopf. Wieder einmal hatte sie ihn zuvor vergeblich gedrängt, sich der nächsten Reisegesellschaft flussabwärts anzuschließen. »Kein Wunder, das Leben ist auch viel einfacher hier: Du musst dich nicht sorgen, dass dein Bauch voll wird. So kurz Luise den guten Doktor hält, so üppig füllt sie dir die Schüsseln. Da könnte einer glatt auf die Idee verfallen, du machst ihr schöne Augen.«

»Nimm den Mund nicht so voll, Elsbeth. Du fristest hier auch nicht gerade das Dasein einer Klosterfrau, wie ich oft genug hören kann. Von den sonstigen Vorteilen, die dir hier im Haus meines Freundes zuteilwerden, ganz zu schweigen. Auch die Kleine hat es hier vortrefflich.«

»Vergiss nicht, dass Carlotta dein Kind ist.«

»Das du seiner Mutter weggenommen hast.«

»Weggenommen habe ich niemandem irgendwen oder irgendetwas.« Erbost verschränkte sie die Arme vor der Brust und erwiderte selbstbewusst seinen Blick. »Ich habe mich nur um das Kind gekümmert, als kein anderer für sie sorgen wollte. Was kann ich dafür, dass Magdalena nicht wie vereinbart bei uns in Würzburg auftaucht? Ich halte mich an alles, was wir abgemacht haben.« Diese Version der Ereignisse hatte sie in den letzten Wochen schon so oft wiederholt, dass sie mittlerweile selbst davon überzeugt war, es handele sich um die Wahrheit. Umso mehr ärgerte es sie, dass Eric sie weiterhin in Frage stellte, wie es sie ohnehin aufbrachte, dass es immer wieder zum Streit zwischen ihnen beiden kam. Warum hatte sie ihn bloß mitgenommen? Ohne ihn wäre sie längst mit Carlotta in Köln. Geld hatte sie genug, um sich dort notfalls auch ohne Babettes Hilfe durchzuschlagen.

Einen Augenblick lang starrten sie einander an, dann senkte er als Erster den Blick. »Ich habe noch was zu erledigen«, murmelte er und wandte sich zur Tür.

»Was treibst du da draußen eigentlich Tag für Tag?« Sie stemmte die Hände in die Hüften und versperrte ihm den Weg. Da sie nahezu gleich groß waren, fiel es ihr leicht, ihm direkt ins Gesicht zu sehen. Der einst so betörende Glanz seiner tiefblauen Augen war erloschen. Zu gern wollte sie seinem Geheimnis auf die Spur kommen. Möglicherweise hinderte eine törichte Liebesgeschichte ihn am Verlassen der Stadt. »In letzter Zeit verschwindest du schon im Morgengrauen aus dem Haus und kommst erst bei Anbruch der Dämmerung zurück. Steckt eine Frau dahinter? So schnell also wirst du meiner Cousine untreu? Lass dir gesagt sein, dass ich mein Leben nicht für dich riskiert habe, damit du jedem Rock hinterhersteigst und verhinderst, dass ich rechtzeitig vor Wintereinbruch mit der Kleinen nach Köln komme.«

»Du ärgerst dich doch nur, weil ich dir nicht unter die Röcke gehe.« Herausfordernd fasste er sie am Kinn und zog es so dicht heran, dass sie seinen Atem auf der Nase spürte. Um seine Mundwinkel zuckte es spöttisch. »Dabei bist du diejenige von uns beiden, die täglich mit weit verrutschtem Mieder durch die Gassen scharwenzelt und neue Liebesabenteuer sucht. Als ob du nachts nicht schon genug auf deine Kosten kämst! Du kriegst wohl den Hals nicht voll von Geld und von Männern, was? Lass wenigstens die Kleine hier, wenn du dir draußen männliche Kundschaft holst.«

Wie gern hätte sie ihm auf seine Unverschämtheit mit einer Ohrfeige geantwortet. Doch so gut kannte sie ihn inzwischen, dass sie wusste, worauf er es anlegte. Böse funkelte sie ihn aus ihren blauen Augen an und befreite sich durch eine energische

Kopfbewegung aus seinem Griff. Aufreizend strich sie sich das lange blonde Haar zurück, bevor sie erwiderte: »Gräme dich nicht so arg, weil dir das Geld für eine Hure fehlt. Gerade schwemmen so viele Flüchtlinge herein, dass die Franzosenkrankheit wieder umgeht. Sei also froh, dass du keine Gelegenheit hast, dir auch das noch einzufangen. Wäre schade, wo es doch endlich ein wenig besser mit deinen Blessuren wird.«

Nun war es an ihm, ihr ob der unerwarteten Schlagfertigkeit einen verwunderten Blick zuzuwerfen. Er rang sich zu einem Lächeln durch, setzte sich den breitkrempigen Schlapphut auf und tippte zum Abschied mit dem rechten Zeigefinger an den Rand. Sie zögerte nicht lang, sondern schlang sich ein Brusttuch um und folgte ihm. Schon im Laufen band sie sich Luises von Motten zerfressenes Tuch um den Kopf. Die Schultern hochgezogen, den Oberkörper vorgebeugt, kam sie sich bald selbst wie die verhasste Wirtschafterin vor. Hoffentlich hausten in dem Kopftuch keine Läuse. Seit ihrer Ankunft in der Stadt war sie die Plagegeister durch das regelmäßige Auswaschen der Haare mit Essigwasser endlich losgeworden. Den Zustand wollte sie gern beibehalten. Befand man sich auf Wanderschaft mit dem Tross oder einem Händler, wurde man in der Regel binnen weniger Tage von den ungebetenen Tierchen bevölkert.

Trotz der frühen Morgenstunde und des überraschend eisigen Windes waren bereits viele Menschen in den engen Gassen unterwegs. Es war nicht leicht, den großgewachsenen, rotblonden Eric im Blick zu behalten. Elsbeth musste auf sicheren Abstand achten, denn sie selbst war ihrer ungewöhnlichen Größe und der blonden Haare wegen, die unter dem Kopftuch hervorlugten, eine auffällige Erscheinung. Es bestand die Gefahr, dass er sie beim flüchtigen Umherschauen entdeckte. Da sie mit dem Heer schon oft im Winter in Würzburg gelagert hatte, kannte sie die Stadt gut genug, sich rechtzeitig in einer Nische verbergen oder hinter einem Baum Schutz finden zu können.

Doch Eric, der kräftig ausschritt, achtete nicht darauf, ob ihm jemand folgte. Er eilte am rückwärtigen Teil des Domes vorbei die Straße weiter hinauf. Kurz vor Erreichen eines ausladenden Platzes schwenkte er nach links in eine Straße, die leicht bergab führte. Fast meinte sie schon, er führte sie absichtlich falsche Wege und Gassen, um sie loszuwerden. Immer wieder suchte er Abkürzungen durch einen Hof oder eine schmale Gasse, bis er schließlich den Garten eines großen Gasthauses betrat. Neben der Remise befand sich eine Tür. Die öffnete er und verschwand im Innern des Hauses.

Vorsichtig betrat Elsbeth wenige Minuten später ebenfalls die Gaststätte. Drinnen konnte sie zunächst nicht viel erkennen. Die niedrige Decke mit den rußigen Balken und die mit Vorhängen abgeschirmten Fenster sorgten dafür, dass in der Gaststube nahezu finstere Nacht herrschte. Als Elsbeth Umrisse unterscheiden konnte, erkannte sie schließlich, dass Eric sich zu einer Gruppe Männer im hinteren Teil der Stube gesellt hatte. Sie hockten auf einer hufeisenförmigen Bank um einen runden Tisch. In der Nähe des Tisches trennte ein senkrechter Holzbalken den Raum vom vorderen Teil ab.

Dahinter postierte sie sich, um zu hören, was die drei Männer, der prächtigen Kleidung nach Kaufleute oder Gelehrte, in jedem Fall Angehörige einer besseren Schicht, zu bereden hatten. Eric, dessen ärmliches Gewand sich deutlich abhob, sagte wenig. Seine Körperhaltung deutete an, dass er einzig darauf erpicht war, von den anderen Neuigkeiten zu erfahren.

Anscheinend hatte einer der Herren gerade aufregende Nachrichten erhalten. Seinen Wissensvorsprung gegenüber den anderen kostete er aus. Bedächtig zupfte er sich den spitzen Kinnbart und zwirbelte die Enden, bevor er mit seinem Bericht begann, dem die anderen aufmerksam lauschten. »Die ersten Schweden haben den Lech überschritten, wie mir meine Kundschafter melden. Bis zur Isar wollen sie in diesem Herbst noch vordringen, natürlich das stolze München vereinnahmen. Der Kurfürst und seine Gefolgschaft haben sich deshalb eiligst nach Wasserburg verzogen, wie es heißt. Sollen die Schweden dem guten Maximilian das Leben im eigenen Land nur weiter schwermachen, ihn, wenn es sein muss, auch bis weit hinter den Inn zurückdrängen! Schade ist es nicht um ihn. Lang genug hat er dafür gesorgt, dass unsereins von Freund und Feind geplagt wurde.«

Mit ausgestreckten Armen stützte er sich von der Tischkante ab und lehnte sich weit nach hinten. Seine Augen waren dunkel. »Es heißt außerdem«, fuhr er fort, »dass die Franzosen vom Elsass südostwärts ziehen. Damit bleibt unsere Gegend bis auf weiteres von Söldnerheeren verschont.«

»Das wochenlange Lager oben bei Amöneburg hat uns wirklich gereicht. Lasst uns also die Verschnaufpause genießen!« Ein dunkelbärtiger Mann mit rundem Nasenzwicker hob seinen Krug. »Wenn wir Glück haben, bringen die Bauern also doch noch ungestört die Ernte ein. Dann ist der Winter gerettet.«

»Vergesst nicht«, warf der Spitzbärtige ein, »dass sie auf dem Zug quer durch den Taunus und den Spessart ordentlich gewütet haben. Es wird nicht viel an Feldfrüchten zu erwarten sein.«

»Daran tragen aber weniger die Schweden als die Kaiserlichen Schuld.« Der Dunkelhaarige rückte den Zwicker auf der schmalen Nase zurecht. »Wären von Werth und die anderen Feldherren sich mit ihren Leuten über die Vorgehensweise einig gewesen, hätten die Kaiserlichen nicht all die Wochen vergebens dort gelegen und das Land verwüstet. Am Ende mussten sie unverrichteter Dinge abziehen.«

»Uns kann es nur recht sein. Damit ist Hagen Seume endlich aus dem Spiel. Mit ihm Geschäfte zu machen ist nicht eben erfreulich. So sind wir ihn los und können wieder unter uns abwickeln, worin er sich sonst immer gern eingemischt hat.« Wieder rieb sich der Spitzbärtige das Kinn.

»Dafür hat er den Quartiermeister aus dem Weg räumen lassen. Ihr seht also, mein guter Grohnert, Ihr seid nicht der Einzige, der dem verehrten Profos beim Geldscheffeln in die Quere gekommen ist.« Der Dunkelbärtige legte dem neben ihm sitzenden Eric den Arm um die Schultern. Elsbeth meinte, von ihrem Versteck aus zu erkennen, wie blass Eric über diesen Worten geworden war. Sie selbst spürte einen dicken Kloß im Hals, wenn sie sich vorstellte, welch bitteres Ende der gutmütige Strecker gefunden hatte. Trotz seiner Unersättlichkeit war ihr der Dicke ans Herz gewachsen. Seume dagegen hatte sie nicht nur seiner Grobheit wegen nie gemocht.

»Was ist mit dem Quartiermeister?«, hörte sie Eric heiser fragen.

»Seume hat wohl die Wirren des Truppenabzugs genutzt und den armen Strecker erschlagen lassen. Kein Wunder, der wusste einfach zu gut über seine Machenschaften Bescheid.« Bei diesen Worten beugte sich der Spitzbärtige wieder vor und strich mit der flachen Hand über die Tischplatte, als wollte er sie polieren.

»Das verstehe ich nicht. Die beiden waren seit Jahren miteinander im Handel.« Eric schüttelte verwirrt den Kopf.

»Da gibt es nichts zu verstehen, mein Lieber«, sagte der Spitzbärtige. »Ihr wart auch seit Jahren mit Seume im Geschäft, und trotzdem wollte er Euch auf einmal an den Kragen. Seid einfach froh, dass Ihr den Fängen dieses unberechenbaren Mannes noch einmal entwischt seid. Wie es heißt, sollen zwei ausgezeichnete Wundärzte aus dem Tross verschwunden sein, ein dritter, etwas älterer, wurde übel zugerichtet, so dass er kaum noch arbeiten kann. Seume ist darüber so in Wut geraten, dass er behauptet, der Alte hätte sich absichtlich selbst massakriert, und die beiden anderen hätten den Mord am Quartiermeister begangen. Weil er sie unbedingt wiederhaben will, hat er eine ordentliche Belohnung auf ihre Ergreifung ausgesetzt.«

Ohne dass die beiden es merkten, reckte Eric den rotblonden Kopf. Die Anspannung auf seinem Gesicht war selbst in der düsteren Gaststube deutlich zu erkennen. Hell leuchteten seine Augen. »Wisst Ihr Näheres über diese beiden?« Seine Stimme klang schrill. Anscheinend merkte er das selbst, hielt kurz inne, schluckte und sprach mit gepresster Stimme weiter: »Wo sind sie hin?«

»Was interessiert Euch das?« Der Dunkelbärtige musterte ihn fragend und zwinkerte mehrmals hinter dem runden Brillenglas. »Wollt Ihr nicht lieber wissen, wie viel Seume die Ergreifung der beiden wert ist? Wie ich gehört habe, stellt er eine erkleckliche Summe in Aussicht.«

Der Spitzbärtige ging sogleich mit erhobenem Zeigefinger dazwischen: »Sofern man sich darauf verlassen will, dass er die auch tatsächlich zahlt. So wie ich ihn einschätze, wird er tausend Ausflüchte finden, am Ende die Summe schuldig zu bleiben. Großmut war noch nie eine seiner hervorragenden Eigenschaften. Also, mein lieber Grohnert, zieht diese Möglichkeit des Geldverdienens lieber gar nicht erst in Betracht.« Damit lehnte er sich zurück und rieb sich die riesigen Hände, als friere ihn. Eric ließ ihn nicht aus den Augen. Deutlich spürte Elsbeth, dass der Mann noch mehr über die Geschichte zu sagen hatte, sich aber offensichtlich gern bitten ließ.

Der Brillenträger dagegen redete ungefragt weiter: »Die beiden Wundärzte werden gewiss rasch Unterschlupf finden. Wundärzte sind gesuchte Leute, die sind heutzutage überall willkommen. Jedermann hat ein paar Wunden und Beschwerden zu pflegen. Kein Wunder, dass Seume der Verlust von drei ausgezeichneten Feldschern schwer trifft. Die Schweden zum Beispiel würden sich gewiss freuen, wenn sie der beiden Flüchtenden habhaft werden. Haben die sie dann erst mal in ihren Fängen, wird man sie so schnell nicht wiedersehen.«

»Euer Kundschafter kennt die Angelegenheit genauer«, wandte Eric sich ein weiteres Mal an den Spitzbärtigen. »Was hat er Euch noch gesagt?«

»Die Sache lässt Euch wohl keine Ruhe, was?« Der Angesprochene zupfte an seinem gepflegten Bart und verzog die Lippen zu einem Schmunzeln, so dass zwei blinkende, zu groß geratene Schneidezähne dazwischen hervorblitzten. Eric nickte leicht. Gut verbergen konnte er seine Anspannung nicht. Elsbeth erging es in ihrem Versteck nicht anders. Noch ehe der Mann ein Einsehen hatte und Eric durch die Fortsetzung seines Berichts erlöste, wusste sie, worauf die Geschichte hinauslaufen würde: Bei den beiden Wundärzten handelte es sich zweifellos um Magdalena und Rupprecht. Gut möglich, kam ihr in den Sinn, dass nicht einmal Seume selbst, sondern Magdalena in ihrer Unberechenbarkeit den Quartiermeister auf dem Gewissen hatte. Oder Rupprecht, weil er der Cousine wieder einmal hatte beistehen wollen.

»Stimmt, Ihr wart lange genug in Seumes Tross«, setzte unterdessen der Spitzbärtige seinen Bericht fort. »Gut möglich, dass Ihr die beiden kennt. Ein Mann und eine Frau sollen es sein. Er mit schwarzen, sie mit roten, lockigen Haaren. Beide auffallend klein und sehr geschickt in ihren Fähigkeiten. Die rote Magdalena wird die Frau wohl deshalb ehrfürchtig in Söldnerkreisen genannt. Sind die Euch mal begegnet?«

Ein schriller Ton entfuhr Elsbeth. Hastig schlug sie die Hand vor den Mund und lauschte mit klopfendem Herzen, ob die anderen sie gehört hatten und aus ihrem Versteck ziehen würden. Doch nichts geschah. Alle warteten gespannt, was es noch an Nachrichten über die Feldscher gab.

»Seid vorsichtig, mein lieber Freund, und vergesst die Geschichte mit dem Lösegeld lieber gleich wieder. Aus verlässlicher Quelle wurde mir zwar zugetragen, dass ein Versehrtenzug der Schweden in einem Kloster im Maintal lagert, wahrscheinlich gar nicht weit von hier. Doch Vorsicht ist angebracht. Niemand weiß Genaueres. Man vermutet, dass sie bald nach Ansbach weiterziehen, um in den nächsten Wochen zu ihren Truppen zu stoßen. Doch selbst wenn Ihr auf die Spur der beiden Wundärzte gelangen solltet, wird Euch das nichts nutzen. Sie zu ergreifen und an den Profos auszuliefern wird Euch nicht helfen. Wenn Ihr Euch wieder in Seumes Nähe wagt, blüht Euch am Ende nur Unheil. Noch einmal wird Euch das Schicksal nicht gnädig sein und Euch vor ihm retten. Die paar Goldstücke, die Ihr mit einem wie ihm verdient, sind es nicht wert, dass Ihr dafür Euer Leben ein zweites Mal riskiert.«

»Keine Sorge«, beruhigte Eric ihn mit bemüht fester Stimme und erhob sich von seinem Platz. Seine Hände zitterten, als er nach seinem Hut griff. »Mit Seume will ich ganz gewiss nichts mehr zu tun haben. Jemanden an ihn auszuliefern steht nicht in meinem Sinn, selbst wenn es der größte Schurke vor dem Herrn sein sollte. Seume wird ihn immer noch um ein gutes Stück an Frechheit übertreffen.«

7

Eric schien sehr angespannt, als er spätabends in der Küche auftauchte. Weil er sich den ganzen Tag nicht hatte blicken lassen, hatte Elsbeth schon befürchtet, er wäre allein, ohne sie und Carlotta, aus der Stadt aufgebrochen. Nach dem, was er heute im Gasthaus erfahren hatte, musste alles in ihm danach drängen, sich endlich wieder auf den Weg zu machen.

Erwartungsvoll stellte sie ihm eine Schüssel warmer Suppe und einen Krug Bier auf den Tisch.

»Gib mir auch noch was von der Suppe. Es ist kalt, da tut die Brühe gut«, grummelte Luise und klappte das Buch zu, in dem sie seit Stunden las. Carlotta, die auf ihrem Schoß hatte sitzen und die Bilder darin betrachten dürfen, patschte freudig in die Hände. Elsbeth ging zurück zum Herd, nahm das grobkörnige Brot aus dem Tontopf, das sie am Nachmittag frisch gebacken hatte, und schnitt eine dicke Scheibe ab.

»Spar dir das. Hunger habe ich keinen.« Eric winkte ab. »Morgen früh brechen wir auf. Pack zusammen, was du für nötig hältst, und leg dich schlafen. Es wird keine sonderlich angenehme Reise.«

»Was ist mit Carlotta?« Ihre Stimme zitterte, wie auch ihr ganzer Leib auf einmal bebte. So lange hatte sie auf diesen Moment gewartet. Trotzdem war es nicht so sehr Freude, was sie auf einmal erschauern ließ.

»Was soll mit ihr sein? Mitkommen wird sie, was sonst?« Überrascht sah er erst sie, dann das kleine Mädchen auf Luises Knien an. »Eher lasse ich dich zurück als mein Kind. Wenn du ihrer überdrüssig bist, sag es nur gleich. Notfalls werde ich allein mit ihr zurechtkommen.«

Damit wandte er sich ab, doch sie huschte schnell an ihm vorbei und versperrte ihm am Treppenabsatz mit ausgestreckten Armen den Weg. »Wie kommst du darauf, ich könnte Carlotta im Stich lassen? Die Kleine ist mein Ein und Alles. Niemals lasse ich sie mir wegnehmen.«

»Das wird Magdalena auch gedacht haben. Doch du hast sie gar nicht erst gefragt, als du mit Carlotta verschwunden bist.«

Eine Weile konnte sie dem anklagenden Blick seiner blauen Augen standhalten, dann gab sie Eric widerstrebend den Weg frei. Zwei Stufen auf einmal nehmend, sprang er die Treppe hinauf. »Und du fragst sie wohl lieber auch nicht!«, rief sie ihm zornig hinterher. »Wie ist es sonst zu verstehen, dass du ihre Ankunft hier in Würzburg nun doch nicht mehr abwarten willst?«

Oben angekommen, drehte er sich langsam zu ihr um. Auch im Halbdunklen sah sie deutlich den Schatten, der über sein Gesicht huschte. Einen Augenblick schwankte seine hünenhafte Gestalt. Sie fürchtete schon, er kippte kopfüber nach vorn. Dann ging ein Ruck durch seinen Körper, und er erklärte mit hocherhobenem Kopf: »Spar dir deine Lügen. Du weißt genauso gut wie ich, dass Magdalena nicht einmal ahnt, wo wir drei uns aufhalten. Nie hast du ihr eine Nachricht geschickt oder versucht, Kontakt zu ihr aufzunehmen. Wer weiß, was sie erleiden muss? Deshalb werde ich sie suchen und die Kleine zu ihr bringen.«

»Du willst sie suchen? Wo denn? Und was wird aus unserer Reise nach Köln?« Sie raffte ihren weiten, vielfach geflickten Leinenrock und wollte ebenfalls die Treppe hinauf, da öffnete sich die Tür zur Studierstube, und Doktor Mattes trat auf den Flur. Seine dürren Gliedmaßen wirkten spinnenartig, sein eckiger Schädel mit dem spärlichen, weißen Haar wackelte unermüdlich.

»Was höre ich da: Ihr wollt nach Köln, mein Lieber? Was zieht Euch denn dorthin?« Das Krächzen seiner Stimme weckte bei Elsbeth unliebsame Erinnerungen an die Hebamme Roswitha. Sie wollte jetzt nicht auch noch an deren ungeklärtes Schicksal erinnert werden und hoffte, er räusperte sich, um die Stimme zu glätten. Wenn er wollte, konnte er viel einfühlsamer sprechen.

»Nichts, das ist ein Irrtum. Von Köln war nie die Rede. Elsbeth muss da etwas falsch verstanden haben«, erwiderte Eric und drückte sich sogleich an ihm vorbei in seine Kammer.

Erst da entdeckte der Gelehrte Elsbeth unten am Fuß der Treppe. Ein Ausdruck freudiger Erwartung breitete sich auf seinem Gesicht aus. Gegen ihren Willen musste sie schmunzeln. Zwar nagte die Enttäuschung an ihr, dass sie wieder nicht nach Köln konnte. Doch da ein Leben ohne Carlotta für sie unvorstellbar war, musste sie wohl oder übel Eric folgen, selbst um den Preis, Magdalena wiederzubegegnen. Was aber sprach dagegen, sich nun ein wenig Ablenkung zu verschaffen? Noch dazu, wo sie nicht ahnte, wann sie jemals wieder etwas ähnlich Tröstliches wie die Liebe mit dem Gelehrten erleben würde? Erics Behauptung kam ihr in den Sinn, dass Mattes nichts anderes als die Weisheiten seiner Bücher im Kopf habe. Dabei war Eric derjenige, der nichts kannte als seine Geschäfte und seine geliebte Magdalena. Wenn er doch nur annähernd so viel Phantasie besäße wie Doktor Mattes, welche Welt stünde ihm da offen! Nicht im Entferntesten hatte er eine Vorstellung davon, welche Schriften das waren, in die sein gelehrter Freund so emsig die Nase versenkte. Sie hegte inzwischen den Verdacht, darin ginge es nicht um ferne Himmelskörper, sondern um genau die irdischen Freuden, die er ihr des Nachts so meisterhaft bereitete. Wenn er in seiner sonstigen Wissenschaft ähnlich kundig war wie auf dem Gebiet der körperlichen Liebe, dann musste er ein famoser Gelehrter sein.

Allein bei dem Gedanken, wie zärtlich seine Finger über ihre nackte Haut streichelten, wie schaurig wohl sie sich dabei auf dem Laken rekelte, spürte sie die Röte glühend heiß ins Gesicht steigen. Anders als der gewalttätige Seume oder der ungestüme Strecker legte er viel Wert auf das beiderseitige Auskosten der Wonnen. Stets achtete er darauf, ihr ausreichend Zeit zu lassen, ihm auf seine Reise in das Land der Zärtlichkeiten folgen zu können.

Nicht weniger erwartungsvoll als er zupfte sie sich den Ausschnitt ihres Mieders zurecht und öffnete die obersten beiden Knöpfe, als sie im Halbdunkel des Flurs das begierige Funkeln seiner Augen hinter den kleinen, runden Brillengläsern bemerkte. Einladend die Hüften wiegend, sah sie ihm entgegen, wie er langsam die Treppe herunterstieg.

»Schade, dass deine Zeit in meinem Haus so abrupt endet«, krächzte er.

»Noch bleibt uns eine ganze Nacht.« Keck küsste sie ihn auf die Wange. Sein Kopf reichte ihr gerade bis zur Schulter, geschickt überspielte sie den Größenunterschied und hakte sich bei ihm unter. Arm in Arm tänzelten sie hinüber in die Kammer neben der Küche, die er ihr und Carlotta bei der Ankunft vor mehr als vier Wochen zugewiesen hatte.

»Lass uns diese Nacht auskosten, meine Liebe, als wäre es die letzte, die uns beiden für alle Zeiten zur Verfügung steht.« Auf wundersame Weise veränderte sich seine krächzende Altmännerstimme in ein jubilierendes Flöten, sobald sie die Tür hinter sich geschlossen hatte. Zärtliche Koseworte wie »Täubchen«, »Blondes Engelchen« oder »Duftende Rose« flogen ihr entgegen, während seine Fingerkuppen sanft wie Schmetterlingsflügel über ihre Wangen huschten. Behutsam führte er sie zum Bett, hieß sie, sich niederzulegen, und begann gemächlich, sie zu entkleiden. Bei jedem Knopf, den er am Mieder öffnete, hauchte er einen Kuss auf ihre Brust, arbeitete sich langsam nach unten vor und endete schließlich mit einem sanften Nasenstüber gegen ihren Bauchnabel. Den Rock rollte er über ihre Knie nach unten, nicht ohne dabei ihre Oberschenkel ausführlich mit den Wangen zu liebkosen und die Lippen an den Innenseiten bis hinunter zu den Zehenspitzen entlanggleiten zu lassen.

Schon bebte sie am ganzen Leib, wand sich ihm hungrig nach weiteren Berührungen auf dem Laken entgegen. Lächelnd entzog er sich ihr und trat in die Mitte des Raumes. Bevor er seinen verschossenen roten Hausmantel ablegte, zog er die Vorhänge vor das kleine Fenster zum Hof und entzündete eine Kerze. Aus den Untiefen seiner Manteltaschen fingerte er ein Pulver, dessen grobe Körner er in die Flamme rieseln ließ. Begierig sog Elsbeth den schweren Moschusduft ein. Noch während sie tief ein- und ausatmete, war ihr, als verwandelte sich die enge Kammer in eine weite, rotglühende Höhle. Doktor Mattes' hageres Gesicht verlor seine tiefen Furchen, die Falten glätteten sich. Die dunklen Augen hinter der Brille leuchteten. Bedächtig beugte er sich über sie, nicht mehr der spinnenartige, dürre, alte Mann, sondern ein wohlgebauter, schlanker Jüngling. Auf sanften Wogen schwebte sie mit ihm davon in einen Traum von unendlicher Lust und hoffte, dass der nie enden würde.

8

Die angenehmen Sommertage waren Vergangenheit. Wolken bedeckten den Himmel, erst dicke, weiße, bis sie mehr und mehr zu grauschwarzen Ungetümen wurden. Lästige Mücken schwirrten umher und plagten nicht nur die Arbeiter auf den Feldern und in den Weinbergen.

Vom drohenden Wetterumschwung kündeten auch die schlechter werdenden Sichtverhältnisse im Refektorium lange, bevor der Regen tatsächlich kam. Obwohl auf beiden Längsseiten Fenster in die dicken Sandsteinmauern eingelassen waren, drang statt des hellen Tageslichts nun graudüstere Gewitterstimmung herein. Weil sich die Sonne kaum mehr zwischen den Wolken hervordrängte, fehlte es bald nicht nur an Licht. Der langgestreckte Raum kühlte auch schnell aus. Ein weiteres Zeichen, dass der August den Einzug des Herbstes einläuten würde, ein Monat früher, als der Kalender es bestimmte. In den letzten Kriegsjahren waren die ausgedehnten, warmen Sommer, die man früher in diesen Gefilden kannte, selten geworden. Offenbar lebte das Wetter wie die Menschen in tiefem Unfrieden mit der gegenwärtigen Zeit.

Die Folgen waren verheerend: Nicht allein die Regimenter und ihr Gefolge, sondern auch das zu kalte, nasse Wetter sorgte für schlechte Ernten und verwüstete mit sintflutartigen Regenfällen das Land. Das Einzige, was unter diesen Bedingungen gedieh, war der Hunger. Lediglich im Süden, wo Kurfürst Maximilian das Zepter schwang, so hieß es, gäbe es in diesen Wochen ausreichend Nahrung für die hungrigen Söldner und ihren Tross. Auch das Bier fließe dort weiter ungehemmt aus den Fässern direkt in die Bäuche. Kein Wunder, dass die Feldherren aller Lager ihre Truppen dorthin lenkten.

Magdalena überlegte, ob sie das Feuer im Kamin schüren sollte. Brennholz war inzwischen rar, sein Gebrauch gut zu bedenken. Einige Zeit redete sie sich ein, die unbändige Trauer um Roswitha und die ungestillte Sehnsucht nach ihrem Kind machten sie frösteln. Frierend rieb sie sich die Arme und lief im Refektorium auf und ab. Die Unruhe übertrug sich auf den Kroaten. Das Fieber war zwar nach Abnahme des entzündeten Arms rasch gesunken, dennoch gab sein Zustand weiterhin Anlass zur Sorge. Die kurze Episode beim Hauptmann hatte Magdalena gezeigt, wie wichtig ihm das Wohlergehen des Mannes war.

Wärme tat dem Patienten sicherlich gut. Also schichtete sie schließlich doch die letzten Holzstücke im Kamin auf, rieb das Zündholz und blies in das Feuer, bis die Flamme groß genug war, es am Brennen zu halten. Der Kroate war der Letzte, der im zum Lazarett umfunktionierten Speisesaal des Klosters gepflegt wurde. Allein seines unbeständigen Befindens wegen blieb der Versehrtenzug noch im Kloster.

Magdalena kam das nicht ungelegen. Roswithas grausamer Tod unter den Rädern beschäftigte sie sehr. Auch die Ungewissheit, ob Meister Johann das Unglück überlebt hatte, und falls ja, ob sich fortan jemand im Tross um ihn kümmerte, lähmte ihr Denken. Gleichzeitig wälzte sie die verschiedensten Überlegungen, wie es ihr gelingen konnte, Carlotta aufzuspüren. Noch hatte sie keine Idee, wie sie sich aus den Fängen der Schweden befreien und verhindern konnte, mit ihnen bis zum Lech ziehen zu müssen. Denn dass sie dort Carlotta niemals finden würde, war ihr klar. Sich unbemerkt aus dem Kloster zu entfernen und auf eigene Faust die Suche aufzunehmen schien ebenfalls unmöglich. Viel zu gut wachten die Männer des Hauptmanns über jeden Schritt und Tritt. Selbst wenn ihr die Flucht wider Erwarten gelingen sollte, würde sie nicht weit kommen. Im nahen Würzburg hatte sie in den letzten Jahren oft Quartier genommen und lief deshalb auf Schritt und Tritt Gefahr, von jemandem erkannt und an treue Gefolgsleute Seumes verraten zu werden. Außerhalb der Stadt aber konnte sie sich auch nicht wagen. Marodeure und Räuberbanden sowie die erboste Landbevölkerung überfielen jeden, der sich jenseits eines schwerbewaffneten Zuges über Land bewegte. Der Spessart war nah. Im Schutz des undurchdringlichen Waldes regierten seit einigen Jahren die übelsten Banden.

Trotz des Feuers weiterhin fröstelnd, nahm sie das unstete Umhergehen im Refektorium wieder auf. Der Kroate schlief. Die Wärme und das Prasseln im Kamin hatten ihn eingeschläfert. Stimmen im Klosterhof lenkten ihre Aufmerksamkeit dorthin. Neugierig trat sie an eines der Fenster und sah hinunter. Das dichte Laub der weit ausladenden Linde verdeckte nahezu den gesamten Innenhof. Reiter waren eingetroffen. Der hochgewachsene Hauptmann, um dessen Gunst

Rupprecht nach wie vor buhlte, begrüßte sie überschwenglich wie allernächste Verwandte. Gerne hätte sie in Erfahrung gebracht, um wen es sich bei den Besuchern handelte. Längst aber hatte sie sich angewöhnt, das Refektorium nur noch zu verlassen, wenn Rupprecht ihren Posten neben dem armamputierten Freund des Hauptmanns übernehmen konnte. Dem dicken, kleinen Mönch traute sie nicht mehr über den Weg. Wo aber steckte Rupprecht? Ungeduldig spielte sie mit dem Bernstein und wickelte sich die Lederschnur mehrfach um den Finger. Da erspähte sie den dunklen Haarschopf ihres Gefährten im Gestrüpp der Linde. Er hockte mitten im Baum, den Rücken an den Stamm gepresst, die kurzen Beine hochgezogen und ganz offensichtlich darauf bedacht, von seinem Versteck aus den Hauptmann und seine neueingetroffenen Gäste zu belauschen.

»Willst du nicht nach unten gehen? Besuch ist gekommen. Vielleicht bringen sie Nachricht, was um uns herum geschieht.« Lautlos war der kleine, dicke Mönch hereingekommen und stellte sich ganz selbstverständlich zu ihr ans Fenster.

»Das sehe ich selbst. Du kannst sicher sein, dass wir die Letzten sind, denen sie erzählen, was außerhalb des Klosters vor sich geht. Oder spionierst du auch für die da unten?« Wütend drehte sie sich um und ging zur Truhe mit den Arzneimitteln.

»Was soll das?« Der Mönch folgte ihr dicht auf den Fersen. »Ärgerst du dich etwa immer noch, weil ich den Hauptmann über den Zustand seines Freundes unterrichtet habe? Was ist so schlimm daran? Es war meine Christenpflicht. Er war in Sorge um ihn, hat mich ständig nach ihm gefragt. Immerhin handelt es sich um seinen treuen Diener.«

»Treuer Diener – dass ich nicht lache! Kein einziges Mal hat er sich bislang hier blicken lassen, um nach seinem angeblich so teuren Freund zu sehen. Doch wie auch immer: Mir ist nicht danach, mit Männern wie dir über so etwas wie Christenpflicht zu sprechen.« Erbost nahm sie den Tiegel mit Wundbalsam, den er gerade aufgenommen hatte, aus seinen Händen und stieß ihn beiseite, um zum Lager des Verletzten zu gehen. »Deine Hilfe ist hier nicht mehr vonnöten. Mit dem letzten Patienten, der uns geblieben ist, werden Rupprecht und ich schon allein zurechtkommen.«

»Meinst du nicht, das ist ein wenig voreilig?«

»Du fragst dich wohl, was aus dir wird, wenn du hier nicht mehr gebraucht wirst.« Behutsam verstrich sie die Salbe auf dem noch immer leicht entzündeten Stumpf des Patienten unterhalb des Ellbogens. Trotz der Berührung schlief er weiter, jedenfalls hielt er die Augen geschlossen und atmete gleichmäßig. »Die Schweden werden dich sicher unbehelligt abziehen lassen. Was wollen sie auch mit einem Mönch? Mit der Muskete umgehen kannst du wohl kaum, zum Beten aber brauchen sie erst recht keinen katholischen Klosterbruder, und so, wie es aussieht, wird der Trupp hier ohnehin bald dem restlichen Regiment Wrangels nach Bayern folgen. Bis auf den Kroaten sind die Verwundeten alle abmarschbereit. Freu dich also darauf, deinen Brüdern die Klosterpforten bald wieder zu öffnen.«

»Da gibt es nichts zu freuen. Von denen ist keiner mehr übrig.« Dieses Mal sprach er so leise, dass sie ihn kaum verstand.

»Oh«, entfuhr es ihr, wobei sie kaum Mitleid empfand. Sie wollte auch nicht wieder die immer gleiche Geschichte vom Untergang eines ehrenhaften Klosters hören. »Dann ist es deinen Brüdern nicht anders ergangen als so vielen Menschen in deutschen Landen.«

»Worauf willst du hinaus? Täusche ich mich oder höre ich aus deinen Worten Schadenfreude? Das ist alles andere als christlich.«

»Alles andere als christlich ist auch das, was unsereinem schon oft hinter den sogenannten heiligen Klostermauern widerfahren ist. Von Kindesbeinen an habe ich mit meinen Eltern im Tross gelebt. Seit den frühesten Kriegsjahren hat mein Vater als Söldner erst unter Pappenheim und später unter Mercy sein Soll erfüllt. Mussten wir das Winterquartier oder Krankenlager in Klöstern aufschlagen, so ist es uns meist schlechtgegangen: Kein Brot, kein Fleisch, keinen Wein oder Bier haben uns die heiligen Herren geboten. Das haben sie schnell in Sicherheit gebracht, um der leidigen Pflicht, die Söldnerheere zu versorgen, zu entgehen. Schlugen sich halt lieber selbst den Leib voll, statt brüderlich mit den Verteidigern ihres heiligen Glaubens zu teilen. Und das war meist noch das Geringste, was sie uns angetan haben. Von den anderen Dingen schweige ich lieber. Nur eine Bitte: Erzähl du mir nichts von klösterlicher Christenpflicht.«

»Das klingt nicht eben rühmlich für meine unbekannten Brüder. Doch da ich nicht weiß, zu welchen Orden sich jene Mönche gezählt haben, kann ich dazu nichts sagen. Meine hiesigen Brüder haben für die Frevel anderer jedenfalls sehr hart büßen müssen. Lange vor dem Eintreffen eures Krankentrupps sind fast alle durch umherstreunende Marodeure massakriert worden. Die wenigen, die sich in Sicherheit bringen konnten, sind dem Zorn der Bauern zum Opfer gefallen, bei denen sie sich hatten verstecken wollen. Die Mönche mussten den Preis dafür zahlen, dass einer behauptet hat, wir hätten durch ungebührliches Verhalten den Zorn Gottes auf die Gegend heraufbeschworen.«

»War da nicht auch noch anderes, wofür so manch einer der Bauern sich an den benachbarten Klöstern rächen wollte? Ich habe noch von keinem Kloster gehört, das die umliegenden Dörfer nicht bis zum letzten Tropfen ausgepresst hätte. Auf Kosten der armen Gläubigen machen sich die geistlichen Herren doch ganz gern ein gutes Leben. Aber wie«, damit warf sie dem ehemaligen Apothekermönch einen neugierigen Blick von der Seite zu, »ist es dir gelungen, dem Angriff zu entrinnen?«

Eine dunkle Röte huschte über die feisten Wangen des Mönchs. Beschämt senkte er den Kopf. »Ich war nicht da«, murmelte er.

»Was? Wie kam das?« Ein Blick auf den Patienten genügte ihr, um zu wissen, dass der Mann noch immer schlief. Es wäre töricht, ihn zu wecken, nur um die Wunde am Stumpf unterhalb des Ellbogens weiter zu versorgen. Die Geschichte des Mönchs dagegen interessierte sie auf einmal. Vom Schicksal eines anderen zu hören lehrte sie möglicherweise, das eigene besser zu ertragen. Aufmunternd tippte sie ihm auf die Schulter und lächelte ihn an. Erstaunt hob er den Kopf. »Erzähl mir deine Erlebnisse. Vielleicht hilft es dir, darüber hinwegzukommen.«

Damit zog sie ihn zum Fenster, wo sie seine Mimik besser beobachten konnte. Bitten ließ sich der Mönch nicht lange, sondern sprudelte hastig los: »Wie du weißt, bin ich für die Klosterapotheke zuständig. Der Kräutergarten aber bietet längst nicht alles, was man für die verschiedenen Rezepturen braucht. Manche Kräuter lassen sich eben nicht in einem Garten ziehen, mag er auch noch so liebevoll gepflegt sein. Sie wachsen nur an verborgenen Plätzen. Nicht alles Kraut darf bei Tag geschnitten werden, manches nur in Vollmondnächten oder beim ersten Hahnenschrei, mitunter sogar nur dann, wenn man zuvor dreimal linksherum um einen Baum geschritten ist.«

»Dass ausgerechnet du diese Regeln kennst.« Amüsiert spitzte Magdalena den Mund. Solche Ratschläge waren ihr dank Roswithas Lehre bestens vertraut. Es überraschte sie, aus dem Mund des Mönchs Ähnliches zu hören. Ein leichtes Zwinkern seiner Augen versicherte ihr, dass ihm durchaus bewusst war, wie wenig christlich oder gar benediktinisch solche Anweisungen waren. »Also bin ich oft im Wald unterwegs und kenne die verschiedensten Plätze, an denen man diese Pflanzen finden kann. So war es auch an jenem frühen Morgen im Mai …«

Während die Worte des dicken Mönchs an ihr vorüberrauschten, beobachtete sie versonnen die Geschehnisse unten im Hof. Die beiden Neuankömmlinge hatten den Stallburschen ihre Pferde übergeben und waren zusammen mit dem Hauptmann näher an den Stamm der Linde getreten. Dort schienen sie eine angeregte Unterhaltung zu führen. Durch das dichte Laub sah Magdalena lediglich hin und wieder einen in rotem Tuch steckenden Arm durch die Luft fuchteln, dann blitzten die bunten Federn am Hut des zweiten Reiters zwischen den grünen Blättern auf, oder der hellblonde Haarschopf des Hauptmanns reflektierte die wenigen Sonnenstrahlen, die den Weg durch die dichten Wolken fanden. Gewiss waren die Bedingungen für Rupprecht auf seinem Lauschposten im Baum direkt über den Köpfen der drei besser, um etwas vom Gespräch der Männer aufzuschnappen.

»So hat mich dann Eric darüber unterrichtet, dass …« Von

weit her waren die Worte des Mönchs an ihr vorbeigerauscht. Kaum unterschied sie die einzelnen Silben, geschweige denn, dass sie den Sinn noch verstand. Jäh aber fuhr sie zusammen, als sie auf einmal den vertrauten Namen aus seinem Mund hörte. »Eric?« Sie drehte sich dem Mönch zu. »Von welchem Eric sprichst du?«

»Eric Grohnert natürlich« sagte der Mönch erstaunt. Für ihn schien es nur diesen einen Eric zu geben. »Wie so oft wusste er schon lange vor allen anderen, dass …«

Das durfte nicht wahr sein! Ohne hinzusehen, fasste Magdalena den Stein, presste ihn unter dem Miederstoff fest gegen die Brust und schloss für einen Moment die Augen. »Wann war das? Wann hast du mit Eric Grohnert gesprochen?«

Der Mönch schien ihre Aufregung nicht zu bemerken. Ganz in seinen Bericht versunken, redete er weiter: »Also, es muss Anfang Mai gewesen sein, noch vor dem Pfingstfest, an dem der Heilige Geist zu uns auf Erden herabkommt. Vor allen anderen war der gute Eric darüber unterrichtet, welches Unheil unserem Kloster bevorstand. Nicht umsonst unterhält er ein so umfangreiches Netz aus Kundschaftern. Er ist einer der zuverlässigsten und ehrlichsten Kaufleute, die durch unsere Gegend kommen. Sowohl mit den Regimentern als auch mit den Leuten aus der Gegend treibt er regen Handel, teilt seine Gewinne gern mit den Bedürftigen und hat sich schon oft als verlässlicher Freund erwiesen. Die Nachrichten, die er auf seinen Reisen sammelt, sind für uns alle von großer Wichtigkeit.

Umso schlimmer, dass auch er seit Wochen verschwunden ist. Immer wieder war er Gast hier bei uns im Kloster, hat den Abt nicht nur mit wichtigen Informationen versorgt, sondern auch Wein aus dem Elsass oder vom Kaiserstuhl mitgebracht, dabei die Fässer stets etwas großzügiger gefüllt als andere

Händler. Auch feine Stoffe, besondere Wurstsorten, ja sogar seltene Bücher hat er für uns aufgetrieben. Selbst Bernstein und andere Kostbarkeiten kann er einem beschaffen, wenn man das will. Es heißt, er habe Verbindungen in ganz Europa, sowohl weit hinauf nach Norden, an die Küste, woher auch der unglückselige Gustav Adolf seinen Weg zu uns nahm, als auch bis unten nach Süden, gar bis ans Mittelmeer. Jenseits der Alpen soll er persönlich nach Piacenza gereist sein, um für einen kaiserlichen Feldherrn Parmesankäse aufzutreiben. Ein ganz famoser Bursche, sage ich dir. Als ich ihn das vorletzte Mal hier im Kloster …«

Erregt lauschte sie ihm, sog jede Einzelheit über Erics bislang verborgenes Dasein als Kaufmann begierig auf. Doch schließlich hielt sie es nicht mehr aus und fiel ihm ins Wort: »Wie oft kommt er für gewöhnlich hierher? Gibt es jemanden, über den man mit ihm in Verbindung treten kann?«

»Du kennst ihn also auch?« Seine Augen verengten sich zu schmalen Schlitzen. Nun war es an ihm, sie misstrauisch zu mustern. »Was hast du mit ihm zu schaffen? Der Bernstein, den du unter deinem Mieder trägst, stammt von ihm, nicht wahr? Er bedeutet dir wohl sehr viel.«

Wie auf Kommando füllten sich ihre Augen mit Tränen. Rasch wandte sie den Kopf ab und biss sich auf die Lippen. Plötzlich spürte sie, wie er ihr sanft über den Arm strich. »Erics Freunde sollten zusammenhalten. Er selbst hat nie anders gehandelt, als den Freunden seiner Freunde ebenfalls mit Aufrichtigkeit zu begegnen. Soweit ich weiß, gibt es ein gutes Stück den Main hinauf unweit von Haßfurt eine Stadt namens Königsberg.«

Nein, das konnte nicht sein! Magdalena spitzte die Ohren. Ausgerechnet Königsberg! Gab es nicht genug andere Orte, an denen Eric Zuflucht finden konnte? Sie war schon oft dort gewesen. Ein verheerendes Feuer zählte zu ihren frühesten Erinnerungen an die Gegend im Fränkischen. Erst hatte ein Stall gebrannt, dann ein Haus, bald noch eins und noch eins, schließlich die ganze Stadt, ähnlich wie zuvor in Magdeburg, wo Eric sie gerettet hatte. Dazwischen schreiende Menschen, weinende Kinder, brüllende Tiere. Düstere Erinnerungen drohten von ihr Besitz zu ergreifen. Sie presste die Hand auf ihr Mieder und fühlte die beruhigende Wölbung des Bernsteins.

»Magdalena?« Von weit weg drang die Stimme des Mönchs an ihr Ohr. »Nach Königsberg ist Eric gereist, wenn es dem Winter zuging. Vielleicht hat er dort Familie oder Verwandte. Die beiden Männer dort unten«, er nickte in den Hof, »kennen ihn auch. Selbst der Hauptmann unterhält Verbindungen zu ihm. Ob Schwede oder Kaiserlicher, das ist Eric einerlei, Hauptsache, ehrlich, hat er stets gesagt. Was er mit dem Hauptmann zu schaffen hat, muss ich noch herausfinden. Gib mir ein oder zwei Tage, dann weiß ich mehr.«

»Bist du sicher, dass Eric auch mit den Schweden gehandelt hat?« Ein weiteres Mal spürte sie diesen eigenartigen Schmerz in der Brust. So nah ihr Eric eben noch gewesen war, so rasch rückte er gleich wieder in weite Ferne.

Die Miene des dicken Mönchs verschloss sich, als spüre er ihr Befremden. Schließlich wandte er den Kopf und sah mit starrem Blick nach unten in den Hof. Sie tat es ihm nach und beobachtete mit wachsendem Entsetzen, wie die beiden Besucher und der Hauptmann aus dem Schatten des Baumes traten. Einer von ihnen zeigte mit der ausgestreckten Hand nach oben in die Baumkrone, während die beiden anderen den Blick ebenfalls dorthin richteten, wo Rupprecht saß.

9

Rupprecht ließ sich viel Zeit damit, Magdalena darüber zu unterrichten, was er in seinem Versteck im Lindenbaum, hoch über den Köpfen des Hauptmanns und der beiden unbekannten Besucher, belauscht hatte. Ob er sich bewusst war, dass er der Entdeckung nur um Haaresbreite entgangen war, wusste sie nicht. Nachdem die Unbekannten davongeritten waren, war sie davon ausgegangen, dass er sofort zu ihr eilen würde. Doch erst deutlich später tauchte er im Refektorium auf, und ausgerechnet da wälzte sich der Kroate stöhnend hin und her. Magdalena befürchtete, ein neues Fieber würde ihn quälen. Besorgt fühlte sie ihm die Stirn, bereitete vorsorglich Umschläge aus Rosenöl und flößte ihm bittere Tropfen ein. Das verlangte ihre volle Aufmerksamkeit, so dass sie Rupprechts Auftauchen nur aus den Augenwinkeln beobachten konnte. Nach einem kurzen Blick auf den Patienten verschwand er bereits wieder. Seither hatte sie ihn nicht mehr alleine zu Gesicht bekommen. In Gegenwart anderer aber wagte sie ihn nicht auf den rätselhaften Besuch des Hauptmanns anzusprechen.

Nach und nach flaute ihre Neugier ab. So umwälzend schienen die Nachrichten nicht zu sein, sonst hätte Rupprecht längst eine Gelegenheit gefunden, sie zu unterrichten. Zunehmend gewannen die Unterhaltungen mit dem redseligen Apothekermönch an Bedeutung für sie, wusste er doch einige erfreuliche Begebenheiten mit Eric aus den letzten beiden Jahren zu berichten. Zwar haderte sie eine Weile mit sich, ob der dicke Klosterbruder mit dem seltsamen Namen Ambrosius sich damit nicht einfach nur wichtig machen wollte, doch trösteten sie die Unterhaltungen mit ihm auch ein wenig über die ungestillte Sehnsucht nach der kleinen Carlotta und den Schmerz über Roswithas Tod hinweg. Seither tat es ihr wieder gut, sich abends vor dem Einschlafen oder in stillen Momenten untertags den Bernstein dicht vor Augen zu halten, das darin eingeschlossene Insekt genauer zu betrachten und dabei ihre Gedanken fest auf ihr Kind zu richten.

An diesem Morgen tauchte Ambrosius nicht wie gewohnt im Refektorium auf. Eine unheimliche Stille lag über der gesamten Klosteranlage. Neugierig und ein wenig beunruhigt stellte sie sich an das Fenster und suchte die Umgebung ab. Niemand war zu sehen, von den angrenzenden Wirtschaftsräumen drangen jedoch leise Stimmen und Geräusche herüber. Ab und an sah sie eine Gestalt hinter den Fensteröffnungen vorüberhuschen. Der dicke Koch und sein Gehilfe eilten zum Kellereingang und kamen wenig später mit einer Kiste zurück. In der einen Hand schleifte der Koch den toten Hahn hinter sich her. Anscheinend trafen die Schweden Vorbereitungen, aus dem Kloster aufzubrechen und zu ihrem Regiment zurückzukehren.

Abschiedsstimmung lag in der Luft. Das Vogelgezwitscher war verstummt, auch Bienen oder Hummeln surrten nicht durch die Luft. Schwalben waren die einzigen Lebewesen, deren Magdalena noch ansichtig wurde. Im Sturzflug jagten sie über der Erde, richteten ihre Schnäbel nur kurz vor Erreichen der Mauern auf, um schutzsuchend in die Vorsprünge zu kriechen. Gewaltige Wolken türmten sich am Horizont, die Sonne fand keine Spalte, wenigstens einzelne Strahlen hindurchzuschicken. Die spitzen Kirchtürme auf dem anderen Mainufer schienen die schweren Regenwolken wie eine Decke über das Firmament zu spannen. Weit in der Ferne grollte ein erster Donner.

»Unwetter kommt«, hörte sie plötzlich eine angenehme Männerstimme in ihrem Rücken. Jäh fuhr sie herum. Der Kroate war aufgewacht und hatte sich auf seiner Strohschütte aufgerichtet. Zum ersten Mal spürte sie den durchdringenden Blick seiner dunkelbraunen Augen auf sich ruhen. Trotz der anderen Farbe seiner Pupillen erinnerte es sie an Eric. Auch bei ihm bildeten sich zwischen den Augen, direkt oberhalb der Nasenwurzel, jene weißen Linien, die beim Lächeln in der wettergegerbten Haut aufsprangen. Schon im nächsten Moment jedoch wirkte er wieder unglücklich.

»Alle schon weit weg. Nur wir beide noch hier.«

»Nein, die anderen sind noch nicht weg. Eben habe ich dort unten den Koch und seinen Küchenjungen gesehen. Sie treffen wohl langsam Vorbereitungen, demnächst abzuziehen. Bald werden sie auch uns Bescheid geben. Warum sollten sie ohne uns beide davonschleichen wie Diebe in der Nacht? Du bist ein guter Freund des Hauptmanns, das hat er mir selbst versichert. Nie und nimmer würde er zulassen, dass du hier zurückgelassen wirst.«

»Pah, guter Freund! Hat er schon vergessen. Ohne uns sie leben viel besser.« Seine Stimme klang ebenso trotzig wie traurig.

Eine Zeitlang musterten sie sich schweigend. Etwas an ihm zog sie an. Benennen konnte sie es allerdings nicht. Es waren nicht allein seine Augen, die sie an Eric denken ließen. Die Art, den Kopf zu bewegen, sich beim Sprechen zu geben, das alles faszinierte sie in ähnlicher Weise wie bei ihrem verlorenen Geliebten.

»Mein Halstuch, wo ist mein Halstuch?«, fragte er in die Stille hinein.

»Hier!«, antwortete sie wie aus einem Traum erwachend

und ging zu ihrer Kiste mit den Arzneimitteln. Dort verwahrte sie die rote Halsbinde, als handelte es sich um einen kostbaren Schatz. »Ich habe es dir abgenommen, damit du dir während deiner Fieberkrämpfe nicht die Luft damit abschnürst.«

»Hättest du lassen sollen. Wäre guter Tod gewesen.« Erschrocken verharrte sie mit dem Tuch in der Hand auf dem halben Weg zu ihm. »Warum? Warum hast du geholfen? Warum du hast mich nicht sterben lassen? Bin nur nutzloser Krüppel, zu nix zu gebrauchen. Nicht mal Halstuch kann ich knoten.« Angewidert schlenkerte er den dick verbundenen Armstumpf durch die Luft. Die heftige Bewegung verursachte starke Schmerzen. Er biss sich auf die Lippen und wandte den Kopf ab. »Bestimmt Hauptmann hat mich vergessen. Ein anderer wird sein Pferd pflegen.«

»Sag das nicht. Einen Arm zu verlieren ist immer noch besser, als zu sterben.« Vorsichtig ließ sie sich neben ihm nieder. Der Duft des Rosenöls, mit dem sie ihm Umschläge gegen das Fieber bereitet hatte, hing über seinem Körper. Sie beugte sich vor, um ihm das rote Tuch um den Hals zu binden, und strich die Zipfel nach dem Verknoten sorgfältig glatt. Er ließ es geschehen, ohne sie anzusehen. Schließlich griff sie nach seiner linken Hand und streichelte den Handrücken, während er langsam auf die Matte zurücksank. Selbst im schummrigen Tageslicht sah sie, wie feucht seine Augen schimmerten. Eine Woge des Mitleids überflutete sie. Am liebsten hätte sie ihn fest an sich gedrückt und ihn in den Armen gewiegt, wie sie auch die kleine Carlotta stets getröstet hatte. Bei dem Gedanken stiegen ihr gleichfalls Tränen in die Augen.

»Um das Pferd des Hauptmanns zu versorgen, reicht dir auch eine Hand«, tröstete sie, sobald sie sich die Wangen trockengewischt hatte. »Du wirst sehen, wie rasch du zurechtkommst. Bald wirst du dich fragen, wozu man überhaupt zwei Hände braucht. Jetzt aber musst du erst einmal zu Kräften kommen. Der Hauptmann fragt jeden Tag ungeduldig nach deinem Befinden.«

Erstaunt blickte er sie an. Wieder fiel ihr auf, wie jung er war, höchstens so alt wie sie, wenn nicht gar ein, zwei Jahre jünger. Die Bartstoppeln kaschierten die junge Haut auf seinen Wangen. Einzig die Sonne hatte sie trocknen und dadurch ein wenig altern lassen. Sicherlich rasierte er sich für gewöhnlich jeden Morgen, wie die Offiziere es ebenfalls taten, und stutzte auch das wellige Haar regelmäßig. Erst das Krankenlager der letzten Wochen hatte die Pflege unterbrochen. Zwei Narben oberhalb der ausgeprägten, breiten Wangenknochen verrieten, dass er sich anfangs bei der Rasur recht ungeschickt angestellt haben musste. Seine Miene verfinsterte sich wieder. Zornig rief er: »Warum er kommt nicht? Hauptmann könnte selbst nach mir sehen.«

Beschämt senkte sie den Blick. Warum nur hatte sie ihn auf diese Unstimmigkeit aufmerksam gemacht? Gleichzeitig spürte sie Zorn in sich aufsteigen. Der Kroate hatte es verdient, dass sein Offizier sich besser um ihn kümmerte. Mehr als einmal schon hatte sie sich gefragt, warum der blonde Schwede mit der abgehackten Redeweise entgegen seiner zur Schau gestellten Fürsorge nie im Refektorium auftauchte, um sich persönlich vom Genesungsprozess des kroatischen Freundes zu überzeugen. »Bin gleich wieder da!«

Noch bevor der Kroate gegen ihr Vorhaben protestieren konnte, lief sie hinaus, um den Hauptmann zu rufen.

Der Gang war ebenfalls in tristes Licht getaucht. Die zum Innenhof offene Seite des Kreuzgangs spendete kaum Helligkeit. Zu viele graue Wolken bedeckten den Himmel. Ein eisiger Lufthauch pfiff zwischen den Säulen hindurch. Irgendwo quietschte ein Scharnier, wahrscheinlich eine Tür, die nicht richtig geschlossen war. Ansonsten herrschte unheimliche Stille. Nur in der Ferne waren Stimmen und geschäftiges Treiben zu vernehmen. Es hatte den Anschein, die Reisevorbereitungen wurden so getroffen, dass sie im Refektorium möglichst nichts mitbekamen. Wozu diese Heimlichkeit?

Magdalenas Herz klopfte bis zum Hals. Beunruhigt horchte sie an der Zellentür des Hauptmanns. Als sich dahinter nichts regte, drückte sie die Klinke und erschrak im selben Moment über das laute Knarren. Wie sie bereits befürchtet hatte, war auch die Zelle gähnend leer. Wieder im Kreuzgang, spähte sie in zwei, drei angrenzende Zellen. Auch dort war niemand.

Endlich ertönten Schritte im Kreuzgang. Ein mittelgroßer Schatten näherte sich. Erleichtert rannte sie ihm entgegen. »Wo willst du hin?«, herrschte der Soldat sie an, packte sie unsanft am Arm und hielt sie fest. »Rauf mit dir ins Refektorium! Oder brauchst du Hilfe, weil dein letzter Patient gerade gierig beide Hände nach deinen Brüsten ausgestreckt hat?« Dröhnend lachte er über den eigenen Witz. »Dabei kann ich es dir viel besser besorgen als der nutzlose, einarmige Krüppel!«

Seine riesigen Pranken patschten auf ihren Hintern. Schwer keuchend drängte er sie an die Wand. Magdalena strampelte und trat, kratzte und spuckte, doch er ließ nicht von ihr ab. Erst ein Geräusch im hinteren Teil des Kreuzgangs brachte ihn zur Vernunft. Angesichts der Strafe, die der Hauptmann bei Übergriffen auf Magdalena angedroht hatte, zog er es vor, sie loszulassen, bevor man ihn der Schandtat bezichtigen konnte. Sofort verwandelte sich sein Gesicht in eine undurchdringliche Maske, und er befahl: »Scher dich aus meinen Augen. Geh dahin, wo du hingehörst. Brauchst nicht denken, es fiele mir nicht auf, wenn du dich aus dem Staub machen willst.«

Froh, seinen Fängen entronnen zu sein, ordnete sie ihr Mieder, wobei sie unauffällig nach dem Stein tastete. Dann stemmte sie beide Hände in die Seiten und sah den Mann eindringlich an: »Wo ist der Hauptmann?« Statt einer Antwort verdrehte der Soldat verärgert die Augen. Gleich fragte sie weiter: »Was seid ihr nur für Angsthasen! Hat das heraufziehende Gewitter deine Kameraden etwa in die Keller gejagt?«

Als der Soldat noch immer nichts sagte, befahl sie: »Schick Rupprecht oder Ambrosius zu mir. Einen von beiden brauche ich, um meinem Patienten die Naht am Stumpf zu säubern. Nicht dass er sich noch mal den Wundbrand holt. Das wird den Hauptmann gewiss nicht freuen.«

»Was kümmert ihn noch dieser Krüppel? Pferde satteln oder Waffen putzen wird er kaum noch können. Nicht mal als Küchenjunge taugt er allein mit der linken Hand. Längst hat der Hauptmann einen Ersatz. Richte dem Krüppel aus, dass er nicht mehr gebraucht wird. Er wird dann schon wissen, was er zu tun hat.« Abfällig spie der Mann die Worte aus. Fast schien es, als ergötze er sich an der Vorstellung, der junge Kroate werde dank seiner Verletzung aus dem direkten Umfeld des Hauptmanns verstoßen. Erschrocken über die unverhohlene Schadenfreude, musterte sie ihn von oben bis unten.

»Sei dankbar für jeden Tag, an dem du noch beide Hände und Füße zur Verfügung hast!«

Eine energische Drehung genügte ihr, sich seinem Zugriff zu entwinden. Sie reckte den zierlichen Körper, schüttelte die roten Locken nach hinten und warf ihm noch einen missbilligenden Blick aus den smaragdgrünen Augen zu, bevor sie sich abwandte. Bis sie die Tür zum Obergeschoss erreicht hatte, spürte sie seinen Blick in ihrem Rücken.

Zu ihrer Verwunderung stand die Tür zum Refektorium offen. Sie war sich sicher, sie vorhin hinter sich geschlossen zu haben. Voll böser Vorahnungen beschleunigte sie ihren Schritt.

Der schmale, lange Saal schien menschenleer. Die Decken auf der Matte des Kroaten waren zerwühlt, der Patient verschwunden. Unwillkürlich sah sie zum mittleren Fenster auf der Westseite. Sperrangelweit stand es offen. Im matten Gegenlicht erkannte sie die zierlichen Umrisse Rupprechts. Wie im Traum drehte er sich um. Seine Augen blickten wirr, sein Gesicht schien zu glühen, das dunkle Haar stand ihm in sämtliche Richtungen vom Kopf. Den Mund hatte er wie im Krampf verzogen. Unfähig, einen Ton herauszubringen, sah er sie mit seinen dunklen Augen stumm an.

»Wo ist der Kroate?«, brachte sie mühsam heraus und kannte im nächsten Augenblick selbst die Antwort.

10

Erst als sie sich in dem dunklen, feuchten Kellerverlies wiederfand, erfasste Magdalena, was nach dem Freitod des Kroaten geschehen war. Gedankenverloren hob sie den Bernstein an die Lippen, wartete jedoch vergeblich darauf, die vertraute Wärme durch den Körper fließen zu spüren.

Sie zitterte am ganzen Leib. Nicht allein die Kälte in dem engen Verlies ließ sie schaudern. Auch die Erinnerung an das jüngst Geschehene setzte ihr zu.

Rupprecht hatte es noch schlimmer getroffen. Besorgt sah sie dorthin, wo sie ihn vermutete. Tatsächlich schälte sich nach einer Weile seine Silhouette im Halbdunkel heraus. Bald erkannte sie mehr. Ihrem Gefährten rannen die Tränen über die Wangen. Außer sich vor Wut und Enttäuschung kauerte er in der gegenüberliegenden Ecke. Sein Antlitz hatte sich in eine schmerzverzerrte Grimasse verwandelt. Schon wollte sie ihm tröstend den Arm um die Schultern legen, da stieß er sie unsanft zurück und trat ans andere Ende des Verlieses. Sein Gebaren befremdete sie. Wie ein vom Teufel Besessener starrte er wirr in alle Richtungen. Nein, rief sie sich selbst zur Ordnung, das durfte sie nicht denken. Damit gab sie nur dem schwedischen Hauptmann recht, der sie eben beide lauthals als Hexe und Teufelsknecht bezeichnet hatte.

Grübelnd stellte sie sich unter die Maueröffnung. Wollte sie hinaussehen, musste sie sich auf die Zehenspitzen stellen und den Kopf weit nach oben recken. Im Hof schien wieder Ruhe eingekehrt. Die Soldaten hatten sich in die Wirtschaftsräume des Klosters begeben, das Packen der Kisten und Wagen war unterbrochen worden, der geplante Aufbruch fürs Erste verschoben.

Wieder wandte sie sich um. Rupprecht hatte die Stirn an die Wand gelehnt und ließ die Arme kraftlos nach unten hängen. Allein der Anblick des am Boden zerschellten Kroaten konnte ihn nicht derart erschüttert haben. In seinem Trossdasein sowie als Feldschergehilfe hatte er wahrlich Entsetzlicheres erlebt, als dass ihn ein zerschmetterter Schädel oder die zertrümmerten Gliedmaßen eines Menschen noch ernsthaft aus der Fassung bringen konnten. Es musste der Auftritt des schwedischen Hauptmanns gewesen sein, der ihn in so tiefe Verzweiflung gestürzt hatte. Völlig außer sich hatte sich der blonde Schwede über den toten Freund geworfen und niemand anderen mehr herangelassen. Rupprecht hatte ihn dennoch sanft, aber entschieden von dem Leichnam wegführen wollen. Das viele Blut hatte bereits Gesicht, Hände und Lederrock des Hauptmanns besudelt. Außerdem schickte es sich nicht für einen Mann seines Rangs, derart die Fassung zu verlieren, noch dazu in Gegenwart seiner Untergebenen und Gefangenen.

Kaum aber hatte Rupprecht den Schweden am Arm berührt, fuhr der wie vom Blitz getroffen auf und verfluchte ihn. Bis in alle Ewigkeit verdammte er jeden, der in den letzten Wochen mit dem Toten zu tun gehabt hatte. Mehrfach bezichtigte er im Besonderen Magdalena der Hexerei und drohte ihr die schrecklichste Bestrafung an, deren ein Mensch fähig sei. Nur wenige Augenblicke später – und ehe sich einer der Anwesenden recht besinnen konnte – packten bereits zwei Soldaten nach ihr. Während sie sich kratzend, beißend und um sich schlagend zu wehren versuchte, sah sie, dass auch Rupprecht von zwei Bewaffneten geschnappt wurde. Ihr Bemühen war zwecklos. Sie war zu klein und zu schwach, um gegen die Soldaten etwas auszurichten, Rupprecht versuchte es erst gar nicht.

Gemeinsam führte man sie in das Kellerverlies. Hinter ihnen knallte die Tür zu, und der Schlüssel drehte sich dreimal knarrend im Schloss. Gebannt lauschte Magdalena, was draußen geschah. Langsam entfernten sich die knallenden Stiefelschritte und mit ihnen die Stimmen der Soldaten. Gespenstische Ruhe kehrte ein.

Die Augen immer noch starr auf Rupprecht gerichtet, war ihr plötzlich, als befände sie sich mitten in einem bösen Traum. Die Worte des Hauptmanns, mit denen er ihnen im Angesicht des Toten die Verdammnis in der Hölle gewünscht hatte, hallten ihr noch in den Ohren. Gleichzeitig ging ihr der durchdringende Blick des Kroaten nicht aus dem Sinn. Seinen Geruch aus Rosenöl und Schweiß in der Nase, meinte sie den weichen Stoff seines Halstuchs an den Fingerspitzen zu fühlen und war ganz erfüllt von der Traurigkeit, die sie vor kaum mehr als einer Stunde hautnah an ihm erlebt hatte.

»Der Hauptmann will nur seine eigene Schuld verschleiern.« Empört ballte sie die Fäuste. »Der Kroate war mehr für ihn als nur ein einfacher Pferdebursche. Eingestehen aber wollte er sich das bislang nicht. Kein einziges Mal hat er sich herabgelassen, ihn im Refektorium zu besuchen, keine Stunde hat er an seinem Krankenlager gewacht, als es ihm wegen des Fiebers so schlechtging. Kein Wunder, dass ihn nun dieser gewaltige Schmerz überfällt und er aus Scham über sein unverzeihliches Versäumnis seine Wut gegen uns richtet. Sobald er wieder zur Vernunft gekommen ist, wird er uns rauslassen.«

»Dein Wort in Gottes Ohr!« Rupprecht löste sich aus der Erstarrung und schüttelte den Kopf. Schließlich erhob er sich und ging in dem düsteren Verlies auf und ab. »Hast du nicht gehört, was er vorhin gerufen hat?«

»Eben deshalb rege ich mich so auf! Ich will nicht dafür herhalten müssen, dass er seinen Freund in den letzten Wochen schändlich im Stich gelassen hat und es erst erkennt, wenn es zu spät ist.«

»Ob du das willst oder nicht, spielt nun wahrlich keine Rolle: Noch ehe der Tag vorbei ist, wird es uns an den Kragen gehen, weil der Kroate aus dem Fenster gesprungen ist. So wütend habe ich den Hauptmann noch nie erlebt.«

»Du scheinst ihn inzwischen ja bestens zu kennen.« Sie bemühte sich, ihn das Misstrauen nicht spüren zu lassen, das sie ihm gegenüber empfand. »Aber das nützt dir jetzt auch nichts mehr. Er jedenfalls hält es dir nicht zugute, dass du so viel Zeit bei ihm verbracht und ihn mit Mohn und sonstigen Rauschmitteln versorgt hast.«

»Was willst du damit sagen? Stört es dich etwa?« Dicht stellte er sich vor sie hin. Sie roch seinen angststarrenden Atem und wandte sich ab.

»Mich wundert, dass du dich in deinem Urteil über ihn so getäuscht hast«, sagte sie matt. »Dein Versuch, dich bei ihm anzubiedern, ist also gescheitert. Schade um die Mühe.«

»Was heißt hier, ich hätte mich bei ihm angebiedert?« Selbst in der Dunkelheit funkelten Rupprechts Augen zornig. »Deinetwegen, nur deinetwegen habe ich das getan. Ja, ich habe ihm von dem Mohnextrakt gebracht, auch von dem Hanfsamenöl sowie von dem Mutterkorn. Du kannst dir selber denken, was er damit anstellt. Mir ist es gleich. Was für mich zählt, ist, dass ich ihn so für mich und damit letztlich auch für dich eingenommen habe. Du hast ja keine Ahnung, wie nah du schon am Abgrund gestanden bist! Und wie ich ihn davon zu überzeugen versucht habe, dass du eine hervorragende Wundärztin bist. Mit Engelszungen habe ich auf ihn eingeredet, ihm von all deinen Heldentaten erzählt. Von Anfang an warst du ihm nicht geheuer, nicht nur deiner roten Haare wegen. Etwas muss ihn an dir abgestoßen haben. Kein Wunder, dass er nach dem Unglück mit dem Kroaten gleich wieder das Böse in dir sieht.«

Abschätzig ließ er seinen Blick über ihre schmale Gestalt gleiten. Es war ihr, als berühre sie eine Eisspitze. Dann drehte er sich abrupt um und nahm sein unstetes Umhergehen wieder auf.

»Ach? Und wie kommt das?« Ihre Stimme wurde schrill.

»Manchmal habe ich den Eindruck, du hast alles getan, mich bei dem Schweden anzuschwärzen.«

»Bringst du da nicht etwas durcheinander?« Dicht vor ihr baute er sich auf und schnaufte ihr aufgebracht ins Gesicht. »Denk doch mal darüber nach, wie der Hauptmann dich erlebt hat: Erst warst du zu nichts zu gebrauchen, weil du dem Branntwein so eifrig zugesprochen hast. Wie ein unzurechnungsfähiges Tier hast du dich gebärdet. Dann aber ist es dir schlagartig gelungen, vom Branntwein zu lassen und seinen kroatischen Freund auf wundersame Weise vom Fieber zu retten. Das hat ihn erst recht misstrauisch gemacht. Immer wieder habe ich versucht, ihn davon zu überzeugen, dass das alles nichts mit Hexerei zu tun hat. Aber die Idee, in dir eine böse Zauberin zu sehen, scheint ihn nicht mehr loszulassen.«

»Pah! Was heißt hier Hexerei und böse Zauberin?« Sie wandte sich ab. »Wir sind Feldscher, da gehört es nun mal dazu, dass man Menschenleben rettet, wenn sich die Gelegenheit bietet. Und die Geschichte mit dem Branntwein, den man mir ständig zugespielt hat, sollten wir noch bereden. Ganz von ungefähr kam das wohl nicht, dass ich so viel getrunken habe. Nie ist der Vorrat ausgegangen, jeden Tag lag aufs Neue ein prall gefüllter Schlauch bereit. Das kann kein Zufall gewesen sein. Da wollte mich jemand absichtlich in den Abgrund stürzen.«

Er senkte den Blick. War das ein Schuldeingeständnis? Ihr wurde flau. Sie mochte nicht glauben, dass er dahintersteckte. Wenn er sie hätte zugrunde richten wollen, hätte er das lange vorher schon einfacher haben können. Etwa, als sie beide allein auf dem Felsvorsprung standen, von dem er Strecker hinabgestürzt hatte, angeblich, um sie vor ihm zu retten. Das Schweigen zwischen ihnen wurde bleischwer.

»Die Schweden können von Glück sagen, dass wir ihnen so kurz hinter Amöneburg in die Hände gefallen sind«, ergriff sie schließlich wieder das Wort. Es beschäftigte sie noch etwas anderes an der Geschichte. »Fähige Feldscher hatten sie bitter nötig. Ohne uns hätte der Hauptmann nicht mit den Versehrten hierher ins Kloster gehen können. Daran aber lag ihm viel. Denk nur daran, wie vehement er auf seine Feldherren eingeredet hat. Dabei waren die Verletzten nicht in einer derart schlechten Verfassung, dass sie dem Regiment nicht mehr hätten folgen können. Hat er dir nie etwas über seine wahren Absichten verraten? Was war mit den beiden Reitern, die letztens hier aufgetaucht sind und unter der Linde so geheimnisvoll mit ihm geredet haben? Das waren doch Kundschafter, nicht wahr?«

»Was?« Erstaunt sah Rupprecht sie an. Schon wollte sie zur Erklärung etwas weiter ausholen, da fuhr er ungeduldig auf: »Vergiss das alles am besten sofort wieder. Jetzt geht es um etwas ganz anderes. Wie auch immer du es drehst: Wir beide sind am Ende. Der Hauptmann hat den Oberbefehl über den Versehrtenzug. Damit kommt ihm der Rang eines Profos zu. Also wacht er allein über Recht und Ordnung, klagt an und fällt auch das Urteil. Wie du seinen Freund behandelt und ob oder wie du ihn gerettet hast, interessiert ihn nicht. Der Kroate ist aus dem Fenster gesprungen, hat sich also selbst in den Tod gestürzt. Darüber macht sich der Hauptmann jetzt seine Gedanken. Jossip war katholisch. So einer setzt seinem Leben nicht einfach selbst ein Ende, wie verzweifelt er auch sein mag. Da müssen böse Kräfte gewirkt haben.«

Zum ersten Mal den Namen des Kroaten zu hören, noch dazu aus Rupprechts Mund, versetzte ihr einen Stich. Wieder spürte sie den eindringlichen Blick, sah die gebräunte junge

Haut des Kroaten vor sich, roch den Duft, der ihn umgab. Alles andere trat weit dahinter zurück, als wäre es nicht geschehen. »Du hast es also gewusst?«

»Was habe ich gewusst?« Unwillig versuchte er, sich an ihr vorbeizudrücken und sein zielloses Hin-und-her-Laufen wieder aufzunehmen.

Entschlossen packte sie ihn am Arm. »Die ganze Zeit hast du seinen Namen gekannt.«

»Was ist schon dabei?« Rupprecht zuckte mit den Schultern. »Was ändert es, wenn du seinen Namen weißt? Er war dein Patient, hat einen Arm verloren und im Fieber schlecht geschlafen. Ob er nun Jossip heißt oder nicht, das bleibt sich gleich.«

»Nichts bleibt sich gleich, und das weißt du genau!« Zornig stampfte sie mit dem Fuß auf, kämpfte mit aller Kraft gegen die aufsteigenden Tränen. »Durch seinen Namen wird ein Mensch zu etwas ganz Besonderem, Unverwechselbarem. Jetzt ist er nicht mehr der Kroate, sondern Jossip. Das bedeutet viel mehr.«

»Ich verstehe nicht, was du damit meinst. Dir wird vorgeworfen, jemanden verhext zu haben, ob er Jossip heißt oder nicht. Wenn du Pech hast, brennst du dafür auf dem Scheiterhaufen. Darüber solltest du nachdenken, nicht, ob er Jossip oder Kasimir oder Igor heißt.«

»Du willst es nicht begreifen.« Abrupt ließ sie ihn los, trat zwei Schritte zur Seite und verschränkte die Arme vor der Brust. Da war noch etwas, was sie hatte hellhörig werden lassen. Nach einem tiefen Luftholen drehte sie sich ihm wieder zu: »Wer hat dir seinen Namen verraten? Der Hauptmann, nicht wahr? Was hat er dir noch verraten, was du mir nicht sagen willst? Welche Geheimnisse habt ihr beiden Tag für Tag miteinander ausgetauscht? Ihm ging es nicht um die verbotenen Kräuter und Öle. Er hatte etwas ganz anderes im Sinn. Kennst du auch seinen Namen? Was weißt du über ihn? Wahrscheinlich nicht viel. Der Hauptmann ist schließlich ein kluger Mann. Dem kann keiner so leicht etwas vormachen. Deshalb ist ihm auch klar, was er tun muss, um an sein Ziel zu gelangen. Was hast du ihm also von dir und mir erzählt, wenn ihr beim Rauchen so vertraut zusammengehockt habt?«

Fassungslos, dass er immer noch keine Reaktion zeigte, baute sie sich dicht vor ihm auf. »Rupprecht!«, rief sie, als er weiter schwieg. »Das ist ein Schwede, ein stinkender, gottloser Heringfresser aus dem hohen Norden, Lutheraner noch dazu! Dieses ganze Getue mit dem Vorwurf der Hexerei ist nur ein Vorwand. Der hat etwas ganz anderes im Sinn. Wie kommst du dazu, so einem zu vertrauen?«

11

Die Stunden verrannen. Magdalena spürte das Vergehen der Zeit daran, dass ihr zierlicher Körper allmählich zu Eis erstarrte. Aus ihrem Innern war alle Wärme entwichen. Die Hoffnung, Carlotta jemals wiederzufinden, schwand mit jedem Tag, jedem Augenblick, jedem Atemzug. Nach Roswithas Tod bestand nicht einmal mehr die Aussicht, dass irgendwer Verständnis und Trost für ihren Verlust aufbringen würde. Verzweiflung übermannte sie. Statt draußen wenigstens etwas tun zu können, saß sie in diesem Verlies, tief unter der Erde, nicht wissend, wann oder ob sie jemals wieder herauskäme. Tatenlos musste sie geschehen lassen, dass sich ihre kleine Tochter von Minute zu Minute immer weiter von ihr wegbewegte. Dass Elsbeth wahrscheinlich alles daransetzte, die Kleine nicht nur möglichst weit fortzuschaffen, sondern auch in ihrem Köpfchen jede Erinnerung an ihre Mutter auszulöschen. War sie überhaupt jemals ganz ihr Kind gewesen? Stets war sie auf die Cousine angewiesen gewesen, dass sie Carlotta stillte. Steckte dadurch nicht längst mehr von Elsbeth als von ihr in dem Kind? Verzweifelt schluchzte Magdalena auf.

Der Aufschrei hallte von den feuchten Wänden wider. Um nicht noch einmal solchen Lärm zu verursachen, schob sie sich die Faust in den Mund. Die Tränen rannen fortan lautlos die Wangen hinab. Das Bild ihres Kindes an der nackten Brust der Cousine, gierig saugend – nie würde sie das aus dem Kopf bekommen!

Reglos kauerte sie an der Wand dicht bei der Tür. Rupprecht hockte an der gegenüberliegenden Seite, so weit entfernt wie möglich. Sie sah nicht mehr zu ihm, genauso wenig, wie er sich um sie kümmerte. Eine unüberwindbare Kluft hatte sich nicht erst in den letzten Stunden zwischen ihnen aufgetan.

Mutterseelenallein steckte sie also in diesem verdammten Kloster bei Würzburg fest. Je länger sie hier hockte, desto verzweifelter erschien ihr die Situation. Wie oft hatte sie zu Lebzeiten ihres Vaters in der fränkischen Stadt gewohnt, wie viele schöne Erinnerungen hatte sie an diese Aufenthalte. Und obwohl sie hier zahlreiche Menschen kannte, wagte sie sich nicht auszumalen, wie diese auf ihre Bitte um Beistand reagieren würden. Durch die Fluchthilfe für Eric trennte sie mehr als nur eine Flussbreite von den alten Freunden und dem wohlgefälligen Leben im Tross. Nie würde sie Eric verzeihen, dass sie seinetwegen ihre Tochter preisgegeben hatte. Bei diesem Gedanken rollten die Tränen noch heftiger, klebten die Wimpern aneinander. Erschöpft schloss sie die Augen.

Von fern hörte sie ein Geräusch. Es klang wie das Stöhnen des Kroaten. Sein Blick, den er ihr zuletzt zugeworfen hatte, hatte sich in ihrem Kopf eingebrannt. Auf ewig war ihm die gnädige Erlösung verwehrt – und sie trug die Schuld daran. Warum hatte sie nicht rechtzeitig erkannt, wie es um ihn stand? Entweder hätte sie gleich bei der ersten Operation den Arm abnehmen oder ihn am Fieber krepieren lassen sollen. Das war wohl Rupprechts Absicht gewesen. Vielleicht besaß er doch das größere Talent als Feldscher. Womöglich ging er besser auf das ein, was die Patienten von ihm erwarteten, las es ihnen von den Augen ab, hörte selbst die unausgesprochenen Wünsche. Sie sollte sich nicht mehr als Wundärztin versuchen. Schon bei ihrem letzten gemeinsamen Einsatz mit Meister Johann am Rande des Schlachtfelds von Amöneburg hatte sie das gespürt. Hätte sie vor zwei Jahren in Freiburg Babettes Rat befolgt und diesen unbekannten Vetter in Köln geheiratet, wäre Carlotta noch bei ihr. Und auch all das andere Elend wäre nicht geschehen. Hätte, wäre, mochte – nie fanden diese Gedankenspielereien ein befriedigendes, gar glückliches Ende! Ob es ihr Los war, stets die falsche Entscheidung zu treffen?

Blind tasteten ihre Finger nach dem Bernstein. Plötzlich begann sie stärker zu zittern. Sollte sie sich den Stein nicht vom Hals schaffen? Vielleicht barg er das Unheil in sich? Schutz und Kraft jedenfalls gewährte er ihr nicht mehr. Schon umklammerte sie die Lederschnur, wollte an ihr reißen. Doch dann brachte sie es nicht über sich. Sie konnte nicht die letzte Verbindung zu Eric und Carlotta zerstören. Weinend vergrub sie das Gesicht in den Händen.

Wieder schien eine Ewigkeit vergangen. Oder waren es nur wenige Atemzüge? Sie vermochte es nicht zu unterscheiden. So eng wie möglich hatte sie sich den Rock um die Beine geschlungen, die Füße daruntergezogen. Mit den Armen umfasste sie die Knie, legte den Kopf darauf und hauchte gelegentlich in den eigenen Schoß. Das spendete wenigstens etwas Wärme. »Heute geschieht wohl nichts mehr.« Ziellos sprach sie das in die Dunkelheit. Ihre Stimme klang heiser. Sie räusperte sich und hob den Kopf.

Rupprecht reagierte nicht. Er kauerte weiter mit dem Rücken zur Wand in der Ecke, die Arme auf die Knie gestützt, das Gesicht starr nach vorn gerichtet. Seine schmalen, langen Finger hatte er ausgestreckt, stemmte sie immer wieder gegen das Kinn.

Das Warten war eine Qual, insbesondere, da sie die Ängste und die Ungewissheit nicht miteinander teilen wollten. Seufzend wandte sie sich von Rupprechts schemenhaften Umrissen ab und ließ den Blick zum tausendsten Mal durch das schmale Verlies wandern. Bis auf einen kniehohen Mauervorsprung an der rechten Längsseite sowie eine leere Kiste in der linken Ecke war es leer. Modergeruch hing in der Luft.

Von der Maueröffnung rechts oben fiel plötzlich ein Lichtstrahl herein. Jemand musste vor der Luke eine Laterne abgestellt haben. Seltsam, dass sie sich nicht davor fürchtete, sich geradezu erleichtert fühlte, weil etwas geschah. Hastig sprang sie auf, stellte sich unter der Öffnung auf die Zehenspitzen, die Hände stützend gegen die Mauer gepresst, den Kopf nach oben gereckt. Trotzdem konnte sie nicht sehen, was dort vor sich ging, und horchte in das gleißende Licht hinein. Stiefelschritte knallten über das Pflaster, Befehle wurden gerufen, Holzkisten über den Boden geschleift, Karren herangerollt. Im Stall, der auf der gegenüberliegenden Hofseite lag, wieherten Pferde, ein Ochse stieß ein dunkles, missbilligendes Muhen aus. Bald klapperten die ersten Hufe über den Boden.

»Jetzt brechen sie wohl doch auf!« Sie wandte sich um und suchte, sobald sich ihre Augen erneut an das Dunkel gewöhnt hatten, nach Rupprecht. Auch der hatte sich erhoben und schüttelte seine steif gewordenen Glieder aus. »Was machen sie jetzt mit uns? Ist es nicht unvernünftig, sich unserer nicht vor dem Aufbruch noch zu entledigen? Was führt der Hauptmann im Schilde?«

Sie trat auf ihn zu, um sein Gesicht zu studieren. Geräusche vom Gang lenkten sie ab. Feste Schritte kamen heran und stoppten erst kurz vor dem Verlies. Eine barsche Männerstimme befahl: »Mach auf!«, dann drehte sich bereits der Schlüssel im Schloss, und die Tür flog auf.

Im Schein einer Fackel erkannte sie den schwedischen Hauptmann, in seinem Gefolge zwei der finster dreinblickenden Soldaten, die sie ins Verlies geworfen hatten. Mit gezückten Säbeln drängten sie in das enge Verlies. Schon klirrten die Klingen hart gegeneinander, blitzte der Stahl in dem schwachen Lichtstrahl. All dessen hätte es gar nicht bedurft, um ihr Respekt einzuflößen. Ihr wurden die Knie weich. Einzig die Aussicht, dass das Warten ein Ende hatte, hielt sie aufrecht.

»Mitkommen!«, herrschte der Hauptmann sie mit seiner tiefen, fremd klingenden Stimme an. Das flackernde, rotgelbe Licht verwandelte sein sanftmütiges Antlitz in eine Fratze. Barsch packte er sie am Arm und zerrte sie zwischen den beiden Männern hinaus.

»Rupprecht!«, schrie sie und warf ihm über die Schulter einen verzweifelten Blick zu. Sie streckte die Hand aus in der Hoffnung, er würde sie festhalten. Er konnte sie doch nicht allein gehen lassen! Er aber schüttelte nur den Kopf und legte die Finger an die Lippen. Wie konnte er tatenlos zusehen, dass man sie wegschleppte?

Auf dem Weg nach oben gehorchten ihr die Füße kaum. Ihr Handgelenk schmerzte, so fest umklammerten es die Finger des Hauptmanns. Weit holte der Schwede beim Gehen mit seinen langen Beinen aus. Ihr blieb nichts übrig, als neben ihm herzustolpern wie ein kleines Kind, das das Laufen noch nicht beherrscht. An den unebenen, viel zu hohen Treppenstufen schlug sie sich die Knie mehrfach an. Um den Schmerz zu unterdrücken, biss sie sich auf die Lippen.

Im Kreuzgang angekommen, stieß er sie jäh nach vorn und ließ sie im selben Augenblick los. Von dem unverhofften Schwung fiel sie auf die Knie und schlingerte über den glatten Steinboden. Wütend und beschämt blieb sie liegen, hob nicht einmal den Kopf, um sich umzusehen. Sie wusste auch so, wo sie sich befand: in der kalten Empfangshalle direkt hinter der Klosterpforte. Starr blickte sie auf die grauen Steinplatten am Boden. Ihre Finger suchten sich festzukrallen, kratzten allerdings nur an der oberen Schicht, so dass sich kleine Steinchen und Erde unter ihren Nägeln sammelten.

Um sie herum standen ein halbes Dutzend der ehemals versehrten Soldaten, allesamt ihre Patienten in den letzten Wochen. Wenn sie die Augen schloss, sah sie die Verletzungen jedes Einzelnen vor sich, erinnerte sich an die Salben, die sie ihnen auf die schmutzige Haut geschmiert, an die Tropfen, die sie ihnen in den Mund geträufelt, an die Trostworte, die sie ihnen in der Verzweiflung, einen Finger oder gar den Fuß verloren zu haben, zugeflüstert hatte. Faul roch ihr Atem, faul rochen ihre geschundenen Körper. Die meisten waren von unzähligen Floh- und Läusebissen übersät. Sofort riss sie die Augen wieder auf, zwang sich, andere Bilder aufzunehmen, um die Erinnerung zu verdrängen.

Lüstern blickten die Männer sie an. Der eine leckte sich die

Lippen, der andere grunzte ungeduldig, ein dritter nestelte an der Schnalle seines Gürtels. Mit einem Mal begriff sie, was der Hauptmann im Schilde führte. »Nein, nein, das ist nicht wahr! Das ist nicht Euer Ernst!« Verängstigt kroch sie zu seinen Stiefeln und umklammerte sie wie eine Bettlerin. »Habt doch Erbarmen!«

»Erbarmen? Mit einer wie dir?« Er stieß einen unverständlichen Laut aus. Als gälte es, eine lästige Ameise abzuschütteln, trat er mit der Fußspitze nach ihr. Sie ließ ihn dennoch nicht los, sondern schlang sich nur fester um ihn. Wie gern wäre sie im Erdboden versunken. Erniedrigt, wie sie war, kroch sie bar jeder menschlichen Würde weiter vor ihm im Dreck, um die letzte schwache Hoffnung auf Verschonung zu nutzen. Verärgert bückte er sich und zog sie grob von sich weg. »Gleich brechen wir auf!«, verkündete er in seiner dunklen, abgehackten Sprechweise. »Meinen Männern aber bin ich zuvor noch etwas schuldig.«

Trotz ihrer Angst spürte sie einen seltsamen Unterton und begann zu begreifen. Mit dem, was seine Soldaten sich wünschten, schien er zwar nicht einverstanden, und er selbst konnte wohl wenig mit dieser Art von Begierde anfangen. Andererseits aber war ihm bewusst, wie leicht er sich damit ihrer weiteren Treue versichern konnte. Magdalena wollte aufschreien vor Empörung. Wie konnte er das zulassen! Ohne hinzusehen, winkte er bereits einem der im Halbkreis Stehenden zu. Aufheulend wie ein wildes Tier, stürzte der Mann nach vorn, riss ihr Mieder entzwei und fasste ihr rücksichtslos an die Brüste.

»Aua!«, schrie sie und suchte mit den Augen die des Hauptmanns. Einen Wimpernschlag lang begegneten sich ihre Blicke, und sie meinte, trotz allem etwas wie Mitleid in dem seinen aufblitzen zu sehen. Durch das Zerren des Soldaten riss das Lederband um ihren Hals, und der Bernstein fiel zu Boden. Entsetzt sah sie, wie das im fahlen Licht honiggelb leuchtende Schmuckstück über die grauen Steine kullerte.

»Hör auf!« Abrupt zog der Hauptmann den Soldaten wieder von ihr weg. Fluchend stolperte der zur Wand und kehrte den hämisch johlenden Kumpanen den Rücken zu, um seine Blöße zu verbergen. Verwundert sah Magdalena ihm nach, dann begriff sie, dass das die einzige Gelegenheit war, den Bernstein zu retten. Auf allen vieren kroch sie zu ihm und streckte die Hand nach ihm aus. Plötzlich tauchte etwas Braunes, Ledernes vor ihren Augen auf. Ein riesiger Stiefel. Der Fuß des Hauptmanns. Die Sohle war rauh und kotverschmiert. Mit einem entschlossenen Schritt nach vorn deckte der Schwede den Stein zu. Ein schwarzer Vorhang ging vor ihren Augen nieder, und wohltuende Stille umfing sie.

12

Das Rütteln und Zerren nahm kein Ende. Magdalena wollte schreien, brachte jedoch keinen Ton heraus. Ihr Hals kratzte, jedes Atemholen brannte. Voller Scham hüllte sie sich in das zerfetzte Mieder. Dann erst hob sie vorsichtig den Kopf.

Gleißendes Licht blendete sie. Jemand hielt ihr eine Laterne vor das Gesicht. Sie blinzelte, unterschied erst allmählich die Flamme und den sie umgebenden Lichtschein. Schließlich traten auch die anderen Konturen deutlicher hervor. Noch immer befand sie sich auf dem eiskalten Steinboden in der Eingangshalle des Klosters. Jemand griff ihr von hinten unter die Arme und zog sie zu einer Holzbank an der Seitenwand.

Dankbar setzte sie sich und lehnte den Rücken an die weißgekalkte Wand. Zwei Fackeln erleuchteten die Halle spärlich. An der rechten Seite zierte ein großes schlichtes Eichenholzkreuz die Wand. Der flackernde Schatten, den es warf, flößte Magdalena Unbehagen ein. Vor ihr gähnte die offene Seite des Kreuzgangs in den schwarzen Innenhof. Das leise Prasseln des Regens war das einzige Geräusch. Die Soldaten waren verschwunden. Lediglich zwei Wachen hatten sich rechts und links der Tür postiert. Schweigend starrten sie Magdalena an. Sie wollte sich nach ihrem Helfer umsehen, als energische Stiefelschritte die Stille zerrissen. Erschrocken senkte sie den Kopf. Jede einzelne Faser ihres schmächtigen Körpers begann zu zittern, der Puls raste. Ihr wurde heiß und kalt.

»Woher hast du den Stein?«

Unschuldig baumelte das vertraute Stück vor ihrer Nase. Sie musste schielen, um etwas zu erkennen. Langsam zeichnete sich das Insekt in dem honiggelben Stein ab. Die zartgliedrigen Beine und der Kopf gewannen an Kontur. Im Schein der Lampe schimmerte der Bernstein golden. Erleichtert wollte sie danach greifen, da wurde er jäh weggerissen.

»Wie kommst du daran?«

Die aufgebrachte Stimme, die jedes Wort so hart ausspie, als ekele sie sich davor, schnitt einem Messer gleich in ihren Schädel. Dennoch erkannte sie sofort, um wen es sich handelte. Zur Bekräftigung seines Unmuts knallte der schwedische Hauptmann die Stiefel an den Hacken zusammen. Sie spürte einen Schmerz oberhalb der rechten Schläfe, presste die Hände auf die Ohren und kniff die Augen zusammen. Der honiggelbe Stein tanzte vor ihrem Gesicht und schien sie zu verhöhnen.

»So kommst du mir nicht davon!«

Er verpasste ihr eine kräftige Maulschelle. Von dem Schwung flog ihr Kopf zur Seite. Sie biss sich auf die Lippen, bis sie den metallischen Geschmack des Blutes schmeckte.

»Lasst sie! So wird sie Euch nichts sagen.« Der Helfer in ihrem Rücken sprang auf und packte den Schweden am Handgelenk. Erst jetzt sah sie, dass es sich um den feisten, kleinen Ambrosius handelte. Unerschrocken blickte er zu dem Hauptmann auf. Der Schwede blickte verwirrt auf den Mönch, dann stieß er ihn brüsk weg. Ambrosius taumelte, stolperte über die eigenen Füße und schlug hin. Ungerührt wandte sich der Hauptmann wieder Magdalena zu. »Sag endlich, wo du den Bernstein gestohlen hast!«

Die Sinne beisammenzuhalten kostete sie viel Kraft. Wie gern hätte sie sich erneut in das erlösende Dunkel geflüchtet. Damit aber würde sie den Hauptmann nur noch mehr verärgern. Also setzte sie zu reden an, brachte jedoch nur ein heiseres Krächzen heraus. Es ist gleich, tröstete sie sich, die Wahrheit würde er ohnehin nicht glauben. Es spielte keine Rolle mehr, was sie sagte. Das Urteil stand fest. Sie musste dem drohenden Ende mit Fassung entgegensehen, auch wenn sie innerlich vor Angst verging bei der Vorstellung, dass der Feuertod auf sie wartete. Sobald es aufhörte zu regnen, würde man auf dem Platz vor dem Kloster den Scheiterhaufen aufschichten. Nur zu gern wollten die Soldaten sie als Hexe brennen sehen.

»An einen solchen Schatz kommt man nicht einfach so!« Zornig riss der Hauptmann sie am Arm. Im kargen Schein der Fackeln traten seine Gesichtszüge scharf hervor. Er beugte sich über sie, bis sie seinen raschen Atem im Gesicht spürte. Sie wandte sich ab. Er packte ihr Kinn, presste die Haut mit

Daumen, Zeige- und Mittelfinger zusammen und zog sie zurück. Sie wollte aufschreien vor Schmerz, brachte aber nur ein nahezu tonloses Schnauben zustande.

»Rede endlich!«, zischte er.

Tränen standen ihr in den Augen. Mühsam schüttelte sie den Kopf, bis er begriff und sie losließ. Sie rieb sich das schmerzende Kinn. »Ich habe ihn nicht gestohlen«, stammelte sie. Nach einer abermaligen Pause und mehrfachem Räuspern erklärte sie laut: »Er gehört mir. Das war ein Geschenk.«

»Lüg mich nicht an! Wer sollte dir so etwas Wertvolles schenken? Oder bist du schon wieder besoffen? Wie das? Im Verlies gab es keinen Branntwein. Es sei denn – ah, du alte Hexe!« Abermals wollte er auf sie einschlagen, doch Ambrosius war schneller. Erstaunlich flink sprang er auf und warf sich mutig dazwischen, bekam dieses Mal sogar den Arm zu fassen, noch bevor der Hauptmann zuschlagen konnte.

»Hört ihr doch erst einmal zu. Wenn Ihr das nicht wollt, könnt Ihr es gleich lassen, sie zu befragen.«

Ambrosius' Mut schien den Offizier zu beeindrucken. Auffordernd nickte er Magdalena zu.

Erst zögernd, dann flüssiger begann sie zu reden: »Der Stein ist mein Talisman. Er beschützt mich und spendet mir Kraft. Seit ich ein kleines Mädchen bin, trage ich ihn bei mir. Bitte gebt ihn mir zurück. Er bedeutet mir sehr viel.«

»Wie käme ich dazu?« Aufreizend ließ der großgewachsene Schwede die Schnur mit dem Bernstein vor ihrem Gesicht kreisen. Er beobachtete sie, wie sie zunächst auf den Stein, auf ihn und dann wieder auf den Stein schielte. Schließlich schnappte er ihn mit der zweiten Hand, um ihn in seiner Hosentasche verschwinden zu lassen. Die Hand ließ er am Hosenbund liegen, als fürchtete er, der Stein wäre dort immer noch nicht vor ihr sicher.

Sie holte tief Luft und verharrte einen Moment, bevor sie langsam aussprach, was sie seit langem nicht mehr zu denken gewagt hatte: »Er wurde mir von jemandem geschenkt, der mir einmal sehr wichtig war.«

»Wer sollte das tun? Ein so wertvolles Geschenk an eine wie dich, das glaube ich einfach nicht. Entweder, du nennst mir den Namen, oder du gibst zu, dass du ihn gestohlen hast! Also los: Wer hat ihn dir geschenkt?«

»Eric«, murmelte sie und fügte nach einem fragenden Blick auf Ambrosius hinzu: »Eric Grohnert.« Kaum hatte sie den Namen ausgesprochen, wurde ihr flau im Bauch. Trotz der eisigen Temperatur begannen Wangen und Ohren zu glühen, das Schlucken fiel ihr schwer. Nie hatte sie Eric in Gegenwart des Schweden erwähnen wollen. Auch wenn Ambrosius ihr verraten hatte, dass Eric und der Hauptmann Beziehungen zueinander unterhielten, fürchtete sie, sich dadurch mehr zu schaden als zu nutzen. Aufmerksam verharrte ihr Blick auf dem Gesicht des Hauptmanns, verfolgte jede Regung. Auch Ambrosius schien angespannt zu warten, was als Nächstes geschah.

Der Schwede schwieg. Warum nur hatte sie den Namen erwähnt? Von Eric hatte sie nichts Gutes mehr zu erwarten. Allein Carlotta wollte sie mit seiner Hilfe zurückhaben, mit allem anderen hatte sie abgeschlossen. Wie gern hätte sie jetzt an den Bernstein gefasst, sich seines Schutzes versichert. Unerreichbar lag er in der Hosentasche des Hauptmanns.

Die Stille in der Halle wurde unerträglich. Draußen prasselte der Regen inzwischen hart auf das Pflaster. Durch den halboffenen Kreuzgang pfiff der Wind. Schüchtern lichtete sich die Nacht.

»Holt Rupprecht«, befahl der Hauptmann seinen Wachen. »Bringt ihn her, damit er das bestätigen kann.«

Magdalena atmete auf. Auch Ambrosius wirkte erleichtert. Wenige Augenblicke später stand Rupprecht vor ihnen, die Arme auf dem Rücken gefesselt, zwischen den beiden Soldaten wirkte er klein und hilflos. Auf ein Zeichen des Hauptmanns nahm ihm einer der Wachen die Fesseln ab.

»Was ist?«, fragte Rupprecht. Magdalena musterte ihn. Seine dunklen Augen funkelten unter dem schwarzen, dichten Haarschopf. Angst schien er keine zu haben. Aber würde er ihr helfen? Immerhin hatte er ihr vorhin die schlimmsten Vorwürfe gemacht, weil er ihretwegen die Gunst des Schweden verloren zu haben meinte. Nun musste es für ihn so aussehen, als habe sie den Hauptmann gegen ihn aufgehetzt. Warum sonst ließ der Rupprecht so rüde aus dem Verlies holen, nachdem er Magdalena stundenlang in die Mangel genommen hatte? Dabei hatte Rupprecht nach eigener Ansicht alles darangesetzt, sie in den Augen des Hauptmanns gut dastehen zu lassen, sie, die hoffnungslos versoffene, zu nichts zu gebrauchende Wundärztin!

In der Tat würdigte Rupprecht sie keines Blickes. Wider Erwarten schien er dem Hauptmann gegenüber allerdings sogleich seine alte Sicherheit zurückzugewinnen. Als wäre nichts geschehen, sah er ihn offen und furchtlos an. Vielleicht hat er auch schon mit allem abgeschlossen, dachte Magdalena. Vielleicht hat er die Hoffnung auf Rettung begraben und will dem Unvermeidlichen wenigstens aufrecht ins Auge sehen.

»Kennst du diesen Stein?« Leicht zitternd hielt der Hauptmann ihm den Bernstein vor Augen. Die Miene des Schweden blieb finster. So vertraut, wie Rupprecht sie hatte glauben machen wollen, schienen sie nicht miteinander. Ungewöhnlich war jedoch, dass der Offizier zitterte, während der Gefangene unerschrocken vor ihm stand.

Direkt mit dem Bernstein konfrontiert, wich Rupprecht zunächst zurück, sah von einem zum anderen und ließ den Blick schließlich doch auf ihr ruhen. Einen Augenblick setzte ihr Herzschlag aus. Kaum merklich zwinkerte er ihr zu. Erleichtert atmete sie aus. Seine Miene hellte sich auf. »Aber natürlich!« Fröhlich lächelte er den Schweden an. »Den hat Magdalena von Eric. Das ist ihr Talisman. Seit Jahren trägt sie ihn bei sich.«

Sein Tonfall bewies, dass er genau wusste, warum er den Namen ins Spiel brachte. Er streckte die Hand aus, um das Schmuckstück an sich zu nehmen. Gerade noch konnte der Hauptmann das verhindern. Wieder schnappte er sich den Stein, betrachtete ihn nachdenklich und ließ ihn schließlich an der Schnur hin und her schwingen wie das Pendel einer Uhr. »Mit Eric meinst du doch nicht etwa Eric Grohnert?« Eine Spur zu schnell sprach er den Namen aus. Ehrfurchtsvoll klang er in seinem Mund.

Rupprecht schien sein Ziel erreicht zu haben. Der Ärger des Hauptmanns verflog, milder gestimmt rollte er den Bernstein in der Hand. Magdalena atmete auf. Ambrosius gab ihr ein unauffälliges Zeichen, dass sich alles zum Guten wenden würde. Auch er hatte begriffen, was sich zwischen dem Hauptmann und Rupprecht abspielte. Sie konnte es kaum fassen: Rupprecht hatte sie tatsächlich wieder einmal gerettet! Ausgerechnet er, den sie zurückgewiesen und missachtet hatte, obwohl seine Mühen um ihre Gunst offensichtlich waren, tat sein Möglichstes, sie vor Schlimmem zu bewahren.

»Woher soll er eine wie sie kennen?« Verächtlich wies der

Hauptmann unterdessen mit dem Kinn in ihre Richtung, hob aber nicht den Blick, um sie anzusehen.

»Schon lange kennt sie ihn.« Rupprecht ließ sich nicht verunsichern. Entschlossen stellte er sich vor den Schweden, kümmerte sich nicht darum, wie klein und zart er neben dem hochaufgeschossenen Blonden wirkte, wie grobschlächtig seine Gesichtszüge neben dem vornehmen Antlitz des Hauptmanns aussahen. Um zu erzählen, warum Eric seit der Hochzeit von Magdeburg im Tross der Kaiserlichen mitzog, obwohl dieser Zusammenstoß die Zerstörung der Stadt und die Vernichtung seiner gesamten Familie zur Folge gehabt hatte, brauchte Rupprecht nur wenige Sätze. Magdalena hätte sich am liebsten die Ohren zugehalten, so deutlich traten die schrecklichen Bilder aus der Vergangenheit vor ihr inneres Auge, und sie durchlebte die Schrecken von damals noch einmal, hörte das unaufhörliche Brennen und Knistern der Dachbalken, spürte die Hitze, den Gestank von brennendem Fleisch, hörte die verzweifelten Hilfeschreie – und entdeckte inmitten des Infernos die rettende Hand des rotblonden Jungen mit den tiefblauen Augen.

»Seit damals ist er bei euch im Tross gewesen? Als Zimmermannsgeselle hat er gearbeitet?« Kopfschüttelnd hakte der Hauptmann mehrmals nach und bedeutete Rupprecht mit einem Nicken, dass er weitererzählen sollte.

»Vor zwei Jahren, kurz nach der Schlacht bei Freiburg, ist Eric spurlos verschwunden«, beendete Rupprecht den Bericht. Dann senkte er die Stimme, als gäbe er ein gutgehütetes Geheimnis preis. »Er soll, so heißt es, von den Franzosen gefangen genommen worden sein. Magdalena blieb nur der Bernstein als Erinnerung an ihren einstigen Retter. Kein Wunder, dass sie so an dem kostbaren Stück hängt.«

Einen Augenblick schwiegen alle. Langsam drang die Bedeutung von Rupprechts letzten Worten zu ihr durch. Da erst erfasste sie, dass er einen entscheidenden Teil der Geschichte ausgelassen hatte. Mit keiner Silbe hatte er erwähnt, dass Eric und sie in Freiburg ein Liebespaar gewesen waren und ein Kind miteinander hatten. Auch ihr abermaliges Zusammentreffen vor Amöneburg, die Umstände seiner Verhaftung durch Hagen Seume und die von ihr mit Meister Johanns tatkräftiger Unterstützung eingefädelte Flucht hatte er unterschlagen. In Rupprechts Erzählung klang es so, als handele es sich bei ihnen um Kindheitsfreunde, die das grausige Erlebnis in Magdeburg zusammengeführt und die Geschehnisse nach der Schlacht am Freiburger Slierberg getrennt hatte. Verblüfft sah sie ihn an. Er nahm das gar nicht wahr, sein Blick verharrte auf der nachdenklich gewordenen Miene des schwedischen Hauptmanns.

Nach einem langen Schweigen legte der Hauptmann Rupprecht die Hand auf die Schulter und tätschelte sie sanft. Ein zufriedenes Lächeln umspielte seinen Mund. Der Blick, mit dem er den schwarzen Haarschopf Rupprechts betrachtete, schien fast zärtlich. Ein Kreis umschloss die Männer, zu dem sie als Frau keinen Zutritt erhielt. Eric schien der körperlich zwar abwesende, gedanklich dennoch gegenwärtige Mittelpunkt dieses Bündnisses zu sein. Abrupt schluchzte sie auf und presste sich die Faust in den Mund, um nicht laut loszuschreien. Auch Rupprecht wirkte berührt. Als wäre es ihm unangenehm, in ihrer Gegenwart von dem Schweden derart vertraut behandelt zu werden, sah er entschuldigend zu ihr. Ambrosius zuckte hilflos mit den Schultern.

Plötzlich zog der Hauptmann die zweite Hand aus der Hosentasche. Etwas blitzte hell darin auf, ein leises Klacken verriet das Gegeneinanderschlagen zweier Gegenstände. Einen Moment traute Magdalena ihren Augen nicht. An Rupprechts und Ambrosius' erstauntem Gesicht las sie ab, dass es ihnen nicht anders erging: Der Hauptmann hielt auf einmal zwei Bernsteine in der Hand! Geschickt ließ er die Schnüre, an denen sie befestigt waren, durch die schmalen, langen Finger gleiten. Wie zwei dicke Honigtropfen schwangen sie daran hin und her. Genüsslich ließ der Hauptmann sie durch die Luft surren, hielt sie aufreizend ins Fackellicht. Es war keine Täuschung: Die beiden Bernsteine ähnelten sich sehr, waren nahezu gleich groß, umhüllten beide ein in der Bewegung erstarrtes Insekt und baumelten jeweils an einer ähnlich gezwirbelten, dunkelbraunen, von den Jahren spröde gewordenen Lederschnur.

»Es überrascht mich zu hören, dass Eric Grohnert nach dem Brand von Magdeburg ausgerechnet im Tross der Kaiserlichen Unterschlupf gefunden hat. Und dann auch noch für so lange Zeit.« Gedankenverloren betrachtete der Hauptmann die beiden Bernsteine, als sehe er sie just in diesem Augenblick zum ersten Mal. Wie aus weiter Ferne klang seine Stimme, als er weitererzählte: »Den Stein hat mir meine Mutter geschenkt, als ich ein kleiner Junge war. Genau wie Eric Grohnert seinen Stein von seiner Mutter bekam. Er ist mein Vetter, der Sohn der Schwester meiner Mutter. Die beiden waren Zwillinge, selbst nach ihrer Heirat unzertrennlich. Die Steine hatten sie wiederum von ihrer Mutter. Auf ihrem Weg in die Welt sollten die Steine die Schwestern immer beschützen. Mein Vetter und ich sind am selben Tag zur selben Stunde in derselben Stadt geboren, also ebenfalls fast wie Zwillinge. Auch wir waren unzertrennlich, wie echte Brüder, bis Eric eines Tages mit seinen Eltern unsere Heimatstadt Königsberg verlassen musste. Warum, das hat keiner der Erwachsenen uns je so recht erklärt, irgendeine unangenehme Geschichte mit einem anderen Kaufmann.«

Magdalena zuckte zusammen, was jedoch niemand zu bemerken schien. Mit ruhiger Stimme fuhr der Hauptmann fort: »In Magdeburg hat mein Onkel ein neues Geschäft aufgebaut. Oft haben wir sie dort besucht. Dann aber wurde die Stadt zerstört. In der Asche der niedergebrannten Stadt verlor sich die Spur meines Vetters und seiner Eltern. Zu jener Zeit zwar noch ein halbes Kind, beschloss ich schon damals, aufseiten der Schweden gegen die Kaiserlichen in den Krieg zu ziehen und diesen Tod zu rächen. Und, wie man sieht, bin ich nicht nur tatsächlich Soldat geworden, sondern habe vor zwei Jahren sogar die Spur meines totgeglaubten Vetters wiedergefunden. Bis er im Juni dieses Jahres abermals verschwunden ist.« Kurz hielt er inne, bevor er Magdalena anblaffte: »Und jetzt trägst du diesen Bernstein! Eindeutig ist es Erics Stein. Aus tausend anderen würde ich den herausfinden. Was glaubst du, ist mir da durch den Kopf gegangen?«

13

Schon war Elsbeth an diesem Morgen das Ruckeln des Karrens leid, obwohl seit dem Aufbruch aus dem Wirtshaus noch nicht viel Zeit vergangen war. Sie fuhren am Saum eines dichten Laubwalds entlang. Gut zwei Meilen erstreckte der sich bereits rechter Hand von ihnen. Links von ihnen fiel der Hang nach kaum einer Armlänge sacht zu einem kleinen Bachlauf ab. Gerade hellte sich der von schweren, dunkelgrauen Wolken verschleierte Himmel auf. Hie und da blitzten die ersten

Sonnenstrahlen hindurch. Weiter im Süden zeigten sich Ahnungen eines dem August angemessenen sommerlichen Blaus am Horizont. Der tagelange Dauerregen schickte sich an, in ein leichteres Nieseln überzugehen.

Zum ersten Mal seit ihrer Abreise aus Würzburg vor zwei Tagen hoben Erics Reisegefährten die Köpfe und strafften die Schultern unter den wollenen Umhängen. Die kleine Gruppe bestand aus Eric und einem zweiten Kaufmann, die zu Fuß gingen, sowie einem Fuhrmann auf dem Wagen und zwei Kaufleuten hoch zu Ross. Die Männer trugen Pistolen und Messer deutlich sichtbar am Gürtel, die Reiter sogar jeweils noch eine Muskete mit einem Gurt quer über den Rücken. Zuversichtlich, dass sie so gegen feindliche Angriffe gewappnet waren, richteten alle fünf die Blicke auf den vor ihnen liegenden Weg. Selbst der Ochse, der geduldig in dem schweren Geschirr trabte, schien an diesem Morgen den massigen Schädel eine Idee höher zu tragen als gestern noch. Alles sprach dafür, dass sich die Lage besserte. Sogar der durchdringende Geruch nach feuchter Wolle und Filz schien sich dank des sanften, warmen Windes allmählich zu verflüchtigen. Die Decke, in die Elsbeth sich und Carlotta gehüllt hatte, war nur mehr klamm und nicht bereits schwer vor Nässe wie die Tage zuvor.

Bitter stieg Elsbeth die Galle in die Kehle. Plötzlich verspürte sie einen heftigen Ruck. Die Räder des Karrens waren in einer tiefen Furche stecken geblieben, und der Ochse mühte sich vergeblich, ihn herauszuziehen. Es hatte nur abermaliges Rucken und eine gefährliche Schieflage des Wagens zur Folge. Resolut drückte Elsbeth dem verdutzten Fuhrmann die kleine Carlotta auf den Schoß. Noch ehe er aufmucken konnte, glitt sie über die Deichsel zu Boden und schleppte

sich zum Wegesrand, bevor sie sich ins Gebüsch erbrach.
»Was soll das?« Kaum hatte sie aufgehört zu würgen, tauchte Eric neben ihr auf. Schwer atmend richtete sie sich auf, strich sich das schweißnasse Haar aus dem Gesicht und sah ihn an. Den breitkrempigen Filzhut drehte er ungeduldig in der einen Hand, fuhr sich mit den Fingern der anderen durch das störrische rotblonde Haar. Grimmig musterte er sie. Noch nie waren ihr seine blauen Augen so kalt erschienen. Sie fröstelte. Ihre zittrigen Finger kriegten die Zipfel des Umhangs kaum zu fassen, um ihn eng um die Brust zu ziehen. Auf einmal fühlte sie sich seltsam klein neben ihm, dabei überragte er sie nur um eine knappe Kopflänge.

»Was soll schon sein? Schlecht ist mir geworden. Kein Wunder, bei den Wegen.« Verächtlich wies sie mit dem Kinn auf die Straße. Der Dauerregen der letzten Wochen hatte dem Boden stark zugesetzt, mehr als knöcheltief waren die randvoll mit Wasser gefüllten Rillen. Der Durchzug eines großen Regiments nebst Tross hatte tiefe Spuren hinterlassen, ein eindeutiges Zeichen, dass sie sich auf demselben Weg befanden, den auch die Wrangelschen Truppen nach Süden eingeschlagen hatten. Lediglich die Tatsache, dass sie weit und breit die Einzigen zu sein schienen, die dem Heer hinterherzogen, war befremdlich. Sonst begaben sich oft große Gruppen zu Fuß oder mit Karren ins Schlepptau der Regimenter. Im Schutz der Bewaffneten ließ sich eine Gegend erreichen, wo es den Menschen besserging, oder zumindest als Marketender und Huren etwas Geld verdienen.

»Was beschwerst du dich? Soweit ich mich erinnere, bist du selten so vornehm gereist.« Eric fasste sie am Arm und zog sie noch ein Stück von den anderen weg. Im selben Moment wurde ihr klar, warum: Der Karren hinter ihnen knirschte bedenklich. Schon rutschten die hoch aufgetürmten Kisten und Fässer zur Seite. Der Fuhrmann fluchte, weil Carlotta in seinen Armen zappelte und schrie. Niemand befreite ihn von dem Kind, dabei musste er dringend etwas tun, das Umstürzen des Wagens zu verhindern. Die anderen Männer waren indes damit beschäftigt, den unruhig gewordenen Ochsen zu halten und den Wagen durch Dagegenstemmen ihrer kräftigen Schultern an der linken Seite abzustützen. Die Reiter stiegen von ihren Rössern und begannen, Holz und Steine unter die Räder zu schieben, um zu verhindern, dass sie noch tiefer ins Erdreich einsanken.

Unentschlossen, ob er ihnen helfen, dem Fuhrmann Carlotta abnehmen oder aber bei Elsbeth bleiben sollte, verharrte Eric letztlich weiter neben ihr. »Was ist?«, herrschte er sie an. »Hockst wie eine Madame auf dem Karren und musst keinen Schritt zu Fuß gehen. Trotzdem passt es dir nicht. Willst du lieber laufen? Das kannst du gern haben. Bilde dir aber nicht ein, dass wir deinetwegen auch nur einen Schritt langsamer gehen. Bis heute Abend wollen wir die Gegend um Rothenburg erreicht haben. Da sammeln sich die Schweden, heißt es. Irgendwann müssen da auch die Versehrtenzüge eintreffen. Wenn wir weiterhin so langsam sind, wird das noch ein langer Tag.« Ohne Vorwarnung ließ er sie los und eilte zu den anderen. Flink nahm er Carlotta entgegen, brachte das Kind zu Elsbeth und half dann, den Wagen zu entladen. Mit vereinten Kräften konnten die Männer ihn endlich aus dem Loch ziehen.

Als hätte sie ähnlich Anstrengendes geleistet, sank Elsbeth erschöpft auf einem Baumstumpf nieder. Krämpfe schüttelten sie. Sie brachte nicht einmal mehr die Kraft auf, die Kleine auf ihren Schoß zu ziehen. Also ließ sie es geschehen, dass sie sich im Morast zu ihren Füßen suhlte und, munter vor sich hin brabbelnd, allerhand Getier in einer kleinen Pfütze begutachtete. Elsbeth schritt nicht einmal ein, als die Kleine einen dicken schwarzen Käfer zum Mund hob.

»Es geht weiter!« Aus weiter Ferne drang Erics Stimme an ihr Ohr. Verdutzt hob sie den Kopf. Eben noch hatte sie sich auf der Strohschütte in der Scheune gewähnt, in der sie die letzte Nacht verbracht hatte. Dichte Nebelschwaden behinderten ihren Blick. Kaum konnte sie die Umrisse seiner hochgewachsenen Gestalt von dem dichten Laubwald dahinter unterscheiden. Als sie sich von ihrem Platz erheben wollte, versagten ihr die Beine. In ihrem Kopf drehte sich alles. Schon knickten ihr die Knie ein, und sie fiel nach vorn. Schimpfend fing Eric sie auf, half ihr, sich wieder aufzurichten, und führte sie zum Karren zurück.

Fast hatten sie den Wagen erreicht, da erstarrten die anderen Männer abrupt. Die Pferde stellten die Ohren auf, der Ochse schnaubte bedrohlich. Elsbeth strengte sich an, die Ursache dieses Gebarens zu entdecken. »Runter!« Der Fuhrmann gab mit der rechten Hand ein Zeichen. Im selben Moment schon rollte er sich unter sein Gefährt. Die drei anderen Männer sprangen ins Gebüsch, Eric zog Elsbeth und das Kind hinter einen Busch. Carlotta presste er die Hand auf den Mund, damit sie nicht muckte. Fremde Reiter! Elsbeth wollte aufschreien und verschluckte sich. Das verräterische Husten zu unterdrücken nahm ihr den Atem. Die Hufschläge wurden lauter. Zitternd vor Angst, presste sie sich an Eric. Überraschenderweise ließ er sie gewähren. Sollten die Fremden sie entdecken, wäre sie als einzige Frau die Erste, auf die sie sich stürzen würden. Oft genug hatte sie erlebt, wie die alte Roswitha und Magdalena geschändete Frauen mit Kräutern und

Tinkturen behandelt hatten. Geholfen hatte es selten. Meist waren sie den schlimmen Verletzungen und dem furchtbaren Schreck erlegen.

Endlich sprengten die Pferde heran. Es waren zwei Rappen. Das Wiehern der beiden Kaufmannsgäule neben dem verlassen auf dem Weg stehenden Fuhrwerk gaben sie mit einem Prusten zurück. Die Reiter bremsten jedoch nicht ab, sondern gaben ihren Pferden erst recht die Sporen. Im schnellen Galopp preschten sie vorbei. Als sie außer Sicht waren, krochen der Fuhrmann und die drei Kaufleute aus ihren Schlupflöchern. Eric richtete sich mit Carlotta auf dem Arm auf.

»Kundschafter!«, stellte der Fuhrmann fest und klopfte sich den Dreck aus dem Rock. »So eilig, wie die es haben, müssen sie vom Kurfürsten persönlich aus München fortgejagt worden sein. Wie man hört, hat der es auf einmal sehr eilig, mit den Franzmännern ins Gespräch zu kommen. Er hat wohl Angst, die wollen diesen Herbst auch noch zu ihm nach Bayern und saufen ihm das Bier weg wie schon die Schweden und die Unsrigen.«

Er lachte aus tiefster Kehle. Auch die drei anderen stimmten ein, erleichtert, dass sich der Vorfall so einfach erklären ließ. Dem Kampf mit Marodeuren hätte keiner von ihnen lange standgehalten. So gut es ging, säuberten sie ihre Kleidung und führten die Pferde zurück auf den Weg.

Elsbeth schwankte, kaum dass sie wieder aufrecht stand. Abermals verschleierte Nebel ihr die Sicht. Mühsam beherrscht ging sie Richtung Fuhrwerk und kniff die Augen zusammen, um besser zu sehen. Einer der Männer hielt ihr etwas entgegen. Sie streckte die Hand danach aus und fasste ins Leere. Wieder wäre sie dabei fast gestürzt, wieder war es Eric, der sie rechtzeitig auffing. Doch kaum befand sie sich erneut in der Senkrechten, klatschten seine Handflächen auf ihre Wangen. Mit voller Wucht verpasste er ihr rechts und links eine Ohrfeige. Schmerz verspürte sie nicht, lediglich ein Brennen, wie sie dankbar bemerkte. Also träumte sie doch nicht, also waren sie längst weg aus der muffigen Scheune mit all den anderen Menschen, die dort übernachtet hatten, und auch die feindlichen Reiter waren kein Traum gewesen. »Bist du wirklich krank oder nur besoffen?«, hörte sie Eric fragen und brauchte eine Weile, bis sie begriff, dass er darauf tatsächlich eine Antwort erwartete.

»Weiß nicht«, murmelte sie mühsam.

»Wahrscheinlich ist es der Regen«, knurrte der Fuhrmann. »Sie hustet auch ziemlich.«

»Daran wird sie schon nicht krepieren«, meinte einer der anderen und verzog den zahnlosen Mund zu einem schiefen Grinsen. »Die schaut aus, als wäre sie Schlimmeres gewohnt.«

»Stimmt«, meinte einer der beiden Reiter und griff sich grinsend zwischen die Beine.

»Lasst uns weitergehen, sonst schaffen wir es nicht bis Rothenburg«, beendete Eric barsch das Gespräch und half Elsbeth auf den Wagen. Unerwartet fürsorglich bettete er sie zwischen zwei Kisten, zog sogar die dicke Plane über ihre Beine und stopfte sie an den Seiten fest. Einer der Männer setzte ihr die dreckverschmierte Carlotta auf den Schoß. Auch die Kleine hüllte Eric behutsam in einer Decke ein. Der Fuhrmann reichte Elsbeth den Branntweinschlauch. Mit Mühe gelang es ihr, ihn zu fassen und an den Mund zu führen. Drei gierige Schlucke wurden ihr gegönnt, bevor Eric den Schlauch von ihren Lippen riss. »Genug! Sonst kotzt du uns gleich wieder alles voll«, murrte er und sprang zu Boden.

Die Peitsche knallte, der Karren ruckte, der Ochse zog an. Carlotta kuschelte sich zufrieden an Elsbeth und steckte den schmutzstarrenden Daumen in den Mund. Die einigermaßen trockenen Decken sowie das warme Gefühl, das der Branntwein in Elsbeths Bauch hervorrief, sorgten für eine Besserung ihres Zustands. Die nächsten Stunden störte sie sich nicht einmal am strengen Geruch Carlottas. Auch die Übelkeit machte ihr nicht mehr zu schaffen. Sie legte den Kopf in den Nacken. Träge verfolgte sie die Wolken am Himmel. Noch führte der Weg am Waldrand entlang. Das letzte Grün der Baumspitzen ragte in die Wolkendecke. Bald klarte es auf, die Grautöne am Himmel wurden heller, gingen bald in schmutziges Weiß über. Irgendwann hörte auch der Nieselregen auf. Es tropfte nur noch von den Bäumen.

Elsbeth ertrug das stete Schaukeln des Wagens, und es gelang ihr, den gelegentlich noch aufsteigenden Würgereiz zu unterdrücken. Dafür schmerzten ihr mittlerweile sämtliche Glieder. Nach einiger Zeit wusste sie nicht mehr, wie sie sich setzen oder anlehnen sollte. Der ganze Körper tat entsetzlich weh, eine furchtbare Unruhe kam hinzu. Ähnliches hatte sie noch nie erlebt. Sogar die Kleine auf den Knien zu haben wurde ihr unerträglich. Sie versuchte, sie neben sich zu betten. Dagegen wehrte sie sich empört. Einmal schlug Carlotta sogar nach ihr und zerrte ihr an den Haaren. Also ließ sie es bleiben, biss die Zähne zusammen und behielt das Kind selbst unter Schmerzen weiter auf dem Schoß. Von dem, was die Männer um sie herum redeten, bekam sie kaum etwas mit. Tief grub sie sich in ihr unbequemes Lager ein.

Anscheinend näherten sie sich dem Versehrtenzug, in dem Eric Magdalena und Rupprecht vermutete. Reisende, die mit ihnen ihr Nachtquartier geteilt hatten, hatten behauptet, den

Schweden noch weit vor Rothenburg begegnet zu sein. Wenn das der Wahrheit entsprach, waren die gut hundert schwedischen Soldaten nur wenige Stunden vor Eric und den Seinen aus der Nähe von Würzburg aufgebrochen. Dennoch behielten sie ihr bisheriges Tempo bei. Bis zum Anbruch der Nacht wollten sie die Gegend um Rothenburg erreichen. Kundschafter oder Reisende, vor denen sie sich in die Büsche schlagen mussten, begegneten ihnen keine mehr. Nicht einmal ein einsamer Wanderer oder Bauer kreuzte ihren Weg. Stattdessen passierten sie niedergebrannte Höfe und Scheunen, kamen durch menschenleere Dörfer und entdeckten eine verlassene Mühle in einer Talsenke. Seit Jahren war die Gegend Durchmarschstrecke für die Heere beider Lager. Und auch nachdem die Sonne die letzten Regenwolken verjagt hatte, wollte sich angesichts der verkohlten Ruinen und trostlosen Mauerreste die spätsommerliche Unbeschwertheit nicht mehr einstellen.

»Wir müssen besser achtgeben, wo die Schweden rasten«, warnte einer der Reiter plötzlich. »In den letzten Stunden sind wir zügig vorangekommen. Wenn wir nicht aufpassen, laufen wir ihnen direkt in die Arme.« Er gab seinem Pferd die Sporen und galoppierte ein Stück den Weg voraus. Von der nächsten Anhöhe aus hielt er Ausschau in alle Richtungen, bevor er den anderen ein Zeichen gab zu folgen.

»An der Weggabelung dort vorn müssen wir nach rechts abbiegen. Da wird die Straße besser, auch wenn sie quer durch den Wald führt«, meinte der Fuhrmann später. Das verdächtige Knirschen auf der rechten Wagenseite beunruhigte ihn mehr als jede Warnung vor einer Begegnung mit den Schweden oder Räubern. In klaren Momenten beobachtete Elsbeth, wie er immer wieder die Hand hinter die Ohrmuschel legte und lauschte. Offensichtlich befürchtete er, die Achse könnte brechen oder eine Kiste vom Wagen kippen. Die anderen Männer schienen seine Angst vor einem Unfall auf schlechten Wegen nicht zu teilen, denn ohne zu zögern, schwenkten die beiden Reiter an besagter Kreuzung nach links, Eric und die anderen, die neben dem Ochsen gingen, folgten ihnen den langsam abfallenden Weg nach unten direkt zum Bachlauf. Nur der Fuhrmann bremste den Karren ab. Als keiner der Männer darauf reagierte, resignierte er. »Ich habe euch gewarnt!« Mit diesen Worten trieb er den schwankenden und knarrenden Ochsenkarren den anderen hinterher.

Nach einigen Windungen schwenkte der Weg vom Bachlauf weg in einen Wald. Ein dichtes Laubdach wölbte sich über ihnen. Die milde Nachmittagssonne brachte das Gelbgrün der Blätter zum Leuchten. Träge fielen einzelne, dicke Tropfen auf Elsbeths Gesicht, letzte Überreste der tagelangen Regenfälle. Irgendwann schlief Carlotta ein, auch Elsbeth fielen die Augen zu. Zwei-, dreimal noch hielten sie an, um den Wagen aus einem Schlammloch zu befreien. Jedes Mal erwachte Elsbeth aus ihren wirren Träumen. Der Laubwald ging allmählich in einen Nadelwald über. Damit änderte sich auch die Beschaffenheit des Bodens. Die Räder versanken leichter in der aufgeweichten Erde. Den fünf Männern gelang es jedoch immer wieder, das Fuhrwerk nebst vollständiger Fracht aus dem Morast zu ziehen.

»Ich habe euch gewarnt: Auf dem Weg oben wäre es leichter gewesen. Da wären wir nie im Schlamm hängengeblieben. Der Boden ist dort fester, und die Wege sind nicht so ausgefahren«, wiederholte der Fuhrmann jedes Mal aufs Neue. Darauf gaben die anderen Männer lange keine Antwort, bis einer der Reiter schließlich empört aufbrauste: »Dafür wären wir da oben ganz sicher den Männern von Ruckhaber in die Hände gefallen. Du weißt genau, dass sie nicht weit von hier ihr Quartier haben. Oder steckst du mit denen etwa unter einer Decke? Was zahlen sie dir dafür, dass wir ihnen in die Falle gehen?« Er stürzte sich auf den Fuhrmann, packte ihn am Revers und sah ihn wütend an.

»Lasst das, Ihr wisst doch, dass er nichts mit Ruckhaber zu tun hat.« Eric riss den Reiter vom Fuhrmann weg. »Ganz zu schweigen davon, dass Ruckhaber es niemals wagen würde, uns zu überfallen! Also, lasst uns weitergehen, damit wir wirklich bei Anbruch der Dunkelheit da sind.« Der Reiter warf Eric einen zweifelnden, dem Fuhrmann einen regelrecht drohenden Blick zu. Dann erst bestieg er sein Pferd. Die anderen hatte die Auseinandersetzung schweigend verfolgt. Auch danach nahmen sie ihre Gespräche nicht mehr auf.

Elsbeth hatte den Eindruck, dass der Streit über diesen Ruckhaber nicht zum ersten Mal aufgekommen war. Sie wunderte sich jedoch nicht lange darüber. Ohnehin fiel es ihr immer schwerer, die Ereignisse um sich herum noch wahrzunehmen oder gar einzuordnen. Kaum konnte sie noch die Kleine halten, die bald wieder munter auf ihren Knien und zwischen den Kisten turnte. Schließlich erbarmte sich einer der beiden Reiter, kam heran, schnappte sich Carlotta und setzte sie vor sich aufs Pferd, was sie mit quietschender Begeisterung geschehen ließ.

»Haltet Ihr das für eine gute Idee?« Besorgt äugte Eric auf das seltsame Paar so weit oberhalb der sicheren Erde.

»Was kümmert es Euch? Es ist doch nicht Euer Kind, sondern nur das Eurer Magd«, entgegnete der Reiter und gab dem Pferd die Sporen, um zu Carlottas Freude vorauszugaloppieren. Hilflos blieb Eric zurück. Als das Pferd sich abrupt zwischen den Bäumen aufbäumte, schließlich in weitem Satz über den nahen Bach sprang und drüben so ungestüm kehrtmachte, dass die nassen Erdklumpen aufstoben, setzte Elsbeth vor Schreck der Herzschlag aus. Das ist der Fieberwahn, beruhigte sie sich und bildete sich ein, die Hände der Kleinen immer noch fest um ihren Hals zu spüren. Ein Schrei riss sie unsanft aus dieser Traumvorstellung. Gerade noch sah sie, wie das Pferd abermals scheute und in die Höhe stieg. Fast wäre der Reiter dabei mit dem Kopf gegen den Ausläufer eines Baumes geschlagen. Eric musste laut geschrien haben. Schon stürzte er über Stock und Stein, um den beiden zu Hilfe zu eilen. Es kostete Elsbeth alle Kraft, ihm nachzusehen und das Geschehen genau zu verfolgen. Zum Glück waren der Reiter und Carlotta im Sattel geblieben, das Pferd beruhigte sich wieder.

»Hört auf mit dem Unsinn, bevor es ein Unglück gibt«, befahl Eric und streckte die Hände dem Reiter entgegen, um das Kind wieder in Empfang zu nehmen.

»Man könnte glatt meinen, es sei doch Euer Kind«, erwiderte der Reiter und warf ihm einen fragenden Blick zu. Carlotta zappelte wild und weinte, als Eric sie zum Karren zurücktrug. Sein Gesicht war tiefrot, ob vor Wut oder Scham, wusste niemand zu sagen. Ohne ein weiteres Wort reichte er die Kleine wieder an Elsbeth, die viel zu erschöpft war, um sich um das Kind zu kümmern, doch auch zum Aufbegehren gegen Eric fehlte ihr die Kraft. Also ließ sie es einfach geschehen. Bald fand Carlotta eine andere Möglichkeit, sich die Zeit zu vertreiben. Sie spielte mit einem Seil, dessen Enden zwischen den Kisten hervorlugte. Etwas knirschte und ruckte. Elsbeth war nicht imstande nachzusehen, was es war. Mochte die Fracht über ihr zusammenbrechen, sie konnte keinen Finger mehr heben. Die anderen merkten nichts davon.

14

Der Abend dämmerte, als das Fuhrwerk endlich aus dem Dickicht des Waldes holperte. Aus dem Dunst abziehender Regenwolken schälte sich die Silhouette Rothenburgs heraus. Müde schob sich Elsbeth in die Aufrechte. Mehrmals war sie in den letzten Jahren mit Magdalena und Meister Johann als Begleitung eines Versehrtenzugs in der Stadt oberhalb der Tauber gewesen. Die trutzigen Mauern hatten die Kriegsjahre bislang unbeschadet überstanden. Imposant ragten die vielen Türme daraus empor. Ein schmaler, gelbroter Streifen Sonnenlicht zog sich zum Abschied des Tages über den Horizont, zaghafte Ahnung eines Wetterumschwungs. Golden leuchtete eine Wetterfahne im milden Abendlicht. Das Schlagen einer Turmuhr schallte achtmal übers Land. Die Bürger hatten sich hinter die schützenden Mauern zurückgezogen, Schwerbewaffnete patrouillierten auf dem Wehrgang, gelegentlich war die Spitze einer Hellebarde zu entdecken.

Zu Elsbeths Verwunderung lenkten die Reiter ihre Rösser kurz vor den Stadtmauern nach links. Eric und sein Gefährte folgten ihnen, wie auch der Fuhrmann den Ochsen wie selbstverständlich den weitaus schmaleren, holprigen Weg ostwärts wählen ließ, der schon nach einiger Zeit abermals in einen Mischwald führte. Dieses Mal schien es keine Unstimmigkeit über den besseren Weg zwischen den Männern zu geben.

»Wollen wir nicht in die Stadt?«, raffte Elsbeth sich zu einer Frage an den Mann auf dem Kutschbock auf.

»Wir besuchen alte Freunde«, knurrte er und drehte sich nur halb zu ihr um. Er nahm den Strohhalm, auf dem er den ganzen Nachmittag schon herumkaute, widerwillig aus dem

Mund. Eine große Zahnlücke im Oberkiefer kam zum Vorschein, als er erklärte: »Eric und die anderen kennen sie schon lang. Das Gehöft liegt nicht weit von hier auf einer Anhöhe und ist eine günstige Unterkunft für uns.«

Worauf sich seine letzte Bemerkung bezog, darüber schwieg er sich aus. Das Schmunzeln um seine Mundwinkel ließ verschiedene Deutungen zu. Elsbeth beschloss, nicht weiter darüber nachzudenken. Sie war enttäuscht, nicht in die vertrauten Gassen der Stadt oberhalb der Tauber einzukehren. Sich außerdem noch über etwaige Anzüglichkeiten des Fuhrmanns aufzuregen kostete einfach viel zu viel Kraft.

Das aufgeregte Bellen eines Hundes empfing sie, als sie sich bei Anbruch der Nacht dem Anwesen von Erics Freunden näherten. Es lag auf einem kegelförmigen Hügel, der sich mitten aus einer Ebene herausschälte. Um das Gehöft gruppierten sich ein halbes Dutzend weiterer Gebäude. Die Bewohner schienen sich sehr sicher zu fühlen, dabei zogen regelmäßig Regimenter sowohl der kaiserlichen und bayerischen als auch der schwedischen und französischen Armee durch die Gegend. Auf Wachhunde hatten sie verzichtet, ebenso wenig fand sich ein Hinweis auf sonstige Vorsichtsmaßnahmen. Nicht einmal bewaffnete Patrouillengänger hatten sie aufgeboten, um sich rechtzeitig über lauernde Gefahren zu informieren.

»Endlich!«, begrüßte sie die angenehme Stimme einer älteren Frau. Kaum war der Karren zum Stehen gekommen, hatte sie die Tür aufgerissen und war mit einer Laterne in der Hand herausgekommen. Sie gab sich keine Mühe, ihre Neugier zu verbergen, und leuchtete Elsbeth und Carlotta unverhohlen ins Gesicht. Geblendet wandte Elsbeth den Kopf und schirmte die Augen der Kleinen mit der Hand ab.

»Ein Kind und eine Frau? Seit wann bringst du solche Begleitung mit?« Belustigt knuffte die Fremde Eric in die Seite und zwinkerte ihm zu. Als der nicht antwortete, wandte sie sich an Elsbeth. »Gib mir das Kind! Ich bring es ins Haus. Werde dort schon ein kuscheliges Plätzchen für es finden.« Ehe Elsbeth sich versah, hatte die Frau Carlotta auf dem Arm und trug sie fort. »Du bist ein echtes Engelchen! Die schönen blauen Augen hast du von deinem Vater. Auch das Haar ist wie seins.« Laut bekundete die Frau ihre Freude über das Kind, herzte und liebkoste es, bis sie das Haus erreicht hatte und darin verschwand. Elsbeth schätzte sie etwa so alt wie Roswitha. Auch ihr Entengang erinnerte sie an die Hebamme. Die von vielen Geburten und dem Alter breit gewordenen Hüften sowie die krummen Beine unterstrichen diesen Eindruck.

Als Elsbeth sich aufrichtete, um ebenfalls ins Haus zu gehen, überfiel sie starker Schwindel. Wie schon am Morgen stieg Brechreiz auf. Gerade noch rechtzeitig konnte sie den Kopf über die Karrenwand halten. Grünliche Galle gab sie in Krämpfen von sich.

»Gut geht es der wirklich nicht«, knurrte der Fuhrmann. Dennoch bemühte er sich genauso wenig wie einer der anderen, ihr vom Wagen zu helfen. Den sauren Geschmack auf den Lippen hätte sie gern mit einem Schluck Branntwein getilgt. Der Schlauch aber war gut versteckt, oder die Männer trugen ihn gleich bei sich. Nicht einmal einen Schluck Wasser konnte sie auf dem Wagen finden. Also wischte sie sich das Gesicht mit einem Rockzipfel sauber und band sich das Kopftuch neu. Auf zittrigen Beinen schleppte sie sich schließlich als Letzte ins Haus und schaffte es auch drinnen nur mit Mühe, bis zur Ofenbank zu kommen. Kaum dort niedergesunken, wurde ihr schwarz vor Augen.

»Fieber hat sie!«, hörte sie die Frauenstimme vorwurfsvoll rufen, als sie nach einer halben Ewigkeit die Augen wieder aufschlug. Abermals versank alles um sie herum in dichtem Nebel. Stimmen und Geräusche drangen hohl und wie aus weiter Ferne zu ihr. Noch eine Ewigkeit später fühlte sie sich endlich so weit, die Augen wieder aufzuschlagen und sich umzuschauen. Sie blinzelte nach oben, erspähte rußgeschwärzte Balken an der Decke. Nach und nach schoben sich hellere Flecken davor. Sie brauchte eine ganze Weile, bis sie mehr erkennen konnte. Offensichtlich lag sie auf der Ofenbank. Vorsichtig hob sie den Kopf und drehte sich zur Seite. Die Umrisse der Menschen wirkten bizarr. Nahe bei ihr machte sie die fremde Frau und Eric aus. Weiter hinten an einem langen Tisch hatten sich die drei Reisegefährten und der Fuhrmann sowie ein Unbekannter, wahrscheinlich der Hausherr, versammelt. Abermals verschwammen die Gestalten vor Elsbeths Augen, hüllten Nebel und Rauch alles ein. Erschöpft schloss sie die Augen. Dann sammelte sie alle Kraft und öffnete sie wieder.

Carlotta war verschwunden! Furcht erfasste Elsbeth, ihre Kehle war wie zugeschnürt. Wahrscheinlich sah sie noch immer nicht gut genug. Das verdammte Fieber! Sie wischte sich mit den schweißnassen Fingern über die Augen. Die Kleine musste hier sein. In diese Stube hatte die Frau sie hineingetragen, das hatte sie selbst beobachtet. Sie kniff die Augen zusammen, suchte jeden Winkel des Raumes noch einmal ab. Groß war das Kind ohnehin nicht, gut möglich, dass es zusammengerollt in einer Ecke schlief. Vor dem Ofen war die Bank, auf der Elsbeth nun halb aufgerichtet saß. Ein Korb mit Reisig stand davor, eine angefangene Näharbeit, wahrscheinlich bei ihrer Ankunft unordentlich beiseitegelegt, lag obenauf. Eric und die Fremde standen nicht weit davon, vertieft in eine geflüsterte Unterhaltung. Keiner von beiden achtete auf sie. Gegenüber hockten die Männer um einen Tisch, kehrten ihr die breiten Rücken zu, die Nasen tief in Bierkrüge gesteckt.

Elsbeths Blick streifte die Eingangstür. Was hatte die Fremde mit Carlotta getan? Wo hatte sie sie nur hingebracht? Gab es eine weitere Kammer? Jäh fuhr sie auf, schwang die Beine auf den Boden und wollte aufstehen. Wieder gehorchte ihr Körper nicht. Als sie auf die Bank zurückplumpste, gab es ein dumpfes Geräusch. Hart schlug ihr Hinterkopf gegen die Ofenwand. Eric und die Fremde drehten sich um und sahen sie forschend an. Das war es! Eric steckte dahinter. Er hatte die Frau angewiesen, das Kind vor ihr zu verstecken. Sicher hatte er sie überhaupt nur aus diesem Grund hierhergeführt. Von Anfang an war das sein Plan gewesen. Damit wollte er sie voneinander trennen. Eine Falle – das sah ihm ähnlich! Abermals wurde ihr schwarz vor Augen. Sie fiel in eine dunkle Schlucht.

Undeutlich erahnte sie einen Schatten über sich. Zwischen den Wimpern hindurch erkannte sie, wie die Frau sich über sie beugte. Die knöchrigen Finger strichen ihr die Haare aus der Stirn, hielten plötzlich ein blondes Büschel fest. Aufgeregtes Keuchen drang an ihr Ohr. Fauliger Atem traf ihre Nase und verursachte neuerlichen Würgereiz. Wenn ihr doch nur nicht alle Glieder so weh tun würden! Schon zerrte die Fremde mit den Fingern an ihren Augenlidern, versuchte, sie weiter aufzureißen, presste ihr schließlich die Hand um Mund und Kinn, bis sie den Mund widerwillig öffnete. Ungeniert stierte die Alte hinein.

»Sieh dir das an!«, stieß sie empört aus und zerrte Eric am Arm. Er wollte sich losreißen, doch sie ließ ihn nicht, sondern deutete weiter aufgebracht mit den Fingern auf Elsbeth.

»Was denn?«, fragte er und sah verständnislos zwischen ihnen beiden hin und her. Auf dem Gesicht der eben noch so mütterlich wirkenden Fremden breitete sich Häme aus. Bedächtig lehnte sie sich zurück, verschränkte die Arme vor der Brust und schwieg. Langsam erhoben sich auch die übrigen Männer vom Tisch und kamen neugierig näher.

»Kennst du das nicht?« Triumphierend tönte die Stimme der Frau durch den niedrigen Raum, den zwei Fackeln rechts und links der Eingangstür nur spärlich beleuchteten. Als sie gewiss war, die ungeteilte Aufmerksamkeit aller Anwesenden zu besitzen, erklärte sie: »Der Ausschlag an ihrem Leib, die Pusteln im Mund – kein Zweifel: Das Weib hat die Franzosenkrankheit!«

15

Der Wald lichtete sich, das Gestrüpp rechts und links der Straße wurde niedriger. Zwischen den Blättern und Ästen war mehr und mehr von der Landschaft jenseits der Bäume zu erkennen: der mäandernde Fluss, die Felder und Wiesen entlang des Ufers. Vereinzelt wehten die Rufe der Schiffer herüber. Endlich trat das Buschwerk so weit zurück, dass die Sicht vollends frei wurde. Türme, Treppengiebel und rotbraune Dächer schälten sich vor den grauweißen Wolkenbergen am Himmel ab. Eine trutzige Steinbrücke mit einem schlanken Turm in der Mitte schwang sich über den Main: Ochsenfurt! Magdalena überlief ein Schauer der Erleichterung. Dort würden sie Station machen, das hatte der schwedische Hauptmann vorhin verkündet, auch wenn sie noch lange nicht ihr

Tagespensum erreicht hatten und durch den um fast zwei Tage verspäteten Aufbruch weit hinter Plan lagen.

Magdalena sehnte die Pause inständig herbei. Für sie bedeutete sie eine Unterbrechung der Qualen, die sie auf der Reise litt. Ihr Gesicht verzerrte sich vor Schmerz, als sie sich auf dem Widerrist des Pferdes zurechtschob. Sie war das Reiten nicht gewohnt, und das stundenlange Sitzen im Sattel bereitete ihr große Pein. Das laut kundzutun, wagte sie allerdings nicht. Tapfer hob sie den Kopf und blickte nach vorn zu der Brücke. Die dreizehn sich über den Fluss spannenden Bögen erschienen ihr wie ein freundlicher Fingerzeig, eine stumme Aufforderung, die mauerumgrenzte, gutbewachte Stadt zu betreten. Zwei mit Kisten und Fässern beladene Fuhrwerke ratterten aus dem Tor, begleitet von einem halben Dutzend bewaffneter Reiter. Ein Bauer mit einem Karren voll dunklem, viel zu nassem Heu musste am gegenüberliegenden Brückenkopf anhalten und die Wagen nebst Eskorte geduldig passieren lassen, bevor er seine Fracht in die Stadt schieben durfte. Zwei Kinder umsprangen aufgeregt das Fuhrwerk. Sicher hatten sie ihm auf dem Feld helfen müssen und freuten sich nun auf eine warme Suppe am heimischen Herd.

Beim Anblick der Kinder stiegen Magdalena die Tränen in die Augen. Wann hatte sie zuletzt solch eine friedliche Szene erlebt? Roswitha fiel ihr ein. Die hatte ihr immer irgendwo einen Napf Brei oder einen Bissen Fleisch zu beschaffen gewusst. Nach getaner Arbeit mit ihr und Meister Johann um ein Feuer zu sitzen, das gehörte zu den schönsten Momenten, an die Magdalena sich erinnern konnte. Nie wieder würde es so sein! Hastig wischte sie die Tränen fort. Der schwedische Hauptmann war der Letzte, der sie weinen sehen sollte.

Der aufklarende Abendhimmel tauchte die Zinnen der Stadt in ein mildes Licht. Die Wolkengebirge schimmerten blaurot und hatten die bedrohlichen Unwetterwolken der letzten Tage ganz vom Firmament verdrängt. Silbrig glitzerte das Wasser des Flusses. Das Heu auf den abgemähten Wiesen zeigte sich allerdings in düsterem Schmutzbraun. Der Regen hatte es faulen lassen, bevor es zusammengerafft und in die Schober eingebracht werden konnte. Die Sonne hatte zu spät die Oberhand gewonnen, um die Missernte noch zu verhindern. Aus einem nahen Gestrüpp an der Uferböschung erklang munteres Zwitschern. Den Vögeln war es einerlei, ob die Ernte über den Winter reichte oder nicht. Sehnsüchtig tschilpte eine Amsel nach ihrem Gefährten. Keck mischte sich das spitze »Zicks« eines Kernbeißers dazwischen, auch das Rufen eines Buchfinken störte frech den kehligen Gesang der Amsel. Dennoch hörte ein Artgenosse den Ruf. Aus der Ferne schallte die durchdringende Antwort der zweiten Amsel herüber.

Die unverhoffte Musik entlockte Magdalena ein Lächeln. Carlotta hätte ihre helle Freude am lustigen Zwiegespräch der Vögel. An dieser Vorstellung richtete Magdalena sich auf. Wie die Amsel Antwort von ihrem Geliebten erhielt, würde auch sie bald Nachricht von ihrem Kind bekommen. Sie musste nur Geduld haben. Während der Regentage im Kloster waren die Vogelstimmen verstummt. Dass Magdalena sie nun wieder hörte, sollte sie als gutes Zeichen deuten: Sie hatte das Verlies im Kloster überstanden! Wider Erwarten hatte der Bernstein sie noch einmal gerettet. Und Rupprecht war ein weiteres Mal für sie eingetreten, trotz der hässlichen Szene zwischen ihnen im Verlies. Warum sollte nicht noch ein Wunder geschehen und ihr Kind wieder zu ihr führen? Vielleicht kündeten schon bald die Vögel von ihrem Wiedersehen.

Wie so oft tasteten ihre Finger nach dem Band um ihren Hals. Das aber geschah vergeblich. Ihr glühten die Ohren, als sie daran dachte, mit welchem Ausdruck im Gesicht der schwedische Hauptmann den Stein vor ihren Augen an die Lippen gehoben, geküsst und dann auf die nackte Brust unter seinem Hemd zu dem zweiten Stein gesteckt hatte. Seine Mundwinkel hatten dabei gezuckt, die Augen verräterisch geglänzt.

Vorsichtig streckte sie den Rücken durch. Gern hätte sie die Lendenwirbel ein wenig massiert, doch das getraute sie sich nicht. Das stundenlange Reiten marterte sie nicht nur wegen ihres lädierten Unterleibs. Die Konstellation, in der es erfolgte, war äußerst unangenehm: Der Hauptmann hatte sie direkt vor sich aufs Pferd gesetzt. Dabei hatte er betont, dass sie das nicht als Misstrauen verstehen solle. Er glaubte nicht, dass sie noch Grund hatte, vor ihm zu fliehen. Ihren Bernstein, den er nun so offensichtlich trug, betrachtete er als ausreichende Gewähr, dass sie nicht weglaufen würde. Überhaupt waren der Stein wie die Tatsache, dass sie eine Freundin Erics war, Dreh- und Angelpunkt seines geänderten Verhaltens. Dass er sie fast seinen Männern zur Schändung überlassen hatte, bereitete ihm inzwischen sogar ein schlechtes Gewissen. Mehrmals schon hatte er sich dafür bei ihr entschuldigt. Dennoch blieb sie misstrauisch. Umso quälender empfand sie es, seine Gegenwart beim Reiten Stunde um Stunde körperlich zu spüren.

Die Fouragewagen waren völlig überladen. Jede noch so lädierte Kiste, alles Geschirr, selbst zerbeulte Töpfe und vom Herdfeuer verkohlte Pfannen hatte Christian Englund, wie der Hauptmann sich am Morgen endlich mit Namen vorgestellt hatte, noch einpacken lassen. Nicht einmal auf die Mitnahme verschlissener Messgewänder und mottenzerfressener Mönchskutten, die man auf dem Speicher des Klosters in einem fast vergessenen Kasten aufgestöbert hatte, hatte er verzichtet. Infolgedessen fand keiner mehr auf den Fuhrwerken Platz. Die meisten Männer mussten zu Fuß gehen, nur wenige besaßen ein Pferd. Die Zugochsen mühten sich kräftig, die Gefährte über die morastigen Straßen entlang dem sich dahinschlängelnden Fluss zu ziehen. Mehr als einmal drohte einer der Wagen unter der Last zu kippen. Zum Glück waren die Soldaten des ehemaligen Versehrtenzugs inzwischen wieder kräftig genug, das durch ihre vereinte Muskelkraft zu verhindern. Ein Wunder, dass ihnen bislang keine Marodeure aufgelauert oder wütende Bauern sie überfallen hatten, um die hochbepackten Wagen zu plündern. Die vielen Kisten und Fässer mussten weithin von wahren Schätzen künden. Offenbar aber klirrten die Piken und Hellebarden der Soldaten bedrohlich genug, um Gesindel abzuschrecken.

Rupprecht und Ambrosius hatten es vorgezogen, wie die anderen zu Fuß gehen. Im Tross war meist nichts anderes möglich, wie ihr Gefährte dem Mönch erklärt hatte. Auch Ambrosius war stundenlanges Marschieren gewohnt. Wie gern hätte Magdalena sich den beiden angeschlossen. Vor allem Rupprecht wäre sie gern näher gewesen, sie sehnte sich nach einem klärenden Gespräch mit ihm. Das aber hatte Englund zu verhindern gewusst, indem er sie wie selbstverständlich kurz vor Ertönen des Abmarschsignals auf seinen Rappen gehoben hatte. Im Verlauf des Ritts versuchte er geflissentlich, die Berührungen ihrer beider Körper aufs Unausweichlichste zu beschränken. Das geschah ganz in ihrem Sinn. Es war schlimm genug, unablässig seinen Atem im Nacken zu spüren und seine Arme nah um ihren Leib die Zügel halten zu sehen. Auch wenn weibliche Rundungen nicht das waren, was seine Lust erregte, wie der Auftritt im Kloster gezeigt hatte, blieb sie auf der Hut. Immerhin hatte er bewiesen, wie schnell er seine Meinung ändern konnte. Wer garantierte ihr also, dass er sie nicht doch wieder der Gier seiner Männer auslieferte? Als einzige Frau im Tross befand sie sich weiterhin in größter Gefahr.

Mehrfach bildete sie sich ein, den Bernstein in ihrem Kreuz zu spüren. Der Blick, mit dem Englund den Stein aus Erics Hand geküsst hatte, fuhr ihr noch immer durch Mark und Bein. Das war mehr als nur die Liebe zum Vetter, die ihn zu dieser Geste bewog.

Über diesen Gedanken waren sie näher an Ochsenfurt herangeritten. Schon tauchte auf einem Sockel am Brückenkopf die Steinfigur des heiligen Nepomuk auf. Der Weg weitete sich zu einem festgestampften Vorplatz. Hier mussten gemeinhin die Fuhrwerke und Reisende warten, bevor sie den Brückenzoll entrichteten und den Fluss zur Stadt hin überquerten. Bei ihrer Ankunft war der Platz leer. Der Bauer, den Magdalena vorhin von weitem beobachtet hatte, war längst in der Stadt verschwunden. Das Tor war geschlossen, zwei finster aussehende Wachen lugten aus einem Fenster des Wachturms. Auf dem Mauerkranz wurden weitere Soldaten sichtbar, die sie argwöhnisch betrachteten. Als sie die Farben auf den Armbinden erkannten, winkten sie ihnen schließlich zu, zum Zeichen, dass sie sie als die Ihren erkannt hatten. Englund gab ihnen ein Zeichen zurück, dann hieß er die ihm Nachfolgenden anzuhalten.

Die Ochsen vor den hochbeladenen Fuhrwerken schnaubten, als die Männer, die sie führten, jäh in ihr Geschirr griffen und sie zum Stillstehen zwangen. Flüche wurden laut, weil es weder den Tieren noch den Männern passte, an Schwung zu verlieren. Einige Soldaten sprangen herbei, um das Auflaufen der Wagen aufzufangen. Manche gerieten ins Schlingern, andere wackelten gefährlich. Dank der vielen kräftigen Arme aber passierte nichts. Tief gruben sich die Stiefelabsätze der Soldaten in die weiche Erde. Mit hochroten Köpfen und schwer atmend schoben sie ihre Hüte zurück und betrachteten zufrieden ihr Werk. Der Hauptmann schenkte ihrer Leistung jedoch keine Beachtung.

»Wir werden uns für eine Weile trennen«, verkündete er stattdessen laut in die Runde. Die Männer in den vorderen Reihen begannen zu murren, die hinteren schimpften, weil sie seine Worte nicht verstanden hatten. Nach und nach breitete sich die Kunde in den verschiedenen Sprachen unter ihnen aus.

»Trennen – wieso das?«

»Was ist überhaupt los?«

»Ist das nicht zu gefährlich?«

»Wer entscheidet darüber?«

»Wer übernimmt das Kommando?«

»Was heißt für eine Weile?«

»Wir sind ohnehin schon zwei Tage zu spät dran.«

»Genau! Längst hätten wir in Rothenburg sein sollen wie die anderen.«

Alles andere als begeistert nahmen die Männer die Nachricht auf. Zu zweit, zu dritt begannen sie miteinander zu tuscheln, schüttelten die Köpfe, ruckten an ihren Waffen und versicherten sich mit einem Schlag auf die Schulter der Verbundenheit untereinander. Schon tauschten sich die Rotten auch miteinander aus. Niemand schenkte Englunds wachsender Ungeduld Beachtung.

Englunds Ansehen im Trupp war geschwunden, wie auch diese Reaktion wieder bewies. Die Trennung zwischen Freund und Feind verwischte dabei immer mehr. Nicht nur Magdalena spürte das. Da war noch etwas anderes, was in den Augen der Soldaten, die in den vergangenen Kriegsjahren oft genug Seitenwechsel erlebt hatten, viel schwerer wog: Englunds unverhohlene Wut und Trauer um den Selbstmord seines kroatischen Burschen, der deutliche Ekel über das anzügliche Verhalten der Männer Magdalena gegenüber sowie das neuerliche Fraternisieren mit Rupprecht. Das alles war mehr als genug, um die meisten Männer argwöhnen zu lassen, mit dem einst so gefürchteten Hauptmann stimme etwas ganz Wesentliches, Männliches nicht. Ohnehin sah sich manch einer durch den barschen Abbruch von Magdalenas Schändung um ein langerhofftes Vergnügen gebracht. Dass Englund ihr selbst nicht als Erster Gewalt angetan und sie vor der versammelten Mannschaft ausgiebig gestoßen hatte, wie es einem richtigen Kerl anstand, hatte ihren Argwohn zusätzlich befeuert.

Seit dem Aufbruch aus dem Kloster hatte sie schon mehrere böse Bemerkungen aufgefangen und die eigenartigen Blicke bemerkt, mit denen die Männer den Hauptmann bedachten. Sie anzurühren, hatte sich dagegen keiner der Soldaten mehr getraut. Es war, als umgebe sie ein unsichtbarer Schutzschild wie letztens im Kloster.

Der Hauptmann gab vor, von dem allem nichts mitzubekommen. Dass die Männer ihre erbitterten Streitereien beim Würfeln und Kartenspielen vergessen hatten, selbst die versuchten und geglückten Betrügereien untereinander nicht mehr ansprachen und sich stattdessen geschlossen wie selten in einen Zug stellten, hätte ihn längst hellhörig machen müssen. Zu allem Überfluss erteilte er jetzt also auch noch einen unverständlichen Befehl, verkündete die vermeintlich sinnlose Entscheidung, den nicht eben starken Zug aufzuteilen. Das Einzige, was dadurch auf den ersten Blick erreicht wurde, war, dass sie alle unnötig gefährdet wurden. Zwei kleine Gruppen waren schwächer als eine große.

Magdalena schüttelte über Englunds unkluges Vorgehen den Kopf. Gern hätte sie ihm ein Zeichen gegeben, sich vorzusehen. Doch fand sich keine Gelegenheit, ohnehin hätte er sie wohl kaum ernst genommen. An Rupprechts und Ambrosius' Gesichtsausdruck las sie ab, dass auch sie Englunds Verhalten nicht begriffen. Ratlos postierten sich die beiden Männer dicht neben seinem Rappen, um die weiteren Worte besser zu verstehen.

»Lindström wird das Kommando übernehmen und euch nach Rothenburg führen.« Englunds Stimme klang fest und entschlossen. »Dort wartet ihr auf uns. Falls etwas schiefgeht, werdet ihr nach einer gewissen Zeit ohne uns bis Ansbach ziehen und dort auf die Unsrigen treffen. So ist es vereinbart. Ich bin mir allerdings sicher, dass es nicht so weit kommt. Bald schon werde ich bei euch in Rothenburg sein.« Er griff in die Zügel und wollte sein Pferd wenden, da stellte sich Ambrosius ihm beherzt in den Weg. »Heißt das, Ihr wollt allein mit Magdalena davonreiten? Ohne uns eine Nachricht zu geben, wohin Ihr geht und wann Ihr wieder auftaucht? Was habt Ihr vor? Weiß Lindström wenigstens Bescheid?«

Schlagartig wurde es still. Dass ausgerechnet der Mönch den Mut aufbrachte, dem Hauptmann entgegenzutreten, überraschte und beschämte die Soldaten zugleich. Magdalena vernahm ein leichtes Zischen in ihrem Nacken. Offenbar wurde Englund in diesem Moment erst bewusst, welch Ungeheuerlichkeit er sich gerade geleistet hatte. Doch statt sich zu besinnen und einzulenken, beging er eine weitere Ungeschicklichkeit. »Allein mit Magdalena werde ich natürlich nicht gehen«, erklärte er, als wäre ihm gerade erst aufgegangen, was er zu tun hatte. »Du und Rupprecht kommt ebenfalls mit. Kannst du reiten?« Damit wandte er sich bereits an Rupprecht, wartete jedoch nicht ab, was der erwiderte, sondern winkte einem der Musketiere zu. »He, du, bring dein Pferd. Es soll dein Schaden nicht sein.«

Über die Köpfe der verblüfften Soldaten warf er dem Mann einen Beutel mit Münzen zu. Geschickt fing ihn der Angesprochene mit einer Hand aus der Luft auf. Er öffnete ihn sogleich und begann, das Geld zu zählen. Brüsk stellte Englund klar: »Sei froh, dass ich so großzügig bin. Jetzt kannst du dir einen weitaus besseren Gaul besorgen. Wenn du aber nicht gleich hier vorn bei uns bist, nehme ich dir dein Pferd mitsamt dem Beutel eigenhändig ab. Dann gehst du bis Ansbach zu Fuß und kannst dich dort gleich zur Infanterie melden.«

Rupprecht und Ambrosius gaben ein seltsames Paar ab, als sie wenig später hintereinander auf dem breiten Rücken des Braunen saßen. Der dicke Mönch thronte wie ein Sack Mehl vorn am Widerrist. Der wendige Rupprecht hatte Mühe, ihn und das Pferd gleichermaßen in Zaum zu halten. Auch dem Pferd war die ungewohnte Last nicht geheuer. Zögernd setzte es einen Huf vor den anderen und weigerte sich zunächst, so zu parieren, wie Rupprecht wollte. Auf den Gesichtern der Soldaten spiegelte sich Spott.

»Auf geht's! Lasst uns Quartiere für die Nacht suchen«, rief ein schwarzhaariger Mann plötzlich aus. Ohne sich weiter um Englund zu kümmern, hatte Lindström das Kommando übernommen, hob die Hand, gab seinem Schimmel die Sporen und ritt voraus, der Mainbrücke zu. Bereitwillig folgten die Männer ihm nach. Die Ochsen mit den Fuhrwerken setzten sich schwerfällig in Bewegung, dicht gefolgt von den Musketieren und den Infanteristen. Um die Männer nicht allzu dicht an sich vorbeimarschieren zu lassen, zog Englund ebenfalls die Zügel an und lenkte sein Pferd die Straße am linken Ufer weiter flussaufwärts. Magdalena spürte seinen Zorn über das Verhalten der Soldaten. Er schnaubte und atmete schnell, als hätte er eine große körperliche Anstrengung hinter sich. Mitgefühl empfand sie keines. Warum hatte er sich auch ohne Grund von seinen Leuten getrennt? Ihr schwante nichts Gutes, wenn sie daran dachte, wie schutzlos sie weiteren Gefahren ausgeliefert waren. Hoffentlich wusste Englund wenigstens, wohin er wollte und auf welchem Weg sie das Ziel am besten erreichten.

16

Zunächst mochte Magdalena nicht glauben, welchen Ort sie auf ihrem seltsamen Marsch mainaufwärts anpeilten: Königsberg nahe Haßfurt in Franken! Sie konnte sich nicht vorstellen, dass Eric und Elsbeth mit Carlotta ausgerechnet dort untergeschlüpft waren. Gerade weil Ambrosius ihr verraten hatte, dass Eric sich in den letzten Monaten oft in der fränkischen Stadt aufgehalten hatte, würde er den Teufel tun und ausgerechnet auf der Flucht dorthin zurückkehren. Sollte ihn jemand suchen, der seine Gewohnheiten kannte – und dazu zählte Hagen Seume –, wüsste er natürlich von seiner Vorliebe für diesen Ort. Zudem lag die Stadt im Haßgau entlang der Route, die die Kaiserlichen vom Spessart nach Franken bis Bamberg hinüber stets einschlugen. Also wäre es für Eric viel zu gefährlich, ebenfalls dorthin zu gehen, sosehr ihn auch die Aussicht locken mochte, dort alte Bekannte zu treffen. Wenn Magdalena ehrlich war, spielte bei diesen Überlegungen auch ihre Angst vor der Rückkehr nach Königsberg eine Rolle. Jedes Mal, wenn sie in den Haßgau kam, rissen alte Wunden aus Kindertagen auf. Unvorstellbar, Eric könnte sich dort sicher fühlen und ihr Kind dorthin bringen!

Der in ihren Augen unmögliche Weg führte Magdalena an der Seite Englunds, Rupprechts und Ambrosius' zunächst ein gutes Stück zurück nach Norden, in die entgegengesetzte Richtung, in die sie eigentlich ziehen sollten. Der Befehl für den Hauptmann hatte gelautet, so rasch wie möglich zu den schwedischen Truppen im Bayerischen zu stoßen. Also widersetzte sich Englund mit seiner Entscheidung sogar seinen direkten Befehlshabern. Ein riskantes Verhalten, noch dazu, da sich die Männer um Lindström mehr und mehr von ihm abwandten. Verrat wäre ein vernichtender Vorwurf, bei dem er in den Reihen seiner Leute kaum noch einen finden würde, der ihm beistünde.

Das Erschütterndste an der ganzen Geschichte aber war, dass sie sich eingestehen musste, wie viel Englund an einem Wiedersehen mit seinem Vetter Eric lag. Dafür war er bereit, Land und Leute im Stich zu lassen! Wenn Englund absaß und sich unbeobachtet fühlte, zog er den Bernstein unter dem Hemd hervor und küsste ihn oder wog ihn versonnen in der Hand. Am liebsten hätte sie ihn dann wie eine Katze angesprungen und ihm den Schatz entrissen. Der Stein gehörte schließlich ihr. Eric hatte ihn ihr geschenkt, damals in Magdeburg, damit er sie fortan beschütze. Später in Freiburg und kürzlich erst in Amöneburg hatte er das noch einmal bekräftigt. Umso mehr schmerzte es sie zu sehen, wie innig Englund den Stein herzte. Fast hatte sie den Eindruck, er tat das, um sie herauszufordern.

»Woher kennst du Eric Grohnert wirklich?«, wollte er beim Weiterreiten schließlich von ihr wissen. Rupprecht und Ambrosius ritten auf ihrem unwilligen Pferd ein Stück hinter ihnen, weit genug entfernt, um nichts von ihrem Gespräch zu hören, dennoch so nah, dass sie sie nicht aus den Augen verloren. »Das mit Magdeburg ist doch eine durchsichtige Lüge«, schob er nach, als sie nicht sofort antwortete.

»Wieso?« Sie wandte das Gesicht nach hinten und erhaschte einen Blick auf ihn. Er sah stur geradeaus, vermied jeden Augenkontakt. Sie wandte sich ebenfalls wieder um, bevor sie weitersprach: »Wenn Ihr es doch besser wisst, brauche ich Euch nichts sagen. Mich wundert nur, dass Ihr Rupprechts Erzählung also wider besseres Wissen für wahr genommen und mich im Kloster vor den anderen Männern bewahrt habt. Eigentlich wolltet Ihr mich doch als Hexe auf den Scheiterhaufen werfen.«

»Wäre dir das lieber gewesen?«

»Warum habt Ihr es nicht getan?« Abermals versuchte sie, durch einen Blick über die Schulter in seinem Gesicht zu lesen. Weiterhin zeigte sich seine Miene verschlossen, unwillig, auch nur einen Funken seines Innersten preiszugeben. »Habt Ihr Angst vor Erics Rache?« Erfreut bemerkte sie sein Entsetzen. Sie wandte sich so weit als möglich um und blickte ihn offen an. Unwirsch schnaubte das Pferd, auch Englund geriet durch ihre Bewegung vorübergehend aus dem Gleichgewicht. Dadurch war er gezwungen, sich im Sattel zurechtzurücken und die Zügel anders zu fassen. Eine Antwort blieb er ihr zunächst schuldig, und sie beschlich das ungute Gefühl, er könnte ihr etwas Unangenehmes über Eric erzählen.

»Eric ist mein Vetter. Warum sollte ich ihn fürchten?«, sagte er schließlich lapidar und gab dem Pferd die Sporen, damit es antrabte. Dabei machte er keine Anstalten, sie festzuhalten. Sie musste sich nach vorn drehen und mit den Händen Halt in der Mähne des Rappen suchen.

Bald aber hatte das Pferd genug. Zwei Reiter waren ihm zu schwer, um längere Zeit über den holprigen Weg zu traben. Englund ließ es geschehen, dass es wieder in Schritt zurückfiel. Magdalena nutzte die Gelegenheit, das Gespräch fortzusetzen. Trotz ihrer düsteren Vorahnung musste sie mehr über die Vorgeschichte herausfinden, steckte da doch auch ein Hinweis auf ihren Vater dahinter, wie sie seit jener Nacht im Kloster zu wissen glaubte. »Was war der Grund für Erics Vater, mit seiner Familie aus Königsberg wegzugehen? Wisst Ihr das wirklich nicht, oder wollt Ihr es nicht erzählen? Immerhin schien der Abschied allen aus der Familie sehr schwergefallen zu sein.«

»Ganz sicher.« Er verschloss sein Gesicht so sorgfältig wie vorhin. »Mehr weiß ich aber nicht. Erzähl mir doch lieber, wie es mit dir und Eric nach dem Fall von Magdeburg weitergegangen ist. Warum hat deine Familie ihn nicht bei sich aufgenommen und sich um ihn gekümmert? Immerhin hat er dir das Leben gerettet. In eurem Tross scheint er es dagegen nicht immer leicht gehabt zu haben als Waise aus einer fremden Stadt, lutherisch noch dazu. Die Fürsprache vonseiten deines Vaters hätte ihm sicherlich sehr geholfen.«

Er ahnt es nicht, jubelte es in Magdalena, er scheint tatsächlich keine Verbindung zwischen dem Vorfall damals in Königsberg an der Ostsee und meinem Vater zu vermuten. »Was hätte mein Vater schon groß für ihn tun können?« Trotz ihrer Erleichterung beschloss sie, weiterhin vorsichtig zu bleiben, und überlegte, wie viel sie ihm von dem Leben bei den Kaiserlichen preisgeben sollte. Dabei gab es nicht sonderlich viel zu verheimlichen, noch dazu, wenn er selbst beim Regiment aufgewachsen war. Bei den Schweden dürfte es nicht anders zugehen als bei ihnen, also verriet sie ihm nichts, was er nicht ohnehin schon wusste.

»Soweit es ging, hat mein Vater sich für Eric eingesetzt. In unsere Familie konnte er ihn allerdings nicht aufnehmen. Meine Mutter war damals sehr oft krank und hatte schon mit mir allein genug zu tun. Außerdem war da noch meine Cousine, die seit dem Tod ihrer Mutter bei uns lebte. Also hat mein Vater Eric bei einem befreundeten Zimmermann untergebracht. Dort konnte er sich gleich nützlich machen, Die haben ihn gerne aufgenommen, auch wenn damals viele Fremde gekommen sind. Außerdem ist Eric Lutheraner, noch dazu mit Wurzeln oben an der Ostsee. Die Kaiserlichen sind katholisch, überwiegend zumindest. Viele sind dagegen gewesen, dass Lutheraner überhaupt im Tross bleiben dürfen. Mein Vater konnte sich nicht gegen alle stellen. Eher hätten die sich mit dem Teufel verbündet, als einem Protestanten, einem Heringfresser noch dazu, Beistand zu leisten.«

Belustigt nahm sie zur Kenntnis, wie der schwedische Hauptmann, ebenfalls ein überzeugter Lutheraner, empört aufschnaubte.

»Obwohl dein Vater deinen Lebensretter also im Stich gelassen hat, hat Eric dir seinen Bernstein, den wertvollsten Besitz, den er je hatte, überlassen? Erzähl mir keine Märchen! Du wirst ähnliche Vorbehalte gegen die Lutherischen gehabt haben wie die anderen aus deinem Tross. Sei ehrlich: Er wollte den Stein bald wieder zurückhaben, aber du hast ihn nicht mehr hergegeben.«

»Erstens hat mein Vater ihn nicht im Stich gelassen, sondern ihm geholfen, im Tross eine Heimat zu finden. Und zweitens: Warum hätte Eric den Stein wiederhaben wollen? Er hat ihn mir geschenkt. Damit wollte er mir einfach etwas Gutes tun, ob es Euch passt oder nicht.«

Sie betonte das »mir« so deutlich, dass sie sich gar nicht hätte umdrehen brauchen, um zu wissen, wie er es aufnahm. Dennoch warf sie ihm einen prüfenden Blick über die Schultern zu und verbuchte seine verbissene Miene als weiteren Triumph. Sie würde ihm das alles schon heimzahlen! »Das andere, also das mit der Religion, hat für uns beide sowieso nie eine Rolle gespielt.« Sie sagte es leise, mehr zu sich selbst, und schwieg eine Weile, als prüfte sie die Bedeutung der Worte erst noch einmal, bevor sie entschlossen nachsetzte: »Eric ist niemand, der ein gegebenes Wort oder Geschenk zurücknimmt. Das solltet Ihr eigentlich wissen, wenn Ihr ihn wirklich so gut kennt, wie Ihr behauptet. Aber Vettern müssen sich nicht unbedingt sehr nahestehen. Ihr wart doch beide noch Kinder, als ihr euch aus den Augen verloren habt.«

Kaum ausgesprochen, spürte sie Englunds Zurückzucken im Rücken und lächelte. Vorerst hatte sie ihn zum Schweigen gebracht. Ein weiteres Mal spornte er das Pferd zum Traben an und zog die Zügel erst wieder an, als Ambrosius von weit hinten dagegen protestierte. Es war gefährlich, den Abstand zwischen den Pferden zu groß werden zu lassen und möglichen Angreifern damit Angriffsfläche zu bieten.

Doch Englund gab immer noch nicht auf, sie nach Eric auszufragen. Nach einem guten Stück Wegs begann er von neuem. Der Stachel steckte wohl zu tief. Ungern nur gestand er sich ein, dass sie Eric im Lauf der Jahre besser kennengelernt hatte als er. »Viel werdet ihr beide nach Magdeburg nicht mehr miteinander zu tun gehabt haben. Deine Eltern werden schon darauf geachtet haben, dass du dich nicht mit einem Gottlosen wie ihm abgibst. Außerdem ist so ein Tross riesig. Ein Zimmermann und eine angehende Wundärztin müssen sich nicht unbedingt viel über den Weg laufen.«

»Wenn es Euch besser damit geht«, stimmte sie betont beiläufig zu, »dann belasst es dabei. Die ersten Jahre nach Magdeburg haben wir uns wirklich ein wenig aus den Augen verloren.« Sein Aufatmen war nicht zu überhören. Sie gönnte ihm die kleine Verschnaufpause. Im Gegensatz zu ihm wusste sie, wie die Geschichte weiterging. Ihretwegen brauchten sie nicht mehr weiterzureden. Gerade die Existenz ihres gemeinsamen Kindes wollte sie ihm verschweigen. Ein untrügliches Gefühl in ihrem Bauch verriet ihr, dass er das am wenigsten ertragen würde.

Englund aber war nicht dumm. Mit dem, was sie erzählt hatte, gab er sich nicht zufrieden. »Was war in Freiburg? Wieso hat Rupprecht ausgerechnet die Zeit in Freiburg, kurz bevor Eric von den Franzosen verschleppt wurde, so betont? Ist da etwas Besonderes zwischen euch vorgefallen? Hat Eric sich verletzt, brauchte er deine Hilfe als Wundärztin? Was hast du mit ihm angestellt?«

»Wollt Ihr mir etwa schon wieder unterstellen, jemanden verhext zu haben? Ihr könnt es wohl einfach nicht fassen, dass Eric und Jossip Euch beide verlassen haben. Statt die Schuld bei Euch selbst zu suchen, bezichtigt Ihr lieber mich der Hexerei!« So deutlich hatte sie das gar nicht sagen wollen. Zu sehr quälte sie sich selbst mit der Erinnerung an den verzweifelten jungen Kroaten. Der Duft seiner Haut, die Wärme seines Atems, der traurige Blick seiner Augen würden sie nie loslassen.

»Lass Jossip aus dem Spiel«, zischte der Hauptmann und gab dem Pferd zum dritten Mal an diesem Tag wütend die Sporen. Es vollführte einen großen Satz und galoppierte los. Viel fehlte nicht, und sie wäre hinuntergefallen. Im letzten Moment hielt Englund sie fest. Unwillkürlich tastete sie nach dem Bernstein. Vergebens. Plötzlich stand ihr vor Augen, wie Englund den Stein betrachtete und an die Lippen hob. Im selben Augenblick schüttelte es sie vor Widerwillen.

Die Nacht legte sich wie eine Decke über das Maintal. Im Mondlicht wurde der Flusslauf zu einem silbern glitzernden Band. Die Bäume verwandelten sich in riesige, dunkle Ungeheuer. Jeder Luftzug änderte ihre Gestalt, begleitet von einem geheimnisvollen Rascheln. Feuchtigkeit zog vom Waldsaum herüber. Über dem Main stieg Nebel auf. Das Hufgetrappel der Pferde klang dumpf, das Gezwitscher der Amseln, Drosseln, Kleiber und Meisen verstummte allmählich. Ein Käuzchen rief.

Englund hob den Arm, um Rupprecht und Ambrosius zum Anhalten zu bewegen. Geschickt wendete er dabei einhändig sein Pferd, so dass Magdalena den beiden entgegensehen konnte. »Es wird Zeit, ans Nachtlager zu denken.«

»Seid Ihr wahnsinnig? Wir können nicht einfach am Flussufer lagern. Wir sind nur drei Männer und eine Frau. Kaum erlischt unser Feuer, werden irgendwelche Halunken aus den Büschen kommen und uns massakrieren. Magdalena und die Reitpferde sind ein prächtiges Geschenk, das Ihr schon von weitem gut sichtbar anbietet.« Ambrosius bemühte sich gar nicht, seinen Ärger zurückzuhalten. Rupprecht schwieg. Offenbar hielt er es für überflüssig, ins gleiche Horn zu stoßen.

»Für wie dumm hältst du mich?« Englund reagierte nicht weniger aufgebracht als der Mönch. »Natürlich werden wir nicht mitten auf dem Feld bleiben. Da können wir uns gleich gegenseitig die Kehlen durchschneiden. Doch lange hier herumzustehen und laut zu streiten wird uns auch nicht viel nützen. Steigt also lieber vom Pferd und folgt mir.« Er sprang ab, half Magdalena vom Ross und nahm die Zügel in die Hand.

Zu ihrer Überraschung wandte er sich vom Mainufer ab und schlug sich ins Dickicht. Äste und Blätter schlugen ihnen entgegen, die Zweige knackten bei jedem Schritt. »Pst«, mahnte Englund sie mit dem Zeigefinger vor den Lippen. Bald schon hüllte vollkommene Dunkelheit sie ein. Es galt einen Hang hinaufzusteigen, der zwar nicht allzu steil, bei den schwierigen Lichtverhältnissen aber schlecht einzuschätzen war. Es dauerte, bis sich ihre Augen daran gewöhnt hatten. Je höher sie kamen, desto mehr Licht fiel durch das Laub, auch wurden die Gräser, Sträucher und Büsche lichter. Größere Steine, Wurzelwerk, umgefallene Baumstämme oder Baumstümpfe schälten sich deutlich daraus hervor. Keiner geriet mehr ins Stolpern, auch die Pferde setzten trittsicher ihre Hufe.

»Wartet hier.« Bei einer kleinen Lichtung drückte Englund Magdalena die Zügel in die Hand. Gebückt schlich er davon, noch bevor sie ihn zu seinem weiteren Vorhaben befragen konnten.

Das Knacken der Zweige unter seinen Stiefeln klang erschreckend laut. Gut ließ sich daran verfolgen, in welche Richtung er huschte. Sein heller Lederrock blitzte immer wieder zwischen dem Buschwerk auf, bis ihn ein schwarzes Loch zu verschlingen schien. Entsetzt schrie Magdalena auf und spürte im nächsten Augenblick Rupprechts Hand vor dem Mund. »Leise!« Selbst in der Finsternis konnten seine dunklen Augen zornig funkeln. Beschämt senkte sie den Kopf.

Es schien eine Ewigkeit zu dauern, bis Englund zurückkam. Ohne ein Wort der Erklärung nahm er Magdalena die Zügel aus der Hand und wies mit dem Kopf in die Richtung, in die sie zu gehen hatten. Magdalena schien es, als klebte Blut an seiner linken Hand. Auch der Aufschlag seines Rocks wirkte befleckt. Als sie seinen Blick bemerkte, wagte sie nicht, ihn danach zu fragen. Schweigend führte er die kleine Gruppe zu einer Höhle, die sich halb hinter einem Hagebuttenbusch verbarg. »Hier sind wir sicher.« Er ging voran und zeigte ihnen, dass selbst die drei Pferde mit eingezogenem Kopf durch den Eingang passten. Dahinter weitete sich der Unterschlupf zu einem großen Raum. Die Glut in der Feuerstelle verriet, dass bis vor kurzem noch jemand anderer dort gelagert hatte. An der rückwärtigen Wand fanden sich zusammengerollte Decken sowie ein Kupferkessel. Es roch nach Schweiß und Suppe.

»Eric hat mir die Höhle mal gezeigt. Auf seinen Märschen durch die Gegend benutzt er sie öfter.« Englund merkte wohl selbst, wie unglaubwürdig sein Versuch klang, die Spuren frisch Vertriebener zu erklären. Seine Begleiter wechselten vielsagende Blicke. Rupprecht machte Anstalten, die Pferde zu versorgen, während Ambrosius beim Feuer niederkniete, um es abermals anzufachen. Es lag sogar noch ausreichend Reisig herum, die Flammen bald wieder höher schlagen zu lassen. Magdalena nutzte den Moment und schlich noch einmal vor die Höhle.

Sie musste nicht lange suchen, um unter einem Haselnussstrauch die Leichen zweier Männer zu finden. Der Kleidung nach waren es einfache Söldner. Ihre Augen starrten leer in die Luft, die Münder standen schreckgeweitet offen. Behutsam strich Magdalena ihnen die Lider zu, verharrte in einem kurzen Moment des Gedenkens für ihre armen Seelen. Dabei glitt ihr Blick weiter über die reglosen Körper. Englund hatte sich nicht einmal die Mühe gemacht, ihnen die Messer abzunehmen, nachdem er ihnen die Kehlen durchgeschnitten hatte.

17

Rupprecht und Ambrosius schienen sich weder Gedanken über Englunds Verhalten noch über das Ziel ihres Ritts zu machen. Auch nach der Nacht in der Höhle bestand ihre einzige Sorge darin, beim Reiten den Abstand zu dem Hauptmann nicht zu groß werden zu lassen. Wie die Tage zuvor ritt er weiterhin mit Magdalena voran, ohne sich um die Männer hinter ihnen zu kümmern. Hin und wieder beschwerten sich die beiden, auch bei Pausen warf Ambrosius Englund wiederholt das rücksichtslose Tempo vor. Sonst aber sprachen sie kaum miteinander, zogen Tag für Tag schweigend am Mainufer entlang.

Dem Schweden Christian Englund schien die Gegend sehr vertraut. Das bewies nicht allein die Sicherheit, mit der er gleich in der ersten Nacht die geräumige Höhle gefunden hatte. Mühelos machte er auch an jedem weiteren Abend ein geeignetes und geschütztes Quartier für die Nacht aus. Töten musste er dafür allerdings niemanden mehr, wie Magdalena erleichtert feststellte. Ambrosius und Rupprecht hatte sie nichts von den Toten im Gebüsch erzählt. Wäre es noch einmal zu einer solch furchtbaren Tat gekommen, hätte sie es jedoch getan. Zumindest hatte sie sich das vorgenommen.

Kurz hinter Kitzingen stießen sie auf eine Gruppe Kaufleute, die sich zu ihrem Schutz mit einer Handvoll schwerbewaffneter Männer umgaben. Ohne Umschweife erlaubten die Fremden, dass sie sich ihnen anschlossen. So liefen auch sie weniger Gefahr, in die Hand von Marodeuren oder versprengten Söldnertruppen zu fallen. Die Leichtigkeit, mit der sie das Ansinnen aufnahmen, stimmte Magdalena misstrauisch. Zwar gaben die Kaufleute an, Englund noch nie zuvor begegnet zu sein, doch allein die Nennung seines Namens hatte sie vertrauensselig auf den Vorschlag der gemeinsamen Weiterreise eingehen lassen. Dass sie auch noch das gleiche Ziel wie sie hatten, schien ihr zu viel des Zufalls. Rupprecht und Ambrosius indes reagierten nicht auf ihre Versuche, sie darauf aufmerksam zu machen. Also fügte sie sich schweigend in das Weitere, verhieß es doch auch wesentliche Erleichterungen: Fortan durfte sie auf einem der Fuhrwerke sitzen und wurde damit wenigstens von Englunds körperlicher Nähe erlöst.

»Dass wir auf diese Leute treffen, war doch abgesprochen«, raunte sie Rupprecht zu, als sie bei einer Rast abseits von den anderen auf einem Baumstumpf saßen. Rupprechts Pferd graste auf einer kleinen Lichtung, die sich zum Mainufer hin öffnete. Ambrosius hatte es dorthin geführt, froh, die schmerzenden Glieder ausstrecken und bewegen zu können. Englund stand mit seinem Rappen bei den Kaufleuten und unterhielt sich angeregt mit ihnen. Die Wachen waren im nahen Dickicht verschwunden, um auszukundschaften, ob sie sich auch weiterhin sicher fühlen konnten. Es war der Mittag des zweiten Tages, seitdem sie zu den Kaufleuten gestoßen waren. Trüb zogen die Wolken über den Himmel, ließen kaum wärmendes Sonnenlicht durch. Rechter Hand erstreckten sich die Flussauen des Mains, linker Hand wucherte Gebüsch, ging sanft in einen Laubwald über. An einer Hecke hingen Brombeeren. Hungrig pflückte Magdalena eine Handvoll. Sie schmeckten sauer und hatten viel zu wenig Fruchtfleisch. Noch vor der Zeit würden sie faul zu Boden fallen, weil ihnen die Sonne für die weitere Reife fehlte.

Es regnete zwar nicht mehr, doch noch hing die Nässe der letzten Tage in den Bäumen. Immer wieder tropfte es auf sie herab. Der Umhang auf Magdalenas Schultern war klamm. Kaum konnte sie sich mehr erinnern, wie es war, in trockener Kleidung zu stecken. Die Nächte in den Unterkünften reichten nicht aus, die Stoffe zu trocknen. Sie rechnete damit, bald nicht nur unter einer heftigen Erkältung, sondern auch unter starken Gliederschmerzen zu leiden. Schon seit den unerfreulichen Stunden im Klosterverlies quälte sie nachts Husten, der Hals kratzte. Bislang hatte sie keine Gelegenheit gefunden, sich einen vorbeugenden Tee aus Veilchenblüten oder Nesselkraut sowie lindernde Einreibungen mit Muskatnussöl zuzubereiten. Entweder fehlte die Feuerstelle zum Erhitzen des Wassers, oder Englund wich nicht von ihrer Seite. Auch wenn sie bei ihm vor Nachstellungen oder ungebührlichem Grapschen sicher sein konnte, wagte sie nicht, sich in seiner Gegenwart zu entblößen oder gar einzuölen.

Inzwischen hustete und schniefte er selbst. Kein Wunder, denn das Leder seiner Jacke war dunkel vor Nässe. Auch seine Stiefel wiesen deutliche Spuren von Feuchtigkeit auf. Der Stoff seiner Hosen klebte an den Schenkeln. Und so schreckte sie die Furcht zusätzlich ab, er könnte ebenfalls auf Behandlung der Beschwerden bestehen. Seinen nackten Körper wollte sie keinesfalls vor sich sehen, geschweige denn seine Haut berühren. Also kaute sie auf einem Stück Ingwer, das sie gegen einen viel zu hohen Preis bei der Wirtin ihres letzten Nachtquartiers erstanden hatte, und hoffte, es reichte aus, die Halsschmerzen zumindest vorübergehend zu lindern. Auch eine Handvoll schwarzer Pfefferkörner sowie ein paar Nelken hatte sie von der Frau erworben. Zum Glück hatte sie rechtzeitig vor dem Aufbruch aus dem Kloster das Geld, das sie aus Hagen Seumes Truhe entwendet hatte, aus dem Versteck im Refektorium holen können. Jetzt, da sie sicher war, es Eric nicht mehr zurückgeben zu wollen, selbst wenn sie sich noch einmal begegnen sollten, erlaubte sie sich einige Ausgaben. Der Rest würde immer noch ausreichen, Carlotta anständig zu versorgen. Wenn sie überhaupt bei Eric in Königsberg steckte, durchfuhr es sie im selben Augenblick, und wenn wir sie dort wirklich aufspüren! Rasch schluckte sie die Tränen hinunter und besann sich darauf, mit Rupprecht zu sprechen. Gerade kam einer der bewaffneten Begleiter zurück. Als sie ihn entdeckte, machte ihr Herz einen Sprung. Über jenen hatte sie mit Rupprecht reden wollen! Aufgeregt rüttelte sie ihn am Arm. »Der mit dem prächtigen Fuchs dort vorn ähnelt einem der Kundschafter, die letztens im Kloster aufgetaucht sind. Erinnerst du dich? Unter der Linde haben sie sich lange mit dem Hauptmann beratschlagt.«

»Was?« Rupprecht hielt mitten in seiner Bewegung inne. Als sie sich auf dem Baumstumpf niedergelassen hatten, hatte er damit begonnen, mit dem Daumennagel die Rinde an einem Zweig abzuschälen. »Welche Kundschafter? Wovon sprichst du? Wieso soll ausgerechnet ich mich daran erinnern, dass die beiden im Kloster waren?« Die vielen Fragen kamen ein wenig zu rasch hintereinander. Er hob nicht einmal richtig den Kopf und sah zu dem Mann hinüber, um ihren Hinweis nachzuprüfen. Schnurrend ließ er stattdessen den geschälten Weidenzweig durch die Luft zischen und prüfte mit zusammengekniffenen Augen die Biegsamkeit des dünnen Holzes, als gäbe es nichts Wichtigeres.

Magdalena wich vor dem scharfen Luftzug zurück, behielt Rupprechts dunklen Lockenkopf aber weiter im Blick. Sein Verhalten war Beweis genug, dass sie richtiglag. Trotzdem sah sie noch einmal unauffällig hinüber. Sie hatte sich keinesfalls getäuscht: Der Mann ähnelte dem Kundschafter wirklich sehr! Nicht nur sein Profil, vor allem die Art, beim Sprechen mit den Armen zu gestikulieren, war ihr in Erinnerung geblieben. Viel mehr hatte sie damals von ihrem Fensterplatz oben im Refektorium nicht sehen können. Es genügte aber, um ihren Verdacht zu bestätigen: Englund hatte den Abstecher von Ochsenfurt nach Königsberg schon vor Tagen geplant. Damals im Kloster hatten ihm die Kundschafter eine wichtige Nachricht zukommen lassen. »Seltsam, aber immerhin weißt du noch, dass es zwei gewesen sind, die den Hauptmann im Kloster aufgesucht haben.« Erst als sie den Schreck in Rupprechts dunklen Augen aufblitzen sah, fuhr sie fort: »Vom Fenster des Refektoriums aus habe ich damals beobachtet, wie du im Geäst der Linde herumgeklettert bist. Sah nicht eben ungefährlich aus, vor allem, als Englund und seine beiden Besucher zu dir nach oben geschaut haben. Was haben die drei dort besprochen? Wolltest du mir das nicht längst schon erzählen? Komm schon, jetzt ist die beste Gelegenheit!«

Rupprecht erwiderte nichts, sondern brach sich einen weiteren Ast vom Baum und begann, auch diesen von der Rinde zu befreien. Der Nagel an seinem rechten Zeigefinger war lang und scharf, die Ränder verfärbten sich grünlich gelb von dem Saft. »Hör auf!« Ungeduldig griff sie nach dem Zweig. Endlich sah er auf und bequemte sich zu einer Antwort: »Da gibt es nichts zu erzählen. Du solltest dem Hauptmann vertrauen. Als Erics Vetter wird er uns wohl kaum ins Unglück stürzen.«

Sie schnaubte verächtlich und verschränkte die Arme vor der Brust. Abwartend sah sie ihn an. Er wich ihr aus, hob den Blick und tat so, als musterte er die Blätter auf den Bäumen, die ihre Äste wie ein Dach über sie spannten. Viel zu früh verloren sie bereits ihr Grün, wurden zu gelben oder gar schon braunen Zeugnissen des nahenden Herbstes.

Rupprecht schien nicht mit sich im Reinen. Unruhig flackerten seine Augen, seine Fußspitzen scharrten über den Boden. Offenkundig kämpfte er mit sich, ob er weiterreden und sich ihr endlich anvertrauen oder aber aufstehen und ihr fortan aus dem Weg gehen sollte. Sie musste eine Möglichkeit finden, ihn rasch zu Ersterem zu bewegen. Die Zeit drängte. Schon begannen die Männer, die Gurte an den Fuhrwerken festzuzurren und den Sitz der Ladung zu überprüfen. Nicht mehr lang, und das Signal zum Aufbruch würde gegeben.

»Dir hat der Bernstein jetzt auch das Leben gerettet«, sagte sie. »Immerhin stand dein verehrter Hauptmann kurz davor, dich mit mir zusammen auf den Scheiterhaufen zu werfen. Ausgerechnet der Stein von Eric, den er mir geschenkt hat, rettet uns also beide. Verrückt, nicht wahr? Dabei hast du Eric nie sonderlich gemocht. Das kann ich inzwischen sogar gut verstehen.« Sie senkte die Stimme, als sie merkte, wie er hellhörig wurde. Einen kurzen Moment versanken ihre Augen ineinander. Etwas leuchtete in seinen dunklen Pupillen hell auf, dann war es wieder vorbei. Trotzdem schöpfte sie Mut.

»Immer wieder ist Eric dir in die Quere gekommen, damals in Magdeburg, später in Freiburg und unlängst im Lager bei Amöneburg. Und nun also auch jetzt, beim Hauptmann. Bei ihm hast du am wenigsten damit gerechnet. Dieses Mal allerdings hat sich alles ganz anders entwickelt. Plötzlich war Eric die Rettung, ein Wunder, mit dem du es fertiggebracht hast, dass Englund dir wieder vertraut, dass er dir zumindest Jossips Tod verziehen und uns beide aus dem Kerker geholt hat.«

Zunächst erntete sie Schweigen. Ein Rascheln am Boden verriet eine Maus. Beide sahen auf das winzige Nagetier, dankbar für die Ablenkung. Als spürte sie das, hielt die Maus inne, blinzelte und schnupperte. Die langen Barthaare zitterten, sie schürzte ihre spitze Nase. Blitzschnell sank sie in sich zusammen und huschte weiter durchs Gras, schlüpfte in ein Loch, um sich vor ihnen zu verbergen.

»Schade, dass du immer noch nicht begreifen willst, worum es wirklich geht.« Rupprechts Stimme klang heiser. Er räusperte sich. »Englund streckt auch dir die Hand zur Versöhnung aus. Vergiss also, was im Kloster war, und sieh endlich, dass er dir helfen will.«

»Ich kann das nicht so einfach vergessen, Rupprecht, selbst wenn ich es wollte.« Sie zupfte ihn am Arm, damit er sich ihr wieder zuwandte. Eindringlich blickte sie ihm in die Augen, froh, dass sie beide sich wenigstens auf gleicher Höhe gegenüberstanden. »Allein schaffe ich es nicht. Hilf mir, bitte!«

Zum ersten Mal wurde ihr bewusst, wie tief seine Augenhöhlen im Kopf lagen, wie dick der Wulst der Augenbrauen sich darüberwölbte. Kein Wunder, dass so wenig von dem Schimmer darin sichtbar war. Nase und Kinnpartie stachen ebenfalls weit heraus und verliehen seinem Gesicht etwas Mausartiges, nicht eben vorteilhaft für einen Mann. Auf den ersten Blick hatte er so gar nichts Anziehendes. Auf einmal aber wusste sie wieder, wie wichtig er ihr war: Ihr ganzes bisheriges Leben war er immer da gewesen, wenn sie Hilfe brauchte! Sie schluchzte auf. Nach Roswithas furchtbarem

Tod, der Trennung von Meister Johann und ihrem geliebten Kind blieb ihr wirklich nur noch Rupprecht.

»Willst du das wirklich?« Aufmerksam sah er sie an.

»Ja«, antwortete sie zögernd. Ein zarter Lufthauch kitzelte ihre Nase. Sanft strich Rupprecht über ihr rotes Haar, legte die Hand auf ihre Schulter und zog sie an sich.

»Es wird alles wieder gut. Mach dir keine Sorgen.«

Ein Sonnenstrahl streifte ihr Gesicht. Er fiel durch eine Lücke im Blätterdach, das sich über ihnen wölbte. Die Helligkeit machte sie blinzeln, gleichzeitig genoss sie die unerwartete Wärme.

»Auf geht's!«, rief einer der bewaffneten Männer, die zu den Kaufleuten gehört. Ehe sie sich versah, fasste er Magdalena um die Taille und setzte sie wieder auf den Wagen. Rupprecht nickte ihr beruhigend zu.

18

Elsbeth wusste nicht, wie viele Tage seit ihrer Ankunft vergangen waren. Die Zeit schien ihr wie ein regelmäßiger, nicht enden wollender Wechsel von Hell und Dunkel. Anfangs plagte der Körper sie noch fürchterlich, dann ließ das Glühen nach, auch der Schüttelfrost wurde besser. Die Übelkeit verschwand, sie konnte aus einem Napf mit Brühe trinken, sogar erste Bissen Brot bei sich behalten. Endlich nahm sie die hellen Zeiten besser wahr, hielt die Augen länger offen. Bald unterschied sie die Umrisse um sich herum. Sie lag in einem Bett in einer schmalen Kammer. Durch das Fenster oberhalb des Kopfendes fielen bei gutem Wetter morgens schon die ersten Sonnenstrahlen und tauchten die wenigen Gegenstände in ein sanftes Licht: ein Tisch mit zwei Schemeln an der gegenüberliegenden Längsseite, eine bunte Truhe am Fußende. Über der Tür hing ein Kreuz, zuerst noch mit Veilchen und Kornblumen geschmückt. Inzwischen fanden sich die runden, dunkelroten Blütenköpfe der Astern darunter. Das Laub an den Zweigen dazwischen färbte sich bunter, untrügliches Zeichen, dass der September nahte.

Meist kamen Berta oder eine alte Magd mit einem verdrießlichen Gesicht, um Brühe oder Brot zu bringen. Dass die Hausfrau Berta hieß, hatte sie aus den Unterhaltungen in der angrenzenden Stube aufgeschnappt. Oft tönte ihre befehlsgewohnte Stimme herüber, respektvoll führten die Männer ihren Namen im Mund. Außer den beiden Frauen bekam Elsbeth keinen der Hofbewohner zu sehen.

Gelegentlich stolperte Carlotta herein. Über dem Aufenthalt auf dem Gehöft waren ihre Schritte schneller und sicherer geworden, das Unbeholfene ihrer Bewegungen hatte sich fast ganz verloren. Wenn Elsbeth sich anstrengte und die Augen zusammenkniff, konnte sie das Gesicht der Kleinen besser erkennen. Die Nasenflügel zeichneten sich feiner als ehedem ab, das Kinn ragte spitzer aus dem runden Gesichtchen hervor. Sie hatte kaum mehr etwas mit dem Säugling gemein, der noch vor gar nicht langer Zeit an ihrer Brust gelegen hatte. Die blauen Augen strahlten kräftiger, die rotblonden Locken weckten Erinnerungen an goldene Ähren, die auf den Feldern wogen. Dass Berta sie gut verpflegte, las Elsbeth an Carlottas dicken Apfelbäckchen und den stämmigen Beinchen ab. Überhaupt schien Berta ihren Platz bei dem Kind eingenommen zu haben. Ständig plapperte die Kleine von ihr und stürzte auch gleich wieder aus Elsbeths Kammer, wenn sie ihre Stimme draußen vernahm.

Die polternden Schritte, die Elsbeth nun hörte, waren jedoch eindeutig zu schwer, um von Carlottas Füßen zu stammen. Auch ohne dass sie die Augen öffnete, wusste sie, wer vor ihr stand: Eric. Ihr Herz klopfte bis zum Hals. Bislang hatte sie vermeiden können, ihn zu sehen. Bertas anklagender Ausruf, welche Ursache ihr Fieber hatte, musste ihn lange davon abgehalten haben, sie aufzusuchen. Deutlich erinnerte sie sich an seinen verächtlichen Blick, mit dem er sie angestarrt hatte. Irgendwann, so tröstete sie sich, würde sie Gelegenheit finden, ihn für die Schmach bezahlen zu lassen.

Sie ließ sich viel Zeit, die Augen aufzuschlagen und Eric anzusehen. Schon hüstelte er zum dritten Mal in die Faust und scharrte mit den kotverschmierten Stiefeln über die Holzdielen. Erst da bequemte sie sich, träge zwischen den langen Wimpern zu blinzeln.

»Kannst du mich hören?«, fragte er barsch, sobald er das bemerkt und als Zeichen des Wachwerdens gedeutet hatte. »Sag was, Elsbeth. Es ist dringend.«

»Was?« Träge gähnte sie.

»Was ist mit Magdalena?« Als gäbe es keine Zeit zu verlieren, stieß er die Frage anklagend aus. »Wann hast du zum letzten Mal von ihr gehört? Sag mir die Wahrheit, sonst weiß ich nicht, was ich tue!« Er stürzte zum Bett, riss sie an den Schultern aus den Kissen und schüttelte sie, bis ihr schlecht wurde.

»Nicht!«, schrie Berta und sprang unerwartet flink herbei. Damit er von ihr abließ, musste sie ihm fest ins Gesicht schlagen. »Wenn du willst, dass sie dir noch was sagen kann, musst du sie schonen. Das Fieber lässt sie gerade für eine Weile verschnaufen. Kann gut sein, dass es ihr bald schon wieder schlechter geht. Noch ist sie nicht über den Berg. Vorsicht also, wenn du jemals noch was von ihr erfahren willst!«

»Gut«, murmelte er und rückte sich einen der beiden Schemel mit der Stiefelspitze zurecht, dann setzte er sich darauf, beugte sich nah zu Elsbeth, stützte die Arme auf die Oberschenkel und sah sie mit seinen tiefblauen Augen eindringlich an. »Lass uns allein«, bat er Berta.

Die wartete jedoch noch einen Moment, bis sie überzeugt schien, dass er ihre Warnung begriffen hatte. Dann wackelte sie in ihrem entenähnlichen Altweibergang hinaus und schloss behutsam die Tür hinter sich. Carlottas fröhliches Stimmchen quiekte über den Flur. Berta antwortete etwas, was dem Kind offenbar nicht gefiel. Wütend weinte sie, Berta sagte Tröstendes. Allmählich entfernten sich die Stimmen und Schritte.

Jetzt waren sie also allein. Die Stille hing schwer in der Kammer. Vor dem Fenster zwitscherten die Vögel, Stare und Rotkehlchen, unterbrochen vom Trillern eines Kleibers, dem eine Kohlmeise meckernd widersprach. Wieder strahlte die Sonne in die Kammer herein, als gelte es, die langen, düsteren Regenwochen im August an einem einzigen Tag wettzumachen. Elsbeth genoss es, dass Eric hatte einlenken müssen. Eine Weile starrte sie einfach nur an die Decke, bemühte sich, die Maserung der Balken zu erkennen, zählte den Fliegendreck. Drei Mücken surrten durch die Luft, vollführten ein endloses Kreisen und Tanzen, als bestünde ihr einziger Lebenszweck darin.

»Elsbeth, bitte, verrate mir endlich die Wahrheit«, flehte Eric. Seine Hände hielt er ineinandergefaltet. Langsam neigte sie den Kopf zur Seite und sah ihn schweigend an. »Bitte, Elsbeth, denk an Carlotta. Sie braucht ihre Mutter. Du bist die Einzige, die weiß, wo sie steckt.«

Sie tat, als brauchte sie noch eine Weile, um zu sich zu kommen, fuhr sich mit der Zunge über die trockenen Lippen, hustete mehrmals. Er verstand das als Aufforderung, ihr zu trinken zu geben. Rasch holte er den Becher mit Wasser, der auf dem Tisch stand, und setzte ihn ihr an die Lippen. Um ihren Kopf zu stützen, legte er ihr den Arm um den Nacken. So nah waren sie sich noch nie gekommen. Sie trank in winzig kleinen Schlucken.

»Ein kleiner Trupp ehemaliger Versehrter hat östlich von Rothenburg Quartier genommen«, sagte er. »Zweimal schon war ich in den letzten Tagen drüben, habe aber nur wenig in Erfahrung gebracht. Es ist gefährlich, sich ihnen zu nähern, solange ich nicht weiß, um wen es sich genau handelt. Es heißt, sie kommen aus einem Kloster bei Würzburg. Zwei Feldscher von den Kaiserlichen sollen sie dort versorgt haben. Das könnten Magdalena und Rupprecht gewesen sein, etwas Ähnliches haben mir meine Leute in Würzburg bereits angedeutet. Weißt du mehr?«

Nach einem langen Augenaufschlag und einem effektvollen Stöhnen sah sie ihn an und wisperte schwach: »Wieso?«

»Elsbeth, bitte!« Es kostete ihn Mühe, sich nicht abermals ungeduldig auf sie zu stürzen und sie an den Schultern zu rütteln. »Du hast mir gesagt, du hättest Kontakt zu Magdalena. Hast du in Würzburg eine Nachricht von ihr erhalten? So sag doch was! Ich flehe dich an. Tu es Carlotta zuliebe, bitte!« Ehe sie sich versah, sank er tatsächlich neben dem Bett auf die Knie. Seine verzweifelte Miene gefiel ihr. Die Falten oberhalb seiner Nasenwurzel vertieften sich, die Augen wirkten noch blauer, der spöttische Zug um seinen Mund war verschwunden. So ähnelte er Carlotta, wenn die Kleine an ihrem Busen lag und den Nippel suchte. Der Gedanke ließ sie schmunzeln, gleichzeitig verspürte sie einen Stich in der Brust. Das Kind hatten sie ihr weggenommen, von ihrer Brust entwöhnt. Berta bewachte es wie ein Wachhund den Hof. Wenn sie Magdalena fanden, würde sie die Kleine nie mehr um sich haben.

»Weißt du, warum Carlotta so an mir hängt?«, flüsterte sie und schob sich langsam in den Kissen auf. »Hat dir Magdalena jemals die Wahrheit über euer Kind erzählt?«

Erics tiefes Luftholen war besser als jede Antwort. So schnell entkam er ihr nicht, so leicht wurden weder ihre Cousine noch ihr Geliebter sie los, erst recht nicht, um das Kind für sich allein zu haben. Wieder drehte sie den Kopf, stierte zur Decke und kostete es aus zu wissen, wie gebannt Eric auf jedes ihrer Worte wartete. Sowenig er sie hören wollte, so musste er sie doch ertragen, wenn er überhaupt etwas von ihr erfahren wollte. Endlich war ihre Stunde gekommen!

»Magdalena hat sie kein einziges Mal an die Brust gelegt, sie niemals mütterliche Wärme spüren lassen. Das hat die Kleine alles von mir bekommen. Wäre ich nicht gewesen, hätte sie gar nicht überlebt.« Sie sprach es langsam und betont gegen die Decke. Auch ohne ihn anzusehen, wusste sie, dass Eric an ihren Lippen hing. »Roswitha war völlig verzweifelt. Dass eine Mutter ihr Kind nach der Geburt nicht nimmt, das hatte sie noch nie erlebt. Dabei hat sie schon Legionen von Kindern auf die Welt geholfen. Zum Glück war ich da und konnte einspringen, habe die Mutterstelle vertreten. Das arme Würmchen! Ich habe Carlotta genährt und gesäugt, über sie gewacht und bin ihr die Mutter gewesen, die Magdalena nicht sein wollte. Sie hätte euer Kind krepieren lassen wie einen Wurf Katzen, den man nicht brauchen kann.«

Die letzten Worte spie sie hasserfüllt aus, weitaus lauter und kräftiger, als sie beabsichtigt hatte. Sobald sie es merkte, begann sie zu husten und nach Luft zu schnappen. Eric sollte nicht denken, es ginge ihr besser.

»Und was war mit deinem eigenen Kind?«, fragte er, als sie sich wieder beruhigt hatte.

»Was?« Sie traute ihren Ohren nicht. Wieso fragte er das? Das stand ihm nicht zu. Niemandem stand das zu. Niemand hatte ein Recht, von ihrem Kind zu sprechen, am allerwenigsten Eric, dem sie gerade Magdalenas Grausamkeit beschrieben hatte. Warum wollte er darüber nicht mehr wissen? Angestrengt versuchte sie darüber nachzudenken. Es gelang ihr nicht. Stattdessen fraß sich der Schmerz in ihren Leib, weil er sie an ihr eigenes Kind erinnert hatte, das sie nicht ein einziges Mal in Händen hatte halten dürfen.

»Tot«, zischte sie und hoffte, das Bild von dem blauen, verformten Bündel, das Roswitha mit entsetztem Gesicht vom Boden aufgehoben und rasch nach draußen gebracht hatte, zu verdrängen. Etwas in ihr bäumte sich auf. »Tot ist es!«, schrie sie heraus. Aus den Augenwinkeln nahm sie wahr, wie Eric aufsprang und sie stützen wollte. Seine Hände auf ihrem Leib zu fühlen, würde sie jetzt nicht ertragen. Mit letzter Kraft schleuderte sie ihm entgegen: »So tot wie Magdalena!«

Ein wildes Schluchzen schüttelte sie. Kraftlos fiel sie nach hinten und versank in einem schwarzen Loch.

19

In diesem September wollte der feine Nieselregen kein Ende finden. Grau hüllte der dichte Regenschleier die Gegend um die Haßberge ein. So weit man sonst über die sanft geschwungenen Hügel und Felder blicken mochte, so sehr versank nun alles im Dunst frühherbstlicher Nebelschwaden. Der Geruch nach faulem Obst und verdorbenem Getreide wollte gar nicht mehr weichen. An den Bäumen wehte lange vor der Zeit gelblich braunes Laub, dem es an jedweder flüsternden Leichtigkeit mangelte. Viel zu nass fiel es auf die Erde, verwandelte sich dort unten alsbald in dicken, zähen Schlamm statt in trockenes, herrlich raschelndes Laub, wie es sonst den goldenen Oktober zierte. Eine dicke, bräunliche Schmutzschicht bedeckte den Boden. Die Spuren von Stiefelschritten und Karren hatten sich tief darin eingegraben wie sonst nur im winterlichen Schnee. Darüber brausten kräftige Sturmböen. Selten hatte der Herbst sich so unwirtlich gezeigt.

»Königsberg war der richtige Ort für unsere Stimmung«, sagte Magdalena und drehte sich zu Rupprecht um. Erstaunt hob er eine Augenbraue. Das verlieh seiner verkniffenen Miene einen Hauch von Offenheit. »Wie meinst du das?« Umständlich erhob er sich von dem Schemel an der Wand und trat zu ihr an das kleine Giebelfenster. Wie zufällig legte er ihr den Arm über die Schultern, zog sie dichter an sich heran. »Nicht«, wies sie ihn zurecht, befreite sich aus der Umarmung und rückte zwei Schritte zur Seite.

Stille umfing sie, die nur von dem steten Klopfen des Regens auf dem Dach durchbrochen wurde. Draußen versank alles in diesem Rhythmus. Schweigend sahen sie auf die Straße hinunter. Nach Norden fiel sie leicht ab, zur inneren Stadt nach Süden stieg sie an. Der letzte Durchmarsch eines Regiments hatte sie übel zugerichtet. Die nassen Pflastersteine waren zum Teil herausgerissen, die Löcher klafften wie frische Wunden, in denen lehmiges Wasser stand. Geflickt hatte sie bislang keiner, obwohl sich genug Männer in der Stadt fanden, die einfach nur die Steine hätten einsetzen müssen. Andere Arbeit gab es ohnehin nicht. Die wenige auf den Feldern verbliebene Ernte war mittlerweile zu nass, um noch eingefahren zu werden.

»Drei Wochen sitzen wir schon hier fest, sehen uns Tag für Tag die rußgeschwärzten Ruinen an oder inspizieren die halbverfallenen Gemäuer, ob sich darin nicht doch was Brauchbares oder gar Essbares finden lässt«, erklärte Magdalena. »Mehr aber tun wir nicht. Dabei könnten wir zusammen mit den anderen, die versteckt in den Löchern kauern, einfach mal anfangen aufzuräumen und ein Haus nach dem anderen wieder aufzubauen. Dann gäbe es bald nicht nur einige trockene Unterkünfte mehr, sondern auch die viele Zeit wäre sinnvoll genutzt. So aber sitzen wir alle hier, tagaus, tagein, und warten auf Dinge, die nicht passieren.«

»Ich verstehe dich nicht.« Rupprecht senkte den Arm, steckte die Hände in die Hosentaschen und rückte von ihr ab. »Warum bist du nicht damit zufrieden, wie es ist: Du hast überlebt und bist unbeschadet hier angekommen. Englund beschützt dich, du hast leidlich zu essen und bist gut untergebracht. Wir haben Glück, dass Englund sich mit dem ehemaligen Stadthauptmann so gut versteht. Sonst wären wir nie in diesem Haus untergekommen. Du hast selbst gesehen, dass es eines der wenigen ist, das nicht von den durchziehenden Soldaten zerstört wurde.«

»Das liegt wohl auch an unserem Hausherrn.« Magdalena verschränkte die Arme vor der Brust. »Soweit ich das verstanden habe, stellt er sich mit jedem gut, ganz gleich, ob Schwede oder Kaiserlicher, einfacher Soldat oder hoher Offizier. Kein Wunder, dass sie ihm das lohnen. Die Kaufleute, die gemeinsam mit uns hier angekommen sind, zählt er wohl ebenfalls zu seinen Freunden. Und gewiss auch Eric, denn den will Englund doch hier treffen. Das Haus hier am Steinweg ist offenbar der Ausgangspunkt für so manches Geschäft, das zwischen den Fronten betrieben wird, ganz gleich, zu welchem Lager sich die Beteiligten auch zählen. Wenn es ums Geldverdienen geht, interessiert das alles nicht. Dann vergessen sie ihre Feindschaften und schließen neue Bündnisse.«

»Was stört es dich? Du bist undankbar! Hast du vergessen, welches Schicksal dich stattdessen erwartet hätte? Eine Frau, ganz allein unterwegs in diesen Zeiten, überall marodierende Soldaten, aufgebrachte Bauern, erboste Städter und Räuberbanden – keinen Tag hätte es gedauert, bis einer über dich hergefallen wäre. Sei also besser dankbar, dass du deinen Nutzen aus Englunds Geschäften ziehen kannst. Immerhin bist du hier die einzige Frau im Haus, mal abgesehen von der alten Magd unten, die gar nicht mehr aus ihrer Küche herausfindet. Englund hat dir nicht nur großzügig diese Kammer überlassen, sondern jedem in der Stadt klargemacht, dass du unter seinem persönlichen Schutz stehst. Und das scheint hier viel zu bedeuten.«

Nachdenklich nickte Magdalena. Im Fensterglas spiegelte sich ihr Gesicht mit den smaragdgrünen Augen und dem spitz zulaufenden Kinn. Sie wandte sich um und ließ den Blick durch den winzigen Raum schweifen. Die steile Dachschräge beherrschte ihn zu mehr als der Hälfte der Fläche. Ein Bett duckte sich unter die Schräge, daneben fanden sich eine kleine Truhe, auf der ein Talglicht stand, sowie ein Schemel gleich neben der Tür und zu guter Letzt ein Haken für den Umhang an der gegenüberliegenden Wand. Selten hatte Magdalena so komfortabel gewohnt. Eigentlich nur, wenn sie mit ihrem Vater den Herbst und Winter über die Versehrtenzüge begleitet hatte und in einer größeren Stadt mit Spital einquartiert gewesen war. Auch mit Roswitha und Meister Johann war sie einmal ähnlich feudal untergebracht gewesen. Wie es dem Feldscher wohl ging? Hoffentlich war Seume zur Vernunft gekommen und hatte sich darauf besonnen, welchen Nutzen Meister Johanns besondere Fähigkeiten ihm bescherten. Wieder rann ihr eine Träne über die Wange. Inständig flehte sie, dass es dem Meister besser erging als der armen Roswitha, die unter den Rädern eines Geschützes ein grausames Ende gefunden hatte.

»Du hast natürlich recht«, sagte Magdalena schließlich. »Es ist wohl das Nichtstun, das unerträgliche Warten, das mich so unzufrieden werden lässt. Wie gern würde ich die Zeit nutzen, um Carlotta zu suchen. Wenn wir nicht endlich von hier wegkommen, wird es Winter, ohne dass wir einen Schritt weiter sind. Oder glaubst du im Ernst, dass Eric mit der Kleinen noch hier auftaucht?«

Ein vorsichtiger Blick unter den Locken des frisch gewaschenen und deshalb noch offenen roten Haarschopfs auf den Gefährten bestätigte ihr, was sie in den letzten Wochen immer wieder schmerzlich hatte feststellen müssen: Rupprecht begriff nicht, wie es um sie stand. Am liebsten hätte er Carlotta längst vergessen, auch Eric und Elsbeth, so froh war er, Magdalena endlich für sich zu haben.

»Englund sollten wir zur Vernunft bringen«, setzte sie erneut an. »Es ist sinnlos, länger untätig hier herumzuhocken. Eric wird nicht mehr kommen. Entweder waren die Informationen, die er bekommen hat, falsch, oder es gibt einen triftigen Grund, warum er nicht auftaucht.«

»Dann gibst du es also auf?« Dicht baute Rupprecht sich vor ihr auf und suchte ihren Blick. Seine Hände strichen sanft über ihre Arme. Deutlich spürte sie die Wärme, die von ihm ausging. Sie hob den Kopf. Seine vollen Lippen waren wohlgeformt. Ihr war, als sähe sie das zum ersten Mal. Dahinter blitzte das Weiß der geraden Zähne auf. Aus dem Mund roch es köstlich nach Pfefferminz. Sie schmunzelte. Also hatte er doch wieder mit der sorgfältigen Pflege der Zähne begonnen, wie Meister Johann es ihnen einst beigebracht hatte. Den ganzen Sommer über hatte er mit dem Hinweis, nicht auf die gewohnten Utensilien zurückgreifen zu können, darauf verzichtet. Auf einmal drängte es sie, sich fest an ihn zu schmiegen. Die Nähe seines Körpers tat gut, ebenso genoss sie es, seine starken Muskeln unter dem Hemd zu spüren.

Die Erinnerung an Eric löste sich dagegen mehr und mehr in Nebel auf. Der tiefgründige Blick der blauen Augen, das Zucken um die Mundwinkel und die Falten an der Nasenwurzel schienen ihr wie Teile eines lang schon zu Ende geträumten Traums. Selbst das Gesicht Jossips, der flehende Blick, mit dem er sie angesehen hatte, sein verzweifeltes Aufbäumen gegen das Unvermeidliche, schob sich immer öfter vor das Bild des einstigen Geliebten. Seltsamerweise erschien ihr die Erinnerung an Jossip längst wirklicher als Eric. Den Kroaten hatte sie zwar kaum gekannt, ihn in den wenigen Tagen der Nähe aber liebgewonnen. Bei Eric dagegen hatte es sich als böse Täuschung entpuppt, dass sie einmal meinte, ihn wirklich gekannt zu haben. Deshalb verschwand er zusehends aus ihrem Herzen.

Rupprecht räusperte sich. Sie sah ihn an und neigte sich leicht nach vorn, atmete bereits seinen Atem im selben Rhythmus ein. Es könnte so einfach sein, sich auf ihn einzulassen. Er spitzte die Lippen, legte den Kopf schräg. Da durchzuckte sie etwas, was sie nicht hätte benennen können. Hastig zog sie sich wieder zurück. »Englund wird in Teufels Küche kommen, wenn er nicht bald zu seinen Leuten nach Rothenburg aufbricht«, sagte sie laut und stellte sich an die Tür. Die Hand bereits auf der Klinke, sprach sie weiter: »Du bist doch sein Freund. Auf dich wird er hören. Wir müssen fort von hier. Es hat keinen Sinn, noch länger zu bleiben. Dabei drehen wir alle noch durch.«

Rupprecht schien eine Weile zu brauchen, bis er verstanden hatte, dass der kurze Moment der Nähe schon wieder verronnen war. Er schüttelte die schwarzen Locken und fuhr sich mit den kurzen, kräftigen Fingern durchs Haar, als wäre er gerade aufgestanden und müsste sich für den Tag herrichten. »Du hast doch mitbekommen, dass nicht einmal die Kaufleute ihn umstimmen konnten«, erwiderte er brüsk. »Die kennen ihn seit Jahren. Trotzdem hat er ihren Rat in den Wind geschlagen. Wieso sollte er dann ausgerechnet auf mich hören? Selbst Ambrosius ist es bislang nicht gelungen, ihn zu überzeugen.«

»Wir müssen uns etwas einfallen lassen. So geht das nicht mehr weiter. Tag für Tag hockt Englund unten am Fenster, rollt den Bernstein zwischen den Fingern und starrt auf das Schützentor gegenüber, als müsste Erics Geist dort erscheinen.«

»Ich hätte es gleich wissen müssen: Dir geht es wieder nur um Eric. Gott, wie konnte ich nur so einfältig sein! Nie wirst du ihn vergessen.« Er warf ihr einen misstrauischen Blick zu.

Sie lächelte und ging noch einmal zurück, nahm seine Hand, drückte sie fest und legte ihre zweite auf seine Schultern.

»Das mit Eric ist vorbei, glaub mir. Allerdings muss ich ihn noch einmal sehen. Er allein weiß, wo mein Kind steckt, wenn Carlotta nicht ohnehin noch bei ihm ist. Nur deshalb will ich Englund dazu bringen, von hier aufzubrechen. Er hat die Möglichkeit, an Informationen über Erics wahren Aufenthaltsort zu gelangen. Wie wir gesehen haben, stehen die beiden über gemeinsame Freunde quer durch alle Lager miteinander in Verbindung. Am Beispiel der Kaufleute, die uns hierherbegleitet haben, war das gut zu erleben. Bitte hilf mir also, Englund davon zu überzeugen, dass wir schnell von hier fortmüssen.«

Die Schatten auf Rupprechts Gesicht verschwanden. Auch er lächelte endlich, spitzte wieder den Mund und nickte. »Ja, du hast recht. Lass uns etwas tun. Bringen wir Englund auf andere Gedanken.«

»Ich habe auch schon eine Idee, wie uns das gelingen kann. Komm mit. Ich zeige dir etwas!« Unternehmungslustig nahm sie ihr Wolltuch vom Haken und schlang es sich um Kopf und Schultern. Draußen trommelte der Regen zwar wieder stärker aufs Dach, aber das kümmerte sie nicht. Die nasse Kleidung und die Schuhe konnten sie später am Herd wieder trocknen. Holz zum Verbrennen gab es genug, das Einzige, woran es in dem ehemals so reichen Städtchen an der Salzroute nach Thüringen nicht mangelte. Zuversichtlich, dass es ihr gelingen würde, Rupprecht und damit gewiss auch bald Englund für ihre Pläne zu gewinnen, hüpfte sie die Treppen hinab und verließ das Haus, ohne sich umzusehen, ob Rupprecht ihr tatsächlich folgte.

Als sie durch das steinerne Hoftor auf die Straße traten, rann das Wasser in schmutzigen, schmalen Bächen die Steige hinab. Dass der Wind sein stetes Klagelied durch die trostlosen Gassen pfiff, trübte Magdalenas gute Laune nicht. Fast war sie versucht, vor Übermut ein Lied vor sich hin zu trällern, so wohl fühlte sie sich angesichts dessen, was sie gleich erwartete. Wie gut, dass Rupprecht Ambrosius erwähnt hatte und sie auf die Idee gebracht hatte.

»Wo willst du eigentlich hin? Hast du doch einen versteckten Hinweis auf Eric und Carlotta gefunden?«, rief Rupprecht ihr nach. Er rannte immer noch einige Schritte hinter ihr, weil er erst umständlich seinen Kragen aufgeschlagen und den Filzhut auf dem Kopf zurechtgerückt hatte, bevor er ihr nach draußen gefolgt war. »Dabei wird es wohl kaum noch einen Stein in Königsberg geben, den du in den letzten Wochen nicht schon mehrmals umgedreht hast, um auf eine Spur von ihnen zu treffen. Ich dachte, wir waren uns eben einig, dass wir unbedingt mit Englund reden müssen. Du hast ja recht: Wenn wir ihn nicht bald zum Aufbruch bewegen, werden sie in seinem Regiment schon am Galgen zimmern, um ihn wegen Fahnenflucht aufzuknüpfen. Unterstützung von seinen Männern wird er wohl keine erwarten können. Die hat er vor Ochensfurt ordentlich vor den Kopf gestoßen. Lindström hat sich gewiss längst auf seinen Posten gesetzt. Wer so lang von seinem Trupp weg ist wie Englund, der darf kein Pardon erwarten. Der Krieg tobt weiter. Noch sieht es ganz und gar nicht danach aus, als würde es je eine Einigung in Münster oder Osnabrück geben.«

»Lass dich überraschen! Es wird alles gut«, verkündete Magdalena und zog ihn am Arm, damit er schneller lief. »Das Einzige, was ich derzeit fürchte, ist, dass wir beide schon viel zu lang in festen Mauern hausen. Ganz verweichlicht sind wir schon. Sieh dich nur an: Ein rechter Stubenhocker bist du geworden, weder an Regen noch Sturm oder Kälte wirklich gewohnt. Wie willst du je wieder draußen im Zelt überleben? Oder rechnest du ernsthaft damit, künftig nur noch in einem Haus mit vier Wänden und festem Dach zu leben?«

Sie lachte, als sie sein verdutztes Gesicht sah. Langsam kehrten ihre Lebensgeister zurück. Die grauen Nebelschwaden um sie herum lichteten sich. Vergnügt wandte Magdalena sich nach rechts, die leichte Steigung hinauf. Das schlammige Regenwasser floss ihnen unablässig entgegen. Sie mussten über Pfützen springen, kraterartigen Schlaglöchern ausweichen und grobe Steine umgehen, die mitten auf der Straße lagen. Fuhrwerke kamen ohnehin keine mehr durch. Die einst so berühmte Salzstraße wurde nur mehr von den Pikenieren und Kürassieren der verschiedenen Heere bevölkert. Bald zeugte das dunkle Leder an den Stiefeln, wie viel Wasser sie schon aufgenommen hatten. Bei jedem Schritt entfuhr ihnen ein Quietschen. Schweigend liefen Magdalena und Rupprecht nebeneinander her. Rupprechts Augen waren ganz auf den Weg gerichtet. Seine Miene verriet nichts über das, was hinter seiner Stirn vorging. Magdalenas Herz klopfte heftig. Sie platzte fast vor Anspannung. Wie würde er wohl reagieren?

20

Von ihren früheren Aufenthalten in Königsberg hätte ihnen der Weg vertraut sein sollen, dennoch ähnelte er in nichts mehr dem Anblick von einst. Was die verschiedenen Feuer in den letzten Jahren nicht vernichtet hatten, hatte die Wut der marodierenden Soldaten gleich welcher Couleur erledigt. Zahlreiche Häuser waren bis auf die Grundmauern niedergebrannt oder der Zerstörungswut der durchmarschierenden Truppen zum Opfer gefallen. Einzig die Burg thronte weiterhin unbeschadet am südöstlichen Ende der Stadt. Trotzig versuchte sie den Anschein zu erwecken, als drohte ihr keinerlei irdische Gefahr.

Kaum hatten Magdalena und Rupprecht das Unfinder Tor passiert, um auf den Marktplatz zu gelangen, trat ihnen eine dunkelhaarige Frau entgegen, ein kleines, ebenfalls dunkelhaariges Mädchen an der Hand. Es mochte nicht viel älter sein als Carlotta. Dürr und bleich, mit zwei riesigen Augen in tiefen Höhlen über hohlen Wangen, stierte die fremde Frau sie an, während das Kind hinter ihrem Rücken Schutz suchte. Der Blick aus den Augen der Frau war wirr. Ein wehender, heller Kittel verlieh ihr das Aussehen eines Racheengels oder eines Geistes. Auch das Mädchen war nur notdürftig in Fetzen gehüllt und fror erbärmlich, wie die blau angelaufenen Ärmchen und das heftige Zittern verrieten. Magdalena und Rupprecht wechselten entsetzte Blicke, wahrscheinlich dachten sie dasselbe. Wie knapp war Magdalena einem ähnlichen Schicksal entronnen. Und was war mit Elsbeth? Wenn Eric nicht rechtzeitig auf die Beine gekommen war, hatte sie der Grausamkeit des Krieges außer ihrem losen Mundwerk nichts entgegenzusetzen.

»Hunger!«, presste die Frau aus dem zahnlosen Mund hervor und streckte ihnen die offene Fläche der linken Hand entgegen. »Kinder schreien!«

Als hätte sie damit gerechnet, kramte Magdalena in den Falten ihres Rocks und zog einen Kanten Brot heraus. Gestern war ihr die Frau zum ersten Mal begegnet, da aber hatte sie nichts bei sich gehabt. Das machte sie nun wieder wett. Rasch legte sie ihr das Brot auf die Hand und drückte die Finger zusammen. Rupprecht hatte die Größe des Stücks dennoch bemerkt. »Woher hast du das Brot? Gleich ein so riesiges Stück! Bist du verrückt?« Obwohl sie ein so feudales Quartier gefunden hatten, mussten auch sie sich mit wässrigen Suppen und spärlichsten Brotrationen zufriedengeben. Gegen leere Vorratskeller konnte auch der frühere Stadtkommandant nichts ausrichten.

»Reg dich nicht auf. Es ist meine Ration!«, beruhigte Magdalena Rupprecht und zog ihn weiter. »Noch haben wir zu jeder Mahlzeit etwas auf dem Tisch stehen. Also sollten wir ruhig mit denen teilen, die weniger haben. Es wird uns trotzdem an nichts mangeln. Denk an Carlotta und Elsbeth. Hoffentlich finden sie ebenfalls großzügige Helfer in der Not.«

Direkt hinter dem Tor hatten sie ihr Ziel erreicht. Ein einsamer Hahn querte ihren Weg. Der viel zu lange Hals des Federviehs ruckte im Rhythmus der Schritte vor und zurück. Hoheitsvoll wusste er die roten Krallen auf das regennasse Pflaster zu setzen. Ein heiseres Krächzen entstieg seiner Kehle, bevor er stolzen Schrittes hinter einem halb aus den Angeln gehobenen Tor verschwand. Mangels herumstreunender Katzen und Hunde konnte also schon ein halbgerupfter Gockel so tun, als beherrschte er die Straßen der Stadt. Magdalenas Herz quoll über vor Mitleid.

Das frühere Haus des Stadtmedikus stand längs zum Marktplatz, erst vor sechs Jahren beim letzten großen Einfall der Kaiserlichen war die gegenüberliegende Marienkirche vom Feuer zerstört worden. Trotz der Spuren des Verfalls hatte das Gebäude wenig von seiner einstigen Pracht verloren. Magdalena warf Rupprecht einen fragenden Blick zu. »Weißt du noch? Damals, vor dem großen Brand? Der Junge, der uns hierhergebracht hat, um uns voller Stolz die Apotheke zu zeigen. Hinter seinem Rücken haben wir von den Salben geklaut und sie Meister Johann gebracht. Echte Raritäten waren darunter, sogar die bewährte alte Wundersalbe, auf die er so viel hält. Er hat ganz schön geschaut, als ihm klar war, dass der Stadtmedikus von Königsberg auf dasselbe Geheimrezept schwor wie sein alter Meister. Fünfzig Jahre alte Salben sind wohl weiter verbreitet, als man denkt, vor allem unter alten Apothekern und Feldschern.«

Sie kicherte, als sie sich daran erinnerte. Ihr Gefährte blickte dagegen weiterhin düster zu dem Haus, seiner Mimik nach zu schließen angestrengt damit beschäftigt, sich die von ihr beschriebene Szene ins Gedächtnis zu rufen. Zu viele ähnliche Erlebnisse teilten sie seit frühester Kindheit, durch viele Städte wie diese waren sie gezogen, auch mehrmals, so wie sie in Königsberg nahezu jedes Jahr haltgemacht hatten. Mit der Zeit sahen alle Städte gleich aus, unterschieden sich höchstens in der Größe voneinander. Aber auch das spielte nach Seuchen und Plünderungen kaum mehr eine Rolle. Zerstört waren die meisten, öde und verlassen, weil die Bewohner vor dem Krieg oder der Pest, meist vor beidem gleichermaßen, die Flucht ergriffen hatten.

Magdalena folgte Rupprechts suchendem Blick über die Fassade. Das gemauerte Untergeschoss des Hauses am Marktplatz war noch intakt, die beiden Obergeschosse und der Giebel hingegen waren ausgebrannt. Wo ehedem teure Glasfenster kostbares Tageslicht hereingelassen hatten, gähnten nun dunkle Höhlen. Rußspuren zogen sich über den Putz bis unter das rote Dach hinauf.

»Grausam, so den Verstand zu verlieren wie die arme Frau mit dem Kind. Wie gut, dass wir nicht wissen, was das Schicksal für uns bereithält.« Die Männerstimme ließ sie beide herumfahren. Ein weißhaariger Mann war aus der Eingangstür der Apotheke getreten und gesellte sich nun zu ihnen. Magdalena lächelte ihn an und versetzte Rupprecht einen sanften Stoß in die Rippen, damit er den Fremden ebenfalls grüßte. Er überragte sie beide um einen halben Kopf, wirkte dennoch nicht sonderlich beeindruckend. Der farblose Bart hing ihm struppig auf die Brust, sein Gesicht war nicht weniger ausgebleicht als die Haare. Müde erwiderte er das Lächeln und lud sie ein, ihm in der verfallenen Offizin Gesellschaft zu leisten. »Sonst wäscht euch noch der Regen aus der Stadt«, knurrte er, »und mir bleibt wieder niemand mehr, mit dem ich mich gescheit unterhalten kann.«

»Das ist aber nicht der alte Medikus«, raunte Rupprecht, als er ihr den Vortritt ließ, bevor er die zwei Stufen zur Tür hinaufging.

»Siehst du, du erinnerst dich also doch.« Freudig nickte sie und erklärte gleich eifrig weiter: »Meister Briegel ist in den Wirren des Brandes vor vierzehn Jahren verschwunden. Die vielen Male, die mein Vater und ich seither mit den Versehrten hier entlangkamen, bin ich immer wieder zu diesem Haus und habe versucht, herauszufinden, wo er steckt. Mit Klauen und Krallen hat eine kahlköpfige Frau lange Zeit das Gebäude verteidigt, wohl die Hebamme aus dem Ort, die mit den Tinkturen des alten Briegel etwas anzufangen wusste. Briegels Sohn, der in unserem Alter war, lebt wohl mittlerweile in Nürnberg bei Verwandten, hat sie mir beim letzten Mal erzählt. Dort soll er inzwischen sogar studieren. Der Medikus und seine Frau aber sind weiterhin verschwunden. Jede Spur von ihnen hat sich verloren, auch ihr Sohn weiß nicht, was aus ihnen geworden ist. Schrecklich, nicht?« Es schauderte sie, zu nah ging ihr die Vorstellung, Carlotta könnte in einigen Jahren Ähnliches über ihre verschollenen Eltern berichten.

»Ja, der Brand damals, als wir zum ersten Mal hier waren, der ist mir noch gut in Erinnerung«, stimmte Rupprecht nachdenklich zu. Die Bilder von damals schienen ihn mehr zu beschäftigen als das Schicksal der Medikusfamilie. Auch Magdalena konnte sich der entsetzlichen Bilder des Brandes nicht erwehren, im Folgejahr der Magdeburger Hochzeit das nächste furchtbare Erlebnis dieser Art. Es geschah in einer eisig kalten Märznacht. Nie würde sie das unerbittliche Rütteln des Windes an den Fensterläden vergessen, der das Feuer so anfachte, dass es innerhalb kürzester Zeit mehr als einhundertunddreißig Häuser vernichtete. Einzig Tillys beherztem Eingreifen war es zu verdanken, dass nicht auch die stolze Pfarrkirche ein Raub der Flammen wurde.

Wie auf ein geheimes Zeichen drehten sich Magdalena und Rupprecht noch einmal zum Marktplatz um und sahen auf die andere Seite, wo das leere Gerippe des Gotteshauses in den wolkenverhangenen Himmel ragte. Acht Jahre später hatte ein Tilly gefehlt, um die neuerliche Katastrophe für das Gotteshaus zu verhindern.

»Dein Vater war damals frisch zum Korporal befördert worden«, begann Rupprecht auf einmal. »Ich weiß noch, wie neidisch ich war, als ich sah, dass er dir und deiner Mutter ein bequemes Quartier direkt neben dem von Tilly verschafft hatte. Tilly wohnte im Haus der Bürgermeisterwitwe Graser, direkt oben am Salzmarkt, und dein Vater hat dich und Babette gleich in das angrenzende Gebäude des Stadtschreibers gebracht.«

»Was du noch alles weißt!« Ungläubig schüttelte sie den Kopf. Hatte er eben nicht noch Mühe gehabt, sich an die Apotheke zu erinnern? Nie würde sie aus ihm schlau werden.

Er fuhr bereits fort: »Im ganzen Fähnlein wurde darüber geredet. Mein Vater hat vor Wut gekocht, weil er sich übergangen fühlte, sowohl bei der Beförderung als auch mit dem Quartier. Meine Mutter hat wie ein Rohrspatz geschimpft, denn natürlich ist uns wie so vielen anderen aus dem Tross wieder einmal nur ein windiger Verschlag draußen vor den Toren der Stadt, mitten auf dem freien Feld, geblieben. Damals hatten wir noch nicht einmal einen Wagen und einen Ochsen. Der Schnee lag knöcheltief, das Wasser gefror in den Pfützen. Wenigstens durfte ich euch nachmittags in der prächtigen Unterkunft besuchen, mit dir in der Küche spielen und mich am Herdfeuer gründlich aufwärmen.«

»Ja, die Köchin hat uns Pfannkuchen gebacken, daran erinnere ich mich. Wie das geduftet hat! Richtig vornehm war es in dem ganzen Haus. Meine Mutter stand kurz vor der Niederkunft, was ich damals noch nicht begriffen habe. Fürsorglich hat der Stadtschreiber seine reichausgestattete Stube für sie geräumt und ihr darin direkt am Kaminfeuer ein Bett aufstellen lassen. Auch ich durfte mich dort wärmen, bin zum ersten Mal seit Magdeburg wieder dicht vor einem prasselnden Feuer eingeschlafen. Babette meinte noch, damit hätte ich die Schrecken von damals wohl endlich überwunden.«

Wieder nickte Rupprecht. Es war wirklich erstaunlich, wie klar er das alles noch vor Augen hatte. Soweit sie sich erinnern konnte, hatten sie noch nie darüber geredet. Bevor sie ihn darauf ansprechen konnte, sagte er: »Lange durftet ihr euch aber nicht an den ungewohnten Annehmlichkeiten freuen. Noch in der ersten Nacht ist in den hinteren Stallungen des Graserschen Anwesens das Feuer ausgebrochen. Hinterher vermutete man die Unachtsamkeit eines Pferdeburschen als Ursache. Der arme Kerl hat arg dafür gebüßt. Dabei konnte er gar nichts dafür.«

»Wofür?« Sie wurde hellhörig. »Warst du etwa dabei? Hast du was gesehen?«

»Nicht viel. Ich hatte mich in die Ställe geschlichen, weil ich auch ein warmes Plätzchen finden wollte. Allein der Gedanke an den zugigen Verschlag und die schlechte Laune meiner Eltern, ihr ständiges Gezeter inmitten meiner kleinen schreienden Geschwister waren mir ein Graus. Viele hatten die gleiche Idee wie ich. Du glaubst nicht, was da hinten in den Ställen los war!«

»Du meinst, der Brand ist ausgebrochen, weil so viele in demselben Stall nächtigen wollten? Das war doch verboten!«

»Was ist nicht alles verboten und wird trotzdem gemacht, weil man sich selbst am nächsten ist? Jedenfalls wäre es mit dem Feuer nicht so schlimm geworden, wenn der eisige Wind nicht so heftig durch die Stadt geweht hätte. Deshalb dauerte es nicht lang, bis die Flammen um sich griffen und jedes Haus und jedes Gebäude erfassten, genau wie seinerzeit in Magdeburg.«

»Ja. Es war wie in Magdeburg!« Sie biss sich auf die Lippen. Die Erinnerung würde sie wohl ihr ganzes Leben verfolgen. Niemals würde sie vergessen, dass sie sich als kleines Mädchen in Königsberg bereits zum zweiten Mal innerhalb kürzester Zeit inmitten einer verheerenden Brandkatastrophe befunden hatte. Aus tiefem Schlaf war sie aufgeschreckt, hatte den gefürchteten beißenden Qualm im Hals gehabt, gehustet und gekeucht, das gefährliche Knistern dicht an ihrem Ohr gehört. Schon spürte sie wieder die entsetzliche Angst, die sie seit Magdeburg in oft wiederkehrenden Alpträumen quälte. Um sie herum loderte tatsächlich wieder ein Feuer, knarrte in den Balken, wehte immer näher an die Fenster des Quartiers heran. Dieses Mal allerdings tauchte kein halbwüchsiger, rotblonder Junge auf, um sie aus der brennenden Hölle zu retten. Dafür stand die hochschwangere Mutter vor ihr und krallte ihr die Finger in den Arm. Der Vater trug sie ins Freie, weit, weit fort, wie ihr schien. Erst als sie sich in sicherer Entfernung der prasselnden Flammen befanden, hörte sie auf zu schreien. Die ganze Zeit über hatte sie den Bernstein fest umklammert und wusste seither, dass er sie wirklich vor allem Unglück bewahrte, selbst wenn Eric nicht bei ihr sein konnte.

Babette aber war plötzlich vor ihren Augen zusammengebrochen. Magdalena dachte, die Mutter wäre wegen des frisch überstandenen Feuers von Sinnen. Sie begann zu wimmern und fürchterlich zu zucken und zu krampfen. Erst als ein rotes, blutiges Bündel zwischen ihren Beinen zum Vorschein kam, hörte sie damit auf. Magdalena musste das seltsame Ding aufheben und mit dem Rockzipfel säubern. Da erst begriff sie, dass es ein Kind war, mit dem die Mutter mitten auf dem Platz niedergekommen war. Es atmete nicht. Voller Ekel warf sie es in eine nahe gelegene Scheune, in der noch ein letztes Feuer loderte. Die Mutter hatte hinterher lange nach dem toten Kind gesucht, immer wieder nach ihm gefragt und sogar dem Vater vorgeworfen, er habe es verkauft: Es sei nicht tot gewesen, und er habe von einer Frau, die keine Kinder haben konnte, viel Geld dafür bekommen! Magdalena hatte das gehört, sich aber nie getraut, einem der beiden die Wahrheit zu gestehen. Warum die Mutter nicht froh war, das hässliche Balg los zu sein, hatte sie sich einige Jahre noch gefragt. Bis sie eines Tages selbst ein Kind hatte und nichts schlimmer fand als die Vorstellung, es zu verlieren. Genau in diesem Alp befand sie sich jetzt.

»Magdalena!« Rupprecht schüttelte sie. Als sie nicht reagierte, versetzte er ihr eine Ohrfeige, dann noch eine. Da erst erwachte sie aus dem bösen Traum. »Tut mir leid. Ich wollte dir nicht weh tun.« Er hauchte ihr einen Kuss aufs rote, nasse Haar. »Alles ist gut. Es ist vorbei.«

Als sie sich an ihn lehnte, strich er tröstend über ihren Kopf und fasste nach ihrer von Sommersprossen übersäten Hand. Mild wanderte der Blick seiner dunklen Augen über ihr Gesicht. Dankbar folgte sie ihm endlich ins Innere der Apotheke.

»Ich dachte schon, ihr Turteltäubchen hättet mich vergessen«, rief ihnen der weißhaarige Mann vorwurfsvoll entgegen.

21

Das Innere der Offizin spiegelte das Schicksal der Stadt wider: Von den einst raumhohen Regalen war kaum eines heil geblieben. Die letzten Latten lehnten zerschlagen an der Wand. Eine Schublade diente einer mageren Katze als Lager für ihren noch magereren Nachwuchs, in einer zweiten sammelte sich Asche. Das restliche Holz hatte wohl längst irgendwo als Brennholz hergehalten. Wer brauchte schließlich Regale, wenn es nichts gab, um sie zu füllen? Die kostbaren Porzellangefäße mit Kräutern und Pulvern, auf die Medikus Briegel einst so stolz gewesen war, waren gewiss schon bei der ersten Plünderungswelle nach Tillys Rückzug zerschlagen worden oder im Zuge der Pestepidemie 1633 verschwunden, als man sich an jede noch so vage Hoffnung auf rettende Medizin klammerte. Die weniger wertvollen Tongefäße hatten zum Teil wie durch ein Wunder überdauert und reihten sich der Größe nach an der Breitseite auf. Von den verschiedenen Phiolen, die üblicherweise ebenfalls in einer Offizin vorhanden waren, schienen keine mehr übrig. Schutt und Unrat türmten sich auf mehreren Haufen mitten in dem großen Raum.

Im angrenzenden Laboratorium bot sich auf den ersten Blick ein ähnlich trostloses Bild. Doch dann sahen sie, dass vor dem mittleren Fenster zum Hinterhof ein sauberes, breites Brett auf zwei Holzböcken lag. Utensilien wie Mörser, Schalen und Waage standen einladend darauf bereit. In einer offenen Kiste auf dem Boden dicht davor fanden sich Tiegel und Krüge sowie einige kleine Leinensäcke. Jemand stand bei den Gerätschaften am Fenster und hantierte bereits eifrig mit ihnen herum. Im Gegenlicht ähnelte der Umriss dieses Unbekannten Meister Johann.

Magdalena schrie auf. Überrascht fuhr er herum und blinzelte sie an. Erst da wurde ihr klar, dass es sich lediglich um Ambrosius, den ehemaligen Apothekermönch, handelte. Allein an der geringeren Größe hätte sie den Irrtum schon erkennen müssen.

Beschämt schlug sie die Hand vor den Mund. Auch Rupprecht sah befremdet zu ihr hin. Sie verstand sich selbst nicht. Meister Johann war nicht nur größer, sondern auch breitschultriger gewesen. Zudem wies sein Schädel einen größeren Umfang auf, von der völlig anderen Haarpracht einmal ganz abgesehen. Wie hatte sie sich nur so leicht täuschen lassen können? Wahrscheinlich, weil sie so lange nicht mehr an ihren Lehrmeister gedacht hatte, wie sie auch die gute, alte Roswitha, viel zu oft vergaß. Dabei hatten die beiden alles für Eric und sie aufs Spiel gesetzt. Ein Schaudern durchlief ihren Körper. Wie hätte sie ahnen können, dass Hagen Seumes Rache so furchtbar werden würde?

»Willst du auch die Schätze sehen?«, fragte Ambrosius Rupprecht und wies mit einer weit ausholenden Armbewegung durch den Raum. »Unglaublich, dass sich doch so einiges durch die letzten Jahre hat retten lassen. Gestern Nachmittag sind Magdalena und ich zufällig auf die Kiste hier gestoßen. Sie war in einem Garten oben am Salzmarkt vergraben. Es soll das Anwesen der Bürgermeisterwitwe gewesen sein. Unser Freund hier«, er nickte zu dem Weißhaarigen, »hat sich dort seit einigen Tagen eingenistet. Gemeinsam haben wir also gestern den Schatz geborgen.«

»Stell dir vor«, sagte Magdalena, dankbar, sich auf ein anderes Thema besinnen zu können, »er ist auch Feldscher. Seit Jahren zieht er im Gefolge von Oberst Widmann durch die Gegend. Das ist das Regiment, das vor sechs Jahren oben von der Burg aus die Stadt zurückerobert hat.«

Der Weißhaarige schmunzelte. Offensichtlich erfüllte ihn die Erwähnung dieser Tat mit Stolz. Mit ausgestreckter Hand ging er auf Rupprecht zu. »Nenn mich Ludwig.« Er klopfte ihm auf die Schulter. »Ein Wunder, dass wir uns noch nie zuvor begegnet sind. Wie ich höre, seid ihr beide oft mit den Versehrten hier langgezogen. Sogar oben in Amöneburg wart ihr dabei. Auch ich bin erst Ende Juni von dort weggezogen.«

»Was?« Verblüfft sah Magdalena ihn an. Das hatte er ihr bislang verschwiegen. »Dann warst du also dabei, als die kaiserlichen Truppen von dort nach Bayern gezogen sind?«

Rupprecht erfasste, worauf sie hinauswollte, und machte ihr ein Zeichen zu schweigen. Offenbar misstraute er Ludwig. »Wie kommt es, dass du jetzt nicht mehr im Regiment bist?«, fragte er ihn brüsk. »Feldscher werden dort immer benötigt. Hier in diesem gottverlassenen Nest dagegen braucht dich keiner.«

»Das könnte ich dich auch fragen.« Ludwig sah Rupprecht von oben herab neugierig aus seinen hellbraunen Augen an. »Auch du solltest deine Zeit nicht hier vertrödeln, sondern schauen, dass du zu den Kaiserlichen zurückfindest. Am Lech wird die Schlacht wohl bald weitergehen.«

»Die Schweden haben uns gefangen genommen«, sagte Rupprecht.

»Von denen sind wohl nicht mehr viele übrig geblieben. Magdalena und Ambrosius haben mir bislang nur von eurem Hauptmann Englund erzählt. Den zu überlisten und euch auf den Weg zu den Eurigen zu machen sollte euch drei nicht schwerfallen. Es sei denn, ihr habt triftige Gründe, nicht zu eurem Regiment zurückzukehren. Aber lassen wir das.«

»Was?« Verärgert sah Rupprecht zu Magdalena, zog sie beiseite und schimpfte: »Wie kommst du dazu, ihm das alles zu erzählen? Du weißt gar nichts von ihm. Ehe wir uns versehen, haut er ab und liefert uns ans Messer.«

Noch bevor sie etwas erwidern konnte, schaltete sich der dicke Ambrosius ein. »Keine Sorge! Für Ludwig lege ich meine Hand ins Feuer. Ihm können wir vertrauen, das sagt mir mein Gefühl.«

»Hoffentlich täuscht es dich nicht.« Rupprecht schien alles andere als überzeugt und stieß ein unwilliges Brummen aus.

»Ist das nicht eine glückliche Fügung, dass wir diese Kiste gefunden haben?«, fragte Magdalena nach einer Weile. »Jetzt können wir Salben und Pflaster vorbereiten. Sogar einige Öle sind darunter. Damit lässt sich eine Menge anfangen.«

»Wozu willst du das tun? So schnell werden wir wohl nicht wieder als Wundärzte arbeiten.« Rupprecht schickte sich bereits an, das Laboratorium zu verlassen.

Hastig verstellte sie ihm den Weg. »Irgendetwas müssen wir tun, wenn wir nicht ähnlich dumpf wie Englund enden wollen. Dieses sinnlose Warten und Zeittotschlagen treibt uns alle in den Wahnsinn. Darüber waren wir uns vorhin einig.«

»Stimmt. Und ich dachte, du wolltest mir etwas zeigen, womit wir ihn zum Aufbruch bewegen können.«

»Aber das tue ich doch. Denk einmal nach! Englund muss zurück zu seinem Regiment, wenn er nicht riskieren will, als Verräter zu gelten. Davor aber fürchtet er sich, weil er keinen triftigen Grund vorweisen kann, warum er Lindström und die anderen bei Ochsenfurt allein auf den Weg nach Rothenburg geschickt hat. Deshalb kann er sich jetzt nicht zum Aufbruch aus Königsberg entschließen. Fliehen würde ihm auch nicht helfen. Denn der Rache seiner Leute würde er niemals entkommen, genauso wenig, wie er bis zum Wintereinbruch hier versauern kann. Also machen wir ihm klar, dass er mit uns und dieser Medizin hier eine gute Möglichkeit hat, rehabilitiert zu den Seinen zurückzukehren. Mit einer Kiste ausgefallener Wundsalben und seltener Pasten im Gepäck bieten wir ihm einen sehr nachvollziehbaren Grund für sein Verhalten: Wir behaupten, hier in Königsberg auf eine kostbare Lieferung gewartet und ihn deshalb zu diesem Umweg überredet zu haben. Das Ganze sei natürlich so geheim gewesen, dass wir es vorher schlecht im Trupp hätten erzählen können. Einige seiner Männer werden sich an die Kundschafter im Kloster erinnern. Das macht die Sache noch glaubwürdiger: Sie haben uns über die Lieferung der Tinkturen unterrichtet. Angesichts unseres Einsatzes im Kloster bei den Verwundeten müssten sich die Schweden davon überzeugen lassen. Immerhin haben wir beide da so manches Wunder vollbracht.«

»Man denke nur an Jossip.« Rupprecht gab sich alles andere als überzeugt. Jäh fuhr sie zurück und kniff die Lippen zusammen. Was hatte er nur? Eben noch war er auf ihrer Seite gewesen. Nichts hatte sie ihm seither getan. Verzweifelt sah sie zu Ambrosius. Der zuckte ratlos die Schultern. Dann warf sie Ludwig einen Blick zu. An ihm musste es liegen, dass Rupprecht so schlecht gelaunt war. Dabei wusste sie die Kenntnisse des alten Feldschers sehr zu schätzen.

»Also, hilfst du uns jetzt oder nicht?«, fragte sie Rupprecht. Der blieb ihr die Antwort weiterhin schuldig, und sie wandte sich enttäuscht ab. Vielleicht brauchte er einfach noch ein wenig Zeit. Sie hörte, wie er zum Laden hinüberschlurfte. Eine Weile war zu vernehmen, wie er dort die noch vorhandenen Reste durchwühlte.

Die beiden anderen Männer hantierten bereits an dem notdürftigen Tisch vor dem Fenster. Ludwig rückte gerade die zierliche Waage auf dem behelfsmäßigen Tresen am Fenster zurecht. Daneben stellte er verschiedene Utensilien zum Anrühren einer Paste bereit. Mehrmals bückte er sich zu der Kiste und entnahm ihr nach und nach feine Instrumente wie Messlöffel, Zangen und Scheren. Ambrosius maß bereits einige Lot roter Mennige auf einer zweiten Waage ab. Magdalena zog ebenfalls eines der Beutelchen aus der Kiste und ging zum Tisch. Dort schüttete sie ein rötliches Pulver in eine Schale, träufelte anschließend aus einer Phiole einige Tropfen Rosenöl hinein, gab aus einem zweiten Röhrchen etwas Leinöl hinzu und begann, Pulver und Flüssigkeit vorsichtig miteinander zu vermischen. Schließlich hobelte sie einige feine Späne venezianischer Seife hinein.

»Die Frau da draußen stammt nicht von hier«, erklärte Ludwig ohne Überleitung, nachdem sie eine Zeitlang schweigend nebeneinander gearbeitet hatten. »Vorgestern ist sie zum ersten Mal am Tor aufgetaucht, mit dem kleinen Mädchen an der Hand. Sie heult wie ein Hund, wenn man versucht, sie aus den Trümmern in ein festes Haus zu bringen. Ich wollte ihr eine der Kammern hier im Erdgeschoss anbieten. Hier wäre es trocken und geschützt. Platz ist reichlich, niemand ist ihr im Weg.«

»Bestimmt hat sie Angst, mit Männern unter einem Dach zu sein«, erwiderte Magdalena. »Die Soldaten werden über sie hergefallen sein und ihre Familie ermordet haben. Sie und ihre Tochter sind wohl die Einzigen, die überlebt haben. Kein Wunder, dass sie darüber wahnsinnig geworden ist.«

Betrübt schwiegen sie, bis Ambrosius das Wort ergriff: »Das Brot, das du ihr gegeben hast, hat sie ganz dem Kind gelassen. Nicht einen Krümel hat sie sich davon gegönnt. Sie wird zugrunde gehen und so auch die Kleine nicht retten können.«

»Eine Mutter tut alles für ihr Kind und stellt sich selbst hintenan, damit das Kind überlebt.« Die Worte kamen wie selbstverständlich über ihre Lippen. Ein Wunder, dass sie den Männern so etwas erklären musste! Gleichzeitig spürte sie einen heftigen Stich bei der Erkenntnis, dass sie Carlotta gegenüber nicht als echte Mutter gehandelt hatte. Offenkundig hatte sie nicht alles für ihr Kind getan, sonst wäre es jetzt noch bei ihr. Wie hatte sie Eric zuerst helfen und dabei nicht an die Folgen für Carlotta denken können? War Elsbeth vielleicht doch die bessere Mutter? Wie betäubt stand sie da und sah reglos durch das Fenster. Der Regen klopfte an die Scheiben, rann in trägen Furchen herab, bis er von den Leisten des Fensterkreuzes aufgehalten wurde.

»Sei froh, dass dir das bislang erspart geblieben ist«, hörte sie Ambrosius auf einmal leise sagen. Sie spürte, wie er die fleischige Hand auf die ihre legte und sie fest drückte.

»Was weißt denn du?«, schrie sie ihn an und zog die Hand weg. Entsetzt wich er zurück. Zum ersten Mal erlebte sie, dass jemand so sehr vor ihr erschrak, dass er zitterte. Nicht minder überrascht als er, hielt sie inne und studierte sein rundes Gesicht. Seine ehemals grünen Augen waren trüb geworden. Die gutgepolsterten Wangenknochen verrieten noch etwas von früherer Verschmitztheit. Das ängstliche Gebaren passte so ganz und gar nicht zu ihm. Schon bedauerte sie es, ihn so barsch angegangen zu haben. Er wusste nichts von ihrer Carlotta, wusste überhaupt nichts von ihr, wie sie auch seine Geschichte nicht kannte. Der Zufall hatte sie für eine Weile zusammengeführt und zu Gefährten werden lassen. Bald aber schon würden ihre Wege sich wieder trennen und jeder von neuem seine eigene Geschichte leben. »Schon gut«, sagte sie und tätschelte seinen entblößten Arm.

»Muss euer schwedischer Hauptmann nicht mal wieder zu seinem Regiment zurück?«, schaltete sich Ludwig betont munter ein, um das bedrückende Schweigen zu brechen. »Oder hat er sich ganz von den Seinen verabschiedet?«

»So wie du dich von den Deinen?« Unbemerkt war Rupprecht wieder bei ihnen aufgetaucht und fixierte Ludwig mit unfreundlichem Blick.

»Warum bist du so misstrauisch? Wir wissen alle nicht viel voneinander. Genauso gut kann er uns für Verräter oder Marodeure halten«, versuchte Magdalena zu vermitteln

»Habe ich euch schon erzählt, wo ich herkomme?« Ludwig tat so, als stritten sie nicht seinetwegen, sondern wandte sich freundlich Ambrosius zu seiner Linken zu. Der zerstampfte gerade einige Salbeiblätter mit dem Mörser. Erst als Ludwig ihn mit dem Ellbogen anstieß, sah er auf.

»Nein, erzähl. Deinem Dialekt nach bist du hier aus der Gegend.«

»Stimmt. Deshalb kenne ich hier auch viele verborgene Winkel. Bevor ich nach Königsberg gegangen bin, war ich weiter unten im Süden unterwegs. Aber da wurde es mir allmählich zu voll. Da sammeln sich schon wieder die Schweden, weil sie noch vor dem Winter über den Lech bis hinüber zur Isar wollen. Der bayerische Kurfürst hat sie wohl zu sehr herausgefordert, dass sie ihn nun endlich mundtot machen wollen. Schon träumen sie davon, sich in München in seiner herrlichen Residenz niederzulassen. Der Kurfürst selbst ist wohl bereits aus der Stadt geflohen. Die Kaiserlichen sind natürlich nicht weit und werden versuchen, den anrückenden Truppen Wrangels noch etwas entgegenzusetzen. Bei Augsburg wird es gewiss bald heiß hergehen. Wenn ihr also wieder Arbeit als Feldscher sucht, werdet ihr da unten sicher gebraucht werden. Solche wie euch nehmen sie mit Kusshand.«

»Was ist mit dir? Willst du nicht auch wieder zum Heer zurück?« Ambrosius sah ihn offen an, doch Ludwig winkte mit der rechten Hand ab.

»Mir steht der Sinn inzwischen nach anderem. Längst wollte ich mich zur Ruhe setzen. Mein ganzes Leben habe ich nichts anderes getan, als Beine abgeschnitten und Bäuche zusammengeflickt. Ich war letztens schon fast in meine Heimatstadt Rothenburg zurückgekehrt, musste dann jedoch umkehren.«

»Rothenburg?« Neugierig legte Magdalena den kleinen Messinglöffel beiseite, mit dem sie ein weißliches Pulver abgemessen hatte. »Wann warst du dort?« Unauffällig gab sie Rupprecht ein Zeichen mit der linken Hand, damit er nicht gleich wieder aufbrauste. Sie hatte das Gefühl, dass Ludwig ihr etwas Wichtiges sagen würde, und nickte ihm aufmunternd zu.

»Letzte Woche erst. Wie gesagt: aber nur fast. Reingekommen bin ich nicht in die Stadt. Interessieren dich die Schweden, die dort sind? Von Anfang an hatte ich das Gefühl, euer Hauptmann könnte derjenige sein, auf den sie so sehnsüchtig warten. Die Beschreibung würde passen. Er soll nur schnell hin, dann werden sie ihm wohl noch einmal verzeihen, dass er sie im Stich gelassen hat. Es pressiert ihnen nämlich, nach Landsberg zu kommen. Zuvor aber sammeln sich alle in Ansbach, um in einem großen Tross weiterzuziehen.«

»Ich werde es ihm ausrichten«, bemerkte Rupprecht trocken und fasste Magdalena am Arm. Es war ihm anzusehen, wie wenig er von Ludwigs Informationen hielt. Das alles war schließlich nichts Neues. Dass Lindström mit den anderen in Rothenburg warten sollte, hatte Englund selbst angeordnet.

»Warte noch. Vielleicht habe ich noch was für euch«, sagte Ludwig und hielt sie am anderen Arm fest. »So ganz von ungefähr wird es nicht kommen, dass ihr so brav bei dem Schweden bleibt, obwohl ihr doch zu den Unsrigen gehört. Irgendwer erzählte etwas von zwei Wundärzten, einem Mann und einer Frau, die vermutlich einen Quartiermeister erschlagen haben.«

»Was?« Magdalena schnappte nach Luft, bemühte sich dann aber um einen beiläufigen Tonfall. »Das klingt ja hinterhältig!«

»Keine Sorge«, blinzelte Ludwig ihr beruhigend zu, »solange der berüchtigte Hagen Seume diese Gerüchte streut, sitzt dem niemand auf. Dessen Ruf weht durch die ganze Armee. Da braucht man diejenigen, die er beschuldigt, nicht persönlich zu kennen, um zu wissen, was dahintersteckt: dass er der Hinterhältige und die anderen die Ehrlichen sind.«

»Ich verstehe immer noch nicht, warum du uns das alles erzählst«, ging Rupprecht dazwischen. »Das hat nichts mit uns zu tun. Komm schon, Magdalena, Englund wartet.«

»Was anderes tut er doch nie«, warf Ludwig ein und wandte sich abermals an Magdalena. »Deine Idee mit den Salben klingt wirklich gut, mein Kind. Das Warten könnt ihr eurem Hauptmann verkürzen, wenn ihr ihm sagt, dass in Rothenburg nicht nur Lindström und seine Truppen auf sein Auftauchen hoffen. Als ich dort in der Gegend war, lief mir auch ein großer, rotblonder Mann über den Weg.«

Bedeutungsvoll hielt er inne, sah erst auf Magdalena, dann auf Rupprecht, schließlich wieder auf sie. »Ausdrücklich hat er nach dem Hauptmann gefragt. Er hat behauptet, er sei ein alter Freund und brauche dringend seine Hilfe. Mir schien, er suchte eigentlich jemand ganz anderen, und ausgerechnet Englund könnte ihm da weiterhelfen.«

»Wie kommst du darauf? Hat er dir das erzählt, oder reimst du dir das nur zusammen?« Rupprecht bedeutete ihr ein weiteres Mal, dass sie besser aufbrechen sollten. Magdalena aber schob ihn beiseite und nickte Ludwig zu.

»Und?«, fragte sie gebannt. Ihr Herz klopfte so sehr, dass sie kaum einen Ton hervorbrachte. Ein Zittern durchlief ihren Körper. »Nach wem sucht er?«, presste sie mühsam zwischen den Lippen hervor.

Einen Augenblick sonnte sich Ludwig in der Aufmerksamkeit, die sie beide ihm schenkten. Schon räusperte sich Rupprecht auffällig, da sagte er: »Nach einer rothaarigen, zierlichen Frau und einem schwarzhaarigen, kleinen Mann. Die Schweden sollen die zwei verschleppt haben.«

Der Blick, den er daraufhin erst ihr, dann Rupprecht zuwarf, verriet, was er bei diesen Worten dachte.

22

Das rote Haar hing Magdalena in triefenden, dunklen Strähnen vom Kopf, der Umhang lag ihr tropfnass auf den Schultern. Im strömenden Regen stand sie mitten auf dem Salzmarkt, Rupprecht dicht vor ihr. Er hielt sie fest und drängte sie gegen den Stamm einer weit ausladenden Linde. Von deren Blättern und Ästen rann das Wasser zwar ebenfalls auf sie herunter, doch war es allemal besser, als jenseits des Baumes ungeschützt auszuharren.

Auf Magdalenas Nasenspitze perlte ein Tropfen. Sie schielte, um zu beobachten, wie er träge hinunterfiel. Schon rückte der nächste an seine Stelle. Rupprecht war ebenfalls tropfnass. Die Krempe seines Filzhuts hing schwer herunter, der helle Stoff seiner Jacke schimmerte schwarz vor Nässe. An Nase und Kinn rann das Wasser herunter. Einem Hund ähnlich schüttelte er sich, dass die Tropfen nach allen Seiten flogen. Sie zuckte zurück. Als sie Kinder gewesen waren, war sie über diese Geste jedes Mal in schallendes Gelächter ausgebrochen. Es rührte sie, dass er als Erwachsener daran festhielt. Den kurzen Moment seiner Unachtsamkeit hätte sie nutzen können, sich aus seinem Griff zu befreien. Dann aber hätte er vermutet, sie wollte vor ihm davonrennen. Dabei wollte sie sich ihm endlich stellen und offen mit ihm reden.

»Magdalena!« Rupprecht hielt ihre Handgelenke so fest umklammert, dass sie spürte, wie ihr die Finger blutleer wurden. »Warum kommst du nicht von dem Schurken los? Was muss Eric dir noch antun, damit du begreifst, dass er dir nichts Gutes will?« Verzweifelt verhakte sich sein Blick in ihrem. Der Regen platschte weiter auf die Hutkrempe.

Wenn sie ihn doch wenigstens dazu bewegen könnte, ins Trockene zu gehen! Die Linde auf dem langgestreckten Salzmarkt war ein denkbar schlechter Ort, um wichtige Gespräche zu führen, noch dazu bei diesem Wetter. Hinter Rupprechts Rücken ragten die Mauern des Anwesens von Bürgermeister Graser empor. Sie musste lachen, als ihr das klarwurde. Dass sie sich ausgerechnet vor dem Haus wiederfanden, von dem aus damals der Brand die ganze Stadt erfasst hatte, schien wie ein garstiger Fingerzeig des Schicksals. Im letzten Augenblick waren sie damals dem Tod entronnen, zum zweiten Mal nach Magdeburg. Auf wie viele bittere Erinnerungen blickten sie seither gemeinsam schon zurück? Was erwartete sie dieses Mal?

»Du bist derjenige von uns beiden, der nichts begreift. Weil du es nicht willst.« Sie drehte sich zur Seite, ein ungeschickter Versuch, sich doch von ihm loszureißen. Darauf packte er sie noch fester. Tränen stiegen ihr in die Augen. Er würde nicht glauben, dass es des Schmerzes wegen war. Er würde denken, sie weinte Erics wegen. Den ganzen Weg von der Apotheke hier hinauf hatte er ihr das vorgehalten. Warum war sie nur mit ihm gegangen? Ins Haus am Steinweg hatten sie gehen wollen, doch ohne es erklären zu können, hatten sie den Weg zum Salzmarkt eingeschlagen, um Ludwigs Informationen zu besprechen.

Gegen ihren Willen drehte sie Rupprecht den Kopf wieder zu und musterte ihn ausgiebig. Er dauerte sie. Dass er nicht merkte, wie es in Wahrheit um sie stand! Aber so war er immer schon gewesen. Wie gern würde sie ihm den Regen von den Wangen streichen, die Tropfen von den Lippen wischen! Sie näherte sich seinem Gesicht, mehr konnte sie seines Griffes wegen nicht tun. Brüsk stieß er sie weg.

»Lass das! Darauf falle ich nicht mehr herein«, sagte er. »Ich hätte es gleich wissen müssen. Stattdessen habe ich immer noch gehofft. Schon letztens, auf dem Weg hierher, als du dich im Wald an mich herangeschlichen hast, ist es mir ähnlich gegangen. Wie habe ich da nur denken können, du hättest wirklich mit Eric gebrochen? Wie habe ich auch nur einen Moment lang glauben können, es ginge dir tatsächlich um mich? Benutzt hast du mich die ganze Zeit über, mehr nicht.«

»Hör doch auf mit dem Unsinn. Wie kommst du nur darauf?« Sie versuchte, die Arme zu heben, ihn vielleicht doch zu umarmen, an sich zu ziehen. Er musste es endlich begreifen: Sie hatte sich für ihn entschieden! Ohne Eric ging es ihr viel besser. Allein Carlotta musste sie finden, dann war sie bereit für ihn, Rupprecht. Endlich, nach all den Jahren! Fast schien es, als wolle er das einfach nicht wahrhaben. Nicht mehr wahrhaben, ergänzte sie für sich.

»Wie ich darauf komme? Weil ich jetzt verstehe, welches Spiel du spielst! Eben, drinnen bei Ludwig, als er davon erzählt hat, was er über Eric weiß, da ist es mir aufgegangen. Von wegen ›mit Eric habe ich abgeschlossen‹. Keinen halben Tag ist es her, dass du mir das gesagt hast, und trotzdem bist du vorhin bei Ludwig nahezu vergangen vor Sehnsucht. Du hättest dich sehen sollen, wie du an seinen Lippen gehangen hast, als er erwähnt hat, dass Eric nach dir und mir sucht. Ekelhaft! Kaum zu halten warst du.« Er beugte sich vor und senkte drohend seine Stimme. »Doch ohne mich, das weißt du nur zu gut, ohne mich wird es dir nicht gelingen, nach Rothenburg zu deinem Geliebten zu finden. Nur mit meiner Hilfe kommst du mit Englund klar. Mich brauchst du, damit er dir weiterhilft. Das war immer schon so.«

Er lehnte sich wieder zurück. Seine dunklen Augen wirkten im Regenschatten der Linde noch düsterer. Mehrmals fuhr er sich mit der Zunge über die Lippen, dann sprach er weiter: »Wenn ich nur darüber nachdenke, wird mir schwindlig: all die Stunden, die ich im Kloster auf Englund eingeredet habe, dass du keine versoffene Hure, sondern eine der besten Wundärztinnen der Kaiserlichen bist – und wozu? Du ahnst nicht einmal, wie nah du am Abgrund entlanggeschlittert bist. Von dem Moment an, in dem uns die Schweden nach der Schlacht gefunden haben, hat Englund mit dem Gedanken gespielt, dich aufzuhängen. Rote Haare, grüne Katzenaugen, wie vom Teufel eingeritzt in dein spitzes Gesicht. Schon bei eurer ersten Begegnung ahnte er wohl, dass du ihm gefährlich werden kannst. Er spürte, dass du ihm bei seinem geliebten Vetter Eric im Weg stehst, ohne dass er es damals schon hätte benennen können. Vom ersten Augenblick an hat er dich gehasst.«

Er schöpfte Luft und wandte den Blick durch die lichter werdenden Äste der Linde zum Himmel. Eine Amsel landete im Baum und hüpfte Ast für Ast herunter. Unter ihrem geringen Gewicht stöhnten die dürren Zweige bereits. Dicke Regentropfen fielen herab. Aus tiefster Kehle entließ die Amsel einen rollenden Ruf. Die Pause hätte Magdalena nutzen können, Rupprecht zu widersprechen. Doch sie fühlte sich wie gelähmt, starrte auf die Amsel und mochte nicht begreifen, was er da gerade gesagt hatte.

»Längst wollte Englund dich im Kloster seinen Männern überlassen«, setzte er seine Tirade fort. »Ich aber habe gesehen, wie sie dich angeschaut, mit den Augen verschlungen und dabei ihre Säcke gekratzt haben. Denen war es gleich, in welchem Zustand du warst. Hauptsache, eine Frau, der man sein Glied bis zum Anschlag reinrammen kann. Glaub mir, das hättest du keinen Tag allein überlebt. Davon aber hast du nichts mitbekommen. Hast tagelang nur den Branntwein in dich hineingeschüttet und nichts von der schwelenden Gefahr bemerkt. Irgendwie hat Englund es mir doch abgenommen, dass ich dich als Helferin brauche. Eine Weile wenigstens hast du dich auch zusammengerissen. Doch dann hast du zu allem Überfluss Jossip den Arm abgesäbelt. Ausgerechnet Englunds kroatischem Augenstern. Jeder im Kloster wusste, dass der mehr für ihn war als nur der Bursche. Obendrein hatte ich ihn zuvor richtig behandelt, ihm die kantige Kugel im Schweiße meines Angesichts aus dem verdammten kroatischen Arm gezogen. Weiß der Teufel, was du angestellt hast, dass sich doch noch Wundbrand gebildet hat.«

Er rang nach Luft.

»Das ist nicht dein Ernst!«, entfuhr es ihr. Als sie aber sah, wie die Empörung, die ihn bei seinen Worten erfasst hatte, zum überstürzten Atmen zwang, schwieg sie wieder. Seine Brust hob und senkte sich wie im Fieber. Es blieb ihr nichts anderes zu tun, als ihn anzustarren und weiter zuzuhören. Es musste aus ihm heraus. Vielleicht war er danach bereit, die Wahrheit zu ertragen.

»Stell dir vor, was passiert wäre, hätte ich Englund im Kloster nicht davon überzeugt, dass du den Bernstein von Eric als Geschenk bekommen hast. Gleich war mir klar, was ihm das bedeutet. Eric scheint sein Ein und Alles zu sein, wahrscheinlich der letzte Überlebende seiner Familie. Den Bernstein trägt er als Zeichen Gottes, dass er ihn doch noch finden wird. Ohne mein Eingreifen aber hätte Englund dich auf dem Scheiterhaufen verbrannt. Vergiss das nie! Ohne mich ließe er dich fallen wie einen abgebrannten Kienspan. Selbst auf dem Weg von Würzburg hierher musste ich zwischen euch vermitteln. Wie sehr ihr beide euch hasst, hat man doch schon daran gesehen, wie ihr miteinander auf dem Pferd gehockt seid. Dabei ist er nicht viel besser als du.«

Abermals senkte er die Stimme, redete im drohenden Flüsterton weiter. »Auch er hat mich nur benutzt, um dich zu ertragen. Ohne mich könnt ihr beide nämlich nichts miteinander anfangen. Zu tief drin steckt ihr beide in eurer dämlichen Liebe zu diesem Schurken Eric, wenn auch jeder auf seine Art!«

Den letzten Satz hatte er ihr regelrecht entgegengeschrien, um dann in gewohnter Lautstärke fortzufahren: »Und ich soll es euch beiden richten, damit ihr so schnell wie möglich zu ihm kommt. Das habt ihr euch fein ausgedacht! Sobald er euch gegenübersteht, habt ihr mich dann vergessen. Ihr braucht mich nicht mehr und könnt mich wegscheuchen wie einen Hund, der einem lästig geworden ist. Zu eurem Pech aber habe ich endlich begriffen, was hier gespielt wird, und steige aus dem Spiel aus. Schaut doch selbst, wie ihr miteinander klarkommt!«

Noch einmal zerrte er an Magdalenas Handgelenken, dass ihr die Tränen kamen. Einen Aufschrei hielt sie angestrengt zurück, um ihm nicht zusätzlich Zunder zu geben. Derb versetzte er ihr einen Schubs nach hinten. Sie taumelte und fing sich im letzten Moment, bevor sie in den Dreck gefallen wäre. »Vielleicht schafft ihr beide es ja sogar allein bis Rothenburg, auch ohne mich. Ambrosius mag euch helfen. Gebete von dicken Kuttenträgern haben noch nie geschadet. Von mir aus kann euch auch dieser Ludwig beistehen. Dann werdet ihr einträchtig nebeneinander am Galgen baumeln, wenn die Schweden euch dort willkommen heißen. Oder ihr fallt unterwegs schon einem Rudel Räuber in die Hände. Viel Spaß, meine Liebe, du wirst bald also endlich wissen, wie es ist, für einen rammelnden Hundsfott die Beine breit zu machen.«

Ihre Hand fuhr nach oben. Sie holte aus, um kräftig zuzuschlagen, doch er zeigte sich unbeeindruckt. Mitten in der Bewegung hielt sie inne, während er weiterredete: »Englund guckt sicher gern zu. Zu mehr ist der sowieso nicht fähig, der alte heringfressende Jammerlappen!«

Er wandte das Gesicht ab und wollte weggehen, doch es gelang ihr, ihn am Ärmel festzuhalten und wieder zu sich herumzuziehen. Sie hatte gesehen, wie ihm die Tränen über die Wangen liefen. Zwei-, dreimal schöpfte sie nach Luft, kniff die Augen zusammen. Seiner Tränen hätte es nicht bedurft. Sie wusste auch so, was zu tun war. Ehe er sich versah, schlang sie ihm die Arme um den Hals und presste ihr Gesicht gegen seines. »Du argwöhnischer Narr! Du bist so blind vor Eifersucht, dass du wirklich nicht mehr sehen kannst, was wirklich geschehen ist.« Damit konnte auch sie die Tränen nicht mehr halten und schluchzte los.

Sie wusste selbst nicht mehr, wie lange sie so dagestanden und miteinander geweint hatten. Irgendwann fanden sie sich vor dem halbverfallenen Anwesen wieder, in dem Magdalena mit Babette und ihrem Vater einst untergekommen war, direkt neben dem Quartier des hochverehrten, tapferen Tilly. Ihr Blick wanderte über die Mauerreste und einen verkrüppelten Pflaumenbaum, an dem noch ein Dutzend welker Blätter im Wind zappelten. Dahinter ragte eine Scheune empor. Ihr Herz stockte. »Die Scheune!«

»Was ist?« Rupprecht folgte ihrem Blick und sah sie erstaunt an.

»Hat die schon immer hier gestanden, so nah am Haus?«

»Woher soll ich das wissen?«, erwiderte er verständnislos. »Alt ist sie in jedem Fall. Könnte gut sein, dass sie damals nicht mit abgebrannt ist. Schau, da hinten am Tor sind zwar deutliche Spuren eines Feuers, aber es hat den Anschein, als hätte sie das unbeschadet überstanden.«

Sie hielt sich an ihm fest, als sie auf das Grundstück gingen, um es sich genauer anzusehen. Es würde ihr keine Ruhe lassen, das wusste sie. Sosehr sie auch davor zurückschreckte, dass das wirklich die Scheune war, in die sie vor langer Zeit das Bündel Mensch geworfen hatte.

Endlich hatte der Regen nachgelassen. Das stete Nieseln nahmen sie schon gar nicht mehr wahr, so sehr hatten sie sich in den letzten Wochen daran gewöhnt. Die Nässe sorgte dafür, dass sie nicht erkennen konnten, wie alt das Holz war, aus dem die Scheune erbaut worden war. Alles war dunkelschwarz, ganz gleich, wie lang es schon stand.

»Damals dachte ich, mein Vater wäre weit mit uns aus der Stadt herausgelaufen, um uns vor den Flammen zu retten. Dabei ist er wohl nur mit uns in den Garten gegangen.«

»Was spielt das für eine Rolle?« Rupprecht wandte sich zum Gehen. Erst da fiel ihm auf, dass sie sich nicht vom Fleck rührte und wie gebannt in eine Ecke direkt neben dem Scheunentor starrte. Etwas Helles blitzte aus dem Unrat auf, der sich dort seit Jahren sammelte. Sie beugte sich vorsichtig darüber und stocherte mit einem kleinen Ast darin herum. Es war ein Stück Stoff, ein Streifen Leinen, wie sie ihn bei Operationen als Verband benutzten. Oder Roswitha, wenn sie ein frisch geborenes Kind gleich nach der Geburt eingewickelt hatte. Ihr wurde flau, alles um sie herum begann sich zu drehen. »Das kann nicht sein!«, stieß sie hervor und tastete nach der Wand, um sich abzustützen.

»Magdalena, was ist los?«

»Das Kind! Ich habe es gefunden! Das muss ich Babette sagen. Es liegt noch da!«

»Welches Kind? Warum musst du das deiner Mutter sagen? Hast du den Verstand verloren?« Er rüttelte sie und versetzte ihr schließlich wieder eine kräftige Maulschelle, dass ihr die Wange brannte. Das brachte sie zur Besinnung. Sie hielt sich die schmerzende Stelle und zwang sich, noch einmal zu der Stelle hinzusehen. Ein Stück Papier lag dort, halb angekohlt, daneben ein paar helle Birkenblätter, herübergeweht von dem Nachbargrundstück. Dort, wo sich früher einmal die Stallungen befunden hatten, in denen Rupprecht und all die anderen Wärme gesucht und Feuer gestiftet hatten, ragte ein schmaler, weißer Stamm einsam in den grauen Herbsthimmel empor.

»Ich habe mich wohl geirrt. Es kann ja gar nicht sein, dass das noch hier liegt. Nach all den Jahren! Komm, lass uns endlich zu Englund gehen, damit wir fortkommen von hier und endlich mein Kind wiederfinden.«

23

Je näher sie Rothenburg kamen, desto ungeduldiger rutschte Englund im Sattel hin und her. Magdalena wagte jedoch nicht, etwas zu sagen. Seine Unruhe verstand sie nur zu gut. Auch sie war davon überzeugt, kurz vor dem Ziel zu stehen. Ludwigs Erzählung ließ keinen Zweifel, dass es sich bei dem rotblonden Mann in Rothenburg um Eric handeln musste. Offensichtlich durchkämmte er die Gegend auf der Suche nach ihr. Und wo Eric war, das spürte sie, musste auch Carlotta sein. Für sie war es undenkbar, dass er ihr Kind, seine eigene

Tochter, im Stich gelassen hatte. Nur um sie zu finden, wollte sie zu Eric.

Bei Anbruch der Dämmerung hofften sie, in der Stadt ob der Tauber einzutreffen. Noch an diesem Abend also würde sie die Kleine endlich wieder in die Arme schließen. Zum tausendsten Mal glitten ihre Finger suchend über ihre Brust, um den Bernstein zu fassen. Sie brachte es nicht über sich, von dieser Gewohnheit zu lassen. Dabei hatte sich längst gezeigt, dass sich auch ohne den Schutz des Steines alles zum Guten wendete. Vorsichtig linste sie zur Seite. Kerzengerade saß Rupprecht im Sattel. Als spürte er ihren Blick, wandte er leicht den Kopf und blinzelte ihr beruhigend zu. Den Bernstein brauchte sie nicht mehr. Englund würde ihr das Stück ohnehin nicht mehr zurückgeben, nicht einmal Carlotta zuliebe.

Tief atmete sie durch, rief sich Carlottas zartes Gesichtchen ins Gedächtnis, roch den Duft ihrer Haut, meinte die Weichheit ihrer rotblonden Locken auf den Wangen zu spüren. Kaum ein ganzer Tag mehr, und sie waren wieder vereint! Beglückt sandte sie gleich ein halbes Dutzend Dankgebete gen Himmel. Die Regenwolken hatten sich aufgelöst, dennoch wölbte sich der Himmel weiterhin trüb und dunkel über ihnen. Wenigstens mussten sie sich dieses Mal nur gegen den eisigen Wind wappnen und nicht noch die stete Feuchtigkeit der ersten Reise vor wenigen Wochen ertragen.

Magdalena rückte das Säckchen zurecht, das sie am Gürtel trug. Darin hatte sie einige Kräuter und Röhrchen mit Tinkturen gesteckt, die Ludwig ihr überlassen hatte. Eine wirksame Medizin gegen Erkältung fand sich darunter natürlich auch. Rupprecht hatte ebenfalls einen schweren Beutel mit zahlreichen Arzneien gepackt. Ihre Geschichte, warum sie heimlich den Umweg über Königsberg in Franken hatten einschlagen und die Männer um Lindström hatten warten lassen müssen, würde man ihnen glauben müssen. Selbst Englund war sofort überzeugt gewesen.

Wie gut, dass Rupprecht bei ihr war! Er hatte sich wahrlich als besserer Talisman entpuppt als der Bernstein. Mit ihm an der Seite wurde alles gut. Carlotta streckte bald schon ihre Ärmchen nach ihr aus, das allein zählte. Am liebsten hätte sie dem Pferd selbst die Sporen gegeben. Noch war Englund allerdings nicht bereit, die Zügel aus der Hand zu geben.

Ihr Vorhaben, lediglich zu dritt und ohne bewaffnete Begleitung nach Rothenburg zu reiten, war gewagt. Hinter jeder Wegbiegung konnte das Unglück lauern. Die Gegend zwischen Main und Tauber war unübersichtlich, und der Steigerwald im Osten lockte viele Schurken an. Selbst ihr Königsberger Gastgeber, der sonst so wortkarge Stadthauptmann, hatte ihnen anlässlich ihres überstürzten Aufbruchs erstaunlich beredt das ganze Ausmaß der drohenden Gefahren vor Augen geführt. »Keine Woche mehr, und die Kaufleute stehen wieder in der Tür«, brachte er als letzten und wichtigsten Grund an. »Unter deren Schutz seid ihr doch schon von Kitzingen bis hierher geritten. Du kennst sie, Englund, vertraust ihnen wie deinen eigenen Leuten. Sei nicht töricht und warte lieber noch auf sie, statt heute schon davonzueilen.« Als der Hauptmann an seinem Vorhaben festhielt, fügte er noch hinzu: »Die haben wenigstens eine Handvoll schwerbewaffneter Schützen dabei. Mit denen wäre euer Weg bis Würzburg gesichert.«

Rupprecht und Magdalena befürchteten schon, der Hauptmann könnte einlenken, als der erstaunlich schroff reagierte: »Bis nächste Woche können wir nicht warten. Pistolen trage ich selbst bei mir, und zu viert werden wir uns schon zu verteidigen wissen. Außerdem haben wir schnelle Pferde. Ich kenne den Weg wie meine eigene Westentasche. Nichts wird uns geschehen.«

»Außer dir weiß keiner der drei anderen mit Waffen umzugehen.« Wieder schüttelte der Stadthauptmann besorgt den Kopf. »Die versteckten Wege zwischen Main, Tauber und Steigerwald kennst außerdem nicht nur du. Marodierende Soldaten und Bauern streunen dort umher. Seit Jahren ist dort das Recht außer Kraft gesetzt. Die Gauner kennen nicht nur die Wege, sondern auch die besten Plätze für einen Hinterhalt. Gegen die habt ihr im Zweifelsfall keine Chance.«

So vernünftig die Einwände klangen, fand Magdalena sie nicht allein ihrer eigenen Ungeduld wegen überflüssig. Insgeheim hatte sie den ehemaligen Stadthauptmann im Verdacht, ihm graute vor der Abreise, weil er dann wieder mit der kaum sichtbaren Magd allein hausen musste. Bis die Kaufleute zurückkehrten, konnte alles Mögliche geschehen. In einem der letzten noch intakten Häuser zu wohnen und zu alt zum Schießen oder Fechten zu sein stellte wohl eine weitaus größere Gefahr dar, als zu viert nach Rothenburg zu reiten. Wahrscheinlich graute ihm auch vor der Stille, die sich über das Haus senken würde. Die alte Magd fand noch weniger Worte als er, um sich zu verständigen.

Ambrosius, der sich die ganze Zeit über still verhalten hatte, schaltete sich nun ins Gespräch ein: »Ich bin euch eine ziemliche Last. Ich kann nicht gut reiten und bin viel zu schwer, so dass der Gaul nicht mit euch Schritt halten kann. Er muss schließlich auch noch Rupprecht tragen. Mit Pistolen weiß ich sowieso nicht umzugehen, geschweige denn mich sonst irgendwie nützlich zu machen, wenn es einen Überfall gibt.«

»Du willst also hierbleiben?«, fragte Englund und schmunzelte dabei zu ihrer aller Erleichterung sogar. »Dann bleib. Drüben in der Apotheke wirst du genug zu tun finden. Und auch unser Gastgeber wird sich über Gesellschaft freuen. Du bist ein freier Mann, Ambrosius.«

Verblüfft starrte Ambrosius ihn an. Auch Rupprecht riss Mund und Augen weit auf. Magdalena beobachtete, wie seine Mimik zwischen Erstaunen, Neid und Freude wechselte. Der Mönch schnappte nach Luft, bevor er endlich in der Lage war, sich zu äußern: »Danke für deine Großzügigkeit. Ich weiß sie zu schätzen.« Verschämt wischte er sich über die Augen. Auch Magdalena fiel es nicht leicht, von ihm Abschied zu nehmen. Rupprecht warf ihr einen Blick zu, den sie nicht zu deuten wusste. Am nächsten Tag fiel ihr auf, dass er offenbar bewusst darauf verzichtete, Ambrosius zum Abschied die Hand zu reichen.

So waren sie also am nächsten Tag nur mehr zu dritt aufgebrochen: Magdalena mit dem Hauptmann auf dem Rappen vorweg, Rupprecht allein auf dem kräftigen Braunen hintendrein. Als sie zum Schützentor hinausritten, hoben sie die Hand zu einem letzten Gruß. Keiner von ihnen wandte jedoch den Blick, um zu sehen, wie Ambrosius, der alte Stadthauptmann und die stumme Magd ihnen vom Hoftor aus nachwinkten.

So leichtfertig Englund den Schutz der Kaufleute in den Wind geschlagen hatte, so umsichtig erwies er sich trotz allem. »Hier«, sagte er knapp und streckte Rupprecht an der ersten Biegung hinter dem Stadttor bereits eine seiner Pistolen entgegen. »Es ist wohl besser, du hast auch eine. Auch den Dolch wirst du gut brauchen können. Ich nehme an, du kannst mit so etwas umgehen.«

»Klar.« Rupprecht beugte sich hinüber, um die Waffen anzunehmen, und verstaute sie griffbereit am Sattel. Magdalena bemerkte das kaum sichtbare Zucken um seine Mundwinkel. Als hätten sie sich abgesprochen, begegneten sich kurz ihre Blicke. Er schüttelte den Kopf, sie nickte. Das genügte, um sich einig zu sein, die Situation nicht auszunutzen und Englund in den Rücken zu fallen. Er konnte sich auf sie verlassen. Sie hatten ihm ihr Wort gegeben.

Bis Haßfurt hinunter und dann mainabwärts an Schweinfurt vorbei nach Marktbreit verlief die Reise unproblematisch. Wie schon auf dem Hinweg erwies Englund sich als ausgezeichneter Kenner der Gegend, wusste Umwege zu vermeiden und gefährliche Stellen, in denen ein Hinterhalt lauern mochte, zu umgehen. Auch fand er immer wieder ohne Schwierigkeiten Unterkünfte für die Nacht. Insgeheim wunderte sich Magdalena, wie viele Menschen er so gut kannte, dass sie ihm und seinen Begleitern willig die Türen öffneten.

Das Grau des Himmels war inzwischen in ein lichtes Weiß übergegangen. Gelegentlich blitzte bereits ein gleißender Fleck Sonnenschein hindurch. Aus einer Wolkenlücke ergoss sich einmal sogar ein regelrechtes Sonnenbad, das ihnen die Rücken wohlig wärmte.

Den Wald hatten sie nun hinter sich gelassen und ritten wohlgemut über die Felder auf Rothenburg zu. Die trutzigen Befestigungsanlagen waren schon von weitem gut zu erkennen. Rechts und links der Straße verrieten die Felder, dass dort vor nicht allzu langer Zeit zahllose Reiter, Fußvolk und Karren entlanggezogen waren. Wie so oft hatten sich die Spuren tief in die Erde eingegraben und jeden Schössling zerstört und das Getreide zertrampelt. Hungrig waren die Menschen der Gegend anschließend darübergekrochen, die Augen tief auf die Erde gerichtet, die Finger über den Boden tastend auf der Suche nach den letzten Körnern, mit denen sich Mehl fürs Brot mahlen ließ. Viel dürften sie nicht gefunden haben. Heer und Tross pflügten die Felder gemeinhin gründlicher, als so mancher Bauer es in besseren Zeiten getan hatte. Traurig breiteten sich die vielfach geschundenen Äcker nun aus und kündeten von einem weiteren schweren Winter ohne ausreichend Nahrung für alle. Gelegentlich passierten Magdalena und ihre Begleiter leerstehende Scheunen und Heuschober, entdeckten verlassene oder gar niedergebrannte Bauernhöfe.

»Willst du wirklich in die Stadt?«, fragte Rupprecht Englund und zügelte sein Pferd. »Ich glaube kaum, dass ein einzelner schwedischer Hauptmann dort sonderlich gelitten ist.«

»Da hast du recht. Deshalb werden wir uns da vorn an der Wegbiegung links halten. Ich kenne ein Gehöft, das Eric oft aufgesucht hat. Es muss gleich hinter dem Wald liegen. Vielleicht finden wir dort sogar eine Nachricht vor.«

Der Weg mündete alsbald in einen kleinen Mischwald. Das Gestrüpp nahm zu, der Weg wurde enger und unübersichtlicher, und das dichte Blätterdach schirmte das Tageslicht nahezu vollständig ab. Die Hufschläge klangen dumpf auf dem weichen Waldboden. Kaum ein Vogelzwitschern war zu hören, keine Maus raschelte durch das Gras. Magdalena wurde unheimlich. Selten hatte sie sich in den letzten Tagen geängstigt, doch plötzlich glaubte sie zu wissen, dass sie sich dieses Mal weder auf Englunds Umsicht noch auf ihr Glück verlassen konnten. Ihre Begleiter schienen ihre düsteren Gedanken zu ahnen. Rupprecht warf ihr immer wieder aufmunternde

Blicke zu und wich nicht von ihrer Seite. Englund schob sich von hinten dichter an sie heran, als wollte er sie so seiner schützenden Gegenwart versichern.

Schon bald lichtete sich der Wald. Ein kleines Dorf auf einer Anhöhe schob sich in ihren Blick. Davor liefen die brachliegenden Felder in einer Ebene aus. Magdalena atmete auf. Jemand stand dort oben bei dem größten der Gebäude auf dem Hügel und winkte zu ihnen herunter. Auch wenn er oder sie klein wirkte wie eine Ameise, war die freudige Bewegung des Armes deutlich zu sehen. Schon wollte sie zurückwinken, da erhob sich plötzlich lautes Geschrei.

Keine zwei Augenblicke später fanden sie sich umzingelt von schwerbewaffneten Soldaten. Die Waffen dicht vor ihren Gesichtern klickten, als die Hähne gespannt wurden. Magdalena spürte, wie Englund nach seiner Pistole tastete, doch da richtete sich ein langer Gewehrlauf direkt auf seinen Kopf. Sie schielte aus den Augenwinkeln hinüber und erkannte Lindström. Ausgerechnet derjenige, dem Englund in seinem Trupp vertraut hatte, erhob nun als Erster die Stimme gegen ihn. Seltsamerweise sprach er Deutsch, so dass sie alles verstand. Oder war es nur die eindeutige Situation, die sie sogar das Schwedisch der Soldaten begreifen ließ?

»Da bist du also endlich, Englund. Genau, wie unser Kundschafter es angekündigt hat. Braver Bursche, wenn auch schon so alt.«

Magdalena erstarrte und mied Rupprechts Blick. Sein Misstrauen gegenüber Ludwig war also berechtigt gewesen. Der alte Feldscher hatte sie schmählich verraten! Sie kämpfte mit den Tränen.

Lindström kostete seinen Triumph aus: »Eure Reise ist zu Ende. Englund, du bist festgenommen. Kannst dir den Grund wohl denken. Auf Fahnenflucht steht der Galgen. Hättest dich ruhig schon ein bisschen früher auf die Socken machen können. Sehnsüchtig warten wir bereits seit Tagen auf deine Rückkehr.«

Sein Blick wanderte zu Magdalena. Aufreizend schob er die Zunge durch die Zähne und ließ sie langsam über die Lippen gleiten.

»Schön, dass du die Kleine wieder mitgebracht hast. So können wir alle Rechnungen begleichen. Mir war so, als wäre da noch etwas offen.«

Mit dem Kopf wies er über die Schulter nach hinten, bevor er den nächsten Befehl erteilte. »Schnappt euch auch den schwarzen Teufel da hinten, Männer. Aber vergesst nicht: Feldscher wie ihn und die kleine Rothaarige können wir gut gebrauchen. In Bayern warten genug Verwundete auf heilsame Hände. Also, los jetzt. Worauf wartet ihr.«

Ein Schuss knallte. Im nächsten Moment fiel etwas Schwarzes vom Himmel herab. Die Soldaten lachten. Ohne zu zielen, hatte Lindström den einzigen Vogel weit und breit erledigt.

24

Wie so oft in den letzten Wochen stand Eric draußen auf der Kuppe und starrte in die Ferne. Berta beschrieb es Elsbeth, als sie zu der Kranken in die Kammer trat. Elsbeths Fieber war in den letzten Tagen wieder stark gestiegen und zwang sie ins Bett. Schnaufend mühte sie sich, sich zum Sitzen aufzurichten, doch ihr Körper war zu schwach. Erschöpft sank sie in die Kissen zurück, winkte Berta zu sich und umklammerte wie eine Ertrinkende ihr Handgelenk.

»Sag mir, wie er aussieht, ganz genau!« Ihre Worte kamen abgehackt, die Pausen dazwischen waren von rasselndem Husten gefüllt. »Geh ans Fenster und sieh ihn dir an.«

Mit einem tiefen Bellen löste sich der Schleim aus ihrer Brust. Schwer atmend rang sie nach Luft. Bertas Gesicht verschwamm vor ihren Augen. Dunkel meinte sie sich zu erinnern, dass die alte Frau schwarze, von silbrigen Fäden durchzogene Haare hatte, die sie zu einem strengen Knoten nach hinten trug. Die Farbe der Augen wollte ihr allerdings nicht mehr einfallen. Je mehr sie versuchte, sie durch Zusammenkneifen ihrer Augen zu erkennen, desto mehr verwischte jede Kontur, lösten sich die Farben um sie her in nebliges Grau auf. Einzig der große, schmallippige Mund Bertas stand ihr deutlich vor Augen.

»Wie du meinst.« Es schien ihr, als zuckte Berta gleichgültig mit den Schultern, bevor sie zum Fenster ging. Mit jedem Schritt schien sie sich mehr in Roswitha zu verwandeln. Ein Schauer lief Elsbeth über den Rücken. Fast hatte sie die alte Hebamme aus dem Tross vergessen. Magdalenas Verbündete. Auf einmal aber war sie wieder bei ihr, watschelte wie eine Ente umher, schnaufte und schüttelte den Kopf und missbilligte alles, was Elsbeth tat. Gemocht hatte Roswitha sie nie, trotzdem hatte sie ihr Magdalenas Kind an die Brust gelegt und nie daran gezweifelt, dass sie zum Wohl der Kleinen handelte.

»Also war es doch recht gewesen!«

Bertas gewaltiger Schatten am Fenster fuhr herum. Elsbeth erschrak. Sie musste den Satz laut ausgerufen haben. »Was?« Verwundert tönte Bertas volle Stimme vom Fenster herüber. »Was war recht gewesen? Was redest du da?«

»Nichts!«, sagte Elsbeth und erahnte, dass die Alte sie weiter betrachtete. Sie sollte doch auf Eric blicken, nicht auf sie!

So gut es ging, schob sie sich wieder auf, spürte das Zittern am ganzen Leib, kaum gelang es ihr, in der Senkrechten zu bleiben. Im Kopf drehte sich alles. Schwer kippte der Schädel abermals nach hinten ins Kissen. Verfluchtes Fieber! Sie fasste sich an den Kopf und hielt kurz darauf etwas Weiches, Flaumiges in der Hand. Sie musste nichts sehen, um zu wissen, dass es sich um ein weiteres Büschel ihrer einst so golden glänzenden Haare handelte. Ärgerlich schüttelte sie es ab, hustete sich dabei fast die Seele aus dem Leib.

Ein Schuss krachte. Wie auf Kommando drehten die Frauen die Köpfe zueinander. Elsbeth, die noch immer kaum mehr als grauen Nebel und Bertas dunklen Umriss am Fenster wahrnahm, bekam es mit der Angst zu tun.

»Nur ein Vogel«, sagte Berta. »Da hat einer wohl einen Vogel abgeschossen. Kämen Marodeure oder ein Trupp Soldaten angeritten, hätte es längst mehr Geschrei gegeben. Auch die Männer im Hof hätten längst was gemerkt. Da draußen aber rührt sich niemand.«

»Nicht einmal Eric?« Sie hatte lange gebraucht, bis sie die Frage deutlich aussprechen konnte.

Berta erwiderte nichts. Wenn Elsbeth die Schemen richtig deutete, sah die Alte weiter durch das Fenster nach draußen, stellte sich gar auf die Zehenspitzen und reckte den Kopf ins obere Sprossenfenster, um bessere Sicht zu haben. Oder träumte Elsbeth das alles nur? Von weit her klang Bertas Stimme schließlich zu ihr herüber: »So von hinten wirkt Eric nach wie vor kräftig, als wäre ihm nichts geschehen. Der dicke Umhang verdeckt gut, dass er die Schultern vorbeugt wie ein alter Greis. Auch dass er kaum mehr etwas auf den Rippen hat, ist so nicht richtig zu sehen. Wenn du ihn aber direkt vor dir hast, merkst du sofort, wie sehr er in den letzten Wochen gelitten hat. Hohlwangig ist er geworden. Tief haben sich die Falten an der Nasenwurzel eingegraben, das klare Blau seiner Augen ist lang schon verschwunden. Auch die Grübchen um den Mund sind nicht mehr da. Lachen kann er sowieso nicht mehr, nicht mal, wenn er die kleine Carlotta auf dem Schoß hat. Es ist schrecklich! Fehlt nur, dass ihm die Haare grau werden. Dabei ist er kaum älter als Mitte zwanzig. Und Hände hat er auch auf einmal wie ein Großvater. Fahl und verbraucht sehen die aus, zittern wie Espenlaub. Kann natürlich daran liegen, dass er nichts mehr mit ihnen anzufangen weiß. Ausgerechnet Eric, so ein gestandenes, kluges Mannsbild!

Gerade mal ein Jahr ist es her, dass er uns den Heuschober draußen hergerichtet hat, dass er wie neu ist. Und jetzt? Nicht mal einen Nagel hat er eingeschlagen, seit er vor Wochen mit dir und dem Kind auf den Hof gefahren ist. Kein Brett hat er gezimmert oder eine schiefe Tür gerichtet. Kein Wunder: Erst sucht er drüben in Rothenburg tagelang nach Magdalena und dem zweiten Feldscher, schleicht bei größter Gefahr für Leib und Leben durch die Gassen, und dann sagst du ihm, Magdalena wäre tot! Also war alles, was er getan hat, umsonst.«

Berta schüttelte den Kopf. Von oben sah sie anklagend auf Elsbeth herab. Elsbeth erschrak über die Deutlichkeit, mit der sie die einzelnen Gesichtszüge auf einmal vor Augen hatte. Sie hatte gar nicht gemerkt, dass die Alte an ihr Bett zurückgekehrt war. Das hohe Fieber ließ die Abstände zwischen Wachen und Träumen kürzer werden, vermischte mehr und mehr ihre Wahrnehmungen. Vielleicht war auch das gerade nur ein böses Hirngespinst? Müde schloss sie die Augen. Sie ertrug es nicht, dieses Gesicht so nah vor sich zu haben.

»Wenigstens hat es aufgehört zu regnen.« Berta tat so, als bemerkte sie nicht, wie es um Elsbeth stand, und redete ungerührt weiter. »Nicht dass er auch noch krank wird. Reicht gerade, dass du nicht mehr aus dem Bett rauskommst.«

Ohne Vorwarnung schlug sie die Bettdecke zurück und schob das leinene Hemd hoch. Elsbeth war nicht in der Lage, schnell genug ihre Blöße mit den Händen zu bedecken. Ungeniert wanderte Bertas Blick über ihren Leib. Elsbeth kniff die Lippen zusammen und sah zur Seite. Sie ahnte, wie erbärmlich sie aussah. Die wochenlange Krankheit hatte sie abmagern lassen. Die einst so drallen Brüste waren zusammengeschrumpelt wie welkes Obst aus dem Vorjahr. Von den prächtigen Rundungen um Hüfte und Schenkel war nichts mehr zu erahnen. Spitz ragten die Knochen hervor, ließen jede Rippe einzeln erkennen. Rote Flecken übersäten die Haut. Elsbeth stöhnte auf, als sie Bertas eiskalte Finger darauf spürte. Unsanft zerrte die Alte an ihr, bis sie ganz auf der Seite lag. »Aua!« Zu mehr als einem verzweifelten Aufschrei war sie nicht mehr fähig. Sie keuchte und schnaufte, brachte nicht einmal ein Husten zustande, obwohl der Schleim ihr den Atem nahm. Schon tasteten Bertas Finger über die wunden Stellen am Rücken, die vom wochenlangen Liegen rührten. Elsbeths Protest wurde schwächer, obwohl das Drücken und Abtasten weiterhin schmerzte.

Lautlos rannen ihr die Tränen über die Wangen, während Berta weiterplapperte: »Das ist nicht allein die Franzosenkrankheit. Mit der könntest du gut noch ein paar Jahre leben. Dein Pech ist, dass dich das Fieber gar nicht mehr loslässt. Dass du ausgerechnet in dem Zustand tagelang im Regen gehockt hast, statt irgendwo im Trockenen gepflegt zu werden, ist dir wohl tiefer in die Knochen gefahren, als du dir vorstellen kannst. Seit deiner Ankunft habe ich Eric zuliebe zwar alles getan, um dir zu helfen. Genutzt hat es aber nichts. Lang wird es wohl nicht mehr dauern.«

Sie nahm einen Tiegel Salbe vom Schemel und langte tief mit den Fingern hinein. Aus den Augenwinkeln beobachtete Elsbeth, wie sie den spröden, gräulichen Hirschtalg zwischen den Fingern knetete, bevor sie ihr damit den Rücken einstrich. Dass die Fieberschübe sie ausgerechnet in solchen Momenten im Stich ließen! Als wäre es Absicht, ihr Leiden zu verstärken, erlebte sie Bertas Behandlungen stets bei vollem Bewusstsein, sah jedes verächtliche Mienenspiel auf dem Gesicht der Alten tausendfach verstärkt vor sich. Nicht einmal ins Husten konnte sie sich flüchten. Mitleidlos erfolgten Bertas Handgriffe, ohne Rücksicht darauf, dass sie vor Schmerzen aufstöhnte. Ruppig drehte Berta sie anschließend wieder auf den Rücken und sah abermals von oben auf sie herab. Noch immer konnte Elsbeth sich nicht in erlösende Fieberträume retten, noch immer sah sie alles überdeutlich.

»Besser wäre es wohl gewesen, ich hätte mir die teuren Tropfen und all den Aufwand gleich gespart.« Die Haut an Bertas Händen schmatzte, als sie den restlichen Talg darin verrieb. Die Finger glitten bis zu den Ellbogen hinauf, um nichts von dem Talg zu verschwenden und gleichzeitig der arg beanspruchten Haut etwas Gutes zu tun.

Mit Grauen erinnerte sich Elsbeth, wie ledern sich Bertas Haut anfühlte. Unter dem Vorwand, etwas gegen die Franzosenkrankheit zu unternehmen, hatte die Alte sie in den vergangenen Wochen immer wieder mit stinkenden Einreibungen gequält, ihr beißende Aufgüsse bereitet und die von Knoten befallenen Stellen zwischen den Schenkeln und an ihrer

Scham mit den Fingern begrapscht. Allzu gern hatte Berta zu den seltsamsten Methoden gegriffen, um angeblich die Heilung voranzutreiben. Elsbeth traute der Bauersfrau jedoch nicht. Manches, was Berta tat, kannte sie, weil sie früher Magdalena und Roswitha bei ihren Patientinnen ähnliche Maßnahmen hatte anwenden sehen. Oft aber griff Berta auch zu ganz Eigenartigem, etwa wenn sie unter unverständlichem Gemurmel bunte Körner in eine Kerzenflamme rieseln ließ und anschließend das Wachs auf Kräuterblätter strich, die sie ihr heiß auf die nackte Scham presste, genau dorthin, wo sich die verräterischen Knötchen und Geschwüre erstmals gezeigt hatten.

Auch den Henker hatte Berta herbestellt, ihn geheißen, für eine Nacht das Lager mit Elsbeth zu teilen. Angewidert dachte Elsbeth daran, wie grob der Kerl mit ihr umgesprungen war, bevor er endlich seine Lust ausgelebt hatte. Alle Kniffe, die sie vom Umgang mit Männern wie Seume oder Strecker gelernt hatte, hatten bei ihm nicht gefruchtet. Der Henker hatte seine eigene Art, mit Frauen umzuspringen. Dass er zu allem Überfluss als Lohn für seine Ungeschlachtheit hinterher von Berta die Taler erhielt, die Elsbeth sich aus Seumes Truhe stibitzt hatte, machte alles noch schlimmer. Wie wenig seine Dienste ihr genutzt hatten, scherte sie dabei weniger als die Tatsache, dass sie nun gar kein Geld mehr besaß und somit ganz und gar auf Bertas und Erics Wohlwollen angewiesen war. Ein weiteres Bellen grollte aus ihrer Kehle.

Berta schien in ähnlichen Bahnen zu denken: »Wenigstens hast du Geld genug gehabt, dass ich weder dem Henker etwas schuldig geblieben bin noch selbst große Auslagen deinetwegen hatte. Du wirst nichts dagegen haben, dass ich den Rest aus deinem Beutel für Carlotta aufbewahre. Wenigstens ein kleiner Trost, dass du das arme Ding seiner Mutter gestohlen hast.«

»Woher weißt du …?« Schreckensbleich fuhr Elsbeth aus den Kissen und fühlte im nächsten Moment gewaltigen Schwindel. Es traf sie wie ein Schlag auf den Kopf. Abermals brach sich der schwere Husten Bahn, schüttelte ihren Körper. Schließlich umfing sie Schwärze, und sie fiel in ein tiefes Loch.

Die Geräusche draußen vor der Stube rissen sie aus der Ohnmacht. Schwere Stiefelschritte knallten über die Holzdielen. Ohne Klopfen wurde die Tür aufgestoßen, und eine große, breitschultrige Person kam herein. Ungläubig blinzelte Elsbeth dem Eindringling entgegen, froh, dass sie endlich wieder klarer sehen konnte als vorhin. Vorsichtig schob sie sich in den Kissen auf. Eric war in ihre Kammer getreten, dicht gefolgt von Berta. Sie hatte nicht einmal bemerkt, dass die Alte die Kammer verlassen hatte. Schnaufend quetschte Berta ihre gedrungene Gestalt an Eric vorbei und ging zum Bett. Noch bevor Elsbeth sich wegdrehen konnte, legte sie ihr die eiskalte Hand auf die Stirn.

»Das Fieber ist gesunken.« Prüfend hob sie mit den Fingern die Lider an und stierte ihr in die Augen. Anschließend versetzte sie ihr zwei leichte Ohrfeigen und grunzte zufrieden. »Jetzt ist sie wieder bei sich. Nutz die Zeit und frag sie, was du zu fragen hast. Oft wird sie sicher nicht mehr bei Sinnen sein.« Schnaufend ließ sie sich auf dem Schemel neben dem Bett nieder.

Einen Moment verharrte Eric mitten im Raum, dann trat er mit zögernden Schritten näher. Von oben sah er auf Elsbeth hinunter, bis ihm die Situation zu unbehaglich wurde und er langsam auf die Bettkante sank.

»Was ist?«, fragte Elsbeth. Jetzt, da das Fieber gesunken war,

war auch der Schleier vor ihren Augen verschwunden. Berta hatte recht gehabt: Aus der Nähe betrachtet, wirkte Eric um Jahre gealtert. Das lag allerdings nicht nur an der Magerkeit und den hochgezogenen Schultern. Auch die rotblonden Bartstoppeln auf Kinn und Wangen sowie das tief in den Nacken reichende Haar taten das Ihre, ihn alt und ungepflegt wirken zu lassen. Selbst unter den Fingernägeln bildeten sich breite, schmutzige Trauerränder. Das leinene Hemd schlackerte um seine Brust, der Zustand seiner Hosen und Stiefel war nicht minder erbärmlich. Nie hätte er sich früher so gehenlassen.

»Was war das eben für ein Schuss?«, fragte sie, als er weiter schwieg. Von neuem musste sie erst den Husten abwarten, bevor sie weitersprechen konnte. »Hast du nichts gesehen? Du hast doch vorn an der Kuppe gestanden.«

»Hat Berta dir das erzählt?« Er wartete ihren erneuten Hustenanfall ab und sah unterdessen zwischen ihr und Berta hin und her, bevor er antwortete. »Drei Reisende sind von einem Dutzend schwedischer Soldaten in Empfang genommen worden. Sah aber ganz friedlich aus. Marodeure waren es offensichtlich keine. Die haben sich alle gekannt. Gekämpft haben sie jedenfalls nicht miteinander. Kurz sind sie abgestiegen, haben miteinander geredet, dann sind sie Richtung Rothenburg davon.«

»Aber trotzdem wurde geschossen.«

»Warum interessiert dich das?« Eric gab sich keine Mühe, sein Erstaunen zu verbergen. Ein bitteres Lächeln umspielte seine Mundwinkel. »Sonst hat es dich nie groß gekümmert, was mit den anderen ist, welches Leid ihnen geschieht, Hauptsache, du selbst machst einen guten Schnitt oder kommst heil aus einer Sache heraus.«

»Das ist nicht wahr.« Empört ergab sie sich dem Husten. Es pfiff in ihrer Brust, als sie Luft schöpfte.

»Und was war mit Magdalena?« Aufgebracht sprang er vom Bettrand und begann, in der engen Kammer auf und ab zu gehen. »Du hast dafür gesorgt, dass Strecker dich und Carlotta noch rechtzeitig wegbringt vom Tross. Dabei wusstest du genau, dass Seume sich dafür am Ende an Magdalena rächen würde. Aber das hat dich keinen Moment lang aufgehalten, deinen Hintern ins Trockene zu schaffen.«

»Und dich mit dazu! Oder hast du vergessen, wer dich aus der Höhle geholt und nach Würzburg zu deinem Freund gebracht hat?« Kerzengerade saß sie auf einmal im Bett und stützte sich mit den Armen ab. Dabei musste sie weder husten noch keuchen, nicht einmal gegen Schwindel ankämpfen.

»Hätte ich gewusst, dass Magdalena dafür den Kopf in die Schlinge stecken muss, wäre ich lieber liegen geblieben.«

»Von Anfang an war klar, dass sie mit deiner Flucht auch ihren Kopf riskiert.« Die Aufregung ließ Elsbeths Stimme ins Schrille kippen. »Wenn du das nicht gewollt hättest, hättest du nie zulassen dürfen, dass sie dich überhaupt aus dem Lager fortgeschleppt hat.«

»Das wollte ich doch auch gar nicht. Sie hat mich dazu überredet.« Erics Widerspruch kam leise. Fast sagte er es mehr zu sich selbst als zu ihr.

Elsbeth schluckte schwer. Auf einmal dauerte es sie doch, zu sehen, wie sehr er litt. Hatte er in Würzburg nicht schon Ähnliches gesagt? Die Genugtuung, mit der sie ihm letztens entgegengeschleudert hatte, Magdalena sei tot, war auf einmal wie weggewischt. Stattdessen regte sich etwas wie Reue in ihr. Ein dicker Kloß bildete sich in ihrem Hals. Unfähig zu sprechen, starrte sie auf ihre abgekauten Fingernägel. Die Haut rundherum hing in Fetzen. Sie biss und zog, bis es brannte. Der Schmerz tat gut.

»Warum bist du nicht allein mit Carlotta weg? Du wolltest unser Kind. Hat dir das nicht gereicht?« Langsam sank er abermals auf der Bettkante nieder. Seine langen, zittrigen Finger fassten ihr Kinn und zwangen sie, den Kopf zu heben, so dass er seinen müde gewordenen Blick in ihr Gesicht bohren konnte. Erneut versuchte sie, ihm auszuweichen. Eine Antwort wusste sie ohnehin nicht. Schon seit Würzburg fragte sie sich, warum sie ihn mitgenommen hatte. Ohne ihn wäre sie längst nach Köln gekommen, wäre weder krank noch ihres Geldes beraubt und läge nicht hilflos im Bett, dem Tod näher als dem Leben. Der Preis für ihre Rache an Magdalena war viel zu hoch.

»Sag schon: Warum musstest du auch noch mich von Magdalena wegreißen?« Wieder sah er sie unerbittlich an.

Dass er eher sein Kind als Magdalena hatte verlassen wollen! Wann hatte jemand sie so geliebt? Hatte überhaupt jemals einer sie so geliebt, wie Magdalena immerzu von allen geliebt wurde? Nicht einmal Carlotta empfand Ähnliches für sie. Wahrscheinlich hatte das Kind sie bereits vergessen. Seit Tagen schon hatte Elsbeth die Kleine nicht mehr zu Gesicht bekommen, ihr fröhliches Plappern und Lachen allerdings deutlich durch die Tür gehört. Ein dumpfes Grollen stieg in ihr auf. Fast schon dankbar spürte sie den neuerlichen Hustenkrampf, war froh, sich ihm hingeben zu können, statt Erics Blick länger ertragen zu müssen.

»Wie kannst du nur so herzlos sein?« Fassungslos schüttelte er den Kopf. »Wenn dir wirklich etwas an Carlotta läge, hättest du sie bei ihrer Mutter gelassen. Aber dir hat wohl noch nie wirklich etwas an jemandem gelegen.«

»Das ist nicht wahr!« Ihr Husten verwandelte den Aufschrei in hartes Hundegebell. Sobald sie sich etwas erholt hatte, krächzte sie heiser: »Du kennst mich doch gar nicht. Keiner von euch kennt mich. Nie hat einer von euch jemals versucht, mich kennenzulernen.«

Das Kratzen im Hals wurde wieder stärker. Sie musste husten, schlucken und warten, bis sie wieder sprechen konnte. »Was wisst ihr schon davon, wie alle mich immer herumgeschubst haben?« Der Hustenreiz wurde schwächer, sie konnte wieder länger und besser reden. »An meine Mutter habe ich kaum eine Erinnerung. Als sie gestorben ist, war ich gerade mal drei. Mein Stiefvater und seine neue Frau haben mich gleich zu Babette abgeschoben, der Schwester meiner Mutter. Nur wenn Magdalena der zu anstrengend war, hat sie mich wirklich beachtet, sonst hatte sie kaum Zeit für mich. Obwohl mir alle gesagt haben, dass ich schön sei wie ein Engel, hat mich später weder einer heiraten noch sonst längere Zeit um sich haben wollen. Wahrscheinlich hat Babette sie alle vertrieben. Immer haben alle nur von Magdalena und ihren Heldentaten als Wundärztin geredet. Dabei war sie kleiner und hässlicher als ich, rothaarig obendrein und zu allem Überfluss auch neunmalklug. Das ist doch keine echte Frau!

Weil mich keiner beachtet hat, habe ich wenigstens ein eigenes Kind haben wollen. Das hätte mich bestimmt sehr geliebt und nie im Stich gelassen. Aber nicht einmal das war mir vergönnt: Gleich nach der Geburt hat Roswitha es weggeschafft wie ein Stück Dreck. Keinen Blick darauf hat sie mir vergönnt. Mein eigenes Kind hab ich nie in den Armen gehabt! Wenn ich Roswitha danach fragte, hat sie immer nur die Augen verdreht. Am nächsten Tag schon hat sie mir dafür Carlotta an die Brust gelegt. Sehr, sehr krank ist Magdalena nämlich nach der Geburt gewesen. Lange fürchtete man sogar, dass sie nicht durchkommt. Wenn ich nicht für sie eingesprungen wäre, die Kleine derweil zu stillen, wäre sie bestimmt verhungert. Was aber habe ich jetzt davon?«

Abermals schüttelte sie ein Hustenkrampf. Als wäre das ein geheimes Zeichen, öffnete sich in diesem Moment die Tür, und Carlotta stolperte herein. Hoffnungsvoll sah Elsbeth ihr entgegen, beobachtete, wie sie stolz zum Bett herüberwackelte. Dabei streckte sie die Ärmchen nach vorn und lachte über das ganze Gesicht. Bertas gute Verpflegung zeigte deutliche Spuren: Die Kleine war proper, ihr Haar glänzte im zarten Herbstlicht, die ersten Zähne blitzten im Mund, die stämmigen Beinchen setzten zielsicher ihren Weg Richtung Bett. Kein Zweifel: Ihr fehlte es an nichts!

»Mama«, gluckste Carlotta. Elsbeth lächelte und fühlte einen warmen Strahl durch ihren Leib zucken. Dann aber erstarb ihr Lächeln, auch die Wärme erlosch. Carlotta wankte nicht zum Bett, sondern zum Schemel davor, kletterte zu Berta auf den Schoß, kuschelte sich an den schweren Bäuerinnenbusen und vergrub sich daumenlutschend darin. Eric beugte sich von der Bettkante vor, strich behutsam über die rotblonden Locken der Kleinen und tätschelte ihr die Wange. Zufriedene Stille senkte sich über die drei.

Elsbeth wartete eine Weile. Keiner drehte sich ihr zu. »Geht.« Erschöpft sank sie in die Kissen und schloss die Augen. Dann aber fuhr sie noch einmal hoch und schrie: »Haut endlich ab, alle miteinander, und lasst mich allein!«

Berta und Eric wechselten vielsagende Blicke. Das Kind war eingeschlafen, wachte selbst von dem Gebrüll nicht auf. Stumm nickte die Alte und erhob sich schwer atmend. Bedächtig schwankte sie zur Tür, Carlotta fest an sich gedrückt.

Eric sah ihr nach, bis sich die Tür hinter ihr schloss, dann wandte er sich wieder um.

Schweigend ruhte sein Blick auf Elsbeth. Alles Bittere, Böse schien auf einmal daraus verschwunden. Stattdessen zeichneten sich Ratlosigkeit, Bedauern und Mitleid darin ab. Tapfer hielt sie dem stand. Wenn wenigstens Rupprecht sie einmal so angesehen hätte! Vielleicht hätte sie ihn doch mit der Zeit für sich gewinnen können. Sie hätte ihm von ihrem gemeinsamen Kind erzählen sollen. Eigentlich hätte sie ihm gleich in Freiburg noch sagen müssen, dass sie ein Kind von ihm erwartete. Vielleicht wäre dann alles anders gekommen: Rupprecht hätte sich um sie gekümmert, das Kind wäre keine Missgeburt geworden, sondern hätte überlebt, wäre ein ähnlich ansehnliches Wesen geworden wie Carlotta. Am Ende hätte Rupprecht sie vielleicht sogar seinetwegen geliebt. Und sie läge jetzt nicht mutterseelenallein in dieser Kammer, mit vorwurfsvollen Blicken bedacht, umgeben von Menschen, die alle nur darauf lauerten, dass sie endlich den letzten Atemzug tat und niemandem mehr zur Last fiel.

Ein tiefer Seufzer entfuhr ihr. Sie griff nach Erics Hand, spürte die wohltuende Wärme und hielt sie fest. Erstaunlicherweise wehrte er sich nicht dagegen. Ein Schauer erfasste ihren Körper. Abwechselnd wurde ihr heiß und kalt. Sie begann zu zittern, es schüttelte sie. Wieder schob sich Nebel vor ihre Augen. Kaum konnte sie Erics Gesicht noch sehen.

»Ich habe nichts Böses gewollt«, sagte sie und räusperte sich, weil ihre Stimme belegt war. »Bestimmt lebt Magdalena noch. Irgendwo wirst du sie schon finden.«

Erschöpft drehte sie den Kopf zur Seite und schloss die Augen. Behutsam entzog Eric ihr seine Hand. Sie hörte, wie er aufstand und zum Fenster ging.

Noch einmal fuhr ein Ruck durch ihren Körper und riss sie hoch. »Eric!« Der Schrei kam wie aus einer anderen Welt. Eric fuhr herum und starrte sie an. Angst erfasste sie. Was dachte er? Warum kam er nicht zu ihr und hielt sie fest? »Lass mich nicht allein!«

»Scht! Keine Angst.« Sie spürte, wie er sie in den Arm nahm und beruhigend über ihren Kopf strich. Die Berührung tat gut. Sie war nicht allein. Eric ließ sie nicht im Stich. Wenigstens einer, der für immer und ewig bei ihr blieb. Endlich konnte sie einschlafen.

Sanft bettete er sie zurück in die Kissen und hielt ihre Hand. Sie versuchte, die Augen offen zu halten, ihn anzusehen und etwas zu sagen. Es gelang ihr nicht. Eine unendliche Schwere erfüllte sie. Der Nebel wurde dichter. Die Lider fielen ihr zu. Sie wehrte sich nicht mehr. Eric war bei ihr, als sie für immer einschlief.

Vierter Teil

Frieden

MEMMINGEN
November 1648

Einzig die Liebe spendet Hoffnung …

1

Ohne Unterlass läuteten die Glocken. An allen Türmen und Uhren Memmingens erklang das Geläut. Ungestüme Trommelwirbel schoben sich darüber, begleitet von energischen Trompetenstößen. Jubelschreie erschallten. Schier ohrenbetäubend war der Lärm, der zwischen Iller und Stadtbach bereits bei Tagesanbruch ausgebrochen war. Ganz Oberschwaben war im Freudentaumel über den Frieden von Münster, wie gewiss auch der Rest der bayerischen, gar der deutschen Lande.

Sosehr Magdalena die Freude teilte, so unwohl fühlte sie sich in diesem Augenblick. Das monatelange Warten und Nichtstun waren vorbei. Gleichzeitig wuchs die Ungewissheit, was folgen würde. Ihrem Aufbruch aus Memmingen stand nichts mehr im Wege. Endlich konnte sie gehen, wohin sie wollte. Wohin aber wollte sie?

»He, du! Was stehst da herum und bietest Maulaffen feil?« Eine Frau schubste sie ungeduldig beiseite, so dass sie gegen einen anderen stieß. Rasch entschuldigte sie sich und versuchte dennoch, ihren Standort zu behaupten. Der bescheidene Platz, den sie seit einiger Zeit dicht bei dem trutzigen Turm der Memminger Frauenkirche für sich beanspruchte, erwies sich als ungünstig. Viel zu viele Menschen schoben sich zum Kircheingang hin, als dass sie dort lange ausharren konnte. Der Frieden von Münster mochte die Gemüter erhellen. Im täglichen Umgang aber kämpfte jeder weiter für sich allein. Unerbittlich focht man die raren Plätze im Gotteshaus aus, um dem Friedensgottesdienst beizuwohnen. Am liebsten hätte Magdalena den Ort verlassen und ihr Glück anderswo gesucht, doch so einfach durfte sie nicht aufgeben: Diese Stelle hatte sie mit Rupprecht als Treffpunkt vereinbart. Gab sie ihren Platz auf, fürchtete sie, den Gefährten in dem dichten Gedränge, das seit den frühen Morgenstunden in der Stadt herrschte, nicht mehr zu finden. Schon ärgerte sie sich, sich überhaupt darauf eingelassen zu haben, Rupprecht gestern Abend noch fortzulassen. Nach dem Gottesdienst hätte ausreichend Gelegenheit bestanden, sich nach Buxheim aufzumachen. Die dort eingetroffenen Kaufleute aus Speyer weilten angeblich länger dort.

Noch wussten sie gar nicht, ob sie überhaupt Nachrichten aus dem Rheinland brachten. In den letzten beiden Jahren hatte Magdalena gelernt, die Hoffnung klein zu halten. Nicht nur von dem alten Feldscher Ludwig, den sie damals in Königsberg getroffen und der sie offenbar an Lindström verraten hatte, war sie enttäuscht worden. Oft erreichten sie nur unzulängliche, mitunter schlichtweg falsche Mitteilungen. Vor anderthalb Jahren war der schwedische Hauptmann Englund beim Kampf um Landsberg gefallen. Seither war die Verbindung zu denjenigen, die ihn gelegentlich mit verlässlichen Nachrichten versorgt hatten, komplett abgerissen. Rupprecht versuchte zwar immer wieder – wie an diesem Morgen in Buxheim – Soldaten, Kaufleute und Reisende auszufragen. Entweder aber besaß er wenig Geschick, die Leute zum Reden zu bringen, oder sie wussten tatsächlich nichts zu erzählen. Das Einzige, was unstrittig war, lautete: Magdalenas Mutter Babette saß weiterhin in Köln. Zwar war der kleine

Fritz gestorben, doch die Mutter hatte das offenbar gut verkraftet und ging ganz in der Sorge um den Haushalt ihres Bruders auf. Von Elsbeth und Magdalenas geliebter Tochter Carlotta fehlte dagegen jede Spur, und auch über Eric war nichts in Erfahrung zu bringen gewesen. Nicht einmal, ob Meister Johann noch im Tross der Kaiserlichen unterwegs war, hatte Rupprecht herausgefunden. Mehr als anderthalb Jahre schon wusste Magdalena kaum mehr, als dass auf jede dunkle Nacht ein weiterer Tag folgen würde. Umso inständiger hoffte sie, dass auch auf ihre finstere Ungewissheit irgendwann wieder ein Licht fiel.

»He, du, bist du zur Salzsäule erstarrt?« Ein rundlicher Mann in einer fadenscheinigen Jacke und weit aufgeplusterten Hosen zerrte sie beiseite. Die rote Feder an seinem Hut wirkte arg gerupft, die Binde an seinem Arm von den langen Kriegsjahren ausgeblichen. Dennoch trug er die Zeichen seines Fähnleins bis zu diesem Tag mit Stolz. Magdalena erwachte wie aus einem Traum. Das harte Pochen auf dem Pflaster verriet, dass jemand mit einem Holzstumpf dicht an ihr vorbeihumpelte. Der Dicke beachtete ihn nicht, denn er hatte es viel zu eilig, in die Kirche zu gelangen, als dass er sich damit aufgehalten hätte, auf andere Rücksicht zu nehmen. Nachdenklich sah Magdalena ihm hinterher, bis er in der Menge verschwand. Ihr Vater wäre inzwischen im selben Alter. Sie wischte sich über die Augen.

Ob er sich auch so aufgebracht zum Friedensgottesdienst gedrängt hätte? Und was war mit Meister Johann? Hatte wenigstens er überlebt und drängte gerade irgendwo zur Kirche? Nein, mit der Kirche hatte er es nie sonderlich gehabt. Andererseits waren über zwei Jahre vergangen, seit sie ihn zuletzt gesehen hatte. Längst konnte er sich bekehrt haben. Bekümmert dachte sie an Roswithas furchtbaren Tod. Vielleicht hatte Meister Johann dadurch zum Beten gefunden, wollte die arme Seele der alten Hebamme erlösen. Tränen stiegen ihr in die Augen. Warum weinte sie immerzu? Dabei war doch eigentlich ein Tag der Freude.

Schon stand sie der Nächsten im Weg. »Lass mich vorbei!«, schimpfte dieses Mal eine Frau, deren rechtes Auge fehlte. Notdürftig verdeckte ein quer über das Gesicht gebundenes Tuch das Loch. Als sie den Arm hob, um Magdalena wegzuschieben, stach eine große Lücke an der Hand ins Auge. Dort fehlten zwei Finger. Die Ärmste hatte es in den letzten Jahren wohl schlimm erwischt. Ein weiteres Mal sandte Magdalena ein stilles Dankgebet gen Himmel, so glimpflich davongekommen zu sein. Nur Carlotta fehlte. Gleichzeitig mit dem Schmerz stieg auch ein Gefühl von Trotz in ihr auf. Sie würde ihr Kind finden, daran durfte sie nicht zweifeln. Jetzt, da endlich Frieden herrschte, konnte sie es wagen, sich wieder auf die Suche zu machen. Erste Erkundigungen bei den Kaufleuten einzuholen, dazu war Rupprecht gestern schließlich nach Buxheim gegangen. In wenigen Stunden wüsste sie mehr.

»He!« Wieder stieß sie jemand herum. Sie musste aufpassen, nicht zu weit von ihrem Standort abgedrängt zu werden. Aus sämtlichen Dörfern und Weilern der Region strömten die Massen herbei. Aus allen Gassen und Türen, Löchern und Verstecken krochen sie hervor. Groß und Klein, Jung und Alt, Evangelisch wie Katholisch begleiteten einander, um Gottes unermesslicher Güte für den endlich erfolgten Friedensschluss Dank zu zollen. Selbst das Wetter feierte auf seine Weise den langersehnten Freudentag. Mitten im November strahlte die Sonne frühlingswarm vom Himmel. Eine sanfte Brise strich über die Dächer der Stadt und kräuselte das Wasser im Stadtbach. Hie und da behauptete sich noch ein gelbes Blatt in den Linden. Ein bunter Laubteppich ließ sich vom leichten Wind über den Boden treiben. Der Herbst zeigte sich in den letzten Wochen von seiner besten Seite. Kaum brauchte man Wolltücher und Mäntel. Der Frost hatte es nicht eilig, sein eisiges Klirren anzustimmen. Nach mehreren Jahren mit kalten, nassen Sommern und viel zu frühen Wintereinbrüchen schien es dieses Jahr möglich, dass der Schnee erst weit nach dem Tag der heiligen Barbara vom Himmel zu rieseln begann. Auf den Berggipfeln im Süden fand sich noch keine Spur von Weiß. Stattdessen leuchtete im Sonnenlicht überall auf den Wiesen und Wäldern ein sattes Gelbrot.

Unruhig trippelte Magdalena auf den Füßen und reckte den Hals, um besser über die Köpfe der Leute hinwegsehen zu können. Wieder trat ihr einer auf den Fuß, ein Zweiter verhedderte sich in ihren Armen, und eine Frau schimpfte: »Rückt halt zur Seite!« Das Gotteshaus füllte sich. Bald war kein Hineinkommen mehr. Die Ersten drückten sich bereits dicht an der Tür herum und schimpften laut, dass man drinnen mehr zusammenrücken und nicht so viel Platz für sich beanspruchen solle.

Magdalena atmete tief durch. Unwahrscheinlich, dass sie da noch hineinschlüpfen konnten, selbst wenn Rupprecht gleich um die Ecke schoss. Aus dem Innern der Frauenkirche verhieß ein Raunen das Auftauchen des Pfarrers. Der Introitus erklang. Wieder wandte sie sich der Menge auf dem Kirchplatz zu und versuchte zwischen den Leuten hindurchzuspähen. Von Rupprecht war weit und breit nichts zu sehen.

Gründlich musterte sie jeden, der an ihr vorbeiging, ob nicht einer darunter war, den sie kannte und nach ihm fragen konnte. Sicher waren auch Buxheimer zur Friedensmesse in die Stadt gekommen. Die Leute hatten ein feierliches Gesicht aufgesetzt. So leer letztens noch die Augen der meisten geschaut hatten, so verzweifelt so viele gewirkt hatten, so zart blitzten nun die ersten Hoffnungsschimmer darin auf, bei einigen war es bereits ein richtiges Leuchten. Keine Frage, dass es bald wieder besserging.

Dem Anlass entsprechend hielten die Leute auf ein würdiges Aussehen. Da hinten kam der Stadtschreiber mit seiner Frau in einem prächtigen Rock, an dem der Glanz der polierten Knöpfe die unzähligen Mottenlöcher im Stoff überstrahlte. Bald tauchte der Apotheker vom Markt mit seiner Mutter und der ältesten Tochter auf, die Frauen beide in reichbestickte Umschlagtücher gehüllt, an denen die bunten Flicken ein eigenes Muster ergaben. Kurz dachte Magdalena an den Freiburger Apotheker zurück. Ob er seine widerspenstige Tochter tatsächlich unter die Haube gezwungen hatte? Sogar die Hebamme vom Schrannenplatz humpelte herüber, ihren ausgefransten Wollrock stolz mit den breiten Hüften schwingend. Abermals fühlte Magdalena sich an einen lieben Menschen erinnert: Dass Roswitha das nicht mehr erlebte! Sie zwang sich, nicht ganz in der Trauer zu versinken. Entschlossen hob sie den Kopf und sah sich weiter um. Wie viele der Menschen aus Memmingen und Umgebung kannte sie inzwischen!

Seit dem Abzug der Schweden und Franzosen vor fast genau einem Jahr lebte sie unter ihnen. Dennoch schenkte ihr keiner der Näherkommenden sonderlich Beachtung. Die zierliche rothaarige Feldscherin mit den auffälligen grünen Augen blieb ihnen weiterhin nicht geheuer, sosehr sie ihre Heilkünste zu schätzen gelernt hatten und sie in allen erdenklichen Belangen um Rat zu fragen pflegten. Wäre doch

Rupprecht endlich da, dann hätte sie wenigstens einen, der ihr beistand! Sie fühlte, wie das Zittern sie ergriff. Ob Rupprecht etwas zugestoßen war? Es war nicht seine Art, sie ohne Nachricht zu lassen. Das Glockenläuten wurde leiser, vielstimmiger Gesang erklang aus der Frauenkirche. Magdalena hielt es nicht mehr aus. Sie musste nachsehen. Vielleicht hatte ihr Hauswirt, der alte Peter, eine Nachricht erhalten.

Sie gab ihren Platz dicht beim Eingang zur Frauenkirche auf. So einfach aber war es nicht, von dort wegzukommen. Den immer noch in Scharen Heranströmenden musste sie sich nun mit aller Kraft entgegenstemmen, Ellbogen und Fäuste einsetzen, um sich einen schmalen Durchgang zu verschaffen. Bald erreichte sie den Schrannenplatz und kämpfte sich weiter vor bis zum Rossmarkt hinüber. In einer kleinen Seitengasse befand sich das Haus des Zimmermanns Peter Schab.

Als Magdalena um die Ecke bog, erstarrte sie. In der engen Gasse, die weiter westlich zum Lindauer Tor führte, herrschte reger Aufruhr. Dieses Mal allerdings rührte er nicht von den Massen, die zu Sankt Martin oder einer der anderen Kirchen wollten. Eine Staubwolke hing über der Gasse. Ein Geruch nach feuchtem Gestein, vermischt mit Staub und Moder, stieg ihr in die Nase. Ihr schwante Übles. Die Knie wurden ihr weich. Mehr stakste sie vorwärts, als dass sie noch richtig lief. »Lasst mich vorbei! Ich bin Feldscherin. Schnell, ich will durch«, rief sie immer wieder und schob und kämpfte sich nach vorn. Das seitliche Tor zum Hof stand offen. Die Menschen davor blickten ratlos. Etwas schien anders als sonst, benennen ließ es sich allerdings nicht.

Sie schob sich weiter. Seit nunmehr einem Jahr lebten Rupprecht und sie in dem längs zur Gasse stehenden Anwesen. Erst die blutigen Gefechte im vorigen Jahr hatten den dünnen, kahlköpfigen Peter die gesamte Familie gekostet. In seiner Trauer der Raserei nahe, war er froh gewesen, Rupprecht und sie bei sich aufnehmen zu können. Das verhinderte, dass das Haus und der angrenzende kleine Hof mit Scheune und Hinterhaus auf einen Schlag leer und still wurden – und er selbst gänzlich verrückt, wie er seither immer wieder betonte.

Still aber wurde es in diesem Augenblick, da Magdalena den Hof betrat, mucksmäuschenstill wie niemals zuvor. Alles schien von einer weißlichen Staubschicht überzogen, die nicht nur den bunten Herbst überdeckte, sondern auch alle Geräusche im Ansatz erstickte.

Es mochten etwa ein halbes Dutzend Leute sein, die im Hof standen. Allesamt kehrten sie die Rücken zur Straße, umstanden in einem Halbkreis einen kniehohen Haufen Schutt. Keiner sagte etwas, alle starrten zu Boden.

»Was ist passiert?« Magdalenas Stimme zitterte. Statt einer Antwort traten die Menschen wie auf Kommando auseinander und sahen sie an. Kurz streifte ihr Blick die erschrockenen Gesichter. Rasch bildete sich eine Gasse bis zu dem kleinen Schuttberg. Später war ihr, als hätte sie da schon geahnt, was sie erwarten würde. Langsam wanderte ihr Blick hinüber.

Die brusthohe Mauer zum angrenzenden Grundstück auf der rechten Seite war eingestürzt. Schon seit Tagen war der Mörtel herausgerieselt, und einige Steine hatten sich gelockert. Gestern erst hatte Rupprecht mit dem alten Peter darüber gesprochen. »Wenn erst mal Frieden ist«, hatte der gemeint, »dann bauen wir die Mauer wieder ordentlich auf.«

Jetzt war Frieden. Und die Mauer umgefallen.

Noch einmal holte Magdalena Luft. Sie wusste, dass sie viel Kraft brauchen würde, um das Kommende zu ertragen. Dann erst sah sie zu Boden.

Dort unten lag Rupprecht, der Körper halb verschüttet von einem Haufen schwerer, unbehauener Steine.

2

Magdalena wusste später nicht mehr, ob sie seinen Namen vor Entsetzen laut geschrien oder nur still gedacht hatte. Sie wusste auch nicht, wie sie schließlich neben ihm zu sitzen kam. Als sie endlich einigermaßen klar denken konnte, fand sie sich auf der Erde, Rupprechts Kopf auf ihre Schenkel gebettet. Seine schwarzen Locken waren weiß von Staub und Mörtel. Die dunklen Augen stachen aus dem blassen Gesicht. Aus einer Wunde an der Stirn rann Blut, ein schmaler, roter Faden zog sich aus dem linken Mundwinkel das Kinn hinunter. Schwerfällig hob und senkte sich sein Brustkorb. Wenigstens hatten Peters einarmiger Geselle und der schüchterne Lehrjunge inzwischen die Steine von seinem Bauch genommen. Magdalena genügte jedoch ein Blick, um zu wissen, dass sie nichts mehr tun konnte, als neben Rupprecht zu sitzen, seine Hand zu halten und zu warten, bis es zu Ende ging.

Ruhe erfüllte sie. Tief in ihr schloss sich ein Kreis. Woher dieses Gefühl kam, konnte sie sich nicht erklären, aber es half ihr, die nächsten Stunden zu ertragen.

»Hier, nimm das.« Peters Nachbarin von der linken Hofseite brachte ihr eine Decke und legte sie ihr über die Schultern. Fast zärtlich ruhten die Hände einen Augenblick länger als nötig auf ihr. Magdalena drückte sie dankbar. »Danke«, sagte sie und rang sich ein Lächeln ab. Die Augen der Nachbarin waren voller Tränen. »Ausgerechnet jetzt! Nach allem, was überstanden ist.« Sie schüttelte den Kopf, schluchzte auf und ging.

Der Mann, zu dessen Grundstück hin die Mauer errichtet gewesen war, kam mit einem Branntweinschlauch. »Hier«, stieß er nur aus. Kaum wagte er, den Blick zu heben und sie anzusehen. Sein schlechtes Gewissen machte ihm zu schaffen. Gern hätte sie ihn beruhigt. Seine Schuld war es nicht, dass der alte Peter die Mauer noch nicht instand gesetzt hatte. Das laut zu sagen, brachte sie nicht zuwege. Matt schüttelte sie den Kopf. Branntwein würde sie nie mehr im Leben anrühren, das hatte sie sich damals im Kloster bei Würzburg geschworen. Den Beschluss aufzugeben wäre ihr Ende, das wusste sie. Sie fasste fester um Rupprechts Finger, prüfte, ob er den Druck spürte und noch erwidern konnte. Er öffnete die Augen.

»Wenigstens für ihn.« Hilflos nickte der Mann in Richtung Rupprecht. Sie wiederholte ihr Kopfschütteln. Er hatte noch nie getrunken. In den letzten Augenblicken auf Erden musste er das Versäumnis nicht mehr nachholen. Mit gebeugtem Rücken wandte der Nachbar sich ab. Der alte Peter legte ihm den Arm um die Schultern. Bislang hatte er es nicht fertiggebracht, sich aus dem Kreis der Neugierigen zu lösen und zu ihr zu treten. Auch jetzt wich er ihrem Blick aus. Gemeinsam mit dem Nachbarn von rechts schlurfte er wortlos davon. Erleichtert sah sie den beiden nach.

Noch immer erfüllte das Glockenläuten die ganze Stadt. Der Boden schien unter dem Tönen zu beben, in den schmalen Gassen und Winkeln verfing sich der Schall. Inzwischen mussten die ersten Gottesdienste beendet sein. »Drüben auf dem Markt gibt es Essen und Getränke«, raunte ein Mann seiner Frau zu. Magdalena meinte, in ihm den Leinenweber aus der Ulmer Vorstadt zu erkennen, dessen Kind sie letztens wegen Blattern behandelt hatte. »Die letzten Magazine der Schweden haben sie gefunden«, stimmte ein anderer zu und wandte sich ebenfalls zum Gehen. »Geschieht ihnen recht, den dreckigen Heringfressern!« Die Frau des Leinenwebers achtete gar nicht erst darauf, ob sie zu laut sprach. »So wie die uns reingelegt haben, nur weil der Kurfürst aus München allein mit denen hat Frieden machen wollen! Nie haben sie kapiert, dass wir mit den Bayern nichts am Hut haben.«

»Komm, lassen wir das!« Ungeduldig trippelte ihr Mann von einem Fuß auf den anderen. Die Äußerungen seiner Frau bereiteten ihm Unbehagen. »Jetzt ist Frieden sowohl mit den Bayern als auch mit den Schweden und den Franzosen. Feiern wollen wir alle miteinander. Die Bäcker haben Brot gebacken, Wein und Bier soll es auch geben.«

Die drei verließen als Letzte den Hof. Das Grölen und Singen draußen auf den Straßen wurde lauter. Musiker zogen vorbei, schlugen die Pauken und stießen in die Fanfaren. An Magdalena rauschte das alles vorbei. Es kam ihr vor, als umgebe die Staubwolke der umgestürzten Mauer sie wie eine Hülle. Nur sie und Rupprecht fanden sich darunter. Als ahnte er ihre Gedanken, gab er einen unbestimmbaren Laut von sich, atmete auf einmal schneller und sah sie noch eindringlicher an.

»Der Stein.« Unter schweren Schmerzen presste er die Worte hervor. »Da, unter dem Hemd.« Jede einzelne Silbe bereitete ihm Mühe. Sie legte ihm den Finger auf die Lippen und bedeutete ihm zu schweigen. Behutsam strich sie die schweißnassen Haare aus seiner Stirn.

»Nimm!« Sein Blick bohrte sich noch tiefer in sie hinein. Sie verstand, wie wichtig es ihm war, dass sie ihm gehorchte, und tastete vorsichtig unter das Hemd. Sein Stöhnen bestätigte ihr, dass er die Berührung kaum ertrug. Bereits das sachteste Betasten bereitete ihm unerträgliche Schmerzen. Dennoch wollte er, dass sie es tat. Tränen verschleierten ihr den Blick. Sie schluckte. Dann hatte sie gefunden, was er wollte: den Bernstein. Ungläubig hielt sie ihn sich vor die Augen.

»Englund hatte den doch! Wie kommst du an ihn?« Vor Überraschung vergaß sie, dass er kaum sprechen konnte. Durch sein heftiger werdendes Atmen gab er ihr zu verstehen, sie solle ihre Vermutungen weiter äußern.

»Dir hat er ihn also zugesteckt.« Rupprecht nickte kaum merklich. Also sagte sie weiter: »Es muss im März letzten Jahres gewesen sein, kurz bevor er mit den Truppen nach Landsberg aufgebrochen ist. Zum letzten Mal haben die Schweden damals die Gegend geplündert, gebrandschatzt und zerstört, was den Winter davor noch überdauert hatte.«

Ihr Blick glitt in weite Fernen, als sie sich die Ereignisse von damals in Erinnerung rief. Rupprecht stöhnte. Wie gut sie noch alles wusste! Jedes einzelne Wort klang ihr im Ohr, jede Geste hatte sie vor Augen: Weil Englund im Spätsommer vor zwei Jahren, nach dem Aufbruch aus dem Würzburger Kloster, Lindström und die anderen allein nach Rothenburg vorgeschickt und mit Rupprecht, Ambrosius und ihr nach Königsberg in Franken geritten war, war er zwar später nicht wegen Fahnenflucht gehängt worden, allerdings stufte man ihn zum einfachen Soldaten zurück. An seiner Stelle rückte Lindström in den Rang eines Hauptmanns nach.

Seither liebte er es, Englund die neuerworbene Macht bei jeder Gelegenheit zu beweisen. Besonders gern schickte er ihn zu aussichtslosen Manövern. Ein solches war wohl auch der im letzten Moment beschlossene Raubzug zum Landsberger Salzstadel im März 1647. Eigentlich befanden sich um diese Zeit die schwedischen Truppen, denen Rupprecht und Magdalena als Wundärzte zugeteilt waren, bereits auf dem Weg nach Kempten. Englund und noch ein paar weiteren Soldaten aus einem anderen Fähnlein befahl Lindström jedoch aus einer schieren Laune heraus umzukehren. Im Morgengrauen eines nebligen Tages brachen sie auf, obwohl jeder die Vergeblichkeit dieser Aktion ahnte. Nur zwei kehrten später schwer verwundet von der Mission zurück. Alle anderen hatten ihr Leben gelassen. Englund, so berichteten die beiden Überlebenden, war gleich im ersten Schusswechsel tödlich getroffen vom Pferd gefallen. Magdalena und Rupprecht wussten nur zu gut, dass er damit sein Ziel erreicht hatte: im Kampf zu sterben. Nichts anderes hatte er seit seiner Zurücksetzung herbeigesehnt.

Vorher aber hatte er Rupprecht noch den einen der beiden Bernsteine gegeben, wie Magdalena nun, gut anderthalb Jahre später, erstaunt feststellte. Dass Rupprecht so lange nichts davon gesagt hatte! Sie biss sich auf die Lippen, um die Tränen zurückzuhalten. Wut und Enttäuschung kämpften in ihr. Längst vergessen geglaubte Bilder tauchten in ihrem Kopf auf: der blonde Schwedenhauptmann, wie er den Bernstein in den Fingern drehte, ihn zum Mund hob und küsste. Englund, wie er den Namen seines Vetters Eric mit einem Leuchten in den Augen aussprach, als handele es sich um einen Heiligen. Am Ende hatte er also Rupprecht den kostbaren Stein überlassen, sicherlich mit einer bestimmten Absicht. Etwas in ihr sträubte sich gegen das, was es bedeutete: Dass Ruprecht sie hintergangen hatte, weil er nicht wollte, dass sie den Bernstein zurückbekam. Sie wollte es nicht wahrhaben. Ihr Blick streifte den Gefährten. Er röchelte und kämpfte in ihrem Schoß seinen allerletzten Kampf.

»Warum hast du ihn mir nicht gleich gegeben?«

Rupprecht kniff die Augen zusammen. Auch ihm gelang es nicht, die Tränen zu unterdrücken. Bald schimmerten sie unter den dunklen Wimpern hervor, glitzerten silbern im Sonnenlicht. Das Heben und Senken seines Brustkorbs wurde hektisch. Wieder gurgelte es aus seiner Kehle.

»Dazu war also einfach keine Zeit.« Entschlossen übernahm Magdalena das Sprechen für ihn. »Englund hat dir vertraut, dass du es tust. Du aber hattest Angst, ich könnte doch wieder an Eric denken, und hast es deshalb immer wieder hinausgezögert, bis es irgendwann zu spät war. O Rupprecht! Wie konntest du nur so kleinmütig sein? Haben dich die letzten beiden Jahre, die wir miteinander verbracht haben, so wenig überzeugt? Längst musste dir doch klar sein, was du für mich bedeutest!«

Auch ihr flossen die Tränen inzwischen ungebremst aus den Augen. Sie schluckte und schniefte, ihr Körper bebte.

Ein letztes Mal ruckte sein Kopf. Sie verstand, dass er sie noch auf etwas anderes aufmerksam machen wollte. Ein Papier steckte unter seinem Hemd, zerknittert und schmutzig von den Steinen, die seinen Leib zermalmt hatten. Dennoch gelang es ihr, es zu entfalten und die Schrift zu lesen. Es war eine Nachricht an Englund, datiert aus dem besagten März 1647, als er auf Lindströms Geheiß in den sicheren Tod beim Kampf um den Landsberger Salzstadel geritten war. Zu Lebzeiten hatte er den Brief nicht mehr erhalten. An seiner statt hatte Rupprecht ihn entgegengenommen und aufbewahrt. Also musste etwas Wichtiges darin stehen.

Magdalenas Finger zitterten. Kaum konnte sie das Blatt halten. Eilig überflog sie die Zeilen, verstand nicht, las noch einmal, zwang sich dieses Mal, die Buchstaben zu entziffern, die Worte zu einem sinnvollen Ganzen zu verbinden. Jemand teilte Englund in dem Schreiben mit, dass in einem Gehöft südöstlich von Rothenburg seit Monaten bereits sein Vetter Eric Grohnert Quartier gefunden habe.

»Seit Monaten?« In Magdalena explodierte etwas. Von innen heraus fühlte sie den Schmerz aufsteigen. Sie rang nach Luft, presste sich die Hand auf den Leib, zwang sich, den Brief zu Ende zu lesen, aufmerksam, Wort für Wort. Weiter hieß es, dass außer Englunds Vetter bis vor kurzem auch eine blonde Frau und ein kleines, rotblond gelocktes Kind auf dem Anwesen zu finden gewesen seien. Offenbar stünden sie eng mit ihm in Verbindung. Die Bauersfrau Berta und ihre Leute jedenfalls behandelten alle drei wie gute Freunde. Nach dem Tod der Frau kümmerte sie sich wie eine zweite Mutter um das Kind.

Magdalena wurde schwarz vor Augen. Sie schwankte und suchte mit dem linken Arm nach Halt, fand ihn ausgerechnet an den letzten Resten der eingestürzten Mauer. Schon rieselte der Mörtel heraus. Sie musste aufpassen, dass die Steine nicht nachrutschten.

Das Schnaufen in ihrem Schoß wurde lauter. Sie sah wieder hinab. Rupprechts Augen schwammen in Tränen. Die Reue stand ihm ins blutverschmierte Gesicht geschrieben. Sie rang mit sich. Kein Zweifel: Die blonde Frau mit dem rotblonden Kind, das mussten Elsbeth und Carlotta sein! Rupprecht hatte es gewusst. Seit anderthalb Jahren schon hatte er gewusst, wo sie steckten. Doch weder hatte er ihr etwas davon gesagt, noch hatte er sie zum Aufbruch gedrängt. Nicht einmal, seit klar war, dass jeder gehen konnte, wohin er wollte.

»Warum?«, fragte sie leise. Ihre Lippen bebten.

In den Resten seines Gesichts suchte sie nach einer Antwort. Die Wunde an der Schläfe klaffte weit auseinander. Von den wulstigen Augenbrauen war nicht viel geblieben. Ängstlich wie die Augen eines Kaninchens kurz vor dem sicheren Abschuss starrten seine dunklen Augen zu ihr herauf. Immer hatte er Angst gehabt. Immer war er der verhuschte, flinke, kleine, düstere Mann gewesen. Zugegeben: Verglichen mit dem hochgewachsenen, aufrechten, rotblonden Eric machte er nicht viel her. Aber im Gegensatz zu ihm war er stets da gewesen, wenn sie in Gefahr geraten war: damals im Lager, als Seume über sie herfiel, wenig später, als Strecker sie auf der Kuppe vergewaltigen wollte, und auch, als Englund sie im Würzburger Kloster seinen Leuten zur Beute hatte vorwerfen wollen. Immer wieder hatte Rupprecht sie gerettet, vor Schlimmem bewahrt. Seit Königsberg hatte sie ihm zu zeigen versucht, wie sehr sie ihn dafür liebte. Bitter, ausgerechnet in diesem Moment erkennen zu müssen, dass ihn das wohl nicht restlos überzeugt hatte, dass sein Misstrauen all die Jahre weiterhin bestand.

Ein heiseres Krächzen drang aus seinem Mund. Sie bedeutete ihm zu schweigen. Sie konnte nicht anders: Sie musste ihm vergeben.

Weinend sank sie über seinem geschundenen Körper zusammen. Mehrmals bebte seine Brust, zwei, drei Seufzer entfuhren ihm. Sie weinte und weinte, bis sie spürte, dass sich unter ihr nichts mehr regte. Rupprecht war tot.

3

Das kleine Dorf Gebsattel lag hinter ihnen. Am Horizont schob sich bereits die Silhouette Rothenburgs mit den vielen Türmen und Mauern heraus. Wie durch ein Wunder hatte die Stadt mitsamt ihren prächtigen Bauwerken die Kriegsjahrzehnte unbeschadet überstanden. Stolz brachte die späte Herbstsonne das Rot der Dächer zum Strahlen.

Nicht mehr lange, und Magdalena hatte ihr Ziel erreicht. Seit Tagen sehnte sie diesen Moment herbei. Gleichzeitig erfüllte sie die Aussicht mit großem Unbehagen. Die Frage, ob sie das Richtige tat, nagte an ihr. Rupprecht fehlte ihr. Mit ihm hätte sie sich gern darüber beraten. Ihre Augen füllten sich mit Tränen. Er war der Letzte gewesen, der ihr von all den lieben Menschen aus ihrem bisherigen Leben geblieben war. Nun hatte sie nicht einmal mehr ihn. Was sollte sie tun, wenn sie Carlotta auf dem Gehöft nicht antreffen würde, wenn dort nicht einmal eine Spur von Eric zu finden war? Musste sie die Hoffnung dann für immer begraben, ihr Kind jemals wieder in die Arme zu schließen?

Je länger sie darüber grübelte, umso gewaltiger türmte sich noch eine ganz andere Frage vor ihr auf: Was, wenn sie die drei dort tatsächlich antraf? Ein Schwall Hitze erfasste ihr Gesicht, überflutete ihren Körper. In Gedanken tasteten ihre Finger nach dem Bernstein. Seit Rupprechts Tod trug sie ihn wieder an der gewohnten Stelle zwischen den Brüsten unter dem Mieder. Ein weiteres Mal schluchzte sie auf. Schmerzlich brannte der Verlust Rupprechts auf ihrer Seele. Er allein hätte ihr die Kraft spenden können, das alles zu ertragen. Viel zu überstürzt war sie gleich nach seiner Beerdigung aus Memmingen abgereist. Nie und nimmer konnte sie das, was er in den letzten Jahren für sie getan hatte, gutmachen. Vor allem würde sie niemals wieder einen Menschen finden, der ihr das alles zugleich war: Freund und Geliebter.

»He!« Der Ellbogen des Fuhrmanns stieß ihr in die Rippen. Erschrocken wurde ihr klar, dass sie seinem Reden nicht zugehört, sondern sich ganz ihren Gedanken hingegeben hatte.

»Was hast du gesagt?« Schuldbewusst lächelte sie ihn an. Das genügte, ihn zu besänftigen. Schon grinste er über sein bärtiges Gesicht.

»Rechts musst du dich halten, wenn du gleich losgehst. Keine halbe Stunde, dann siehst du die Anhöhe, auf der der Hof liegt. Gleich hinter dem kleinen Kiefernwald dort hinten ist es. Berta heißt die Bäuerin. Jeder in der Gegend kennt sie und ihren Hof. Sag ihr schöne Grüße von mir.«

»Werde ich machen.« Magdalena nickte und sprang vom Wagen. Hubertus, einer der Kaufleute, mit denen sie gereist war, tat es ihr nach. Schweigend half er, ihr kleines Bündel, in dem sie einige Instrumente, Salben und Tinkturen verwahrte, vom Wagen zu nehmen.

»Bist du sicher, dass du wirklich dorthin willst?« Prüfend sah er sie an. Sein faltiges Gesicht wirkte besorgt. »Noch kannst du es dir überlegen. Mein Angebot gilt: Du fährst mit uns weiter nach Würzburg. Dort finden wir einen Schiffer, der dich den Main hinunter mitnimmt. Von Mainz wird es ein Leichtes sein, nach Köln zu gelangen. Eine starke Frau wie du«, er schenkte ihr einen bedeutungsschwangeren Blick, »läuft heutzutage keine Gefahr mehr, von den Burschen überwältigt zu werden.«

»Danke, aber ich muss dorthin.« Fest drückte sie ihm die Hand. Längst bereute sie es, ihm ihre ganze Geschichte erzählt zu haben. Seither meinte er, sie beschützen und für sie sorgen zu müssen. Die Art, wie er das zu tun pflegte, erinnerte sie an ihren Vater und ein wenig auch an Meister Johann. Wie um diesen Eindruck zu bestätigen, ergänzte Hubertus: »Bis morgen Mittag warten wir in Rothenburg im Schwarzen Bären. Der lässt sich leicht finden. Das nur für den Fall, dass du es dir anders überlegst und doch mit uns kommen willst.« Noch einmal drückte er ihr die Hand, dann kletterte er auf den Wagen und hieß den Fuhrmann weiterfahren.

Sie sah ihnen nach, bis das Fuhrwerk den Hügel hinunter war und eine leichte Wegbiegung nach links einschlug. Der hochbeladene Wagen mit der hellen Plane leuchtete noch lang aus den braungepflügten Äckern auf. Sie wandte sich nach rechts und folgte dem schmalen Pfad in den Kiefernwald.

Die ungewöhnlich warme Witterung der letzten Wochen hielt an. Statt durch Schnee und Regen, wie es der Jahreszeit angemessen gewesen wäre, marschierte sie weiterhin durch spätherbstlichen Sonnenschein. Golden blitzte er durch die Lücken zwischen den locker stehenden Bäumen. Die Wärme tat wohl. Das lange Sitzen auf dem Fuhrwerk hatte ihre Glieder steif werden lassen. Munteres Vogelzwitschern begleitete ihren Weg. Sie versuchte, die einzelnen Stimmen zu unterscheiden: Tannen- und Kohlmeisen waren gut zu erkennen, auch der Kleiber und die Amsel gaben sich keine Mühe, ihr kehliges Singen zu verstellen. Das Kreischen eines Eichelhähers überdeckte schließlich alle anderen.

Bald wurde der Wald dichter und dunkler. Wohltuende Stille umfing sie. Unter ihren Schritten federte der weiche Boden. Eine dicke Schicht vertrockneter Nadeln lag wie ein üppiges Polster darauf. Gelegentlich stieß sie einen dicken Zapfen mit dem Fuß an. Weit geöffnet dürsteten die Schuppen nach Regen. Neugierig blickte Magdalena ein Eichhörnchen entgegen und huschte erst davon, als sie sich ihm bereits auf fünf Schritte genähert hatte. Sie schmunzelte. Noch vor einigen Wochen hätte niemand es gewagt, eine Frau allein in den Wald gehen zu lassen. Der Friedensschluss von Münster erfüllte alle mit Zuversicht, dass die Zeiten der Räuberbanden und marodierenden Söldner endlich ein Ende gefunden hatten. Trotzdem war Magdalena froh, als sich die Bäume wieder lichteten.

Sie trat aus dem Schatten der letzten Kiefern heraus und erblickte weitläufige Felder. Eine Anhöhe mit einer Handvoll Häuser ragte daraus auf. Das Korn war lange abgemäht, auch das letzte Heu vor Monaten schon eingebracht. Hie und da streckte ein kahler Baum seine Äste gen Himmel. Rote Hagebutten glühten an einem Strauch. Ein Eichelhäher stob auf, ein zweiter folgte ihm. Kurz darauf zog eine Feldlerche ihre Kreise über die Äcker, trillerte ihr markantes Lied, um ihr Revier zu markieren.

Magdalenas Herz schlug schneller. Sie musste sich nicht lang umsehen, um zu wissen, dass sie die Gegend bereits kannte: Vor diesem Hügel hatte Lindström damals Rupprecht, sie und Englund mit seinen Männern gestellt. Wieder versetzte ihr der schändliche Verrat durch den alten Ludwig einen Stich. Dass sie sich so ihn ihm hatte täuschen können! Rupprecht dagegen hatte den richtigen Riecher bewiesen. Wie so oft aber hatte sie seine Warnung in den Wind geschlagen. Abermals schüttelte sie bekümmert den Kopf. Die letzten beiden Jahre waren alles, was ihm als Glück vergönnt gewesen war.

Um sich nicht ganz der Trauer hinzugeben, hob sie den Blick, betrachtete abermals die Anhöhe. Mit der flachen

Hand an der Stirn schirmte sie die Augen gegen die letzten Sonnenstrahlen ab. Bei dem größten der Häuser hatte sie damals jemanden stehen und winken sehen. Ob das Eric gewesen war? Ein bitterer Geschmack breitete sich in ihr aus. Sollte sie ihm tatsächlich so nah gekommen sein? Nichts hatte sich in ihr geregt, keine Ahnung sie erfüllt, dass dort ihr Kind auf sie warten könnte. Was war sie nur für eine schlechte Mutter!

Die letzten Schritte wurden ihr schwer. Dabei war der Weg nicht einmal steil. In sanften Schwüngen wand er sich an den frisch gepflügten Feldern vorbei den Hügel hinauf. Ihr Herz klopfte, als wäre sie stundenlang gerannt, die Beine gehorchten nur widerwillig. Bang starrte sie auf das Haus direkt an der Kuppe. Der Größe nach musste es Bertas Anwesen sein. Einmal noch blieb sie stehen, gönnte sich ein letztes, tiefes Durchatmen, dann ging sie auf die Tür zu und klopfte an.

Drinnen lachte ein Kind. Leichte Schritte näherten sich. Offenbar hüpfte das Kind zur Tür. »Warte, nicht so hastig! Wer weiß, wer das ist.« Eine wohltönende Frauenstimme mahnte zur Vorsicht. Die dazugehörigen Schritte schlurften über die Holzdielen. Sofort stand Roswithas watschelnder Gang vor Magdalenas innerem Auge. Als sich die Tür mit einem Ruck öffnete, wunderte sie sich nicht, eine ähnlich kleine, gedrungene Frau im Alter der Hebamme vor sich zu sehen.

»Was ist?« Zunächst wirkte die Frau überrascht. Ihr Blick glitt rasch über Magdalenas Gesicht, ihren Körper und kehrte zu ihrem Gesicht zurück. Da verzogen sich die schmalen Lippen zu einem Lächeln. »Magdalena, endlich! Komm herein!« Einladend wies sie mit der Hand in die Stube und trat einen Schritt zurück, um ihr Platz zu machen.

Magdalena stutzte: Dass die Frau sofort wusste, wer sie war! Dabei wirkte ihr Verhalten so selbstverständlich, als hätte sie Magdalena bereits seit langem erwartet.

»Wer ist das?« Das Kind lugte neugierig hinter dem Rock der Fremden hervor.

Magdalena stockte der Atem: Carlotta! Sie sank auf die Knie. Die aufsteigenden Tränen schnürten ihr die Kehle zu. Mehr als ein ersticktes Aufjaulen brachte sie nicht heraus. Rasch breitete sie die Arme aus und hoffte, die Kleine würde auch so begreifen, wer vor ihr stand.

»Sag endlich!« Carlotta verharrte auf ihrem sicheren Platz halb hinter dem Rücken der Frau, zupfte diese allerdings energisch am Ärmel und musterte Magdalena neugierig mit ihren blauen, tiefgründigen Augen.

»Brauchst keine Angst haben!« Behutsam strich ihr die Frau über den rotblonden Lockenschopf. Gleichzeitig griff sie nach Magdalenas Arm und hieß sie, sich zu erheben. »Ich bin Berta. Komm endlich rein.«

Wenig später fand sich Magdalena auf der Bank am Ofen. Die rußigen Balken drückten schwer von der niedrigen Decke herab, durch zwei schmale Fenster fiel das Nachmittagslicht herein. Trotz aller Düsternis hatte die Stube etwas Heimeliges. Vor Magdalena auf dem langen Holztisch dampfte eine Schale heißer Suppe. Der köstliche Duft nach fetter Brühe und Gemüse erfüllte die Luft. Vorsichtig schloss Magdalena die Finger um die Schale. Die Aufregung hatte ihre Hände eiskalt werden lassen. Bebend wartete sie ab, bis sich die Wärme von den Fingerspitzen her im ganzen Körper ausbreitete.

Carlotta kletterte unterdessen auf der benachbarten Bank herum und lutschte schmatzend am linken Daumen. Sosehr sie einerseits auf ausreichend Abstand zu ihr achtete, so unverhohlen behielt sie sie andererseits immer im Blick. Berta indessen werkelte noch am Herd herum, bevor sie sich endlich neben ihr auf einem Stuhl niederließ.

»Eric ist noch in der Stadt.« Sie sagte das, als setzten sie ein eben begonnenes Gespräch innerhalb der Familie fort. Längst schien für sie festzustehen, dass Magdalena ab sofort dazugehörte. »Jeden Tag treibt er sich dort herum und versucht, alte Bekannte ausfindig zu machen. Mehr und mehr Kaufleute kriechen aus ihren Löchern, finden sich in Rothenburg ein, um die alten Geschäfte aufzunehmen. In den letzten zwei Jahren ist vieles zusammengebrochen. Die Schweden haben durch ihren Durchmarsch nach Bayern alle Verbindungen abgeschnitten. Doch jetzt sieht es auf einmal wieder so aus, als könnte selbst vor dem Winter noch was gehen. Eric juckt es in den Fingern, endlich loszuziehen und etwas zu tun. Noch ist das Wetter mild, noch kann er umherreisen und Ware auftreiben. Ein Mann wie er ist schließlich nicht dazu gemacht, in der Stube zu versauern.«

Sie lachte ein kehliges Lachen, das die Runzeln auf ihrem wettergegerbten Gesicht aufspringen ließ. Ein Mund voller fauler Zahnstümpfe wurde sichtbar, woran sich Berta nicht im Geringsten zu stören schien. Magdalena zuckte unwillkürlich zusammen, was Berta wohl sogleich richtig deutete. Sie beugte sich vor und tätschelte ihr den Arm. »Zum Glück bist du jetzt da. Eric wollte nicht los, bevor er nicht herausgefunden hat, wo du stecken könntest. Aber das lange Warten hat ihm nicht gutgetan. Was wird er Augen machen, wenn er dich sieht!«

Sie rieb sich die Hände, als könne sie seine Rückkehr dadurch beschleunigen. Die viel zu trockene Haut knisterte. Magdalena spürte, wie sie ruhiger wurde. Etwas an Bertas

Worten ließ sie hoffen, mit Eric zumindest Frieden schließen zu können. Carlotta würde er ihr also nicht wegnehmen wollen. Warum sonst suchte er nach ihr, wenn nicht, um sie und ihr Kind zusammenzubringen? Abermals fühlte sie Bertas Hand über ihren Arm streichen. Sie legte ihre zweite Hand darauf. Bertas Haut war spröde. Sie beschloss, ihr nachher einen Balsam aus Ringelblume und Kamille, versetzt mit etwas Talg und Rosenöl, zu bereiten. Das würde die rissige Haut geschmeidiger machen. Auch zu den Zähnen würde ihr etwas einfallen. Meister Johann hatte auch immer viel auf Zahnpflege geachtet. Wenn sie sich besann, erinnerte sie sich bestimmt wieder daran. Sie lächelte zuversichtlich. Obwohl noch keine Stunde vergangen war, seit sie den Hof betreten hatte, fühlte sie sich bei Berta bereits wohl. Endlich hatte sie das Gefühl, angekommen zu sein.

Ihr Blick streifte Carlotta. Inzwischen spielte die Kleine auf dem Boden mit einem getigerten Kätzchen. Es musste aus dem Korb neben dem Ofen gekrochen sein. Die beiden kannten sich offenbar gut. Das Kätzchen schnurrte wohlig und rieb seinen Kopf an Carlottas Knie. Die Kleine würde auch bald ihre Scheu überwinden. Noch wollte Magdalena sie nicht mit ihrer Zuneigung bedrängen. Carlotta war erst dreieinhalb. Es würde Zeit brauchen, bis sie verstand, was geschehen war.

»Vergiss nicht zu essen.« Mahnend rückte Berta die Schüssel zurecht. »Siehst aus, als könntest du ein bisschen mehr Speck auf den Rippen vertragen. Wir haben genug. Bei uns wird es dir an nichts fehlen.«

Auch für Berta stand also fest, dass sie vorerst bleiben sollte. Sie dankte mit einem stummen Nicken. Draußen wurde Hundegebell laut. »Papa!« Jauchzend klatschte Carlotta in die Hände und hüpfte zur Tür. Erschrocken flüchtete das

Kätzchen in den Korb. Magdalena spürte, wie ihr Körper abermals zu beben begann. Schon kroch die Kälte wieder über Hände und Füße hinauf.

»Eric ist also zurück.« Berta lächelte ihr aufmunternd zu. »Komm, gehen wir gemeinsam zu ihm, damit er sich nicht allzu sehr erschrickt, weil Carlotta ihm seltsame Geschichten auftischt. Das Flunkern hat es ihr angetan. Das beherrscht sie wie nichts anderes.«

Wieder nahm sie Magdalena an der Hand und ging mit ihr hinaus. Kaum traten sie aus der Tür, hörten sie bereits, wie Eric Carlotta liebevoll zurechtwies: »Erzähl mir nicht immerzu solche Geschichten. Wenn du zu viel lügst, dann glaube ich dir eines Tages gar nichts mehr.«

»Ich lüge aber nicht!« Die Kleine stampfte mit dem Fuß auf und sah gleichzeitig bittend zu ihrem Vater hoch. Zwar hatte er sich vorgebeugt, dennoch reichte ihm Carlotta nicht einmal bis zur Hüfte. Entschlossen packte er sie um den zierlichen Leib und hob sie hoch. Sofort schlang Carlotta die Arme um seinen Hals und schmiegte sich an ihn.

Ein Schauer überlief Magdalena. Sie wagte nicht zu atmen. In den letzten Jahren hatte sie sich unzählige Male dieses Bild ausgemalt, dennoch konnte sie nicht fassen, es jetzt tatsächlich vor Augen zu haben. Es war also endlich wahr: Carlotta und Eric standen vor ihr! Wie er die Kleine herzte und liebkoste, ließ alle Zweifel verfliegen. Eric war ihrer Liebe wert. Sie hatte damals das Richtige getan, als sie ihn vor Seume gerettet hatte. Kurz sandte sie ein Dankgebet an Roswitha, wo immer ihre arme Seele gerade stecken mochte. Die alte Hebamme hatte recht getan, sie in ihrem Entschluss zu unterstützen. Nie hätte sie sich verziehen, die Chance für seine Rettung ungenutzt verstreichen zu lassen. Magdalena kannte nur noch einen Wunsch: die beiden vor ihr fest in die Arme zu nehmen und die Wärme ihrer Körper wirklich zu spüren.

»Geh schon!« Berta schien ihre Gedanken zu erraten und schubste sie leicht an. Ihre Augen glänzten feucht. Auch sie war zutiefst bewegt.

»Magdalena!« In diesem Moment entdeckte Eric sie. Ungläubig sah er sie an, dann setzte er Carlotta langsam auf den Boden.

»Sag ich doch!« Trotzig stampfte die Kleine abermals auf, bevor sie den Daumen wieder in den Mund schob und sein Bein umklammerte.

Zögernd ging Magdalena auf ihn zu, sah ihm geradewegs in die tiefgründigen blauen Augen. Je näher sie ihm kam, desto mehr leuchteten sie. Plötzlich huschte ein Lächeln über sein Gesicht, und das wohlbekannte Zucken umspielte die Mundwinkel. Endlich öffnete er die Arme, und sie konnte sich einfach stumm hineinfallen lassen.

Den ganzen Abend und die halbe Nacht redeten Magdalena und Eric miteinander. Mehr als zwei Jahre hatten sie nachzuholen. Berta kümmerte sich indessen um Carlotta und ließ sie allein in der Stube. Auch von den anderen Hausbewohnern zeigte sich keiner. Magdalena berichtete von den anstrengenden Zeiten als Wundärztin bei den Schweden und begriff erst jetzt, wie sehr all diese Erlebnisse sie belastet hatten. Zum ersten Mal konnte sie darüber sprechen, sich selbst der furchtbaren Erfahrungen bewusst werden.

»Letztlich ist es einerlei, in welchem Heerlager du unterwegs bist. Das Elend im Lazarett ist auf allen Seiten gleich.« Sie schluckte, dachte an all die vielen Male, die sie am Rand eines Gefechtsfeldes Geschosse hatte herausoperieren, Gliedmaßen amputieren und klaffende Wunden zusammenflicken müssen.

»Der einzige Unterschied war, dass wir bei den Schweden ohne Meister Johann auskommen mussten. Auch Roswitha mit ihrem reichen Kräuterwissen hat uns gefehlt.«

Seufzend kämpfte sie gegen die Tränen an. Eric nickte stumm, hielt einfach nur ihre Hand und wartete. »Ohne Rupprecht hätte ich das nicht durchgehalten. Er hat mir immer wieder Mut gemacht. Dass er ausgerechnet am Tag des Friedensfestes hat sterben müssen, verstehe ich nicht. Nach allem, was er überstanden hat, wiegt das umso schlimmer. Stell dir vor: Jedem Kanonenschuss ist er entgangen, und dann hat ihn am Ende eine einfache Hofmauer erschlagen!«

Erschöpft wischte sie sich über die feuchten Wangen und sah Eric aus tränenglitzernden Augen an. Abermals nickte er nur, um dann endlich mit heiserer Stimme zu fragen: »Und was ist mit Hauptmann Englund? Hast du je von ihm gehört? Vielleicht ist er dir im Lager der Schweden zufällig einmal begegnet? Das Würzburger Kloster und auch Königsberg in Franken sind Orte, die er immer wieder aufgesucht hat.«

»Ich weiß. Hier«, sie nestelte an ihrem Mieder und zog den Bernstein heraus. »Der hat mir das Leben gerettet, weil dein Vetter Englund ihn erkannt hat.«

»Woher weißt du, dass er …?«

»Von ihm selbst«, fiel sie ihm ins Wort, während er offenbar noch nach den richtigen Sätzen suchte, um sein verwandtschaftliches Verhältnis zu Christian Englund zu erklären. »Du hättest mir von ihm erzählen müssen. Vor allem, dass er von seiner Mutter den gleichen Stein als Talisman bekommen hat wie du. Mich hat er als Diebin beschimpft. Kein Wunder, schließlich musste er denken, ich hätte den Stein gestohlen.«

Eric senkte den Blick. »Wie hätte ich ahnen können, dass ausgerechnet ihr beide euch einmal begegnen werdet?«

»Konntest du nicht. Zum Glück hat Rupprecht mich gerettet. Du kannst dir gar nicht vorstellen, wie oft Rupprecht das in den letzten Jahren getan hat. Ohne ihn säße ich bestimmt nicht mehr hier.«

Der versteckte Vorwurf in den Worten traf ihn sichtlich. Erics Wangen glühten, er biss sich auf die Lippen und wich ihrem Blick aus. Fahrig knetete er seine Finger, bis die Knöchel weiß hervortraten.

»Elsbeth ist am Fieber gestorben«, sagte er ohne Übergang. »Die Franzosenkrankheit hat sie außerdem noch gehabt. Kein Wunder, bei ihren vielen Liebschaften. Berta hat ihr Möglichstes getan, aber es hat nichts mehr genutzt. Am Ende hat Elsbeth aufrichtig leidgetan, dass sie dir Carlotta weggenommen hat. Sie war immer sehr gut zu der Kleinen. Sie war wie eine Mutter zu ihr. Elsbeth wollte einfach nur jemanden, der sie auch ein bisschen gernhat.«

Es tat weh, das zu hören. Magdalena war, als drückte ihr jemand die Luft ab. Wie konnte Elsbeth das nur behaupten! Im ersten Moment wusste sie nicht, ob sie wütend oder traurig darüber sein sollte, wusste nicht einmal, ob sie sich mehr darüber aufregte, dass die Cousine ihr Carlotta genommen hatte, oder darüber, dass sie gedacht hatte, niemand hätte sie gemocht. Dennoch: Sie hatte sie geliebt, trotz alledem. Heftig kämpfte es in ihr. Sie ballte die Fäuste.

»Englund ist auch tot.« Es platzte aus ihr heraus. Eigentlich hatte sie es Eric schonend beibringen wollen. Die Art, wie er sich vorhin nach seinem Vetter erkundigt hatte, hatte deutlich gemacht, wie sehr ihm an ihm lag. Warum sie das trotzdem so harsch verkündete, konnte sie sich selbst nicht erklären. Wahrscheinlich geschah es Elsbeths wegen, dabei wusste sie doch seit Rupprechts Brief von ihrem Tod. Im nächsten Moment schon tat es ihr leid. Sie legte den Arm um Erics Schultern und schmiegte sich an ihn. Durch die Berührung spannten sich seine Muskeln an. Das unter seinem Hemd zu spüren tat gut. Plötzlich stieg ihr der wohlbekannte Geruch seiner Haut in die Nase. Schnuppernd rückte sie noch ein wenig näher. Er legte den Arm um sie und zog sie zu sich.

»Dass Roswitha gleich beim Abzug aus Amöneburg gestorben ist, weißt du, oder?« Er sagte es mehr zu sich selbst als zu ihr. »Seume hat nicht einmal angehalten, als sie unter die Räder seines Wagens geriet. Leider habe ich bis heute nicht herausgefunden, was aus Meister Johann geworden ist. Keiner konnte mir was erzählen, ganz gleich, wen ich auch gefragt habe. Vielleicht ist das ein gutes Zeichen.«

»Wollen wir es hoffen.«

Sie schwiegen. Jeder gab sich den eigenen Gedanken hin. Auf einmal war sie unsäglich müde. Vorsichtig hob sie den Kopf und betrachtete Eric. Wie gern würde sie ihn fragen, was er in den letzten Jahren noch getan hatte, außer zu warten und zu suchen. Auch wenn sie einiges bereits von Ambrosius und Berta wusste, hätte sie es gern einmal von ihm selbst erfahren. Er schien jedoch nicht ansprechbar. Sein Blick war in weite Fernen gerichtet. Er merkte nicht einmal, dass sie ihn ansah.

Der weiche Haarflaum in seinem Nacken war ihr vertraut, ebenso die vielen kleinen Fältchen um Augen und Mund. Zwar wich das rotblonde Haar am Stirnansatz bereits zurück, dennoch schien es ihr in diesem Moment, als wären sie eben erst vom Heuboden in der Freiburger Gerberau hinuntergestiegen. Waren seither tatsächlich schon mehr als vier Jahre vergangen? Waren all die furchtbaren Dinge tatsächlich geschehen? In diesem Moment wollte sie nichts mehr davon hören. Erst einmal war es genug.

Sie musste ihn küssen und an sich reißen, ihn lieben – genau wie damals. Gierig sog sie die Tränen von seinen Wangen, schmeckte das Salzige darin und strich ihm das lichter gewordene Haar aus dem Gesicht. Ihre Hände ruhten an seinen Schläfen und zwangen ihn, sie anzusehen. Willig ließ er es geschehen, erwiderte bald sogar die Zärtlichkeiten.

»Lass uns für eine Weile vergessen, was passiert ist«, sagte sie. »Lass uns einfach die Nacht miteinander genießen. Wer weiß, wie viel Zeit uns dieses Mal bleibt.«

4

Der Abendhimmel wölbte sich über ihnen. Ein steter Wind strich von der Ebene herauf, pustete die letzten Blätter von den Bäumen. Dabei brachte er eine erste Ahnung vom anstehenden Wetterwechsel mit. Der Dezember würde endlich den Winter bringen. Dann bliebe auch Eric auf Bertas Gehöft und setzte seine Geschäfte erst nach der Schneeschmelze in den Bergen wieder fort. Magdalena schlang das Wolltuch enger um sich, während sie sich auf der Bank vor dem Bauernhaus rekelte. Der kleine Lockenkopf auf ihrem Schoß reckte sein Gesichtchen nach oben. Auf die dreckverschmierten Wangen fiel das letzte Tageslicht. Carlotta strahlte von einem Ohr zum anderen.

Eine Weile verlor sich Magdalenas Blick in den himmelblauen Augen ihres Kindes. Die zunehmende Dämmerung verschluckte den Glanz, der darin schimmerte. Es fiel Magdalena schwer zu begreifen, dass zwei Jahre vergangen waren, seit sie die Kleine zuletzt so gehalten hatte. Vorsichtig legte sie den Arm um das Kind. Seit Carlotta am Morgen gemerkt hatte, wie vertraut Eric und sie miteinander umgingen und dass auch Berta ihr nicht misstrauisch begegnete, hatte sie ihre Scheu überwunden.

Versonnen betrachtete Magdalena sie. Die Kleine entsprach ganz und gar nicht mehr dem Bild, das sie von ihr in Erinnerung hatte. Sie erschrak, weil es ihr bewusstmachte, wie schnell sich Menschen verändern. Zum Glück aber gab es Kleinigkeiten, die gleich blieben. Am Geruch etwa hätte sie ihr Kind immer wiedererkannt. Der hatte sich nicht verändert. Am liebsten wühlte sie die Nase in das rotblonde Haar, schnupperte hinter den Ohren und an den Wangen entlang. Genug bekam sie davon noch lange nicht, genauso wenig, wie sie nicht müde wurde, ihre Tochter anzusehen.

»Hast du Angst vor Feuer?«, fragte Carlotta und blickte Magdalena neugierig an. Zwischen den kurzen Fingern drehte sie den Bernstein, den Magdalena ihr am Morgen um den Hals gebunden hatte. Schließlich hielt sie ihn nah vor ein Auge, um ihn mit zusammengekniffenen Lidern aufmerksam im Licht der untergehenden Sonne zu untersuchen. »Musst du nie haben. Ich pass jetzt auf dich auf. Und der Stein hier beschützt mich mein Leben lang.« Gebannt starrte sie auf das schwarze Tier, das für alle Ewigkeit in dem goldenen Bernstein gefangen war.

»Mir hat er immer wieder das Leben gerettet«, sagte Magdalena. »Und geholfen, deinen Vater wiederzufinden.«

»Wollen wir hoffen, dass das in Zukunft nicht mehr nötig ist.« Eine große Hand legte sich ihr auf die Schultern. Eric stand neben ihr. Sie hatte ihn nicht kommen hören. Der Lehmboden hatte seine Schritte verschluckt. Ein Lächeln umspielte seine Mundwinkel, schon zuckten sie in der vertrauten Weise. Auch die beiden altbekannten Falten oberhalb der Nasenwurzel waren im schwindenden Tageslicht noch gut auszumachen. Er streckte die Hand aus, um ihr von der Bank aufzuhelfen. Das Zittern war nicht zu übersehen. Da erst bemerkte sie, dass sein Lächeln weitaus unsicherer war, als sie zuerst gemeint hatte.

Unterdessen jauchzte Carlotta vor Freude. Schwungvoll sprang sie auf und hüpfte auf einem Bein zum Haus. Magdalena und Eric sahen ihr nach. Die Kleine hatte die Türschwelle schon erreicht, als ihr auffiel, dass die beiden nicht folgten. Winkend drehte sie sich um und rief: »Kommt endlich!«

Vorsichtig hob Eric den Arm. Magdalena zögerte, dann gab sie sich einen Ruck und nahm ihn an der Hand. Sie war eiskalt. Sie hob den Blick und lächelte ihm zu. Erst da huschte ein Leuchten über sein Gesicht, dem das vertraute Zucken um die Mundwinkel folgte. Erleichtert lehnte sie den Kopf an seine Schultern.

»Wie gut, dass ich dich nicht mehr suchen muss.«

Eng aneinandergeschmiegt schlenderten sie zu ihrem Kind.

Epilog

FRANKFURT AM MAIN

Mai 1651

Das Päckchen, das der Bote gebracht hatte, war nicht sonderlich groß. Dafür schien es umso schwerer. Abschätzend wog Magdalena es in der Hand und fragte sich, was wohl darin sein mochte. Nachdenklich ging sie zu dem langen Tisch, der mitten in Erics Kontor stand, und rückte sich den schweren Armlehnstuhl zurecht. Das Päckchen drapierte sie genau vor sich. Aufmerksam betrachtete sie es von allen Seiten. Auf dem braunen Papier, in das es eingeschlagen war, fand sich weder ein Hinweis auf den Absender noch auf den Inhalt. Der Bote hatte auch nicht verraten wollen, wer ihn geschickt hatte.

Das Päckchen musste von weit her kommen. Offensichtlich war es durch viele Hände gegangen. Vorsichtig begann sie, es zu öffnen. Der Knoten an dem Band, mit dem es einmal längs und einmal quer verschnürt worden war, ließ sich nicht so leicht auflösen. Magdalena stand auf und suchte am Stehpult vor dem rechten Fenster nach einer Schere. Wie immer hatte Eric das Pult akribisch aufgeräumt. Sie schmunzelte. Dass Eric so viel Wert auf Ordnung hielt, lag wohl daran, dass er im Tross seinem Empfinden nach in ständiger Unordnung gelebt hatte. Nicht einmal auf Bertas Gehöft schien es anders für ihn gewesen zu sein. Wie hatte er gestrahlt, als sie im letzten Jahr in diesem Haus nahe der Frankfurter Fahrgasse endlich ein eigenes Zuhause gefunden hatten!

Gedankenverloren strich Magdalena mit den Fingerspitzen über das sonnenwarme Holz des Pults, bevor sie die Schere aus der Schublade nahm. Prüfend wanderte ihr Blick durch das holzgetäfelte Kontor. Die drei hohen Fenster zur Straße ließen gelbliches Licht herein. Der Tag neigte sich bereits dem Ende und verströmte mildes Licht. In den schräg einfallenden Strahlen tanzten die Staubkörner. Der zarte Geruch nach Flieder, der seit Tagen durch das Haus zog, verriet den endgültigen Frühlingsanbruch. Ein eigenes Zuhause! Sie musste sich an den Gedanken, in dem dreistöckigen Gebäude unweit des Mains mehr als nur ein vorübergehendes Quartier zu sehen, allerdings noch gewöhnen. Selbst nach über einem Jahr fiel es ihr nicht leicht, sich vorzustellen, für immer in diesem Haus mit dem dreiseitig umbauten Hof zu bleiben.

Dabei lag es keinesfalls an den räumlichen Gegebenheiten, dass sie noch immer fremdelte. Das Anwesen war großzügig angelegt: Im Erdgeschoss befanden sich außer Erics Kaufmannskontor noch die Lagerräume und im Anbau zum Hof eine Küche nebst Hühnerstall und Schweinekoben. In den Geschossen darüber lagen zwei großzügige Wohnetagen für Eric, Carlotta und sie sowie die Gesindekammern. Dank guter Geschäfte direkt nach Ausrufung des Friedens von Münster vor fast drei Jahren hatte Eric genug Kapital angehäuft, um ihnen in der reichen Messestadt einen solch weitläufigen Komplex einzurichten. Selbst für eine ansprechende Möblierung und eine üppige Ausstattung mit Geschirr und Wäsche, soviel das Herz begehrte, hatte es gereicht.

Wieder lächelte Magdalena versonnen. Anders als Eric war sie ihr Leben lang freiwillig von Ort zu Ort gezogen. Es hatte sie nie gestört, nirgendwo und gleichzeitig überall zu Hause zu sein, nicht einmal, wenn sie den Winter über in einem Zelt oder Planwagen bei Schnee und Eis ausharren mussten. Das Einzige, was für sie zählte, war, ihre Lieben um sich zu wissen. Seit sie Eric und Carlotta wiedergefunden hatte, war das erreicht.

Inzwischen aber wohnte sie nicht nur in einem Haus, das ihr oder vielmehr ihrem seit wenigen Monaten rechtmäßig angetrauten Ehemann gehörte. Seinetwegen hatte sie sogar den Traum, weiter als Wundärztin zu arbeiten und ein unabhängiges Leben zu führen, aufgegeben. Es war ihr sehr schwergefallen, das ihrer Mutter Babette, die weiterhin dem Kölner Haushalt des verwitweten Fassbinderonkels vorstand, mitzuteilen. Natürlich hatte Babette ihren Hohn nicht verhehlen können und ihr über den schreibkundigen Onkel gleich einen Brief zurückgeschickt: »Jetzt bist du doch noch eine sesshafte Bürgersfrau geworden.«

Wehmütig rief sich Magdalena gelegentlich die unbeschwerten Sommerwochen des Jahres 1644 ins Gedächtnis. Bis zum heutigen Tag zählte sie die zu den glücklichsten ihres Lebens. Damals war sie noch sicher gewesen, sich nie an der Seite eines Ehemanns fest an einem Ort niederzulassen. Selbst wenn sie nicht, wie die Mutter es damals gewünscht hatte, ihren dumpfen Fassbindervetter hatte heiraten müssen, war es wohl immer noch das Dasein als bürgerliche Ehefrau, woran sie sich am meisten gewöhnen musste. Deshalb fühlte sie sich in ihrem eigenen Haus immer noch wie ein Gast.

Das Päckchen! Seufzend besann sie sich auf ihr eigentliches Vorhaben und ging zurück zum Tisch. Die Holzdielen im Obergeschoss knarrten. Carlotta tollte mal wieder in der guten Stube herum. Sie sollte hinaufgehen und die Kleine zur Ordnung rufen. Für ein wohlerzogenes Mädchen gebärdete sie sich viel zu wild. Schmunzelnd trat Magdalena in die Diele. Wenn sie ehrlich war, gefiel ihr das. Carlotta sollte tun und lassen, was sie wollte, vor allem aber lernen, den eigenen Kopf zu gebrauchen. Darin war sich Magdalena mit Eric zum Glück einig. Lauschend verharrte sie im Treppenhaus und lauschte dem lustigen Plappern und Singen ihrer Tochter. Offenbar war sie ganz in ihr Spiel vertieft. Das schrille Lachen eines zweiten Kindes übertönte bald Carlottas Stimme. Matthes war also da, der Sohn der Nachbarn. Magdalena beschloss, den beiden die Freude zu lassen, ungestört etwas Unerlaubtes zu tun. Erwachsene durften nicht alles wissen. Sie kehrte ins Kontor zurück.

Entschlossen schnitt sie das Band um das rätselhafte Päckchen auf. Sobald sie es aus dem Wachspapier ausgewickelt hatte, stieg ihr ein penetranter Geruch nach Lederfett in die Nase. Noch bevor sie das braune Etui ganz freigelegt hatte, wusste sie, was es war: Meister Johanns schweinslederne Rolle mit dem Chirurgenbesteck! Ihre Finger begannen zu zittern. Kaum gelang es ihr, das gute Stück vollständig freizulegen. Sie tastete rückwärts nach dem Stuhl und sank darauf nieder. Tränen verschleierten ihren Blick. So lange hatte sie nicht mehr an Meister Johann gedacht! Dabei hatte er über Jahre mehr für sie getan als ihre Eltern, insbesondere ihre Mutter, und ihr auch viel mehr bedeutet. Wie hatte sie ihn nur vergessen können?

Dass sie nun das Lederetui mit dem kostbaren Chirurgenbesteck in Händen hielt, verhieß nichts Gutes. Sie öffnete es und strich über die blankpolierten Instrumente. Die Schere, die Zange, der kleine Löffel, die Nadeln. Wie oft hatte sie die Meister Johann gereicht. Zum ersten Mal hatte sie die Rolle damals in Amöneburg in Händen gehalten, ausgerechnet an jenem Tag, an dem die schicksalhaften Ereignisse ihren Lauf nahmen. Als wäre es gestern gewesen, erinnerte sie sich an jede Einzelheit. Nie hatte der Feldscher ihr verraten, woher er das wertvolle Besteck hatte. Eric war der erste Patient gewesen, bei dessen Verletzungen es zum Einsatz gekommen war. Wie viele Stunden hatte sie die Instrumente hinterher gesäubert und auf Hochglanz gebracht! Sie schluckte die Tränen hinunter.

Als sie die Rolle verschnüren wollte, fiel ihr ein kleines Papier in die Hände. »Für Magdalena« stand darauf. Mehr nicht. Es genügte, sie auf dem Tisch niedersinken und in Tränen ausbrechen zu lassen. Wer hatte nach Meister Johanns Tod gewusst, dass sie damit gemeint war? Und woher hatte dieser Unbekannte gewusst, wo sie inzwischen zu finden war? Wie so oft dachte sie an die unergründlichen Verbindungen, die Eric überall im Land unterhielt. Darüber musste auch das Etui seinen Weg zu ihr gefunden haben.

Sie wusste hinterher nicht mehr, wie lange sie so dagesessen und geweint hatte. Als sie den Kopf hob, weil sie Erics Hand auf der Schulter spürte, war es dunkel geworden. Eric entzündete eine Lampe und betrachtete sie mit sorgenvoll gerunzelter Stirn. Im flackernden Schein sah er müde aus. Zum ersten Mal wurde ihr bewusst, dass er die dreißig überschritten hatte. Aus seinem rotblonden Haar stachen einzelne weiße Fäden heraus. Die Falten oberhalb der Nasenwurzel blieben stehen, selbst wenn er aufmunternd zu lächeln begann. Der tiefgründige Blick aus seinen blauen Augen wirkte ein wenig erschöpft. Zwei mal zwei Jahre, über die er kaum ein Wort verlor, hatten ihre Spuren hinterlassen. Längst hatte sie es aufgegeben, ihn nach der Zeit zwischen Freiburg und Amöneburg und nachher auf Bertas Gehöft zu fragen. Von sich aus verlor er nie eine Silbe darüber.

Eines Tages, das hatte sie inzwischen begriffen, würde er anfangen zu reden. Bis dahin musste sie warten und sich mit dem wenigen begnügen, was sie gleich bei ihrem Wiedersehen im November 1648 beredet und was ihr andere erzählt hatten. Das musste reichen, um zu wissen, dass sie das Richtige getan hatte, als sie zusammen mit Meister Johann seine Flucht in die Wege geleitet hatte. Carlotta zumindest trug ihr nicht nach, dass sie zwei Jahre getrennt gewesen waren. Längst hatte sie jede Erinnerung daran verloren. Sogar Elsbeth, die sie immerhin genährt und in dieser Zeit wie eine Mutter umsorgt hatte, war aus ihrem Gedächtnis verschwunden.

Magdalena wischte sich eine Träne aus den Augenwinkeln, erhob sich und stellte sich dicht neben Eric.

»Jetzt sind alle tot«, sagte sie leise.

»Alle nicht.« Eric schüttelte sacht den Kopf. »Carlotta, du und ich, wir leben noch.«

»Und wir sind wieder zusammen.«

»Weil du uns wiedergefunden hast«, ergänzte er und nahm sie zärtlich in den Arm.

»Ich habe dir doch gesagt: Ich werde dich immer finden, ganz gleich, wo du steckst, und ganz gleich, ob ich deine Geheimnisse kenne. Du entkommst mir einfach nicht.«

Nachbemerkung

Der Dreißigjährige Krieg markiert einen epochalen Umbruch in der deutschen wie in der europäischen Geschichte. 1618 zunächst als Streit um den rechten Glauben begonnen, zeigt das Geschehen bald sein wahres Gesicht, und es entspinnt sich ein Jahrzehnte währendes Ringen um Macht, Einfluss und Geld. Wer dabei wann genau gegen wen mit welchen Motiven kämpft, ist schon für die Zeitgenossen nicht immer leicht zu entscheiden. Auf den höheren Ebenen geht es zunehmend um den Ausbau und Erhalt von Machtpositionen, während ein Großteil der Bevölkerung ums nackte Überleben ringt, ungeachtet dessen, ob es sich um Bauern und Städter oder um Söldner und Trossangehörige handelt. In den anfangs als rein katholisch, protestantisch, kaiserlich oder schwedisch konstituierten Regimentern kämpfen bald die verschiedenen Konfessionen und Nationen mit- und gegeneinander. Das Auftauchen der eigenen Regimenter wird in den vom Krieg betroffenen Regionen oft sogar als schlimmer empfunden als der Überfall feindlicher Truppen.

Doch der »Große Krieg« hat nicht alle Gegenden Deutschlands gleichermaßen erfasst, auch bedeutet er nicht nur Hunger, Elend und Tod für die Betroffenen. Gerade in der Auseinandersetzung mit dem allgegenwärtigen Sterben entwickeln die Menschen jener Epoche eine besondere Fähigkeit, das Glück des Augenblicks zu erfassen und aus den schlimmen

Erfahrungen trotzdem noch Gutes zu gestalten. Eine ganze Generation wächst wie selbstverständlich in den Krieg hinein und lernt, sich damit zu arrangieren. Während die Männer in die Schlacht ziehen, organisieren die Frauen ihr Leben zu Hause völlig eigenständig. Wider Erwarten liegt gerade für Mädchen und Frauen im Heerestross häufig die Chance auf ein selbstbestimmtes Leben, wie es in einer bürgerlichen oder bäuerlichen Existenz nicht denkbar ist.

Der Wunsch, vom Leben eines solchen »Trosskindes« zu erzählen, war Anlass für den Roman *Die Wundärztin.* Magdalenas Schicksal ist frei erfunden, wie auch die anderen Romanfiguren und ihre Erlebnisse der schriftstellerischen Phantasie entsprungen sind. Die Schilderungen, wie Menschen wie sie damals gelebt und vor allem, wie Magdalena das Handwerk einer Wundärztin ausgeübt hat, orientieren sich an zeitgenössischen Überlieferungen. Die historischen Ereignisse aus der letzten Phase des Dreißigjährigen Krieges bilden die Kulisse für die Bühne, auf der die Romanfiguren agieren.

Heidi Rehn, München, im Herbst 2009

Bernsteinerbe

Man muss ein Pfund Salz zusammen essen,
bis man einander kennt.

(BALTISCHES SPRICHWORT)

In Erinnerung an Eva Sponheimer,
geb. Grohnert (1917–2002)

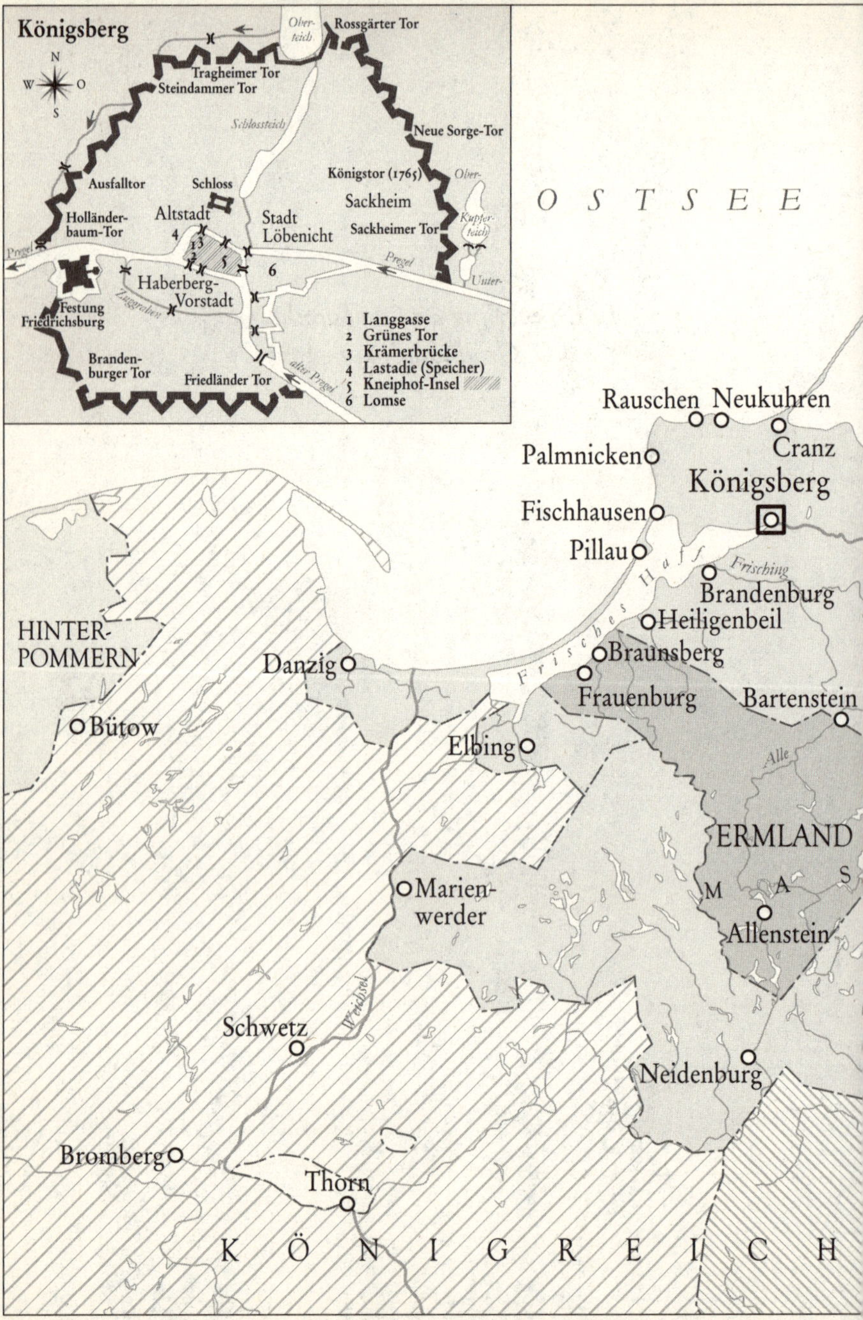
Königsberg
N
W
O
S
Ober-teich
Rossgärter Tor
Tragheimer Tor
Steindammer Tor
Schlossteich
Neue Sorge-Tor
Königstor (1765)
Ober-
Ausfalltor
Schloss
Sackheim
Holländer-baum-Tor
Altstadt
Stadt Löbenicht
Sackheimer Tor
Kupfer-teich
Pregel
Haberberg-Vorstadt
Unter-
Zuggraben
Festung Friedrichsburg
Branden-burger Tor
Friedländer Tor
alter Pregel
1 Langgasse
2 Grünes Tor
3 Krämerbrücke
4 Lastadie (Speicher)
5 Kneiphof-Insel
6 Lomse
OSTSEE
Rauschen
Neukuhren
Cranz
Palmnicken
Königsberg
Fischhausen
Pillau
Frisches Haff
Frisching
Brandenburg
Heiligenbeil
Braunsberg
Frauenburg
Bartenstein
HINTER-POMMERN
Danzig
Bütow
Elbing
Alle
ERMLAND
M
A
S
Marien-werder
Allenstein
Weichsel
Schwetz
Neidenburg
Bromberg
Thorn
KÖNIGREICH

Kurisches Haff
Tauroggen
Tilsit
Labiau
Tapiau
Pregel
Wehlau
Insterburg
Großfürstentum Litauen
HERZOGTUM PREUSSEN
MASUREN
Bialystok
N
W
O
S
40 km
POLEN

Prolog

Die List

KÖNIGSBERG / PREUSSEN

Anfang September 1662

Auf Roths Worte folgte bestürztes Schweigen. Neugierig schweifte Carlottas Blick über die illustre Schar der Anwesenden. Der ungewöhnlichen Hitze zum Trotz hatten sich an diesem Nachmittag des ersten Dienstags im September nahezu alle Kneiphofer Bürger zur Versammlung im Junkergarten eingefunden: vom erfolgsverwöhnten Bernsteinhändler aus der Langgasse über den brummigen Zimmermann aus der Köttelgasse und den wild schwadronierenden Malzbrauer aus der Schempergasse bis hin zum durchgeistigten Gelehrten aus der Magistergasse. Die angespannte Lage der Stände hatte sie auf den von Mauern umgrenzten Platz unter den weit ausladenden Linden nahe des Alten Pregels geführt. In seltener Eintracht hielten sich die Herren in feingewebtem englischen Tuch dicht neben den Männern in groben Drillichröcken. Sogar die biederen Kaufmannswitwen mit den kostbaren Spitzenschnebben auf dem Kopf rückten an die drallen Handwerkerfrauen und derben Krämerweiber mit ihren schlichten weißen Hauben heran.

Bereits fünf Jahre schwelte der Zwist der Königsberger Stände mit ihrem Kurfürsten Friedrich Wilhelm, seit gut zwei Jahren schon tagte der Landtag im Schloss der benachbarten Altstadt. Nach dem gestrigen Treffen der Oberräte mit dem kurfürstlichen Statthalter Fürst Radziwill, den Altstädter und Löbenichter Bürgermeistern und dem Kanzler der ehrwürdigen Albertina schien endlich Bewegung in die Angelegenheit zu kommen – wenn auch nicht solcherart, wie die Kneiphofer sich das seit langem erhofften.

»Wie es aussieht, schwenken die Altstädter und Löbenichter also um. Es heißt, in wenigen Tagen steht Friedrich Wilhelm mit seinen Truppen vor der Stadt«, wiederholte Roth seine letzten Sätze. Umständlich wischte er sich den Schweiß von der hohen Stirn, wippte auf den Fußspitzen und räusperte sich. Bevor er weitersprechen konnte, schob sich der dicke Schimmelpfennig vor. Die siebzehnjährige Carlotta horchte auf. Allmählich wurde der Nachmittag interessant.

»Machen wir uns doch nichts vor«, hub der Druckereibesitzer an. »Auf gut Deutsch bedeutet das: Wir Kneiphofer sind völlig wehrlos. Sind erst die Kanonen auf unsere Mauern gerichtet, nutzt uns der Beistand des polnischen Königs Johann II. Kasimir rein gar nichts mehr, auch wenn wir ihn Anfang Juli in unserem Bundesbrief zu unserem Lehnsherrn erklärt haben. Denn er wird unseretwegen nicht mit den Säbeln rasseln, um den Kurfürsten zu erschrecken, da er streng genommen auch dessen oberster Lehnsherr ist und außerdem bekanntlich eine Krähe der anderen nicht die Augen aushackt. Und vergesst nicht: Setzt der Brandenburger erst einmal die Akzise sowie die Beschneidung unserer ständischen Mitspracherechte durch, hat auch der Pole etwas davon. Welcher Fürst wehrt sich schließlich gegen eine Steuer, um sich ein stehendes Heer zu finanzieren? Mit anderen Worten: Die Kacke dampft gehörig.«

»Genau!«

»Recht habt Ihr!«

»Was aber können wir tun?«

Kaum hatte Schimmelpfennig geendet, schwoll die Unruhe unter den Versammelten an. Die Ersten bückten sich bereits nach Steinen oder brachen Zweige von den Bäumen. Soweit Carlotta das von ihrem Platz im schattigen Spielmannswinkel erkennen konnte, wirkte Schöppenmeister Roth müde und kraftlos. Entschlossen raffte die junge Wundärztin den Stoff ihres grünen Samtrocks, um sich durch die Menge nach vorn zu schieben.

»Nicht!« Blitzschnell fasste die Mutter sie am Arm und hielt sie zurück. Die schräg stehenden, smaragdgrünen Augen der zierlichen Kaufmannswitwe funkelten aufgebracht. »Dir steht es nicht an, dich in dieser Runde zu Wort zu melden. Nicht allein dein jugendliches Alter spricht dagegen. Wir leben erst seit vier Jahren hier am Pregel. Es ist nicht unsere Angelegenheit, wenn die Kneiphofer Stände seit Jahren mit dem Kurfürsten streiten. Davon abgesehen bin ich diejenige von uns beiden, die dem Kontor unserer Familie nach dem Tod deines Vaters vorsteht. Ich habe das Stimmrecht, nicht du. Oder interessiert dich der Handel jetzt doch mehr als die Wundarztkunst?«

»Wenn uns das nichts angeht, frage ich mich, wozu wir überhaupt hergekommen sind.« Verärgert entriss Carlotta sich ihren Händen und machte einen Schritt nach vorn.

»Ihr, verehrtes Fräulein Grohnert?« Überrascht sah der weißhaarige Schöppenmeister von seinem Podest zu ihr hinunter.

»Gebt mir einen kurzen Moment«, bat sie. »Ich habe einen Vorschlag, wie wir uns die Kurfürstlichen vom Hals schaffen können.«

»So?« Ungläubig musterte Roth sie. Ihr Herz pochte. Sie empfand größten Respekt vor dem tapferen Mann, der mit seiner geheimen Reise nach Warschau sein Leben aufs Spiel gesetzt hatte. Friedrich Wilhelm bezichtigte ihn seither des

Hochverrats. Dennoch kämpfte er weiter für die Rechte der Stände und gegen die dreisten Ansprüche des Brandenburgers.

Haltsuchend umklammerte Carlotta den Bernstein an der Lederschnur um ihren Hals. Dank ihrer Kindheit im kaiserlichen Heerestross und der Erlebnisse während des Nordischen Krieges wusste sie die tapfere Aufrichtigkeit solcher Männer zu schätzen und wollte dem Schöppenmeister unbedingt zur Seite stehen.

»Bitte«, sagte er und half ihr auf die Bank.

Kaum stand die schmächtige Rotblonde neben dem großgewachsenen Schöppenmeister, wurde es wieder still unter den Linden. Lediglich das Schnattern der Enten am nahen Flussufer und das muntere Plätschern des Wassers im steinernen Bassin waren zu hören. Als Carlotta der gebannten Aufmerksamkeit der versammelten Bürger gewahr wurde, musste sie schlucken. Etwas hastig und in zu schrillem Ton hub sie an: »Seit Tagen werde ich als Wundärztin ungewöhnlich häufig zu Schwerkranken gerufen. Doch …«

Weiter kam sie nicht.

»Schwerkranke?«

»Heißt das, die Pest ist ausgebrochen?«

»Warum sagt uns das niemand?«

Carlotta erschrak. Das hatte sie nicht gewollt. Hilflos schaute sie zu Roth. »Ruhe!«, rief der Schöppenmeister in den Lärm hinein. Sofort wurde es leiser. »Niemand hat etwas von der Pest gesagt. Lasst sie bitte erst ausreden.«

Ermutigend klopfte er ihr auf die Schulter. Dankbar nickte sie ihm zu und versuchte es ein zweites Mal: »Es ist wohl eher die unerträgliche Hitze denn die Pest, die unsere Mitbürger derzeit dahinrafft wie die Fliegen.« Das anschwellende Gemurmel signalisierte Erleichterung. Eine beschwichtigende Geste seitens Roths genügte, um für Ruhe zu sorgen. »Aber warum sollten wir die Menschen draußen vor den Toren der Stadt nicht in dem Glauben belassen, bei uns grassiere die Pest?«

Empörung wurde laut.

»Warum das?«

»Ohne Not soll man nicht lügen.«

»Wenn wir das tun, will niemand mehr unsere Waren kaufen.«

»Das bringt uns nur Unheil.«

»Keine Sorge«, rief Carlotta in den Lärm hinein. »Es wird nicht von langer Dauer sein. Unsere Notlage rechtfertigt diese Lüge.«

»Ihr seid viel zu jung, um das abschätzen zu können«, erklangen von neuem Widerworte. Auch dieses Mal genügte es, dass Roth die Hand hob, um Ruhe einkehren zu lassen.

»Bedenkt, was passiert, wenn es heißt, bei uns grassiere die Pest.« Carlotta wagte ein scheues Lächeln. »Glaubt ihr, ein einziger von Friedrich Wilhelms Söldnern marschiert noch freiwillig in unsere Stadt? Vom Kurfürsten selbst ganz zu schweigen.«

Damit hatte sie den Nerv getroffen. Hämisches Gelächter erklang.

»Der wird als Erster weglaufen.«

»Ein rechter Hasenfuß ist er, das haben wir doch schon immer gewusst.«

»Wie aber soll das gehen?«, übertönte Schimmelpfennig die anderen. »Das Gerücht allein wird nicht genügen. Der Kurfürst ist nicht dumm. Gleich wird er begreifen, was dahintersteckt.«

»Deshalb sollten wir gut sichtbar Särge aus der Stadt hinaustragen.« Carlotta staunte selbst, wie ruhig ihr das von den Lippen kam. »Natürlich brauchen wir keine wirklichen Toten, leere Särge genügen für diesen Zweck. Gleich morgen früh schaffen wir sie unter großem Aufwand aus der Stadt. Dank der Pestmasken und der bodenlangen Umhänge machen die Träger deutlich, welcher Art ihre Last ist. Auch eine Handvoll Fackelträger und ein paar Klageweiber sollten nicht fehlen. Am besten ziehen sie durch das Brandenburger Tor in der Haberbergschen Vorstadt hinaus. Gewiss hat der Kurfürst in der Nähe Späher postiert. Sie werden nichts Eiligeres zu tun haben, als ihren Truppen von dem Ausbruch der Pest zu berichten. Jede Wette, dass binnen Stunden zum Rückzug geblasen wird.«

Eisiges Schweigen breitete sich im Junkergarten aus. Carlotta wurde flau. Bang wanderte ihr Blick von einem zum anderen. Der glatzköpfige Schimmelpfennig studierte angestrengt seine Stiefelspitzen, der alte Grünheide lächelte wohlwollend, aber stumm aus dem wettergegerbten Gesicht. Neben ihm schnaubte der stämmige Farenheid entrüstet auf. Der rotbärtige Gellert hielt sich verlegen dicht auf der anderen Seite. Emsig polierte Kaufmann Boye seine runden Brillengläser. Das wenigstens ließ Carlotta kurz aufatmen. Sie wusste, es war seine Art, Unterstützung zu signalisieren. Ebenso konnte sie sich auf den alten Martenn Gerke verlassen. Nicht weit von den vieren saß er unter der dicksten der alten Linden auf einer Bank. Im milden Licht der Augustsonne wirkten die Schluppen an seiner Rheingrafenhose noch bunter als sonst, auch Rock und Kragen strahlten in auffälligem Rot. Die farbenfrohe Kleidung konnte indes nicht darüber hinwegtäuschen, wie ausgezehrt und müde er war. Dennoch rang er sich ein scheues Lächeln ab. Apotheker Heydrich deutete das als Zustimmung und begann, laut Beifall zu klatschen. Damit schien der Bann gebrochen. Nach und nach hoben auch die anderen Räte die Hände. Die Kaufleute und Handwerker taten es ihnen endlich nach. Bald erklangen die ersten Bravorufe.

»So machen wir es!«

»Auf, Zimmermann, holt uns die Särge.«

»Wer stellt sich als Träger zur Verfügung?«

Vorsichtig spähte Carlotta zu ihrer Mutter. Die hatte sich ganz in den Spielmannswinkel zurückgezogen. Doch als selbst die griesgrämige Kaufmannswitwe Ellwart Jubelrufe anstimmte, winkte sie Carlotta stolz zu.

»Verehrtes Fräulein Grohnert«, verbeugte sich Roth anerkennend, »Euer Vorschlag stößt auf breite Zustimmung. Ich bin stolz, Euch zu den Töchtern unserer Stadt zu zählen. Euer Denken beweist nicht nur den unerschrockenen Mut, sondern zweifelsohne auch den Witz, der uns Königsberger Bürgern von jeher zu eigen ist. Zwar weilt Ihr erst seit wenigen Jahren bei uns am Pregel, dennoch überrascht mich das nicht. Immerhin gehen Eure Wurzeln auf alteingesessene Kaufmannsgeschlechter des Kneiphofs zurück.« Verschwörerisch zwinkerte er ihr zu.

»Danke.« Carlotta knickste brav. »Ohne diese Wurzeln wäre ich wohl kaum auf die Idee verfallen. Wollen wir nur hoffen, dass uns die List auch hilft.«

»Wie könnt Ihr daran zweifeln?«, meldete sich Schimmelpfennig wieder zu Wort. »So kühn, wie der Plan ist, und so gut er zu uns Kneiphofern passt, so töricht hat sich bislang doch auch der Kurfürst stets erwiesen.«

»Wollen wir es hoffen. Wenn es nämlich tatsächlich zum Schießen kommt, werden wir Kneiphofer uns am Ende rasch als die wahren Tölpel erweisen.«

Erster Teil

Der Aufstand

Königsberg

Herbst 1662

1

Carlotta kicherte. Christoph Keplers blumige Art zu erzählen amüsierte sie. »Du übertreibst mal wieder maßlos! Nur tumbe Ochsen und gackernde Hähne um dich her, das ist doch gar nicht zum Aushalten!« Übermütig warf sie den Kopf in den Nacken. Natürlich wusste sie, wie bezaubernd ihre rotblonden Locken im Sonnenlicht leuchteten. Ein Seitenblick auf den jungen Medicus genügte, sich der gewünschten Wirkung zu versichern. »Unter all den Professoren und Studenten muss es außer dir doch mindestens noch einen weiteren vernünftigen Kopf gegeben haben«, lockte sie weiter. »Immerhin hat dich dein Vater an die besten Universitäten Europas geschickt.«

»Was denkst du, Teuerste?« Christoph tat empört, nahm den schwarzen Spitzhut vom Kopf und neigte den stämmigen Oberkörper, um einen eleganten Kratzfuß anzudeuten. Dabei schrappte sein rechter Schnallenschuh über den trockenen Staub auf dem Altstädter Kirchplatz. Das blankpolierte Schwarz des Leders verwandelte sich in unansehnliches Grau. »Nichts liegt mir ferner, als dich über die wahren Zustände an diesen Orten höchster Weisheit in die Irre zu führen.« Abrupt richtete er das aschblonde Haupt auf und zwinkerte ihr aus den grauen Augen schelmisch zu. »Schließlich erinnere ich mich nur zu gut, wie sehr du seit jeher darauf brennst, das wahre Studentenleben kennenzulernen. Auch wenn wir uns lange nicht gesehen haben, wird sich daran wenig geändert haben.«

Neckend versetzte er ihr einen sanften Nasenstüber. Sie stemmte mit gespielter Empörung die Hände in die Hüften. »Dafür hat sich bei dir wohl Entscheidendes geändert. Soweit ich mich erinnere, sind wir uns gestern erst in Heydrichs Apotheke begegnet. Wenn dein Gedächtnis dir inzwischen zu schaffen macht, weiß ich hervorragende Tropfen gegen diese Art von Beschwerden.«

»Da handelt es sich gewiss um eine Rezeptur deiner berühmten Frau Mama, der allseits geschätzten Magdalena Grohnert.« Von neuem zwinkerte er belustigt. »Keine Sorge, meine liebe Carlotta! Natürlich ist mir nicht entfallen, dich gestern erst getroffen zu haben. Wie könnte ich eine Begegnung mit dir je vergessen? Trotzdem leide ich darunter, deine Gegenwart viel zu lang entbehrt zu haben. Schließlich bin ich zwei Jahre auf Reisen gewesen. Du ahnst nicht, wie schmerzlich ich dich währenddessen vermisst habe.«

»Wenn du nur wüsstest, wie sehr ich dich beneide.« Sie wurde ernst. »Am liebsten würde ich gleich heute noch mein Kleid gegen Hosen eintauschen und ebenso wie du die Universitäten in aller Herren Länder besuchen. Wie herrlich muss es sein, den Vorträgen der Gelehrten zu lauschen.«

»Das mit den Hosen möchte ich mir gar nicht vorstellen.« Christoph schnitt eine Grimasse. »Schließlich gefällst du mir als weibliches Wesen weitaus besser denn als übereifriger Student.« Leicht neigte er den Kopf, um ihr tief in die blauen Augen zu schauen. »Ich hoffe, es gelingt mir, dich rasch von dieser unsinnigen Idee abzubringen, Hosen anzuziehen und wie ein Mann studieren zu wollen. Im Übrigen ist das wohl nicht die einzige übermütige Idee, die du in den letzten Wochen gehabt hast. Höchste Zeit, alles daranzusetzen, den Unfug schnellstens aus deinem hübschen Kopf zu vertreiben.«

»Was willst du damit sagen?« Carlotta wusste selbst nicht, warum sie hinter der Anspielung einen Tadel befürchtete. Tatsächlich war die Finte mit den leeren Särgen geglückt. Friedrich Wilhelms Truppen hatten vor den Toren des Kneiphofs abgedreht, kaum dass sie den vermeintlichen Trauerzug erspäht hatten. Mehr als zwei Wochen waren seither vergangen, und noch immer waren sie nicht wieder aufgetaucht. Beunruhigend war allerdings, dass der aus der Altstadt stammende Christoph wusste, wer auf diese List verfallen war. Jemand musste das Geheimnis aus dem Kneiphof hinausgetragen haben.

»Keine Sorge«, Christoph beugte sich vor, um einen Kuss auf ihre Hand zu hauchen. »Als Sohn des kurfürstlichen Leibarztes werde ich den Teufel tun und mit gespitzten Ohren durch den aufrührerischen Kneiphof laufen. Meine Angst, dort mit der üblen Pest in Berührung zu kommen oder gar gegen unheimliche leere Särge zu stoßen, ist viel zu groß.« Ein weiteres Mal zwinkerte er. »Schließlich wäre es töricht von mir, mich um solche Dinge zu scheren, wo sich mir gerade eine viel aufregendere Möglichkeit bietet, den Nachmittag zu verbringen. Lass uns ein wenig miteinander durch die Straßen spazieren.«

Seine grauen Augen hatten plötzlich einen Glanz, der Carlottas Herz zum Rasen brachte. Verschämt äugte sie zur Uhr am Kirchturm. Kurz vor zwei.

»Du weißt, dass das nicht geht.« Bedauernd runzelte sie die Stirn. »Bislang sind zwar erst wenige Leute unterwegs, doch das ändert sich bald. Das schöne Wetter wird die Königsberger nach draußen locken. Und du weißt, wie sie sich die Mäuler wetzen, wenn sie dann ausgerechnet uns beide zusammen sehen.« Ihre Finger spielten mit dem Bernstein an der Lederschnur um ihren Hals.

»Keine Sorge«, suchte Christoph sie zu beruhigen. »Im Moment frönen die meisten noch der wohlverdienten Mittagsruhe. Lass uns einfach den schönen Tag genießen.« Munter schwenkte er den spitzen Hut, breitete die Arme zur Seite und streckte das blasse Studierzimmergesicht der Sonne entgegen. »Wir sollten uns sputen, Teuerste. Früher, als uns lieb ist, werden wir hinter den Öfen hocken und keinen Fuß mehr freiwillig vor die Tür setzen.« Er verschränkte die Arme vor der Brust, zog wie ein Storch ein Bein hoch und mokierte heftiges Frösteln. »Ganz zu schweigen davon, dass wir kaum noch einmal Gelegenheit finden werden, ungestört zusammen zu sein.«

»Du bist wirklich noch der alte Kindskopf wie ehedem«, überging sie die Anspielung. »Nicht einmal die zwei Jahre in der Fremde haben dich zur Vernunft gebracht.« Zwar schüttelte sie entschlossen den Kopf, gab ihm insgeheim aber recht. Die Sonne verwöhnte die Dreistädtestadt am Pregel an diesem Septembersonntag wahrscheinlich zum letzten Mal in diesem Jahr. Das galt es, in vollen Zügen auszukosten. »Also gut, lass uns ein Stück miteinander gehen und erzähl mir genauer, warum es dir so ganz und gar nicht behagt hat, in den hehren Himmel der Wissenden emporzusteigen.«

Ein eigenartiges Kribbeln breitete sich in ihrem Bauch aus. Christoph hatte ihr schon vor seiner Studienreise gut gefallen. Nun aber hatte er etwas an sich, das einen regelrechten Sog auf sie ausübte. Unauffällig musterte sie ihn von der Seite. Sein Äußeres hatte sich zu seinem Vorteil verändert. Aus dem ehedem etwas farblosen Burschen war ein eleganter junger

Herr geworden. Die modisch geschnittene Kleidung rückte die breiten Schultern und die sehnige Gestalt ins rechte Licht. Die weite Rheingrafenhose und der figurbetonte Justaucorps aus dunkelgrünem Samt waren von einem Schnitt, wie ihn die meisten Königsberger erst in einigen Jahren tragen würden. Die muskulösen Waden wurden durch die hellen Strümpfe trefflich betont. Unter dem hohen Spitzhut schimmerte das auf Kinnlänge gestutzte Haar golden in der Sonne und umspielte schmeichlerisch das breite Gesicht. Ein spitzbübisches Grinsen zuckte um die fleischigen Lippen. Am Kinn war die helle Kerbe zu erkennen, die er sich einst bei einem Sturz zugezogen hatte. Die Versuchung war groß, mit den Fingerspitzen die feinen Konturen seines Antlitzes nachzufahren. Schutzsuchend umklammerte Carlotta den Bernstein. Zugleich reckte sie sich ein wenig, um Christoph wenigstens bis zu den Schultern zu reichen.

Er fasste nach ihrer Hand und hauchte einen Kuss darauf. Sein Atem kitzelte auf der Haut. Jäh schoss ihr eine Erinnerung aus vergangenen Zeiten durch den Kopf. Ein anderer Bursche hatte ihr einmal ähnlich angenehm die Sinne verwirrt. Erschrocken schloss sie die Lider. An das Vergangene wollte sie nicht mehr denken. Das war für immer vorbei. Sie schlug die Augen auf und lächelte. »Also gut! Allzu viel Zeit bleibt dir nicht, von deinen zwei Jahren in der Fremde zu erzählen.«

»Zwei Jahre, das klingt lächerlich kurz. Wenn ich dich anschaue, scheint es mir eine Ewigkeit zu sein.« Sein durchdringender Blick brachte ihre Wangen abermals zum Glühen. »Schließlich kann ich mir anders nicht erklären, dich zu einer so betörend schönen jungen Frau herangereift zu sehen.«

»Du übertreibst schon wieder, mein Bester.« Beherzt lief sie los. »Wir waren eben bei den Professoren. Dein Urteil fiel nicht sonderlich schmeichelhaft aus. Wo warst du überall: Krakau, Breslau, Leipzig, Heidelberg und Padua? Oder habe ich eine Stadt vergessen?«

»Bologna«, ergänzte er. »Die Gestalt des ehrwürdigen Professors dort musst du dir übrigens etwa birnenförmig vorstellen. Oder vielleicht doch eher wie ein Flaschenkürbis?« Über seinem Nachdenken blieben sie abermals stehen. Mit den schlanken Händen formte er eine bauchige Figur in der Luft. Nach kurzem Zögern wiederholte er die der Birne zugedachte Rundung. Carlotta errötete ob der Anzüglichkeit. »Wie auch immer«, erneut hielt er inne, verwarf die Figur durch ein rasches Wedeln mit den Händen und gluckste vergnügt. »Gewiss reicht deine Vorstellungskraft, um zu ahnen, was ich meine.«

Der Blick aus seinen grauen Augen ruhte auf ihrem Gesicht, glitt an ihrer zierlichen Gestalt entlang. Unwillkürlich schob sie sich in Positur. Das schlichte hellrote Samtkleid betonte ihre schmale Gestalt und passte bestens zu ihren rotblonden Locken, die sie wie meist offen trug. Zufrieden zwirbelte sie eines der bunten Bänder um den Finger und ließ Christoph gewähren, bis er ihr geradewegs wieder in die blauen Augen blickte. Das Schweigen zwischen ihnen dehnte sich aus. Sie genoss es, bewies es doch, wie sehr ihre Person ihn fesselte, trotz der sieben Jahre, die sie beide trennten.

»Ein etwas dicklicher Mensch ist der Doktor also?«, erinnerte sie ihn sanft an das Thema ihres Gesprächs.

»Ja, reichlich dick ist der Doktor aus Bologna.« Christoph räusperte sich und fand zu seiner Erzählung zurück. »Schließlich läuft das Ganze in noch dickeren Beinen aus. Die erinnern übrigens an einen Elefanten. Ja, der Gute hat etwas von diesem exotischen Tier. Ähnlich schwerfällig bewegt er sich vorwärts, ungefähr so.« Er schwankte mit den Hüften hin und her. Wie zufällig stieß er dabei mehrmals gegen Carlotta. Sie erbebte, weniger aus Schreck denn vor Wonne. So dicht neben ihm erahnte sie das herbe Duftgemisch von Tabak, Kaffee und Lavendel, das er verströmte.

Viel zu schnell erreichten sie den Kneiphofer Domplatz mit den hoch aufragenden Giebeln und den prächtig herausgeputzten Häusern. Carlottas Blick schweifte über den trutzigen Dom mit seinen beiden ungleichen Türmen hinüber zu den Fassaden, die den Platz vor dem imposanten Gotteshaus umgaben. Grell blinkten die kupfernen Wetterfahnen auf den Giebeln im nachmittäglichen Sonnenlicht. Zwei Amseln besetzten die Waagschalen einer Justitia und stimmten von den Aussichtspunkten ihre Weisen an. Wasserblau überstrahlte der Himmel die kehligen Sänger im Hintergrund. In der Ferne schäumten weiße Wolkenberge.

»Es wird Zeit für mich. Von hier aus gehe ich besser allein. Nicht, dass meine Mutter uns beide …«

»… zusammen sieht«, ergänzte Christoph mit einem wissenden Lächeln, um sogleich spielerisch tadelnd den Zeigefinger zu erheben. »Was sagt man dazu, dass die ehrbare Tochter der noch ehrbareren Magdalena Grohnert, geborene Singeknecht, auf offener Straße mit dem Tunichtgut von Sohn des Medicus Kepler tändelt?«

»An dir ist ein echter Gaukler verlorengegangen. Du solltest auf Jahrmärkten auftreten.«

»Narr auf dem Jahrmarkt – das wäre vielleicht kein schlechter Weg, mein Leben ungestört mit dir zu verbringen.« Seine Augen blitzten auf. »Schließlich bieten so manche Wundärzte ihre Kunst als reisende Tandler an. Warum nicht? Komm, noch heute schließen wir beide uns einer der Truppen draußen auf dem Sackheim an. Fortan kann es uns gleichgültig sein, ob mein Vater über die Bernsteinessenz deiner Mutter spottet oder deine Mutter meinem Vater verbissene Stubengelehrsamkeit vorwirft.« Geschickt schleuderte er den Spitzhut in die Luft, vollführte eine übermütige Drehung auf einem Bein und fing ihn mit einer tiefen Verbeugung wieder auf. »Überzeugt?«

»Das klingt verlockend.« Sie suchte seinen Blick. »Mich begeistert vor allem die Aussicht, sommers wie winters im zugigen Planwagen zu hocken und nicht zu wissen, was uns am nächsten Tag erwartet, was wir in die Suppentöpfe kriegen, wenn wir überhaupt in einer Stadt geduldet werden und nicht wie räudige Hunde mit Knüppeln und Stöcken davongejagt werden.«

»Zugegeben: Sonderlich durchdacht ist die Idee noch nicht. Vielleicht schlafen wir ein oder zwei Nächte darüber und entscheiden dann, wann und wie wir uns miteinander aus dem Staub machen.« Sein scherzhafter Ton konnte nicht darüber hinwegtäuschen, wie ernst er es im Grunde meinte. Ihr Herz raste. Mit einem Burschen durchzubrennen, das hatte sie sich vor vier Jahren, kurz nach ihrer Ankunft in Königsberg, schon einmal gewünscht. Dieses Mal jedoch hatte es einen ganz anderen Reiz. Kaum wagte sie zu atmen, um den Zauber des Gedankens nicht zu zerstören.

Christoph schien ähnlich zu empfinden. »Schließlich vergeht die Zeit mit dir wie im Fluge, meine Liebste. Nichts wünsche ich mir sehnlicher, als öfter mit dir zusammen zu sein. Dafür muss sich doch ein Weg finden lassen, auch jenseits der Gaukler.«

»Dein Vater wird sich kaum freuen, das zu hören«, widersprach sie leise. Schon kitzelte sein Atem ihre Nasenspitze, sie nahm wahr, wie sich seine Lippen öffneten. Für den Bruchteil eines Augenblicks meinte sie, jemand anderen vor sich zu sehen. Erschreckt zuckte sie zurück.

Von der Uhr am Dom schlug es drei. Carlotta seufzte. Seit einer halben Stunde sollte sie bei der Mutter sein. Die Straßen und Plätze rund um den Dom und die ehrwürdige Albertina füllten sich. Die Königsberger waren aus der Mittagsruhe erwacht. Lärmend zog ein Haufen Studenten an ihnen vorbei. Sobald sie ihrer ansichtig wurden, feixten sie und flüsterten freche Bemerkungen. Carlotta wandte sich zu Christoph und lächelte. »Vielleicht ist es doch besser, wenn du mir noch bis zur Hofgasse Geleitschutz gewährst. Wer weiß, aus welchen Ecken die Studenten kriechen, um in die Krüge vor der Stadt zu ziehen?«

»Ja, du hast recht«, stimmte Christoph schmunzelnd zu und bot ihr galant den Arm. Sie wagte jedoch nicht, sich unterzuhaken, sondern spazierte lieber einen Schritt neben dem gutaussehenden jungen Medicus über den Domplatz zur Schönbergschen Gasse gen Westen.

»Wo waren wir vorhin stehengeblieben?« Christoph gab sich wieder gänzlich unbekümmert. »Also, das tölpelhafte Auftreten des Bologneser Doktors hat so manchen darüber hinweggetäuscht, wie viel Wissen trotz allem in dem winzigen Kopf über dem riesigen Elefantenleib Platz hatte. Schließlich kannte er die Schriften William Harveys bestens und konnte dessen Lehren über den menschlichen Körper so genau erklären, als habe er bei ihm persönlich in London studiert. Hast du dich schon einmal damit befasst, welche gewaltige Aufgabe das menschliche Herz Tag für Tag zu leisten hat?« Wieder blitzte der Schalk in seinen Augen auf. »Schließlich jonglierst du im Kaufmannskontor deiner Mutter so viel mit Zahlen, dass es dir ein Leichtes sein dürfte, die Leistung des Herzens nach der Theorie von Harvey zu berechnen.«

»Willst du allen Ernstes behaupten, die studierte Medizin ist letztlich nichts anderes als gesunde Rechenkunst, ähnlich wie das Führen der Handelsbücher?«

»Ich habe gleich gewusst, wie sehr dich diese Vorstellung interessieren wird«, gab Christoph zurück. »Mich stört daran allerdings, wie berechenbar das menschliche Herz ist. Schließlich beraubt uns das liebgewordener Vorstellungen.«

Abermals führte er ihre Hand zu einem flüchtigen Kuss an die Lippen. Scheu wandte sie den Blick beiseite. Viel zu schnell näherten sie sich der Langgasse. Immer mehr Menschen waren auf den Straßen unterwegs. Das unverhoffte Sommerwetter an den letzten Septembertagen verlieh den Königsbergern eine besondere Anmut. Nirgendwo sonst spazierte man mit einer ähnlichen Selbstverständlichkeit derart wohlgemut in den besten Roben über die Straßen.

»Sieh an, der studierte Medicus aus der Altstadt und die kleine Wundärztin aus dem Kneiphof!« Die riesige Hand des jungen Apothekers Caspar Pantzer aus dem Löbenicht landete auf Christophs Schultern. »Oh, verzeiht, ich wollte euch nicht stören. Schon sehe ich euch an den Nasenspitzen an, wie eifrig ihr die besten Rezepte gegen Gallenleiden austauscht. Vergesst auch die anderen Organe nicht. Insbesondere das Herz sollte eurer sorgfältigen Betrachtung würdig sein.« Er zwinkerte Carlotta frech zu, versetzte Christoph nochmals einen kräftigen Hieb auf den Rücken und schlenderte in die Goldene Gasse davon. Seine leicht gekrümmte Gestalt mit dem spitzen Hut und dem wallenden Umhang verschwand rasch im Gegenlicht.

»Du darfst nicht denken, ich wollte dich …«, setzte Christoph verlegen an. Die Röte seiner sonst so hellen Wangen rührte sie. Er wirkte wie ein törichter Knabe, den man auf frischer Tat ertappt hatte, und nicht wie der studierte Physicus, der ihr viel beizubringen wusste.

»Schon gut.« Beschwichtigend legte sie ihm die Hand auf den Arm. »Allmählich begegnen uns zu viele bekannte Gesichter, findest du nicht? Da wird es immer schwieriger, ungestört zu reden. Lass uns die Unterhaltung bei anderer Gelegenheit fortsetzen.«

»Wie du meinst«, stimmte er zu ihrer Enttäuschung hastig zu, holte dann aber noch einmal tief Luft, fasste sie an den Händen und fügte augenzwinkernd hinzu: »Dazu sollten wir uns allerdings einen besser geeigneten Ort suchen. Schließlich brauchen wir Ruhe, um unser Wissen über die Heilkunst auszutauschen.«

»Solange du mir nicht doch die Gauklerwagen vor der Stadt vorschlägst, bin ich gern damit einverstanden.«

2

Wie leicht Männer zu lenken waren! Zufrieden über ihren kleinen Sieg, lächelte Lina, stemmte die Arme in die rundlichen Hüften und pustete sich eine Strähne des strohblonden Haars aus dem Gesicht. Wie zufällig schob sie das Becken noch ein wenig weiter heraus. Die schwungvolle Bewegung brachte den weiten Rock aus dunkelroter Wolle zum Schwingen. Übermütig streckte sie die Fußspitzen darunter hervor und gewährte so einen Blick auf die schmalen Fesseln.

Auch auf diese beiläufige Geste reagierte der Wirt des Grünen Baums mit einem genüsslichen Grunzen. Lina spitzte den Mund und warf das offene Haar nach hinten. Es war kaum zu glauben: Vier Jahre waren seit ihrem kopflosen Durchbrennen mit Fritz vergangen, trotzdem ließ sich der rotgesichtige Wirt mit einer Leichtigkeit von ihr umgarnen, als wäre sie nie fort gewesen. Schmachtete sie ihn aus ihren weit aufgerissenen grünblauen Augen an und presste den Busen ein wenig fester gegen seinen feisten Wanst, geriet er gar an den Rand der Beherrschung. Erregt keuchte er, leckte sich die Lippen und begann, am ganzen Leib zu zittern. Bald zeichneten sich dunkle Flecken auf seinem Hemd ab. Deutlich roch sie den stechenden Schweiß. Auch das war genau wie damals, wenn er nachts in ihre Kammer geschlichen war. Langsam fuhr sie mit den Fingern am Ausschnitt ihres Mieders entlang und sonnte sich in der Gier, die in seinen Augen flackerte. Schließlich lenkte sie ihn geschickt zur Ofenbank im hinteren Teil der leeren Gaststube.

Im Stillen pries sie sich glücklich, dass nicht nur der Wirt, sondern auch der Tagesablauf des angesehenen Kneiphofer Gasthauses in der Langgasse über all die Jahre unverändert geblieben war. Wie zu den Zeiten, als sie noch als brave Magd die Tische in der Gaststube poliert und die grapschenden Finger des Wirts unter ihrem Rock erduldet hatte, verschwanden die Kneiphofer Kaufleute gleich nach dem zweiten Frühstück um zehn zur nahe gelegenen Börse an der Grünen Brücke. Die gestrenge Wirtin nutzte die knappe Stunde bis zum Auftauchen der ersten Mittagsgäste, um auf dem Markt frisches Gemüse zu erstehen oder gar bis zum Unteren Fischmarkt zu laufen. Vor allem an einem Montag waren umfangreiche Einkäufe nötig.

Sacht versetzte Lina dem dicken Wirt einen Schubs. Er plumpste auf die Bank, schnaufte laut und hielt die Augen starr auf ihren drallen Busen gerichtet. Mehrmals schluckte er.

Schweißperlen traten ihm auf die Stirn. Sie angelte sich den Zipfel ihres Rocks und tupfte sie trocken.

»Ah!«, stöhnte er auf.

»Aber, aber!« Sie tadelte ihn mit erhobenem Zeigefinger, tippte dann aber keck mit der Fingerspitze auf seine vom vielen Branntwein blaurot geäderte Knollennase. »Ihr habt doch nichts dagegen, dass ich mich zu Euch setze.« Schon rutschte sie ihm auf den Schoß und balancierte mit den Oberschenkeln auf seinen Beinen ihr Gleichgewicht aus. Deutlich spürte sie, wie sich seine Hose an der entscheidenden Stelle spannte. Sie legte ihm den Arm um die Schultern und schmiegte sich gegen seine breite Brust. »Das ist doch fast wie in alten Zeiten, was?«, säuselte sie. Dass sein Puls spürbar schneller wurde, nahm sie als Aufmunterung, ihm noch näher zu Leibe zu rücken.

»Lina, mein Mädchen«, japste er, »du weißt gar nicht, wie sehr ich dich vermisst habe.« Er schloss die Augen und lehnte den kahlen Schädel zurück in den Nacken. Seine riesige Pranke landete auf ihrer Brust, die wurstigen Finger begannen, ihren Busen zu kneten, immer fester und fordernder, bis sie vor Schmerz aufschrie.

»Nicht so grob!« Energisch drückte sie seine Hand weg. Als er erschreckt zurückzuckte, rang sie sich ein Lächeln ab. »Sonst ist es schneller vorbei, als Euch lieb ist.« Um ihn wieder für sich zu gewinnen, rieb sie sich an ihm. Einen kurzen Moment lang öffnete er die Augen. Sie kraulte ihm das spärliche Haar im Nacken und küsste ihn auf die Nasenspitze. Er schnurrte wie ein Kater und schloss von neuem die Lider.

»So ist es recht, wir haben viel Zeit. Jetzt bin ich wieder ganz bei Euch«, hauchte sie ihm ins Ohr. »Wenn Ihr wollt, bleibt das auch so. Legt einfach ein gutes Wort bei Eurer Frau ein, und Ihr habt mich nachts in der Kammer ganz für Euch allein, genau wie früher.«

»Was willst du von meiner Frau?« Jäh riss er die Augen auf. Deutlich stand ihm das schlechte Gewissen im Gesicht. Als Lina die Hand hob, um ihm beruhigend über die stoppelige Wange zu streicheln, schob er sie brüsk weg. Schon ärgerte sie sich über ihre Unachtsamkeit, zu früh seine Frau erwähnt zu haben. Doch nun war es zu spät, der Fehler begangen. Es sei denn, tröstete sie sich mit einem tiefen Blick in seine nach wie vor unstet flackernden Augen, es gelang ihr, ihn rasch wieder von dem bösen Geist zu befreien.

Sie warf das Haar zurück, griff nach seiner Hand und presste sie fest auf die Stelle ihrer Brust, wo sie ihr Herz vermutete. Wie zufällig verrutschte dabei der Stoff ihres Mieders, und er bekam die bloße Haut zu fassen. »Ach, wenn Ihr nur wüsstet, wie übel mir in den letzten Jahren mitgespielt wurde«, seufzte sie. »Nichts habe ich mir inniger gewünscht, als wieder unter Eurem Schutz zu stehen.« Unter Mühen presste sie sich eine Träne heraus, wischte sie schniefend beiseite. Dabei gab sie seine Hand frei. Mit Genugtuung nahm sie wahr, wie seine Finger nach unten glitten, ihren nackten Busen umklammerten, von neuem zu kneten begannen. »Was habe ich nicht alles angestellt, um zu Euch zurückzukehren. Ihr seid meine einzige Hoffnung. Nur die Aussicht auf ein Wiedersehen mit Euch hat mich all das Schreckliche überstehen lassen.«

Sie bog sich zurück. Sofort war er über ihr, riss das Mieder auf und suchte mit den Lippen ihre Brust. Mit beiden Händen umklammerte sie seinen breiten Schädel, wollte ihn tiefer gegen den Bauch pressen. Jäh schoss er hoch und biss zu, mitten in ihren Busen. Seine Zähne bohrten sich in das weiche Fleisch, gierig begann er, an ihr zu saugen.

»Aua!« Sie wollte ihn wegschieben. So hatte sie sich das nicht vorgestellt. Es ging viel zu rasch. War er erst einmal befriedigt, legte er nie und nimmer ein gutes Wort für sie bei seiner Frau ein.

Doch er war nicht nur schneller, sondern auch stärker, als sie erwartet hatte. Ohne Mühe hielt er sie fest umklammert, presste ihr fast die Luft aus dem Leib. Sie zerrte, wand sich, versuchte, ihn zu kneifen und zu zwicken, holte alsbald sogar mit den Füßen zum Treten aus. Doch dadurch fachte sie seine Lust nur weiter an. Immer heftiger rangelten sie auf der engen Ofenbank miteinander. Je heftiger sie sich wehrte, desto mehr Gefallen fand er daran. Sein Keuchen wurde schneller, seine gierig hervorquellenden Augen fraßen sie regelrecht auf. Schon versuchte er, nach ihrem Mund zu schnappen, sie ins Ohrläppchen zu beißen, sie zu lecken und zu küssen. Gleichzeitig schob er ihren Rock hoch, ließ die schwieligen Finger über die zarte Haut zwischen den Schenkeln gleiten. Hastig zerrte er an seiner Hose und drängte sich ihr ungestüm entgegen. Eng umschlungen fielen sie zu Boden.

»Lasst mich!«, schrie sie verzweifelt. Doch sie waren allein im Haus, keiner würde sie hören. Brünstig wie ein Stier fiel der Wirt über sie her, wälzte sich mit ihr über den schmutzigen Wirtshausboden, absolut unempfänglich für das, was sie von ihm wollte: Fürsprache für ihre Wiedereinstellung als Magd. Geschlagen schloss sie die Augen und hoffte nur noch, es möge schnell vorübergehen.

»Was ist denn hier los?« Die kreischende Stimme überschlug sich. Jäh sprang der Wirt vom Boden auf. Ein gewaltiger Schatten fiel auf Lina. Sie musste gar nicht erst hinsehen, um zu wissen, dass die Wirtin früher als erwartet zurückgekehrt war. Nervös versuchte ihr Mann, seine verräterische

Blöße zu bedecken, und stopfte eilig das Hemd in die Hose. Sein riesiger Schädel glühte feuerrot, die grauen Bartstoppeln betonten die Scham auf seinem Gesicht.

Lina sah eine letzte Möglichkeit. Hilflos wie ein Igel rollte sie sich zusammen, umschlang die Knie mit den Händen und weinte los. Kaum vermochte sie Luft zu holen, so arg beutelte sie das Schluchzen. Zaghaft blinzelte sie zwischen Tränen und Wimpern hindurch, sah jedoch außer klobigen Holzpantinen und dreckverklebten Stiefelspitzen kaum etwas. Angewidert kniff sie die Augen zusammen und jammerte weiter.

Eine halbe Ewigkeit dauerte es, bis sich die Wirtin endlich erbarmte. »Bist du es, Lina?« Zunächst klang die Stimme besorgt, beinahe zärtlich. Unerwartete Freude glomm in Lina auf. Vielleicht bedurfte sie gar nicht der Hilfe des Wirts. Vielleicht wurde auch so alles gut, und die Wirtin nahm sie bei sich auf. Das hatte sie vor vielen Jahren schon einmal getan, hatte die katholische Zwölfjährige aus der allergrößten Not gerettet und sie den Klauen ihres Vaters entrissen, der sie ihr zur Begleichung seiner Zechschulden zum Verkauf angeboten hatte. Trotz dieser unglücklichen Umstände hatte sie Lina mitten im protestantischen Kneiphof einen sicheren Halt geboten. Wäre sie wenige Jahre später nicht so töricht gewesen und dem einfältigen Fritz auf den Leim gegangen, hätte sie den Schutz der zupackenden Frau gewiss bis ans Ende ihrer Tage genossen. Ein neuerliches Schluchzen schüttelte Linas dicken Leib.

»Komm schon, Mädel, lass dich anschauen«, sagte die Wirtin leise. Vorsichtig rüttelte sie sie an den Schultern, bis Lina sich aufsetzte. Schnaufend griff die stämmige Frau ihr unter die Arme und zog sie hoch, bis sie dicht voreinander standen. Dann legte sie ihr die fleischige Hand unters Kinn und musterte sie aufmerksam. »Was hat der alte Hurenbock dir angetan?«

Sie atmete Lina mitten ins Gesicht. Lina musste würgen, versuchte, dagegen anzukämpfen, biss sich auf die Lippen und senkte den Blick. Das war ein Fehler. Die Wirtin verstand das falsch.

»Du altes Miststück!«, keifte sie los und schlug ihr so heftig auf die Wangen, dass es laut klatschte. Von dem Schwung flog ihr Kopf herum, das offene, strohblonde Haar vernestelte sich in den Fingern der Wirtin. »Dir werde ich helfen, einen anständigen Ehemann zu verführen! Am helllichten Tag, wenn Hausfrau und Gesinde die Einkäufe erledigen!«

Wutentbrannt suchte sie sich von Linas Haaren zu befreien, zerrte, dass Lina vor Schmerz die Tränen in die Augen schossen. Schutzsuchend hob sie die Arme, doch das reizte die Wirtin zu weiteren Gewalttätigkeiten. Abermals versetzte sie ihr eine schallende Ohrfeige. »Das hätte ich mir gleich denken können, du pfäffisches Miststück. War doch nicht anders zu erwarten von einem Weib wie dir, das mitten in der Nacht mit einem tumben Fischerjungen davonrennt. Bist also doch eine Hure geblieben. Scher dich fort aus meinem Haus und lass dich nie wieder hier blicken!«

Zur Bekräftigung nahm sie das Leintuch, das sie stets in ihrer Schürze stecken hatte, und drosch damit auf Lina ein. Quer durch die ganze Gaststube trieb sie sie wie ein ekelerregendes Tier vor sich her.

»Haltet ein, gute Frau!«, flehte Lina verzweifelt. »Es ist alles ganz anders. Wie könnte ich Euren Mann verführen? Erinnert Euch, wie brav und fleißig ich früher jede Arbeit für Euch erledigt habe. Nie habe ich gemault oder mich beklagt. Habt Ihr das alles schon vergessen?«

Händeringend wollte sie auf die Knie sinken. Die Wirtin aber schubste sie weiter. Linas Blick fiel auf den Wirt. Längst hatte der sich die Hose hochgezogen, den Gürtel geschnürt und war zum Ausschank geschlurft. Als ginge ihn das Gekeife nicht das Geringste an, füllte er sich einen Krug mit Bier und leerte ihn in einem Zug. Genüsslich wischte er sich den Schaum von den Lippen, schenkte nach, trank abermals, die Augen gierig auf das schäumende Nass in dem Tonkrug gerichtet. Über so viel Gleichgültigkeit wurde Lina heiß und kalt zugleich.

»Untersteh dich, noch einmal einen Fuß in mein Haus zu setzen!«, fuhr die Wirtin zu keifen fort. Eng umklammerte sie Linas Oberarm, zerrte sie zur Tür und stieß sie entschlossen hinaus. »Nie mehr sollst du mir unter die Augen treten!«

3

Lina meinte, der Kopf platze ihr, so laut hallte das Türschlagen der Wirtin in ihren Ohren nach. Erst allmählich begriff sie, dass der Lärm nicht von der nahen Tür, sondern von weiter entfernt zu ihr herüberklang. Es war auch kein Knallen, sondern ein richtiges Donnern gewesen. Im nächsten Moment schien die Erde zu beben. Verwundert setzte sie sich auf und schaute Richtung Langgasse. Aus den letzten Monaten, die sie im Hafen von Pillau verbracht hatte, war ihr diese Art von Lärm nur allzu bekannt. Das war kein herbstliches Gewitter, sondern diese Art von Donner war von Menschenhand gemacht. Sie schloss die Augen wieder, um den Gedanken zu verdrängen, dass die Landung des kurfürstlichen Heeres unter Führung von Friedrich Wilhelm schon seit einigen Wochen in der aufmüpfigen Stadt am Pregel angekündigt war. Ein inniges Ave-Maria würde helfen, zur Sicherheit fügte sie noch ein Paternoster hinzu. Sie wagte einen zweiten Blick, doch in der nahen Langgasse hatte sich wenig geändert. Es donnerte und grollte weiter.

Nun nahm sie auch die anderen Menschen wahr, die erstaunt die Köpfe gen Himmel hoben, doch das strahlend blaue Firmament war bar jedes Anzeichens eines spätsommerlichen Unwetters. Das Donnern indes dröhnte weiter über die Mauern der Stadt hinweg. Ängstlich hielten Passanten ihre unruhig werdenden Pferde, Esel und Ochsen an den Riemen, stellten die Leiterwagen und Karren ab. Das eben noch so muntere Zwitschern der Spatzen war verstummt, selbst das heisere Krächzen eines schwarzen Raben hörte auf. Verwirrt wieherten die Pferde ob der unnatürlichen Starre, suchten sich durch Schütteln aus den kurzen Zügeln zu befreien. Die Zugochsen grunzten und scharrten mit den Hufen, zahlreiche Hunde kläfften aufgeregt dagegen an. Schon wurden die ersten Flüche laut, weil die Unruhe der Tiere nicht mehr einzudämmen war. Ein Kind greinte, die Mutter stimmte ein beruhigendes Lied an, bald fielen andere Frauen in den zarten Gesang ein. Darüber verklang das Donnergrollen allmählich wieder in der Ferne.

»War wohl doch nur eine Übung drüben auf der Friedrichsburg«, meinte einer.

»Was auch sonst? Nie und nimmer traut sich der Kurfürst, die Kanonen auf die Stadt zu richten«, stellte ein Fuhrmann in barschem Ton fest und strich seinem Esel über das staubige Fell. »Richten mag er die Geschütze gern auf unseren Kneiphof. Doch niemals wird er wagen, sie tatsächlich gegen uns abzuschießen.«

Sein Nebenmann ergriff den vor ihm stehenden Karren und schob wieder an. »Stimmt, dazu müssten seine Soldaten erst wissen, wie das mit dem Zielen überhaupt geht.« Mit grimmiger Miene rückte der Stadtknecht seinen breitkrempigen Hut zurecht.

Die Umstehenden lachten befreit auf. Mit einem Mal schien niemand mehr eine ernsthafte Gefahr in dem Kanonendonner zu sehen. Davon wurde Lina erst recht bang. Immerhin war sie vor wenigen Tagen erst von Pillau an den Pregel gekommen und wusste, wie ernsthaft man am Haff mit der Ankunft des Kurfürsten höchstselbst gerechnet hatte. Der Geschichte mit der angeblichen Pest im Kneiphof schenkte Friedrich Wilhelm wohl doch keinen Glauben mehr.

»Auf geht's!«, rief der Kutscher und schwang die Peitsche über dem massigen Schädel seines Ochsen. Schon ruckte der Wagen an, dahinter setzte sich ein mit Fässern beladener Karren in Bewegung. Der Stadtknecht half einem Händler, einen schweren Sack zu schultern. »Aus dem Weg!«, rief der Kutscher. Gefährlich dicht an den beiden vorbei lenkte er sein Fuhrwerk zur Grünen Brücke. »Pass auf, du Hundsfott!«, rief der Stadtknecht und fuchtelte wild mit der Pike durch die Luft. Der Händler suchte ihn zurückzuhalten, redete emsig auf ihn ein. Endlich setzte er sich in die entgegengesetzte Richtung in Bewegung.

»Hat es dich schlimm erwischt?« Keuchend stieg ein Kaufmann die wenigen Stufen des Beischlags vor dem Wirtshaus zum Grünen Baum nach oben. Als er sich Lina näherte, die dort noch immer reglos auf dem Boden saß, lag ein mitleidiges Lächeln auf dem weißbärtigen Gesicht. »Kannst du aufstehen, oder brauchst du Hilfe?« Noch bevor sie protestieren konnte, fasste er sie behutsam am Arm und half ihr auf die

Beine. »Darf ich dich auf einen Teller Suppe einladen? Du siehst aus, als könntest du eine Stärkung vertragen. Die Wirtin hat ein großes Herz für Menschen in Not.«

»Danke, nein«, beeilte sich Lina zu versichern. »Das ist sehr großzügig von Euch, gnädiger Herr. Doch es geht mir schon besser. Jetzt, da das Donnern vorbei ist, ist alles wieder gut. Ich muss weiter. Habt vielen Dank.«

Froh, nach wenigen Schritten bereits mitten auf der Langgasse zu stehen, mischte sie sich alsbald unter die Menge. Als Teil der wogenden Masse, die sich nordwärts zur Krämerbrücke schob, fühlte sie sich wohler. Das gab ihr Zeit, zu überlegen, was sie als Nächstes tun sollte. Im Kneiphof herrschte gewiss die größte Aussicht, eine ordentliche Stellung zu finden. Die reichen Bürger und Kaufleute, die in der Stadt zwischen Altem und Neuem Pregel wohnten, konnten immer noch eine zusätzliche Magd gebrauchen, um die aufwendigen Hausarbeiten zu erledigen.

In den letzten Jahren hatte sich die Langgasse verändert. Neben ausladenden An- und Vorbauten auf den Beischlägen trugen einige Gebäude zusätzliche Figuren oder Inschriften als Verzierungen auf den Giebeln, andere hatten Säulen rechts und links des Eingangs erhalten, wieder andere waren durch größere Fenster verschönert worden. Hie und da wurde eifrig gewerkelt und gebaut, um die Häuser noch imposanter zu gestalten. Kein Zweifel, den Kneiphofern ging es sehr gut, wenn nicht gar besser als je zuvor. Linas Zuversicht, in einem Haushalt als Magd unterzukommen, wuchs.

Auf der Krämerbrücke wurde das Gedränge noch dichter. An den Buden gab es großen Andrang. Auch drüben in der Altstadt ging es derzeit nicht weniger munter zu. Lina erinnerte sich an das, was sie auf ihrem Fußmarsch von Pillau nach Königsberg aufgeschnappt hatte: Seit zwei Jahren schon tagte der Landtag im kurfürstlichen Schloss.

»Achtung!« Mit einem beherzten Sprung zur Seite rettete sie sich im letzten Moment vor einem Karren, der ihr unerwartet in die Quere gekommen war. Während der Knecht noch fluchte, blieb sie wie angewurzelt stehen: Keine fünf Schritte hinter dem Karren standen zwei Soldaten in langen, blauen Röcken, die Gesichter von den braunen Filzhüten halb verdeckt. Sie traute ihren Augen nicht: zwei kurfürstliche Söldner, unbewaffnet und ganz allein mitten im Kneiphof? Ihr Herz klopfte schneller. Nach allem, was sie über den Zwist zwischen Friedrich Wilhelm und den aufrührerischen Kneiphofern wusste, konnte es nicht lang dauern, und man schnappte die Blauröcke, vierteilte sie und knüpfte ihre sterblichen Reste an der nächsten Ecke auf. Argwöhnisch äugte sie umher. Außer ihr schien niemand Anstoß an den beiden zu nehmen. Vorsichtig ging sie weiter.

Ihr Unbehagen rührte noch von einem weiteren Umstand: In den vergangenen Wochen hatte sie sich mehr als einmal der Zudringlichkeit der Soldaten erwehren müssen. Kaum steckten die Burschen im blauen Rock des kurfürstlichen Heeres, schon meinten sie, alle Frauen gehörten ihnen. Nein, so rasch wollte sie den Soldaten nicht mehr unter die Augen kommen. Von einer Stellung in der Altstadt sollte sie besser Abstand nehmen. Rund um den Landtag tummelten sich die Blauröcke gewiss erst recht. Ein tiefer Seufzer entfuhr ihr. Vielleicht sollte sie ihr Glück hinten im Löbenicht versuchen. Die Malzbrauer und die dort ansässigen Handwerker galten zwar auch als wohlhabend, gaben sich aber weitaus weniger hochnäsig als die reichen Kneiphofer Kaufleute oder die Altstädter Bürger. Sollte sie dort nichts finden, konnte sie in den bescheideneren Vorstädten um Arbeit bitten. In den zahlreichen Krügen und Gasthäusern auf dem Sackheim, dem Steindamm oder dem Rossgarten sowie drüben im Haberberg jenseits des Alten Pregels gab es gewiss auch den nahen Winter über Bedarf an einer tüchtigen Kraft. Denn auch in der kalten Jahreszeit trafen dort Kaufleute aus nah und fern ein, wie sie aus ihrer Zeit im Grünen Baum wusste.

Beim Gedanken an den nahenden Winter schüttelte es Lina. Hastig reckte sie die Nase Richtung Sonne, die an diesem letzten Montag im September noch immer warm vom Himmel strahlte. Wenn das milde Wetter noch einige Tage anhielt, war es nicht schlimm, keine Bleibe zu haben. Dann konnte sie es wagen, sich für eine Weile in den Lauben auf der Lomse zu verbergen. Mit neuerwachter Zuversicht strich sie sich das strohblonde Haar aus dem Gesicht, wand es am Hinterkopf zu einem Zopf und steckte es hoch. Selbst das Nächtigen in einer Gartenlaube schien ihr allemal besser als das Ausharren bei Fritz und dem Kind. Kurz spürte sie einen feinen Stich in der Herzgegend, erinnerte sich an zwei große blaue Augen und zwei winzige Händchen, die sich ihr flehentlich entgegenstreckten. Rasch schob sie das Bild weg, dachte an die aufgedunsene Fratze von Fritz, wenn er schwankend vor ihr stand, ätzenden Branntweingeruch ausatmete und versuchte, ihr keuchend ein weiteres Kind zu machen. Gut, dass sie dem entkommen war! Auch wenn der Preis für die Flucht hoch gewesen war, so öffnete sich auch ein kleiner Spalt Hoffnung. Eines Tages würde sie zurückkehren und das Kind für immer zu sich holen.

»Pass auf, wo du hintrittst.« Ein Bursche versetzte ihr mit dem Ellbogen einen Stoß. Sie hatte es satt, herumgeschubst zu werden, und hob empört die Hand, da sah sie, dass er einen guten Kopf größer war als sie und obendrein Hut und Umhang eines Studenten von der Albertina trug. »Entschuldigung«, murmelte sie kleinlaut. Wie gut sie daran tat, merkte sie, als sie kurz darauf zwei weitere Studenten entdeckte, die dem ersten dicht auf den Fersen folgten. »Ja, die Herren Studiosi«, gackerte ein zahnloser alter Mann neben ihr. »Um die schlägt man besser einen weiten Bogen. Keiner von uns will sich mit denen anlegen.« Er kratzte sich am kahlen Schädel, schob dabei seine löchrige Mütze vom Kopf und entblößte die grindige Haut darunter. Angewidert wandte Lina sich ab und suchte rasch auf die andere Seite der Langgasse zu gelangen, wo weniger verwahrloste Menschen unterwegs waren.

Nach wenigen Schritten tauchten abermals die beiden Blauröcke mit den Filzhüten vor ihr auf. »Du kommst ihnen nicht aus, was, mein Kind?« Schon stand der kahle Alte wieder bei ihr und hauchte sie bei jedem Wort aus seinem fauligen Mund an. Als er die Hand nach ihr ausstreckte, zuckte sie zurück. Wieder gackerte er wie ein Huhn. »Nicht erschrecken: Das hier sind keineswegs zwei tapfere Helden, die im Auftrag des Kurfürsten den Kneiphof ausspähen. Die sind höchstens nur insofern tapfer, als sie die Mutprobe ihrer Kommilitonen bestehen.« Da Lina ihn verständnislos ansah, fuhr er fort: »Die zwei Studenten haben sich die Röcke der Kurfürstlichen nur übergestreift und müssen so durch die gesamte Langgasse marschieren. Schaffen sie es, am Ende heil anzukommen, werden sie von den anderen wie Helden gefeiert. Schaffen sie es nicht, kriegen sie von den Kneiphofern unterwegs die verdienten Prügel für den Unsinn. Glaub mir, mein Mädchen: Früher, als uns allen lieb sein kann, tauchen hier sowieso die echten Blauröcke auf. Und dann ist Schluss mit dem Übermut, das kannst du mir glauben. Sowohl mit dem der Studenten als auch mit dem der Stände.« Er warf ihr einen vielsagenden Blick zu, kratzte sich noch einmal ausführlich am Kopf und setzte die löchrige Mütze wieder auf. Brummend trottete er von dannen.

Verwundert sah Lina ihm nach, bis er im Gewühl nahe dem Badehaus verschwunden war. Ihr Blick streifte an den Fassaden der gegenüberliegenden Häuser entlang: Fresken, Ornamente, Figuren und erlesene Materialien, wohin sie auch blickte. Selbst in den kleinsten Winkeln kehrten die Einwohner der Dominsel ihren Reichtum heraus. Kein Wunder, dass der Kurfürst gierig die Finger nach dem Geld der Königsberger ausstreckte. Wer so übermütig mit seinem Besitz protzte, dem geschah das letztlich nur recht. Sie stutzte und sah ein zweites Mal hin. Nein, sie hatte sich nicht getäuscht: Gegenüber lag das Singeknecht-Anwesen. Nicht nur die Fresken und Reliefs an jeder nur denkbaren Ecke der Fassade, sondern vor allem die goldenen Figuren auf den einzelnen Stufen des Giebels, obenauf gekrönt von einem hochmütigen Neptun mit Dreizack, nahmen dem Betrachter schier den Atem. Linas Herz vollführte einen kleinen Freudenhüpfer. Dass sie ausgerechnet in dieser Stimmung vor dem Haus angelangt war, musste ein Wink des Schicksals sein. Zwar waren die Singeknechts seit langem ausgestorben, ihre direkten Nachfahren aber, Magdalena und Carlotta Grohnert, waren vor vier Jahren in die Stadt zurückgekehrt. Mehr als einmal hatte die katholische Lina die beiden ebenfalls katholischen Neuankömmlinge auf Geheiß der Wirtin des Grünen Baums bei wichtigen Gängen durch die protestantische Stadt begleitet. Gleich sah sie die zierliche, rotblonde Carlotta vor sich, wie sie in jenem Sommer an ihrem geheimen Zufluchtsort am südlichen Pregelufer gesessen und um ihren gerade verstorbenen Vater getrauert hatte. Wie sie errötet war, als Lina ihr von ihrem Liebsten erzählt hatte, von all den hochfliegenden Plänen, die sie mit Fritz seinerzeit gehegt hatte. Ganz so unschuldig, wie sich Carlotta gegeben hatte, war sie mit ihren dreizehn Jahren dann doch nicht gewesen. Dafür hatte Lina schon damals ein gutes Gespür gehabt.

Versonnen wanderte ihr Blick erneut über das Kaufmannshaus. Ebenerdig, direkt neben dem doppelflügeligen Eingang, erstreckte sich das Kontor. Carlottas Mutter Magdalena führte den von ihren Ahnen begonnenen Bernsteinhandel also fort. Gleich darüber, im ersten Stock, balancierte eine schmächtige Magd am offenen Fenster und versuchte, trotz der gefährlichen Stellung auf dem Sims die Scheiben zu polieren. Welch ein vergebliches Unterfangen, warf die Vormittagssonne doch unbarmherzig ihre Strahlen auf die Glasstücke zwischen den Bleiverstrebungen! Von drinnen erteilte eine untersetzte, apfelbäckige Frau aufgebracht ihre Anweisungen. Wild gestikulierend, trat sie an die offen stehenden Fensterflügel. Lina brauchte nicht erst die Ohren zu spitzen, um zu ahnen, wie unzufrieden die Wirtschafterin mit dem von der verschreckten Magd erzielten Resultat war. Wissend schmunzelte sie. Die kostbaren Fensterscheiben polieren, das war eine ihrer leichtesten Übungen gewesen, als sie noch Magd bei den Wirtsleuten im Grünen Baum am anderen Ende der Langgasse gewesen war. In Sachen streifenfreier Scheiben machte ihr so schnell keiner etwas vor. Außer auf warmes Wasser, viel Essig sowie kostbares Papier zum Nachpolieren schwor Lina auf trübe, graue Tage. So angenehm die Sonne wärmte, so hinderlich war sie für blank gewienerte Scheiben. Für den hartnäckigen Fliegendreck hatte Lina darüber hinaus noch eine ganz besondere Waffe parat. Die war zwar nicht eben billig und von daher nicht für jeden Bürgerhaushalt geeignet, aber so, wie das Singeknecht'sche Anwesen vor Reichtum strotzte, war sie dort ganz gewiss angebracht. Sie lächelte. Alles in allem sah es ganz danach aus, als freute sich die Wirtschafterin über neue, zupackende Hilfe.

Entschlossen strich Lina das Mieder glatt, spuckte auf die staubbedeckten Schuhspitzen und rieb sie am Rocksaum blank. Rasch steckte sie eine vorwitzige Haarsträhne in den streng gezwirbelten Zopf zurück und marschierte aufrechten Hauptes quer über die Straßen direkt auf den opulenten Beischlag zu. Ein halbes Dutzend sauber gefegter Treppenstufen führte in dessen Mitte zum Eingang des Hauses hinauf. Schon als sie den Fuß auf die erste der breiten Sandsteinstufen setzte, wusste sie, dass sie gut daran tat.

4

Als der riesige schwarze Schatten von hinten seine Schwingen über sie legte und sie mit einem lüsternen Auflachen gegen die Mauer um den Gemeindegarten am Pregel presste, erschrak Carlotta bis ins Mark. Gerade noch rechtzeitig unterdrückte sie einen Aufschrei. Christoph breitete bereits die Arme aus, um sie aufzufangen.

»Wie konntest du nur!«, entfuhr es ihr aufgebracht. Als sie sein zerknirschtes Gesicht sah, schmolz der Ärger dahin.

»Verzeih«, wisperte er leise. »Nichts lag mir ferner, als dich mit meinem Spaß zu Tode zu erschrecken.«

»Das war ein schlechter Spaß!« Sie sank in seine Arme und wartete, bis sich ihr Herzschlag beruhigte. Urplötzlich hatte sie es eben mit der Angst bekommen. Zu allem Überfluss hatte Christoph seltsam zu keuchen begonnen und sein Gesicht vor ihr verborgen. Auf einmal war ihr die lang verdrängte Erinnerung an jene Nacht im Spreewald vor viereinhalb Jahren vor Augen gestanden. Zwei Fuhrleute wollten damals über sie herfallen. Ein Zufall nur hatte sie vor dem Schlimmsten bewahrt. Sie schloss die Augen, vergrub die Nase in Christophs Brust und umklammerte den Bernstein. Ihr Atem ging noch immer schnell, ihr Puls raste. Sacht strich Christoph ihr über das rotblonde Haar.

»Verzeih mir, Liebste! Ich wollte das nicht.«

»Schon gut.« Sie hob den Blick. »Du konntest es nicht wissen.«

»Was?«

»Nichts.« Sie zwang sich zu einem Lächeln und wischte sich die Wangen trocken. »Wenigstens hat uns niemand gesehen.« Ihr Kinn wies auf die leere Gasse. »Eigentlich ein großer Zufall, dass außer uns niemand unterwegs ist. Das muss wohl an der Hitze liegen. Die Leute sind sie allmählich leid.«

»Der Sommer scheint in diesem Jahr gar kein Ende mehr zu finden.« Erleichtert ging er auf das Thema ein.

»Septemberwärme dann und wann sagt einen strengen Winter an«, griff sie einen Spruch der alten Wirtschafterin Hedwig auf.

»Dann und wann ist dieses Jahr leicht untertrieben. Doch lass uns die warme Zeit genießen, solange sie anhält. Bald werden wir lange genug am Ofen kauern.«

»Du hast recht«, erwiderte sie. »Doch ich bin in Eile. Vor der Vesper will ich noch zu Apotheker Heydrich.«

»Dann ziehst du also die Gesellschaft des alten Apothekerwitwers der meinen vor?« Er musterte sie mit einem schelmischen Blick. »Du spielst mit dem Feuer, meine Liebe. Schließlich solltest du nicht vergessen: Er hat drei Töchter im heiratsfähigen Alter. Die Verbindung mit mir als dem einzigen Sohn des Stadtphysicus und kurfürstlichen Leibarztes muss ihm lohnend erscheinen. Hast du es auf ihn abgesehen, um bei ihm ungehindert deine Salben zu zaubern, schnappe ich mir eine von den drei Töchtern. Viel Spaß, dann wirst du meine Schwiegermutter.«

»Freu dich nicht zu früh, mein Lieber. Als deine Schwiegermutter werde ich dir so manche Lektion erteilen. Am besten nimmst du übrigens Friederike. Die ist zwar genauso dick wie die beiden anderen Heydrich-Töchter, aber sie hat wenigstens etwas Interesse am Laboratorium. Else und Minna dagegen denken nur an die Schlemmereien und wie sie sich etwas von den unerlaubten Genüssen aus der Offizin stibitzen können. Nicht einmal vor den Kaffeebohnen machen sie halt.«

»Du scheinst dir ja schon Gedanken gemacht zu haben. Und du hast recht. Friederike hätte den Vorteil, dass wir beide uns weiterhin regelmäßig im Laboratorium sehen könnten. Während du mit dem Alten über dem Mikroskop grübelst, mische ich mit ihr am Tisch nebenan eine Rezeptur für die Galle der Witwe Ellwart oder das Zipperlein von Grünheide. Was für Aussichten! Komm, lass uns noch ein wenig nach nebenan in den Garten gehen. Eine kurze Rast auf einer Bank wird uns guttun. Der alte Heydrich in seiner Apotheke wird auch noch ein wenig länger warten können.« Übermütig warf er den Hut in die Luft, fing ihn einhändig auf und führte sie durch die offen stehende Pforte in den Gemeindegarten.

Angenehme Kühle empfing sie in dem menschenleeren Garten. Der ähnlich wie der benachbarte Junkergarten angelegte Hof war von brusthohen Mauern umgrenzt. Ein gutes

Dutzend Linden spendete angenehmen Schatten. Vom Pregel zog frische Luft herein. Die träge Nachmittagssonne spitzte durch die Zweige und zauberte ein Mosaik aus hellen und dunklen Flecken auf den staubtrockenen Lehmboden. Langsam färbte sich das Laub bunt, die ersten vertrockneten Blätter knisterten unter den Sohlen. Zielstrebig steuerte Carlotta einen abseits von den übrigen Bänken stehenden steinernen Stuhl an.

»Interessant.« Christoph legte den Zeigefinger über die Lippen. »Es sollte mir zu denken geben, dass du unter all den möglichen Plätzen ausgerechnet den Ehebrecherstuhl wählst.«

Erstaunt betrachtete Carlotta die Sitzgelegenheit. »Was ist damit? Wieso trägt der Stuhl diesen seltsamen Namen?«

»Keine Sorge. Diese Bezeichnung ist irgendwann aufgekommen. Hier treffen sich die Handwerker und feiern ihre Gelage, genau wie nebenan die vornehmen Kaufleute und Junker im Junkergarten. Sieh dir nur die Bilder hinten an der Wand an. Sie zeigen, wie üppig Bier und Wein fließen, wie ungehemmt gezecht wird. Wer dabei gegen die Trinkordnung verstößt, der wird auf diesen Stuhl, abseits von den anderen, gesetzt. An ihm wird nicht so rasch nachgeschenkt wie an den anderen Plätzen. Was das mit Ehebruch zu tun hat, weiß ich allerdings nicht. Wahrscheinlich ist es einfach nur ein Armesünderbänkchen.«

»Du bist auch nie um eine Erklärung verlegen«, erwiderte sie. »An dir ist wahrlich ein echter Spielmann verlorengegangen.«

Das spornte ihn zu weiteren Späßen an. Mit beiden Füßen sprang er auf den nächstbesten gemauerten Tisch und begann ihr vorzuführen, wie sie sich das ungehemmte Feiern der

Handwerker vorzustellen hatte. Am Ende verbeugte er sich so tief, dass sein Spitzhut zu Boden fiel. Er gab vor, nach vorn zu kippen und haltlos zu Boden zu stürzen. Übertrieben schrie sie auf. Er ruderte mit den Armen und sank wie zufällig genau vor ihr auf die Knie, griff nach ihren Händen, hob sie zum Mund und bedeckte sie mit heißen Küssen.

»Letztlich bin wohl eher ein rechter Tolpatsch und muss selbst in diesem Metier noch viel lernen.«

»Ach, Christoph! Mach dir keine Gedanken. So vieles hast du in deinem Leben schon gelernt. Ich bin mir sicher, auch das mit den Gaukeleien wird noch klappen.«

»Gewiss kannst auch du mir da noch einiges beibringen. Lass uns gleich hier mit den ersten Lektionen beginnen. Schließlich hast du letztens gleich nebenan im Junkergarten deine Standesgenossen mit sprühendem Witz bezaubert.«

»Das klingt, als wärst du eifersüchtig auf die alten Herren.«

»Nicht nur auf die«, entgegnete er. »Ach, wenn du wüsstest, wie ich allein schon bei dem Gedanken leide, wer dir alles nahekommen darf. Schließlich muss ich dich am helllichten Nachmittag mit meinem ausgebreiteten Doktorenmantel erschrecken, um dich wenigstens für eine kurze Weile hierher in den Garten zu entführen. Sonst bleibt mir kaum eine Gelegenheit, in den Genuss deiner Gegenwart zu kommen.«

»Vielleicht sollte ich dich zweimal in der Woche zur Ader lassen. Ordentlich zu bluten sollte es dir wert sein, mich zu sehen.« Sie zwinkerte ihm zu. »Heißt wahre Liebe nicht auch tiefes Leiden?«

»Wenn es daran hängt, dann schlitz mir bitte sofort die Adern auf.« Eilig krempelte er die Ärmel hoch. »Dich um mich zu haben, ist mir der tägliche Blutfluss wert.«

»Was habe ich von dir, Liebster, wenn du mir täglich deinen Lebenssaft opferst? Keine zwei Wochen wird es dauern, und du liegst völlig erschöpft danieder. Das kann ich nicht ertragen.«

»Aber behandeln«, erwiderte er mit keckem Grinsen. »Schließlich musst du dann an mein Krankenbett eilen und Tag und Nacht bei mir wachen.«

Auf Knien rutschend, schob er sich näher zu ihr heran und legte ihr vorsichtig die Hände um die Hüften. Zuerst zuckte sie unter der gewagten Berührung zusammen, gab dann dem eigenen Verlangen nach und ließ ihn gewähren.

»Dafür aber werde ich heftig um deine Gesundheit bangen müssen. Nein, mein Lieber, lass uns einen anderen Weg finden, uns öfter zu sehen.« Sie nahm sein Gesicht in die Hände und sah ihm eindringlich in die grauen Augen. Es war ihr, als lägen alle Schätze der Welt in diesem Blick. Hatte sie je etwas Ähnliches empfunden? Sie spürte, wie ihr die Sinne schwanden.

Langsam erhob er sich und setzte sich zu ihr auf den Stuhl. Heiß brannten ihr die Wangen ob des Gefühls, ihn so dicht bei sich zu haben. Durch den Stoff ihres Kleides meinte sie, die Wärme seiner Haut auf den Schenkeln zu spüren. Das Verbotene reizte sie. Sie schloss die Augen und beugte sich bereitwillig zu ihm hin. Er begann, sie zu küssen. Erst auf die Wangen, dann suchte er ihren Mund, stieß sanft mit der Zungenspitze zwischen ihre Lippen und öffnete sie. Sie ließ ihn gewähren. Er schlang die Arme um ihren Leib und zog sie näher heran.

Ihn zu küssen war eins, seine Wärme zu spüren das Nächste. Gleichzeitig loderte das eigene Begehren immer heftiger in ihr auf. Ihre Zähne spielten mit seiner Zunge, ihre Hände glitten derweil seinen Rücken hinab. Ehe sie sich dessen bewusst wurde, verschwanden sie unter seinem Rock, nestelten an Wams und Hemd, fanden gar ein Schlupfloch unter das Leinen. Er stöhnte auf. Sie genoss den Schauder auf ihrem eigenen Leib. Seine Haut fühlte sich angenehm weich an. Sanft strich sie darüber, spürte, wie sich die Härchen aufrichteten. Er schob sich noch näher an sie heran. Sein Stöhnen wurde lauter, sie seufzte hell auf.

Derweil gingen auch seine Hände auf Wanderschaft, strichen über ihre Schulterblätter den Rücken hinunter, wagten den Weg vorn herum wieder herauf, fanden ihre Brüste, liebkosten, zupften an dem Stoff. Gelangten zum Verschluss ihres Mieders, fanden den Knopf.

»Nein!« Abrupt wich sie zurück.

Es war, als hätte jemand einen Eimer kalten Wassers über ihnen ausgegossen. Ihre Gesichter liefen rot an. Sie senkten beide den Blick, konnten einander nicht mehr in die Augen sehen. Vorsichtig tastete sie nach seinen Händen, jäh zog er sie zurück, tat, als gäbe es nichts Dringenderes, als sein Hemd in die Hose zu stopfen.

»Verzeih«, murmelte er.

Ohne sein Gesicht zu sehen, wusste sie, wie die Kerbe an seinem Kinn tief in die Haut schnitt, die grauen, leicht hervorstehenden Augen vor Traurigkeit überquollen. Wie gern hätte sie ihm über die Wangen gestrichen und es ihm erklärt. Hilflos schlang sie die Arme um ihn, presste das tränennasse Gesicht gegen seine breiten, weichen Schultern und betrank sich an seinem herben Geruch.

»Ist ja schon gut«, sagte er sanft.

»Ich liebe dich!« Verwirrt sprang sie auf und lief davon.

5

Endlich allein! Carlotta atmete auf, als sie die Tür der Wohnstube hinter sich schloss. Wie sie gehofft hatte, war der große Raum mit der niedrigen Decke über dem Kontor leer. Die Stille tat gut. Seit dem frühen Morgen hatte sie die geschäftige Unruhe inmitten der Schreiber und Kaufmannsgenossen ausgehalten. Wie lechzte sie danach, sich endlich dem zu widmen, was ihr das Liebste war: Tinkturen und Salben aus der Wundarztkiste zu sortieren. Wenn sie ehrlich war, tat sie das inzwischen weniger der Arzneien wegen als darum, weil sie sich dann Christoph nahe fühlte. Kaum dachte sie seinen Namen, spürte sie sofort das wundervolle Kribbeln im Bauch, roch seinen Duft, fühlte seine Nähe. Sie wollte tanzen vor Wonne. Wenn sie ihn nur bald wiedersah! Verzückt schloss sie die Augen, um zu träumen. Stimmen in der Diele rissen sie in die Wirklichkeit zurück. Sie sollte sich schleunigst der Wundarztkiste widmen. Gleich war ihr, als läge der Geruch nach Wacholder, Lorbeer, Rosen- und Veilchenöl und venezianischen Seifen in der Luft. Wie gut ließe sich beim Sortieren der Kräuter ihre Träumerei kaschieren.

Ihr Blick wanderte über den langen Eichenholztisch mit den acht kunstvoll gedrechselten Stühlen in der Mitte des Raumes. Ein üppiger Strauß Herbstblumen prangte in einer Vase. Kein Wunder, dass sie meinte, es duftete bereits nach ihren Tinkturen! Sie sah hinüber zum Tresor auf der rechten Stirnseite. Der wuchtige Schrank aus dunkel gebeiztem Nussbaumholz stammte aus dem Wohnhaus in Frankfurt am Main. Seit diesem Sommer erst bereicherte er das Inventar in der Kneiphofer Langgasse. Die langgestreckte Stube mit der weißgetünchten Decke beherrschte er vollends. In wenigen

Schritten stand Carlotta davor und kramte mit zittrigen Fingern den Schlüssel aus der Rocktasche. Hinter der Tür im mittleren Teil des Möbels verbarg sich das Fach, in dem die Mutter ihre kostbaren Wundarztutensilien verwahrte. Dreimal drehte sich der Schlüssel knirschend im Schloss, dann sprang die Tür auf. Zufrieden beäugte Carlotta die zutage tretenden Schätze. Flugs lud sie sich eine erste Auswahl an Tiegeln und Phiolen auf den Arm und wandte sich zum Tisch, um sie dort sorgfältig nebeneinander aufzureihen. Den letzten Tonkrug hielt sie sich andächtig vor Augen: Darin befanden sich die spärlichen Reste der uralten Wundersalbe, die die Mutter einst von ihrem Wundarztlehrherrn, Meister Johann, geerbt hatte. Bis zum heutigen Tag hofften sie, das Geheimnis der verzwickten Rezeptur zu entschlüsseln, bevor auch der letzte Tropfen aufgebraucht war. Noch einmal hielt sie den Tiegel prüfend gegen das Licht, dann stellte sie ihn behutsam zu den anderen. Bevor sie den Tresor wieder verschloss, entnahm sie dem Fach noch ein grobgebundenes Buch sowie Tintenfass und Federkiel.

Am Kopfende des Tischs legte sie die Schreibutensilien bereit, zögerte allerdings, ihr Vorhaben zu beginnen. Etwas störte sie noch. Sie betrachtete die Tiegel und Töpfe, dann Tintenfass und Buch. Auf einmal wusste sie es. Das Licht! Die drei doppelflügeligen Fenster der Wohnstube waren zur Straßenseite nach Osten ausgerichtet. Milchig-trüb fiel das Spätnachmittagslicht herein, viel zu schwach, um die Konsistenz der Rezepturen genau betrachten zu können. Geschwind eilte Carlotta zu den Fenstern und zog die dünnen Gazevorhänge zurück. Rasch hellte sich der Raum auf. Sie sah noch einmal nach draußen, erst auf die Langgasse, dann hoch zum Himmel. Es würde noch einige Zeit dauern, bis die

Dämmerung einsetzte. Beiläufig bemerkte sie die Schlieren auf den Scheiben und lächelte. Die zeugten wohl noch von Millas vergeblichem Versuch, die Fenster zu Hedwigs Zufriedenheit zu putzen. Es besser zu machen, dafür war nun Lina als zweite Magd im Haus. Carlotta freute sich noch immer, dass die Mutter sie aufgenommen hatte. Die vertrauten Gespräche mit dem nur wenige Jahre älteren Mädchen kurz nach ihrer Ankunft in Königsberg verwahrte sie in bester Erinnerung.

»Lasst nur, das haben wir gleich«, ertönte eine geschäftige Stimme von der Tür. Erschrocken fuhr Carlotta herum. Schnaubend stapfte Lina herein. War das Vorsehung? Kaum dachte sie an Lina, stand sie bereits vor ihr, genauso tolpatschig wie vor vier Jahren. Der hölzerne Putzeimer polterte dumpf, als sie ihn auf den Dielen abstellte. Gleich schwappte eine ordentliche Ladung Wasser heraus und breitete sich zu einer weitläufigen Lache um den Eimer aus. Lina nestelte einen leinenen Lappen aus der Schürze, wischte allerdings nicht trocken, sondern schlurfte mit den Holzpantinen zur Fensterfront.

Ehe Carlotta etwas dagegen einwenden konnte, riss sie den äußersten Flügel des rechten Fensters auf. Wie eine Wolke wehten die Geräusche von draußen herein: das Rattern der Wagen über das holprige Pflaster, die Stimmen der vielen Menschen, das Bellen der Hunde und das Fauchen der Katzen. Lina versagte sich den neugierigen Blick nach unten. Ihr rundes Gesicht strahlte vor Eifer. Schon hauchte sie auf die erste Scheibe zwischen den Bleisprossen und begann zu wischen.

»Das mit dem Fensterputzen ist einfacher, als man denkt«, plapperte sie los. Zwar klang sie etwas kurzatmig, aber das hielt sie nicht vom Reden ab. Das Augenmerk allein auf die Scheibe gerichtet, würdigte sie Carlotta keines Blickes. Die eine Hand am hölzernen Rahmen, die andere Hand mit dem Lappen auf der Scheibe, schrubbte sie, als gelte es, mit dieser Arbeit einen Tapferkeitsorden zu verdienen. »Der erste Fehler war schon, das letztens bei strahlendem Sonnenschein zu tun. Versteht mich nicht falsch, nichts gegen Milla oder sonst jemanden im Haus. Aber das weiß man als Magd aus Erfahrung: Bei schönem Wetter kann man wienern, so viel man will, das gibt immer Streifen. Deshalb habe ich auch bis heute Nachmittag gewartet, bevor ich mich an die Fenster hier in der Wohnstube mache. Wenn die Sonne verschwunden ist, ist es ein Leichtes, die wertvollen Scheiben sauber zu bekommen. Immerhin gehen die nach vorn zur Langgasse hinaus, und das so nah an der Krämerbrücke. Jeder aus dem Kneiphof und der Altstadt kommt hier vorbei. Da wollen wir doch nicht, dass es heißt, die Grohnerts achten nicht auf das schöne Haus ihrer Ahnen! Schließlich gilt es völlig zu Recht als das prächtigste in der ganzen Straße, ach, was sage ich: auf der ganzen Dominsel!«

Sie hielt inne und begutachtete das Glas. Eine Taube wagte sich keck auf das Fenstersims. Ihr Gurren erfüllte den Raum. Ohne hinzusehen, wedelte Lina sie mit dem Tuch fort, hauchte bereits wieder auf die Scheibe, wischte und kratzte, bis die Fingernägel auf dem Glas quietschten. Am liebsten hätte Carlotta sich die Ohren zugehalten. Lina jedoch schien nichts davon zu bemerken, sondern gab sich mit Leib und Seele der Säuberung der Fensterscheibe hin.

Aufmerksam musterte Carlotta die rundliche Frau. Von der Anstrengung des Putzens lugte die Zungenspitze zwischen den Lippen hervor, die Stirn war in Falten gelegt. Eine

Strähne des dicken strohblonden Haars wippte im Takt der Wischbewegungen vor der Nasenspitze hin und her. Wenn sie nicht gerade auf die Scheibe hauchte oder redete, versuchte sie, die Haare wegzupusten. Carlotta schmunzelte. Seit dem Sommer vor vier Jahren, als sie sich kennengelernt hatten, hatte Lina sich auf den ersten Blick kaum verändert. Dennoch wirkte sie nicht mehr vertraut, ganz anders als damals, als sie gemeinsam in der Kammer unter dem Dach gewohnt hatten, während ihr Vater unten im Gastzimmer des Grünen Baums …

»Das ist aber hartnäckig!«, platzte Lina in ihre Gedanken und kratzte erneut enervierend mit den Nägeln über die Scheibe. »Wann hat Milla die Fenster geputzt? Da hängt noch der ganze Sommer dran!« Als alles Kratzen, Quietschen und Schrubben nichts nutzte, schwang sie sich das feuchte Leinen über die Schulter und wühlte in den Falten ihres groben Rocks. Mit einem triumphierenden Lächeln förderte sie eine halbe Zitrone zutage und hielt die gelbe Südfrucht stolz in die Luft. Entsetzt riss Carlotta die Augen auf. »Woher hast du – weißt du, wie viel …«, stammelte sie, doch die rundliche junge Frau winkte ab. Ihre Augen strahlten, als sie stolz beschwichtigte: »Vertraut mir, liebe Carlotta, natürlich weiß ich, wie viel ich davon brauche. Das ist genau das Richtige, um die kostbaren Fenster zu behandeln. Damit rücke ich jedem Dreck zu Leibe.«

Sie drehte sich wieder dem Fensterflügel zu. Die Zungenspitze zwischen den Lippen, presste sie den sauren Saft auf den Schmutz. In zähen Bächen rann er nach unten. Der frische Geruch der Zitrone zog durch die Wohnstube.

»Bist du wahnsinnig? Eine halbe Zitrone – nur fürs Putzen?« Carlotta stürzte sich auf Lina und entriss ihr die Frucht.

Viel Saft war nicht mehr drin. Verblüfft starrte die Magd sie an. »Aber warum? Ich habe doch nur …«

»Weißt du, was eine solche Zitrone kostet?«, fuhr sie ihr über den Mund. Beschämt senkte Lina den Kopf. Glutrot leuchteten ihre Wangen. Als sie die halb entblößten Arme hob, um das Gesicht mit den Händen zu bedecken, stach Carlotta die spröde, von harter Arbeit gebeutelte Haut ins Auge. Auf einmal dauerte sie die andere, ihr unbeherrschter Ausbruch tat ihr leid. »Ist schon gut.« Tröstend strich sie ihr über den Kopf, ließ die Hand auf der Schulter ruhen. Lina schniefte. Wortlos reichte Carlotta ihr ein Taschentuch. Vorsichtig legte sie die Zitronenhälfte auf den Tisch und hieß Lina, sich zu setzen.

»Auch wenn du meine Mutter für reich hältst, ist das kein Grund, die Fenster mit reinem Zitronensaft zu wischen. Wie viele Zitronen willst du dafür kaufen? Wie kommst du überhaupt auf diese eigenartige Idee?«

Lina schluchzte. Carlotta wartete, unsicher, ob sie nicht zu schroff reagiert hatte. Indes wurden auf dem Flur Schritte laut. Der eigenartige Rhythmus ließ gleich erkennen, dass es sich nur um Hedwig, die Wirtschafterin, handeln konnte. Zielstrebig näherten sich die Schritte, die Tür schwang auf. Es blieb keine Zeit, die Zitrone zu verstecken. So gut es ging, barg Carlotta sie in ihren Händen. Schuldbewusst sah sie mit Lina zusammen Hedwig entgegen.

»Hier steckst du also!« Die roten Apfelbäckchen der Köchin strahlten, die runden Augen glänzten, als sie die beiden Mädchen erspähten. Schnaufend schob sie sich herein, kam zum Tisch, legte Carlotta die Hand auf die Schulter und tätschelte sie liebevoll. »Kühl ist es hier drinnen!« Sie entdeckte das offene Fenster und watschelte schwer atmend dorthin.

Bevor sie zum Riegel griff, betrachtete sie eingehend die Scheibe. »Die Fenster nochmals zu putzen, ist eine gute Idee.« Ihre Nase schnupperte angestrengt, während die runden Augen prüfend über die Scheibe wanderten. »Wonach riecht das nur?« Fragend wandte sie sich um, sah von einer zur anderen, dann wurde ihre Miene starr. Sie hatte die Zitronenreste in Carlottas Händen entdeckt. »Ist es denn die Möglichkeit – eine echte Zitrone! Seid ihr noch zu retten?«

Flinker, als man es ihrer behäbigen Gestalt zugetraut hätte, huschte sie zum Tisch und schnappte sich die reichlich ausgepresste Fruchthälfte. »Das hätte ich mir gleich denken können, dass Lina dich auf dumme Gedanken bringt.« Sie schüttelte das mächtige Haupt und stemmte die kurzen Arme auf die ausladenden Hüften. »Gleich bei ihrem Auftauchen habe ich deine Mutter gewarnt, wir sollen lieber noch warten, bevor wir sie uns fest ins Haus holen.« Verächtlich nickte sie mit dem fleischigen Kinn gen Lina. »Der Montag ist vergänglich wie der Mond, schließlich trägt er von dem seinen Namen. An einem solchen Tag beginnt man nichts Neues, vor allem stellt man kein Gesinde ein, ganz zu schweigen davon, dass alles, was einem am Montag widerfährt, für die restliche Woche gilt. Nach dem Ärger mit Milla letzten Montag war mir klar, dass der sich auch mit der neuen Magd fortsetzt. Wie recht ich habe, sehen wir jetzt.«

Abermals schnaubte sie. Finster verzog sie Augenbrauen, Nase und schmallippigen Mund zu einer Grimasse. »Und das alles nur, weil sie zu faul ist, Schlämmkreide in Wasser zu lösen und auf die Scheiben zu geben. Das hat bislang noch immer gereicht, um die Fenster zum Strahlen zu bringen. Eigentlich ist es sowieso eine törichte Idee, heute Fenster zu putzen. Der dritte Tag im Oktober ist ein Schwendtag. Ich denke mal, du weißt«, vorwurfsvoll sah sie Lina an, »was das bedeutet?«

Über der Tirade war die neue Magd in sich zusammengesunken. Auch wenn Carlotta Hedwig wie eine weise Mutter verehrte, so mochte sie ihr verächtliches Verhalten Lina gegenüber nicht dulden. Unwillkürlich griffen ihre Finger nach dem Bernstein. Das ersehnte Gefühl der Stärke beflügelte sie. Dicht stellte sie sich vor die Köchin. »Man kann das alles auch genau andersherum sehen: Die Vorsehung hat uns Lina nicht von ungefähr am letzten Montag ins Haus geweht, gerade in dem Moment, da uns aufgefallen ist, dass wir noch gut eine weitere Magd brauchen. Vergiss nicht, Mutter und ich kennen Lina von unserer ersten Zeit hier im Kneiphof, als wir noch unten im Grünen Baum gewohnt haben. Damals schon hat Lina uns als Magd beigestanden. Es ist ein Wink des Schicksals, sie jetzt wiedergefunden zu haben.« Sie hielt inne, plötzlich übermannt von der Erinnerung, wie ihr Vater damals, kurz nach ihrer Ankunft in Königsberg, gestorben war.

Als ahnte Lina ihre Gedanken, hob sie den Blick. Carlottas Finger schlossen sich fester um den Bernstein. Einen Moment sahen die Mädchen einander an. Dabei blitzte etwas in Linas grünblauen Augen auf, was Carlotta tief ins Herz traf. Verwirrt wandte sie sich von neuem der Köchin zu. Von ihr erntete sie jedoch nur ein aufgebrachtes Schnauben.

Sie unternahm erneut einen Anlauf. »Hast du nicht bei Linas Auftauchen mehrmals niesen müssen?« Carlottas Blick wich nicht von Hedwigs geliebtem Gesicht, bis die Köchin beiseitesah. Gegen ihr Profil redete Carlotta weiter. »Du weißt doch selbst, was das bedeutet: Wer montags niest, dem wird in dieser Woche etwas Gutes geschehen. Warum willst du Linas Auftauchen nicht als dieses Gute begreifen? Bislang haben alle ihre Handgriffe im Haus gezeigt, wie geschickt sie anzupacken versteht. Und das mit der Zitrone«, sie zögerte einen Augenblick, sah noch einmal auf Lina, drehte sich dann entschlossen Hedwig zu und ließ im selben Augenblick den Bernstein los, »das mit der Zitrone ist übrigens eine Idee von mir. Schließlich geht es nicht nur um blanke, sondern vor allem um richtig saubere Fensterscheiben. Unlängst habe ich über die Idee mit dem Zitronensaft gelesen und Lina gebeten, es einfach mal auszuprobieren. Auf Anhieb hat es geklappt. Stell dir doch nur einmal vor, ausgerechnet unser Haus so nah bei der Krämerbrücke hätte blinde Scheiben!«

Triumphierend wies sie auf die glänzende, saubere Scheibe. Der angenehme Zitrusduft hing weiter in der Luft. Nicht einmal der Geruch nach Gebratenem, der von der Langgasse heraufzog, kam dagegen an.

»Ein teurer Spaß«, knurrte Hedwig und reichte ihr unter einem weiteren Schnauben die Zitronenhälfte. »Übrigens kann man auch aufgeschnittene Zwiebeln dazu benutzen. Das kostet erheblich weniger. Ich bin gespannt, was deine Mutter von deiner großartigen Idee hält. Spätestens, wenn sie die beachtlichen Kosten für die neue Art, Fenster zu putzen, in den Haushaltsbüchern entdeckt, wird sie nicht mehr entzückt sein. Aber das darfst du ihr dann selbst erklären.«

Ohne Lina eines weiteren Blicks zu würdigen, nickte sie Carlotta zu und watschelte aus der Stube. Der Holzrahmen zitterte von dem Schwung, mit dem sich die Tür hinter ihrem breiten Hintern schloss. Langsam verklangen ihre schlurfenden Schritte über die Treppe nach unten.

6

Eine beredte Stille senkte sich über die Wohnstube, selbst die Geräusche von der Straße schienen zu verschwinden. »Danke«, sagte Lina schließlich kaum hörbar.

»Ach was«, wehrte Carlotta ab. In der Hand knetete sie die Zitronenhälfte, spürte den spärlichen Rest des Saftes auf der Haut. Was hatte sie da gerade getan? Ungläubig blickte sie zu Lina, brauchte einen Moment, sich auf das Geschehene zu besinnen. Ein Bild von früher schob sich dazwischen. Damals hatte Lina sie wegen des gerade verstorbenen Vaters getröstet, versucht, sie auf andere Gedanken zu bringen. Hatte sie Lina deswegen so vehement in Schutz genommen?

»Wo bist du eigentlich in den letzten Jahren gewesen?«, fragte sie, um sich von den schmerzhaften Erinnerungen abzulenken. »Von einem Tag auf den anderen warst du damals aus dem Grünen Baum verschwunden. Die Wirtin hat mir nichts sagen wollen, ganz gleich, wie inständig ich sie darum gebeten habe.«

»Du hast nach mir gefragt?« Erstaunt richtete Lina sich auf. Vor Überraschung bemerkte sie nicht, dass sie in die frühere, vertraute Anrede zurückgefallen war, genau wie damals, als sie Carlotta eher wie eine kleine Schwester denn wie eine höherstehende Kaufmannstochter behandelt hatte. Dann aber ging ein Ruck durch ihren stämmigen Körper, ihre Miene verschloss sich. »Da gibt es nichts zu sagen«, erklärte sie knapp. »Besser, ich mache mit den Fenstern weiter. Allzu lange reicht das Licht nicht mehr aus.«

Sie ging zum Fenster. Rufe von der Straße wehten herauf, kündeten von dem geschäftigen Leben dort unten. Lina zog das Tuch von ihrer Schulter, pfefferte es ins Wasser, wrang es aus und widmete sich den Scheiben auf dem zweiten Flügel.

»Natürlich musst du mir nichts erzählen«, bemühte sich Carlotta, gleichgültig zu wirken. Wie zufällig näherte sie sich der Fensterfront, spielte mit dem Bernstein, sah auf die Straße. Einige Atemzüge lang beobachtete sie einen Laufburschen, der gerade die neueste Ausgabe des *Europäischen Mercurius* ausrief. Offenbar hatte er Mühe, Abnehmer für das Blatt zu finden. Der Kurfürst rückte also doch nicht so schnell mit seinen Truppen gegen Königsberg an, sonst hätten ihm die Kneiphofer vor Neugier die Zeitung aus den Händen gerissen.

»Es hat mir leidgetan, dich gleich wieder aus den Augen zu verlieren«, fuhr Carlotta fort. »Wir hatten uns doch gerade erst kennengelernt. Außer dir habe ich niemanden sonst im Kneiphof gekannt. Besonders freundlich waren die Leute ohnehin nicht. Erinnerst du dich nicht? Du selbst hast mir erzählt, wie seltsam sie meine Mutter fanden, die Wundärztin sein wollte und keinen Kneiphofer Arzt oder Medicus gerufen hat, um meinen Vater zu retten. Als er dann starb, schien das dieses Gerede vollauf zu bestätigen. Noch dazu, da mein Vater ein Grohnert war und sie eine Singeknecht ist. Du hast die uralte Geschichte mit der erbitterten Fehde zwischen den Familien sicher mitbekommen.«

Carlotta schwieg nachdenklich. Die Vorfälle von damals bewegten sie noch immer. Lina hingegen tat, als hörte sie gar nicht zu. Von neuem kratzte und polierte sie an einem hartnäckigen Schmutzfleck, bis es unerträglich in den Ohren quietschte. Schon fürchtete Carlotta, das Glas trüge Schaden davon.

»Hier!« Sie hielt Lina die Reste der Zitrone unter die Nase. »Noch gibt sie ein bisschen Saft. Wäre schade, den verkommen zu lassen.«

»Danke.« Ohne aufzusehen, nahm Lina die Frucht und presste sie gegen das Glas, rieb gleich mit dem Leinentuch nach, bis es fleckenfrei glänzte. »Der Fritz ist gekommen und hat mich geholt«, sagte sie beiläufig, als sie mit dem Resultat zufrieden war. Flink versenkte sie die Zitronenreste in den Tiefen ihres Rocks, bückte sich zum Eimer und wusch den Lappen aus.

»Und?« Interessiert riss Carlotta die blauen Augen auf. »Dann war also die Gelegenheit endlich günstig für eure gemeinsame Flucht? Bist du mit ihm wie geplant auf eine der Koggen geschlichen und davongesegelt?«

Verträumt wanderte ihr Blick aus dem offenen Fenster, über das nachmittägliche Gewusel auf der Langgasse in weite Fernen, ganz so, als machte sie am sich rot verfärbenden Firmament das Schiff aus. Auf einmal hatten sie sich wieder in die beiden halbwüchsigen Mädchen verwandelt, die in jenem Sommer vor vier Jahren an ihrem geheimen Platz am Pregelufer gehockt, die Schiffe am gegenüberliegenden Hundegatt beobachtet und sich über ihre kühnen Zukunftspläne unterhalten hatten.

»Nein!«, rief Lina unerwartet und schleuderte den Lappen zurück in den Putzeimer. Das laute Platschen riss Carlotta aus ihren Gedanken. Wasser spritzte auf, nasse Tropfen landeten auf ihrem Rock. Mit den Pantoffeln stand sie mitten in einer Pfütze. Erschrocken sah sie Lina an. Die grünblauen Augen der Magd bohrten sich tief in die ihren, das strohblonde Haar stand wirr von Linas Kopf, die Sommersprossen glühten auf dem runden Gesicht.

Stumm starrten sie einander an. Lang war das nicht auszuhalten. Lina kapitulierte als Erste. Im nächsten Moment platzte auch Carlotta vor Lachen. Glucksend quoll es aus ihnen heraus. Sie wischten sich die feuchten Augenwinkel, bis sie wie auf Kommando gleichzeitig die Arme ausbreiteten und einander wortlos entgegenfielen. Nach einigem Schluchzen traten sie wieder auseinander.

»Leider sind wir Weibsbilder immer zu gutgläubig.« Lina holte tief Luft, raffte das aufgelöste Haar zu einem Zopf und schlang diesen als Knoten auf ihren Hinterkopf. »Fritz hat da was ganz anderes im Sinn gehabt als ich. Aber so geht es wohl immer. Die Burschen wollen halt doch nur das eine. Oder hast du andere Erfahrungen?«

Wie schon damals, als sie am Pregelufer über diese Dinge geredet hatten, huschte auch jetzt wieder eine leichte Röte über Carlottas Gesicht. Verlegen zwirbelte sie eine rotblonde Locke um den Zeigefinger und wich Linas Blick aus. »Hm«, war alles, was sie herausbrachte. Darüber wurde ihr noch heißer. Wahrscheinlich leuchtete ihr Gesicht inzwischen wie ein ausgehöhlter Kürbis mit Kerze.

»Es ist doch immer das Gleiche.« Lina schien nichts von alledem zu bemerken, richtete den Blick aus dem Fenster, in den violetten Spätnachmittagshimmel hinein. »Natürlich ist es mit Fritz genauso ausgegangen, wie du es vorausgesagt hast«, fuhr sie fort. »Nicht mal bis Pillau sind wir gekommen.« Bitter lachte sie auf. »Von der Seefahrt hat er sofort wieder genug gehabt. War ihm wohl zu anstrengend, von früh bis spät das Deck zu schrubben, die Leinen einzuholen, die Fracht ein- und auszuladen.« Sie verschränkte die Arme vor der Brust und drehte sich Carlotta halb zu. »Irgendwer hat ihm den Floh ins Ohr gesetzt, in Insterburg bräuchten sie kräftige Burschen wie ihn. Da könnte er rasch was werden. So verfiel der Dummkopf auf die Idee, auf dem Land gäbe es leichtere Arbeit als auf dem Schiff. Leider hat derjenige vergessen, Fritz zu sagen, dass er bei den Bauern zwar hart mit anpacken muss, aber trotzdem nur wenig zu beißen kriegt. Die Leute haben eben selbst nicht viel. Immer wieder fallen die Tataren ein, oder die Schweden ziehen auf irgendeinem Krieg durch die Stadt, mit den Preußen gleich dicht auf den Fersen. Da bleibt einfach wenig übrig, wenn überhaupt ein Stein lang auf dem anderen steht. Also sind Fritz und ich nach einem Jahr weiter nach Tilsit. Das ist nicht weit von dort. Aber da ist es auch nicht besser gewesen. In einer erbärmlichen Hütte haben wir gehaust, froh, überhaupt ein Dach über dem Kopf zu haben. Irgendwann ist der Fritz immer länger im Wirtshaus geblieben als bei mir, mein Bauch ist dicker geworden, aber das Kind kam trotzdem zu früh und war einfach zu klein, um einen einzigen Schnaufer zu lassen. Beim zweiten hat es dann besser geklappt. Trotzdem habe ich es nicht mehr ausgehalten und bin fort. Das ist eben kein Leben für mich.«

»Und das Kind? Du hast doch nicht etwa dein Kind im Stich gelassen?« Fassungslos starrte Carlotta sie an.

Von der Seite betrachtet, wirkten Linas Rundungen auf einmal nicht mehr so weich. Selbst die muntere Stupsnase erschien Carlotta nun scharf, das Kinn darunter seltsam spitz. Lina ballte die Fäuste, bis die Fingerknöchel weiß hervortraten. Mehrmals biss sie sich auf die Lippen. Es sah aus, als versuchte sie, das eben Gesagte zurückzuholen und vergessen zu machen. Dann brach sich ein empörter Seufzer Bahn.

»Im Stich lassen kann man das beileibe nicht nennen. Ich wette, du hättest es nicht anders gemacht.«

»Wie kommst du darauf?« Carlotta schnappte aufgebracht nach Luft und stemmte die kleinen Hände auf die kaum vorhandenen Hüften, wohl wissend, wie schmächtig sie neben der anderen wirkte. »Du kannst so ein hilfloses kleines Wesen doch nicht einfach bei einem Burschen zurücklassen, der den ganzen Tag nur im Wirtshaus sitzt und …« Sie fuchtelte mit den Armen, suchte verzweifelt nach dem richtigen Wort.

»… säuft«, ergänzte Lina. »Keine Sorge, das habe ich auch nicht getan.«

»So? Was dann?«

»Ich habe das Würmchen gepackt und dafür gesorgt, dass es eine bessere Zukunft bekommt.«

»Was soll das heißen?« Plötzlich befürchtete Carlotta das Schlimmste. Wild wirbelten die Gedanken in ihrem Kopf. Einerseits fragte sie sich, ob Lina wirklich zum Äußersten bereit wäre, andererseits schalt sie sich töricht, ihr derart Verwerfliches überhaupt zuzutrauen. Zu ihrer Verblüffung stellte sie fest, dass Lina sich in der Beachtung, die sie ihr währenddessen zuteilwerden ließ, regelrecht sonnte. Die Arme vor dem üppigen Busen verschränkt, wiegte sie den Oberkörper hin und her.

»Natürlich habe ich ihm kein Leid getan. Sehe ich etwa aus wie eine Kindsmörderin? Mein eigen Fleisch und Blut zu töten – wie kannst du so etwas auch nur von mir denken?«

Beleidigt schürzte sie die Lippen. Ihre grünblauen Augen funkelten. Ertappt senkte Carlotta den Blick. Beschwichtigend tätschelte Lina ihr die Schulter. So dicht neben ihr fühlte sich Carlotta wie ein kleines, unbedarftes Kind, das eine entsetzliche Dummheit begangen hatte. Lina musste das ähnlich empfinden, zumindest meinte Carlotta zu spüren, dass sie die Überlegenheit genoss.

»Keine Sorge, es geht alles mit rechten Dingen zu«, sagte sie begütigend. »Bei reichen Leuten in Pillau habe ich das Würmchen untergebracht, bei solchen, die zwar alles Geld der Welt, aber keine eigenen Kinder haben und deshalb alles tun, damit es dem Kleinen gutgeht.«

Wieder konnte Carlotta die Augen nicht von ihr lassen. Trotz der Erklärung war sie nicht beruhigt. Da stimmte etwas nicht, das spürte sie, konnte es aber nicht genauer benennen. »Was ist es überhaupt?«, platzte sie ungeduldig heraus.

»Wie? Was?« Verwirrt fuhr Lina zusammen. Schon meinte Carlotta, sie ertappt zu haben, da antwortete sie lapidar »ein Junge« und bückte sich hastig nach dem Eimer mit dem Lappen. Schnaufend hob sie ihn hoch. Carlotta wollte sich ihr in den Weg stellen, doch Lina stieß sie brüsk beiseite. »Karlchen heißt er, hat blaue Augen und eine Stupsnase und sogar schon ein paar Locken, natürlich blond wie meine. Zufrieden?«

Ihre Miene verriet nicht das Geringste. Die Lippen fest aufeinandergepresst, schleppte sie den schweren Eimer dicht an Carlotta vorbei zum mittleren Fenster. Der Riegel knirschte, als sie an ihm drehte, um die Flügel zu öffnen.

»Was ist eigentlich aus deinem Burschen geworden? Ist er wieder aufgetaucht?«

Nun war es an Carlotta, zusammenzuzucken. An Mathias wollte sie nicht erinnert werden, von Lina schon gar nicht – und vor allem nicht jetzt. Auf einmal drohte die Erinnerung zu einer großen, dunklen Wolke zu werden, die das sonnige Zusammensein mit Christoph überschattete. Fieberhaft suchte sie nach Worten, als könnte sie mit einer passenden Erwiderung die ungewollte Störung verdrängen.

Unerbittlich fuhr Lina fort: »Ich habe dir damals schon gesagt: Bei dir ist es nicht so schlimm. Du bist auf keinen Burschen angewiesen, um aus dem Elend rauszukommen. Notfalls nimmst du das Geld deiner Mutter und fängst damit irgendwo ein Leben ganz nach deinen eigenen Vorstellungen an. Dabei hast du das gar nicht nötig. Ihr beide lebt doch sowieso sorgenfrei, von Elend und Not weit und breit keine Spur.«

»Also«, setzte Carlotta an, doch wieder kam Lina ihr zuvor. »Entschuldigung«, murmelte sie zerknirscht. Schon knickste sie unbeholfen und wirkte zahm wie ein Lamm. »Ich weiß auch nicht, welcher Gaul da gerade mit mir durchgegangen ist. Ich habe wohl einfach vergessen, wie es inzwischen steht: Ihr seid die Herrschaft, ich bin die Magd. Ich sollte nicht so vorlaut sein.«

Angestrengt starrte sie auf ihre Fußspitzen. Carlotta bekam nicht viel mehr als das wirre, blonde Haar zu sehen. Die ungewohnte Perspektive behagte ihr noch weniger als Linas forsches Auftreten zuvor.

»Schon gut«, beeilte sie sich zu versichern. Eine ganze Weile kämpfte sie noch mit sich, dann streckte sie Lina entschlossen die Hand entgegen. »Lass uns beim Du bleiben. Nach allem, was wir uns damals am Pregelufer erzählt und miteinander im Grünen Baum erlebt haben, werden wir nie wie Herrschaft und Gesinde zueinander stehen.« Sie rang sich ein aufmunterndes Lächeln ab. Daraufhin wischte Lina die Hand an der Schürze trocken und schlug vorsichtig ein. »Wie du willst.«

Linas Händedruck war fest, die Haut kalt und rauh. Carlotta versuchte abermals, ihr in die Augen zu schauen. Wieder aber gelang es Lina, sich zu entziehen und ins Polieren der Fensterscheiben zu flüchten. Zögernd wandte Carlotta sich dem Tisch zu, auf dem noch immer die sorgfältig aufgereihten Tiegel mit Salben warteten.

Lustlos blätterte sie das vor ihr liegende Buch auf, überflog die Seiten, auf denen ihre Mutter in ungelenker Schrift uralte

Rezepturen notiert hatte, und kam endlich zu der Auflistung der Mengen an Salben und Tinkturen. Während sie ein Gefäß nach dem anderen öffnete und den Bestand kontrollierte, hörte sie Linas Keuchen beim Wienern der Scheiben. Der saure Geruch der Zitrone überlagerte den zarten Duft der Salben. So angestrengt Carlotta auch schnupperte, Veilchen, Salbei und Rosen konnten sich kaum mehr dagegen durchsetzen. Carlotta seufzte. Beim Beschnuppern der berühmten Wundersalbe von Meister Johann hielt sie inne. Der Geruch war ihr seit Jahren vertraut. Seit den Zeiten bei Apotheker Petersen in Frankfurt versuchte sie, dem Geheimnis der Mischung auf die Spur zu kommen.

Noch während sie darüber nachsann, ob sie letztens doch zu großzügig Wacholder daruntergemischt hatte, wurde ihr plötzlich etwas anderes klar. Den offenen Tiegel in der Hand, starrte sie einige Atemzüge lang auf die gegenüberliegende Wand. Unter einem goldgerahmten Porträt von Urgroßvater Paul Joseph Singeknecht, dem Begründer des Handelskontors, stand eine hüfthohe Truhe aus dunklem Holz. Die kunstvollen Einlegearbeiten auf dem riesigen Möbel verrieten den beträchtlichen Wert des Stücks. Prall gefüllt mit feiner Tischwäsche, war sie ein weiteres Zeichen des Vermögens, über das die Mutter dank ihres Erbes verfügte. Carlotta schmunzelte. So falsch lag Lina nicht, was sie und ihre Mutter betraf. Es konnte kein Zufall sein, sich ausgerechnet jetzt dessen bewusst zu werden.

»Weißt du was, Lina?«, wandte sie sich der Magd zu. »Eigentlich ist es wirklich gut, dass Mathias nicht mehr aufgetaucht und mit mir durchgebrannt ist.«

»Das sagst du doch jetzt nur, um besser vor mir dazustehen.«

Kaum waren die Worte heraus, schlug Lina erschrocken die Hand vor den Mund und presste abermals ein »Entschuldigung« zwischen den Lippen heraus.

»Schon gut«, winkte Carlotta ab. »An deiner Stelle würde ich das auch denken.«

»So?« Lina knüllte das Leintuch zu einem Ball und knetete ihn mit den vom kalten Putzwasser und sauren Zitronensaft stark geröteten Fingern. »Und warum sollte es sonst gut sein?«

»Ganz einfach«, strahlte Carlotta sie an. »Wenn er damals tatsächlich gekommen und mit mir durchgebrannt wäre, hätte ich genau das getan, was alle Frauen tun: ihn heiraten, kochen, ein halbes Dutzend Kinder kriegen und mich hinterher über meine eigene Dummheit ärgern.«

»Wenigstens hättest du genug zu essen und ein Dach über dem Kopf, weil dein Mathias bestimmt schlauer ist als mein Fritz. Wahrscheinlich hätte auch deine Mutter euch nicht lang gezürnt und euch einen ordentlichen Hausstand eingerichtet.«

»Das mag sein«, gab Carlotta zögernd zu. »Aber trotzdem wäre es nicht das Gelbe vom Ei. Sosehr ich es einige Jahre lang bedauert habe, so begreife ich jetzt, dass es wieder für etwas anderes gut gewesen ist.«

»Weil du dich längst an das Leben in Königsberg und all die vielen Annehmlichkeiten hier gewöhnt hast. Tochter einer angesehenen Kaufmannsfrau zu sein, hat eben seine Vorteile.« Linas rundem Gesicht war der Neid deutlich anzusehen.

Carlotta seufzte und versuchte ein letztes Mal, sie zu überzeugen: »So angenehm es ist, ändert es nichts an der Tatsache, als Frau doch nicht all das tun zu dürfen, was man eigentlich tun will. Zumindest, wenn man etwas für Frauen sehr Außergewöhnliches im Sinn hat.«

»So?« Abermals zog Lina die Augenbrauen hoch und sah

sie erstaunt an. Auf einmal aber schien sie zu verstehen und verzog den Mund zu einem breiten Grinsen. »Gib zu: Es gibt einen anderen Burschen!«

Versonnen lächelte Carlotta. »Bursche ist vielleicht nicht mehr so ganz richtig«, stellte sie klar. »Immerhin hat er einen akademischen Abschluss.«

»Einen was?«

»Er hat studiert. Er ist Doktor der Medizin, wenn du es genau wissen willst.«

»Das heißt, er kann dir ein ordentliches Leben bieten«, erwiderte Lina und wirkte fast ein wenig enttäuscht. »Und was ist jetzt das Außergewöhnliche daran?«

»Er wird mir helfen, dass ich in gewisser Weise auch Medizin studieren kann!«

»Was?« Verständnislos riss Lina die Augen auf. »Wozu soll das gut sein? Gewiss bringt er jetzt schon genug Geld nach Hause. Und du bist als Wundärztin auch gefragt. Dabei hast du es nicht einmal nötig, dein Leben damit zuzubringen. Glaub mir, es gibt noch Schöneres, als faule Zähne zu ziehen oder stinkende Eiterbeulen aufzuschneiden.«

»Das reicht mir nicht, Lina. Als anerkannte Medizinerin könnte ich noch weitaus mehr tun, als die Menschen zur Ader zu lassen, gebrochene Knochen einzurenken oder Wunden zu nähen.« Begeistert hielt sie inne. Ihre tiefblauen Augen leuchteten. Energisch schüttelte sie die rotblonden Locken in den Nacken. »Ich würde endlich die Zusammenhänge begreifen, die den menschlichen Körper inwendig zusammenhalten, und müsste nie mehr mit ansehen, wie einer elend vor meinen Augen stirbt!«

Ein Schatten huschte über ihr Gesicht. Die Erinnerung an den sterbenden Vater schmerzte noch immer.

»Deshalb willst du dir diesen studierten Doktor angeln?« Verständnislos runzelte Lina die Stirn. Die tiefen Falten ließen ihr Gesicht alt aussehen.

Geflissentlich überging Carlotta das. Der sonntägliche Spaziergang mit Christoph stand ihr vor Augen, das unbeschwerte Scherzen mit ihm letztens im Gemeindegarten, die versteckten Zeichen, wenn sie sich bei Apotheker Heydrich begegneten.

»Christoph ist mir ein guter Kamerad. Lustig ist er zudem, sehr klug und ein stattlicher Bursche noch dazu. Auch sein Vater ist sehr angesehen in der Stadt.«

»Das klingt nach einer guten Partie«, warf Lina beruhigt ein. »Du solltest dich beeilen. Nicht dass eine andere dir den Fang vor der Nase wegschnappt.«

»Ja, du hast recht. Ich sollte mich beeilen. Gerade scheint die Gelegenheit günstig, einen guten Fang an Land zu ziehen.« Verschwörerisch zwinkerte sie Lina zu.

7

Selbst am weit fortgeschrittenen Nachmittag ähnelte das Treiben an der Lastadie noch einem quirligen Bienenstock mitten im Sommer. Wie um dem zu trotzen, schlenderte Magdalena langsam von der Krämerbrücke über das Hafengelände am Pregelufer. Es galt nicht zuletzt, die eigene Unruhe zu zügeln, hatte sie in ihrem Speicherhaus einige Schritte hinter dem Kran doch eine lang ersehnte Fracht in Augenschein zu nehmen. Niemand sollte merken, wie ihr allein beim Gedanken daran die Finger zitterten. Dass die Ladung ausgerechnet an diesem Freitag eingetroffen war, gab ihr zu denken. Doch rasch verdrängte sie Hedwigs Erschrecken: Freitag, der Dreizehnte brachte nach Ansicht der alten Wirtschafterin natürlich kein Glück. Um sie von den düsteren Ahnungen abzulenken, hatte Carlotta ihr belustigt einen anderen der alten Sprüche zum dreizehnten Oktober aufgesagt: »Heiliger Koloman, schick mir einen braven Mann.« Daraufhin war die gute Hedwig erst recht außer sich geraten.

Einige Schritte weiter erspähte Magdalena Martenn Gerke, den weißbärtigen Kaufmannsgenossen aus der Magistergasse. Ordnend fuhr sie mit den kurzen, schmalen Fingern durch das unter der schwarzen Witwenschnebbe brav hochgesteckte rote Haar, raffte den schwarzen Damastrock und eilte zu ihm.

»Grüße Euch, verehrter Gerke. Wie geht es Euch heute?« Forschend glitt der Blick ihrer smaragdgrünen Augen über seine eingefallene Gestalt. Kaum zu glauben, dass er vor wenigen Wochen noch einen prallen Bauch unter dem reichbestickten Wams herausgeschoben hatte. Auch schien er geschrumpft, so dass sie, die trotz ihrer knapp vierzig Jahre kaum größer als eine heranwachsende Fünfzehnjährige war, ihm geradewegs ins blasse Gesicht schauen konnte. »Quälen Euch nach wie vor Leibkrämpfe? Zeigt die Bernsteinessenz keine Wirkung?«

»Doch, doch«, beeilte er sich zu versichern und lächelte scheu. »Seit ich Eure Tropfen nehme, geht es wirklich schon viel besser. Allein, es dauert wohl noch, bis man mir das ansieht. Kein Wunder bei Eurer strikten Anweisung, auf sämtliche Genüsse zu verzichten.«

Seine Stimme war dunkel und klang voll wie eh und je.

»Sofern Ihr sie weiterhin brav befolgt, bin ich zufrieden, mein Lieber. Doch übt Euch weiter in Geduld. Es ist wichtig, die Tropfen einige Wochen lang regelmäßig einzunehmen und weiterhin nur Gerstenbrei und warmes Bier zu den Mahlzeiten zu genießen. Ein Glas verdünnter Rheinwein am Abend kann jedoch nicht schaden.«

Gerkes Wangen gewannen an Farbe. »Ihr helft mir aus größter Pein! Schade zu sehen, meine Liebe, dass Ihr Euch Eurer Berufung als Wundärztin verweigert. So vielen könntet Ihr noch helfen. Schaut mich an. Bin ich nicht der beste Beweis, wie gut Ihr Euch in der Anwendung der richtigen Kur versteht? Wochenlang hat der gute Doktor Lange mich mit seinen Tinkturen gequält. Der ist zwar immerhin Leibarzt des Fürsten Radziwill und war auch Feldarzt bei den Franzosen. Dennoch versteht er sein Metier wohl nicht so gut wie Ihr, Verehrteste. Euch genügt ein Blick, und Ihr wisst sogleich, was meinem armen Körper fehlt. Eure Bernsteinessenz ist ein wahres Wundermittel!«

»Danke für Euer Vertrauen«, wiegelte Magdalena ab. Solche Worte aus seinem Mund zu hören, rührte sie. Mit welchem Misstrauen war er ihr einst bei ihrer Ankunft in Königsberg begegnet! »Ihr wisst, warum ich mich mittlerweile ganz auf das Kontor meiner Ahnen beschränke und allenfalls noch einigen Auserwählten meine Essenzen empfehle. Gerade mit Medicus Kepler und den anderen studierten Doktoren will ich es nicht aufnehmen, geschweige denn, die Richtigkeit der von ihnen veranlassten Maßnahmen in Zweifel ziehen.«

»Ihr wisst aber auch«, fiel er ihr ein wenig ungeduldig ins Wort, »wie gut sich gerade Eure Tochter mit dem jungen Kepler versteht? Kaum ein Tag vergeht, an dem man die beiden nicht zusammen bei Apotheker Heydrich im Laboratorium antrifft oder gemeinsam mit Wundarzt Koese auf Krankenvisite sieht.«

Einen Moment blieb Magdalena die Luft weg. Davon hatte Carlotta ihr nichts erzählt. Sie fühlte einen Stich in der Brust. Ausgerechnet der junge Kepler! Ein alberner Geck war das, stets zu Scherzen aufgelegt. Niemand wusste genau, wie viel er dagegen von seiner Kunst als Medicus verstand. Sie schluckte. Gerke gegenüber durfte sie sich nichts anmerken lassen. Also erklärte sie leichthin: »Danke für Euren Hinweis, mein Bester. Lasst uns also einige Wochen warten. Dann werden wir sehen, ob meine Kur Euch auf Dauer von den Beschwerden erlöst. Wenn es Euch recht ist, komme ich nächste Woche wieder zu Euch und untersuche Euren Leib. Bis dahin befolgt bitte weiter meinen Rat und haltet Diät.«

»Wenn Ihr wüsstet, wie wohl mir das tut.« Ergriffen tätschelte er ihr den Arm, bevor er sie endlich ziehen ließ.

Die kurze Begegnung mit dem ehedem so strengen alten Kaufmann hatte Magdalena aufgewühlt. Seine Worte zu ihrem Wundarztdasein trafen eine empfindliche Stelle in ihrem Innersten. Zudem versetzte ihr die Kunde von Carlottas Turteln mit dem jungen Kepler einen Stich. Ob ihre Tochter an ihn gedacht hatte, als sie vorhin den zweiten Kalenderspruch erwähnt hatte? Magdalena seufzte. Hedwig hatte recht: Freitag, der Dreizehnte war kein guter Tag! Nicht eben wohlgestimmt, setzte sie ihren Weg fort.

Am Hundegatt strahlte die Oktobersonne auf unzählige Koggen, die an der Kaimauer im brackigen Wasser dümpelten. Mannshoch stapelten sich die aus ihnen entladenen Fässer, Kisten, Säcke, Truhen und Hölzer am Ufer. Selbst große Halden Sand und Kies waren kegelförmig aufgeschüttet, eindrucksvolles Zeugnis der ungebrochen regen Bautätigkeit in der Dreistädtestadt am Pregel. Schwer beladen mit Bau- und anderen Rohstoffen, eilten die Tagelöhner zwischen den

Stapeln und den nahen Fachwerkspeichern hin und her. Wütend schallten die Befehle der Vorarbeiter über die Lastenträger hinweg.

Endlich hatte Magdalena den Singeknecht'schen Speicher in der vorderen Reihe an der Lastadie erreicht. »Schrempf, wo steckt Ihr?«, rief sie in das Halbdunkel des langgestreckten, bis zum hohen Dachfirst offenen Lagerraums hinein. Vergeblich hoffte sie auf eine Erwiderung. Keiner der Arbeiter schien da zu sein, nicht einmal der Lagervorsteher selbst erachtete es für nötig, die Kostbarkeiten im Speicherinnern zu beaufsichtigen. Verärgert kniff sie die Augen zusammen, um mehr sehen zu können.

Spärlich fiel das Spätnachmittagslicht vom Eingang herein. Ohnehin standen die Speicher an der Lastadie zu dicht beieinander, um viel Luft und Licht Einlass zu gewähren. So drang auch aus den oberen Geschossen, die über eine Galerie aus Holz erreichbar waren, kaum mehr Helligkeit nach unten. »Schrempf?«, rief sie ein weiteres Mal in das Halbdunkel und wartete, bis sich ihre Augen an das Dämmerlicht gewöhnt hatten. Wieder erhielt sie keine Antwort. Innerlich bebte sie. Unglaublich, wie respektlos die Männer sich ihr gegenüber verhielten. Wahrscheinlich hatte ein Aufruhr sie nach draußen gelockt. Eine Schlägerei bot stets willkommene Abwechslung für die grobschlächtigen Lagerleute. Bevor die Wut ihr gänzlich die Laune verdarb, beschloss sie, sich selbst daranzumachen, die ersehnte Fracht aus ihrer alten Heimatstadt Frankfurt zu suchen.

Sie lief an den Regalen und Kisten entlang, versuchte, die mit Kreide und Farbe ungelenk angebrachten Aufschriften zu entziffern. Von draußen wehte ein strenger Geruch nach abgestandenem Wasser und uraltem Fisch herein, vermischte sich mit dem nach aufgewärmtem Holz und Sägemehl aus den Speichern. Sie zog ein nach Rosenöl duftendes Taschentuch aus ihrem schwarzen Damastkleid und hielt es sich vor die Nase. War sie etwa schon so empfindlich geworden, nicht einmal für kurze Zeit den Lastadiengestank zu ertragen? Verärgert biss sie sich auf die schmalen Lippen. Ihr halbes Leben hatte sie im Heerestross der Kaiserlichen verbracht, jahraus, jahrein unter Zeltplanen und Reisighütten gelebt. Ein vierseitig umschlossener, überdachter Raum wie dieses Lager wäre ihr in ihrer Jugend wie ein Palast erschienen. Eric fiel ihr ein, sein makelloser, muskulöser Körper, den sie einen Sommer lang verbotenerweise auf einem Heuboden in Freiburg liebkost hatte. Sie schluckte, wischte Tränen aus den feuchten Augenwinkeln. Hastig lenkte sie die Schritte zu einem abgetrennten Verschlag am Kopfende. Kleinere Holzkisten reihten sich dort auf dem Boden aneinander. Eilig beugte sie sich hinab. Einige ihrer roten Locken rutschten unter der schwarzen Trauerschnebbe heraus. Hastig stopfte sie die zurück unter die Spitze, bedauerte einmal mehr, wie dünn ihr Haar geworden war. Dabei war sie erst siebenunddreißig! Sie schnaufte und bückte sich tiefer über die Kisten in der Hoffnung, einen Hinweis zu entdecken, ob sie aus Frankfurt kamen. Als sie nichts dergleichen sah, erwog sie, ein Stemmeisen zu suchen und die Kisten gewaltsam zu öffnen. Ein Poltern vom Eingang her riss sie aus diesen Überlegungen.

»Schrempf!«, rief sie. »Wo habt Ihr nur gesteckt?« Sie strich sich den Rock glatt und trat aus dem Verschlag. »Erst lasst Ihr mich rufen, weil die lang ersehnte Fracht aus Frankfurt eingetroffen ist, und dann finde ich niemanden hier im Speicher, sie mir auszuhändigen. Ganz abgesehen davon, dass das Lager weit offen steht, all die anderen Waren völlig unbewacht sind.

Was denkt Ihr Euch nur dabei? Wo stecken überhaupt unsere Leute?«

Endlich hatte sie den stämmigen Mittvierziger erreicht. Auf halbem Weg war er ihr entgegengekommen und verbeugte sich. Zerknirscht hob er erst den Kopf, als sie ihn dazu aufforderte.

»Die Männer sind alle hinten beim Kran«, brummte er. Wie stets vermied er es, den Mund beim Sprechen weit zu öffnen, so dass seine Worte nur schwer verständlich waren. »Ein weiteres Schiff ist aus Danzig eingetroffen. Ich habe sie angewiesen, es bis zum Abend auszuladen. Vor Anbruch der Nacht soll alles sicher im Speicher sein.«

»Wollt Ihr damit andeuten, für morgen gibt es keine guten Nachrichten? Marschiert der Kurfürst also schon tatsächlich auf Königsberg zu? Die List mit den Särgen hat wohl nicht lange vorgehalten.« Ihre leicht schräg stehenden Augen verengten sich, was ihr etwas Katzenhaftes verlieh.

Statt einer Antwort grummelte Schrempf Unverständliches in seinen Bart und drehte sich auf dem Absatz um, um zurück zum Eingang zu gehen. Kurz vor der Tür wies er mit der Rechten auf eine schmale Holztreppe, die zur Galerie hinaufführte, wo weitere Waren gelagert wurden. Mit einem Nicken folgte sie ihm zum ersten Treppenabsatz. Dort befand sich eine kniehohe Kiste.

»Hier steht, was Ihr sucht, Gnädigste.«

»So nah an der Tür?« Gerade noch rechtzeitig verkniff sie sich einen Tadel. »Wie hätte ich sie hier ohne Eure Hilfe je finden sollen? Nie und nimmer hätte ich sie hier vorn vermutet.« Es missfiel ihr, die fragile Fracht so nachlässig aufbewahrt zu sehen. Jeder hätte sie unbemerkt fortschaffen können, erst recht, wenn Schrempf und seine Leute schon seit geraumer

Zeit mit einer weiteren Schiffsladung den Kai aufwärts beschäftigt waren. Gründlich überprüfte sie das gute Stück von allen Seiten. Ihre kurzen, schlanken Finger fuhren über das grobgehobelte Holz. Wie es schien, hatte die Kiste von der langen Reise nicht den geringsten Kratzer davongetragen.

»Was hat es damit eigentlich auf sich?« Gegen seine Gewohnheit wurde Schrempf neugierig. »Der Kapitän hat mir eigens aufgetragen, die Kiste nicht zu den übrigen Säcken und Truhen zu stellen und Euch gleich über das Eintreffen zu benachrichtigen. Der Inhalt ist Euch wohl sehr wichtig.«

»So ist es«, bestätigte Magdalena. »Deshalb werde ich sie auch erst zu Hause in aller Ruhe öffnen. Lasst sie bitte schnellstmöglich ins Kontor bringen.«

»Ein wenig müsst Ihr Euch gedulden. Die Männer sind, wie gesagt, alle mit der Ladung aus Danzig beschäftigt.« Er zog die buschigen Augenbrauen hoch, sie behielt ihn fest im Blick. »Gut«, lenkte er ein. »Ich gehe selbst zum Kran und hole Mattes. Er soll sofort mit Euch in die Langgasse fahren. Was ist denn so Geheimnisvolles darin, wenn ich fragen darf?«

Über sein Seemannsgesicht huschte erneut ein Funken Neugier. Magdalena schmunzelte. Sonst erlaubte sich der breitschultrige Mann mit dem krausen Backenbart nicht das geringste Interesse an den Dingen, die er Tag für Tag von den Koggen in die riesigen Fachwerkspeicher schleppen und dort einsortieren ließ. Ob es um Felle aus dem russischen Norden oder um duftende Gewürze aus dem warmen Süden ging, er behandelte alles gleich. Nicht einmal eine Ladung besonders reinen, edelsten Bernsteins aus Palmnicken entlockte ihm ein Lächeln.

»Entschuldigung, es geht mich nichts an«, ruderte er zurück, als sie ihn mit der Antwort warten ließ.

»Ihr braucht Euch nicht zu entschuldigen«, beschwichtigte

sie. »In der Kiste befinden sich Mikroskope. Ich habe sie mir aus Frankfurt kommen lassen.«

»Aus Frankfurt? Ihr meint aus Eurer alten Heimatstadt am Main?«

»Ja. Ein dortiger Apotheker bezieht sie aus Venedig und hat mir nicht zum ersten Mal welche besorgt.«

Wehmut erfüllte sie. Verschämt wischte sie sich die Augenwinkel und strich eine rote Locke aus dem schmalen Gesicht.

»Ein sehr umständlicher Weg.« Schrempf schüttelte den Kopf. »Natürlich ist es Eure Entscheidung, woher Ihr Eure Waren bezieht. Aber es gibt ausgezeichnete Mikroskope aus Holland. In Delft soll es einen gelehrten Tuchhändler geben, der sich sehr gut darauf versteht. Der Weg liegt viel näher. Ihr wisst um die Beziehungen so mancher Königsberger dorthin. Wenn Ihr wollt, erkundige ich mich gern für Euch, wie Ihr mit dem Mann direkt in Kontakt kommt.«

»Danke, das ist sehr freundlich.« Magdalena legte ihm die Hand auf den Arm. »Dass ich meine Mikroskope über Frankfurt beziehe, hat seinen besonderen Grund. Doktor Petersen von der dortigen Schwanenapotheke ist ein alter Bekannter. Schon zu Lebzeiten meines Gemahls, Gott hab ihn selig, habe ich mit ihm Geschäfte gemacht. Er vertreibt auch meine Rezepturen, wie Ihr wisst. Die Mikroskope, die er mir aus Venedig beschafft, sind von besonderer Güte. Da vertraue ich ganz seinem Urteil. Sogar dem Leibarzt des Fürsten Radziwill habe ich einmal eines von dort besorgt. Ihr wisst, wie schwierig er in solchen Dingen ist.«

»Mag sein.« Schrempf schien enttäuscht und wechselte das Thema. »Wollt Ihr mit Mattes und der Kiste nach Hause fahren, oder soll er ohne Euch los?«

Magdalena wollte verwundert nachfragen, da bemerkte sie, dass Schrempf sich nicht ohne Grund erkundigte. Angestrengt schaute er an ihr vorbei zur Tür. Sie drehte sich um und blinzelte in das einfallende Nachmittagslicht. Eine mittelgroße, schlanke Gestalt war dort auszumachen. Erst beim zweiten Hinsehen erkannte sie Philipp Helmbrecht.

Sein unerwartetes Auftauchen und vor allem Schrempfs Reaktion darauf trieben ihr eine leichte Röte auf die Wangen. Unwillkürlich glitten ihre Finger am Rand ihres schwarzen Damastmieders entlang. Vergebens. Fast ihr ganzes Leben hatte sie dort, gut verborgen in der Falte zwischen ihren Brüsten, einen Bernstein getragen. Seit Erics Tod aber lag das einstige Pfand ihrer Liebe im Sarg ihres Gemahls. Helmbrechts Bernstein hingegen, der von der Größe eines Taubeneis war, verwahrte sie in einer eigens dafür angefertigten Schatulle. So fassten ihre Finger wieder einmal ins Leere. Sie rang die Unsicherheit nieder und rief fröhlich: »Helmbrecht, welch Überraschung! Wie schön, Euch zu sehen. Ich wusste gar nicht, dass Ihr diesen Herbst noch einmal an den Pregel zurückkehren wolltet.«

8

Magdalena trat an das Treppengeländer und sah dem Besucher entgegen. Nach einer knappen Verbeugung stieg Schrempf die wacklige Holztreppe nach unten und verließ den Speicher. Bald hörte sie ihn draußen nach Mattes rufen.

»Die Freude, Euch zu sehen, ist ganz meinerseits.« Helmbrechts wohltönende Stimme füllte den Speicher aus. Sie war froh, die Lagerarbeiter weit weg am Kran zu wissen. Ein Zittern erfasste ihren zierlichen Körper, nervös strichen ihre Hände den rosendurchwirkten Damast ihres Kleides entlang. Ein feiner Schweißfilm bildete sich auf ihrer Oberlippe. Sie versuchte, ihn unauffällig mit der Zungenspitze wegzulecken. »Was führt Euch also noch einmal zu uns nach Königsberg?«

Langsam stieg auch sie auf der Treppe nach unten und trat an ihn heran. Unauffällig sog sie den feinen Geruch nach Tabak, Kaffee und Schweiß ein, den er verströmte. Sie vermied es, ihm direkt in die dunkel gesprenkelten Bernsteinaugen zu sehen. Zu gut kannte sie sich, um zu wissen, dass sie deren geheimnisvollem Sog nicht widerstehen könnte. Ihr Blick wanderte über seine schlanke Gestalt. Im Gegenlicht wirkte er imposanter als sonst, dabei war er mindestens einen halben Kopf kleiner, als Eric gewesen war. Auch die Schultern waren weniger kräftig. Wie stets war er elegant gekleidet. Der dunkle Rock und die hellbraunen Kniebundhosen wiesen jedoch ebenso wie die safranfarbenen Stiefel aus weichem Leder deutliche Spuren der zurückgelegten beschwerlichen Reise auf. Statt sich nach seiner Ankunft in seiner Unterkunft zu erfrischen, musste er direkt zu ihr geeilt sein. Das brachte ihren Puls erneut zum Rasen.

»Könnt Ihr Euch nicht vorstellen, was mich zu Euch treibt? Ach, es passt zu Euch, so zu tun, als wäre hier am Pregel alles in bester Ordnung, verehrte Magdalena.« Mit seinen gepflegten Fingern drehte er den breitkrempigen Reisehut in der Hand, strich sich mit der anderen Hand über den schmalen Oberlippenbart. Die blatternarbigen Wangen wirkten blass und eingefallen.

»Wie kommt Ihr nur auf die Idee, das wäre es nicht?«, fragte sie leicht gekränkt über den Vorwurf, sie wolle den

Ernst der Lage nicht begreifen. Entschieden raffte sie ihren Rock und drängte sich nah an ihm vorbei zur Tür. Dabei streiften ihre Finger zufällig die seinen. Die unverhoffte Berührung versetzte ihr einen Schlag. Von neuem biss sie sich auf die Lippen und schaute angestrengt nach draußen. Sie brauchte Luft. Gleichzeitig wollte sie mehr Abstand zu Helmbrecht. Er sollte nicht sehen, wie stark er sie verunsichern konnte.

Im ersten Moment blendete sie die Helligkeit. Sie schloss die Augen und spürte den roten Feuerbällen nach, die die Sonne auf den Innenseiten der Lider hervorrief. Als sie erloschen waren, hob sie die Lider wieder. Um sie her war nur das übliche Gewühl schwer schleppender Männer zu sehen. Unwillkürlich lief sie los, hielt auf den schweren Kran wenige Speicher flussaufwärts zu. Sie wollte sehen, ob Schrempf Mattes gefunden und beauftragt hatte, die kostbare Kiste in die Langgasse zu bringen.

Das Gedränge der Tagelöhner wurde dichter. Sie blickte in Gesichter, die ihr größtenteils von den täglichen Besuchen an der Lastadie vertraut waren. Die Männer trugen schwere Säcke und Kisten auf den Schultern. Zufrieden stellte sie fest, dass die Ablader, wie von Schrempf gemeldet, fleißig das Schiff aus Danzig mit ihren Waren ausluden. In dem Tempo würde ihnen das ohne große Mühe bis zum Anbruch der Dunkelheit gelingen. Dass alles so reibungslos vonstattenging, freute sie. Noch wenige Schritte, dann hatte sie den großen Kran erreicht. Dort stand auch schon Schrempf und beriet sich mit einem schwarzbärtigen Kapitän. Mattes hatte er wohl schon losgeschickt.

»Achtung!« Ein eigenartiges Geräusch ertönte, dem folgte ein gefährliches Surren, dann ein gewaltiges Reißen, und schließlich endete alles in einem tösenden Prasseln, als fielen nicht harte Wassertropfen, sondern Steine wie donnernder Regen zu Boden. Magdalena fühlte, wie ihr von hinten ein Stoß versetzt wurde. Jemand umfasste ihre Hüfte und zog sie mit sich. Steif streckte sie die Arme vor und suchte, die Wucht des unweigerlich harten Sturzes im letzten Augenblick abzufangen.

Als sie niederstürzte, war sie erleichtert, auf weichen Säcken zu landen. Doch die Freude über das sanfte Fallen währte nicht lang. Dumpf prallte der schwere Leib Helmbrechts auf sie, drückte sie fest auf die Erde, sprach allem Abfedern hohn. Schwärze umfing sie.

Eine halbe Ewigkeit später konnte sie die Augen wieder öffnen, Luft schöpfen, bald sogar gleichmäßig atmen. Helmbrecht kniete neben ihr, die helle Reisemontur noch stärker verschmutzt als zuvor, die Blatternarben tiefer in die Wangen eingegraben, selbst die große Nase weiter aus dem Gesicht hervorragend als sonst. Trotzdem lächelten seine bernsteinfarbenen Augen, sprühten die dunklen Punkte darin vor Erleichterung, ja Freude, sie zu sehen. Wie aus weiter Ferne drang ein Gemisch fremder, aufgebrachter Stimmen zu ihr durch. Endlich beugte sich Schrempfs vertrautes Gesicht zu ihr herunter. »Seid Ihr in Ordnung, Gnädigste? Habt Ihr Euch etwas getan?«

Langsam ließ er sich auf die Knie. Sie verstand jede Silbe, die er sagte, klar und deutlich. Seine breite Hand zitterte, als er die ihre in die Hand nahm und einen ehrfürchtigen Kuss darauf hauchte. Erst dadurch fand sie in die Wirklichkeit zurück.

»Alles in Ordnung, Schrempf«, beruhigte sie ihn und stützte sich auf seine Hand, um vom Boden aufzustehen. Auf der anderen Seite kam ihr Helmbrecht zu Hilfe, bevor er selbst unter Ächzen aus den Säcken hervorkroch, auf denen sie beide gelandet waren. »Zum Glück haben wir ein gutes Polster gefunden«, keuchte er. »Das hätte böse ausgehen können.«

»Ihr sagt es«, pflichtete Schrempf bei und wies mit dem Zeigefinger in die Luft. Magdalena sah erschrocken, dass am Ausläufer des großen Hafenkrans die Fetzen eines aufgerissenen Sacks baumelten. Die gesamte Ladung musste aufgeplatzt und zu Boden gedonnert sein. »Ist heute nicht Freitag, der Dreizehnte?«

Böses ahnend, äugte Magdalena zu einer Stelle gleich hinter Schrempf. Dort hatte sich die Ladung über den festgestampften Lehmboden der Kaimauer ergossen. Große und kleine Stücke Kohle kullerten umher, eine schwarze Staubschicht überdeckte alles. Binnen kürzester Zeit hatte sich eine gewaltige Schar Neugieriger um den Unglücksort gesammelt. Gebannt starrten sie alle in dieselbe Richtung. Magdalena benötigte zwei, drei Atemzüge, bis sie begriff, dass sie nicht zu ihr und Helmbrecht stierten, sondern zu einem Fleck rechts von ihnen. Sie wandte sich ebenfalls in die Richtung und erspähte ein Bündel Mensch, lang ausgestreckt auf dem Boden. Auf weichen Knien stakste sie zu ihm, ließ sich neben ihm nieder und besah sich den Ärmsten.

An seiner Stirn klaffte eine große, blutende Wunde. Leer starrten seine Augen nach oben. »O Gott!«, entfuhr es ihr, gleichzeitig zerrte sie bereits an ihrer Schnebbe, um die Spitze als Verband zum Abbinden zu verwenden. »Schnell, helft mir! Zerreißt eure Hemden in lange Streifen, bringt mir Leinen und Tücher, damit ich die Blutung stoppen kann. Auch Säcke schaden nicht, den armen Mann weicher zu betten.«

Aufgeregt wedelte sie mit einer Hand durch die Luft. Unterdessen glitt ihr Blick über den reglosen Leib. Die Gliedmaßen wirkten nicht sonderlich verkrümmt. Wenn er Glück hatte, trug er von dem Sturz keine Knochenbrüche davon. Lediglich die Verletzung am Kopf wirkte bedrohlich. Doch aus ihrer Zeit als Wundärztin im Großen Krieg wusste Magdalena, dass oft allein der Blutverlust gefährlich wurde. War man dem erst einmal Herr geworden, entpuppte sich die Verletzung häufig nicht als sonderlich schlimm. Ein ähnliches Unglück trat ihr vor Augen, damals in Frankfurt, in ihrem Hof in der Fahrgasse. Der gebrochene Lastzug hätte fast einen der Ablader erschlagen. Sie knüllte die Spitzenschnebbe zu einem festen Ballen und presste ihn mit aller Kraft auf die Wunde.

»He, wo bleibt eure Hilfe?«, rief sie noch einmal in die Menge der Gaffenden. Es schien ihr, als wären Stunden vergangen, seit sie den Verletzten entdeckt hatte. Endlich löste sich jemand aus dem Kreis der Schaulustigen. Erst als er sie knurrend beiseiteschob, erkannte sie Wundarzt Koese aus dem Kneiphof.

»Lasst mich den Mann versorgen. Das ist meine Arbeit, gute Frau. Geht nach Hause und erholt Euch von dem Schreck.«

Sie wollte protestieren, ihn daran erinnern, dass auch sie einst die Heilkunst erlernt hatte und dank des Großen Krieges gewiss weitaus mehr Erfahrung in der Behandlung solcher Wunden besaß als er. Doch jemand fasste sie an den Schultern und zog sie weg.

»Lasst ihn«, hörte sie Helmbrechts Stimme dicht an ihrem Ohr.

»Seht Ihr jetzt, wie recht ich daran tat, noch einmal zu Euch an den Pregel zurückzukehren?« Noch immer sprach Helmbrecht aus nächster Nähe. Inzwischen saßen sie auf einem Stapel Holz, mit einigem Abstand zum großen Hafenkran und dem verletzten Ablader. Befreit atmete Magdalena auf. Erst jetzt bemerkte sie das nach Minze riechende feuchte Tuch, das ihr jemand auf die Stirn gelegt hatte. Gierig sog sie den Geruch ein und schaute zu Helmbrecht. Zögernd nur schwand die Besorgnis aus seinem Antlitz und machte einem scheuen, jungenhaften Lächeln Platz.

»Mir scheint, Ihr gebt sowieso keine Ruhe, bis ich Euch das zugestehe«, erwiderte sie belustigt. »Also gut, mein lieber Helmbrecht: Ich freue mich sehr, Euch in diesem Herbst noch einmal ganz unerwartet hier in Königsberg begrüßen zu dürfen. Obwohl mir die gute Hedwig des heutigen Datums wegen dunkle Voraussagen gemacht hat, scheint dennoch mein Glückstag zu sein. Eins aber müsst Ihr zugeben: Ihr werdet kaum gekommen sein, um mich vor einem Sack herabstürzender Kohle zu bewahren. So viel Voraussicht Euch auch sonst zu eigen sein mag: Das konntet selbst Ihr nicht ahnen. Was also hat Euch veranlasst, Eure Pläne zu ändern?«

Über ihren Worten verfinsterte sich seine Miene. Mehrmals räusperte er sich. »Ich habe es befürchtet, und Euer Verhalten bestätigt es mir: Euch ist nicht im Geringsten bewusst, was hier demnächst geschehen wird. Sollte der Kurfürst mit seinen Truppen tatsächlich hier ankommen und die aufmüpfigen Kneiphofer Stände mit Gewalt in ihre Schranken weisen, werdet gerade Ihr, die Ihr erst wenige Jahre hier lebt, die Wut der Bürger über die Niederlage auszubaden haben. Mir sind erste Gerüchte zu Ohren gekommen, die Carlotta betreffen. Hat sie nicht unlängst Eure Standesgenossen zu dieser List mit den Särgen angestiftet? Im Zweifelsfall wird man Euch beiden das übel auslegen. Bitte seid vernünftig, Verehrteste, packt Eure Sachen und kommt beide mit mir nach Leipzig. Diesen Winter solltet Ihr nicht hier am Pregel bleiben. Wenige Monate genügen, bis sich die Lage beruhigt hat und Ihr wieder in Euer Kontor könnt.«

»Nein, mein guter Helmbrecht, das werde ich ganz gewiss nicht tun.« Tief seufzte sie, tupfte sich mit dem kühlen Leinentuch die glühende Stirn. Insgeheim teilte sie jedoch seine Befürchtungen. Seit Carlottas Leichtsinn mit dieser törichten List, die sie ausgerechnet vor der versammelten Bürgerschaft im Junkergarten herausposaunt hatte, sorgte sie sich jeden Tag, für diese Unbedarftheit von höherer Stelle zur Rechenschaft gezogen zu werden. Keinesfalls aber wollte sie das offen eingestehen, am allerwenigsten Helmbrecht gegenüber. Vor ihm musste sie stark bleiben, durfte weder Angst noch Schwäche zeigen. Seit sie ihn kannte, suchte er ihr weiszumachen, dass sie seines Schutzes bedurfte. Dabei war er es gewesen, der sie einst im Stich gelassen hatte. Die Augen wurden ihr feucht.

»Vergesst nicht«, fuhr sie fort, »dass meine Familie seit Generationen im Kneiphof verwurzelt ist, auch wenn ich erst seit vier Jahren hier lebe. Und die Ahnen meines verstorbenen Gemahls, Gott hab ihn selig, stammen ebenfalls von hier. Also gelten meine Tochter und ich in den Augen unserer Mitbürger zu Recht als Einheimische. Wir gehören zu ihnen wie alle aus der Kaufmannszunft. Warum sollten wir ihren Zorn fürchten, wenn der Kurfürst auftaucht und ihren Widerstand brechen will? Gerade dann ist unser Platz hier an ihrer Seite, um für die unsrigen einzutreten.«

Forschend sah sie ihn an, bis er sich gezwungen sah, sie ebenfalls anzusehen.

»Ihr wisst«, fuhr sie mit bebender Stimme fort, »das Einzige, was ich fürchte, ist, mich auf jemand anderen verlassen zu müssen. Im entscheidenden Moment kann man nur enttäuscht werden. Das will ich nicht mehr erleben, niemals in meinem Leben.« Sie hielt inne und versuchte, die bitteren Erinnerungen niederzuringen. Die Bernsteinfarbe von Helmbrechts Augen schien ihr dunkler, die schwarzen Sprenkel fast völlig verschwunden. Reglos sah er sie an. Mit gefasster Stimme fügte sie hinzu: »Deshalb werde ich in Königsberg bleiben, bis der Zwist mit dem Kurfürsten beigelegt ist. Und sollte es dauern, bis meine Kindeskinder alt und grau geworden sind.«

Vorsichtig erhob sie sich, reichte Helmbrecht das feuchte Tuch und ging davon.

9

Der untere Bogen beim großen G wirkte etwas eckig, dafür gelangen die restlichen Buchstaben flüssiger. Zufrieden setzte Carlotta am Ende des »Grohnert« den Punkt. Doch dann ließ sie die rechte Hand mit der Feder unschlüssig in der Luft schweben. Die Unterschrift wirkte trotz aller Mühe nichtssagend. Es juckte sie in den Fingern, noch etwas Persönlicheres hinzuzusetzen. Oder einen anderen Namen auszuprobieren. Sie wusste auch schon, welchen. Besser, sie nahm dazu Schiefertafel und Griffel zur Hand. Dann konnte sie das Geschreibsel leichter wegwischen und verschwendete kein teures Papier.

»Lang wirst du den Namen wohl nicht mehr tragen, mein Kind.«

Ertappt hielt sie mitten im Schreiben inne. Das Blut schoss ihr in die Wangen. Gegen ihren Willen saugten sich ihre blauen Augen an dem K fest, das sie gerade groß und kräftig auf den Schiefer gemalt hatte. Nach einer halben Ewigkeit erst wagte sie, den Kopf zu heben. Hedwig stand bereits dicht vor ihrem Pult und schien nichts von ihrer Not zu bemerken. Mit dem Kinn deutete sie auf das Schreiben, unter das sie eben erst das »Grohnert« gesetzt hatte. Die runden, hellen Augen leuchteten, die Apfelbäckchen glühten.

»Oh, liebe Hedwig. Ich habe dich gar nicht kommen hören.« Carlotta bemühte sich um einen beiläufigen Ton. Unauffällig schob sie die Schiefertafel unter das Papier. Wenigstens waren sie allein im Kontor. Die drei Schreiber saßen mit den Mägden beim zweiten Frühstück in der Diele, und die Mutter war auf ihrem morgendlichen Gang unterwegs zur Lastadie. Nach dem Zwischenfall am Hafenkran war ihr das besonders wichtig. Carlottas Finger zitterten, als sie nach der Streusandbüchse griff. Ausgiebig streute sie Löschsand über die feucht glänzende Tinte auf dem Papier und hob es leicht an, um die Sandkörner wegzupusten.

»Du meinst, das ist bemerkenswert, weil ich sonst immer so laut mit den Pantinen über den Steinboden schlurfe und schnaufe wie ein Walross.« Milde lächelte Hedwig, zog einen Lappen aus der Schürze und wedelte geschäftig auf dem Pult herum. »Brauchst dir keine Gedanken machen, Liebes. Ich gewöhne mir gerade das Schlurfen unserer neuen Magd zuliebe ab. Allzu oft will ich sie nicht die Fenster mit teuren Zitronen putzen sehen. Auch wenn die Idee dazu auf deinem Mist gewachsen ist.«

Der letzte Schwung des Wischlappens fegte fast das Tintenfass vom Pult. Carlottas Hand schnellte vor und fing es gerade noch auf. Gleich hielt Hedwig sie fest und lächelte die Siebzehnjährige hintergründig an.

»Was hast du eben mit dem Namen sagen wollen?«, versuchte Carlotta hastig, ein anderes Thema anzuschneiden, und biss sich im nächsten Moment verärgert auf die Zunge. Das war erst recht heikel. Doch es war zu spät. Hedwigs rundes Gesicht war ein einziges verschmitztes Lachen. Noch einmal drückte sie Carlottas Hand, strich jeden einzelnen Finger zärtlich nach.

»Ach, Kindchen, was denkst du, wie gut du dich vor mir verstellen kannst? An der Nasenspitze sehe ich dir an, was du mit dem jungen Christoph Kepler im Schilde führst.« Sie tippte mit der Fingerkuppe auf Carlottas leicht nach oben gebogene Stupsnase. »Nichts für ungut, mein Kind. Bislang kann nur ich das so deutlich sehen.«

Hedwig verschränkte die Arme vor dem ausladenden Busen und ließ den wachen Blick durch das sonnendurchflutete Kontor wandern. Carlottas Herz raste. Wie im Fieberwahn schwirrten ihr plötzlich die wildesten Befürchtungen durch den Kopf. Ein letztes Mal pustete sie über das schräg angehobene Papier, um auch die allerletzten Spuren des Löschsands zu verwischen, und fragte dann möglichst beiläufig: »Woher weißt du von Christoph und mir?«

Das Lachen der Alten verwandelte sich in ein siegessicheres Strahlen. »Hältst du euer Geturtel wirklich noch für ein gutgehütetes Geheimnis? Denk besser darüber nach, ob es so geschickt ist, am helllichten Sonntagnachmittag Hand in Hand mit deinem Liebsten mitten durch den Kneiphof zu spazieren oder mutterseelenallein mit ihm im Gemeindegarten zu sitzen. Ganz zu schweigen von den vielen Stunden, die du neuerdings in Heydrichs Apotheke verbringst, oder von den Krankenbesuchen, auf die du Wundarzt Koese unbedingt begleiten musst.«

»Verrat meiner Mutter bitte trotzdem nichts«, bat Carlotta verzagt und spielte mit dem Federkiel auf der Ablage, prüfte die Spitze, strich die Feder glatt. »Du weißt, wie sie zu den Keplers steht. Außerdem scheint sie mir seit den Ereignissen der letzten Wochen nicht gerade in der rechten Stimmung, sich auch noch mit solchen Angelegenheiten zu befassen.«

»Ich bin bestimmt die Letzte, die deiner Mutter etwas davon sagt. Noch dazu, da ich Augen im Kopf habe und weiß, wie es derzeit um sie bestellt ist.«

Geschäftig begann Hedwig, auf dem Pult des Schreibers Egloff Staub zu wischen. Stirnrunzelnd schob sie die vielen losen Papierbögen auf einen Stapel und rückte an Tintenfass, Griffelschale und Streusandbüchse herum, bis sie akkurat in einer Reihe standen. Gebannt beobachte Carlotta jeden ihrer Handgriffe. Die Alte wuselte mit dem Lappen über das zweite Pult, schüttelte anschließend eine beängstigend dichte Staubwolke aus dem Stoff.

Seit ihrem fünften Lebensjahr kannte Carlotta die Köchin. Wie eine zweite Mutter begleitete Hedwig sie durch alle Höhen und vor allem Tiefen des Lebens. Sogar in die neue Heimat im hohen Norden war sie ihr und der Mutter gefolgt. Unwillkürlich umklammerten ihre Finger den Bernstein. Die gewohnte Wärme schenkte ihr sogleich neue Kraft. Sie trat wieder an ihr Pult, während sich Hedwig eifrig bemühte, auch auf dem dritten Pult Ordnung zu schaffen. Tintenfass und Griffelschale wurden verräumt, aufgeschlagene Kontorbücher geschlossen. Carlotta verkniff sich eine Bemerkung, wie sehr die Schreiber das verärgern würde.

»Dir passt es einfach nicht«, sagte sie schließlich, sobald die Köchin fertig war und Anstalten machte, das Kontor zu verlassen. Auf halbem Weg zur Tür drehte sich die Alte bedächtig um und fragte unschuldig: »Was?«

»Das mit Christoph und mir. Was stört dich an ihm? Oder ist es nur die langjährige Verbundenheit mit meiner Mutter, weshalb du ihn nicht magst?«

»Du bist und bleibst mein kleines Mädchen.« Hedwig steckte das als Staubtuch verwendete Leinen zurück in die Schürze. »Nicht zu fassen, dass schon mehr als ein Dutzend Jahre vergangen sind, seit ich dich in Frankfurt bei eurer Ankunft vom Wagen gehoben habe! Erinnerst du dich? Ganz genau sehe ich vor mir, wie du mit deinem Vater im Hof herumgetanzt bist. Wann habe ich dich eigentlich zum letzten Mal in der Vorratskammer beim Naschen von süßer Latwerge erwischt? Oder beim heimlichen Herumstöbern auf dem Speicher, auf dem deine Mutter Heilkräuter getrocknet hat? Auf einmal bist du groß geworden, und wir reden über deinen Liebsten.« Ungläubig schüttelte sie den breiten Schädel so heftig, dass die weiße Haube ins Rutschen geriet. Behende steckte sie sie wieder fest. »Glaub mir, ich habe nichts gegen den jungen Kepler. Ihr zwei gebt ein stattliches Paar ab, darauf muss ich einfach stolz sein, auch wenn ich nicht deine Mutter bin.«

»Dann sei es doch einfach und schieb nicht deinen Unmut über Lina vor.« Carlotta konnte nicht anders, sie musste mit dem Fuß aufstampfen wie ein trotziges Kind. Zum zweiten Mal innerhalb kürzester Zeit hatte sie das Bedürfnis, gegen Hedwig aufzubegehren. Wenigstens war Lina dieses Mal nicht zugegen, so dass sie die Vermutung, das Mädchen habe sie verhext, schnell wieder beiseiteschob.

Die Köchin indes reagierte ganz anders als bei ihrem letzten Zusammenstoß. Ruhig blieb sie vor ihr stehen und sah ihr in die Augen. »Wenn du es nicht selbst siehst, muss ich es dir sagen: Du bist die geborene Wundärztin. Mit Leib und Seele kurierst du deine Patienten. Und genau das fehlt dem jungen Doktor Kepler. Die wahre Berufung zum Medicus hat er einfach nicht, da kann der ehrwürdige Vater Gott, den Allmächtigen, darum anflehen, so inbrünstig er will.«

»Worauf willst du hinaus?« Forschend betrachtete Carlotta Hedwigs Gesicht, studierte die Falten um die Augen, die tiefen Furchen beidseits des Mundes. Gelassen hielt die Köchin der Musterung stand, zuckte nicht mit der Wimper.

»Von dir ist es klug, dich an den jungen Kepler zu halten. Immerhin hat er nicht nur an der Königsberger Albertina, sondern auch in Italien, Frankreich und Deutschland studiert. Da kommt trotz aller Narretei einiges an Wissen zusammen, was er an dich weitergeben kann. Außerdem heißt es, der alte Stadtphysicus besitze eine riesige Bibliothek mit all den gelehrten Schriften. Das eine oder andere Buch wird er dir daraus wohl besorgen können.« Schon schöpfte Carlotta Luft und wollte etwas dazu einwerfen, da gebot Hedwig ihr mit einer Handbewegung Schweigen. »Mir kannst du nichts vormachen, mein Kind. Wenn du den jungen Kepler heiratest, kannst du dich endlich selbst mit der gelehrten Medizin beschäftigen. Als Frau eines Medicus hast du nicht nur unbeschränkten Zugriff auf all das Wissen deines Mannes, sondern wirst ihm ebenso mit Rat und Tat zur Seite stehen, erst recht mit deinen Vorkenntnissen aus der Wundarznei. Es gibt Berichte, dass in manchen Städten Frauen gemeinsam mit ihren Männern als richtige Ärztinnen Patienten behandeln. Das auch hier in Königsberg zu erreichen, wäre so ganz nach deinem Geschmack, nicht wahr?«

»Warum nicht?« Carlotta zuckte mit den Schultern und tat, als wäre ihr der Gedanke neu. Scheinbar gelangweilt, griff sie nach dem Federkiel auf dem nächstbesten Pult, begutachtete den Zustand der Spitze. »Was stört dich daran, wenn die Gemahlin eines Arztes ihren Mann bei seiner Tätigkeit unterstützt wie die Ehefrau eines Kaufmanns, die mit ihrem Mann das Kontor führt? Oder die Frau eines Goldschmieds, die nicht nur die Preziosen im Laden verkauft, sondern auch das eine oder andere Stück selbst anfertigt, ganz zu schweigen von den Bauersleuten, die jahraus, jahrein gemeinsam das Feld bestellen?«

In wenigen Schritten war Carlotta bei dem trutzigen Regal aus dunklem Holz, das die gesamte rückwärtige Wand des Kontors einnahm. Eingehend betrachtete sie die dickbäuchigen Kontorbücher, die sich dort aneinanderreihten. Darunter befanden sich nicht nur Aufzeichnungen aus der Zeit ihres verstorbenen Großonkels Paul Joseph Singeknecht und seiner Eltern und Großeltern. Die ältesten Bücher datierten sogar von weit entfernten Ahnen aus längst vergangenen Jahrhunderten – ein beeindruckender Beweis der Tüchtigkeit des Kaufmannsgeschlechts, das seit zahlreichen Generationen in der Stadt am Pregel wirkte.

»Natürlich stört mich nichts daran«, stimmte Hedwig zu und ließ die wachen Augen ebenfalls über die beeindruckende Reihe Bücher wandern. Schließlich verharrte sie an deren vorläufigem Ende. Dort war noch Platz für weitere Jahrgänge. »Eheleute sollen im Tagesgeschäft treu zusammenstehen und für das gemeinsame Wohl arbeiten. Doch das allein darf nicht ausschlaggebend für die Heirat sein, mein Kind, gerade wenn beiden von ihren Familien die freie Wahl zugestanden wird. Dann sollten sie genau überlegen, warum sie sich füreinander entscheiden. Die Ehe ist weitaus mehr als ein gemeinsames Tätigsein im selben Beruf.«

Carlotta erstarrte und tastete nach dem Bernstein. Den warmen Amber zu spüren, tat gut. Hedwig trat zu ihr. Carlotta sog den vertrauten Duft nach Lavendel und Küchengerüchen ein, den die in helles Leinen gewandete Köchin ausströmte. Gern hätte sie sich in ihre Arme geworfen, den Kopf in dem riesigen, weichen Busen vergraben und alles andere um sich herum vergessen. Aber die Zeiten, in denen sich Angelegenheiten auf diese Weise regeln ließen, waren leider vorbei.

»Ein Leben an der Seite eines Mannes kann ziemlich lang sein«, sagte Hedwig leise. »Gerade so unterschiedliche Menschen wie Kepler und du sollten sich darüber im Klaren sein. Beide seid ihr klug, aber beide wollt ihr aus ganz verschiedenen Gründen Ärzte sein. Du willst es von Herzen sein, er aber ist es, weil er es sein muss. Um damit zu leben, sollte euch mehr verbinden als nur die Medizin.«

»Natürlich ist da weitaus mehr zwischen Christoph und mir als nur die Medizin! Oder glaubst du allen Ernstes, ich weiß nicht, was es heißt, einen Menschen zu lieben?«

Carlottas Unterlippe bebte, die tiefblauen Augen schwammen in Tränen. Es fiel ihr schwer, einigermaßen klar zu sehen, noch schwerer war es, die Gedanken im Kopf zu sortieren. Rasch griff sie nach den Briefen auf ihrem Pult, an denen sie vorhin gearbeitet hatte, und starrte angestrengt darauf. Hedwig indes blieb schweigend beim Regal stehen. Abermals griff Carlotta zur Feder. Eine Spur zu heftig tauchte sie den Kiel ins Tintenfass. Es klirrte, einige Tropfen Tinte spritzten auf. Die eigene Schrift auf dem Papier vor ihr erschien ihr auf einmal seltsam steil und fremd. Gern hätte sie einen auflockernden Kringel unter die Signatur gesetzt, doch wie vorhin zögerte sie. Erneut schwebte die Feder unentschlossen über den Zeilen.

»Mach keine Dummheiten«, raunte Hedwig ihr zu. »Das ist ein Brief an ein anderes Kontor, nicht wahr? Denk daran, was dein Vater dir einst beigebracht hat. So gern er selbst oft zu Scherzen aufgelegt war, hat er sie doch stets aus den geschäftlichen Angelegenheiten herauszuhalten gewusst. Recht hat er damit gehabt, der gute Eric Grohnert. Es ist nun mal so im Leben: Spaß darf man haben, aber man sollte wissen, wann es ernst wird.«

Noch einmal schenkte sie ihr ein leichtes Kopfnicken, dann trottete sie in ihrem bedächtigen Watschelgang zur Tür.

Den Hinweis auf den Vater hätte sie sich sparen können. Allzu deutlich stand Carlotta vor Augen, wie sich die helle Furche oberhalb von Erics Nasenwurzel einzugraben pflegte, wenn er etwas nicht billigte. Es bedurfte keiner Hellseherei, zu ahnen, wie er es bei der Heirat mit Christoph gehalten hätte: Christophs Hang zur Narretei wäre ihm zu viel gewesen. Sie spürte die Augen feucht werden. Verschämt wischte sie sich die Wangen mit dem Handrücken trocken und schneuzte in ein Taschentuch. Sie straffte sich. Und doch war sie sicher, die richtige Entscheidung zu treffen. Das Bild des sterbenden Vaters trat ihr vor Augen, sie erinnerte sich der letzten Stunden, bis ihm die tiefgründigen blauen Augen brachen. Hilflos hatte sie mit ansehen müssen, wie sich das Leben langsam, aber unaufhaltsam aus ihm davongestohlen hatte. Seither wusste sie, sie musste Medizin studieren. Gelernte Wundärztin wie die Mutter zu sein, war ihr zu wenig. Da fehlte sämtliches Wissen über die wahren Zusammenhänge im menschlichen Körper. Nur Christoph konnte ihr helfen, dieses Vorhaben zu verwirklichen.

10

Schon von weitem erkannte Lina den jungen Schreiber aus dem Kontor. Im dichten Gedränge vor den Buden auf der Krämerbrücke überragte der großgewachsene Mann alle anderen. Hinzu kam sein ungewöhnlich leicht federnder Gang. Sie hielt die Luft an, während sie ihm gebannt entgegensah. Im Rhythmus seiner Schritte tanzte der breitkrempige Hut auf und ab. Die vormittägliche Sonne schien ihm mitten ins Gesicht. Fast sah es aus, als reckte er die leicht nach oben gebogene Nasenspitze extra in ihre Richtung. Die letzten Tage hatten bewiesen, wie sehr auch sie ihm gefiel. Vergnügt lächelte sie in sich hinein. Ein kurzer Blick über die Schulter genügte ihr, festzustellen, dass die Luft rein war. Niemand, der ihr bekannt vorkam, schien in der Nähe. Fernab der neugierigen Blicke in der Langgasse konnte sie also endlich den längst überfälligen ersten Schritt tun. Flink schob sie die dicken blonden Zöpfe unter das helle Kopftuch, zupfte an ihrem Leinenkleid, bis die Falten richtig fielen, und hielt geradewegs auf ihn zu. Kaum war sie bei ihm, ließ sie wie zufällig eine der kostbaren Pomeranzen aus dem prall gefüllten Einkaufskorb zu Boden kullern.

»O Gott!«, rief sie und schlug sich die Hand vor den Mund. Behende bückte sich bereits ein Junge nach der Frucht. Doch Humbert Steutner war schneller. Entschieden stellte er seinen riesigen Stiefel auf die Hand, die sich gierig nach dem orangefarbenen Ball streckte. »Nicht!«, warnte er leise, aber bestimmt und beugte sich seinerseits hinab, die Pomeranze aufzuheben. Lächelnd pustete er den Staub ab und reichte sie Lina. »Das habt Ihr wohl verloren. Unsere gute Hedwig wird nicht eben erfreut sein, wenn Ihr zu wenig davon nach Hause bringt.«

»Oh, danke.« Lina nahm das Obst und strahlte Steutner über das ganze Gesicht an. Ihre Wangen glühten vor Freude über den gelungenen Streich. Sie zwang sich, einen kurzen Moment lang die grünblauen Augen züchtig niederzuschlagen, um nicht allzu keck zu erscheinen. »Ihr rettet mich in der Tat. Hedwig kann es auf den Tod nicht ausstehen, wenn eine der abgezählten Früchte fehlt.«

Artig knickste sie und tat, als wollte sie rasch weiter. Aber natürlich hatte sie sich auch bei diesem Schritt nicht getäuscht: Steutner wollte sie nicht so einfach ziehen lassen. Wohlerzogen bot er an, den schweren Korb nach Hause zu tragen.

»Sehr freundlich von Euch.« Ihre Finger spielten mit einem der strohblonden Zöpfe, die Finger der zweiten Hand fuhren am Rand ihres Mieders entlang, vergrößerten dabei wie zufällig den Blick auf ihren Brustansatz. Treuherzig legte sie den Kopf schief, streckte die drallen Brüste ein wenig heraus und malte mit der Schuhspitze im Straßenstaub. »Ich hoffe, ich halte Euch nicht von Wichtigem ab. Wahrscheinlich sollt Ihr für die gnädige Frau Grohnert etwas Dringendes erledigen.«

»Das hat noch Zeit«, gab er lächelnd zurück. »Was könnte es in diesem Moment Wichtigeres geben, als Euch diesen schweren Korb nach Hause zu tragen? Wenn die Töpfe gut gefüllt sind, kann das unserer Patronin nur recht sein. Mir scheint allerdings, die gute Hedwig hat Euch die Einkäufe für die gesamte Woche aufgetragen. Dem Gewicht nach zu urteilen, lassen sich mit den Dingen mindestens die Soldaten eines kurfürstlichen Fähnleins ernähren.« Übertrieben laut schnaufte er, stellte den Korb ab und presste sich die Hände ins Kreuz. Lina blieb ebenfalls stehen.

»Ist es so arg?«, fragte sie besorgt.

»Geht gleich wieder.« Tapfer lockerte er die Glieder.

Sie genoss die warmen Sonnenstrahlen im Gesicht. Sie wusste, wie vorteilhaft sie ihr Haar glänzen ließen. Auch die Sommersprossen kamen in diesem goldenen Oktoberlicht bestens zur Geltung. Sie schob die Hüften ein wenig vor, legte abermals den Kopf schief und fuhr sich mit der Zungenspitze über die halbgeöffneten Lippen.

»Es liegt nicht an Hedwig, dass der Korb so schwer ist. Ihr macht Euch einfach keine Vorstellung, welche Mengen bei uns im Haus gegessen werden«, erzählte sie. »Dabei sitzt Ihr selbst jeden Tag mit am Tisch und lasst es Euch schmecken. Unsere Patronin ist sehr großzügig. Ich habe schon vielerorts gedient, aber selten eine so gute Verköstigung erlebt.«

»Ein Hoch auf unsere Patronin!« Er schwenkte den Hut und lachte. Dabei blitzten zwei Reihen schöner schneeweißer Zähne in seinem Mund auf. Ein Hauch von Pfefferminz entströmte der Mundhöhle. Anerkennend glitt Linas Blick über die schlanke Gestalt. Rock und Hose waren tadellos, kaum ein Flicken verunzierte den Stoff. Zwar bedeckte eine dünne Schicht Staub die Stiefel, doch auch deren Leder wurde sichtlich gut gebürstet. Selbst der Hemdkragen war nicht speckig und die darauf fallenden braunen Locken ordentlich gestutzt. So, wie Steutner sie anstrahlte, schien ihr endlich auch einmal die Zuneigung eines feinen jungen Burschen sicher. Kaum hatte sie den Gedanken zu Ende gedacht, stand ihr schlagartig das Elend in der düsteren Hütte bei Insterburg vor Augen: der um sich schlagende Fritz, das unglücklich greinende Karlchen. War es recht von ihr, mit Steutner auf der Brücke herumzuscharwenzeln? Sie biss sich auf die Lippen und sah zu Boden. Dann streckte sie sich wieder. Nein, die Freude wollte sie sich nicht verderben lassen. Nie hatte sich Fritz auch nur einen Deut um ihr Wohlbefinden geschert. Selbst der Kleine war ihm stets nur lästig gewesen. Dabei war es sein Sohn! Wenigstens hatte sie für Karlchen eine gute Lösung gefunden, tröstete sie sich. Schaffte sie es, ihre Stellung im Kneiphof zu festigen, würde sie ihn zu sich holen. Und bis dahin hatte sie alles Recht der Welt, auch einmal ein klein wenig unbeschwert und glücklich zu sein.

»Lina, was ist?« Sie spürte Steutners Finger unter ihrem Kinn. Sanft hob er ihr Gesicht an, bis sie ihm in die Augen sah. »Habe ich etwas Falsches getan? Mir scheint, ich sehe Tränen in Euren schönen Augen. Verzeiht vielmals.« Er deutete einen Kratzfuß an. Dabei verlor er das Gleichgewicht, ruderte wild mit den Armen durch die Luft und fegte fast die Äpfel aus einer Kiste vor einer der Buden herunter. Gerade noch rechtzeitig fing er sie auf und legte sie zurück.

Seine Ungeschicklichkeit brachte Lina zum Lachen.

»Wusste ich es doch«, merkte Steutner leicht beleidigt an, dennoch lachten seine goldbraunen Augen ebenfalls, und Lina begriff, dass ihm der Schalk im Nacken saß. »Bin ich freundlich, bringe ich Euch zum Weinen, erweise ich mich als tolpatschig, dann schenkt Ihr mir Euer bezauberndes Lachen. Was, meine verehrte Lina, muss ich tun, um Euer Herz zu gewinnen?«

»Fürs Erste bin ich zufrieden, wenn Ihr mir den Korb tragen helft«, gab sie zurück und zwinkerte ihm zu.

»Und dann?«

»Seid nicht so ungeduldig, mein Lieber. So schwer, wie der Korb ist, wird es Euer Schaden nicht sein, ihn mir nach Hause zu tragen.« Keck schürzte sie die Lippen, schlug die Augen auf und spielte mit den Fingern in ihrem Zopf.

»Das will ich hoffen.« Er zwinkerte und hob die Last wieder auf. Übermütig berührte er sie am Arm, um sie zum Weitergehen aufzufordern. Enger als nötig liefen sie nebeneinanderher, suchten immer wieder Gelegenheit, im dichten Gedränge mit den Leibern aneinanderzustoßen und sich dabei entschuldigend anzulächeln.

So erreichten sie das Singeknecht'sche Anwesen, wo sich eine Menschentraube an der Hausecke zusammendrängte. Drohend liefen bereits zwei Stadtknechte mit hocherhobenen Piken herbei. Lina verdrehte die Augen. »Schon wieder!«, entfuhr es ihr. »Nimmt das denn gar kein Ende?«

»Was?«, fragte Steutner und hielt zu ihrem Entsetzen neugierig auf die Menge zu. »Ich glaube, der Bursche da vorn ruft eine Sonderausgabe des *Europäischen Mercurius* aus. Lasst uns sehen, was es Neues gibt. Ich fürchte, uns stehen aufregende Zeiten ins Haus. Lang hat sich der Kurfürst wohl nicht einreden lassen, bei uns grassiere die Pest.«

»He!«, rief Lina und versuchte vergebens, ihn zurückzuhalten. Wütend legte sie die breite Stirn in Falten. Es war doch stets das Gleiche: Die Burschen ließen sich viel zu rasch ablenken! Schon fürchtete sie, mit dem schweren Korb allein dazustehen und die Last über die letzten Schritte zum Haus selbst schleppen zu müssen. Doch Steutner besann sich, kam zurück und nahm ihr den Korb ab.

»Keine Sorge, meine Liebe, natürlich lasse ich Euch nicht mitten auf der Straße stehen. Kommt einfach mit. Ich will hören, was da los ist. Im Kontor müssen wir schließlich wissen, welche Stunde uns geschlagen hat.«

»Wieso?« Verwundert sah sie ihn an. »Was interessiert uns der Kurfürst und ob er hierherkommt oder nicht? Damit haben wir doch nichts zu tun.«

»Da irrt Ihr aber gewaltig, meine Liebe. Sicher habt Ihr gehört, wer die Kneiphofer auf die Idee mit den leeren Särgen gebracht hat?« Sie nickte, ohne zu begreifen, worauf er hinauswollte. Sie genoss seine wohlwollende Musterung und schmiegte sich näher an ihn. Wie gern gäbe sie ihm einen innigen Kuss. Nein! Sie erstarrte, riss die Augen auf. Er schmunzelte noch immer. Das ärgerte sie.

»Die Idee war gut«, fuhr er fort, bewusst offenlassend, worauf er das bezog. »Es scheint, sie hat nicht lange vorgehalten. Wartet, ich besorge mir eine Zeitung, dann wissen wir mehr.«

Ehe sie sich versah, stellte er erneut den Korb zu ihren Füßen ab und mischte sich unter die Leute. Sie vernahm entrüstetes Schimpfen. Offenbar ging er nicht sehr rücksichtsvoll vor. Zumindest hatte er Erfolg und kehrte mit dem zusammengerollten Bogen in der Hand zurück.

»Es stimmt«, erklärte er und bückte sich wieder nach dem Korb. »Der Kurfürst ist in Pillau gelandet. Sobald seine Truppen über die Nehrung aufgeschlossen haben, wird er auf Königsberg zuhalten. Es ist nur eine Frage der Zeit, bis er hier auftaucht. Ein zweites Mal wird uns Fräulein Carlotta nicht retten können.«

»Habt Ihr eine Ahnung«, platzte sie heraus. »Ich kenne sie lange genug. Der fällt immer etwas ein.«

»Davon habt Ihr Euch auch schon eine Scheibe abgeschnitten, was?«

Sie spürte, wie ihr rundes Gesicht zu glühen begann. Längst hatte Steutner ihre Verlegenheit bemerkt. Statt sich daran zu weiden, legte er ihr den Arm um die Schultern, zog sie in eine Mauernische und küsste sie mitten auf den Mund.

Er schmeckte gut. Vom Scheitel bis zur Sohle erfasste sie ein wohliges Kribbeln. Darüber entfielen ihr sämtliche Listen und Schliche, derer sie sich sonst bedient hatte, um jemanden für sich zu gewinnen. Steutner, so schien es, war am einfachsten zu nehmen, indem sie gar nicht über das Wie nachdachte. Er wurde nicht grob und schien es auch nicht eilig zu haben, ihr unter die Röcke zu greifen. Dafür aber verstand er sich bestens aufs Küssen. Der Lärm um sie her rief ihr leider viel zu schnell ins Gedächtnis, dass sie dazu gerade weder am rechten Ort noch zur rechten Zeit waren. Von der nahen Turmuhr setzte das Zehnuhrläuten ein.

»Höchste Zeit«, riss sie sich schweren Herzens los. »Ich muss zurück. Hedwig wird sich wundern, wo ich so lange bleibe.«

»Du hast recht. Am Ende wähnt sie dich noch im Getümmel der herangaloppierenden Kurfürstlichen verloren.«

»So schnell werden sie wohl kaum hier sein. Von Pillau aus brauchen sie noch ein paar Tage.«

»Du kennst dich wohl aus?«

»Nicht mit den Kurfürstlichen«, erwiderte sie knapp und merkte zu spät, dass er das falsch verstehen konnte. »Aber die Strecke von Pillau bin ich früher oft genug mit meinem Vater gekommen. Er ist nämlich Fischer«, setzte sie hinzu und hoffte, Steutner mit diesem Eingeständnis ihrer niederen Herkunft nicht zu verschrecken. Wieder aber lächelte er sie einfach nur an. Erleichtert atmete sie auf. »Trotzdem sollten wir hier nicht Wurzeln schlagen. Auch wenn die Kurfürstlichen noch ein paar Tage unterwegs sind, brauchen wir alle heute etwas zu essen.«

11

In der Diele wurden Stimmen laut, kurz darauf wurde die Eichenholztür geöffnet. Angeführt von dem dürren Egloff kehrten die drei Schreiber von ihrem morgendlichen Imbiss zurück. Schweigend nickten sie Carlotta zu und bauten sich hinter den Pulten auf, um mit der unterbrochenen Arbeit fortzufahren. Ein-, zweimal wurde noch gehustet, mit Papier geraschelt oder mit dem Federkiel im Tintenfass gerührt, dann senkte sich die gewohnte geschäftige Stille über das Kontor. Bald war nur mehr das gleichmäßige Kratzen der Federn auf dem groben Papier zu hören.

Carlotta atmete auf. Die Alltäglichkeiten im Kontor hatten etwas Beruhigendes. Darüber rückte die zunehmende Unruhe im Kneiphof in weite Ferne. Sie versenkte sich ebenfalls wieder in ihre Arbeit, zog einen abschließenden Strich unter die Signatur auf dem Schreiben. Jetzt fehlte nur noch das Siegel. Damit hatte sie alle Aufgaben für diesen Vormittag erledigt. Neidisch lauschte sie auf das eifrige Tun der anderen und wischte mit einem Leintuch die Schiefertafel sauber. Bis der Bursche kam, die Briefe abzuholen, blieb noch viel Zeit. Sie schüttelte das Leintuch aus und klopfte den Kreidestaub aus Händen und hellgrünem Kleid. Gelangweilt spielte sie mit der Schreibfeder, rückte das Tintenfass auf der Ablage hin und her, schüttelte zum hundertsten Mal die Löschsanddose auf. Die Zeit bis Mittag dehnte sich ins Unendliche. Voller Ungeduld starrte sie zum Fenster hinaus.

Insgesamt vier doppelflügelige Bleiglasfenster erstreckten sich zur Straßenfront. Gleißendes Sonnenlicht fiel an diesem letzten Mittwoch im Oktober durch die blankpolierten Scheiben auf die Schreibpulte. In der trockenen Luft tanzten unzählige Staubflusen. Noch immer verwöhnte der goldene Herbst die reiche Kaufmannsstadt am Pregel großzügig mit seiner Gunst. Milde Temperaturen täuschten über das Nahen des Winters hinweg. Sehnsüchtig beobachtete Carlotta das quirlige Treiben auf der Langgasse. An der gegenüberliegenden Hausecke rief ein Bursche die neueste Ausgabe des

Europäischen Mercurius aus. Wie so oft in den letzten Tagen sammelte sich eine Schar Neugieriger um ihn, um die wichtigsten Neuigkeiten über den Streit mit dem Kurfürsten zu erfahren. Noch wollte niemand so recht glauben, dass er es tatsächlich wagte, mit seinen Soldaten auf die Stadt zu marschieren. Möglicherweise lenkte nach der Altstädter auch die Löbenichter Bürgerschaft ein und zeigte sich bereit, nicht nur die geforderten Abgaben zu zahlen, sondern künftig auch auf ihr Mitspracherecht zu verzichten. Carlotta seufzte. Eigentlich war es eine aufregende Zeit, viel zu schade, um im Kontor zu sitzen und die Zeit totzuschlagen. Sie dachte daran, wie ihr während der Zusammenkunft der Bürger letztens im Junkergarten der Einfall mit den Särgen gekommen war. Für eine Weile wenigstens hatte sie etwas Sinnvolles tun können. Schweren Herzens ließ sie den Blick zurück ins Kontor schweifen.

Die Schreiber Egloff, Breysig und Steutner hielten die Köpfe brav über die Pulte gesenkt. Von einer nahen Kirchturmuhr schlug es zehn, auch der große Zeiger an der Wanduhr rückte mit einem lauten Knacken vor. Um diese Zeit sollte Christoph bei seinem Patienten Goldschmied Ditmer eintreffen. Dessen Haus lag nicht weit entfernt. Bis die Mutter ins Kontor zurückkehrte, bliebe noch Zeit für einen heimlichen Ausflug. Wenn sie es geschickt anstellte, fiel ihr Weggehen nicht einmal auf. Sie musste Christoph sehen, noch an diesem Morgen, dringend!

Unauffällig musterte sie die Männer an ihren Pulten. Am nächsten zu ihr beugte der dürre Egloff den knochigen Rumpf über die Papiere. Lautlos bewegte er die blassen Lippen, formte Silbe um Silbe, während seine Spinnenfinger an den Zeilen entlangwanderten, jeden einzelnen Schwung der Buchstaben nachfuhren. Daneben schnaufte der dickbäuchige Breysig. Sein kahler Schädel glänzte vor Schweiß, die Wangen waren puterrot angelaufen. Angestrengt addierte er die Zahlenkolonnen, schrieb mit quietschender Feder das Ergebnis ans Ende der Reihe. Auch der junge Steutner wirkte ganz in seine Rechnerei versunken. Die riesigen Füße scharrten über den Holzboden, wie um das Rechnen zu beschleunigen. Wenn sie die drei so betrachtete, schienen sie viel zu beschäftigt, sich um sie zu kümmern. Christophs weiche Gesichtszüge und sein spitzbübisches Lächeln vor Augen, griff Carlotta nach dem Schal. In wenigen Augenblicken würde sie ihn sehen, mit ihm gemeinsam zu Ditmer gehen und dabei feststellen, wie falsch Hedwig mit ihren Vermutungen lag. Da war mehr als nur das gemeinsame Interesse am Heilberuf, das sie verband. Sie liebten einander, so einfach war es.

Der junge Steutner sah auf, unterbrach das Scharren mit den Stiefeln. Als sich ihre Blicke begegneten, zwinkerte er ihr zu und legte die Feder ab. Seine Mundwinkel umspielte ein freches Grinsen, als wisse er, was sie vorhatte. Wollte er ihr etwa folgen? Schweren Herzens beschloss sie zu bleiben. Steutner schnaubte enttäuscht. Das verschaffte ihr wenigstens etwas Genugtuung. Sie beschloss, die Briefe an andere Handelskontore ein weiteres Mal gründlich durchzugehen. Bald forderte es wieder ihre volle Aufmerksamkeit, zu prüfen, ob sie die richtige Menge Pelze bei Spaemann in Riga zu dem seit langem ausgehandelten Preis sowie ausreichend Färberkrapp bei Holthusen in Brügge zu den letztjährigen Bedingungen bestellt hatte. Ihre Fingerkuppen glitten an den Zahlenreihen entlang. Wieder und wieder rechnete sie die Summen nach, vergaß darüber endlich Hedwigs Mahnen und die Vorgänge draußen auf der Straße.

»Das kann nicht stimmen!« Die schnarrende Stimme Egloffs riss sie aus ihren Gedanken. Erschrocken hob sie den Kopf. »Unglaublich! Das ist viel zu viel. Die Zahlen stimmen hinten und vorn nicht.« Die Augen starr auf das Pult gerichtet, fuhr Egloff sich mit den Fingern durch das schüttere Haar und schnalzte mit der Zunge.

»Worum geht es?« Verwirrt schaute Carlotta ihn an und trat dann entschlossen zu ihm. »Darf ich mal sehen?«

Verdutzt starrte Egloff sie an. Sie reichte ihm kaum bis zur Schulter und wirkte wie ein kleines Mädchen neben dem hoch aufgeschossenen Mann mit dem strengen Gesicht.

»Danke für Euer Angebot, verehrtes Fräulein Grohnert.« Egloff lächelte milde, beinahe väterlich, zu ihr herunter. »Es tut mir leid, Euch gestört zu haben. Eigentlich ist es nur eine Kleinigkeit, kaum der Rede wert. Das habe ich gleich selbst.«

»Eure Erfahrung steht ganz außer Zweifel, verehrter Egloff«, erwiderte Carlotta. »Vier Augen sehen jedoch mehr als zwei. Gebt mir doch einfach das Schreiben. Vielleicht klärt es sich schneller, wenn wir beide draufschauen.«

»Also gut.« Widerstrebend holte er Luft. »Doktor Petersen, der Apotheker aus Eurer alten Heimatstadt Frankfurt am Main, bestellt doppelt so viel weißen Bernstein wie noch im letzten Jahr. Wahrscheinlich wird er alt und hat sich in der Eile verschrieben. Seine Schrift ist ohnehin schlecht zu lesen. Ich denke, wir liefern ihm die gewohnte Menge, nicht dass wir den teuren Bernstein umsonst so weit verschicken. Die Wege quer durch Polen sind weiterhin sehr gefährlich.«

»Petersen?« Ihre Finger zitterten, als sie die Zahlen auf dem Briefbogen studierte. Selbst nach all den Jahren war ihr die Handschrift des Apothekers bestens vertraut. Mit einem Blick erfasste sie die verschnörkelten Ziffern. Es stimmte, Petersen bestellte die doppelte Menge Bernstein wie üblich. Sie überflog die Zeilen, die er hinzugefügt hatte. Sie waren direkt an die Mutter gerichtet.

»Habt Ihr nur die Zahlen geprüft? Eure Rücksicht auf Vertraulichkeit in allen Ehren, doch so ist es kein Wunder, dass Ihr Euch an der bestellten Menge stört. Eingangs des Briefs berichtet Petersen ausführlich, wie gut sich die Bernsteinessenz inzwischen am Main verkauft. Die Rezeptur hat meine Mutter ihm übrigens bei unserem Weggang aus Frankfurt zusammen mit einigen anderen Rezepten überlassen.«

»Und dank des kaufmännischen Gespürs, das sie schon damals besessen hat, hat sie Petersen gegen eine entsprechende Gewinnbeteiligung das Recht überlassen, die Rezepturen weiterzuverwenden«, ergänzte Egloff. »Da kommt eben doch das Erbe der Singeknecht'schen Ahnen durch. Ihr seht, verehrtes Fräulein Carlotta, ich bin über alles im Bilde, was Eure Frau Mutter und ihre rühmliche Vergangenheit anbetrifft. Schließlich habe ich die Ehre, ihr bereits seit vier Jahren meine Dienste als Schreiber zur Verfügung stellen zu dürfen. Auch dem seligen Paul Joseph Singeknecht, ihrem Onkel, habe ich viele Jahre bis zu seinem Tod treu gedient.«

Er verbeugte sich und mied ihren Blick. Stattdessen nahm er ihr den Brief aus der Hand und wandte sich seinem Pult zu.

Entschlossen schüttelte Carlotta die offenen rotblonden Locken nach hinten, stemmte die Hände in die Seiten und strahlte Egloff aus ihren tiefgründigen blauen Augen an. »Meine Mutter und ich wissen Euren Eifer für unser Kontor sehr zu schätzen. Doch zurück zu Petersens Bestellung: Es sind doppelt gute Nachrichten für uns, dass er einen so unerwartet hohen Bedarf an weißem Bernstein anmeldet. Erstens verdienen wir an der Lieferung und zweitens auch an der Rezeptur. Mein lieber Breysig«, wandte sie sich an den dicken Schreiber am zweiten Pult, »schaut bitte im Güterbuch mit den Lagerbeständen nach, wie viel weißen Bernstein wir vorrätig haben, und Ihr, lieber Egloff, antwortet Petersen, dass er sich wie stets auf die rasche Lieferung verlassen kann.«

Der angesprochene Breysig und sogar Steutner hielten hörbar die Luft an. Egloffs Rücken versteifte sich, seine hellen Augen schauten geradewegs über Carlottas Kopf hinweg an die rückwärtige Wand zu den Regalen. Bis unter die Decke reichten die Bretter mit den Büchern, daneben standen Kisten mit Korrespondenzen in aller Herren Länder, zudem Fächer mit kostbaren Landkarten über sämtliche Teile der Welt.

Carlotta begriff, dass sie zu weit gegangen war. Kurz senkte sie den Kopf, zupfte mit den schmalen Fingern am Taft ihres Kleides und sah dann entschlossen wieder auf. »Worauf wartet Ihr, meine Herren? Ein Handelshaus lebt nicht davon, dass die Kontoristen Däumchen drehen, sondern davon, dass sie die Korrespondenz erledigen, Aufträge ausführen und mit dem Handeln von Waren Geld verdienen.«

Noch einmal schnalzte Egloff laut mit der Zunge. Breysig verharrte starr an seinem Platz. Er machte keinerlei Anstalten, ihrer Aufforderung Folge zu leisten. So ergriff der schlaksige Steutner die Gelegenheit. Schwungvoll legte er die Schreibfeder beiseite, warf die braune Haarpracht in den Nacken und schlurfte mit riesigen Schritten hinüber zum Regal. Ein Griff genügte, und er hielt das gewünschte Buch mit den Lagerlisten in der Hand.

Im selben Augenblick erhob sich draußen vor dem Haus ungewöhnlicher Lärm. Ein ohrenbetäubendes Donnern war es, als würden nicht weit entfernt Kanonen abgeschossen.

Wie auf Kommando drehten Carlotta und die Schreiber die Köpfe zu den vier Fenstern und lauschten erschrocken.

Ein weiterer Donner versetzte die Bleifenster ins Zittern, selbst die Holzdielen auf dem Boden vibrierten unter den Füßen. Danach senkte sich bedrückende Stille über die Stadt.

»Was war das?« Breysigs ohnehin schon rotes Gesicht färbte sich noch eine Spur dunkler. Sogar die abstehenden Ohren nahmen Farbe an. Seine Stimme spiegelte den Schreck wider, der ihm in die Knochen gefahren sein musste. Er war nur noch zu einem bangen Krächzen fähig. »Der Kurfürst wird doch nicht Ernst machen und tatsächlich mit seinen Truppen bei uns im Kneiphof einmarschieren? Die Geschütze auf der Festung sind angeblich längst in Stellung gebracht.«

»Nicht nur in Stellung gebracht«, fiel Egloff ein. »Wirklich abgeschossen wurden sie wohl gerade, wie wir alle hören konnten. Am helllichten Tag Kanonenschüsse auf unsere Stadt, auf Befehl unseres eigenen Kurfürsten! Unfassbar!«

»Dann hat die List mit den Särgen wohl nicht lang vorgehalten. Oder waren das eben keine Kanonen, sondern abermals falsche Särge, die man polternd zum Stadttor hinausträgt?« Steutner klappte das Güterbuch zu. »Vielleicht sollten wir dieses Mal so tun, als ginge bei uns eine Rattenplage um. Die kleinen hässlichen Nager treiben die Kurfürstlichen sicher schnell wieder aus der Stadt. So tapfer können Friedrich Wilhelms Truppen nicht sein, wenn sie letztens schon beim Anblick von drei Särgen das Weite gesucht haben.« Herausfordernd sah er erst die beiden älteren Schreiberkollegen an, dann zwinkerte er Carlotta zu.

»Trotzdem kein Anlass zur Sorge. So einfach lassen wir die Blauröcke nicht in die Stadt.« Egloff klatschte in die Hände. »Also vergessen wir für einen Moment das Donnern und

Schießen und machen uns wieder an die Arbeit. Wie hat das verehrte Fräulein Grohnert eben gesagt? Ein Handelshaus lebt davon, dass die Geschäfte weitergehen. In diesem Sinn also zurück an die Arbeit, meine Herren!«

Der schnarrende Ton, in dem er das feststellte, missfiel Carlotta. Dennoch schluckte sie eine Erwiderung hinunter und ging zum Pult der Mutter. Es befand sich am Stirnende des langen schmalen Raumes auf einem niedrigen Podest. Mit halbem Ohr verfolgte sie, wie sich Egloff und Steutner über den weißen Bernstein für Petersen verständigten, während sie die Papiere auf Magdalenas Pult durchblätterte. Plötzlich brandete von neuem Aufruhr auf der Straße heran. Dieses Mal lag die Quelle in unmittelbarer Nähe des Hauses. Besorgt stürzte Carlotta zum Fenster.

Kein Kanonendonner! Sie atmete auf. Eisen schlug ohrenbetäubend laut auf Stein. Ein schwerbeladener Karren wurde mühsam über das Pflaster gezogen, die Ladung darauf schien nicht ordentlich befestigt. Unter Getöse und Gepolter rutschten die schweren Fässer hin und her. Kurz darauf ertönten aufgebrachte Stimmen, Magdalenas zierliche Gestalt eilte die wenigen Stufen des Beischlags hinauf. Dicht hinter ihr folgten der Lagerhausvorsteher Schrempf sowie Grünheide, der alte Zunftgenosse aus der Kneiphofer Kaufmannschaft. Krachend knallte die Eingangstür gegen die Hauswand, so schwungvoll stieß Magdalena sie auf. Kurz darauf öffnete sie die Tür zum Kontor.

»Wartet nur, Grünheide«, rief sie über die Schulter den nachfolgenden Männern zu. »Gleich wird sich alles klären. Ein Blick in unsere Bücher genügt, Euch sagen zu können, dass es sich bei den Fässern zweifelsfrei um den von mir bestellten Rheinwein handelt.« Eilig zog sie die schwarze Witwenschnebbe vom Kopf, löste die Schnur an der Heuke und rauschte an den Schreibern vorbei zum Pult. Kaum würdigte sie die drei Kontoristen eines flüchtigen Blickes, dabei hatten sie gleich bei ihrem Eintreten die Federn weggelegt, sich kerzengerade aufgerichtet und Spalier gestanden, bis sie ihren gewohnten Platz auf dem Podest erreicht hatte.

»Was schaut Ihr? Ist alles in Ordnung?« An ihrem angestammten Platz angekommen, drehte sie sich um und ließ den Blick ihrer smaragdgrünen Augen durch das Kontor wandern.

»Hier drinnen schon«, versicherte Carlotta und schenkte ihr ein beruhigendes Lächeln. »Was aber ist draußen los? Es hört sich an, als würde schweres Geschütz gegen unser Haus aufgefahren. Zuvor gab es gar echten Kanonendonner zu hören. Marschieren tatsächlich die Truppen des Kurfürsten in den Kneiphof ein?«

Neugierig sah Carlotta zur Tür. Schrempf und Grünheide hatten sich, zwei Wachposten gleich, neben den Türpfosten aufgebaut.

»Auch wenn sich die Geschütze nicht vor unserem Haus sammeln, mein Liebes, liegst du leider doch richtig.« Magdalena achtete nicht auf die erschrockenen Gesichter der Schreiber, sondern entledigte sich erst des langen schwarzen Überwurfs aus feingewirkter Wolle und hängte ihn sorgsam auf den Haken an der rückwärtigen Wand, bevor sie weitersprach: »Das Unglaubliche ist tatsächlich geschehen: Am frühen Morgen hat Kurfürst Friedrich Wilhelm seine Truppen in Königsberg einmarschieren lassen. Dreitausend Mann hat er aufgeboten. Die Geschütze in der Feste Friedrichsburg sollen direkt auf den Kneiphof gerichtet sein. Fürst Radziwill und die Oberräte haben den Kurfürsten bereits im Spittelhof feierlich willkommen geheißen. Unter großem Getöse sind sie anschließend mit ihm ins Schloss in der Altstadt eingezogen. So frech die dortige Bürgerschaft noch vor wenigen Tagen getönt hat, man werde ihn nicht hereinlassen und unseren widerspenstigen Kneiphofer Schöppenmeister Hieronymus Roth bis aufs Blut verteidigen, so beflissen haben sie vor kaum einer Stunde vor Friedrich Wilhelm die Knie gebeugt. Der Kanonendonner, den du gehört hast, mein Liebes, war der ehrerbietige Salut, den man ihm eben erwiesen hat. Als Grünheide, Schrempf und ich mit dem Fuhrwagen voll Wein auf dem Weg vom Hundegatt hierher davon erfahren haben, haben wir uns gleich noch mehr beeilt, heimzukommen. Niemand weiß, was als Nächstes geschieht, wie es auf dem Landtag drüben im Schloss weitergeht oder was der Kurfürst wirklich im Schilde führt. Roth soll sich übrigens in seinem Haus hinten bei der Albertina verschanzt haben. Sicher wird es nicht lange dauern, und der Kurfürst lässt auch davor aufmarschieren. Gott, wie ich dieses hirnlose Säbelgerassel hasse! Dabei geht es nur um Geld, das der eine von den anderen haben will. Da wird sich doch ein Ausweg finden lassen, ohne dass man gleich schweres Geschütz auffahren muss! Nimmt das mit all den Kriegen und Schlachten nie ein Ende? Wer hätte gedacht, dass sich eines Tages die eigenen Landsleute mitten in unserer Stadt wie Feinde gegenüberstehen?«

»Unfassbar!«, entfuhr es Carlotta, die unverwandt auf die rotgelockte schmächtige Gestalt am vorderen Pult starrte. In ihrem Kopf arbeitete es fieberhaft. Wenn die Mutter recht hatte, musste sie los, auf der Stelle. Gewiss dauerte es nicht lang, bis es zu ersten Gefechten und somit auch zu Verwundeten kam. Dringend wurden Wundärzte gebraucht, insbesondere solche, die sich mit Kriegsverletzungen auskannten.

Davon aber gab es in allen drei Städten am Pregel viel zu wenig. Leute wie Koese konnten Zähne ziehen, zur Ader lassen und den Steinschnitt durchführen. Auch eine Stichwunde zu nähen, gelang ihnen noch leidlich. Dann aber versagte ihre Kunst. Im Großen Krieg hatte sich ihre Mutter als »die rote Magdalena« einen legendären Ruf als Feldscherin erworben. Seit dem Tod des Vaters lehnte sie es jedoch ab, das einst bei Meister Johann erlernte Handwerk auszuüben. Damit war klar, wer zum Einsatz kommen musste. Carlottas Herz schlug schneller. Auch Christoph zögerte gewiss nicht, sich den Herausforderungen zu stellen, ob das einem studierten Medicus anstand oder nicht. Schon sah sie vor sich, wie sie beide während des Gefechts zwischen Kurfürstlichen und Kneiphofer Bürgerwehr Seite an Seite bis tief in die Nacht hinein Schussverletzungen versorgten, klaffende Wunden nähten, Knochenbrüche schienten und gar Gliedmaßen amputierten. Das waren Heldentaten, mit denen sie sich hier in Königsberg einen Ruf als Wundärztin machen konnte. Die Mutter würde stolz auf sie sein!

Draußen schwoll der Lärm abermals an. Rufe ertönten, Befehle wurden erteilt, Widerworte gegeben. Die Schreiber im Kontor wurden unruhig. Egloff sortierte fahrig die Federn auf seinem Pult, Steutner scharrte mit den Füßen, und Breysig schnaubte immerzu. Auch Schrempf und Grünheide taten sich schwer, an ihren Posten an der Tür auszuharren. Noch bevor Carlotta zu den Fenstern eilen und hinausschauen konnte, hörte sie ein entschiedenes Pochen an der schweren Tür, gleich darauf Hedwigs schlurfende Schritte, dann Christophs tiefe Stimme. Gerade noch konnte sie einen Freudenjauchzer unterdrücken. Er kam also tatsächlich, um sie um Unterstützung zu bitten!

»Mutter, ich muss los. Ich werde draußen gebraucht.«

Zielstrebig stürzte sie zu der gegenüberliegenden Wand und steuerte ein bestimmtes Regalfach an, in dem sie die Wundarzttasche mit den Instrumenten, Salben und Pflastern aufbewahrte.

»Nein!« Magdalena stellte sich ihr in den Weg. »Du bleibst hier, mein Kind. Ich habe dir letztens schon gesagt: Verwundete haben wir genug zusammengeflickt. Das dort draußen in der Altstadt geht uns nichts an. Wir sind Kaufleute. Dein Platz ist hier im Kontor!«

Die grünen, leicht schräg stehenden Augen in dem schmalen, spitz zulaufenden Gesicht funkelten, die schmalen Lippen bildeten einen geraden Strich.

»Ich gehöre nicht ins Kontor!«, setzte Carlotta zum Widerspruch an. »Ich …« Weiter kam sie nicht. Die schwere Eichentür schwang auf, und sie fuhren beide herum. Christophs aschblondes Haupt strahlte im goldenen Vormittagssonnenlicht, seine ungewöhnlich glatte, zarte Haut verlieh ihm ein jungenhaftes Aussehen. Der ernste Ausdruck der grauen, leicht aus den Höhlen quellenden Augen passte jedoch ebenso wenig dazu wie die tiefe Stimme, mit der er die Anwesenden grüßte. Breitbeinig stellte er sich hin und hakte die Daumen in die Gürtelschlaufen seiner modisch weiten Hosen. Mit seiner kräftigen Figur füllte er den gesamten Türrahmen aus. Unwillkürlich zogen Schrempf und Grünheide die Köpfe ein. Ein studierter Medicus trat gemeinhin weniger polternd auf. Auch die drei Kontoristen duckten sich, lediglich Magdalena streckte den Rücken noch gerader durch.

»Gott zum Gruße, Kepler!«, rief sie dem jungen Medicus entgegen. »Welch seltener Besuch in unserem bescheidenen Kontor. Was führt Euch her?«

Christoph schenkte ihr ein scheues Lächeln und wandte sich nach einem knappen Gruß gleich an Carlotta: »Komm schnell mit mir! Es gibt großen Ärger in der Altstadt. Höchste Zeit, dass wir zum Schlosshof laufen und schauen, ob wir helfen können.«

»Mutter, du hörst es selbst«, wandte Carlotta sich an Magdalena. »Ich muss los. Ich bin Wundärztin. Ich muss dorthin, wo meine Hilfe gebraucht wird. Für mich gilt, was schon dein alter Lehrer, Meister Johann, einst gesagt hat: Ein Wundarzt muss immer helfen, wenn er gebraucht wird, ganz gleich, ob es um Freund oder Feind geht.«

»Das steht außer Frage, mein Kind«, warf Magdalena ein. »Wir aber sind keine Wundärzte mehr. Auf unsere Dienste ist man hier in Königsberg nicht angewiesen. Drüben in der Altstadt gibt es genug Wundärzte, die ihr Möglichstes tun werden. Du aber bist hier im Kneiphof ansässig. Es geht dich nichts an, was jenseits der Krämerbrücke geschieht. Ich möchte nicht, dass du dorthin gehst und dich einmischst. Du bleibst hier!«

»Das ist nicht dein Ernst!« Carlotta fand keine Worte mehr. Endlich fasste sie sich an die Brust, zog eine Schnur unter dem Mieder hervor und hielt der Mutter den Bernstein mit dem kleinen schwarzen Insekt dicht vor die Augen. »Du bist und bleibst eine Wundärztin, ganz gleich, wo man dich braucht und wo du lebst. Oder hast du so schnell vergessen, wer du einst warst und was dieser Bernstein dir einmal bedeutet hat?«

Magdalena erblasste. Sie schluckte und tastete ebenfalls mit den Fingern über ihre Brust. Unter dem Mieder aber verbarg sich schon seit vier Jahren kein Bernstein mehr.

»Geh wenigstens nicht mit Kepler, mein Liebes, egal, ob mit dem jungen oder dem alten. Du weißt, wie sehr diese studierten Medici uns und unsere Handwerkskunst verachten.«

12

Nach dem zähneknirschenden Willkommensgruß für den Kurfürsten dauerte es lang, bis sich die gewaltige Menschenmenge wieder vollends aus dem Schlosshof entfernt hatte. Schwankend zwischen Empörung und Enttäuschung, beobachtete Carlotta das träge Schauspiel. Die wenigen Frauen unter ihnen machten allesamt kaum Aufhebens um ihre Erscheinung, hatten sich schlicht gekleidet und schoben sich möglichst unauffällig im dichten Gedränge nach draußen. Die Männer dagegen betonten ihre bürgerliche Würde dem beschämenden Anlass zum Trotz. Die hohen Spitzhüte, die feinen dunklen Wollumhänge sowie die modischen Rheingrafenhosen oder engen Kniebundhosen ließen sie besonders vornehm erscheinen. Selbst diejenigen, die sich als Handwerker zu erkennen gaben, hatten sich in ihre Sonntagsgewänder geworfen. Ihr gefasstes Auftreten unterstrich die Ernsthaftigkeit des Geschehens. Zu Rangeleien oder gar Raufereien war es trotz der Enge und des offensichtlichen Missmuts über die Forderungen des Kurfürsten nicht gekommen. Auch war weder ein böses Wort noch ein Stein oder gar Übleres durch die Luft geflogen. Nicht einmal eine Faust war geballt oder sonst in irgendeiner Weise dem berechtigten Zorn über die erzwungene Schmach Ausdruck verliehen worden. Die Wundarzttasche hatte Carlotta vergeblich mitgenommen. Traurigkeit erfasste sie. Der Traum von ihrem mutigen Einsatz für das gefährdete Leben anderer an Christophs Seite war wie eine Seifenblase über Hedwigs Waschtrog zerplatzt. Ebenso bekümmerte sie die Einsicht, ausgerechnet deswegen einen Streit mit der Mutter vom Zaun gebrochen zu haben. Das war nicht nur unnötig, sondern sogar äußerst töricht gewesen:

Gegen deren ausdrücklichen Willen mit Christoph zum Schloss geeilt zu sein, würde Magdalena nicht gerade für den jungen Medicus einnehmen. Dabei war ihr Groll dem alten Stadtphysicus gegenüber zuvor schon groß genug gewesen, die Keplers vorerst allesamt grundsätzlich abzulehnen. Christophs Auftreten hatte diese Haltung nur noch bestätigt. Wie wollte Carlotta da die Mutter je von seinen Vorzügen überzeugen, gar deren Segen für die Liebe zwischen ihnen beiden erlangen? Bekümmert suchte sie nach etwas, was sie tun konnte, um die düsteren Gedanken zu vertreiben.

Gelegenheiten für unerschrockene Heldentaten aber boten sich weiterhin weder für Wundärzte noch für andere Wagemutige, was unter anderen Umständen eine gute Nachricht gewesen wäre. Der Abzug der Menge erfolgte nahezu schweigend und vor allem friedlich. Nicht einmal die Tatsache, dass der vierseitig umbaute Schlosshof mit seinen schmalen Ausgängen die Menge gefangen hielt wie in einem engen Mausekäfig, erregte Zorn. Geduldig schoben sich Gelehrte wie Junker, Bürger wie Handwerker Schulter an Schulter zu den schmalen Toren hinaus. Daran änderte sich selbst dann nichts, als Friedrich Wilhelm mitsamt seinem Gefolge längst in den Tiefen des weitläufigen Schlossgebäudes verschwunden war.

»Luft, Luft!«, erklang es plötzlich von der rechten Seite. Carlotta hatte Mühe, sich umzudrehen, so nah waren die Leute von allen Seiten an sie herangerückt. Dann aber erspähte sie einen dürren älteren Herrn mit schwarzem Hut und hohem Kragen, der verzweifelt mit der Hand vor seinem rot angelaufenen Gesicht fächelte. Die hellen Augen traten ihm bereits aus den Höhlen. Kein Zweifel: Er brauchte ärztliche Hilfe, sofort!

»Macht Platz, ich bin Arzt!«, befahl Christoph, der ebenfalls auf den Mann aufmerksam geworden war. Eine Andeutung von Genugtuung huschte über sein Gesicht. Dank seiner muskulösen Arme erkämpfte er sich freie Bahn, um zu dem Unglücklichen vorzudringen. Im Schatten seiner breitschultrigen Gestalt konnte Carlotta leicht folgen. Fast hatten sie den Patienten erreicht, da kippte der Mann mit blau angelaufenem Antlitz zur Seite. Das dichte Gedränge verhinderte, dass er zu Boden fiel. Sein Nachbar zur Linken fing ihn auf.

»Zur Seite mit ihm«, wies Christoph ihn an. »Dort vorn am Turm ist ausreichend Platz. Da wird er wieder zu sich kommen.«

Gehorsam befolgte der Angesprochene die Anweisungen und schleppte den Dürren gegen die Menge der Entgegenkommenden zu dem runden Turm in der nordwestlichen Ecke des Hofes. Auf den Steinstufen vor dem Eingang des halbrunden Turms setzte er ihn ab und verschwand sofort im dichten Gewühl. Carlotta wollte ihn aufhalten, lief ihm zwei, drei Schritte nach. Dann aber teilte sich die Menge, und Carlotta wurde abgedrängt.

Ein Fähnlein kurfürstlicher Soldaten in blauen Röcken und roten Gamaschen, die grimmigen Gesichter unter breiten, braunen Hüten verborgen, marschierte quer durch den Hof. Ihr blieb nichts anderes, als sie passieren zu lassen. Bereits halb abgewandt, um zu Christoph zurückzukehren, stutzte sie. Aus den Augenwinkeln meinte sie, in dem vorweg schreitenden Offizier ein ihr nur zu bekanntes, blasses Gesicht mit riesiger Nase und nahezu schwarzen Augen zu erspähen. Mathias!, schoss es ihr in den Sinn. Vor Schreck wurde ihr die Kehle eng. Sie rang nach Luft. Im nächsten Moment war der

Spuk vorüber. Die Soldaten waren vorbei, die Menge schloss sich wieder eng zusammen.

»Carlotta, wo steckst du?«, hörte sie Christoph rufen. Rasch kämpfte sie sich wieder zu der Ecke durch, in der er mit dem Alten kauerte. Gerade beugte er sich über den Patienten, öffnete ihm die obersten Knöpfe von Hemdkragen und Rock und begann, ihm mit seinem Hut Luft zuzufächeln. Gleichzeitig fühlte er ihm den Puls. Carlotta kniete sich auf der anderen Seite nieder und ergriff die Hand des älteren Herrn. Allmählich erfolgte sein Luftholen rhythmischer, die Brust hob und senkte sich langsamer als zuvor. Binnen kürzester Zeit kehrte die gesunde Gesichtsfarbe auf das spitze Antlitz zurück. Er schlug die Augen auf und schaute erst Christoph, dann Carlotta dankbar an.

»Bleibt noch ein Weilchen hier sitzen«, riet Christoph mit seiner wohlklingenden Stimme. »Wenn der Schlosshof leerer ist, gelangt Ihr wohlbehalten nach Hause. Es waren die Enge und der Trubel, die Euch im wahrsten Sinn die Luft genommen haben.«

»Wenn Ihr wollt, gebe ich Euch einige Tropfen Theriak«, fügte Carlotta hinzu, froh, endlich etwas tun zu können, und kramte in der Wundarzttasche. »Hier, seht, da ist er schon, verfeinert mit einigen besonderen Ingredienzien. Der hilft Euch rasch wieder auf die Beine.«

Geschickt entkorkte sie die Phiole und träufelte dem Mann ein Dutzend Tropfen auf die Zunge. Brav schluckte er die bitteren Tropfen und drückte ihr ergriffen die Hand. »Gott segne Euch, meine Kinder«, sagte er mit heiserer Stimme. »Ihr beide habt mir eine wahre Wohltat erwiesen.«

»Dazu sind wir Ärzte doch da«, wiegelte Christoph ab, konnte einen Anflug von Rührung allerdings schlecht verbergen. Carlotta schmunzelte. Wie schnell hatte sie doch ihr Ziel erreicht: Christoph sah tatsächlich eine gleichwertige Ärztin in ihr!

»Wir müssen weiter.« Verlegen räusperte er sich. »Zum Glück hat es bei dem Spektakel hier im Hof bislang keine Verletzten gegeben. Doch wer weiß, wie es außerhalb des Schlosshofs aussieht. Die Altstädter und Löbenichter schauen sehr griesgrämig. Das verheißt nichts Gutes.«

»Wie sollte es auch«, meldete sich der Dürre noch einmal zu Wort. »Dafür hat doch der Kurfürst gerade das seine getan. Oder denkt Ihr, die Altstädter und Löbenichter sind stolz darauf, so schändlich eingeknickt zu sein und die Kneiphofer im Stich gelassen zu haben?«

Er drückte den Hut auf seinen Schädel und zog die Krempe tief ins Gesicht. Gleichzeitig wedelte er mit der Hand, als wollte er sie beide aus dem Schlosshof verjagen. »Geht nur. Ihr werdet gewiss noch anderswo gebraucht. Ich wünsche mir allerdings, auch da draußen warteten nur weitere Schwachbrüstige auf Euch. Gebe Gott, es kommt nicht schlimmer.« Ohne noch einmal aufzublicken, wankte er, sich mit einer Hand an der Mauer entlangtastend, von dannen.

»Also los dann«, sagte Christoph und fasste nach Carlottas Hand.

Sie kamen nur langsam voran. Die Leute drückten und schoben, gelegentlich schrie jemand auf, weil ein Fußtritt oder ein Ellbogen ihn traf. Weiterhin aber bestand nicht der geringste Anlass, das Wundarztbesteck zu zücken oder medizinischen Beistand zu leisten. Wem angesichts der Massen die Luft wegblieb, der wurde rasch an den Rand gebracht und konnte sich dort erholen. Schweigend trotteten Christoph und Carlotta nebeneinanderher. Am nordwestlichen Hofausgang quälte sich eine große Menschentraube auf den sehr schmalen Durchgang zu. Wollten sie nicht bis Sonnenuntergang im Hof gefangen sein, blieb ihnen keine Wahl, als sich dem Gedränge anzuschließen.

»Mir scheint, unser Patient hat recht. Sonderlich stolz zeigen sich die Altstädter und Löbenichter nicht auf ihre heutige Heldentat. Alle haben es furchtbar eilig, aus dem Schlosshof zu kommen«, raunte Carlotta Christoph zu.

»Du wirst sehen, sie erholen sich rasch von dieser Schmach«, verkündete Christoph und lächelte hintergründig. »So ehrfürchtig sie eben noch vor dem Kurfürsten das Knie gebeugt haben, so hoch tragen sie in wenigen Stunden oder Tagen ihre Nasen wieder durch die Luft. Noch mögen sie Angst haben, zu viel Zeit mit diesen Possen zugebracht zu haben, aber das machen sie bald wieder wett. Schließlich geht es darum, zu verhindern, dass ein Kneiphofer ihnen an der Börse zuvorkommt und ihre heutige Abwesenheit nutzt, ein lohnendes Geschäft abzuschließen.«

»Das sagst ausgerechnet du, der du selbst in der Altstadt wohnst.«

»Wer, wenn nicht ich als Altstädter darf so etwas sagen? Noch dazu, wo mein Vater als Leibarzt dem Kurfürsten nahesteht. Komm, dahinten geht es schneller.«

Entschieden zog er sie zu einem weiteren Ausgang am südlichen Ende des Hofes. Willig folgte sie ihm.

»Geschafft!«, verkündete er, kaum dass sie aus dem Tor auf den Platz südlich des Schlosses traten. Dort verliefen sich die vielen Menschen rasch. Erleichtert sahen Carlotta und Christoph sich an, hielten sich allerdings weiter fest an den Händen, als wollten sie einander nie wieder loslassen.

13

Manche der Herren, die gerade dem Schlosshof entronnen waren, suchten Zuflucht beim Gebet in der nahen Nikolaikirche. Andere eilten, wie von Christoph vorausgesagt, Richtung Kneiphof und damit zur Börse, um flugs ihre Geschäfte wieder aufzunehmen. Nur Einzelne verschwanden in den nahe gelegenen Bürgerhäusern, die an diesem Mittag leer und verlassen wirkten. Wieder andere eilten ostwärts, wo sie sich vermutlich im dortigen Rathaus des Beistands ihrer Standesgenossen versichern und über das weitere Verhalten dem Kurfürsten gegenüber beratschlagen wollten. Der bereits vor gut zwei Jahren einberufene Landtag dauerte schließlich weiterhin an und sah sich durch die jüngsten Ereignisse gänzlich neuen Bedingungen gegenüber.

»Und jetzt?« Christophs graue Augen funkelten vergnügt, als er sich breitbeinig vor Carlotta stellte, während er ihre zarte Hand in der seinen knetete. »Es sieht mir nicht danach aus, als bestünde die Gefahr, auf weitere Schwerverletzte zu stoßen.« Mit dem freien Arm vollführte er eine weit ausholende Bewegung, die nahezu das gesamte Rund des Platzes umfasste. »Damit ist unser tapferer Einsatz fürs Erste beendet. Trotzdem darfst du jetzt nicht gleich davonlaufen, meine Liebste. Schließlich brauche ich immer noch deine Hilfe.«

Galant hob er ihre Hand zum Mund, hauchte zu ihrer Freude einen zarten Kuss darauf und suchte den Blick ihrer blauen Augen. Ihr Herz tat einen Sprung, gewaltige Zärtlichkeit erfasste sie. Das wog allen Kummer der letzten Stunden auf, ließ sie gar den Zwist mit der Mutter vergessen.

»Hast du dir etwas getan? Zeig mir deine Wunde«, forderte sie ihn scheinbar besorgt auf. Zu ihrem Erstaunen schwitzte er stark. Die glattrasierten Wangen glänzten, Schweißperlen standen ihm auf Stirn und Nasenspitze. Sie widerstand der Versuchung, ihm auf offener Straße die Hand auf die Stirn zu legen. Stattdessen umfasste sie den Bernstein. Christophs dunkelgrüner Samtrock schien zwar dem nahen Oktoberende angemessen, aber wenig für die derzeit herrschenden spätsommerlichen Temperaturen geeignet. Behutsam fuhren ihre Finger über den weichen Stoff, fühlten den Verlauf der dichten Fasern. »Eine offene Wunde scheint es nicht zu sein, eher hat dich ein Fieber gepackt.«

»Ja, genau, ein ernstes Fieber hat mich gepackt.« Seine Stimme klang heiser. »Das ist es, wofür ich dich dringend brauche. Schließlich tut sich ein studierter Medicus schwer, ohne die Unterstützung eines tüchtigen Wundarztes am eigenen Leib das Fieber einzudämmen.«

Ein lauer Wind kam auf und wehte ihr eine rotblonde Locke ins Gesicht. Bevor sie sie zurückstreichen konnte, übernahm er das, ließ seine warme, rechte Hand einen Moment länger als nötig in ihrem Nacken ruhen. Ein spitzbübisches Lächeln umspielte seine Lippen, er zwinkerte schelmisch. »Ich wüsste auch schon eine angemessene Kur, die nur du mir angedeihen lassen kannst.«

»So?« Wieder schauderte es sie angenehm.

Im selben Moment erhielt sie einen Stoß in den Rücken und fiel gegen Christoph. Ein Altstädter Bürger hatte ihr im Vorübergehen den groben Schlag versetzt. Verärgert drehte sie sich zu ihm um und wollte ihn brüsk zurechtweisen. Da entdeckte sie den Grund für sein Verhalten: Ein Fähnlein Soldaten marschierte aus dem Schlosshof hinaus und über den Platz. Wieder erstarrte sie beim Anblick des anführenden Offiziers. Dieses Mal war es nicht allein sein Gesicht, auch die

Art, sich zu bewegen, erinnerte an den vermissten Vetter aus Frankfurt. Ihr wurde übel.

»Was ist? Du siehst auch so aus, als könntest du noch etwas frische Luft vertragen.« Christoph legte ihr die Hand auf die Wange. »Schließlich haben wir das vorhin bei unserem Patienten im Schlosshof schon gut beobachtet. Lass uns noch einige Schritte gemeinsam gehen. Drüben auf der Lomse bei den Lauben weht gewöhnlich eine erquickliche Brise.«

»Eine gute Idee.« Wie um seine Worte zu prüfen, wandte sie das Gesicht der Sonne zu. Die Augen geschlossen, spürte sie dem lauen Luftzug nach, der wohltuend ihre Wangen streifte. Wenn sie anfing, Gespenster aus der Vergangenheit zu sehen, musste sie dringend etwas für ihr Wohlbefinden tun. Nur so konnte sie sich ausreichend für die Unbill wappnen, die sie später bei ihrer Rückkehr zu Hause erwartete. Sie öffnete die Augen und strahlte Christoph an. Dabei zeigte sich ein Grübchen am rechten Mundwinkel. »Inmitten der herbstlichen Gärten wird der Wind auf der Lomse besonders frisch und gesundheitsfördernd sein. Das haben wir uns nach all der Aufregung wirklich verdient.«

»Dann also nichts wie hinüber zur Lomse.« Wohlgemut rückte Christoph seinen Hut auf dem breiten Schädel zurecht, nahm ihr die Wundarzttasche ab und bot ihr den Arm.

Seite an Seite schritten sie über den Altstädter Markt, wählten geschickt ihren Kurs zwischen den Ständen mit meckernden Ziegen, schnatternden Gänsen und gackernden Hühnern. Kurz dahinter schlossen sich unzählige Körbe voller Rüben, Bohnen, Erbsen, Äpfel, Birnen und Kürbisse an. Der süße Duft des reifen Obstes vermischte sich angenehm mit dem kräftiger Kräuter und Gewürze, die einige Schritte weiter feilgeboten wurden. Von der Aufregung der Ratsherren und

Bürger, die das Areal rund um das Schloss beherrscht hatte, war unter den feilschenden Hausfrauen, Mägden und Bauersweibern wenig zu spüren. Kaum hoben sie den Kopf, wenn wieder eine Handvoll Herren auf dem Weg zum Rathaus aufgeregt debattierend an ihren Auslagen vorbeihasteten.

Endlich erreichten Carlotta und Christoph das südliche Ende des Platzes und schwenkten einvernehmlich nach rechts, in die Badergasse hinein. Ohne sich über den Weg zu verständigen, steuerten sie geradewegs die Holzbrücke über den Neuen Pregel an. Der nahe Fischmarkt wehte seine Ausdünstungen herüber, darüber legten sich Ahnungen von süßlichem Malzgeruch. Kein Wunder: Der Löbenicht mit seinen vielen Brauereien war ebenfalls nicht mehr weit. Mehr und mehr lichteten sich die Reihen der Passanten, das Gedränge ließ nach. Bald konnten sie wieder ungestört nebeneinandergehen.

Wohlgemut betraten sie die Lomse. Linden säumten den festgestampften Lehmweg und spendeten angenehmen Schatten. In vorderster Reihe der Pregelinsel, gleich bei der Brücke, erstreckten sich die riesigen Holzspeicher, dahinter schlossen sich Scheunen und Lagerhäuser an. Auf der Holzwiese reihten sich Gasthäuser mit gemütlichen Wirtsgärten aneinander. Zielsicher führte Christoph Carlotta einen schmalen Weg zum Lindengraben hinüber, wo sich die Schwedenschanze befand.

Gelegentlich knackte es verräterisch in einem der dichten Gebüsche jenseits des Weges. Eine Krähe flatterte in die Luft und stieß empört ihr heiseres Krächzen aus. Gedämpfte Stimmen flüsterten nicht weit entfernt in einer dichten Hecke miteinander, ab und an erklang aufgeregtes Kichern. Christoph drückte verschwörerisch Carlottas Hand. Sie waren wohl nicht die Einzigen, die die frische Brise auf der Lomse auskosten wollten. Mit einem wohligen Prickeln im Bauch stapfte sie weiter. Bald erreichten sie den südlichen Teil, wo in den letzten Jahrzehnten auf den trockengelegten Flächen eine Vielzahl fruchtbarer Gärten entstanden waren. Selbst Ende Oktober zeigten sich die Blumenrabatten in geschützten Ecken und dank des guten Bodens noch in erstaunlicher Pracht.

»Um diese Zeit sind solche Gewächse in Italien nicht mehr anzutreffen. Schließlich ist es rund ums Mittelmeer weitaus trockener und karger als hier bei uns.« Christoph wies auf das pralle Gemüse, insbesondere die weit ausladenden Kürbispflanzen rings um sie her. »Dafür habe ich mir dort frische Oliven, Pomeranzen und Zitronen gleich von den Bäumen gepflückt. Wenn ich das einem unserer Krämer auf dem Markt erzähle, wird er blass vor Neid.« Er streckte die Hand aus und brach eine Handvoll Brombeeren aus einer Hecke. »Koste einmal. Die haben die eifrigen Gärtner wohl vergessen. Sie schmecken noch immer wunderbar süß.«

»Vielleicht für dich, der du dank der Pomeranzen und Zitronen an Saures gewohnt bist.« Carlotta spuckte die halbdürren Beeren aus. »Ich kann mir denken, warum die hängen geblieben sind: Die sind ungenießbar! Kein Mensch verträgt derart Saures. Sei mir nicht böse, aber zum Gärtner taugst du nicht, mein lieber Christoph.«

»Dann lass dich überraschen, was ich dir jetzt zeige. Schließlich sind wir schon da.« Tief verbeugte er sich und wies mit dem Arm einladend auf eine Laube rechts des Weges, nicht weit vom Weidendamm entfernt. Angesehene Bürger Königsbergs hatten sich in diesem Teil der Pregelinsel behagliche Gärten als idyllische Rückzugsorte von dem Trubel der Stadt angelegt. Riesige, noch erstaunlich grüne Blätter der Kürbisse sowie grellrot leuchtende Bohnenranken bildeten die luftigen Dächer dieser Lauben. Sacht strich der Wind über das buntgefärbte Laub der Bäume auf den Wiesen ringsum. Über allem lag der süße Geruch überreifen Obstes. Das emsige Brummen unzähliger Hummeln und anderer Insekten verriet, wie beharrlich die Natur auch in diesem Teil der Stadt an den Resten des Sommers festhielt.

Carlotta zögerte, den von einem morschen Zaun umgebenen Garten zu betreten. Sosehr sein idyllischer Anblick sie verzückte, so schreckte sie die lauschige Abgeschiedenheit auf einmal doch. Dort waren sie noch weiter von Gut und Böse entfernt als letztens im Gemeindegarten! Unerwartet sah sie Mathias vor sich, seine gierigen schwarzen Augen, sein heftiges Atmen, die widerlichen Bewegungen seines Leibes. Warum hatte der Offizier vorhin nur diese dunkle Erinnerung in ihr geweckt! Sie äugte zu Christoph. Noch immer stand der vierundzwanzigjährige, frisch promovierte Medicus reglos, leicht nach vorn gebeugt da. In seinem aschblonden Haar verfingen sich die Sonnenstrahlen, der Samt seines eleganten Rocks schimmerte. Den Spitzhut in der einen Hand vor dem Bauch, wies er mit der anderen weiterhin einladend zur Laube.

Die weichen Linien in seinem Gesicht harmonierten mit jeder seiner Bewegungen. Von neuem überkam Carlotta ein warmes Kribbeln. Ohne ihn zu kennen, hatte Lina ihn richtig eingeschätzt: Das war nicht nur eine gute Partie, sondern auch ein echter Herr, voller Verstand und Besonnenheit, kein pickeliger Jüngling mit ungehörigen Flausen im Kopf so wie Mathias damals. Christoph konnte sie vertrauen. Der ließ sie nicht im Stich. Verzehrte sie sich nicht längst selbst danach, allein mit ihm zu sein?

»Also dann«, rief sie, bevor ihr der Mut wieder schwand, und sie begab sich entschlossenen Schritts in den Garten. Im Vorbeigehen zupfte sie einen langen Strohhalm und strich damit über ein kleines Beet bunter Astern. Nach wenigen Schritten blieb sie wie verzaubert stehen.

»Wunderschön«, raunte sie und sah sich um. An einem Birnbaum baumelten noch einige Früchte. Behende sprang sie dorthin und pflückte eine. Das Fruchtfleisch fühlte sich weich an, die Haut darüber glänzte gelblichrot. »Erinnern die dich nicht an deinen Professor in Bologna? Sie duften himmlisch und schmecken bestimmt hervorragend süß, ganz anders als deine Beeren eben.«

Verschwörerisch zwinkerte sie ihm zu und biss hinein. Der klebrige Saft rann ihr am Kinn hinunter. Auffordernd streckte sie Christoph die Frucht hin. Der strahlte über ihre Unbekümmertheit und steckte die Birne achtlos in die Seitentasche seines Rocks. »Die hebe ich mir für später auf. Jetzt locken mich andere Genüsse.«

Dicht trat er vor sie, umklammerte die Hand, mit der sie ihm das Obst gereicht hatte, und suchte ihren Blick. Ihr schlug das Herz bis zum Hals. Noch bevor sie etwas sagen konnte, beugte er sich vor und küsste sie.

Kaum spürte sie seine fleischigen Lippen auf den ihren, öffnete sie bereitwillig den Mund. Erst tastete seine Zungenspitze schüchtern, dann immer fordernder ihre Mundhöhle aus. Bald umschlang er sie mit beiden Armen, presste ihren Leib fest gegen den seinen und drängte ihr die Zunge immer tiefer in den Mund. Seine riesigen Hände liebkosten ihren Rücken. Die Wärme der Sonne tat ein Übriges. Sie fühlte eine gewaltige Hitze in sich aufsteigen. Ach, würde dieser Moment doch niemals enden! Seit Wochen schon hatte sie nichts sehnlicher gewünscht. Letztens im Gemeindegarten schon war sie fast so weit gewesen, nun aber, in der Abgeschiedenheit der Lauben, erschien es viel passender. Es war genau das, wonach sie sich seit Jahren verzehrte. Gut, so lange darauf gewartet zu haben. Innig schmiegte sie sich an ihn.

Ein lautes Poltern schreckte sie auf. Christoph ließ jäh von ihr ab, trat zwei Schritte nach hinten, hielt ihre Hände allerdings weiterhin fest. Seine Wangen glühten.

»Was war das?« Er wirkte, als habe man ihn bei einer Missetat ertappt. Carlotta fühlte sich plötzlich elend, enttäuscht, des kurzen Moments des Glücks schon wieder verlustig geworden zu sein.

Dem Poltern folgte ein Knirschen, dann splitterte Holz, und kurz darauf plumpste nicht weit entfernt mit dumpfem Geräusch etwas Schweres zu Boden. Die Stille danach währte nicht lang. Ein fürchterliches Fluchen wurde laut.

Sobald Carlotta das unflätige Fluchen vernahm, begann sie, lauthals zu lachen. Die Stimme kam ihr bekannt vor. Auch Christoph grinste nun. »Ein Kürbis wird wohl kaum so laut zu Boden fallen«, mutmaßte er.

»Es sei denn, es handelt sich um ein besonders riesiges Prachtexemplar, was auf dem fruchtbaren Boden der Lomse durchaus denkbar ist.«

»Dann sollten wir uns das gute Stück sichern, bevor uns andere zuvorkommen«, schlug Christoph vor und rieb sich die Hände. »Vielleicht können wir ein schönes Muster in die Schale ritzen. Das wäre doch eine wundervolle Erinnerung an diesen unvergesslichen Tag.«

Das Fluchen wurde leiser, ging in ein klägliches Wimmern über. Nun wechselten sie besorgte Blicke.

»Schnell«, hauchte Carlotta atemlos. »Es ist wohl doch etwas Schlimmeres geschehen.«

Gemeinsam eilten sie zu dem Gebüsch, aus dem sie das Poltern und Fluchen vernommen hatten.

Eine Leiter lehnte an einem Obstbaum, vielmehr: die Reste einer Leiter. Die morschen Sprossen waren zertrümmert und ragten nur mehr als ausgefranste Reste aus den Einpasslöchern in den beiden Holmen. Traurig kündete das grau verwitterte Holz von einem furchtbaren Sturz. Aufgeregt durchpflügten Carlotta und Christoph das Gebüsch. Rasch wurden sie fündig. Im dichten Brombeerstrauch, der den Baum umrankte, lag ein Mann. Zunächst war nicht viel mehr als ein dunkler Rock aus derbgewebtem Tuch sowie riesige Füße in noch riesigeren Stiefeln zu erkennen.

Der Stimme wegen hatten sie bereits geahnt, um wen es sich handelte; Kleidung und Statur bestätigten ihre Vermutung. Sie tauschten einvernehmliche Blicke. Mit einem Satz preschte Christoph vor und strich das dornige Gestrüpp beiseite, um Carlotta den Durchgang frei zu machen. In wenigen Schritten standen sie bei dem Verletzten. Verkrümmt lag er da und presste sich eine Hand auf den Leib. Zwischen den Fingern quoll Blut heraus. Die zweite Hand ragte verdreht unter dem Körper hervor. Das Gesicht des Mannes war von Dornen zerkratzt, auch Rock und Hose waren an mehreren Stellen aufgerissen. Trotz der Schmerzen, die er offensichtlich litt, konnte sich Carlotta ein schadenfrohes Lächeln nicht verkneifen: Für manche Torheit folgte die Strafe viel schneller, als es dem Tolpatsch lieb sein konnte. Nicht mehr vorlaut wie noch letztens auf dem Kneiphofer Domplatz, sondern kläglich jammernd, musste sich Caspar Pantzer, der junge Apotheker aus dem Löbenicht, von ihnen helfen lassen.

»Das geschieht dir recht«, knurrte Christoph und kniete sich neben ihm nieder, um ihn vorsichtig umzudrehen. »Vorsicht!«, mahnte Carlotta und ließ sich ebenfalls auf die Knie sinken. »Die offene Wunde dort am Bauch sieht nicht gut aus. Davon abgesehen wird er sich einige Knochen verrenkt haben. Wir müssen aufpassen, wo und wie wir ihn anfassen, sonst richten wir noch schlimmeren Schaden an.« Wie zur Bestätigung ihrer Worte schrie Pantzer auf, dabei hatte Christoph lediglich nach seiner Hand gefasst.

»Du hast recht. Jeder unbedachte Griff schadet nur.« Er musterte den Apotheker, der verschämt das zerschundene Gesicht von ihnen abwandte. Christoph verzichtete auf eine weitere Bemerkung und tastete mit der Hand nach etwas, zog es schließlich unter neuerlichem Aufstöhnen Pantzers unter dessen Rücken hervor: eine rostige Heugabel. Damit brach sich nun doch seine Empörung Bahn.

»Die hätte dich fast aufgespießt! Das hast du nun davon, uns heimlich zur Laube nachzuschleichen. Wie kannst du nur so dämlich sein und auf diese klapprige Leiter steigen? Schließlich sieht ein Blinder mit einem Blick aus seinen leeren Augen, wie wenig das morsche Holz trägt. Was will ein schwerer Kerl wie du auf solch einem morschen Ding? Hoffentlich bist du damit ein für alle Mal von deiner schamlosen Neugier geheilt.«

Er berührte ihn an der Schulter, was Pantzer ein weiteres gequältes Aufjaulen entlockte. Mahnend sah Carlotta ihn an. Ihre Hand umspannte den Bernstein auf ihrer Brust. Ein Blick auf den Verunglückten hatte ihr genügt, zu erfassen, wie es um ihn stand.

»Lass ihn besser so liegen und hol rasch Hilfe«, bat sie Christoph. »Wir brauchen zwei kräftige Burschen und einen

Karren, um ihn von hier in sein Haus im Löbenicht zu bringen. Dort können wir die Knochen wieder einrenken und die Wunden mit einem rasch wirkenden Pflaster behandeln. Er hat sich die Heugabel knapp unter dem Rippenbogen in den Leib gespießt. Zum Glück ging das nicht tief. Dennoch muss die Wunde sauber ausgetupft und anschließend genäht werden. Wollen wir hoffen, dass es damit getan ist. Das Eisen an der Heugabel ist rostig. Das kann im schlimmsten Fall zu Wundbrand führen. Ich weiß ein probates Mittel, das zu verhindern.«

Mit aufgerissenen Augen und offenem Mund lauschte Christoph ihren Worten. Schon fürchtete sie, ihn durch ihre entschiedenen Anordnungen verärgert zu haben, da brach er in schallendes Gelächter aus.

»Sieh an, meine kleine gescheite Wundärztin. Ihr genügt ein Blick, zu wissen, was alles zu tun ist. Schließlich hätte ich mir meine viel zu langen Studienjahre in der Fremde sparen und stattdessen gleich bei dir in die Lehre gehen sollen.«

Auch wenn er sich um einen scherzenden Ton bemühte, spürte sie, wie sehr es in ihm arbeitete. Sie wollte ihn besänftigen, da meldete sich Pantzer überraschend klar zu Wort: »Ich pfeife auf deine studierte Gelehrsamkeit, Kepler. Tu endlich, was die Kleine sagt. Vom Reden allein ist noch keiner gesund geworden.«

Kaum war der letzte Satz heraus, keuchte er abermals vor Schmerzen auf. Tröstend legte Carlotta ihm die flache Hand auf die Stirn und flüsterte ihm einige beruhigende Worte zu. Gleich entspannte sich sein Körper, und sein Wimmern versiegte.

»Schon gut, du hast mich überzeugt.« Seinen Worten zum Trotz war Christoph der Unmut inzwischen deutlich anzusehen. Verdrossen richtete er sich auf, klopfte Staub und Schmutz aus dem eleganten Rock und rückte den Spitzhut zurecht. »Schließlich kann die beste Fakultät das besondere Gespür einer geborenen Wundärztin nicht ersetzen, erst recht nicht, wenn ein so hübsches kleines Weibsbild uns verdorrten Studiosi das beweist.« Zwar zwinkerte er Carlotta zu, dennoch war zu spüren, wie wenig ihm zum Scherzen zumute war. Leise raunte er ihr zu: »Wer weiß, wie du das schaffst, uns alle derart mit deinem Bann zu belegen. Eines Tages komme ich dir auf die Spur, verlass dich drauf, meine Liebste.«

»Wie meinst du das?« Verstört suchte sie, ihn festzuhalten, damit er sich ihr genauer erklärte. Er aber schüttelte ihre Hand brüsk ab und lief Richtung Holzwiese davon, um Hilfe für Caspar Pantzer zu holen.

14

Die seltsame Stimmung im Haus verdross Lina. Wenn es allein Magdalena Grohnert gewesen wäre, die sie verbreitete, hätte es ihr wenig ausgemacht. Die Bernsteinhändlerin hatte sie zwar mit ehrlicher Wiedersehensfreude eingestellt, richtete aber seitdem kaum mehr das Wort an sie, weil sie viel zu sehr von den Aufgaben im Kontor beansprucht wurde. Alles, was das Haus betraf, überließ sie deshalb Carlotta und insbesondere der Köchin Hedwig. Die führte ein strenges Regiment, was Magdalena Grohnert nur zu gern billigte.

Trotz allem aber war Lina eine entscheidende Änderung im Gemütszustand der Patronin nicht entgangen: Seit dem gestrigen Mittwoch war jeder Anflug eines Lächelns auf ihrem schmalen, katzenhaften Gesicht erloschen. Selbst die smaragdgrünen Augen wirkten auf einmal glanzlos. Das stimmte Lina nachdenklich. Zunächst meinte sie, Magdalena hätte bemerkt, welche Blicke Steutner ihr hinter dem Rücken der anderen zuwarf. Dazu passte, dass Hedwig sie mit reichlich Arbeit eindeckte, als wollte sie sie bestrafen. Andererseits: Hätte sie oder gar die Patronin etwas von Steutner und ihr gemerkt, schickten sie sie gewiss nicht mehr allein ins Kontor, dort etwas zu erledigen, oder baten den Schreiber, ihr beim Heranschleppen des Feuerholzes für den Dielenofen behilflich zu sein. Ach, sie waren kostbar, diese wenigen Momente, da sie Humbert Steutner innig in die schönen braunen Augen schauen konnte! Lina seufzte. Die trübe Stimmung im Haus musste eine andere Ursache haben. Wahrscheinlich hing es mit Carlottas gestrigem Weglaufen aus dem Kontor zusammen. Der junge Kepler hatte sie zum Schlosshof mitgenommen – gegen den ausdrücklichen Wunsch Magdalena Grohnerts! Die schien die Vorfälle in der Stadt mit größtem Argwohn zu verfolgen, jede Einmischung, ganz gleich, ob auf Seiten der Bürgerschaft oder der des Kurfürsten, tunlichst zu vermeiden. Oder missbilligte sie einfach nur Carlottas gar zu engen und häufigen Umgang mit dem Medicus? Aber warum? Kepler war doch ein anständiger Bursche und eine gute Partie noch dazu. Lina verstand das nicht.

Schwungvoll goss sie heißes Wasser in den Waschtrog. Die Wucht, mit der der heiße Strahl in den Bottich traf, sorgte für eine riesige Welle. Gierig sog sie den daraus aufsteigenden Wasserdampf ein. Der machte Mund und Nase wunderbar frei, tat zudem gut auf der spröden Haut. Wie ein sanftes Kitzeln von Steutners Atem. Was war sie froh, wie einfach die Dinge für sie lagen! Tief atmete sie durch. Sie sollte nicht so viel an den Schreiber denken, sonst kam es am Ende doch heraus. Der Ärger würde die Stimmung im Haus gewiss noch weiter verschlechtern. Abermals entfuhr ihr ein Seufzer. Stärker als Magdalenas Gebaren stieß ihr Carlottas plötzliche Verdrossenheit auf. Dabei war sie gestern Mittag noch voller Tatendrang mit dem jungen Medicus zum Schlosshof davongestürmt. Ein stattlicher Kerl. Linas Wangen begannen zu glühen, wenn sie sich sein Aussehen in Erinnerung rief. Fast so ansehnlich wie ihr Steutner. *Ihr* Steutner! Wie gut er küssen konnte. Darüber vergaß sie alles andere. Ob der junge Kepler auch so küsste? Seine vollen Lippen deuteten auf eine tiefe Sinnlichkeit. Ihr wurde heiß. Für Carlotta hoffte sie, sie wusste, was sie an dem Medicus hatte, nicht nur des Küssens wegen. Vielleicht hatten die beiden miteinander gestritten. Oder sie machte sich doch ihrer Mutter wegen Gedanken. Die würde den Kepler schon auch noch mögen lernen, wenn sie sah, wie sehr Carlotta ihn liebte! Immerhin war die ihr einziges Kind. Vorsichtig tunkte Lina einen Finger in das dampfende Wasser und zuckte zurück.

»Pass auf, Mädchen, dass du nichts kaputt machst. Zerbrochenes Geschirr bedeutet Streit im Haus. Oder klebst du die Scherben nachher mit teurem Zitronensaft zusammen, um uns davor zu bewahren?« Schnaufend watschelte Hedwig in die Küche und baute sich neben ihr auf. »Scheinen echte Wundermittel zu sein, die du uns ins Haus bringst. Wir müssen nur aufpassen, ob wir sie uns lange leisten können. Du als Magd bist eine echte Herausforderung für die Haushaltskasse! Bei Carlotta zeigen deine Mittelchen leider schon erste Wirkung.« Arglistig schnupperte sie in den aufsteigenden Dunst über dem Waschbottich, als vermutete sie sogar darin puren Zitronensaft.

Lina zwang sich, ruhig zu bleiben. Nichts sagen war die beste Antwort. Betont langsam stellte sie den schweren Kupferkessel zurück auf den gemauerten Herd, wischte sich die störrischen Strähnen des blonden Haares aus der Stirn und stemmte die feuchten Hände in die Hüften. Ihre grünblauen Augen starrten auf die Berge klebriger Teller, Tassen und Schüsseln neben der Esse. Geduldig harrte das Irdenzeug der baldigen Säuberung. Der flackernde Schein der Talglichter, die rings um den Trog aufgereiht standen, ließ den Stapel noch bedrohlicher anwachsen.

Als wollte sie Hedwig nacheifern, schnüffelte Lina nun ebenfalls in die Luft. Der faulige Geruch des verbrannten Talgs wurde allmählich unangenehm. Dazu mochte auch die unerträgliche Schwüle beitragen, die trotz der späten Abendstunde noch in der Küche hing. Wie so oft in den Königsberger Kaufmannshäusern lag diese gleich im Eingangsbereich, an der rechten Seitenwand der Diele. Es fehlte an einer eigenen Fensteröffnung, die frische Luft hereinließ. Dafür heizten der Herd und der riesige Kamin einen Großteil des Hauses mit, bliesen aber auch den kaltgewordenen Bratendunst sowie den Geruch nach abgestandenem Fett und Öl durch sämtliche Geschosse. Abermals atmete Lina tief durch. Es half nichts, es gab kein Entrinnen, weder vor Hedwig noch vor der Hitze oder gar dem lästigen Abwasch. Matt pustete sie sich eine Haarsträhne aus dem Gesicht.

»Warm hier, nicht?«

»Kein Wunder«, murmelte die Köchin, »heute ist immerhin der sechsundzwanzigste Oktober. So ungewohnt uns das Wetter scheinen mag, neu ist es nicht. Wärme an Gilbhart bedeutet seit alters einen kalten Januar. Da können wir uns im neuen Jahr auf einiges gefasst machen.«

Lina zuckte mit den Schultern. Hedwigs Wettervorhersagen kümmerten sie nicht. Entschlossen tauchte sie die Arme bis zu den Ellbogen in das heiße Wasser. Wieder wallten Wasser und Geschirr auf, klirrten gegen die blecherne Wand des Bottichs. Dieses Mal spürte Lina zunächst nichts von dem heißen Wasser. Dann aber stellten sich ihr die Härchen an den Unterarmen auf. Seltsamerweise meinte sie zu frösteln, trotz des rundherum dicht aufsteigenden Wasserdampfes und der Schweißperlen auf der Stirn. Langsam erholten sich ihre Hände von dem Schreck. Sie tastete nach einem Teller und begann, die Soßenkruste abzukratzen.

»Hiermit geht es besser«, meldete sich die Köchin wieder ungebeten zu Wort, griff sich die Bürste vom Bord und warf sie mit Wucht ins Wasser. Schulterhoch spritzte es auf. »Denk daran, unsere Patronin besitzt zwar einen gutgehenden Bernsteinhandel, noch aber wird auch bei uns vor allem mit Wasser gekocht. Carlotta wird das früher begreifen, als dir lieb ist. Sie ist ein kluges Mädchen. Gute Nacht.«

Brüsk schob sie sich neben Lina, reckte sich zum Wandbord und griff sich eines der Talglichter. Schützend wölbte sie den Handteller darum und wollte sich schon wegdrehen, da fiel ihr noch etwas ein. »Denk an das Herdfeuer. Schau, wie kümmerlich es schon geworden ist. Du weißt hoffentlich, was es heißt, das Feuer morgen früh neu zu schüren. Die Gnädige wird sich nicht darum kümmern, wie ihre Milch pünktlich heiß gemacht wird. Aber sie will sie morgens gleich nach dem Aufstehen vor sich haben.«

Ohne ein Wort zog Lina die Arme aus dem Wasser und klopfte die Hände an der Wand des Trogs ab. Tiefrot glühte die verbrühte Haut. Trotzdem gelang es ihr, sich den Schmerz nicht anmerken zu lassen. Beiläufig trocknete sie die restlichen Tropfen am Rock ab und holte den Salztopf vom Regal. Immer noch schweigend, streute sie eine Handvoll der groben, weißen Körner in das fast erloschene Feuer. Sofort entfachte sich wieder eine ordentlich große Flamme. Mit einer kleinen Schaufel schob sie die Asche näher heran und schürte die Glut, bis das Feuer stetiger brannte. »Zufrieden?«, war das Einzige, was sie sich zu sagen erlaubte. Ohne Hedwig anzusehen, setzte sie danach den Abwasch fort.

Auch die Köchin schnaubte nur noch einmal kräftig durch Mund und Nase und schlurfte dann geräuschvoll auf ihren Holzpantinen in den rückwärtigen Teil des Erdgeschosses. Sehnsüchtig horchte Lina ihr nach. Als Einzige aus dem Gesinde verfügte die Alte über den Vorzug einer ebenerdigen Kammer im hinteren Flügel des Hauses. Lina und Milla dagegen mussten bis ganz oben unters Dach die Stiegen erklimmen.

Sobald Lina hörte, wie die Tür ins Schloss fiel, nahm sie die tropfnasse Bürste aus dem Wasser und schleuderte sie mit voller Wucht gegen die Wand. »Alte Vettel!«, zischte sie böse und spürte im selben Moment, wie die Anspannung aus ihrem drallen Körper wich.

Laut schlug die Uhr in der Wohnstube im Obergeschoss neun. Auch die Damen Grohnert machten sich auf den Weg zur Nachtruhe. Verräterisch trippelten die Schritte über die Holzbohlen, Schranktüren gingen auf und zu, Stühle rückten, die Tür zur Diele wurde geöffnet. Was bis zum gestrigen Mittwoch unvorstellbar schien, setzte sich am heutigen Donnerstagabend fort: Die beiden schienen nur das Nötigste miteinander zu reden. Gebannt lauschte Lina nach oben, bis die Damen sich eindeutig in ihre Schlafgemächer zurückgezogen hatten. Traurig schüttelte sie den Kopf. Eine Frau wie Magdalena Grohnert wusste doch genau, was es hieß, jemanden zu lieben. Warum tat sie sich so schwer, das ihrer eigenen Tochter zuzugestehen? Sie schaute ins Leere der gegenüberliegenden Wand. Dort, wo die Bürste gegen die weiße Tünche geklatscht war, zeugte ein feuchter, schmutziger Fleck von dem Auftreffen. In braunen Schlieren tropfte das Wasser zu Boden.

»Geht es dir jetzt besser?«, vernahm sie eine piepsige Stimme in ihrem Rücken. Auch das noch!, durchfuhr es sie, und sie drehte sich langsam zu Milla um. Wie befürchtet, kauerte die zierliche dreizehnjährige Magd, den Kopf ans Geländer gelehnt, auf der untersten Treppenstufe. Traurig hingen die dünnen braunen Haare um den kleinen Schädel. Die Beine hielt sie eng an den Bauch gezogen, die nackten Arme waren eng darum geschlungen. Der Stoff des groben dunklen Leinenkleides war sorgsam darübergedeckt. Lina seufzte. Wahrscheinlich hatte die Kleine die gesamte Begegnung zwischen Hedwig und ihr verfolgt. Mit weit aufgerissenen Kulleraugen schaute das Mädchen sie an. Gegen ihren Willen verspürte Lina Mitleid in sich aufsteigen.

»Schnell, scher dich rauf in dein Bett«, riet sie und fuchtelte mit der rechten Hand durch die Luft, »sonst darfst du nicht nur den Abwasch übernehmen, sondern gleich auch noch die Wand gründlich schrubben.«

Verärgert über ihre Nachsichtigkeit, wandte sie sich rasch ab. Der unschuldige Blick aus den Rehaugen war nicht lange zu ertragen.

»Ich helfe dir wirklich gern.« Freudig sprang das Mädchen auf und kam zur Wand getrippelt. Ohne Aufforderung bückte sie sich nach der Bürste und warf sie in den Spülbottich zurück. Gleich tauchte sie auch noch die Finger in das heiß dampfende Wasser. Dabei zuckte sie nicht einmal mit der Wimper. Lina schnaufte ein weiteres Mal. Aus dem Mädchen wurde sie nicht schlau. Als gäbe es nichts Schöneres, als spät in der Nacht noch Töpfe und Teller in viel zu heißem Wasser zu wienern, versank sie geradezu gut gelaunt im Abwasch.

»Bist du nicht müde?«, hakte Lina trotzdem nach. »In deinem Alter solltest du jede Stunde Schlaf nutzen.«

»Warum tust du es nicht?« Milla schob die Zunge zwischen die Lippen und schrubbte besonders kräftig mit der Bürste auf einem Teller. »So viel älter als ich bist du schließlich auch nicht.«

»Was?« Entgeistert starrte sie die Kleine an. »Hast du keine Augen im Kopf? Lang schon bin ich eine erwachsene Frau, hab sogar schon …« Trotz ihrer offenen Empörung verzichtete sie im letzten Augenblick darauf, ihre Mutterschaft zu erwähnen. »Außerdem bin ich von klein auf ans lange Arbeiten gewöhnt«, setzte sie matt nach.

Gegen ihren Willen stand ihr die Zeit als Magd im Grünen Baum wieder vor Augen. Zwei Jahre jünger als Milla war sie gewesen, als der Vater sie seiner unbezahlten Zecherei wegen an die Wirtin verschachert hatte. An Nächte mit kaum mehr als drei, vier Stunden Schlaf hatte sie sich rasch gewöhnen müssen, oftmals noch verkürzt durch die heimlichen Besuche des Wirts. Er hatte damit nicht einmal warten wollen, bis ihr richtige Brüste gewachsen waren. Bei der Erinnerung an seine dicke, blau geäderte Nase und seine riesigen, gierigen Hände unter ihrem Rock schüttelte sie sich. Grübelnd schaute sie Milla an und erschrak. Die großen braunen Rehaugen ließen niemanden kalt, auch das ungeschickte Hantieren der kleinen Hände und das hilflos nachgeahmte Bewegen einer Erwachsenen weckten seltsame Gefühle in ihr. So war sie damals auch gewesen. Auf einmal fragte sie sich, ob die Wirtin sie nicht genau deshalb ins Haus genommen hatte. Das Fortbleiben ihres Mannes aus dem Ehebett musste ihr schließlich aufgefallen sein. Lina seufzte. Vorbei und vergessen, sagte sie sich. Wettmachen ließ sich das ohnehin nicht mehr. Als Magd im Hause Grohnert blieben einem solche Erlebnisse wenigstens erspart. Eine Weiberwirtschaft hatte eben ihre Vorteile. Dagegen war die dicke Luft der letzten Tage wirklich lächerlich. Schwungvoll riss sie sich das Leintuch von der Schulter und pfefferte es über Millas schmächtige Gestalt hinweg in den Waschtrog. Abermals entstand eine Welle, klirrte das Geschirr laut gegeneinander. Verwundert schaute Milla auf.

»Lass nur, Kleines. Ich mach das jetzt wirklich lieber allein. Schlaf du dich aus.« Damit schob sie die Dreizehnjährige weg vom Bottich. Dabei achtete sie nicht darauf, ob Milla gerade etwas in der Hand hielt. Erst als der irdene Teller mit einem hellen Knall auf dem Steinboden in tausend Scherben zerbarst, wurde ihr das bewusst.

»O Gott!« Sofort schlug sich das Mädchen die Hand vor den Mund, Tränen traten ihr in die Augen, und sie bebte am ganzen Leib. »Nicht so schlimm«, knurrte Lina und ging in die Knie, die Scherben aufzusammeln. Kaum drehte sie eines der Stücke zwischen den Fingern, schauderte es sie. Es schien ihr kein Zufall mehr, dass Hedwig sie vorhin vor dem Zerbrechen eines Tellers gewarnt hatte. Den Streit hatte es bereits gegeben. Ein Schweißtropfen perlte von ihrer Nase auf die Scherbe. Fehlte nur noch, dass der Januar tatsächlich frostig kalt wurde, wie sie es zudem vorausgesagt hatte. Die schnaubende Alte war Lina nicht mehr lästig, sondern unheimlich.

»Was ist denn hier passiert?« Auf bloßen Füßen musste Carlotta lautlos die Treppe heruntergekommen sein. Plötzlich stand sie vor ihr und blickte auf sie herunter.

Stur starrte Lina die nackten Zehen an, wunderte sich, wieso der große kürzer war als der zweite – und das an beiden Füßen. »Lina?«, hörte sie Carlotta ein weiteres Mal fragen. Das Rascheln des Leinenhemds verriet, dass sie sich hinunterbeugte. Schon spürte Lina ihren Atem warm im Nacken. Langsam hob sie den Blick, stützte die Hand aufs Knie und hievte sich ächzend in die Hocke. »Geh«, raunte sie im Aufstehen leise Milla zu und schob sie mit der freien Hand fort. Dann erst legte sie die irdene Scherbe behutsam auf den frisch gewachsten Tisch.

»Das Wasser ist viel zu heiß«, erklärte sie und wedelte zur Bekräftigung durch den nicht mehr vorhandenen Dampf über dem Trog.

»Warum gießt ihr auch kochendes Wasser auf den Abwasch?« Prüfend wanderte Carlottas Blick durch die Küche, als suchte sie nach weiteren zerbrochenen Tellern oder anderen Belegen der Ungeschicklichkeit beider Mägde. »Seid froh, dass ich das entdeckt habe. Hedwig oder gar meine Mutter würden darauf ganz anders reagieren.«

Trotz ihrer zierlichen Erscheinung wirkte Carlotta respekteinflößend. Lina kam sich neben der zwei Jahre jüngeren und knapp einen Kopf kleineren Tochter der Patronin auf einmal wie ein ungehobelter Trampel vor.

»Du musst ins Bett, Milla.« Fast schon zärtlich fasste Carlotta das Mädchen am Arm und führte es zur Treppe. »Mach schon, sonst darfst du hier unten richtig arbeiten, bis dir die Augen zufallen.«

Flink huschte die Kleine die Treppe nach oben. Nicht eine einzige Stufe knarzte unter ihrem Fliegengewicht. Eine unheimliche Stille erfüllte nun das riesige Haus, lediglich unterbrochen vom Knistern des Herdfeuers. Der blakende Schein der Talglichter auf dem Wandbord reichte nicht aus, die geräumige Diele großzügig auszuleuchten. Die Pracht der roten Marmorsäulen, der kunstvoll geschnitzten Kassettendecke und der Wandvertäfelung aus kostbarem Nussbaumholz versank in der Dunkelheit. Wie ein schützender Kegel umschloss das Licht den Bereich um Waschbottich und Herdfeuer.

»Also los.« Lina staunte nicht schlecht, als Carlotta sich anschickte, die Hände in den Wassertrog zu stecken. »Vorsicht, heiß«, wollte sie rufen, doch für die Warnung war es zu spät. Carlotta hatte die Finger bereits eingetaucht und begonnen, mit der Bürste über die Teller zu schrubben. »Heiß ist es zum Glück nicht mehr«, erklärte sie und streckte Lina einen tropfenden Teller entgegen. »Willst du den nicht nehmen und abtrocknen, bevor er auch noch zu Boden fällt?« Verblüfft nickte Lina und tat, wie ihr geheißen.

Die beiden arbeiteten nun schweigend nebeneinander. Carlotta wusch, und Lina trocknete ab, bis der Stapel schmutzigen Geschirrs merklich zusammengeschrumpft war. Unterdessen erloschen nach und nach die kleinen Talglichter auf dem Wandbord. Die letzten, die noch brannten, rußten heftig. Der Geruch biss in der Nase. Lina bückte sich zum Herdfeuer und schürte es mit dem Haken zusammen, damit wenigstens diese Lichtquelle noch nicht versiegte.

Als sie aufsah, erschrak sie. Von der Seite zeichnete sich Carlottas Profil ungewöhnlich scharf ab. Die sonst so kecke Himmelfahrtsnase erschien seltsam spitz. Starr schauten die blauen Augen auf das noch zu säubernde Geschirr. Die fahlen Lippen waren fest aufeinandergebissen.

»Geht es dir gut?«, fragte Lina vorsichtig, sobald sie den nächsten Becher zum Abtrocknen in Händen hielt. »Ist was mit deinem Medicus?«

»Was soll mit dem sein?«, brauste Carlotta auf und warf die Bürste ins Wasser. Ihre Augen funkelten, als sie sich zu Lina umdrehte. »Steck deine Nase nicht in Angelegenheiten, die dich nichts angehen.«

»Entschuldigung«, murmelte Lina. Beim weiteren Abwasch hielt sie den Kopf gesenkt, wagte es nicht mehr, Carlotta anzuschauen. Wenigstens beruhigte sich Carlotta rasch wieder so weit, ihre Arbeit fortzusetzen. Lina fand die Vorstellung plötzlich erschreckend, in der schummrigen, schwülen Küche allein zu bleiben.

Ein leises Wimmern hieß sie aufhorchen. Endlich sah sie Carlotta doch wieder direkt an. Sie hatte sich nicht getäuscht: Im schwachen Licht der letzten Talglampen erspähte sie einzelne Tränen auf den schmalen Wangen. Sie überlegte nicht lang, warf das Leintuch beiseite und nahm Carlotta in die Arme, drückte sie gegen ihren drallen Busen. Carlotta wehrte sich nicht. Dafür wurde ihr Weinen heftiger. »Scht, scht«, raunte Lina und wiegte sie wie ein Kind hin und her. Dankbar schmiegte sich die zierliche Kaufmannstochter gegen ihren üppigen Leib.

Die andere so nah bei sich zu spüren, versetzte Lina einen Stich in der Herzgegend, wie sie ihn sonst nur fühlte, wenn sie an jemand ganz Bestimmten dachte. Einige Wimpernschläge lang sah sie sich weit weg in einer finsteren, feuchten Hütte auf dem Boden kauern, in ihren Armen ein winziges Bündel Mensch mit ebensolchen blauen Augen und einem verzweifelt aufgerissenen kleinen Mund. Was Steutner dazu sagen würde? Sie kämpfte nun ebenfalls mit den Tränen, schluckte, seufzte und räusperte sich, bis der dicke Kloß aus ihrem Hals verschwunden war.

»Wird schon alles wieder gut«, flüsterte sie Carlotta ins Ohr und war sich dabei nicht sicher, wem von ihnen beiden sie mehr Mut zusprechen wollte.

»Hast recht!«, erwiderte Carlotta und befreite sich aus der Umarmung. Verschämt wischte sie mit den Handrücken die Wangen trocken und strich die Finger am Hemd ab. »Wie lächerlich ich mich aufführe! Dabei ist gar nichts Schlimmes geschehen.«

Carlotta mied Linas Blick. Schon stand sie abermals vor dem Waschtrog und betrachtete grübelnd das restliche Geschirr. Auf dem Wasser schwamm eine ölige Pfütze. Längst war es schmutzig und kalt. Wieder war das Schlagen der Uhr aus der Wohnstube zu vernehmen. Inzwischen war es elf Uhr in der Nacht.

»Vielleicht ist es genau das«, griff Lina das Gesagte noch einmal auf und holte mit dem Kessel frisches Wasser aus dem Fass neben der Tür. Das Feuer musste zu ihrem Leidwesen von neuem angefacht werden, damit es hoch genug brannte.

»Was?« Carlotta klang ungeduldig.

»Genau das, was ich gesagt habe: Es ist wohl nichts zwischen Christoph und dir passiert, weder etwas Schlimmes noch sonst etwas.« Lina bückte sich rasch, eine zweite Handvoll Salz in das abgebrannte Herdfeuer zu streuen. Als sie sich wieder aufrichtete, musste sie von der Anstrengung schnaufen. Die Wangen glühten, Schweiß trat ihr auf die Stirn. Damit das Wasser im Kessel schneller kochte, hängte sie ihn so tief wie möglich über die gemauerte Herdstelle.

»Und genau darin liegt das Problem«, setzte sie atemlos nach, sobald sie Carlottas fragenden Blick bemerkte. »Du hast gesagt, du willst den klugen Medicus heiraten. Er ist nicht nur eine gute Partie, sondern hilft dir auch bei deinen Plänen. Zudem liebst du ihn. Aber so viel das alles ist, es reicht einfach nicht, nur die Absicht zu haben, ihn zu heiraten. Du musst den Pakt mit ihm auch besiegeln. Dazu muss etwas zwischen euch passieren. Schließlich sollte er auch sicher sein, das zu wollen. Und wenn er nicht von allein will, musst du ihn dazu bringen, dass er will.« Verschmitzt lächelnd tätschelte sie Carlotta die Wange. »Hat er dich wenigstens geküsst?«

Die Röte auf Carlottas Antlitz war Antwort genug. Sosehr sie sich bemühte, die angehende Patronin herauszukehren und die gelehrte Wundärztin zu geben, war sie eben doch noch ein Kind. Die reine Unschuld nahm Lina ihr zwar nicht mehr ab, trotzdem wirkte sie nicht eben gut bewandert in Liebesdingen. Rasch legte sie ihr den Arm um die Schultern, zog sie näher zu sich heran und wisperte ihr ins Ohr: »Küssen ist doch schon ein guter Anfang. Glaub mir, ich weiß das. Sieh aber zu, dass er es bald wieder tut. Vielleicht erlaubst du ihm auch ein bisschen mehr, und dann …« Ihre freie Hand vollführte eine wedelnde Bewegung durch die Luft, und sie verdrehte vielsagend die Augen. »Ach, du wirst schon sehen, wie das klappt!« Keck versetzte sie ihr einen sanften Schubs und ließ sie los.

»Du hast wohl schon Erfahrung.« Carlotta rang sich ein zaghaftes Lächeln ab, um die Bemerkung nicht schroff klingen zu lassen.

»Geh jetzt besser zu Bett«, überging Lina die Anspielung. »Den Rest mache ich allein. Das wird schon, glaub mir.«

Als Carlotta weiterhin zögerte, setzte sie in ernstem Tonfall nach: »Nur keine Sorge, auch deine Mutter wird noch zustimmen. Sie liebt dich viel zu sehr, als dass sie sich deinem Lebensglück entgegenstellen würde!«

»Wollen wir hoffen, dass du recht hast!« Flugs eilte Carlotta die Treppe nach oben.

15

Carlotta wurde mulmig zumute, als die hagere Wirtschafterin das Schlafgemach verließ. Eine Zeitlang lauschte sie den schweren Schritten der unfreundlichen Frau nach und spielte mit dem Bernstein um ihren Hals. Allmählich senkte sich wieder Stille über das Haus. Ihr Herz klopfte, die Finger zitterten. Natürlich war sie nicht zum ersten Mal allein mit einem bettlägerigen, männlichen Patienten. Anders als sonst aber behagte ihr die Situation bei dem jungen Apotheker Caspar Pantzer ganz und gar nicht. Vielleicht war das nächtliche Gespräch mit Lina daran schuld. Die handfesten Ratschläge der jungen Magd wollten ihr nicht aus dem Kopf. Sie spürte, wie die Schamesröte ihr die Wangen zum Glühen brachte.

Unruhig huschten ihre Augen durch die niedrige Stube, die alles andere als einladend oder gar anheimelnd wirkte. Möbliert war sie lediglich mit dem Nötigsten: einem gehimmelten Bett mit aufgebauschtem Bettzeug, einem Schemel und kleinen Tisch sowie einer brusthohen Truhe, auf der ein Krug Wasser und eine Schüssel standen. Das einzige Fenster ging zum Hof und ließ nur spärlich Licht herein. Eine Kastanie breitete ihre mächtige Krone davor aus, deren längst buntgefärbte Blätter noch tapfer an den Zweigen hingen. Die Luft in der Stube war stickig. Es schien lange her zu sein, dass jemand die Fensterflügel weit geöffnet und gelüftet hatte. Dabei herrschte draußen weiterhin mildes Herbstwetter.

»Schaut nicht so verschreckt, Teuerste. Ich bin doch kein Unhold, der die Situation schamlos ausnutzt. Es gibt keinen Grund, Euch über mich zu beklagen. Selbst wenn ich wollte, könnte ich in meinem derzeitigen Zustand wenig ausrichten, einer so hübschen, jungen Frau wie Euch zu Leibe zu rücken.«

Wieder errötete Carlotta, fragte sich, ob der junge Apotheker ihre verbotenen Gedanken hatte lesen können. Stöhnend rekelte er sich mit schmerzverzerrtem Gesicht. Unter den Bewegungen knisterte das Weißzeug. Die rüschenumrankten Federkissen zierten den grobschlächtigen Leib wie ein viel zu lieblicher Blumenreigen. Bei diesem Anblick konnte sich Carlotta ein Schmunzeln nicht verkneifen. Sie verstaute den Bernstein unter ihrem Mieder und strich den Stoff darüber glatt. Er hatte recht: In seinem Zustand konnte er wahrlich wenig ausrichten.

»So gefallt Ihr mir schon weitaus besser«, stellte er fest und versuchte sich ebenfalls an einem kleinen Lächeln. »Wenn Ihr jetzt noch darauf verzichtet, mich mit brennenden Salben und bitter schmeckenden Tropfen zu behandeln, können wir fortan beste Freunde sein.«

»Ihr wisst, doch: Bös muss bös vertreiben«, entgegnete sie leichthin und trat an sein Bett. Sie stellte die Wundarzttasche auf einen Schemel und rückte den schmalen Holztisch zurecht. Aufmerksam wandte sie sich ihrem Patienten zu. Sobald sie die straff bandagierte Brust des Apothekers betrachtete, kehrte die gewohnte Sicherheit endgültig zurück, das Zittern schwand ganz aus ihrem Körper. »Euer Sturz am vergangenen Mittwoch war leider alles andere als harmlos. Die

Heugabel hat ihre rostigen Spitzen tief in Euren Leib gebohrt. Ihr könnt froh sein, nicht vollends von ihr aufgespießt worden zu sein.«

»Sonst hätte mich unser guter Freund Kepler wie ein Spanferkel übers Feuer gehängt und knusprig gebraten, nicht wahr? Das wäre ein Festschmaus geworden!« Beim Lachen wurden seine großen weißen Zähne sichtbar.

»Wer hätte den riesigen Braten essen sollen?«, versuchte sie halbherzig, auf die launige Bemerkung einzugehen, und machte sich daran, die für den Verbandswechsel nötigen Dinge aus der Tasche zu nehmen. Sorgfältig reihte sie die Salbentiegel nebeneinander auf dem Tisch auf, kramte zuletzt einen braunen Glasflakon mit einem Verschluss aus dickem Kork heraus.

»Haltet Ihr mich für zu fett oder zu zäh, um Euch gut zu schmecken?« Pantzer hielt weiterhin an dem albernen Scherz fest. Carlotta ahnte, wie sehr ihm davor graute, an der Wunde behandelt zu werden. Seine Augen hatten sich mit dem Auftauchen jedes neuen Tiegels mehr geweitet, die schlechtrasierten Wangen erblassten unter den bläulich schimmernden Bartstoppeln.

»Gebt Euch keine Mühe. So oder so macht Ihr mir keinen sonderlichen Appetit.« Flink drückte sie ihn in die Kissen zurück und knöpfte sein Hemd weiter auf. Dunkel zeichnete sich der Schweiß darauf ab. Längst war seine Angst förmlich zu riechen. »Habt Ihr noch immer starke Schmerzen?«

Besorgt betrachtete sie den kräftigen Mann in dem schmalen Bett. Das verletzte linke Bein war ordentlich geschient, der ausgekugelte Arm längst eingerenkt und ebenfalls mittels eines Holzes gerade gehalten. Das hatte sie gleich nach dem Sturz vor zwei Tagen mit Christophs Hilfe erledigt. Ebenso stützte der Verband um den Rumpf die verletzten Rippen weiterhin gut. »Scheut Euch nicht, es zuzugeben. Niemand außer uns beiden wird je ein Wort davon erfahren. Doch nur wenn ich genau weiß, was mit Euch ist, kann ich Euch richtig behandeln.«

Sie legte ihm die Hand flach auf die Stirn. Eigentlich hatte sie nur fühlen wollen, ob er fieberte. Als sie merkte, wie sehr er sich unter der Berührung entspannte, ließ sie die Hand noch ein wenig länger dort liegen als nötig. Der zarte Schweißfilm auf seiner Haut ließ ihre Handinnenseite feucht werden. Gleichzeitig glitt ihr Blick weiter über sein grobgeschnittenes Gesicht, an der klobigen Nase entlang den kräftigen Leib hinab. Etwas stimmte nicht. Grübelnd presste sie die Lippen aufeinander, griff nach dem Bernstein und zog ihn heraus, spielte gedankenverloren mit ihm. Zumindest hatte Pantzer kein Fieber. Der gefürchtete Wundbrand an der genähten Stichverletzung in der Brust war ausgeblieben.

»Die Salben brennen Euch also auf der Haut, sagt Ihr?« Forschend sah sie ihm in die Augen und nahm das kurze Aufflackern darin wahr. Sie ahnte nun, was ihm zu schaffen machte. Noch während er ein verschämtes »Ja« zwischen den Lippen hervorstieß, begann sie, ihm das verschwitzte Leinenhemd auszuziehen, und wickelte anschließend den Verband von der Brust. Sie sah gleich, dass er zwischenzeitlich erneuert worden sein musste. Sie pflegte das Leinen anders zu wickeln. Vielleicht hatte Christoph schon einmal nach der Wunde gesehen und Pantzer anschließend neu verbunden. Sobald der dunkel behaarte Oberkörper nackt vor ihr lag, erkannte sie selbst bei den schlechten Lichtverhältnissen mit Schrecken das ganze Ausmaß des Übels. Die Haut war feuerrot und über und über mit dicken Pusteln bedeckt.

»Das hättet Ihr mir gleich sagen sollen«, sagte sie streng. »Damit ist nicht zu spaßen. Gerade Ihr als Apotheker solltet das wissen. Ganz eindeutig vertragt Ihr die Wundsalbe nicht. Das Schwitzen in dem winzigen Raum unter dem dicken Bettzeug tut ein Übriges. Ich werde sogleich eine andere Salbe ausprobieren.« Kopfschüttelnd hob sie ihre Tasche hoch und kramte darin. »Allerdings frage ich mich, warum das erst jetzt so schlimm geworden ist. Immerhin behandele ich Euch seit Mittwoch mit der gleichen Salbe.«

»Lasst gut sein.« Er legte ihr die Hand auf den Arm. »Euch trifft keine Schuld. Es ist nicht Eure Salbe gewesen.«

»Welche dann? Vertraut Ihr mir etwa nicht? Habt Ihr noch einen zweiten Wundarzt hinzugezogen? Sagt es bitte gleich. Es ist besser, wir einigen uns sofort, wenn ich die Behandlung abbrechen soll. Ihr seid der Patient. Es ist Eure Entscheidung, von wem Ihr Euch kurieren lasst.«

Pantzer wich ihrem Blick aus und sah zur Tür. Auf dem Flur rumorte es. Vielleicht lauschte die hagere Wirtschafterin an der Tür oder hatte eine der Mägde damit beauftragt, es zu tun. Besonders geschickt stellten sie sich dabei offensichtlich nicht an.

»Ich bin Euch zu jung, nicht wahr?« Nun hatte sie es also doch ausgesprochen – noch dazu in einem so zaghaften Ton, dass er sich gleich in der Ansicht bestärkt fühlen musste. Ihre Finger umklammerten den Bernstein fester, das gute Stück verschwand ganz darin. Christophs Ärger über ihre forsche Art gleich am Unglücksort auf der Lomse hätte ihr eine Warnung sein sollen. Natürlich hatte er seinem Freund Pantzer inzwischen klargemacht, wie lächerlich es war, ihr seine Behandlung zu überlassen. Warum aber gab er ihr nicht selbst Bescheid? Warum ließ er sie trotzdem allein zu dem Apotheker gehen? »Ihr verkehrt mit studierten Medizinern, kennt auch die alteingesessenen Bader und Wundchirurgen dies- und jenseits des Pregels. Warum solltet Ihr Euch also ausgerechnet mit mir als Ärztin zufriedengeben.«

»Verzeiht, Ihr habt natürlich recht.« Pantzer räusperte sich verlegen. »Ich hätte ehrlich zu Euch sein sollen, verehrte Carlotta. Ihr seid einfach zu klug, um Euch etwas vormachen zu lassen.«

»Also gut.« Sie machte sich daran, ihre Tiegel wieder einzupacken. »Ich verschwinde sofort von Eurem Krankenlager, und Ihr schickt nach dem anderen Arzt. Schade, dass Ihr nicht von Anfang an aufrichtig gewesen seid. Ich hätte mir den Besuch heute sparen können.«

»Nein, wartet, das versteht Ihr völlig falsch. Lasst mich erklären, wie es wirklich ist.« Schnaufend schob er sich in seinen Kissen wieder höher. »Es liegt nicht daran, dass Ihr so jung seid. Euer Talent, zu heilen, macht mehr als nur eine Handvoll Jahre wett. Es ist etwas ganz anderes, doch dazu muss ich etwas ausholen.«

Er biss sich auf die Lippen. Fast meinte sie, Feuchtigkeit in den hellbraunen Augen glitzern zu sehen, doch in dem kargen Licht war sie sich dessen nicht sicher. Ein dumpfes Geräusch am Fenster lenkte sie ab. Ein kleiner Vogel war gegen die Scheibe geflogen. Sie sah noch, wie der winzige Leib abprallte, heftig mit den Flügeln schlug und dann in der Tiefe verschwand. Das böse Fauchen einer Katze verriet, wie heiß die Beute unten im Hof bereits umkämpft war. Aufgeregt kläffte der Hund. Auch die Hühner gackerten wild durcheinander. Kurz darauf ertönte das aufgebrachte Zetern der Wirtschafterin, und die Tiere verstummten schlagartig.

Pantzer hatte dem Treiben im Hof ebenfalls gelauscht. Erst in die Stille nach dem Absturz meldete er sich wieder zu Wort.

»Ich weiß, wie wenig es Eure Mutter gutheißt, dass Ihr ausgerechnet mich, den Tunichtgut von Apotheker aus dem Löbenicht, behandelt. Ohnehin sieht sie es nicht gern, wenn ihre Tochter als Wundärztin arbeitet. Seit vier Jahren führt sie erfolgreich das Kontor in der Kneiphofer Langgasse. Ihr sollt ihrem Beispiel folgen. Seit Eure hochgeschätzte Mutter hilflos mit ansehen musste, wie der Tod Euren Vater Eric dahingerafft hat, lehnt sie es strikt ab, die gelernte Kunst auszuüben. Dabei galt sie im Großen Krieg als einer der besten Wundärzte im Heerestross der Kaiserlichen. Dieser hervorragende Ruf dient ihr bis heute, um mit Rezepturen für Wundsalben und Tinkturen zu handeln. Jemanden direkt behandeln aber will sie nicht mehr.« Er suchte ihren Blick. Als sie etwas einwerfen wollte, winkte er ab, fuhr jedoch erst nach einer längeren Pause leise fort. »Wundert Euch nicht, woher ich das alles weiß. Aber selbst bei uns im Löbenicht bietet das Schicksal von Euch immer wieder Gesprächsstoff. Wie man hört, ist Eurer Mutter der Erfolg auch mit dem Verkauf der bloßen Rezepturen hold. Und genau das ist der Grund, warum Ihr mich in diesem furchtbaren Zustand nun vor Euch seht. Heimlich habe ich versucht, die Wundsalbe selbst zu mischen. Ich wollte hinter die Rezeptur kommen, um sie künftig auf eigene Rechnung zu vertreiben, am Kontor Eurer Mutter vorbei. Aber dabei muss mir ein schrecklicher Fehler unterlaufen sein. Wie sonst ist zu erklären, dass mich diese brennenden Pusteln quälen?«

»Also gut.« Carlotta sog hörbar die Luft ein, versuchte jedoch, ruhig zu bleiben. »Dann hat Euch wohl abermals gleich nach der Tat die gerechte Strafe ereilt. Ich weiß nicht, wie oft Ihr diese Erfahrung noch machen wollt. Bedenkt Euren Sturz vor zwei Tagen und nun diese Geschichte mit der Salbe. Allzu oft solltet Ihr den Beistand des Allerhöchsten nicht mehr herausfordern.«

Streng sah sie auf ihn hinunter. Er biss die Lippen zusammen und sah wieder an ihr vorbei zur Tür. Mitleid überkam sie. Das verräterische Glitzern in seinen Augen dauerte sie. Wie musste er sich fühlen: ein gestandener Apotheker von knapp dreißig Jahren, den eine kleine, siebzehnjährige Wundärztin maßregelte, weil er eine Wundsalbe falsch zusammengemischt hatte!

»Ich vermute, Ihr habt zu viel von dem Silberglett oder von einem der Öle untergemischt. Diese Stoffe werden von besonders empfindsamen Naturen in zu großer Menge nicht so gut vertragen.« Abermals betrachtete sie den grobschlächtigen Mann von oben bis unten. Das Wort ›empfindsam‹ hatte sie bewusst betont, weil es ihr angesichts seiner kräftigen Gestalt absurd erschien. Doch nie sollte man sich allein vom ersten Eindruck leiten lassen.

»Ich werde Eure Haut reinigen und meine eigene Salbe wieder auftragen. Vorausgesetzt«, behutsam fasste sie ihn am Kinn, zog sein Gesicht zu sich herüber und suchte seinen Blick, »Ihr seid gewillt, mich als Eure Wundärztin mit der weiteren Behandlung zu betrauen.« Zustimmend nickte er. »Das solltet Ihr nicht nur deswegen tun, um diesen fürchterlichen Ausschlag wieder loszuwerden, sondern weil Ihr mir und meinen Methoden fortan tatsächlich vertraut.«

Ohne die Antwort abzuwarten, breitete sie abermals die Tiegel auf dem Tisch aus. Sie beschloss, Pantzers Leib zunächst mit Leinöl abzutupfen. Das schien ihr das sanfteste Mittel, dem Ausschlag zu begegnen. Sie riss einen Streifen Stoff entzwei, tränkte ihn mit dem Öl und begann mit der Säuberung. Bei der ersten Berührung kniff der Apotheker

Lippen und Augenlider zusammen. Je weiter sie mit dem Abtupfen fortfuhr, desto mehr entspannte er sich und äugte schließlich wissbegierig, was genau sie tat.

»Da komme ich wohl gerade recht«, tönte Christophs Stimme von der Tür her zu ihnen herüber. Ein kühler Luftzug wehte mit ihm herein, sorgte für einen kurzen Moment der Erfrischung. Wie ertappt hoben Carlotta und Pantzer die Köpfe. »Das sieht aber gar nicht gut aus.«

In wenigen Schritten hatte Christoph den Raum durchquert und lugte über Carlottas Schulter auf die behaarte Brust des Freundes. Dank des Leinöls hatten sich die ersten Pusteln bereits zurückgebildet, die Rotfärbung der Haut schien merklich abgemildert. Dennoch ahnte Carlotta, was Christoph denken mochte. Tränen der Wut stiegen in ihr auf. Am liebsten wäre sie aufgesprungen und hätte ihm alles erklärt. Das aber war Pantzers wegen undenkbar. Hilflos ballte sie die Fäuste.

»Zumindest die Wundnaht heilt gut«, stellte Christoph trocken fest. »Erstaunlich, wenn man die restliche Haut betrachtet. Bist du sicher, das richtige Pflaster genommen zu haben?«

Ungeduldig schob er sie beiseite und beugte sich tiefer über den entblößten Oberkörper seines Freundes. Pustel für Pustel untersuchte er und zog schließlich ratlos die Augenbraue hoch. »Vielleicht sollte man doch noch einen anderen Wundarzt hinzuziehen. Schließlich vertraut mein Vater nicht von ungefähr dem alten Dohna.«

Der Vorschlag traf Carlotta wie eine Ohrfeige. Unerwartet harsch sprang ihr Pantzer bei: »Lass Dohna aus dem Spiel. Den alten Schwätzer will ich nicht an meinem Krankenbett sehen. Ohnehin liegst du völlig falsch. Unsere geschätzte kleine Wundärztin hier trifft nicht die geringste Schuld. Ich selbst bin der Tölpel, der das verbrochen hat. Den schlimmen Ausschlag verdanke ich meiner eigenen Dummheit. Ich wollte dem Geheimnis ihrer Wundsalbe auf die Spur kommen und habe …«

»Sag nicht, du hast dich am Mischen der Salbe versucht!« Christoph schüttelte den Kopf. »Wie töricht bist du eigentlich? Lernst du nie aus deinen Fehlern?«

»Lass gut sein.« Tröstend legte Carlotta ihrem Patienten die Hand auf die Schulter. »Er trägt schwer genug daran. Der Ausschlag ist schmerzhaft. Schau, wie entzündet die Haut ist.«

»Trotz allem wohl nicht schmerzhaft genug, wie unser Freund überhaupt sehr viel aushalten kann, bevor er endlich begreift.« Christoph blieb ungerührt. »Es gibt eben Ochsen, die haben ein solch dickes Horn vor dem Schädel, dass das Hirn dahinter gar nicht mehr arbeiten kann.«

»Ich bin nur froh, gleich ein Mittel gefunden zu haben, ihm Linderung zu verschaffen«, versuchte sie, das Gespräch in eine andere Richtung zu lenken. »Wir Wundärzte sind dazu da, unseren Patienten in der Not zu helfen, nicht, ihnen Vorwürfe zu machen oder gar ihr Verhalten zu bestrafen.«

Christoph schnaufte laut durch die Nase, Pantzer dagegen lächelte zaghaft, tastete nach ihrer Hand und drückte sie dankbar.

»Du bist einfach zu gut«, war alles, was Christoph unter Kopfschütteln hervorbrachte.

Das Lächeln auf Pantzers Gesicht indes wurde breiter. »Sie ist nicht nur gut, sie ist die Beste«, triumphierte er. »Sowohl als Mensch als auch als Wundärztin. Mensch, Kepler, begreif doch! Diese Frau ist das Beste, was dir passieren kann.«

Schelmisch sah er zwischen ihnen beiden hin und her. Sie erröteten, wagten nicht, einander anzusehen. Unwillkürlich tastete Carlotta nach dem Bernstein. Das übermütige Funkeln in Pantzers braunen Augen war selbst im trüben Licht des engen Schlafgemachs zu erkennen, während Christoph den Blick geflissentlich gesenkt hielt.

»Wenn du nicht willst, guter Freund«, fuhr Pantzer direkt an ihn gewandt fort, »dann springe ich gern für dich in die Bresche. Jetzt, wo sie schon meine nackte Brust gesehen hat, wird es mir sicher gelingen, sie auch von meinen sonstigen Qualitäten zu überzeugen.«

Frech streckte er sich. Abermals errötend, wandte sich Carlotta ihren Wundarztutensilien zu, sortierte die Tiegel auf dem Tisch, verschloss diejenigen, die sie nicht mehr benötigte, und strich von der Wundsalbe auf ein Eibischblatt.

»Schade«, raunte sie ihm zu, als sie das Kräuterblatt mit der Paste vorsichtig auf die Wunde drückte. »Gerade hatte ich begonnen, Euch zu mögen.« Sie legte die Finger über die Lippen und schüttelte den Kopf, um ihn von einer weiteren törichten Bemerkung abzuhalten. Gemeinsam mit Christoph verband sie Pantzers breiten Oberkörper neu und verabschiedete sich dann rasch aus dem düsteren, stickigen Schlafgemach.

16

Pantzer ist ein Schwachkopf.« Verärgert stieß Christoph mit der Fußspitze einen Stein beiseite. Das grelle Sonnenlicht blendete ihn nach dem Aufenthalt in der stickigen, düsteren Stube des Apothekers.

»Sei nicht zu hart«, warf Carlotta ein. »Er meint es nicht böse.«

»Hm«, war alles, was Christoph sich abringen mochte. Der Unmut passte schlecht zu seinen weichen Gesichtszügen. Die Lippen waren einfach zu voll, um sich wirklich schmal ziehen zu lassen. Auch die kleinen Falten um die Augen strahlten stets, wie sehr er auch die Brauen zusammenkneifen mochte. Er ahnte wohl nicht im Geringsten, wie rührend verzweifelt es wirkte, wenn er streng erscheinen wollte. Darüber verzieh Carlotta ihm glatt die üble Laune und die offen geäußerten Zweifel an ihrer Wundarztkunst. Wieder spürte sie die verräterische Hitze in sich, die sie erfasste, wenn sie ihm nahe kam.

»Lass uns noch ein wenig den Tag genießen«, schlug sie vor. »Schon wieder herrscht Frühling mitten im Oktober!«

Sie zog ihn in die breite Löbenichter Langgasse hinein, am ausladenden Brunnen vor dem Haus der Malzbrauerzunft vorbei, wo sich Mägde und Hausfrauen zu einem kleinen Vormittagstratsch versammelt hatten. Auch die hagere, missmutige Wirtschafterin aus Pantzers Apothekerhaus fand sich darunter. Kurz begegneten sich ihre Blicke, dann wandte sich die Frau ihrer Nachbarin zur Linken zu. Trotzig warf Carlotta die rotblonden Locken in den Nacken und spazierte hocherhobenen Hauptes an Christophs Seite an den Frauen vorbei.

Eisenräder knirschten über das staubtrockene Straßenpflaster. Das Quietschen schmerzte in den Ohren. Ein von zwei Ochsen gezogenes Gespann versperrte den Weg von der Löbenichter Langgasse zur Kirchgasse hinauf. Der Fuhrmann hatte seinen Wagen zu knapp um die Ecke gelenkt und war mit dem Gefährt an der vorkragenden Mauer des Eckhauses hängengeblieben. Wutschnaubend scharrten die Ochsen mit den Hufen, als der Kutscher sie durch Peitschenhiebe und Flüche anzutreiben gedachte. Eine Traube Neugieriger sparte nicht mit Ratschlägen, doch Carlotta und Christoph hielten sich nicht auf, sondern zwängten sich durch die Menge weiter westwärts, dem Mühltor zur Altstadt zu.

»Machst du noch weitere Krankenbesuche?«, erkundigte sich Carlotta beiläufig, während sie ihren Blick schweifen ließ. Obwohl die Langgasse auch im Löbenicht die wichtigste und vornehmste Straße war, reichte sie nicht an die gleichnamigen Straßen in Altstadt und Kneiphof heran. In dieser Stadt hatten vor allem die Handwerker und Brauer ihr Zuhause. Die Häuser ragten nicht so weit empor, auch fehlten ihnen der protzige Putz sowie die kühnen Figuren auf den Stufengiebeln. Dennoch strahlten sie eine Heimeligkeit aus, die Carlotta in vollen Zügen genoss. Der Malzgeruch, der allerorten über den Steingebäuden hing, erinnerte sie an die Sonntage, an denen sie mit der Mutter durch die Löbenichter Langgasse zum Sackheim spazierte, wo sich die einzige katholische Kirche der drei Königsberger Städte befand. Wehmut erfasste sie beim Gedanken an diese gemeinsamen Kirchenbesuche, die sie nach wie vor pflegten. Ob Lina wirklich recht behalten und Magdalena ihren Widerstand gegen ihre Liebe mit Christoph aufgeben würde? Carlotta biss sich auf die Lippen, kämpfte tapfer gegen aufsteigende Tränen an. Eins stand fest: Sie konnte nicht anders, sie musste bei Christoph bleiben! Kühn hakte sie sich bei ihm ein. Zu ihrer Freude ließ er sie gewähren, und sie schob sich noch ein Stück näher heran.

»Erzähl mir von deinen weiteren Plänen, Liebster. Es ist gewiss nicht einfach, sich nach den aufregenden Jahren in der Fremde wieder in den eintönigen Alltag zu Hause einzufinden. Schwierig wird wohl auch die Zusammenarbeit mit deinem Vater – und das in einem Beruf, der dir nicht sonderlich erstrebenswert erscheint.«

»Dich scheint es nicht so schnell zurück in den Kneiphof zu ziehen, was?«, fragte er zurück, statt auf ihre Worte einzugehen. Der vertraute Schalk schien in ihn zurückzukehren. Übermütig tippte er mit der Fingerkuppe an ihre linke Wange. »Herrlich! Ich liebe es, wenn dieses Grübchen in deinem Gesicht auftaucht. Schließlich verrät das mehr über dich, als du ahnst.«

»Und was?« Sein Lachen wärmte ihr die Seele. »Muss ich mir Gedanken machen?«

»Keine Sorge, nichts Schlimmes. Nur eben, dass du jetzt gerade lieber mit mir zusammen bist statt mit den Schreibern im Kontor. Das ist Labsal für meine arme Seele. Schließlich bedeutet jede freie Minute mit dir für mich das Paradies auf Erden. Trotzdem mache ich mir Gedanken, meine Liebste.« Er verlangsamte seine Schritte. »Mir scheint, du fühlst dich im Kontor zwischen Haupt-, Schuld- und Zinsbuch nicht mehr sonderlich wohl. Dabei erfordert die doppelte Buchführung höchste Aufmerksamkeit. Jede Spalte muss mit einer anderen gegengerechnet werden, jede Summe mit einer anderen übereinstimmen, wenn man den Lehren des ehrwürdigen Nürnberger Wolfgang Schweicker folgt. Deine Mutter wird seine Schrift über das zweifache Buchhalten gewiss ordentlich befolgen, so gründlich und erfolgreich, wie sie arbeitet.«

»Dass du das weißt … Hast du den Schweicker etwa auch studiert?« Bei der Erinnerung an die langweilige Schrift verdrehte sie die Augen. »Wenn ich dich so reden höre, könnte ich glatt denken, das Kaufmännische wäre dein ureigenes Metier und du würdest tagaus, tagein nichts anderes tun, als dich mit Zahlen herumzuschlagen.«

»Vielleicht läge mir das mehr als die Medizin?« Nachdenklich zupfte er sich am Ohrläppchen. »In jedem Fall geht mir dein untrügliches Gespür für die Kranken ab. Im Vergleich zu dir scheint mir jedes Geschick zu fehlen, sie zu heilen.«

»Wie kommst du denn darauf?«

»Jeden Medicus, der dich bei einem Patienten erlebt hat, muss dieses Gefühl beschleichen. Es ist nicht zu übersehen, wie beruhigend allein schon deine Gegenwart auf die Kranken wirkt. Ganz abgesehen davon, wie du mit ihnen sprichst und mit welcher Hingabe du sie untersuchst. Dabei genügt dir meist der erste Blick, um zu wissen, was ihnen fehlt. Legst du ihnen die Hand auf, werden sie sofort ruhig und gelassen.«

»Ich liebe es einfach, als Wundärztin zu arbeiten.« Die Freude über das unerwartete Lob ausgerechnet nach dem missglückten Besuch bei Pantzer durchströmte sie und ließ sie vor Stolz platzen.

»Wenn ich das doch auch von mir behaupten könnte.«

»Du bist kein Wundarzt, sondern Physicus. Das ist etwas völlig anderes. Weißt du eigentlich, welche Vorteile du dank deines Studiums genießt? Ach, was gäbe ich darum, so wie du die Medizin studieren zu dürfen!« Träumerisch glitt ihr Blick in die Ferne. »Sosehr ich es liebe, als Wundärztin den Menschen zu helfen, so gern würde ich noch viel mehr tun. Es ist mir einfach zu wenig, Wunden zu nähen, Knochenbrüche zu schienen, Zähne zu ziehen oder gelegentlich einer Hebamme beizustehen, wenn ein Kind quer im Leib der Mutter liegt. Viel lieber würde ich mich darüber hinaus noch den wirklichen Ursachen der Krankheiten zuwenden, die Zusammenhänge des menschlichen Körpers begreifen, den Blutkreislauf erforschen und das Herz in all seinen Aufgaben kennenlernen, so wie du es mir letztens erklärt hast. Vielleicht könnte ich so herausfinden, wie eins mit dem anderen arbeitet, sowohl bei Gesunden als auch bei Kranken. Doch das werde ich wohl niemals tun dürfen.«

Erwartungsvoll hielt sie inne. Als er schwieg, wurde sie noch deutlicher. »Abgesehen vom Widerstand meiner Mutter, die das niemals zulassen würde: Ich bin nur eine Frau, Tochter von Kaufleuten außerdem. Schon an die medizinischen Lehrwerke zu kommen, ist für mich nicht einfach, vom Hören einer medizinischen Vorlesung ganz zu schweigen. Dabei gibt es an der Albertina einige der besten Gelehrten ihres Fachs. So nah und doch unerreichbar für mich.«

Gedankenverloren spielte sie mit dem honiggelben Stein an ihrem Hals. Hexengold hatte ihre seit Jahren verschollene Tante Adelaide ihn einmal genannt. Fast wünschte sich Carlotta in diesem Moment, sie hätte damit richtiggelegen. Besäße der Bernstein tatsächlich Hexenkräfte, könnte er ihr helfen, ihren sehnlichsten Wunsch zu erfüllen. »Wenn ich doch nur studieren oder wenigstens am Wissen eines Studierten teilhaben dürfte! Besser helfen will ich können, wenn jemand krank ist, nie mehr hilflos danebenstehen, wenn einer stirbt, so wie es bei meinem Vater gewesen ist.«

Die aufsteigenden Tränen brachten sie zum Verstummen. Wie im Krampf hielten die Finger den Bernstein umklammert. Sie fürchtete, zu weit gegangen zu sein und Christoph brüskiert zu haben. Angestrengt betrachtete sie ihre Fußspitzen. Der Straßenstaub malte seltsame Muster auf das Leder. Sie hatte das Gefühl, der Bernstein zwischen ihren Fingern glühte.

»Meine kleine Wundärztin.« Zärtlich fasste Christoph unter ihr Kinn, hob es an, lächelte. »Vielleicht sollten wir einfach tauschen? Schließlich gäbest du den besseren Leibarzt für den Kurfürsten als ich. Du wärst im Übrigen nicht einmal die erste Frau in einer solchen Position. Schon Kaiser Maximilian hat vor fast hundert Jahren eine Ärztin an sein Sterbebett gerufen.«

»Die ihn allerdings nicht mehr heilen konnte«, ergänzte Carlotta leise.

»Zumindest aber sein Leiden viel erträglicher machte«, widersprach Christoph. »Du hast also von ihr gehört?«

»Natürlich. Meine Mutter hat mir viel von Agatha Streicher aus Ulm erzählt.«

»Das hätte ich mir denken können. Deine lebenskluge Mutter weiß über so vieles Bescheid, wovon mein studierter Vater nicht einmal im Traum etwas ahnt. Schade, dass sie sich ihre besonderen Wundarztkünste selbst versagt. Doch sei es, wie es sei. Mir liegt die Medizin nicht sonderlich, weder in der studierten Form noch im praktischen Umgang mit Kranken. Ersteres ist mir an den Universitäten klargeworden, als ich versucht habe, das, was uns die gelehrten Herren Professoren in ihren Vorlesungen erklärt haben, zu begreifen. Letzteres sehe ich nun Tag für Tag, wie gerade am Krankenbett unseres verehrten Freundes Pantzer. Ich kann eben nichts Besonderes. Nicht einmal so erhabene Herren wie unseren hochverehrten Kurfürsten Friedrich Wilhelm könnte ich pflegen. Dabei zwickt den höchstens mal nach zu viel Fleischgenuss der Leib. Schon jetzt graut mir vor dem Tag, an dem mein Vater seine Stelle an mich abtreten wird. Ich falle eben ganz aus der Reihe meiner ruhmreichen Vorfahren. Schließlich war schon mein Großvater ein gefeierter, kaiserlicher Mathematicus. Ich aber werde eher als Quacksalber auf den armseligsten Jahrmärkten enden, als dass ich mich am Vorlesepult der ehrwürdigen Albertina zum Narren mache. Daran würden zwar die Studenten ihr Vergnügen finden, aber die Herren Professoren und der Kurfürst gewiss nicht, von meinem armen Vater ganz zu schweigen.«

»So haben wir eben beide unser Päcklein am Familienerbe zu tragen.« Scheu legte sie ihre kleine Hand auf die seine. »Meine Mutter sieht mich als Erbin des Bernsteinkontors, ganz in der Tradition ihrer Familie. Das liegt mir so wenig wie dir die Medizin.«

Abermals spielte sie mit dem Bernstein. In der Sonne glänzte er golden, verwandelte das darin eingeschlossene sechsbeinige Insekt in ein Fabelwesen. »Versteh mich nicht falsch, Christoph. Das, was meine Ahnen, seien es die mütterlichen Singeknechts oder die väterlichen Grohnerts, mit ihrem Handel erreicht haben, ist nichts im Vergleich zu den Leistungen deiner gelehrten Vorfahren. Allein dein Großvater Johannes gilt als einer der besten Mathematiker und Astronomen. Auch deinem Vater, dem ehrwürdigen Stadtphysicus, kann niemand aus meiner Familie das Wasser reichen. Dennoch tragen wir beide schwer an der Bürde unserer Ahnen. Keiner von uns darf sein Leben so leben, wie er will.«

»Vielleicht sollten wir es deshalb gemeinsam zu tragen versuchen.« Christophs Stimme wurde weich. Er legte den Arm um ihre Schultern.

»Es käme auf den Versuch an.« Ihr Herz raste. Beglückt schmiegte sie sich gegen seinen weichen Samtrock.

So erreichten sie die Altstädter Langgasse, die sich wie die Löbenichter von Ost nach West quer durch die gesamte Stadt zog. In diesem Teil der Dreistädtestadt am Pregel begegneten sie wieder mehr bekannten Gesichtern. Christoph grüßte nach allen Seiten, nahm den Arm allerdings nicht von ihren Schultern, wie um der gesamten Stadt zu bekunden, dass sie beide fortan zusammengehörten. Carlotta verspürte nicht die geringste Lust, sich dagegen zu wehren. Sie schloss die Augen, lehnte den Kopf sacht an seinen kräftigen Arm und genoss den herben Geruch nach Tabak und Kaffee, der von ihm ausging. Kurz huschte die vage Erinnerung an Mathias durch ihren Kopf. Gleich war sie sicher, sich getäuscht zu haben. Der Offizier letztens im Schlosshof musste ein Fremder gewesen sein. Mathias' Bild verblasste, versank in den Tiefen der Vergangenheit.

»Kommst du mit?« Abrupt blieb Christoph an der Ecke zur Schmiedegasse stehen. Ein Kräuterweib kauerte auf dem Boden und witterte bei ihrem Anblick ein gutes Geschäft. »Blümchen fürs Liebmägdelein fein«, krächzte sie aus einem zahnlosen Mund und streckte ihnen ein halbverwelktes Sträußlein dunkelroter Astern entgegen. Erschrocken wich Carlotta zurück. Die Alte hatte nur ein Auge in ihrem ledrigen Echsengesicht. Schwarz klaffte die dunkle Höhle des zweiten, der Narbenwulst darüber war schlecht verheilt.

»Wohin?«, fragte Carlotta und drängte tiefer in die Gasse, fort von der furchtbaren Alten.

»Was hast du auf einmal?«

»Es ist dieses Kräuterweib«, raunte sie ihm zu. »Vergiss es. Ich weiß selbst nicht, warum mich ihr Anblick derart erschüttert. Doch zurück zu deiner Frage: War das vorhin eine Einladung in euer ehrwürdiges Haus? Was würde dein hochverehrter Herr Vater dazu sagen? Er mag weder meine Mutter noch mich. Es wird ihn kaum freuen, mir in seinen vier Wänden zu begegnen.«

»Das darfst du nicht falsch verstehen. Er ist einfach ein alter Griesgram. Doch ich kann dich beruhigen. Heute ist er gar nicht da. Komm einfach mit, ich will dir etwas zeigen, was dein Herz erfreuen wird.«

»Wir beide allein, im Haus deines Vaters?« Sie zog die Augenbrauen hoch. Trotz oder vielleicht gerade wegen Christophs schelmischen Blicks wurde ihr unheimlich.

»Oh, verzeih, meine Teuerste. Natürlich sind wir nicht gänzlich allein. Das Gesinde geht hoffentlich seinen Aufgaben nach, ebenso wird meine Frau Mutter mit meiner Schwester zugegen sein. Lediglich zum Laboratorium meines Vaters haben sie keinen Zutritt, und genau dorthin möchte ich dich einladen. Allerdings kannst du beruhigt sein. Auch dort wird deiner Tugend nichts geschehen. Schließlich ist mir der Ort heilig.«

Wieder zuckten seine Mundwinkel. Er pustete eine aschblonde Strähne aus der schweißglänzenden Stirn. »Seit einigen Tagen ist mein Vater stolzer Besitzer der neuesten Schrift von Athanasius Kircher. Du weißt schon, der gelehrte Jesuit, der einige Jahre als Mathematiker Nachfolger meines Großvaters beim Kaiser in Wien gewesen ist. Sein Name wird dir nicht unbekannt sein. Schließlich hat er vor wenigen Jahren ein Buch über seine Beobachtung winziger Lebewesen unter dem Mikroskop geschrieben. Er glaubt, diese wären die Ursache für bestimmte Krankheiten. Als mein Vater mir gestern erzählt hat, er habe dieses Buch endlich erhalten, wusste ich sofort, dass ich es dir zeigen muss.«

»Habt ihr denn auch das richtige Mikroskop, um Kirchers Beobachtungen nachzuvollziehen?«

»Oh, da spricht doch wieder die Kaufmannstochter aus dir.« Der Schalk blitzte aus seinen grauen Augen. »Du witterst eine Gelegenheit, uns die von deiner Mutter empfohlenen venezianischen anzupreisen. Leider muss ich dich enttäuschen. Schließlich besitzt mein Vater seit einigen Jahren schon eines aus der niederländischen Produktion. Kein Wunder, immerhin gilt mein hochgelehrter Großvater als einer der Wegbereiter von Fernrohren und ähnlichen Geräten. Das Interesse liegt in unserer Familie.«

»Und doch ist das nicht alles, was du mir zeigen willst, oder?«, stellte sie trotz seines neckenden Tons ernst fest und griff nach seinen Händen. Sie fühlten sich feucht an. Unsicher flatterten seine Lider.

»Lass uns das nicht auf der Straße besprechen.« Seine Stimme schien jede Überlegenheit verloren zu haben. »Dies ist beileibe nicht der rechte Ort, dir meine Pläne vorzustellen.«

»Oh«, war alles, was sie darauf zu erwidern wagte, und sie folgte ihm klopfenden Herzens zum Haus seines Vaters.

17

Weit war Carlotta noch nicht gekommen. Von dem verschwenderisch milden Sonnenschein der letzten Wochen war an diesem frühen Montagmorgen nichts mehr zu spüren. Stattdessen schlug ihr ein eisiger Ostwind entgegen. Es war, als bewiese der Himmel damit seinen Missmut über ihr Vorhaben. Carlotta seufzte. Es bedurfte nicht viel Vorstellungskraft, sich auszumalen, wie auch ihre Mutter es nicht guthieß, sollte sie davon erfahren. Doch sie hatte sie in letzter Zeit schon genug gegen sich aufgebracht, da kam es darauf nicht mehr an. Sie musste es tun. Sie hatte mit Christoph besprochen, gemeinsam mit ihm an diesem Montag den alten Kepler aufzusuchen.

Um die beißende Kälte nicht auf dem Gesicht zu spüren, zog sie den Kopf zwischen die Schultern. Ihr schmächtiger Leib zitterte vor Anstrengung, die Finger, die den wollenen

Umhang auf der flachen Brust zusammenhielten, waren schon nach wenigen Schritten steif gefroren. Graue Wolkenberge türmten sich am Himmel, strichen bedrohlich tief über die Giebel der Kaufmannshäuser in der Brotbänkenstraße hinweg. Seit dem ersten Hahnenschrei hatte der Tag nicht sonderlich an Helligkeit gewonnen, dabei war es nicht mehr lang bis zum Mittagsläuten. Die Straße war menschenleer, nicht einmal ein einsamer Hund oder eine lahme Katze kreuzte ihren Weg. Auf den sonst so belebten Straßen des Kneiphofs herrschte eine geisterhafte Stimmung. Selbst die üppig verzierten Ziegelsteinfassaden der Kaufmannshäuser wirkten grau und trist, die mythischen Figuren auf den Dachgiebeln schauten verlassen in die Tiefe.

Als Carlotta den Kneiphofer Markt erreichte, lag auch der wie ausgestorben. Die Verkaufsbuden waren mit Brettern verrammelt, die Krämer verschwunden. Kein einziges buckliges Kräuterweib kauerte in einer Ecke, um seine wohlriechenden Herbstbüschel anzupreisen. Dichte Wolken bunten Laubs wirbelten stattdessen über den Platz, vermischt mit den ersten Schneeflocken, die zögernd vom Himmel rieselten. Der Wind frischte auf, fegte alsbald in heftigen Böen durch den Kneiphof. Die Versuchung, auf dem Absatz kehrtzumachen und sich hinter dem warmen heimischen Kachelofen zu verkriechen, wuchs. Schon zögerte Carlotta, den nächsten Schritt zu setzen, da trat aus dem Schatten einer der Buden eine schlanke Gestalt in langem Umhang auf den Platz. Zum Ausweichen war es zu spät, artig musste sie grüßen.

Ein Schielen unter die breite, vom Wind arg gebeutelte Hutkrempe war überflüssig. Steutners anzügliches Grinsen war unverkennbar. Ebenso verriet ihn das schlaksige Gehabe seiner hochaufgeschossenen Gestalt, noch bevor er mit den

Stiefeln über das Pflaster scharrte und sich vor ihr verbeugte. Eine Wolke Laub wirbelte von seiner Hutkrempe aufs Pflaster herunter. Er grinste noch breiter, behielt aber den Hut stur auf dem Kopf und entschuldigte sich nicht für seine Ungeschicklichkeit.

»Warum seid Ihr nicht im Kontor? Habt Ihr nichts zu tun?«

»Dasselbe könnte ich Euch fragen«, erwiderte er gelassen. »Falls Ihr es noch nicht bemerkt habt: Ihr lauft in die falsche Richtung. So werdet Ihr lange brauchen, wieder zu Hause einzutreffen. Besser, Ihr kommt gleich mit mir. Dann seid Ihr sicher, ins Kontor zurückzufinden, und habt auch den heftigen Wind im Rücken. Es sei denn, Ihr habt ein anderes Ziel vor Augen und wollt gar nicht zurück.«

»Das geht Euch nichts an.« Energisch schlang sie den Schal um den Hals, steckte die Hände in die Taschen und wollte sich an ihm vorbeidrängen. Er aber verstellte ihr den Weg.

»Passt auf, wohin Ihr heute geht.« Eindringlich sah er sie an. Zum ersten Mal wurde sie gewahr, wie hellhäutig sein bartloses Gesicht war. Die goldbraunen Augen passten nicht dazu, ebenso wenig das dunkle, lockige Haar, das ihm bis zum Kinn reichte. Aus seinem Blick schien mit einem Mal echte Besorgnis zu sprechen. »Heute ist kein guter Tag für einen Spaziergang durch den Kneiphof.« Er nahm seine Hand wieder von ihrem Arm, rückte den Hut auf dem Kopf zurecht. »Passt gut auf Euch auf.«

Eine Windböe fegte von hinten heran und wehte ihm den Hut vom Kopf. Wild flatterten die Mantelschöße durch die Luft, Laub wurde aufgewirbelt, Straßenstaub flog auf. Steutner öffnete den Mund, um noch etwas zu sagen, doch auch die Worte blies der Wind davon. Schon musste sich der Schreiber sputen, seinem Hut hinterherzuhechten. Der eisige Wind trieb ihn westwärts, der Langgasse zu, wo das Kontor lag.

Im Schutz der Marktbuden sah Carlotta ihm nach, eine Weile unfähig, sich ostwärts gegen den Wind anzustemmen. Der ungewohnte Ernst in Steutners Blick ging ihr nicht aus dem Sinn.

Von einer nahen Uhr schlug es halb zwölf. Wollte sie pünktlich bei Stadtphysicus Kepler in der Altstadt eintreffen, wurde es höchste Zeit. Sie ballte die steif gefrorenen Finger zu Fäusten und warf sich entschlossen gegen die unsichtbare Mauer aus aufbrausendem Wind.

Bald tauchte die Schuhgasse vor ihr auf. Vom Schmiedetor grollte eine neuerliche Sturmböe heran. Fensterflügel klapperten, Dachschindeln polterten zu Boden. Der Wind setzte zu schauerlichem Heulen an. Carlotta zuckte zusammen und drückte sich schutzsuchend gegen die vorspringende Mauer eines Beischlags. Stürmisch peitschte der Wind um die Hausecke, vermischte den aufwirbelnden Unrat mit dem reinen Weiß des ersten Schnees. In der Enge der Gasse erhob sich ein unheimliches Getöse, als breche der Höllenschlund auf. Vorsichtig lugte Carlotta um die Mauer – und zuckte zurück. Sie musste sich getäuscht haben. Noch einmal streckte sie vorsichtig den Kopf um die Ecke. Nein, sie hatte sich nicht geirrt. Nicht der wie ein Höllenhund jaulende Wind war die Ursache des Lärms. Über das Pflaster donnernde Pferdehufe sorgten dafür!

Ungläubig starrte Carlotta gen Nordosten. Hatte Steutner sie davor warnen wollen? Woher hatte er davon gewusst? Noch keine Woche war es her, seit der Kurfürst im Schlosshof in der Altstadt Einzug gehalten hatte. Trotz der dreitausend Soldaten und der scharfen Geschütze in der Friedrichsburg war es bislang ruhig geblieben. Zu ruhig möglicherweise, schoss ihr durch den Kopf, das hatten Christoph und sie schon letzten Mittwoch vermutet. Auch wenn die Altstädter und Löbenichter damals eingelenkt hatten, fehlte weiterhin der Kniefall der Kneiphofer vor dem verärgerten Kurfürsten. Zu irgendetwas hatte Friedrich Wilhelm die Truppen schließlich aufgeboten.

Eine Horde Dragoner preschte, von der Schmiedebrücke kommend, in die Schuhgasse. Klopfenden Herzens beobachtete Carlotta, wie sie in die Alte Domgasse einschwenkten und Richtung Albertina ostwärts stürmten. Die dunkelblauen Röcke über roten Hosen in schweren Reitstiefeln wiesen sie als Männer des preußischen Kurfürsten aus. Verwegen wehten die breiten Krempen ihrer braunen Filzhüte im Takt der Hufschläge. Plötzlich war ihr klar, welchem Zweck das diente: Die Kurfürstlichen wollten Hieronymus Roth in seinem eigenen Haus mitten im Kneiphof verhaften. Ungeheuerlich! Seit Monaten hatte sich kein preußischer Soldat mehr auf die Dominsel gewagt. Daran hatte auch der Kniefall der Altstädter und Löbenichter Bürgerschaft vergangene Woche nichts geändert. Die Kneiphofer stellten sich schließlich weiterhin offen gegen Friedrich Wilhelm und seine Regentschaft, hielten beharrlich an ihrer Weigerung fest, zur Einrichtung eines stehenden Heeres höhere Abgaben zu entrichten oder gar auf das Recht der Stände zu verzichten, bei wichtigen Entscheidungen um Zustimmung gebeten zu werden. Dabei war der Schöppenmeister Hieronymus Roth ihr unerschrockener Wortführer geblieben.

Carlotta bekam weiche Knie. Vor diesem Hintergrund würde es im Gegensatz zu letztem Mittwoch im Schlosshof gewiss zu blutigen Unruhen kommen. Sobald der letzte Dragoner vorbei war, fasste sie sich ein Herz und trat wieder auf die Straße hinaus. Sie musste weiter, allerdings nicht mehr zur Schmiedegasse und von dort hinüber zu Kepler in die Altstadt, sondern geradeaus, zum Haus von Hieronymus Roth. Dort würde man ihrer Hilfe als Wundärztin dringend bedürfen.

Eine weitere Böe ließ sie taumeln. Entschlossen beugte sie sich vor und senkte den Kopf, um dem kräftigen Wind zu trotzen. Die feuchte Kälte biss ihr in die Wangen, die eisige Luft trieb ihr Tränen in die Augen. Von fern wurde Glockengeläut vernehmbar. Abermals zuckte sie zusammen. Zum Mittagsläuten hatte sie bei Stadtphysicus Kepler sein wollen. Es war schwer genug für Christoph gewesen, seinen Vater zu diesem Gespräch zu bewegen. Tauchte sie nicht auf, würde er gewiss nicht noch einmal dazu bereit sein. Mitten auf der Straße blieb sie stehen, haderte mit sich. Wieder erklang Lärm. Ein weiterer Dragoner jagte, vom Schmiedetor kommend, seinen Kameraden hinterher. Erschrocken sprang Carlotta beiseite und drückte sich flach gegen die nächste Hauswand. Im Gefolge des Reiters donnerte ein riesiger Bagagewagen über das Pflaster, gezogen von vier kräftigen Armeepferden. Kaum gelang es dem finster aussehenden Fuhrmann, die kräftigen Pferde mitsamt dem schweren Wagen um die Kurve zur Alten Domgasse zu lenken.

Dieser letzte Montag im Oktober ließ es also wahrlich nicht bei dem schlechten Wetter bewenden. Zu Recht hieß es, an einem Montag dürfe man nichts Neues beginnen, was von langer Dauer sein sollte. Wie töricht von Christoph und ihr, den Stadtphysicus ausgerechnet an diesem Tag für die Idee, medizinische Schriften gemeinsam bei ihm studieren zu dürfen, gewinnen zu wollen. Noch dazu, wo es hieß, dass man auch nicht darauf zu hoffen brauchte, am Montag sonderlich Erquickliches zu erleben. Allein schon das verschlossene Gesicht der Mutter beim morgendlichen Imbiss hätte sie warnen müssen. Sie nieste laut.

»Gesundheit, wertes Fräulein!« Wie aus dem Nichts tauchte eine dunkel gekleidete Gestalt auf und lupfte den breitkrempigen Hut. »Wer an einem Montag niest, wird eine schöne Überraschung erleben.«

»Wie könnt Ihr …« Sie wandte sich um, den Fremden genauer anzusehen, doch er eilte bereits davon. Kopfschüttelnd ging sie weiter und stieß kurz darauf mit einer weiteren Gestalt zusammen. »Obacht!«, entfuhr es ihr verärgert, und sie fragte sich, woher auf einmal all die Leute kamen. Eben noch war sie allein in den Gassen gewesen. Statt sich für die Unachtsamkeit zu entschuldigen, zog der Mann den Hut tiefer ins Gesicht und vergrub das Kinn vollständig im Wollschal, um sich unerkannt davonzustehlen. »Tölpel!«, zischte sie.

Die Gasse füllte sich weiter mit Menschen. Wie Mäuse krochen sie aus gut verborgenen Löchern und eilten allesamt westwärts, zur Langgasse hinüber. Ein gutes Dutzend mochten es bald sein. Die dunkel gekleideten Männer erinnerten an Fledermäuse. Ihre weiten Wollumhänge flatterten im Wind, die hohen Hüte drückten sie mit den Händen fest auf den Kopf.

»Wo brennt es?«, rief sie einem der Männer zu und dachte bang an die preußischen Dragoner und ihren trutzigen Rüstwagen. »Beiseite!« Barsch schob er sie fort und rannte weiter. Sie landete in einer Pfütze. Die dünne Eisschicht auf dem Wasser brach ein. Knöcheltief versank sie im Schlamm, spürte die Nässe in die Schuhe dringen und das vor Kälte schützende Stroh darin aufweichen.

Das Getöse auf dem nahen Petersplatz schwoll an. Der mächtige Fuhrwagen musste dort mittlerweile angekommen sein. Das Knirschen der Eisenräder war verstummt. Flüche wurden laut, Schreie gellten auf. Möglicherweise war das riesige Gefährt in einer Durchfahrt stecken geblieben und hatte sich verkeilt. Oder aber die Pferde wollten einfach nicht mehr weiter. Angespannt lauschte sie nach Osten. Das Heulen des Windes wurde lauter, überdeckte das aufgeregte Wortgeplänkel.

»Nicht stehen bleiben, Mädchen«, riet ein hagerer Mann und packte Carlotta energisch am Arm, um sie mit sich fortzuziehen.

»Lasst mich los«, wehrte sie sich.

»Ist schon gut, ich passe auf sie auf«, hörte sie eine vertraute Stimme dicht neben ihrem Ohr. Dankbar spürte sie Christophs warmen Atem im Nacken. Wenigstens das Niesen vorhin hatte ihr also Glück gebracht. Ihre Wangen glühten. Die Schneeflocken schmolzen darauf zu kleinen Rinnsalen. Christoph hielt sie einfach fest und suchte den Blick ihrer Augen. Nur zu gern versank sie in den seinen, vergaß darüber beinahe den Aufruhr um sich herum.

»Vertrau mir.« Zärtlich legte er ihr den Arm um die Schultern. Als sie den Blick hob, lächelte er. »Die Preußen haben die Schmiedebrücke und die Honigbrücke vollständig abgeriegelt. Deshalb rennen alle zur Langgasse, um von dort über die Krämerbrücke oder die Langgassenbrücke aus dem Kneiphof zu entkommen. In keinem Fall können wir pünktlich bei meinem Vater sein. Ich wette, nicht einmal dir dürfte es gelingen, den preußischen Dragonern die Stirn zu bieten und von ihnen Durchlass zu erzwingen. Obwohl, einen Versuch wäre es wert. Möglicherweise reicht es, wenn du böse schaust, um die tapferen Soldaten in die Flucht zu schlagen.« Wieder grinste er.

»Ich bin mir nicht sicher, ob die Kurfürstlichen kleine rotblonde Frauen ebenso fürchten wie du.« Trotz aller Mühe gelang es ihr nicht, seinen scherzhaften Ton zu treffen. »Immerhin eilt ihnen mittlerweile der Ruf echter Tapferkeit voraus. Nachdem sie letztens auf unsere List mit den leeren Särgen hereingefallen sind, sollen sie hart an sich gearbeitet haben.« Sie wurde ernst. »Ach, Christoph, lassen wir das mit den Narreteien. Mir ist gar nicht danach zumute. Heute wird es zu Verletzten kommen. Vorhin habe ich selbst gesehen, wie ein halbes Dutzend Dragoner in den Kneiphof geritten ist, dicht gefolgt von einem Rüstwagen. Der Kurfürst ist sich seiner Sache wohl sehr sicher. Er wird Roth zur Festung bringen lassen. Das kann nur böses Blut geben.«

»Es wird schon nicht zum Äußersten kommen.« Christoph grinste immer noch, was Carlotta zunehmend aufbrachte.

»Wie kannst du nur so blind sein! Du hast doch gerade selbst gesagt, die preußischen Truppen haben sämtliche Wege aus dem Kneiphof gesperrt. Das heißt, der Kurfürst sagt der Bürgerschaft offen den Kampf an. Nachdem die Altstädter und die Löbenichter Räte letzte Woche eingeknickt sind, sind die Kneiphofer ganz auf sich gestellt. Sie haben keine Chance. So schwer bewaffnet, wie die Dragoner sind, spießen sie die Leute wie lästige Fliegen auf, sobald sie sie drüben am Dom in die Enge getrieben haben. Hoffentlich können wir beide wenigstens einige vor dem Verderben retten.«

»Achtung!«, brüllte es laut, und wieder donnerten Hufschläge über das Pflaster. Schreie gellten durch die Gasse. In der Enge der Schuhgasse war es unmöglich, beiseitezuspringen. Auf dem glatten Pflaster purzelten die Ersten übereinander und rafften sich sogleich wieder auf, um weiterzustolpern. Einer schlug hin, ein anderer fiel bäuchlings über ihn. Es blieb ihnen keine Gelegenheit, sich in Sicherheit zu bringen. Zu schnell galoppierten die Reiter heran. Das erste Pferd scheute, das zweite wollte steigen, da rammten die Dragoner ihren Rössern die Sporen in die Flanken und jagten sie rücksichtslos über die auf dem Boden liegenden Leiber hinweg. Schrille Schmerzensschreie ertönten. Im selben Moment fegte der heftige Sturm abermals heran und übertönte die Klagelaute mit wütendem Geheul. Eine Wolke dichten Schnees nebelte alle ein.

»Sind die wahnsinnig geworden?« Carlotta stürzte los. »Christoph, komm! Sie brauchen unsere Hilfe.«

Erschrocken blieben die anderen Menschen stehen und schauten voller Entsetzen auf die beiden Leiber hinunter. »O Gott, sie sind tot!«, raunten die Ersten und machten Carlotta Platz.

Sie war nur noch drei Schritte entfernt, da setzte sich der zuoberst Liegende auf, rieb sich den blutenden Schädel und sah verwirrt um sich. Auch der Zweite richtete sich langsam auf. Aus einer Wunde auf der Stirn rann ihm Blut den platten Nasenrücken entlang, dunkle Flecken zeugten von dem harten Sturz auf die Straße. Gegeneinander gestützt, erhoben sie sich, schwankten, blickten noch einmal ungläubig in die Runde und wankten davon.

»He, lasst mich doch wenigstens sehen, ob ihr nicht doch …« Carlotta rannte ihnen ein Stück nach.

»Lass sie«, sagte einer der Männer, die nicht weniger verstört als sie den eben noch Schwerverletzten hinterherblickten. »Wer weiß, warum sie sich nicht helfen lassen. An einem Tag wie diesem ist alles möglich.« Hastig machte auch er sich davon. Die Übrigen brauchten etwas länger, sich von dem Schreck zu erholen, drängten dann aber ebenfalls fort.

»Komm endlich!« Christoph zog sie am Ärmel. »Du siehst doch selbst, wie wenig du hier ausrichten kannst. Dahinten bei Roth aber werden wir ganz sicher gebraucht.«

Erst als sie einem weiteren vierspännigen Rüstwagen ausweichen mussten, der wie der erste viel zu schnell und hoch beladen durch die engen Gassen zum Honigtor hinüberrollte, wurde ihr bewusst, dass sie nichts bei sich hatte, um Verletzte zu behandeln. »Lass mich erst noch meine Wundarzttasche holen!«, rief sie Christoph zu. »Ohne Instrumente und Salben kann ich den Verletzten nicht beistehen.«

»Was willst du mit Wundarztkiste und Salben? Wer sagt denn, dass es Verletzte geben wird?« Christoph schaute fragend auf sie herunter. Seine grauen Augen glänzten. In den langen Wimpern hingen einige Schneekristalle, ebenso bedeckte eine zarte Schicht Weiß das aschblonde Haar, das unter der Hutkrempe herausgerutscht war. »Denk nur an letzten Mittwoch, drüben im Schlosshof. Dort hat sich gezeigt, dass die Königsberger genau wissen, was sie derzeit zu tun haben. Schließlich ist kein Stein gegen Friedrich Wilhelm geflogen, keiner der Altstädter oder Löbenichter hat auch nur vor Wut die Faust geballt. Weil sie wussten, wie aussichtslos es gewesen wäre, sind sie lieber gleich auf die Knie gesunken und haben sich widerstandslos ihrem Herrn unterworfen. Glaub mir, Liebste, hier im Kneiphof wird es ähnlich ablaufen. Die kurfürstlichen Soldaten werden Roth aus seinem Haus holen und in die Festung bringen. Mehr wird nicht geschehen.«

»Nein, du irrst. Heute liegt eine ganz andere Stimmung in der Luft. Du hast die Dragoner eben doch auch gesehen. Bis unters Kinn sind sie bewaffnet und reiten jeden nieder, der sich ihnen in den Weg stellt. Die kennen kein Pardon.« Fassungslos starrte Carlotta ihn an. »Außerdem hast du eben selbst gesagt, wir beide werden bei Roths Haus gebraucht.«

»Aber doch nicht unbedingt als Ärzte! Einfach da zu sein und die Menge der Anwesenden mit unserer Gegenwart zu stärken, ist auch schon eine Haltung.«

»Glaubst du im Ernst, Christoph, die Kneiphofer schauen tatenlos zu, wie sie einen der ihren aus der Stadt hinauszerren?«

»Womit rechnest du?« Er wischte sich den Schnee von der Nase. »Etwa damit, dass es einen erbitterten Kampf geben wird, Mann gegen Mann? Mit welchen Waffen sollen die Kneiphofer den führen? Mit Kontorbüchern und Bernsteinen? Oder mit den Fellen, die sie den Russen für viel zu wenig Geld abgeschwatzt haben? Schließlich besitzt keiner von ihnen eine Muskete, geschweige denn einen Säbel oder eine Pike.«

Wieder umspielte Lachen seinen Mund. Die fleischigen Lippen wölbten sich vor. Nur zu gern erinnerte sie sich an die Küsse, die sie zu geben wussten. Unwillkürlich schlang sie den Schal fester vor die Kinnpartie, senkte den Blick. Das deutete Christoph falsch. Mitleidig sah er sie an.

»Wie lange lebst du mittlerweile hier am Pregel? Vier Jahre werden es schon sein, wenn ich mich recht erinnere. Und doch machst du dir noch immer völlig falsche Vorstellungen, was den Mut der hiesigen Bürgerschaft anbetrifft. Der Monate währende Widerstand der Räte gegen den Kurfürsten im Landtag hat dich wohl arg getäuscht. Auch, dass die Bürger einige Nächte lang Ronde gegangen sind, hat die Sache in einem falschen Licht erscheinen lassen. Schließlich sind sie nicht von ungefähr bald der Nachtwachen überdrüssig geworden. Was die Tapferkeit anbetrifft, hast du einfach zu lang im kaiserlichen Heerestross gelebt und bist auch durch die Erfahrungen im Nordischen Krieg auf falsche Gedanken gekommen. Lass es dir von einem Einheimischen gesagt sein: Wir Königsberger mögen scharf denken und eine noch schärfere Zunge führen, gar jedem erst einmal frech die Stirn bieten. Das aber währt nur, solange die Auseinandersetzungen allein mit Worten geführt werden. Scharf schießen tun wir ganz bestimmt nicht, komme da, was wolle. Um uns aus allen Kämpfen herauszukaufen, verkriechen wir uns lieber gleich hinter unsere Stehpulte im Kontor und verdienen rasch unser Geld mit neuen Geschäften. Das wetzt die Zahlungen an unsere Feinde viel schneller aus als sämtliche Kämpfe, die mit Waffengewalt zu führen sind und nichts als herbe Verluste nach sich ziehen.«

Carlotta schluckte, schaute durch den sanften Schleier aus Schneeregen geradewegs in sein Antlitz. Reglos hielt er ihrem Blick stand. Da war kein Hohn, kein Spott mehr in seinen Augen. Eine Zeitlang verharrten sie schweigend voreinander. Erst eine neuerliche Böe, die heftig an ihren Umhängen zerrte, weckte sie aus der Starre. Wieder folgte eine Wolke dichten Schnees, der alsbald wieder schmolz, kaum dass er das Pflaster bedeckt hatte.

»Vielleicht ist das die klügere Art, Kriege zu führen«, sagte sie leise. »Wollen wir hoffen, dass du recht behältst und niemand meine Hilfe als Wundärztin benötigt.«

Damit wandte sie sich um, ohne sich zu vergewissern, ob Christoph ihr folgte, und überquerte den weitläufigen Platz südlich des Doms. Nach wenigen Schritten schon wusste sie Christoph schützend an ihrer Seite auf dem Weg zu Roths Haus.

18

Martenn Gerke wand sich in entsetzlichen Krämpfen in seinem Bett. Weiß traten die Knöchel an den Fingergelenken seiner Hände hervor, so fest umklammerte er die Knie, die er eng vor den ehemals rundlichen, nun erschreckend eingefallenen Leib gezogen hatte. Klägliches Wimmern begleitete sein Gebaren. Gelegentlich schwoll es zu Schreien an. Das verlieh dem Ganzen etwas Gespenstisches.

Ein süßlicher, nicht unangenehmer Geruch umfing den gemarterten Körper. Zunächst brachte Magdalena ihn mit den Kerzen in Verbindung, die das Bett in großer Zahl umstanden und Wäsche wie Patienten in ein zittriges Licht tauchten. Doch das Kerzenwachs war von reinstem Weiß, der süßliche Duft passte nicht dazu. Schon vermutete Magdalena, die Hausfrau wollte mit einigen Tropfen kostbaren Öls die stickige Krankenluft aus dem prunkvollen Schlafgemach vertreiben. Dann aber wurde ihr klar, dass Gerke den Duft selbst verströmte, obwohl angesichts der Krämpfe, die ihn heimsuchten, nichts ferner lag als die Vorstellung, er habe kürzlich erst ausgiebig gebadet.

Voller Mitleid sah sie auf ihn hinab. Zur Seite eingerollt, ähnelte er mehr einem geschundenen Wurm denn einem menschlichen Wesen, am allerwenigsten dem ehrbaren Kaufmann und Ratsherrn, als den sie ihn vor mehr als vier Jahren bei ihrer Ankunft in Königsberg kennengelernt hatte. Der dank großer Lust am leiblichen Genuss einst feiste Bauch war verschwunden, die ehedem so prallen Wangen eingefallen. An den Armen hingen die überflüssigen Hautlappen traurig herab. Binnen weniger Wochen hatte sich der stolze Zunftgenosse in einen jämmerlichen Greis verwandelt.

»Seit den frühen Morgenstunden geht das so?«, erkundigte sich Magdalena bei Gerkes Ehefrau Dorothea, die stumm neben ihr ausharrte. Als sie weiter schwieg, wandte sich Magdalena wieder dem Kranken zu.

Sie begriff einfach nicht, was hinter den massiven Beschwerden steckte. Ihres Erachtens lag das nicht daran, dass sie in den letzten Jahren kaum noch Patienten kurierte. Dazu war sie sich des einst bei Meister Johann und der alten Hebamme Roswitha Gelernten zu sicher. Und doch spürte sie, wie weit ihr die Heilkunst nach Erics Tod entglitten war. Ihrem geliebten Gemahl hatte sie nicht helfen können. Worin lag also der Sinn, ihre Fähigkeiten weiter unter Beweis zu stellen? Hatte sie nicht letztens selbst Carlotta gegenüber ihr Wundarztsein für beendet erklärt? Es war ein Fehler gewesen, Gerkes inständigem Drängen nach Beistand nachgegeben zu haben. Unwillkürlich glitten die Finger ihrer rechten Hand über ihre Brust auf der vergeblichen Suche nach dem Bernstein, den sie so viele Jahre an einer Lederschnur um den Hals getragen hatte. Schmerzlich musste sie sich eingestehen, ganz auf sich gestellt zu sein.

»Und Ihr seid Euch sicher«, hakte sie bei Dorothea nach, »dass Euer Gatte nichts Ungewöhnliches gegessen oder getrunken und keine unbekannten Tinkturen zu sich genommen hat?«

»Gegessen hat er zum letzten Mal gestern Abend«, stellte die Hausfrau mit rauher Stimme fest. Hellhörig geworden, drehte Magdalena sich um. Dorothea entfuhr ein schnalzender Laut, dann hatte sie sich wieder im Griff. »Es war das übliche Nachtmahl: Käse, Brot, etwas Schinken und Wein, genau wie wir anderen. Seit Tagen fehlt ihm die Lust am Essen. Seht selbst, wie dünn er geworden ist. Ihr habt ihn auch anders gekannt.«

Mit einem Mal blitzten ihre grünen Augen böse auf. Mit einem hämischen Lächeln um den Mund warf sie die vollen braunen Locken nach hinten, stemmte die Hände in die Hüften und schaute Magdalena von oben herab an. Für einen Moment überkam Magdalena das Gefühl, dasselbe schon einmal erlebt zu haben. Rasch schob sie die quälende Erinnerung beiseite. Sie musste Gerke helfen und durfte jetzt keinesfalls den dunklen Erinnerungen an ihre verschollene Base Adelaide nachhängen.

»An Tinkturen nimmt er übrigens nur die seltsame Bernsteinessenz, die Ihr ihm verordnet habt«, erklärte Dorothea spitz. »Angeblich sollte der harzige Trank seine Beschwerden lindern. Aber was er bei ihm in Wahrheit auslöst, könnt Ihr gerade mit eigenen Augen bewundern: unermessliche Qualen! Seit Stunden nehmen die kein Ende. Und das alles nur Eurer seltsamen Tropfen wegen!«

Die letzten Worte schleuderte sie Magdalena voll Abscheu entgegen. Die stämmigen Arme holten zu einer umfassenden Geste aus. Anklagend kamen die Fingerspitzen schließlich auf dem geplagten Kranken zur Ruhe. Eine Zeitlang verharrte die Frau so, dann klatschte sie die riesigen Hände wie zum Gebet vor dem Mund zusammen. »Was gäbe ich darum, er hätte niemals auf Euch gehört. Was hat ihm Eure Wunderessenz genutzt? Wegnehmen hätte ich sie ihm müssen! Die Freude an fettem Braten und gutem Rheinwein war sowieso verloren. Geblieben sind dagegen die Krämpfe und Schmerzen, die er eigentlich damit kurieren wollte. Immer schlimmer sind sie geworden! Wie ist er nur je auf die Idee verfallen, ausgerechnet Ihr könntet ihm helfen? Wer seid Ihr denn überhaupt?«

Sie stemmte die Hände in die breiten Hüften. Erneut wanderte ihr Blick prüfend über Magdalenas Gestalt. Günstig fiel das Urteil nicht aus, wie ihr Gesichtsausdruck verriet. Wie so oft hatte Magdalena auf Schmuck verzichtet, trug nur ein schlichtes, schwarzes Kleid. Die Witwenschnebbe hatte sie gleich beim Eintreten auf der Truhe neben der Tür abgelegt, das rotgelockte Haar fiel ihr offen über die Schultern. Unverhohlen erwiderte sie Dorotheas Blick und schürzte die ungeschminkten Lippen. Neben einer so stattlichen Erscheinung wie Dorothea wirkte jeder allzu leicht klein und schwach. Entschlossen straffte sie den Rücken.

»Es heißt, Ihr seid eine verdiente Wundärztin.« Abwehrend verschränkte Dorothea die Arme vor der Brust. »Aber wer weiß das schon so genau? Schließlich lebt Ihr erst seit vier Jahren hier bei uns im Kneiphof. Damals kamt Ihr mit Eurer Tochter buchstäblich aus dem Nichts, habt einfach behauptet, die langgesuchte, einzige Erbin von Paul Singeknecht zu sein. Und selbst wenn es stimmt und Ihr tatsächlich eine vielgerühmte Wundärztin seid, ändert das gar nichts. Ihr mögt zwar Erfahrung haben im Absägen von zerschossenen Armen und Beinen, das Therapieren kranker Menschen aber bedarf eines ganz anderen Wissens. Wie hat mein armer Gemahl nur glauben können, ausgerechnet Euer seltsamer Trank könnte seine Schmerzen lindern? Als Heilkundige seid Ihr hier in Königsberg zuallerletzt berühmt! Wieso ist er bloß zu Euch gegangen? Wahrscheinlich habt Ihr zum letzten Mittel gegriffen, um ihn zu überzeugen, und habt ihn verhext!«

Dicht baute sie sich vor Magdalena auf. Der Kranke im ausladenden Bett gab noch immer keinen Laut von sich, auch seine krampfartigen Bewegungen waren versiegt. Das Gesinde schien auf Zehenspitzen zu schleichen, aus Kontor und Lager drangen keinerlei Geräusche nach oben. Selbst der Sturm vor den Fenstern hatte sich für eine Weile gelegt. Die vielen Kerzen in dem riesigen Schlafgemach brannten mit ruhiger Flamme.

»Wäre mein armer Gemahl doch besser gleich zu Kepler gegangen.« Dorothea senkte den Blick, als gelte es, die Maserung der Holzdielen auf dem Boden um Rat zu fragen. »Der hat wenigstens ordentlich studiert und weiß, was im menschlichen Leib genau vor sich geht.«

»Warum habt Ihr nicht längst nach dem Stadtphysicus geschickt?«, fiel Magdalena ihr ins Wort, mahnte sich aber gleich wieder zur Ruhe. Sie durfte Dorotheas ungeheuerliche Vorwürfe nicht für bare Münze nehmen. Angesichts der Qualen ihres Gemahls war die Ärmste außer sich vor Sorge und wusste nicht mehr, was sie sagte. Bei Eric hatte Magdalena damals Ähnliches erlebt. Gab es etwas Schlimmeres, als hilflos mit ansehen zu müssen, wie der liebste Mensch auf Erden litt? Trotz dieser Einsicht beschlich sie ein seltsames Gefühl. Der beträchtliche Altersunterschied zwischen Gerke und seiner Gemahlin war nicht zu übersehen. Magdalena schätzte Dorothea in etwa auf ihr eigenes Alter, also Ende dreißig, wohingegen Gerke schon weit über sechzig Lenze zählen musste. Bei einem Mann dieses Alters musste man aufs Schlimmste gefasst sein. Fast zwanzig Jahre waren die beiden verheiratet, kannten einander zur Genüge, um jedes Zwicken und Jammern des anderen richtig einzuschätzen. Umso erstaunlicher, dass Dorothea so lange gezögert hatte, sachkundige Hilfe zu holen.

»Natürlich habe ich Kepler längst rufen wollen«, erwiderte die Kaufmannsgattin und zupfte ein spitzenumranktes Leinentuch aus dem linken Ärmel ihres knisternden Taftkleids. Sofort verstärkte sich der süßliche Duft im Raum. Erleichtert atmete Magdalena auf. Im Gerke'schen Haushalt wurde das

Weißzeug mit Duftwasser gewaschen. Das erklärte den süßlichen Geruch im Bett des Kaufmanns. »Leider ist es dem Stadtphysicus heute unmöglich zu kommen«, sagte Dorothea. »Schaut nur aus den Fenstern, dann wisst Ihr, was in der Stadt los ist.«

Bedächtig trat sie zum mittleren der drei Bogenfenster, die zur Magistergasse hinausgingen. Ihre großgewachsene, für eine Frau recht kräftige Gestalt nahm fast die gesamte Fensterbreite ein. Sie lehnte sich leicht nach vorn und berührte mit der Nasenspitze den geschwungenen Griff am Fensterkreuz und schaute hinaus. Erst da wurde Magdalena des Lärms gewahr, der von der Straße in das Schlafgemach drang. Pferdegetrappel, Knirschen von Wagenrädern über die sandigen Pflastersteine, aufgeregte Rufe wehten herauf. Darüber legte sich das Heulen des Herbstwinds. An diesem vorletzten Oktobertag fegte er besonders heftig durch die Häuserschluchten und rüttelte an Türen und Fenstern, als wollte er Einlass begehren. Magdalena fröstelte, spürte ihn wieder am eigenen Leib, so wie vorhin, als sie auf nahezu menschenleeren Straßen durch das Schneegestöber zu Gerkes Haus gerannt war.

»Ihr habt recht«, stimmte sie zu. »Jetzt sind sämtliche Brücken über den Pregel abgeriegelt. Für niemanden gibt es ein Durchkommen, nicht einmal für den Leibarzt des Kurfürsten. Aber warum habt Ihr nur so lange gewartet, bis Ihr nach Kepler geschickt habt? Wenn Euch so sehr an seinem Beistand liegt, hättet Ihr das gleich heute früh tun sollen. Da wäre der Physicus noch ohne Schwierigkeiten zu Euch gelangt. Jetzt ist es fast Mittag. Seit den ersten Krämpfen Eures Gemahls ist wertvolle Zeit verlorengegangen.«

Sie streifte die Ärmel ihres Kleides bis zu den Ellbogen hoch und rieb die bloßen Handflächen schnell gegeneinander.

Sie wollte den Kranken nicht mit eiskalten Fingern abtasten. Das würde ihm nur zusätzliche Pein bereiten.

»Ihr wisst genau, wie sehr sich mein Mann gegen jegliche Hilfe der studierten Mediziner verwahrt, gerade gegen die von Kepler.« Dorotheas Stimme klang ungewohnt zaghaft. »Selbst nach all den Jahren trägt er ihm nach, Leibarzt des Kurfürsten geworden zu sein. In seinen Augen gehört sich das nicht für einen Königsberger Bürger. Erst als er nicht mehr dagegen aufbegehren konnte, habe ich vorhin das Nötigste veranlasst. Der Bursche ist sogar noch Richtung Altstadt losgelaufen, hat dann aber nicht mehr die Brücke über den Pregel betreten dürfen. Mir ist also nichts anderes übriggeblieben, als Euch herzubitten. Leicht ist mir das nicht gefallen, glaubt mir. Doch Ihr habt immerhin den Vorteil, gleich drüben in der Langgasse zu wohnen, im besten Haus am Platz.«

Vergrämt kniff sie die Lippen zusammen. Magdalena seufzte. Das war es also! Dorothea zürnte ihr nicht ihrer angeblich fehlenden medizinischen Kenntnisse wegen, sondern weil sie das Singeknecht'sche Anwesen geerbt hatte. Um sich ihr Befremden nicht anmerken zu lassen, beugte sie sich tiefer als nötig über Martenn Gerke.

Sein Stöhnen hatte aufgehört. Behutsam legte sie ihm die flache Hand auf die Stirn. Fieber hatte er keines. Auch glänzte die Haut nicht feucht von Schweiß. Dafür fielen ihr die großflächigen, hellbraunen Flecken auf, die den gesamten Kopf bedeckten. Sie strich das schüttere weiße Haar zurück. Die Flecken zogen sich über den gesamten Schädel. Angestrengt versuchte sie, sich in Erinnerung zu rufen, ob er die schon immer gehabt hatte. Sie vermochte es nicht mit Bestimmtheit zu sagen. Mit dem Ohr dicht über seinem Rumpf, horchte sie nach seinem Atem. Er ging stoßweise. Sie schnupperte dicht über seinen Lippen, meinte, einen bitteren Hauch aus dem Mund zu erahnen. Dennoch zögerte sie, die Kiefer zu öffnen und sich die Farbe der Zunge anzusehen. Womöglich verstand Dorothea das falsch. Wenn doch nur Carlotta da wäre! Mit ihr könnte sie sich über die Ursache von Gerkes Qualen beraten. Die Siebzehnjährige besaß ein ausgezeichnetes Gespür für die inneren Krankheiten der Menschen. Ein Stich fuhr ihr in die Magengegend. Nein, es war gut, Carlotta nicht mitgenommen zu haben. Der Platz des Mädchens war ein für alle Mal im Kontor, vor allem angesichts ihres Ungehorsams letzte Woche.

Dorothea wurde ungeduldig. Unheilvoll fiel der Schatten der großgewachsenen Frau auf das weiße Bettzeug, überdeckte Gerkes arg gemarterten Leib. »Wollt Ihr ihn nicht endlich zur Ader lassen?« Schneidend drang ihre Stimme in Magdalenas Ohr. »Das ist längst überfällig. Seht selbst, wie sehr er sich windet. All das Üble in seinem Blut muss raus. Nicht dass er gleich platzt! Gestern erst habe ich ihm geraten, zum Bader zu gehen. Mir ist unbegreiflich, warum er das nicht getan hat.«

»Weil es nichts nützt«, erwiderte Magdalena. »Im Gegenteil: Es ist jetzt völlig falsch. In seinem Zustand Blut zu verlieren, schwächt ihn nur unnötig. Solange nicht sicher ist, was hinter seinem Leiden steckt, werde ich ihm diese Unbill ersparen. Wer weiß, wozu er sein Blut noch braucht.«

Dorothea schnaubte unwirsch. Magdalena sparte sich eine Erwiderung. Stattdessen widmete sie sich dem Kranken. Unter Mühen gelang es ihr, ihn flach auf dem Rücken auszustrecken, damit sie seinen Leib abtasten konnte.

»Und was ist mit dem Urin? Der Nachttopf steht noch unter dem Bett«, hielt Dorothea sie ein weiteres Mal von der Untersuchung ab. »Wollt Ihr den nicht genauer anschauen?«

»Das entscheide ich später. Zunächst möchte ich andere Dinge klären.« Gerke stöhnte von neuem, kniff die Augen zusammen und machte Anstalten, sich wieder zur Seite einzurollen. Behutsam, aber bestimmt hielt sie ihn an der Schulter zurück, zwang ihn sanft, sich wieder flach auszustrecken. Für eine Weile ruhten ihre Hände knapp unter seinem Brustbein. Langsam wurde sein Atem gleichmäßiger. Da erst begann sie im weicheren Teil des Leibes ihr eigentliches Werk.

Während sie Gerkes Bauch Zoll für Zoll abtastete, nach Verhärtungen suchte, Verkrampfungen in seinen Gedärmen nachfuhr und gleichzeitig mit einem Ohr darauf horchte, welche Laute er dazu ausstieß, gab sie seiner Gemahlin insgeheim recht: Innere Erkrankungen aufzuspüren oder gar zu kurieren, war nicht ihre Aufgabe. Sie war gelernte Wundärztin. Ihr Metier waren zerschossene Gliedmaßen, blutende Stichwunden, ausgerenkte Knochen oder verfaulte Zähne. Gelegentlich kamen das Entfernen von Steinen, Hebammendienste, Hautausschläge oder die Behandlung von Durchfall und Erbrechen hinzu. Bis zum Ende des Großen Krieges hatte sie nichts anderes getan.

»Hoffentlich wisst Ihr, was Ihr da tut.« Als hätte sie Magdalenas Gedanken gelesen, meldete sich Dorothea abermals zu Wort. »Nicht auszudenken, wenn Ihr meinen Gemahl mit dieser Abtasterei zusätzlich quält. Selbst wenn Ihr einmal eine berühmte Wundärztin gewesen seid, so ist das doch lange her. Seit dem Großen Krieg sind schließlich gut und gerne vierzehn Jahre vergangen. Seither werdet Ihr höchstens kleinere Alltagswunden versorgt haben. Wie leicht aber vergisst man Dinge, mit denen man nichts mehr zu tun hat! Seid Ihr wahnsinnig? Drückt nicht so fest!«, unterbrach sie sich, sobald sie sah, wie sich ihr Gemahl unter Magdalenas Berührung krümmte.

»Wollt Ihr wissen, was mit ihm ist, oder nicht?« Erschöpft richtete Magdalena sich auf, wischte die Stirn und presste sich die Hände in den schmerzenden Rücken. »Seid bitte ruhig, solange ich ihn untersuche.«

Nach einer kleinen Pause setzte sie das Abtasten des Kaufmanns fort. Als sie wieder auf eine ihm offensichtlich unangenehme Stelle gestoßen war, schlug Dorothea entsetzt die Hände vor den Mund, sagte aber zunächst nichts. Doch dann konnte sie sich nicht mehr zurückhalten.

»Mir ist schleierhaft, wieso mein Gemahl ausgerechnet Euch dieser Bernsteinessenz wegen aufgesucht hat. Die Königsberger Apotheker bieten sie seit Generationen an. Warum sollte Eure besser sein? Es kann doch nicht sein, dass er die Geschichte mit der angeblichen Wunderheilung des schwedischen Hauptmanns damals in Thorn für bare Münze genommen hat. Die Geschichte war übrigens schneller hier bei uns als Ihr selbst. Dabei hat mein Gemahl Euch anfangs nicht ausstehen können. Immerhin habt Ihr uns das prächtige Haus Eures verstorbenen Onkels quasi vor der Nase weggeschnappt. Wärt Ihr nur wenige Wochen später im Kneiphof aufgetaucht, wohnten jetzt wir drüben in der Langgasse im Haus Eures Ahns. So aber habt Ihr gerade noch rechtzeitig die Frist mit dem Erbe eingehalten. Wer weiß, ob das alles wirklich mit rechten Dingen zugegangen ist.«

»So geht das nicht«, unterbrach Magdalena abermals das Abtasten. »Bitte lasst mich allein mit Eurem Gemahl. Ich muss mein Denken ganz darauf richten, seinen Leib zu untersuchen. Jede noch so kleine Regung um mich herum stört mich.«

»Seid Ihr von allen guten Geistern verlassen?«, zeterte Dorothea. »Allein wollt Ihr mit ihm sein? Nicht mit mir! So leicht mache ich es Euch nicht. Ich bleibe hier und schaue

Euch ganz genau auf die Finger. Mit eigenen Augen will ich sehen, wie Ihr Euer Hexenwerk zu Ende bringt.«

»Vergesst nicht: *Ihr* braucht meine Hilfe. In den nächsten Stunden dringt kein anderer Medicus zu Euch durch. Wenn Ihr also wollt, dass Eurem Gemahl geholfen wird, dann lasst mich meine Arbeit tun.«

»So wie Eurem Gemahl, damals kurz nach Eurer Ankunft in Königsberg?« Starr schaute Dorothea sie an und verzog aufreizend langsam den schön geschwungenen Mund zu einem bösen Lächeln. »Dann ist es wohl besser, ich fange gleich an zu beten. Gott, der Allmächtige, wird meinem Gemahl hoffentlich gnädiger sein als dem Euren. Täusche ich mich, oder habt Ihr damals hilflos mit ansehen müssen, wie Euer Gatte elendiglich verreckt ist? Über Tage muss sich das hingezogen haben. Weder Eure Bernsteinessenz noch sonst eines Eurer Wundermittel hat etwas ausrichten können. Auch keine Eurer Wundersalben oder Rezepturen, die Ihr für teures Geld an die Apotheker verkauft, hat etwas genutzt. Das muss Euch so tief getroffen haben, dass Ihr seither keinen Patienten mehr behandelt, habe ich recht?«

»Das reicht«, war alles, was Magdalena herausbrachte. Sie musste raus, fort von dieser Frau, weg aus diesem stickigen Raum. Sie trat zur Truhe, raffte ihre Sachen zusammen und griff mit zitternden Händen nach der Witwenschnebbe. Mitten in der Bewegung ließ ein grässlicher Aufschrei vom Bett her sie innehalten. Sie fuhr herum und sah, wie sich der völlig abgemagerte Leib wieder seitwärts zusammenzog. Einem hilflosen Wurm gleich krümmte und wand sich Gerke in dem viel zu großen Bett. Verwirrt stand Dorothea daneben, starrte mit einem Blick, der zwischen Ekel und Schrecken schwankte, auf ihren Gemahl.

Abrupt stürzte sie zu Magdalena, rutschte das letzte Stück gar auf den Knien zu ihr. Händeringend flehte sie: »Bitte bleibt! Geht um Gottes willen nicht weg! Vergesst alles, was ich gesagt habe, und steht ihm bei! Ihr seid die Einzige, die ihm helfen kann.«

Die großen, kräftigen Arme umklammerten Magdalenas Hüften. Schon meinte sie, ebenfalls zu Boden zu stürzen, so fest zerrte Dorothea an ihr.

»Lasst mich los«, bat sie mit kraftloser Stimme und war überrascht, wie schnell Dorothea nachgab. Hastig legte sie die Schnebbe auf die Truhe und eilte zum Bett zurück. Dabei rieb sie von neuem die Hände gegeneinander, wärmte sie mit Pusten auf, um sie abermals behutsam auf den Leib des Kranken zu legen.

Dieses Mal kostete es nur wenig Kraft, um ihn umzudrehen und flach im Bett auszustrecken. Noch einmal hauchte sie ihren warmen Odem in die Hände. Vorsichtig presste sie die Fingerkuppen unterhalb des Magens in die Eingeweide. Die Haut gab leicht nach. Dennoch meinte Magdalena, nicht tief genug in die Gedärme vordringen zu können.

Gerkes Körper schnellte hoch. Ein animalisch klingender Laut entfuhr seinem Mund. Erschrocken versuchte sie, ihn in die Kissen zurückzudrücken. »So helft doch!«, schrie sie Dorothea an, die schreckensbleich neben dem Nachtkasten stand und sich die Hände vors Gesicht schlug.

So jäh, wie Gerke sich aufgerichtet hatte, sackte er wieder in sich zusammen. Geistesgegenwärtig fing Magdalena ihn auf und bettete ihn vorsichtig in die weichen Kissen. Eine erlösende Ohnmacht überfiel ihn. Dennoch sah er gespenstisch aus. Das Gesicht war grau. Die hohlen Wangen ließen den Verlauf der Kieferknochen deutlich erkennen, die Augen versanken in dunklen Höhlen. Dazwischen ragte spitz die Nasenknolle heraus. Die Nasenflügel bebten unter dem flatternden Atmen. Magdalena tastete nach dem Puls. Der ging rasend schnell.

»Er hat einen Stein«, sagte sie schließlich fest.

»Einen Stein?« Schrill lachte Dorothea auf. »Das ist alles?«

Ihre Augen bohrten sich in Magdalenas fest. Nicht zum ersten Mal wurde Magdalena bewusst, dass sie vom gleichen Smaragdgrün waren wie ihre eigenen. Dunkle Einsprengsel verliehen Dorotheas Augen etwas Rätselhaftes. Sie presste die Lippen zusammen. Helmbrechts Bernsteinaugen besaßen ähnliche Punkte. Wieso musste sie ausgerechnet jetzt daran denken? Sie drehte sich weg.

»Nun, seht her«, mit dem Zeigefinger tippte sie leicht auf die Stelle an Gerkes Leib, die sie zuletzt berührt hatte. »Genau hier befindet sich der Stein. Wenn ich fester drücke, wird er wieder vor Schmerz hochschießen.«

Zur Bestätigung drückte sie abermals den Finger tiefer hinein. Gerke bäumte sich auf, brüllte wie ein Stier und sackte danach kraftlos wie ein Neugeborenes in sich zusammen.

»Ein Stein – das klingt so einfach.« Ungläubig beugte sich Dorothea über den Körper ihres Gemahls und betrachtete ihn. »Nach all den Qualen der letzten Stunden, ach was, Tage und Wochen, kann das doch nicht alles sein. Einfach lächerlich!« Kopfschüttelnd hielt sie den Blick auf ihren Gemahl gerichtet. Der ausgemergelte Leib zeichnete sich eckig unter dem dünnen Stoff seines langen Hemdes ab. »Warum habt Ihr das nicht schon früher gemerkt?«

»Wie Ihr vorhin schon selbst gesagt habt«, Magdalena zwang sich zur Geduld, »bin ich seit Jahren nicht mehr als Wundärztin tätig. Stattdessen habe ich mich ganz auf den

Handel mit hochwertigem Bernstein sowie auf den Verkauf besonderer Rezepturen beschränkt. Euer Gemahl hat mich um besagte Bernsteinessenz gebeten, um, wie er sich ausdrückte, harmlose Magenbeschwerden zu kurieren. Auf meine Nachfrage hat er versichert, es ginge ihm besser. Wieso hätte ich daran zweifeln sollen? Ich bin nicht vertraut mit ihm, ich treffe ihn nur gelegentlich in der Börse oder auf der Straße. Ihr aber …«

»Es ginge ihm besser … ha, dass ich nicht lache!« In hohen Tönen keckerte Dorothea los. »Tag für Tag ist er dem Abgrund näher gerückt, hat an Gewicht verloren, den stattlichen Bauch eingebüßt. Trostlos haben ihm die Kleidungsstücke um den Leib geweht wie die kurfürstlichen Fahnen um die Stangen auf dem Schlossturm. Warum habt Ihr das nicht gesehen?«

»Bin ich seine Gemahlin oder Ihr?« Magdalena schluckte ihren Zorn hinunter und versuchte, sich an das letzte Zusammentreffen mit Gerke zu erinnern. Schlecht hatte er ausgesehen, ausgemergelt und abgezehrt, aber beileibe nicht derart hundeelend, dass man einen Zustand wie diesen hätte befürchten müssen.

»Seit Wochen klagt er über Beschwerden, doch Ihr habt bis heute früh kaum etwas davon mitbekommen«, ging sie Dorothea aufgebracht an. »Erst als er angefangen hat, sich in Krämpfen zu winden und zu jammern, seid Ihr aufmerksam geworden. Aber ganz gleich, wie es ist: Die Bernsteinessenz war genau das Richtige für ihn, um das Steinleiden wirksam anzugehen. Schon oft habe ich damit Patienten von ihren Beschwerden befreit, weil die Steine dank der Essenz auch ohne Aufschneiden verschwunden sind.«

»Bei meinem Mann aber verhält es sich anders, wie man sieht. Die Essenz hat ihm nichts genutzt, der Stein quält ihn schlimmer denn je. Wollt Ihr ihn nun etwa tatsächlich aufschneiden?«

Dorothea zog die linke Augenbraue nach oben. Ihr Blick wanderte zu der hüfthohen, reichverzierten Eichenholztruhe neben der Tür. Unwillkürlich tat Magdalena es ihr nach. Neben der Schnebbe lag dort die Lederrolle mit dem Wundarztbesteck, die sie einst von ihrem Lehrmeister geerbt hatte. Klappmesser, Spreizinstrumente und Fasszangen von zierlicher Größe befanden sich darunter, um dem Übel mit einem Dammschnitt zu Leibe zu rücken. Vorsorglich hatte sie auch einige Tiegel mit Wundsalbe sowie ein Digestivum mitgebracht. Insgeheim beglückwünschte sie sich zu der Voraussicht. Damit hatte sie alles für eine Operation Erforderliche beisammen. Lediglich der Branntwein zur Betäubung des Patienten fehlte. Den aber würde Dorothea in ausreichender Menge selbst im Haus haben.

»Wir haben keine andere Wahl«, erklärte sie gefasst. »Je länger wir warten, desto schlimmer wird sein Zustand. Doch keine Sorge: Nach der Operation wird es ihm rasch viel besser gehen. Sobald der Stein draußen ist, ist er von den grässlichen Schmerzen befreit.«

Sie berührte Dorothea sacht am Arm. Die schien gerade mehr Trost zu benötigen als der Patient. Die Kaufmannsgattin aber wich zurück. Ihre Miene verzog sich zu einer grimmigen Maske. Starr blickte sie auf ihren Gemahl. Gerke hatte in der krummen Seitenlage von neuem Erleichterung gefunden. Sein Wimmern war nahezu verstummt, auch das Zucken des Körpers hatte aufgehört.

»Schickt nach meiner Tochter«, bat Magdalena und trat zur Truhe, um die Rolle mit den Instrumenten auszubreiten. »Sie wird mich bei der Operation unterstützen. Ich brauche zudem frische Leintücher, einige davon zum Zerreißen geeignet, um sie als Verbandszeug zu nutzen. Lasst außerdem heißes Wasser sowie eine große Flasche Branntwein bringen.«

Der bevorstehende Eingriff ließ ihr Herz schneller schlagen. Kurz zögerte sie, ob sie es tatsächlich wagen sollte, selbst Hand anzulegen. Doch wer sollte es sonst tun? Kepler würde sich weigern, die schmutzige Aufgabe anzugehen. Das war unter der Würde eines studierten Medicus, ganz abgesehen davon, dass er der Abriegelung des Kneiphofs wegen vorerst unerreichbar war. Die anderen Wundärzte kamen erst recht nicht in Frage, sonst hätte Dorothea längst nach ihnen geschickt. Ihr Blick fiel auf den blinkenden Stahl der Instrumente, in dem sich das Kerzenlicht spiegelte. Sie nahm eines nach dem anderen in die Hand. Die Scheren und Zangen zu spüren, versetzte sie zurück. Nicht Jahre, höchstens Tage schienen mit einem Mal zwischen dem letzten und diesem Eingriff zu liegen. Sofort wusste sie wieder, was zu tun war, konnte jeden Handgriff mit geschlossenen Augen ausführen. Sprang ihr zudem Carlotta bei, würde nichts mehr schiefgehen. Frischen Mutes wandte sie sich um.

Nichts hatte sich in dem feudal eingerichteten Schlafgemach verändert. Die verschwenderisch im Raum verteilten Kerzen beleuchteten nicht nur das Krankenlager. Gewiss hatte Dorothea Gerke es darauf angelegt, trotz des erbärmlichen Zustands ihres Gemahls auch die Pracht des privatesten aller Gemächer im Haus vorzuführen: Zwischen den drei Fenstern zur Straßenfront hingen mannshohe Porträts von Dorothea und Martenn Gerke, auf dem intarsiengeschmückten Ebenholztisch in der rechten Ecke standen eine Silberschale mit exotischen Früchten sowie ein schwerer Kristallkrug mit rotem Wein. Die Vorhangstoffe und selbst die Bettwäsche waren von feinster Qualität. Sogar Gerkes Hemd war aus feinster Seide und nicht aus schlichtem Leinen, was Magdalena ein wenig geckenhaft erschien. Wahrscheinlich hatte Dorothea es ihm übergezogen. Kopfschüttelnd wandte sie sich wieder dem Kranken zu.

Dorothea stand noch immer neben dem ausladenden Bett. Es war ruhig geworden. Der Wind rüttelte zwar noch an den Fenstern, das Lärmen auf der Straße jedoch war verstummt. Im Haus waren nur gedämpfte Schritte und Stimmen zu hören.

»Was ist?«, fragte Magdalena leise in die Stille hinein.

Dorothea zuckte ratlos mit den Schultern.

»Warum geht Ihr nicht, um die Magd nach Leinen und Branntwein zu schicken? Besser, Ihr setzt Euch danach gleich nebenan in die Wohnstube. Lenkt Euch mit Lesen ab, das hilft immer. Gewiss ist eine neue Zeitung da. Aufregende Nachrichten gibt es derzeit ja leider mehr als genug. Eine Eurer Mägde soll Euch einen beruhigenden Aufguss bereiten. Eine heiße Schokolade wirkt wahre Wunder.« Sie schob die große Frau beiseite.

»Gerke?«, rief sie sanft und tätschelte die Schulter des Patienten. Er gab keinen Mucks von sich. Mitleidig betrachtete sie das weiße Haar, das nur dürftig die fleckigen Stellen am Schädel bedeckte, und strich ihm eine Strähne aus der Stirn. Mitten in der Bewegung stutzte sie.

Nicht das graue Gesicht erschreckte sie, auch nicht die eingefallenen Wangen. Etwas anderes verwirrte sie: Gerkes Atem war nicht mehr zu spüren! Hastig krampfte sie die Finger zur Faust, wollte die Hand aufwärmen, um die Fingerkuppen empfindsamer für das Fühlen zu machen. Sie tastete an seinem Hals entlang, suchte den Puls. Vergeblich.

»Was ist?«, löste sich Dorothea aus ihrer Reglosigkeit.

Magdalena brauchte nichts zu sagen. Es dauerte nicht lang, bis Dorothea begriff.

»Nein!«, gellte ihr Schrei durch die Stille des düsteren Schlafgemachs.

»Er ist tot«, stellte Magdalena traurig fest.

19

In der Magistergasse stauten sich Wagen und Reiter. So gut es ging, bargen die Soldaten ihre rotgefrorenen Gesichter in den hochaufgeschlagenen Rockkrägen, die braunen Hüte tief hinabgezogen. Carlotta und Christoph wechselten einen kurzen Blick, dann zwängten sie sich an den nervös tänzelnden Pferden vorbei nach vorn. Bald befanden sie sich mitten im Getümmel der preußischen Blauröcke. Der Bagagewagen, der eben erst an ihnen vorbeigebraust war, versperrte ihnen den Weg zur Honigbrücke. Und in ihrem Rücken waren bereits zwei weitere Rüstwagen herangerollt und hatten sich ineinander verkeilt. Drohend bauten sich links und rechts davon die Dragoner auf. Es schien kein Entrinnen mehr zu geben. Vereinzelt drängten sich Kneiphofer Bürger näher heran. Ob sie Christophs Erklärung über den Königsberger Mut zum Trotz doch Courage zeigen wollten oder einfach nur nicht rechtzeitig hatten davonlaufen können wie die vielen anderen, war nicht auszumachen. Das Einzige, was Carlotta mit Sicherheit feststellen konnte, war, dass sie tatsächlich keine Waffen bei sich trugen. Unbarmherzig pfiff der Wind um die Ecken, blies immer neue Wolken nassen, schweren Schnees über die Menge. Regenschwer hingen Hutkrempen und wollene Umhänge auf den Gestalten.

»Wie geht es jetzt weiter?«, fragte Carlotta leise. »Warum hast du gesagt, wir werden hier gebraucht, wenn es keinen Kampf und damit auch keine Verletzte geben wird?«

Wie um die bedrohliche Stimmung zu unterstreichen, frischte der Wind abermals kräftig auf und trug ihre Worte davon. Erschrocken duckte sie sich gegen Christophs kräftige Schulter. Er indes reckte den Kopf und versuchte, über die Köpfe der Umstehenden und zwischen den Pferdeleibern hindurch Genaueres zu erkennen. Wieder hing der Schnee dicht in seinen Wimpern.

»Wir sind hier, um mit eigenen Augen zu sehen, wie weit der Kurfürst gehen wird. Schließlich ist da vorn das Haus von Hieronymus Roth.« Angestrengt kniff er die Augen zusammen. »Gerade eben ist er oben im ersten Geschoss am Fenster gewesen und hat auf die Straße geschaut. Jetzt ist er verschwunden. Vielleicht versucht er, nach hintenheraus zu entkommen.«

»Wie denn? Dort ist doch auch alles voller Soldaten.« Carlotta erschrak, als sie merkte, wie laut ihre Worte in der Gasse widerhallten. Um sie herum war es schlagartig still geworden, selbst der Wind hatte sich wie auf Kommando gelegt. Das Tänzeln der Pferdehufe auf dem Pflaster war das Einzige, was zu vernehmen war. Auf einmal hatte sie das Gefühl, alle Köpfe drehten sich um und die Leute starrten sie an. Sie spürte, wie ein dicker Kloß ihr die Kehle verstopfte.

Ein Mann mit einem leuchtend roten Bart fiel ihr auf, der spitze schwarze Hut ragte aus der Menge empor. War das nicht Lorenz Gellert, einer der Kaufmannsgenossen aus dem Kneiphof? Sie wollte grüßen, da wandte er sich brüsk ab und tauchte in der Masse der Neugierigen unter. Kurz sah sie ihm nach, um sich dann rasch wieder umzudrehen.

Ihr Blick wanderte über die Gesichter der Dragoner. Sie waren jung, kaum älter als sie, höchstens Anfang, Mitte zwanzig. Ihre Mienen waren verschlossen, grimmig, als machten sie sich auf diese Weise selbst Mut. Einer sah wie der andere aus, zumindest glaubte sie das. Bis sie an einem der glattrasierten Gesichter hängenblieb. Es kam ihr bekannt vor, allzu bekannt. Der Offizier im Schlosshof am letzten Mittwoch. Ihr wurde flau.

Sie schloss die Augen, sammelte die Gedanken, schlug die Lider wieder auf. Es konnte nicht sein, nein, das war absolut unmöglich. Ihr wurde die Kehle trocken, es kratzte im Hals. Da erst wurde ihr bewusst, dass sie aufgeschrien hatte. Sie vermochte nicht, den Mund einfach wieder zu schließen, sondern stierte weiter wie gebannt auf den dunkelhaarigen, hochgeschossenen Kerl mit der gewaltigen langen Nase in dem blassen Gesicht. Jede einzelne Pore darauf kannte sie, jede kleine Unebenheit war sie mit den Fingerkuppen schon nachgefahren. Es war ihr, als fühlte sie die Wärme seiner Haut in diesem Moment an den Fingerspitzen kribbeln, roch den langvermissten Duft seines Körpers in der Nase. Ihre Wangen begannen zu glühen. Im Rausch der heftig aufwallenden Erinnerung drohten die letzten vier Jahre mitsamt der unschuldigen Liebe zu Christoph fortgespült zu werden. Wie gelähmt stand sie da, unfähig, sich dem reißenden Strudel entgegenzustemmen.

Auch der schwarzhaarige Dragoner saß wie erstarrt auf seinem Rappen und blickte fassungslos aus seinen dunklen Augen auf sie herunter.

»Mathias!«, murmelte sie und streckte die Hand aus, krallte die Finger haltsuchend in Christophs Oberarm.

Einen Augenblick meinte sie, der Reiter säße von seinem Pferd ab und käme auf sie zu. Sie hielt den Atem an, sehnte sich mit jeder einzelnen Faser ihres Körpers danach, von ihm berührt, in die Arme genommen und an sich gedrückt zu werden. Der Bursche in dem preußischen Blaurock auf dem Rappen sah nicht nur aus wie Mathias Steinacker, er *war* Mathias Steinacker, der einzige Sohn des Vetters und einstigen Geschäftskumpans ihres Vaters aus Frankfurt am Main. Doch er war nicht *der* Mathias Steinacker, den sie einst gekannt und lieben gelernt hatte, beruhigte sie sich sogleich. Vier Jahre und eine ganze Ewigkeit lagen dazwischen.

Bewegung kam in die Menge, ein heiseres Kommando erklang, und die Dragoner machten allesamt kehrt. Unruhig schüttelten die Rösser den Schnee aus den Mähnen, schlugen mit dem Schweif nach dem bitterkalten Nass. Ohne sich noch einmal nach ihr umzudrehen, gab Mathias seinem Rappen die Sporen, ritt mit seinen Kameraden nach vorn, auf Roths Haus zu. Christoph zog sie beiseite, um die hinter ihnen stehenden Reiter ebenfalls durchzulassen. Wie versteinert verfolgte sie, wie eine Handvoll Dragoner vor dem Haus des Kneiphofer Schöppenmeisters absaßen und mit gezückten Säbeln ins Haus eindrangen. Die anderen bildeten in einigen Schritt Entfernung einen schützenden Halbkreis um das Anwesen. Sie war zu klein, um über die Köpfe der anderen hinweg mehr zu erkennen, selbst Christoph mochte sich recken und strecken, so viel er wollte. Bedauernd zuckte er mit den Schultern.

Die Leute auf der Straße murrten. Dennoch wagte niemand, sich den preußischen Soldaten zu widersetzen oder sie gar an ihrem Treiben in Roths Haus zu hindern. Christoph hatte also recht behalten: Die Königsberger waren zwar stets scharf mit der Zunge, aber niemals scharf mit den Waffen, geschweige denn bereit, offen Widerstand zu leisten.

Es dauerte nicht lang, da tauchten die in das Haus eingedrungenen Soldaten wieder auf der Straße auf, zwischen sich den grauhaarigen Hieronymus Roth. Den Hut hielt er in der Hand, auch den Mantel hatte er nicht zugeknöpft. Es dauerte nicht lang, bis ihm die Haare vom Schneeregen nass auf der Stirn klebten. Scheinbar reglos ertrug er das. Auch wehrte er sich nicht, als ihn die Soldaten grob zum ersten Rüstwagen zerrten und hinaufstießen. Ohne aufzuschauen oder gar zum Aufruhr gegen die Kurfürstlichen aufzurufen, nahm er neben dem Fuhrmann Platz. Ein weiteres Kommando erklang. Trotz der Enge wendeten die Dragoner geschickt ihre Pferde, die Wagen lösten sich aus der Verkeilung. Die Durchfahrt auf die Honigbrücke wurde freigegeben, der Zug mit den drei preußischen Bagagewagen und den Blauröcken setzte sich in Bewegung und verließ den Kneiphof über die Honigbrücke gen Osten.

Auf schmählichste Art wurde Hieronymus Roth vor den Augen seiner Mitstreiter am helllichten Tag als Gefangener des Kurfürsten abgeführt. Die Menschen in der Gasse und beim Honigtor blieben jedoch ruhig, blickten starr dem Abzug hinterher. Weder Schneeregen noch Sturm vermochten ihnen etwas anzuhaben, auch Roth blieb aufrecht, den Blick stur geradeaus auf das gerichtet, was ihn erwarten würde.

Schon erreichten die letzten Dragoner die Brücke, da löste sich einer von ihnen aus der Reihe und machte mit seinem Rappen kehrt. Die Menge wachte auf. Die Ersten murmelten einander unruhig etwas zu, andere ballten bereits die Fäuste. Trotzdem wagte niemand, dem Reiter offen entgegenzutreten.

Carlotta hielt den Atem an.

»Lass uns zu meinem Vater gehen«, schlug Christoph vor und fasste sie am Arm. Seine dunkle Stimme klang belegt.

Ihm war nicht entgangen, was zwischen ihr und dem Reiter vorgegangen war. Verlegen räusperte er sich und fuhr mit krächzender Stimme fort: »Schließlich ist es noch nicht zu spät.«

»Gleich«, vertröstete sie ihn und löste sich von seiner Hand. Mit klopfendem Herzen sah sie dem näher kommenden Dragoner entgegen.

»Du kennst ihn also?«, fragte Christoph, der blass geworden war. Schon kam das schwarze Ross schnaubend vor ihnen zum Stehen. Einer Nebelwolke gleich stieg der Atem aus seinen Nüstern. Ungeduldig scharrte es mit den Hufen. Schneeflocken stoben durch die Luft, als es die Mähne schüttelte. Von oben schaute Mathias zu ihnen herab. Die Krempe seines braunen Filzhuts überschattete die Stirn, dennoch waren die schwarzen Augen und das hellhäutige Gesicht gut zu erkennen, der Unmut auf seinem Antlitz nicht misszuverstehen. Der dunkelblaue Rock stand ihm gut, ebenso kleideten ihn die roten Hosen und die hohen Lederstiefel bestens. Kein Zweifel: Er war zum preußischen Dragoner geboren.

»Was machst du bei den Preußen?«, rief Carlotta zu ihm hinauf. »Waren dir die Österreicher nicht mehr gut genug?«

»Ich hätte mir denken können, dich hier zu treffen«, entgegnete er statt einer Antwort. Kaum merklich zuckten die schmalen, blassen Lippen. Mit unverhohlener Verachtung in der Stimme fuhr er fort: »Wo es Krawall gibt, steckst du gleich mittendrin. Daran hat sich in den letzten Jahren also nichts geändert. Wer ist der Bursche an deiner Seite? Auch einer von den allseits hochgerühmten Königsberger Maulhelden? Die sind stets groß im Wortedreschen, ziehen aber den Schwanz ein, sobald es ans ehrliche Kämpfen geht. Glaub mir, das habe ich inzwischen mehrmals erfahren. Willst du mir also den tapferen Burschen an deiner Seite nicht vorstellen?«

Noch bevor Carlotta etwas erwidern konnte, nahm Christoph die versteckte Beleidigung zum Anlass, ihr herausfordernd den Arm um die Schultern zu legen und sie näher zu sich heranzuziehen. »Komm, meine Liebe«, flüsterte er ihr so laut ins Ohr, dass auch Mathias die Worte verstand. »Schließlich haben wir aufrechten Königsberger Bürger nichts mit den Kurfürstlichen zu tun. Lassen wir meinen Vater nicht unnötig warten. Es ist Zeit, ihm die Pläne für unsere gemeinsame Zukunft kundzutun. Allzu lang sollten wir mit dem Heiraten nicht warten.«

Schwungvoll zog er sie mit sich herum und wollte gehen. Dabei hielt er sie so fest umschlungen, dass ein Entkommen unmöglich war. Dennoch versuchte sie, sich von ihm zu befreien. An der Ecke des Nachbarhauses gab Christoph schließlich nach. Sie blickte noch einmal zurück. Nur wenige Schritt entfernt thronte Mathias kerzengerade auf dem stolzen Rappen. Übermütig spielte der Wind mit der Krempe seines Huts, ließ die nasse, lange Feder träge hin und her schwingen.

»Grüß deine verehrte Frau Mutter von mir! Ich hoffe, sie freut sich über deine Heiratspläne und es geht ihr gut«, rief er ihr zu und zog an den Zügeln, sein Ross zu wenden und fortzureiten.

»In jedem Fall geht es ihr besser als deiner«, gab sie brüsk zurück.

Mitten in der Drehung riss er sein Pferd noch einmal herum. »Was fällt dir ein, so von einer Toten zu reden?«

»Wieso von einer Toten? Deine Mutter lebt doch.«

Kaum hatte sie die letzten Worte ausgesprochen, sah sie, wie seine ohnehin schon helle Gesichtshaut nahezu weiß wurde.

Die riesige Nase schob sich noch spitzer aus dem langen Gesicht, die dunklen Augen fielen tief in die Höhlen zurück. In dem blauen Waffenrock wirkte er plötzlich wie der Geist eines kurfürstlichen Soldaten. Besorgt trat sie an ihn heran, schob den Kopf des ungeduldig schnaubenden Pferdes beiseite und streckte die Hand zu ihm hinauf. Sie wollte ihn berühren, spüren, dass noch ein Funken Leben in ihm steckte.

»Wusstest du das nicht?«, fragte sie leise. »Ich dachte, du verrätst mir, wo wir Tante Adelaide finden können? Mutter und ich versuchen seit Jahren, Kontakt zu ihr aufzunehmen.«

»Red keinen Unsinn! Meine Mutter ist tot. Mit eigenen Augen habe ich gesehen, wie sie getötet wurde.« Die schmalen Lippen verzogen sich zu einem gequälten Lächeln. Abermals riss er sein Pferd an den Zügeln, pustete Schneeregen von der Oberlippe weg. Sobald es sich umgewandt hatte, gab er ihm die Sporen und stürmte seinen Kameraden durch die enge Gasse zum Schmiedetor nach.

»Willst du mir nicht endlich sagen, wer das war?« Christoph stieß sie sacht an.

»Was?« Sie fuhr herum. Es war ihr, als erwachte sie aus einem bösen Traum. Sie wollte sprechen, es ihm erklären, aber sie brachte keinen Ton heraus. In Christophs Augen flackerte Unmut. Längst hatte er den Ernst der Lage begriffen.

»Verzeih«, sagte sie bestimmt, »ich kann jetzt unmöglich in die Schmiedegasse gehen und mit deinem Vater sprechen. Ich muss sofort nach Hause zu meiner Mutter. Sie muss wissen, was geschehen ist.«

Bevor er sie zurückhalten konnte, schlang sie den Schal höher vors Gesicht und stürzte davon, westwärts der Langgasse zu, in das dichter werdende Schneegestöber hinein.

Zweiter Teil

Der Verrat

KÖNIGSBERG

Winter 1662

1

Das Warten behagte Carlotta ganz und gar nicht. Wie gern wäre sie gleich beim Eintreten die beunruhigende Nachricht von Mathias' Auftauchen losgeworden. Bestimmt hätte Magdalena einen Rat gewusst. Doch leider hatte sie die Mutter nicht angetroffen. Weder konnte ihr jemand im Haus Genaueres sagen, wohin sie gegangen war, noch, wann sie zurückkommen würde. Unablässig blies der Wind ums Haus, pfiff durch die Ritzen, rüttelte an Fenstern und Türen. Das stete Ticken der Uhr auf dem Wandbord gemahnte an das Verrinnen der Zeit, auch wenn das Leben im Haus nahezu zum Stillstand gekommen schien. Nur gelegentlich war ein zaghaftes Geräusch zu vernehmen, das auf das brave Wirken der Schreiber im Kontor und das umsichtige Werkeln von Hedwig und Lina in der Diele schließen ließ. Carlotta sah zur Uhr. Es war weit nach drei. Wo Magdalena nur steckte?

Sie trat ans Fenster und sah in die düstere Nachmittagsstimmung hinaus. Nur wenige Menschen waren in der Langgasse unterwegs. Das garstige Wetter sowie die Angst vor dem neuerlichen Auftauchen der kurfürstlichen Dragoner hielten die Kneiphofer in den Häusern. Carlotta lehnte die Stirn gegen die kühle Scheibe und hauchte erschöpft den warmen Atem darauf. Gleichzeitig versuchte sie, die furchtbaren Bilder des Vormittags in ihrem Kopf niederzuringen. Es nützte nichts. Immer wieder sah sie die hoch zu Ross in den Kneiphof eindringenden Soldaten vor sich, die rücksichtslos die beiden Passanten niederritten.

»Pass mit dem Fenster auf, Liebes!« Schnaufend schob sich Hedwig in die Stube. »Sonst fängt Lina wieder an, mit den kostbaren Zitronen darauf herumzuscheuern. Oft können wir uns solche Putzaktionen nicht leisten, selbst wenn die Geschäfte weiter gutgehen.«

Sie stellte sich neben Carlotta und starrte eine Zeitlang ebenfalls stumm nach draußen.

»Du machst dir Sorgen, wo deine Mutter bleibt, nicht wahr?«

»Meinst du, ihr ist etwas zugestoßen?« Carlotta knetete die Finger, bis sie schmerzten. Schon sah sie die schlimmsten Bilder vor ihrem inneren Auge vorüberziehen: die Mutter blutüberströmt irgendwo in einer Ecke liegend, weit und breit niemand, der ihr zu Hilfe kam. Oder halb von Sinnen umherirrend, weil sie einen Schlag auf den Kopf erhalten und das Gedächtnis verloren hatte. Nein, so durfte sie nicht denken! Einen Funken Hoffnung gab es noch. »Hat sie nicht doch irgendwem eine Andeutung gemacht, wohin sie wollte?«

»Milla meint, sie hat die Wundarzttasche mitgenommen.« Der Ausdruck auf Hedwigs breitem, im dämmrigen Nachmittagslicht fahl wirkendem Gesicht machte aus ihrer Missbilligung keinen Hehl.

»Die Wundarzttasche? Was wollte sie denn damit? Seit Vaters Tod hat sie kaum mehr als Wundärztin gearbeitet. Letztens hat sie doch selbst betont, keine mehr sein zu wollen. Hat etwa jemand nach ihr als Ärztin geschickt?«

Bang musterte sie Hedwigs geliebtes Gesicht. Über dem Warten auf Antwort stieg eine neue, noch schlimmere Befürchtung in ihr auf. ›Ein Wundarzt muss immer helfen, ganz gleich, ob Freund oder Feind seiner Hilfe bedarf.‹ Als spreche sie die Worte selbst aus, hörte sie Magdalenas alte Grundüberzeugung in ihren Ohren widerhallen. Die Knie wurden ihr weich, ein Kloß schnürte ihr die Kehle zu. Auch wenn die Mutter ihr gegenüber letztens noch selbst behauptet hatte, sie beide wären längst von dieser Pflicht befreit: Im Ernstfall würde sie niemals zögern, ihre Hilfe anzubieten.

»Hat sie mitbekommen, wie Friedrich Wilhelms Truppen in den Kneiphof eingefallen sind?«, bedrängte sie Hedwig. »Sie wollte doch wohl nicht zu Roths Haus in der Magistergasse, um den Verletzten beizustehen?«

Wenn das stimmte, waren sie und die Mutter am Mittag nicht weit voneinander entfernt gewesen. Dabei sorgte sich Carlotta weniger darum, dass Magdalena sie an Christophs Seite gesehen haben könnte. Etwas viel Ärgeres musste geschehen sein: Auch sie hatte Mathias unter den Dragonern entdeckt! Carlotta tastete nach einem der Stühle vor dem Tisch und ließ sich rücklings darauf nieder. Sie barg den Kopf in den Armen. Gewiss war Mathias ihr zuvorgekommen und hatte aus reiner Boshaftigkeit Magdalena brühwarm Christophs Worte über die Heiratspläne entgegengeschleudert, ihr zudem von dem geplanten Gang zum alten Kepler berichtet. Nun war alles vorbei. Nie und nimmer würde die Mutter sich jetzt noch einverstanden erklären, dass sie den jungen Medicus nicht nur heiratete, sondern auch mit ihm gemeinsam die Heilkunst studierte. Nicht, weil sie sich grundsätzlich gegen die Verbindung stemmte oder nicht wollte, dass Carlotta noch mehr dazulernte. Viel schlimmer würde für sie wiegen, dass Carlotta und Christoph mit ihren Plänen nicht zuerst zu ihr, sondern zum alten Kepler gehen wollten.

»Weißt du, wer dort gewesen ist, Hedwig?«, fragte sie heiser, ohne den Kopf zu heben. »Weißt du, wen ich vor Roths Haus gesehen habe?«

»Dass du mitten in dem Gewühl gewesen bist, habe ich mir gleich gedacht«, knurrte Hedwig unwirsch. »Der junge Kepler hat dich also wieder einmal in all das hineingezogen. Pass nur gut auf, mein Kind, sonst nimmt es noch ein böses Ende.«

Hedwigs kleine Augen starrten auf das Gemälde des altehrwürdigen Ahns Paul Joseph Singeknecht an der rückwärtigen Wand. Streng blickte der von seinem angestammten Platz oberhalb der riesigen Truhe in die düstere Wohnstube. Nervös fuhr sie sich mit den Händen über die Unterarme, schob den Stoff ihres braunen Kleides bis zu den Ellbogen hoch. Endlich rang sie sich zu weiteren Auskünften durch: »Ein Bursche ist am Vormittag bei uns aufgetaucht und hat deine Mutter gerufen. Niemand von den Schreibern weiß angeblich, wer ihn geschickt hat. Egloff behauptet sogar steif und fest, sie wäre wie jeden Morgen zur Lastadie hinübergelaufen.«

»Wie denn?« Carlottas Stimme überschlug sich. Sie sprang so heftig vom Stuhl auf, dass er nach hinten kippte. »Auf der Krämerbrücke war doch gar kein Durchkommen mehr. Alle haben versucht, aus dem Kneiphof herauszukommen. Die Schmiedebrücke war abgeriegelt. Und was soll sie außerdem bei den Lagerhäusern gewollt haben – noch dazu mit der Wundarzttasche. Gewiss hat sie dort keinen verletzten Ablader behandelt. Wundarzt Koese hat ihr letztens sehr deutlich gemacht, dass niemand am Hundegatt sie dort als Wundärztin zu sehen wünscht. Ist Steutner eigentlich schon zurück?«

In all der Aufregung fiel ihr das Nächstliegende erst jetzt wieder ein.

»Steutner? War der denn noch einmal fort?« Jetzt war es an Hedwig, erstaunt zu sein.

»Hast du das etwa nicht mitbekommen?« Carlotta schüttelte den Kopf. Es kam selten vor, dass die Köchin nicht wusste, wenn im entlegensten Winkel des großen Hauses in der Langgasse ein Floh hustete oder eine Fliege tot von der Wand fiel. »Gut zwei Stunden mag es wohl schon her sein, dass er losgelaufen ist. Als ich nach Hause kam, war Mutter bereits fort. Deshalb habe ich Steutner gebeten, an der Börse nach ihr zu suchen. Dort ist sie oft gegen Mittag anzutreffen.«

»Aber doch nicht mit der Wundarzttasche! Noch dazu braucht Steutner keine zwei Stunden bis zur Börse und zurück. Also hat er sie natürlich nicht gefunden und macht sich einen schönen Lenz außerhalb des Kontors. Du weißt ja, was für ein Narr das ist.«

Sie fuhr sich mit den Händen über den breiten Schädel, scherte sich nicht um die grauen Haarsträhnen, die dabei unter dem weißen Kopftuch herausrutschten, und sah Carlotta traurig an. Die Hände an die Schläfen gepresst, brummte sie leise: »Kindchen, Kindchen!« Carlotta erschrak. Das klang, als wüsste die Alte längst Bescheid. Sie wollte etwas erwidern, sich verteidigen, ihr Mathias' seltsames Auftreten vor Augen führen. Etwas an Hedwigs Gebaren aber machte es unmöglich, sich ihr anzuvertrauen.

Gemeinsam stellten sie sich wieder ans Fenster. Nach wie vor fegte der Wind durch die Stadt, rüttelte an den Fenstern, wirbelte Laub und Unrat unten auf der Gasse hoch, trieb dichte Schneeböen vor sich her. Allmählich überdeckte eine zarte, weiße Schicht Pflaster, Mauern und Dächer. Keine Menschenseele zeigte sich. Carlottas Finger glitten zum Bernstein. Sie hob ihn zum Mund und küsste ihn. Ein eigenartiges

Gefühl beschlich sie. Auf einmal wusste sie nicht mehr, ob sie die baldige Rückkehr der Mutter herbeisehnen sollte. Warum nur war Mathias ausgerechnet in Königsberg aufgetaucht? Es musste ihm doch klar sein, was er damit heraufbeschwor! Haltsuchend klammerten sich ihre Finger um den Bernstein. Leider war es immer schon Mathias' Natur gewesen, für Verwirrung und Ärger zu sorgen. Sie schluckte erste Tränen hinunter.

Im Haus regte sich etwas. Türen knarrten, Schritte dröhnten durch die Diele, Stimmen erklangen. Fragend sahen Carlotta und Hedwig einander an. Langsam stieg jemand die Treppe hinauf, im Obergeschoss angelangt, zögerten die Schritte, dann wurde vorsichtig die Tür geöffnet.

»Mutter!«, entfuhr es Carlotta, und sie stürzte der zierlichen Gestalt entgegen. Doch dann hielt sie inne.

Die schwarzgekleidete Frau wirkte unnahbar. In der Hand hielt sie ein heftig flackerndes Talglicht. Das schale Licht beleuchtete Magdalenas Antlitz spärlich: Tief waren die smaragdgrünen Augen in die Höhlen gesunken, die schmalen Wangen betonten die spitze Gesichtsform, die helle Haut wirkte durchscheinend. Carlotta wagte nicht, nach Magdalenas Hand zu greifen. Sie fürchtete fast, die Erscheinung vor ihr könne sich in Luft auflösen.

»Was ist passiert?«, fragte sie zaghaft.

»Nichts«, erwiderte die Mutter und ging an ihr vorbei zum trutzigen Tresor aus Nussbaumholz an der Stirnwand der Wohnstube. Dort fingerte sie den Schlüssel hervor, der an ihrem Gürtel hing, und schloss das mittlere Fach auf. Besorgt beobachteten Carlotta und Hedwig die geübten Handgriffe. Nur zu gut wussten sie, was sich in dem Schrankfach verbarg: der Branntwein, den Carlotta bei Operationen zur Betäubung der Patienten verwendete. Vor langer Zeit hatte Magdalena erzählt, wie sie im Großen Krieg der Versuchung erlegen war, ihren Kummer damit wegzutrinken. Über zwei Jahre war sie damals unfreiwillig von Carlotta und Eric getrennt gewesen, hatte bald jede Hoffnung auf ein Wiedersehen, ja gar auf ein Überleben der beiden verloren. Nur dank eines glücklichen Zufalls hatte sie sich wieder von dem Übel befreien können und ihre Familie wiedergefunden.

Carlotta und Hedwig wechselten besorgte Blicke. Magdalena wirkte abgrundtief verzweifelt. Schon hatte sie den Schlauch in der Hand, entkorkte ihn, zögerte dann allerdings, ihn tatsächlich an die Lippen zu setzen. Geistesgegenwärtig nutzte Carlotta diesen Moment und entriss ihr den Schlauch. »Was immer dir heute geschehen ist: Das hier hilft dir nicht weiter!«

»Wenn du nur wüsstest«, murmelte Magdalena und sank auf den nächstbesten Stuhl. Erschöpft stützte sie die Ellbogen auf die Tischplatte und vergrub das Gesicht in den Händen.

»Ich habe es doch immer gesagt.« Schwer atmend watschelte Hedwig heran und legte ihr den Arm um die Schultern. »Der Montag ist kein guter Tag.«

Carlotta verdrehte die Augen und verschloss den Branntwein wieder im Tresor.

»Für nichts und wieder nichts ist dieser wankelmütige erste Tag der Woche geeignet«, sprach die Alte unbeirrt weiter. »Ganz gleich, wie er beginnt und was geschieht, er bringt nur Unglück. Warum nur habt Ihr am Vormittag das Haus verlassen? Ihr habt doch gewusst, wie es im Kneiphof heute zugeht. Steutner hat es Euch bei seinem Eintreffen im Kontor stehenden Fußes geschildert. Der Lärm, den die Dragoner des Kurfürsten drüben vor dem Dom veranstaltet haben, war bis zu uns in die Langgasse zu hören. Was geschehen ist, darf keinen wundern. Selbst Roth hat damit gerechnet, dass sie ihn eigenhändig aus seinem Haus holen werden! Trotzdem aber habt Ihr ausgerechnet heute fortgehen müssen. Und nur, weil ein wildfremder Bursche Euch um Hilfe gerufen hat. Wer war das überhaupt? Wohin hat er Euch geführt? So, wie Ihr ausseht, müsst Ihr unterwegs dem Leibhaftigen begegnet sein. Was glaubt Ihr, welche Sorgen wir uns gemacht haben? Keinem von uns habt Ihr ein Sterbenswort verraten. Weder darüber, was Ihr vorhabt, geschweige denn, warum Ihr dazu die Wundarzttasche braucht. Und das nach all den Jahren, in denen allein Carlotta sie noch geöffnet hat.« Sie schüttelte energisch den breiten Schädel und murmelte tonlos: »Tut das nie wieder, Herrin! Einmal noch bitte ich Euch im Guten.«

Keuchend schwankte sie aus der Wohnstube. Bleiernes Schweigen senkte sich über die Stube, einzig unterbrochen vom Ticken der Uhr auf dem Wandbord und vom Reißen des Windes an den Fenstern. Von dem kräftigen Luftzug, den die verzogenen Fensterrahmen durch die Ritzen einließen, tanzte das Talglicht auf dem Tisch kläglich im eigenen Saft.

Die gebeugte schwarze Gestalt der Mutter fest im Blick, kaute Carlotta auf den Lippen. Sie war zutiefst verunsichert.

»Hör auf, mich auf die Folter zu spannen«, platzte sie schließlich heraus. »Du hast ihn also gesehen und weißt Bescheid.«

»Was? Wen?« Die Mutter hob den Kopf und blickte sie verständnislos an. »Wovon redest du?«

War alles nur ein böser Traum? Ratlos blickte Carlotta in die müden, ehemals so rätselhaft schönen grünen Augen der Mutter. Die kleine, harmonisch geschwungene Nase ragte vorwitzig nach oben, die Nasenflügel bebten kaum merklich.

Plötzlich meinte die Siebzehnjährige aus ihrem Alp zu erwachen. »Du brauchst wohl eine Stärkung.«

Entschlossen ging sie wieder zum Nussbaumschrank, fingerte den rostigen zweiten Schlüssel aus den Falten ihres Rocks und öffnete den Tresor. Neben dem Branntweinschlauch fand sie, was sie suchte. Mit zittrigen Fingern griff sie nach dem braunen Gefäß und holte einen tönernen Becher aus dem Regal. Noch im Gehen entkorkte sie den Verschluss und goss von dem duftenden Rosmarinwein in den Becher. »Trink«, hielt sie es Magdalena auffordernd unter die Nase. Ob des süßlichen Geruchs rümpfte die Mutter die Nase. »Das wird dir guttun – besser als jeder betäubende Schluck Branntwein. Das weißt du genau.«

Endlich öffnete Magdalena den Mund. Rasch kippte Carlotta die dickliche, golden schimmernde Flüssigkeit durch den schmalen Spalt, schenkte sofort eine zweite Portion nach und flößte sie ihrer Mutter ebenfalls ein.

»Es ist wirklich unfassbar! Erst habe ich meinen Augen nicht trauen wollen«, plapperte Carlotta los, plötzlich seltsam aufgekratzt, als hätte sie die Stärkung selbst zu sich genommen. »Aber es war kein Zweifel möglich. Als ich ihn nah vor mir gesehen habe, ist es mir sofort klar gewesen. Eines Tages hat es einfach so kommen müssen. Seit wir hier in Königsberg sind, habe ich letztlich auf diesen Moment gewartet.«

»Ja, du hast recht.« Die Mutter sprach so leise, dass sie kaum zu verstehen war, und streckte ihr nun fordernd den Becher entgegen. Gehorsam goss Carlotta nach. »Mir war klar, dass du auf den ersten Blick gesehen hast, was mit ihm los ist«, sagte Magdalena mit zunehmend kräftiger werdender Stimme. »Wie gern hätte ich dich an meiner Seite gewusst! Aber dich zu rufen, war nicht möglich. Also habe ich bis zuletzt allein bei ihm ausgeharrt. Ach, Carlotta, Liebes. Es ist alles so furchtbar!«

In einem Zug kippte sie den Inhalt des Bechers in den Mund und begehrte von neuem Nachschub.

»Nein«, wehrte Carlotta ab und trug das Gefäß mit dem Rosmarinwein zum Schrank zurück. »Für heute ist es genug. Sonst beginnt dein Herz zu rasen, und du regst dich nur noch weiter auf.«

Entrüstet sprang Magdalena vom Stuhl. »Mich noch weiter aufregen? Natürlich werde ich mich noch weiter aufregen! Und stell dir vor, dazu brauche ich nicht einmal deinen Rosmarinwein.« Sie atmete schwer und fuhr endlich gefasster fort: »Ausgerechnet mir muss das passieren! Mein Leben lang habe ich nie etwas anderes getan, als Menschenleben zu retten. Selbst meinen ärgsten Feinden habe ich in der Not beigestanden. Sogar den grausamen Profos Seume, der Eric an den Galgen bringen wollte, habe ich wieder zusammengeflickt und zudem Hauptmann Lindström kuriert, obwohl er dir und mir mit dem Tod gedroht hatte. Trotzdem hat niemand Erbarmen mit mir, trotzdem muss ich jetzt ausgerechnet hier in Königsberg so kläglich versagen! Als wäre ich nicht schon genug damit gestraft, dass ich den einzigen Menschen, den ich wirklich je habe retten wollen, nicht habe retten können.«

Heftig schluchzte sie auf, warf die Arme in die Luft und klappte unter jämmerlichem Wimmern in sich zusammen.

Mit einem Satz war Carlotta bei ihr, fing sie auf und geleitete sie zum Stuhl. Wie zerbrechlich die Mutter war! Zart wie ein Vogel und leicht wie eine Zwölfjährige.

»Ruhig, Mutter, ganz ruhig«, flüsterte sie ihr zu und strich ihr sanft über den Rücken. Sie wiegte sie sacht in den Armen wie eine Mutter ihr Kind. »Du trägst keine Schuld an Vaters

Tod. Niemand hat ihm mehr helfen können. So bitter, wie es ist, es war einfach alles zu spät.«

In ihrem Hirn arbeitete es angestrengt. Längst war ihr klargeworden, dass Magdalenas Verzweiflung unmöglich mit Mathias' unerwartetem Auftauchen zusammenhängen konnte. Die Mutter musste von einem anderen Erlebnis sprechen. Erleichterung empfand sie dennoch nicht.

»Die ganze Zeit habe ich es schon gespürt.« Mit einem Ruck richtete sich Magdalena wieder auf. Nachdenklich griff sie Carlotta an den Hals und zog die Lederschnur mit dem Bernstein unter dem Stoff des Mieders hervor. Mehrmals drehte sie den honiggelben Stein zwischen den Fingern und musterte ihn, als betrachtete sie ihn zum ersten Mal. Schließlich zog sie Carlotta mitsamt der Schnur so nah vor sich, bis das Talglicht auf dem Tisch ausreichend Licht schenkte, den Stein von hinten zu beleuchten. Gut sichtbar streckte das Insekt seine sechs Beine von sich, vor Jahrtausenden in der Bewegung erstarrt.

Halb gebückt verharrte Carlotta in der unbequemen Haltung vor der Mutter. Schließlich nahm sie das Band vom Hals und reichte es mitsamt dem Stein Magdalena. »Wenn du denkst, es liegt daran, dass dir dein Stein fehlt, nimm ihn zurück. Ich werde auch ohne den Bernstein meinen Weg beschreiten.«

»Du weißt genau: Das ist der Stein von Englund, Erics Vetter, nicht der deines Vaters!« Entschlossen hängte Magdalena ihr das Band wieder um. »Deshalb ist er dir Amulett und Talisman zugleich. Du musst mir versprechen, diesen Bernstein stets bei dir zu tragen. Er allein kann dich vor Unheil beschützen und dir dein Lebensglück bewahren. Dein Vater hätte es nicht anders gewollt. Englund und er waren wie Brüder, also ist ein Stein so gut wie der andere. Mein Stein allerdings wacht längst bei Eric im Grab, bis wir uns dereinst im Himmel wiedersehen werden.«

Sie erhob sich und trat abermals zum Tresor hinüber, wo sie etwas aus dem verschlossenen Fach hervorholte. Mit einer kleinen Schachtel in der Hand kam sie zurück. Kurz stoppte sie vor Carlotta, wollte offenbar etwas sagen. Dann besann sie sich und ging weiter zum Fenster. Sie starrte hinaus.

Inzwischen war es draußen dunkel geworden. Auch drinnen reichte das Talglicht auf dem Tisch nicht mehr aus, die langgestreckte Wohnstube ausreichend zu erhellen. Carlotta holte eine Handvoll Kerzen vom Wandbord, steckte sie in den Leuchter auf dem Tisch und entzündete sie an der Flamme des Talglichts.

Ihre Mutter wandte sich um. Der angenehme Duft echten Bienenwachses erfüllte alsbald den gesamten Raum. Gebannt wartete Carlotta, ob Magdalena die geheimnisvolle Schachtel öffnen und ihr den Inhalt zeigen würde. Um ihre Neugier zu verbergen, vermied sie es, daraufzustarren. Zu ihrer Enttäuschung aber stellte die Mutter die Schachtel beiseite und würdigte sie keines weiteren Blickes.

»Es war«, begann sie mit brüchiger Stimme, »es war, als hätte ich das Unglück regelrecht auf mich zukommen sehen. Trotzdem bin ich heute zu Gerke, töricht wie ein Schaf, das sich freiwillig zur Schlachtbank führen lässt.«

»Du warst bei Gerke?«, hakte Carlotta ein. Die Mutter nickte und fuhr ohne weitere Erklärung fort: »Dass ausgerechnet seine Frau nach mir geschickt hat, hätte mich warnen müssen. Aber es war wie immer: Wenn ich höre, jemand braucht meine Hilfe, kann ich einfach nicht nein sagen, selbst wenn ich ins offene Messer renne. Seit Wochen ging es Gerke schon schlecht.

Doch was rede ich nur immerzu?« Mitten im Erzählen hielt sie inne und schaute Carlotta vorwurfsvoll an. »Dich interessiert das sowieso nicht. Du hast doch keine Ahnung, was in mir vorgeht. Warum sonst hast du mir eben den Bernstein überlassen wollen? Das, was deinen Vater und mich einst verbunden hat, sagt dir nichts! Du weißt nicht einmal, wie mir in den Jahren seit Erics Tod zumute gewesen ist, was es für mich bedeutet hat, das Kontor meiner Familie wiederaufzubauen und das Haus hier im Kneiphof für uns beide herzurichten. Immer nur schaust du darauf, wie du deine Wünsche umsetzen kannst, wie du Wundärztin wirst, dir den richtigen Mann sicherst, um noch mehr daraus zu machen.«

»Mutter!« Empört stampfte Carlotta mit dem Fuß auf. Die Worte trafen sie hart, dennoch zwang sie sich, ruhig zu bleiben. Magdalena war nicht bei sich, wusste kaum, was sie sagte. Drei Becher des süßen Weins waren wohl zu viel gewesen, selbst wenn Carlotta sie nur halb voll geschenkt hatte. Sie hatte die anregende Wirkung von Rosmarin unterschätzt. Magdalenas Atem zeugte von dem ungewohnten Alkoholgenuss, ihr stierer Blick stand im Gegensatz zu ihrem sonst so sanftmütigen Auftreten. Nie und nimmer erhob sie bei klarem Verstand solche wüsten Vorwürfe gegen sie. Vielleicht sollte sie ihr einige Tropfen beruhigenden Melissenöls verabreichen? Ein lauter werdendes Pochen an der Tür riss sie aus den Überlegungen.

»Ja, bitte«, rief Magdalena und drehte kaum den Kopf, um zu sehen, wer Einlass begehrte.

Lina kam gar nicht dazu, den Gast anzumelden. Ungeduldig schob Helmbrecht sie bereits beiseite und eilte mit großen Schritten in die Stube.

»Seid Ihr wohlauf, Teuerste?« Mit ausgebreiteten Armen, den Hut noch in der Hand, eilte er auf Magdalena zu. »Glaubt

Ihr mir jetzt, dass es höchste Zeit ist, die Stadt zu verlassen? Ich versichere Euch: Bei mir in Leipzig seid Ihr und Eure Tochter den Winter über in Sicherheit. Bitte packt gleich Eure Sachen. Morgen schon können wir fort. In drei Wochen sind wir in Leipzig.«

»Wie kommt Ihr darauf, dass wir die Stadt verlassen sollten?« Carlotta starrte Helmbrecht an. Seltsamerweise reagierte Magdalena gar nicht auf sein Auftauchen. Dabei konnte sie es sonst kaum erwarten, ihn freudig in ihrem Haus willkommen zu heißen.

»Ich kann jetzt nicht von hier fort«, murmelte die Mutter kaum hörbar und nahm wieder die Schachtel in die Hand, presste sie sich fest gegen die Brust. »Mein Versagen wird dadurch erst recht zum Gesprächsstoff.«

»Wovon sprichst du eigentlich?«, fragte Carlotta. Ein Blick zu Helmbrecht bestätigte ihr, dass auch er nicht begriff, worauf die Mutter hinauswollte. »Was ist in Gerkes Haus geschehen? Erzähl doch endlich!«

»Ihr wart bei Gerke?«, hakte Helmbrecht nach. »Hat er noch gelebt? Mir kam zu Ohren, er wäre heute Mittag überraschend gestorben. Hat ihn das Auftauchen der Kurfürstlichen etwa zu Tode erschreckt? Der aufrichtige Mann! Gott sei seiner armen Seele gnädig.« Ergriffen schlug er ein Kreuz vor der Brust, faltete die Hände zum stillen Gebet und senkte den Kopf.

»Gerke ist tot?«, wagte Carlotta nachzufragen. Nun begann sie zu verstehen, was in Magdalena vorging: Sie warf sich Versagen vor, weil er vor ihren Augen gestorben war.

»Ich lasse euch wohl besser allein«, stellte Carlotta fest. »Mir scheint, ihr beide habt einiges miteinander zu besprechen.«

Sie wollte zur Tür, doch Magdalena hielt sie am Arm zurück, rang sich gar zu einem scheuen Lächeln durch. »Bitte, bleib, Liebes! Es gibt nichts zu verbergen. Alles, was zwischen Helmbrecht und mir besprochen wird, kannst du ebenso mit anhören. Ich habe keinerlei Geheimnisse vor dir, mein Kind.«

»Wie du meinst.« Unbeabsichtigt fiel Carlottas Blick auf die Schachtel. Magdalenas Lächeln wurde breiter, als sie das bemerkte. Verschwörerisch zwinkerte sie ihr zu und presste die Schachtel noch fester gegen die Brust.

Helmbrecht atmete tief durch. Seine dunklen Bernsteinaugen blickten zwischen der Mutter und Carlotta hin und her, die Blatternarben auf seinen Wangen leuchteten rot im hellen Kerzenlicht, die Enden seines langen, dünnen Lippenbarts bebten. Sorgsam bettete er den Hut auf den Tisch und nahm den wollenen Umhang von den Schultern. Winzige Eiskristalle und Wasserperlen glänzten auf dem Stoff, kündeten von dem Schneegestöber draußen. Der Rock darunter schien trocken, ebenso zeigten sich seine gutgewienerten, hellen Stiefel bar jeden Drecks. Wie so oft musterte Carlotta Helmbrecht bewundernd. Seit sie ihn kannte, faszinierte sie sein Erscheinungsbild. Dabei war er beim besten Willen nicht schön zu nennen, was nicht allein an seinen vernarbten Wangen lag. Ein gutes Stück kleiner als ihr Vater Eric, machte er dennoch stets eine vornehme Figur. Bis zu den Stiefelspitzen pflegte er sich tadellos zu kleiden. Undenkbar, dass er jemals versehentlich in eine Pfütze sprang oder gar in einen Haufen Unrat trat, geschweige denn, sich derart vergaß, dass darüber sein Habitus in Unordnung geriet.

»Sei es, wie es sei, Verehrteste«, durchbrach er mit seiner melodischen Stimme die unheimliche Stille und zupfte eine unsichtbare Faser von seinem Ärmel. »Wenn Ihr nicht nach Leipzig wollt, können wir auch nur bis Danzig reisen. Bis sich die Lage hier am Pregel beruhigt hat, seid Ihr auch dort den Winter über bestens aufgehoben. So entfernt Ihr Euch nicht allzu weit von Eurem Kontor und seid im Frühjahr rasch wieder zurück am Pregel. Angesichts des heutigen Vorfalls im Kneiphof aber müsst auch Ihr eingestehen, wie gefährlich die Lage hier geworden ist. Ich werde nicht zulassen, dass Ihr sehenden Auges in Euer Unglück rennt.«

»Hier rennt niemand, mein Bester«, stellte Magdalena klar, »am wenigsten in ein Unglück. Meine Tochter und ich bleiben hier am Pregel, wo wir ein für alle Mal hingehören.«

Zur Bestätigung legte sie den Arm um Carlotta. Von der Verzweiflung war ihr nicht mehr das Geringste anzumerken. Helmbrecht gegenüber wollte Magdalena offensichtlich stark und eigenständig erscheinen. Das erfüllte Carlotta mit Genugtuung. Trotz ihrer Bewunderung für sein Auftreten mochte sie Helmbrecht nicht sonderlich, seit er sie beide vor vier Jahren nahe Thorn so schmählich im Stich gelassen hatte. Dabei wäre es damals ein Leichtes für ihn gewesen, sie mit einem klärenden Wort von den Vorwürfen der Hexerei freizusprechen.

Helmbrecht schwieg enttäuscht. Die Mutter räumte die Schachtel zurück in den Tresor und verschloss das Schrankfach sorgfältig. Wieder klopfte es an der Tür.

»Was ist denn jetzt schon wieder?«

Überrascht fuhr Magdalena herum. Im Türrahmen stand ein Mann. Entsetzt schlug sie die Hände vor den Mund und stammelte: »D-d-das ist nicht möglich!«

Helmbrecht eilte zu ihr. Carlotta war unfähig, sich zu rühren. Ein blauberockter Offizier in roten Hosen trat in den

Raum. Die schweren, genagelten Reiterstiefel ließen jeden einzelnen Schritt hart auf den Holzdielen aufknallen. Obwohl ein Großteil des Gesichts im Schatten der breiten Hutkrempe lag, bestand kein Zweifel, wer vor ihnen stand: Mathias!

»Was fällt dir ein, hierherzukommen?«, brauste Carlotta auf.

»Du wusstest, dass er in Königsberg ist?« Helmbrecht wirkte zunächst verstört, fasste sich aber rasch und wandte sich dem Eindringling zu: »Du bist jetzt bei den Kurfürstlichen? War es dir bei den Österreichern nicht mehr gut genug? Hast du dich deshalb seit zwei Jahren nicht mehr bei mir gemeldet?«

»Er wird wohl einen guten Grund gehabt haben, die Farben zu wechseln.« Kurz verharrte Carlotta bei Mathias, sah ihm drohend in die schwarzen Augen und lief zur Tür hinaus.

2

Fast wäre Lina geradewegs auf den Boden hingeschlagen, so heftig riss Carlotta die Tür auf. Erschreckt ruderte die Magd mit den Armen, um das Gleichgewicht zu halten. Ihre Wangen brannten, die Ohren glühten, als sie halb nach vorn gebeugt zum Stehen kam. Trotz der eigenartigen Position gelang es ihr, einen Blick in die Wohnstube zu werfen. Zu Salzsäulen erstarrt, standen der fremde preußische Offizier sowie Magdalena Grohnert und Philipp Helmbrecht einander gegenüber. Keiner sagte ein Wort.

»Du hast gelauscht?« Die Tür fiel krachend hinter Carlotta ins Schloss. Beschämt senkte Lina den Kopf. »Nun gut.«

Ohne etwas hinzuzufügen, rannte Carlotta die Treppe ins zweite Geschoss hinauf.

Verblüfft starrte Lina ihr nach, bis das Dunkel des oberen Stockwerks sie verschluckt hatte. Eine Tür klapperte, dann wurde es wieder still. Auch im übrigen Haus war kaum etwas zu hören. Selbst Hedwig und Milla schienen unten in der Küche besonders leise mit dem Geschirr zu hantieren, während sie das Nachtmahl bereiteten. Welch vergebliche Mühe!, durchfuhr es Lina bedauernd. Wahrscheinlich rührte keiner die Köstlichkeiten an, weil allen der Appetit vergangen war. Ein Ausruf in der Wohnstube erinnerte sie an das Geschehen hinter der Tür. Fest presste sie das Ohr gegen den Flügel. Magdalena Grohnert und Helmbrecht sprachen so leise miteinander, dass Lina nichts verstehen konnte. Der Kurfürstliche schwieg. Dann aber rief Magdalena so laut, dass Lina zusammenzuckte: »Mathias, so antworte uns doch endlich!«

Die Magd begann zu begreifen: Bei dem Blaurock handelte es sich um Carlottas ersten Burschen! Gewiss war er zurückgekehrt, um sie zu holen. Kein Wunder, dass alle so entsetzt waren. Und obendrein trug er die Uniform Friedrich Wilhelms. Offenbar gehörte er zu den Dragonern, die am Mittag den tapferen Hieronymus Roth festgenommen hatten. Das setzte allem die Krone auf.

Lina überlegte nicht lang. Zwei Stufen auf einmal nehmend, sprang sie die Treppe hinunter, pfefferte die schweren Holzpantinen in die Ecke, bückte sich zu einem Paar Lederschuhe, das eigentlich zu eng für ihre breiten Bauersfüße war, und schnappte sich einen dicken Wollumhang vom Haken neben der Hintertür.

»Wo willst du hin?« Schnaubend verstellte Hedwig ihr den Weg.

»Carlotta schickt mich, einen dringenden Botengang zu erledigen«, log sie, warf den Umhang über das strohblonde Haar und zwängte sich an Hedwig vorbei.

Ihr Herz raste vor Aufregung, als sie an der missmutigen Köchin vorbei nach draußen gelangt war, wo ihr der eisige Oktoberwind in die Wangen biss.

Sie rannte los. Die Steinstufen des Beischlags waren gefährlich glatt. Mit zittrigen Knien gelangte sie auf die Langgasse und stemmte sich gen Norden, dem Wind entgegen, in das Schneegestöber hinein. Zum Glück war ihr der Weg über die Krämerbrücke und am Fischmarkt entlang des Pregelufers blind vertraut. Die leergefegten Gassen und gespenstisch vernagelten Krämerbuden schreckten sie nicht. Nicht einmal das unheimliche Jaulen des Windes jagte ihr sonderlich Angst ein. Alles, was sie fürchtete, war, nicht rechtzeitig zu dem jungen Medicus in die Schmiedegasse zu gelangen oder ihn gar nicht erst dort anzutreffen.

Auf einer zugefrorenen Pfütze geriet sie ins Rutschen und brach mit dem Fuß ein. Natürlich hatte sie vergessen, Patten unterzuschnallen. Auch wärmendes Stroh fehlte in den engen Schuhen. Das rissige Leder sog sich voll mit ekligem, kaltem Nass. An der Schmiedegasse erwartete sie weitere Unbill. Verwirrt stoppte sie mitten im Laufen, prallte gegen eine Stufe einer weit in die Gasse hineinragenden Steintreppe und fiel der Länge nach in den halb gefrorenen, halb aufgeweichten Straßendreck. Mit klammen Fingern wischte sie den groben Dreck von ihrem Wollrock und zupfte sich Schneekristalle aus den Haaren.

Als sie den Blick hob, packte sie schiere Verzweiflung. Haus an Haus reihte sich in der Schmiedegasse eng aneinander, gelegentlich unterbrochen von einem im Wind klappernden Baugerüst oder einer halb in die Höhe gezogenen, neuen Wand für den Überbau eines Beischlags. Zwar mochten die Gebäude eine Spur weniger protzig als die Kaufmannshäuser drüben im Kneiphof sein, doch beeindruckend waren sie allemal. Vor allem glichen sie einander bestürzend! Nach Atem ringend, ließ Lina ihren Blick umherschweifen, versuchte, trotz Dunkelheit und Schneeregens Einzelnes zu unterscheiden. In welchem der Häuser mochte der ehrwürdige kurfürstliche Leibarzt Ludwig Kepler wohnen? Für einen Herrn seiner Stellung schien das eine genauso angemessen wie das andere. Schon verfluchte sie den Tag, an dem sie es als Magd im Grünen Baum abgelehnt hatte, die Wirtin zum Medicus zu begleiten. Zögernd setzte sie ihren Weg fort, musterte prüfend die düsteren Hausfassaden. Kein Hund drückte sich zwischen den Mauern oder Treppen herum, auch die Katzen hatten sich hinter die wärmenden Herdfeuer verzogen.

Die heranmarschierenden Studenten bemerkte sie erst, als sie fast mit ihnen zusammenstieß.

»Wohin des Wegs bei diesem unwirtlichen Wetter?«

»Ist es nicht reichlich spät für ein ehrbares Fräulein wie Euch, allein durch die Straßen zu irren?«

»Vielleicht können wir helfen?«

»Ja, lass dir unter die Arme greifen, schönes Kind, um den rechten Weg zu finden.«

»Ich greife dir lieber unter den Rock.«

»Eine gute Idee! Ich weiß auch schon, wohin ich dich führe.«

Die Kameraden schenkten dem Wüstling für sein Vorpreschen freches Gelächter.

»Los, los, worauf warten wir eigentlich?«, fragte ein anderer.

»Gleich biegen die Stadtknechte um die Ecke und schnappen uns die Beute weg.«

»Keine Sorge«, beschwichtigte der Erste. »Heute kommen die bestimmt nicht. Die kurfürstlichen Dragoner haben ihnen zu viel Angst eingejagt.«

»Dann nichts wie ran an den Speck! Wenn die Kurfürstlichen erst auftauchen, kommen wir bestimmt nicht mehr zum Zug. Die schnappen uns den Braten glatt vor der Nase weg!«

Johlend und feixend umringte das halbe Dutzend Burschen Lina. Sie zitterte, empfand allerdings weder Angst noch Kälte. Wut war alles, was sie in diesem Moment spürte. Sie ballte die Fäuste, bis die Knöchel schmerzten, und schrie lauthals los.

In der engen Gasse hallte der Schrei wider, verfing sich im verwinkelten Gemäuer. Selbst der Wind schien sich ihm zu beugen und bereitwillig für eine Weile zu verstummen. Fenster und Türen schlugen auf, Köpfe schauten heraus. »Was ist los?«, rief eine Männerstimme.

Die Studenten erstarrten, sahen ebenso erschrocken wie eben noch Lina die Schmiedegasse hinauf. Der Erste tippte den nächststehenden Kommilitonen am Arm, kurz wechselten sie Blicke. Dann stürmten sie davon.

»Braucht Ihr Hilfe?«, erbarmte sich eine Alte an einer Tür im übernächsten Haus und winkte Lina heran.

»Danke«, rief sie, erfreut über die ungewohnt respektvolle Anrede. In wenigen Schritten erreichte sie den Vorbau. Helles Licht fiel aus der Tür hinaus auf die Steinplatten des Beischlags. Die Frau lehnte am Türrahmen und streckte ihr besorgt die Hand entgegen. Als sie begriff, dass sie kein bürgerliches Fräulein, sondern eine einfache Magd vor sich hatte, verschloss sich ihre Miene.

»Ich suche Medicus Kepler. Könnt Ihr mir sagen, wo ich sein Haus finde?«, nutzte Lina beherzt den letzten Moment, in dem sie noch mit Beistand rechnen durfte.

»Ist es so schlimm?« Die Frau zog ihr Tuch enger um die Schultern. Flink schob sie die Hände zum Wärmen unter die Achselhöhlen. Ungebührlich lange starrte sie Lina an. Der dreckbespritzte Aufzug erregte ihr Missfallen, gleichzeitig lockte sie die Aussicht auf eine interessante Geschichte. »Wo hast du dich denn herumgetrieben? Den Medicus findest du drei Häuser weiter auf derselben Seite. Wenn du dir aber einbildest, der junge Kepler nimmt sich einer wie dir an, liegst du falsch. Und der Alte wird eine wie dich wohl gar nicht erst empfangen. Wenn ich dir also einen Rat geben darf, Kindchen«, ein letztes Mal wanderte ihr Blick über Lina, verharrte auf ihrem drallen Leib, »mit so was wendet man sich nicht an den Stadtphysicus, erst recht nicht an den ehrbaren Leibarzt unseres Kurfürsten. Geh rüber in den Löbenicht oder ins Tragheim. Da findest du genügend Frauen, die solchen wie dir beistehen.« Damit machte sie auf dem Absatz kehrt und schlug Lina die Tür vor der Nase zu.

»Danke«, murmelte Lina trotzig. Enttäuscht wischte sie sich mit den Handrücken die Wangen ab, klopfte den Dreck vom Rock und stopfte die strohblonden Haare zurück unter das Tuch. So marschierte sie erhobenen Hauptes die Schmiedegasse weiter hinauf, auf das Haus des kurfürstlichen Leibarztes zu.

»Der junge Herr ist nicht zu sprechen«, versuchte die Wirtschafterin ebenfalls, sie gleich auf der Schwelle abzuwimmeln. Flink klemmte Lina den Fuß zwischen die Tür. »Ich muss aber dringend zu ihm. Meine Herrin hat mich geschickt. Sagt ihm, ich komme von Carlotta Grohnert aus dem Kneiphof.

Ihr werdet schon sehen, wie rasch er für mich zu sprechen ist.«

»Da könnte ja jede kommen«, murrte die Alte, versuchte allerdings nicht mehr, ihren Fuß aus der Tür zu schieben.

»Marthe, was ist? Schließ die Tür, mich friert«, knurrte eine dunkle Männerstimme. Über die Schulter der Wirtschafterin hinweg erkannte Lina einen älteren Herrn, bei dem es sich zweifelsohne um den Stadtphysicus handelte.

»Carlotta Grohnert schickt mich mit einer wichtigen Nachricht für Euren Sohn«, rief sie rasch in die hell erleuchtete, vom knisternden Herdfeuer angenehm warme Diele.

»Carlotta Grohnert? Doch nicht etwa die Tochter der Bernsteinhändlerin? Oder besser: der vormals so berühmten Wundärztin?« Höhnisch betonte Kepler die letzten Worte. »Sag deiner Herrschaft, über Wundermittel können wir uns gern am hellllichten Tag unterhalten. Um diese späte Stunde empfange ich nicht mehr – und erst recht nicht auf Zuruf aus dem Kneiphof. Dasselbe gilt natürlich auch für meinen Sohn. Wäre ja noch schöner, wenn wir springen, sobald die Damen dort mit den Fingern nach uns schnippen«, murrte er und schlurfte auf eine Tür zu, hinter der sich sein Studierzimmer verbergen mochte.

»Was ist denn, Vater?«, ertönte eine jüngere, sehr wohlklingende Männerstimme aus dem oberen Geschoss. Der Alte blieb auf halbem Weg stehen und sah hinauf. Auch die Wirtschafterin wandte sich zur Treppe.

Geschickt nutzte Lina den Moment und stieß die Haustür weiter auf. Endlich konnte sie die geräumige Diele in Augenschein nehmen. Rechts befand sich wie in den meisten Bürgerhäusern die offene Küche mit dem gewaltigen Kamin, linker Hand beherrschte eine ausladende Treppe den Raum.

Leichtfüßig lief ein elegant gekleideter junger Mann die Stufen hinunter, übersprang die letzten mit einem einzigen Satz und landete dicht vor dem alten Griesgram.

»Wer schickt dich?«, fragte er Lina mit einem zuvorkommenden Lächeln.

»Lass sie, Christoph, es lohnt nicht, sich weiter mit ihr zu beschäftigen. Mit diesen Leuten haben wir nichts zu tun.« Der Alte klopfte ihm auf die Schulter und tappte davon. Die Wirtschafterin jedoch verharrte auf ihrem Platz, jederzeit bereit, Lina auf einen Wink davonzujagen oder ins Haus zu holen.

Die junge Magd starrte den Jungen verblüfft an. Der Blick seiner grauen Augen hielt sie gefangen, ebenso der Klang der volltönenden Stimme. Dabei war der junge Medicus nicht einmal sonderlich ansehnlich zu nennen. Haut und Haar wirkten eine Spur zu schal, leuchteten aber eindrücklich im Schein des Kerzenlichts. Überhaupt schien ein einnehmendes Strahlen von ihm auszugehen. Die Gesichtszüge waren weich, um die Nase herum erstaunlich klar. Von der Statur her war er etwas stämmig, das aber tat dem anmutigen Gesamteindruck keinen Abbruch. Seine Bewegungen erfolgten fließend, geradezu grazil für einen Mann seines Alters. Lina konnte gar nicht anders, als ihn immerzu verzaubert anzuschauen.

»Nun?«, insistierte er bereits etwas ungeduldiger. »Hat dich der eisige Oktoberwind zu uns hergeweht? Oder hat dir der Anblick einer warmen Stube die Sprache verschlagen? Verrat uns, was du willst. Schließlich möchte ich ungern erfrieren.«

»Ihr m-m-m-üsst m-m-mit m-m-mir ko-ko-kommen.« Zu ihrer Schande brachte sie kaum mehr als ein unbeholfenes Stammeln heraus. Aufgeregt knetete sie die Finger. Der schwarze Rand unter den Nägeln beschämte sie. Hastig krallte sie die Fingerspitzen wie Klauen ein, strich den Rock glatt und verbarg die schmutzigen Schuhe so gut wie möglich unter dem Saum. Selbst wenn er nur die Magd in ihr sah, sollte er doch zumindest eine sehr reizvolle Magd vor sich haben.

»Du befiehlst mir also«, stellte er fest. »Ein dreister Auftritt. Anscheinend hat das Auftauchen der kurfürstlichen Dragoner heute Mittag auch dir Mut gemacht, kühner zu werden.«

Abermals erschrak sie. Als sie den Blick hob, bemerkte sie ein spöttisches Zucken um seine vollen Lippen. Die Scharte an seinem Kinn hatte etwas Anrührendes. Ein Schauer lief ihr über den Rücken.

»Verzeiht, Herr«, begann sie heiser, schluckte, fuhr lauter fort: »Natürlich kann ich Euch nur höflich bitten, mit mir zu kommen. Doch glaubt mir: Es ist wirklich dringend.«

»Denkst du nicht, ich kann das leichter entscheiden, wenn du mir endlich verrätst, wer dich überhaupt schickt? Schließlich sollte ich wissen, wohin ich dir folgen soll. Oder stellst du mir ein Rätsel?«

Verlegen wand sie sich. Was sollte sie ihm auch antworten? Geschickt hatte sie niemand. Aber das durfte sie ihm nicht sagen.

»Ich komme aus der Kneiphofer Langgasse«, sagte sie und verstummte sogleich wieder. Der Schatten, der bei ihren Worten über sein Gesicht huschte, entging ihr nicht. Sie nahm allen Mut zusammen und erklärte: »Die Damen Grohnert brauchen Eure Hilfe, genau genommen ist es vor allem …«

»Lass gut sein«, fuhr er grob dazwischen. Seine Miene war plötzlich bar jeden Spotts. »Das will ich gar nicht wissen. Schließlich werde ich so oder so nicht mit dir kommen.«

Alle Farbe war aus seinem Gesicht gewichen, selbst das Leuchten seiner Haare schien erloschen. Trotzig streckte er den Rücken durch. Die Wirtschafterin tat es ihm nach und legte zugleich die Hand auf die Klinke, jederzeit bereit, doch noch die Tür vor Lina zuzuschlagen.

»Aber es ist dringend!«, flehte Lina, wagte gar einen Schritt weiter auf die Schwelle zu. Sofort schob sich die Wirtschafterin dazwischen, Kepler wich nach hinten zurück.

»Wenn Ihr nicht mitkommt, geschieht ein furchtbares Unglück«, krächzte Lina. »Dann, dann …«

Nach Worten ringend sah sie ihm in die grauen Augen, entdeckte die unendliche Traurigkeit darin. Ihr fehlten die Worte, um auszumalen, was geschehen würde. Nur eins stand für sie fest: Mathias' Auftauchen in der Langgasse konnte sie unmöglich erwähnen. Damit, das spürte sie, würde sie alles zunichtemachen. Nie und nimmer wäre er dann noch bereit, sie zu begleiten.

»Was dann?«, hakte er nach und verschränkte die Arme vor der Brust, wie um sich selbst zu stützen.

»Dann, dann«, suchte sie weiter nach einer Erklärung, bis ihr die rettende Idee kam. »Dann wird Carlotta mit ihrer Mutter brechen, und Ihr tragt erhebliche Schuld daran«, fügte sie hinzu. So schrecklich sich das anhörte, so wenig war es gelogen, beruhigte sie sich. Es war eben nur die halbe Wahrheit. Den Rest konnte sie ihm sagen, wenn er erst einmal Anstalten unternahm, sich auf den Weg zu machen.

Beklommenes Schweigen breitete sich in der Kepler'schen Diele aus. Das Herdfeuer knisterte. Ein Holzscheit krachte. Der von der Straße eindringende Wind fachte die Glut weiter an. Verzweifelt legten sich die Kerzenflammen in den Leuchtern schräg, kämpften gegen das Verlöschen an. Behutsam nahm die Wirtschafterin die Hand von der Klinke und verschwand auf leisen Sohlen ins Innere des Hauses. Am Herd bückte sie sich, stocherte mit dem Schürhaken im Feuer herum und scherte sich keinen Deut mehr um das Geschehen an der Haustür.

Bangen Herzens senkte Lina den Blick, hoffte, Kepler dadurch ausreichend Zeit zu schenken, sich auf das Richtige zu besinnen, auch wenn sie ihre Ungeduld nur mühsam unterdrücken konnte. Niemand konnte wissen, was dieser Mathias in der Zwischenzeit bei den Grohnert-Damen anrichtete.

»Also gut.« Endlich kam wieder Leben in den jungen Medicus. »Ich komme mit. Schließlich kann ich Carlotta in dieser Stunde unmöglich alleinlassen.«

Er eilte zu einem Haken neben der Treppe, nahm einen langen Wollmantel und einen eleganten Spitzhut herunter. Ohne sein Gesicht zu sehen, ahnte Lina, dass der spöttische Zug darauf zurückgekehrt sein musste. Schon drängte er an ihr vorbei nach draußen und stürzte sich in die unwirtliche Oktobernacht hinein.

Lina war nicht viel kleiner als der junge Kepler. Trotzdem fiel es ihr schwer, mit ihm Schritt zu halten. Ehe sie sich versah, hatte er bereits eine gute Schrittlänge Vorsprung. Hastig schlitterte sie hinter ihm her, einzig darauf bedacht, ihm dicht auf den Fersen zu bleiben. Zwei bewaffnete Stadtknechte überholten sie im Laufschritt. Einer von ihnen leuchtete mit einer brennenden Fackel den Weg aus, musste die Flamme jedoch immer wieder von neuem gegen Wind und Schneeregen abschirmen. Lässig hob sein Kamerad die Hand zur Hutkrempe, um Kepler im Vorübereilen zu grüßen. Der nickte knapp zurück und steuerte geradewegs auf die Schmiedebrücke zu. Die Masten der Kähne auf dem Neuen Pregel schaukelten heftig und warfen unheimliche Schatten in die helle Mondnacht. Auf ihren Spitzen balancierten Möwen, nicht willig, den begehrten Schlafplatz dem Sturm zuliebe aufzugeben. Hin und wieder spreizte eine die Flügel und schrie gegen die Dunkelheit an.

Lina duckte den Kopf tiefer zwischen die Schultern. Sie war nicht ängstlich, dennoch fühlte sie sich nicht sonderlich wohl in ihrer Haut. Kepler eilte indes bereits die Schuhgasse hinunter und schwenkte dann rechts hinüber in die Alte Domgasse. Die wenigen Menschen, die ihnen begegneten, hatten Besseres im Sinn, als auf sie beide zu achten. Auf halbem Weg zur Wassergasse hatte sich jedoch eine Gruppe lärmender Studenten zusammengerottet. Lina erspähte sie schon von weitem und fürchtete das Schlimmste. Rasch wechselte sie auf Keplers linke Seite, um sich in seinem Schatten an den Burschen unbemerkt vorbeizuschummeln.

»Grüß dich, Kepler!«, rief einer der Studiosi und schwenkte fröhlich seinen Hut. »Was treibst du um diese Stunde noch hier draußen?«

Zu Linas Überraschung blieb Kepler stehen. »Grüß dich!«, erwiderte er und sah den anderen freundlich an. Ihr Herz raste. Er hatte es doch eilig! Wie töricht von ihm, sich kurz vor dem Ziel ausgerechnet von diesen Lumpen aufhalten zu lassen. Hoffentlich waren das nicht die Studenten, denen sie auf dem Hinweg in die Arme gelaufen war. Unauffällig schob sie sich hinter Keplers breiten Rücken, doch es war zu spät. Der Wind blies die Wolken viel zu schnell über den Himmel, bald strahlte das Mondlicht erbarmungslos auf Lina. Einer der Burschen entdeckte sie und grinste frech.

»Wen versteckst du da vor uns? Gönnst dir wohl ein hübsches Mädchen für heute Nacht, was, Kepler?«

»Das darf der ehrwürdige Herr Vater aber nicht merken!«, riet ein anderer und drohte mit dem Zeigefinger.

»Deshalb sucht ihr euch wohl ein ruhiges Plätzchen fern von der Altstadt.«

Schmutzig lachten die Studenten auf, umringten Kepler und Lina und begafften sie unverhohlen von oben bis unten.

»Ihr müsst euch nicht grämen«, entgegnete der junge Kepler in nicht minder frechem Ton. »Wartet nur eine Weile hier an der Ecke. Schließlich kriechen auch für euch noch irgendwann ein paar räudige Katzen aus den Löchern.«

Darauf lachte er ebenfalls und schob die Studenten auseinander, sich einen Durchgang zu verschaffen. Ungerührt zog er Lina mit sich fort.

Endlich schälten sich die Giebel der Langgasse vor dem aufgewühlten Grauschwarz des Nachthimmels heraus.

»Wartet kurz«, rief Lina Kepler gegen den Wind zu, doch der junge Medicus reagierte nicht. Beherzt versuchte sie, ihn am Arm zurückzuhalten. »Ich muss Euch noch etwas sagen.«

Kaum kam das Singeknecht'sche Anwesen auf der linken Seite der Langgasse kurz vor der Krämerbrücke in Sicht, hastete Kepler noch schneller vorwärts. Sein Arm entglitt ihr, doch er drehte sich nicht einmal mehr zu ihr um. Hastig raffte sie Umhang und Rock und stürzte hinterher, über die glatten Stufen zum Beischlag hinauf. Erst an der Haustür holte sie ihn wieder ein. Dort allerdings kam sie nicht mehr dazu, ihre Warnung loszuwerden. Schon öffnete Hedwig die Türflügel.

»Kepler, Ihr?«

3

Verwundert starrte die alte Hedwig den jungen Kepler an. Der Medicus nahm den Hut vom Kopf und vollführte vor der gedrungenen Alten einen flüchtigen Kratzfuß.

»Verehrteste«, säuselte er, »verzeiht die späte Störung. Ich muss dringend Fräulein Carlotta sprechen.« Er wartete nicht, bis sie ihn hereinbat, sondern schlängelte sich gleich an ihr vorbei die Treppe ins Obergeschoss hinauf.

Lina wollte hinterher, immer noch in der Hoffnung, ihn rechtzeitig warnen zu können.

»Steckst du dahinter?« Blitzschnell schnappte Hedwig nach ihrem Arm und hielt sie fest.

»Lass mich!« Verärgert wollte sie sich losreißen, doch die Köchin packte nur fester zu.

»Was hast du dir bloß dabei gedacht?« Die kleinen Augen blitzten böse, das weiße Haar stand Hedwig in alle Richtungen vom Schädel ab. Patsch!, klatschte eine Ohrfeige auf Linas Wange. Sie hob die Hand, um sie auf die brennende Haut zu legen, da landete bereits die nächste auf der zweiten Wange. Das war zu viel. Wutentbrannt riss Lina sich los, fasste die Köchin ihrerseits an den Schultern und schüttelte sie heftig. »Wag das nie wieder!«, schrie sie mitten in das erschrockene Gesicht.

»Was tust du da?« Wie aus dem Nichts stand Milla neben ihr, die braunen Rehaugen schreckgeweitet, der dürre Leib zitternd wie Espenlaub. Mit unerwarteter Kraft zog sie sie von der Alten weg. Lina starrte sie an. Es war, als erwachte sie aus einer Betäubung. Wie konnte sie nur? Nie hätte sie in ihrer blinden Wut so weit gehen und Hedwig angreifen dürfen!

Aus dem Obergeschoss drangen aufgebrachte Stimmen in die Diele. Der junge Kepler schien die Tür zur Wohnstube offen gelassen haben. Wie gebannt verharrten die drei Frauen in der Diele, eine jede aufs Lauschen nach oben konzentriert. Gleich entspann sich oben ein reger Wortwechsel. Der Geräuschpegel schwoll gefährlich an. Mehrmals hörte man die Stimme von Magdalena Grohnert, die versuchte, die Herren zu beschwichtigen. Ihr Mühen schien vergeblich. Verängstigt drängte Milla sich gegen Lina. Als Hedwig dessen gewahr wurde, schnaubte sie und verschränkte die Arme vor der Brust. Lina legte der kleinen Magd schützend den Arm um die Schultern. Plötzlich erfüllte ein entsetzliches Brüllen das Haus. Es polterte und krachte. Stühle wurden umgeworfen, wütende Stiefelschritte knallten auf dem Holzboden. Ein Schrei Magdalenas gellte dazwischen, dann kehrte gespenstische Stille ein.

Im zweiten Obergeschoss fiel eine Tür ins Schloss, eilige Schritte auf der Treppe erklangen. Als wäre das ein Signal, ließ Lina Milla los und stürmte die Treppe hinauf. Auf dem Absatz vor der Wohnstube stieß sie mit Carlotta zusammen. Wütend schob die sie beiseite.

»Was um Himmels willen geht hier vor?«, rief Carlotta. Ungebeten schob sich Lina hinter ihr in die Wohnstube.

Drinnen bot sich ihnen ein Bild der Verwüstung: Die Stühle lagen kreuz und quer auf dem Boden, die Tischdecke war halb heruntergerissen. Die Hälfte der Kerzen in dem großen Leuchter waren verloschen, die Talglichter auf dem Wandbord flackerten kümmerlich. In der hintersten Ecke der Stube, links neben der Truhe und dem ehrfurchtgebietenden Porträt Paul Joseph Singeknechts, drückte sich die Hausherrin gegen die Wand. Starr sahen ihre grünen Augen zu den drei Männern vor dem mittleren Fenster. Lina folgte ihrem Blick.

»Du elender Hurensohn!«, zischte der junge Kepler den preußischen Offizier an. »Dich werde ich lehren, mich einen Maulhelden zu nennen! Gleich wirst du am eigenen Leib erfahren, wie ich auch ohne Waffen furchtlos mit dir kämpfen kann.«

Seine Augen sprühten vor Zorn. Mit beiden Händen hielt er den anderen am Revers seines blauen Rocks. Obwohl er ein gutes Stück kleiner war, wirkte er dank seiner kräftigen Statur überlegen. Helmbrecht versuchte, ihn von dem Mann wegzuziehen, rüttelte ihn an den Schultern, zog ihn an den Armen. Vergeblich. Der junge Kepler ließ sein Opfer nicht los. Carlotta redete nun von der anderen Seite auf ihn ein, griff ebenfalls nach seinem Handgelenk. Doch auch sie konnte nichts bewirken. Kepler schien wie besessen, den Gegner niederzuzwingen.

Trotz der bedrohlichen Situation konnte Lina ihre Neugier nicht unterdrücken und reckte sich, diesen Mathias endlich direkt anzusehen. Sie brauchte nicht lang, um sicher zu sein, wer der Bessere für Carlotta war.

»So nehmt doch Vernunft an!«, bemühte sich Helmbrecht ein letztes Mal. »Ihr macht alles nur schlimmer.«

»Schlimmer? Ich? Dass ich nicht lache!« Kepler versetzte Mathias einen wütenden Stoß nach hinten. Hilflos ruderte der Offizier mit den Armen, drohte, nach hinten ins Fenster zu kippen. Im letzten Augenblick bekam er die Vorhänge zu fassen und zog sich daran in die Aufrechte zurück.

»Das Lachen wird dir noch vergehen, du erbärmlicher Wurm«, knurrte er und klopfte seinen blauen Uniformrock aus.

Kepler hatte sich bereits halb von ihm ab- und Carlotta zugewandt. Lina konnte von ihrer Position aus nicht sehen, welche Gefühle sich auf Carlottas Gesicht widerspiegelten.

»Wer bist du überhaupt, dass du es wagst, dich im Haus meiner Tante derart aufzuführen?« Mathias schritt auf ihn zu, schubste Helmbrecht achtlos beiseite und würdigte auch Carlotta keines Blickes.

Die nahezu schwarzen Augen waren einzig auf Kepler gerichtet. Die riesige Nase ragte bedrohlich weit aus dem schmalen Gesicht hervor. Flink schnellten die schlanken Hände nach oben und schlossen sich um Keplers Hals. Er drückte zu, fest und immer fester, bis das weiche Gesicht des jungen Medicus sich rot verfärbte und die grauen Augen aus den Höhlen traten. Verzweifelt schnappte er nach Luft, brachte jedoch nur ein kraftloses Japsen heraus.

Das Ganze ging so schnell, dass Helmbrecht keine Zeit blieb, abermals dazwischenzugehen. Carlotta schrie auf, sprang den jungen Offizier von der Seite an wie eine Katze.

»Mathias, nicht!«, rief sie und zerrte an ihm. »Tu das nicht! Du machst dich nur unglücklich.«

Als hätte er das tatsächlich gehört, ließ er im selben Moment von seinem Opfer ab und schaute kurz zu Carlotta. Lina, die nicht weit entfernt von den beiden stand, erfasste beim Anblick ein kalter Schauer. Seine schwarzen Augen hatten mit einem Mal etwas Teuflisches. Bedrohlich langsam drehte er sich wieder zu Kepler um. »Falls du dir einbildest, ein Recht auf Carlotta zu haben, sei gewarnt. Wenn du sie auch nur einmal anrührst, dann bringe ich dich um. Verlass dich drauf!«

Ehe sie alle so recht aus ihrem Schrecken erwachten, machte er auf dem Absatz kehrt, schnappte sich seinen breitkrempigen Hut vom Tisch und eilte zur Tür hinaus. Kepler besann sich nicht lang, fasste einmal kurz an seine Kehle und wollte dann ebenfalls aus der Wohnstube stürzen.

»Warte nur, Bürschlein«, rief er Mathias hinterher, »so leicht entkommst du mir nicht!«

»Nein!«, warf Carlotta sich ihm in die Arme, sank dabei in die Knie. Ihre Stimme war ein heiseres Krächzen. »Bleib, ich bitte dich! Lass Mathias gehen. Er will nur Unfrieden stiften. Bald verschwindet er mit seinem Fähnlein aus der Stadt, und alles ist wieder gut.«

Wie zur Bestätigung dröhnten Mathias' schwere Soldatenstiefel laut durch die Diele. Die wuchtige Eichenholztür öffnete sich, er verließ das Haus. Kurz darauf fiel die Tür ins Schloss. Draußen auf dem Straßenpflaster verhallten seine Schritte. Gespenstisch heulte der Wind auf, rüttelte an den Fensterrahmen, trieb eine Böe Schnee gegen die Glasscheiben.

»Nichts ist jemals wieder gut«, sagte Kepler leise und befreite sich aus Carlottas Umarmung. Knapp nickte er zu Helmbrecht, deutete eine hastige Verbeugung in Magdalenas Richtung an und verschwand mit weit ausholenden Schritten aus der Wohnstube.

»Kind, was hast du da nur wieder angestellt?«, raunte Magdalena und löste sich zögernd aus ihrer Ecke.

Verwundert beobachtete Lina, wie sie zu Helmbrecht trat und sich schutzsuchend an ihn schmiegte. Linas Gegenwart schien sie vollends vergessen zu haben. Lina indes genügte das leichte Seufzen Carlottas, um zu begreifen, wie sehr die junge Wundärztin das Verhalten ihrer Mutter missbilligte.

»Ich?«, platzte Carlotta entrüstet heraus. »Wieso soll ausgerechnet ich etwas Schlimmes angestellt haben?«

4

Tapfer kämpfte die Kerzenflamme gegen den starken Lufthauch, der durch das weitläufige Innere des Doms wehte. Carlotta war versucht, die Hand schützend um das Licht zu wölben, um ein zu frühes Verlöschen zu verhindern. Sie beugte sich vor, doch es war nicht einfach, kniend auf dem eiskalten Steinboden die Balance zu halten. Ihr Atem brachte die Flamme noch mehr ins Flackern. Vorsichtig richtete sie sich auf und hielt die Luft an, bis sie weit genug von der Kerze entfernt war. Es dauerte nicht lange, und die Flamme gewann erneut an Größe. Gespenstisch tanzte das Licht über die weiße Grabplatte, leuchtete mal das verschwenderisch groß geschwungene G, dann das runde O oder das T im Schriftzug des im Boden eingelassenen Marmorepitaphs aus.

Carlotta verschränkte die Hände zum Gebet. Das Zittern mochte von der Kälte oder von ihrem bangen Gemüt rühren. Auch wenn sie in den letzten vier Jahren unzählige Male im Dom gewesen war, haftete diesen Besuchen stets der Ruch des Verbotenen an. Wie ein ungebetener Eindringling fühlte sie sich in dem trutzigen dreischiffigen Backsteinbau mit den zwölf dicken Pfeilern, zwischen denen seit mehr als hundert Jahren protestantisch gepredigt wurde. War das Gotteshaus nicht ursprünglich auch als Wehrkirche gedacht gewesen? Der Wehrgang mit seinen Schießscharten an der Ostwand des Hauptschiffes gemahnte noch immer daran. Nachdenklich schweifte Carlottas Blick durch das dämmrige Gemäuer. Nicht erst der Große Krieg, in dessen Wirren sich ihre Eltern einst fanden, hatte die Menschen in ihrem Glauben geteilt. Überall in der Dreistädtestadt am Pregel fanden sich Hinweise, wie zerstritten Katholische und Protestantische von alters her waren. Carlotta seufzte. Der tiefe Riss ging sogar durch die eigene Familie. Ihr in der Gruft bestatteter Vater war Protestant gewesen. Am furchtbaren Tod seiner Eltern bei der Zerstörung Magdeburgs vor mehr als dreißig Jahren trugen die Katholischen um Tilly und Pappenheim große Schuld. Magdalenas Vater war einer ihrer tapfersten Söldner gewesen. Trotzdem hatten der Vater und die Mutter gemeinsam entschieden, sie katholisch taufen zu lassen. Das wiederum machte sie in ihrer derzeitigen Heimatstadt Königsberg dem Großteil der Kaufleute suspekt. Dies würde sich gewiss auch bei der Beerdigung Gerkes zeigen, die am frühen Nachmittag stattfinden sollte und natürlich protestantisch war. Carlotta war jedoch bewusst, dass sich Magdalena nicht nur aus diesem Grund davor scheute, daran teilzunehmen. Schwerer noch wog die Angst, Mitschuld an Gerkes plötzlichem Ableben zu tragen.

Auch Christoph war katholisch, Mathias dagegen protestantisch getauft, kam Carlotta nun in den Sinn. Eine Träne rann ihr die Wange hinab. Schniefend wischte sie sie weg und hoffte inständig, dass eines fernen Tages wenigstens die Konfession keine Rolle mehr spielen würde.

Dabei hatte sie ein ganz anderes Anliegen an das väterliche Grab geführt. Am heutigen Allerseelentag sollte die brennende Kerze Eric und seinen Eltern über die Grenzen der Glaubensgemeinschaften hinweg himmlischen Beistand bescheren. Lautlos betete sie ein Paternoster, ging über in ein Credo in Deum und schloss schließlich ein Ave-Maria an. Mit jeder Zeile fiel es ihr jedoch schwerer, die Gedanken zusammenzuhalten. Zwar bewegten sich ihre schmalen Lippen folgsam mit, doch der Kopf schwirrte ihr von zu vielen anderen Dingen, als dass sie die Worte mit Andacht formte. Abrupt hörte sie mit dem Beten auf.

»Ach, Vater«, flüsterte sie Richtung Grabplatte, »wärst du doch bei mir und könntest mir helfen. Was soll ich bloß tun?«

Es kostete sie Mühe, ein lautes Aufschluchzen zu unterdrücken. Seit Erics Tod vor vier Jahren war sie nicht mehr derart verzweifelt gewesen wie in den letzten Tagen. Sie presste die zittrigen Finger gegen den Mund, nahm kaum die klamme Kälte wahr, die ihre Glieder steif werden ließ. Mit einem Mal sprudelten ihr die Worte aus dem Mund, als läge ihr Vater nicht tot, sondern äußerst lebendig in dem steinernen Grab zu ihren Füßen.

»Ich weiß nicht mehr weiter, Vater. Vor kurzem noch war alles so einfach: Christoph ist von seiner Studienreise zurückgekehrt, und gleich war alles zwischen uns wieder so wie früher. Es gab viel Lustiges zu erzählen, doch er hat mir auch so einiges von dem gezeigt, was er in der Fremde gelernt hat. Zuletzt hat er mich sogar zu den Patienten mitgenommen. Nicht nur dank Caspar Pantzer ist ihm mein besonderes Gespür für Kranke aufgefallen. Ich glaube, er begreift allmählich, worum es mir geht. Längst ist übrigens mehr zwischen Christoph und mir.«

Sie spürte, wie ihre Wangen zu glühen begannen, und hielt verlegen inne. Dabei gab es nicht den geringsten Grund, sich ihrer Gefühle für Christoph zu schämen. Körperliches Verlangen war dem Vater nicht fremd gewesen. Nie hatte er einen Hehl aus seiner Liebe zu Magdalena gemacht, sie gar offen vor Carlottas Augen geküsst.

»Letzte Woche hat er mich gefragt, ob ich ihn heiraten will«, fuhr sie leise fort. »Stell dir vor: Der junge Medicus, Sohn des ehrwürdigen Ludwig Kepler, seines Zeichens kurfürstlicher Leibarzt aus der Königsberger Altstadt, will mich, die einfache Wundärztin aus dem Kneiphof, zur Frau nehmen! Natürlich will ich das auch! Letzten Montag wollten wir mit seinem Vater darüber reden, du weißt schon, dem alten Griesgram aus der Schmiedegasse. Sicher wäre der nicht begeistert gewesen, weil er Wundärzte nicht mag und Wundärztinnen wie mich schon gleich gar nicht. Aber Christoph meint, das wäre ihm einerlei. Er würde mich zur Frau nehmen, was auch immer sein Vater davon halte. Wenn er sich gar zu sehr sträuben und ihm die Nachfolge als Stadtphysicus verwehren würde, könnten wir zwei schließlich auch woanders hingehen. Gute Medici und Wundärzte sind überall gefragt.«

Mit jedem Wort war ihre Stimme fester geworden. Sie legte abermals eine Pause ein, zupfte an ihrem Rock und blickte durch die Weite des leeren, dämmrigen Doms. Der fahle Novembermorgen gewährte nur einem spärlichen Lichtstrahl Einlass durch die hohen Glasfenster. Das Innere der schlicht ausgestatteten Kirche nahe der ehrwürdigen Universität versank in tristem Grau. Kaum hoben sich die Konturen der herzoglichen Gräber an den Wänden davon ab. Selbst das Chorgestühl und der Altar lösten sich in unbestimmten dunklen Schatten auf. Einzig das riesige Holzkreuz mit dem leidenden Jesus war deutlicher zu erkennen. Während Carlotta in den Chor schaute, meinte sie, die steinernen Figuren Albrechts I. und Dorotheas erwachten auf ihrem Denkmal plötzlich zum Leben. Was, wenn sie von ihren Sockeln herunterstiegen und auf sie zuschritten? Klopfenden Herzens senkte sie den Kopf und beobachtete wieder die Kerzenflamme auf dem Grab, die sich gegen jeden Luftzug behauptete. Carlotta atmete tief durch. Es war Zeit, dem Vater im Grab die ganze Wahrheit zu sagen. Niemandem sonst konnte sie sich anvertrauen. »Dann aber sind die Kurfürstlichen in den Kneiphof eingedrungen. Seither ist nichts mehr, wie es war.«

Von neuem versagte ihr die Stimme. Gegen ihren Willen musste sie nun doch tief aufschluchzen. Erschrocken presste sie sich die Faust gegen die Lippen und verharrte, angespannt bis in die kleinste Faser ihres Leibes.

Die Kerzenflamme wurde gefährlich klein, legte sich schräg, schlang sich eng um den schwarzen Docht, bis sie schließlich doch den neuerlichen Aufstieg in die Höhe schaffte. Die Erregung in Carlottas schmächtigem Leib ließ nach. Der Drang, dem unter der schweren Marmorplatte in alle Ewigkeit ruhenden Vater ihr Herz vollständig auszuschütten, gewann die Oberhand. Schon als Kind hatte sie es genossen, ihm alles, was ihr durch den Kopf ging, bis in die kleinsten Einzelheiten zu erzählen. In Königsberg war ihr nur sein Grab geblieben, um sich Erleichterung zu verschaffen.

»Ich weiß gar nicht, wann ich das letzte Mal an Mathias gedacht habe.« Nachdenklich sah sie auf. »Fast war es schon, als hätte es ihn nie gegeben. Unser Leben damals in Frankfurt, der Zank mit Tante Adelaide, die beschwerliche Reise hierher – all das schien wie aus einer anderen Zeit. Wenn nicht Helmbrecht regelmäßig bei Mutter auftauchen würde, hätte ich das alles längst vergessen. Aber das ist eine andere Geschichte.« Abermals hielt sie inne. »Erst im Gespräch mit Lina letztens ist mir eingefallen, dass da etwas mit Mathias gewesen ist. Trotzdem war er weit, weit weg – bis er plötzlich leibhaftig vor mir stand! Das war, als die Dragoner des Kurfürsten den tapferen Roth gefangen gesetzt haben. Mitten unter ihnen hockt er da auf seinem hohen Ross. Ausgerechnet die Farben Friedrich Wilhelms trägt er jetzt.«

Mit jeder Silbe war ihre Stimme lauter geworden. Der Klang verfing sich im schlichten Gewölbe des Seitenschiffs. Carlotta meinte, der Luftzug trüge die Worte zwischen den Ritzen der Türen davon, verbreitete sie anklagend über den Domplatz und von dort aus über den gesamten Kneiphof. Sie schloss die Augen und lauschte bangen Herzens, bis die Stille in das ehrwürdige Backsteingemäuer zurückkehrte.

»Mit seinen dunklen, fast schwarzen Augen hat er mich so durchdringend angesehen wie eh und je«, wisperte sie weiter. »Bis auf den tiefsten Grund meiner Seele hat er geschaut. Dass Christoph an meiner Seite war, hat ihn wütend werden lassen. Beschimpft hat er ihn. Was fällt ihm ein? Christoph ist der wichtigste Mensch in meinem Leben! Nie hat er mir Böses getan. Bei Mathias war das anders. Ach, dabei ist das alles schon vorbei gewesen! Am Montag aber ist es wieder aufgebrochen wie eine schlechtverheilte Wunde. Nein, schlimmer noch: Jetzt scheint es viel wirklicher zu sein als ehedem: die endlosen, langweiligen Jahre in Frankfurt, der ewige Kampf mit Mathias im Kontor, sein freches Grinsen, wenn er mich dabei ertappt hat, wie ich heimlich zu Apotheker Petersen ins Laboratorium geschlichen bin.«

Ein weiteres Mal musste sie vor Aufregung nach Luft schnappen. Mit belegter Stimme redete sie weiter: »Auch das widerliche Gegrapsche damals im halb abgerissenen Haus seiner Eltern, sein lächerlicher Versuch, mich erst in Erfurt in einer dunklen, stinkigen Gasse, dann später in dem Wirtshaus mitten im unheimlichen Spreewald zu verführen, steht mir wieder vor Augen. Dabei hatte ich das vergessen, mich immerzu gezwungen, allein die guten letzten Stunden mit ihm im Spreewald in Erinnerung zu behalten.«

Bei diesen Worten schüttelte sie abermals ein wildes Schluchzen. Ähnlich der Kerzenflamme sackte sie kraftlos in sich zusammen, landete mit weit zur Seite ausgebreiteten Armen auf der eiskalten Grabplatte. Das Gesicht auf den Marmor gebettet, weinte sie hemmungslos. Erst nach einer unendlich scheinenden Weile versiegten die Tränen. Wie aus einem bösen Traum erwachend, stützte sie sich auf und sah sich verwundert um.

Noch immer war sie mutterseelenallein in der düsteren Weite des Doms. Langsam erhob sie sich auf die Knie. Ihr Herz klopfte. Wieder beschlich sie das schlechte Gewissen, ein ungebetener Gast in der protestantischen Kirche zu sein. Sie fröstelte und zog den Umhang enger um die Schultern. Ihr Atem verwandelte sich in kleine Wolken. Sie senkte das Antlitz. Die Kerze brannte weiter, vielleicht ein Zeichen, dass irgendwer weit oben ihr Flehen erhörte, auch wenn sie als Katholische am Grab ihres lutherischen Vaters betete. Sie wischte die Wangen trocken.

»Damals ist Mathias mit einem Mal völlig anders zu mir gewesen«, setzte sie zögernd fort. »Dort im Spreewald, als Helmbrecht diesen schrecklichen Anfall hatte, muss etwas mit ihm passiert sein. Von da an hat er mich verteidigt, ist mir ein echter Freund geworden. Wie ein Schutzengel hat er bei mir gewacht. Dann aber mussten Mutter und ich die Reisegruppe Tante Adelaides wegen verlassen. Seither habe ich ihn nicht mehr gesehen.«

Wieder beobachtete sie die Kerzenflamme, die sich mühsam gegen den eisigen Hauch, der durch die leere Kirche wehte, behauptete.

»Ach, was rede ich da für einen Unsinn!«, brauste sie auf. »In Wahrheit hat Mathias sich wohl nie geändert. Warum sonst ist er Montagabend noch bei uns im Haus aufgetaucht? Reine Rachsucht ist das gewesen! Er hätte sich doch denken können, Mutter mit seinem unangekündigten Auftauchen ausgerechnet in den Farben der Preußen zu Tode zu erschrecken. Und Christoph hat er tatsächlich mit dem Tod bedroht!«

Ein Geräusch schreckte sie auf. Zunächst meinte sie, es käme von der Westfront. Womöglich hatte jemand das Portal geöffnet. Nein, Schritte waren das nicht. Schon meinte sie, das Geräusch direkt über sich zu hören. Angestrengt suchte sie das Gewölbe oberhalb ihres Kopfes ab und erspähte einen schwarzen Schatten, der vor einem der oberen Fenster seine Kreise zog. Ein Vogel! Für einen Raben war er zu klein, wie sie erleichtert feststellte. Eine Drossel vielleicht. Sie konnte es nicht genau erkennen. Verzweifelt flog das Tier immerzu gegen die Scheibe. Der letzte Stoß mit dem winzigen Kopf gegen das harte Glas war zu stark. Wie ein Stein sank der schwarzgefiederte Vogel nicht weit von Carlotta zu Boden.

»Was soll ich nur tun, Vater?« Klopfenden Herzens wandte sie sich wieder der im Boden eingelassenen Grabplatte zu, buchstabierte leise die Lebensdaten des Vaters, wiederholte mehrfach die Namen seiner nie gekannten, grausam in Magdeburg gemarterten Eltern. »Ich kann doch von Christoph nicht lassen«, hauchte sie gegen den blanken Marmor. »Ohne ihn werde ich es niemals schaffen, Medizin zu studieren oder gar eine richtige Ärztin zu werden! Er bringt mich zum Lachen, macht mich die dunklen Seiten des Lebens vergessen – bis Mathias wieder da ist. Und mit ihm all das lang Vergessene. Das kann ich doch auch nicht ungeschehen machen. Nicht einmal der blaue Rock und die Farben des Kurfürsten ändern etwas daran. In seiner blinden Wut dauert er mich. Seine schreckliche Verlassenheit rührt mich, ebenso sein Kummer ob des Alleinseins und die Trauer um seine Mutter Adelaide, von der er glaubte, sie für immer verloren zu haben. Wenn ich ihn jetzt wieder ziehen lasse, so wie damals, kurz vor Thorn, bricht mir das Herz. Nicht einmal Christoph mit all seinem Medicuswissen kann das verhindern. Ach, Vater, was mache ich nur?«

Schon wollte sie sich von neuem zu Boden sinken lassen und dem Weinen hingeben, da schreckte sie ein lautes Poltern im Eingangsbereich des Domes auf. Sie fuhr herum und blinzelte in das dämmrige Licht des mittleren Kirchenschiffs. Nichts. Mit allen Sinnen konzentrierte sie sich. Laut pochte ihr das Blut in den Ohren. Die Stille, die rings um sie eingekehrt war, nahm sie darüber kaum mehr wahr.

Da war etwas gewesen, ganz deutlich spürte sie das. Es musste jemand in den Dom gekommen sein. Carlotta tastete nach dem Bernstein. Bevor sie zum Grab gegangen war, hatte sie alle Winkel abgesucht und niemanden entdeckt. Nicht einmal ein gramgebeugtes Mütterlein war da gewesen, das trotz protestantischen Bekenntnisses am heutigen zweiten Tag des Novembers für die Seelen der Toten Fürbitte leistete. Eigentlich, schoss Carlotta unvermittelt durch den Kopf, war der Donnerstag ein guter Tag. Zumindest behauptete Hedwig das. Er brachte Glück – oder zumindest nichts Schlimmes. Ihr Herz raste. Das Poltern hatte bedrohlich geklungen. Sie sollte nachsehen. Das Gespräch mit dem toten Vater war ohnehin zu Ende.

Das Familiengrab der Grohnerts befand sich zusammen mit weiteren Gräbern alteingesessener Kneiphofer Bürgerfamilien im rechten Seitenschiff. Von dort aus konnte man das Kircheninnere schwer überblicken, wurde auch selbst kaum vom Mittelschiff aus gesehen. Auf Zehenspitzen schlich Carlotta zur nächsten Säule. In deren Schutz wagte sie einen ersten Blick ins Hauptschiff, besah sich Reihe um Reihe das schwere, trutzige Kirchengestühl.

Fahl fiel das Licht durch die hohen Bogenfenster, tauchte den langgezogenen Raum in schleierhafte Düsternis. Sie musste zum Westportal. Wenn jemand hineingegangen war, verharrte er noch dort. Falls nicht, konnte sie von dort schnell nach draußen. Sie arbeitete sich von Säule zu Säule nach Westen. In Höhe der letzten Kirchenbank hörte sie ein leises Wimmern. Gebannt lauschte sie. Es kam von der Mitte des Kirchenschiffs.

Zögernd löste sie sich aus dem Schutz der mächtigen Säule und tastete sich langsam mit der Hand an der Kirchenbank entlang. Je näher sie dem Mittelgang kam, desto heller wurde es. Das Novemberlicht zeichnete ein Spiel aus Grautönen und Schatten auf den schlichten Steinboden.

Endlich fand Carlotta, was sie aufgeschreckt hatte: In der vorletzten Bankreihe kugelte sich jemand wie ein Igel zusammen. Leise näherte sie sich ihm, rasch war ihr klar, dass derjenige mehr Furcht vor Entdeckung hatte als sie.

»Keine Angst, ich tue Euch nichts«, flüsterte sie. »Kann ich Euch helfen?«

Behutsam legte sie die Hand flach auf den bibbernden Rücken. Das Wimmern wurde leiser, die Anspannung entwich dem mageren Körper. Einige Atemzüge später hob der Fremde vorsichtig den Kopf. Bei ihrem Anblick versiegte seine Furcht.

Der Mann war kaum älter als sie. Selbst im dämmrigen Licht der Kirche war zu erkennen, wie spärlich sich der erste Bartflaum auf dem glatten Gesicht abzeichnete. Dafür gab es andere, fürchterliche Spuren auf dem blassen Antlitz: Striemen und dunkle Flecken deuteten auf heftige Schläge, die schreckgeweiteten hellen Augen spiegelten blankes Entsetzen. Prüfend wanderte Carlottas Blick über die restliche Gestalt. Der schwarze Mantel war dreckbespritzt, am rechten Ärmel zog sich ein hässlicher Riss nahezu über die gesamte Länge. Der Stoff des ehemals weißen Hemdes blitzte durch. An Saum und Aufschlägen war abzulesen, dass der Jüngling enge Bekanntschaft mit dem schlammigen Straßenpflaster gemacht haben musste. Die schlichten Kniebundhosen zeugten ebenfalls davon, auch das Leder der Stulpenstiefel mochte bereits bessere Tage als diesen gesehen haben. Seinen Hut hatte er offenbar verloren. In den zerzausten braunen Haaren fand sich der Abdruck eines viel zu eng sitzenden Hutbands.

»Ihr seid Pennäler an der hiesigen Universität, nicht wahr?« Sie bemühte sich um ein aufmunterndes Lächeln. »Die älteren Studenten haben Euch ordentlich drangsaliert, bis Ihr Euch nicht anders zu helfen wusstet, als in den Dom zu fliehen.«

»W-w-oher w-w-wisst Ihr …?« Noch wollte ihm seine Stimme nicht gehorchen. Nervös knetete er die Finger.

»Oh, das zu erraten, genügt mir Euer Aufzug. Wenn man lange genug in der Nachbarschaft der Universität lebt, bekommt man mit, wie die Senioren der einzelnen Nationen mit den jüngeren Kommilitonen umspringen.« Ihr Lächeln wurde breiter. »Außerdem bin ich Wundärztin. Gelegentlich geschieht es, dass ich einen der armen Pennäler nach einer solchen Behandlung als Patienten vor mir habe. Auch dadurch weiß ich, was jenseits der gelehrten Disputationen und Vorlesungen unter den Studenten vorgeht. Am besten, Ihr begleitet mich nach Hause. Dort bereite ich Euch ein Pflaster und sehe mir auch die restlichen Stellen Eures Körpers an, an denen Euch die Stockhiebe getroffen haben.«

»Nein!« Offenes Misstrauen verdrängte das Entsetzen in seiner Miene.

»Ja, ich weiß«, lenkte sie ein, »Ihr glaubt mir nicht, dass ich wirklich Wundärztin bin. Natürlich tut Ihr gut daran, vorsichtig zu sein. Immerhin bin ich noch sehr jung und nicht eben eine beeindruckende Erscheinung. Meine Mutter hat das Handwerk ebenfalls gelernt. Ihr könnt Euch auch ihr anvertrauen, wenn Euch das lieber ist. Ich dränge Euch zu nichts. Überlegt es Euch. Ich jedenfalls verlasse jetzt den Dom und gehe nach Hause. Falls Ihr mitkommt, ist es gut, falls nicht, so bin ich Euch nicht gram. Solltet Ihr später nachkommen wollen, so findet Ihr mich hier im Kneiphof in der Langgasse, auf der westlichen Seite kurz vor der Krämerbrücke. Mein Familienname ist Grohnert. Meine Mutter ist Inhaberin des vormals Singeknecht'schen Kontors.«

Sie nickte ihm noch einmal zu, schlang den Schal um Kopf und Hals und wandte sich zum Gehen.

»Wartet!« Hastig sprang der Student auf. »Ich komme gleich mit.« Verwirrt tastete er mit den Händen umher, offensichtlich auf der Suche nach dem verlorenen Hut. Verlegen zuckte er die Schultern, lächelte scheu und bedeutete Carlotta, dass sie losgehen konnte.

Zu ihrer Verwunderung hielt er sich bereits auf dem Gang zur Tür halb hinter ihr verborgen. Da er keine Anstalten machte vorzutreten, drückte sie selbst die Klinke. Den schweren, hohen Flügel zu öffnen, erforderte viel Kraft. Dennoch sprang ihr der Student auch jetzt nicht bei. Sie beschloss, sich nicht über die Ungezogenheit zu ärgern. Der heftige Wind wehte ihr eine ordentliche Portion Schnee ins Gesicht. Sie prustete und spuckte das kalte Nass rasch wieder aus, wich noch einmal ins Kircheninnere zurück.

»Raus mit Euch«, ermunterte sie den Pennäler. »Oder fürchtet Ihr, in der Kälte zu Eis zu erstarren? Dabei macht Ihr Euch als Schneemann bestimmt gut. Nur etwas rundlicher müsstet Ihr sein. Und vor allem freundlicher schauen. Aber das werdet Ihr wohl noch lernen. Übrigens braucht Ihr Euch keine Sorgen mehr machen«, sie warf einen prüfenden Blick über den Vorplatz des Doms, »Eure Kommilitonen fürchten den Schnee und den Frost nicht weniger als Ihr. Jedenfalls kann ich niemanden entdecken, der Euch auflauert. Längst werden sich die Burschen in ein Wirtshaus verkrochen haben.«

»Wenn Ihr meint.« Schulterzuckend schob sich der Pennäler an ihr vorbei durch die Tür, blieb jedoch schutzsuchend am Pfeiler rechts vom Portal stehen.

»Worauf wartet Ihr?« Ungeduldig trat sie von einem Fuß auf den anderen. »Oder sollen etwa die kurfürstlichen Dragoner zurückkommen, um Euch vor Euren Kommilitonen zu beschützen?«

»Das wäre gar nicht so schlecht«, erwiderte er und blickte sie treuherzig an. »Das sind wohl die Einzigen, vor denen sie Respekt haben.«

Carlotta stutzte und musterte noch einmal gründlich sein blasses, unschuldiges Gesicht. Schon fragte sie sich, ob sie sich in dem Burschen getäuscht hatte. Vielleicht war er gar kein Student, sondern einer, der für die Kurfürstlichen Stimmung im Kneiphof machte. Kein Wunder, wenn er dafür Prügel bezogen hatte. Trotzdem konnte sie ihn nicht allein zurücklassen. Als Wundärztin musste sie helfen, selbst wenn es sich um den Todfeind handelte.

»Ich glaube nicht, dass Ihr wisst, was es heißt, sich mit dem Teufel zu verbinden, um die eigene Haut zu retten«, sagte sie knapp und schickte sich an zu gehen. Endlich löste er sich aus dem Schatten des Pfeilers und folgte ihr.

5

Dem dichten Schneegestöber zum Trotz war es im Kneiphof hell geworden. Hie und da zeichnete sich gar eine flüchtige Ahnung von Sonne zwischen den grauen Wolkengebirgen ab. Carlotta raffte die Zipfel ihrer Heuke über der Brust zusammen und stapfte los. Dank der Patten unter den Stiefeln versank sie nicht im Schnee, der bereits knöchelhoch das Straßenpflaster bedeckte. Aus dem lauter werdenden Knirschen schloss sie, dass der Student ihr folgte.

»Hofft Ihr wirklich auf die Kurfürstlichen?«, fragte sie schließlich, als sie den menschenleeren Platz vor dem Dom fast überquert hatten. Solange man am helllichten Tag Gefahr lief, blauberockten Söldnern des Kurfürsten in die Hände zu fallen, verließ keiner freiwillig sein Haus.

»Ich bin kein Verräter«, stieß der Student aus. Das klang eher trotzig denn überzeugt. »Wie ich Euch eben schon gesagt habe: Ich denke eben, es gibt derzeit niemand anderen, der in der Stadt für Ordnung sorgen kann.«

»Woran das liegt, interessiert Euch wohl nicht sonderlich.«

»Ich stamme nicht von hier. Mein Studium hat mich an den Pregel geführt. In den letzten Tagen habe ich genug gesehen, um zu wissen, wie gut ich daran tue, mich auch weiterhin allein auf meine Studien zu konzentrieren.«

»Wollen wir hoffen, es gelingt Euch«, beendete sie die kaum begonnene Unterhaltung. Zu groß war die Wut, die in ihr aufstieg. Wenn sie sich noch länger mit dem Pennäler über die derzeitige Lage unterhielt, entschlüpfte ihr gewiss etwas Ungebührliches. Sie wollte ihm jedoch die Wunden versorgen und keine Dispute mit ihm führen. Sie beschleunigte ihre Schritte, der Student hielt keuchend mit.

»Roth bleibt auch vor dem Kurfürsten standhaft«, drang bald eine schrille Halbwüchsigenstimme an ihre Ohren. An der Ecke zur Goldenen Gasse drückte sich ein Zeitungsjunge in einen Torbogen und schwenkte die neueste Ausgabe des *Europäischen Mercurius* in der Hand. Eine Handvoll Männer umringte ihn und diskutierte eifrig. So dicht als möglich spazierte Carlotta an der Gruppe vorbei in der Hoffnung, weitere Nachrichten über das Befinden des tapferen Schöppenmeisters aufzuschnappen. Doch sobald sie ihres Näherkommens gewahr wurden, schwiegen die Männer und warteten, bis sie vorüber waren. Der Student tat, als merkte er nichts davon. Schweigend stapfte Carlotta weiter voran über das nasse Pflaster. An der Ecke zur Schuhgasse kreuzte ein buckliges Weib ihren Weg. Es zog einen laut scheppernden Handkarren über die holprigen Steine. Obenauf thronte eine fette Gans.

»Wohin so eilig, ihr zwei Hübschen?«, krächzte sie aus ihrem zahnlosen Mund und versperrte den Weg. Das Gesicht war von Runzeln übersät, auf der Nasenspitze prangte eine haarige Warze. Neugierig musterte sie Carlotta und den von der Rauferei deutlich gezeichneten Studenten von Kopf bis Fuß, um dann breit zu grinsen. »Braucht ihr Kräuter oder Säfte? Kommt nachher rüber zu mir in den Haberberg. Gleich bei der Kirche findet ihr mich. Fragt nur nach der alten Bertram. Jedes Weib dort kennt mich. Ihr könnt euch denken, warum.« Keckernd lachte sie in sich hinein und rumpelte mit ihrem Karren von dannen.

»Armes Mütterlein«, murmelte Carlotta. Dem Studenten war die ganze Angelegenheit hochnotpeinlich. »Verzeiht, ich wollte nicht ... Es tut mir leid, dass die Alte jetzt von Euch denkt, Ihr ... Also, ich bedauere zutiefst, wenn Ihr meinetwegen in ein falsches Licht ...«, stammelte er hilflos.

»Macht Euch keine Gedanken«, wiegelte Carlotta ab. »Es ist doch nichts geschehen. Die arme Frau ist wirr im Kopf. Kommt weiter. Wir sollten nicht warten, bis wir hier festgefroren sind.«

Es drängte sie nach Hause. So schwer waren die Verletzungen des Studenten nicht, dass sie besondere Rücksicht nehmen musste. Seine zerrissene Kleidung und der barhäuptige Schädel ließen es eher angeraten sein, rasch ins Warme zu gelangen. Eine Erkältung oder gar ein Fieber sollte er sich nicht zuziehen. Ungeduldig hob Carlotta den Kopf, um abzuschätzen, wie weit es noch bis zur Langgasse war. Da erstarrte sie.

Nur wenige Schritte entfernt, gleich an der nächsten Ecke, von der rechts hinüber die Hofgasse abzweigte, erspähte sie die Umrisse zweier Gestalten. Zwar hatten sie ihre breitkrempigen Hüte zum Schutz gegen Wind und Schnee tief ins Gesicht gezogen, dennoch zweifelte sie keinen Augenblick, um wen es sich handelte: um Christoph und seinen Löbenichter Apothekerfreund Caspar Pantzer.

Eifrig steckten sie die Köpfe zusammen. Hin und wieder sah einer von ihnen auf, als suchte er etwas. Gleich würden sie auch Carlotta entdecken. Ihr Herz begann zu rasen. Zum Umkehren war es zu spät. Ebenso wenig konnte sie unauffällig an ihnen vorbeischlüpfen. Die Begleitung des Studenten, der längst wieder dicht zu ihr aufgeschlossen hatte, würde erst recht Christophs Argwohn erregen. Wie aber sollte sie ihm gegenübertreten? Sein Zorn über Mathias' Auftritt letztens loderte bestimmt noch heftig in seinem Innern. Seither hatte sie ihn weder gesehen noch gesprochen. Sie fürchtete sich davor, ihm weiteren Anlass für Missmut zu liefern.

»Carlotta! Was macht Ihr hier draußen?« Pantzers Ausruf beendete ihr Grübeln, noch bevor sie zu einem Ergebnis gelangt war. Sichtlich erfreut humpelte er auf sie zu. »Bei diesem scheußlichen Wetter solltet Ihr brav zu Hause am Ofen sitzen oder Euch im warmen Kontor Eurer Mutter nützlich machen. Was sagst du dazu, Christoph?« Lachend drehte er sich zu seinem Freund um. »Komm, du alter Tölpel, und schau nicht so, als wäre dir eine Laus über die Leber gelaufen! Sieh nur, wer hier steht! Willst du deine Carlotta nicht begrüßen? Oder überlässt du sie mir jetzt endlich doch ganz allein?«

Vergebens versuchte Carlotta, ihm Zeichen zu machen, mit seinem Scherzen einzuhalten. Zumindest verrieten seine Worte, dass Christoph ihm nichts von der Begegnung mit Mathias und dem hässlichen Auftritt in der Langgasse erzählt hatte.

Erst jetzt wurde Pantzer ihres Begleiters ansichtig. Verwundert stockte er und blickte fragend zu ihr. Unwillkürlich wandte er sich um und versuchte, Christoph in die andere Richtung zu lenken. Der junge Medicus aber hatte den Studenten in Carlottas Begleitung ebenfalls entdeckt und blickte noch finsterer.

»Wieso seid Ihr nicht brav zu Hause, wo Ihr hingehört, mein guter Pantzer?« Es kostete sie viel Kraft, unbekümmert zu klingen. »Wenn ich Euer bleiches Gesicht genauer betrachte, befürchte ich, dass Ihr Euer Krankenlager viel zu früh verlassen habt. Gewiss könnt Ihr Euch vor Schmerzen kaum aufrecht halten. Was also gibt es so Wichtiges, dass Ihr alle Vernunft fahrenlasst?«

»Dich muss man das zum Glück gar nicht erst fragen«, mischte Christoph sich barsch ein und wies mit dem Kinn auf den Pennäler, dessen Gesicht und zerrissene Kleidung besser als alle Worte verkündeten, was ihm zugestoßen war. Abschätzig sah er ihn an. »Wo auch immer es Aufruhr oder Verwundete gibt, du bist stets zur Stelle, um deine Dienste anzubieten. Oder verhält es sich mit dir und diesem Herrn hier etwa ganz anders?«

»Du bist doch auch zur Stelle, wo Verwundete zu beklagen sind. Du weißt also selbst am besten: Eine Wundärztin muss nun einmal helfen, wenn man ihres Beistands bedarf.« Beschämt wandte sie das Gesicht zur Seite, um die aufsteigenden Tränen zu verbergen. Er sollte keinesfalls sehen, wie sehr seine Worte sie verletzt hatten.

»Verzeiht vielmals, mein Herr, aber das verehrte Fräulein war so gütig, mir anzubieten, meine Blessuren zu versorgen«, erklärte der Student unterwürfig. »Wenn Euch das nicht recht ist, suche ich selbstverständlich einen anderen Wundarzt auf.«

Gleich machte er Anstalten, sich mit einer knappen Verbeugung zu empfehlen, da hielt Carlotta ihn am Ärmel zurück.

»Das kommt gar nicht in Frage.« Entschlossen wischte sie die Wangen trocken. »Ihr kommt mit mir in die Langgasse, wie wir es vorhin besprochen haben. Der junge Medicus weiß genau, welche Aufgaben ich zu erfüllen habe. Oder willst du dich jetzt doch in die Niederungen eines Wundarztes begeben und eigenhändig blutige Wunden austupfen?«, wandte sie sich vorwurfsvoll an Christoph.

»Das wäre dir vielleicht mal eine Lehre«, konnte Pantzer sich nicht verkneifen vorzuschlagen und versetzte Christoph einen gezielten Stoß mit dem Ellbogen. »Nehmt das alles nicht so ernst, mein Guter«, beschwichtigte er zugleich den Studenten, der über dem Wortwechsel noch zwei Schritte weiter zurückgewichen war. »Ihr müsst einfach entschuldigen, dass mein Freund, der Medicus, heute etwas verstimmt ist. Der eisige Ostwind hat ihm wohl die gute Laune weggeweht.«

Christoph schnaubte. Das laute Dröhnen von Hufen aus Richtung der Langgasse hinderte ihn jedoch daran, sich weiter zu empören. »Schon wieder?«, brummte er stattdessen.

»Die Preußen!«, gellte wie zur Bestätigung ein entsetzter Schrei durch die Gassen. Unter den trommelnden Hufschlägen erzitterte die Erde. Die ersten Dragoner bogen um die Ecke. Pantzer drückte sich gegen die Hauswand, als fürchtete er, zu Boden gestampft zu werden, Carlotta und der Student retteten sich auf die gegenüberliegende Straßenseite. Lediglich Christoph verharrte mitten auf der Gasse und blickte mit grimmiger Miene den Reitern entgegen.

Knapp vor ihm zügelte der vorderste Dragoner sein Ross. Der Rappe stieg kurz auf und kam unruhig auf der Stelle tänzelnd zum Stehen. Carlotta erblasste. Mathias.

»Was ist jetzt schon wieder los?«, rief er unfreundlich von oben herab und schwang sich aus dem Sattel. Gleichzeitig bedeutete er seinen Soldaten mit einem lässigen Winken, langsam weiterzureiten. Er hatte Christoph sogleich erkannt.

»Nichts, was Euch aufhalten sollte.« Christoph rückte sich den Hut tiefer in die Stirn und streckte den Arm nach Pantzer aus. »Los, Caspar, gehen wir. Unsere kleine Wundärztin braucht uns jetzt gewiss nicht mehr. Einen Studenten und einen Kurfürstlichen gleichzeitig vor sich zu haben, dürfte selbst ihr genügen.«

»Christoph! Was soll das?«, rief Carlotta. Doch der schenkte ihr keine Beachtung. Pantzer dagegen war zu sehr damit beschäftigt, seinen Freund verwundert anzustarren, als dass er sich um sie zu kümmern vermochte.

»Reißt Euch zusammen!« Drohend blickte Mathias auf den Medicus herab.

Christoph war ein gutes Stück kleiner als er, reckte jedoch furchtlos den Kopf und fragte in aufreizendem Ton: »Ihr wollt mir doch nicht etwa befehlen? Mit welchem Recht? Ich bin ein freier Bürger der Altstadt. Im Gegensatz zu Euren Soldaten unterstehe ich nicht Eurem Kommando. Vergesst das besser nicht. Oder wollt Ihr mir wieder an die Kehle?« Aufreizend riss er den Mantel auf und streckte Mathias den nackten Hals entgegen. Um dessen Mundwinkel zuckte es verräterisch. Er rührte sich jedoch nicht. Nach einer quälend langen Ewigkeit schloss Christoph den Mantel wieder und stapfte davon, ohne Carlotta noch eines einzigen Blickes zu würdigen.

»Was soll das?« Pantzer sah Carlotta fassungslos an.

Der Student war vor Schreck erstarrt, Mathias dagegen bebte vor Wut. Immer wieder ballte er die Fäuste.

»Geht ihm nach, Pantzer, bitte«, wisperte Carlotta. »Ich komme schon allein klar.«

»Seid Ihr sicher?« Zweifelnd runzelte der Apotheker die Stirn. Als sie nickte, tätschelte er ihr ermutigend den Arm und hinkte, so schnell er konnte, Christoph hinterher.

»Was ist hier eigentlich passiert?«, besann sich Mathias auf seine Soldatenwürde und musterte die zerrissene Studentengestalt. »Hat Kepler Euch so zugerichtet? Wollt Ihr ihn deswegen belangen? Nur zu, sagt mir freiheraus, was geschehen ist. Es soll Euer Schaden nicht sein.«

Nun war es an Carlotta, verblüfft zu sein. Viel zu langsam dämmerte ihr, was Mathias im Schilde führte. Gerade, als sie zu einer Erklärung ansetzte, kam ihr der Pennäler zuvor.

»Da müsst Ihr etwas missverstanden haben, Herr. Der Medicus hat mir nichts zuleide getan. Ganz zufällig ist er mir gerade begegnet und hat mich auf mein Aussehen angesprochen. Hier, schaut, wie es um mich bestellt ist. Ich bin eben auf dem Schnee ausgerutscht und unglücklich gestürzt. Das verehrte Fräulein hat mir ihre Hilfe angeboten, weil sie Wundärztin ist. Wir sind unterwegs zu ihrem Haus, wo sie Verbandszeug und Pflaster hat. Es verhält sich alles viel harmloser, als es den Anschein haben mag.«

Seiner Versicherung zum Trotz stand ihm die Angst deutlich ins Gesicht geschrieben.

»Lass ihn gehen«, bat Carlotta Mathias mit Nachdruck. »Seine Verletzungen sehen schlimmer aus, als sie sind. Das werde ich zu Hause rasch versorgt haben. Du hilfst ihm am besten, wenn du nicht weiter nachfragst. Es ist schlimm, was die älteren Semester mit den jüngeren anstellen. Noch schlimmer aber wird es, wenn sich die Ordnungskräfte einmischen. Die Pennäler werden ihn spüren lassen, was Verrat bedeutet, solltest du sie zur Rede stellen.«

»Seine Kommilitonen haben ihn so zugerichtet?« Ungläubig schüttelte Mathias den Kopf und blickte dann suchend die leere Gasse entlang, als hoffte er, irgendwo noch einen Übeltäter zu erspähen. Carlotta begriff, wie dünn ihre Geschichte für ihn klingen musste. Er grinste bereits mehrdeutig. »Du hast natürlich recht! Wie konnte ich auch nur auf die Idee verfallen, dein geliebter Medicus hätte sich wieder einmal nicht beherrschen können?«

»Red keinen Unsinn! Du weißt genau, dass ich die Wahrheit sage.« Sie warf ihm einen mahnenden Blick zu, zupfte den Studenten am zerfetzten Mantelärmel. »Wir gehen jetzt besser weiter. Es wird wirklich Zeit, dass ich Eure Wunden verbinde.«

»Gut«, stimmte er dankbar zu und marschierte los.

»Du hast dich nicht verändert«, sagte Mathias und hielt sie am Arm zurück.

»Was man von dir leider nicht behaupten kann«, erwiderte sie schroff und riss sich los.

Den Schal um die rotblonden Locken gebunden, den Mantel eng um die schmächtige Brust gezogen, hastete sie dem Studenten hinterher. Sie musste sich sputen.

»Warte!«, eilte Mathias ihr nach. Sie hörte die schweren Stiefelschritte dicht an ihrem Ohr. »Carlotta, bitte, ich muss dir …«

Das Aufheulen des Windes verschluckte die letzten Worte. Sie zögerte einen Moment. Doch sie gab dem Drang nicht nach, sich umzudrehen. Frierend zog sie den Kopf zwischen die Schultern und setzte ihren Weg fort. Mathias gab schließlich auf. Sie hörte, wie er nach seinem Pferd pfiff, aufstieg und in die entgegengesetzte Richtung davonritt.

6

Zum Ende der Woche legte der Winter eine Pause ein. Am Freitagmorgen war nur mehr leichtes Schneegrieseln in der Luft, und im Verlauf des Vormittags klarte der Himmel ganz auf. Die milden Sonnenstrahlen leckten die letzten

Schneereste von der Erde, das nasse Pflaster trocknete schnell.

Als Magdalena nach dem morgendlichen Imbiss aus der Haustür trat, sog sie die erfrischende Luft ein. Angesichts der milden Temperatur lastete die Heuke aus dunkler schwerer Wolle schwer auf ihren schmalen Schultern. Einen Moment erwog sie, sich einen leichteren Umhang zu holen. Dann aber beschloss sie, es doch dabei zu belassen. Am Hundegatt konnte es zugig sein, ohnehin wehte zwischen den luftigen Speichern stets ein frischer Wind. Sie richtete die Witwenschnebbe aus zarter schwarzer Spitze auf dem rotgelockten Haar, prüfte den Glanz der Lederstiefel und streifte die Handschuhe über. Der tägliche Gang zum Lager wurde an diesem Freitag wenigstens von der Last des schlechten Wetters befreit. Angesichts der vielen anderen Dinge, die ihr in den letzten Tagen das Leben schwermachten, empfand sie das bereits als Wohltat. Sie zwang sich, die Sorge um Carlotta und das Bangen, was Mathias weiter im Schilde führte, eine Zeitlang beiseitezuschieben. Auch die Trauer um Gerke sowie die nagende Furcht, in ihrer Kunst als Wundärztin kläglich versagt zu haben, wollte sie für eine Weile vergessen.

»Gott zum Gruße, Verehrteste!« Eine dunkle Männerstimme schallte ihr entgegen. Zunftgenosse Grünheide erwartete sie mitten auf der Langgasse, zog den Spitzhut vom Kopf und verbeugte sich tief. »Mir scheint, ich komme gerade rechtzeitig. Darf ich Euch ein Stück des Wegs begleiten? Auf zur Börse. Bei diesem Wetter endlich mal wieder eine Pflicht, die einem Vergnügen bereitet.«

Er lächelte breit. Der sorgfältig gestutzte graue Spitzbart wippte übermütig.

»Zur Börse, um diese frühe Stunde?«, fragte sie erstaunt.

»Oh, ich weiß«, entgegnete er vergnügt. »Eigentlich wollt Ihr wie jeden Morgen erst zur Lastadie gehen, um zu prüfen, ob Eure Männer fleißig die Speicher mit Nachschub füllen. Das könnt Ihr später auch noch tun. Habt Vertrauen. Eure Leute sind gewiss brav bei der Arbeit. Wenn wir uns beeilen, treffen wir jedoch pünktlich mit dem Postreiter am Grünen Tor ein. Und an der Börse gibt es gewiss Neuigkeiten, was unseren tapferen Hieronymus Roth betrifft. Oder dringt Ihr nicht darauf, zu erfahren, wie es dem Ärmsten in der Haft ergeht?«

»Doch, doch«, beeilte sich Magdalena zu versichern.

»Ich sehe schon, meine Teuerste, in Wahrheit seid Ihr mit Euren Gedanken ganz woanders.« Das Lächeln auf seinem Gesicht wich einem Anflug von Besorgnis.

»Ihr habt mich ertappt«, gab sie sich geschlagen. Je länger sie ihn betrachtete, desto mehr stieß ihr der Gegensatz zwischen seinem grobgeschnittenen Antlitz und der ausgesucht eleganten Kleidung auf. Sosehr sich der mit Pelzen aus Riga reichgewordene Kaufmann auch bemühte, die letzten Spuren seiner Herkunft aus einer einfachen Bauernfamilie im Litauischen ließen sich nicht völlig verwischen. Dabei schätzte Magdalena ihn gerade deswegen. Es verlieh ihm eine Bodenhaftung, die Kaufleuten durchaus von Nutzen sein konnte.

»Eigentlich wollte ich den Gang zur Lastadie nutzen, um mich meinen Gedanken hinzugeben«, entschuldigte sie sich. »Zu vieles hat sich in den letzten Tagen ereignet, was mir im Kopf herumspukt.«

»Das kann ich nachvollziehen«, stimmte er zu, wies aber gleichzeitig mit der Hand einladend die Langgasse Richtung Grüne Brücke hinunter, wo die Börse lag. »Lasst uns gemeinsam über all die Dinge sprechen, die Euch auf dem Herzen liegen.« Galant bot er ihr den Arm. Magdalena blieb gar keine andere Wahl, als ihm zu folgen. Sosehr sie sich sonst gegen offene Bevormundung sträubte, schien es ihr nun das Richtige zu sein.

Seite an Seite spazierten sie los, gelegentlich den einen oder anderen grüßend. Munter plauderte Grünheide weiter: »Roth befindet sich weiterhin im Schloss, wie man hört. Offenbar wagt es Friedrich Wilhelm nicht, ihn zur Feste Friedrichsburg bringen zu lassen. Der Schutz der dreitausend Soldaten, die er in der Altstadt gesammelt hat, ist ihm hier in Königsberg wichtiger. Keinen einzelnen will er vorher ziehen lassen. Trotz dieses Zögerns aber dürfte die Haft für Roth kein Zuckerschlecken sein. Der Kurfürst kann ihm schlecht eine Sonderbehandlung zuteilwerden lassen. Damit würde er ihm letztlich doch recht geben und sich selbst ins Unrecht setzen. Also muss er so tun, als hätte er es mit einem gemeinen Verbrecher zu tun. Über kurz oder lang wird er ihn weit weg von unserer Stadt in ein Verlies werfen.«

»Das heißt, man wird ihm bald den Prozess machen?« Bislang hatte Magdalena wenig Anteil an Roths Schicksal genommen. Erst jetzt wurde sie gewahr, wie sehr die weiteren Geschehnisse auch sie selbst und ihre Geschäfte in Bedrängnis bringen konnten. »Das wird Auswirkungen auf den Landtag haben. Sind die Stände sich in ihrer Haltung gegenüber dem Kurfürsten noch einig? Was sagt der Kneiphofer Rat dazu? Wie verhalten sich Altstadt und Löbenicht zu alledem?«

»Um das zu erfahren, sollten wir zur Börse gehen.« Behutsam fasste er sie am Arm und half ihr über eine Pfütze hinweg.

Von der Brotbänkenstraße bog ein großes Fuhrwerk um die Ecke. Wütend knallte der Kutscher mit der Peitsche, weil die stämmigen Zugpferde es nicht schafften, das Gefährt in einem Schwung um die Kurve zu ziehen. Um dem Hieb zu entgehen, sprang ein aufgebrachter Passant Magdalena auf die Füße. Beherzt bewahrte Grünheide sie vor Schlimmerem. Dankbar nickte sie ihm zu.

»Was sagt Ihr zu dem Wetterumschwung?«, wechselte er das Thema, sobald sie dem Gewühl entronnen waren. »Erst gönnt uns der Oktober einen nahezu endlosen Sommer, dann lässt er uns zum Ende hin zu Eissäulen erstarren. Dafür wärmt uns der November gleich wieder das Herz auf. Ich bin gespannt, wie es bis Jahresende weitergehen wird.«

»Ihr wisst, was das Wetter an Allerseelen für den Rest des Jahres bedeutet.« Sie winkte ihrer Nachbarin zu, die ihr wie stets in größter Eile entgegenkam. »Dieses Mal war es an Allerseelen kalt und klar, deshalb wird uns die Weihnacht eine frostige Schneedecke bescheren.«

»Ihr meint, Teuerste, wir sollten uns sputen, unsere Schiffe aus Danzig und Riga nach Hause zu beordern und die Waren in die Lagerhäuser zu bringen? Wird das Haff zufrieren?«

»Ich rechne mit einem langen und kalten Winter. Darauf hat schon das warme Wetter an Sankt Gilbhart hingedeutet.«

Sie raffte den Rock, um mit seinem Tempo mithalten zu können. Ihr Blick glitt über das quirlige Geschehen auf der Gasse. Die Sonne lockte so manchen nach draußen, der sich in den letzten Tagen ängstlich hinter dem Ofen verkrochen hatte. Es schien, als hätte sich die bedrohliche Gegenwart der kurfürstlichen Soldaten mit dem Schnee und der Eiseskälte aus der Stadt verzogen. Doch nicht erst seit Grünheides Andeutungen misstraute Magdalena der unbeschwerten Stimmung. Auf der linken Straßenseite rückte die Fleischbänkenstraße in den Blick. Die ersten Kaufleute hatten ihr zweites Frühstück beendet und standen an der Ecke zur Langgasse, um gemeinsam zur Börse zu gehen. Zu Magdalenas Erleichterung machte Grünheide keinerlei Anstalten, sich den Zunftgenossen anzuschließen. Grünheides Gegenwart dagegen erwies sich als eine Art Schutzschild. Mehr als einmal meinte sie, abschätzige, wenn nicht gar böse Blicke auf sich zu spüren. So mancher Kneiphofer Bürger zürnte ihr. Gelegentlich meinte sie das Wort »Bernsteinessenz« aufzuschnappen. Das versetzte ihr einen Stich. Es half nichts: Ihr Bemühen um Verdrängen war vergebens, sie entkam dem Übel nicht.

»Sagt«, wandte sie sich deshalb entschlossen an Grünheide, »Ihr wart nach Gerkes Beerdigung gestern sicher noch beim Leichenschmaus.«

»Natürlich«, erwiderte er und zupfte sich den Bart. »Man hat Euch bei der Beerdigung übrigens schmerzlich vermisst, Verehrteste.«

»Oh«, entfuhr es ihr, überrascht, dass ihre Abwesenheit tatsächlich aufgefallen war. »Es war mir nicht wohl.«

Kaum ausgesprochen, schämte sie sich bereits der Lüge.

»Keine Sorge, Teuerste«, entgegnete er. »Ich persönlich verstehe sehr gut, wie unerträglich solche Dinge selbst einige Jahre nach dem Tod Eures Gemahls noch für Euch sind.«

»Wie geht es der armen Dorothea? Habt Ihr sie gesprochen?«, fragte sie. »Mir war, als träfe sie der Tod des geliebten Gemahls ausgesprochen hart.«

»Ihr wisst selbst am besten, wie schlimm es ist, so unverhofft den Ehegatten zu verlieren«, vermied Grünheide eine direkte Antwort. »Umso wichtiger ist es für sie, die rege Anteilnahme der Mitbürger und vor allem der engsten Zunftgenossen zu erfahren. Gerade an Eurer Gegenwart wäre ihr viel gelegen, hat sie mir anvertraut. Sie meint, jetzt, da Ihr beide in derselben Lage seid, also ganz ohne männlichen Beistand das Kontor weiterführt, könntet Ihr einander beistehen.«

»Wir sind nicht die einzigen Kaufmannswitwen in Königsberg, nicht einmal hier im Kneiphof«, wandte sie ein. Im Stillen fragte sie sich, ob Grünheide weniger Dorotheas als seinen eigenen Wunsch damit vorbrachte. »Bislang waren Dorothea Gerke und ich keine engen Freundinnen, warum sollten wir es künftig sein?«

»Ich kann verstehen, wenn Ihr zögert, zu ihr zu gehen. Dennoch rate ich Euch, nicht voreilig Dorotheas ausgestreckte Hand zurückzuweisen.«

»Worauf wollt Ihr hinaus?« Magdalenas Stimme tönte erschreckend schrill über das Geschrei der Händler und Hausfrauen hinweg, die vom nahen Junkergarten in die Langgasse herüberschlenderten. Grünheide antwortete nicht.

In Höhe des Wirtshauses zum Grünen Baum bildete sich eine größere Ansammlung. Grünheide musste ihr von der Seite weichen. Eine Handvoll Kräuterweiber, die um den besten Verkaufsplatz für ihre üppig gefüllten Körbe buhlten, versperrte ihm den Weg. Magdalena drängte sich auf der gegenüberliegenden Straßenseite durch das Gewühl. Vom Junkergarten zog ein aufdringlicher Geruch herüber, auch das Wasser des Alten Pregels roch brackig. Der Ostwind flaute wieder auf. Das milde Wetter würde sich bald schon als kurzes Zwischenspiel entpuppen.

Am Grünen Tor wurde die Post erwartet. Magdalena reckte sich auf die Zehenspitzen, um Grünheide inmitten der Umstehenden wiederzufinden. Viel zu viele Männer trugen die gleichen schwarzen Spitzhüte und dunklen Wollumhänge. Im Stillen verfluchte sie die Eitelkeit ihrer Mitbürger, beim Schneider auf demselben Schnitt zu bestehen. Bald war keiner mehr vom anderen zu unterscheiden. Endlich erspähte sie den Zunftgenossen. Sein grobschlächtiges Gesicht und die übertriebene Gestik hoben ihn aus der Masse heraus. Winkend kam er auf sie zu und zog sie ein Stück abseits.

»Verehrte Frau Grohnert«, hub er noch einmal förmlich an. »Auf Gerkes Beerdigung hat man Euch wirklich schmerzlich vermisst. Gerade weil Gerke Euch in den letzten Wochen seines Lebens sehr vertraut hat, sogar mehr als anderen aus dem Kneiphof vertraut hat«, betonte er mit einem vieldeutigen Seitenblick, »ist es aufgefallen, dass Ihr nicht gekommen seid, um von ihm Abschied zu nehmen. Auch Eure Bernsteinessenz wurde mehrfach erwähnt. Einzig auf die hat er bis zuletzt geschworen, heißt es. Wart Ihr nicht auch bei ihm, bis der letzte Funke Leben aus ihm gewichen ist? Die arme Dorothea hat das immer wieder bestätigt.«

7

Streng bewachten Merkur, Neptun und Chronos das Kneiphofer Wappen gleich am Eingang der direkt auf Pfählen über dem Alten Pregel errichteten Börse. Wie so oft, wenn sie das Gebäude betrat, beäugte Magdalena argwöhnisch all die vielen in Stein gemeißelten Figuren. Sirenen, Meerungetüme und andere geheimnisvolle Gestalten fanden sich darunter. Auch die rund fünf Dutzend Sinnsprüche in dem anschließenden Prunksaal, die zu mehr Bescheidenheit, Gottesfurcht und Zufriedenheit mahnten, flößten ihr stets Respekt ein. Zwar mutete es etwas befremdlich an, gerade den Ort, an dem es ums Geldverdienen und Geschäftemachen ging, mit Sprüchen auszuschmücken wie:

Der tödt't die Begierd, wird ewig satt.
Ein Armer empfängt einen gefüllten
Geldbeutel, ein Reicher aber Rutenstreiche
und Geisselhiebe vom Himmel
mit seiner ausgestreckten Hand.
Je höher Glück, je minder Sicherheit.

Doch schien darin wohl der besondere Witz des hiesigen Menschenschlags zu bestehen, wie die Königsberger sich auch in anderen Belangen gern widersprüchlich zeigten.

»Wo bleibt Ihr, Verehrteste?«, hörte sie Grünheide rufen.

Von einer Handvoll Zunftgenossen umringt, stand er bereits inmitten des ehrwürdigen Gemäuers und winkte ihr freundlich zu. Prüfend glitt der Blick ihrer smaragdgrünen Augen durch den langgestreckten Saal. Die meisten der doppelflügeligen Rundbogenfenster auf der Längsseite zeigten nach Süden. Fast zwei Stunden mochte es noch dauern, bis das goldene Sonnenlicht von dieser Seite den spärlich möblierten Raum überflutete. Düstere Stimmung aber herrschte dennoch nicht. Nahezu die gesamte Kaufmannschaft der Dreistädtestadt am Pregel hatte sich zwischen den holzgetäfelten Wänden versammelt. Zudem waren die vereidigten Makler sowie einige Reisende und Händler aus benachbarten Städten zugegen.

Magdalena war nicht die einzige Frau unter den Kaufleuten. Immer wieder stand eine Geschlechtsgenossin neben einem der munter mit ihren Stäben gestikulierenden Makler oder bei einem der weitgereisten Händler. Fachkundig beteiligten sich die Kauffrauen am Gefeilsche um Holz- oder Pelzlieferungen aus dem hohen Norden, Wolle und Getreide aus dem Süden oder auch an den lebhaften Diskussionen über die Lage im Kneiphof. Die Mienen ließen keinen Zweifel daran, wie sehr man auch nach Roths Verhaftung gewillt war, die Geschäfte wie gewohnt fortzusetzen.

»Zum Geldverdienen brauchen wir den Kurfürsten nicht«, stellte ein kahlköpfiger Makler fest, in dem Magdalena Laurenz Beentz aus der Goldenen Pongasse erkannte.

»Selbst dreitausend kurfürstliche Soldaten jagen echten Königsberger Kaufleuten wie uns keine Angst ein«, pflichtete Grünheides Kumpan Gutfried eifrig bei.

»Nie und nimmer verzichte ich auf die mir zustehenden Gewinne, nur weil der Kurfürst mit dem Säbel rasselt«, ergänzte Beentz.

»Selbst wenn er meint, den Kneiphof vollständig abriegeln zu müssen, werden wir Mittel und Wege finden, unserem Geschäft nachzugehen.« Auch Grünheide zeigte sich selbstbewusst.

»Friedrich Wilhelm wird den Teufel tun, unsere Geschäfte zu beschneiden.« Gutfried setzte ein triumphierendes Lächeln auf. »Wenn wir kein Geld verdienen, fließen erst recht keine neuen Steuern in seine Kassen.«

»Und dann kann er sich die Einrichtung eines stehenden Heeres und all seine Träume von Feldzügen gegen die Russen, Schweden und Litauer sonst wohin schreiben«, posaunte ein pausbäckiger Kaufmann aus der Schuhgasse freiheraus.

Die umstehenden Kaufleute brachen in befreites Lachen aus. Selbst die Altstädter und Löbenichter, die dem Kurfürsten unlängst erst gehuldigt und damit die Kneiphofer im Stich gelassen hatten, stimmten ein.

»Ich sage ja immer, unter dem Schutz unseres guten polnischen Freundes Johann II. Kasimir stünden wir uns gar nicht so schlecht. Es ist töricht, dass der Bundesbrief nicht unterzeichnet wurde. Da müssten wir jetzt nicht gegen den Kurfürsten wettern und drohende Abgaben sowie den Angriff der Dragoner in unseren eigenen Mauern fürchten. Roth hat Anfang des Jahres recht getan, sich des polnischen Beistands zu versichern. Wir sollten uns gut überlegen, wie wir den einfordern können.« Wichtigtuerisch wippte ein rotbärtiger Mann auf den Stiefelspitzen vor und zurück.

Stille breitete sich in der Börse aus. Manche schauten betreten zum Fenster, andere hüstelten verlegen in die Faust. Magdalena hielt den Atem an. Deutlich spielten die Worte auf das Umfallen der Altstädter und Löbenichter Bürger gegenüber dem Kurfürsten an. Würde einer von ihnen wagen, ihr Vorgehen zu rechtfertigen?

»Ach, vergesst doch die Sache mit Johann Kasimir«, winkte Gutfried schließlich ab. »Natürlich hört der gern unseren Eid. Und am Ende nimmt er genauso gern unser Geld. Es ist doch immer das Gleiche mit den hohen Herren.«

»Recht hat er!«, »Ja, genauso ist es!«, stimmten die Umstehenden zu, erleichtert, dass einer den Bann gebrochen hatte.

Langsam schritt Magdalena durch die Kaufleute, schnappte hie und da noch einzelne Satzfetzen zu den Polen, wenig respektvolle Bemerkungen zu Kurfürst Friedrich Wilhelm, seinen strammen Dragonern und den von ihm eingeforderten Steuern auf. Bald aber beherrschten mehr und mehr die ins Wanken geratenen Bernsteinpreise die Gespräche. Auch die horrend gestiegenen Holzpreise in Schweden und die stärker werdende Konkurrenz der Kaufleute aus Riga sorgten für regen Gesprächsstoff. Knapp grüßte Magdalena einen Zunftgenossen aus der Altstadt, bedeutete einem entfernten Bekannten aus Danzig mit einem Wink, dass sie später noch mit ihm reden wolle, und reichte der Kaufmannswitwe Ellwart aus der Fleischbänkenstraße die Hand, um ihr nachträglich noch zum Namenstag zu gratulieren.

Ihr Rücken versteifte sich, als sie sich der Mitte des Saales näherte. Nahe dem ihr fröhlich zugewandten Grünheide erspähte sie Helmbrechts breite Schultern. Sie schluckte. Schwer drückte die Last, ihn Mathias' wegen auf ihre seit Jahren verschwundene Base Adelaide anzusprechen. Das aber war dringend geboten, wie das plötzliche Auftauchen ihres Neffen am letzten Montag bewiesen hatte. Am besten, sie erledigte das gleich, sonst gebrach ihr wieder der Mut. Seit vier Jahren vermieden sie dieses heikle Thema, wohl wissend, wie unsinnig ihr Schweigen darüber war. Helmbrecht hatte Adelaide damals versprochen, niemandem zu verraten, wo sie sich aufhielt. Es war jedoch grausam, ausgerechnet Mathias, ihrem einzigen Sohn, ihren Aufenthaltsort vorzuenthalten. Er hatte ein Recht darauf, seine Mutter wiederzusehen. Entschlossen trat Magdalena auf Helmbrecht zu, um im nächsten Moment innezuhalten. Das ihr bestens vertraute Haupt mit dem nackenlangen braunen Haar neigte sich einer in auffälligem Kobaltblau gewandeten Dame zu, die ihm aufgeregt etwas ins Ohr wisperte. Mittels eines zustimmenden Kopfnickens begleitete er ihre Worte. Magdalena kniff die Augen zusammen. Das Gesicht der Frau kam ihr bekannt vor, doch es gelang ihr nicht, es einer der in Königsberg wohnenden Kaufmannsfrauen zuzuordnen.

Als spürte er ihren Blick, drehte sich Helmbrecht zu ihr um. Das Sonnenlicht beleuchtete unbarmherzig die wenig schönen Blatternarben auf seinen Wangen. Wie so oft verlieh gerade das ihm ein anziehendes Aussehen. Das wohlvertraute Kribbeln in Magdalenas Leib ließ nicht lang auf sich warten. Seit Jahren zog dieser Mann sie in Bann, mindestens ebenso lang aber schon versagte sie sich die Sehnsucht, dem Verlangen nachzugeben. Die Verpflichtung dem toten Eric gegenüber hinderte sie. Sobald Helmbrecht sie erkannte, hellten sich seine faszinierenden Bernsteinaugen auf. Die dunklen Einsprengsel funkelten darin. Erfreut breitete er die Arme aus.

»Magdalena«, dröhnte sein wohlklingender Bass viel zu laut durch den Saal. Jäh verstummte das Gemurmel der übrigen Anwesenden, und alle schauten zu ihr. Für diese unangenehme Aufmerksamkeit zeigte Helmbrecht sich seit Jahren unempfänglich. Zu keiner Gelegenheit machte er einen Hehl aus seinen Gefühlen ihr gegenüber. »Wie schön, Euch einmal schon zu dieser Stunde hier an der Börse zu begrüßen.«

Es blieb ihr nichts anderes, als unter den Blicken der übrigen Kaufleute zu ihm zu gehen und ihn ebenfalls herzlich willkommen zu heißen. Ihr Anliegen aber musste sie aufschieben. Ein Kloß verengte ihr den Hals. Helmbrecht merkte nichts von ihrer Beklommenheit.

»Erlaubt mir, dass ich Euch eine Bekannte aus Brügge vorstelle.« Sogleich wandte sich die in Kobaltblau gekleidete Dame neugierig um. »Marietta Leuwenhoeck hat den langen Weg an den Pregel angetreten, um sich hier in einigen Kontoren vorzustellen. Ist es nicht ein Zufall, dass ich sie auch hier treffe? Dabei sollte ich längst zurück in Leipzig sein. Aber in diesen Wochen ist eben alles nicht so, wie es sein sollte. Das erfahren wir leider jeden Tag aufs Neue. Liebe Frau Leuwenhoeck, das also ist Magdalena Grohnert«, wandte er sich gut gelaunt an die Fremde.

»Wie schön, Euch endlich kennenzulernen.« Unverkennbar klang der flandrische Akzent in ihren Worten an, dennoch war es eine angenehme Stimme. Magdalena erwiderte höflich den Gruß, auch wenn sie sich fragte, warum die Unbekannte nicht dem Brauch gemäß ihren Besuch per Brief angekündigt hatte. Noch dazu, wo sie ungewöhnlich spät im Jahr an den

Pregel gereist war. Kaum ein anderer Kaufmann aus so weiter Entfernung befand sich noch in diesen Gefilden.

»Unser lieber Freund Helmbrecht hat mir schon viel von Euch erzählt«, fuhr Marietta Leuwenhoeck in ihrem prägnanten Tonfall fort und warf die langen blonden Haare nach hinten.

Der erste Eindruck hatte getäuscht. Bei näherer Betrachtung war Magdalena sich sicher, sie noch nie gesehen zu haben. Ein winziger Hut in einem etwas helleren Blauton als die übrige Kleidung, verziert mit einem duftigen Spitzenschleier, bekrönte die weißgold schimmernde Pracht auf Mariettas Haupt.

»Der Ruf Eures vortrefflichen Bernsteins, liebe Magdalena, dringt seit Jahren schon bis zu uns nach Flandern. Doch Ihr besitzt, wie ich höre, auch als Wundärztin einen ausgezeichneten Leumund. Gerade die Bernsteinessenz nach Eurem Rezept wird bis zu uns nach Flandern hinunter in den höchsten Tönen gepriesen. Bei den eigenartigsten Beschwerden soll sie wahre Wunder bewirken.«

»So?« Verwundert musterte Magdalena die schlanke Gestalt in dem ungewöhnlichen Blau weiter. Nichts in der Mimik der hochaufgeschossenen Frau verriet, warum sie ausgerechnet diese Rezeptur so hervorhob. Gleichwohl entging Magdalena nicht, wie sehr sie um Helmbrechts Aufmerksamkeit buhlte.

Noch schien er das kaum wahrzunehmen und gab sich ihr gegenüber genauso unbekümmert wie den anderen Zunftgenossen. Die aber ahnten bereits, welche Spannung sich zwischen der flandrischen Kauffrau und Magdalena ausbreitete, erst recht, als die Fremde mit der Erwähnung der Bernsteinessenz ein heikles Thema ansprach. Magdalena warf den umstehenden Kaufleuten beschwörende Blicke zu, bis diese sich zögerlich wieder ihren eigenen Gesprächen zuwandten. Gewiss gärte die Sache mit Gerkes Tod und ihrer Bernsteinessenz weiterhin unter der Oberfläche. Insgeheim quälte Magdalena außerdem die Frage, ob Marietta die Essenz wirklich zufällig erwähnt hatte. Kurz streifte ihr Blick Grünheide. Sein Gesichtsausdruck verriet, dass auch er nicht an solche Zufälle glaubte. Ermutigend zwinkerte er ihr zu. Dankbar nickte sie.

Helmbrecht allerdings begriff nichts. Aufgekratzt suchte er die beiden Frauen weiter miteinander ins Gespräch zu bringen.

»Nicht nur Magdalenas Bernsteinessenz bewirkt wahre Wunder«, erklärte er beflissen. »Sie handelt noch mit einer Fülle anderer vielversprechender Rezepturen. Allerdings rückt sie die genauen Zusammensetzungen nicht heraus. Ihre Tochter Carlotta verfügt obendrein über die besondere Gabe, Menschen von ihren Leiden zu befreien und zielsicher mit der richtigen Medizin zu behandeln. Das Auflegen der Hand genügt ihr, um die schlimmsten Schmerzen vergessen zu machen. Unbedingt müsst Ihr in die Langgasse gehen, liebe Marietta, und Euch persönlich von den Kenntnissen und Fähigkeiten der beiden Frauen überzeugen.«

Ein leises Raunen unter den Anwesenden begleitete seine Worte. Zu ihrem Entsetzen meinte Magdalena, mehrmals Gerkes Namen murmeln zu hören. Die sich verfinsternden Gesichter schienen das zu bestätigen. Grünheide räusperte sich laut, und er scharrte mit der Stiefelspitze über den Dielenboden, um Helmbrecht in seinen Ausführungen zu bremsen. Der aber war viel zu sehr damit beschäftigt, Marietta für Magdalena zu begeistern, als dass er etwas von den Gesten wahrgenommen hätte.

»Wie kommt es, dass Ihr um diese Zeit noch auf Reisen seid?«, fragte Magdalena die großgewachsene Frau aus Flandern, die selbst die meisten anwesenden Männer überragte. »Kaufleute aus Euren Gefilden pflegen im November längst an den heimischen Börsen zu handeln. Wenn Ihr Pech habt, wird Eure Rückreise sehr beschwerlich. Das Haff friert mitunter schon im Dezember zu. Über Land wird die Reise nicht minder schwierig, wenn man den rechten Zeitpunkt verpasst. Die Schneestürme haben dieses Jahr sehr früh und unerwartet stark begonnen. Das kann die nächsten Wochen nur schlimmer werden.«

»Das Wetter ist derzeit wohl das Geringste, was mich bei meiner Rückkehr nach Flandern aufhalten kann«, erwiderte Marietta und erlaubte sich ein vielsagendes Lächeln.

»Mir ist kaum vorstellbar, dass Euch jemals etwas bei einem Vorhaben aufhalten kann, verehrte Marietta«, merkte Helmbrecht an.

Magdalena spitzte den Mund und reckte sich. Kühn funkelten ihre grünen Augen.

»Mir scheint, dasselbe könnte man guten Gewissens von Magdalena Grohnert behaupten«, entgegnete Marietta und zwinkerte ihr zu. »Nach allem, was man hört, weiß sie genau, was sie in ihrem Geschäft erreichen will.«

»Wüsste ich das nicht, wäre ich wohl eine schlechte Kauffrau«, war alles, was Magdalena darauf erwiderte.

»Das kann ich nur bestätigen«, warf Helmbrecht ein. »Sowohl als Wundärztin wie auch als Kauffrau habt Ihr besonderes Geschick bewiesen, liebe Magdalena. Aber auch Ihr, verehrte Marietta, versteht Euer Geschäft. Genau aus diesem Grund wollte ich Euch miteinander bekannt machen. Ihr seid aus demselben Holz geschnitzt. Ihr werdet Euch hervorragend verstehen.«

»Wie schön, Euch alle so einträglich an der Börse versammelt zu sehen«, ertönte eine befehlsgewohnte Frauenstimme vom Eingang. Wie auf Kommando wandten alle die Köpfe.

Magdalena erstarrte. Kerzengerade, die Hände auf die Hüften aufgestützt, hatte sich Dorothea Gerke an der Saaltür aufgebaut. Der Witwe ausgerechnet vor versammelter Königsberger Kaufmannschaft zum ersten Mal nach dem Tod ihres Gemahls gegenüberzustehen, das hätte Magdalena wahrlich gerne vermieden. Einerseits zehrte es an ihr, dass sie dem sterbenden Zunftgenossen nicht mehr hatte helfen, nicht einmal seine Qualen merklich hatte lindern können. Andererseits wusste sie, wie ungerechtfertigt solche Gedanken waren. Als Wundärztin hatte sie ihr Bestes gegeben, um ihm beizustehen. So, wie es aussah, hatten das fortgeschrittene Alter und die schlechte körperliche Verfassung für sein vorzeitiges Dahinscheiden gesorgt. Davon aber wollte Dorothea wohl nichts wissen. Voll düsterer Ahnungen blickte Magdalena ihr entgegen.

Die schwarze Witwenkleidung stand Dorothea gut. Die stämmige Figur machte der teure schwarze Damast umso stattlicher, die betont aufrechte Haltung verlieh der frisch zur Witwe Gewordenen eine besondere Würde. Jäh fühlte Magdalena sich an eine andere Witwe erinnert: Base Adelaide hatte damals in Frankfurt nicht weniger eindrucksvoll mit ihrem Status als Trauernde posiert. Hatte sie ihr nicht auch den plötzlichen Tod ihres Gemahls nachgetragen? Damals hatte Magdalenas Gatte den Überfall überlebt, dem Adelaides Mann zum Opfer gefallen war. Magdalena entfuhr ein Seufzer. Es galt, dem bevorstehenden Angriff ruhig entgegenzusehen. Alles andere war ein offenes Schuldeingeständnis.

Zielsicher richteten sich Dorotheas grüne Augen auf sie. Mit zuckersüßem Lächeln, aber nicht zu überhörendem Falsch in der Stimme säuselte die Witwe: »Wie schön, Euch hier zu treffen, beste Freundin!«

Übertrieben weit streckte sie die Arme aus und rauschte achtlos an den anderen Zunftgenossen vorbei auf sie zu, als wollte sie sie umarmen und an ihr Herz drücken. Magdalena äugte zu Grünheide. Auf dessen Antlitz wechselten Staunen und Entsetzen rasend schnell miteinander ab. Im Saal blieb es still. Gespannt verfolgten die Anwesenden, was sich zwischen den beiden Frauen abspielte. Helmbrecht schob Marietta ein Stück beiseite und stellte sich keine zwei Schritte von Magdalena entfernt in Habtachtstellung. Die bernsteinfarbenen Augen verdunkelten sich. Die Blatternarben auf seinen Wangen färbten sich rot, der schmale Oberlippenbart zitterte.

Im letzten Moment ließ Dorothea den rechten Zeigefinger nach vorn schnellen. Anklagend zielte er auf Magdalenas flache Brust. Die eben noch freundlich lächelnde Miene verwandelte sich in eine hässliche Fratze, die grünen Augen sprühten vor Wut. Das Dreieck der schwarzen Witwenschnebbe auf der Stirn wirkte wie ein bedrohlicher Pfeil.

»Wie kannst du Hexe es wagen, hier zu sein?«, zischte sie.

»Beruhigt Euch, Verehrteste!« Beschwörend trat Helmbrecht auf sie zu. Er hoffte wohl, niemand habe ihre Worte verstanden und er könne sie zur Vernunft bringen, bevor ihre Vorwürfe allzu viel Aufsehen erregten.

»Bleibt mir vom Leib!«, brauste sie auf und wehrte ihn mit den Händen ab. »Euch hat sie doch zuallererst verhext. Jedem hier ist klar, wie Ihr beide zueinander steht.«

»Dorothea, bitte!«, schaltete Magdalena sich ein. Versöhnlich streckte sie ihr die Hand entgegen. »Ihr dürft Euch nicht so aufregen. Wir alle wissen, was Ihr dieser Tage durchmacht. Den liebsten Menschen auf Erden zu verlieren, das ist grausam. Noch dazu, wenn man hilflos mit ansehen muss, wie sehr er sich in seinen letzten Stunden gequält hat.«

»Das hat er doch nur dir zu verdanken, du elende Teufelsbrut!« Vor Wut keuchend fasste Dorothea sich an die Kehle.

»Ihr wisst nicht mehr, was Ihr sagt.« Magdalena wollte sie am Arm nehmen, um sie zu einem Stuhl zu geleiten, die Witwe jedoch schlug entrüstet ihre Hilfe aus.

»Fass mich nicht an!«, krächzte sie. »Mit dir will ich nichts zu tun haben. Erst verabreichst du meinem Mann deine giftigen Tropfen, und dann siehst du voller Genugtuung dabei zu, wie er vor meinen Augen elendig verreckt. Von wegen altbekannte Bernsteinessenz!«

Sie spitzte den Mund, als wollte sie vor Abscheu vor ihr ausspucken. »Als du gestern nicht zur Beerdigung gekommen bist, habe ich zuerst noch gehofft, mich in dir getäuscht zu haben. Beinahe habe ich dir sogar etwas wie ein Gewissen zugetraut. Nun aber weiß ich, dass du gar nicht in der Lage bist, etwas in dieser Richtung zu empfinden. Das sehe ich allein daran, wie du hier in der Börse tust, als wäre nichts geschehen. Lass dir gesagt sein: Ich habe dich durchschaut! Ich werde alles tun, dir das Handwerk zu legen.«

»Haltet ein, meine Liebe!«, versuchte Magdalena erneut, sie zur Vernunft zu bringen. »Der Kummer frisst Euch sonst noch auf.«

»Ihr seid diejenige, die mich auffrisst!«, kreischte Dorothea und sprang ihr an die Kehle. Geistesgegenwärtig stürzte Helmbrecht dazwischen und zog sie beiseite.

Magdalena wusste nicht, wie ihr geschah. Vom Schreck noch ganz benommen, sah sie, wie Helmbrecht den Arm um Dorothea legte und in seiner wohltönenden Stimme auf sie einsprach: »Aber, aber, meine Teuerste, Ihr seid ja ganz von Sinnen. Der Kummer über den schrecklichen Tod Eures Gemahls macht Euch wohl arg zu schaffen. Glaubt mir, was geschehen ist, hat uns alle tief getroffen. Wir werden unser Möglichstes tun, Euch zu helfen, wieder ins Leben zurückzufinden.«

Dorothea hob den Arm und ballte die Faust. Einen Atemzug lang hatte es den Anschein, als wollte sie auf ihn einschlagen. Augen und Mund weit aufgerissen, verzerrte sich ihr ebenmäßiges Gesicht jäh in größtem Schmerz. Ein furchtbarer Laut entfuhr ihrem Mund. Wie eine Erstickende rang sie nach Luft, bäumte den stämmigen, großen Körper auf und stierte Helmbrecht wie von Sinnen an. Wieder schnellte ihr Zeigefinger vor, deutete diesmal zitternd gen Helmbrechts Brust. »Merkt Ihr denn nicht?«, japste sie. »Verhext hat sie ihn!« Kraftlos klappte sie in sich zusammen und sank zu Boden.

Eine Zeitlang erfüllte allein das herzerschütternde Schluchzen der Witwe den riesigen Börsensaal. Wie betäubt starrten die Königsberger Kaufleute auf sie. Helmbrecht zeigte sich unfähig, sich von der weinenden Frau zu befreien. Magdalena und Marietta wechselten einen Blick, bückten sich und griffen Dorothea unter die Arme. Schweigend öffneten die anderen ihnen eine Gasse. An den vielen Zunftgenossen und Kaufmannsfrauen vorbei schleppten sie die Witwe zur holzgetäfelten Längsseite des Saales. Dort setzten sie sie behutsam auf eine Bank, lehnten ihren Oberkörper gegen die rückwärtige Wand und kreuzten ihr haltspendend die Arme im Schoß. Willfährig ließ Dorothea die Prozedur über sich ergehen.

Erschöpft wischte sich Magdalena mit dem Handrücken über die Stirn und richtete die Augen auf die Wandtäfelung oberhalb von Dorothea Gerkes Haupt. Sie stockte.

Genau über dem braungelockten Kopf der Witwe prangte einer der sechzig Sinnsprüche, mit denen das Börsengebäude bei seiner Errichtung vor mehr als zwei Generationen verziert worden war. Magdalena meinte, ihren Augen nicht zu trauen, als sie die Worte entzifferte. Am liebsten hätte sie ob dieser Fügung lauthals aufgelacht. Sie wandte den Kopf. Neben ihr stand Marietta. Die weißblonde Schönheit aus Flandern las gerade ebenfalls die in die Wand eingelassenen Sätze. Sie schaute zu Magdalena und zwinkerte ihr verschmitzt zu. Magdalena atmete auf. Helmbrecht hatte recht: Sie beide waren aus demselben Holz geschnitzt!

Marietta reichte ihr den Arm, und Magdalena hängte sich ein. Dicht an dicht stehend, lasen sie noch einmal gemeinsam den Spruch, der wie ein übersinnlicher Fingerzeig auf Dorothea Gerke zu deuten schien:

Ein Weib, das Schlangen am Busen nährt
und an einem Herzen nagt.
Vor Bosheit kannst du nicht genesen.
Missgunst erreget Krieg und Streit,
Mitunter, Unruh, falsch Geschrei,
Da läuft viel Ungerechtigkeit
Bitterkeit und Bosheit mancherlei.

8

Als Carlotta die Apotheke im Löbenicht endlich erreicht hatte, war sie wider Erwarten geschlossen. Sie konnte sich nicht so recht entschließen, nach dem Klopfer an der Tür des unauffälligen zweistöckigen Gebäudes zu greifen. Hoffnung und Furcht hielten sich die Waage bei der Aussicht, Pantzer zum ersten Mal nach den Ereignissen an Allerseelen gegenüberzutreten. Dennoch war es wichtig, mit ihm zu sprechen. Er war die einzige Verbindung zu Christoph. Mit den klammen Fingern der rechten Hand tastete sie nach dem Bernstein, mit der Linken presste sie die Wundarzttasche schützend vor den Leib.

Trotz der frühen Stunden fühlte sie sich bereits müde. Selten hatte sie den Weg von der Kneiphofer zur Löbenichter Langgasse als so anstrengend empfunden wie an diesem Samstag. Die Schmiedegasse hatte sie gemieden, um nicht unverhofft Christoph zu begegnen. Sie ängstigte sich vor einer abermaligen Zurückweisung. Bei der Erinnerung an den eisigen Blick, den er ihr bei der Begegnung mit dem Studenten zugeworfen hatte, gefror ihr selbst Tage später noch das Blut in den Adern. Doch auch auf der anderen Strecke über Krämerbrücke und Altstädter Markt hatte sie sich nicht sicher gefühlt. Hinter jeder Ecke vermutete sie einen Trupp schlagender Studenten oder, viel schlimmer noch, Mathias und seine kurfürstlichen Dragoner.

Verwirrt lächelte sie. Am Tag des heiligen Karl Borromäus sollte sie eigentlich wohlgemut sein. Immerhin feierte sie ihn als ihren Namenstag. Das Wetter schien ihrem Ehrentag gerecht werden zu wollen. Wie schon am Vortag strahlte die Sonne trotz Novemberbeginns vom azurblauen Himmel. Lediglich an Wärme mangelte es. Das mochte vom kräftigen Ostwind rühren, der erbarmungslos von der bevorstehenden Rückkehr des so früh eingebrochenen Winters kündete.

Das laute Schlagen eines losen Fensterladens schreckte sie auf. Im ersten Geschoss des Nachbarhauses beugte sich die Magd aus einem offenen Fenster und versuchte, nach dem hin- und herschwingenden Laden zu greifen. »Verflixt!«, rief sie. Schon wollte Carlotta sie ermahnen, da bemerkte sie, dass die Magd nicht des Fensterladens wegen geflucht hatte. Starr sah sie ostwärts zum Sackheimer Tor. Carlottas Herz begann zu rasen. Tauchten ausgerechnet jetzt wieder Mathias und seine Dragoner auf? Dröhnende Hufschläge auf dem Pflaster ließen das Schlimmste befürchten. Auch sie wandte den Kopf Richtung Stadttor, konnte von ihrem Standort aus jedoch nichts erkennen. Eine schwarze Katze sprang fauchend von links aus einem Hof nach rechts über die Straße. Carlotta bückte sich, um dem Unglückstier eine Handvoll Steine hinterherzuwerfen, da drehte es sich jäh um und schoss von rechts nach links direkt an ihr vorbei zurück in den Hof.

»So schnell kann sich ein schlechtes Omen zum Guten wenden«, hörte sie eine Männerstimme hinter sich. »Verzeiht, Teuerste. Falls ich Euch erschreckt habe, bin ich untröstlich.«

Entschuldigend presste Caspar Pantzer die rechte Hand gegen die Brust und deutete eine Verbeugung an. Carlotta blieb keine Zeit für eine geistreiche Erwiderung. Schon donnerten unzählige Pferdehufe über die Straße. Pantzer zog sie in den Schutz des Eingangs.

»Ihr könnt wieder aufschauen, sie sind vorbei«, verkündete er endlich und klopfte sich den Dreck aus dem Mantel. Wie zufällig stieß er mit der Stiefelspitze gegen einen Stein und kickte ihn schwungvoll dem Trupp hinterher, der durch das Mühltor in der Altstadt verschwand.

Pantzer war nicht der Einzige, der den Reitern offen zürnte. Die ganze Straße hinunter war Schimpfen und Fluchen zu vernehmen. Fäuste wurden empört in die Luft gereckt. An der nächsten Ecke schleuderte ein Knecht den Kurfürstlichen einen Knüppel hinterher. Um nicht unter die Hufe zu kommen, hatte er seinen Karren mit Brettern und Latten umwerfen und in eine Pfütze springen müssen. Kreuz und quer verstreut lag die Ladung im Dreck. Carlotta half einem alten Mütterchen auf, das mitsamt seinem Bündel Reisig hingefallen war. Zitternd kaute die Alte auf den zahnlosen Kiefern und schien nicht zu begreifen, wie ihr geschah. Beruhigend sprach Carlotta auf sie ein, schnürte das Reisig auf der Huckelkieze fest. Ohne ein Wort des Dankes setzte sich das Weib in Bewegung.

»So wird der gute Friedrich Wilhelm nie für Frieden sorgen«, knurrte Pantzer. »Erstaunlich, dass er trotz allem noch ausreichend Muße verspürt, seine engsten Freunde zur Jagd einzuladen.«

»Das war der Kurfürst?« Ungläubig schaute Carlotta dem in der Ferne verschwundenen Trupp Reiter nach. Nun meinte sie sich zu erinnern, auf einem der Braunen tatsächlich die markante Nase und das schulterlange gelockte Haar des Herrschers erspäht zu haben. »Dann war der bärtige Rothaarige auf dem Fuchs neben ihm wohl sein Statthalter, Fürst Radziwill?«

»Höchstpersönlich.« Pantzer zwinkerte ihr zu. »Oder habt Ihr je erlebt, dass der dem Kurfürsten von der Seite weicht, sobald Friedrich Wilhelm das Steindammer Tor durchquert hat? Schade nur für den Ärmsten, dass er beim Reiten im Sattel bleiben muss. Das macht ihm das Buckeln und Kriechen vor dem Brandenburger umso schwerer. Doch kommt, meine Teuerste, gehen wir in die Apotheke. Ich kann mir nicht vorstellen, dass Ihr den weiten Weg auf Euch genommen habt, um mit mir im eisigen Wind den ungezogenen Bengeln vom Schloss hinterherzuschauen. Dazu hättet Ihr auch nicht Eure Wundarzttasche mitbringen müssen.«

»Meint Ihr nicht, Ihr solltet Eure Zunge besser im Zaum halten?«

Pantzer tat, als hörte er sie nicht. Besorgt folgte sie ihm ins Innere der Offizin. Geschäftig humpelte er voraus, stellte ihre Tasche auf einen Hocker und räumte beiläufig etwas vom Tresen. Das erregte Carlottas Aufmerksamkeit, und sie legte ihm die Finger auf die Hand, in der er eine braune Glasphiole verbarg.

»Was habt Ihr da?« Geschickt entwendete sie ihm das Gefäß und betrachtete es. Es war eine Phiole mit einer trüben Flüssigkeit. Prüfend hielt sie sie gegen das Licht, das verschwenderisch durch die großen Fenster zur Straßenfront hereinfiel. »Ihr habt noch immer große Schmerzen, nicht wahr?«

Als Pantzer auf ihren fragenden Blick hin nickte, entkorkte sie die Phiole. Bedächtig schnupperte sie daran, wedelte mit der Hand den Duft in ihre Nase. Der Geruch war schwer zu bestimmen. Rosenöl, Kampfer, Anis und Fenchel erkannte sie auf Anhieb. Der Rest schien ihr eine einzige bittere Wolke. Sie verzog das Gesicht und gab ihm das Gefäß zurück. »Ich dachte, Ihr hättet es aufgegeben, Euch selbst in Wundermitteln zu versuchen.«

»Hm.« Die Art, wie er ihrem Blick auswich, sprach eine eindeutige Sprache.

»Lasst mich schauen, wie es um Eure Narbe steht«, schlug sie vor. »Anschließend überlegen wir gemeinsam, was Euch Linderung verschaffen würde.«

Sie schenkte ihm ein aufmunterndes Lächeln, doch er wich ihr aus. Wieder spürte sie die Unsicherheit, die sie in seiner Gegenwart in letzter Zeit öfter überkam.

»Oder vertraut Ihr mir nun doch nicht mehr?« Sie suchte in seinem grobgeschnittenen Gesicht zu lesen. »Hat Christoph Euch darum gebeten?«

Statt ihr zu antworten, beschäftigte Pantzer sich ausgiebig mit dem Inhalt einer Schublade und kramte wild darin herum. Erneut fragte sie sich, ob es wirklich eine gute Idee gewesen war, ihn aufzusuchen. Da schob er die Schublade zu, sortierte einige Papiere und spielte mit der Phiole zwischen den Fingern. In der riesigen Pranke wirkte sie winzig. Mehr als einmal hatte es den Anschein, sie würde ihm entgleiten. Schon hielt Carlotta den Atem an. Schlug das Glas auf dem gewachsten Holz des Tresens auf, würde es in tausend Splitter zerbersten. Das wäre schade um die Tinktur. Auch wenn sie die Zusammensetzung nicht erraten hatte, ahnte sie doch, welch kostbare Ingredienzien darin steckten.

Als läse er ihre Gedanken, hielt Pantzer plötzlich inne, öffnete das Gefäß, warf den Kopf in den Nacken und schüttete die Tropfen hastig in den Mund. Sein heftiges Kopfschütteln und das angewiderte Gesicht verrieten ihr, wie bitter die Medizin schmecken musste. Mit einem abfälligen Blick verschloss er das Gefäß und stellte es beiseite. Mehrmals wischte er mit der Hand über den Mund, als gelte es, die Bitterkeit auf diese Weise zu vertreiben. Endlich sah er ihr in die Augen und lächelte verschmitzt. »Ihr irrt, wenn Ihr meint, ich wollte Euch wieder einmal ins Handwerk pfuschen. Nie wieder werde ich versuchen, auf eigene Faust Rezepturen zu erfinden. Gegen Euch und Eure Mutter bin ich in diesen Dingen ein echter Grünschnabel. Dabei bin ich nach dem frühen Tod meiner Mutter sozusagen im Laboratorium meines Vaters aufgewachsen, habe all die Kräuter, Tropfen und Salben statt Muttermilch in mich aufgesogen.«

Erfüllt von der Erinnerung an vergangene Zeiten, blickte er in der engen Offizin umher. Anders als die meisten Apotheken, die Carlotta kannte, war Pantzers Offizin nicht sonderlich geräumig und wirkte auch nicht wohl sortiert. In den deckenhohen Regalen stapelten sich die verschiedensten Behältnisse aus Glas, Ton und Holz, lediglich nach dem Gröbsten geordnet in Mineralia, Vegetabilia und Sonstiges. Büschel mit getrockneten Kräutern lagen mal hier, mal dort zwischen den Gefäßen. Säcke verschiedenster Größen standen auf dem Boden, einige geöffnet, so dass sich der kostbare Geruch von Kaffeebohnen und Pfeffer bunt mischte. Auch größere Fässer Branntwein, Wein und Essig standen wild durcheinander mit den übrigen Gewürzen, für die Pantzer ein halbes Vermögen bezahlt haben musste. Ob dieser Verschwendung seufzte Carlotta. Es juckte sie in den Fingern, für Ordnung zu sorgen.

»Das hier ist ein Geheimrezept unseres Freundes«, riss Pantzer sie aus ihren Gedanken und nahm die braune Phiole noch einmal in die Hand. »Nach dem Motto ›Bös muss bös vertreiben‹ hat Christoph mir etwas ganz Besonderes aufgeschrieben. Vergesst nicht, er ist nicht nur der Enkel eines berühmten Astronomen und Sohn des verdienten kurfürstlichen Leibarztes. Zudem ist er inzwischen selbst ein weitgereister Medicus, der bei den besten Köpfen seiner Disziplin studiert hat. Wer auch immer aber seine Tropfen kosten darf, wird noch mehr enttäuscht sein als ich. Gleich habe ich ihm geraten, statt weiter die Nase in die lateinischen Bücher zu stecken, besser zu Euch und Eurer Mutter in die Lehre zu gehen. Ihr versteht Euch auf wirksame Rezepturen einfach hervorragend. Mit Euch an der Seite wäre Christoph als Medicus gewiss bald eine Berühmtheit. Solange er jedoch auf solchen Arzneien wie dieser hier besteht, wird das nichts mit seinem guten Ruf.«

Angewidert spuckte er zur Seite aus. »Keine Sorge also, meine Liebe.« Sanft tätschelte er ihr die Wange. »Ihr seid einfach die bessere Ärztin. Vertraue ich allein auf Christophs Tropfen, besteht die Gefahr, dass ich den Tag nicht mehr erleben werde, an dem ich ohne Schmerzen bin. Gehen wir also besser nach hinten, damit Ihr mir Eure wohltuenden Hände auf den geschundenen Leib legen könnt. Das wird mir besser helfen als zehn weitere Flaschen dieser schrecklichen Medizin.«

Im Gegensatz zur Enge der Offizin war das Laboratorium großzügig angelegt. Carlotta entfuhr ein überraschter Jauchzer, als sie dessen gewahr wurde. Drei große Fenster öffneten sich zwar nach Norden hin, dennoch fiel erstaunlich viel Helligkeit ein. Hinter dem Haus erstreckte sich ein großer, kahler Garten, der allein von niedrigen, kalkweiß getünchten Mauern umgrenzt war. Auch in den Nachbargärten standen keine Bäume oder Sträucher, so dass Pantzers Anwesen von allen Seiten verschwenderisch viel Licht erhielt. Im Laboratorium waren sämtliche Wände und Regale weiß gestrichen. Die Mitte des quadratischen Raumes wurde von einem Tisch beherrscht, auf dem sich neben Waagen, Gewichten und Gefäßen gleich zwei Mikroskope befanden. Soweit Carlotta auf den ersten Blick feststellen konnte, handelte es sich sowohl um ein Gerät aus Venedig, wie ihre Mutter es vertrieb, als auch um eines aus der Delfter Umgebung. Daneben lagen nicht minder kostbare Folianten.

»Überrascht?«, fragte Pantzer und weidete sich an ihrem Staunen. »Nach dem Sammelsurium vorn in der Offizin hättet Ihr mir dieses Laboratorium wohl nicht zugetraut, oder?« Grinsend humpelte er zum Tisch und schob ihr eines der Bücher so hin, dass sie die Schrift darin lesen konnte. »Überzeugt Euch selbst, was ich mir zu Gemüte führe, wenn ich nicht am Tresen einen Kräutertee abfülle, Tabletten schneide oder eine Brandsalbe mische. Keine Sorge. Es steht nichts Verwerfliches in den Büchern. Es ist auch keine verbotene Hexenschrift, sondern nur das *Feldbuch der Wundarznei* des berühmten Hans von Gersdorff. Ihr werdet es kennen und ahnen, warum ich es mir besorgt habe.«

Mühsam entledigte er sich seines schweren Wollmantels und öffnete die Knöpfe seines dunkelgrünen Rocks. »Entschuldigt, ich sehe, Ihr tragt noch Euren Pelz. Ihr haltet wohl viel von den alten Weisheiten zum Wetter. Heißt es nicht ›Wenn es an Karolus stürmt und schneit, dann lege deinen Pelz bereit‹?«

»Und heiz den Ofen wacker ein, bald zieht die Kälte bei dir ein«, ergänzte sie, während sie den Umhang abstreifte. »Wie kommt es, dass Ihr das kennt?«

Zu ihrem Bedauern ging er nicht darauf ein, sondern entkleidete sich schweigend weiter. Dass sie ihn dabei beobachtete, schien ihm nicht das Geringste auszumachen. Endlich trug er lediglich noch Hosen und Stiefel und präsentierte sich ohne Scham mit gerade durchgestrecktem Rücken vor ihr. Sogleich stachen ihr die nachlässig um den Oberkörper geschlungenen Bandagen ins Auge. An manchen Stellen hatte sich der Verband gelockert, verdiente kaum mehr seine Bezeichnung. Dunkle Flecken verrieten, dass die Wunde unter dem Leinen weiter nässte.

»Wer hat zuletzt die Wunde versorgt?«

Halb wandte er den Leib ab, als er sagte: »Das könnt Ihr Euch denken.«

»Guter Gott, Pantzer, Ihr habt doch nicht etwa wieder selbst …?«

Sofort fiel er ihr ins Wort: »Nein, nein. Stellt Euch vor: Selbst ich lerne gelegentlich dazu.« Das Gesicht zu einem schiefen Lächeln verzerrt, suchte er treuherzig ihren Blick. »Meine Salbe war mir wahrlich Lehre genug. Solche Schmerzen möchte ich nicht noch einmal erleiden.«

»Euer Wort in Gottes Ohr. Dann hat also Christoph Euch behandelt?« Vorsichtig tippte sie auf eine Stelle des Leinens. Sein scharfes Luftholen war Antwort genug. Weiterhin plagten ihn starke Schmerzen.

»Das konntet Ihr Euch doch denken. Oder seid Ihr etwa nicht gekommen, um Euch mit eigenen Augen davon zu überzeugen, wie bitter nötig er Eure Unterstützung hat?« Eindringlich sah er sie an. Nun war es an ihr, sich unangenehm berührt abzuwenden.

»Selten ist mir ein so kluger Medicus untergekommen wie unser guter Christoph«, fuhr Pantzer fort. »Ein Jammer, dass es ihm derart an praktischem Talent für die Behandlung seiner Patienten fehlt. Wenn Ihr mich fragt, wird es höchste Zeit, dass Ihr ihm zur Seite steht.«

Glühende Hitze erfasste sie. Sie meinte, ihr platze der Schädel. »Könnt Ihr Euch irgendwo hinlegen?«, schlug sie hastig vor. »Ich muss mir das genauer ansehen.«

»Schade«, bemerkte er vieldeutig und trottete zur Stirnseite des Raumes, wo er sich auf einer schmalen Bank ausstreckte, die halb verborgen hinter einer brusthohen, mit hellem Leinen überzogenen Trennwand stand.

»Lasst uns noch ein wenig über diesen Spruch zum heiligen Karolus reden«, schlug er vor, als sie das Leinen von seinem Leib zu lösen begann. »Wenn mich nicht alles täuscht, begeht Ihr als gute Katholikin heute Euren Namenstag.«

Je mehr Stoff sie abwickelte, desto mehr keuchte er beim Sprechen. »Entschuldigt«, murmelte sie und konzentrierte sich darauf, den teilweise am Wundschorf festgeklebten Stoff so behutsam wie möglich zu lösen. Es gelang nicht immer, wie sein Aufstöhnen verriet.

»Wie gütig von Euch«, japste er weiter, »ausgerechnet an diesem Ehrentag meine schmutzige Wunde zu versorgen.«

Als sie die heikelsten Stellen freigelegt hatte, atmete er erleichtert auf. Sie legte eine kurze Pause ein, die er sofort ausnutzte, um weiterzureden: »Eurem Namenspatron macht Ihr jedenfalls allergrößte Ehre. Karl Borromäus von Mailand hat sich ebenfalls selbstlos in den Dienst der Kranken gestellt, vor allem der Pestkranken, nicht wahr? Verzeiht einem armen Reformierten wie mir, nicht ganz so firm in diesen Dingen zu sein. Trotzdem ist mir, als hättet auch Ihr viel Übung im Umgang mit Pestkranken, vor allem Pesttoten. Erinnere ich mich richtig an die Geschichte mit den Särgen? Wart Ihr nicht diejenige, die dafür gesorgt hat, dass die Kurfürstlichen so vom überstürzten Einmarsch in Königsberg abgehalten wurden? Es wäre auch zu schlimm, sie hätten sich an den nicht vorhandenen Toten in den Särgen angesteckt. Wie fürsorglich von Euch, selbst das Wohl der Preußen im Auge zu behalten. Ein Schuft, wer Böses dabei denkt.«

Carlotta ging nicht auf seine Scherze ein. Zu erschreckend war für sie der Anblick seines entblößten Leibes. Noch immer war die Haut von entzündeten Pusteln übersät. Gelbe Feuchtigkeit drang aus der Wunde, das dunkle Brusthaar klebte darauf.

»Die Salbe bereitet Euch wohl nach wie vor große Beschwerden. Ein beruhigendes Pflaster aus roter Mennige, Leinöl, Bleiweiß und Seife wird Euch Linderung verschaffen. Zum Glück habe ich davon eingesteckt.«

Besorgt prüfte sie durch leichtes Tupfen die Beschaffenheit der Pusteln. Sogleich schnellte Pantzers Hand hoch und schloss sich um ihr Handgelenk. Unverkennbar stand Furcht in seinen Augen, das Grinsen war ihm vergangen. »Heute ist Samstag, meine Liebe. Ihr wisst, was das heißt? Ich kann es wohl kaum zulassen, dass Ihr an dem Tag, an dem Christus, unser Erlöser, im Grab geruht hat, zu Euren Pflastern greift. Dadurch versündigt Ihr Euch und werdet nach Eurem Tod keine Ruhe mehr finden.«

»So spricht nicht unbedingt ein Reformierter«, presste sie heraus. Dabei sog sie den herben Geruch seines kräftigen Körpers ein. Tabak und Kaffee mischten sich mit Schweiß und Angst. Auch der Lederduft seiner Stiefel schien ihm am ganzen Körper anzuhaften. Eigentlich, schoss ihr durch den Kopf, roch ein Apotheker anders. Nach Ölen, Kräutern und Gewürzen oder Pulvern. Sie musterte ihn. Und plötzlich wusste sie, woran er sie erinnerte: an einen Soldaten. Kein Zweifel, Pantzer hatte etwas von einem Soldaten, wie sie ihn oft genug getroffen hatte. Die großen Poren rund um die knollige Nase unterstrichen den verwegenen Eindruck seines grobschlächtigen Gesichts. Er war kein Mann, der viel auf sich gab. Umso mehr jedoch gab er auf abergläubische Weisheiten, seltsame Zeichen und Wunder. Einem rechtschaffen Reformierten stand das beileibe nicht an, ebenso wenig einem erprobten Königsberger Apotheker. Verwirrt wandte sie sich von ihm ab.

»Habe ich Euch erschreckt?« Jäh lachte er auf, ließ sie los und richtete sich halb auf, indem er den schweren Oberkörper auf den angewinkelten Armen abstützte. »Tut mir leid, meine Liebe. Das lag mir fern.«

»Ich hole meine Tasche.« Froh, einen Moment seinem Dunstkreis zu entkommen, schlüpfte sie in den Vorraum. Die gedrängte Enge dort schien ihr wie eine Wohltat. Sie legte die

Stirn gegen die hölzerne Seitenwand eines Regals und atmete tief durch. Der Duft von Myrrhe und Minze stieg ihr in die Nase, getrocknete Kamillenblüten und Salbei mischten sich darunter. Sie lächelte. Wenigstens etwas Vertrautes. Schnuppernd hob sie den Kopf, sah an den Regalen entlang.

»Wo bleibt Ihr? Findet Ihr Eure Tasche nicht?«, rief Pantzer ungeduldig.

»Bin schon wieder da«, antwortete sie und eilte zurück zu ihrem Patienten.

Neben der Pritsche, auf der er sie halb sitzend, halb liegend zurückerwartete, rückte sie sich einen Schemel zurecht. Umständlich stellte sie die Tasche darauf, fand eine hohe Kiste und richtete diese als Ablage für ihre Instrumente und Tiegel ein.

»Wie oft hat Christoph Euch den Leib verbunden?«, erkundigte sie sich beiläufig. »Welche Salbe hat er aufgetragen?«

»Was denkt Ihr? Es muss eine ähnlich misslungene Mischung sein wie auch die Tropfen, die er mir verordnet hat.« Er versuchte sich an einem Lächeln. »Nehmt es ihm nicht übel. Er ist nicht allein schuld daran. Ein Physicus wie er muss bei seinem Studium den gelehrten Lateinern und ihren uralten Lehren über die verschiedenen Lebenssäfte lauschen. Über der Begeisterung für all diese Weisheiten vergessen die Herren Studenten jedoch glatt, sich den wahren Herausforderungen zu stellen. Nicht nur die niederen Fertigkeiten wie das ordentliche Verbinden einer Wunde bleiben auf der Strecke. Viel zu selten haben die Herren Studiosi überhaupt einen lebendigen Patienten vor sich. Deshalb sage ich es noch einmal: Ohne Euch ist unser guter Kepler nur ein halber Medizíner. Mit Euch aber könnte er die ganze Welt von sämtlichen Beschwerden heilen.«

»Ein schwieriges Unterfangen«, erwiderte sie und hieß ihn, sich wieder flach auf dem Rücken auszustrecken. Wenn sie den Apotheker so reden hörte, war ihr, als bohrte sich ihr ein Dolch mitten ins Herz. Sie öffnete eine Phiole Rosenöl, tränkte einen weichen Leinenstreifen damit, wickelte ihn sich um den rechten Zeigefinger und begann, die Pusteln abzutupfen. Angenehmer Duft umhüllte sie. Zunächst hielt Pantzer spürbar die Luft an und verkrampfte. Sobald er merkte, wie wohl das Öl und die sanfte Berührung taten, entspannte er sich. Gewiss tat auch der angenehme Geruch das seine dazu. Schließlich schloss er die Augen, lag völlig ruhig und genoss die Prozedur. Hin und wieder entfuhr ihm ein Seufzer. Sie schmunzelte. »Ich wusste gar nicht, dass Ihr schweigen könnt.«

»Nur, solange Ihr bei mir seid und mir solche Wohltaten erweist.« Er schlug die Augen wieder auf. Das Braun darin glitzerte bernsteinfarben. Die rauhen Züge um Augen und Mund wirkten auf einmal weicher, die dunklen Flecken auf den Wangen verschwanden. Sein ganzes Gesicht strahlte etwas Unschuldiges aus. Ein vorwitziger Sonnenstrahl kitzelte die dicke Nasenspitze. Einen Moment erstarrte sie, fühlte sich an Helmbrecht erinnert. Pantzer zwinkerte verschwörerisch. Schon war die Ähnlichkeit verschwunden.

»Was gäbe ich darum, Euer Herz zu gewinnen«, sagte er leise. Erschrocken hob sie den Blick. »Keine Angst«, wiegelte er ab. »Ich werde den Teufel tun und das versuchen, meine Liebe. Christoph ist mein ältester Freund. Nie würde ich wagen, ihm in die Quere zu kommen. Doch seine Gefühle für Euch kann ich nur zu gut verstehen.«

Sie spürte, wie ihre Wangen zu glühen begannen. Rasch tat sie, als forderte die Behandlung des Ausschlags auf der starkbehaarten Brust ihre ganze Aufmerksamkeit. Er war feinfühlig genug, endlich den Mund zu halten. Sie arbeitete wie besessen, tupfte selbst die geringste Rötung auf seinem Leib ausgiebig mit Rosenöl ab. Darüber verbrauchte sie fast den gesamten Inhalt der Phiole. Die Stiche entlang der Narbe bedurften weniger Öls. Sie entschloss sich, die Wunde noch einmal mit einem Pflaster aus Baumöl, Terpentin, rotem Mangold, Kamillenblüten und Johannisblumen zu bestreichen. Den Rest der Brust versah sie mit einer dünnen Schicht von Meister Johanns Wundersalbe, emsig darauf bedacht, sparsam mit der Kostbarkeit umzugehen. Allzu viel besaß sie nicht mehr davon.

»Danke«, sagte er. »Ich weiß Euer Bemühen um meine Gesundheit wirklich zu schätzen, gerade, was die kostbare Salbe anbetrifft.«

»Das solltet Ihr einige Tage einwirken lassen«, empfahl sie rasch mit heiserer Stimme. »Nächste Woche werde ich den Verband noch einmal wechseln. Bis dahin hat die Haut ausreichend Zeit, sich von der Entzündung zu erholen.«

Geschickt wickelte sie ihm frisches Leinen um den Oberkörper und half ihm, das Hemd darüberzuziehen. Dann packte sie ihre Tiegel und Tücher zurück in die Tasche, nahm den Mantel mit dem warmen Pelzkragen vom Haken und wollte sich verabschieden.

»Bitte macht Euch nichts vor, beste Carlotta«, hielt er sie noch einmal zurück. »Ihr wisst genauso gut wie ich, dass Christoph und Ihr füreinander bestimmt seid. Wehrt Euch nicht dagegen, sondern kämpft um Euer Glück. Glaubt mir, er ist es wert.«

Verwirrt starrte sie ihn an, bis sie wieder imstande war, sich zu rühren. Ohne sich noch einmal umzusehen, hastete sie aus dem Laboratorium, huschte durch die Enge der Offizin zur

Tür. Ihr Herz raste. Sie wollte nur noch weg. Im Gehen stopfte sie das rotblonde Haar unter den dicken Schal. So erreichte sie die Tür. Wie von selbst schwang sie auf. Als sie den Blick hob, meinte sie, im Erdboden versinken zu müssen. Auf der Schwelle stand Christoph. Erschrocken blickte sie ihn an, unfähig, auch nur eine Silbe hervorzubringen.

»Du?«, krächzte er. Er war nicht weniger verwirrt als sie. Sie taumelte, rang mit sich. Wie gern ließe sie sich einfach gegen ihn fallen. Einen Moment lang bildete sie sich ein, er streckte die Hände nach ihr aus. Dann aber verhärteten sich seine Züge. Von dem spöttischen Lächeln, das sie so liebte, fand sich nicht die geringste Spur. Auch das Grübchen am Kinn war verschwunden. Dafür blickten die grauen Augen starr und fremd, ähnlich wie letztens beim Zwischenfall mit dem Studenten. Entschlossen drängte sie sich an ihm vorbei nach draußen. Weg, nur weg von hier!, war ihr einziger Gedanke.

9

Wie von Sinnen stürzte sich Carlotta in das Gedränge auf der Löbenichter Langgasse. Schon nach wenigen Schritten stolperte sie über die schwarze Katze, die von der linken Straßenseite herübersprang. Fauchend schoss das Tier nach rechts in den Hof, ein aufgeregt kläffender Hund versuchte, ihr zu folgen, war allerdings zu groß, ebenfalls durch die Lücke im Tor kriechen zu können. Carlotta beobachtete es im Vorbeilaufen, blickte dann aber stur nach vorn. Am Brunnen der Malzbrauerzunft herrschte der übliche Trubel. Pantzers Wirtschafterin schien unter den dort versammelten Frauen das Wort zu führen. Damit die Frau sie nicht entdeckte, schlang Carlotta sich den Schal höher um Mund und Nase und flüchtete auf die andere Straßenseite. Unerkannt erreichte sie das Tor zur Altstadt. Die wachhabenden Stadtknechte winkten sie vorbei. Auf der Altstädter Langgasse atmete sie zum ersten Mal auf, verlangsamte ihre Schritte.

Vom Markt tönten Posaunen und Trompeten herüber, dazwischen erklangen anfeuernde Rufe und Beifallklatschen. Offenbar vergnügten sich der Kurfürst und seine adeligen Gäste auf dem weitläufigen Platz unweit des Schlosses mit munteren Spielen. Die Gefahr war groß, dort Mathias in die Arme zu laufen. Gewiss hielt er mit seinen Dragonern Wache. Da Christoph bei Pantzer war, konnte sie den Rückweg in den Kneiphof gefahrlos durch die Schmiedegasse einschlagen. Eilig wandte sie sich an der nächsten Straßenecke nach rechts.

Die Schmiedegasse lag nahezu ausgestorben da. Erst näher zum Ufer hin sammelten sich wieder mehr Menschen. Ein bettelndes Weib streckte Carlotta die schmutzige Hand entgegen. Sie suchte in ihrer Manteltasche nach ein paar Münzen und schenkte sie der Armen.

»Gott schütze dich, mein Kind!« Dankbar küsste die Alte ihr den Mantelsaum.

»Schon gut«, befreite Carlotta sich und stolperte bereits über das nächste Hindernis. Spielende Kinder jagten eine Schar Gänse vor sich her, zeternd rannte ein junges Mädchen ihnen nach. Kurz vor dem Brückenkopf hatten sich Bauersleute mit ihren Körben postiert. Neben runzeligen Äpfeln und matschigen Birnen priesen sie die letzten Kräuter des Herbstes an.

Kaum schlug Carlotta der beißende Geruch des nahen Fischmarkts entgegen, fasste jemand nach ihrem Arm. Verärgert suchte sie sich zu befreien, wollte bereits laut schimpfen, da stand wie aus dem Nichts Mathias vor ihr.

Ihr schwanden die Sinne. Das Nächste, was sie wahrnahm, war, dass der hoch aufgeschossene Offizier sie stützte, bis sie das Geländer der Schmiedebrücke erreichten.

Beim Anblick des Kurfürstlichen wichen die Menschen beiseite. Nach allem, was in der letzten Zeit geschehen war, versetzte sie das Auftauchen eines Dragoners aus den Reihen Friedrich Wilhelms in Angst und Schrecken. Selbst dass er allein war, vermochte nichts daran zu ändern. Carlotta wurde dessen jedoch kaum gewahr. Die ganze Anspannung der letzten Tage brach sich Bahn: der Einmarsch der Truppen im Kneiphof, das unverhoffte Wiedersehen mit Mathias, die Entfremdung von Christoph, Pantzers eigentümliches Gebaren und vor allem sein unbeholfenes Eintreten für den Freund. Erschöpft sank sie gegen Mathias' weichen, blauen Soldatenrock. Ein angenehmer Duft nach Wein, Kaffee, Tabak und Seife hing darin, vermischt mit einer verheißungsvollen Ahnung von Pferd, Heu und kühler Weite jenseits der Stadt. Eine Zeitlang verharrte sie schweigend, genoss den Augenblick der verbotenen Nähe, bis sie sich gestärkt fühlte.

»Wo kommst du her?« Neugierig schaute sie auf. Ihre Angst war verflogen. Etwas sehr Vertrautes, lang Vermisstes haftete Mathias plötzlich an. Sie konnte nicht mehr verstehen, warum sie sich vor ihm gefürchtet hatte. Er war der Gefährte aus einer der schwersten Zeiten ihres noch jungen Lebens. Wie hatte sie das vergessen können?

Aufmerksam musterte sie ihn. Wie damals war sein Gesicht sehr blass. Der dunkle Bart an Kinn und Oberlippe unterstrich diesen Eindruck. Um den schmallippigen Mund lag nun ein schüchternes Lächeln. Das Schwarz seiner Augen zog sie sogleich wieder in Bann. Unbeholfen schwankte sie, lehnte sich abermals haltsuchend gegen seine Brust. Behutsam legte er ihr den Arm um die Schultern und hielt sie einfach nur fest. Es war, als wäre sie nach Hause gekommen.

»Unerhört«, rief eine zornige Stimme. Erstaunt sah sie auf. Noch immer hielten die Menschen respektvollen Abstand zu Mathias. Undeutlich meinte sie weiter hinten, im Schatten der Schmiedegasse, eine in die Luft gereckte Faust zu erspähen. »Soldatenhure«, zischte es aus einer anderen Ecke. Voller Abscheu spuckte jemand zu Boden. »Dass du dich nicht schämst!«, flüsterte es hinter ihr.

Carlotta zog den Kopf zwischen die Schultern und vergrub das Gesicht an Mathias' Schulter. Eng aneinandergeschmiegt wankten sie über die Brücke, zwängten sich am jenseitigen Ufer durch die Menge zum Kohlmarkt hinüber. An einer leeren Krämerbude hielten sie an und drückten sich in eine Nische, um der Aufmerksamkeit der Leute zu entrinnen.

»Verzeih mir«, flüsterte Mathias und drückte sie an sich. Dankbar schloss sie die Augen, genoss die alte Vertrautheit. Bald meinte sie, wieder in den Wäldern vor Thorn mit Mathias allein zu sein. Die innigen Stunden ließen sich wieder heraufbeschwören, als lägen nicht vier Jahre, sondern nur wenige Augenblicke dazwischen. In ihrem Bauch begann es zu kribbeln, da rückte Mathias unverhofft von ihr ab.

»Du aber musst mir endlich die Wahrheit sagen«, befahl er harsch und zerriss damit den Schleier der süßen Erinnerung. Erstaunt sah sie ihn an. Das Schwarz seiner Augen hatte sich verwandelt. Die Tiefe darin hatte einem anderen, erschreckenden Ausdruck Platz gemacht. Auch den kannte sie leider nur zu gut. Damals in Frankfurt, im halb abgerissenen Haus seiner Eltern, und an jenem Ostersamstag in Erfurt, als er sie mit Gewalt hatte verführen wollen, hatte er sie ebenfalls derart unerbittlich angesehen. Deutlich spiegelte sich sein

Wunsch darin, sie zu etwas zu zwingen, das ihr zutiefst widerstrebte.

»Wo ist meine Mutter? Was weißt du von ihr?« Jäh warf er sie gegen die Bretterwand. Schmerzhaft bohrten sich seine Fingernägel durch den Mantelstoff in ihren Arm. Trotz des harschen Auftretens zitterte seine Stimme.

»Nichts«, entgegnete sie. »Nichts weiß ich von ihr.«

Kaum hatte sie das gesagt, erfasste sie Mitleid. Seit Jahren mussten ihn schreckliche Bilder von den vermeintlich letzten Stunden seiner Mutter quälen. Sie konnte ihm helfen, sich von dieser Pein zu befreien. Das war die einzige Chance, ein für alle Mal den wahren Mathias, den sie einst in den Wäldern vor Thorn entdeckt hatte, über die böse Fratze aus Erfurt siegen zu lassen.

»Vielleicht kann ich dir trotzdem helfen.« Sie hob die Hand und legte sie an seine Wange. Sofort wurde er ruhiger. Das Schwarz seiner Augen änderte sich erneut. Ein scheues Lächeln huschte über sein Gesicht. »Ich weiß jemanden, der dir mehr über deine Mutter sagen kann.«

»Doch nicht etwa Helmbrecht?« Abrupt kehrte das Böse in seine Augen zurück. Er stieß sie fort. Seine Stiefelspitze trat gegen einen unebenen Pflasterstein. »Vergiss es. Er wird mir nicht helfen. Schon letztens, als ich bei euch im Haus war, hat er sich nicht gerührt. Nicht einmal deine Mutter hat ihn überreden können, von seinem Schwur Adelaide gegenüber abzurücken. Er zürnt mir, weil ich seinen Rat nicht befolgt habe und von den Österreichern zu den Preußischen übergelaufen bin. Nie und nimmer springt er über seinen Schatten und verrät mir, wo ich meine Mutter finde.«

»Vertrau mir: Er wird«, beharrte sie.

»Wie denn? Willst du etwa diesen Tölpel von Medicus zu Hilfe bitten?«

»Lass Christoph aus dem Spiel! Er hat nichts damit zu tun.«

»Verzeih«, lenkte er ein. Ihre Entschiedenheit beeindruckte ihn.

»Ich weiß einen Weg, dem Helmbrecht nicht widerstehen kann«, setzte sie nach einer Pause nach.

»Das klingt, als verfügtest du doch über übernatürliche Kräfte.« Spöttisch sah er auf sie hinab. »Dann hatte meine Mutter damals in jener Nacht vor Thorn also doch recht.«

»Und wenn es so wäre?«

»Red keinen Unsinn!« Er tat entrüstet. Dennoch konnte er seine Unsicherheit nicht gänzlich verbergen.

Sie lächelte. »Keine Sorge, ich nutze meine Kräfte nur zu deinem Besten.« Beschwichtigend legte sie ihm die Hand auf den Arm, er aber schüttelte sie unwirsch ab.

»Mit so etwas treibt man keine Späße! Beschwör das Unglück nicht herauf. Du weißt, wie übel das ausgehen kann.«

»Sei kein Hasenfuß!« Ihr Schmunzeln wurde breiter. Eine befreiende Leichtigkeit erfüllte sie. »Es geht alles ganz ohne Zauberei. Ich kenne Helmbrecht besser als du. In den letzten vier Jahren hatte ich mehr als einmal Gelegenheit, sein Verhalten zu studieren. Vergiss nicht, Helmbrecht brennt darauf, von meiner Mutter endlich das entscheidende Ja zu hören.«

»Das aber keinesfalls du ihm geben kannst«, warf Mathias verärgert ein. »Genauso wenig wirst du deine Mutter dazu überreden können, es ihm meinetwegen zu geben.«

»Du bist immer noch derselbe Zauderer wie damals in Frankfurt. Dir fehlt einfach die Fähigkeit, einen Schritt weiter zu denken.«

»Aber du tust das!«, brauste er auf.

»Ja«, erwiderte sie ruhig, »ich tue das. Genau wie damals. Denk nur an unsere gemeinsame Zeit im Kontor meines Vaters. Weißt du noch, wie lange du über den Büchern gebrütet hast, während ich schon vor Langeweile gestorben bin?«

Beschämt sah er weg.

»Es ist einfacher, als du denkst«, lenkte sie ein. »Manchmal hat selbst meine Mutter schwache Momente, in denen sie gern meinen Rat hört. Und was den Weg zu deiner Mutter betrifft, so wird es zwar ein wenig dauern, doch glaub mir, das Warten wird sich lohnen.«

Nicht sonderlich überzeugt, zog er die buschigen Augenbrauen hoch. Geduldig erklärte sie weiter: »Wir beide gehen jetzt zu Helmbrecht und bitten ihn, eine Nachricht von dir an deine Mutter zu übermitteln. Dann kann sie selbst entscheiden, ob sie dich wiedersehen will.«

»Und wenn sie nicht will?« Seine Unterlippe bebte.

»Hast du je eine Mutter gesehen, die ihr Kind zurückgewiesen hätte?«

Ihre Stimme wurde leise, zärtlich strich sie ihm über die Wange. Mathias ließ sie gewähren. Bei Christoph hatte sie das auch gern getan, schoss ihr durch den Kopf. Allerdings war es ein ganz anderes Gefühl. Sie schluckte. Im selben Moment war ihr klar: Mathias war nur mehr ein Freund aus vergangenen Kindheitstagen. Längst war sie dem entwachsen. Pantzer hatte recht: Um Christophs Liebe musste sie kämpfen. Er war ihre Zukunft. Sie waren füreinander bestimmt.

»Deine Mutter hat nur noch dich«, sagte sie zu Mathias. »Es ist genug Zeit vergangen, dass ihr das bewusst ist. Sie wird dich nicht mehr zurückweisen.«

Voller Zuversicht, ihn auf den richtigen Weg zu bringen, hakte sie ihn unter und zog ihn fort, Richtung Gasthaus Grüner Baum. Dort pflegte Helmbrecht zu wohnen, wenn er sich längere Zeit in Königsberg aufhielt.

10

Manchmal war Hedwigs Wundergläubigkeit auch von Vorteil. Lina pries sich glücklich, das bereits nach kurzer Zeit im Grohnert'schen Haushalt begriffen zu haben.

»Bist du des Wahnsinns, Milla?« Ungestüm riss Hedwig der Dreizehnjährigen den Korb mit Eiern aus der Hand. »Du kannst an einem Tag wie heute doch keinen Kuchen backen! Der Tag nach Martini ist ein Schwendtag. An einem solchen darf man nichts Neues beginnen, weder im Haus noch im Hof oder Geschäft. Hat dir das nie jemand beigebracht?«

Ob der groben Zurechtweisung wäre das schmächtige Mädchen am liebsten heulend im Küchenboden versunken. Schützend stellte Lina sich vor sie. »Dann wird es heute also nur die Reste von gestern geben.«

Sie bemühte sich um einen enttäuschten Tonfall. Niemand sollte merken, dass ihr das gerade zupasskam. Vorwitzig lupfte sie den Deckel vom Bräter. Die Überbleibsel der Martinsgans ergaben nicht eben eine stattliche Menge. Schon schwand ihre Hoffnung, sich rasch aus der Küche stehlen zu können. Dabei wollte sie doch am Nachmittag für zwei oder drei Stunden fort, zum heimlichen Stelldichein mit Humbert Steutner. Es war höchste Zeit, den Liebsten fest an sich zu drücken. Nach allem, was mit Carlotta und dem jungen Medicus geschehen war, sehnte sie die Berührung mit dem Schreiber noch inständiger herbei. Ihn all die vergangenen Tage aus der Ferne zwar gesehen, ihn im Kontor so nah bei sich gewusst, aber niemals berührt zu haben, war Qual genug gewesen. Sie musste ihn spüren, seine Hände über ihre Haut wandern fühlen. Wenn schon der kleine Karl nicht bei ihr war, brauchte sie Steutners Wärme. Ihre Wangen röteten sich. Hastig öffnete sie die Bodenklappe und schlüpfte in den kühlen Kellerverschlag, um die restlichen Schüsseln heraufzuholen. Wenigstens waren noch eine ordentliche Portion Kraut und eine ganze Schüssel von den gekochten Äpfeln übrig. Das Brot war hart, doch es musste unbedingt mit auf den Tisch. Frisches durfte bei Hedwig sonntags nicht gebacken werden.

»Zum Glück sind die beiden Grohnert-Damen allein«, entfuhr es ihr, als sie alles unter dem prüfenden Blick der Alten auf dem Tisch aufreihte. »Wollte sich der ehrwürdige Helmbrecht einfinden, müsste er hungrig von der Tafel aufstehen.«

»Natürlich sind die Grohnert-Damen allein!« Hedwig schnaubte empört. »Und du weißt genau, warum das so ist. Seit dem unerhörten Auftritt der Witwe Gerke in der Börse steht unserer lieben Patronin nicht mehr der Sinn nach Besuch. Ganz still ist es auf einmal um sie geworden. Nicht einmal der gute Helmbrecht hat sich seither oft blicken lassen.« Sie hielt inne und starrte kopfschüttelnd ins Feuer. Dann gab sie sich einen Ruck. »Abgesehen davon ist bei mir noch nie jemand hungrig vom Tisch aufgestanden. Pass gut auf, gleich zeige ich dir, wie man auch aus Resten noch ein üppiges Mahl bereitet, dass sich die Tische biegen und die Herrschaften sich die prallen Bäuche halten.«

Schon war ihr Ehrgeiz geweckt, und sie klapperte umtriebig mit Pfannen und Töpfen. Lina schmunzelte. Ihre Rechnung war aufgegangen: Hedwig machte sich mehr oder weniger allein ans Kochen. Für Milla und sie blieben nur einige leichte Handlangerdienste. Über dem geschäftigen Treiben vergaß die Köchin schnell ihre trübsinnige Stimmung.

Die beiden Grohnert-Damen zeigten sich dagegen nicht in unbeschwerter Sonntagslaune. Lina war froh, als das Essen vorüber war. Das Geschirr abzuspülen, war ihr allemal lieber, als das gedankenschwere Schweigen der beiden Frauen zu ertragen. In ihrem Eifer putzte sie rascher als sonst die Küche blitzblank. So blieben bis zum Abendbrot mindestens zwei, wenn nicht gar drei Stunden ohne konkrete Aufträge.

»Und du meinst wirklich, sie merkt nicht, dass du weg bist?« Bang piepste Millas Stimmchen, als die beiden Mägde sich in ihrer Kammer unter dem Dach wiederfanden. Die dunklen Rehaugen der Kleinen waren vor Angst geweitet, das schmale Gesicht kreidebleich. Der leichte Blauschimmer ihrer dürren Hände verriet, wie sehr sie fror. Sie schob die Fäuste unter die Achseln und trat fröstelnd von einem Bein aufs andere.

»Hörst du sie nicht bis hier oben schnarchen?« Verschwörerisch zwinkerte Lina der Kleinen zu. »Das Kochen war anstrengend. Sie wollte es doch unbedingt ganz allein übernehmen. Jetzt schläft sie den Schlaf der Gerechten und wacht erst in zwei Stunden wieder auf. Komm, hilf mir beim Flechten der Haare.«

Sie hielt Milla die Bürste hin, zog mit der anderen Hand das Tuch vom Kopf und ließ den dicken Hintern auf den einzigen Schemel in der engen Kammer plumpsen. »Für meinen Liebsten will ich schön sein.«

»Wenn das nur gutgeht.« Milla stellte sich auf die Zehenspitzen, um ihr den Scheitel mittig ansetzen zu können. Vor Anstrengung schob sich ihre Zunge zwischen die Lippen. Mit aller Kraft zerrte sie den grobzackigen Holzkamm durch die struppigen Strähnen. »Autsch! Nicht so fest!«, schimpfte Lina. »Du reißt mir noch alle Haare aus.«

»Verzeih!« Das Gesicht des zierlichen Mädchens lief puterrot an.

»Schon gut«, knurrte Lina und nahm ihr den Kamm aus der Hand. »Ich komme auch allein klar.«

»Wie du meinst.« Millas Augen schimmerten feucht, ein heftiger Schluckauf schüttelte den schmächtigen Körper. Sie stierte zu Boden.

»Nimm dir doch nicht alles so zu Herzen!« Mitleidig tätschelte Lina ihr die Schultern. »Es war nicht so gemeint.«

Sie zwinkerte ihr aufmunternd zu, dann widmete sie sich ganz ihrem Haar und hatte es mit wenigen Handgriffen zu zwei großen Zöpfen geflochten. Geschickt wand sie diese um den Kopf, kramte aus der Kiste unter ihrem Bett ein buntes Tuch hervor und band das darüber. »Wie sehe ich aus?« Sie kniff sich fest in die Wangen, um das frische Rot darauf zu verstärken. Die Hände in die breiten Hüften gestemmt, wiegte sie sich hin und her. Die von Eisblumen übersäte Scheibe der kleinen Fensterluke konnte leider nicht als Spiegel herhalten.

»Schön«, flüsterte Milla andächtig.

»Nicht vergessen«, mahnend hob Lina den Zeigefinger, »falls Hedwig doch hier hereinplatzt und mich sucht, bin ich auf dem Abtritt …«

»Weil dir das Essen quer im Bauch liegt und du gar nicht mehr vom Balken wegkommst«, ergänzte Milla, sichtlich stolz, von der Älteren für würdig befunden zu werden, als Vertraute zu dienen.

»Brav«, tätschelte Lina ihr die Wangen und hoffte für sie, es würde keinen Anlass zum Lügen geben. Nie sollte die Kleine die Alte hintergehen oder gar verärgern, nicht einmal ihretwegen. Lina schnaufte. Bevor Milla etwas von ihrer Aufregung merkte, griff sie sich das Wolltuch vom Haken neben der Tür und huschte mit einem kurzen Winken hinaus.

Auch die Grohnert-Damen hielten Mittagsruhe. Unbemerkt gelangte Lina zur Tür und fand sich wenig später atemlos, aber glücklich mitten auf der Langgasse wieder.

Munter tanzten Schneeflocken durch die kalte Novemberluft. Ein zarter weißer Schleier hatte sich über das Pflaster gelegt. Lina genoss es, ihre Fußspuren in der jungfräulichen Decke einzugraben. Wenigstens für eine kurze Zeit blieb irgendwo etwas von ihr. Sie hüpfte weiter, voller Vorfreude auf ein unerlaubtes Vergnügen mit Steutner. Dann aber wurden ihr die Augen feucht. Sie dachte an Karl. Noch hatte sie es nicht gewagt, Steutner von dem Kind zu erzählen. Pure Angst erfasste sie bei der Vorstellung, er käme ihr auf die Schliche. Nein, besser, sie vergaß den Kleinen für eine Weile. Erst, wenn sie Steutners wirklich sicher war, konnte sie es ihm gestehen. Wieso aber dachte sie, es käme je so weit? Sie biss sich auf die Lippen, rief sich sein verschmitztes Lächeln ins Gedächtnis. Steutner schien ein aufrechter Mensch, anders als die anderen. Gewiss würde er ihr helfen, den Kleinen zu sich zu holen. Es wäre zu schön! Gerührt atmete sie durch. Die frische Luft tat gut. Anders als an den vorangegangenen Tagen wurde das Schneetreiben nicht von eisigem Ostwind begleitet. Dafür blitzte sogar hin und wieder die Sonne zwischen den Wolkenbergen auf.

»Ist Sankt Martin weiß, bleibt der Winter lang und kalt«, ertönte eine männliche Stimme dicht neben ihr. Wie ertappt sah sie sich um.

»Hast du etwa ein schlechtes Gewissen?« Mit einem schelmischen Grinsen sprang Humbert Steutner aus einer Mauernische hervor und legte sogleich den Arm um sie. »Keine Sorge, Sankt Martin war gestern. Heute kannst du beruhigt aufatmen. Es ist kein Feiertag mehr.«

»Nicht«, schüttelte sie ihn ab. »Lass uns erst aus dem Kneiphof heraus sein, sonst gibt es nur böses Gerede.«

»Davon gibt es so oder so schon genug«, erwiderte er ernsthaft.

»Was meinst du damit? Wer redet Schlechtes von mir?« Entrüstet blieb sie stehen.

»Nicht von dir«, wiegelte er unter ärgerlichem Kopfschütteln ab. »Dabei wäre ich froh, wenn es nur darum ginge, ob du deiner Patronin Schande machst oder nicht.«

»Was soll das denn heißen?«

»Reg dich nicht auf«, versuchte er einzulenken. »Dazu ist die wenige Zeit zu schade, die wir für uns haben.«

»Ich habe wohl besser gar keine Zeit mehr für dich. Schließlich will ich weder meiner Patronin noch mir selbst Schande machen.« Sie schickte sich an, sich umzudrehen. Er aber hielt sie fest.

»Bleib, bitte! Es hat doch wirklich nichts mit dir zu tun, Lina.«

»Dann sag doch endlich, was du meinst.«

»Hast du noch nichts davon gehört, was über unsere verehrte Frau Grohnert geredet wird?« Verwundert sah er sie an. »Ihr da in der Küche seid wohl wirklich nur mit dem sauren Kraut im Kochtopf beschäftigt. Letzte Woche schon hat die Witwe Gerke in der Börse unsere Patronin beschimpft. Angeblich ist ihr Gemahl an den Tropfen gestorben, die Magdalena Grohnert ihm verabreicht hat.«

»Das ist nicht wahr!« Lina erbleichte. Hedwig hatte vorhin Ähnliches angedeutet. Sie aber hatte es nicht hören wollen. »Wie kann sie so etwas behaupten?«

»Eben«, stellte er mit einem überheblichen Gesichtsausdruck fest. »Sie hat keinen Grund, das zu sagen. Deshalb ist auch keiner der anderen Kaufleute darauf eingegangen. *Noch* nicht«, schob er wichtigtuerisch nach. Verblüfft starrte sie ihn an. »Du kannst sicher sein«, erklärte er, »es wird nicht lange dauern, und man findet doch einen Grund, der Witwe Gerke zu glauben. Und dann, meine Liebe, wird es übel.«

»Gott steh uns bei«, besann sie sich ihrer katholischen Erziehung und schlug hastig ein Kreuz. Steutner jedoch fand nach seiner düsteren Prophezeiung erstaunlich rasch wieder zu seiner guten Laune zurück.

»Habe ich dir nicht gesagt, wir sollen unsere Zeit miteinander gut nutzen? Ich hätte da eine hervorragende Idee.« Seine Augen blitzten schelmisch. Wieder legte er ihr den Arm um die Schultern und zog sie eng an sich.

»Lass das!«, versuchte sie abermals, ihn zur Vernunft zu bringen.

»Aber du musst dich doch gar nicht vor dem Gerede fürchten«, begann er abermals. »Oder hast du Angst vor der fetten Wirtin aus dem Grünen Baum, an dem wir gleich vorbeigehen?«

Steutner umarmte sie weiter betont auffällig, nickte gar frech einigen Studenten zu, die von der anderen Straßenseite zu ihnen herübersahen.

»Lass die nur glotzen. Die Alte wird es nicht wagen, unserer verehrten Patronin etwas zu verraten. Magdalena Grohnert mag keinen Tratsch. Nach allem, was in der letzten Woche passiert ist, erst recht nicht.«

»Sie vielleicht nicht, aber Hedwig oder Egloff und Breysig.« Linas gute Laune war wie weggeblasen. »Warum passt du mich auch hier schon ab? Wir wollten uns doch erst drüben in der Vorstadt treffen. Da besteht wenigstens nicht die Gefahr, entdeckt zu werden.«

»Dafür aber besteht dort die Gefahr, den kostbaren Nachmittag ganz anders zu verbringen, als wir das eigentlich vorhaben.« Vieldeutig zwinkerte der lange Bursche ihr zu und kniff sie in den Hintern. »Autsch!«, japste sie, was ihn nur ermunterte, die Geste ein weiteres Mal zu wiederholen.

»Was schlägst du vor?« Energisch rückte sie von ihm ab. Die Arme vor dem üppigen Busen verschränkt, sah sie ihn an. Längst war sie nicht mehr sicher, ob das heimliche Treffen mit ihm eine gute Idee gewesen war. Vielleicht riskierte sie doch zu viel dafür.

»Lass dich einfach überraschen.« Übermütig fasste er sie an der Hand und zog sie in die Goldene Pongasse. Zunächst widerwillig, dann immer neugieriger, folgte sie ihm. Weit holten seine langen, schlaksigen Beine aus. Die riesigen Füße sorgten für eine seltsame Spur im Schnee. Bald zog Steutner sie rechts hinüber zur Köttelbrücke über den Neuen Pregel. Auf der Holzwiese patrouillierten zwei Stadtknechte, die allerdings nicht sonderlich aufmerksam wirkten.

»Du planst wohl kaum, mich bei diesem Wetter hinter einen der Holzstöße zu ziehen?« Abrupt blieb Lina stehen. Dicke Wolken stiegen aus ihrem Mund auf.

»Was traust du mir zu?« Steutner tat beleidigt. »Mag ich auch als einfacher Schreiberling in diesem irdischen Leben keinerlei Reichtümer anhäufen, um dir einen Palast einzurichten, wie du ihn verdienst, reicht mein Anstand doch zumindest so weit, deinen anbetungswürdigen Körper nicht unbedarft der Kälte auszusetzen.«

»Schwätzer!«, entfuhr es ihr abfällig, doch im nächsten Moment schlug sie sich erschrocken auf den Mund. Was war nur in sie gefahren? Sie spielte doch nicht seit Stunden dieses dämliche Verstecken mit Hedwig und den beiden Grohnert-

Damen, nur um sich ihr heiß herbeigesehntes Stelldichein durch eigene Übellaunigkeit zu verderben? Sie betrachtete den hochaufgeschossenen Kerl mit den viel zu dürren Beinen.

»Was redest du nur immerzu für ein geschraubtes Zeug daher?«, fragte sie leise. »Da vorn ist die Kneiphofer Holzwiese, wie du siehst. Glaub mir, ich erwarte beileibe weder ein Schloss noch ein prächtiges Gastzimmer wie im Grünen Baum. Etwas mehr als eine zugige Laube oder eine halbverfallene Scheune aber darf es trotzdem sein. Oder bin ich dir nicht mehr wert?«

»Was denkst du nur von mir?« Er riss sich den ausgefransten Schlapphut vom Kopf. Die Feder darauf hatte bereits bessere Tage gesehen. Die Hand auf die Brust gedrückt, sah er sie treuherzig von unten herauf an. »All mein Erspartes trage ich bei mir, um dir ein angenehmes Lager in einem Gasthof zu bieten. Wenn du magst, sollen dir die Mägde ein Bad mit Rosenblättern bereiten. Ich lasse dir Wein und einen Imbiss auftischen, allein in der Hoffnung, so dein Herz für immer zu erobern.«

»Mach dich nicht zum Affen.« Zweifelnd sah sie ihn an. Seine goldbraunen Augen funkelten, um seinen breiten Mund zuckte es. Noch während sie mit sich rang, ob sie lachen oder sich weiter empören sollte, richtete er sich aus der vorgebeugten Haltung auf und bot ihr galant den Arm.

»Komm mit und sieh selbst, was du mir wert bist.«

Ein für seine Verhältnisse ungewohnt scheues Lächeln huschte über die glattrasierten, hohlen Wangen. Im nächsten Moment aber verzog sich der breite Mund wieder in der bewährten spöttischen Weise. Trotzdem folgte sie seiner Einladung mit einem artigen Knicks. Selbst wenn es ein Possenspiel war, hatte doch noch nie jemand sie derart hofiert. Gespannt schlenderte sie mit ihm in die Haberbergsche Vorstadt.

11

Das Schneetreiben wurde dichter. Bald bedeckte eine dicke, weiße Schicht den Weg. Zunächst reihten sich die schäbigen Hütten der Tagelöhner dicht aneinander. Je näher sie der Hauptstraße kamen, desto häufiger mischten sich bescheidene Steinhäuser darunter. Endlich schälte sich die erst vor wenigen Jahren neuerrichtete Haberbergsche Kirche heraus, stolz umlagert von einem guten Dutzend prächtiger Vorstadthäuser. Gleich gegenüber der Kirche befand sich eines der ersten Gasthäuser am Platz, der Grafenkrug. Dort nächtigten die Reisenden, denen der Kneiphof zu vornehm, die anderen Gasthäuser in der Vorstadt aber zu schäbig waren. Zielsicher steuerte Humbert auf das Wirtshaus zu.

»Du willst doch nicht wirklich im Grafenkrug einkehren?«, wisperte Lina erschrocken.

»Was dagegen?« Er warf ihr einen verwunderten Blick zu. »Oder verlässt dich jetzt doch der Mut? Geld habe ich genug, falls das deine Sorge sein sollte. Du weißt, wie großzügig die Grohnert uns gegenüber ist. Für meine winzige Kammer bei der Mosnerin zahle ich nicht allzu viel. Ich verspreche dir hoch und heilig, dass mein Geld reicht, dir einen angenehmen Nachmittag zu bereiten. Genieß es einfach, wenn einmal die anderen Mägde für dich die Wasserkrüge schleppen und nach Lavendel duftende Leintücher bereitlegen.«

Wieder zwinkerte er ihr zu, hauchte ihr sogar einen schüchternen Kuss auf die Wange. Ob der Berührung kam sie nicht umhin, das leichte Zittern seines Körpers zu spüren. Trotz aller Beteuerungen ängstigte ihn offenbar doch die eigene Courage. Das wiederum spornte sie an. Um ihm Mut zu machen, hob sie entschlossen den Kopf und lächelte. »Dann lass uns einen Nachmittag lang einmal die Herrschaft sein.«

Sie strich ihr einzig gutes Gewand glatt und richtete das Wolltuch auf Schultern und Kopf. Noch war es ohne Flicken. Magdalena Grohnert hatte es kürzlich erst abgelegt und ihr geschenkt. In der Gewissheit, damit nicht auf den ersten Blick wie eine gewöhnliche Magd auszusehen, streckte Lina den Rücken durch. Sie schielte auf Humbert. Auch er konnte sich sehen lassen. Vor allem aber wusste er sich zu betragen. Wie Lina aus ihrer Zeit im Grünen Baum wusste, zählte das oftmals mehr als ein teurer Rock und blankpolierte Schuhe. Unauffällig leckte sie sich die Fingerspitzen und fuhr damit die Bögen der Augenbrauen nach. Auch die Lippen befeuchtete sie mit der Zungenspitze, bis sie glänzten. Steutner schmunzelte ob ihrer Eitelkeit und bot ihr mit einer galanten Verbeugung den Arm.

Aus dem niedrigen Gastraum schlug ihnen eine dichte Rauchwolke entgegen. Lina begann zu husten, Humbert versuchte, den Dunst mit der Hand wegzuwedeln. Es roch nach dicker Suppe, feuchten Kleidern und schlechtem Tabak. Einige Männer reckten neugierig die Köpfe, als der Wirt diensteifrig auf die Neuankömmlinge zueilte.

»Stets zu Diensten«, katzbuckelte er vor ihnen und wies einladend mit dem rechten Arm in die Stube. »Ich zeige den Herrschaften ein Plätzchen, an dem sie ungestört sein werden.«

Anzüglich glitt sein Blick über Lina und huschte dann zu Humbert, um ihm zuzuzwinkern. Noch bevor sie protestieren konnten, lotste er sie bereits in den hinteren Teil des Raumes, von dem ein weiterer, kleinerer abzweigte. »So, da wären wir. Hier sind die Herrschaften ganz für sich.«

Beifallheischend sah er sie an. Lina stieß Humbert in die Seite in der Hoffnung, dass er nach der Kammer nebst einem Bad fragen würde. Der Wirt aber kam ihm zuvor. »Was darf ich bringen? Einen Krug Wein oder lieber Bier? Vielleicht noch einen Teller Suppe für die Dame? Sieht ja ganz verfroren aus, die Ärmste.«

Er rieb sich die Arme, dabei saugten sich seine Augen auf Linas üppigen Rundungen fest. Wie gern hätte sie ihm für diese Frechheit eine Maulschelle verpasst. Verärgert kniff sie die Lippen zusammen, trat unterdessen fest mit dem Fuß gegen Humberts Schienbein. Was war nur los? Sonst fehlten ihm nie die rechten Worte, vor diesem dämlichen Wirt aber verwandelte er sich in einen scheuen Hund. Endlich hob er den Zeigefinger und setzte zu reden an. Weiter als bis zum Luftholen kam er jedoch nicht.

Erneut wurde die Gasthaustür aufgestoßen, und zusammen mit einer Wolke eisiger Luft schob sich ein weiteres Paar herein. Lina wandte flüchtig den Kopf, bemerkte einen vornehm gekleideten Herrn mit großem Hut und eine großgewachsene Frau.

»Ihr entschuldigt«, raunte der Wirt und eilte von dannen. Selbst durch den dichten Rauch und über die Köpfe all der anderen Gäste hinweg hatte er sogleich erkannt, um wie viel lohnender das Scharwenzeln um die neu Eingetroffenen für ihn sein würde. Erleichtert ließ Lina sich auf die Bank fallen.

»Was ist jetzt mit der Kammer und dem Rosenbad?«, fragte sie und schälte sich aus dem warmen Wolltuch. Schon glühten ihr die Wangen, so warm war es ihr geworden. »Bis zum Dunkelwerden muss ich wieder in der Langgasse sein. So schön duften können keine Handtücher der Welt, dass ich meine Stellung dafür aufs Spiel setze.« Übertrieben fächelte sie sich mit der Hand Luft zu. Humbert verharrte jedoch schweigend am Durchgang zum großen Gastraum. »Was glotzt du immerzu dorthin?«

Widerwillig erhob sie sich und reckte ebenfalls den Kopf zur Tür. Noch verdeckte der breite Rücken des Wirts die Gesichter der neuen Gäste. Allein sein Gebaren ließ darauf schließen, welch gutes Geschäft er sich von ihnen erhoffte.

»Hast du gesehen, wer das ist?« Steutner klang seltsam.

»Der Kurfürst wird es schon nicht sein«, raunzte sie und verschränkte die Arme vor der Brust. »Ach, es ist doch immer das Gleiche mit euch Burschen. Eigentlich bin ich selbst schuld. Ich hätte mir denken können, wie weit es mit deinem Gerede von der Kammer und dem heißen Bad im Grafenkrug wirklich her ist. Schade.« Sie wickelte sich das Tuch wieder um Kopf und Schultern. »Und weißt du, was das Schlimmste ist?« Abermals suchte sie seinen Blick, ruhte nicht eher, bis er ihr endlich geradewegs in die Augen schaute und erstaunt »Was?« fragte. »Für einen Moment habe ich wirklich geglaubt, bei dir wäre es anders als bei den anderen Burschen.«

Mit diesen Worten wollte sie nach vorn in den Gastraum stapfen.

»Bist du wahnsinnig?« Aufgebracht hielt Steutner sie am Arm zurück. »Da kannst du jetzt nicht raus!«

»Was …«, wollte sie fragen, doch er presste ihr die flache Hand auf den Mund. »Willst du ausgerechnet Helmbrecht in die Arme laufen?«

»Das da vorn ist Helmbrecht?«, flüsterte sie mit einem Anflug von Ehrfurcht in der Stimme. Im nächsten Moment erbleichte sie. »Und die Frau? Wer ist die Frau an seiner Seite? Doch nicht etwa Magdalena Grohnert?«

»Meinst du, die hat es nötig, sich mit ihm im Grafenkrug zu treffen?«

»Aber wer ist das dann?«

Humbert legte den Finger an die Lippen. Wie gebannt starrte er weiter auf die kleine Gruppe nahe bei der Tür. Lina stellte sich auf die Zehenspitzen, doch das half nichts. Helmbrecht – oder derjenige, den Humbert für Helmbrecht hielt – war nicht größer als der Wirt, so dass sein Antlitz von dessen breitem Rücken verdeckt wurde. Von der Frau an seiner Seite war nicht viel mehr zu sehen. Lediglich das Wippen eines modischen Spitzhuts bezeugte ihre Anwesenheit und verriet, dass sie für eine Frau groß gewachsen war.

»Von wegen Gerede von der Witwe Gerke! Die da wird der Grund dafür sein, dass er nicht mehr in die Langgasse kommt«, flüsterte Lina.

»Was?«

»Vergiss es«, wiegelte sie ab und beschloss, sich einen besseren Beobachtungsposten zu besorgen. So unauffällig wie möglich schob sie sich an der Wand entlang zum hintersten Tisch im Gastraum und ließ sich mit einem entschuldigenden Lächeln um die Lippen auf dem Ende der Bank nieder. Kurz nur hoben die dort sitzenden Männer den Blick, dann versenkten sie sich wieder in ihr Gespräch, die Köpfe dicht über den großen Bierkrügen. In einer eleganten Bewegung glitt Lina das Tuch von den Schultern. Sie wusste sich so zu bewegen, dass der Mann gleich neben ihr auf der Bank einen raschen Blick in den Ausschnitt ihres Mieders werfen konnte, bevor sie sich rekelte und dabei wie zufällig mehrmals gegen ihn stieß. Die erhoffte Wirkung blieb nicht aus. Als sie das Gesäß noch ein wenig mehr auf die Bank schob und dabei seinen Oberschenkel berührte, rückte er nicht weiter ab, sondern rutschte eher näher auf sie zu. Gleichzeitig wandte er den Oberkörper halb um, legte ihr den Arm wie zufällig um die Hüften. Sie ließ ihn gewähren.

»Was führt dich her? So ein hübsches Fräulein wie du sollte auch am Sonntagnachmittag nicht allein ein Wirtshaus betreten, nicht einmal ein so ordentliches wie den Grafenkrug.«

»Ihr habt recht, doch was will ich tun?« Scheu erwiderte sie seinen Blick. »Der eisige Wind hat mich derart frieren lassen, dass ich meinen Bruder gebeten habe, mir eine kurze Einkehr zu erlauben. Ich bin also nicht gänzlich ohne Schutz.«

»Ihr seid in Begleitung Eures Bruders?« Sofort nahm er die Hand von ihrer Hüfte und sah sich suchend um.

»Dort hinten an der Wand«, half sie ihm.

»Sonderlich gut aufpassen tut er aber nicht auf dich.« Steutners Anblick musste den Mann beruhigt haben. Der Schreiber presste sich weiterhin gegen die Wand, ängstlich darauf bedacht, nicht von Helmbrecht entdeckt zu werden. Auf Lina schien er nicht sonderlich zu achten, was den Mann sogleich wieder in die vertraute Anrede zurückfallen und sein Werben um sie fortsetzen ließ.

»Eigentlich wollte er mir gerade beim Wirt einen heißen Würzwein bestellen«, verteidigte Lina ihn. »Dann aber sind diese Herrschaften da vorn eingetreten. Jetzt kümmert sich niemand mehr um uns. Das müssen wohl sehr angesehene Leute sein, wenn der Wirt alle anderen dafür stehenlässt. Darüber wisst Ihr sicher besser Bescheid.«

»Ach, die zwei da vorn«, der Mann fühlte sich sichtlich geschmeichelt, »das ist nur ein Kaufmann aus dem Kneiphof. Hier in der Vorstadt kann er ungestört sein Liebchen treffen.« Frech grinste er sie an. »In der Hinsicht sind die Herrschaften auch nicht besser als unsereins, was?«

Seine Pranke landete auf ihrem Oberschenkel und begann, sich langsam darauf emporzuarbeiten. Sein Atem wurde keuchender, die Augen quollen gierig aus ihren Höhlen hervor.

»Sein Liebchen? Sie sieht aber eher wie eine richtige Dame aus.« Lina wehrte sich nicht gegen die Anzüglichkeiten. Inzwischen hatte sie endlich einen Blick auf die beiden erhascht. Noch immer beschwatzte der Wirt Helmbrecht und seine auffallend blonde, ganz in vornehmes Blau gekleidete Begleiterin.

»Die, die es am dicksten hinter den Ohren haben, sehen am liebsten wie richtige Damen aus. Deshalb mag ich so unschuldige Mädchen wie dich, mein Schatz. Nie würden euch solche Schliche in den Sinn kommen, was?« Unter dröhnendem Lachen zwickte er ihr in die Wange.

»Lass gut sein mit deinen Flunkereien, Frieder«, mischte sich sein Gegenüber ein. »Du weißt, dass der gute Helmbrecht nie und nimmer eine Hure trifft, schon gar nicht in aller Öffentlichkeit. Die Dame dort drüben, mein Kind, ist wirklich eine ehrenwerte Frau, das hast du richtig erkannt«, wandte er sich direkt an Lina. »Sie kommt aus Brügge und handelt mit feinen Stoffen. An der Börse im Kneiphof hat sie sich schon vorgestellt. Wer weiß, vielleicht kommt sie im nächsten Frühjahr als Helmbrechts Ehefrau hierher zurück.«

»Was?« Lina erschrak.

»Was hast du?«, fragte der Fremde.

Lina sprang auf und stürzte zu Steutner. Ohne darauf zu achten, ob Helmbrecht auf sie aufmerksam wurde, zerrte sie den Schreiber am Arm. »Wir müssen weg von hier«, flüsterte sie ihm ins Ohr. »Ich muss sofort zurück in die Langgasse. Dieser Helmbrecht spielt ein doppeltes Spiel. Er umwirbt nicht nur unsere gute Patronin, sondern will auch diese blonde Frau da vorn heiraten.«

»Was willst du tun?« Humbert rührte sich nicht vom Fleck. »Du kannst wohl kaum zur Grohnert laufen und erzählen, du hättest gerade Helmbrecht im Grafenkrug mit einer fremden Frau gesehen. Was, glaubst du, sagt sie dazu, dass du heimlich aus dem Haus gelaufen bist und mich getroffen hast?«

Lina erstarrte. In all der Aufregung um Helmbrecht war ihr das völlig entfallen.

»Das wird sich schon alles regeln. Lass das meine Sorge sein.« Ehe Steutner Einwände erheben konnte, schlang sie sich den Schal um Gesicht und Hals, bis nur noch ein schmaler Schlitz für die Augen frei blieb. So hoffte sie, unbemerkt an Helmbrecht vorbei nach draußen zu gelangen. Ob Steutner ihr folgte, war ihr einerlei.

In Windeseile rannte sie die breite Straße der Vorstadt hinunter. Das leichte Schneetreiben des frühen Nachmittags hatte sich in ein dichtes Schneegestöber im dämmrigen Licht des nahenden Abends verwandelt. An der Brücke zum Grünen Tor stauten sich die Menschen, die noch vor Anbruch der Nacht Einlass im Kneiphof begehrten. Auch einige Wagen und Karren reihten sich dort auf. Lina war des Wartens schnell überdrüssig und stahl sich unauffällig durch die Menge nach vorn. Im Schutz eines Fuhrwerks gelangte sie an den beiden Wachposten vorbei. Auch jenseits des Tores blieb sie in Eile, bis sie endlich atemlos das entgegengesetzte Ende der Langgasse erreichte. Gerade wollte sie den Klopfer gegen die Eingangstür des Singeknecht'schen Anwesens fallen lassen, da fiel ihr ein, wie töricht das wäre. Steutner hatte recht: Niemand durfte von ihrem nachmittäglichen Ausflug erfahren! Wie aber wollte sie unbemerkt hineinschlüpfen? Früher als erwartet stand Hedwig womöglich in der Küche unten in der Diele und bereitete mit Milla zusammen das Abendessen. O Gott! Längst musste die Alte ihr Fehlen bemerkt haben.

»Wo kommst du denn her?«

Lina fuhr herum. Einen Moment meinte sie, im Erdboden versinken zu müssen. Dann aber brachte sie die Stimme und das Gesicht vor ihr zusammen. Es war nicht Magdalena, wie sie befürchtet hatte, sondern Carlotta. Die Stimmen der beiden Grohnert-Damen klangen erschreckend ähnlich.

»Ich-ich-ich m-musste sch-schnell noch etwas erledigen«, stammelte sie unbeholfen und schalt sich insgeheim einen Dummkopf. So, wie sie sich verhielt, durchschaute Carlotta sie gleich. Das wissende Lächeln auf ihrem selbst im November von Sommersprossen übersäten Gesicht bestätigte das.

»Ich schätze, meine Mutter und Hedwig sollen nichts davon mitbekommen.« Linas schüchternes Nicken war ihr Bestätigung genug. »Das trifft sich. Mir passt es auch gut, nicht allein zurückzukehren. Falls dich also jemand fragt, hast du mich vorhin zu Caspar Pantzer begleitet, um ihm den Verband zu wechseln. Es ist nicht gut, dass ich dort allein hingehe.«

Folgsam nickte Lina. Ihr war jede Ausrede recht, solange sie unbeschadet an Hedwig vorbeikam. Schweigend folgte sie Carlotta ins Haus, genoss sogar den erstaunten Blick der Köchin, die tatsächlich bereits eifrig in der Küche mit den Tellern klapperte und Milla zum Brotschneiden anhielt. Offenbar war es ihr noch immer ernst mit der Einstellung, an einem Schwendtag nichts Neues zu beginnen. Also würde auch das Abendbrot aus Resten des Vortags bestehen.

»Lina und ich waren noch einmal bei Apotheker Pantzer im Löbenicht«, erklärte Carlotta, um allen Fragen zuvorzukommen, und schob Lina die Treppe hinauf. Erst im zweiten Stock, vor der Tür zu ihrer Schlafkammer, flüsterte sie ihr ein knappes »Danke« zu.

»Wieso?«, fragte Lina verwundert. »Du hast mir doch auch einen Gefallen getan.«

»Ist das nicht schön?« Die Hand auf der Türklinke, verharrte Carlotta im Halbdunkel des Treppenhauses. »Wir beide haben etwas Verbotenes getan und sind uns noch gegenseitig dankbar für die Lüge.«

»Wenn du deinen Christoph triffst, tust du doch nichts Verbotenes«, erwiderte Lina. Carlotta verzog das Gesicht. »Oh, entschuldige. Habe ich etwas Falsches gesagt?«

»Schon gut. Du konntest es nicht ahnen.«

»Was?« Bang hob Lina den Blick. »Hast du dich etwa nicht mit Christoph getroffen?«

Kaum hatte sie das ausgesprochen, schwante ihr etwas Furchtbares. Sie legte Carlotta die Hand auf den Arm und blickte ihr eindringlich ins Gesicht. Trotz des dämmerigen Lichts konnte sie die traurige Miene gut erkennen. »Du darfst nicht lockerlassen. Er ist der Richtige für dich. Das wird schon!«

»Treib du es lieber nicht zu toll mit Steutner. Ein zweites Kind wirst du wohl kaum wieder gut bei anständigen Leuten unterbringen.«

Hastig wollte Carlotta in ihre Kammer verschwinden. Lina aber vergaß vor Ärger für einen Moment, wie sie inzwischen zueinander standen, und zischte böse: »Steutner ist wenigstens ein anständiger Bursche, der weiß, was er an mir hat. Nicht so verlogen wie ihr feinen Leute, die ihr alle gern auf zwei Hochzeiten tanzt.«

»Was willst du damit sagen?« Angriffslustig stemmte Carlotta die Hände in die Hüften. Sie war zwar kleiner und zierlicher als Lina, doch in diesem Moment schüchterte sie das nicht im Geringsten ein.

»Na ja, was will man erwarten. So, wie es hier im Haus seit Jahren zugeht, musste es ja so kommen. Eine elende Weiberwirtschaft nenn ich das. Da fehlt einfach die starke, männliche Hand, die alles richtet.«

»Jetzt reicht es mir aber!« Zornig stapfte Carlotta auf. »Hör mit diesen törichten Sprüchen auf. Wenn du Mut hast, sagst du mir jetzt die Wahrheit mitten ins Gesicht.«

Schlagartig wurde Lina klar, was sie da angerichtet hatte. Eben noch war sie dank Carlottas Hilfe unbeschadet ins Haus gelangt, nun befand sie sich auf bestem Weg, deren Wohlwollen zu verspielen. Wie kam sie da nur wieder heil heraus? Sie musste rasch etwas erwidern, keine Frage. Nur konnte sie ihr schlecht auf den Kopf zusagen, was Carlotta sicher ahnte: dass sie vorhin sie selbst gemeint hatte. Angestrengt biss sie sich auf den Lippen herum, bis ihr plötzlich die rettende Idee vor Augen stand.

»Wie du dir denken kannst, geht es um den guten Helmbrecht.«

»Was?«

»Lange schon treibt er wohl ein doppeltes Spiel«, fühlte Lina sich von Carlottas Reaktion bestärkt, sich für das Richtige entschieden zu haben. »Ist es zu fassen? Einerseits umwirbt er deine Mutter, derweil er drüben in der Haberbergschen Vorstadt längst eine andere Frau einquartiert hat. Eine auffallend blonde, sehr schöne Frau aus Brügge ist das übrigens. Gewiss hat sie ebenfalls einiges an Goldstücken aufzubieten, genau wie deine Mutter. Es heißt, über den Winter gedenkt er, sie zu ehelichen. Wahrscheinlich ist er allein deswegen hierher zurückgekommen.«

»Das ist nicht wahr«, murmelte Carlotta.

»Doch«, trompetete Lina, um sogleich erschrocken innezuhalten. Etwas stimmte nicht mit Carlotta. »Warum bedrückt dich das so?« Sie neigte den Kopf. »Ich dachte, es freut dich zu hören, dass Helmbrecht seine Heiratspläne mit deiner Mutter endlich aufgibt. Das ist doch das, was du immer wolltest.«

»Ach, was weißt du denn schon?« Brüsk schob Carlotta sie beiseite und stürzte in ihre Kammer. Verblüfft blickte Lina ihr hinterher.

»Was ist mit dir? Brauchst du eine Einladung? Unten in der Küche gibt es mehr als genug zu tun.« Ein lautes Schnaufen kündete Hedwigs Auftauchen an. »Los, zieh dir das gute Kleid aus und glotz keine Löcher in die Tür.« Kopfschüttelnd watschelte die Alte an ihr vorbei in Carlottas Kammer.

Gern hätte Lina belauscht, was Hedwig dem Mädchen zu sagen hatte. Der böse Blick, den die Köchin ihr zuwarf, machte ihr indes deutlich, sich besser an die Arbeit zu machen. Sogleich hastete sie nach oben in die Dachkammer. Mit jeder Treppenstufe wurde ihr klarer, wie misslungen dieser Sonntag war. Künftig würde sie es doch wie Hedwig halten und den Teufel tun, an einem Schwendtag etwas Neues beginnen zu wollen.

12

Carlotta zögerte, die Stufen des Beischlags vor dem Grünen Baum hinaufzusteigen. War es nicht verrückt? Kaum war sie bereit, der Mutter Mut zu machen, endlich die Verbindung mit Helmbrecht einzugehen, tauchte die nächste Schwierigkeit auf. Unbedingt musste sie herausfinden, was es mit dieser fremden Blonden auf sich hatte, von der Lina am Vortag erzählt hatte. Nicht auszudenken, wenn durch sie ihre Pläne durchkreuzt wurden! Dabei hatte sie letztens Mathias gegenüber den Mund reichlich voll genommen. Weder hatte sie den Leipziger Kaufmann in den vergangenen zehn Tagen überhaupt in Ruhe sprechen, noch ihn auch nur andeutungsweise um die Übermittlung eines Briefes an Tante Adelaide bitten können, geschweige denn, Näheres über seine wahren Gefühle für Magdalena erfahren. Zuletzt hatte sie erst gestern wieder vergeblich versucht, ihn im Grünen Baum anzutreffen, um dort unter vier Augen mit ihm zu sprechen. Wenigstens hatte sie dank Lina nun eine Erklärung dafür, wo er gesteckt hatte. Zum Glück ließ Mathias sich schon seit Tagen nicht mehr blicken. Möglicherweise gehörte er zu den Kurfürstlichen, die für die Bewachung des festgesetzten Schöppenmeisters Roth abgestellt waren. Nach allem, was man hörte, würde dies noch lange dauern. Das verschaffte ihr zumindest etwas Zeit.

Vorsichtig setzte sie den Fuß auf die erste Stufe. Sorgsam hatte jemand den frischen Schnee darauf beiseitegefegt. Die Striche mit dem Reisigbesen hatten deutliche Spuren auf dem dunklen Steinboden hinterlassen.

»Gott zum Gruße, verehrte Carlotta!« Eine barsche Stimme riss sie aus ihren Gedanken. Am obersten Treppenabsatz stand Apotheker Heydrich, den schwarzen Spitzhut in der Hand. Sein kahler Schädel glänzte im Sonnenlicht, zart umrankt von einem lichten weißen Haarkranz.

»Sucht Ihr mich?«, fragte er vergnügt und zwirbelte die Enden seines ebenfalls in Ehren weißgewordenen Oberlippenbarts. Am Kinn ragte ein Ziegenbart keck nach vorn. »Das trifft sich gut. Ich wollte schon nach Euch schicken lassen.

Seit Tagen erwarte ich Euren Besuch in meinem Laboratorium. Traut Ihr Euch nicht mehr zu mir?« Er beugte sich vor und fügte leise hinzu: »Keine Sorge, meine Liebe: Ich bin der Letzte, der etwas auf das Gerede über die Tropfen Eurer Mutter gibt.«

»Welches Gerede? Über welche Tropfen meiner Mutter? Wovon sprecht Ihr?« Verwirrt sah sie ihn an. Er stutzte, verzog dann aber den Mund zu einem Lächeln. »Ach, vergesst das alles. Es ist nichts! Wollt Ihr nicht mit mir kommen? Sonst hattet Ihr es immer so eilig damit, diese geheimnisvolle Wundersalbe zu mischen. Mir ist eine hervorragende Idee gekommen, was wir noch ausprobieren sollten.«

Schwungvoll setzte er den Hut wieder auf und trippelte mit seinen auffallend kleinen Füßen die Stufen hinunter. Die bunten Schluppen an seiner Rheingrafenhose flatterten bei jedem Schritt, die goldenen Schnallen an seinen Schuhen blinkten grell. Lässig strich er die Schöße seines Rocks nach hinten. Bei ihr angekommen, bot er ihr den Arm. Ihr blieb nichts anderes, als stumm zu nicken und seiner Einladung zu folgen. Letztlich kam es ihr nicht ungelegen, sich auf diese Weise ablenken zu lassen. Es verschaffte ihr eine kurze Verschnaufpause, bevor sie abermals versuchte, Helmbrecht irgendwo alleine anzutreffen und auf ihr Begehren vertraulich anzusprechen.

»Was habt Ihr mir noch an Ideen für die Wundersalbe zu bieten?«, fragte sie mehr aus Höflichkeit denn aus echtem Interesse, während sie an seiner Seite durch die Goldene Pongasse zur Magistergasse hinüberschritt.

Sie musste sich zwingen, ihm zuzuhören und Helmbrecht mit seiner rätselhaften Blonden für eine Weile zu vergessen. Zum Glück begegneten ihnen die ersten Kaufleute auf dem

Weg zur Börse. Der Apotheker wurde nicht müde, grüßend den Hut zu lupfen. Darüber entging ihm Carlottas Zerstreutheit.

»Mir scheint«, hub er mehrmals an, um sich gleich wieder für einen Gruß zu unterbrechen, bis er an der Ecke zur Hofgasse den Satz endlich vollenden konnte, »wir haben zwar seit einigen Wochen gut und gern alle Zutaten beieinander. Doch das allein macht das Geheimnis der Salbe nicht aus. Es kommt wohl darauf an, zuerst die sechs verschiedenen Gummiarten nicht nur zweimal in Essig zu kochen, sondern dazwischen auch einmal sorgsam durch ein Tuch zu streichen.«

»Ja, ja«, bestätigte Carlotta, die mit ihren Gedanken immer noch anderswo weilte, »das ist sicherlich wichtig. Doch daran allein wird es auch nicht liegen, dass uns die Salbe immer noch nicht gelingt. Die richtige Beschaffenheit muss man nach jedem Kochvorgang überprüfen.«

»Auf nichts anderes wollte ich hinaus«, erwiderte Heydrich ein wenig pikiert. »Ihr seid heute wohl nicht so recht bei der Sache. Wir können den Besuch in meinem Laboratorium gern verschieben. Gewiss habt Ihr Wichtigeres zu erledigen. Es war einfach vermessen von mir, Euch mit meinen Dingen so rücksichtslos zu behelligen.«

»Nein, es war allein mein Fehler«, beeilte sich Carlotta, ihm zu versichern, und schenkte ihm einen intensiven Blick aus ihren weit aufgeschlagenen blauen Augen. Dem konnte er selten widerstehen. Wenn auch seine drei Töchter allesamt über zwanzig waren und seine Gattin seit fünf Jahren im Grab ruhte, so erfreute er sich doch gern ihrer Gesellschaft. Das Geplänkel mit Christoph letztens kam ihr in den Sinn. Hastig redete sie weiter: »Es gibt kaum etwas Wichtigeres für mich als die Rezeptur dieser Salbe. Umso dankbarer bin ich Euch für Eure rückhaltlose Unterstützung. Seit Monaten arbeiten wir daran. Vielleicht stehen wir tatsächlich kurz davor, das Geheimnis zu lüften. Lasst uns also auf dem kürzesten Weg in Eure Apotheke eilen. Vielleicht kann uns wieder eine Eurer bezaubernden Töchter zur Hand gehen? Dann können wir die verschiedenen Ingredienzien schneller mischen.«

Bei der Erwähnung seiner Töchter runzelte der Kneiphofer Apotheker die Stirn. »Schön, dass Ihr für zwei oder drei Stunden mit mir daran arbeiten wollt. Bis Mittag sind wir vielleicht wirklich ein wesentliches Stück weiter.«

»Euer Wort in Gottes Ohr.«

Den Rest des Wegs gingen sie schweigend nebeneinander, grüßten gelegentlich entgegenkommende Bekannte oder hielten an, weil Heydrich einem seiner Kunden einen guten Rat zu besonderen Tropfen, insbesondere zur Einnahme seines berühmten Theriaks, erteilte. Bald hatten sie die prächtige Apotheke in der Magistergasse erreicht. »Bitte schön!« Heydrich öffnete die Tür und ließ Carlotta den Vortritt.

Wie so oft, wenn sie die großzügig angelegte Offizin betrat, schlug ihr Herz schneller. Unter andächtigem Schweigen sah sie sich um. Das war doch eine ganz andere Ordnung als in Pantzers Apotheke im Löbenicht! Vieles in der mit dunklen Regalen und Schubladenschränken bis unter die hohe Decke bestückten Offizin erinnerte sie an die Schwanenapotheke von Doktor Petersen in Frankfurt am Main. Allerdings legte Heydrich im Gegensatz zu seinem ihm unbekannten Frankfurter Kollegen Wert darauf, im Verkaufsraum keine getrockneten Kräuterbüschel aufzubewahren. Auch Säcke mit Gewürzen, den teuren Kaffee- oder Kakaobohnen suchte man dort vergeblich. Dafür gab es einen kleinen Lagerraum, der

Offizin und Laboratorium voneinander trennte. Von dort strömte der vertraute Duft nach Thymian, Rosmarin, Lavendel und Minze in den Verkaufsbereich. Carlotta schenkte den vielen Tiegeln, Gefäßen und Kisten diesmal nur einen flüchtigen Blick. Ohne auf Heydrichs ausdrückliche Aufforderung zu warten, ging sie ins Laboratorium hinüber.

»Oh, Besuch«, krähte eine der Töchter und sprang so stürmisch vom Schemel, dass er nach hinten kippte. Verschämt wischte sie die Finger an ihrem Kleid ab, doch die süße Latwerge klebte fest. Carlotta verkniff sich ein Lachen. Ein Blick in die Runde der drei bestätigte ihren Verdacht. Die üppigen Damen wiesen an Gesicht und Händen samt und sonders verräterische Spuren des unerlaubten Genusses auf. Wie unartige Kinder senkten sie die Köpfe.

Heydrich holte Luft. Die Spitzen seines weißen Bartes zitterten. Beherzt kam Carlotta seinem Schimpfen zuvor: »Einen wunderschönen guten Morgen, meine Damen. Euer Vater war so freundlich, mich wieder einmal in sein Laboratorium zu bitten, um an der Rezeptur zu arbeiten. Wollt Ihr uns dabei unterstützen?«

»Oh, ich glaube, die Waschfrau benötigt meine Hilfe. Entschuldigt mich bitte.« Else, die mit hochrotem Kopf den umgefallenen Schemel wieder aufgestellt hatte, drückte ihren breiten Körper schnaufend an ihnen vorbei in die Diele. Kaum war die Tür ins Schloss gefallen, erhob sich Minna, die älteste Heydrich-Tochter, und lächelte entschuldigend.

»Ich muss vorn in der Offizin einige Tabletten richten und die Kisten mit den Mineralien sortieren. Die Witwe Ellwart wird gleich ihre Medizin abholen wollen.«

Damit verschwand auch sie. Zurück blieb lediglich Friederike, die mittlere und blasseste der drei Apothekertöchter. Ihr gelang es nie, rechtzeitig eine Ausrede zu finden. Wortlos fügte sie sich in ihr Schicksal und begann, die Schüssel und Löffel mit den Resten der Latwerge wegzuräumen. Carlotta entledigte sich ihrer Heuke. Die Heydrich-Töchter waren ihr ein Rätsel. Sie begriff einfach nicht, warum sie ihr so beflissen aus dem Weg gingen.

»Da seht Ihr einmal wieder, wie hart mich das Schicksal getroffen hat«, brummte Heydrich. »Viel zu früh hat mich meine brave Frau mit diesen drei missmutigen Töchtern allein gelassen. Hätte ich nur einen Sohn, der mir tatkräftig zur Hand ginge, oder wenigstens einen tüchtigen Schwiegersohn! Aber die Gören sind nicht einmal bereit, sich einen Mann zum Heiraten auszuwählen. Dabei sind sie alle drei weit über zwanzig. Eine Plage ist das, meine liebe Carlotta, die mich gut und gern einige Jahre meines Lebens kosten wird!«

Er rückte sich die Brille auf der Nase zurecht. Mit einem lauten Knall stellte Friederike ihm einen Mörser und eine Schale bereit. Der Blick, den sie ihm dabei zuwarf, verriet mehr als tausend Worte.

»Tief in Eurem Herzen ahnt Ihr gewiss, warum Euren Töchtern bislang keiner der Bewerber recht gewesen ist«, tröstete Carlotta. »Einen so guten Mann wie ihren Vater wird keine je finden. Noch dazu will keine Euch allein lassen. Allzu schlecht lebt Ihr vier schließlich nicht miteinander.«

Friederike und der Apotheker schnaubten beide ob ihrer Bemerkung. Als sie dessen gewahr wurden, brachen sie wie auf Kommando in Lachen aus. Gern stimmte Carlotta mit ein, froh, dass das Eis wieder einmal gebrochen war.

»Wo sind also die Töpfe mit dem in Essig gekochten Gummi?«, fragte Heydrich und sah sich suchend im Laboratorium um.

»Den habe ich längst schon mit dem Lein- und Olivenöl gemischt, Vater. Auch Gold- und Silberglett habe ich dazugetan sowie die anderen gekochten Sachen. Alles genau so, wie du es mir gestern Abend und davor schon mindestens hundertmal aufgetragen hast.« Entgegen ihrem anfänglichen Missmut war Friederike auf einmal ganz bei der Sache. Carlotta wunderte sich nicht zum ersten Mal, wieso sie sich stets zunächst zierte, um dann mit Feuer und Flamme im Laboratorium zu experimentieren.

»Hier seht«, eifrig schleppte Friederike einen großen Trog herbei, »die Masse aus Gummi, Wachs, Öl und all den Pulvern ist längst fertig zum Kneten. Ich werde gleich kaltes Wasser darübergießen und dann die Blumenöle daruntermischen.« Kaum hatte sie das Gefäß abgestellt, krempelte sie sich die Ärmel ihres dunkelgrünen Kleides hoch und hielt Ausschau nach einem Krug Wasser.

»Lasst uns erst noch die Beschaffenheit prüfen«, schaltete Carlotta sich ein. »Wenn die nicht stimmt, war all die Mühe wieder einmal vergebens und die teuren Ingredienzien umsonst geopfert.«

»Umsonst geopfert wird in der Wissenschaft nie, mein Kind«, schaltete sich eine dunkle Männerstimme ein. Erschrocken wandten die beiden Frauen die Köpfe zur Tür. Auch Apotheker Heydrich, der am Mikroskop vor dem Tisch am Fenster saß, sah erstaunt auf.

»Doktor Kepler, welch große Ehre!« Beflissen eilte er mit ausgestreckter Hand auf den Stadtphysicus zu. Schneekristalle an dessen dunkler Kleidung und auf dem hohen Hut, den er in Händen hielt, verrieten, dass er geradewegs von der Straße ins Laboratorium gekommen war. Hochmütig übersah er Heydrichs Hand, legte den Hut achtlos beiseite und verschränkte die Arme hinter dem Rücken. Dafür stahl sich Christoph hinter seinem Rücken hervor und schüttelte dem Apotheker kräftig die Hand.

»Gott zum Gruße, verehrter Heydrich! Schön, Euch mitten bei der Arbeit im Laboratorium anzutreffen. Eure Geschäfte gehen gut, wie ich sehe. Schließlich habt Ihr Euch tatkräftige Hilfe beschafft.«

Schwungvoll zog er den Hut vom Kopf und verneigte sich. Beim Aufrichten streifte er Carlotta mit einem flüchtigen Blick. Sie meinte, darin ein zaghaftes Zwinkern zu erkennen, und hielt den Atem an. Nervös knetete sie die Finger, unfähig, die Augen von Christoph zu lassen. Vielleicht hatte Caspar Pantzer ein gutes Wort für sie eingelegt. Es schien dem Apotheker wichtig, sie beide auszusöhnen. Inständig hoffte sie noch auf ein weiteres, deutlicheres Zeichen, ob Christoph ihr wieder gut war, doch sein Vater schob sich unbarmherzig zwischen sie beide.

»Ob die Hilfe wirklich so tatkräftig ist, muss sich zeigen, mein Sohn. Jedenfalls lässt mich der eben erfolgte Ausspruch sehr daran zweifeln, ob das werte Fräulein tatsächlich das nötige Verständnis für die Wissenschaft aufbringt. Nun, das nimmt mich nicht wunder. Wundärzte haben gemeinhin nichts mit Wissenschaft im Sinn, Frauen in diesem Handwerk schon gleich gar nicht.« Damit kehrte er Carlotta betont den Rücken zu und sprach Heydrich direkt an. »Nun, was experimentiert Ihr so Geheimnisvolles, mein Bester?«

13

Das überraschende Auftauchen des alten Keplers verwirrte den Apotheker sichtlich. Carlotta erschrak darüber, wie sehr der gelehrte Mann angesichts des hochtrabend auftretenden Medicus zusammenschrumpfte. Seit Jahren kämpfte Heydrich verbissen um das Privileg der Hofapotheke. Gewiss erhoffte er sich vom kurfürstlichen Leibarzt Kepler Beistand für sein Vorhaben. Tief buckelte er vor dem Physicus und wies mit zittriger Hand auf das Mikroskop.

»Kaum wage ich, Euch von meinen bescheidenen Erkenntnissen mit dem Mikroskop zu berichten. Wenn Ihr die Güte hättet, verehrter Kepler, einen Blick daraufzuwerfen, woran ich seit einigen Jahren mit Hilfe des verehrten Fräulein Grohnert arbeite: Eine mehr als fünfzig Jahre alte Salbe hat ihre Mutter im Gebrauch. Die Salbe stammt noch aus dem Bestand des Meisters, bei dem die verehrte Frau Grohnert im Großen Krieg das Handwerk der Wundarztkunst erlernt hat. Mir ist wohl klar, mein Bester«, wieder verbeugte er sich, »wie argwöhnisch Ihr zu diesen Fertigkeiten steht. Doch diese Salbe wird auch Euch eines Besseren belehren, davon bin ich überzeugt. Leider fehlt uns die genaue Rezeptur, und so versuchen wir seit langem, all den Geheimnissen der besonderen Mischung und Zubereitung auf den Grund zu gehen. Wie es scheint, sind wir gut und gern kurz davor, den Durchbruch zu schaffen. Umso größer ist uns die Ehre, das in Eurer geschätzten Gegenwart zu tun.«

Er machte dem Medicus den Weg zum Salbentrog auf dem großen Arbeitstisch frei. Zögernd nur trat Carlotta beiseite. Im Rückwärtsgehen stieß sie gegen Christoph. Noch bevor sie ihm ausweichen konnte, fasste er kurz nach ihrer Hand und drückte sie unauffällig. Die Wärme durchfuhr sie wie ein Blitz. Gerührt suchte sie seinen Blick. Die Fremdheit der letzten Tage schien wie weggeblasen. Caspar Pantzer hatte recht: Sie waren füreinander geschaffen! Daran vermochte selbst der griesgrämige alte Kepler nichts zu ändern.

»Das sieht aber noch lange nicht nach einer Salbe aus, mein Bester, eher wie ein Leim, um das Holz der Stühle besser beisammenzuhalten.« Er warf einen knappen Blick in den Trog und verzog angewidert das Gesicht. Noch fehlten der unscheinbaren Masse der betörende Duft und ihre charakteristische Geschmeidigkeit. Carlotta wollte ihm widersprechen, doch Christoph war einen Tick schneller.

»Warum keinen neuen Holzleim erforschen, Vater? Schließlich kommen die besten Entdeckungen dadurch zustande, dass eigentlich nach ganz anderem gesucht wurde. Und außerdem bedarf die Menschheit auch auf dem Gebiete des Leims der Verbesserungen. Ich bin mir sicher, die Tischlerzunft wird jedwede Neuerung freudig begrüßen.« Verschmitzt lächelnd beugte er sich über den Trog und tippte mit dem Zeigefinger auf die Masse. »Mir scheint allerdings, die Zutaten sind zu edel, um zwischen Stuhlritzen zu vertrocknen.«

Schelmisch blickte er zu Carlotta. Einen Moment verhakten sich ihre Blicke. »Wie gut, dass Apotheker Heydrich auf deine geschätzte Hilfe bauen kann, meine Liebe. Dir wird es gelingen, aus dieser schalen Masse eine wundersam heilende Salbe zu zaubern.«

»Das Zaubern ist auf dem Gebiet der Medizin nicht gefragt, mein Sohn. Das solltest du in den letzten Jahren an den Universitäten erfahren haben.« Deutlich stand dem alten Physicus der Unmut über Christophs Worte im Gesicht, noch mehr aber schien ihm zu missfallen, wie nah sein Sohn und Carlotta sich wieder gekommen waren. Brüsk drängte er sie beiseite.

»Das ist eben der entscheidende Unterschied zwischen der Medizin und der Wundarznei. Oder sollte ich besser Wun*der*arznei sagen?« Eindringlich sah er Carlotta an. »Gerade die Rezepturen aus Eurem Hause sind, wie es heißt, in letzter Zeit mit seltsamen Wirkungen belegt. Hat Eure Mutter nicht den armen Gerke versorgt? Eine Bernsteinessenz, so kam mir zu Ohren, soll sie ihm als Letztes verabreicht haben. Wollen wir hoffen, mit dieser Wundersalbe verhält es sich günstiger.«

Er schnaufte und wandte sich jäh wieder dem Apotheker zu: »Entschuldigt das Geplänkel, mein guter Heydrich, das alles ficht Euch natürlich nicht an. Ihr habt Euch der Wissenschaft verschrieben und werdet somit auf nachprüfbare Weise der Zusammensetzung dieser angeblichen Wundersalbe auf die Schliche kommen. Nur so wird man das leidige Gerede darum in der ganzen Stadt endlich besser parieren können. Noch besser, dass Ihr diese Untersuchung im Beisein von Carlotta Grohnert unternehmt. So wird deren Mutter das nicht gleich als Angriff auf ihre Person deuten. Es ist eben einfach nur eine kritische, aber längst überfällige Auseinandersetzung mit den Grenzen der Wundarznei.«

»Die Wundarztkunst sollte man dennoch nicht leichtfertig unterschätzen, Verehrtester.« Leise, aber bestimmt wagte Heydrich Widerspruch. Dabei schauten die hellen Augen ehrfurchtsvoll über den Rand der Brille zu Kepler. »Immerhin erspart sie Euch, selbst zum Skalpell greifen zu müssen. Wie gut, dass die Wundärzte sich an Eurer statt um die lästigen Operationen bemühen, genauso wie um das leidige Schröpfen und die Aderlässe. Das verschafft Euch ausreichend Zeit, Euch mit der hehren Erforschung des menschlichen Körpers zu beschäftigen oder gar die neuesten Errungenschaften von so großen Geistern wie Harvey zu studieren.«

»Wie wahr, mein Bester, wie wahr.« Kepler wurde ungeduldig. Sein Bart zitterte, die braunen Augen zogen sich unter den buschigen Brauen eng zusammen. Er trommelte mit den Fingerknöcheln auf den Tisch. »Doch wir sind nicht hier, um uns über die Vorteile der Wundarznei auszutauschen. Verratet mir lieber, was Ihr Euch wirklich von der Erforschung dieser Salbe versprecht. Sie scheint also von nachweisbarem Nutzen? Hofft Ihr auf ein ähnlich gutes Geschäft wie mit dem Theriak?« Abermals hob Heydrich zu einem Einwurf an, doch Kepler winkte mit der Hand ab und ließ ihn gar nicht erst zu Wort kommen. »Gelingt es Euch, die besondere Wirksamkeit der Salbe zu belegen, wäre es durchaus denkbar, dass Ihr Eure Erkenntnisse einmal vor der ehrwürdigen Fakultät präsentiert. Wie Ihr wisst, hat der alte Pantzer aus dem Löbenicht vor siebzehn Jahren schon dem erlauchten Kreis der Professoren und Studenten die Herstellung seines Theriaks vorgeführt. Es ist außerdem durchaus im Bereich des Möglichen, mit dem Kurfürsten auch noch einmal in Bezug auf Eure Person über das Privileg der Hofapotheke zu sprechen.«

Er klopfte dem Apotheker auf die Schulter und wippte auf den Fußspitzen, während er sich an Heydrichs Gesichtsausdruck weidete. Der schwankte zwischen unverhohlener Freude und Erschrecken. Kaum wagte er, Carlotta anzusehen. Dass Heydrich mit Meister Johanns Wundersalbe eine solche Ehre zuteilwerden sollte, war ein offener Affront gegen sie und ihre Mutter.

»Vater, es ist wohl genug.« Christophs Ton klang bestimmt. »Erstens muss das Nachmischen der Salbe überhaupt einmal gelingen, und zweitens wird wohl kaum der gute Apotheker Heydrich dafür auszuzeichnen sein. Schließlich handelt es sich um die Salbe, die die verehrte Frau Grohnert zusammen mit ihrer Tochter verwendet. Ihnen beiden gebührt der Ruhm.«

»Aber Heydrich ist derjenige, der die Rezeptur entschlüsselt. Oder willst du ernsthaft behaupten, deine kleine Freundin hier«, damit nickte er verächtlich in Richtung Carlotta, »verfüge auch nur annähernd über das Wissen, ihm diesbezüglich das Wasser reichen zu können? Vergiss nicht, Apotheker Heydrich hat nicht nur eine solide Ausbildung erfahren, sondern kann auch auf eine jahrzehntelange Erfahrung in seinem Beruf bauen. Und er ist ein Mann der Wissenschaft!«

Abermals wippte er auf den Zehenspitzen, wodurch er bald eine gute Handbreit größer wirkte als sein Sohn. Die buschigen Augenbrauen verdüsterten sein Antlitz, die riesige Nase verlieh ihm ein bedrohliches Aussehen.

»Was nicht unbedingt von Vorteil sein muss«, erwiderte Christoph aufgebracht.

»Halt dein loses Mundwerk!« Keplers dröhnende Stimme schallte durch den weitläufigen Raum. Krachend landete seine Faust auf dem Tisch. Das Gesicht dunkelrot, schwollen die Adern an seiner Schläfe an. Er schnappte nach Atem, einmal, zweimal, und fasste sich plötzlich an die Kehle. Sein massiger Leib schwankte, wild ruderte er mit den Armen durch die Luft.

Als Erste begriff Carlotta, dass er Hilfe brauchte. »Schnell!«, rief sie und sprang zu ihm, um ihn zu stützen. Unter der Last seines schweren Körpers drohte sie zusammenzubrechen.

»Wir müssen ihn irgendwo hinlegen«, keuchte sie und sah sich suchend nach einer Bank um. Zugleich versuchte sie, den schnaufenden Kepler zu beruhigen. Der Schweiß stand ihm auf der Stirn, der Mund öffnete und schloss sich ähnlich dem eines Karpfens im Teich. »Keine Sorge«, flüsterte sie. »Es wird alles gut. Gleich geht es Euch besser.«

Endlich erwachte Christoph aus seiner Starre und eilte ihr zu Hilfe. Beidseits griffen sie dem Alten unter die Arme, bis das Zittern seines Körpers nachließ. Heydrich verfiel in eine wenig hilfreiche Betriebsamkeit, rannte ziellos umher und raufte sich das spärliche Haar. Friederike dagegen winkte Carlotta und Christoph, ihr zu folgen. Den keuchenden alten Medicus zwischen sich mehr schleifend als führend, kamen sie nur langsam voran.

Endlich erreichten sie die düstere kleine Kammer direkt neben dem Laboratorium. An der Stirnseite wurde sie durch ein winziges Fenster erhellt. Darunter befand sich eine schmale Pritsche, auf die sie Kepler legen konnten.

»Er braucht frische Luft.« Sogleich riss Carlotta das Fensterchen auf. Kühl blies die Novemberluft herein. Ungeachtet dessen zog die junge Wundärztin dem Patienten den Rock aus und lockerte den Hemdkragen. Sie fächelte ihm Luft zu und bat Friederike um einen Becher eiskalten Wassers.

»Nehmt es möglichst direkt aus dem Brunnen hinten in Eurem Hof«, wies sie die Apothekertochter an. »Es kann nicht kalt genug sein.« An Christoph gewandt, sagte sie: »Bring mir ein Kissen. Wir müssen den Kopf deines Vaters höher betten.«

Flink knüllte sie den Rock zusammen und schob ihn dem Alten unter den Schädel. Die Augen fest geschlossen, atmete er bald schon ruhiger. Das hochrote Gesicht allerdings kündete weiterhin von seinem schlechten Zustand. Carlotta legte ihm die Hand auf die Stirn und flüsterte sanft auf ihn ein.

»Haltet durch, verehrter Doktor, gleich geht es besser. Euer Sohn ist bei Euch. Euch wird nichts geschehen.«

»Was denkt Ihr, hat er?« Zaudernd verharrte Heydrich im Türrahmen, wagte kaum, sich seinem kranken Gast zu nähern. »Nicht auszudenken, wenn er ausgerechnet hier, in meiner Apotheke …«

»So schlimm ist es nicht«, erklärte Carlotta. »Sein Herz schlägt zwar rasend schnell, und er hat Not, ausreichend Luft zu bekommen. Doch mir scheint, es ist nicht der erste Anfall dieser Art bei ihm. Wenn es mir gelingt, das Pochen seines Herzens zu beruhigen und ihm seine Angst vor der Atemnot zu nehmen, wird es ihm alsbald bessergehen. Auch die Kühle hier in der Kammer tut ihm gut. Ach, da kommt Eure Tochter mit dem Wasser.«

Auch Christoph tauchte mit zwei dicken Federkissen in der Hand auf, dicht gefolgt von den beiden anderen Apothekertöchtern.

»Eine schöne Bescherung«, raunte Else, die Jüngste, und bekreuzigte sich hastig, während Minna versuchte, über ihre Schulter hinweg auf den Medicus zu äugen.

»Bitte lasst uns allein«, sagte Carlotta, den Becher Wasser in der Hand. »Es ist viel zu eng hier. Außerdem gibt es nichts weiter zu tun, als zu warten.«

Murrend folgten die Heydrich-Damen der Aufforderung. Selbst der Apotheker verschwand in sein Laboratorium. Als Christoph auch Anstalten machte, den Raum zu verlassen, hielt sie ihn zurück.

»Heb seinen Kopf, damit ich ihm das Wasser einflößen kann.« Geschickt öffnete sie dem Medicus die Lippen und kippte das kalte Wasser hinein. »Trinkt schnell, das wird Euch helfen!«

Folgsam tat Kepler, wie ihm geheißen. Sie legte ihm die zweite Hand flach auf die Stirn. Mit jedem Schluck schien er an Ruhe zu gewinnen. Als der Becher geleert war, bettete sie ihn mit Christophs Hilfe in die Kissen zurück und setzte sich neben ihn auf die Bettkante. »Ihr solltet noch eine Zeitlang ruhig hier liegen bleiben.«

Kaum merklich nickte er. Zusehends schwand die ungesunde Röte aus seinem Antlitz, die Adern an den Schläfen schwollen ab. Selbst die buschigen Augenbrauen entspannten sich. Bald ging sein Atem gleichmäßig, er schloss die Lider. Die Brust hob und senkte sich in einem gesunden Rhythmus.

»Du hast ihm das Leben gerettet.« Vorsichtig ließ Christoph sich neben ihr nieder und fasste nach ihrer Hand. »Ich bin stolz auf dich.«

»Nur stolz?« Sie drehte sich zu ihm um. »Bist du sicher?«

Forschend sah sie ihn an. Lang schon waren sie einander nicht mehr so nah gewesen. Erfreut spürte sie ein Prickeln in ihrem Leib. Christophs blasses Gesicht wurde noch eine Spur heller, die fleischigen Lippen erstaunlich schmal. Tief grub sich die Kerbe auf seinem Kinn ein. Sie wollte mit den Fingern seine Wange berühren, doch sie kam nicht weit. Auf einmal beugte er sich ihr entgegen, schlang die Arme um sie und küsste sie mitten auf den Mund. Zunächst wollte sie sich wehren, die Lippen fest zusammenpressen oder zumindest leise protestieren. Dann aber siegte das Verlangen, endlich wieder seine Wärme auf ihrer Haut zu spüren, seinen Geruch einzuatmen und seine Lippen zu schmecken, und sie gab sich seinem Drängen hin. Erst ein deutliches Räuspern riss sie auseinander. Beschämt rückten sie voneinander ab. Der alte Kepler öffnete die Augen und blickte zwischen ihnen hin und her.

»Was habt Ihr getan?«, fragte er mit heiserer Stimme und schob sich höher in die Kissen. »Täusche ich mich, oder wart Ihr diejenige, die als Einzige gewusst hat, wessen ich so dringend bedurfte? Was war mit dir?« Vorwurfsvoll sah er seinen Sohn an. »Wie ein törichter Esel hast du dir nicht zu helfen gewusst. Was hast du nur in all den Jahren an den Universitäten gelernt? Eine kleine Wundärztin muss dir also zeigen, was nottut, wenn einer nach Atem ringt und sein Herz ihm zum Hals heraus pocht?« Wütend schnaufte er auf.

»Ruhig«, mahnte Carlotta und legte ihm die Hand auf den Arm. »Wenn Ihr Euch aufregt, erleidet Ihr gleich den nächsten Anfall. Ich weiß nicht, ob Euch dann noch einmal ein Becher Eiswasser hilft, um zur Besinnung zu kommen.«

Verärgert wollte Kepler ihre Hand abschütteln. Die hilflose Lage behagte ihm nicht. Sie aber drückte ihn gegen seinen Willen sanft und doch bestimmt auf das Lager zurück.

»Hört auf, mit Eurem Sohn zu zürnen. Er hat nur getan, was Ihr ihn geheißen habt: an den berühmtesten Universitäten den besten Medici zu lauschen. Wie Ihr aus eigenem Studium wisst, hat das wenig damit zu tun, was im Notfall am Kranken zu leisten ist. Die meisten Patienten, die in der Universität untersucht werden, liegen bereits tot auf dem Tisch vor den Studenten.«

Sie lächelte aufmunternd. Christoph dagegen scharrte mit den Füßen über die Holzdielen und verschränkte die Arme vor der Brust. »Vater, ich weiß nicht …«, hub er an, sich zu rechtfertigen.

»Still«, herrschte Kepler ihn an. »Du machst es nur noch

schlimmer. Sogar verteidigen kann die kleine Grohnert dich besser als du dich selbst.«

»Streitet Euch nicht, meine Herren«, ging Carlotta abermals dazwischen. »Es freut mich zu sehen, dass Ihr wieder bei Kräften seid, verehrter Kepler. Schont Euch dennoch eine Weile. Jede Aufregung ist das reinste Gift für Euch.«

Sie erhob sich, strich den Rock glatt und knickste vor dem alten Kepler. »Wenn Ihr erlaubt, so gebe ich Euch einige Tropfen mit, die meine Mutter für solche Fälle empfiehlt. Nehmt einige Tage lang regelmäßig davon ein, und Eure Beschwerden werden spürbar nachlassen.«

Noch ehe der Alte etwas sagen konnte, fasste sie Christoph am Arm und zwang ihn, mit ins Laboratorium zu gehen.

»Er braucht völlige Ruhe«, zischte sie ihn an. »Jeder neue Wutanfall ist ein Nagel mehr an seinem Sarg. Versprich mir, dafür zu sorgen, dass er einige Tage lang zu Hause bleibt und sich ruhig verhält. Am besten ist, wenn er für eine Weile das Bett hütet, um wieder ganz zu Kräften zu kommen. Nur dann wird er den Winter gut überstehen und dem Kurfürsten weiterhin als Leibarzt dienen können.«

»Warum tust du das?«, war alles, was Christoph zu erwidern wusste. »Schließlich beschimpft er dich und lässt kein gutes Haar an deiner Mutter. Ganz zu schweigen von seinem ewigen Sermon wider die Wundarztkunst und von der Dreistigkeit, Heydrich womöglich für die Salbe deiner Mutter auszuzeichnen. Du hilfst ihm trotz alledem noch. Fast könnte man meinen, du behandelst ihn, als wäre er dein eigener Vater.«

Bei seinen letzten Worten senkte Carlotta den Kopf. Ein Zittern erfasste sie. Sie tastete nach dem Bernstein auf ihrer Brust. Sobald sie den vertrauten Stein zwischen den Fingern spürte, wurde sie ruhiger. »Was ist so schlecht daran? Als Arzt sollte man stets so handeln, als hätte man den eigenen Vater vor sich.«

Mit Schrecken sah sie die Verständnislosigkeit auf seinem Antlitz. Er bemerkte ihre Verwirrung. Gleich setzte er sein bewährtes Lächeln auf.

»Nicht nur den eigenen Vater.« Sein Schmunzeln wurde breiter. »Manchmal soll es sogar vorkommen, dass auch die Mutter krank wird. So stark ihr Frauen seid, meine liebe Carlotta, aber davor seid selbst ihr nicht gefeit.«

»Ich wusste es«, entgegnete sie erschöpft. »Du machst aus allem einen Spaß.«

»Genau deshalb magst du mich doch, oder?«

14

Die Aufregung um den Gesundheitszustand des ehrwürdigen Altstädter Physicus war enorm. Unter großer Anteilnahme der Nachbarschaft brachte man ihn aus Heydrichs Apotheke in der Kneiphofer Magistergasse in sein Anwesen in der Altstädter Schmiedegasse. Doch dort fand er nicht die nötige Ruhe, die zu seiner Genesung so wichtig war, was Carlotta bei ihrem Besuch am nächsten Tag sofort ins Auge fiel. Zwar drangen die besorgten Mitbürger nicht bis zu Keplers prunkvollem Bett im zweiten Geschoss vor, dennoch rissen die Störungen auch dort oben nicht ab. Marthe, die altgediente Wirtschafterin, kam unter immer neuen Vorwänden in das Schlafgemach. Mal brachte sie eine Kerze für den Kandelaber, mal eine weitere Decke, schließlich stellte sie einen Krug warmen Bieres auf die Truhe neben dem Bett. Der malzige Geruch verdrängte alsbald den zarten Duft des Rosenwassers, das Carlotta gleich nach ihrem Eintreffen zu Keplers Erfrischung um das Bett herum versprüht hatte. Noch bevor sie ihn erneuern konnte, erschien die Magd, um dem Physicus auf Marthes Anweisung hin einen heißen Stein zum Wärmen der Füße unter die Bettdecke zu schieben. Auch Hanna, Keplers Tochter, fand ständig neue Vorwände, ungebeten am Krankenlager aufzutauchen. Einmal stellte sie einen Krug Wasser auf den Tisch vor dem Fenster, ein anderes Mal kam sie, um die Hausschuhe zu richten, beim dritten Mal ging es ihr darum, den Mantel zum Ausklopfen zu holen.

»Damit wirst du hoffentlich einige Zeit beschäftigt sein«, knurrte Christoph die dürre Zwanzigjährige an. »Jedenfalls möchte ich dich in den nächsten zwei Stunden nicht mehr hier oben sehen. Schließlich liegt Vater im Bett, weil er dringend der Ruhe bedarf, und nicht, damit er sich angesichts des Trubels wie im Taubenschlag fühlt.«

»Aber …«, setzte seine Schwester an, um sogleich zu verstummen. Kurz hatte der alte Kepler die Augen geöffnet und die Augenbrauen zusammengezogen. Das genügte. Mit einem merkwürdigen Blick auf Carlotta, die neben Christoph am Fußende des Bettes stand, warf die Kepler-Tochter das offene braune Haar in den Nacken und verließ die Kammer hocherhobenen Kopfes.

»Der Mantel«, entfuhr es Carlotta, kaum dass die Tür ins Schloss gefallen war, und wollte zum Haken eilen, das gute Stück zu ergreifen.

»Lass«, bat Christoph. »Das hat Zeit. Schließlich hängt er seit gestern hier, ohne dass sich jemand um sein Ausklopfen gesorgt hat.«

Vom Bett ließ sich ein tiefer Seufzer vernehmen.

»Was meinst du, mein Sohn?« Keplers Gemahlin faltete dem kranken Medicus behutsam die Hände über der Decke und erhob sich langsam von der Bettkante. Fahrig fuhr sie sich mit den fleischigen Händen über das schwarze Taftkleid. »Sollen wir heute nicht doch besser nach Doktor Lange schicken lassen? Der Leibarzt des Fürsten Radziwill kann uns sicher raten, wie wir weiter mit dem Ärmsten verfahren sollen.«

»Wozu?« Ungehalten begann Christoph, in dem schmalen Raum zwischen Bett und Fensterfront auf und ab zu gehen. Durch die beiden Fenster zur Schmiedegasse fiel tristes Novemberlicht herein. Die Morgensonne war grauen Wolken gewichen. Bald würde der nächste Schneeschauer einsetzen. Das laute Rumpeln und Rufen, das von der Gasse heraufdrang, verriet die Eile, mit der die Leute ihre Geschäfte erledigen wollten.

»Christoph, bitte«, mahnte Carlotta ihn zum Stillstehen. Es war schlimm genug, dass sie die Unruhe in Haus und Gasse nicht abstellen konnte.

»Schon gut.« Unsanft schob er sie beiseite, um sich mit verschränkten Armen vor seiner Mutter aufzubauen. Die Ähnlichkeit zwischen Mutter und Sohn war verblüffend. Christophs Körper war ebenso stämmig, wenn auch nicht so schwammig wie der seiner Mutter. Dafür hatten beide nahezu das gleiche Profil unter dem aschblonden Haar. Lediglich der Blick von Christophs grauen Augen wirkte entschlossener als der seiner Mutter. Seine Lippen wölbten sich, die Kerbe am Kinn grub sich tief ein.

»Reicht dir nicht aus, was Carlotta seit gestern getan hat?«, wandte er sich vorwurfsvoll an seine Mutter. »Sie mag zwar nur eine gelernte Wundärztin sein, doch ihr besonderes Gespür ist mit keinem Medizinstudium aufzuwiegen. Schließlich habe selbst ich trotz meiner langen Studienzeit im Ausland nicht annähernd so schnell und richtig handeln können wie sie, um Vater zu helfen. Apotheker Heydrich hat zudem keine Bedenken, was die Einnahme der Bernsteinessenz betrifft, die sie zur weiteren Behandlung empfohlen hat. Immerhin geht die Rezeptur auf Paracelsus zurück. Doktor Lange wird höchstens noch zum Aderlass raten, nur um überhaupt etwas Neues beizutragen. Dessen Durchführung aber wird er Carlotta anvertrauen. Und die hält zu Recht nichts davon, einen schwachen Patienten durch einen Aderlass noch weiter zu schwächen. Also, wenn du deinen Gemahl unbedingt ins Jenseits befördern willst, dann lass Doktor Lange holen und Vater mit einem Aderlass und sonstigem Unsinn quälen. Aber sag hinterher nicht, ich hätte dich nicht gewarnt.«

»Christoph, du weißt doch …«, setzte die dickliche Frau in weinerlichem Ton an. Ihre Unterlippe zitterte, die hellen Augen waren weit aufgerissen. Schon hob sie die gefalteten Hände und wisperte halblaut: »Was soll ich nur tun? Du weißt, was die Leute reden. Immerhin ist dein Vater kurfürstlich-preußischer Leibarzt. Undenkbar, ihn nur von einer einfachen Wundärztin behandeln zu lassen. Noch dazu von einer so blutjungen wie sie – und obendrein Magdalena Grohnerts Tochter! Du hast doch gehört, was seit Gerkes Tod über deren Bernsteinessenz gemunkelt wird. Ganz gleich, was Heydrich meint, aber die kann ich nicht guten Gewissens deinem Vater einträufeln!«

Ein mahnendes Schnauben von Seiten des Betts verriet, dass der alte Kepler trotz geschlossener Augen jede Silbe vernommen hatte.

Gebannt sah Carlotta zu Christoph, während sie den Bernstein an ihrem Hals umklammerte.

Der junge Medicus spürte ihre Verzweiflung. Flink stellte er sich neben sie, tastete unauffällig nach ihrer Hand und erklärte seiner Mutter: »Da Carlotta Vater das Leben gerettet hat, ist mir vollkommen gleichgültig, was die Königsberger reden. Schließlich solltest du dir auch überlegen, was dir wichtiger ist: Vaters Genesung oder das beifällige Nicken deiner Mitbürger auf seiner Beerdigung. Ich bin übrigens für Ersteres, auch wenn er kaum ein gutes Haar an mir lässt.«

»Also gut«, stimmte die verstörte Frau endlich zu. »Verzichten wir also auf Doktor Lange.«

»Du wirst sehen, Vater erholt sich dank Carlottas Behandlung viel schneller von dem Anfall. Schließlich haben ein paar Tage strikte Ruhe noch keinem geschadet.«

Sanft, aber bestimmt schob er Carlotta zur Tür hinaus. »Carlotta, Liebes, nimm es dir nicht zu Herzen.« In der Diele schloss er sie in die Arme.

»Schon gut. Ich weiß ja, es ist nur die Sorge um deinen Vater, die sie derart ängstigt. Ich kann ihr nachfühlen, was sie gerade durchmacht.«

»Meine tapfere kleine Wundärztin! Selbst jetzt noch bringst du Verständnis auf.« Christoph nahm ihr Gesicht in beide Hände und schenkte ihr ein stolzes Lächeln. Das Strahlen seiner Augen entschädigte sie reichlich für die Anfeindungen seiner Mutter und Schwester.

»Lass uns woanders hingehen. Wir müssen uns von all den Aufregungen erholen«, schlug er vor. »Schließlich können wir hier gerade ohnehin nichts tun.«

»Gegen etwas frische Luft hätte ich nichts einzuwenden.«

Hand in Hand stiegen sie die Treppe hinunter. In der geräumigen Diele half er ihr fürsorglich, die Heuke überzuziehen, reichte ihr beflissen Schal und Handschuhe. »Was hältst du von einem kleinen Imbiss? Schließlich habe ich einen Riesenhunger, und so, wie es aussieht, kriegt man bei Marthe heute nichts Gescheites auf den Teller. Dafür aber schuldet uns Pantzer noch eine gute Verköstigung.«

Mit einer galanten Verbeugung öffnete er die Tür und geleitete sie hinaus. Eine Windböe blies Schneeluft heran. Carlotta genoss es, nah bei Christoph zu sein. Ihm schien es ähnlich zu gehen. Kaum schwenkten sie auf die Altstädter Langgasse ein, griff er nach ihrer Hand, schob sich noch dichter an sie heran. Böses Geschwätz mussten sie kaum fürchten. Kaum begegnete ihnen ein bekanntes Gesicht. Bis sie das Löbenichter Tor erreichten und von dort über die Krummegrube den Münchshof betraten, waren nur wenige Fuhrwerke, Karren oder Menschen unterwegs. Dabei ließ das Schneetreiben weiter auf sich warten, auch der Wind flachte deutlich ab. Die dünne Schneedecke auf dem Straßenpflaster schmolz bereits.

»Riechst du den Schnee?«, fragte Carlotta und blieb unweit des trutzigen Malzbrauerbrunnens stehen. Selbst an diesem markanten Punkt des Löbenichts fehlten an diesem Tag die Tratschweiber. Carlotta reckte die Nasenspitze in die Luft. »Ich liebe es, die Kälte auf den Wangen zu spüren.«

»Und ich liebe es, deine Wangen zu küssen.« Flugs stand Christoph vor ihr und begann, ihre kühle Haut mit hitzigen Küssen zu bedecken.

»Doch nicht mitten auf der Straße«, protestierte sie leise.

»Wer soll uns sehen? Schließlich ist das alte Kräuterweib dahinten froh, wenn es noch die Hauswand auf der gegenüberliegenden Straßenseite erkennen kann. Und die schwarze

Katze da vorn willst du sowieso nicht sehen. Wie ich dich kenne, hältst du mir sonst nur einen Vortrag, was ich tun muss, um das von ihr drohende Unheil zu vertreiben.«

Abermals küsste er sie, gab sich schließlich nicht mehr allein mit ihren Wangen zufrieden, sondern presste seinen Mund auf den ihren, bis sie ihn endlich öffnete und seine Zunge darin willkommen hieß. Gierig bohrte er sich tief in sie hinein. Nie zuvor hatte er diese Heftigkeit bewiesen. Die Knie wurden ihr weich, sie lehnte sich gegen seinen Leib, fühlte die Stärke seiner Glieder durch all die Lagen Mäntel und Jacken hindurch. Heiß strömte das Verlangen durch ihren Körper. Was gäbe sie darum, den November einfach wegzuzaubern und wie an jenem sonnigen, warmen Oktobertag mit Christoph in der einsamen Laube auf der Lomse zu sein!

»Carlotta, Liebes«, stöhnte er leise auf. »Lass uns weggehen aus der Stadt, irgendwohin, wo uns keiner kennt, und alles und jeden vergessen, der sich zwischen uns stellt.«

»Ach, Christoph!« Sanft schob sie ihn ein wenig von sich, um ihm in die Augen zu sehen und die Grübchen auf seinem Gesicht zu betrachten. Zärtlich tippte sie mit der Fingerspitze an seine Nase, ließ sie hinabgleiten zu den weichen Bögen um den Mund, verharrte auf der Kerbe am Kinn. Spielerisch schnappte er mit den Zähnen nach dem Finger, saugte an ihm wie ein kleines Kind an der Speckschwarte.

»Du bist und bleibst ein Kindskopf! Was reizt dich nur an der Welt der Quacksalber und Wunderheiler? Denk nur nicht, es wäre ein Zuckerschlecken, es mit ihresgleichen aufzunehmen. Wir beide sind nicht dazu geschaffen, auf den Jahrmärkten faule Zähne zu ziehen oder schwärige Wunden zu versorgen, ganz zu schweigen von den besonderen Künsten, die wir uns erst noch einfallen lassen müssen, um aus der Masse all der tausend Wunderheiler herauszustechen. Willst du vielleicht den Starstich mit verbundenen Augen üben? Oder soll ich die Zähne im Kopfstand ziehen lernen? Auch das Herumreisen mit einem klappigen Fuhrwerk wird nicht immer eitel Sonnenschein sein. Außer unseren Habseligkeiten müssen wir darin eines Tages noch unsere riesige Kinderschar hineinpferchen.«

»Oh, immerhin träumst du schon von vielen, vielen Kindern mit mir! Schließlich wirst du als Ärztin wissen, was wir tun müssen, sie zu bekommen.« Frech grinste er sie an. Sie wurde glutrot.

»Statt so zu leben, mein lieber Christoph, ziehe ich es vor, dem Sturkopf von deinem Vater weiter die Stirn zu bieten. Langsam, aber sicher werden wir ihn doch davon überzeugen, dass wir beide füreinander und für eine gemeinsame Zukunft als Ärzte hier in Königsberg bestimmt sind. Nach allem, was er in den letzten beiden Tagen durchlitten hat, ist er auf gutem Weg, das zu begreifen.«

»Du kennst ihn nicht.« Von einem auf den anderen Moment verschwand Christophs spitzbübisches Schmunzeln, und sein Antlitz verdüsterte sich. »Schließlich springt er eher mitten im Winter in den Pregel und behauptet, das wäre die neueste Medizin, ehe er zugibt, sich in dir getäuscht zu haben. Ganz zu schweigen davon, dass er mich niemals im Leben die Tochter von Magdalena Grohnert heiraten lässt.«

»Letztens aber hast du noch ganz anders darüber gedacht«, wandte sie enttäuscht ein. »Oder hast du schon vergessen, dass wir an jenem denkwürdigen Montag vor etwas mehr als zwei Wochen deinen Vater um sein Einverständnis bitten wollten?«

»Das war *vor* dem Auftauchen der kurfürstlichen Dragoner hier im Kneiphof«, brauste Christoph auf, bevor er mit einem seltsamen Unterton hinzufügte: »Vergiss nicht, schließlich bist *du* nachher nicht mehr mit mir zu ihm gegangen.«

Einen Moment starrten sie einander an. Keiner von ihnen wagte auszusprechen, warum ihr Vorhaben damals gescheitert war: weil an jenem Tag Mathias zwischen sie getreten war.

Carlotta bebte innerlich. Wenn sie jetzt schwieg, war es vorbei. Was aber sollte sie sagen? Wo, zum Teufel, waren all die Worte und klugen Sätze, die sie sonst bei jeder Gelegenheit parat hatte? Sie brachte keinen Ton heraus.

»A-ab-ber-r«, stammelte sie nach einer halben Ewigkeit, um sofort in Tränen auszubrechen und hilflos gegen seine Brust zu sinken. Sie konnte nicht mehr. Sie konnte nicht mehr reden, nicht mehr denken und vor allem nicht mehr kämpfen. Wenn er sie nicht nahm, dann gab es eben keine Zukunft, weder für sie beide noch für sie allein. Dann konnte sie ebenso gut in den Pregel steigen und sich den eisigen Wogen ergeben.

Es dauerte, bis Christoph aus der Starre erwachte, die Hand hob und sie schüchtern um ihre Schultern legte. Zaghaft begann er, sie zu streicheln. Sie presste sich gegen ihn, bis er sie fest in die Arme schloss.

»Das war aber auch«, redete er leise weiter, »bevor mein Vater hilflos vor deinen Augen zusammengebrochen ist und du allein ihn gerettet hast. Schließlich wird er jetzt, da du ihn so schwach gesehen hast, nie und nimmer die Hand nach dir ausstrecken und dich in seinem Haus dulden. Er kann das einfach nicht. Jedes Zusammentreffen mit dir wird ihn fortan daran erinnern, dass er sich einmal nicht selbst helfen konnte und auch ich, sein studierter Sohn, ihm nicht habe beistehen können. Du dagegen schon. Dabei bist du eine Frau, eine einfache Wundärztin, ohne jedwedes Studium der Medizin, blutjung noch dazu. Tag für Tag beweist du, dass du das Metier der Heilkunst weitaus besser verstehst als jeder andere hochgelehrte Medicus hier in unserer prächtigen Stadt. Dass du meinen Vater so hilflos gesehen hast, wird er dir nicht verzeihen können, genauso wenig, wie er mir mein Versagen je vergeben wird. Deshalb müssen wir beide fort von hier, je eher, desto besser.«

»Ach, Christoph!«, hauchte sie wieder. Sie drückte das Gesicht tiefer in die Falten seines Mantels, sog wie eine Ertrinkende den darin hängenden Geruch des Wollfetts und des Lavendels ein, bis sie sich endlich stark genug fühlte und auch der Verstand seine Dienste wieder aufnahm. Obwohl ihr nicht zum Spaßen zumute war, zwinkerte sie Christoph zu. »Dann müssen wir also doch die dunklen Kräfte bemühen und uns auf die magische Seite der Wundarztkunst werfen. Ab morgen sammele ich geheimnisvolle Kräuter und lege ein Buch mit Wunderrezepten an. Mal sehen, was ich an gehäuteten Hühnerknochen, zerstoßenen Käferlarven und giftigen Wurzeln bei uns im Haus auftreiben kann. Hedwig wird mir gewiss noch den einen oder anderen Spruch mit auf den Weg geben. Und Lina kennt bestimmt ein paar Dörfer auf dem Weg von hier nach Insterburg, in denen wir im Winter unterschlüpfen können. So gewappnet, steht uns also die halbe Welt offen.«

»Du willst einfach nicht verstehen, dass uns keine andere Wahl bleibt, wollen wir wirklich zusammen sein.« Christoph ging nicht auf ihren Scherz ein. »Schließlich dachte ich, wenigstens darüber sind wir uns einig. Aber vielleicht habe ich das auch wieder einmal falsch verstanden, wie so vieles, was du in der letzten Zeit getan hast. Ich bin eben nicht so klug wie du. Du siehst ja: Selbst nach all den Jahren an den besten

Universitäten kann ich nicht einmal meinem ohnmächtigen Vater beistehen.«

»Du weißt genau, dass ich auch in einer schlichten Höhle mit dir leben würde«, entgegnete sie und suchte den Blick seiner grauen Augen. »Solange du bei mir bist, ist alles andere nicht wichtig.«

»Wirklich?«

»Wirklich!«

Wieder fielen sie einander in die Arme, versanken in einem leidenschaftlichen, nicht enden wollenden Kuss. Dabei krallte Carlotta die Finger in seine Arme, fest entschlossen, ihn nie mehr loszulassen.

15

Ist es denn die Möglichkeit? Mitten auf der Straße – und am helllichten Tag!«

Christoph entfuhr ein Stöhnen, und Carlotta zuckte zusammen, als sie die wohlbekannte Stimme Caspar Pantzers vernahmen.

»Du triffst wahrlich immer den falschen Moment«, murrte Christoph. Nur widerwillig gab er Carlotta frei, ließ den Arm allerdings um ihre Schultern liegen, als fürchtete er, der Freund machte sie ihm streitig.

»Ich sehe es eher so, dass ich genau im richtigen Moment auf euch treffe. Wenn ihr hier noch lang ausharrt, gefriert ihr zu Eis. Ganz abgesehen davon, dass sich bereits die ersten Gesichter neugierig an die Fensterscheiben pressen. Dass der Sohn des kurfürstlichen Leibarztes aus der Altstadt ohne jedwedes Schamgefühl die Tochter der Kneiphofer Bernsteinhändlerin Grohnert direkt am Löbenichter Malzbrauerbrunnen küsst, lässt sich keiner entgehen. Folgt mir besser unauffällig in meine Apotheke. Ich verspreche euch, dort könnt ihr für euch sein. Meine Köchin bereitet euch ein schlichtes Mahl, und ansonsten stört euch niemand, solange ihr es nicht wollt.«

Carlotta und Christoph genügte ein kurzer Blickwechsel, um sich zu verständigen. Willig begleiteten sie Pantzer das kurze Stück bis zu dessen Haus.

»Am besten geht ihr ins Laboratorium«, schlug der Apotheker vor, als sie die düstere Offizin betraten. »Dort wagt sich meine Köchin nicht hinein, wenn ich sie nicht ausdrücklich darum bitte. Hier, nehmt den Leuchter mit. Besonders hell ist es heute nicht dort hinten.«

Er reichte Christoph einen Kandelaber, entzündete die Kerzen an den Lichtern, die bereits auf dem Verkaufstresen brannten, und nickte ihnen aufmunternd zu. »Den Imbiss werde ich euch höchstpersönlich servieren. Es ist mir eine Ehre, das für euch zu tun.«

»Danke«, murmelte Christoph. Eine verlegene Röte huschte über sein Gesicht. Auch Carlotta fühlte sich unwohl. Bevor die Lage unerträglich wurde, verschwand Pantzer mit einem breiten Grinsen durch eine zweite Tür in die Diele seines Wohnhauses. Sie hörten noch, wie er der Köchin Anweisungen erteilte, dann wurde es still.

»Komm, dort hinten ist es warm«, sagte Christoph leise und leitete sie mit dem Leuchter in der Hand durch die Unordnung des engen Verkaufsraums in das angrenzende Laboratorium. Der Duft kostbaren Bienenwachses überdeckte die anderen Gerüche, die auf dem kurzen Weg auf Carlotta einströmten. Zielsicher lenkte Christoph sie zu der Pritsche hinter der Leinwand, stellte den Leuchter ab und half ihr, die Heuke abzunehmen.

»Endlich allein«, sagte er leise und legte ebenfalls den dicken Wollmantel ab. Geschickt breitete er ihn als Decke über die Pritsche. Carlotta entging nicht das Zittern seiner Hände.

»Lass nur«, flüsterte sie und umarmte ihn von hinten. Langsam drehte er sich um, zog ihren vor Aufregung bebenden Körper an sich und übersäte sie mit Küssen auf Gesicht und Hals. Sein Atem wurde schneller. Auch sie spürte, wie ihr Herz zu rasen begann. Gierig glitten seine Hände über ihren Rücken, wanderten vor bis zu ihren Brüsten, liebkosten sie, bis sie zu den Ösen ihres Mieders wanderten und sie öffneten.

Das Läuten der Türglocke vorn in der Offizin ließ sie erschrocken zusammenfahren. Eng schmiegten sie sich aneinander, während sie angestrengt lauschten, was sich nebenan tat.

Eine dunkle Männerstimme rief »Hallo«, die Schritte zweier Personen erklangen im Verkaufsraum. Aus der Diele eilte Pantzer herbei.

»Das ist Helmbrecht«, raunte Carlotta. »Seine Stimme ist unverkennbar. Seit Tagen ist er verschwunden. Ich muss sehen, wer ihn begleitet.«

»Womit kann ich den Herrschaften dienen?«, begrüßte Pantzer die Kundschaft.

Auf Zehenspitzen schlich Carlotta zu dem Durchgang, der Offizin und Laboratorium voneinander trennte. Christoph folgte ihr, nachdem er sie vergeblich aufzuhalten versucht hatte.

Die Seitenwange eines Regals diente Carlotta als Schutz, um die Neuankömmlinge beobachten zu können, ohne ihrerseits entdeckt zu werden. Christoph stellte sich so dicht hinter sie, dass er ihr in den Nacken atmete. Schaudernd stellten sich ihr die Härchen auf. Sie fasste nach seinen Händen.

Ihre Vermutung war richtig gewesen: Den Hut in der Hand, hielt Helmbrecht die dunklen Bernsteinaugen auf Pantzer gerichtet.

»Wir brauchen Euren Rat«, begann er mit seiner betörenden Stimme und wies knapp mit dem Kopf auf seine Begleiterin. Als Carlotta ihrer ansichtig wurde, hielt sie den Atem an: Es gab nicht den geringsten Zweifel. Das auffällig blonde Haar verriet sofort, dass es sich um die Frau handeln musste, die Lina letztens mit Helmbrecht im Grafenkrug in der Haberbergschen Vorstadt beobachtet hatte. Kaum kleiner als der Leipziger Kaufmann, bestach sie sofort durch ihre atemberaubende Schönheit. Zwar durfte sie in etwa das gleiche Alter wie Magdalena haben, doch wirkte sie in gewisser Weise alterslos. Ein Stich fuhr Carlotta durchs Herz. Sofort war sie davon überzeugt, die Mutter hatte verloren. Und nicht nur das! Wenn Helmbrecht somit keinerlei Interesse mehr an Carlottas Fürsprache für eine etwaige Heirat besaß, existierte für ihn auch nicht der geringste Anlass, Tante Adelaide Mathias' Brief zu übermitteln. Herbe Enttäuschung erfasste Carlotta. Unterdessen ging in der Offizin die Unterhaltung weiter.

»Die verehrte Frau Leuwenhoeck besitzt eine Phiole mit einer Essenz, über deren genaue Zusammensetzung sie gern mehr erfahren möchte. Ist es Euch möglich, uns diesbezüglich behilflich zu sein?«

Die als Leuwenhoeck titulierte Blonde zog eine braune Glasphiole aus den Weiten ihrer kobaltblauen Heuke und reichte sie Pantzer. Carlotta erkannte das Gefäß sofort: In dieser Größe verwandten nur die Mutter, Heydrich und sie braune Glasphiolen. Korken und Zettel bestätigten überdies die Herkunft aus dem Haus in der Langgasse, das war auch aus der Entfernung zu erkennen. Prüfend hielt Pantzer das Gefäß gegen das Licht des Kandelabers auf dem Tresen und schwenkte es hin und her. Anscheinend war es halb gefüllt mit einer Flüssigkeit.

»Ich denke, Ihr wisst, von wem die Essenz stammt.«

»Selbstverständlich«, erwiderte Helmbrecht.

»Warum soll ich sie dann überhaupt noch untersuchen? Soweit ich weiß, seid Ihr mit Frau Grohnert bestens bekannt. Falls Ihr Zweifel an der Zusammensetzung hegt, solltet Ihr sie selbst danach fragen. Meine Hilfe ist dabei wohl kaum vonnöten.«

»Wenn das so einfach wäre, würden wir Euch gar nicht erst bemühen«, meldete sich die blonde Leuwenhoeck zu Wort. Ihre Stimme klang sehr melodisch, wenn ihr auch ein besonderer Akzent zu eigen war. Aufgrund der leicht kehligen Aussprache vermutete Carlotta, dass sie aus der Gegend der Niederlande oder Flanderns stammte. Wundarzt Koese sprach ähnlich, und der war in Gent gebürtig.

»Ihr könnt Euch denken, dass wir Euer absolutes Stillschweigen über die Angelegenheit voraussetzen.« Makellos blinkten die weißen Zähne der Fremden, als sie Pantzer anlächelte und ihre Hand auf die seine legte. Das verfehlte nicht seine Wirkung. Ein weiteres Mal hob der Apotheker die Phiole prüfend vor die Augen und seufzte leicht.

»Täusche ich mich, oder ist das die Essenz, mit der die verehrte Frau Grohnert den unglücklichen Gerke behandelt hat? Vermutlich wollt Ihr wissen, was genau sie ihm verabreicht hat. Und ob es in einem Zusammenhang mit seinem plötzlichen Ableben steht.«

»Sofern man bei einem Mann seines Alters noch von einem plötzlichen Ableben sprechen kann«, ergänzte Helmbrecht. Es war deutlich, wie ernst ihm dieser Hinweis war. Ein wenig beruhigte Carlotta das, zeigte es doch, dass Magdalenas Sache bei ihm noch nicht ganz verloren war. Warum sonst lag ihm daran, keine vorschnellen Schlüsse über Gerkes Tod zu ziehen, selbst wenn die Gerüchte darüber seit zwei Wochen in der Stadt kräftig gärten? Lediglich das Zusammentreffen mit den Ereignissen um Roths unglückselige Verhaftung und das undurchschaubare Geschehen auf dem kurfürstlichen Landtag verhinderten wohl, dass es bislang zu ernsthaften Konsequenzen für Magdalena gekommen war.

»Nun gut«, willigte Pantzer ein. »Doch Ihr wisst, wie abwegig es ist, der verehrten Magdalena Grohnert böse Absichten zu unterstellen. Sie hatte nicht den geringsten Grund, Gerke etwas zuleide zu tun.«

»Ich denke, darüber sind wir uns einig«, erwiderte Helmbrecht.

»Bevor ich die Reinheit dieser Essenz bestimme, müsst Ihr mir allerdings noch eins verraten«, schob Pantzer nach und sah die Frau eindringlich an. »Woher habt Ihr die Phiole?«

»Macht Euch keine Gedanken«, schaltete Helmbrecht sich ein, obwohl Pantzer seine Frage ausdrücklich an die Blonde gerichtet hatte. »Es geht alles mit rechten Dingen zu. Der verehrten Frau Leuwenhoeck ist es tatsächlich gelungen, Dorothea Gerke dazu zu bewegen, ihr die Essenz zu geben, sogar sämtliche weitere Phiolen, die sie davon besaß.«

»Hm.« Mehr ließ Pantzer dazu nicht verlauten.

»Wann können wir mit Eurer Nachricht rechnen?«, wollte Frau Leuwenhoeck wissen und raffte ungeduldig den dicken Stoff des kobaltblauen Rocks.

»Bis Ende der Woche«, entgegnete Pantzer knapp und empfahl sich dem Besuch mit einer tiefen Verbeugung.

»Nichts für ungut«, raunte Helmbrecht ihm leise zu und folgte der Fremden nach draußen.

»Was sagt ihr dazu?« Pantzer stöhnte auf, sobald die Tür hinter den beiden ins Schloss gefallen war. In wenigen Schritten stand er bei Carlotta und Christoph. »Tut mir leid, aber ihr zwei Turteltauben müsst euer Stelldichein nun doch in andere Gefilde verlegen. Wie es scheint, brauche ich dringend Ruhe in meinem Laboratorium.«

Angesichts seines anzüglichen Schmunzelns begann Carlotta mit hochrotem Gesicht, die Ösen ihres Mieders zu schließen. Auch Christoph fuhr sich verlegen durch das aschblonde Haar, ordnete den Kragen seines eleganten Hemdes und strich das reichbestickte Wams über den Hüften glatt.

»Wieso kommen die beiden mit der Essenz ausgerechnet zu dir?«, fragte Christoph.

»Zu Heydrich konnten sie schlecht gehen«, erwiderte Carlotta. »Und jeder andere Apotheker im Kneiphof oder der Altstadt hätte gleich gewusst, worum es geht.«

»Das habe ich auch«, warf Pantzer leicht gekränkt ein.

»Bei Euch aber kann Helmbrecht sicher sein, dass Ihr Stillschweigen über die Angelegenheit bewahrt«, stellte sie fest. »Jeder andere würde das Auftauchen der Phiole hämisch herausposaunen, schon allein, um meiner Mutter zu schaden. Denkt nur an den Vorfall in der Börse letztens. Wie von Sinnen ist die Witwe Gerke auf meine Mutter zugestürzt, und alle haben neugierig gelauscht.«

»Ich glaube, dass Ihr Euch das nicht allzu sehr zu Herzen nehmen müsst, meine Teure«, beschwichtigte Pantzer. »Es kann doch gut sein, dass Helmbrecht diese Leuwenhoeck und ihre vermeintliche Freundschaft zu Gerke benutzt, um Eurer Mutter zu helfen. Wahrscheinlich steht gar diese Leuwenhoeck selbst auf der Seite Eurer Mutter.«

»Meint Ihr?« Zaghaft versuchte Carlotta sich an einem Lächeln.

»Eines könnt Ihr gewiss sein«, fuhr Pantzer bestimmt fort. »Nie und nimmer werde ich etwas herausfinden, was Eurer Mutter schaden wird.«

Übermütig warf er die Phiole hoch in die Luft. Carlotta hielt den Atem an. Geschickt fing er das kleine Gefäß in einer Hand wieder auf und grinste.

»Ihr solltet bei der Wahrheit bleiben«, bat sie ihn leise.

»Keine Sorge. Das werde ich.«

»Wo du schon beim Experimentieren bist«, schaltete sich Christoph ein. »Wenn du die Phiole mit der Bernsteinessenz untersuchst, könntest du dich doch auch gleich wieder an das Erforschen der Wundersalbe machen. Wenn ich das richtig sehe, sind deine Beschwerden fürs Erste verschwunden, und es besteht wohl kaum die Gefahr, dass du dich weiteren Versuchen am eigenen Leib aussetzt.«

»Davon bin ich wahrlich geheilt«, entgegnete der Apotheker und tätschelte seinem Freund die Schulter. »Falls du es mit der Salbe eilig hast, kann ich dich ebenfalls beruhigen. Seit Tagen arbeite ich fleißig daran.«

Zufrieden weidete er sich an ihren erstaunten Gesichtern. Wieder breitete sich das kecke Grinsen auf seinem Antlitz aus.

»Es hat sich übrigens schon gelohnt. Viel fehlt mir nicht mehr, um dem Geheimnis auf die Spur zu kommen. So weit wie Heydrich bin ich allemal.«

»Teufelskerl!«, entfuhr es Christoph, und er schlug ihm auf die Schultern.

Carlotta brauchte eine Zeitlang, bis sie begriff, was die beiden Burschen da miteinander aushandelten. Sie wollte etwas einwenden, doch Christoph ließ sie nicht zu Wort kommen. »Keine Sorge, Liebste, er wird keinen Unfug damit treiben. Hin und wieder ist selbst ein Caspar Pantzer fähig, dazuzulernen. Auch wenn man manchmal schon denkt, man sollte die Hoffnung besser fahrenlassen.«

Für diese Bemerkung versetzte ihm der junge Apotheker einen spielerischen Hieb in die Seite. Christoph parierte flink, und schon rangelten die beiden scherzhaft miteinander.

»Hört auf, ihr seid doch keine kleinen Knaben mehr!« Carlotta wurde es zu viel, und sie versuchte, die zwei zu trennen. Lachend ließen sie nach zwei, drei weiteren Stößen voneinander ab.

»Autsch!«, entfuhr es Pantzer schließlich.

»Seht Ihr«, stellte Carlotta verärgert fest. »Ihr treibt es noch so weit, dass Eure Wunde wieder aufreißt.«

»Schon gut, nichts passiert«, beruhigte er sie.

»Alles in Ordnung?« Christoph klopfte dem Freund abermals auf die Schultern. Pantzer nickte.

»Siehst du, meine Liebe«, wandte sich Christoph wieder an sie. »Er muss es immer erst am eigenen Leib erfahren. Das mit der Salbe aber hat er wohl vollends begriffen. Es ist nur gut, dass er sich so fleißig darangemacht hat, die Rezeptur zu enträtseln. Schließlich wird die Zeit knapp. Vergiss nicht, was mein Vater Apotheker Heydrich in Aussicht gestellt hat. Falls er mit der Salbe weiterkommt, darf er vor der medizinischen Fakultät damit auftreten. Gelingt es also unserem lieben Freund Pantzer eher, so wird er das an seiner Stelle tun. Schließlich hat schon sein Vater vor siebzehn Jahren mit seiner besonderen Mischung des Theriaks die Doktoren überzeugt. Die Chancen stehen also gut, ihn als den künftigen kurfürstlich-preußischen Hofapotheker auf unserer Seite zu wissen.« Er hauchte ihr einen Kuss auf die Wangen und flüsterte ihr ins Ohr: »Das nur für den Fall, dass wir mit all unseren anderen Kunststücken auf den Jahrmärkten nicht weiterkommen. Dann brauchen wir Verbündete wie Pantzer. Er wird uns am Gewinn mit der Wundersalbe gewiss beteiligen.«

»Und für den Fall, dass dein Vater wider Erwarten doch keine Ruhe gibt«, fügte sie hinzu.

»Du siehst, es gibt keinerlei Grund, die Hoffnung aufzugeben.« Sein spitzbübisches Schmunzeln kehrte zurück. Übermütig fasste er sie um die Taille, hob sie hoch und wirbelte sie mehrmals im Kreis herum.

Sie lächelte. »Wie könnte ich das mit einem so dicken Fisch wie dir an der Angel, der mir die Aussicht auf eine wundervolle Zukunft eröffnet? Wenn du jetzt noch über deinen Schatten als Königsberger springst, kann uns gar nichts mehr passieren.«

Verwirrt sah er sie an. »Was meinst du damit?«

Über sein verdutztes Gesicht musste sie noch mehr lachen. »Du bist selbst schuld, dass ich so rede. Immerhin hast du es mir letztens selbst erklärt: Wenn es um ihre Ziele geht, sind die Königsberger gern groß mit den Worten, aber wenn es ans Kämpfen mit den Waffen geht, erweisen sie sich als klitzeklein. Dann scheuen sie davor zurück, die eigenen Angelegenheiten tatkräftig zu verteidigen. Ich hoffe, du bist auf dem besten Weg, dich anders zu entwickeln. Im Zweifelsfall scheinst du wirklich für unsere Sache kämpfen zu wollen.«

»Um dich für immer bei mir zu haben, würde ich alles tun, meine Liebe.« Geziert legte er sich die Hand aufs Herz, machte Anstalten, vor ihr auf die Knie zu sinken. Sie hielt ihn zurück. Ungeachtet von Pantzers Anwesenheit fielen sie einander in die Arme und küssten sich ausgiebig. Der Apotheker musste sich einige Male räuspern, bevor sie begriffen und schweren Herzens ihren beschaulichen Rückzugsort verließen.

16

Eng presste Carlotta den Weidekorb gegen den Leib und bemühte sich, Hedwig in dem dichten Gedränge im Auge zu behalten. Sie liebte es, die Wirtschafterin zum Markt zu begleiten. An einem so überraschend milden, sonnigen Novembertag wie diesem machte es gleich noch mehr Spaß.

»Es wundert mich, wie schnell du bereit warst, mit mir zu kommen«, strahlte Hedwig sie aus ihren runden Augen an.

»Ich wollte einfach mal etwas anderes tun, als im Kontor langweilige Rechnungen zu kontrollieren oder Briefe abzulegen«, erwiderte Carlotta, die kurz zuvor erst von ihrem täglichen Krankenbesuch bei Kepler zurückgekehrt war.

»Dabei lässt du dich in letzter Zeit herzlich wenig im Kontor blicken. Deine Mutter macht sich schon Gedanken.« Hedwig überquerte rasch die Straße, um auf der rechten Seite der Langgasse weiterzugehen. »Zu Heydrich in die Apotheke gehst du auch nicht mehr, wie ich sehe. Bei Pantzer im Löbenicht geht es wohl weitaus lustiger zu, was? Musst nicht rot werden, Liebes. Ich kann es mir vorstellen. Die drei Heydrich-Töchter sind wahre Furien. Ich bin froh, dass sich durch die Geschichte mit dem alten Kepler eine andere Möglichkeit für dich ergeben hat, deine Rezepturen zu erforschen.

Selbst der junge Medicus erscheint mir in letzter Zeit nicht mehr gar so flattrig. Pass nur auf, dass deine Besuche in der Schmiedegasse nicht zu auffällig werden. Du weißt, wie gern getratscht wird. Ach, Kindchen, genieß das Jungsein, solange es geht!«

Vergnügt watschelte die rundliche Köchin mal neben, mal vor ihr, mal verschwand sie für einige Momente im Getümmel. Tauchte sie wieder auf, keuchte ihr Atem in kleinen Wolken aus dem Mund. Geschäftig sog sie das Treiben in den Gassen auf, achtete dabei weder auf Carlotta noch auf den Weg, wie das gelegentliche Stolpern und Straucheln bewies. Ihre rosigen Wangen glühten vor Eifer, auch die runden Augen strahlten vergnügt. Der gedrungenen Gestalt haftete eine Leichtigkeit an, als stapfte sie nicht durch die Reste schweren, nassen Novemberschnees, sondern schlenderte über blühende Frühlingswiesen. Carlotta fühlte sich ähnlich an diesem wunderschönen Novembermorgen. Am liebsten hätte sie zu singen begonnen, so wohl war ihr zumute.

»Habe ich es dir nicht immer schon gesagt, Kind?«, krächzte die Köchin und verharrte an einer Hausecke, um auf sie zu warten. »Der heilige Leopold ist dem Altweibersommer hold. So heftig es letzte Nacht gestürmt hat, so mild zeigt sich der heutige Tag.«

Nicht einmal der feuchte Nebelschleier, der in den Gassen hing und die Kleidung klamm werden ließ, konnte ihr die Laune verderben. Carlotta schmunzelte, hatte Hedwig darüber doch glatt vergessen, dass Mittwoch war. Ein Unglückstag, wie sie sonst so gern gleich beim Frühstück verlauten ließ und sich allein schon dadurch bestätigt fühlte, dass Carlotta sich jedes Mal vor Schreck die Zunge an der heißen Milch verbrannte oder den Gerstenbrei versalzte.

»Das ist ein Auf und Ab mit Kalt und Warm dieses Jahr, das lässt nichts Gutes erwarten«, plapperte die alte Wirtschafterin weiter. »Trotzdem kein Grund zum Müßiggang, mein Kleines«, mahnte sie Carlotta und zwickte sie sanft in die Wange. »Wenn wir in deinem Tempo weitergehen, erreichen wir bis zum Mittagsläuten nicht einmal den Markt. Du siehst ja, was heute los ist. Wir müssen uns beeilen, sonst schauen wir nachher hungrig in leere Kochtöpfe.«

Entschlossen fasste sie Carlotta an der Hand und stolperte durch die Brotbänkenstraße weiter zum Kneiphofer Markt. Gern ließ Carlotta sie gewähren. Ihre Gedanken kreisten um Christoph. Jede Pore ihrer Haut atmete die Erinnerung der Berührung mit ihm.

»Pass doch auf!«, riss sie eine wütende Stimme aus ihren Träumereien. Erschrocken fuhr sie zusammen. Direkt vor ihr kauerte ein altes Weib mit einem Korb voller Eier auf dem Boden. Es fehlte nicht viel, und sie wäre mitten hineingestapft.

»Schon gut, Mütterchen, ist ja nichts passiert«, beruhigte Hedwig die Alte und steckte ihr eine Münze zu. Gleich wurde das Weib freundlicher.

»Ich bete für dich und deine Seele, mein Täubchen«, raunte sie und sah Carlotta eindringlich an. Die wich zurück, sobald sie des Gesichts gewahr wurde: Ledrige Haut überspannte die unzähligen Runzeln, ein dicker Narbenwulst wölbte sich über eine leere Augenhöhle. Die Frau hatte sie schon einmal gesehen, drüben in der Schmiedegasse, nah Keplers Haus. Sie schluckte. Die Alte zwinkerte mit dem noch vorhandenen Auge. »Mögen dir und deinem Bräutigam die Heiligen allzeit beiseitestehen auf eurem schweren Weg.«

»Es reicht«, raunzte Hedwig und zog Carlotta weiter. »Gib nichts auf das Geschwätz. Nur weil eine aussieht wie eine Weise, muss sie nicht wirklich eine sein.«

Als sie um die nächste Ecke bogen, wurde Carlotta wieder leichter zumute. Schon von weitem war der hoch aufragende Turm des Rathauses zu erspähen. Das Gedränge an diesem Vormittag ging weit über den sonst üblichen Auftrieb der Mägde und Hausfrauen hinaus.

»He, ihr da, aus dem Weg!«, plärrte ein Stadtknecht und schob mit seiner Pike zwei Frauen fort, die schwatzend vor einer Bude stehen geblieben waren. »Was soll das? Man wird doch wohl noch ein Schwätzchen …« Zu mehr kam die Frau nicht. Ein zweiter Stadtknecht rollte bereits einen mit Fässern beladenen Karren vorbei. Gerade noch konnte sie beiseitespringen, sonst hätte ihr der Bursche die eisenbeschlagenen Räder rücksichtslos über die Füße gerollt. Kopfschüttelnd sah sie den Männern nach. Kaum waren sie aus ihrem Blickfeld verschwunden, setzte sie ihren Schwatz fort, als wäre nichts geschehen.

Im Vorbeigehen schnappte Carlotta den Namen Grohnert sowie das Wort »Bernsteinessenz« auf. Sobald sie auf gleicher Höhe mit den Frauen war, verstummten sie. Aus den Augenwinkeln meinte Carlotta, ein hämisches Grinsen auf dem Gesicht der Jüngeren zu entdecken. Die andere dagegen sah rasch beiseite. Die Gesichter kamen Carlotta bekannt vor. Die rauhen, roten Hände der Größeren bestätigten ihre Vermutung. Es handelte sich um die Waschfrau, die einmal im Monat ins Haus kam. Für Anfang nächster Woche war sie wieder einbestellt. Als sie auf die beiden zutreten und sie zur Rede stellen wollte, zupfte Hedwig sie am Ärmel. »Schau nur, Liebes, die Bäuerin dort vorn will unbedingt ihren letzten Kürbis loswerden. Da machen wir einen guten Preis.« Beharrlich hielt sie Carlotta fest, lotste sie geschickt zwischen den umhereilenden Menschen hindurch. »Vergiss das Geschwätz«, raunte sie ihr ins Ohr. »Du kennst doch den Spruch mit den Waschweibern, die immerzu tratschen und die Dinge dabei dick aufblähen wie der Sturm das Segel. Der kommt nicht von ungefähr.«

Bevor Carlotta etwas erwidern konnte, erreichten sie die Bäuerin. Ein gutes Dutzend Kürbisse in den verschiedensten Farben und Formen türmten sich zu ihren Füßen. In der Tat verkaufte sie das Gemüse zum halben Preis. Dafür verrieten die ersten dunklen Flecken, dass der Frost bereits daran genagt hatte. Dessen ungeachtet lud Hedwig gleich vier der langhalsigen Stücke in Carlottas Korb und erspähte kurz darauf die nächste Gelegenheit, an einer Bude mit Waldhonig günstig einzukaufen.

»Sieh nur, dahinten beim Krämer gibt es heute preiswert Gewürze«, krähte sie begeistert. »Wird auch Zeit für ihn einzusehen, dass eine Handvoll schwarzer Pfeffer nicht so viel wie ein Säckchen Bernstein kosten darf.«

Eilig raffte sie die schweren Röcke, um über tiefe Pfützen hinweg zur Krämerbude zu gelangen. Nicht einmal der Zeitungsjunge, der mit einem dicken Packen Papier auf dem Arm über den Platz kam, konnte sie aufhalten. Dabei drängten sich alsbald die Neugierigen um ihn. Er kam gar nicht dazu, die Überschriften der Nachrichten auszurufen, schon wurden ihm die Blätter aus der Hand gerissen. Carlotta versuchte, einen Blick auf die fettgehaltenen Lettern zu werfen, meinte die Worte »Festung«, »Haft«, »Kolberg« und den Namen Roth zu entziffern. In ihrem Kopf brodelte es. Letztlich konnte das bedeuten, dass Mathias mitsamt seinen Dragonern den gefangenen Schöppenmeister aus der Stadt fortbringen musste. Wie gern wollte sie Genaueres wissen. Zum Weiterlesen der Zeitung, gar zum Kauf eines Exemplars blieb allerdings keine Zeit. Sie musste sich sputen. Schon war der mit einem hellen Tuch bedeckte Kopf der Wirtschafterin von neuem in der Menge untergetaucht. Carlotta stöhnte. Es schien ihr, als steckte sie im Schlamm fest. Kaum kam sie voran. Das Schneegestöber letzte Nacht war weitaus kräftiger ausgefallen als erwartet. Allerorten überzogen Pfützen und Schneereste die Straße. Rasch sog sich das Leder ihrer Schuhe voll Wasser, an den Sohlen klebte der Straßenmatsch. Weil auch das Stroh in den Schuhen feucht geworden war, waren die Zehen bald steif gefroren. Dank der vier opulenten Kürbisse wog der Korb an ihrem Arm zudem unermesslich schwer. Mühsam schleppte sie ihn über den Markt. Wenigstens erspähte sie rasch wieder das lustige Auf und Ab von Hedwigs Kopftuch an einer der nächsten Buden.

Der Duft von würzigem Käse wies selbst einem Blinden den Weg zu den Fettkrämern. Unter den vielen Leuten erblickte Carlotta sogar einige Männer. Selten verirrten die sich sonst in diese Ecke des Marktes. Andächtig lauschte die Menge einem für Carlotta unsichtbaren Redner, der aufregende Dinge zu erzählen schien. Carlotta musste sich mit einzelnen Satzfetzen wie »Eine ungeheure Brüskierung der Stände«, »Nie sind wir derart übergangen worden«, »Regeln für den Kurfürsten«, »Unterstützung des polnischen Königs« sowie »Lange wird Roth nicht einsitzen« zufriedengeben.

»He, Mädchen, drängel nicht so!«, herrschte ein Bäckerbursche Carlotta an und versuchte, sich mit einem Korb voll dampfender Wecken an ihr vorbeizuzwängen. Eine winzige, schmutzige Hand schob sich von der Seite heran und stibitzte das obenauf liegende Gebäckstück. »Wer war das?«, brauste der Bäckergeselle auf und wandte sich sofort ab, dem Dieb nachzustürmen. Dabei stieß er mit einem Ratsherrn zusammen. Von dem Aufprall purzelten weitere Wecken aus seinem Korb zu Boden und versanken im Dreck, noch ehe sich der Bursche hatte bücken und sie retten können. »Aus dem Weg!«, befahl eine dunkle Stimme, trat genussvoll mit dem Stiefel auf einen der Wecken und stieß dem Burschen den Ellbogen in die Brust. Gefolgt von zwei weiteren Ratsherren, marschierte der Mann mit hocherhobenem Haupt, undurchdringlicher Miene und wehenden Mantelzipfeln vorbei. »Was soll das?«, schrie der Bursche verzweifelt. »Da klaut mir einer meine dicksten Wecken, und Ihr zertrampelt mir auch noch den Rest!«

Abrupt drehte der Ratsherr sich um, funkelte böse erst den Bäckerjungen, dann Carlotta an. Wie fest verwurzelt harrte sie neben dem Burschen aus. Der Ratsherr war ihr bestens bekannt. Es handelte sich um Michael Wilde, den Apotheker vom Junkergarten, zu allem Unglück gut mit Heydrich bekannt.

»Geh mir aus den Augen, du einfältiger Tölpel!«, zischte der Apotheker den Bäckerburschen mit wenig ratsherrlicher Würde an. »Wir Herren vom Rat haben heute wahrlich andere Sorgen als deine dämlichen Wecken.« Damit zertrat er mit hämischer Miene ein zweites Gebäckstück zu klebrigem Brei.

»Und Ihr, mein wertes Fräulein Grohnert«, wandte er sich an Carlotta, »solltet besser aufpassen, mit wem man Euch auf der Straße sieht. Letztens war es ein Offizier der Kurfürstlichen, heute ist es ein frecher Bäckergeselle. Mein Freund Heydrich wird das nicht gern hören, ganz zu schweigen von dem ehrwürdigen Stadtphysicus Kepler. Langsam wird es eng für Eure Mutter und Euch.«

Energisch fingerte er nach dem Ende seines dicken Schals und warf es schwungvoll um den Hals, bevor er sich anschickte, den beiden anderen Herren zu folgen. Beunruhigt blickte Carlotta ihm nach. Der Mittwoch war drauf und dran, seinen schlechten Ruf zu beweisen.

»Keine Sorge, schönes Kind. Den Herren vom Rat wird der Hochmut noch vergehen!«, prophezeite ein buckliges Weib mit einer dicken Warze auf der Wange. »Außer dem braven Roth ist bislang noch keiner mutig für unsere Sache gegen den Kurfürsten eingetreten. Seit mehr als zwei Wochen versauert der gute Schöppenmeister im Verlies, ohne dass die Gecken was für ihn tun. Eine Schande sondergleichen ist das. Mich würde es nicht wundern, wenn sie heute noch beschließen, sich vor dem Kurfürsten in den Dreck zu schmeißen.«

»Da habt Ihr recht«, erwiderte Carlotta und erinnerte sich daran, wie viele der Herren an jenem besagten Montag, an dem man Roth verhaftet hatte, mit wehenden Mänteln vor den Dragonern des Kurfürsten geflüchtet waren.

»Da bist du endlich, Kind!« Hedwigs warme Hand fasste nach der ihren und zog sie weg von dem Weib. »Überall suche ich dich. Lass uns weitergehen. So gut, wie heute die Preise sind, sollten wir all unsere Vorräte auffüllen.«

»Was wurde da eben an der Bude des Fettkrämers eigentlich erzählt?«, fragte sie die Wirtschafterin, sobald sie den ärgsten Trubel am Markt hinter sich gelassen hatten und in der Hofgasse wieder nebeneinanderlaufen konnten.

»Nur das übliche Geschwätz«, winkte Hedwig ab. Doch ihr Blick schweifte ab, das Leuchten aus den runden Augen war verschwunden, auch die rosigen Wangen glänzten nicht mehr. Ihre gute Laune war versiegt. Schon watschelte sie träge wie eine alte Pute über die Gasse. »Plötzlich wollen alle mit eigenen Augen gesehen haben, wie die schwerbewaffneten Reiter den armen Roth gestern aus dem Schloss weggebracht haben. Angeblich soll er nach Kolberg überführt werden. Der Kurfürst denkt wohl, so weit weg vom Kneiphof würde er eher eingestehen, wie falsch sein Ansinnen war, den Ständen von einer weiteren Abgabe abzuraten. Was aber soll Roth ihm überhaupt erzählen? Der gute Schöppenmeister ist aus einem anderen Holz geschnitzt, sonst wäre er nicht im Januar schon auf eigene Faust nach Warschau zu Johann Kasimir gereist. Wenn du mich fragst«, sie schnaubte abfällig, »sind die Kneiphofer inzwischen genauso feige wie die Altstädter und die Löbenichter. Vergiss nicht, wie sie sich vor zwei Wochen ängstlich hinter ihren Öfen verkrochen haben, als die Dragoner den armen Roth aus seinem Haus gezerrt haben. Angeblich, so sagen sie, sei der heftige Sturm schuld gewesen, dass sie sich nicht aus ihren Löchern gewagt und ihn verteidigt haben.« Empört schüttelte sie den Kopf. »Aber dann hätten sie doch gestern, als Roth endgültig aus der Stadt geschleppt wurde, ihren Mut beweisen können. Doch auch da haben sie sich wieder nicht aus ihren Löchern getraut. Und dabei hat kaum ein schlappes Lüftchen den Ausgang erschwert, nicht einmal Schneegestöber hat es tagsüber gegeben. Jetzt behaupten sie, es hätte geheißen, der Kurfürst blase zum erneuten Angriff auf den Kneiphof. Selbst die Krämer haben deshalb gestern ihre Buden auf dem Markt leer stehen lassen und auf das Geschäft eines ganzen Tages verzichtet. Kein Wunder, dass heute alle ausgehungert auf den Markt rennen und noch um die schrumpeligsten Äpfel feilschen, als wären sie rosig frisch. Vor lauter Angst haben sie wohl ihre Vorräte aufgefressen und brauchen dringend Nachschub, um sich die feisten Bäuche wieder zu füllen. Auch die Krämer sind froh, heute selbst die abgelagerte Butter noch für einen halben Pfennig loszuwerden, bevor sie ganz ranzig wird. Ach, was rede ich für einen Unsinn! Vergiss es, Kind, und hör nicht auf mich altes Weib. Ich tratsche schon genauso dämlich wie unser dummes Waschweib von vorhin.«

Betrübt hielt sie inne. Zunächst meinte Carlotta, das Auftauchen zweier Stadtknechte habe sie zum Schweigen gebracht. Mit grimmiger Miene patrouillierten die beiden langen Kerle durch die Alte Domgasse. Brav machten die Mägde ihnen den Weg frei, steckten anschließend aber wieder tuschelnd die Köpfe zusammen.

»Bitte, Hedwig, rede weiter«, bettelte Carlotta, sobald die Stadtknechte außer Sichtweite waren. »Mir kannst du alles erzählen. Ich bin doch kein kleines Kind mehr.«

»Manchmal bedaure ich das.« Hedwig legte den Arm um Carlottas Taille und drückte sie an sich. Ihre hellen Augen leuchteten vor Rührung. »Manchmal denke ich, es ist erst gestern gewesen, dass du mit deinen Eltern in unser Haus in der Frankfurter Fahrgasse eingezogen bist. Wie die Zeit vergeht! Der gute, alte Steinacker ist auch schon mehr als zwölf Jahre tot. Fünf Jahre sind seit dem schrecklichen Überfall auf deinen Vater ins Land gegangen, bei dem dein Onkel Vinzent erstochen wurde. Letztlich ist auch dein Vater an den Folgen dieser furchtbaren Tat gestorben, selbst wenn er seinen Vetter um ein Dreivierteljahr überlebt hat. Bald sind es sogar schon vier Jahre, dass ich dir und deiner Mutter nach Königsberg gefolgt bin. Was ich allerdings wahrlich nicht bedauere, ist, dass deine Tante Adelaide aus unserem Leben verschwunden ist. Wollen wir hoffen, dass sie da, wo sie jetzt ist, endlich ihren Frieden mit sich und der Welt gemacht hat.«

»Was weißt du von ihr?« Carlotta horchte auf. Seltsam, dass Hedwig ausgerechnet jetzt von Adelaide sprach. Jahre hatte sie sie nicht erwähnt. Doch die Alte schien ihre Frage nicht gehört zu haben.

»Schlimm, dass letztens Mathias wieder aufgetaucht ist«, redete sie weiter. »Es war natürlich nicht anders zu erwarten, dass er gleich für Streit gesorgt hat. Du weißt, was ich von dem Burschen halte. Hoffentlich kommt er uns nie wieder unter die Augen. Wenn es stimmt, dass die Kurfürstlichen Roth nach Kolberg bringen, bestehen wohl gute Aussichten. Ich jedenfalls kann auf ihn verzichten, selbst wenn du recht hast und er sich tatsächlich zum Guten gewandelt hat. Mag sein, dass er dir damals auf dem Weg nach Königsberg ein treuer Kamerad geworden ist. Mag auch sein, dass ihn die Geschichte mit seiner Mutter schwer getroffen hat. Das wäre nur menschlich. Immerhin ist es furchtbar, denken zu müssen, die eigene Mutter wäre auf so grausame Weise gestorben, und dann erfährt man, dass sie noch lebt und einen nicht sehen will. Doch das müssen die zwei unter sich ausmachen. Allein die Tatsache, dass Mathias sich damals zum Heer der Österreicher gemeldet hat, wie der ehrenwerte Helmbrecht erzählte, und jetzt in den Farben der Kurfürstlichen zurückkommt, beweist mir, was er für ein Bursche ist und bleibt. Der hängt sein Fähnchen immer nach dem Wind. So einer wird sich niemals ändern, Liebes. Umso besser für uns alle, wenn wir ihn nie mehr wiedersehen.«

Hedwigs Worte schmerzten Carlotta.

»Der junge Kepler ist da doch ein ganz anderes Kaliber«, fuhr Hedwig fort. »Wenn ihr zwei wirklich so tief füreinander empfindet, solltest du dich glücklich schätzen. Er wird dir treu zur Seite stehen und zu dir halten.« Sie legte ihr die Hand auf den Arm und lächelte verschmitzt. »Deine Mutter und der alte Kepler werden sich über kurz oder lang schon einigen. Ein jeder weiß, dass der junge Kepler anderes im Sinn hat als die Medizin. Wie gut täte ihm also eine Frau wie du, die ihn auf den rechten Pfad zurückbringt, um das Erbe seines Vaters anständig auszufüllen. Auch deine Mutter wird das begreifen, noch dazu, wo die Keplers in ihrem geliebten Königsberg so angesehen sind und ihr zu mehr Rückhalt bei den Einheimischen verhelfen können. Die Heirat bringt euch beiden also Vorteile.«

»Es wundert mich, wie sehr du dich auf einmal für Christoph ins Zeug legst«, kam Carlotta nicht umhin, etwas spitz anzumerken. »Letztens im Kontor hast du noch ganz anders über ihn geredet.«

»Meinungen, mein Kind, sind dazu da, zu gegebener Zeit geändert zu werden.« Die Köchin zwickte sie wieder spielerisch in die Wange. »Gerade, wenn es um dein Glück geht.«

»Hoffentlich sehen das Mutter und Kepler ähnlich.«

»Keine Sorge, das wird schon.« Hedwig tätschelte ihr den Arm. »Vorhin beim Fettkrämer hat übrigens einer behauptet, den kurfürstlichen Dragonern vor zwei Wochen kräftig die Stirn geboten zu haben.«

»So?« Carlotta nahm den Korb in die andere Hand und hakte sich bei der Köchin unter.

»Am liebsten hätte ich laut aufgelacht«, plauderte die Alte weiter. »Du warst doch dabei, als sie Roth aus seinem Haus abgeführt haben. Nach dem, was du erzählt hast, gab es da niemanden, der sich den Soldaten in den Weg gestellt hat. Einerseits ein Glück. Wie leicht hätte es Tote und Verletzte geben können.«

»Christoph meint, die Königsberger wären noch nie sonderlich tapfere Menschen gewesen«, pflichtete Carlotta bei. »Sie führten gegen ihre Widersacher lieber scharfe Reden als scharfe Waffen.«

»Da hat dein guter Christoph mal wieder etwas sehr Weises gesagt«, lachte Hedwig. »Das alles spricht immer mehr dafür, dass er der Richtige für dich ist.«

Unachtsam patschte sie in eine Pfütze. Carlotta senkte den Blick und hoffte, die Köchin merkte nicht, wie sehr ihre Wangen glühten. Hedwigs Schwärmerei für Christoph wurde ihr langsam doch zu viel. Über alldem stolperte sie selbst über einen Stein. Ihr Fuß versank in eiskaltem Wasser, unaufhaltsam drang das Nass in die Schuhe. Hedwigs Gelächter ließ sie den aufsteigenden Ekel rasch vergessen. Über so viel Ungeschicklichkeit konnte man wirklich nur lachen.

In ausgelassener Stimmung erreichten sie die Ecke zur Neustadt. Der Untere Fischmarkt war nicht mehr weit, wie sich am Geruch unschwer erkennen ließ. Am nördlichen Ende der Gasse tauchten die Masten der Schiffe auf, die auf dem Neuen Pregel westwärts zum Hafen am Hundegatt segelten. In diesem Teil des Kneiphofs waren die Häuser weniger prächtig als im Westen der Stadt. Auch die weit ausladenden Beischläge und Vorbauten aus der Langgasse und der Brotbänkenstraße suchte man vergebens. Im Vergleich zu anderen Städten, die Carlotta während ihrer Kindheit im Tross des kaiserlichen Heeres und auf dem langen Weg von Frankfurt am Main nach Königsberg erlebt hatte, fanden sich allerdings auch hier noch recht ansehnliche, mehrere Etagen hoch aufragende Gebäude. Sie waren ausschließlich aus Stein gebaut, obwohl in den meisten von ihnen Handwerker und

Kleinkrämer sowie weniger begüterte Gelehrte und Lehrer aus den vielen Schulen der Stadt ansässig waren.

»Schade, dass die Kneiphofer sich so gar nichts mehr trauen«, meldete Hedwig sich wieder zu Wort. »Dein Christoph hat das schon richtig gesagt. Dabei stammt er aus der Altstadt, und die Altstädter sind eigentlich die Letzten, die sich ein Urteil über unsere Leute aus dem Kneiphof erlauben dürfen. Eine Schande ist das, was hier am Pregel gerade geschieht. Früher einmal waren die Kneiphofer wahre Helden, wie man am Wappen mit dem blauen Ärmel sieht. Weißt du, an wen das erinnert?«

»Ja, natürlich«, entgegnete Carlotta. »Die alten Heldensagen über die Ahnen der Kneiphofer hast du mir oft genug erzählt. Der tapfere Hans von Sagan ist damit gemeint. Drüben im Schlosshof gibt es doch ein Bild von ihm, direkt am Turm, statt einer Wetterfahne. Der Ärmste muss ziemlich hässlich gewesen sein. Bis heute gibt es doch den Spruch, jemand sei hässlich wie Hans von Sagan.«

»Das ist aber nicht die eigentliche Geschichte.« Hedwig blieb stehen und stemmte die Hände in die breiten Hüften. Froh über die neuerliche Pause, stellte Carlotta den schweren Korb ab und wischte sich über die Stirn. Den eisigen Temperaturen zum Trotz schwitzte sie, was Hedwig nicht kümmerte. Beseelt von der Geschichte, die sie zum tausendsten Mal zum Besten gab, hub sie feierlich an: »Es war bei der Schlacht von Rudau vor bald mehr als dreihundert Jahren. Die Deutschordensleute standen den Litauern gegenüber. Viele tapfere Männer waren schon gefallen, sogar die Fahne des Deutschen Ordens war mitsamt dem Träger zu Boden gestürzt. Das sah der einfache Schustergeselle Hans aus dem Kneiphof. Flugs ist er dem Fahnenträger beigesprungen, hat die Fahne aus dem Schmutz gezogen und sie stolz wieder aufgerichtet. Unter dem wehenden Banner haben sich die Ordensleute ein letztes Mal gesammelt und die Litauer doch noch besiegt. Zum Andenken an diese Tat hat man den Ärmel des ganz in Blau gewandeten Hans im Kneiphofer Wappen verewigt. Für alle Zeiten trägt er so das ruhmreiche Banner voran.«

»Eine schöne Geschichte«, lobte Carlotta. »Wollen wir hoffen, dass sich nicht nur viele der Kneiphofer ihrer erinnern, sondern auch der Kurfürst selbst.«

»Der Kurfürst? Wie kommst du jetzt auf den?« Verwundert hob Hedwig den Blick. Carlotta überragte sie inzwischen um Haupteslänge. Mit jedem Jahr schien die stämmige Frau dem Erdboden näher zu kommen. Ihre Hüften wurden dagegen immer breiter und die Beine krummer.

»Das liegt doch auf der Hand.« Carlotta schenkte ihr ein Lächeln, das ihre gepflegten weißen Zähne entblößte. »Schließlich soll er wissen, mit welch tapferen Bürgern er es zu tun hat, wenn er den armen Schöppenmeister Roth wirklich auf Jahre gefangen halten will.«

»Über so etwas macht man keine Scherze«, entgegnete Hedwig unerwartet schroff. »Komm endlich. Es wird Zeit, nach Hause zu gehen und das Feuer für das Mittagessen zu schüren.«

Hastig eilte sie voraus. Carlotta blieb nichts anderes übrig, als sich mühsam mit der schweren Last durch das dichter werdende Gewühl zwischen Krämer- und Schmiedebrücke zu schieben und sich wieder einmal über den Sinneswandel der Köchin zu wundern.

17

Magdalena stöhnte auf und legte sich die Hand auf die Stirn, um die Kopfschmerzen zu lindern. Egloff hatte recht: Sie kümmerte sich in letzter Zeit nicht mit der nötigen Hingabe um das Kontor. Beflissen erklärte er ihr mittels der jüngsten Einträge im Kontorbuch, dass derzeit einiges im Argen lag. Sie runzelte die Stirn und bemühte sich, aufrichtiges Interesse zu zeigen. Dennoch fiel es ihr schwer, den Ausführungen zu folgen. Ihr Kopf schmerzte, Übelkeit beschlich sie. Trotzdem war es undenkbar, sich eine Pause zu gönnen. Sie presste die Hand fester gegen die Stirn.

»Letztens war es diese unsinnige Order aus Eurer alten Heimatstadt Frankfurt am Main, die mich hat aufhorchen lassen«, hörte sie Egloff sagen. Unruhig trommelte Magdalena mit den Fingern auf das Pult. Längst wollte sie unterwegs sein. Als Egloff sie seltsam ansah, beendete sie das Trommeln.

»Tut mir leid, mein Bester. Ihr seht, ich bin heute nicht ganz bei der Sache. Doch diese Order von Apotheker Petersen haben wir längst besprochen. Es ist richtig gewesen, dass er so viel Bernstein haben wollte.«

Unauffällig schweifte ihr Blick durch das Kontor. Der morgendliche Sonnenschein tauchte den langgestreckten Raum in milchiges Licht. Dank des gutbeheizten Kachelofens herrschte eine angenehme Temperatur. Allein bei dem Gedanken, wie eisig es draußen sein mochte, fröstelte Magdalena. Hoffentlich hatte Carlotta sich warm angezogen. Viel zu überstürzt war sie gleich nach dem morgendlichen Imbiss aufgebrochen, um nach dem alten Kepler zu sehen. Seit fast einer Woche versorgte sie den Physicus nun schon. Natürlich trieb sie nicht allein die Sorge um den griesgrämigen Medicus in die Altstädter Schmiedegasse. Magdalena wusste, was die Tochter für den jungen Kepler empfand. Sosehr sie die Keplers ablehnte, hoffte sie doch, Carlotta würde nicht enttäuscht. Kurz dachte Magdalena an Eric, an die stürmische Zeit ihrer ersten Liebe, an die Jahre des bangen Wartens, weil er verschwunden war. Bis zuletzt war sie nicht sicher, den wahren Eric gekannt und geliebt zu haben. Sie sah zu Breysig. Schwerfällig beugte er sich über sein Pult, die Zunge zwischen den Lippen, die Feder verkrampft in der Hand. Laut kratzte sie bei jedem Schwung über das rauhe Papier. Wie anders dagegen gab sich Steutner gleich dahinter. Schreiben und Rechnen bereiteten ihm nicht die geringste Mühe. Dennoch steckte auch er voller Unruhe. Unablässig scharrte er mit den Füßen über den Boden.

Die staubtrockene Luft kitzelte Magdalena in der Nase. Sie musste niesen, einmal, zweimal, ein drittes Mal. Schon meinte sie, es nehme kein Ende. Niesen am Montag bedeutete Glück für den Rest der Woche. Das zumindest pflegte Hedwig zu behaupten. Egloff rang wieder um ihre Aufmerksamkeit.

»Wie?«, fragte sie verwirrt. »Was ist mit den Waren im Speicher? Hat Schrempf sich heute noch nicht gemeldet?«

»Samstagabend war er noch einmal hier und hat gefragt, was mit den Pelzen aus Riga geschehen soll. Sie liegen in einem gesonderten Fass. Angesichts der schwierigen Lage ist es sicher nicht gut, sie weiter dort zu lagern. Nicht auszudenken, wenn es innerhalb der Stadtmauern zu einem Aufeinandertreffen der bürgerlichen Stände und der kurfürstlichen Truppen …«

»Dann wären die Waren hier im Kneiphof genauso wenig sicher wie drüben am Hundegatt. Egloff, hört auf, Euch ständig Sorgen zu machen«, beschwichtigte sie den Schreiber. »Natürlich ist es eine Menge Geld, das in den Waren steckt. Was aber bleibt uns übrig? Ihr erwartet doch nicht im Ernst, dass ich alle Fässer hierherbringen lasse?«

»Besser wäre es wahrscheinlich«, entgegnete er beleidigt.

»Keine Sorge, mein Bester.« Sie lächelte ihn an. »Seit Roth aus der Stadt gebracht wurde, ist das Schlimmste vorbei. Will der Kurfürst wirklich mehr Geld von uns Königsbergern, so wird er den Teufel tun und riskieren, unsere Lagerhäuser zu zerstören. Wenn wir Königsberger Kaufleute keinen Handel mehr treiben, haben wir doch erst recht kein Geld, um ihm ein stehendes Heer zu finanzieren.«

»Wenn Ihr denkt, es wäre so einfach, nun gut. Meine Meinung kennt Ihr.« Egloff schaute an ihr vorbei zur Fensterfront auf die Langgasse hinaus.

Es war offensichtlich, dass er sich die früheren Zeiten mit dem alten Paul Joseph Singeknecht zurückwünschte. Magdalena seufzte. Wie gern würde sie einmal in die Zeit zurückgehen, als ihr Onkel das Kontor geführt hatte und Egloff noch ein junger Lehrling gewesen war. Die Vorstellung entlockte ihr ein Schmunzeln.

»Ja, es ist so einfach, mein Bester«, beendete sie das Gespräch. »Ich werde jetzt zu meiner morgendlichen Runde aufbrechen und sowohl in der Börse als auch im Lagerhaus nach dem Rechten sehen. Mittags bin ich zurück. Bis dahin wird weder Königsberg untergehen, noch der Krieg zwischen dem Kurfürsten und den Ständen ausbrechen, vertraut mir.«

Sie nahm ihre schwarze Heuke und eilte durch das Kontor. Im Vorbeigehen klopfte sie Breysig aufmunternd aufs Pult und warf Steutner einen mahnenden Blick zu. »Bis heute Nachmittag macht Ihr mir bitte die Aufstellung der letzten

Woche fertig«, trug sie ihm hastig auf. Damit wollte sie sichergehen, dass er ihre Abwesenheit nicht nutzte, um ebenfalls das Kontor zu verlassen. »Lina ist übrigens mit Milla dabei, den Vorratskeller aufzuräumen«, setzte sie nach und freute sich an seinem erstaunten Blick. »Es ist mir nicht entgangen, welche Gefühle Ihr füreinander hegt. Solange Euer beider Arbeit nicht darunter leidet, habe ich nichts dagegen.«

Letzteres sagte sie so leise, dass es die anderen Schreiber nicht hören konnten. Steutner dankte es ihr mit einer Verbeugung.

Als sie sich wenig später im geschäftigen Treiben auf der Langgasse wiederfand, atmete sie auf. Eigentlich sollte sie Egloffs Warnung ernst nehmen und zuerst in den Speicher gehen. Zwar hatte sie ihm eben im Kontor nicht recht geben wollen, doch ihr war wohl bewusst, dass es an der Zeit war, mit Schrempf über die Sicherheit der Waren zu sprechen. Dabei sorgte sie sich allerdings weniger der Wirren rund um den Landtag und der aufmüpfigen Diskussionen zwischen Friedrich Wilhelm und den Ständen wegen. Weit mehr beunruhigten sie die Wetterkapriolen. Gut möglich, dass der Winter früher und härter einsetzen würde als in den Jahren zuvor. Pregel und Haff konnten für die Schiffe schnell unpassierbar sein. Wieder durchzuckte sie ein stechender Schmerz in der linken Kopfhälfte, ein eindeutiges Zeichen, den heutigen Sonnenschein besser nur als ein neuerliches Atemholen vor dem nächsten Sturm zu sehen.

Trotzdem ging sie nicht zum Hundegatt, sondern lenkte ihre Schritte nach rechts, die Langgasse zum Grünen Tor hinunter. Auch wenn sie es sich nur schwer eingestehen wollte, bereitete ihr etwas anderes noch größere Sorgen: Viel zu lange schon hatte sich Helmbrecht nicht mehr blicken lassen. Auch

Marietta Leuwenhoeck hatte ihre Ankündigung, sie im Kontor aufzusuchen, bislang nicht wahr gemacht. Sie sollte sich Gewissheit verschaffen, was die beiden stattdessen taten.

Zielstrebig eilte sie durch das bunte Treiben auf der Straße. Ihre Gedanken waren bereits ganz bei dem Gespräch, das sie mit ihrer neuen Bekannten aus Flandern führen wollte. Erst als das Gasthaus zum Grünen Baum in Sicht kam, fiel ihr auf, wie ungewöhnlich knapp sie von ihren Mitbürgern gegrüßt wurde. Zunächst meinte sie, es läge an ihrer eigenen Unachtsamkeit oder daran, dass die meisten ebenfalls mit sich selbst beschäftigt waren. Dann aber wurde sie gewahr, wie viele Kneiphofer sich in kleinen Gruppen vor den Beischlägen oder an den Straßenecken sammelten, um ausgiebig miteinander zu reden. Dennoch machte niemand Anstalten, sie dazuzubitten. Mehr und mehr ihrer Mitbürger wandten ihr den Rücken zu, sobald sie ihrer ansichtig wurden. Das konnte kein Zufall mehr sein.

»Gott zum Gruße, werte Frau Ellwart«, rief sie der Witwe aus der Fleischbänkenstraße zu, die gerade die Treppenstufen des Beischlags vor Heinrich von Möllens Haus herunterkam. »Was machen Eure Knochen bei diesem Wetter? Gewiss spürt Ihr schon an dem leidigen Gliederreißen, wie rasch die Sonne uns wieder verlassen wird. Neue Schneestürme werden uns wohl ab morgen wieder ins Haus zwingen.« Sie blieb stehen und sah der Alten erwartungsvoll entgegen.

»Macht Euch keine Gedanken, verehrte Frau Grohnert«, erwiderte die mit ihrer ungewöhnlich hellen Stimme. »Es ist nicht so schlimm, dass ich neue Tropfen von Euch brauche.«

Schon ging sie an ihr vorbei. Verblüfft blickte Magdalena ihr nach. Noch nie hatte die Ellwart sie derart brüsk behandelt, ganz zu schweigen davon, dass sie je ihre Bernsteinessenz abgewiesen hätte. Nachdenklich ging Magdalena weiter, grüßte betont freundlich alle Bekannten, die ihr begegneten. Balthasar Platen trat im selben Moment auf die Straße, da sie sein imposantes Anwesen erreichte. So offensichtlich es war, dass er wie sie zur Börse wollte, so beflissen wechselte er wie zufällig auf die andere Straßenseite hinüber, kaum dass sie auf gleicher Höhe waren.

Vor dem Grünen Baum angelangt, beschloss sie, entgegen ihrer sonstigen Gewohnheit zum Vormittagsfrühstück im Gasthaus einzukehren. Dort trafen sich um diese Zeit viele Kaufmannsgenossen zum ersten Bier des Tages. Das gemeinsame Trinken versetzte die Männer in eine bessere Stimmung. Vielleicht würde sie dort eine Erklärung für das seltsame Gebaren ihrer Mitbürger aufschnappen. Auch war gut möglich, Helmbrecht um diese Stunde dort anzutreffen. Entschlossen stieg sie die Treppe hinauf.

Wie nicht anders zu erwarten, herrschte in dem hellen Gastraum ausgelassene Stimmung. »Welch freudige Überraschung, verehrte Frau Grohnert«, begrüßte die dicke Wirtin sie und strahlte über das ganze Gesicht. »Was verschafft uns die seltene Ehre?«

Erleichtert atmete Magdalena auf. Wenigstens bis hierher hatte sich die feindliche Stimmung gegen sie noch nicht herumgesprochen.

»Wo wollt Ihr Euch niederlassen? Was darf ich Euch bringen?« Diensteifrig scharwenzelte die Wirtin um sie herum.

»Danke, sehr freundlich«, wiegelte Magdalena ab, »aber ich komme zurecht.« Dennoch blickte sie sich ratlos in dem weitläufigen Raum um. Die meisten Gäste hielten die Köpfe dicht über die Krüge gesenkt, tief in das Feilschen um die besten Preise vertieft. Die sonoren Männerstimmen sorgten für ein Brummen ähnlich den Geräuschen in einem Bienenstock.

»Magdalena!«, vernahm sie von weit hinten deutlich ihren Namen. Der Akzent war unverkennbar. Auffällig gestikulierte Marietta durch die Luft und eilte auf sie zu. Das Lachen auf ihrem Gesicht wirkte aufrichtig. »Bringt einen weiteren Teller und noch einen Becher. Frau Grohnert wird den Imbiss mit uns teilen«, wies sie die Wirtin an.

Ihr weißblondes Haar war tadellos frisiert. Im sonnigen Licht hob es sich bestens vom Kobaltblau des fein glänzenden Taftkleids ab. Ohne Umschweife führte sie Magdalena zum Tisch im hinteren Teil des Gastraums, direkt bei dem Ofen, den weißblaue Kacheln aus Delft schmückten. In dieser Umgebung fühlte Marietta sich heimisch. Helmbrecht saß bereits auf der Bank. Beim trauten Beisammensein mit Marietta überrascht zu werden, schien ihm nicht die geringste Verlegenheit zu bereiten.

»Schön, Euch auch einmal um diese Zeit hier im Grünen Baum zu sehen, verehrte Magdalena«, grüßte er. »Seit Jahren versuche ich, Euch davon zu überzeugen, ein gemütliches Frühstück nicht zu unterschätzen. Doch überzeugt Euch am besten selbst, wer alles um diese Zeit hier sitzt und den Tag genießt, bevor es später in die Börse geht. Glaubt mir, bis dahin sind schon die meisten Geschäfte besiegelt – nicht zuletzt dank des hervorragenden Imbisses, den die Wirtsleute auftischen, übrigens stets zur vollsten Zufriedenheit beider Seiten. Das kräftige Löbenichter Bier trägt gewiss auch seinen Teil dazu bei. Niemand verlässt den Grünen Baum in Hast oder gar mit schlechter Laune.«

»Mag sein, dass die meisten Kaufleute erst hier einkehren und Geschäfte machen. Aber das heißt noch lange nicht, dass es alle so halten«, erwiderte sie gereizt, weil er ausgerechnet in Mariettas Gegenwart so mit ihr sprach. »Schaut mich an. Wie

Ihr wisst, nage ich nicht eben am Hungertuch, seit ich das Kontor meiner Ahnen in der Langgasse führe. Seltsam, da ich in Euren Augen doch so offensichtlich die falsche Strategie verfolge. Um zu handeln, muss ich mich nicht erst mühsam mit Bier und Völlerei in Stimmung bringen. Trotzdem schlägt sich das nicht nachteilig auf den Erfolg meines Kontors nieder.«

»Verzeiht«, ruderte er sogleich zurück. »So habe ich das natürlich nicht gemeint, Verehrteste. Es steht mir nicht an, mich in Eure Art, das Kontor zu führen, einzumischen. Euer Erfolg spricht für sich.«

Seine Bernsteinaugen trübten sich, die Blatternarben röteten sich, die gewaltige Nase bebte vor Erregung.

»Entschuldigt«, sagte sie leise. »Ich habe mich heute nicht so ganz im Griff. Es ist gerade alles etwas viel.«

»Ruht Euch ein wenig bei uns aus«, schlug Marietta vor. Sie hatte bereits einen Platz auf der Ofenbank frei geräumt, ein Kissen besorgt und ihr die Heuke von den Schultern genommen. Dankbar nahm Magdalena das Angebot an. Schon kam die Wirtin und brachte höchstpersönlich das Gedeck, legte Besteck und ein frisches Leinentuch auf dem Tisch zurecht.

»Eine seltene Ehre, liebe Frau Grohnert«, wiederholte sie. »Fast könnte ich meinen, Ihr mögt unser Gasthaus nicht. Dabei seid Ihr damals bei Eurer Ankunft in der Stadt Eurer Väter gleich mit offenen Armen von uns aufgenommen worden. Oder habt Ihr das je anders empfunden?«

Magdalena schluckte den Hinweis auf die kurzweilige Verstimmung während ihres ersten Winters im Kneiphof hinunter. Schroff hatte die Wirtin damals einige Monate lang abgelehnt, sie zu grüßen, nachdem sie in das Haus ihres Onkels umgezogen war. Ähnlich wie Dorothea Gerke hatte auch die

Wirtin Hoffnungen gehegt, selbst unter dem Schutze des goldenen Neptuns zu residieren. Magdalenas Auftauchen kurz vor Ablauf der Erbschaftsfrist hatte das vereitelt.

»Danke, meine Beste. Natürlich werde ich Euch das nie vergessen.« Magdalena rang sich ein Lächeln ab.

»Umso weniger verstehe ich, warum Ihr Euch Lina als Magd ins Haus genommen habt. Wisst Ihr nicht, was das für eine ist?«

Magdalenas Kopfschmerzen meldeten sich zurück. »Lina ist fleißig und packt kräftig mit an, ganz gleich, um welche Arbeit es sich handelt. Zudem ist sie sauber und ehrlich. Was will man mehr von einer Magd? Aber das wisst Ihr doch selbst am besten. Dass sie seinerzeit bei Euch in Dienst gestanden hat, war übrigens ein guter Grund für mich, sie aufzunehmen. Mich wundert nur, warum Ihr selbst sie nicht wieder habt bei Euch arbeiten lassen.«

»Das liegt wohl auf der Hand«, knurrte die Wirtin. »Wollen wir hoffen, Euch geht es besser mit dem Weibsbild als mir. Zumindest solltet Ihr sie von Euren Kontoristen fernhalten.«

Magdalena nickte brav. Die Wirtin wedelte einmal noch geschäftig mit dem Tuch durch die Luft und stapfte von dannen.

»Was widerstrebt Euch eigentlich am morgendlichen Imbiss im Grünen Baum?« Marietta griff nach einem goldgelben Käsestück auf dem Tisch und sah interessiert zu Magdalena. Geschickt schnitt sie eine fingerdicke Scheibe von dem Käse ab. Der würzige Geruch verbreitete sich über dem gesamten Tisch. Mit genießerischem Gesichtsausdruck biss sie in die Scheibe und sprach beim Kauen weiter. »Eure Zunftgenossen scheinen ihn hingegen sehr zu genießen.«

»Das stimmt«, warf Magdalena ein. »Eigentlich ist es töricht von mir, mich nicht schon längst mehr auf die Gepflogenheiten der hiesigen Kaufmannschaft eingelassen zu haben. Wie es der Zufall will, ist mir das gerade heute Vormittag aufgefallen. Deshalb habe ich auch beschlossen, erst einmal hier hereinzuschauen, bevor ich zur Börse gehe.«

Ihr Blick wanderte durch den Gastraum. Die Tische waren gut besetzt. Außer den Zunftgenossen aus dem Kneiphof fanden sich viele Altstädter und auch einige Löbenichter Kaufleute. Fremde waren in dieser unwirtlichen Jahreszeit eher selten in der Gegend unterwegs. Das eine oder andere Gesicht meinte Magdalena zwar mit Handelshäusern aus Danzig oder Riga in Verbindung zu bringen, vermochte es jedoch nicht mit Bestimmtheit zu sagen. Zu ihrer Beruhigung schenkte ihr niemand besondere Beachtung. Was immer draußen in der Langgasse die Menschen bewegt haben mochte, sich ihr gegenüber eigenartig aufzuführen, hier im Wirtshaus schien es vergessen. Sie atmete auf und beschloss, sich endlich der Einladung zum Imbiss zu erinnern. Ihre Kopfschmerzen waren auf einmal wie weggeblasen. Mit großem Appetit folgte sie Mariettas Beispiel und griff bei Schinken, Käse und dem röschen Brot kräftig zu. Selbst das getrocknete Obst schmeckte, obwohl es noch nicht lange gelagert war. Durstig trank sie von dem Bier.

»Ihr seid mir übrigens noch eine Erklärung schuldig«, nutzte sie schließlich die Gelegenheit, auf den eigentlichen Anlass ihres vormittäglichen Ausflugs zurückzukommen. Kaum merklich runzelte Marietta die Stirn, vergaß einen Moment, weiter auf dem Speck herumzukauen.

»Ihr habt mir immer noch nicht verraten, was Euch im November tatsächlich hierher an den Pregel führt«, hakte Magdalena nach. »Noch dazu in einem Jahr wie diesem, da der Kurfürst und die Stände es dem schlechten Wetter gleichtun und ebenfalls für stürmische Zeiten sorgen. Der Wunsch, in einigen Kontoren vorzusprechen, und das Interesse für meine Bernsteinessenz sind doch nicht die eigentlichen Gründe. Das könntet Ihr alles zu angenehmeren Reisezeiten erledigen.«

»Da muss ich Euch zustimmen.« Marietta lachte hell auf. Helmbrecht spannte sich an, was die neuerliche Röte auf seinen vernarbten Wangen deutlich verriet. Neugierig musterte Magdalena die Blonde. »Natürlich hätte ich das alles ebenso gut im Frühjahr erledigen können«, lenkte Marietta ein. »Doch in diesem Herbst steckt wahrlich der Wurm. Wie Ihr richtig vermutet, wollte ich längst wieder in meinem Haus in Brügge sein. Dann aber sind mir Friedrich Wilhelms Truppen in die Quere gekommen und haben meine Weiterreise unmöglich gemacht. Deshalb bin ich in Eurer wunderschönen Stadt am Pregel gestrandet. Nie zuvor war ich hier, was in der Tat eine kaum zu verzeihende Sünde ist. All das, was man andernorts über Königsberg, seinen Reichtum und die Gelegenheit, Geschäfte abzuschließen, hört, trifft mit jeder Silbe zu. Wie es der Zufall will, bin ich hier im Grünen Baum mit Philipp Helmbrecht gleich auf ein bekanntes Gesicht gestoßen. Das hat es mir erleichtert, als fremde Kauffrau Zugang zu den Zunftgenossen an der Börse und im Hafen zu finden. So, nun kennt Ihr alle meine Geheimnisse.«

Wie zur Bekräftigung hob sie den Krug, prostete Magdalena lächelnd zu und trank einen ausgiebigen Schluck.

»Woher kennt Ihr beide Euch eigentlich?«, streute Magdalena so unauffällig wie möglich die ihr wichtigste Frage ein. Ihre Stimme zitterte. Helmbrecht bemerkte das und legte ihr abermals die Hand auf den Arm.

»Magdalena, Liebste, was ist mit Euch?«

Besorgt zogen sich seine Augenbrauen zusammen, der dünne Oberlippenbart bebte. Ihr Herz raste. Plötzlich wusste sie, sie würde es nicht ertragen, sah er eine andere auf diese Weise an. Ihr allein sollte auch dieser Unterton in seiner Stimme gehören. Er sagte so viel mehr als alle Worte. Wie hatte sie die letzten Jahre nur so unachtsam sein und all die kleinen Zeichen, die er ausgesandt hatte, übersehen können? Vielleicht hatte sie Glück, und es war noch nicht zu spät. Gleich versuchte sie, ihn gewinnender anzulächeln.

»Oh, ich dachte, unser guter Freund hätte Euch das alles längst erzählt.« Marietta lachte.

Auf einmal wusste Magdalena, was sie an der anderen störte: Bis in den kleinen Finger hinein war Marietta einfach bezaubernd. Wie sollte sie mit ihrem spitzen Gesicht, den hohen Wangenknochen, den schräg stehenden grünen Augen und dem roten lockigen Haar dagegen ankommen? Noch während sie der düsteren Einsicht nachhing, Helmbrecht verloren zu haben, wandte sich Marietta vorwurfsvoll an ihn.

»Wieso habt Ihr nichts gesagt? Das ist doch kein Geheimnis! Darf ich selbst oder wollt Ihr Eurer teuren Freundin erzählen, wie es sich mit uns beiden verhält?«

Tief atmete er durch, blies seine Wangen ein wenig auf. Direkt anschauen konnte er Magdalena nicht. Bekam sie nun die Rechnung für all die Jahre, in denen sie ihn wie einen willfährigen Bittsteller behandelt und stets aufs Neue vertröstet hatte? Sie war sich wohl einfach zu sicher gewesen, sein Herz für alle Ewigkeit erobert zu haben.

»Wie Ihr wollt«, erwiderte er. »Macht es einfach so, wie Ihr es für richtig haltet.«

»Hat es etwas mit Eurer Mission damals in Thorn …«,

wagte Magdalena, doch noch eine für sie weniger schmerzliche Erklärung zu finden. Die Erwähnung dieser Geschichte war jedoch ein Fehler. Brüsk zog Helmbrecht die Hand von ihrem Arm und setzte sich aufrecht, den Blick seiner Augen in weite Fernen gerichtet.

»Nein, nein, das versteht Ihr falsch«, murmelte er. »Das war damals keine richtige Mission, das war nur eine wichtige Nachricht, die ich für Lindström hatte. Erinnert Ihr Euch an ihn?«

»Stimmt«, schaltete Marietta sich wieder ein. »Da war etwas mit den Schweden, als sie Thorn so lange belagert haben. Ein Geschäft, das Euer Bruder und Ihr damals unbedingt mit ihnen machen wolltet. Dann aber kamen die Österreicher und haben den Polen geholfen, die Schweden davonzujagen. Damit sind auch Euch die Felle weggeschwommen.«

»Die Österreicher? Ich dachte, mit denen habt Ihr Euch ebenfalls gut gestanden?« Magdalena fühlte, wie das Stechen in ihren Kopf zurückkehrte. Es war einfach alles zu verwirrend. »Immerhin habt Ihr Mathias zu den Österreichern gebracht.«

»Da sieht man es wieder: Unser guter Helmbrecht hat überall seine Freunde.« Marietta schmunzelte. »Ich fürchte, meine teure Magdalena, wir beide haben da nicht sonderlich gute Karten, mitzuhalten. Wir sind eben nur zwei hilflose Frauen, selbst wenn wir erfolgreichen Handelskontoren vorstehen.«

Wieder strahlte sie von einem Ohr zum anderen. Unmöglich, ihr zweideutige Absichten zu unterstellen. Wer so lachte, der war zu nichts Bösem fähig. Magdalena streckte die Waffen.

»So will ich Euch wenigstens noch sagen, woher ich den guten Helmbrecht also kenne. Nicht dass Ihr falsche Schlüsse zieht, liebe Magdalena, und meint, ich verfügte über ähnlich gute Beziehungen in alle nur denkbaren Länder dieser Welt.«

Sie beugte sich vor und spießte schwungvoll mit der Messerspitze das letzte Stück Käse auf. Als handelte es sich um einen seltenen Leckerbissen, balancierte sie es in ihren Mund. Genüsslich verspeiste sie es, ließ noch einen Brocken Brot und eine Handvoll getrockneter Pflaumen folgen, bevor sie sich wieder zurücklehnte und zum Bierkrug griff. Erst, als auch dieser geleert war, sprach sie weiter.

»Wie unser lieber Freund mir erzählt hat, seid Ihr seinerzeit über Leipzig gereist und habt dort zu Messezeiten ihn und die Frau seines Bruders kennengelernt. Euch ist es zu verdanken, dass Helmbrechts Schwägerin damals die schwere Geburt überstanden und den prächtigen Stammhalter geboren hat. Längst läuft er und spricht wie ein Wasserfall.«

Magdalena spürte Helmbrechts Blick auf sich ruhen und sah ihn ebenfalls an. Es war, als wäre die Zeit stehengeblieben. Plötzlich meinte sie, ihm wieder zum ersten Mal gegenüberzustehen. Triefend nass war sie nach der Niederkunft von Helmbrechts Schwägerin gewesen. Die Hebamme hatte der Wöchnerin und damit auch ihr einen riesigen Trog kalten Wassers übergeschüttet. Mit der drastischen Maßnahme wollte sie die Gebärende vor der drohenden Ohnmacht retten. Der Blick in Helmbrechts bernsteinfarbene Augen hatte Magdalena sogleich jeden Gedanken an die Unangemessenheit ihres Aufzugs vergessen lassen. Selbst die Anstrengung, die es sie gekostet hatte, das Kind im Leib seiner Schwägerin zu drehen, war wie weggeblasen gewesen. Einzig Helmbrechts Schmunzeln, der sonore Klang seiner Stimme, der Geruch nach Tabak und Kaffee hatten noch gezählt. Nicht viel anders roch er nun. Auch die Farbe seiner Augen und der Ton, in dem er sprach, hatten sich kaum verändert. Nicht einmal die ersten grauen Haare, die in seinem dunklen, kinnlangen Schopf aufblitzten, störten die Erinnerung. Wie gern hätte sie sich ihm entgegengeworfen, sich eng an seinen Leib geschmiegt und ihn leise um Verzeihung gebeten für all die unzähligen Male, die sie in den letzten Jahren seine treue Freundschaft viel zu selbstverständlich hingenommen hatte! Verlegen sah sie zu Marietta.

»Es freut mich zu hören, wie gut es dem Kleinen geht. Die Mutter hat hoffentlich noch ein, zwei weitere Kinder gesund zur Welt gebracht.«

»Oh, hat Helmbrecht Euch auch davon nichts erzählt?« Marietta war ehrlich erstaunt. »Manchmal frage ich mich, was in ihm vorgeht. Ein kleines Mädchen ist bei seiner Schwägerin in diesem Frühjahr noch gefolgt. Sie trägt übrigens meinen Namen, was niemanden verwundert, denn immerhin ist Helmbrechts Schwägerin meine kleine Schwester, und ich bin damit die glückliche Taufpatin des Kindes.«

Ein Anflug von Stolz huschte über ihr Gesicht. Sie straffte den Oberkörper und reckte die Hände zum Kopf, das aufgesteckte weißblonde Haar zu lösen. Mit einer schwungvollen Bewegung schüttelte sie es auf. Einem goldenen Strom gleich ergoss es sich über Haupt und Schultern. Ein Sonnenstrahl traf vom Fenster auf ihr kobaltblaues Taftkleid. Ein Rätsel, dass sich die anderen Männer im Gastraum nicht sogleich nach diesem Engel umschauten! Magdalena konnte nicht anders, als sie bewundernd anzustarren.

»So verbindet Euch beide also die Leipziger Familie von Helmbrechts Bruder miteinander«, stellte sie erleichtert fest. »Schön, Euch kennenzulernen, Marietta. Noch mehr aber freut mich die gute Nachricht von Eurer Schwester. So, wie es damals aussah, hatte ich Angst, sie versagte sich weitere Kinder.«

»Dass es nicht so weit gekommen ist, ist allein Euer Verdienst. Wenn Ihr nicht rechtzeitig aufgetaucht wärt, hätte die unfähige Hebamme meine Schwester mitsamt ihrem Sohn sterben lassen. Nie wird die Familie Euch das vergessen. Ich bin so glücklich, Euch das endlich selbst sagen zu können.«

Sie beugte sich vor und drückte ergriffen Magdalenas Hand. Aus den Augenwinkeln spähte Magdalena zu Helmbrecht. In seinen Zügen war nichts zu lesen.

»Zu Recht fragt Ihr Euch jetzt sicher, warum unser guter Freund seine Schwägerin und ihr weiteres Schicksal Euch gegenüber nicht mehr erwähnt hat. Bucht es einfach als Ausdruck seiner Unbeholfenheit in Familiendingen. Solange ich ihn kenne, hat er nie viel Worte über seine Nächsten verloren, noch hat er je einen Hinweis gegeben, welcher Frau sein Herz gehört. Dass es eine solche Dame gibt, dessen bin ich seit einigen Jahren fest überzeugt.«

Sie schenkte Magdalena einen vielsagenden Augenaufschlag, bevor sie das Haar abermals nach hinten warf. Helmbrecht war indes blass geworden, starrte ziellos auf die gegenüberliegende Wand. Gleichzeitig begannen seine Finger zu zittern. Als Magdalena ihre Hand darauf legte, erschrak sie, wie eisig sie sich anfühlten.

»Ist es denn die Möglichkeit?« Eine schneidend klare Frauenstimme drang über das emsige Gemurmel der anderen Kaufleute hinweg. Sofort verstummten die Gespräche, und die Männer drehten die Köpfe zum Eingang. »Bringt mir einen Krug Bier und ein Gedeck. Ich weiß schon einen Platz«, wies Dorothea Gerke die Wirtin an.

Die Aufmerksamkeit, die ihr von allen Seiten zuteilwurde, genoss sie sichtlich. Würdevoll in alle Richtungen grüßend, schritt sie durch die Reihen, geradewegs auf den Tisch am Ofen zu. Ein rätselhaftes Lächeln umspielte ihren Mund.

Auf einmal wusste Magdalena, warum die Kneiphofer sich ihr gegenüber so eigenartig verhielten. Dorothea steckte dahinter. Darauf hätte sie gleich kommen können. Der ungeheuerliche Auftritt damals in der Börse war also mehr als nur ein Ausbruch unsäglichen Kummers gewesen. Der Spruch über der Bank, auf der Marietta und sie Dorothea letztens abgesetzt hatten, war ein Fingerzeig gewesen: Dorothea nährte Schlangen an ihrer Brust und gebärdete sich dabei selbst wie eine solche. Neid und Bosheit zerfraßen sie von innen heraus und ließen sie Gift in alle Richtungen sprühen.

18

Noch bevor Dorothea den Tisch erreichte, bäumte sich Helmbrecht jäh auf, stieß ein schauerliches Stöhnen aus und kippte seitlich vom Stuhl. Laut polterte sein kräftiger Leib auf den Boden, direkt zu Dorotheas Füßen.

»Hilfe!«

Entsetzt warf die Witwe die Arme in die Luft. Magdalena sprang auf, schob sie beiseite und kniete neben Helmbrecht nieder. Geschickt brachte sie seinen Leib in die Seitenlage, hob seinen Kopf leicht an und fächelte ihm mit der flachen Hand Luft zu.

»Gebt mir einen Löffel«, streckte sie die freie Hand fordernd nach oben. Marietta erwachte wie aus einer Starre, griff den Löffel und reichte ihn ihr. »Ein Kissen«, war das Nächste, wonach Magdalena verlangte, während sie Helmbrechts Haupt in ihren Schoß bettete, den Kiefer aufzwang und mit dem Löffel die Zunge fixierte. Marietta klopfte das Kissen, bevor sie es unter Helmbrechts Kopf schob. Vorsichtig legte Magdalena ihn ab. Die Hände beließ sie auf seinen Schultern, in der Hoffnung, sie besäße wenigstens einen Teil der heilenden Wirkung, die Carlottas Hände auf Kranke ausübten.

Helmbrechts Leib wand sich weiter in wilden Zuckungen. Bald krümmte er sich wie ein kleines Kind zur Seite, bald fuhren die Glieder jäh auseinander. Sie tat alles, wenigstens den Kopf ruhig zu halten, um ein Ersticken an der eigenen Zunge zu verhindern.

»Keine Sorge«, stieß sie so laut wie möglich aus, um die anderen Wirtshausbesucher zu beruhigen. »Helmbrecht hat die Fallsucht. Es wird eine Zeitlang dauern, dann ist er wieder bei Sinnen.«

Tatsächlich hatte sie dies schon einmal miterlebt, allerdings waren im Grünen Baum weitaus mehr Zeugen zugegen als bei Helmbrechts Anfall vor vier Jahren im Spreewald. Auch dieses Mal hielten die Anwesenden respektvollen Abstand zu dem Ärmsten, auf den Gesichtern eine Mischung aus blankem Entsetzen, Widerwillen und purer Angst. Einige bekreuzigten sich, andere murmelten Gebete.

»Was ist geschehen?« Schnaufend zwängte sich die Wirtin durch die Reihen. Beim Anblick Helmbrechts stieß sie ein heiseres »Allmächtiger!« aus und schlug sich sogleich die Hand vor den Mund. »Kann ich helfen?«, fand sie schließlich zur gewohnten Geschäftigkeit zurück. Schnaufend machte sie Anstalten, sich neben Magdalena zu Boden zu lassen.

»Danke, aber fürs Erste bleibt abzuwarten, was weiter geschieht«, antwortete sie. Das Zucken in Helmbrechts Körper wurde bereits schwächer. Prüfend legte sie ihm die Hand auf die Stirn. Die Haut fühlte sich nicht mehr eiskalt an. Ein gutes Zeichen.

»Ich fasse es nicht!«, brachte sich Dorothea mit weinerlicher Stimme in Erinnerung. »Wann nimmt das alles nur ein Ende?«

Magdalena sah auf. Die hochgewachsene dunkle Gestalt rang verzweifelt die Hände in der Luft und schaute flehentlich zur Zimmerdecke empor, bevor sie ihren Blick bedächtig über die Gesichter der Anwesenden wandern ließ.

»Mir kommt es vor wie ein Fluch«, begann sie leise und sonnte sich in der unheilschwangeren Stimmung. »Wo auch immer in den letzten Wochen Magdalena Grohnert auftaucht, liegt plötzlich ein Mann im Sterben. Denkt an den Zwischenfall am Lastkran im Oktober. Nur dank Wundarzt Koeses beherztem Eingreifen ist der Ablader gerade noch einmal mit dem Leben davongekommen. Mein armer Martenn dagegen konnte sich Magdalenas nicht mehr erwehren. Tut doch wenigstens etwas, dass es den verehrten Helmbrecht jetzt nicht auch noch dahinrafft! Ruft einen Medicus, schickt nach jemandem, der sein Fach versteht. Macht irgendetwas, dass sie ihr böses Werk nicht wieder ungehindert zu Ende bringt.«

Die letzten Sätze schrie sie empört heraus. Aufgeregt ruderte sie mit den Armen, lief zu dem nächstbesten Kaufmann links von ihr, sah ihn schweigend an, griff bereits den neben ihm Stehenden am Ärmel und rüttelte daran. »Los, meine Herren! Worauf wartet Ihr? Verehrte Wirtin, was ist mit Euch? Eurem Gemahl? Warum steht Ihr hier alle wie festgewachsen?«

Erschöpft legte sie sich die Hand auf die Stirn und sank auf einen Stuhl. »Oder meint Ihr«, wisperte sie kaum hörbar, »es ist ein Zufall, die verehrte Witwe Grohnert entgegen ihrer sonstigen Gewohnheit just in dem Augenblick im Grünen Baum anzutreffen, da unser guter Helmbrecht wie vom Teufel besessen vom Stuhl fällt?«

»Ist es denn ein Zufall, auch Euch ausgerechnet jetzt hier anzutreffen, meine Liebe?«, meldete sich Magdalena von ihrem Platz unten auf dem Boden neben dem bewusstlosen Helmbrecht zu Wort. »Ihr könnt wohl schwerlich bestreiten, in letzter Zeit ebenfalls immer genau dann zur Stelle zu sein, wenn etwas Seltsames geschieht und Ihr mich unlauterer Methoden bezichtigen könnt. Täusche ich mich, oder verfügt Ihr über besondere Ahnungen?«

»Also, das ist doch, das nenn ich doch …«, stammelte Dorothea.

Eine Zeitlang zumindest war es Magdalena gelungen, sie aus der Fassung zu bringen. »Helmbrecht liegt weder im Sterben, noch ist er vom Teufel besessen«, nutzte sie die Gelegenheit, den anderen Gästen das unheimliche Geschehen zu erklären. »Wie schon gesagt, er leidet an der Fallsucht. Was das bedeutet, dürfte allen klar sein.«

»Sie hat recht«, erklärte die Wirtin nickend. »Ein solcher Anfall trifft ihn nicht zum ersten Mal in unserem Haus. Ich bin froh, dass die gute Witwe Grohnert ihm gleich zu Hilfe geeilt ist. Hier!« Sie rückte Dorothea auf dem gedeckten Tisch einen frischen Becher zurecht, goss Wein aus einem Krug ein und hielt ihn ihr dicht vor den Mund. »Trinkt das! Das wird Euch guttun. Wir alle wissen, wie schwer Ihr am Tod Eures Gatten tragt. Einen weiteren Mann hilflos leiden zu sehen, wird Euch gerade wohl besonders zu Herzen gehen.«

Aufmunternd tätschelte sie ihr die Schulter, doch Dorothea schüttelte sie sogleich wieder ab. Die grünen Augen funkelten böse, als sie zu Magdalena hinunterschaute. Magdalena verkniff sich eine weitere Bemerkung und wandte sich wieder ihrem Patienten zu. Flink griff sie in die Falten ihres schwarzen Kleides und zog eine kleine braune Phiole heraus.

»Die Tropfen!«, entfuhr es Marietta erleichtert. »Wie gut, dass Ihr sie bei Euch tragt.«

Die bewährte Bernsteinessenz in Händen, verschwendete Magdalena nicht den geringsten Gedanken daran, wie der Anblick der Tinktur auf Dorothea wirken mochte. Immerhin hatte sie letztens in der Börse vermutet, die hätten ihren Gemahl vergiftet. Noch saß die Witwe auf dem Stuhl und beobachtete sie schweigend.

»Gebt mir einen Becher frischen, kalten Wassers«, bat Magdalena die Wirtin. »Die Tropfen werden Helmbrecht guttun. Bald werden wir ihn in seine Kammer bringen können. In seinem Gepäck muss sich Sagapenum befinden. Sobald er wieder bei Sinnen ist, kann er das mit einem Becher Wein vermischt trinken. Doch zuerst gebe ich ihm hiervon.«

Sie entkorkte die Phiole und träufelte ein Dutzend Tropfen in das Wasser, das die Wirtin ihr gereicht hatte. Auch ohne aufzusehen, spürte Magdalena an der gespannten Stille ringsum, dass alle Augen auf sie gerichtet waren. Aufmerksam verfolgten die Kaufleute, was sie mit dem Leipziger Zunftgenossen tat. Bedächtig beugte sie sich über ihn, barg seinen Kopf in der Armbeuge und setzte den Becher an seinen Mund.

»Nein!«, schrie Dorothea und schlug ihr den Becher aus der Hand. Das Wasser spritzte durch die Luft, der irdene Becher schlug auf dem harten Holzboden auf und zerbrach in tausend Stücke. Marietta wollte Dorothea festhalten. Die aber wehrte sie entschieden mit den Händen ab. Starr verfolgten die Wirtin und die Gäste das Geschehen. Dorothea trat rückwärts einige Schritte von dem am Boden liegenden Helmbrecht weg.

»Ich habe Euch gewarnt«, presste sie zwischen den Lippen hervor. »Auch ihn will sie umbringen. Wenn es ihr heute nicht gelingt, versucht sie es morgen oder übermorgen. Denkt an meine Worte!«

»Warum sollte ich Helmbrecht umbringen wollen? Seit Jahren tut er mir so viel Gutes …« Weiter kam Magdalena nicht. Schon fiel ihr Dorothea böse auflachend ins Wort: »Ja, natürlich! Jetzt verstehe ich. Ihr wollt ihn wirklich nicht umbringen. Genauso wenig, wie Eure kleine neunmalkluge Tochter letzte Woche den alten Kepler hat umbringen wollen. Die beiden haben Euch schließlich bislang immer nur Gutes getan. Deshalb steckt hinter alldem auch etwas ganz anderes. Gebt es zu: Ihr habt etwas viel Teuflischeres im Sinn, um uns Königsberger zu vernichten.«

»Ihr seid völlig von Sinnen! Lasst wenigstens meine Tochter aus dem Spiel. Was hätte sie dem Medicus antun sollen?«

»Ach, das wisst Ihr noch gar nicht? Hat sie Euch das nicht erzählt?« Dorothea stemmte die Hände in die Hüften und schürzte die rotgeschminkten Lippen. »Gerettet will sie ihn haben – allerdings erst, nachdem sie zuvor dafür gesorgt hat, dass er überhaupt gerettet werden musste. Wie aus heiterem Himmel stand er plötzlich am Rande des Todes. Sie allein nur konnte ihm zu Hilfe eilen, weil nur sie allein wusste, was mit ihm geschah. Apotheker Heydrich hat es mir erzählt. Bei ihm in der Offizin ist das Ganze vorgefallen. Eben noch stand der Medicus kerngesund in seinem Laboratorium, auf einmal brach er schwer keuchend zusammen. Weder Heydrich noch der junge Kepler vermochten etwas zu tun. Bis Eure Tochter den Ärmsten auf wundersame Weise ins Leben zurückgeholt hat. Erzählt mir nicht, Ihr wüsstet nichts davon. Hinter all diesem Spuk steckt Ihr doch selbst, meine Liebe. Oder nenne ich Euch nicht besser die rote Magdalena – die berühmte Wundärztin aus dem kaiserlichen Tross? Wahrscheinlich habt Ihr bei meinem armen Mann Ähnliches im Sinn gehabt. Er aber hatte das Pech, dass es Euch nicht rechtzeitig gelungen ist, ihn doch wieder zu retten.«

»Ihr seid wirklich krank«, murmelte Magdalena voller Mitleid und wandte sich Helmbrecht zu. Sie meinte, eine schwache Regung gespürt zu haben.

Dorothea deutete das als Rückzug und fuhr mit neuem Schwung fort: »Was denkt Ihr, meine Herrschaften, wie lang wird es dauern, bis der gute Helmbrecht wieder bei Bewusstsein ist? Nicht lang, vermute ich. Und was wird er tun? Der verehrten Witwe Grohnert auf Knien für seine Rettung danken. So, wie der alte Kepler sich ihrer Tochter zu ewigem Dank verpflichtet fühlen muss, so wird auch der gute Helmbrecht fortan Wachs in ihren Händen sein, bereit, alles für seine selbstlose Retterin zu tun. Vertraut mir, meine lieben Zunftgenossen, ich weiß, aus welchem Holz die beiden Grohnert-Damen geschnitzt sind. Mein armer Martenn hat es geahnt und musste dafür sterben.«

Laut schluchzte sie auf, schlug sich die Hand vor den Mund und stürzte zur Tür hinaus.

Wie gelähmt blieben die Kaufleute zurück. Die Wirtin löste sich als Erste aus der Starre, trat dicht hinter Magdalena und legte ihr die Hand auf die Schultern. Dankbar ergriff Magdalena sie.

»Wir müssen Geduld mit der Ärmsten haben. Es ist die gewaltige Trauer um ihren Gemahl, die Dorothea von innen heraus zerreißt.«

»Macht Euch keine Sorgen, Verehrteste«, pflichtete die Wirtin bei. »Das ist offensichtlich.«

Zustimmung heischend blickte sie in die Runde und gab sich erst zufrieden, als ein Kaufmann nach dem anderen ihr stumm zunickte. Dann klatschte sie in die Hände.

»Auf, meine Herrschaften! Auf den Schreck hin schenkt Euch der Wirt auf Kosten des Hauses noch ein frisches Bier aus.«

Sie schickte sich an, zu ihrem Gemahl zu gehen, um ihm zur Hand zu gehen. Als wäre das ein Zeichen, regte sich Helmbrecht abermals. Seine Augenlider flatterten, ein leiser Seufzer entschlüpfte seinem Mund. Ein Zittern durchlief den kräftigen Körper. Magdalena machte sich auf neuerliche Krämpfe gefasst. Stattdessen schlug Helmbrecht die Augen auf.

Verwirrt blickte er erst zu ihr, dann zu Marietta und hob langsam den Kopf, um die Runde der Kaufleute zu erspähen. »Was ist?«, fragte er mit schwerer Zunge.

»Ihr hattet wieder einen Anfall«, erklärte Magdalena leise. »Wie fühlt Ihr Euch?«

»Danke, geht schon.« Mühsam richtete er sich ins Sitzen auf. »Ich glaube, ich habe schrecklichen Durst. Und dann muss ich dringend an die frische Luft.«

Es gelang ihm ein schwaches Lächeln, bevor er sich auf die von zwei Männern dargebotenen Arme stützte und sich ächzend erhob. Die Wirtin brachte einen Becher verdünnten Weins. Gierig setzte er ihn an die Lippen und leerte ihn in einem Zug.

»Ihr seht, meine Herrschaften, es ist wieder alles im Lot«, erklärte Magdalena. Sie zwinkerte Marietta kaum merklich zu. »Wir sollten das großzügige Angebot der Wirtsleute annehmen und auf den Schreck hin noch ein letztes Bier zusammen trinken. Täusche ich mich, oder hat die Uhr eben elf geschlagen? Gleich trifft der Postreiter am Grünen Tor ein. Höchste Zeit, zur Börse zu gehen und dort die neuesten Nachrichten zu hören.«

»Für heute reichen mir die Nachrichten hier«, murmelte einer der beiden, die Helmbrecht aufgeholfen hatten, und griff sich einen der Bierkrüge, die der Wirt heranschleppte.

»Ihr habt recht«, stimmte ihm der zweite zu und bediente sich ebenfalls. Kurz prostete er in die Runde, trank einen Schluck und erklärte dann beim Abwischen des Schaums: »Ist es nicht seltsam, dass es mit Helmbrecht genauso gekommen ist, wie die gute Witwe Gerke es vorhin prophezeit hat?«

Abrupt drehten sich alle zu ihm um. Niemand wagte, dem zu widersprechen. Magdalena meinte, ersticken zu müssen. Die aufsteigende Wut schnürte ihr den Hals zu. Beschwichtigend drückte Marietta ihr die Hand.

»Stimmt, es ist gekommen, wie die Witwe Gerke gesagt hat«, verkündete Magdalena und zwang sich zu einem betont fröhlichen Ton. »Helmbrecht ist binnen kürzester Zeit wieder bei Bewusstsein gewesen. Vielleicht sollte sich die verehrte Dorothea als Orakel versuchen. Nicht nur an der Börse wird man solcher Dienste bedürfen. Gerade auch drüben im Schloss, wo nach wie vor der Landtag tagt, ist man ihr dafür gewiss dankbar. Jetzt, da der Kurfürst den aufmüpfigen Roth aus der Stadt gebracht hat, weiß schließlich niemand so recht, wie es weitergehen soll: Geben wir Königsberger klein bei und stimmen den neuen Abgaben zu, oder bleiben wir standhaft und fordern Friedrich Wilhelm weiter heraus? Beides kostet Geld, beides erfordert fleißiges Handeln, um das Geld zu verdienen. Was denkt Ihr, meine Herrschaften: Wird uns die gute Witwe Gerke drüben in der Börse noch mehr dazu verraten?«

Die Kaufleute lachten auf. Im Stillen beglückwünschte sich Magdalena, dass ihr die Schlagfertigkeit aus früheren Tagen gerade im richtigen Moment wieder zur Verfügung gestanden hatte.

19

Der Weg von der Altstädter Schmiedegasse zur Löbenichter Langgasse war bald zum täglichen Ritual geworden. Nach dem Besuch bei dem alten Kepler hatte Carlotta sich angewöhnt, Christoph in Caspar Pantzers Apotheke zu begleiten. An einem so strahlend schönen, wenn auch frostigen Novembertag wie diesem tat es gleich noch einmal so gut, eine Zeitlang gemeinsam unterwegs zu sein. Vor allem, weil Christoph zu ihrer Freude sehr darum bemüht war, sie wieder auf fröhliche Gedanken zu bringen.

»Also, stell dir vor, wie der Professor vorn an seinem Tisch steht und den Toten aufschneiden will«, begann er, ein weiteres Erlebnis aus seiner Studienzeit zum Besten zu geben. »Schließlich sticht er mit dem Messer hinein, doch nichts passiert. Das Messer prallt ab. Es ist stumpf wie ein Besenstiel. Er probiert es noch einmal und noch einmal, immer mit demselben Ergebnis. Längst steht ihm der Schweiß auf der Stirn, die Hände zittern, er ist am Ende. Wir Studenten aber können uns nicht mehr halten vor Lachen.«

Er schüttelte den Kopf, grinste allein bei der Erinnerung an die Szene. Carlotta indes verspürte Mitleid mit dem armen Professor.

»Es ist wohl nicht gerade leicht, eine Vorlesung zu halten, noch dazu, wenn man den Studenten jeden Tag etwas Neues vorführen muss.«

»Ach, Liebste, du bist viel zu gut für diese Welt!« Christoph legte ihr den Arm um die Schultern. »Schließlich macht ein Professor das doch seit Jahren und sollte wissen, wie wichtig es ist, zuvor die Schärfe der Messerklingen zu prüfen.«

Über dem Reden hatten sie wieder einmal viel zu schnell ihr Ziel erreicht. Artig öffnete Christoph die Tür zur Offizin und ließ ihr mit einer tiefen Verbeugung den Vortritt. In der düsteren Apotheke schlug ihr sogleich der vertraute Geruch nach Kräutern und Gewürzen entgegen, vermischt mit dem Duft einer kräftigen Hühnerbrühe, die die Wirtschafterin nebenan in der Küche kochte.

»Oh, ich sehe schon, unser lieber Freund steht bestimmt schon wieder am Mikroskop und betrachtet die kleinen Tierchen. Lass uns schnell nach hinten gehen und das Schlimmste verhindern. Schließlich kann niemand wissen, was er uns sonst noch in die Wundersalbe deiner Mutter mischt.«

Noch bevor das Bimmeln der Türglocke verklungen war, eilte Christoph bereits durch das schmale Lager ins Laboratorium. Carlotta folgte langsam nach. Pantzer nutzte das gute Vormittagslicht aus und hatte seine Arbeitsutensilien auf dem langen Tisch vor der Fensterfront ausgebreitet. Kaum sah er von seinen Schalen auf, um sie willkommen zu heißen.

»Es sieht gut aus, meine Liebe«, verkündete er. »Mir fehlen nicht mehr viele Zutaten, um die berühmte Salbe des Lehrmeisters Eurer Mutter zu enträtseln. Gebt mir noch zwei, drei Tage, dann habe ich es geschafft.«

»Wenn du das nicht jeden Tag sagen würdest, könnte ich glatt anfangen, dir zu glauben«, stellte Christoph trocken fest.

»Doch so wichtig deine Beschäftigung mit der Salbe ist, so dringend ist es mir, auch die genaue Zusammensetzung der Bernsteinessenz in Dorothea Gerkes Phiole zu erforschen. Schließlich fehlt uns da noch einiges. So ganz ähnelt sie noch nicht der Essenz, die wir nach Carlottas Rezept erstellt haben. Du weißt, wie wichtig es ist, den Unterschieden auf die Spur zu kommen.«

»Keine Sorge.« Pantzer tätschelte seinem Freund die Schulter. »Mir wird schon noch einfallen, wie wir der Sache auf den Grund gehen. Deshalb bin ich Apotheker und du Medicus.«

Er zwinkerte Carlotta zu. Sie rang sich ein zaghaftes Lächeln ab, auch wenn ihr nicht danach zumute war.

»Solange wir nicht beweisen können, dass meine Mutter Gerke tatsächlich die ganz normale Bernsteinessenz verabreicht hat, besteht nach wie vor die Gefahr, dass jemand sie des Mordes bezichtigt.«

»Was, wenn das hier gar nicht die Phiole ist, die deine Mutter dem guten Gerke überreicht hat?«, gab Christoph nicht zum ersten Mal zu bedenken. »Schließlich hat diese fremde Blonde, die mit Helmbrecht hier aufgetaucht ist, doch nur behauptet, die Witwe Gerke hätte ihr diese Phiole überlassen. Niemand kann bezeugen, dass es ein und dieselbe ist.«

»Eindeutig ist es eine Phiole aus Mutters Bestand. Das Schild daran ist echt, die Schrift darauf ist ihre. Warum sollte die Witwe Gerke die Phiole ausgetauscht haben?«

»Seht keine bösen Geister, wo keine bösen Geister sind«, schaltete sich Pantzer ein. »Wir sind uns einig, dass die Blonde an der Seite Helmbrechts ein echtes Interesse hat, die Unschuld deiner Mutter zu beweisen. Niemals wäre sie sonst mit Helmbrecht zusammen hierhergekommen. Und Helmbrecht liegt ganz bewusst daran, dass ein unabhängiger Apotheker wie ich, der weder aus dem Kneiphof noch aus der Altstadt stammt, die Tropfen untersucht. So, wie die Dame aufgetreten ist, traue ich ihr zu, die Witwe Gerke ins Vertrauen gezogen zu haben. Die wird ihr aus freien Stücken die richtige Phiole gegeben haben, weil sie davon ausgeht, dass so die fatale Wirksamkeit der Tropfen bewiesen wird.«

»Euer Wort in Gottes Ohr.« Gedankenverloren spielte Carlotta mit dem Bernstein auf ihrer Brust. »Das alles ändert aber nichts daran, dass die Essenz bislang etwas anders schmeckt und riecht als die Tropfen, die wir nach der vertrauten Rezeptur meiner Mutter hergestellt haben. Etwas muss also anders sein, und das kann, wenn wir Pech haben, die schreckliche Wirkung bei Gerke verursacht haben.«

»Seht das nicht so düster«, mahnte Pantzer. »Es riecht nicht sonderlich schlimm. Ein mir bekanntes Gift ist es jedenfalls nicht, wie meine bisherigen Versuche gezeigt haben. Gebt mir noch einige Tage, dann werde ich auch dieses Geheimnis lüften. Mir schweben noch einige Aufzeichnungen meines Vaters vor, nach denen ich etwas ausprobieren will.«

»Und dann?« Bang sah Carlotta von einem zum anderen. Es rührte sie, mit welcher Hingabe der grobschlächtige Apotheker sich bemühte, die geheimnisvollen Rezepturen zur Entlastung ihrer Mutter zu entschlüsseln. Dass Christoph dabei eine tatkräftige Hilfe war, bezweifelte sie. Er zeigte sich gänzlich unbedarft, was die Arbeit im Laboratorium anbetraf.

»Sollte ich die Rezepturen herausgefunden haben, werde ich eine mir bekannte, sehr belesene Apothekerin außerhalb Königsbergs aufsuchen. Sie wird mir im Beisein eines weiteren Zeugen die Richtigkeit bestätigen. Damit gehen wir dann zu Doktor Lange und bitten ihn in seiner Funktion als Leibarzt von Fürst Radziwill, die Rezepturen ebenfalls zu begutachten. Angesichts dieser Zeugnisse wird niemand mehr wagen, Eurer Mutter etwas Böses nachzusagen.«

»Gebe Gott, Ihr habt recht«, sagte Carlotta. »Noch bezweifele ich, ob der gute Radziwill das tun wird, wenn er weiß, er tut damit meiner Mutter einen Gefallen.«

»Ach, Liebste«, Christoph fasste sie am Arm und lächelte sie gewinnend an, »wieso hältst du die studierten Medici alle für Ungeheuer? Schließlich sind wir Menschen aus Fleisch und Blut. Wenn ein unabhängiger Apotheker Pantzers Ergebnisse gutheißt, bleibt auch Doktor Lange nichts anderes übrig, als dem Urteil zuzustimmen.«

»Wie du meinst«, lenkte sie halbherzig ein. Geräusche aus der Diele machten sie hellhörig. Pantzer bemerkte es ebenfalls und zog die Augenbraue hoch.

»Ich muss kurz nach nebenan«, sagte er, schlich aber statt in den Ladenraum zur Dielentür. Ruckartig öffnete er sie und fing die dahinter lauschende Wirtschafterin mit beiden Händen auf. »Ist es denn die Möglichkeit! So ein neugieriges Weib!«, polterte er los, trat in die Diele und schloss die Tür, um mit seiner Wirtschafterin ungestört ins Gericht zu gehen.

Christoph nutzte die Gelegenheit, zog Carlotta eng an sich und küsste sie. »Mach dir nicht so viele Sorgen, Liebste. Schließlich wird alles gut werden. Vertrau Pantzer. Er trägt das Herz auf dem rechten Fleck. Zudem stammt er aus einer alteingesessenen Apothekerfamilie. Wenn wir Glück haben, gelingt es ihm tatsächlich, die Wundersalbe nachzumischen und uns unser künftiges Einkommen als Jahrmarktswunderärzte zu sichern. Freust du dich nicht auch auf diese Aussichten?«

»Ich freue mich vor allem auf das Leben an deiner Seite, das mich unstet von Dorf zu Dorf ziehen und den Rest meiner Tage in windigen Planwagen verbringen lässt.«

»Dafür haben wir uns beide bis ans Ende unserer Tage lieb, und niemand stört uns, unsere Liebe zu leben.« Er zwinkerte schelmisch.

»Ach, Liebster«, seufzte sie. »Du bist unverbesserlich! Dabei ist es offensichtlich, dass weder du noch ich uns der Verantwortung entziehen können. Dein Vater erwartet, dass du Stadtphysicus wirst, und meine Mutter wird mir dereinst das Kontor übergeben. Nie und nimmer findet sich da ein Weg, den wir beide zusammen gehen können.«

»Solange wir beide wissen, was wir wollen, wird sich immer ein Weg finden, den wir gemeinsam gehen können«, sagte Christoph und küsste sie abermals. »Und wenn es nicht der Weg auf die Jahrmärkte ist, dann lerne ich eben, Bernsteine zu verkaufen und mit Mikroskopen zu handeln oder Stoffe in Venedig einzukaufen. Hauptsache, du bist bei mir, Liebste!«

»Was würde ich nur ohne dich tun?« Das Gesicht in den Stoff seines Hemdes gedrückt, seinen leicht bitteren Geruch in der Nase, wünschte sie sich, die Zeit würde stehenbleiben und sie könnten immerfort so beieinander sein.

20

Der Besuch bei Stadtphysicus Kepler dauerte auch an diesem Freitagmorgen nicht lang. Rasch war der Puls gefühlt, der Urin betrachtet und die Augenfarbe kontrolliert. Kepler wurde immer mürrischer, je besser es ihm ging. Erleichtert atmete Carlotta auf, als sie sich bereits nach wenigen Minuten guten Gewissens von ihm verabschieden konnte. Zu ihrer Enttäuschung traf sie jedoch Christoph nicht in seinem Elternhaus an.

»Ihr braucht Euch nicht wundern, wo der junge Medicus steckt«, brummte Marthe. »Ihr seid schließlich schuld, dass er frühmorgens schon zu seinem Freund in die Apotheke im Löbenicht schleicht. Einen richtigen Floh habt Ihr ihm da ins Ohr gesetzt! Oder wollt Ihr etwa abstreiten, ihn auf die Idee gebracht zu haben, es mit dem Rühren von Salben zu versuchen? Von allein wäre unser junger Herr nie darauf gekommen. Das alles macht er doch erst, seit er so viel mit Euch zusammenhockt. Als ob das die Arbeit für einen richtigen Medicus wäre! Nie und nimmer wird sein Vater gesund, wenn er hört, was sein Filius neuerdings treibt.«

Carlotta zuckte mit den Schultern. Sollte die Alte doch denken, was sie wollte. In diesem Leben würde sie es ihr ohnehin niemals recht machen. Sie zog die Heuke über, verknotete den Schal und nahm ihre Wundarzttasche.

»Dann bis morgen, Verehrteste«, grüßte sie gegen Marthes breiten Rücken, ohne mehr als ein Grunzen zur Antwort zu erwarten.

Draußen auf der Schmiedegasse entschied sie, nicht in die Löbenichter Apotheke zu gehen. Es würde den beiden Burschen guttun, einmal allein über den Rezepturen zu brüten. Wahrscheinlich wollte Christoph das auch so, hatte sich allerdings nicht getraut, es ihr direkt zu sagen. Deshalb war er im Morgengrauen allein davongeeilt. Kurz vor dem Fischmarkt zwischen Krämer- und Schmiedebrücke begegnete sie Hedwig. Das wertete sie als Zeichen, der Köchin wieder einmal beim Einkaufen zur Hand zu gehen.

Unweit des Pregelufers ragten die imposanten Giebel der Kaufmannshäuser in den grauen Herbsthimmel. Schwach nur spiegelte sich ein Hauch von Sonnenschein in den blankpolierten Fensterscheiben. Auf dem breiten Streifen zwischen der Häuserreihe und dem trägen Fluss erstreckten sich die Stände der Fischweiber und Händler. An der Kaimauer waren einige Kähne vertäut, dazwischen suchten sich einfache Fischerboote zu behaupten. Immer wieder schleppten Burschen Körbe und Netze mit im Todeskampf zappelnden Fischen zum Markt. Der strenge Geruch, der über allem lag, ließ ahnen, wie gut der Fang im Frischen Haff trotz des rauhen Novemberwetters gewesen sein musste. In Holzbottichen präsentierten verhärmte Weiber Berge fetter Seefische zum Verkauf. Kaum waren die einzelnen Arten in der Fülle zu unterscheiden. Aal und Flunder fanden sich frisch geräuchert in Fässern daneben. Eine zahnlose Frau klammerte ihre dürren Finger in einen fadenscheinigen Umhang und rannte Hedwig nach, um sie zu den Ständen mit den Süßwasserfischen auf der anderen Seite des Marktes zu locken.

»Vergesst die alten Heringe da drüben, gute Frau, oder glaubt Ihr wirklich, gestern wäre auch nur einer der Fischer tatsächlich mit seinem Boot ins Frische Haff hinausgefahren? Denkt nur an das Schneetreiben, das uns selbst hier in der Stadt die Sicht verschleiert hat! Daheimgeblieben sind die Fischer, haben die Netze geflickt und den alten Fisch mit Salzlauge abgewaschen, um ihn heute wieder als frisch anzubieten. Kommt lieber rüber zu mir. Ich zeige Euch, was Ihr stattdessen in den Kochtopf werfen könnt. Mein Fisch wird dem heutigen Freitagsmahl wenigstens gerecht.«

Stolz wies die Fischfrau mit der Hand auf ein halbes Dutzend wassergefüllter Holzwannen, in denen Hechte, Zander und Barsche zappelten. Schon fürchtete Carlotta den Moment, da Hedwig auf eines der glitschigen Tiere zeigen würde. Das Fischweib würde mit bloßen Händen an das hintere Ende fassen, den Fisch herausheben und den Kopf des wild um sein Leben kämpfenden Fischs erbarmungslos gegen den Wannenrand schlagen. Angewidert wandte Carlotta sich ab, wurde vom dichten Gedränge rasch ein gutes Stück weiter die Uferstraße hinaufgeschoben.

Eine Dreiergruppe elegant gekleideter Kaufleute erregte ihre Aufmerksamkeit. Nur wenige Schritte von den Bottichen mit Süßwasserfischen entfernt standen sie beieinander und unterhielten sich angeregt. Neugierig geworden, stahl sie sich näher heran. Endlich konnte sie die Gesichter der drei Herren besser sehen. Tatsächlich waren es Zunftgenossen aus dem Kneiphof. Als sie die ersten Worte aufschnappte, verharrte sie wie angewurzelt.

»Der alte Kepler hat gewaltiges Glück gehabt und ist Meister Sensenmann gerade noch rechtzeitig von der Schippe gesprungen«, erklärte Bernhard Farenheid, ein graubärtiger stämmiger Mann in der Mitte des Lebens. Mit seiner dröhnenden Stimme brachte er gern die kostbaren Glasscheiben im Börsensaal zum Zittern. »Oder sollte ich besser sagen: Nicht Meister Sensenmann ist er entkommen, sondern der kleinen Grohnert! Das junge Fräulein ist auf dem besten Weg, in die Fußstapfen seiner Mutter zu treten. Schon der arme Gerke ist nicht ganz zufällig gestorben, wie wir inzwischen wissen.«

»Stimmt«, pflichtete Lorenz Gellert bei und fuhr sich mit den knotigen Fingern durch den dichten, flammend roten Bart. Die gelblich-lederne Haut seines Gesichts hob sich umso schärfer davon ab. Gelassen schweifte sein Blick über die Menge, als gelte es, nach weiteren Gesprächspartnern Ausschau zu halten. Unwillkürlich duckte sich Carlotta hinter den Stamm einer einsamen Linde.

»Gerkes Tod ist wahrlich ein böses Omen«, sagte Farenheid. »Ausgerechnet an dem Tag, an dem die Kurfürstlichen

Roth festgenommen haben, hat es ihn erwischt. Das kann einfach kein Zufall sein. Da hat die gute Magdalena Grohnert doch bestimmt etwas mit bewirken wollen.«

»Ich habe auch schon läuten hören, dass etwas daran faul sein muss«, tat Gellert wichtig.

»Worauf wollt Ihr hinaus?«, wagte Reinhold Boye, der Dritte im Bunde, nachzuhaken. Verlieh ihm das ständige Tragen einer Brille ohnehin schon ein ungewöhnliches Aussehen, so untermauerte sein Hang zum steten Nachfragen erst recht den Eindruck, er habe die Weisheit nicht eben mit Löffeln gefressen.

Sogleich schnaufte Farenheid auf, warf Gellert einen seltsam verschworenen Blick zu und erklärte in bemüht nachsichtigem Ton: »Sagt nur, Ihr habt immer noch nicht begriffen, was es mit der Bernsteinessenz aus dem Hause Grohnert auf sich hat? Erst nimmt Gerke sie und stirbt, dann wird sie Kepler eingeträufelt, und er liegt tagelang halb tot im Bett. Vergangenen Montag hat die Witwe Grohnert gar vor aller Augen gewagt, Helmbrecht davon einzuflößen. Wie vom Teufel besessen ist er zuvor in seltsamen Zuckungen zusammengebrochen. Kein Wunder! Wir alle wissen doch seit Jahren, was es mit der Qualität der Bernsteine aus dem Kontor in der Langgasse auf sich hat.«

»Stimmt«, nickte Gellert so beflissen, dass selbst sein Bart bestätigend wippte. »Es wäre nicht das erste Mal, dass etwas daran faul ist.«

»Was Ihr nicht sagt«, entschlüpfte es Boye verwundert. »Dabei haben Kepler und Helmbrecht doch erst im Nachhinein von den Tropfen bekommen, als es ihnen aus anderen Gründen schlechtging. Daraufhin aber ist es ihnen bessergegangen. Abgesehen davon dachte ich, die uralte Geschichte mit den Grohnerts und dem angeblichen Trug ist ein für alle Mal aus der Welt geschafft.«

»Aber doch nur, weil Paul Joseph Singeknecht damals entsprechenden Druck auf die Zunftgenossen ausgeübt hat.« Gellert schaute ein weiteres Mal suchend umher.

»Mit Geld hat der immer schon alles geregelt«, pflichtete Farenheid bei. »So wie er hält es wohl auch seine angebliche Erbin. Überaus klug von ihr, den einzigen Grohnert-Nachfahren in der Fremde zu heiraten. Damit hat sie die gefährlichsten Neider für immer mundtot gemacht.«

»Und dann hat sie dafür gesorgt, dass er gleich nach Erhalt der Erbschaft für immer schweigt«, ergänzte Gellert. »So hat man das schon früher gern im Singeknecht'schen Haus gehalten.«

»Wenn das alles stimmt, passt eins zum anderen, und Magdalena Grohnert ist wirklich eine echte Singeknecht: mit allen Wassern gewaschen«, resümierte Boye kopfschüttelnd.

Carlotta meinte, ihr würde der Boden unter den Füßen weggezogen. Warum gab Boye sich so rasch geschlagen? Er hatte doch offensichtlich den Haken an der Sache gefunden: Weder Kepler noch Helmbrecht hatten die Bernsteinessenz *vor* ihrem Zusammenbruch erhalten! Am liebsten wäre sie zu den Herren geeilt und hätte es ihnen auf den Kopf zugesagt. So böse hatte sie selten über die Mutter und sich reden hören. Es war ähnlich jener Nacht vor Thorn, als die mitreisenden Leipziger Kaufleute Magdalena der Hexerei bezichtigt hatten, nachdem Tante Adelaide sie auf diese Idee gebracht hatte. Nicht einmal Helmbrecht war damals für sie beide eingetreten. Carlottas Finger glitten zum Bernstein, umklammerten das gute Stück. Längst hatte sie begriffen, was Magdalena an dem Talisman fand. Auch ihr blieb kaum anderes, was ihr Halt und Kraft spendete.

»Das Beste, meine Herren, aber kommt noch«, verkündete Farenheid derweil mit unverhohlenem Triumph in der Stimme.

»Was?«

»Worauf wollt Ihr hinaus?«

Gebannt schauten Gellert und Boye auf Farenheid. Der schob sich wichtig in Positur.

»Wie eingangs schon erwähnt, solltet Ihr an die Tochter unserer guten Singeknecht-Erbin Magdalena Grohnert denken.«

Carlotta stockte der Atem.

»Ihr meint diese vorwitzige kleine Rotblonde, der der junge Kepler seit seiner Rückkehr aus der Fremde schöne Augen macht?«, erkundigte sich Boye dieses Mal erstaunlicherweise als Erster, um sogleich von Gellert übertrumpft zu werden: »Tja, der ehrwürdige Doktor Kepler hätte sich wohl niemals träumen lassen, dass der Nichtsnutz von Filius ihm auch noch eine schlichte Wundärztin ins Haus schleppen will.«

»Stimmt«, pflichtete Boye bei. »Das ist wahrlich keine gute Nachricht für den persönlichen Leibarzt von Kurfürst Friedrich Wilhelm und Nachfahren des hochgeschätzten Johann Kepler. Aber schon die Großmutter des Physicus soll es mit Hexen und Zauberern gehalten haben, heißt es. Sie saß deshalb sogar im Gefängnis. So gesehen nimmt es kaum wunder, dass sich der junge Medicus für ein solch zwielichtiges Handwerk offen zeigt.«

»Wenn es nur das Interesse an der Wundarztkunst wäre!« Farenheid hob vieldeutig die Stimme.

»Der junge Kepler drückt sich sowieso viel zu viel mit diesem Pantzer aus dem Löbenicht herum«, stellte Gellert trocken fest. »Das ist auch so ein seltsamer Bursche, dem man nicht über den Weg trauen darf. Kaum zu glauben, dass der

Kurfürst ihm das Privileg für die Apotheke gelassen hat. Die Zeiten seines Vaters, der gar vor der ehrwürdigen Fakultät mit seinem Theriak für Aufsehen gesorgt hat, sind lange vorbei. Der Junge kann da wahrlich nicht mithalten, noch dazu, wo in jeder Faser seiner Person die bäuerische Abkunft der Mutter durchscheint. Hat er sich nicht auch einmal für einige Zeit zu den Soldaten gemeldet? Mir ist, als stinke er noch immer nach Pferd, Blut und Schlachtgetümmel. Eine Schande, dass der Kurfürst das alles nicht sehen will.«

»Ach, vergesst den jungen Kepler und diesen lächerlichen Pantzer«, schaltete sich Farenheid verärgert ein. »Das hat gar nichts mit dem zu tun, was sich um die kleine Grohnert zusammenbraut. Ihr könntet froh sein, wenn sie nur dem Kepler und seinem nichtsnutzigen Freund aus dem Löbenicht die Köpfe verdreht hätte.«

»Worauf wollt Ihr hinaus?« Gellert und Boye wirkten ehrlich betroffen.

»Mit einem Blaurock hält die kleine Grohnert es inzwischen«, sagte Farenheid ruhig. »Und das ganz offen und ungeniert.«

»Was?« Wie gewohnt begriffsstutzig, schaute Boye ihn an, nahm die Brille vom Kopf, hauchte auf die Gläser und polierte sie anschließend mit dem Zipfel seines Schals, als verschaffte ihm das den erhofften Durchblick.

Sogleich nutzte Gellert die Pause und hakte nach: »Mit einem Blaurock? Ihr meint doch nicht etwa, mit einem der kurfürstlichen Soldaten? Seid Ihr sicher? Bislang ist mir Magdalena Grohnert stets sehr loyal zu den Kneiphofern erschienen. Denkt nur an ihr Eintreten für die Witwe Ellwart im letzten Jahr. Auch von ihrer Tochter ist mir nie etwas anderes zu Ohren gekommen.«

»War die Grohnert-Tochter nicht sogar diejenige, die im September die Sache mit den leeren Särgen zur Abschreckung von Friedrich Wilhelms Truppen vor dem Kneiphof eingefädelt hat? Warum hätte sie das tun sollen, wenn sie sich nicht mit Leib und Seele dem Kneiphof verschrieben hätte? Ich bin mir sicher, die beiden Grohnert-Damen fühlen sich ganz dem Königsberger Erbe verpflichtet.« Boye setzte die Brille wieder auf.

Auch wenn seine Worte beruhigend klangen, so wusste Carlotta im selben Moment, dass sie rein gar nichts bewirkten. Im Gegenteil. Sie lieferten Farenheid nur weitere Munition, zu einem letzten, vernichtenden Schlag auszuholen.

»Vielleicht solltet Ihr die Sache mit den Särgen nicht unbedingt von der Warte der Kneiphofer aus betrachten«, setzte er vorsichtig an. »Vielleicht ging es gar nicht darum, die Kurfürstlichen wegen der angeblichen Pest vom vorzeitigen Einmarsch abzuhalten.«

»Sondern?« Boye nestelte bereits wieder an seinem Brillengestell herum.

»Ihr meint«, schaltete sich Gellert beflissen ein, »es könnte auch ein Zeichen an Friedrich Wilhelm gewesen sein?«

»Warum nicht?« Farenheid tat zwar, als hörte er diese Schlussfolgerung zum ersten Mal. Doch der Stolz, mit seinen Anspielungen das Erwünschte erreicht zu haben, war ihm anzusehen. »Wenn man es so betrachtet, gewinnt die Tatsache, dass die kleine Grohnert seither immer wieder im Umfeld der Blauröcke gesehen wird, ein ganz besonderes Gewicht.«

Wie gern wäre Carlotta aus ihrem Versteck gestürzt und hätte ihn für seine Frechheiten geohrfeigt! Mühsam hielt sie sich zurück.

»Ich erinnere mich.« Wieder stimmte Gellert als Erster zu. Sein flammend roter Bart leuchtete, der gelbliche Schimmer seiner Haut verblasste. »An besagtem Tag stand die kleine Grohnert gleich vorne in der ersten Reihe und hat Roths Verhaftung aus nächster Nähe mit angesehen.«

Auch Carlotta wusste plötzlich wieder, dass sie ihn an jenem Tag ebenfalls vor Roths Haus gesehen hatte. Der rote Bart hatte aus der Menge herausgestochen.

»Und nicht nur das«, fuhr Gellert wichtigtuerisch fort. »Bei der Gelegenheit hat sie auch lange mit einem der Dragoner gesprochen. Der junge Kepler hat zwar versucht, sie davon abzuhalten, doch es ist ihm nicht gelungen. Ganz verstört ist er anschließend allein in die Schmiedegasse zurückgekehrt.«

»Ist das alles nicht reichlich unbedarft? Inmitten der Kneiphofer einen Kurfürstlichen anzusprechen, erfordert großen Mut«, wagte Boye einzuwerfen, doch die beiden anderen gingen nicht auf seine Zweifel ein. Verwirrt schüttelte er das Haupt.

»Das Beste aber kommt noch«, drängte Farenheid sich von neuem in den Mittelpunkt. »Anfang November hat die kleine Grohnert dann auch noch in aller Öffentlichkeit mit einem der Dragoner auf der Schmiedebrücke herumgetändelt.«

»Das ist nicht Euer Ernst!« Fassungslos schüttelten die Herren die Köpfe. »Am helllichten Tag?«

»Wer hat sie dabei gesehen?«

»Ich dachte, sie hegt Absichten bei dem jungen Kepler?«

»Ja, in der Tat, so heißt es. Aber da ist der ehrwürdige Physicus wohl sehr dagegen.«

»Umso schlimmer, wenn sie bei Derartigem beobachtet wird.«

Boye schwankte nun doch, und Gellert fühlte sich in seinem Argwohn bestätigt. Auf Carlotta wirkten Farenheids Worte wie ein Schlag ins Gesicht. In ihrem Kopf arbeitete es fieberhaft. Natürlich stand ihr die besagte Begegnung gleich vor Augen, auch wenn sie bald drei Wochen zurücklag.

»Ich habe sie selbst gesehen«, berichtete Farenheid. »Zufällig habe ich an jenem Morgen einen Kaufmann nahe der Brücke besucht. Von dessen Fenster im ersten Stock konnte ich alles genau beobachten. Ohne jedwedes Schamgefühl hat sich die kleine Grohnert an den Blaurock heranscharwenzelt und ist dann offen an seiner Seite durch die Stadt marschiert. Es gab Proteste, Warnungen, Rufe, aber sie hat das nicht gekümmert. Ehrlich gesagt, meine Herren, nimmt das nicht wunder. Immerhin ist das Gör das Kind von Leuten, die mitten im Heerestross des Großen Krieges aufgewachsen sind. Was kann es da an Ehrgefühl geben? Heimatloses Pack sind die Grohnert und ihr Gemahl letztlich selbst gewesen. Dabei kann man ihnen wenig Vorwürfe machen. Einst wurden ihre Väter, sowohl der Singeknecht wie der Grohnert, mit Schimpf und Schande aus dem Kneiphof gejagt. Der Onkel hat mit zwielichtigen Methoden einige Jahre später seinen Besitz zurückerlangt. Uns ist doch gar nichts anderes übriggeblieben, als ihn wieder bei uns aufzunehmen. Erinnert Euch, wie Gerke vor vier Jahren seine Bedenken gegen die wie aus dem Nichts aufgetauchte Erbin angebracht hat. Schande über uns, ihm damals nicht die nötige Aufmerksamkeit geschenkt zu haben.«

»Wollte er nicht das Haus in der Langgasse für sich selbst …« Boye kam nicht dazu, seinen Satz zu beenden. Mit einem ärgerlichen Wink schnitt Farenheid ihm das Wort ab. »Die Wirtsleute aus dem Grünen Baum hatten auch Interesse, das Anwesen bei Ablauf der Erbschaftsfrist zu erwerben. Viele andere hätten es sicher auch gewollt. Immerhin ist es ein stattlicher Bau. Ihn über all die Jahre instand zu halten, war allein Gerkes Verdienst. Ein seltsamer Zufall, dass er ausgerechnet jetzt stirbt, wo die Kurfürstlichen hier auftauchen und das Paktieren der jungen Grohnert mit den Blauröcken ruchbar wird.«

»Erstaunlich, dass sie das mitten auf der Straße tut. Gerade weil sie und der junge Kepler doch heiraten wollen, wie es heißt. Wenn sie da ausgerechnet eine heimliche Liebelei mit einem Kurfürstlichen zu verbergen hätte, sollte sie besser …«

Wieder kam Boye nicht dazu, seinen Gedanken zu Ende zu führen. Dieses Mal war es Gellert, der ihn ungeduldig unterbrach. »Schweigt lieber. Ihr begreift einfach nicht, worum es in der Sache geht. Das sind alles merkwürdige Zufälle. Unterm Strich beweisen sie eines: Mit den beiden Damen aus dem Singeknecht'schen Haus stimmt etwas nicht. Wie Ihr schon sagtet: Was ist von solch windigen Leuten aus dem Heerestross der Kaiserlichen zu erwarten? Nur weil sie sesshaft wurden, bedeutet das nicht, dass sie ehrbare Bürgerinnen geworden sind.«

»Nichts Gutes ist von solchen zu erwarten, mein Bester, nichts Gutes«, raunte Farenheid bedeutungsschwanger.

»Mit Verlaub, mein Lieber, aber ich weiß nicht«, warf Boye matt ein, »kann es nicht sein, dass Ihr da einfach nur etwas gründlich missgedeutet habt?«

21

Drei Tage waren vergangen, seit Carlotta die Kaufleute beim Fischmarkt belauscht hatte. Mit jedem Tag fühlte sie sich schlechter. Es gebrach ihr sogar am Willen, gegen die bösen Gerüchte aufzubegehren. Niemandem wollte sie sich anvertrauen. Nicht einmal nach Christoph hatte sie geschickt, geschweige denn versucht, ihn zu treffen. Mit ihm offen über Mathias zu sprechen, schien ihr ein Ding der Unmöglichkeit. Dass er nicht aus eigenen Stücken in der Langgasse auftauchte, wertete sie als Bestätigung ihrer düsteren Ahnung: Er wusste längst von allem und hatte sich bereits ein Urteil gebildet, das wohl kaum zu ihren Gunsten ausfiel. Kaum brachte sie das mit der Erinnerung an ihre letzten Küsse und Umarmungen zusammen. Nein, so durfte sie nicht denken!, schalt sie sich. Christoph liebte sie. Mehr als einmal hatte er ihr seine Bereitschaft versichert, ihretwegen notfalls alles aufzugeben: seine Familie, sein Zuhause, die sichere Stelle als Stadtphysicus. Gewiss war er der Letzte, der den unglaublichen Unterstellungen Glauben schenkte. Sie sollte zu ihm gehen, um mit ihm zu reden. Bleich stand sie im Kontor und sortierte die Bestandslisten des Lagers in eine Kiste, stapelte den Briefwechsel mit Handelspartnern auf dem Tisch.

»Wo bist du nur mit deinen Gedanken, Liebes?« Unerwartet stand die Mutter vor ihr. »Schau!« Vorwurfsvoll hielt sie ihr ein Blatt vor die Nase. »Das hast du eben zu den Schreiben des vergangenen Sommers sortiert. Dabei ist das Schrempfs Liste der Waren, die sich zu Beginn des Monats im Lagerhaus befunden haben. Fast wäre die Aufstellung bei den bereits erledigten Schreiben gelandet. Du kannst dir ausmalen, was das im schlimmsten Fall bedeutet.«

»Oh!« Hastig griff Carlotta nach dem Bogen. Ihre Wangen glühten vor Scham. Deutlich vernahm sie Egloffs zufriedenes Schnaufen im Rücken. Wie oft hatte sie ihm Unachtsamkeit vorgeworfen, ihn gar vor den beiden anderen Schreibern bloßgestellt? Sie schielte zur Seite. Der behäbige Breysig tat, als interessierten ihn allein die Schwünge der Buchstaben auf seinem Papier, der schlaksige Steutner scharrte mit den Stiefeln über den Boden. Verzweifelt versuchte Carlotta, die Tränen zurückzuhalten.

»Ich muss nach Kepler sehen«, murmelte sie und legte Schrempfs Liste mit zittrigen Fingern in die Kiste. Kaum waren die Worte heraus, ärgerte sie sich bereits. Zu dem mürrischen Stadtphysicus wollte sie am allerwenigsten.

»Es ist wohl höchste Zeit, dass du wieder nach ihm siehst«, stimmte die Mutter zu. »Seit letztem Freitag bist du nicht mehr dort gewesen. Nicht dass er zu früh vom Krankenlager aufsteht und deine Kur nicht befolgt. Am Ende gibt man dir die Schuld dafür.«

Erstaunt meinte Carlotta Furcht in ihren smaragdgrünen Augen auszumachen. Gerade als sie zu einer Frage anheben wollte, fuhr Magdalena eilig fort: »Untersuche ihn gründlich, damit dir nicht das Geringste entgeht: Puls, Stuhlgang, Farbe und Geruch des Urins, Leibschmerzen. Wer weiß, was genau hinter seinem Zusammenbruch steht. Richte ihm zudem die besten Genesungswünsche aus und vergiss nicht, auch den jungen Kepler von mir zu grüßen.«

Noch bevor Carlotta gegen die überflüssigen Anweisungen aufbegehren konnte, legte die Mutter ihr die Hand auf den Arm und blickte sie eindringlich an. »Pass gut auf dich auf, mein Kind, und vergiss nie: Wahre Liebe bedeutet, einander zu vertrauen, ganz gleich, was geschieht. Manchmal mag etwas auf den ersten Blick wie ein Verrat erscheinen. Mit der Zeit aber spürt man, dass dem nicht so ist. Liebende halten zueinander. Immer.«

Eine Spur zu hell lachte sie auf. Carlotta wurde nicht schlau daraus. Geschäftig wandte Magdalena sich wieder dem Pult zu, als müsste sie Wichtiges lesen. Carlotta begriff, dass es keinen Sinn hatte, nachzufragen. Schweren Herzens packte sie die Wundarzttasche, nahm die wollene Heuke vom Haken und eilte aus dem Kontor.

Ein eisiger Hauch strich durch die Langgasse. Die Herbstsonne strahlte vom blauen Himmel. Hätte sich nicht der Schnee der vergangenen Wochen in den schattigen Ecken gehäuft, hätte sie nur zu gern vergessen, wie fortgeschritten der Herbst bereits war.

Carlotta zögerte, ob sie tatsächlich zu Kepler gehen sollte. Zu groß war die Unsicherheit, was sie dort erwartete. Andererseits wusste sie, dass sie es nicht länger aufschieben durfte. Schon allein, um zu zeigen, dass sie sich von dem niederträchtigen Gerede nicht einschüchtern ließ. Ein Soldatenliebchen würde es kaum wagen, vor aller Augen den Medicus aufzusuchen. Entschlossen schlang sie sich den Schal um den Hals und marschierte los, durch das vormittägliche Treiben auf der Langgasse zur nahen Krämerbrücke.

»Gott zum Gruße, wertes Fräulein.« Jäh drehte sie sich um und blickte Apotheker Heydrich ins Gesicht. Seine spiegelnden Brillengläser verbargen seine Augen. Das Lächeln zwischen Oberlippen- und Kinnbart schien ihr seltsam falsch. Sie beschloss, auf der Hut zu bleiben. Seit Keplers Zusammenbruch hatte sie ihn nicht mehr gesehen. Es mochte gut sein, dass Farenheid bereits mit ihm gesprochen und ihm von seinen Beobachtungen berichtet hatte. Immerhin wohnten sie Haus an Haus in der Magistergasse. Höflich erwiderte sie den Gruß.

»Ich komme gerade von dem ehrwürdigen Doktor Kepler«, erzählte er. »Es wird Euch freuen zu hören, dass er sich auf dem Wege der Besserung befindet.«

»Danke, das weiß ich bereits«, erwiderte sie und rang sich ein Lächeln ab.

»Oh, verzeiht«, sein Mund verzog sich, der Kinnbart wippte. »Wie konnte ich vergessen, wie gut Ihr Euch mit dem jungen Medicus steht. Gewiss hält er Euch über das Wohlbefinden seines Vaters auf dem Laufenden.«

Er zwirbelte mit einer Hand die Enden seines Barts, zog die zweite hinter den Rücken. Carlotta wollte es dabei bewenden lassen und weitergehen. Heydrich jedoch verstellte ihr den Weg. »Nicht so eilig, meine Liebe. Sonst habt Ihr stets gern einen kleinen Schwatz mit mir gehalten. Oder gibt es einen Grund, mir auszuweichen?«

Er nahm die Brille ab und sah sie eindringlich an.

»Entschuldigt«, bat sie. »Ich bin gerade selbst auf dem Weg zu Doktor Kepler. Ungern lasse ich ihn warten.«

»Warum so eilig? Er ist bereits auf, war gestern sogar beim Gottesdienst. Was also wollt Ihr noch bei ihm?« Er fasste ihr mit den Fingern unters Kinn, hob es an und zwang sie, ihn geradewegs anzusehen. »Lasst mich raten. Es ist Eurer Salbe wegen. Seit der ehrwürdige Kepler davon gesprochen hat, mir die Ehre zu erweisen, vor der Fakultät …«

»Nein, nein«, wiegelte Carlotta ab. »Darum geht es mir nicht. Sofern es Euch gelingt, die exakte Rezeptur herauszufinden, gönne ich Euch diese Auszeichnung von Herzen. Ich weiß doch, wie wichtig sie Euch ist. Ohne Eure Hilfe wäre ich nie so weit gekommen.«

»Spart Euch Eure Lügen!« Heydrichs Stimme klang so schroff, dass sie erschrocken zusammenzuckte. »Glaubt nicht, mir wäre nicht klar, dass Ihr längst mit Caspar Pantzer aus dem Löbenicht einig geworden seid. Er versucht sich ebenfalls an der Salbe, und im Gegenzug setzt Ihr gemeinsam mit dem jungen Kepler alles daran, den kurfürstlichen Leibarzt zu überreden, Pantzer an meiner statt vor den Professoren und Studenten mit der Mixtur auftreten zu lassen. Mit eigenen Augen habe ich gesehen, wir Ihr Euch letztens in meinem Laboratorium Zeichen gegeben habt. Es ist nur eine Frage der Zeit, bis Pantzer dank Eures Zutuns kurfürstlicher Hofapotheker wird und weitere Ehrungen erhält.«

Erschöpft hielt er inne, setzte die Brille zurück auf die lange Nase und reckte das Gesicht in die Luft. Noch bevor Carlotta etwas einwerfen konnte, fuhr er fort: »Ein wahrhaft teuflischer Plan, meine Beste! Fast wäre es Euch gelungen, uns alle hinters Licht zu führen.«

»Wovon redet Ihr?«

»Tut nicht so! Das wisst Ihr doch genau. Über Monate habt Ihr mich benutzt, um mit der Salbe voranzukommen. Kurz vor dem Durchbruch aber nehmt Ihr mir alles weg und macht mit diesem unsäglichen Pantzer weiter. Doch damit nicht genug! Für Euren hinterhältigen Anschlag auf den hochgeschätzten Kepler habt Ihr Euch ausgerechnet noch mein Laboratorium ausgesucht. Könnt Ihr Euch vorstellen, was das heißt? Beinahe wäre der kurfürstlich-brandenburgisch-preußische Leibarzt unter meinem Dach, ja sogar vor meinen Augen auf unerklärliche Weise gestorben! Ist das Euer Dank? Habe ich Euch und Eurer Mutter dafür all die Jahre beigestanden? Völlig fremd seid Ihr hier am Pregel gewesen, dahergelaufene Wundärztinnen aus dem kaiserlichen Tross. Wie habe ich nur so gutgläubig sein und Euch meine Türen öffnen können!«

Er schüttelte den Kopf, zog ein weißes Leinentuch aus der Tasche und tupfte sich trotz der niedrigen Temperaturen Schweißperlen von der Stirn.

Carlotta erstarrte. Wie konnte Heydrich ihr derart Ungeheuerliches unterstellen? Das mit der Salbe war schlimm, doch die Andeutung auf Keplers Zusammenbruch barg gar noch Wüsteres. Ein Anschlag auf Kepler – von ihr geplant und kaltschnäuzig durchgeführt! Es war nicht zu fassen. Bestimmt hatte Farenheid ihm von seinen Verdächtigungen erzählt. Kein Wunder, dass Heydrich ihr nun alles zutraute. Ihre Finger tasteten nach dem Bernstein, umschlossen ihn, bis ihr die Knöchel schmerzten.

»Wollt Ihr allen Ernstes behaupten, ich hätte einen Anschlag auf den verehrten Kepler verübt? In Eurer Offizin? Vor den Augen seines Sohnes?« Sie zitterte vor Wut. »Ihr wisst doch, was es mit Keplers Zusammenbruch auf sich gehabt hat und wie ihm die Bernsteintropfen meiner Mutter geholfen …«

»Genau das ist das Unfassbare!«, schrie Heydrich aufgebracht dazwischen. Vor Schreck entglitt Carlotta der Bernstein.

»Erst habe ich natürlich alles für bare Münze genommen, wie Ihr es vor meinen Augen aufgeführt habt«, redete der Apotheker weiter. »Der arme Kepler bricht zusammen, benötigt dringend Hilfe. Ihr wisst, was zu tun ist, und rettet ihm quasi vor meinen und seines Sohnes Augen das Leben. Dafür ist er Euch zu tiefstem Dank verpflichtet und wird fortan alles tun, was Ihr von ihm verlangt. Ein ganz ausgeklügelter Plan! Inwieweit Keplers Sohn an dem Spiel beteiligt ist, vermag ich nicht zu sagen. Ihn habt Ihr so oder so in Eurer Hand. Nun aber geht es allein um den alten Kepler.«

»Ich weiß nicht so ganz, worin für mich der Vorteil …«, versuchte sie, ihm zu widersprechen. Er aber überging den Einwand sogleich.

»Schon beim Tod des alten Gerke hat die Essenz Eurer Mutter eine wichtige Rolle gespielt. Unverzeihlich, dass ich nicht gleich dagegen eingeschritten bin. Höchstpersönlich habe ich Kepler noch empfohlen, nichts auf das Gerede zu geben, nur um dann selbst Zeuge zu werden, wie Ihr Euer teuflisches Werk in meinem Laboratorium …«

»Aber hochverehrter Heydrich, gerade Ihr als Mann der Wissenschaft solltet …«

»Was ich sollte und was nicht, weiß ich selbst am besten«, fuhr er abermals scharf dazwischen. Dicht rückte er an sie heran, hauchte ihr seinen Atem ins Gesicht und wisperte: »Genauso, wie ich weiß, was Ihr besser tun solltet, meine Liebe.«

»Was?«, fragte sie heiser.

»Ganz einfach, mein verehrtes Fräulein Grohnert.« Hämisch lachte er auf. »Da Ihr den armen Kepler ohnehin schon in der Hand habt, werdet Ihr das jetzt für meine Zwecke nutzen.«

Ein Sonnenstrahl stach vom Himmel, ließ die Gläser seiner Brille von neuem grell aufblitzen. Carlotta schloss geblendet die Augen, schluckte. »Und wie?«

Heydrich wippte auf den Stiefelspitzen, verschränkte die Arme hinter dem Rücken und grinste siegesgewiss. Ihr wurde bang.

»Ihr, mein verehrtes Fräulein Grohnert, werdet den guten Kepler dazu bringen, *mir* die große Ehre vor der Fakultät zu verschaffen. Niemand anderer als meine Wenigkeit wird dort die fünfzigjährige Wundersalbe vor dem Auditorium der ehrwürdigen Professoren und Studenten vorführen. Und niemand anderer als ich wird für dieses besondere Verdienst mit dem Privileg der kurfürstlich-preußischen Hofapotheke ausgezeichnet!«

»Ihr seid wahnsinnig«, entfuhr es Carlotta. »Vielleicht soll der ehrwürdige Kepler auch noch dafür sorgen, dass der Kurfürst höchstpersönlich zugegen ist, wenn Ihr die Salbe in der Albertina mischt?«

»Eine hervorragende Idee, meine Teuerste. Ich sehe schon, Ihr habt sehr schnell begriffen, worauf es ankommt.« Heydrich rückte schmunzelnd die Brille auf seiner langen Nase zurecht. »Das alles geschieht natürlich nur zu Eurem eigenen Vorteil.«

»Wollt Ihr mir etwa drohen?«

»Wie käme ich dazu? Genügt es nicht, Euch daran zu erinnern, wie schnell es sich überall in Königsberg herumsprechen wird, dass ich bezeugen kann, wie Ihr Hand an den armen Kepler gelegt habt?«

Wie zufällig schwenkte sein Blick hinüber zur anderen Straßenseite. Carlotta folgte ihm und erstarrte. Farenheid stand dort und zwirbelte seinen grauen Bart, derweil der rotbärtige Gellert eilig auf ihn zuhielt. Auch Boye war nicht weit und machte Anstalten, zu den beiden aufzuschließen. Gemeinsam würden sie zur Börse gehen. Neuem Stoff für Gerüchte waren sie gewiss nicht abgeneigt. Gleich beim Verteilen der morgendlichen Post konnten sie die den Zunftgenossen zum Besten geben.

»Manchmal ist man erstaunt, wie viel die lieben Mitbürger voneinander mitbekommen«, fügte Heydrich an. »Eigentlich gibt es nichts, was man vor dem anderen lange verheimlichen kann. Denkt also daran, meine liebe Carlotta, bei allem, was Ihr tut: Irgendwer in unserer schönen Stadt am Pregel wird es gewiss beobachten und dafür sorgen, dass auch die anderen davon erfahren.«

Zum Abschied tippte er kurz an seine Hutkrempe und schritt dicht an ihr vorbei auf die andere Straßenseite hinüber. Die drei Kaufleute winkten ihm freudig zu. Sie wagte nicht, sich zu bewegen, aus Angst, die Herren auf sich aufmerksam zu machen. Ohne sich noch einmal umzusehen, zog Heydrich die drei Kaufleute die Langgasse Richtung Börse hinunter.

Ein Laufbursche rempelte Carlotta an. Die Wundarzttasche fiel zu Boden, mitten in eine Pfütze. Brackwasser spritzte auf. »Pass doch auf, du Hundsfott!«, rief sie und schalt sich zugleich für ihre Unvorsichtigkeit. Ein Fluch in der Sprache der Trossleute konnte ihr übel ausgelegt werden.

Eilig bückte sie sich nach der Tasche und wischte, so gut es ging, den Schlamm ab. Klopfenden Herzens lief sie weiter, in das vormittägliche Getümmel auf der Krämerbrücke und rund um den nahen Fischmarkt.

22

Was sie da taten, war verboten. Linas Herz raste. Gerade deswegen aber reizte es sie, es zu tun. Sie keuchte.

»Nicht so laut!« Humbert Steutner verschloss ihr den Mund mit der linken Hand. Seine rechte nestelte derweil ungeduldig am Stoff ihres dicken Winterkleids, fand die Öffnung des Mieders und tastete nach den Ösen. Die Vorfreude machte sie wohlig glucksen. Gleich würde sie seine warme Hand auf der Haut spüren. Die zarten, feingliedrigen Schreiberfinger blieben nicht lange an derselben Stelle, sondern wanderten langsam, aber zielsicher den Leib hinauf zu ihren Brüsten, kneteten die weiche, pralle Masse, fanden schließlich die Brustwarzen, spielten mit ihnen, bis …

»Ach, Humbert!«, seufzte sie. Heiß brandete eine Welle herauf, machte sie abermals stöhnen und keuchen. Dieses Mal vergaß sogar Steutner, ihr den Mund zu verschließen. Längst war auch er mit anderem beschäftigt. Sie lehnte den Kopf gegen seine Brust, vergrub das Gesicht im rauhen Stoff seines Mantels. Auch er begann, sich heftiger zu rühren, schnaufte, japste, rieb sich an ihr. Sie schlang die Arme um seine Schultern, zog ihn dicht zu sich heran, hob das Bein, ihn mit ihrem Schenkel zu umfassen.

Die Kälte um sie herum war vergessen, ebenso der seltsame Ort, an dem sie sich einander hingaben. Wie die Schneeflocken auf Steutners Nasenspitze schmolz auch ihr Groll, dass er sie seit dem verpatzten Stelldichein im Grafenkrug vor mehr als zwei Wochen kaum mehr angefasst hatte. Jetzt, da sie sich zufällig bei den leeren Marktbuden am Junkergarten getroffen und einige Minuten freie Zeit füreinander hatten, zählte das alles nicht mehr. Im trüben Licht des schwindenden Novembertags galt es einzig, die günstige Gelegenheit zu nutzen. Endlich allein mit dem Liebsten, endlich weit weg von all den neugierigen Blicken, den lästigen Fragen. Endlich voll Begierde, unter den Berührungen des anderen dahinzugleiten auf den sanften Wogen der Lust.

»Ach, Liebste«, stöhnte Steutner. Ungeduldig hob er ihren Rock. Schon spürte sie die Schwellung an seinem Unterleib.

»Humbert, komm«, raunte sie und fasste entschlossen mit der Hand in seinen Schritt. Mit den Lippen fuhr sie ihm über die Wangen, schnappte nach seinem Ohrläppchen, saugte immer gieriger daran. Gleichzeitig lehnte sie sich nach hinten, stieß gegen eine hüfthohe Mauer. Sanft nahm er sie hoch, setzte sie darauf und drängte sich gegen sie. Willig spreizte sie die Beine.

»Unschuldig bist du wohl nicht mehr«, raunte er ihr ins Ohr.

»Was?«

Es war das jähe Erwachen aus einem schönen Traum. Sie blinzelte ihn an, brauchte eine Zeitlang, bis sie wieder scharf sehen und vor allem klar denken konnte.

»Worauf willst du hinaus? Du bist doch selbst nicht gerade zum ersten Mal mit einer Frau zugange. Ach, ihr Mannsbilder seid doch alle gleich!«

Wütend stieß sie ihn von sich. Die halboffene Hose drohte ihm vom dürren Hintern zu rutschen. Hastig griff er danach, zog sie hoch und sah sie erschrocken an.

»Liebste, ich meine doch nur, ich will ja gar nicht, ach, vergiss es!«

Er machte eine abwehrende Bewegung mit der Hand. Schweigend sah sie zu, wie er sich das Hemd in die Hose stopfte, den Gürtel verschnürte und schließlich den Mantel darüber glatt strich. Auch sie ordnete Kleid und Umhang, zog den Schal über das strohblonde Haar. Tränen kullerten ihr über die runden Apfelwangen, die nassen Wimpern klebten feucht aneinander. Kaum spürte sie die Kälte der Schneeflocken, die um sie herum zur Erde rieselten.

Die Gelegenheit war vertan. Dennoch konnten sie beide sich nicht voneinander abwenden und jeder seines Weges gehen. Es war, als hielte sie noch etwas an diesem trostlosen, verlassenen Ort nahe des Pregelufers fest.

Dunkelheit senkte sich herab. Die verriegelten Buden und die kahlen Bäume warfen finstere Schatten auf das Pflaster. Nicht mehr lang, und die Tür am Haus in der Langgasse wurde geschlossen. Kaum wagte Lina sich vorzustellen, wie verbissen Hedwig die schmalen Lippen zusammenkniff und sich ihren Teil dabei dachte, dass sie nicht rechtzeitig zur Vesper nach Hause gekommen war.

Humbert Steutner vergrub die Hände in den Hosentaschen und scharrte mit den Stiefelspitzen über den glitschigen Boden. Letzte Reste von Laub und Steingeröll mischten sich mit dem Schnee. Dichter und dichter wurde das Weiß um sie herum. Ein Hund bellte in der Ferne. Lina schwankte. Der kleine Karl fiel ihr ein. Viel zu lange hatte sie nicht über ihn gesprochen, mit Steutner noch gar nicht. Offenbar war es Zeit für die Wahrheit. Sie holte Luft.

»Du hast recht«, kam Steutner ihr zuvor. »Es tut mir leid. Der Ort ist falsch, was ich getan habe, ist falsch. Ich hätte dich nicht so bedrängen sollen. Alles habe ich kaputtgemacht. Verzeih!«

Hastig hauchte er ihr einen Kuss auf die Wange, drückte sich den breitkrempigen Hut tief ins Gesicht und wollte in der schützenden Nacht verschwinden. Fassungslos sah sie ihm nach. Noch bevor er die nächste Ecke erreicht hatte, stürmten zwei Gestalten auf ihn zu. Kurz darauf folgten weitere nach. Lina erschrak. Studenten!

Aufgebrachte Stimmen schallten herüber. Lina bekam es mit der Angst. Zum Weglaufen war es zu spät. Flach drückte sie sich gegen die Bude und hoffte, keinem der Burschen aufzufallen. Ähnliches musste Steutner gedacht haben. Im Schatten der Mauer drückte er sich wieder zu ihr heran, baute sich schützend vor ihr auf.

Die Streithähne erreichten sie fast zur gleichen Zeit. Es waren nicht nur Studenten. Auch ein schwarzhaariger Mann mit blauem Rock war darunter. Ein Kurfürstlicher! Lina wurde übel. Das verhieß Ärger. Sie schien das Unglück regelrecht anzuziehen. Gebannt starrte sie mit Steutner auf die Gruppe. Es dauerte nicht lang, und das wüste Beschimpfen wurde von Handgreiflichkeiten begleitet. Dumpf hallten die Schritte und

Rippenstöße durch die dunkle Nacht, böse klangen die Flüche darüber.

»Du mieser Bastard!«, rief einer der Studenten und versetzte dem Kurfürstlichen einen Tritt. »Lass deinen Ärger nur heraus!«, höhnte der und hob die Fäuste. Die anderen Studenten umringten die Streithähne. Für Lina und Steutner wurde es schwer, Genaueres zu erkennen.

»Prügel mich, du elender Buchstabenfresser«, setzte der Blaurock nach. »Würg mich, bring mich um. Deshalb aber wird dich die Kleine mit den wilden Locken immer noch nicht unter ihre Röcke lassen!« Er lachte auf. Sogleich versetzte der Student ihm eine schallende Ohrfeige. »Du räudiger Bastard! Schweig endlich!«

Er gab dem Offizier einen weiteren Schlag ins Gesicht, ließ noch mehr Tritte und Rippenstöße folgen. Dem großgewachsenen Kurfürstlichen entschlüpfte nicht der geringste Mucks. Weder sackte er zusammen, noch wich er aus, um der Härte der Schläge zu entgehen. Die Studenten wurden unruhig. Bald machte der erste von ihnen Anstalten, wegzurennen. Der Blaurock wandte den Kopf und sah dabei zufällig in Linas Richtung. Leise schrie sie auf. Das war dieser Mathias!

»Den kenne ich«, raunte sie Steutner zu. »Der war schon mal bei uns.« Verwirrt glotzte der Schreiber sie an. Da erst begriff sie, wie er das verstanden hatte. »Nein, nicht bei mir. Bei Carlotta natürlich. Seinetwegen hat sie doch den ganzen Ärger.«

Ungeduldig nickte sie zu den beiden Gestalten, die reglos voreinander standen. Plötzlich kicherte Mathias gehässig los. Die Studenten nutzten die Gelegenheit und rannten davon, ließen ihren Kameraden allein bei dem Blaurock zurück.

»Würde mich an deiner Stelle auch ärgern zu erfahren, dass mein Liebchen zu anderen schon williger gewesen ist.« Breitbeinig baute er sich vor dem Studenten auf, verschränkte die Arme vor der Brust und sah auf ihn hinab.

»Ich sag dir, die hat Feuer im Blut. Du musst es nur zum Anheizen bringen, dann glüht sie auf und wird rasend. Wirst dich wundern, was sie dann zulässt. Eine Hure ist nichts dagegen. Die hat ihren Spaß und macht ihn dir auch.«

Rums! Statt einer Antwort rammte der Student ihm die Faust in den Leib, setzte sofort mit dem Knie nach. Dumpf schallte der Hieb durch die Stille. Er stieß und trat, bis Mathias vornüberkippte. Jaulend sackte der großgewachsene Offizier zu Boden, rollte sich zusammen wie ein Igel. Dennoch gab der andere keine Ruhe und versuchte weiter, ihn mit Tritten zu verletzen.

»Humbert!«, wisperte Lina entsetzt, »wir müssen etwas tun!«

»Das sehe ich selbst«, knurrte der Schreiber, zögerte aber dennoch.

»Tu was, sonst bringt er ihn um«, flehte Lina. »Du musst ihm helfen, sonst tue ich es!«

Sie schob ihn beiseite. Das brachte Steutner zur Besinnung. Barsch zog er sie zurück und stürzte los. In wenigen Schritten stand er bei den beiden Streithähnen.

»Nicht!«, rief er und zog den Studenten fort. »Hört endlich auf und kommt zur Besinnung.«

Überrascht hob der Student den Kopf. Im selben Moment knallten Stiefelschritte über das Pflaster. Offenbar hatten die geflohenen Kommilitonen Hilfe geholt. Überrascht erkannte Lina den jungen Kepler unter den Neuankömmlingen. Außer Atem blieb er stehen, blickte nicht weniger erstaunt zwischen ihr, Steutner, dem Studenten und dem Kurfürstlichen hin und her. Blitzschnell drehte sich der Student um und rannte davon. Mathias blieb am Boden liegen.

»Lasst mich sehen, was er hat«, erklärte Kepler und ging in die Knie. Doch ehe er sich versah, schnellte der auf dem Boden Liegende ins Sitzen hoch.

»Kepler, mein Bester!«, lachte er auf. »Das ist aber mal eine Überraschung! Immer zur Stelle, wenn es um geprügelte Studenten geht, was? Schade nur, dass Carlotta nicht da ist. Die hätte ihre Freude, auch wenn der Student dieses Mal heil davongekommen ist. Doch keine Sorge. Ich erspare dir, dich als mein Lebensretter aufspielen zu müssen.«

»Was soll das?« Trotz Mathias' widerwärtigem Gebaren machte der Medicus Anstalten, ihn zu untersuchen.

»Nimm deine dreckigen Finger von mir!« Ein böses Lächeln umspielte Mathias' Mundwinkel, die dunklen Augen blitzten gefährlich. »Es geht dir gar nicht darum, mir zu helfen. Du denkst, es ist eine günstige Gelegenheit, dich zu rächen. Hier, los!« Mit einem Ratsch riss er sich den Kragen auf und streckte ihm die Kehle entgegen. »Auf, geh mir an die Kehle. Drück zu! Das willst du doch.«

Sein Lächeln verwandelte sich in ein niederträchtiges Glucksen. »Würde ich an deiner Stelle nicht anders machen, wenn ich wüsste, dass mein Liebchen sich einem anderen hingegeben hat.«

»Was redet Ihr da? Ihr seid von Sinnen!« Kepler rang um Fassung, versuchte noch einmal, nach Mathias' Verletzungen zu schauen. Mit einer abrupten Bewegung stieß der Kurfürstliche ihn fort.

»Du wirst es schon noch begreifen, glaub mir. Am besten fragst du Carlotta einfach selbst. Vielleicht lässt sie dich auch mal ran. So schnell solltest du die Hoffnung nicht aufgeben. Das Warten lohnt sich. Schön ist es mit ihr!«

Kaum hatte er die letzten Worte ausgesprochen, wollte Kepler sich auf ihn stürzen. Beherzt griff Steutner ein und zerrte ihn fort. »Nicht! Lasst ihn. Er will Euch doch nur provozieren!«

Erst nach einigem Hin und Her gab Kepler nach. Mathias stellte sich unerwartet flink auf die Füße, klopfte den Schmutz aus seinem blauen Rock und richtete den Hut.

»Besser, Ihr verschwindet so schnell wie möglich aus der Stadt«, presste der Medicus zwischen den Lippen hervor. »Sonst kann ich für nichts garantieren.«

»Oh, der tapfere Maulheld will mir drohen!« Hämisch grinste Mathias. »Dass ich nicht lache! Wie heißt es doch so schön von euch Königsbergern? Scharf mit der Zunge, aber nie scharf mit den Waffen! Mach dir keine Sorgen: Auf deinen Rat kann ich gut verzichten. Ich weiß auch so, was zu tun ist.«

Er warf ihm einen abschätzigen Blick zu und trottete aufreizend langsam davon.

»Ist das nicht eigenartig?« Sobald er um die nächste Ecke verschwunden war, traute Lina sich aus ihrem Versteck und trat zu den beiden Männern. »Wie kann er so rasch wieder bei Kräften sein?«

»Ein Kurfürstlicher eben! Der ist das Prügeln gewohnt«, murmelte der Medicus, nickte ihr und Steutner zu und tauchte in die andere Richtung im Dunkel der Nacht unter.

»Der ist ganz schon wütend«, sagte Lina.

»Es ist eben nicht leicht zu erfahren, bei einer Frau nicht der Erste zu sein.« Steutner schniefte.

»Was?« Erschrocken sah sie ihn an. Ihr wurde noch banger. Sie fürchtete sich vor dem, was jetzt kommen würde.

Auf einmal aber breitete Steutner die Arme aus und zog sie ganz fest an sich.

»Mag sein, dass es nicht leicht ist«, wisperte er und verbarg sein Gesicht an ihrem Hals. »Aber wer weiß schon, warum man ein bisschen später dran ist als ein anderer?«

»Ach, Humbert«, raunte sie erleichtert. »Wer weiß schon, was wann im Leben geschieht?«

23

An diesem Mittwoch betrat Carlotta Keplers Haus in der Schmiedegasse mit klammem Herzen. Die alte Marthe nahm mürrisch ihre Heuke entgegen. Statt zu grüßen, warf sie einen vorwurfsvollen Blick auf die nassen Schuhe und schlammigen Patten. Folgsam streifte Carlotta sie am Eisen ab, schob die Patten mit den Fußspitzen gegen die Wand. Ihre Knie zitterten, als sie die Treppe in den zweiten Stock hinaufstieg. Das lag zum einen an der Kälte, zum anderen aber auch an der Furcht davor, wie der alte Kepler sie empfangen würde. Noch hatte sie keine Gelegenheit gefunden, Heydrichs Anliegen anzubringen.

»Christoph ist nicht da«, tönte die dürre Hanna, kaum dass sie das Schlafgemach des alten Stadtphysicus betrat. Die stickige Luft nahm ihr den Atem. Sie grüßte stumm mit einem Nicken und stellte ihre Wundarzttasche auf den Tisch am Fenster. Die beschlagenen Scheiben ließen kaum Helligkeit herein. Das Feuer im Ofen knisterte, vom Flur aus wurde kräftig Holz nachgelegt. Nach wenigen Atemzügen stand Carlotta bereits der Schweiß auf der Stirn.

Keplers Gesicht war rot angelaufen, das Haar klebte nass

an der hohen Stirn, von der Nase perlte bereits ein verräterischer Tropfen. Bis zum Kinn hatte man ihm das dicke Federbett hochgezogen, die Arme fest daruntergestopft. Gewiss sorgte ein heißer Stein an den Füßen dafür, ihm auch von unten herauf Hitze zu bereiten. Ein letztes Mal strich die fleischige Hand der Keplerin über das Federbett. Dann erst wandte sie sich an Carlotta.

»Mein Sohn ist wieder drüben bei Pantzer im Laboratorium. Die zwei brüten Gott weiß was aus.« Ihr aschblondes Haar wirkte ob dieser Worte noch fahler, das Doppelkinn wackelte. Gesenkten Kopfes verließ sie die Stube und schob Hanna gleich mit hinaus. Carlotta atmete auf.

»Ab morgen braucht Ihr mir Eure Aufwartung nicht mehr zu machen«, verkündete Kepler statt einer Begrüßung vom Krankenbett her. Ächzend schlug er das Federbett zurück und setzte sich auf. Es schien, als habe er nur auf den Moment gewartet, in dem die Tür hinter Frau und Tochter ins Schloss fiel, um sich aufzurichten. Seine buschigen Augenbrauen zogen sich eng zusammen, die dunklen Augen blickten freudlos, die riesige Nase bebte.

»Fangt gar nicht erst an, Eure Tasche auszupacken. Das ist nicht mehr nötig. Auch die Tropfen könnt Ihr wieder einstecken.« Er reichte ihr die braune Glasphiole, die auf dem Schemel neben dem Bett stand. »Die Bernsteinessenz hat zwar nicht geschadet, wie das so manche in letzter Zeit gern behaupten. Ob sie aber wirklich zu meiner Genesung beigetragen hat, bleibt dennoch offen. Es ist die ewige Streitfrage: Woran gesundet der Mensch?« Mit einem kräftigen Satz schwang er die Beine zur Seite und blieb kerzengerade auf der Bettkante sitzen. »Wie Ihr seht, geht es mir prächtig. Gleich nachher werde ich unten in der Stube meine Studien wieder aufnehmen, ab morgen meine ersten Visiten machen. Der Kurfürst wartet bereits. Ob die rasche Besserung von Euren Wundertropfen rührt oder eher meiner guten Konstitution zuzuschreiben ist, spielt letztlich keine Rolle.«

Zum ersten Mal sah er ihr geradewegs in die Augen. Sein brauner Bart zitterte in der warmen Luft. »Wo wir von Wunderessenzen sprechen, kommt mir die von Heydrich erwähnte Wundersalbe in den Sinn.«

Ihr wurde flau. Sie bemühte sich, ihn ihre Verunsicherung nicht merken zu lassen, und wandte sich hastig der Tasche zu, um die Phiole darin zu verstauen.

»Ihr erinnert Euch an jenen Tag in Heydrichs Laboratorium, an dem er mir stolz jene zähe Masse vorgeführt hat.« Carlotta blieb nur ein stummes Nicken, Kepler überging es mit einem abfälligen Grunzen. »Einen rechten Floh hat er meinem Sohn damit ins Ohr gesetzt. Seither träumt er davon, selbst hinter die Rezeptur zu kommen. Und sein Freund, dieser unselige Caspar Pantzer aus dem Löbenicht, ist genauso besessen davon. Kein Wunder, nagt wohl die große Enttäuschung an ihm, bislang noch nichts vergleichbar Gutes wie sein Vater ersonnen zu haben. Ihr kennt die Geschichte mit dem Theriak. Heydrich hat sie Euch natürlich erzählt. Ach, diese Apotheker! Immer haben sie nur eins im Sinn: es an die Universität zu schaffen und aus ihrer Salbenkocherei eine Wissenschaft zu machen. Doch unter uns gesagt, meine Teuerste«, Kepler winkte sie heran und senkte verschwörerisch die Stimme, »selten sind mir solch eitle Quacksalber begegnet wie die hier am Pregel. Längst habe ich dem Kurfürst davon abgeraten, auch nur einem von ihnen das Privileg der Hofapotheke zu verleihen. Sie reichen eben alle nicht an ihre Vorfahren heran.«

Hämisch lachte er auf, steckte die knorrigen weißen Altmännerfüße in die Filzpantoffeln und strich das lange Leinenhemd über die Knie. Carlotta lief ein Schauer den Rücken hinunter. Ihre Finger glitten zum Bernstein.

»Das könnt Ihr besser beurteilen als jeder andere«, sagte sie so beiläufig wie möglich. »Trotzdem solltet Ihr mich jetzt meine Arbeit tun und Euren Puls fühlen lassen.«

Sie griff nach seinem Handgelenk und tastete nach der richtigen Stelle. Gleichzeitig behielt sie seine Augen im Blick, bemerkte den trüben Schimmer, der immer noch darin lag. Auch die dunklen Schatten in dem ausgezehrten Gesicht waren nicht zu übersehen. Dennoch war es vergebens, ihn zu weiterer Vorsicht zu mahnen.

»Falls Ihr wieder in Ohnmacht fallt, weiß Euer Sohn inzwischen, was zu tun ist«, stellte sie knapp fest.

»Davon gehe ich aus«, erwiderte er, ohne sie anzusehen. »Irgendwas muss der Lümmel ja doch gelernt haben.«

Ungeduldig nestelte er an den Ärmelaufschlägen seines Hemdes herum, versuchte vergeblich, mit seinen ungeschickten Fingern die Knöpfe zu schließen. Sie beugte sich vor, um ihm zu helfen. Widerwillig ließ er das zu.

»Marthe wird Euch das Geld geben, das Euch für Eure Dienste zusteht«, knurrte er, sobald der letzte Knopf geschlossen war. »Lebt wohl, Fräulein Grohnert.«

Unten in der Diele sah Marthe sie nicht einmal an, als sie ihr die Münzen für die Behandlung reichte. Schweigend nahm Carlotta die Heuke vom Haken, schob die Patten zurecht und schnallte sie unter die Stiefel. »Lebt wohl«, rief sie leise und eilte aus dem Haus.

Ohne nachzudenken, wandte sie sich auf der Straße nach links der Brücke zu, lief achtlos den gewohnten Weg am Fischmarkt vorbei in den Kneiphof hinüber. Zu Christoph und Pantzer in die Apotheke zu gehen, stand ihr nicht mehr der Sinn. Heydrichs Ansinnen machte es ihr unmöglich, den beiden unbeschwert gegenüberzutreten. Unwillkürlich beschleunigte sie ihre Schritte.

Bildete sie sich das nur ein, oder steckten die Leute hinter ihrem Rücken tuschelnd die Köpfe zusammen? Es schien ihr, als öffnete sich im dichten Gedränge des Vormittags eine schmale Gasse für sie. Niemand wollte ihr zu nahe kommen oder sie gar zufällig berühren. Hinter der Brücke wandte sie sich nach links durch die Alte Domgasse der Langgasse zu. Wie so oft um diese Zeit wurde der Trubel nahe der Krämerbrücke noch dichter. Weithin sichtbar ragte endlich der reichverzierte Giebel des Singeknecht'schen Anwesens auf. Auf einmal empfand Carlotta den Anblick wie eine rettende Insel inmitten des Feindeslands. Unbedingt musste sie dort hingelangen. Trotzdem verlangsamten sich ihre Schritte, und sie blieb stehen, um das Gebäude zu betrachten.

Stolz wie eh und je schaute der obenauf thronende Neptun auf das Geschehen zu seinen Füßen hinab. Das von Reliefs und Figuren aus uralten Überlieferungen reich übersäte Sandsteinportal hob sich auffällig aus der Reihe der Nachbarhäuser heraus. Der dreizeilige Sinnspruch oberhalb der Eingangstür verkündete:

ANDRE HABEN FÜR UNS GEBAUT,
WIR BAUEN FÜR SPÄTRE,
UND SO STATTEN WIR AB ÜBERKOMMENE PFLICHT.

Nachdenklich murmelte Carlotta den Spruch vor sich hin. Bislang hatte sie ihm wenig Beachtung geschenkt. Zu selbstverständlich schien es ihr, mit der Mutter das Erbe der Singeknechts angetreten zu haben. Nun aber stieß ihr auf, wie merkwürdig es war, dass ausgerechnet Paul Joseph Singeknecht als Erbauer des Hauses diese Zeilen gewählt hatte. Anders als sein Bruder, Magdalenas Vater Joseph, hatte er weder Gemahlin noch eigene Kinder gehabt. Wie hatte er davon ausgehen können, etwas für seine Nachfahren zu erschaffen? Oder war das alles ganz anders gemeint: nicht als selbstverständliches Erbe innerhalb der Familie, sondern als Erbe für die Nachgeborenen allgemein? Das Erbe konnte nicht einfach übernommen, sondern musste hart erarbeitet werden. So mochten es die Kneiphofer verstehen, die noch immer an Magdalenas berechtigtem Anspruch auf Haus und Kontor zweifelten. Magdalena hatte in Besitz genommen, was sie meinte, in Besitz nehmen zu dürfen, ohne sich je mit den Leuten am Pregel auseinanderzusetzen, geschweige denn, sich in ihren Augen um das Erbe verdient gemacht zu haben. Kein Wunder, dass ihr Erfolg und Reichtum geneidet wurden. Farenheid, Gellert und Boye wollten sie voller Häme in den Schmutz ziehen. Auch Heydrich versuchte letztlich aus Neid, sie von dem Sockel der Vorfahren zu stoßen.

Doch nicht allein das wunderschöne Haus hatte sich die Mutter angeeignet. Obendrein hatte sie das Kontor der Singeknechts schon bald wieder zu einem der ersten Handelshäuser am Platz werden lassen. Dabei hatte sie zuvor weder einen besonderen Ruf als Kauffrau genossen, noch hatte sie mit der Wundarztkunst einen angesehenen Beruf erlernt. Zu allem Überfluss entstammte sie dem kaiserlichen Heerestross und weigerte sich, durch die Heirat mit einem Kneiphofer Zunftgenossen wenigstens diesen Makel zu beseitigen. Dass sie sich stattdessen an den Leipziger Helmbrecht hielt, ihn nach all den Jahren aber immer noch nicht geehelicht hatte, machte es nicht besser. Alles in allem waren das in den Augen der Kneiphofer unermesslich viele Beweise der Singeknecht-Grohnert'schen Überheblichkeit.

Kaum wagte Carlotta, den Gedanken zu Ende zu spinnen. Scham überkam sie, wenn sie an Farenheids Unterstellungen dachte. Die bedeuteten nichts anderes, als dass sie mit den Kurfürstlichen gegen ihre eigenen Standesgenossen paktierte! Am liebsten wäre sie auf der Stelle im Erdboden versunken. Dabei trug sie selbst Schuld an dem Unglück: In all ihrer von den Singeknecht'schen Ahnen geerbten Anmaßung hatte sie nicht im Traum daran gedacht, jemand könnte sie an Mathias' Seite erkennen, gar ihren gemeinsamen Gang durch die Stadt am helllichten Tag derart missdeuten, wie Farenheid es getan hatte. Von Heydrichs bösem Ansinnen ganz zu schweigen. Um da wieder herauszukommen, blieb eigentlich nur eine Wahl: Sie musste für ihr Erbe und ihr Glück kämpfen!

Sie umfasste den Bernstein, drückte ihn fest gegen die Brust und sandte ein inniges Flehen um Beistand gen Himmel.

24

An den erschrockenen Gesichtern las Carlotta ab, wie wenig die Mutter und Helmbrecht mit ihrem Auftauchen gerechnet hatten. Dabei war sie nicht eben leise die Treppe in das Obergeschoss hinaufgelaufen, hatte auch die doppelflügelige Tür zur Wohnstube polternd aufgestoßen.

Eng umschlungen hielten die beiden einander in den Armen, in ein vertrauliches, sehr ernstes Gespräch vertieft. Sofort ließ Philipp Helmbrecht von Magdalena ab, trat einen Schritt zurück und räusperte sich in die Faust. Die Mutter drehte ihr schmales Gesicht zu Carlotta. Es war besorgniserregend blass. Aller Glanz war aus den leicht schräg stehenden, smaragdgrünen Augen gewichen. Die dünnen Lippen wirkten farbloser noch als sonst, das spitze Kinn ragte weit hervor.

»Gut, dass du kommst, mein Kind«, sagte sie heiser. »Ich muss dringend mit dir reden.«

In wenigen Schritten stand sie dicht vor ihr und fasste sie an den Händen. Seltsam berührt, schaute Carlotta über ihre Schulter zu Helmbrecht. Auch sein Antlitz war blass, die Bernsteinaugen trüb. Er schnaufte, griff sich an den Kopf.

»Was ist geschehen?«, fragte sie und führte Magdalena zum Tisch. »Wenn ich euch beide hier so stehen sehe, denke ich, es wird höchste Zeit, dass ihr die Stadt verlasst und den Winter außerhalb Königsbergs verbringt. War dies nicht Euer Vorschlag, mein lieber Helmbrecht? Ihr hört, ich stehe voll und ganz hinter Euch.«

»Darüber habe ich auch schon nachgedacht«, stimmte Magdalena zu. »Doch nun gibt es ein neues Problem.«

Sie sah zu Helmbrecht. Ein Schnaufen entfuhr dessen Mund, angestrengt hielt er den Blick gesenkt.

»Stell dir vor, Liebes«, fuhr sie fort. »Unser guter Freund rät mir auf einmal davon ab, den Kneiphof zu verlassen. Verstehst du das? Dabei ist er eigens Ende Oktober hierher zurückgekehrt, um mich genau dazu zu überreden!«

Der Leipziger Kaufmann starrte weiterhin zu Boden, die Mutter ließ ihn nicht aus den Augen. Carlotta brachte das nicht mit der Vertrautheit zusammen, die die beiden eben noch umgeben hatte.

»Es ist nicht mehr so einfach, wie Ihr Euch das vorstellt«, begann Helmbrecht und ging einige Schritte durch die Wohnstube. Durch die drei hohen Fenster zur Straßenseite fiel das milde Novembersonnenlicht herein. Vereinzelt klangen Rufe und das Räderrollen von Fuhrwerken herauf.

Endlich blieb Helmbrecht stehen, betrachtete das Bild des ehrwürdigen Ahns Paul Joseph Singeknecht. Streng schaute der in seinem schwarzen Gewand mit dem steifen, weißen Kragen auf sie alle herunter.

»Wieso ist es inzwischen nicht mehr so einfach, Mutter aus der Stadt fortzubringen?«, fragte Carlotta und fürchtete bereits die Antwort: Das Auftauchen der fremden Blonden hatte alles verändert! Lina hatte recht gehabt. Seit die Fremde da war, wollte Helmbrecht die Mutter nicht mehr heiraten, geschweige denn, ihr aus der Stadt heraushelfen. Er stand ganz in ihrem Bann, wie das Auftauchen der beiden in Pantzers Apotheke bewies. Wahrscheinlich hatte die Fremde auch keine lauteren Absichten verfolgt, als sie Pantzer bat, die Bernsteinessenz zu untersuchen.

»Wenn Ihr jetzt abreist, könnten böswillige Zungen das als Schuldeingeständnis deuten«, sagte er leise.

»Was?« Verwirrt starrte sie ihn an. Daran hatte sie nicht im Entferntesten gedacht. »Das sehe ich anders. Doch gut. Wir schaffen das auch allein«, erklärte sie entschlossen. Aufgeregt knetete sie die Finger, trat ans Fenster und sah hinaus. In großen Schritten eilte Steutner unten über die Straße. In der Hand hielt er einige Bogen hellen Papiers, vermutlich die neueste Ausgabe des *Europäischen Mercurius.* Ob darin Nachrichten über das Wohlergehen von Hieronymus Roth standen? Hoffentlich saß er bereits in der Feste Kolberg. Damit wäre zumindest Mathias schon fort aus der Stadt, und sie müsste Helmbrecht seinetwegen nicht mehr zum Brief an Tante Adelaide überreden. Gut, dass somit eine Aufgabe bereits erledigt war. Erleichtert wandte sie sich wieder in die dämmerige Wohnstube um. Die große Uhr auf dem Wandbord tickte laut. Es blieb nicht mehr viel Zeit, Entscheidungen zu treffen.

»Du wirst auch ohne fremde Hilfe aus Königsberg weggehen können«, sagte sie zu Magdalena. »Vergiss nicht: Wir pflegen seit Jahren rege Kontakte zu verschiedenen Handelshäusern entlang des Frischen Haffs. Es wird uns schon gelingen, über die Wintermonate eine angemessene Bleibe zu finden. Vertrau mir, Mutter, alles wird gut.«

»Danke, mein Kind. Was aber ist mit dir? Habe ich mich da gerade verhört? Warum sprichst du nur von mir? Du musst natürlich mitkommen! Allein werde ich den Kneiphof nicht verlassen.«

»Nein, das geht nicht«, widersprach Carlotta. »Ich muss mich doch ums Kontor kümmern – oder willst du das etwa Egloff überlassen? Keine zwei Tage wird er benötigen, alles durcheinanderzubringen, Bestellungen und Wareneingänge zu verwechseln, falsche Mengen zu verschicken. Vom trägen Breysig oder dem flattrigen Steutner ganz zu schweigen. Der hat doch nur noch Augen für Lina.« Carlotta lachte übertrieben, um Magdalena aufzuheitern. Leise fügte sie hinzu: »Außerdem gibt es noch eine andere Aufgabe für mich, die noch entscheidender ist.«

»Seltsam, Kleines, dass du dich ausgerechnet jetzt um das Kontor zu kümmern beginnst«, erwiderte Magdalena erstaunt. »All die Jahre habe ich mir gewünscht, dein Interesse für unser Handelsgeschäft zu wecken. Immer stand deine Liebe zur Wundarztkunst dazwischen, von einer Liebe ganz anderer Art schweigen wir besser. Nun, der alte Kepler wird sich gewiss freuen zu hören, dass du dich zumindest in dieser Hinsicht anders entschieden hast.«

»Was hat der alte Kepler damit zu tun?« Kaum wagte Carlotta, die Mutter anzuschauen.

»Sei vorsichtig, mein Kind, du spielst mit dem Feuer«, vermied Magdalena eine klare Antwort und setzte nach einer kleinen Pause nach: »Gib zu: Es geht dir gar nicht ums Kontor. In Wahrheit ist es dir darum zu tun, unsere Wundärztinnenehre gegen den alten Medicus zu verteidigen. Du willst die Gerüchte um die Bernsteinessenz klären, nicht wahr? Aber da gibt es nichts zu klären, mein Kind. Die Essenz ist von mir getreu meiner altbewährten Rezeptur hergestellt. Du weißt, wie viel Wert ich darauf lege. Lass dir nichts anderes einreden und versprich mir, gut auf dich achtzugeben. Vertrau keinem, nicht einmal denen, die du seit langem schon zu kennen meinst.«

Sie hielt inne und sah sie eindringlich an, um plötzlich nach ihren Händen zu greifen. »Ach, was rede ich da, mein Kind? Du kannst nicht hierbleiben! Du musst mit mir kommen, ob es dir passt oder nicht. Noch bin ich deine Mutter und trage die Verantwortung für dich. Soll das Kontor ruhig zugrunde gehen! Auch über unsere Rezepturen mögen sie reden, was sie wollen. Viel wichtiger ist, dass dir nichts geschieht. Du bist die Einzige, die mir geblieben ist, nachdem dein armer Vater mich leider viel zu früh verlassen hat.«

Behende drehte sie sich um, ging zum Nussbaumtresor und schloss ihn auf. Mit zittrigen Fingern nahm sie die geheimnisvolle Schachtel heraus. Bedächtig hob sie den Deckel, lugte hinein, warf einen Blick auf Helmbrecht und erklärte dann: »Du hast es recht erkannt, Liebes: Wir Grohnert-Frauen sind stark. Wir brauchen keine fremde Hilfe. Wir haben schon weitaus schwierigere Herausforderungen überstanden. So schnell wie möglich brechen wir auf. Wir nehmen Geld mit, ein paar Briefe, etwas Bernstein – darunter diesen hier – und natürlich unsere Wundarztkiste sowie die Rezepturen. Wir fangen einfach anderswo noch einmal von vorn an. Es ist schließlich nicht das erste Mal, dass wir das tun müssen.« Sie presste die Schachtel gegen den Busen und reckte das Kinn entschlossen in die Luft.

Beim Hinweis auf den Bernstein, der sich offenbar in der Schachtel befand, wurde Helmbrecht blass, sagte aber nichts. Carlotta musterte ihn verwundert und ahnte, dass er den Stein ihrer Mutter geschenkt hatte und sich nun fragte, was sie damit vorhatte: ihn zu Geld machen oder als Andenken bewahren.

»Mach dir keine Sorgen um mich, Mutter. Ich bin aus demselben Holz geschnitzt wie du.« Carlotta zwang sich zu einem Lächeln. »Natürlich weiß ich, was in der Stadt geredet wird: Ich soll den alten Kepler krank gemacht haben, um ihn mir gefügig zu machen. Doch das ist töricht, genauso, wie es töricht ist, dass du mit Gerke Gleiches vorgehabt hättest, dass sein Tod nur ein Versehen von dir gewesen wäre. Einfach ungeheuerlich, ausgerechnet dir zu unterstellen, das Leben eines Menschen zum eigenen Vorteil aufs Spiel zu setzen! Einst hast du sogar deine ärgsten Feinde vor dem Tod gerettet. Ich werde beweisen, wie hanebüchen das alles ist und wie sehr sie sich in uns getäuscht haben. Aber dazu muss ich hier im Kneiphof bleiben. Du dagegen solltest sofort von hier verschwinden. Wie wäre es mit einer Reise zu Siegfried Hartung nach Frauenburg? Seit langem schon brennt er darauf, dir seine berühmte Wunderkammer vorzuführen. Wenn du morgen beizeiten aufbrichst, kannst du bis Samstag bei ihm sein.«

»Nein!«, schallte Helmbrechts Stimme durch die Stube. »Ihr werdet nicht nach Frauenburg reisen. Ihr könnt Euch dort nicht für längere Zeit einquartieren.«

»Warum nicht?« Verwundert sah Magdalena ihn an. »Siegfried Hartung ist mir seit Jahren gut bekannt. Mein verstorbener Gemahl hat noch von Frankfurt aus Geschäfte mit ihm gemacht. Ist es das, was Euch an ihm …«

»Es geht einfach nicht«, unterbrach er sie schroff.

»Das wird Hartung wohl am besten selbst entscheiden«, sagte Carlotta. »Gleich nach dem Essen sollten wir ihm eine Nachricht schicken.«

»Ihr werdet ihm nichts schicken, genauso, wie Ihr nicht nach Frauenburg reisen werdet.«

Aufgewühlt ballte Helmbrecht die Hände zu Fäusten.

»Aber warum? Was habt Ihr gegen Hartung? Ihr wollt mir doch nicht im Ernst den Besuch bei einem alten Freund meines verstorbenen Gemahls verwehren?«

Eindringlich musterte Magdalena sein Antlitz, auch Carlotta versuchte, darin zu lesen. Um ihnen zu entgehen, trat er ans Fenster, verschränkte die Hände hinter dem Rücken und sprach gegen die Scheibe: »Es geht einfach nicht. Mehr kann ich dazu nicht sagen.«

»Tut nicht so geheimnisvoll.« In Magdalena erwachte der alte Trotz. »Am besten, Ihr verratet uns den Grund jetzt gleich. Früher oder später werden wir ihn ohnehin herausfinden. Ihr kennt meine Ausdauer, was solche Dinge anbetrifft.«

Carlotta schmunzelte, froh, ihre Mutter in der vertrauten Stärke zu erleben. Helmbrecht indes wand sich unruhig.

»Bitte, Magdalena, belasst es einfach dabei: Ihr könnt nicht dorthin. Mehr kann ich nicht sagen. Ein Schwur bindet mich.«

»Das wird ja immer schöner!«, platzte Carlotta dazwischen. »Was kann schwerwiegend genug sein, dass Ihr uns im Stich lasst?«

Noch schwankte sie, ob sie ihm die Verbindung zu der fremden Blonden geradewegs auf den Kopf zusagen sollte. Sie äugte zu Magdalena. Die blickte gebannt auf Helmbrechts breiten Rücken, wirkte dabei jedoch weniger verstört als nachdenklich. Herausfordernd baute sich Carlotta neben ihm auf.

»Könnt Ihr uns bitte erklären, was Ihr eigentlich wollt? Erst fordert Ihr meine Mutter auf, schnellstmöglich die Stadt zu verlassen, weil es hier angeblich zu unsicher für sie geworden ist. Dann aber weigert Ihr Euch, sie auf der Reise zu begleiten, und jetzt wollt Ihr gar verbieten, dass sie bei einem alten Freund Zuflucht sucht! Und das alles eingedenk der Tatsache, dass sie Euch vor kurzem erst im Grünen Baum wieder einmal in einer Notlage selbstlos geholfen hat.«

Zitternd vor Empörung hielt sie inne, wartete, ob er auf ihre Vorhaltungen eingehen wollte.

»Liebes, lass gut sein.« Magdalena versuchte, sie zurückzuhalten.

»Nein, Mutter!« Noch dichter schob sie sich an Helmbrecht heran. »Darf ich Euch an unsere Reise durch den Spreewald vor vier Jahren erinnern? Als Ihr dort einen schrecklichen Anfall erlitten habt, hat meine Mutter Euch das Leben gerettet. Auch angesichts der aussichtslos scheinenden Niederkunft Eurer Schwägerin hat sie keinen Moment gezögert zu helfen, ganz gleich, in welche Gefahr sie sich selbst dabei begeben hat. Ihr aber fürchtet Euch jetzt sonderbarerweise nicht zum ersten Mal davor, meiner Mutter offen beizustehen. Denkt nur an jene Nacht im Wald, kurz vor Thorn, als meine Mutter der Hexerei bezichtigt wurde. Was habt Ihr da für sie getan?«

Carlotta rüttelte ihn am Arm. Er ließ es geschehen. Ihre Stimme überschlug sich, als sie ihm entrüstet entgegenschleuderte: »Gar nichts! Weggeschickt habt Ihr uns, habt uns ohne ein einziges Wort der Verteidigung einfach im Stich gelassen. Kneift Ihr nun schon wieder, sobald die erste Gefahr am Horizont dräut?«

»Du irrst dich«, erwiderte Helmbrecht tonlos.

Über ihrem Ausbruch war er erbleicht. Die Bernsteinaugen verfinsterten sich. Beistand heischend, schielte er zu Magdalena. Die aber wich aus, was ihn kurz stutzen ließ. Beschwörend hob er die Stimme: »Carlotta, glaub mir: Nichts hätte ich in jener Nacht lieber getan, als mich vor deine Mutter zu stellen und die bösen Unterstellungen deiner Tante zurückzuweisen. Doch ich hatte eine Mission, die ich kurz vor dem Ziel nicht aufs Spiel setzen durfte. Ich musste bei den Reisenden bleiben, koste es, was es wolle. Deine Mutter weiß das und hat mir verziehen.«

Carlotta schaute zu ihrer Mutter, die kaum merklich nickte.

»Er hat recht, mein Kind. Wir haben das längst miteinander geklärt. Er konnte damals nicht offen gegen die Mitreisenden aufbegehren. Der Erfolg seines Geheimauftrags durfte nicht gefährdet werden. Im Nachhinein war das unser Glück, wie du weißt. Noch in derselben Nacht wurde die Reisegruppe überfallen. Lediglich Tante Adelaide, Mathias und Helmbrecht haben das Gemetzel überlebt. Die Empfehlungsschreiben Helmbrechts aber haben es uns ermöglicht, sicher bis Thorn zu gelangen. Selbst sein Pferd hat er uns überlassen, wie du dich noch erinnern wirst. Genau wie damals vertraue ich Helmbrecht auch jetzt. Er wird einen wichtigen Grund haben, warum er uns nicht nach Frauenburg gehen lassen will. Ich kann mir auch schon denken, welchen.«

»So?« Carlotta blieb misstrauisch, was Magdalena jedoch nicht störte. Sie fasste sie an der Hand und erklärte geduldig: »Es ist wohl das Versprechen Tante Adelaide gegenüber. Nach dem Überfall auf die Reisegefährten hat er ihr zugesagt, niemandem zu verraten, wo sie steckt. An einem Ort, den niemand außer ihm kennt, hat sie noch einmal ein neues Leben begonnen. Das wird wohl Frauenburg sein. Eure Treue in allen Ehren, mein lieber Helmbrecht«, wandte sie sich lächelnd an ihn, »aber Ihr werdet verstehen, dass meine Tochter und ich derzeit nicht in der Lage sind, besondere Rücksichten zu nehmen. Wir reisen morgen ab, sagen Euch aber nicht, wohin. Damit habt Ihr Euer Versprechen gehalten. Was wir beide tun, steht eben außerhalb Eures Einflusses.«

Er seufzte laut.

»Das heißt also …«, hub Carlotta an, wurde aber von ungewöhnlichem Aufruhr unten in der Diele am Weiterreden gehindert. Es klang so, als dringe jemand gewaltsam ins Haus ein. Verwundert sahen sie einander an.

25

Energische Stiefelschritte polterten die Treppe herauf. Hedwigs heiseres Krächzen sowie die aufgebrachten Rufe Millas und Linas begleiteten den Lärm. Offenbar versuchten sie, den ungestümen Besucher aufzuhalten. Im nächsten Augenblick flog bereits die Tür der Wohnstube auf.

»Hier steckt ihr also!« Mathias' große Gestalt tauchte im Türrahmen auf, die dunklen Augen waren bedrohlich zusammengekniffen, der dünne Oberlippenbart zitterte. Die Schöße seines blauen Rocks flatterten, als er in die Stube stürzte, die braunen Stiefel knallten über den Dielenboden. Direkt hinter ihm stürmte Steutner die Treppe herauf. Die Mägde und die Köchin sowie die beiden anderen Schreiber folgten in kurzen Abständen.

»Braucht Ihr Hilfe?«, rief Steutner und machte Anstalten, sich auf Mathias zu stürzen. Die Mägde und Hedwig dagegen drängten sich im Türrahmen, unschlüssig, was sie von dem

Auftritt halten sollten. Auch Breysig und Egloff wirkten verunsichert, ob sie mannhaft sein und Steutners beherztem Beispiel folgen oder sich besser wieder unauffällig zurückziehen sollten. Helmbrecht winkte ab, während die Mutter ermattet auf den nächsten Stuhl sank.

»Liebes, einen Schluck Rosmarinwein!«, bat sie leise.

Carlotta jedoch hielt die Augen starr auf den Eindringling in der kurfürstlichen Montur gerichtet.

Trotz seiner offenkundigen Wut sah Mathias verletzlich aus. Er konnte ihrem Blick nicht standhalten. Das erinnerte sie an ihre letzte Begegnung vor wenigen Wochen am Pregelufer. Bevor sie zum Tresor ging, um das Gewünschte für die Mutter zu holen, raunte sie ihm zu: »Ich denke, du bist längst in Kolberg. Hast du nicht den aufmüpfigen Roth zu bewachen?«

»Das käme dir wohl gut zupass!« Mathias nahm den breitkrempigen Hut ab und warf ihn auf den Tisch. »Wie du weißt, warte ich seit langem auf Nachricht von dir. Deshalb habe ich bei meinem Trupp um Urlaub gebeten. Roth kann auch von jemand anderem bewacht werden. Ich aber muss meine Angelegenheiten klären. Deshalb bin ich hier. Gut, auch deine Mutter und Helmbrecht anzutreffen. Dann können wir endlich alles gemeinsam bereden.«

Er schaute zur offenen Tür, wo sich die dünne Milla mit weit aufgerissenen Rehaugen an Lina klammerte, die sich wiederum hinter Hedwigs breitem Rücken zu verbergen versuchte. Die Köchin kümmerte sich nicht darum. Sie hatte die Arme vor dem riesigen Busen verschränkt und schnaubte verächtlich in Mathias' Richtung. Von den beiden älteren Kontoristen war nichts zu sehen. Dafür stand der junge Steutner breitbeinig vor dem Türrahmen und versperrte wagemutig den Weg nach draußen.

»Ich glaube, ihr geht jetzt besser alle«, forderte Carlotta sie auf. Milla machte erleichtert kehrt. Lina dagegen zögerte, sich ihr anzuschließen. Erst als die Köchin laut in die Hände klatschte, sprang sie ebenfalls die Treppe hinunter. Ein letztes Mal drehte Hedwig sich um, sah Carlotta fragend an.

»Bist du sicher, Kind?« Carlotta nickte. Die Köchin zupfte Steutner am Ärmel. »Auch Ihr seid damit gemeint, mein Guter.«

Endlich waren die Mutter, Helmbrecht und Carlotta allein mit Mathias.

»Vielleicht ist es besser, du schenkst deiner Mutter von dem Wein ein. Sieht so aus, als könnte sie eine Stärkung vertragen.«

Unaufgefordert setzte Mathias sich an den Tisch. Trotz seines Bemühens um forsches Auftreten war seine Unsicherheit nach wie vor zu spüren. Carlotta entnahm dem Schrank den Krug und zwei Becher und reichte einen davon an Mathias.

»Auch dir wird das nicht schaden«, sagte sie. Statt des Bechers packte er ihr Handgelenk und drückte fest zu. Seine Hand war kalt und feucht.

»Was ist?«, fragte er. »Hast du es schon geklärt, oder soll ich selbst …?« Halb wandte er sich auf dem Stuhl um und sah zu Helmbrecht. »Übrigens schön, Euch hier zu treffen, mein Bester. Ich hatte bereits befürchtet, Ihr hättet die Stadt bis zum nächsten Frühjahr verlassen.«

»Warum sollte ich?« Verwirrt sah Helmbrecht zwischen ihm und Carlotta hin und her.

»Mathias, gib mir bitte noch einen Moment Zeit«, setzte Carlotta an.

»Liebes, was ist los? Was soll das nun alles schon wieder?«

Magdalena erhob sich und betrachtete verwundert ihren Neffen.

»Lass uns unten im Kontor unter vier Augen miteinander reden, dann tun wir uns leichter«, bat Carlotta ihn.

Nach einem weiteren Blick auf Magdalena und Helmbrecht zuckte Mathias mit den Achseln. »Wie du magst. Aber denk dran, so schnell wirst du mich heute nicht mehr los.«

Ohne ihr Handgelenk freizugeben, griff er mit der zweiten Hand nach seinem Hut und zog sie mit sich hinaus.

Kaum erreichten sie in der Diele den untersten Treppenabsatz, klopfte es an der Eingangstür. Lina eilte von der Küche herüber, um zu öffnen. Christoph stand vor der Tür.

»Gott zum Gruße«, nahm er den Hut vom Kopf und erstarrte, als er Mathias an Carlottas Seite entdeckte. Wutentbrannt schleuderte er den Hut weg und stürzte sich auf ihn. »Was machst du elender Hurensohn noch hier? Habe ich dir nicht letzte Nacht geraten, für immer aus der Stadt zu verschwinden?«

Mathias lachte böse auf. Das war zu viel. Im nächsten Moment sprang Kepler ihm an den Hals und würgte ihn. Mathias überraschte der Angriff derart, dass ihm seine körperliche Überlegenheit zunächst nichts nutzte. Gleich fehlte ihm die Luft, sich zu wehren. Sein Antlitz rötete sich, die Augen quollen aus den Höhlen. Heiser krächzte er um Hilfe. Carlotta versuchte, Christoph von ihm wegzuziehen, doch dazu war sie nicht kräftig genug.

»Holt Steutner«, schrie sie verzweifelt in die Richtung, in der sie Lina und Milla vermutete. »Wo steckt er, wenn man ihn braucht?«

Endlich erwachte auch das restliche Haus aus seiner Betäubung. Milla weinte, Hedwig schimpfte. Aus dem ersten Stock stürmte Helmbrecht die Treppe hinunter, dicht gefolgt von Magdalena.

»Lasst ihn los!«, rief er und sprang, zwei Stufen auf einmal nehmend, nach unten. Gleichzeitig mit Steutner, der aus dem Kontor herüberstürzte, erreichte er die beiden Burschen, die längst aufs heftigste miteinander rangelten. Der Moment der Überraschung war vorbei. Mathias war als Soldat den Zweikampf gewohnt und hatte sich schon wieder mehr Luft verschafft. Christoph dagegen war nicht flink genug, ihn lange in Schach zu halten. Dennoch presste er ihm weiterhin die Kehle zu. Nach mehreren Anläufen erst gelang es Helmbrecht und Steutner mit vereinten Kräften, die beiden auseinanderzureißen.

Gestützt auf Magdalena und Helmbrecht, rang Mathias nach Luft, riss an seinem Rockkragen, um die Knöpfe zu öffnen, hustete und prustete, keuchte, bis er einigermaßen gleichmäßig atmen konnte.

»Du Schwein!«, presste er heiser hervor. »Pass auf! Ich erwisch dich und mach dich fertig!«

Er bäumte sich auf. Helmbrecht jedoch hielt ihn unerbittlich fest. Magdalena fasste nach Mathias' Hand. Zögernd trat Steutner zwei Schritte von der kleinen Gruppe zurück, zupfte an seinem zerschlissenen Rock und richtete sich den Hemdkragen. Inzwischen hatten sich auch Egloff und Breysig aus dem Kontor herübergetraut. Vorsichtig näherten sie sich ihrem Schreiberkollegen und klopften ihm für seinen heldenhaften Einsatz anerkennend auf die Schultern.

Unterdessen kümmerte sich Carlotta um Christoph. Kaum war er von seinem Opfer weggetaumelt, hatte sie ihn aufgefangen. Um einen abermaligen Ausbruch zu verhindern, hatte sie die Arme fest um ihn geschlungen.

»Liebster, bitte!«, flehte sie. »Mach dich nicht unglücklich. Es ist nicht so, wie du denkst.«

»Ach? Was soll ich denn denken, wenn du Hand in Hand mit diesem Burschen die Treppe herunterspazierst?« Wütend sah er sie an. »Ganz zu schweigen von dem, was man sonst noch über euch beide hört.«

Nichts auf seinem Antlitz erinnerte an die weichen Züge, die sie so gern mit den Fingern nachfuhr. Tief hatte sich die Kerbe am Kinn eingegraben. Die sonst so vollen Lippen waren erschreckend schmal.

»Wie habe ich nur so blind sein können? Schließlich zerreißt sich bereits die halbe Stadt das Maul über euch. Du bist das Liebchen eines Kurfürstlichen! Am helllichten Tag scharwenzelst du mit dem Blaurock durch die Gassen, küsst und herzt ihn, als gäbe es keinen Anstand. Und ich lasse mich wie ein törichter Narr von dir an der Nase herumführen.«

Er stieß sie von sich weg. Sie stolperte und fiel zu Boden. Verächtlich trat er mit dem Fuß nach. »Elende Soldatenhure! Schließlich habe ich es selbst gesehen, als du letztens dem Studenten geholfen hast. Gleich standen die Dragoner da und haben dir beigestanden. Trotzdem habe ich alter Esel nichts begriffen, habe mich stattdessen immer wieder von dir beschwatzen lassen.«

Verzweifelt raufte er sich die Haare, hob den Blick gen Decke und hielt einen Moment inne. Als er Carlotta das Gesicht wieder zuwandte, entdeckte sie Tränen in seinen Augen.

Leiser sprach er weiter: »Schließlich hat sogar mein bester Freund mit Engelszungen auf mich eingeredet, ich solle dich nicht aufgeben. Doch wer weiß, welch teuflischen Plan du mit ihm ausgeheckt hast? Wahrscheinlich hast du den armen Caspar Pantzer längst ebenfalls in Bann gelegt. Erst spielt ihr zwei mir vor, wie trefflich du seine Verletzungen versorgst, dann vergiftest du fast meinen Vater, nur um hinterher mir und meinen Eltern vorzugaukeln, du allein hättest ihn retten können. Und der arme Caspar Pantzer kann gar nicht anders, als wie ein sturer Hornochse zu tun, was immer du ihm sagst. Er merkt gar nicht, vor welch widerlichen Karren du ihn gespannt hast.«

Voller Abscheu spuckte er zu Boden. Unwillkürlich drehte Carlotta sich zur Seite und fasste mit der Hand nach dem Bernstein.

Plötzlich zerrte Christoph kräftig an der Schnur. Sie versuchte, den Stein in ihrer Faust zu verbergen. Schmerzhaft schnitt ihr die Lederschnur in den Hals. Patsch! Eine heftige Ohrfeige traf sie auf die Wange. Vor Schreck gab sie den Stein frei und sah entsetzt in Christophs wutverzerrtes Gesicht.

»Nein!«, schrie sie und rappelte sich auf. »Gib mir meinen Stein zurück!«

Sie reckte die Arme, sprang an ihm hoch. Vergebens. Unerreichbar für sie, hielt er den Stein bereits wie eine Trophäe hoch über den Kopf.

»Schluss mit dem faulen Zauber!«

Abermals stieß er sie beiseite und stürmte direkt auf das lodernde Herdfeuer zu. Carlotta torkelte, fing sich wieder und rannte ihm nach.

»Nicht!«, kreischte sie und setzte zum Sprung nach vorn an. Christoph holte aus, sie fiel ihm in den Rücken, doch es nutzte nichts mehr. Mit voller Wucht schleuderte er den Bernstein ins Feuer.

Gierig schnappten die Flammen danach. Es knisterte und knirschte. Sogleich rußte es heftig. Bald schon zog ein aromatischer, harziger Duft durch die Diele.

»O Gott, welch Unglück!« Hedwig schlug sich die Hände vors Gesicht. Milla und Lina fielen einander schluchzend in die Arme. Magdalena verbarg ihr Gesicht an Helmbrechts Brust. Auch die drei Schreiber und Mathias starrten entsetzt zum Herd. Hell loderten die Flammen auf, umkreisten tanzend den Kessel. Es knackte mehrmals, dazwischen stiegen immer wieder schwarze Rußfahnen auf.

Gebannt beobachtete Carlotta das Spiel der Flammen, außerstande, sich zu rühren. Die eiskalten Finger lagen auf ihrer Brust, dort, wo eben noch der Bernstein gehangen hatte.

In der Diele war es mucksmäuschenstill. Durch die offene Tür zur Langgasse drangen Straßengeräusche. Ungezügelte Wut loderte in Carlotta auf. Ehe sie dessen recht gewahr geworden war, stürzte sie sich auf Christoph, packte ihn am Revers seines eleganten Rocks, zerrte und riss wie von Sinnen daran.

»Was soll das? Warum hast du das getan? Du weißt genau, was der Bernstein mir bedeutet.« Für einen Moment sahen sie sich tief in die Augen. Ein verräterischer Schimmer glimmte im Grau seiner Pupillen.

»Du bist ja wahnsinnig«, zischte er.

Sie holte aus und verpasste ihm eine schallende Ohrfeige. Von dem Schwung fuhr sein Kopf herum. Tiefrot zeichneten sich die Abdrücke ihrer Finger auf der hellen Haut seiner Wangen ab.

»Hau ab!«, rief sie. »Geh mir aus den Augen und wage nie mehr, hierher zurückzukommen.«

DRITTER TEIL

Die Probe

AM FRISCHEN HAFF

Winter 1662

1

Schon am frühen Morgen war die Gaststube gut besucht. Das heftige Schneetreiben hatte zusätzlich zu den Schlafgästen Handwerker und Fischer aus Brandenburg in den Krug getrieben. Sogar der Amtshauptmann aus der nahe gelegenen Burg, in der in früheren Zeiten eine ordensmeisterliche Komturei untergebracht gewesen war, hockte am Kopfende einer der Tafeln. Wohlgemut ließ er sich das frisch gezapfte Bier sowie eine ordentliche Portion Schinken und Käse schmecken. Die dicken Wollmäntel dampften vor Nässe, die feuchten Lederstiefel der Männer verbreiteten einen strengen Geruch. Vom Herd zog Rauch herüber. In einem tiefhängenden Kessel brodelte eine dicke Suppe.

Nahe der Treppe ins Obergeschoss verharrte Carlotta. Sie meinte, es schnüre ihr die Kehle zu. Die schlechte Luft auf nüchternen Magen einzuatmen, war ihr nahezu unmöglich. Übelkeit beschlich sie. Dabei wusste sie nur zu gut, dass nicht allein die Stimmung in dem Gasthaus schuld an ihrem Zustand trug. Seit Christoph vor ihren Augen den Bernstein ins Herdfeuer geschleudert hatte, fühlte sie sich nicht mehr als Herrin ihrer Sinne. Trotz aller Wut quälte sie die Ungewissheit, was aus dem Ärmsten geworden war. Niemand, auch Steutner nicht, hatte ihr verraten, was geschehen war, nachdem er mit Christoph und Mathias aus dem Haus in die Langgasse hinausgestürmt war. Das lädierte Aussehen des Schreibers am nächsten Morgen ließ das Schlimmste befürchten. Die eiligst anberaumte Abreise hatte es ihr verwehrt, sich selbst zu erkundigen. Sie stellte sich auf die Zehenspitzen, um über die vielen Köpfe hinwegschauen zu können. Vielleicht entdeckte sie irgendwo einen freien Tisch für sich und die Mutter, an dem sie warten konnten, bis die Reise weiterging.

»Kommt her, verehrtes Fräulein! Hier ist noch Platz für Euch«, winkte Friedrich Thiesler und rutschte bereits auf der Bank zur Seite. Nur zu gern hätte sie die Einladung übersehen. Nachher würde sie noch lange genug neben dem hoch aufgeschossenen Theologiestudenten aus der Königsberger Altstadt sitzen und seinen weitschweifigen Reden über Paul Gerhardts Kirchenlieder lauschen müssen. Leider reiste er genau wie ihre Mutter und sie in dem Fuhrwagen der Löbenichter Kaufleute Tromnau und Hohoff Richtung Danzig. Flüchtig schweifte ihr Blick über die beiden Anführer ihrer Reisegruppe, die sie ebenfalls nicht sonderlich mochte. Auf Empfehlung des Lagervorstehers Schrempf, dem sie wohl einen Gefallen schuldeten, hatten die Zunftgenossen sie kurzfristig mitgenommen. Mehr als einmal schon hatten sie verkündet, wie sehr ihnen die Gegenwart der beiden Frauen missfiel. Wahrscheinlich wussten sie längst, warum sie Königsberg so überstürzt verlassen hatten.

Thiesler fühlte sich verpflichtet, das brummige Gebaren der beiden wettzumachen. »Hierher, Verehrteste.« Gleich wiederholte er seine Aufforderung. Inzwischen hatte er sich halb von der Bank erhoben und gestikulierte auffällig.

Carlotta seufzte. Ein letztes Mal ließ sie den Blick durch den Schankraum schweifen.

»Sieh nur«, raunte Magdalena ihr zu, die unbemerkt an sie herangetreten war. »Der gute Thiesler hat freundlicherweise einen Platz für uns frei gehalten. Es ist gleich beim Fenster. Da können wir das Wetter draußen im Auge behalten. Ein kleiner Imbiss tut jetzt wirklich gut. Mein Magen knurrt schon. Und wer weiß, wann wir unsere nächste Station erreichen.«

Entschlossen zog sie sie durch die Reihen an den Tisch des Studenten. Auch der dunkelbärtige Tromnau und der schlechtrasierte Hohoff saßen bereits dort, dem Studenten gegenüber. Unwirsch nickten sie, steckten allerdings gleich wieder die struppigen Köpfe zusammen und redeten weiter, als wären die beiden Frauen gar nicht vorhanden.

»Einen wunderschönen guten Morgen, die Herren.« Aufgeräumt strahlte Magdalena die Männer an. »Wie aufmerksam von Euch, auch an meine Tochter und mich zu denken.« Mit dem Kinn wies sie auf die bereitgestellten Gedecke. Tromnau und Hohoff knurrten etwas Unverständliches, Thiesler dagegen schob stolz die Brust heraus.

»Aber das ist doch eine Selbstverständlichkeit. Wenn ich bitten darf, Verehrteste.« Einladend wies er mit dem ausgestreckten Arm auf die Bank.

»Habt vielen Dank.« Magdalena rutschte als Erste hinein, Carlotta folgte ihr. Schon ärgerte sie sich, nicht einen Hauch schneller als die Mutter gewesen zu sein. So setzte sich Thiesler direkt neben sie. Wie zufällig stieß sein Ellbogen mehrmals gegen ihren Arm, bis sie mit einem deutlichen Schnaufer von ihm abrückte. Magdalena quittierte das mit einem belustigten Augenaufschlag.

»Habt Ihr Eure Fuhrleute gesprochen, wann wir aufbrechen?«, wandte sie sich direkt an die Löbenichter Kaufleute. Flüchtig nippte sie an dem Becher mit warmem Wein, den Blick fest auf Tromnau gerichtet. Widerwillig hob er den Kopf.

»Noch nicht«, antwortete er.

»Oh.« Magdalena lächelte ihn freundlich an, obwohl ihr sein Verhalten nicht recht sein konnte. »Habt Ihr Eure Pläne geändert? Wollt Ihr heute gar nicht mehr Frauenburg erreichen? Vielleicht kommen wir dann zumindest bis Heiligenbeil?«

»Davon kann nicht die Rede sein.« Der Löbenichter Kaufmann gab sich weiterhin schroff.

»Verzeiht«, schob Magdalena nach. »Ich will Euch nicht lästig fallen. Doch ich habe unsere Ankunft bei unseren Gastgebern in Frauenburg ursprünglich für heute Abend angekündigt. So hatten wir es gestern bei unserem Aufbruch aus dem Kneiphof vereinbart. Wenn das nicht möglich ist, schicke ich eine Nachricht, dass wir uns um einen oder gar zwei Tage verspäten. Sagt mir also, wann Ihr endlich von hier abzureisen gedenkt.«

»Tut, was Ihr für richtig haltet.« Tromnau vermied eine genaue Antwort. Mit zunehmender Verärgerung hatte Carlotta das kurze Gespräch verfolgt. Sie warf die rotblonden Haare zurück und äugte mit ihren blauen Augen zwischen den beiden hin und her. Hatte die Mutter vergessen, wie dankbar sie sein sollten, so kurzfristig überhaupt aus Königsberg weggekommen zu sein? Sie musste des Wahnsinns sein, Tromnau Vorhaltungen zu machen. Gerade, als sie sich einmischen wollte, kam Hohoff ihr zuvor.

»Schaut aus dem Fenster, Verehrteste, und seht selbst, dass es unmöglich ist, in absehbarer Zeit loszufahren. Seit dem Morgengrauen schneit es ohne Unterlass. Die Straßen sind unpassierbar. Selbst wenn wir wollten, kämen wir nicht weiter als bis zur Mündung des Frischings am Ende der Lischke. Unsere Wagen sind einfach zu schwer beladen. Kaum, dass wir zwei Häuser weit kutschiert sind, werden wir im Schlamm versinken. Selbst dem Postreiter wird es bei diesem Wetter nicht gelingen, seine Tagesetappe zu erreichen.«

Er strich sich über die hellen Bartstoppeln, die Kinn und Wangen bedeckten. Die schmutzigen Finger deuteten darauf hin, dass er bereits draußen gewesen sein und nach seinem Fuhrwagen gesehen haben musste. Vielleicht hatte er gar dem Fuhrmann helfen wollen, die Pferde anzuschirren.

»Gestern war das Wetter auch nicht besser«, entfuhr es Carlotta. »Trotzdem sind wir bis hierher gelangt.«

»Obwohl man es bei guten Bedingungen an einem Tag leicht bis Heiligenbeil schaffen kann«, ergänzte Thiesler beflissen. Seine Wangen waren gerötet. Das rührte eher vom Trinken als vom Eifer. Der säuerliche Mundgeruch verriet, dass er trotz der frühen Stunde nicht mehr den ersten Becher Wein vor sich hatte.

»Wenn Ihr so gut Bescheid wisst, solltet Ihr Euch am besten einen eigenen Wagen nehmen und ohne uns weiterreisen. Dann erreicht Ihr schneller Euer Ziel.«

Tromnau brach sich ein Stück Brot vom Laib und steckte es achtlos in den Mund. Dabei entblößte er eine Reihe angefaulter Zahnstummel, was ihn nicht weiter zu stören schien. Gierig mahlten seine Kiefer das Brot zu Brei. Immer wieder rann ihm ein Tropfen Speichel aus dem Mund. Carlotta wunderte sich, dass ein angesehener Kaufmann wie er so wenig Wert auf sein Äußeres und angemessene Manieren legte. Wäre er im Kneiphof ansässig statt im Löbenicht, hätten ihn die Zunftgenossen längst zurechtgestutzt. Im Osten der Altstadt verhielt es sich offenbar anders. Sie beschloss, bei ihrer Rückkehr Caspar Pantzer darauf anzusprechen. Kaum dachte sie an den Apotheker, überkam sie neuerliche Bitternis. Blieb er ihr gut, trotz des Bruchs mit Christoph? Weiterhin war sie bei der Bernsteinessenz und der Wundersalbe auf ihn angewiesen.

Sofort stand ihr Christophs wutverzerrtes Gesicht vor Augen, ein dicker Kloß blockierte ihr die Kehle. Wie hatte er es wagen können, den Bernstein ins Feuer zu werfen? Wieder meinte sie, den harzigen Rauch zu riechen. Verstohlen wischte sie sich die Augenwinkel, die Finger glitten an den Hals und fassten ins Leere. Der Bernstein war für immer verloren, genau wie ihre Liebe zu Christoph.

»Natürlich werden wir nicht ohne Euch weiterreisen«, stellte Magdalena gerade mit einem freundlichen Lächeln klar. Mahnend legte sie Carlotta die Hand auf den Arm und drückte ihn fest, als ahnte sie, woran ihre Tochter derweil dachte. »Zwei Frauen allein haben gar keine Chance, heil ans Ziel zu gelangen. Ihr seid der Anführer unserer Gruppe, verehrter Tromnau. Ihr wisst am besten, was in der derzeitigen Lage zu tun ist. Zwar heißt es so schön zum heutigen Tag: ›Fällt auf Eligius ein kalter Wintertag, die Kälte vier Monate dauern mag.‹ Doch muss das nicht bedeuten, dass es fortan jeden Tag zu viel Schneegestöber und Gegenwind gibt, um voranzukommen. Es ist ja nicht nur das Wetter, das das Reisen in unseren Gefilden erschwert. Meine Tochter und ich haben es also einzig Eurer Güte zu verdanken, überhaupt so rasch aus Königsberg fortgekommen zu sein. Ob wir heute oder morgen in Frauenburg eintreffen, spielt dagegen keine sonderlich große Rolle. Hauptsache, wir gelangen mit Eurer Hilfe überhaupt sicher dorthin.«

Als Carlotta das Gesicht verzog, trat Magdalena mit dem Fuß gegen ihr Bein. In zuckersüßem Ton schlug sie vor: »Lass uns den köstlichen Imbiss genießen, mein liebes Kind, und geduldig abwarten, was uns der Tag noch bringen wird. Vielleicht reißt der Himmel schneller auf als erwartet, und wir können los.« Gleich spießte sie mit der Messerspitze einen dicken Brocken Käse auf und steckte ihn in den Mund.

»Greif zu«, forderte sie Carlotta beim Kauen auf. »Der ist wirklich bestens. Du hörst ja, uns bleibt alle Zeit der Welt, uns erst einmal in Ruhe an den leckeren Speisen gütlich zu tun. Gott sei Dank ist die hiesige Krügerin eine hervorragende Köchin. Da wird es uns nicht schwerfallen, den lieben, langen Tag mit Essen zu verbringen.«

Carlotta entging das spöttische Zwinkern nicht, mit dem die Mutter die Worte begleitete. Das munterte sie auf. Magdalena hatte recht: Die Löbenichter Zunftgenossen trauten ihnen nicht im Geringsten zu, die Lage richtig einzuschätzen. Sie hielten sie für zwei unbedarfte Kaufmannsfrauen, die zeit ihres Lebens kaum weiter als bis zum Bärenkrug auf dem Steindamm außerhalb der Altstadt gereist waren. Wie würden sie staunen, wenn die Mutter ihnen erzählte, mehr als die Hälfte ihres Daseins im Tross des kaiserlichen Heeres verbracht zu haben! Es wäre ihr ein Leichtes, den Fuhrwagen selbst zu lenken und sogar im dichten Schneetreiben unbeschadet bis Frauenburg zu gelangen.

»Sagt, verehrte Frau Grohnert«, schaltete sich Thiesler ein, »heißt es nicht, Ihr seid im Großen Krieg eine bekannte Wundärztin gewesen? Dann habt Ihr einen Großteil Eures Lebens unterwegs verbracht, seid jahraus, jahrein mit den Wagen übers Land gezogen, ganz gleich, ob es geregnet, geschneit oder die Sonne vom Himmel gebrannt hat. Es muss Euch lächerlich erscheinen, bei der jetzigen Witterung nicht weiterzufahren.«

Neugierig schaute er zu Magdalena. Auf Tromnaus und Hohoffs Gesichtern wechselten in schneller Folge Erstaunen, Entsetzen und Bewunderung.

»Ihr habt recht, mein guter Thiesler«, stimmte Magdalena fröhlich zu. »Ich bin tatsächlich im Tross des kaiserlichen Heeres aufgewachsen. Deshalb weiß ich nur zu gut, was es heißt, bei dichtem Schneetreiben mit den beladenen Wagen stecken zu bleiben oder im Schlamm zu versinken. Umso mehr genieße ich die Annehmlichkeit, heute im Trockenen sitzen und mich am Ofen wärmen zu dürfen.«

Thiesler war verblüfft. Die beiden Löbenichter Kaufleute aber konnten sich ein zustimmendes Nicken nicht versagen. Allmählich hellte sich Tromnaus düstere Miene auf, bald war gar ein wohlgefälliges Lächeln zu erkennen. Zunächst wollte Thiesler widersprechen, doch dazu kam er nicht. Die Tür des Gasthauses schwang auf. Neugierig wandten sich alle um. Eine dichte Wolke Schnee und Kälte drang herein. Einige Augenblicke später wurde der Eindringling sichtbar. Es war einer der beiden Fuhrleute, die die Wagen der Löbenichter Kaufleute lenkten. Suchend sah er sich im Schankraum um, bis er seine Herren entdeckte.

»Das wird heute nichts mehr«, rief er und nahm den breitkrempigen Hut vom Kopf. Dabei wirbelte ein Schwall Schneeflocken durch die Luft. Einige der Gäste schüttelten sich verärgert. »Pass doch auf!« Der Fuhrmann störte sich nicht an ihrem Protest, sondern begann mit sichtlichem Vergnügen, auch noch die Nässe aus dem wollenen Umhang zu klopfen. Weitere Tropfen stoben durch die Luft. Zu allem Überfluss stampfte er mit den Stiefeln auf, um sie vom Schneematsch zu befreien. Große Pfützen umringten seine Füße. Tromnau und Hohoff wechselten verärgerte Blicke, Magdalena schmunzelte still in sich hinein. Thiesler dagegen begehrte lauthals auf: »Seid Ihr von allen guten Geistern verlassen? Das muss heute noch etwas werden mit der Weiterfahrt. Bis nächste Woche soll ich in Danzig sein. So schaffen wir das nie. Damit bringt Ihr all meine Pläne durcheinander!«

»Ruhig Blut«, suchte Carlotta ihn zu beschwichtigen. »Bis nächste Woche bleibt noch viel Zeit, Danzig zu erreichen. Warum geht es heute nicht weiter?«, fragte sie den Fuhrmann. »Denkt Ihr nicht, es reißt noch auf?«

»Wenn es nur das wäre!« Der Mann schüttelte den Kopf, um zur Freude der Anwesenden auch seinen langen Bart von Schneeresten zu befreien. »Eben kam der Postreiter aus Heiligenbeil. Die Straße ist unpassierbar, weil dort die Kurfürstlichen mit dem Gefangenen Hieronymus Roth entlangziehen. Bis morgen ist da kein Durchkommen. Und selbst dann wird es nicht schnell weitergehen, weil die Kurfürstlichen niemanden an sich vorbeilassen.«

Ein verschwörerisches Blitzen beleuchtete sein Gesicht. Er beugte sich vor und raunte hinter vorgehaltener Hand: »Sie haben wohl die Hosen gestrichen voll, es könnte einer kommen und ihnen den braven Roth aus den Klauen reißen. Das muss ein Aufmarsch sein, als geleiteten sie den polnischen König mitsamt dem Hofstaat höchstpersönlich bis Kolberg.«

Sein Lachen polterte nicht weniger laut als das Stapfen seiner Stiefel vorhin.

»Müssten die nicht längst schon am Ziel sein? Vor mehr als zwei Wochen sind sie aus Königsberg fort.« Fragend sah Carlotta zu Tromnau. Der vollbärtige Kaufmann aus dem Löbenicht schien stets bestens Bescheid zu wissen.

»Pah! Was die Kurfürstlichen müssten!«, lachte er und schlug mit der Faust auf den Tisch, dass die Becher aufsprangen und die Teller gegeneinander klirrten. Ein schrumpeliger Apfel kullerte quer über den Tisch. Erschrocken sahen alle zu dem Kaufmann herüber. Der scherte sich nicht darum, sondern richtete sein Augenmerk allein auf Carlotta.

»Die müssen gar nichts, liebes Kind«, erklärte er belustigt. »Am wenigsten das, was wir von ihnen erwarten. Also marschieren sie, so schnell sie wollen. Und das tun sie nicht von ungefähr. Wie es scheint, ist es nicht ganz zufällig herausgekommen, dass sie Roth nach Kolberg bringen werden. Der Kurfürst wird wissen, wie er mit dem aufmüpfigen Burschen aus Eurem feinen Kneiphof umzuspringen hat. Je länger es dauert, bis er in seinem Verlies ankommt, desto mehr Zeit bleibt seinesgleichen im Kneiphof, noch einmal gut darüber nachzudenken, wie sie zu ihrem Schöppenmeister und seinen Vorstellungen wirklich stehen. Vielleicht fällt ihnen in der Zwischenzeit auf, wie aussichtslos es ist, sich gegen die Wünsche des Kurfürsten zu sperren. Damit ist uns allen gedient. Höchste Zeit, dass dieser unsägliche Landtag zu Ende geht und man weiß, wie es sich künftig bei uns in Preußen verhält.«

»Dann steht Ihr also ganz auf Seiten des Kurfürsten.« Carlottas Frage klang eher wie eine Feststellung. Tromnau starrte sie unverhohlen an.

»Aber sicher, mein Kind. Wieso fragt Ihr noch?« Kaum merklich flackerte Unsicherheit in seinen hellen Augen. Betont räusperte er sich. »Friedrich Wilhelm ist uns ein guter Kurfürst. Er wird wissen, warum er ein stehendes Heer verlangt und nicht bei jedem Schritt den Rat der Landstände einholen will. In Ländern wie Frankreich kann man sehen, welche Vorteile es bringt, dass der Regent frei entscheiden kann. Das Land wird stark und gewinnt an Einfluss. Was die letzten Jahre bei uns geschehen ist, war alles andere als gut. Wir haben Glück gehabt, noch einigermaßen glimpflich aus all den Händeln mit den Polen und Schweden herausgekommen zu sein. Ganz zu schweigen, was uns im Norden von Litauen her noch erwarten mag. Nur gut, dass Friedrich Wilhelm das ändern will. Dazu aber braucht er freie Hand.«

»Recht habt Ihr!« Anerkennend prostete Hohoff ihm zu. »Dem ist nur zuzustimmen!« Der Amtshauptmann an einem der benachbarten Tische eilte, es ihm nachzutun. »Genau!«

»Der Kurfürst will uns voranbringen!«

Nach und nach hoben alle Männer im Schankraum die Krüge.

»Ihr habt recht«, merkte Carlotta mit einem spitzen Lächeln an. »So viel Glück, wie uns Königsbergern in den letzten Jahrzehnten beschieden war, ist nicht selbstverständlich. Umso vorausschauender ist es, sich auch jetzt wieder den aufstrebenden Mächten zuzuwenden, statt aus falscher Wehmut an alten Bündnissen festzuhalten. Autsch!«

Unter dem Tisch verpasste Magdalena ihr einen schmerzvollen Tritt gegen das Schienbein. Das focht sie nicht an.

»Die Zeit eines polnischen Johann Kasimir als Schutzherr der Königsberger ist ein für alle Mal vorbei. Friedrich Wilhelm von Preußen gehört die Zukunft. Wie vorausschauend von den Altstädtern und Löbenichtern, sich ihm vorbehaltlos entgegenzuwerfen!« Sie hob ihren Krug und prostete Tromnau zu. »Da wird es höchste Zeit, dass auch wir Kneiphofer das endlich begreifen. Die Zeit, die Roth bis Kolberg braucht, sollten wir nutzen, Eurem Kniefall vor dem Kurfürsten untertänigst nachzueifern.«

»Entschuldigt, meine Herren«, mischte sich Magdalena ein und lächelte die beiden Kaufleute einschmeichelnd an. »Meine Tochter hat letzte Nacht sehr schlecht geschlafen. Ich glaube, sie fühlt sich nicht wohl.« Sie stieß Carlotta an. Als die sitzen blieb, flüsterte sie aufgebracht: »Bist du des Wahnsinns, Liebes? Lass uns nach oben gehen. Ich muss mit dir reden.«

»Warum?« Unverwandt sah Carlotta ihre Mutter an. »Mir geht es sehr gut. Ich freue mich, endlich einmal in Ruhe mit jemandem aus dem Löbenicht über die Ereignisse reden zu können.«

»Lasst sie nur, gute Frau Grohnert.« Tromnaus Stimme klang wohlwollend. »Eure Tochter tut wahrlich gut daran, den Vorfällen am Pregel auf den Grund zu gehen. Wir Alten sollten den Jungen nachsehen, wenn sie manches in Frage stellen. Sie müssen lernen, sich ein eigenes Urteil über den Lauf der Welt zu bilden. Gestattet mir also, beste Frau Grohnert, dass ich ihr die Lage aus Sicht der Löbenichter Bürger etwas ausführlicher erkläre.«

Zum ersten Mal deutete er Magdalena gegenüber eine Art Verbeugung an. Carlotta meinte gar, ein leichtes Lächeln auszumachen. Die Mutter konnte gar nicht anders, als einzulenken. »Wie Ihr meint, mein Bester.«

»Ihr seid noch sehr jung, verehrtes Fräulein. Euer Kopf sprüht vor Ideen und Plänen. Heißt es nicht, der junge Kepler aus der Altstadt und Ihr seid Euch gut?« Gegen ihren Willen errötete sie. »Soweit ich weiß, wohnt Ihr erst wenige Jahre im Kneiphof.«

»Was gebt Ihr Euch so viel Mühe, ausgerechnet *ihr* das zu erklären?« Verärgert brauste Hohoff auf. »Vergesst nicht, wen Ihr vor Euch habt. Frauen seid Ihr keinerlei Rechenschaft schuldig, erst recht nicht diesem Fräulein hier. Erst heißt es von ihr, sie wäre an der Geschichte mit den leeren Särgen beteiligt, jüngst aber wird viel von ihrer Nähe zu den Kurfürstlichen erzählt. Bleibt also auf der Hut. Statt uns vor dem Fräulein zu rechtfertigen, sollten wir es aufmerksam im Visier behalten.«

»Vielleicht sollte ich Euch überhaupt erst einmal zeigen, wozu ich fähig bin?« Wütend warf Carlotta die rotblonden

Haare nach hinten und funkelte ihn aus ihren blauen Augen herausfordernd an. Den neuerlichen Tritt der Mutter unter dem Tisch überging sie. Unbehaglich rutschte Hohoff auf der Bank hin und her. Unter den schlechtrasierten Wangen erblasste er. Sein filziges Haar und die zerschlissene Kleidung ließen auf einen schlechten Zustand seiner Geschäfte schließen. Von innen heraus zerfraß ihn der Neid auf alle, die erfolgreicher waren als er.

»Zürnt meinem Zunftgenossen nicht«, bat Tromnau mit einem entschuldigenden Lächeln. »Urteilt nicht zu leichtfertig über uns Löbenichter. Anfangs haben auch wir uns nicht leicht damit getan, das voreilige Einknicken der Altstädter vor dem Kurfürsten gutzuheißen. Da erging es uns genauso wie Euch Kneiphofern. Vergesst nicht: Bis zu jenem Tag waren sich alle Stände am Pregel einig, Friedrich Wilhelms Begehren nach höheren Akzisen kühn die Stirn zu bieten, insbesondere, weil es mit der Beschneidung unserer uralten Mitspracherechte verbunden war. Über Jahrhunderte hinweg haben die Bürger unserer drei Städte diese genossen. Die aufzugeben, sollte nicht ohne Not geschehen. Zu Recht hat Euer Schöppenmeister Roth darauf hingewiesen, wie wenig es auf das Geld ankommt. Die Geschäfte am Pregel laufen gut, auf beiden Seiten des Flusses. Keine der Kaufmannschaften leidet Not, ganz gleich, ob aus dem Kneiphof, der Altstadt oder dem Löbenicht.

Letztlich geht es eher darum, abzuwägen, wie es künftig mit unserer Stadt und dem Kurfürsten weitergeht. Die Zeiten ändern sich. Angesichts der Litauer und Schweden, die immer wieder gefährlich nah an unsere Stadt heranrücken, ist die Antwort klar. Dauerhaft muss eine schlagkräftige Armee bereitstehen, um uns zu verteidigen, sonst gehen wir sang- und klanglos unter. Deshalb ist es so wichtig, dass der Kurfürst die Truppen im Notfall sofort losschicken kann. Bislang hat er dazu umständlich die Stände hören, mit ihnen langwierig das Für und Wider eines militärischen Eingriffs besprechen müssen.

Doch wie gesagt, die Zeiten sind andere geworden. Die Kräfte haben sich neu verteilt, die Bedrohung um uns herum ist gewachsen. Deshalb brauchen wir einen guten, verlässlichen Beistand. Und den kann uns auf Dauer nur ein starker Kurfürst gewähren. Dazu aber müssen wir ihm diese Stärke auch zubilligen. Und das ist nun einmal nicht umsonst zu haben. Das kostet Geld und vor allem den Mut, auf alte Rechte zu verzichten.«

Er hielt inne und strich sich über den struppigen Bart. Seine Augen blickten trüb, die Linsen waren eine Spur zu gelbstichig.

»Glaubt mir, mein Kind, ich lebe lange genug hier oben am Frischen Haff und weiß, wie rasch die Litauer uns überrollen. Auch die Zuflucht bei Johann II. Kasimir wird uns nicht viel nutzen. Die Polen rufen selbst lauthals nach den Österreichern, um sich der Schweden und Litauer zu erwehren. Wie sollen die uns da auch noch schützen? Unsere einzige Chance auf eine gesicherte Zukunft liegt bei Friedrich Wilhelm. Ich bin froh, dass wir Löbenichter das begriffen haben. Der Preis dafür ist hoch, jedoch nicht zu hoch. Wir sollten dem Kurfürsten geben, was er verlangt, damit er uns gibt, wonach uns verlangt. Es ist ein Geschäft, genauso gut und genauso schlecht wie jedes andere.«

»Genau!«

»Schluss mit dem ewigen Zaudern!«

»Wir brauchen einen starken Kurfürsten, um stark genug gegen unsere Feinde zu sein.«

»Gebt dem Kurfürsten, was er braucht, dann kriegen auch wir von ihm, was wir brauchen!«

Die Männer an den umliegenden Tischen hatten Tromnaus langen Ausführungen mit wachsender Aufmerksamkeit gelauscht. Beifällig klopften sie auf den Tisch, lachten einander beseelt von den eigenen, klugen Einsichten zu. Carlotta wusste nicht, was sie davon halten sollte. Ratlos wanderte ihr Blick umher. Die Augen der meisten Männer im Raum schimmerten bereits glasig. Die Schankmagd kam kaum nach, die Bierkrüge aufzufüllen. Das Schneetreiben draußen und Tromnaus Loblied auf einen starken Kurfürsten schienen den Durst noch zu verstärken.

Carlotta fragte sich, ob sie überhaupt noch wussten, weswegen sie einander zuprosteten. Eine knappe Tagesreise südlich von Königsberg dürfte der Zwist mit Friedrich Wilhelm an Dringlichkeit eingebüßt haben. Von den Brandenburgern erwartete er weniger hohe Abgaben als von den Bürgern am Pregel, auch ging es bei ihnen weniger um die Aufgabe altverbriefter Rechte. Dennoch platzten sie alle schier vor Stolz, dem Herrscher unerschütterliche Treue zu bekunden und dem untertänigen Kniefall der Altstädter und Löbenichter nachzueifern. Tromnau kam kaum nach, mit jedem, der ihm den Krug entgegenstreckte, anzustoßen.

Der sonst so redselige Thiesler war ob der weitschweifigen Erklärungen des Kaufmanns verstummt. Erschöpft stierte er auf den Tisch, pickte mit den Fingern einzelne Brotkrümel auf. Auf einmal kam Carlotta eine Idee.

»Wisst Ihr, verehrter Tromnau, woran mich Eure Ausführungen erinnern?«

Nichts Gutes ahnend, sog Magdalena neben ihr scharf die Luft ein. Noch bevor sie unter dem Tisch wieder nach ihr treten konnte, wich Carlotta zur Seite.

»Sie erinnern mich an eine treffende Beschreibung, die mir

vor kurzem jemand aus der Altstadt von den Königsbergern gegeben hat.«

Sie hielt inne. Noch immer tat es weh, an Christoph zu denken, erst recht schmerzte es, seine Worte aufzugreifen. Dann aber wurde ihr mit einem Mal klar, wie sein Verhalten der letzten Wochen zu verstehen war: als Liebesbeweis! Eine heiße Welle brandete durch ihren Körper. Wenn sie den Bernstein noch hätte, hätte sie ihn geküsst. So aber schickte sie nur einen wundervollen Gedanken in die Ferne, bat den Liebsten um Nachsicht für ihr langes Blindsein. Nur weil er sie so inständig liebte, hatte Christoph das alles getan, hatte Mathias bedroht und den Bernstein ins Feuer geworfen. Beglückt über die Erkenntnis, die sie ausgerechnet jetzt, nach den Ausführungen Tromnaus über die Königsberger, überfiel, lächelte sie den Löbenichter beglückt an.

»Fast könnte man meinen, Ihr wärt angetreten, die Richtigkeit seiner Worte zu beweisen«, fuhr sie fort. »Denn ganz gleich, ob es sich um Kneiphofer, Altstädter oder Löbenichter handelt: Sie alle verstehen sich bestens darauf, scharf mit Worten zu schießen. Scharf mit Waffen zu schießen dagegen überlassen sie lieber anderen. Das habt Ihr uns gerade wieder eindrücklich gezeigt. Vor dem Kurfürsten habt Ihr nur deshalb klein beigegeben, weil Ihr angesichts der Gefahr von außen nicht eines Tages selbst zu den Waffen greifen wollt.«

Auf ihre Bemerkung erntete sie einige Atemzüge lang betretenes Schweigen. Zunächst leise, dann aber stetig lauter werdend, begann Tromnau zu lachen. Verwundert starrte Hohoff ihn an, bis er dem Beispiel seines Zunftgenossen folgte und ebenfalls in Lachen ausbrach. Alsbald wieherte und kicherte es auch an den übrigen Tischen. Vergnügt klopften sich die einen die Schenkel, während sich die anderen die feuchten Augenwinkel wischten und einander lebhaft zutranken.

»Das habt Ihr trefflich erkannt!« Tromnaus brummige Stimme übertönte das Gelächter. »Fürwahr schießen wir am Pregel lieber scharf mit Worten als mit Waffen, meine Teuerste. Aber das wisst Ihr selbst wohl am besten. Wenn ich Euch so reden höre, weiß ich sofort: Trotz Eurer Kindheit im kaiserlichen Tross fern vom Frischen Haff könnt Ihr nur ein echtes Gewächs aus dem Kneiphof sein! So hervorragend, wie Ihr diese Taktik beherrscht, im rechten Augenblick mit Worten auf Eure Gegner zu schießen, kann einfach niemand daran zweifeln.«

Carlotta wollte diese Feststellung ebenfalls mit einem Lachen nehmen, da schaltete sich Hohoff mit einem bösen Grinsen um den eben noch töricht aufgerissenen Mund ein: »Obacht ist trotzdem angesagt. Vergesst nicht, wie eng sich unser Fräulein an diesen kurfürstlichen Offizier hält, obwohl die Kneiphofer derzeit nichts so sehr verachten wie die Blauröcke Friedrich Wilhelms. Wer weiß, was sie wirklich im Schilde führt? Ein Blaurock jedenfalls schießt immer scharf, nicht wahr, mein bestes Fräulein?«

Sie spürte, wie ihr Gesicht glutrot anlief. Um sie herum war es gefährlich still geworden. Rechts neben ihr schnappte die Mutter empört nach Luft, Thiesler zu ihrer Linken scharrte mit den Füßen über den Holzboden, als gelte es, die Waffen zu wetzen. Auch Tromnau hatte es die Sprache verschlagen. Sein dunkelbärtiges Gesicht wirkte verstört. Einzig Hohoff weidete sich daran, wie treffsicher seine Worte eingeschlagen hatten.

»Ich glaube, ich brauche frische Luft«, presste Carlotta mühsam zwischen den Lippen hervor.

2

Wütend stapfte Carlotta von dem Krug aus los, einfach stur geradeaus. Die Lischke Brandenburg duckte sich im Schatten der trutzigen Burg. Eine nicht minder wehrbereite Kirche überragte mit einem kürzlich vollendeten hohen Turm die niedrigen Häuser entlang des Flüsschens Frisching. Das Gasthaus befand sich unweit des Burgtors. Nur eine Handvoll Gebäude aus Stein säumten die vom Schnee aufgeweichte Straße. Bald schon reihten sich niedrige Häuser aus Lehm aneinander, im Süden und Westen umgeben von hölzernen Palisaden. Zum Frischen Haff lief die Siedlung in einen steilen Abhang aus. An dessen Rand verharrte Carlotta und schaute in die Ferne. Die in diesem Jahr unerwartet früh hereingebrochene Kälte hatte für die erste Eisdecke auf dem Wasser gesorgt. Am Ufer testete ein dickvermummter Mann mit Angelrute, ob er sich bereits hinaufwagen konnte.

»Vielleicht sollte man zur See fahren. Da draußen auf dem Wasser wird es einem wenigstens nie zu eng.«

Plötzlich stand Thiesler neben ihr. Sie schreckte zusammen. Ein grobgestrickter Schal bedeckte fast sein gesamtes Gesicht, die Wolldecke um seine Schultern kaschierte seine Gestalt. Lediglich die markante Nasenspitze leuchtete rot aus den vielen Lagen des Wollschals auf.

»Bevor Ihr ins Boot steigt, solltet Ihr allerdings schauen, ob Ihr überhaupt losfahren könnt«, riet sie. »Mir scheint, derzeit kommt Ihr zu Fuß weiter.« Sie zeigte auf den dick in Decken gehüllten Fischer, der sich bereits ein gutes Stück vom Ufer entfernt hatte. Vorsichtig prüfte er einen Schritt nach dem anderen, bevor er weiter hinausging. »Manchmal muss man viel Geduld haben, wenn man vorankommen will.«

Sie wandte sich ab. Nach den Erlebnissen im Schankraum verspürte sie nicht die geringste Lust auf eine Unterhaltung. Er aber versperrte ihr den Weg.

»Von Hohoff habt Ihr nichts zu befürchten.« Er schob den Schal so weit vom Kinn, dass sie das zaghafte Lächeln um seinen Mund erkennen konnte. »Seine Unverschämtheiten dürfen Euch nicht beunruhigen. Er ist ein Löbenichter durch und durch. Feige schlägt er immer erst dann zu, wenn der Gegner längst am Boden liegt.«

»Ich wusste gar nicht, dass es schon so schlimm um mich steht. Am Boden seht Ihr mich also liegen? Hoffentlich dauert Euch mein Anblick, und Ihr helft mir wieder auf die Beine.«

»Verzeiht!« Thieslers Gesicht glühte trotz der eisigen Kälte. »So habe ich das nicht gemeint. Nicht Ihr liegt am Boden, sondern …«

»Schon gut.« Sie legte ihm beruhigend die Hand auf den Arm. »Aus jedem Eurer Worte spricht der geborene Altstädter. Von klein auf hat man Euch gelehrt, dass die Löbenichter tumbe Ochsen und die Kneiphofer gerissene Spitzbuben sind. Keiner von beiden kann einem hochwohlgeborenen Altstädter wie Euch das Wasser reichen.«

Einen Moment sah er sie bestürzt an. Dann aber wurde er sich des Spotts bewusst, der in ihren Worten steckte. Erleichtert lachte er. »Warum auch?«

Belustigt sah er auf sie hinab. Er war gut eine halbe Elle größer als sie, wirkte durch seine dünnen Gliedmaßen und den schmalen Rumpf allerdings noch länger. »Sind wir Altstädter uns nicht selbst genug? Was ist mit unseren Nachbarn schon anzufangen? Die Löbenichter sind zu schwerfällig im Hirn und zu langsam im Tun. Und Ihr aus dem Kneiphof macht uns mit Eurem aufbrausenden Gemüt nur Ärger, wie man an der Geschichte mit Hieronymus Roth mal wieder sieht. Täusche ich mich, oder geht das nicht schon seit gut dreihundert Jahren so? Wann immer wir Altstädter Frieden mit jemandem schließen wollen, weil das Kriegführen auf Dauer nur Schaden bringt, verhindern erst die Löbenichter durch ihr Zögern und dann die Kneiphofer durch ihr aufmüpfiges Auftreten, dass wir alle gemeinsam vom Verjagen unserer Feinde profitieren.«

»Das nennt man wohl Schicksal.« Carlotta war verwirrt. Bislang hatte sie den Studenten wohl völlig falsch eingeschätzt. Der Rauch des Bernsteins, der nicht aus ihrer Erinnerung weichen wollte, musste ihr noch immer die Sinne vernebeln.

»Nennt es, wie Ihr wollt, jedenfalls leiden wir Altstädter sehr darunter.« Sein fröhliches Gesicht sprach seinen Worten hohn. »So sehr übrigens, dass ich beschlossen habe, meine Studien mindestens die nächsten zwei Jahre außerhalb meiner Heimat fortzusetzen. An der Albertina wird es mir allmählich zu eng.«

Zustimmung heischend zwinkerte er ihr zu. Schon wollte sie auf den leichten Tonfall mit einer nicht minder heiteren Bemerkung eingehen, da stutzte sie.

»Deshalb also habt Ihr vorhin voller Sehnsucht von der Seefahrt gesprochen.«

Aufmerksam musterte sie sein Gesicht. Für einen Studenten, der gewiss seit einiger Zeit nicht mehr zu den Pennälern zählte und sich bereits über die vermeintliche Enge an der Kneiphofer Hochschule beklagen zu müssen meinte, wirkte es erstaunlich unschuldig. Die vom Frost geröteten, bartlosen Wangen und die nicht minder rot gefärbte Nase schienen ihr fast das Bemerkenswerteste daran. Die grauen Augen und das aschblonde Haar, von dem sie nur einige wenige Spitzen erahnen konnte, erinnerten sie an Christoph. Auch ihm war es vor zwei Jahren an der Albertina zu eng geworden. Auf den Spuren der großen Wissenschaftler hatte es ihn in den Süden gezogen. Männer hatten es einfach! Angestrengt betrachtete sie die vom Schnee durchnässten Stiefelspitzen. Längst ließ die Kälte die Zehen zu Eis gefrieren.

»Erlaubt mir einen Rat, lieber Thiesler, sozusagen von aufmüpfiger Kneiphoferin zu hochwohlgeborenem Altstädter: Sucht die ersehnte Weite möglichst jenseits des Frischen Haffs. Das Wasser hier ist viel zu seicht und ohne Tiefen. Auch die nahen Ufer lassen Euch allzu schnell wieder an enge Grenzen stoßen.«

Zur Untermauerung wies sie mit dem Arm über das nebelverhangene Haff. Zwar verschwammen die Uferlinien der Nehrung im Schneedunst, dennoch war zu erahnen, wovor sie den Studenten warnen wollte. Der Fischer war auf dem Eis ins Schlittern geraten. Heftig mit den Armen rudernd, versuchte er, den drohenden Sturz zu vermeiden. Doch er hatte Glück im Unglück: Das Eis trug ihn, er brach nicht ein.

Der Wind blies Carlotta immer heftiger ins Gesicht. Entschlossen wandte sie sich von der Hügelkuppe ab und stapfte durch den knöcheltiefen Schnee zurück auf die ersten Häuser der Lischke zu. Nach wenigen Schritten bereits sog sich das Leder ihrer Stiefel abermals mit Nässe voll. An den Sohlen klebten Schnee und Matsch. An ein schnelles Vorankommen war nicht zu denken. Thiesler folgte ihr dicht auf den Fersen.

»Ich glaube«, rief er atemlos, »wir beide stehen einander in nichts nach, was unsere Haltung zu den jüngsten Ereignissen am Pregel betrifft. Vielleicht sollten wir einen geheimen Bund gegen unsere Reisegefährten schmieden. Was haltet Ihr davon?«

»Wollt Ihr das wirklich wissen?« Sie blieb so jäh stehen, dass er direkt in sie hineinrannte.

»Oh, verzeiht«, murmelte er.

»Ihr als Student neigt natürlich zu geheimen Bünden und Allianzen. Das kann man im Kneiphof rund um die Albertina gut beobachten. Doch nehmt es mir nicht übel, lieber Thiesler, ich für meinen Teil möchte mich von diesem Treiben fernhalten. Ich bleibe lieber allein, als mich einem anderen, den ich kaum kenne, blindlings anzuvertrauen.«

3

Das aufgeregte Kläffen der Hunde am nordöstlichen Dorfeingang ließ sie beide herumfahren. Jenseits des Dorfes, die Straße nach Norden herauf, staubte eine dichte Wolke Schnee auf. Nach und nach schälten sich darin die Umrisse eines Reiters heraus. In halsbrecherischem Galopp preschte die Gestalt auf einem schwarzen Pferd heran.

»Der Postreiter aus Königsberg? Um diese Stunde?«

Verwundert sah Carlotta zum Kirchturm. Gut sichtbar ragte dessen Spitze in den grauen Winterhimmel, allerdings zu weit entfernt, um im seichten Schneetreiben die goldenen Zeiger auf der Uhr darunter auszumachen. Dennoch war Carlotta sicher: Bis Mittag mochte noch eine ganze Weile vergehen.

Der Reiter hielt geradewegs auf sie zu. Ohne Angst sah Carlotta ihm entgegen, dann aber jagte eine Katze von links heran und schoss laut fauchend quer über die Straße. Das verhieß Unglück! Bis zur schützenden Palisade um das Dorf war es noch ein gutes Stück. Nur wenige kahle Sträucher säumten den Weg. Nirgendwo war Schutz zu finden. Da bemerkte

Carlotta das besondere Fell des Tiers. Der schwarz-weiß gefleckte Kopf saß auf einem bräunlich-weiß getigerten Körper. Drei Farben bei einer Katze bedeuteten Glück. Das wog das Auftauchen von links auf.

»Beiseite!«, rief Thiesler und machte Anstalten, sie von der Straße zu ziehen.

»Lasst mich!«, herrschte sie ihn an. »Er wird mich schon nicht niedertrampeln.«

Jetzt, da die Gefahr gebannt war, wuchs ihre Neugier. Schon von weitem meinte sie zu erkennen, dass der Reiter kein gewöhnlicher Reisender war. Also wollte sie wissen, was ihn zu dem halsbrecherischen Tempo veranlasste. Je näher er kam, desto deutlicher stieg ein anderes Bild aus den letzten Wochen in ihr auf. Die Erinnerung trog sie nicht: Bald war sie sicher, zwar keinen kurfürstlichen Dragoner in blaurotem Rock und roten Hosen mit hohen, ledernen Stulpenstiefeln vor sich zu haben. Dafür aber verriet nicht allein die besondere Haltung, dass der Mann trotz seiner unauffälligen Kaufmannskleidung in Wahrheit dem Heer angehörte. Als er auf wenige Schritte heran war, war sie sich sicher, wen sie vor sich hatte: Mathias! Ein spitzer Schrei entfuhr ihr. Zumindest war somit klar, dass Christoph seine Drohung nicht wahr gemacht und ihn umgebracht hatte. Was aber war umgekehrt mit Christoph geschehen?

Mit einem energischen »Hooooooo« brachte Mathias seinen Rappen dicht vor ihr zum Stehen. Thiesler, der meinte, der Reiter wäre ihr zu nahe gekommen, sprang todesmutig aus dem Gebüsch.

»Halt!« Warnend hob er die eine Hand, während er die andere Carlotta entgegenstreckte, jederzeit bereit, sie aufzufangen. Das Pferd schnaubte und schüttelte die Mähne, tänzelte unruhig auf der Stelle. Mathias flüsterte ihm beruhigende

Worte ins Ohr und warf dann einen überraschten Blick auf Carlotta und Thiesler.

»Was machst du hier?«, fragte Carlotta.

An Mathias' Blick wurde ihr klar, dass er sie noch nicht erkannt hatte. Sie befreite ihr Gesicht von dem Schal und sah zu ihm auf. Blaue Flecken zierten sein Antlitz. Ihr Herz begann zu rasen.

»Was ist passiert? Hast du Christoph etwas angetan? Du Schuft! Sag doch endlich was!«

Ihre Stimme verwandelte sich in ein klägliches Flehen. Wieder kämpfte sie mit den Tränen. Was gäbe sie dafür, in diesem Augenblick ihren Bernstein umklammern zu können! Spöttisch blickte Mathias auf sie herab.

»Ihr kennt Euch?« Verblüfft trat Thiesler wieder näher zum Gebüsch am Straßenrand, jederzeit bereit, in seinen kahlen Zweigen Schutz zu suchen.

»Hat ganz den Anschein«, knurrte Mathias. »Wenn ich auch nicht damit gerechnet habe, dich ausgerechnet hier zu treffen.«

Mit einem Satz schwang er sich vom Pferd und tätschelte ihm beruhigend den Hals. Die breite Krempe seines Huts warf selbst bei diesem Wetter dunkle Schatten auf sein Gesicht. Die nahezu schwarzen Augen wirkten noch abgründiger, ließen die Haut seiner Wangen noch bleicher aussehen.

»Wo hast du denn sonst gerechnet, mich zu treffen?«, fragte sie so ruhig wie möglich.

Abermals meinte Thiesler, sich einmischen zu müssen, und schoss aus seinem Gebüsch heraus. »Was fällt Euch ein? Lasst sie in Frieden. Sie hat Euch nichts getan.«

»Woher wollt Ihr das wissen?« Blitzschnell drehte Mathias sich um und versetzte ihm einen Stoß. »Schert Euch zum Teufel und lasst uns allein!«

»Das könnte Euch so passen!« Thiesler taumelte, blieb aber stehen. Gleich fasste er neuen Mut.

»Geht am besten zurück ins Gasthaus, meine Liebe«, erklärte er Carlotta. »Dort seid Ihr sicher. So lange halte ich diesen *Herrn* hier fest.«

Der Ton, mit dem er »Herrn« aussprach, klang verächtlich. Mathias lachte auf.

»Da kriege ich jetzt aber wirklich Angst! Doch geht ruhig, *meine Liebe*«, ahmte er den Studenten mit einem bösen Lächeln um die schmalen Lippen nach. »Wir beide werden hier ganz allein miteinander fertig.«

»Mathias!«, zischte sie. »Komm endlich zu dir! Hast du nicht schon genug Unheil angerichtet?«

»Ich?« Laut lachte er auf. »Wie sollte ich, meine Liebe? Du weißt, dazu bin ich einfach nicht fähig. Oder war ich es, der deinen Bernstein ins Feuer geworfen hat?«

Unverhohlen suchte er ihren Blick. Als sie ihm ausweichen wollte, fasste er sie am Kinn und zog ihr Gesicht zu sich herum.

Das war zu viel für Thiesler. Brüllend stürzte er sich auf ihn.

Überrascht strauchelte Mathias, stolperte, torkelte gegen sein Pferd. Erschrocken schnaubte der Rappe auf. Ihm entglitten die Zügel. Sofort ergriff das Tier die Gelegenheit und stob ins nahe Dorf davon. Seiner Stütze beraubt, fiel Mathias nach vorn, streckte die Hände aus und landete im Vierfüßlerstand auf dem matschigen Boden.

Thiesler aber hatte noch nicht genug, sondern drängte nun erst recht auf Mathias, begann, seinen breiten Rücken mit bloßen Fäusten zu bearbeiten. Einige Schläge musste der Angegriffene einstecken, dann genügte ihm ein jähes Aufrichten, den Gegner abzuschütteln.

»Hört auf!«, versuchte Carlotta, die beiden Streithähne zur Vernunft zu bringen. Doch ihr Einschreiten war vergebens. Keiner von beiden schenkte ihr Beachtung. Nach einem kurzen Atemholen schienen sie erst recht bereit, den Kampf aufzunehmen. Wie auf Kommando hoben sie die Fäuste und stürmten aufeinander zu. Carlotta blieb nur, beiseitezuspringen und voller Entsetzen das Zusammenprallen der ungleichen Gegner zu verfolgen.

Erstaunlich lange hielt Thiesler dem im Zweikampf weitaus besser Geübten stand. Lediglich das Knallen der Fäuste auf die wollene Kleidung, das Tänzeln der Lederstiefel auf dem gefrorenen Untergrund sowie das Keuchen und Schnaufen der beiden Kämpfer waren zu hören.

Carlotta war wie erstarrt. Schließlich presste sie die Finger zusammen und sandte ein Stoßgebet gen Himmel.

Ein schmerzerfülltes Aufschreien holte sie in die Gegenwart zurück. Nur wenige Schritte entfernt lag Thiesler am Boden. Mathias kniete über ihm, die Faust zum nächsten Schlag erhoben. Im Schnee kündeten frische Blutspuren von den Verletzungen.

»Hör endlich auf!« Carlotta versuchte verzweifelt, Mathias von seinem Opfer wegzureißen. Ohne Erfolg. Weiter traktierte der den bereits reglos daliegenden Studenten erbarmungslos mit Hieben. »Bist du von Sinnen? Du bringst ihn um!«

Carlotta stemmte die Füße in den Boden, um mit mehr Kraft an ihm zu zerren. Es war schwer, auf dem eisigen, von einer dicken, glitschigen Schicht Schnee bedeckten Untergrund Halt zu finden. Sie rutschte aus und fiel zu Boden. Verzweifelt krallte sie die Finger in den Schnee, bekam einen dicken Klumpen des eisigen Nass zu fassen. Unwillkürlich schob sie mehr davon in der Hand zusammen, barg kleine

Steine und Dreck darin, formte eine Kugel darum. Im Aufstehen schleuderte sie die Schneekugel mit aller Kraft gegen Mathias' Kopf.

Der Schneeball traf ihn genau an der Wange. Verdutzt hielt er inne, starrte sie an und kippte dann zur Seite.

Sie eilte zu Thiesler und kniete besorgt neben ihm nieder. Die Blutlache um seinen Kopf war größer geworden. Er war ohne Bewusstsein. Rasch beugte sie sich über ihn und legte ihm die Fingerkuppen an den Hals, um nach einem Lebenszeichen zu suchen. Ob es an der Kälte lag, an ihrer eigenen Aufgeregtheit oder ob er tatsächlich tot war, genau zu unterscheiden wusste sie es nicht. Nur eins wusste sie: Sie fand keinen Puls! Verstört lockerte sie den Schal um seinen Hals, knöpfte den Hemdkragen darunter auf, um den Hals noch ein Stück weiter freizulegen. Wieder nichts! Ihr Blick wanderte über den reglosen Körper. Er bot ein Bild des Jammers. Die Kleider waren durch den Kampf stark verschmutzt, die Hosen zerrissen. Das Gesicht war von den Fausthieben verquollen, die Augenlider dick und blau, die Lippen blutig aufgesprungen, die Wangen zerkratzt. Vorsichtig fasste sie den Kopf mit beiden Händen und hob ihn an, um die Verletzung am Hinterkopf besser einschätzen zu können.

Wie befürchtet, klaffte dort eine große Wunde. Haare und Schmutz verklebten sie, Blut pulste jedoch keines mehr heraus, es hatte sich bereits eine dünne Kruste gebildet. Das beruhigte und beunruhigte sie zugleich. Vermutlich war Thiesler beim Niederfallen mit dem Kopf auf die Kante eines Steins aufgeschlagen. Geräusche lenkten sie jedoch davon ab, der Sache weiter auf den Grund zu gehen. Mathias kam zu sich, setzte sich auf und rieb sich die schmerzende Wange.

»Du hast ihn umgebracht!«

Schrill gellte ihr Schrei durch die leere Winterlandschaft. Die Hunde am Dorfrand begannen von neuem mit ihrem Gebell, schnaubend trabte Mathias' Pferd heran und stupste seinen Herrn von der Seite aufmunternd an. Verärgert schob er es weg.

»Red keinen Unsinn«, raunzte er und stand auf. »Der tut doch nur so, weil er von dir bemitleidet werden will.«

Carlotta schüttelte den Kopf, widmete sich wieder Thiesler. Keinen Mucks gab er von sich, kein Muskel regte sich.

Sie strich dem Studenten die Lider zu und murmelte ein Gebet. Dann sprang sie auf die Füße, sah suchend zum Dorf. Der Wind blies ihr eine Wolke Schnee ins Gesicht, zerrte an ihren Kleidern. Sie rieb sich die Augen, brauchte eine Zeitlang, bis sie klar sehen konnte. Auf einmal wurden ihr die klammen Finger wieder bewusst, spürte sie die steifgefrorenen Zehen in den nassen Schuhen.

Außer Mathias und ihr war keine Menschenseele draußen unterwegs. Alle hatten sich in ihre Behausungen verkrochen, duckten sich um das Herdfeuer und hofften auf ein baldiges Ende dieser unwirtlichen Zeit. Das Bellen der Hunde am Dorfrand wurde leiser, die dreifarbig getigerte Katze schlich noch einmal vorbei.

Carlotta schloss die Augen, stellte sich die vielen Männer im Krug vor, roch die salzige Suppe, den feuchten Bier- und Menschendunst. Weit war es nicht bis zum Gasthaus nahe der Burg, dennoch schien es in einer anderen Welt zu liegen. Niemand dort ahnte, was sich nur wenige Schritte außerhalb der Lischke abgespielt hatte. Erst später, wenn es ans Essen ging oder Tromnaus Fuhrmann vielleicht doch noch zum Aufbruch mahnte, würde man nach Thiesler und ihr suchen.

Eine Träne löste sich aus ihren Wimpern. Es war ihr gleich,

wenn die Löbenichter Kaufleute sie für verdorben hielten. Schniefend wischte sie sich mit dem Handrücken die feuchte Wange. Aber es war ihr nicht gleich, dass Thiesler ihretwegen allein aus Edelmut sein viel zu junges Leben verloren hatte. Wie hatte sie ihn nur für einen geschwätzigen Langweiler halten können!

Mathias' Rappe scharrte mit den Hufen. Stiefelschritte knirschten im Schnee. Mathias sagte etwas zu dem Tier, dann griff er nach den Zügeln und schwang sich in den Sattel.

»Wo willst du hin?« Mit einem Satz stand sie bei ihm, packte ihn am Stiefel. »Du wirst doch nicht etwa abhauen!«

Von neuem überschlug sich ihre Stimme, tönte hell und unwirklich gegen den eisigen Wind. Mathias schnalzte mit der Zunge und lenkte sein Pferd mit den Schenkeln herum.

»Nein!«, gellte es abermals aus ihrem Mund durch die eisige Winterluft. Der Rappe setzte sich in Bewegung, trabte an. Carlotta rannte mit. Mit letzter Kraft zerrte sie am Stiefel, bekam endlich den Stoff der Hose zu fassen und riss daran. Ein hässliches Geräusch kündigte das Nachgeben der Fasern an. Sie verlor die Hoffnung, sich lange halten zu können.

Überraschend hielt Mathias noch einmal an und blickte aus seinen dunklen, tief in den Höhlen liegenden Augen auf sie herunter.

Ein seltsamer Schimmer darin brachte sie aus der Fassung.

Eigentlich war das unmöglich, beschwor sie sich, nicht nach dem, was er gerade getan hatte. Ganz zu schweigen von dem, was er am Mittwoch Christoph zugefügt haben mochte. Verblüfft starrte sie ihn an. Er erwiderte ihren Blick.

Eine Nacht vor vier Jahren, kurz vor Thorn, kam ihr in den Sinn. Damals hatte er sie ähnlich durchdringend angesehen. Sie spürte, wie ihr heiß wurde, trotz eisigen Schneegestöbers um sie herum. Um seinen Mund zuckte es, ein böses Lachen huschte darüber. Sofort hatte er sich wieder im Griff.

Alles Trug!, schoss es ihr durch den Kopf, und sie erwachte aus der Starre.

»Du elender Verräter!«, schrie sie. »Weit kommst du nicht. Du bist desertiert, wie ich an deiner Kleidung sehe. Was glaubst du, wie schnell dich die Kurfürstlichen wieder einfangen? Der Amtshauptmann drüben im Krug hat gleich seine Leute zusammen, dir hinterherzujagen. Heiligenbeil wirst du nicht einmal in der Ferne auftauchen sehen, schon haben sie dich. Erst recht, wenn ich erzähle, dass du gerade vor meinen Augen den armen Thiesler erschlagen hast. Und wahrscheinlich«, für einen Moment versagte ihr die Stimme, sie rang mit sich, bis sie wieder reden konnte, »und wahrscheinlich war das nicht dein erster Mord. Vor zwei Tagen hast du wohl auch Christoph etwas angetan. Warum sonst bist du auf der Flucht?«

»Das glaubst du selbst nicht!«

Ein seltsamer Laut entfuhr ihm. Erst hatte es den Anschein, er wolle seinem Rappen die Sporen geben und rücksichtslos davonpreschen. Dann aber besann er sich eines anderen und blieb stehen. Höhnisch verzog er abermals die Mundwinkel.

»Dir wird der gute Amtshauptmann sofort Gehör schenken, meine Liebe. Doch wie willst du ihm erklären, dich bei Schnee und Eis ganz allein mit dem Studenten draußen herumgetrieben zu haben? Auf ein sittsames Verhalten lässt das jedenfalls nicht schließen. Oder aber der Gute ist dir viel näher gekommen, als dir lieb war, und du hast ihm einen Stoß versetzt. Wenn ich mir das Blut an deinen Händen und deiner Kleidung anschaue, scheint mir das der Wahrheit doch am nächsten zu kommen. Schließlich kennen wir alle dein Temperament.«

»Treib es nicht zu weit, mein Lieber!« Sie fasste das Pferd an den Zügeln. Plötzlich stand ihr sein Gesicht vor Augen, als sie sich vor Hieronymus Roths Haus wiedererkannt hatten. Ja, nun wusste sie, was ihn endlich von seinem hohen Ross herunterholen würde. Schon hörte sie sich laut sagen: »Was wird deine Mutter nur denken, wenn sie die Wahrheit erfährt: Ihr Sohn ist nicht nur ein entlaufener Soldat, sondern auch ein gemeiner Mörder!«

Das letzte Wort schleuderte sie ihm regelrecht von unten herauf zu. Erschrocken tänzelte der Rappe auf der Stelle, schüttelte die Mähne und schnaubte. Dampfwolken stiegen aus den Nüstern in die kalte Luft auf. Mathias' Gesicht verdunkelte sich, das böse Lächeln auf seinen Lippen erstarb.

»Carlotta!« Von der Lischke her klang Magdalenas Stimme herüber. »Wo steckst du nur?«

Insgeheim sandte Carlotta ein Dankgebet gen Himmel. Selten hatte das Auftauchen der Mutter sie derart gefreut.

»Hier bin ich!«, rief sie. »Schnell, hilf mir! Es ist etwas Furchtbares geschehen!« Ihre Finger klammerten sich fester um das Leder der Zügel.

Mathias aber machte keinerlei Anstalten zu fliehen. Ruhig sah auch er Magdalena entgegen. In mühsamen Schritten stapfte sie durch den knöcheltiefen Schnee auf sie zu. Wieder setzte das Bellen der Hunde ein. Am Kirchturm begann das Mittagsläuten. Damit kam Leben in das eben noch wie ausgestorben liegende Dorf. Dickvermummte Gestalten schlurften aus den Häusern.

Mathias und Carlotta wechselten einen Blick. Sosehr der Hass in ihr gärte, so einig waren sie sich dennoch in der Einschätzung der Lage: Es war nur eine Frage von Augenblicken, bis der Erste den toten Thiesler im Schnee entdeckte. Wem von ihnen beiden würde es gelingen, seine Sicht der Dinge glaubhaft zu machen? Als könne er ihre Gedanken lesen, schob Mathias mit der rechten Hand den Mantelschoß zurück. Wie zufällig wurde die Pistole an seinem Gürtel sichtbar. Herausfordernd stützte er die Hand auf den Knauf. Carlotta begriff. Sie gab die Zügel des Rappen frei, stürzte abermals zu dem Leblosen, kniete neben ihm nieder und legte ihm die flache Hand auf die Stirn. Bildete sie sich das ein, oder hörte sie tatsächlich ein leises Stöhnen aus seinem Mund?

»Was ist passiert?« Magdalena stand plötzlich neben ihr am Wegrand und schaute erstaunt auf den im Schneematsch liegenden Studenten hinab. Die Blutlache versickerte im weißgrauen Boden. »O Gott!«, entfuhr es ihr, und sie schlug sich die Hand vor den Mund.

Noch ehe Carlotta ihr die Sache erklären konnte, zügelte Mathias sein Pferd, presste ihm die Waden an die Flanken und stob mitten durch das Dorf davon. Es kümmerte ihn wenig, dass sein wilder Ritt den einen oder anderen zwang, sich durch einen entschiedenen Sprung in den Graben vor den Hufen des Rappen zu retten. Flüche wurden laut, manch einer ballte zornig die Faust in der Luft. Bald schon war der schwarze Reiter in der Ferne verschwunden.

»War das Mathias?«, fragte Magdalena.

4

Seit der Abreise der beiden Grohnert-Damen vor fünf Tagen lag eine gespenstische Stille auf dem Kaufmannshaus in der Kneiphofer Langgasse. Lina meinte schon, sich lediglich auf Zehenspitzen fortbewegen zu dürfen. Jeder

Schritt auf dem Dielenboden schien ihr vorwurfsvoll in den Ohren zu hallen. In sämtlichen Geschossen des weitläufigen Gebäudes wurde nur mehr geflüstert. In der Küche knisterte zwar munter das Herdfeuer und sorgte dank des breiten Kamins bis in die obersten Etagen für wohlige Wärme. Ansonsten aber hatte Hedwig sie und Milla gleich am Donnerstag noch sämtliche Töpfe und Pfannen auf Hochglanz polieren und vorerst für unbestimmte Zeit ordentlich auf den Wandborden verräumen lassen. Ein einziger Topf blieb am Kesselhaken hängen. Darin köchelte eine größere Menge Gerstenbrei. Zu allen Mahlzeiten schöpfte die Köchin jedem eine Kelle davon in die Schale und reichte Brot dazu. »Sind die Herrschaften nicht da, müssen wir nicht wie die Könige leben«, hatte sie geknurrt, als Steutner gleich am ersten Tag schon die schmale Kost bemängelt und an die reichen Vorräte im Keller erinnert hatte. Seither löffelten alle schweigsam den Brei. Selbst am gestrigen Sonntag hatte Hedwig den beiden Mägden nach dem Kirchgang lediglich eine Schüssel Latwerge als zusätzliche Beilage kredenzt.

Auch in anderen Bereichen war Hedwigs strenges Regiment schmerzhaft zu spüren. Seit letztem Donnerstag mussten sich Lina und Milla Stube für Stube von oben nach unten durch das gesamte Haus putzen. Jeden Abend unternahm die Wirtschafterin einen Kontrollgang und überprüfte, ob die beiden Mägde das zu ihrer Zufriedenheit erledigt hatten.

»Dabei geht es auf Weihnachten zu, nicht aufs Frühjahr«, murrte Lina, sobald sie an diesem Vormittag mit der jüngeren Milla allein in der Wohnstube war. Vor wenigen Augenblicken erst hatte Hedwig ihnen noch eingebleut, wie der dunkel gebeizte Nussbaumtresor an der einen Stirnseite und das Ahnenporträt zu pflegen seien. »Vor Ostern dürfen wir bestimmt wieder die Staubwedel schwingen und die Teppiche klopfen, als wäre es ein Vergnügen, bis in die Dachgiebel hinein jedes einzelne Wandbord auf Hochglanz zu bringen.«

Vor Schreck riss die dürre Milla die braunen Rehaugen auf und wisperte aufgeregt: »Meinst du, die Grohnert-Damen bleiben so lange weg? Was soll nur in der Zwischenzeit aus uns werden? Am Ende schickt Hedwig uns fort, weil nichts mehr zu tun ist!«

Tränen kullerten ihr über die Wangen, der schmächtige Leib bebte.

»Mach dir keine Sorgen«, beschwichtigte Lina das Mädchen. »Vorerst gibt es beileibe genug, was getan werden muss. Denk allein an den Waschtag, der nächste Woche ansteht. Die Waschweiber sind schon lang bestellt. Gerade weil die Grohnert-Damen nicht da sind, wird Hedwig sie im Haus haben wollen und sämtliche Truhen aufreißen, Wäsche zum Waschen zu finden. Nach diesem Tag wird dann bestimmt das ganze Weißzeug ausgebessert. Auch einige der Kleidungsstücke gilt es zu flicken oder abzuändern. Zudem ist das Silber zu putzen, von den Leuchtern ganz zu schweigen. Wenn wir Pech haben, müssen wir außerdem in den feuchten Keller hinunter und dort die Vorräte sortieren. Die eingelagerten Äpfel durchzuschauen, ist längst überfällig.«

»In den Keller? Bei der Kälte?« Milla schauderte. »Bestimmt laufen da wieder die Mäuse rum, so wie letztens, als ich Kraut holen musste. Erinnerst du dich, wie mir eine über den Fuß gehuscht ist?«

Bei dem Gedanken an das Gekreische, das Milla bei der Gelegenheit ausgestoßen hatte, musste Lina grinsen. »Sei froh, dass es nur der Fuß war.« Eine eigenartige Lust, die Kleine weiter zu ängstigen, überkam sie. Sie krümmte die

Finger zu Krallen und beugte sich mit einer entsetzlichen Grimasse zu Milla. »Je weiter die Kälte voranschreitet, desto frecher werden die Biester. Kein Wunder, die sind ja völlig ausgehungert. Äpfel allein mögen die nicht mehr knabbern. Die brauchen jetzt Fleisch. Wenn du mit den Händen in der Kiste steckst, um das Obst zu sortieren, wetzen sie ihre spitzen Zähne und schnappen zu.«

Mit einem Satz schnellte sie nach vorn und zwickte das Mädchen in die Arme.

»Iiiieeeeh!«, schrie Milla auf.

»Scht!« Erschrocken legte Lina mahnend den Zeigefinger vor die Lippen. Milla begriff, jammerte jedoch leise weiter. »Die sollen doch nicht nach meinem Finger schnappen!«

Wie um sich zu beweisen, dass das nicht lohnt, betrachtete sie ihren Zeigefinger. Viel mehr als Haut und Knochen war nicht daran. Lina kicherte leise in sich hinein. Da erst begriff Milla den Spaß. Verärgert kehrte sie ihr den Rücken zu und widmete sich dem prächtigen Nussbaumholztresor. Dazu wickelte sie den Staublappen um die Fingerkuppen und wischte jede einzelne Verzierung sorgfältig nach. Gelegentlich pustete sie in Vertiefungen und fuhr zwischen die Ritzen.

Lina beobachtete sie eine Zeitlang, dann griff auch sie wieder nach ihrem Putztuch und kletterte auf die Wäschetruhe an der gegenüberliegenden Stirnseite. Um den goldenen Rahmen des Ahnenporträts abzustauben, musste sie sich auf die Zehenspitzen stellen. Argwöhnisch beäugte sie die düstere Leinwand. Urahn Paul Joseph Singeknecht schien noch strenger als sonst auf das Geschehen hinabzublicken. Behutsam wedelte Lina ihm über das Gesicht, um den Staub auch von dem Ölgemälde zu befreien. Vielleicht schaute der alte Kaufmann dann wieder freundlicher in die Welt. Anschließend widmete sie sich dem Rahmen und reckte sich noch etwas höher auf die Zehenspitzen. Ehe sie sich versah, verlor sie das Gleichgewicht und fiel mit dem Oberkörper gegen das Bild. Vor Schreck stützte sie sich mit den Händen mitten auf der Leinwand ab, spürte sofort das gefährliche Nachgeben des Stoffes. Unwillkürlich wankte sie nach hinten, ruderte haltsuchend mit den Armen und kam endlich wieder aufrecht ins Stehen. Mit klopfendem Herzen kletterte sie von der Truhe und eilte zum Wandbord an der Längsseite der Stube.

Keinen Moment zu früh beschäftigte sie sich dort. Ohne dass ihre watschelnden Schritte auf der Treppe zu hören gewesen waren, riss Hedwig einen der beiden Türflügel auf.

»Seid ihr zwei fleißig?«, krächzte sie und ließ den Blick neugierig durch den Raum schweifen. Dann erst trat sie ein. In der Hand hielt sie ein halbes Dutzend Zweige. »Gib mir bitte den Krug von dort oben«, bat sie Lina und zeigte auf ein irdenes Gefäß. Gehorsam reichte sie ihr das Gewünschte. Hedwig runzelte missbilligend die Stirn, als sie sah, wie staubig der noch war. »Lange bist du wohl noch nicht mit dem Wandbord zugange.«

Der Zeigefinger ihrer freien Hand wischte über das Regalbrett. Doch zum Glück stimmte das Ergebnis sie zufrieden. Stumm trat sie zu dem Porträt von Paul Joseph Singeknecht, stellte sich auf die Zehenspitzen und begutachtete den Stand des Putzens. Lina hielt die Luft an, wagte kaum, den Kopf zu heben. Sie fürchtete, die Köchin durch ihr Hinschauen erst recht auf mutmaßliche Risse in der Leinwand aufmerksam zu machen. Doch auch an dieser Stelle fand Hedwig überraschenderweise nichts zu beanstanden. Zufrieden steckte sie die Zweige in den Krug und drapierte diesen auf dem langen Tisch in der Mitte der Wohnstube. »Zweige schneiden an

Sankt Barbara, dann sind bis Weihnachten Blüten da«, erklärte sie aufgeräumt.

»Sind die Herrschaften bis dahin auch bestimmt wieder zurück?«, platzte Milla heraus.

Hedwig watschelte zu der Kleinen und strich ihr über das strähnige Haar. »Vermisst du die gute Frau Grohnert so sehr?«

Milla antwortete mit einem verzweifelten Aufschluchzen. Weinend fiel sie der Köchin um den Hals. »Was ist, wenn sie nicht mehr wiederkommen? Was wird dann aus uns?«, fragte sie mit piepsigem Stimmchen.

»Mach dir keine Sorgen, mein Kind«, brummte die Alte und tätschelte ihr den Rücken. »Sie werden wiederkommen, ganz gewiss. Sie lassen uns doch nicht im Stich! Ob sie allerdings bis zum Christfest schon wieder da sein werden, weiß ich nicht. Schau nur aus dem Fenster, dann kannst du dir vorstellen, wie beschwerlich derzeit das Reisen ist. Aber bis zum Fest der heiligen Auferstehung unseres Herrn im nächsten Frühjahr werden sie gewiss wieder mit uns hier in der Langgasse sein. Bislang haben wir das noch jedes Jahr miteinander gefeiert.«

Insgeheim stöhnte Lina auf und fürchtete bereits den Frühjahrsputz, der angesichts der Rückkehr der Grohnert-Frauen fällig war. Sie hatte ohnehin nicht verstanden, warum sie bei dem Wetter so überstürzt aus der Stadt hatten fortgehen müssen. Da konnte Humbert Steutner ihr noch so viel von »Verrat« und »bösen Verdächtigungen« zuraunen und sie zudem an die nächtliche Prügelei von diesem Mathias erinnern. Deshalb ließ man doch nicht sein Hab und Gut im Stich und übergab das Kontor in die Hände seiner Schreiber! Je länger Carlotta und ihre Mutter weg waren, desto übler stand es um das Geschäft. Das zumindest hatte Steutner ihr so erklärt. Wahrscheinlich war er der einzige der drei Schreiber, der zu wirtschaften verstand. Gewiss würde er das auch im Sinne der Grohnert-Damen bewerkstelligen, dachte Lina stolz. Doch Egloff und Breysig, die ihm einiges an Jahren im Kontor voraushatten, wollten ihm das einfach nicht zugestehen. Sogar Lagervorsteher Schrempf durchkreuzte bei jeder sich bietenden Gelegenheit Steutners Anweisungen und schlug sich offen auf die Seite des mürrischen Egloff. Nicht einmal der gute Helmbrecht tauchte auf, um nach dem Rechten zu sehen und im Streitfall zu vermitteln. Dabei hatte sie immer gedacht, es läge ihm wirklich etwas an Magdalena Grohnert. O nein, durchzuckte sie ein furchtbarer Gedanke, damit war es wohl ein für alle Mal vorbei. Da gab es doch diese auffallend blonde Frau, mit der er sich letztens im Grafenkrug getroffen hatte. Lina fühlte einen Stich in der Brust, als gelte der Verrat ihr selbst.

»Was ist mit dir?« Forschend sah Hedwig sie an. Noch einmal zuckte Lina zusammen. Über ihren Gedanken hatte sie nicht darauf geachtet, was in der Wohnstube vor sich gegangen war.

»Was?«, fragte sie und fühlte sich ertappt. Wie töricht! Damit gab sie Hedwig erst recht einen Grund, mit ihr zu schimpfen.

»Habe ich es doch gewusst!« Hedwigs runde Augen funkelten. »Kaum passe ich einen Moment nicht auf, wirst du übermütig und träumst vor dich hin, statt weiter deine Arbeit zu tun.« Sie zwickte sie in die Wange. »Hast wohl wieder an deinen Liebsten gedacht, was?«

Lina holte bereits Luft, um eine schnippische Antwort zu geben, da bemerkte sie, dass die Köchin wohlwollend schmunzelte.

»Mädchen, Mädchen«, brummelte sie gutmütig. »Hoffentlich weiß der Bursche dich zu schätzen. Pass nur gut auf dich auf und lass ihn nicht zu früh gewähren. Deine Liebe soll er sich hart verdienen!«

Lina lief rot an.

»Schau nicht wie eine Kuh«, wies die gedrungene Grauhaarige sie barsch, aber dennoch herzlich zurecht. Sie musste sich ein wenig recken, um Lina ins Gesicht blicken zu können, die gut anderthalb Handbreit größer war als sie. »Du denkst wohl, ich war nie jung, was?«

Das Lachen auf ihrem faltigen Antlitz blieb. In den hellen, runden Augen aber meinte Lina eine Spur von Traurigkeit zu entdecken. Beschämt musste sie sich eingestehen, nie einen Gedanken an die mögliche Jugend der inzwischen mindestens fünfzig Jahre alten Köchin verschwendet zu haben.

»Ach, lassen wir das«, winkte Hedwig ab und sah erst Milla, dann wieder Lina an. »Denkt daran, ihr beiden, was ihr den Grohnert-Damen versprochen habt: vorerst kein Wort zu niemandem, dass sie abgereist sind. Tut einfach so, als wären sie unpässlich, falls jemand zu ihnen will, und ruft mich oder, wenn es sein muss, Egloff dazu. Verstanden?«

»Los, Kleines!«, forderte sie Milla nach einer kurzen Pause auf. »Hol unten in der Küche Wasser für die Zweige. Manch Törichter mag sich zwar einbilden, allein von Luft und Liebe leben zu können. Bei Zweigen wie diesen hier aber funktioniert das nicht. Da rührt sich ohne Wasser gar nichts, im Winter erst recht nicht.«

Hedwig wartete kaum ab, bis sich die doppelflügelige Tür hinter der Kleinen geschlossen hatte, da sagte sie zu Lina: »Du machst deine Sache hier oben sehr ordentlich.«

Das ungewohnte Lob weckte abermals Linas Verwunderung. Wenn das so weiterging, wusste sie gar nicht mehr, was sie von der Köchin halten sollte. Allein an den Barbarazweigen mochte es nicht liegen, dass ihre Laune sich zum ersten Mal seit der Abreise der Grohnert-Damen derart gebessert hatte.

»Ich wusste es doch gleich«, fuhr die Köchin fort, »nach einigen Wochen hier bei uns im Haus fügst auch du dich brav ein. Die Wirtin aus dem Grünen Baum hat einfach nicht richtig mit dir umgehen können. Kein Wunder, die hat sowieso keine Ahnung, weder vom rechten Wirtschaften noch vom Umgang mit dem Gesinde!«

Lina zögerte. Sie wollte nicht als Klatschmaul gelten. Also hielt sie besser den Mund und wartete, worauf Hedwig hinauswollte.

»So, wie ich es sehe, bist du hier in der Wohnstube eigentlich fertig, nicht wahr?« Prüfend wanderten die hellen kleinen Augen der Köchin von neuem durch den Raum. »Milla kommt hier gut allein zurecht. Bis Mittag wird sie den Tresor abgestaubt und die Leuchter poliert haben.«

Sie trat zu den Fenstern und lupfte eine der dünnen Gazegardinen, um einen Blick auf das Treiben in der Langgasse zu werfen. In der Hoffnung, endlich mehr zu erfahren, stellte Lina sich neben sie und sah ebenfalls hinunter. Obwohl es nicht einmal Mittag war, schien bereits wieder die Dämmerung anzubrechen. Vielleicht aber war es an diesem Morgen auch noch gar nicht richtig hell geworden. Durch die geschlossenen Fensterflügel drangen gedämpfte Laute. Die für Anfang Dezember ungewöhnlich dicke Schneeschicht auf dem Straßenpflaster sorgte dafür, dass es draußen erstaunlich leise zuging.

»Nach Barbara geht's Frosten an, kommt's früher, ist nicht wohlgetan«, verkündete Hedwig und wandte sich um.

»Barbara im weißen Kleid verkündet gute Sommerzeit«, ergänzte Lina.

Zufrieden sah die Köchin sie an. »Ich wusste gar nicht, dass du dich mit solchen Regeln auskennst.«

»Vergesst nicht, wo ich aufgewachsen bin.«

Zum ersten Mal in ihrem Leben verspürte Lina Stolz auf ihre Herkunft aus dem tristen Fischerdorf bei Pillau. Der Köchin entlockte es ein anerkennendes Schnalzen mit der Zunge.

»Die Kleine bleibt noch hier oben«, erklärte sie endlich. »Dich brauche ich unten.«

Sie klopfte Lina auf die Schultern. Enttäuscht stöhnte Lina auf. Eigentlich hatte das unerwartete Lob sie hoffen lassen, einmal etwas besonders Schönes tun zu dürfen. Nun aber würde sie wohl im Vorratskeller die Äpfel sortieren und die Krautfässer umrühren müssen.

»Schau nicht so finster.« Hedwig rüttelte sie am Arm, als müsse sie aufgeweckt werden. »Dazu gibt es keinen Grund.« Am liebsten hätte Lina empört widersprochen, doch Hedwig kam ihr zuvor: »Du musst mir bei etwas ganz Wichtigem helfen.« Verschwörerisch zog sie sie näher zu sich heran und wisperte: »Kannst du dich erinnern, wann wir zuletzt im Kontor die Regale gewischt haben? Ich denke, es wird höchste Zeit, dort für Ordnung zu sorgen.«

Erstaunt zog Lina die Stirn kraus. »Hat Egloff nicht was dagegen? Wenn die Schreiber an ihren Pulten arbeiten, stört die das doch bei ihren Geschäften.«

»Wer sagt dir, was im Haus zu tun ist: Egloff oder ich?« Hedwig verschränkte die Arme vor dem üppigen Busen und funkelte sie an. »Die verehrte Frau Grohnert hat *mich* zur Wirtschafterin bestellt und nicht den dürren Federkratzer. *Ich* entscheide, wann wo im Haus Staub gewischt wird und wann nicht. Wäre ja noch schöner, wenn ich mir da von diesem buckeligen Schreiberling reinreden ließe!«

Sie reckte das Kinn, um größer zu werden. Es sah so komisch aus, dass Lina ein Lachen unterdrücken musste, um Hedwig nicht vor den Kopf zu stoßen. Denn die neue Aufgabe war schließlich von ganz besonderem Reiz: Sie durfte mitten am Tag ins Kontor! Das hieß, das Allerheiligste des Singeknecht'schen Hauses zu betreten. Und nicht nur das: So streng Egloff dort unten auch herrschte, gewiss fand sich Gelegenheit, mit dem Liebsten heimliche Blicke zu tauschen! Im Stillen jauchzte Lina vor Freude.

»Also sind wir uns einig«, krächzte Hedwig. Mit geradezu leuchtenden Augen zählte sie die Aufgaben auf, die Lina im Kontor zu erledigen hatte. »Am besten nimmst du einen Eimer Wasser und wischst die Regale erst einmal feucht aus. Feucht heißt aber nicht nass, Kind!« Mahnend hob sie den Zeigefinger. »Gib ruhig auch einen Spritzer Zitronensaft ins Wasser. Diesen Luxus sollten wir den Regalen heute gönnen. Das vertreibt nicht nur die trockene Schreibstubenluft, das pflegt auch das Holz. Denk zudem an die Pulte und Fensterbänke. Die haben es ebenfalls bitter nötig, gewischt zu werden. Allzu oft vergisst der gute Egloff, dass das keine Ablagefächer sind. Glaub mir, Kind, mehr als einmal schon habe ich dort wichtige Schriftstücke gefunden, die er einfach hat liegenlassen. Ich kann mir nicht vorstellen, dass die gute Frau Grohnert das billigt!«

Lina nickte andächtig, wagte jedoch nicht, etwas einzuwenden.

»Schade, dass es zu kalt ist, um die Scheiben zu putzen«, fuhr Hedwig geschäftig fort. »Wenn du dich daran versuchst, friert dir gleich der Lappen an. Also lass es bitte bleiben, ganz gleich, was Egloff sagt. Der hat dir gar nichts zu befehlen. Doch vergiss nicht die Sprossen an den Fenstern. Wenigstens die an der Innenseite sollten frei von Staub sein. Ach, ich sehe schon«, sie schnaufte zufrieden und rieb sich abermals über die Arme, »mit all diesen Aufgaben bist du gut und gern bis weit in den restlichen Nachmittag beschäftigt.«

Lina wagte keinen Mucks. Dabei verleitete sie die Aussicht, den restlichen Tag in unmittelbarer Nähe zu Steutner zu verbringen, fast dazu, die Alte beglückt zu umarmen. Als läse sie ihre Gedanken, zwinkerte Hedwig ihr wohlwollend zu.

»Ich denke, du weißt es zu schätzen, dass ich dich mit dieser besonderen Aufgabe betraue.«

Lina nickte, auch wenn sie sich über die Formulierung wunderte. Dann aber begriff sie und erwiderte das Zwinkern. Hedwigs Lachen wurde breiter.

»Wusste ich doch, dass du eine von der schlauen Sorte bist«, krächzte sie zufrieden. Lina schmunzelte.

»Gehe ich recht davon aus, dass Ihr mich nicht nur zum Putzen ins Kontor schickt? Denn das könnte Milla schließlich ebenso gut erledigen wie ich.«

Sie stemmte die Hände in die Hüften und schwang wie beim Tanz hin und her. Da Hedwig immer noch lächelte, wurde Lina mutiger. »Und wenn ich schon einmal so lange dort unten wischen darf, kann ich auch ein wenig die Ohren spitzen. Das eine oder andere von dem aufzuschnappen, was die Herren da bereden, könnte nicht schaden, oder?«

»Mir scheint, in deinem Kopf ist wirklich nicht nur Platz für deinen Liebsten.« Fest kniff Hedwig ihr in die Wange. »Pass gut auf, mein Kind. Lass dir diese wertvolle Gabe nicht von falschem Liebeszauber vermasseln. Und jetzt fort mit dir, unten wartet genug Arbeit auf dich!«

5

Wie erwartet, reagierte Egloff alles andere als erfreut über Linas Auftauchen.

»Du kannst jetzt nicht hier putzen«, erklärte er barsch, als sie die Tür aufstieß.

»Hedwig schickt mich«, erwiderte sie ruhig und ging mit Wischeimer, Putz- und Staublappen bewaffnet an dem erstaunt aufblickenden Breysig und dem erfreut lächelnden Steutner vorbei zum Pult des ältesten Schreibers. »Ich soll hier im Kontor die Regale mit Zitronenwasser auswischen und sämtliche Fächer, Fenstersprossen und Pulte abstauben.« Sie staunte über sich selbst, wie ruhig sie sprach.

Eine Zornesfalte grub sich oberhalb von Egloffs Nasenwurzel ein. »Das kannst du heute Abend machen, wenn wir mit unserer Arbeit fertig sind«, knurrte er und wollte sich bereits wieder seinen Papieren zuwenden.

»Nein«, widersprach sie laut. »Abends geht das nicht. Die Talglichter sind nicht hell genug. Zudem hat die Köchin ausdrücklich darauf bestanden, dass ich das jetzt tue.«

Aufreizend stellte sie den randvollen Eimer direkt vor dem Schreiber ab. Wasser schwappte über den Rand auf den Dielenboden. Einige Spritzer landeten auf seinen Stiefeln. Weiter hinten hörte sie Steutner mit den Füßen scharren. Sie brauchte den Liebsten nicht anzusehen, um zu wissen, wie sehr ihn ihr Auftauchen erheiterte. Selbst Breysig grunzte belustigt, nur Egloff rang um Fassung.

»Das ist doch, das heißt jetzt, nein, das ist mir noch nie passiert«, stammelte er verblüfft.

Ohne ihn weiter zu beachten, stapfte sie zum Regal an der rückwärtigen Wand des Kontors. Ihr Blick glitt über das trutzige Möbel aus dunklem Holz. Das verhieß eine aufwendige Putzerei! Dicht an dicht reihten sich die dicken Kontorbücher aneinander. Lina konnte nicht sonderlich gut lesen. Ohnehin interessierte es sie nicht, was auf den vergilbten Rückenschildern stand. Allein die verschiedenen Schwünge, mit denen die Buchstaben und Zahlen gemalt waren, verrieten, dass sich Generationen von Schreibern darin verewigt hatten. Zeit für Ehrfurcht ob dieser Erkenntnis gönnte sie sich nicht. Das Einzige, was sie in diesem Moment beschäftigte, war die Frage, wo sie am besten mit der Arbeit beginnen sollte. In jedem Fall musste sie sich die Leiter heranrücken. Die lehnte an der Stirnseite des Kontors, gleich neben der Tür und nicht weit von Steutners Pult entfernt. Auf leisen Sohlen schlich sie dorthin.

»Du lässt dich wohl gar nicht aufhalten«, schimpfte Egloff hinter ihr her. Sie tat, als hörte sie nichts. Laut stampfte er mit dem Fuß auf, sortierte raschelnd das Papier auf dem Pult, knallte Griffel und Feder absichtlich laut in die Schale. Sogar die Streusandbüchse musste dafür herhalten, seine Unruhe zu bekämpfen. Als dennoch nichts geschah, ergab er sich seinem Schicksal und widmete sich wieder seinen Papieren.

Kaum war Lina bei der Leiter angekommen, äugte sie zu Steutner. Tief hing sein Kopf über dem Papier. Als spürte er ihren Blick, sah er auf und lächelte sie an. Sie erwiderte das Lächeln zaghaft. Sein Aussehen dauerte sie: Die Schlägerei am Mittwoch hatte ihn arg gebeutelt. Die linke Augenpartie war noch immer geschwollen, die Wange darunter von Blutergüssen entstellt. Die Wunde im Mundwinkel war dick verkrustet. Warum nur hatte er sich einmischen müssen und versucht, den jungen Kepler von diesem rauflustigen Mathias wegzureißen? Lina seufzte. Hätten sich die Streithansel doch die

Köpfe eingeschlagen! Dann wäre wenigstens dem armen Steutner nichts passiert. Sie warf ihm scheu einen Handkuss zu. Er grinste, Egloff knurrte. Rasch griff sie nach der Leiter und trug sie zum Regal.

»Das verstehe ich nicht«, brummte Breysig, kaum dass sie die oberste Sprosse erreicht und das erste Buch herausgezogen hatte. Neugierig wandte sie den Kopf und beobachtete von ihrem Posten das Geschehen. Der schwerfällige Schreiber schaute hilfesuchend zu Egloff. Es dauerte eine Zeitlang, bis sich der dürre Alte dazu bequemte, das Federkratzen auf dem rauhen Papier zu unterbrechen und den Kahlköpfigen ebenfalls anzusehen.

»Was versteht Ihr nicht?«, fragte er unleidlich. In seinen langen Fingern rollte er die Feder hin und her, deutliches Zeichen, wie sehr ihn Breysig aufregte. Der Kahlköpfige aber tat, als bemerkte er das nicht, griff nach seinen Unterlagen und schlurfte zu Egloffs Pult. Lina schaute zu Steutner, der ihr abermals zuzwinkerte.

»Das ist ja wohl die Höhe!« Egloffs Faust sauste donnernd aufs Pult nieder. Breysig duckte sich weg, als rechnete er mit einer Maulschelle.

»Nicht Ihr«, raunzte Egloff, »diese läufige Hündin da oben auf der Leiter ist gemeint.« Wutentbrannt reckte er die Faust in Linas Richtung. »Was fällt dir ein? Putzen sollst du, nicht meinen Schreibern schöne Augen machen. Ich hätte mir gleich denken können, worauf das hinausläuft, wenn du deinen Feudel hier schwingst. Die Spatzen pfeifen es längst von den Dächern, dass du Steutner um den Finger gewickelt hast.«

Vor Scham glühten Linas Wangen. Am liebsten hätte sie dem Alten den feuchten Lappen gegen den Schädel geschleudert.

»Gemach, gemach, mein Bester«, meldete Steutner sich zu Wort. Er legte seine Feder in die Schale, rückte das Papier auf dem Pult zurecht und schlenderte betont langsam zu Egloff. Außer seinen Schritten war lediglich das Knistern der Holzscheite im Kachelofen zu hören. Lina meinte, die Luft anhalten zu müssen, um die Stille nicht zu stören. Breysig schwitzte aus allen Poren. Ungeschickt versuchte er, sich aus Egloffs Nähe davonzustehlen. Der Alte aber fasste ihn am Ärmel und zwang ihn, neben ihm auszuharren. Geradewegs schaute Egloff Steutner entgegen. Der schmunzelte siegesgewiss. Bang umklammerte Lina die Holme der Leiter, bis die Fingerknöchel weiß hervortraten.

»Habt Ihr mir etwas zu sagen?« Dicht vor Egloff blieb Steutner stehen. Er war einen halben Kopf größer, aber genauso dürr wie der alte Schreiber. »Wenn es Euch stört, dass Lina und ich uns gut sind, dann sagt es nur freiheraus. Allerdings seid Ihr weder ihr Vater, noch habt Ihr mir etwas zu sagen. Wenn ich Euch daran erinnern darf«, er senkte die Stimme bedrohlich, »die verehrte Frau Grohnert hat Euch zwar angewiesen, während ihrer Abwesenheit für Ordnung im Kontor zu sorgen, das aber heißt nicht, dass Ihr mir oder jemand anderem aus dem Gesinde vorschreiben dürft, wem wir gut sind oder nicht. Davon abgesehen: Lina untersteht der Köchin, wie übrigens auch die zweite Magd. Frau Grohnert wird es wohl kaum gutheißen, wenn Ihr Euch in deren Bereich einmischt, von Hedwig selbst ganz zu schweigen.«

Breysig entfuhr ein anerkennendes Grunzen. Der Dicke genoss es, wie der Ältere Steutners Worten wegen in sich zusammensackte. Doch mit einem Mal richtete er sich wieder auf und verzog das Gesicht zu einem gehässigen Grinsen.

»Nehmt den Mund nicht zu voll, mein Lieber. Mit all den Blessuren im Gesicht macht Ihr gerade nicht den besten Eindruck. Vergesst nicht: Solange die verehrte Frau Grohnert nicht da ist, bin ich, wie Ihr richtig sagt, für das Kontor verantwortlich. Und da kann ich Raufbolde nun einmal schlecht dulden, gerade wenn wir uns in einer ausgesprochen schwierigen Lage befinden.«

Linas Angst um Steutner schwoll wieder an. Innerlich verfluchte sie Hedwig. Es war doch keine gute Idee gewesen, sie ins Kontor zu schicken. Nur weil die Köchin ihre Neugier nicht zügeln konnte, stand nun Steutners Existenz auf dem Spiel.

»Ihr wisst hoffentlich«, redete Egloff mit höhnischem Unterton weiter, »dass Ihr jetzt so schnell kein anderes Kontor finden werdet, das einen wie Euch aufnimmt. Euch ist gewiss klar, dass im gesamten Kneiphof, wenn nicht auch schon in der Altstadt und im Löbenicht, in den letzten Tagen keiner jemandem aus dem Singeknecht'schen Anwesen sonderlich wohlgesinnt ist. Das liegt übrigens nicht allein an Eurer Prügelei letzten Mittwoch. Leider haben die Grohnert-Damen auch selbst für diesen Unmut gesorgt.«

Lina wurde flau. Das bedeutete für sie ebenfalls Obacht geben. Daran hatte sie noch gar nicht gedacht. Sie sah sich bereits wieder in der armseligen Hütte in Tilsit hocken, den kleinen Karl auf dem Schoß. Verzweifelt schrie der Blondschopf vor Hunger, sie aber hatte nichts, was sie ihm geben konnte. Und Fritz wankte Abend für Abend betrunken zur Tür herein. Schniefend wischte sie die strohblonden Strähnen aus der Stirn und griff wieder nach dem Lappen, um das Regal zu wienern. Wenn Hedwig zufrieden mit ihrer Arbeit war, bestand zumindest ein Funken Hoffnung. Steutners Auflachen riss sie von neuem herum.

»Nur zu, mein Bester, nur zu«, spornte er zu ihrem Entsetzen Egloff an. »Es hilft dem Kontor ganz sicher, wenn Ihr mich heute noch vor die Tür setzt. Der gute Breysig – nichts für ungut, mein Lieber«, er tätschelte dem Dicken die Schulter, »wird Euch eine gute Stütze sein, die Geschäfte erfolgreich fortzuführen. Sagt mir nur, ob ich gleich gehen oder bis zum Abend warten soll. Dann kann ich zumindest noch die fehlerhafte Liste ausbessern, die da auf Eurem Pult liegt. Sieht mir fast so aus, als könnte ich Euch da helfen.«

Lina hielt den Atem an. Egloff würde ob dieser frechen Antwort gewiss keinen Moment zögern, Steutner die Tür zu weisen. Breysig, der nicht einmal die Anspielung auf seine Unzulänglichkeit begriffen hatte, buckelte indes erschrocken vor dem Alten. Doch der Dürre tat nichts dergleichen. Erstaunlich gelassen wandte er sich wieder dem Pult zu, fingerte seine Feder aus der Schale, tauchte sie ins Tintenfass und erklärte: »Schön. Ihr wisst also, was Ihr zu tun habt. Geht mit Breysig seine Listen durch und legt sie mir bis heute Abend vor, ohne Fehler natürlich. Morgen früh werden wir beide drüben im Lagerhaus am Hundegatt die Bestände überprüfen. Schrempf muss man sehr genau auf die Finger schauen, wenn die verehrte Frau Grohnert nicht da ist. Breysig wird dann wohl zwei, drei Stunden allein hier zurechtkommen, nicht wahr? Aber denkt bitte alle daran«, er hob die Stimme, »niemand darf zu früh von der längeren Abwesenheit der Grohnerts erfahren. Haben wir uns verstanden?«

Einmütig nickten die beiden anderen. Unwillkürlich tat Lina es ihnen nach. Sie konnte kaum glauben, wie rasch sich das Unheil verzogen hatte. Allein daran, dass Breysig und Steutner zum hinteren Pult gingen und Egloff sich wieder tief über seine eigenen Aufzeichnungen beugte, merkte sie, wie selbstverständlich den dreien diese Auseinandersetzungen waren. Steutner versäumte allerdings nicht, ihr noch ein verschwörerisches Zwinkern zu schenken, bevor er sich in die Zahlen vertiefte.

6

Weit kam Lina allerdings wieder nicht mit ihrer Putzerei. Gerade balancierte sie ein schweres Buch in der einen, wischte mit der anderen Hand und kämpfte gleichzeitig damit, das Gleichgewicht auf der Leiter zu halten, da wurde es in der Diele laut. Jemand hatte an der Eingangstür geklopft, und Milla eilte aus der Wohnstube nach unten, um die Tür zu öffnen, wie es ihre Aufgabe war. Kaum war das Quietschen des schweren Riegels verklungen, ertönte eine melodische Frauenstimme mit fremdartigem Akzent.

»Gott zum Gruße.« Lina hielt die Luft an. Sie und Steutner wechselten fragende Blicke, wandten sich schließlich zeitgleich der Tür zu. Tatsächlich stand die auffallend blonde Dame aus dem Grafenkrug wenige Augenblicke später im Eingang zum Kontor.

»Darf ich stören?«, fragte sie und machte bereits die ersten Schritte hinein. Suchend sah sie sich in dem langgestreckten Raum um, schlug die Kapuze ihrer kobaltblauen Heuke zurück und streifte sich die Handschuhe ab. Ihr Anblick verwandelte die Schreiber zu Salzsäulen. Breysig glotzte mit offenem Mund und weit aufgerissenen Augen, Egloff war mit halb erhobener Schreibfeder in der Hand erstarrt. Selbst Humbert Steutner scharrte nicht einmal mit den Füßen, sondern stierte ebenfalls zu der weißblonden Schönheit.

Diese überging das ungebührliche Betragen, als wäre nichts.

»Ich möchte die Dame des Hauses sprechen. Ist sie heute nicht im Kontor?« Abermals wanderte ihr Blick durch den Raum. Dabei entdeckte sie Lina oben auf der Leiter, lächelte und winkte ihr zu. Lina rang mit sich, ob sie das Lächeln erwidern sollte. Die Treue Carlotta und ihrer Mutter gegenüber verbot es. Ungeheuerlich von der Fremden, am helllichten Tag in das Haus der Grohnerts zu kommen, fand sie. Unverwandt sah sie von oben auf sie hinab. Andererseits wirkte die Dame nicht im Geringsten aufdringlich oder gar unverschämt, sondern hatte im Gegenteil sogar ein sehr angenehmes Auftreten.

»Hat es Euch allen die Sprache verschlagen?« Noch immer lächelnd, sah die Blonde direkt zu Egloff. »Was ist geschehen?«

Verlegen hüstelte der alte Schreiber in die Faust, während er nach den richtigen Worten suchte. »Die verehrte Frau Grohnert ist vorübergehend nicht zu …«, setzte er umständlich an, um sogleich ungeduldig von der Fremden unterbrochen zu werden: »Dann stimmt es also? Sie ist tatsächlich aus der Stadt geflohen?«

In den blauen Augen stand auf einmal blankes Entsetzen. Aufgebracht schleuderte sie die Handschuhe zu Boden und stampfte zornig auf. Im nächsten Augenblick wurde sie sich ihres Fehltritts bewusst.

»Entschuldigt vielmals«, sagte sie leise. Beflissen bückte sich Egloff nach den Handschuhen und reichte sie ihr mit einer angedeuteten Verbeugung. »Es ist nur, ich weiß nicht, ob ich das für besonders klug …«, stammelte sie und wischte sich über die Stirn, als hätte sie die Aufregung ins Schwitzen gebracht. Sie schüttelte den Kopf. »Ich hätte sie für besonnener gehalten«, erklärte sie schließlich wieder völlig ruhig. »Das wird Dorothea Gerke und die anderen nur bestärken. All die bösen Unterstellungen scheinen damit bestätigt. Ach, wie konnte sie nur!«

Fassungslos legte sie sich die Hand auf die glatte Wange. Egloff versuchte, sich durch ein weiteres Hüsteln bemerkbar zu machen. Doch sie ließ ihn nicht zu Wort kommen.

»Ruft mir bitte die Tochter des Hauses. Sie wird wohl zu sprechen sein. Wir hatten zwar noch nicht das Vergnügen miteinander, doch es ist wirklich dringend. Unbedingt muss ich jetzt sofort mit ihr reden.«

Sie biss sich auf die schön geschwungenen, dunkelrot bemalten Lippen. Lina war sich sicher, nie zuvor eine so vollkommene Frau aus der Nähe gesehen zu haben. Insgeheim begann sie zu verstehen, warum Helmbrecht von dieser Dame begeistert war. Sie war so völlig anders als die verehrte Frau Grohnert. Unsinn!, schalt sie sich im nächsten Moment. So etwas durfte sie nicht denken. Die Fremde war dabei, die arme Magdalena ins Unglück zu stürzen!

Eisige Stille breitete sich im Kontor aus. Die Schreiber wechselten verzweifelte Blicke.

»Ich bedauere«, katzbuckelte Egloff schließlich vor der Fremden, die seinen Einwand jedoch gründlich missverstand und hastig dazwischenfuhr: »Oh, verzeiht, Ihr habt natürlich recht. Heutzutage kann man nicht vorsichtig genug sein, wem man traut. In all der Aufregung habe ich vergessen, mich vorzustellen: Mein Name ist Leuwenhoeck, Marietta Leuwenhoeck, Kaufmannswitwe aus Brügge und auf Empfehlung des verehrten Helmbrecht hier in dieser schönen Stadt.«

Sie rang sich abermals ein Lächeln ab, allerdings konnte selbst Lina von ihrem Hochsitz aus erkennen, wie gezwungen es dieses Mal war. Lina schluckte den Ärger hinunter, wie selbstverständlich diese Leuwenhoeck den Namen Helmbrecht ins Spiel brachte. Vorsichtig kletterte sie von der Leiter. Trotz des grauen Winterwetters und des trüben Lichts in dem Raum schien ein Leuchten von der Fremden auszugehen, als habe sie die Wintersonne im Schlepptau. Die Herren waren sichtlich geblendet von ihrer Erscheinung.

»Auch das Fräulein Carlotta ist leider nicht zu sprechen«, stellte Egloff nach einem weiteren Räuspern mit dünner Stimme fest. »Sie ist …«

»Nicht das noch!«, unterbrach ihn Marietta Leuwenhoeck sofort. »Sie ist also auch fort. Fast habe ich es schon befürchtet. Mir scheint, die beiden Damen rennen sehenden Auges ins offene Messer. Ihre ärgsten Feinde werden das zu schätzen wissen. Bestimmt ergreifen sie sogleich die Gelegenheit. Oh, ich Unglückselige!« Anklagend schlug sie sich die Faust vor die Brust. »Ich hätte meinem Gefühl vertrauen und gleich Freitag noch hierherkommen sollen.«

»Bedaure, Verehrteste«, schaltete sich Steutner ein, »aber selbst am Freitag wärt Ihr schon zu spät dran gewesen.«

Bei diesen Worten begann Egloff vorn am Pult hektisch Zeichen zu geben, ihn am Weiterreden zu hindern. Auch Breysig schloss sich dem an. Steutner gab nichts darauf.

»Die verehrte Frau Grohnert ist mit ihrer Tochter zusammen bereits letzten Donnerstag aus dem Kneiphof aufgebrochen.«

»Was?« Marietta fuhr herum. Lina meinte, die Welt stürze über ihr zusammen. Mit dem Ausplaudern des Geheimnisses hatte Steutner wohl das Fass zum Überlaufen gebracht. Auf der Stelle würde Egloff ihn feuern angesichts des Verrats, den er damit an den Grohnerts beging.

Doch nichts dergleichen geschah. Egloff blieb stumm, Breysig beugte sich wieder über sein Pult.

»Das ist nicht möglich«, murmelte Marietta. Wieder schüttelte sie den Kopf. Lina wagte nicht, sich einzumischen. Dabei lag ihr auf der Zunge, zu fragen, was die drei Herren angesichts ihres faszinierenden Auftretens völlig übersahen: warum in aller Welt diese Fremde so tat, als stünde sie auf Seiten der Grohnerts und all der Ärger, der den beiden drohte, könnte dank ihrer Hilfe vermieden werden. Wenn nicht gleich einer der drei Herren aus seiner Lähmung erwachte, sollte sie es vielleicht selbst in Angriff nehmen und sich zu Wort melden.

Mit einem Ruck hob Marietta den Kopf und sprudelte hastig los: »Donnerstag? Aber das heißt ja, nein, das sagt eindeutig, genau, so muss es gewesen sein!«

In all der Aufregung fiel ihr das Sprechen in der fremden Sprache schwer, sie verschluckte so manche Silbe oder betonte ganze Wörter falsch. Das wiederum machte es nicht nur für Lina fast unmöglich, sie zu verstehen. Auch die Schreiber schauten angestrengt zu ihr hin.

Endlich klatschte sie in die Hände und verkündete unerwartet laut und deutlich: »Vielen Dank, meine Herren. Jetzt weiß ich zumindest, warum Helmbrecht nicht mehr da ist. Freitag früh muss er schon davon erfahren haben, dass die Grohnerts fort sind. Dann ist er ihnen wohl gleich nachgeritten. Oh, wenn wir nur wüssten, wohin!«

»Das zu beantworten, ist nicht schwer.« Der langsame Breysig fasste sich erstaunlicherweise als Erster. Egloff wollte ihn zwar am Reden hindern, auch Steutner gab ihm Zeichen, doch wie so oft begriff der Kahlköpfige gar nichts. »Natürlich sind die Damen nicht allein …«

Weiter kam er nicht, weil Steutner dazwischenfuhr. »Jetzt, da Ihr wisst, dass die Damen des Hauses nicht da sind, könnt Ihr uns vielleicht verraten, warum Ihr sie überhaupt sucht. Mein verehrter Kollege Egloff«, beflissen wies er auf den Älteren, »und ich vertreten sie derweil. Vielleicht können wir Euch also zu Diensten sein.«

»Zumindest werden wir es versuchen«, ergänzte Egloff, verärgert, dass Steutner wieder einmal schneller gewesen war als er.

»Nun, eigentlich …« Marietta zögerte. »Also, eigentlich dachte ich, die verehrte Frau Grohnert könnte mir sagen, wo ich Helmbrecht finde. Seit Freitag früh ist er, wie ich schon sagte, spurlos verschwunden. Und sein Pferd übrigens auch.«

Den letzten Satz schob sie in trotzigem Ton nach, als erregte besonders dies ihren Unmut. Die Schreiber schwiegen. Lina musterte einen nach dem anderen. Egloff stand reglos. Breysig schaute zu Boden. Nicht einmal Steutner zwinkerte ihr zu. Sie schürzte die Lippen. Entschlossen trat sie einen Schritt vor. Darin lag ihr Fehler. Egloff wurde ihrer dadurch wieder gewahr. All die Schmach, die er angesichts seines unglücklichen Verhaltens seit Mariettas Auftauchen hatte einstecken müssen, entlud sich plötzlich auf ihr.

»Raus!« Sein rechter Zeigefinger schnellte nach vorn. »Du hast hier gar nichts mehr verloren!«

Steil stand die Zornesfalte zwischen seinen Augenbrauen, die hellen Augen waren weit aufgerissen. Vor Schreck ließ Lina den Lappen in den Eimer fallen. Das schmutzige Wasser schwappte heraus, unglücklicherweise auf Egloffs Stiefel. Das erregte noch größeren Zorn bei ihm. »Geh mir aus den Augen, bevor ich mich vergesse!«

Niemand sprang ihr bei. Selbst auf Marietta Leuwenhoecks ebenmäßigem Gesicht zuckte es ungehalten. Lina bückte sich nach dem Eimer, raffte den Rock und schlich stumm hinaus.

Die Diele erschien ihr auf einmal wie das Paradies auf Erden. Das heimelige Knistern des Herdfeuers, das Brodeln des Gerstenbreis im Topf darüber, selbst Hedwigs herrisches Gebaren freuten sie.

»Und?« Kaum wartete Hedwig ab, bis sie den Eimer abgestellt und sich einige lose Haarsträhnen aus dem Gesicht gestrichen hatte. Betont holte Lina Luft. Die Köchin sollte ruhig merken, wie erschöpft sie war.

»Was ist da drin nur los?«, bohrte Hedwig weiter. »Man hört Egloff brüllen, dass einem angst und bange wird. So sag doch endlich, was die Fremde wollte.«

Gemächlich rückte sich Lina einen Schemel an den Tisch und setzte sich nieder, wobei sie das Kinn mit der Hand abstützte, was Hedwig, wie sie nur zu gut wusste, nicht ausstehen konnte. Geflissentlich aber übersah die Alte es, wohl, um sie endlich zum Reden zu bringen. Milla schlich zu ihr, drückte ihr sanft die Hand und sah sie mit ihren Rehaugen an.

»Helmbrecht ist auch weg«, sagte Lina und lauschte den eigenen Worten nach. Fieberhaft überlegte sie, wie sie am besten von Mariettas Auftritt im Kontor berichtete. Hedwigs Einschätzung dazu war ihr sehr wichtig. Andererseits konnte sie schlecht zugeben, die weißblonde Schönheit bereits von ihrem heimlichen Besuch im Grafenkrug zu kennen. Das neuerliche Klopfen an der Eingangstür erlöste sie aus ihren Grübeleien.

»Was ist denn heute los? Es geht hier zu wie im Taubenschlag.« Grummelnd schlurfte Hedwig dieses Mal selbst zur

Tür, schob den Riegel zurück und öffnete. Ein Schwall eisiger Luft, versetzt mit einigen Schneeflocken, wehte herein. Apotheker Pantzer aus dem Löbenicht schob sich eilig an ihr vorbei und half ihr, die schwere Tür gleich wieder sorgfältig zu verschließen.

»Ist das ein Wetter!«, rief er und nahm den breitkrempigen Hut so schwungvoll vom Kopf, dass die Schneereste durch die Diele flogen. Zu allem Überfluss schüttelte er noch den Kopf, um das nackenlange Haar und den struppigen Bart vom Eis zu befreien. Selbst in den buschigen Augenbrauen glitzerten Schneekristalle. Die narbenübersäten Wangen waren rot vor Kälte. Hedwig schnaubte und ging auf Abstand. Sie mochte den grobschlächtigen Apotheker aus dem Löbenicht nicht.

»Ich muss zu Fräulein Carlotta«, hielt er sich nicht mit umständlichen Begrüßungsformeln auf, sondern befreite sich von seinem wollenen Übermantel und hängte ihn über das Treppengeländer. »Ich habe ihr etwas sehr Wichtiges zu übergeben und auch eine ganz vertrauliche Nachricht zu übermitteln.«

Den letzten Halbsatz sprach er zögernd und weitaus leiser. Sofort horchte Lina auf. Hedwig schnaubte abermals, um an das Versprechen den Grohnerts gegenüber zu erinnern, so schnell niemandem von ihrer Abreise zu erzählen.

»Mit all diesen Angelegenheiten müsst Ihr Euch wohl eine Zeitlang gedulden«, gab sie brüsk zu verstehen.

»Wenn Ihr erlaubt, setze ich mich hierher«, erklärte er. Ohne ihre Zustimmung abzuwarten, zog er sich bereits einen Stuhl zurecht. Etwas an seinem Auftritt brachte selbst Hedwig dazu, ihm nicht sofort zu widersprechen oder gar die Tür zu weisen. Milla starrte ihn mit weit aufgerissenen Augen an.

Kurz nickte er Lina zu, dann starrte er abwesend in die Luft und klopfte mit den Händen suchend seinen schwarzen Rock von oben bis unten ab. Voller Staunen bemerkte Lina dabei die gewaltigen Ausmaße seiner Hände. Unvorstellbar, dass er mit diesen riesigen Fingern filigrane Phiolen handhabte oder gar kleine Tabletten drehte, wie sie es einmal bei Carlotta gesehen hatte. Mit einem siegesgewissen Grinsen zog er unterdessen einen braunen Tiegel aus der linken Innentasche seines Rocks und stellte ihn behutsam auf die Tischplatte.

»Das«, erklärte er mit stolzer Stimme, »ist die Rezeptur, auf die das Fräulein Carlotta seit Wochen, ach, was sage ich, seit Jahren wartet!« Stolz lehnte er sich auf seinem Stuhl zurück.

Alle schwiegen ergriffen. Ein Holzscheit kippte zischend in die Flammen, der Brei brodelte über dem Feuer. Hedwig machte keine Anstalten, sich darum zu kümmern. Von nebenan aus dem Kontor drangen leise Stimmen herüber. Auch das schien sie nicht mehr sonderlich zu interessieren. Caspar Pantzers Auftauchen hatte ihre ganze Aufmerksamkeit auf sich gezogen.

»Was ist?«, fragte er und sah zuerst Milla, dann Lina und schließlich Hedwig an. »Warum schickt Ihr nicht nach Fräulein Carlotta? Sosehr es mir wohltut, mich bei Euch aufzuwärmen, so dringend muss ich doch wieder zurück in meine Apotheke. Es geht, wie gesagt, nicht allein um den Inhalt dieses Tiegels, sondern auch um eine vertrauliche Nachricht.«

»Ihr kommt zu spät«, entgegnete Hedwig knapp. Sie verschränkte die Arme vor dem Busen. »Das gnädige Fräulein ist nicht mehr da.«

»Was?« Wie vorhin schon bei Marietta Leuwenhoeck, so rief die Nachricht von Carlottas Abwesenheit auch bei Caspar Pantzer ein heftiges Erstaunen, wenn nicht Erschrecken aus.

»Also ist es wahr«, setzte er fast im gleichen Wortlaut wie die Blonde aus Brügge nach.

Lina schauderte. Ungestüm sprang er vom Stuhl, ließ ihn achtlos nach hinten kippen und zuckte nicht einmal bei dem lauten Aufprallen des Holzes auf dem Steinboden zusammen.

»Das sind überaus schlechte Nachrichten!« Er fuhr sich mit den Fingern durch den struppigen Bart. »Mein Gott, was tue ich jetzt nur?«

»Was ist also wahr?«, hakte Lina unterdessen nach. Hedwig schnaubte zwar über ihre forsche Frage, nickte jedoch zustimmend. Pantzer antwortete nicht sofort. Grübelnd begann er, vor dem Herd auf und ab zu gehen. Der flackernde Feuerschein verlieh seiner grobschlächtigen Gestalt ein noch bedrohlicheres Aussehen. Wild funkelten die braunen Augen, emsig kaute er auf den wulstigen Lippen.

»Für wen sind das denn keine schlechte Nachrichten?«, piepste Milla zu aller Erstaunen in die Stille hinein. »Wir alle wünschen uns inständig, dass Fräulein Carlotta so schnell als möglich wieder gesund nach Hause kommt. Ohne sie ist das Haus so schrecklich still.« Flehentlich sah sie zu Lina, dann zu Hedwig. »Auch die verehrte Frau Grohnert vermissen wir natürlich«, schob sie leise nach und senkte den Kopf.

»Was soll das heißen?« Pantzer fuhr herum und starrte sie mit wilder Miene an. Milla schrie auf.

»Nicht weinen«, raunte Lina ihr zu und strich der Kleinen über den Arm.

»Warum lasst Ihr den Tiegel und die Nachricht nicht einfach hier?«, schlug Hedwig unterdessen vor. »Sobald wir wissen, wie wir die beiden erreichen, senden wir es ihnen nach.«

»Ausgeschlossen!« Pantzers Antlitz verfinsterte sich noch weiter. »Ich kann beides nur eigenhändig an Fräulein Carlotta übergeben.«

Sofort war er wieder am Tisch und griff sich den Tiegel, steckte ihn wieder ein. Verzweiflung lag auf seinem grobschlächtigen Antlitz. Dennoch konnte er sich nicht entschließen, wieder nach draußen in die Kälte zu gehen. Lina stellte sich neben ihn an den Tisch und behielt ihn aufmerksam im Auge.

Die Tür zum Kontor schwang auf, und Marietta erschien auf der Schwelle. Augenblicklich starrten alle zu ihr, sichtlich erleichtert, dass die eigenartige Situation damit ein Ende fand. Verwundert trat sie in die Diele, wobei sie die Tür offen ließ, so dass auch Egloff, Breysig und Steutner interessiert näher kamen.

»Ihr?« Langsam ging sie auf den Apotheker zu und musterte ihn, als wäre er eine Erscheinung. Der Löbenichter starrte sie nicht weniger verwundert an. Beide wirkten wenig erfreut, sich im Haus der Grohnerts wiederzubegegnen.

»Ihr kennt Euch?« Steutner fasste sich als Erster. In wenigen Schritten stand er in der Diele und sah neugierig zwischen den beiden hin und her.

»Nicht der Rede wert«, versuchte Marietta abzuwinken, während Pantzer ihr ins Wort fiel: »Helmbrecht hat mich vor längerem zusammen mit der Dame hier aufgesucht und mich gebeten, eine Essenz zu untersuchen. Es war unschwer zu erkennen, von wem die Medizin stammt. Ihr wisst wohl alle, dass Frau Grohnert wegen des plötzlichen Ablebens von Martenn Gerke …«

»Ich hätte es mir denken können«, platzte Hedwig dazwischen. »Die arme Frau Grohnert! Selbst Helmbrecht hat ihr also misstraut. Wie gut, dass sie das jetzt nicht mit anhören …«

»Aber davon kann doch keine Rede sein.« Aufgebracht wies Marietta die Köchin zurecht. »Gerade weil er ihr vertraut hat, wollte er von einem anderen Apotheker die Essenz prüfen lassen. In der Hoffnung, im Löbenicht würde niemand die Phiolen erkennen, ist er eigens dorthin gegangen. Dass ausgerechnet Ihr mit dem Hause Grohnert bekannt seid, hat er nicht ahnen können.«

»Es spielt auch keine Rolle«, beeilte Pantzer sich zu versichern. »Euch und Helmbrecht habe ich es ja schon gesagt: Bei den Tropfen handelt es sich um eine Bernsteinessenz, wie Paracelsus sie schon bei Herzbeschwerden, Erkrankungen des Magens und natürlich bei Steinleiden empfohlen hat. Sie ist natürlich alles andere als giftig, im Gegenteil.«

»Und trotzdem reden alle hier im Kneiphof davon, die arme Frau Grohnert hätte Gerke mit Absicht todbringende Tropfen eingeflößt. Wie soll sie sich nur dagegen wehren?« Ratlos schüttelte Hedwig das grauhaarige Haupt. »Ausgerechnet jetzt hat der junge Kepler den Bernstein ins Feuer geworfen. Das ist ein schlechtes Omen. Oh, dieser Unglücksmensch! Verflucht sei der Tag, an dem er ins Leben meiner armen Carlotta getreten ist.«

»Christoph hat den Bernstein verbrannt?« Aufgebracht stürzte Caspar Pantzer auf sie zu, wollte sie an den Schultern packen und schütteln, als könnte das noch etwas ändern. Im letzten Moment aber hielt er sich zurück und ließ die riesigen

Hände sinken. Matt sagte er: »Davon hat er mir nichts erzählt.«

»Wie sollte er auch? So, wie er nach der Prügelei mit dem Kurfürstlichen ausgesehen hat, wird er die nächsten Wochen nicht mehr den Mund aufmachen können«, entfuhr es Steutner. Unbewusst strich er sich über die eigenen verquollenen Wangen.

»Ihr habt ihn gesehen? Wart Ihr etwa dabei?« Pantzer drehte sich zu ihm um und musterte ihn von oben bis unten. »Oh, verzeiht, das ist offenkundig. Dann seid Ihr der tapfere Bursche, der das Schlimmste verhindert und meinen armen Freund von diesem Wahnsinnigen weggezogen hat?«

»Wer der Wahnsinnige von beiden ist, muss erst noch geklärt werden«, krächzte Hedwig. »Zwar kenne ich Mathias Steinacker noch aus Frankfurt und weiß, wozu er fähig ist. Doch so, wie der junge Kepler sich hier bei uns aufgeführt hat, steht er ihm in nichts nach.« Sie rieb sich die bloßen Unterarme. »Ausgerechnet jetzt auch noch den Bernstein ins Feuer zu werfen – es ist nicht zu fassen! Nur Unglück hat er der armen Carlotta gebracht.«

Zur Abwehr des Bösen schlug sie hastig ein Kreuz vor der Brust. Milla begann zu jammern, auch Lina fühlte einen Stich in der Brust. Hedwigs Miene machte aus ihrer Überzeugung keinen Hehl: Sie hielt den Sohn des Stadtphysicus für eine Ausgeburt dunkler Mächte. Lina wagte einen Blick zu Steutner und hoffte auf ein beruhigendes Zeichen von ihm. Der aber stand weiterhin ganz allein im Bann Marietta Leuwenhoecks.

»Darf man fragen, wovon Ihr überhaupt sprecht?« Marietta war aufmerksam dem Gespräch gefolgt. »Wer ist dieser Mathias Steinacker? Und mit Christoph meint Ihr doch nicht gar den Sohn des berühmten kurfürstlichen Leibarztes Ludwig Kepler? Dann solltet Ihr vorsichtig sein, was Ihr da behauptet, meine Liebe.« Ihr mahnender Blick ruhte auf der Köchin.

Die sackte in sich zusammen, dann aber biss sie sich auf die Lippen und reckte das Kinn. »Danke für den guten Rat, Verehrteste. Doch seid gewiss: Ich weiß sehr wohl, was ich tue, und werde das alles gern jederzeit offen wiederholen«, widersprach sie in festem Ton. »Doch wer, wenn ich fragen darf, seid überhaupt Ihr, dass Ihr so mit uns zu reden meint?«

»Die Dame weilt auf Empfehlung von Philipp Helmbrecht hier am Pregel«, beeilte Egloff sich zu erklären. »Ihr Name ist Marietta Leuwenhoeck, und sie ist Kaufmannswitwe aus Brügge in Flandern. Das liegt …«

»Danke, Ihr müsst mir nicht sagen, wo das ist«, ging die Köchin missmutig dazwischen. Abschätzig wanderte ihr Blick über die sorgfältig gekleidete Frau in Kobaltblau, dann ließ sie sie einfach stehen und wandte sich Caspar Pantzer zu. Allein diese Geste sagte alles darüber, was sie von der Fremden hielt. Lina unterdrückte ein Aufschluchzen. Es war kein Geheimnis, wie kühl Hedwig Helmbrecht gegenüberstand. Immer wieder ließ sie ihn spüren, dass sie dem verstorbenen ersten Gemahl von Magdalena, Eric Grohnert, über seinen Tod hinaus treu verbunden blieb. Nichts und niemand würde etwas daran ändern, nicht einmal, wenn er der neue Gemahl Magdalena Grohnerts würde, ganz zu schweigen von fremden Damen, die sich als von ihm empfohlen ausgaben.

»Was ist jetzt eigentlich mit Christoph Kepler?«, fragte die Alte den Apotheker. »So, wie unser guter Steutner aussieht, dürfte auch der junge Physicus einiges abbekommen haben. Zum Glück ist er vom Fach und kann sich selbst verarzten. Wahrscheinlich stammt die vertrauliche Botschaft, von der Ihr vorhin geredet habt, von ihm. Also steckt er bei Euch?«

Forschend saugten sich die runden, hellen Augen auf dem groben Gesicht des Löbenichter Apothekers fest. Der konnte seine Verlegenheit nicht länger verbergen.

»Ja«, raunte er, räusperte sich und erklärte dann mit festerer Stimme: »Vermutlich habt Ihr gehört, dass sein Vater ihn wegen der Prügelei mit einem kurfürstlichen Dragoner des Hauses verwiesen hat. Der persönliche Leibarzt von Friedrich Wilhelm kann so etwas nicht einmal bei seinem eigenen Sohn durchgehen lassen, geschweige denn, ihm dann auch noch unter seinem Dach die Wunden verarzten.«

»Es ist schon eine Bürde, dieser Tage in Diensten des Kurfürsten zu stehen«, bemerkte Hedwig trocken und trottete kopfschüttelnd zum Herd hinüber, griff nach dem Eisenhaken und schürte das Feuer.

»Seltsam«, mitten im Tun hielt sie inne, richtete sich halb auf und schaute in die Flammen, »den Geruch des verbrannten Bernsteins werde ich wohl mein Lebtag nicht mehr aus der Nase kriegen. Wie konnte der Bursche Carlotta das antun? Sie liebt ihn doch von ganzem Herzen. Dabei hat er sie gar nicht verdient. Andererseits: Ein so kluges Kind wie sie wird nicht den Fehler begehen, dem Falschen ihr Herz zu schenken.«

»Was sollen wir jetzt nur tun?« Ratlos sah Marietta zwischen Steutner und Pantzer hin und her. Ob sie Hedwigs Worte überhaupt wahrgenommen hatte, war ihr nicht anzumerken. »Ausgerechnet jetzt, da die Ungefährlichkeit der Rezeptur feststeht, sind weder Magdalena und ihre Tochter noch

Helmbrecht zur Stelle. Und keiner weiß, wo sie sind, oder wenigstens, wann sie wieder zurückkehren.«

Matt sank sie auf einen Stuhl am Tisch, strich mit der flachen Hand fahrig über das Holz der frisch gewachsten Platte.

»Eins zumindest weiß ich.« Der junge Apotheker hatte wieder zu seiner Tatkraft zurückgefunden. Erstaunt schaute Marietta zu ihm auf.

»In jedem Fall werde ich mich jetzt darum kümmern, den Nachweis der Ungefährlichkeit der Bernsteinessenz hieb- und stichfest zu machen«, erklärte er.

»So?« Marietta schien nicht zu begreifen, was daran so wichtig sein sollte.

»Meine Untersuchung reicht nicht«, erklärte Caspar Pantzer mit funkelnden Augen. »Darüber war ich mir auch mit Carlotta schon einig.«

»Ihr habt mit ihr darüber gesprochen?«

Einen kurzen Moment brachte ihn Mariettas Frage ins Stocken, dann aber fuhr er bestimmt fort: »Natürlich. Immerhin weiß sie am besten von uns allen über die Rezepturen ihrer Mutter Bescheid. Ich habe also vor längerem schon mit ihr vereinbart, dass uns mindestens ein weiterer Apotheker das schriftlich bestätigen soll. Damit kein falscher Verdacht aufkommt, werde ich dazu eine angesehene Kollegin meiner Zunft fernab von Königsberg aufsuchen. An deren Urteil wird niemand zweifeln, vertraut mir.«

»Wenn Ihr die Stadt verlasst, nehmt den jungen Kepler gleich mit«, merkte Hedwig von ihrem Platz hinten am Herd aus an. »Mir scheint, es ist am besten, wenn er auch für einige Zeit aus der Stadt verschwindet.«

»Die gute Köchin hat recht«, stimmte Marietta zu. »Wann reist Ihr ab?«

»Sobald ich Pferde für uns aufgetrieben habe!« Pantzer steckte Tiegel und Phiole in seine Taschen und eilte zur Tür.

»Viel Erfolg!«, rief Marietta ihm nach.

»Den werde ich haben«, erwiderte er mit einem siegesgewissen Lächeln. »Ihr werdet schon sehen: Jetzt wird sich alles zum Guten wenden.«

»Euer Wort in Gottes Ohr.« Die schöne Marietta rang sich ein zaghaftes Lächeln ab.

7

Am Vorabend des Nikolaustags traf die Reisegesellschaft unter Tromnaus Führung in Frauenburg ein. Bis auf die beiden Frauen nahmen alle in einem Wirtshaus unweit des Marktplatzes Unterkunft. Vergeblich versuchte Carlotta, Thiesler davon zu überzeugen, sich mit ihr und der Mutter in dem weitaus bequemeren Haus des Kaufmanns Siegfried Hartung einzuquartieren. Offenbar befürchtete der erstaunlich rasch von seinen schweren Verletzungen genesene Student, die Löbenichter Kaufleute könnten am nächsten Morgen ohne ihn weiterreisen.

»Wie Ihr meint«, erwiderte Carlotta. »Ich hoffe nur, Euch überfallen nicht unverhofft starke Kopfschmerzen und Übelkeit. Das Verheilen Eurer Wunden geht mir ein wenig zu schnell. Seid bitte vorsichtig und mutet Euch nicht zu viel zu. Manchmal täuscht einen das eigene Wohlbefinden.«

Prüfend sah sie ihm in die Augen, beruhigte sich ob des klaren Blicks allerdings doch. Thiesler lächelte.

»Ihr seid wirklich eine hervorragende Ärztin. Allein Eurem

Talent habe ich es zu verdanken, nach wenigen Tagen schon vollständig wiederhergestellt zu sein.«

»Ob Ihr tatsächlich schon wiederhergestellt seid, bleibt abzuwarten.« Magdalena zeigte sich ebenfalls nicht sonderlich begeistert vom frisch erwachten Tatendrang des Altstädter Studenten. »Doch jeder ist seines eigenen Glückes Schmied.«

Nach einem knappen Nicken schickte sie sich an, wieder auf den Wagen zu steigen. Carlotta reichte Thiesler zum Abschied die Hand. Unauffällig übergab sie ihm dabei eine braune Glasphiole.

»Passt gut auf Euch auf«, bat sie leise. »Für alle Fälle solltet Ihr die nächsten Tage noch morgens und abends je zehn Tropfen dieser Essenz einnehmen. Es ist eine Art Theriak, angereichert mit Myrrhe, Enzian und Aloe. Daraus schöpft Euer Körper zusätzliche Kraft. Das schadet nie.«

»Ich danke Euch. Ihr selbst habt mir die beste Kraft gespendet, um wieder zu gesunden. Schade, dass ich ab morgen auf diese Medizin verzichten muss.«

»Ohne mich wird es Euch rasch bessergehen«, erwiderte Carlotta zaghaft schmunzelnd. »Nur meinetwegen ist es zu dem Kampf in Brandenburg gekommen. Ich stehe tief in Eurer Schuld. Es hat Euch fast das Leben gekostet, mir beizustehen.«

»So dürft Ihr nicht reden«, wiegelte Thiesler ab. »Es war meine Pflicht und Schuldigkeit, Euch gegen diesen Narren zu verteidigen. Jederzeit würde ich das wieder tun, selbst wenn es mir abermals an den Kragen ginge. Wie sonst sollte ich Euch je überzeugen, dass wir Königsberger nicht nur mit den Worten, sondern gelegentlich tatsächlich auch mit den Händen zu kämpfen wissen?«

Verschwörerisch zwinkerte er ihr zu. Dabei verzog sich die von den Blessuren immer noch stark verquollene Mundpartie zu einer lustigen Fratze. Carlotta musste lachen.

»Auf jetzt!«, rief Tromnau ungeduldig. »Der Tag war lange genug. Morgen früh heißt es wieder zeitig aus den Federn kriechen, sonst holen wir die Verspätung niemals auf!«

»Die wir ohnehin nur dank der Herrschaften haben«, ergänzte Hohoff missmutig.

»Als ob es darauf noch ankäme«, entgegnete Thiesler, half Carlotta jedoch, auf den Wagen zu klettern. »Gute Reise!«

»Auch für Euch!« Sie winkte zum Abschied. Mit einem Ruck setzte sich das Fuhrwerk in Bewegung.

Tromnau ließ es sich nicht nehmen, die beiden Frauen mitsamt ihrem Gepäck persönlich zum Haus ihres Gastgebers unweit des trutzigen Frauenburger Wasserturms am Fuße des Domhügels zu bringen. Dank der fortgeschrittenen Stunde fiel der Abschied dort jedoch kurz aus, was Carlotta nicht bedauerte. Zwar hatte der Löbenichter Kaufmann seit dem Gespräch im Brandenburger Krug in ihren Augen an Ansehen gewonnen, dennoch war sie erleichtert, die nächste Zeit in Frauenburg weitab von den Königsberger Erlebnissen zu sein.

Schon mit dem Betreten des Hauses hatte sie das Gefühl, alles hinter sich lassen zu können. Hartungs Besitz verhieß mannigfaltige Ablenkung und die Möglichkeit zu vielen interessanten Gesprächen über ganz andere Themen. Gleich beim ersten Umschauen in der geräumigen Diele wähnte sie sich im Paradies. In jedem Winkel gab es etwas zu entdecken. Bald fürchtete sie, ihr Aufenthalt bei dem liebenswürdigen älteren Herrn mit dem schütteren grauen Haar reiche bei weitem nicht aus, all die wunderlichen Gegenstände gebührend zu bestaunen. Vom Erdgeschoss bis weit unters Dach lagerten ausgestopfte Tiere, seltene Pflanzen, ungewöhnliche Mineralien sowie farbenprächtige Waffen, eigenartige Kleidungsstücke und andere Dinge mehr. Der Hausherr hatte sie aus aller Herren Länder zusammengetragen und wusste viel darüber zu erzählen.

»Mir scheint, über all dem Gaffen vergisst du am Ende, warum wir hierhergekommen sind«, merkte Magdalena an, sobald sie in ihrem Gastzimmer im zweiten Geschoss allein waren. »Hast du eine Idee, wieso Mathias in Brandenburg aufgetaucht ist? Es könnte bedeuten, dass viel mehr Menschen über unseren Weggang Bescheid wissen, als uns lieb ist. Dabei dachte ich, dank Schrempfs verschwiegenem Vorgehen hätte niemand etwas von unserer Abreise mitbekommen.«

»Mach dir keine Gedanken. Mathias hat ganz andere Sorgen, als uns nachzureiten. Gerade er muss darauf bedacht sein, niemanden wissen zu lassen, wo er sich befindet. Das heißt auch, dass er niemandem von unserem Aufenthalt erzählen wird. Noch dazu, wo er gar nicht weiß, dass wir inzwischen in Frauenburg eingetroffen sind.«

»Ich frage besser nicht, was du da gerade andeutest«, erwiderte Magdalena. »Mathias war schon immer unberechenbar. Er ändert sich wohl nie. Ausgerechnet der tapfere Thiesler hat das ausbaden müssen. Zum Glück war ihm das Schicksal hold. Nie hättest du dir verziehen, wenn er seinen Einsatz für dich mit dem Leben bezahlt hätte. Ach«, seufzte sie plötzlich laut, »hätte der junge Kepler nur den Bernstein nicht verbrannt. Dann wäre all das Unglück gar nicht erst geschehen.«

Sie rang die gefalteten Hände und schüttelte die offenen roten Locken in den Nacken.

»Christoph kann nichts für all das Unglück, das weißt du ganz genau«, widersprach Carlotta. »Mathias ist und bleibt ein Hitzkopf, da stimme ich dir zu. Überall, wo er auftaucht, sät er Unruhe. Daran würden allerdings auch zehn Talismanbernsteine nichts ändern.«

»Ich fürchte, Liebes, du solltest begreifen, dass auch der junge Kepler nicht viel besser ist. Komm bitte zur Vernunft! Auch wenn es wehtut, aber wir haben uns wohl getäuscht. Er ist doch nicht der Richtige für dich.«

Dicht trat die Mutter vor sie hin und sah sie eindringlich aus ihren smaragdgrünen Augen an. Abermals wollte Carlotta dagegenhalten, die Mutter aber kam ihr zuvor.

»Seit Kepler von seinen Studien im Süden zurückgekehrt ist, reiht sich ein unheilvolles Ereignis an das nächste. Das kann kein Zufall sein. Was muss geschehen, damit du das begreifst, mein Kind?«

Sie hob die Hand und wollte sie ihr an die Wange legen. Verärgert schlug Carlotta sie weg. »Das ist nicht dein Ernst«, war alles, was sie sagen konnte. Wirr überschlugen sich die Gedanken in ihrem Kopf.

»Sieh dich vor, Carlotta. Denk nur daran, was in den letzten Wochen geschehen ist: Erst stürzt Keplers bester Freund, der Apotheker Pantzer, auf der Lomse fast in den Tod, dann verraten die Altstädter und Löbenichter ihre Kneiphofer Ratsbrüder und buckeln vor dem Kurfürsten. Kurz darauf fallen die Dragoner gar im Kneiphof ein und verhaften Roth, während der arme Gerke vor meinen Augen einen qualvollen Tod stirbt. Selbst der alte Kepler, seines Zeichens immerhin kurfürstlicher Leibarzt und Altstädter Stadtphysicus, erliegt fast einem Herzanfall. Von den unglaublichen Anschuldigungen dir und mir gegenüber, die uns letztlich zum Verlassen unserer Heimatstadt gezwungen haben, ganz zu schweigen. Auch die Uneinigkeit, die uns beide seither quält, möchte ich nicht noch eigens erwähnen. Selbst Mathias' Angriff auf Thiesler kann nur in dem Zusammenhang gesehen werden. Hör auf deine Mutter und lass von diesem seltsamen Burschen, sonst wird er noch dein Verderben sein!«

»Wie soll Christoph mein Verderben sein?« Wütend brauste Carlotta auf. »Du willst mich doch nur daran hindern, als Ärztin an seiner Seite zu arbeiten. Das ist der wahre Dorn in deinem Auge! Früher einmal hast du selbst davon geträumt, konntest deinen Traum aber nicht leben. Deshalb redest du ihn mir jetzt auch aus, genauso, wie du mir Christoph verleiden willst. Das aber wird dir nicht gelingen! Wir beide lieben uns, ganz gleich, was du oder Christophs Vater dagegen habt.«

Erschöpft hielt sie inne. Unruhig trommelte Magdalena derweil mit den Fingern auf ihr knochiges Brustbein, wo einst ihr Bernstein geruht hatte.

»Gerade du solltest nicht von Verderben und Unglück sprechen, wenn es um den Mann geht, den ich liebe«, fügte Carlotta ruhiger hinzu. »Auch dein Vater hat dich einst vor dem Mann gewarnt, an den du dein Herz verloren hast. Du aber hast nie etwas auf diese Warnungen gegeben. Selbst als dein Vater im Sterben den Schwur …«

»Genug!«, rief Magdalena. Ihre grünen Katzenaugen verengten sich, die schmalen Lippen in dem spitz zulaufenden Gesicht verschwanden nahezu ganz. »Wage nie wieder, diese alte Geschichte zu erwähnen. Das ist ein für alle Mal Vergangenheit, seit die Ursache für diese Warnung aus der Welt geschafft ist. Die alte Fehde zwischen den Familien ist beendet. Längst haben die Räte Königsbergs uns als ihren Nachkommen Genugtuung geleistet.«

»Gut«, lenkte Carlotta ein. »Ich werde das nicht mehr ansprechen. Tu du mir jedoch den Gefallen und versuche nicht mehr, mir meine Liebe zu Christoph auszureden. Letztens hattest du doch Verständnis für uns. Nur zu gut weißt du selbst: Man kann nicht wider seine Natur leben und sich ein so aufrichtiges Gefühl für einen anderen Menschen verbieten lassen. Noch dazu, da die Gründe dafür so fadenscheinig sind. Christoph und ich lieben uns nun einmal. Früher oder später wird er wieder zu Verstand kommen und das ebenfalls begreifen. Wir werden diese Liebe leben. Durch all das Unglück, für das du ihn verantwortlich machst, ist mir übrigens erst recht klargeworden, wie sehr wir uns lieben. Er hat das alles nur aus Liebe zu mir getan.«

»Gott, der Allmächtige, bewahre uns vor weiteren Beweisen von Christophs Liebe.« Magdalena schlug ein Kreuz vor der Brust. Tatsächlich hatten sie Carlottas Worte beschämt, und die Erinnerung an Erics Liebe wühlte sie auf. »Solange das nur euch beide betrifft, mag das alles noch angehen, auch wenn es mir als deiner Mutter unerträglich erscheint, auf welch ungewöhnliche Art Christoph dir seine Liebe zu beweisen pflegt. Ich weiß nicht, was ich mit deinem Vater getan hätte, wenn er vor meinen Augen den Bernstein ins Feuer geworfen hätte. Zum Glück hat er es verstanden, mir seine Liebe auf weitaus sanftere Weise zu zeigen.« Sie hielt inne, schloss für einen Moment die Augen. Ein verträumtes Lächeln umspielte ihren Mund. Noch ehe Carlotta etwas erwidern konnte, öffnete sie bereits wieder die Lider und sprach weiter: »Doch aus unerfindlichen Gründen spielt da wohl auch noch Mathias in eure Geschichte mit hinein. Seit Brandenburg beunruhigt mich der Gedanke, dessen Einschlagen auf den armen Thiesler könnte in Wahrheit deinem Christoph gegolten haben. Eine entsetzliche Vorstellung! Damit hat er einen völlig Unbeteiligten in die Sache mit hineingezogen. Fast hätte der gar sein Leben dafür gelassen. Wäre das nicht furchtbar gewesen?«

»Natürlich wäre es das!« Carlottas blaue Augen funkelten zornig. »Thieslers Tod hätte ich mir niemals verziehen, das weißt du genau. Ich habe an seinem Krankenlager gewacht und gebetet, er möge seinen Einsatz für mich nicht zu teuer bezahlen. Erst als Sonntag klar war, dass er sich endgültig auf dem Weg der Besserung befindet, habe ich mir überhaupt eine Pause gegönnt. Du hast doch selbst gesehen, wie schwer mir vorhin der Abschied von ihm gefallen ist. Die Sorge um sein weiteres Wohlergehen wird mich noch lange in Atem halten.«

Noch immer zehrten die schrecklichen Erlebnisse an ihr. Die zweitägige Reise mit den Löbenichter Kaufleuten hatte ein Übriges getan, ihren schmächtigen Körper zu erschöpfen. Fast war sie schon zu müde zum Schlafen. Umso schlimmer, sich in diesem Zustand auch noch gegen Magdalenas Vorhaltungen zur Wehr setzen zu müssen.

»Hast du denn gar kein Vertrauen mehr zu mir?«, setzte sie leise nach.

Statt eine Antwort zu geben, machte Magdalena sich schweigend daran, die Reisekleidung abzulegen. Nach kurzem Abwarten tat Carlotta es ihr nach. Geschickt schnürte sie sich das Mieder auf. Gleichzeitig suchte sie nach einem Platz, wo sie ihre Kleider ablegen konnte. Der Haken an der Tür war bereits durch die beiden Heuken und Schals belegt. Die Kammer, die ihnen die Wirtschafterin des verwitweten Kaufmanns für die Dauer ihres Aufenthaltes zugewiesen hatte, war nicht sonderlich groß. Nur eine der beiden Reisetruhen hatte überhaupt Platz darin gefunden, die zweite stand vor der Tür auf dem engen Gang. Auf die Reisetruhe aber hatte Magdalena bereits ihr schwarzes Damastkleid gelegt.

Außer einem gehimmelten Bett gab es nur eine Wäschetruhe vor dem Fenster, auf der neben dem Kerzenleuchter die Wundarztkiste stand. Auf der Kommode neben der Tür hatte die Magd eine Waschschüssel mit warmem Wasser bereitgestellt. Kurz entschlossen trug Carlotta das Talglicht vom Schemel vor dem Bett dort hinüber und rückte es neben der Schüssel zurecht. Der Spiegel über der Waschschüssel fing den Schein der flackernden Flamme auf und warf ihn in den Raum zurück. Vermischt mit dem Licht des Kerzenleuchters auf dem Fensterbrett sorgte das für angenehme Helligkeit. Fast wirkte die Kammer heimelig. Auf den freigewordenen Schemel konnte Carlotta nun ihr gefaltetes grünes Mieder aus Samt sowie den dunkelroten Rock aus schwerem Tuch betten.

Indessen putzte Magdalena über der Waschschüssel die Zähne und spülte den Mund mit einigen Tropfen Krausminzöl aus. Als wäre nichts zwischen ihnen vorgefallen, hauchte sie Carlotta einen Gutenachtkuss auf die Wange und kletterte ins Bett. Sorgfältig erledigte auch Carlotta ihre Reinigungsprozedur, löschte endlich die Lichter und kroch ebenfalls unter die dicke Federdecke.

Schweigend lagen sie nebeneinander. Durch einen Schlitz zwischen den Vorhängen fiel das Mondlicht herein. Im Haus verklangen die Geräusche. Einzig das Schlurfen der Wirtschafterin auf dem Flur war noch einige Zeit lang zu hören. Dann wurde es still. Carlotta lauschte in die Nacht. Noch atmete die Mutter nicht sonderlich gleichmäßig, also schlief auch sie nicht. Ein leiser Seufzer verriet, wie sehr sie wohl ebenfalls noch mit dem Gespräch beschäftigt war.

»Thiesler hat mir vorhin übrigens selbst bestätigt, wie gut er sich fühlt. Bei der Prügelei mit Mathias hat er viele Schläge eingesteckt. Der harte Aufprall auf dem eisigen Boden hat ihm sogar für lange Zeit die Besinnung geraubt. Dennoch war die Platzwunde an seinem Schädel nicht sonderlich groß. Er klagt nicht einmal über Kopfschmerzen, was mir nach den beiden Tagen im holprigen Planwagen das eigentliche Wunder zu sein scheint. Zur Sicherheit habe ich ihm von den bitteren Tropfen mitgegeben. Wenn er die noch einige Tage lang nimmt, wird er bald wieder völlig hergestellt sein.«

»Lass gut sein, Liebes«, flüsterte die Mutter und fasste nach ihrer Hand. »Deiner Pflicht als Wundärztin bist du in bestem Umfang nachgekommen. Daran habe ich nie gezweifelt. Nicht einmal eine auffällige Narbe wird er davontragen, so sorgfältig hast du die Wunde versorgt. Es freut mich wirklich zu hören, wie wohl er sich inzwischen fühlt. Es war ihm auch anzusehen. Doch darfst du nicht vergessen, dass Tromnau und Hohoff ihn bedrängt haben, so schnell wie möglich weiterzureisen. Mit eigenen Ohren habe ich gehört, wie sie ihm angedroht haben, ihn andernfalls nach Königsberg zurückzuschicken. Jedermann weiß, wie eilig er es hatte, schnell weit weg von seinem Vater und Königsberg zu gelangen. Es gibt sogar Gerüchte, dort habe ihm wegen irgendwelcher Vorfälle mit anderen Studenten der Kerker gedroht. Kein Wunder also, dass er es vorgezogen hat, den frisch Genesenen zu spielen.«

»Aber doch nicht Thiesler!«, entrüstete sich Carlotta. Sogleich standen ihr die vielen Händel zwischen Pennälern und älteren Senioren vor Augen. Sie dachte an den armen Studenten, dem sie vor einiger Zeit im Dom begegnet war, als der von älteren Semestern bedroht worden war. Unvorstellbar, dass Thiesler bei solchen Streichen mittat. »Gerade du findest ihn doch so nett, Mutter. Wie kannst du dann das von ihm behaupten?«

»Mit keinem Wort habe ich ihm dergleichen zugetraut. Ich habe dir lediglich erzählt, was andere über ihn munkeln. Schließlich spüre ich gerade am eigenen Leib, wie schnell böses Gerede über einen entsteht, ohne dass auch nur ein Funke Wahrheit daran ist. Doch lass gut sein, Liebes, wir sollten uns jetzt nicht auch noch Thieslers wegen streiten.«

»Wir sollten uns eigentlich überhaupt nicht streiten«, stellte Carlotta klar. »Gerade jetzt sind wir beide aufeinander angewiesen.«

»Du hast recht, mein Kind«, pflichtete Magdalena bei und rutschte näher zu ihr. »Warum bist du eigentlich immer die Besonnenere von uns beiden, die viel eher begreift, worauf es ankommt? Dabei bist du erst siebzehn, und ich gehe auf die vierzig zu.«

»Vielleicht liegt es einfach daran, dass ich deine Tochter bin und das von dir gelernt habe?«

»Oder aber von deinem Vater.«

»Ich weiß nicht«, erhob Carlotta doch noch einmal Widerspruch, »so, wie ich ihn erlebt habe, war er wohl selten sehr besonnen. Denk nur an die Jahre, die er verschwunden war und über die er nie etwas erzählt hat, nicht einmal, als er im Sterben lag.«

Eine Zeitlang sagte die Mutter nichts. Carlotta fürchtete bereits, sie abermals vor den Kopf gestoßen zu haben. Dann aber räusperte sich Magdalena und flüsterte heiser: »Ich fürchte, wir können beide nicht viel mit besonnenen Männern anfangen. Sowenig, wie dein Christoph es schafft, dir seine Liebe auf friedvollem Weg zu beweisen, sowenig ist es wohl deinem Vater gelungen, mir je mit Besonnenheit zu erklären, was ihn immer wieder von mir weggezogen hat. Vielleicht sollten wir es einfach so hinnehmen. Liebe kann einfach nicht mit Besonnenheit gelebt werden. Liebe muss man nehmen, wie sie kommt, mit all ihren Rätseln und Unwägbarkeiten.«

»Dann bist du also mit Christoph einverstanden?«, hakte Carlotta sogleich nach.

»Schon gut, Liebes.« Magdalena drückte ihr die Hand. »Was zählt, ist, dass ihr beide euch liebt und diese Liebe füreinander auch stets zu schätzen wisst.«

»Christoph und ich lieben uns nicht nur, wir beide haben sogar einen gemeinsamen Traum«, erklärte Carlotta feierlich. Kaum hatte sie die Worte ausgesprochen, standen die Pläne wieder deutlich vor ihr: sie und Christoph gemeinsam in einer großen Bibliothek mit vielen dicken Büchern über Medizin, Heilkunde und den menschlichen Körper. Gemeinsam lasen und diskutierten sie die Schriften, behandelten Seite an Seite Patienten, besprachen die Zusammensetzung von Arzneien, beauftragten Apotheker wie Caspar Pantzer mit Tinkturen.

»Das ist sogar noch besser«, sagte Magdalena und umklammerte ihre Hand fester. »Halt ihn gut fest, diesen gemeinsamen Traum, damit er euch beiden nicht zu früh entgleitet.«

»Dessen kannst du gewiss sein.« Stürmisch umarmte Carlotta Magdalena. Zum ersten Mal seit vielen Jahren schliefen Mutter und Tochter eng aneinandergeschmiegt ein.

8

Hartungs alte Wirtschafterin war bemüht, den beiden Gästen den Aufenthalt in Frauenburg so angenehm wie möglich zu machen. Über den reich mit Brot, Schinken, Käse, Trockenfrüchten und Latwerge gedeckten Frühstückstisch warf Carlotta der Mutter ein Lächeln zu. Die Alte erinnerte sie in vielem an die gute Hedwig. Magdalenas Schmunzeln bestätigte, dass es nicht nur ihr so erging. Geschäftig watschelte sie zwischen den Gästen hin und her, beauftragte die eine Magd, Kaffee zu holen, schickte die zweite nach heißem Würzwein und rührte selbst dem Hausherrn einen Löffel Honig in einen Becher warmer Milch.

»Viel zu selten haben wir Damen im Haus«, knurrte sie und rückte ihre weiße Haube auf dem grauen Haar zurecht. »Eigentlich ist es eine Schande, dass Ihr nach dem Tod Eurer verehrten Frau Gemahlin nicht wieder geheiratet habt.« Fast schon vorwurfsvoll stellte sie Hartung den Becher hin, dem anzumerken war, dass er ihren Tadel nicht zum ersten Mal vernahm. »Euren beiden Töchtern hätte es gutgetan, eine strenge weibliche Hand zu spüren. Ganz verzogen waren sie, als sie viel zu spät erst unter die Haube gekommen sind. Fast hätte sie schon keiner mehr haben wollen, so anspruchsvoll, wie die zwei waren.« Sie beäugte Carlotta. »Zum Glück ist nicht jedes junge Fräulein so. Ihr schaut nicht so schwierig aus. Gewiss habt Ihr längst einen Bräutigam, der Euch freit.«

Carlotta spürte, wie ihre Wangen zu glühen begannen. Magdalena lächelte. Hartung rettete sie aus der unangenehmen Situation.

»Was haltet Ihr davon, wenn wir einen Rundgang durch meine Sammlung unternehmen? Mir war gestern Abend schon so, als hegtet Ihr Interesse.«

»Oh, das wäre wundervoll!« Erleichtert sprang Carlotta auf.

»Nicht so stürmisch«, mahnte Magdalena. »Zuerst solltest du eine kleine Stärkung zu dir nehmen, mein Kind. Dürfen wir Euch denn überhaupt so lange von Eurem Kontor fernhalten?«, fragte sie Hartung. »Es ist schon sehr großzügig, dass Ihr Euch bereit erklärt habt, uns für einige Wochen zu beherbergen. Da möchten wir Euch nicht noch zusätzliche Umstände bereiten.«

»Nie und nimmer tut Ihr das, Verehrteste.« Er schenkte ihr ein breites Lächeln. Die grünen Augen strahlten echte Freude aus. Seinem fortgeschrittenen Alter zum Trotz wirkte er auf einmal jung und ungestüm. Kaum konnte er es erwarten, seine Schätze vorzuführen.

Die Wirtschafterin bedachte ihn mit einem Kopfschütteln, wischte die Finger an der Schürze trocken und murmelte: »Tut, was Ihr für richtig haltet, mein Herr. Doch die verehrte Frau Grohnert hat recht: Euer Kontor sollte stets an erster Stelle stehen.« Sie winkte den beiden Mägden und verließ mit ihnen die Wohnstube. Hartung blickte ihr nach.

»Sie meint es immer nur gut mit mir«, erklärte er, legte das Messer beiseite und erhob sich von seinem Sessel am Kopfende der Tafel. »Leider aber wird die Gute nie verstehen, was es heißt, eine Sammlung wie die meine sein Eigen zu nennen. Verzeiht, verehrte Damen, das mag unbescheiden klingen. Wenn Ihr aber einen Blick in mein Kabinett geworfen habt, werdet Ihr es verstehen.«

Wenig später schlenderten sie hinter dem Hausherrn durch die Räume im ersten Geschoss. Wie auch unten in der Diele und in der Wohnstube gab es im angrenzenden Privatgemach Hartungs sowie in der zum Innenhof gelegenen Bibliothek bereits die ersten Kuriositäten zu entdecken: Masken mit wilden Fratzen, gekreuzte Speere und Fahnen unterschiedlichster Armeen sowie ein richtiges Zelt aus Westindien wurden dort aufbewahrt. Im Treppenhaus prangte ein halbes Dutzend bunter, ausgestopfter Singvögel an den Wänden, übertrumpft von einem furchterregenden Adler, der am Treppenkopf seine

Flügel weit spreizte und den Schnabel wie zu einem letzten, drohenden Schrei öffnete. Versetzte dieser Anblick Carlotta und Magdalena bereits in Staunen, so wussten sie beim Betreten des eigentlichen Kuriositätenkabinetts im zweiten Stock zunächst gar nichts mehr zu sagen.

Den nahezu quadratischen Raum beherrschten eine Handvoll Schaukästen mit Schmetterlingen sowie raumhohe Glasschränke mit skurrilen Dingen aus aller Herren Länder. Gleich trat Carlotta zu dem ersten Kasten hin und besah sich die seltenen Schmetterlinge. Die aufgespießten Schönheiten bezauberten in einer kaum vorstellbaren Farbenvielfalt. Besonders ein lichtblauer Falter mit einer dünnen, schwarz-weiß gepunkteten Umrandung der Flügel erregte ihre Aufmerksamkeit. Wie würde er leuchten, flöge er der Sonne entgegen! Kaum wagte sie, Luft zu holen, aus Angst, das schleierzarte Geschöpf von seinem angestammten Platz inmitten seiner nicht minder prächtigen Artgenossen hinwegzupusten. Dabei trennte eine Glasscheibe den Schatz sicher von ihrem Atem und anderen Unwägbarkeiten. Ihre weit aufgerissenen blauen Augen wanderten weiter durch den Kasten. Neben dem blauen Wunderwesen verharrte ein rotbraun-schwarz gestreifter Schmetterling mit gespreizten Flügeln geduldig auf seinem Posten. Ebenso schien ein schwarzer mit zwei leuchtend grünen Diagonalen bereit zum Abheben.

Bei ihrem Anblick wurde Carlotta schmerzlich bewusst, wie grausam die luftigen Falter mit einer Nadel mitten durch ihren Leib aufgespießt waren. Gleichsam lebendig für die Ewigkeit aufbewahrt, erinnerten sie sie an den verlorenen Bernstein. Das Insekt darin war ebenfalls mitten im Leben für alle Zeiten erstarrt. Unwillkürlich legte sie die Hand auf die Brust, wo sich früher einmal der Stein befunden hatte.

»Sieh nur hier, diese Gemmen!«, begeisterte sich unterdessen Magdalena. Einige Schritte weiter links rollte Siegfried Hartung gerade eine Bahn dunkelroten Samts auf. Der Stoff lag als Schutz über einem weiteren gläsernen Schaukasten, der die obere Schublade eines hüfthohen Tresors bildete. Darin befanden sich verschieden große Gemmen aus den wunderlichsten Achaten, daneben faszinierende Perlmuttschalen und filigrane Elfenbeinschnitzereien.

»Kaum zu fassen, welche Schätze Ihr Euer Eigen nennt«, lobte die Mutter. »Ihr habt sie wohl über all die Jahre aus der ganzen Welt zusammengetragen. Beneidenswert, wo Ihr überall gewesen sein und was Ihr gesehen haben müsst.«

Neben dem stämmigen Mann wirkte die zierliche Rothaarige wie ein staunendes Kind. Die smaragdgrünen Augen funkelten vor Freude. Stolz drückte ihr Gastgeber die Brust heraus und wippte auf den Fußspitzen, was ihn noch größer wirken ließ.

»In der Tat, ich bin viel herumgekommen in meinem Leben«, antwortete er, seltsam berührt von dieser Feststellung. Seine fleckenübersäten Hände fuhren durch das schüttere, weiße Haar. Für einen Moment meinte Carlotta, ein Flackern in seinen Augen zu entdecken. Auf einmal schien er unsicher geworden, gab sich dann aber einen Ruck und erklärte: »Zumindest, was den Erwerb all dieser interessanten Dinge anbetrifft, haben sich die Mühen gelohnt. Seht nur, was sich noch darunter findet.«

Seine rechte Hand wies in einem weiten Bogen durch den dämmerigen Raum hin zu dem deckenhohen Regal an der rückwärtigen Wand. Glastüren schützten die in den Fächern dicht an dicht liegenden Gegenstände vor Staub und neugierigen Fingern. Dahinter lagerten ohne offensichtliche Ordnung

Mineralien, lange Speere, buntbemalte Schilder, Wurfgeschosse, Pfeile, Bogen und Köcher, furchteinflößende Masken. Sogar ausgestopfte Vögel und Skelette von mausartigen Tieren galt es zu bestaunen, bis hin zu einem nahezu vollständigen Skelett einer riesigen Katze. Selbst ein Affe mit gläsernen Augen fehlte nicht.

Carlotta drehte sich weiter um die eigene Achse. Zwei doppelflügelige Fenster gewährten dem milchigen Dezemberlicht von Südwesten her Einlass in die Wunderkammer. Die vielen Gegenstände in den Schaukästen und Regalen sowie die schweren, dicken Samtvorhänge sorgten für einen muffigen Geruch. Carlotta meinte, nur noch unter großer Anstrengung atmen zu können. Ein riesiger Ofen mit weißblauen Delfter Kacheln sorgte zusätzlich für reichlich Wärme. Erneut trat sie zur Seitenwand. Über den dort aufgereihten hüfthohen Schubladenschränken gab es kaum einen freien Fleck an der Wand, der nicht von Gegenständen oder Bildern bedeckt war. Ein halbes Dutzend farbiger Zeichnungen kündete von exotischen Blumen und Pflanzen aus fernen Gefilden, dazwischen hingen Land- und Seekarten sowie unzählige Zeichnungen von Schmetterlingen.

»Vor allem Schmetterlinge haben es Euch wohl angetan«, stellte sie fest.

»An diesen bunten Geschöpfen kann man sich einfach nicht sattsehen. Allein die Tatsache, wie sich die Punkte, Linien und Striche bei Tieren derselben Art wiederholen, versetzt mich immer wieder in Erstaunen. Aber auch diese Gemmen sehe ich mir stets gerne an«, fuhr er fort und zeigte auf den Schaukasten zu ihrer Linken. »Von den Schnitzereien aus Elfenbein ganz zu schweigen. Ist es zu fassen, wie zart diese Stücke angefertigt sind? Mit bloßem Auge ist ihre ganze Pracht kaum zu fassen. Teilweise sind diese Kostbarkeiten übrigens schon mehrere hundert Jahre alt. Könnten sie uns erzählen, was sie alles gesehen haben, würden wir andächtig vor ihnen zu Boden sinken.«

Seine grünen Augen blickten schwärmerisch. Carlotta meinte, selten solche Begeisterung bei einem erwachsenen Mann erlebt zu haben.

»Vielleicht sollten meine Mutter und ich vor Euch in die Knie gehen«, sagte sie mit einem Lächeln. »Immerhin könnt Ihr uns ebenfalls viel erzählen. Eure Berichte über all die Länder, die Ihr bereist, und all die Völker, die Ihr gesehen habt, werden Monate in Anspruch nehmen, wenn Ihr überhaupt davon erzählen wollt.« Wissbegierig sah sie ihm in die Augen. Wieder meinte sie, einen Anflug von Unsicherheit darin zu erkennen.

»Ach, ich weiß nicht«, entgegnete er auf einmal seltsam matt. »Was soll das bringen, von all den Erlebnissen so genau zu erzählen.«

»Wie meint Ihr das, verehrter Hartung?« Seine ablehnende Haltung weckte Carlottas Neugier erst recht. »Ich stelle es mir sehr interessant vor, bis in die entlegensten Winkel der Erde vorzudringen und die verschiedenen Tiere, Menschen, Bräuche und Sitten kennenzulernen, all das Fremde, Unbekannte einmal mit eigenen Augen zu sehen.«

»Das Schlimme daran ist«, mittlerweile wirkte Hartung regelrecht traurig, »dass es leider gar nicht so viel Fremdes und Unbekanntes in den hintersten Winkeln der Welt zu bestaunen gibt. Wenn man einige Zeit unterwegs war, wird man all der Eindrücke bald müde. Meist läuft es auf dasselbe hinaus: Überall herrschen Gier, Neid und Unfrieden, ganz gleich, in welcher Ecke der Welt. Die wenigsten Völker geben sich zufrieden mit dem, was Gott, der Allmächtige, ihnen zugeteilt hat. Stattdessen bekriegen sie ihre Nachbarn allein in der Hoffnung, dadurch Ruhm und Reichtum zu mehren.«

»Mir scheint, Ihr seid dem selbst nicht abgeneigt. Wie sonst habt Ihr all diese Schätze anhäufen und hier in diesem prächtigen Haus unterbringen können?«

»Carlotta!« Die Mutter zupfte sie mahnend am Ärmel. Hartung dagegen schien nicht böse. Im Gegenteil. Endlich huschte wieder ein Lächeln über sein faltiges Gesicht. Er räusperte sich in die Faust, verschränkte dann die Hände auf dem Rücken und erwiderte: »Mit großer Freude, mein Kind, erkenne ich an jedem einzelnen Eurer Worte, dass Ihr die Tochter Eures Vaters seid. Auch mit ihm habe ich oft über diese Beobachtungen gesprochen. Gerade wenn er mir ein neues ausgefallenes Stück für meine Sammlung aus Afrika …«

»Das heißt, mein verstorbener Gemahl hat Euch hier oben am Frischen Haff mehrfach besucht?« Aufgeregt nestelten Magdalenas Finger am Damast ihres reich von Rosenmustern durchwirkten Witwenkleids herum.

»Oh, verzeiht, ich wusste nicht … Ich dachte, Ihr wüsstet das alles. Hat er Euch denn nichts davon gesagt? Aber warum hat er ein Geheimnis daraus gemacht? O Gott, was habe ich da nur angerichtet! Es tut mir leid.« Er wischte sich über die feuchte Stirn.

»Ist schon gut«, murmelte Magdalena kaum hörbar und sah aus dem Fenster.

Die Augen des weißhaarigen Kaufmanns wanderten verlegen im Raum umher. Sein Gesicht hatte sich ebenfalls dunkelrot verfärbt. Mehrfach rieb er sich über das glattrasierte Kinn, als könne er dadurch die Worte ungesagt machen, und blickte ebenfalls durch eines der Fenster in den wolkenverhangenen Winterhimmel.

Carlotta wurde die Stille in dem vollgestellten Raum unheimlich. Im Delfter Kachelofen knackte das Feuerholz, aus der Diele drangen gedämpfte Geräusche herein. Kaum wusste sie, wohin sie sich wenden sollte. In allen Ecken des Kabinetts begegneten ihr ins Leere starrende Augen, aufgespießte Schmetterlinge und ausgestopfte Tierkadaver. In den Regalen und Fächern lagen giftige Pfeilspitzen sowie furchterregende Waffen, jederzeit zum Töten bereit. Kein Wunder, angesichts dessen am Sinn des Reisens und Entdeckens zu verzweifeln! Sie schnaufte. Warum hatte der Vater nie davon erzählt?

Im Stillen ging Carlotta die Frankfurter Jahre durch. Viele Monate war der Vater stets fort gewesen, Jahr für Jahr für lange Zeit regelmäßig unterwegs. Dennoch reichten diese Wochen nicht aus, um auch noch bis ans Ende der Welt vorzudringen. Abgesehen davon, dass er ihnen ganz gewiss davon hätte erzählen wollen. Belustigt erinnerte sie sich an die bunten Glasperlen aus Murano oder die seidenen Schals aus Venedig, mit denen er sie verwöhnt hatte. Wie Trophäen hatte er die stets stolz präsentiert. Beunruhigt sah sie sich noch einmal in Hartungs Wunderkabinett um.

Sie erschrak. Der Affe im Glasschrank streckte ihr die Zunge heraus! Sie kniff die Augen zusammen, spähte noch einmal genauer dorthin. Nein, sie hatte sich getäuscht. Es war nur der Schatten einer Speerspitze, der diesen Eindruck erweckte. Ebenso hatte sie sich gewiss vorhin getäuscht, als Hartung ihren Vater erwähnte. Mit keiner Silbe hatte der Kaufmann behauptet, der Vater wäre selbst auf Reisen in Afrika oder Westindien gewesen. Er hatte nur gesagt, er hätte ihm viele von diesen wunderlichen Gegenständen mitgebracht. Das war die Erklärung! Schließlich konnte man damit ebenso regen Handel betreiben wie mit Stoffen, Bernstein, Salz, Mikroskopen, Büchern, Gewürzen, Tabak, Kaffee und dergleichen mehr.

»Einige Eurer Stücke stammen also von meinem Vater«, stellte sie fest. Erschrocken drehten sich Hartung und die Mutter nahezu gleichzeitig zu ihr um. »Soweit ich weiß, ist er vor allem nach Venedig gereist, um Waren zu beschaffen. Hat er Euch dort die ausgefallenen Kuriositäten beschafft?«

Verlegen wich Hartung ihrem direkten Blick aus. Magdalena dagegen versuchte sich neuerlich in mahnenden Zeichen, die Carlotta geflissentlich überging.

»Ich frage mich nur«, fuhr sie fort, »wie er das alles quer über den Kontinent gebracht und gleichzeitig immer wieder zur verabredeten Zeit bei uns in Frankfurt gewesen sein soll. Einfach unmöglich.«

»Oh, verzeiht mir meine Unbedachtheit.« Mit einem Auflachen wandte Hartung sich vom Fenster ab. Das nachlassende Schneegestöber erlaubte wieder den Blick bis zum nahen Domhügel. Trutzig schälte sich die dick ummauerte Anlage am oberen Rand des Blickfelds heraus.

»Ich glaube, Ihr seid einem großen Missverständnis aufgesessen. Aber das ist allein meine Schuld. Wie konnte ich mich nur so zweideutig ausdrücken? Am Ende denkt Ihr gar, Euer verehrter Gemahl und Vater habe Euch hintergangen. Aber das dürft Ihr nicht! Bitte zweifelt nie an der Aufrichtigkeit Eric Grohnerts! Er war einer der ehrlichsten Menschen, die mir je begegnet sind. Weder war er jemals in Afrika, noch in Westindien oder in sonst einem fernen Winkel der Welt, um die seltenen Dinge hier zu beschaffen. Wie töricht von mir, das so missverständlich darzustellen! Dabei ist alles ganz einfach: Er hat mir viele Stücke in Venedig besorgt und für den Transport zu mir gesorgt. Allein meine Eitelkeit ist schuld, dass er daraus mitunter ein Geheimnis gemacht hat, vielmehr: mir zuliebe machen musste. Meine Eitelkeit hat es eben einfach nicht zugelassen, offen einzugestehen, nicht alle Kuriositäten wirklich selbst von den Wilden im Urwald oder bei den Missionaren in ihren Niederlassungen erworben zu haben. Alle Welt sollte glauben, meine Sammlung sei bis zu dem letzten Stein oder Käfer mit eigenen Händen zusammengetragen. Niemand sollte ahnen, dass ich viele der hier ausgestellten Dinge von einem Markt in Venedig oder gar bei einem Kaufmann in Frankfurt am Main bestellt habe. Euer Vater hat mir über Jahre geholfen, diesen Trug aufrechtzuerhalten. Bitte verzeiht, Verehrteste, ich stehe tief in Eurer Schuld, weil ich das Andenken Eures hochgeschätzten Herrn Gemahls aus so niederträchtigen Beweggründen besudelt habe.«

Beschämt senkte er die Stimme, richtete sein Augenmerk allein auf seine Schuhspitzen, als wollte er für immer darin eintauchen. Da zerriss plötzlich ein helles Lachen die Stille.

»Entschuldigt, mein Bester«, wandte Magdalena sich halb vom Fenster ab, wischte mit den Handrücken Tränen aus den Augenwinkeln und sah ihren Gastgeber breit lächelnd an, »aber das ist wirklich eine köstliche Geschichte, wie sie nur von Männern aufgeführt werden kann. Keine Frau der Welt verfiele auf die Idee, sich derart zu verstellen. Wo ist denn auch das Problem? In Eurem ganzen Leben seid Ihr mehr herumgekommen als so mancher, der sich Kaufmann oder gar Seemann nennt, von all den Gelehrten und Bürgern ganz zu schweigen, die stets nur in der Stube hocken und Bücher wälzen. Dabei spielt es keine Rolle, ob Ihr in Afrika und Westindien wart oder nicht. Selbst wenn Ihr nur die Hälfte oder vielleicht ein Drittel Eurer Schätze auf eigenen Reisen besorgt habt, so zeugt doch allein die Anlage der Sammlung von Eurem profunden Wissen und Eurer gewaltigen Leistung. Vor niemandem müsst Ihr Euch verstecken, geschweige denn schämen, weil Ihr einige der Kostbarkeiten über einen Händler gekauft habt.«

Sie machte einige Schritte auf die Schaukästen zu, betrachtete die Schmetterlinge und die Mineralien, besah sich einige der Zeichnungen an der Wand.

»Ihr seid zu gütig«, beeilte Hartung sich zu versichern.

»Nicht der Rede wert. Eins solltet Ihr mir aber sagen.« Magdalena trat dicht vor ihn hin und hob den Kopf, ihn geradewegs anzuschauen. Sie reichte ihm kaum bis zum Kinn.

»Ich sage Euch alles, was Ihr wissen wollt«, bekräftigte der Endvierziger und legte sich zur Untermauerung die rechte Hand aufs Herz.

»Wann habt Ihr meinen Gemahl kennengelernt und begonnen, Geschäfte mit ihm zu machen?« Eindringlich suchte Magdalena seinen Blick. »Wie oft war er bei Euch hier in Frauenburg? Wann zuletzt? Hat er Euch etwas über seine Pläne verraten?«

Hartung stutzte, vielleicht, weil er sich darüber mokierte, was sie alles zu wissen begehrte. Oder weil er nach einer Ausflucht suchte.

»Kennengelernt haben Euer Gemahl und ich uns vor fast zwei Jahrzehnten«, begann er endlich doch. »Noch zu Zeiten des Großen Krieges. Er war gerade aus der Gefangenschaft bei den Franzmännern entkommen und galt als einer, der alles beschaffen konnte, wirklich *alles*«, betonte er vielsagend. »Gute Beziehungen zu den Parteien, insbesondere zu den Schweden, ermöglichten ihm das. Ein gemeinsamer Bekannter, ein schwedischer Hauptmann, brachte uns in einem Würzburger Kloster zusammen.«

»Das muss Englund gewesen sein, Erics Vetter«, warf Magdalena ein. Hartung nickte.

»Nach Ende des Krieges haben wir uns dann meist in Leipzig oder Frankfurt auf der Messe getroffen. Hier oben in Frauenburg hat er mich leider nur selten besucht, zuletzt kurz vor seinem Tod vor vier Jahren. Es war mir eine große Freude, ihm jedes Mal meine Sammlung vorzuführen. An deren Zustandekommen hatte er schließlich großen Anteil. Allerdings ging es ihm damals bereits schlecht, gleichzeitig war er in großer Eile wegen einer dringenden Angelegenheit in Königsberg. Dort ist er wenig später in Euren Armen gestorben, verehrte Frau Grohnert.«

Ergriffen faltete er die Hände wie zum Gebet und sah wieder zu Boden.

Magdalena kehrte sich ab und starrte stumm aus dem Fenster, als gelte es, die spärlich gewordenen Schneeflocken zu zählen. Schwungvoll drehte sie sich kurz darauf wieder um und lächelte den Frauenburger Kaufmann aufmunternd an.

»Ich danke Euch für Eure Offenheit, mein Bester, sie ist Euch nicht leichtgefallen. Umso höher rechne ich sie Euch an. Damit habt Ihr einige wichtige Unklarheiten beseitigt, die mich seit dem Tode meines Gemahls quälen. Wie oft habe ich mich gewundert, wieso er mir nur Ungenaues erzählt und geheimnisvolle Buchungen in den Kontorbüchern durchgeführt hat. Dabei wollte er einfach nur nicht so recht zugeben, mit welch eigenartigen Waren er handelt, vielleicht auch mit Informationen. Doch nicht einmal über die letzten Jahre im Großen Krieg hat er mir jemals wirklich Rechenschaft abgelegt. Dank Euch aber weiß ich jetzt, was er damals getan hat: Eure Sammlung mit seltenen Schätzen bestückt!«

»Und die Parteien mit Nachrichten versorgt«, ergänzte Hartung schmunzelnd.

»Alle wohl zu gleichen Teilen«, fügte Magdalena hinzu.

»Ja, keiner wusste mehr als der andere, das war ihm wichtig.« Hartung zwinkerte.

»Aber warum? Was soll das?« Carlotta verstand immer weniger und begann stattdessen, an der Aufrichtigkeit nicht nur ihres Vaters, sondern auch Hartungs und sogar Magdalenas zu zweifeln.

»Ruhig Blut, Liebes«, beschwichtigte die Mutter sie. »Daran ist überhaupt nichts Beunruhigendes. Dein Vater wusste, was er tat, und er hat es sicher zum allgemeinen Wohl getan. Davon abgesehen wollte er gewiss nicht zugeben, mit ausgestopften Affen oder bunten Schmetterlingen zu handeln. Ganz zu schweigen davon, dass er seinen Freund Hartung nicht bloßstellen wollte. Deshalb werden wir beide auch nie ein Wort über das Zustandekommen Eurer Sammlung nach außen dringen lassen, verehrter Hartung. Darauf gebe ich Euch mein Ehrenwort.«

Sie streckte ihm die schmale, sommersprossenübersäte Hand entgegen. Gerührt ergriff er sie. Es war erstaunlich, dachte Carlotta, wie die Mutter fern von Königsberg aufblühte.

»Etwas ganz Besonderes muss ich Euch noch zeigen«, verkündete Hartung. Hoch aufgerichtet ging er zu einem Nussbaumtresor auf der zweiten Längsseite. Der Schlüssel knarrte im Schloss, während der Kaufmann ihn bedächtig drehte. Als die Tür aufschwang, gab sie den Blick auf Regalfächer mit einer Vielzahl astronomischer Instrumente frei.

»In einem Wunderkabinett in Frauenburg dürfen solche Gerätschaften nicht fehlen, das sind wir allein schon Kopernikus schuldig, der viele Jahre oben auf dem Domhügel gewirkt hat.« Er griff ein Astrolabium heraus und hielt es hoch, damit Carlotta und Magdalena es von allen Seiten bewundern konnten. »Zwar fehlt mir die Gabe, diese Instrumente zu benutzen, doch Euer verehrter Gemahl, liebe Frau Grohnert, hat mich trotz allem dafür begeistern können, sie zu erwerben. Schaut her, sogar mehrere Mikroskope habe ich auf seinen Rat hin gekauft. Man sollte nicht nur wissen, wie es um die Sterne oben am Himmel bestellt ist, hat er mir beigebracht, sondern auch, wie die Dinge auf Erden im Kleinen beschaffen sind. Die ersten habe ich mir aus Venedig kommen lassen. Seit einiger Zeit aber unterhalte ich Kontakte nach Delft. Dort tut sich gerade sehr Interessantes, was die Fortentwicklung der Geräte betrifft. Antoni van Leeuwenhoek heißt der geniale Gelehrte, der daran arbeitet. Nicht zu verwechseln mit Marietta Leuwenhoeck, die als Kauffrau die Geschäfte abwickelt. Die Ähnlichkeit der Namen ist ein seltsamer Zufall. Vielleicht ist sie deshalb so um seinen Erfolg bemüht. Ihr solltet sie kennenlernen. Philipp Helmbrecht hat mich mit ihr bekannt gemacht.«

Die Erwähnung des Namens ließ Carlotta zusammenfahren. Besorgt schaute sie zu Magdalena. Die lächelte weiterhin unverbindlich. Zu gern hätte Carlotta gewusst, ob Marietta Leuwenhoeck die schöne Blonde mit dem fremden Akzent war.

»Helmbrecht wusste mir auch einiges von den jüngsten Ereignissen bei Euch in Königsberg zu berichten. Zum Glück …« Weiter kam er nicht, denn Magdalena fiel ihm ungeduldig ins Wort: »Das klingt so, als wäre Helmbrecht unlängst hier gewesen und hätte Euch gar persönlich davon erzählt.«

»Habe ich Euch noch nichts davon gesagt?« Verwundert sah Hartung sie an. »Seit letzten Samstag weilt er schon hier in Frauenburg. Er wohnt allerdings nicht im selben Gasthaus, in dem Eure Löbenichter Reisegefährten abgestiegen sind. Deshalb hat er wohl noch nichts von Eurem Eintreffen erfahren, sonst wäre er gewiss schon bei mir aufgetaucht. Seit seiner Ankunft kommt er nämlich jeden Tag am frühen Abend vorbei, um nachzufragen, wann mit Euch zu rechnen ist. Seltsamerweise habe ich jedes Mal aufs Neue den Eindruck, er wäre erleichtert, wenn ich ihm noch keine positive Nachricht geben kann. Verzeiht bitte vielmals, aber über all meiner Begeisterung, Euch mein Wunderkabinett vorzuführen, ist mir das mit Helmbrecht völlig entglitten.«

Magdalena erwiderte nichts. Carlotta dagegen hätte dem zerstreuten Kaufmann gern einmal den Kopf zurechtgerückt, doch das stand ihr nicht zu. Helmbrecht in Frauenburg – das bestätigte ihre schlimmsten Befürchtungen.

»Wenn Ihr nichts dagegen habt«, meldete sich ihr Gastgeber nach kurzem Schweigen gut gelaunt zu Wort, »dann warten wir einfach, bis Helmbrecht heute Abend seinen Besuch bei mir abstattet. Ihm eigens eine Nachricht über Eure Ankunft zukommen zu lassen, scheint mir überflüssig. In der Zwischenzeit kann ich Euch die Zeit mit einer weiteren Überraschung vertreiben. Bestimmt wird sie Euch für die entstandene Unbill entschädigen und auf neue Gedanken bringen.«

In Vorfreude auf den gelungenen Streich rieb er sich die Hände.

»Wenn mich nicht alles täuscht«, wandte er sich an Carlotta, »so seid Ihr nicht nur die wahre Tochter Eures Vaters, sondern auch die würdige Nachfolgerin Eurer Mutter, was die Wundarztkunst betrifft.«

Carlotta stutzte, fühlte sich außerstande, dem wirren Wechsel der Themen so schnell zu folgen. Schmunzelnd kam er näher, winkte auch Magdalena heran.

»Nur keine falsche Bescheidenheit, meine Liebe. Mir kam Eure jüngste Heldentat in Brandenburg bereits zu Ohren. Euer Reisegefährte, der tapfere Student aus der Altstadt, hat es wohl allein Eurer Heilkunst zu verdanken, so rasch wieder dem Krankenlager entronnen zu sein. Ihr müsst ein besonderes Geschick besitzen, kranke Menschen genesen zu lassen. Schon Eurer Mutter eilte früher der Ruf außergewöhnlicher Fähigkeiten voraus, das scheint sich bei Euch erfolgreich fortzusetzen. Auch von ganz besonderen Tropfen wurde mir berichtet, die Ihr dem Studiosus verordnet habt. Tropfen und Tinkturen sind für Euch beide also von großem Interesse. Lasst mich Euch etwas vorzuführen, was seit einigen Jahren unsere geliebte Stadt nachhaltig bereichert. Es wird Euch gefallen. Allerdings unternehmen wir dazu einen kleinen Spaziergang.«

»Das ist eine hervorragende Idee.« Carlotta bemühte sich um ein begeistertes Lächeln. »Soweit ich sehe, hat der Schneefall nachgelassen. Nach dem aufregenden Vormittag inmitten Eurer Kuriositäten wird uns das guttun.«

Im letzten Moment vermied sie einen Hinweis auf die stickige, staubige Luft und die bedrückende Enge, die ihr in dem vollgestopften Kabinett mehr und mehr zu schaffen machte. Zwar hatte sie es begeistert, das alles sehen zu dürfen, längst aber fühlte sie sich selbst wie ein Schmetterling, aufgespießt und zur Reglosigkeit verdammt inmitten der schönsten Pracht.

9

Auch wenn der Gang durch die eisige Winterluft zunächst guttat, hoffte Magdalena doch, endlich ihr Ziel zu erreichen. Der Weg von Hartungs Haus gegenüber dem Wasserturm hatte gleich nach der Stadtmauer steil bergan geführt. Schnee und Eis auf den Gassen erschwerten das Vorankommen zusätzlich. Kaum jemand begegnete ihnen, nicht einmal streunende Hunde oder Fuhrwerke waren bei dem frostigen Wetter unterwegs. Sie wunderte sich, als Hartung auf dem Hügel den Eingang in die Wehranlage links liegenließ, war sie doch davon ausgegangen, er wollte ihnen dort im Dom oder in einem der benachbarten Domherrenhäuser, in denen Kopernikus gewirkt hatte, etwas zeigen. Ein wenig enttäuscht beschloss Magdalena, auf dem Rückweg zum Dom zu gehen. In dem gewaltigen Hallenbau wusste sie an einem der Seitenaltäre eine Mondsichelmadonna, vor der sich für eine Katholikin wie sie stets zu beten lohnte.

Nach wenigen Schritten, die leicht bergab führten, entdeckte sie schließlich das Hospital auf der rechten Wegseite. Unter alten winterkahlen Kastanien erstreckte sich der weißgetünchte Bau mit seinen Wirtschaftsgebäuden. Nun begriff sie, was Hartung vorhatte: Er wollte ihnen die in den vergangenen Jahren zu großem Ruhm gelangte Apotheke vorführen! Erschöpft und gleichzeitig glücklich über das Ziel, fand sie sich kurz darauf neben Carlotta in der Diele des Hospitals zum Heiligen Geist wieder. Die berühmte Offizin stand nicht jedermann offen. Sie diente ausschließlich der Versorgung des Hospitals und der Domherren.

Hartung musste erst um Einlass bitten, um seine beiden Gäste dorthin bringen zu dürfen. Das dauerte länger als erwartet. Magdalena rieb sich die klammen Finger und trippelte mit den nassen Stiefeln auf der Stelle, um sich aufzuwärmen. Auch Carlotta fröstelte.

Endlich erklangen Hartungs schwere Schritte dumpf auf dem Steinboden. Begleitet wurden sie vom leichtfüßigen Auftreten einer zweiten Person.

»Da wären wir, Verehrteste!«, dröhnte Hartungs Stimme durch den leeren Flur. Neugierig blickte Magdalena ihm entgegen, auch Carlotta drehte sich zögernd um. An der Seite des stämmigen Kaufmanns schälten sich die Umrisse einer dunkel gekleideten, ungewöhnlich groß gewachsenen Frau heraus. Im Gegenlicht war ihr Gesicht zunächst nicht zu sehen. Das aber musste Magdalena gar nicht. Ein spitzer Aufschrei entfuhr ihr.

»Habe ich es doch geahnt!«, murmelte sie und trat zwei Schritte näher heran. Ihr Herz raste, Schwindel erfasste sie. Gleichzeitig fiel eine schwere Last von ihr ab. Damit erklärte sich Helmbrechts absonderliches Verhalten letzte Woche. Dunkel hatte sie es zwar bereits vermutet, nun aber besaß sie endgültig Gewissheit: Adelaides wegen hatte er sie nicht nach Frauenburg reisen lassen wollen! Der Base aus Frankfurt, die seit der verhängnisvollen Nacht kurz vor Thorn vor vier Jahren verschwunden war, hatte Helmbrechts Schwur gegolten. Ein Schauer überlief Magdalena. Adelaide zuliebe hatte Helmbrecht fast den Bruch mit ihr riskiert. Und das leider nicht zum ersten Mal.

Aufgewühlt musterte sie die lange Zeit verschollene Witwe von Vinzent Steinacker, dem Frankfurter Vetter ihres verstorbenen Gemahls. Sie hatte sich kaum verändert. Das tiefschwarze Haar trug sie nach hinten gekämmt, lediglich einzelne Strähnen waren der strengen Zucht entronnen. Zaghaft zeigten sich erste silberne Fäden darin. Die große Nase sowie die dunkel umschatteten Augen unterstrichen die Blässe des ebenmäßigen Gesichts. Kaum eine Falte verunzierte die glatte Haut. Tiefrot leuchteten die feingeschwungenen Lippen, verliehen dem hellen Teint einen munteren Farbtupfer. Die schlichte, schwarze Gewandung betonte die Linien des schlanken Leibes. Dank der tadellosen aufrechten Haltung wirkte sie jünger, als sie war. Magdalena meinte, sie müsste längst die vierzig erreicht haben. Unwillkürlich zupfte sie an ihrer Heuke, streckte den Rücken gerader durch, um neben der ehrfurchtgebietenden Erscheinung nicht zu klein und unscheinbar zu wirken. Ohne Scheu sah Adelaide sie an, wandte sich dann zu Carlotta, nickte ihr zu, kehrte zu Magdalena zurück.

»Lange nicht gesehen, meine Liebe.« Mit einem spöttischen Lächeln um den Mund sah sie ihr entgegen. »Es freut mich von Herzen, dich bei bester Gesundheit anzutreffen.«

»Verzeiht, meine Damen«, mischte sich Hartung unter beflissenen Verbeugungen ein. »Mir ist wohl zum zweiten Mal heute ein schwerwiegender Fehler unterlaufen. Gerade erst habe ich von Frau Steinacker erfahren, dass Ihr Euch noch aus der Zeit in Frankfurt kennt.« Sein rundes Gesicht rötete sich, Schweiß trat ihm auf die Stirn. »Dabei hätte ich es längst wissen können! Immerhin hat mir Euer verehrter Herr Gemahl häufig von seinem Vetter in Frankfurt erzählt. Einmal bin ich ihm sogar selbst begegnet. Es war in Venedig, im Spätsommer 1657. Euer Gemahl war damals, soweit ich mich erinnere, zum letzten Mal jenseits der Alpen. Ist auf dem Rückweg nicht jene schreckliche Bluttat geschehen? Ach, verzeiht, verehrte Frau Steinacker«, dieses Mal machte er zu Adelaide hin einen unterwürfigen Kratzfuß, »es hat sich also um Euren verehrten Herrn Gemahl gehandelt, der seinerzeit sein Leben verloren hat. Ich bin zutiefst betroffen und gleichzeitig beschämt, erst jetzt diese Zusammenhänge zu begreifen.«

»Nichts für ungut, mein Bester«, erklärte Adelaide mit ihrer betörenden, vollen Stimme. »Wie hättet Ihr wissen sollen, wie das alles zusammenhängt? Ich habe Euch vorhin schon gesagt, dass es bis heute nicht in meinem Interesse gelegen hat, viel Aufhebens um meine Vergangenheit zu machen. Umso mehr freue ich mich, dich, meine liebe Magdalena, und deine Tochter endlich wieder in die Arme zu schließen.«

Sie breitete die Arme aus, als wollte sie den Worten sogleich Taten folgen lassen. Magdalena zögerte jedoch.

»Die Freude ist ganz meinerseits«, erwiderte sie und verharrte auf ihrem Platz.

Überrascht zog Adelaide die Augenbrauen nach oben und ließ die Arme wieder sinken. »Schön«, erklärte sie knapp. »Dann lasst uns am besten gleich in die Apotheke hinübergehen. Die zu sehen, seid ihr schließlich den Berg hinaufgestiegen.«

Einladend wies sie mit der Hand den Flur entlang. Hartung räusperte sich verlegen. Dann aber siegte wieder einmal sein Stolz über die zu präsentierenden Schätze.

»Ihr werdet staunen, meine Damen, welche Errungenschaften die verehrte Steinackerin bereithält. Ein Segen für unser Hospital, sie vor einigen Jahren als Apothekerin für die Offizin gewonnen zu haben. Davor lag die Apotheke lange brach. Es fehlten eine verständige Hand und das fachkundige Wissen, dieses Kleinod wieder zu alter Größe aufzubauen.« Er lächelte gezwungen. Adelaide schüttelte sacht das Haupt.

»Ihr übertreibt, mein Bester. Es war ein riesiges Glück für mich, dass der verehrte Helmbrecht mir damals diese Möglichkeit vermittelt hat. Meine liebe Magdalena«, sie lächelte die rothaarige Base an, »du kannst ein Lied davon singen, wie sehr ich mich einst dagegen gesträubt habe, den von meinen Eltern und Großeltern ererbten Beruf auszuüben. Schreckliche Erinnerungen haben mich lange Zeit daran gehindert, dieses Erbe anzutreten.«

Sie fasste Magdalena an der Hand, zog sie entschlossen ein Stück weit von den anderen weg, den schmalen Gang zur Apotheke voran. Überrascht folgte Magdalena ihr.

»Meine Liebe«, wisperte die Base, »du glaubst nicht, wie sehr ich mich freue, dich wiederzusehen. Als Hartung vorhin bei mir aufgetaucht ist, wollte ich meinen Ohren nicht trauen. Ich danke dem Zufall, der dich hierhergeführt hat. Mir hat bislang der Mut gefehlt, den ersten Schritt zu tun.«

»Dabei wäre es so einfach gewesen«, entgegnete Magdalena. In ihrem Innern tobte ein heftiger Kampf. Zu gern wollte sie Adelaide einfach an ihr Herz drücken, die Vergangenheit begraben und Frieden mit ihr schließen. Gerade die Erlebnisse auf der letzten gemeinsamen Reise nach Thorn aber standen wie eine nicht zu überwindende Mauer zwischen ihnen. Damals hatte Adelaide einen schrecklichen Verrat an Carlotta und ihr begangen. Von ihr der Hexerei bezichtigt worden zu sein, hätte sie beide fast das Leben gekostet. Auch Helmbrecht hatte Adelaide seinerzeit angestiftet, sie im Stich zu lassen. Magdalena schauderte. Ein schreckliches Gefühl von Einsamkeit erfasste sie. So einfach war es eben nicht, mit dem, was geschehen war, abzuschließen. Adelaide bemerkte ihr Zaudern. Das Lächeln auf dem schönen Gesicht erstarb für einen Moment, dann aber hellte sich ihre Miene wieder auf.

»Was damals geschehen ist, tut mir schrecklich leid. Doch ich habe es an anderer Stelle schwer büßen müssen. Helmbrecht wird dir erzählt haben, was in jener Nacht gleich nach deinem und Carlottas Weggang passiert ist.« Erwartungsvoll sah sie Magdalena an.

»Ja«, antwortete Magdalena bloß. Es fiel ihr schwer, dem durchdringenden Blick der schwarzen Augen standzuhalten. Unerbittlich schob sich das Wissen um Adelaides entsetzliches Schicksal vor die Erinnerung an den schmählichen Verrat: Als einzige Frau hatte die Base in jener Nacht nach dem Verrat einen grausigen Überfall auf die Reisegesellschaft überlebt. Anschließend hatte sie Helmbrecht gebeten, Magdalena nichts von ihrem Aufenthaltsort zu verraten. Ihr Sohn sollte gar glauben, seine Mutter wäre bei dem Überfall ums Leben gekommen. Statt sich weiter zu erklären, breitete Magdalena ihrerseits die Arme aus. Adelaide verstand sofort. Erleichtert fielen die Basen einander in die Arme und hielten sich fest umklammert, als wollten sie nie mehr voneinander lassen.

»Es freut mich so, dich wohlauf zu sehen«, sagte Magdalena. Verlegen wischte sie sich die feuchten Augenwinkel. »Es war eine Qual für mich, von Helmbrecht zu erfahren, was du durchgemacht hast. Schade, dass wir all die Jahre so nah beieinandergelebt haben und nichts voneinander wussten.«

»Ich wusste immer, wo du bist.« Ein eigenartiges Funkeln trat in Adelaides Augen. Magdalena wich zurück. Im nächsten Moment bedauerte die Base ihr schroffes Verhalten und lächelte entschuldigend. »Helmbrecht besucht mich regelmäßig. Doch glaub mir, ich konnte mich einfach nicht bei dir melden. Lange Zeit schien es mir besser, alle hielten mich für tot. In gewisser Weise bin ich in jener Nacht damals vor Thorn auch gestorben. Die Adelaide Steinacker aus Frankfurt gibt es nicht mehr, und das ist wohl besser so.«

Sie reckte die Nase in der gewohnten Manier und schürzte die roten Lippen. Magdalena schluckte, stand die Geste doch in krassem Gegensatz zu ihrer Behauptung. Gewiss aber hatte die Base recht: Die Adelaide aus den Frankfurter Jahren konnte und durfte es nicht mehr geben! Nur so war ein Weiterleben nach der furchtbaren Nacht bei Thorn möglich.

»So schrecklich deine Erlebnisse waren, so ermutigend finde ich, dass du einen neuen Anfang gefunden hast«, erwiderte sie. Abermals fasste sie die Base am Arm. »Eins aber hättest du nicht tun dürfen.«

»So?« Erstaunt zog Adelaide von neuem die Augenbraue hoch. Auch diese Geste kannte Magdalena nur zu gut.

»Mathias hättest du dein Schweigen nicht antun dürfen.« Erbost schnaufte Adelaide auf, wollte etwas sagen, Magdalena ließ sie jedoch nicht. »Das war das Schlimmste, was ihm passieren konnte. Er ist dein Sohn, der Einzige deiner Familie, der dir geblieben ist. Er musste denken, dich in jener Nacht schmählich im Stich gelassen zu haben. Das hat er sich nie verziehen.«

Harsch entzog sich Adelaide ihrer Hand, kniff die Augen zu schmalen Schlitzen zusammen und sagte bedrohlich leise: »Das verstehst du nicht. Wie kommst du dazu, mir das vorzuwerfen? Er hat mich dort liegen sehen! Kannst du dir vorstellen, was das für mich bedeutet?«

»Verzeih«, lenkte Magdalena ein. Es war unbedacht gewesen, so mit der Tür ins Haus zu fallen. Sie musste Adelaide Zeit lassen. Früher oder später würde sich eine Gelegenheit für ein aufrichtiges Gespräch ergeben.

»Lass uns nicht mehr davon reden«, schlug Adelaide vor. »Hartung hat euch hierhergebracht, weil die Apotheke des Frauenburger Hospitals einiges an ungewöhnlichen Dingen aufzubieten hat. Daran ist er nicht unerheblich beteiligt, auch Helmbrecht hat seinen Teil dazu beigetragen.« Sie zwinkerte ihr zu. Magdalena verspürte einen Stich in der Brust.

»Keine Sorge«, wiegelte Adelaide ab. »Seit der Nacht vor Thorn lebe ich allein von meinen Apothekerinnenkünsten. Einzig die zu unterstützen, gestatte ich dem guten Helmbrecht. Doch komm endlich und sieh es dir mit eigenen Augen an.«

Sie winkte auch Carlotta und Hartung, ihnen wieder dichter zu folgen. Die beiden hatten rasch begriffen, wie wichtig es für die Frauen war, unter vier Augen zu sprechen, und Abstand gehalten.

»Die Zeit drängt«, rief Adelaide. »Heute Mittag muss ich gemeinsam mit unserem Doktor den täglichen Rundgang unternehmen. Wenn Ihr also etwas sehen wollt, dann bitte jetzt.«

In großen Schritten eilte sie den Gang hinunter, so dass sie Mühe hatten, Schritt zu halten. Es blieb keine Zeit, die mit Gemälden reich verzierten Wände zu bewundern. Auch die im weiteren Verlauf des Flurs zahlreicher werdenden Nonnen und Helferinnen konnten sie kaum eines Blickes würdigen. Schon bog Adelaide um eine Ecke und verschwand aus ihrem Blickfeld.

Je weiter sie ins Innere des Hospitals vordrangen, desto wärmer wurde es. Die ersten Kamine in den Krankenstuben rechts und links des Flurs taten ihre Wirkung. Im Gehen entledigte sich Magdalena ihres Schals und ihrer Heuke, warf beides locker über den Arm. Der Duft von Räuchermitteln erfüllte die Luft. Insbesondere Myrrhe stach dabei hervor, was angesichts der Jahreszeit nicht verwunderte. Husten und Schnupfen quälten viele Patienten, wie an den Geräuschen aus den Stuben zu erkennen war. Auch Wacholderzweige wurden verbrannt. Der Rauch sollte vor Ansteckung schützen. Kurz vor Erreichen der Offizin begegnete ihnen eine

Schwester, die einige Tropfen Lindenblütenwasser versprengte. Lächelnd verneigte sie sich.

»Damit es nicht gar zu schlimm riecht«, erklärte Adelaide und öffnete die Tür zu ihrem Reich. »Du kennst meine Vorliebe für besondere Düfte.«

»Nur zu gut.« Die Erinnerung schmerzte. Wie oft hatte Adelaide sich in Frankfurt heimlich an Magdalenas kostbarem Rosenöl bedient.

Zu Magdalenas Staunen entpuppte sich die Offizin als großzügiger quadratischer Saal, den ein langgestreckter Tresen in der Mitte beherrschte. Darauf reihten sich vergoldete Waagen in mehreren Größen, die unterschiedlichsten Gewichte, drei Destilliergeräte sowie ein Mikroskop aneinander. Es gab kein eigenes Laboratorium zum Mischen der Rezepturen. In den vom Boden bis zur Decke reichenden Regalen an den Wänden ringsum herrschte penible Ordnung, selbst auf der Fensterseite setzten sich die Regale fort und fassten die Fensterstürze rundherum ein. Lediglich in der hinteren Ecke unterbrach ein blau-weiß gekachelter Ofen die Holzregale. In sämtlichen Regalen waren Ton- und Glasgefäße der Größe nach geordnet. Akkurat beschriftete Schilder erteilten Auskunft über die darin enthaltenen Kostbarkeiten. In einem Regal befanden sich zudem dicke Folianten und Bücher. Bewundernd drehte sich Magdalena einmal um die eigene Achse. Ihr Blick fiel auf ein Stehpult. Darauf lag ein dickes Kräuterbuch, aufgeschlagen auf einer Doppelseite mit farbenprächtigen Pflanzenzeichnungen.

»Das ist einer meiner größten Schätze«, erklärte Adelaide stolz.

»Ich sehe schon«, bemerkte Magdalena zufrieden. »Du hast dein Zuhause gefunden.«

10

Anschwellender Lärm auf dem Flur ließ die Frauen im Betrachten des Kräuterbuchs innehalten. Rufe erklangen, aufgeregte Schritte näherten sich.

»Da muss etwas passiert sein«, verkündete Hartung überflüssigerweise und wies auf die Tür. Schon schwang der Flügel auf, und eine aufgeregte Novizin stürmte herein. Hartung blieb nur, zwei Schritte nach hinten zu springen, sonst wäre ihm die Tür gegen den Kopf geschlagen. Im Hintergrund des Flurs verharrten zwei weitere Nonnen, hielten sich aufgeregt an den Händen und spähten neugierig in die Apotheke. Die Rufe auf dem Gang verebbten, dennoch war die Ordnung im Spital eindeutig gestört.

»Entschuldigung, Verehrteste.« Vor Aufregung versagte der Novizin die Stimme. Bleich stand sie vor Adelaide, die in ihrer Witwenkleidung und der hoch aufragenden Gestalt auf einmal furchteinflößend wirkte. Die junge Frau in der schwarz-weißen Ordenstracht schluckte, griff sich an die Kehle. »Kommt bitte! Schnell!«, brachte sie schließlich heraus, stürzte sich auf Adelaide und rüttelte sie am Arm. Dann aber wurde sie sich der Ungeheuerlichkeit ihres Auftritts bewusst, und sie versank vor Scham fast im Boden. Stumm wies sie durch die offene Tür zum Flur, wagte doch noch einmal, die Stimme zu erheben. Zu vollständigen Sätzen war sie jedoch außerstande. »Helft, Steinackerin, dringend! In der Eingangshalle. Bitte!«

»Was ist los?« Verständnislos schaute Adelaide die Novizin an, rührte sich jedoch nicht.

»Ist jemand verletzt?«, fragte Magdalena und raffte bereits ihren Rock. Sie eilte zur Tür und winkte Carlotta, ihr zu folgen.

Endlich löste sich Adelaide aus ihrer Starre. »Zeig uns, was los ist«, sagte sie zur Novizin, die erleichtert den Frauen vorauslief. Zögernd setzte sich auch Hartung in Bewegung.

Auf dem Weg zur Eingangshalle erklärte die Novizin knapp, was geschehen war: »Eben hat es an der Pforte geklopft. Eine Gruppe Reiter stand davor. Erst hat die Pförtnerin nicht öffnen wollen. Gar zu grausig haben die Männer ausgesehen. Fremd waren sie obendrein. Zwei von ihnen haben einen schrecklich zugerichteten Reisenden in der Mitte gehabt, den sie stützen mussten. Kaum hat er einen Fuß vor den anderen setzen oder den Kopf heben können. Sobald er drinnen war, hat er die Besinnung verloren, ist zu Boden gesunken. Die anderen Reiter haben nichts erklärt, nur, dass sie den Ärmsten unterwegs aufgelesen haben. Hinter Braunsberg etwa. Im Straßengraben hat er gelegen. Kein Pferd, von dem er gestürzt ist, kein Begleiter, der etwas sagen könnte. Bluten tut der Mann nicht. Offenbar hat er keine offene Verletzung. Er sieht nicht danach aus, überfallen und ausgeraubt worden zu sein. Trotzdem scheint er dem Tode nahe.«

»Das wird sich noch zeigen«, stellte Magdalena fest. »Was ist mit Eurem Medicus? Weiß er schon Bescheid? Es muss doch einen Arzt oder Wundarzt im Spital geben. Ruft ihn sofort.« Sie versuchte, sich rasch ein Bild von den Gegebenheiten zu machen. »Gibt es einen Saal, wo man den Mann versorgen kann? Habt Ihr Instrumente, falls er operiert werden muss? Schickt einen Boten in die Stadt hinunter. Sie sollen unsere Wundarzttasche aus Hartungs Haus holen. Sie steht oben in unserer Kammer, auf der Truhe unter dem Fenster. Schnell, schnell! Es bleibt nicht viel Zeit!«

»Das ist nicht nötig. Das Spital ist für alles gerüstet«, erklärte Adelaide und schloss nach vorn auf. »In meiner Apotheke gibt es alles, was wir brauchen, um einen Kranken zu versorgen.«

»Einen Kranken gewiss, aber was ist mit einem Schwerverletzten? Seit wann hast du Wundarztbesteck?« Aufgebracht herrschte Magdalena die Base an, besann sich jedoch gleich wieder. »Verzeih, die Aufregung macht mich ungeduldig. Lass uns sehen, was genau vonnöten ist. Ruft endlich auch Euren Medicus.«

»Das geht nicht«, wandte die Novizin zaghaft ein. »Der ist drüben beim Bischof und darf dort nicht gestört werden. Bader gibt es unten in der Stadt. Aber der Doktor möchte nicht, dass sie zu uns ins Spital kommen.«

Sie erreichten die Eingangshalle. Schweigend standen ein halbes Dutzend Nonnen an der hinteren Wand, in der Mitte umstanden drei dickvermummte Männer den offenbar immer noch auf dem bloßen Steinboden liegenden Patienten. Zwei weitere Männer in hohen Stiefeln und mit breiten Schlapphüten redeten auf die Pförtnerin ein. Überrascht schnappte Magdalena einige Worte auf, erkannte, dass es Schwedisch war. Sie wechselte einen vielsagenden Blick mit Carlotta.

»Lasst uns durch«, bat sie auf Schwedisch und dankte Gott im Stillen, dass sie die Sprache ihrer einstigen Widersacher im Großen Krieg nicht verlernt hatte. Zögernd traten die Männer beiseite.

Carlotta ging neben dem Patienten auf die Knie, Magdalena tat es ihr auf der anderen Seite nach. Der Mann lag zusammengekrümmt auf der Seite. Sein Umhang verdeckte das Gesicht, auch der riesige Hut lag noch über seinem Kopf. Behutsam hob Carlotta ihn an, während Magdalena vorsichtig die Schultern packte, um den Mann umzudrehen.

»Nein!«, schrien sie beide gleichzeitig auf: Vor ihnen lag Mathias!

Auf ihren Schrei hin schob Adelaide sich zu dem Patienten vor und sah von oben auf ihn herab. Als sie ihres Sohnes gewahr wurde, erstarrte sie, kniff die roten Lippen zusammen und reckte die Nase nach oben. Ein leises Zittern ergriff Besitz von ihrem schlanken Leib. Magdalena erhob sich und trat bedächtig auf die Base zu.

»Er lebt«, sagte sie leise und reckte sich, um ihr den Arm um die Schultern zu legen. Adelaide zeigte keine Reaktion. Schweigend verharrte Magdalena nahe bei ihr.

Carlotta befreite Mathias' Körper von dem störenden Umhang und untersuchte ihn. Blutende Wunden waren tatsächlich nicht festzustellen. Lediglich im Gesicht, vor allem an der Nase sowie auf den Wangen, zeigten sich Verfärbungen und Blasen, die auf Erfrierungen hindeuteten. Vorsichtig legte sie ihm die Hände auf die Brust und begann, ihn behutsam abzutasten. Knochenbrüche oder stumpfe Verletzungen konnte sie nicht ausmachen, die Gliedmaßen waren auch nicht ungewöhnlich verrenkt. Die Finger aber schienen dick geschwollen. Auch das mochte von der eisigen Kälte herrühren. Carlotta legte das Ohr auf den Brustkorb, horchte, wie das Herz pochte. An ihrer angestrengten Mimik las Magdalena ab, wie schwer das Schlagen zu hören war. Mathias' Atem ging erschreckend flach. Abschließend wandte sich Carlotta seinem Kopf zu, hob die Lider. Die Pupillen blickten starr. Sie befühlte den Hals. Schließlich ließ sie ihre Hand ausgestreckt auf der Stirn ruhen. Magdalena behielt sie auch dabei aufmerksam im Auge, verfolgte jede ihrer Bewegungen. Eingedenk ihrer Erfahrungen aus dem Großen Krieg wusste sie nur zu gut, was in der Tochter vorging: Die Wärme, die sie dem

Kranken mit der Hand spendete, regte etwas in ihm. Wie gern hätte sie einen Bernstein zur Hand gehabt und Carlotta als Kraftquelle ans Herz gedrückt. Schmerzlich wurde ihr bewusst, dass das nicht möglich war. Christophs unverzeihlicher Wutausbruch hatte sie eines ganz besonderen Steins beraubt. Bis sie einen ähnlichen finden würde, musste es ohne gehen. Carlotta hatte das Zeug, es zu schaffen.

»Wahrscheinlich hat er lange in der Kälte gelegen. Wir sollten ihn in ein Bett bringen und wärmen. Mehr können wir vorerst nicht tun.« Carlotta nickte den Männern zu, die sich sogleich anschickten, Mathias aufzuheben.

»Passt auf. Er darf nicht viel bewegt werden«, wies sie die Fremden an und fragte gleich die Pförtnerin: »Wo können sie ihn hinbringen? Er braucht einen Raum, der gut zu heizen ist.«

Die hagere Frau weit in den Fünfzigern klapperte mit einem Schlüsselbund. Gleichzeitig mahlten ihre Kiefer gegeneinander, als ließe sich dadurch das Denken beschleunigen.

»Ich zeige Euch den Weg«, knurrte sie und wandte sich einem zweiten Flur zu, der von der Eingangshalle nach Osten führte. Auf Carlottas Zeichen hin setzten sich die fünf Männer mit ihrer Last in Bewegung.

»Lasst meine Sachen holen«, bat Carlotta Hartung, der unfähig schien, auch nur einen Mucks von sich zu geben. »Fürs Erste werde ich hier im Spital bleiben und mich um Mathias kümmern.«

Magdalena nickte zustimmend. Erst jetzt regte sich Hartung. »Ich gehe selbst und bringe Euch das Gewünschte«, erklärte er, hüllte sich in seinen Mantel und eilte davon.

»Wir beide gehen am besten in deine Apotheke«, wandte sich Magdalena an Adelaide und drehte die zitternde Base zum Flur Richtung Offizin hin. »Solange Mathias nicht bei Bewusstsein ist, gibt es nichts für uns zu tun. Carlotta wird bei ihm wachen und Bescheid geben, wenn sich etwas ändert. Sie ist eine gute Ärztin. Sie hat etwas, was die Patienten spüren lässt, wie wohl sie ihnen tut.«

Adelaide zögerte. Magdalena verstärkte den Druck auf ihren Arm, raunte leise: »Bitte!« Auch einige Nonnen erwachten nun aus ihrer Starre.

»Geht nur, Verehrteste«, erklärte eine Alte mit runzeligem Gesicht. »Wir werden für den Mann beten, wer immer es auch ist. Gott, der Allmächtige, wird ihm gnädig sein.«

»Und die Heilige Jungfrau Maria!«, ergänzte eine zahnlose andere, während eine Jüngere entschieden erklärte: »Auch der heilige Nikolaus, dessen Namenstag wir heute begehen, wird sich seiner erbarmen. Er steht den Schiffsleuten und Reisenden schützend zur Seite.«

Damit verschwanden die Nonnen im selben Gang, den auch die Pförtnerin mit Mathias und Carlotta sowie den fremden Schweden eingeschlagen hatte.

»Sie gehen zur Sankt-Annen-Kapelle«, sagte Adelaide, als müsste sie Magdalena erklären, was vor sich ging. »Angesichts des Jüngsten Gerichts, das dort an der Seitenwand prangt, finden sie immer die richtigen Worte, direkt mit den Heiligen im Himmel und Gott, dem Allmächtigen, zu sprechen.«

Verwundert schüttelte Magdalena sacht den Kopf. Woher auf einmal dieses Festhalten an den Heiligen? Adelaide war doch früher protestantischen Glaubens gewesen? Sollten die Nonnen im Heilig-Geist-Spital sie bekehrt haben? Oder waren es gar die furchtbaren Ereignisse bei Thorn vor vier Jahren, die sie Zuflucht im katholischen Glauben hatten suchen lassen? Nein, widersprach sie sich selbst. Wohl eher lag es am überraschenden Wiedersehen mit Mathias. Den einzigen Sohn nach all den Jahren unvermittelt vor sich zu sehen und dann auch noch zwischen Leben und Tod schwebend, musste selbst eine sonst so beherrschte Frau wie Adelaide durcheinanderbringen.

Energisch klopfte jemand an die Pforte. Zunächst achteten die beiden Frauen nicht darauf, wollten endlich zur Apotheke gehen. Das Pochen wurde lauter und ungeduldiger. In der Hoffnung, Hartung kehre überraschend schnell mit der Wundarzttasche zurück, eilte Magdalena zur Tür. Die Pförtnerin würde ihr angesichts der Ereignisse verzeihen, ihr zuvorgekommen zu sein. Viel zu weit weg erklangen erst ihre schlurfenden Schritte und das Klappern der Schlüssel. Begleitet vom Gemurmel der Fremden, die den armen Mathias vorhin gebracht hatten, war sie auf dem Weg zurück in die Eingangshalle.

Die doppelflügelige Eichentür an der Pforte war schwer. Magdalena brauchte viel Kraft, um sie aufzureißen. »Gott zum Gruße!«, hörte sie eine wohlbekannte, volltönende Männerstimme. Überrascht blickte sie Helmbrecht mitten ins Gesicht.

»Magdalena, Ihr hier?« Sein narbenübersätes Antlitz erblasste. Die bernsteinfarbenen Augen verdunkelten sich, die schwarzen Einsprengsel darin verschwanden fast. Trotzdem spürte sie sogleich eine angenehme Wärme durch ihren Körper ziehen. Es war, als wollte ihr Innerstes bestätigen, wie sehr sie sich freute, ihn wiederzusehen.

Sie fasste sich als Erste. »Habt Ihr mich nicht längst erwartet? Der gute Hartung hat mir berichtet, wie Ihr seit Tagen bei ihm anklopft. Ich dachte, Ihr harrt ungeduldig meiner Ankunft. Hier bin ich also.«

»Ja, aber …«, setzte er an, brach allerdings gleich wieder ab. Adelaide löste sich aus dem Hintergrund und kam ebenfalls näher. Entgeistert schaute er sie an, sein Blick wanderte zu Magdalena, dann wieder zu Adelaide.

»Sorgt Euch nicht«, erklärte Magdalena ruhig. »Meine Base und ich haben längst alles zwischen uns geklärt. Kommt lieber herein, sonst erfrieren wir alle. Die Luft draußen ist einfach zu eisig.« Entschlossen zog sie ihn in die Eingangshalle.

»Ihr habt Euch nichts vorzuwerfen«, stellte Magdalena klar. »Ihr habt Euren Schwur nicht gebrochen. Die Steinackerin und ich haben uns eben erleichtert in die Arme genommen. Hartung wusste nicht, wie wir zueinander stehen. Er wollte Carlotta und mir lediglich die gutausgestattete Apotheke des Spitals vorführen. Rein zufällig hat er uns so zusammengeführt.«

»Dann habt Ihr uns also wirklich allein Tante Adelaides wegen nicht nach Frauenburg lassen wollen? Ihr allein galt Euer Schwur?« Unbemerkt war Carlotta zu ihnen getreten. Sie musste im Schatten der alten Pförtnerin in die Diele zurückgekehrt sein. Auch die fünf Reisenden, die Mathias aufgelesen hatten, standen hinter ihr. Verwirrt betrachtete Magdalena die Tochter. Sie verstand nicht, wieso sie ihn so vorwurfsvoll anstarrte.

»Wem hätte sein Versprechen sonst gelten sollen?«

»Aber da ist doch noch diese Marietta Leuwenhoeck, die kürzlich bei uns in Königsberg aufgetaucht ist. Hartung hat sie vorhin erwähnt, wie du dich erinnerst. Und unser guter Helmbrecht bahnt ihr überall die Wege«, sagte die Siebzehnjährige und blickte vorwurfsvoll zu Helmbrecht. »Selbst bei alten Freunden von Vater und dir führt er sie ein.«

Um die Mundwinkel des Leipziger Kaufmanns zuckte es, die Pockennarben auf seinen Wangen färbten sich rot. Es war nicht eindeutig zu unterscheiden, ob er sich ärgerte oder ob er belustigt war. Indes wurde Magdalena klar, worauf Carlotta hinauswollte, und brach in schallendes Gelächter aus.

»Liebes, was hast du dir nur für Gedanken gemacht?« Mütterlich schloss sie die Tochter in die Arme und drückte sie an sich. »Mariettas wegen musst du dir keine Gedanken machen. Alles wird gut, vertrau mir.«

Erstaunt merkte sie, wie die Tochter sich bei ihren Worten versteifte. Unsanft schob Carlotta sie weg.

»Das wird man erst noch sehen. Besser, ich gehe wieder zu Mathias. Er braucht mich dringend.«

Bei diesen Worten erwachte Adelaide zum Leben. Die ganze Zeit über hatte sie sich im Hintergrund gehalten. Nun aber machte sie Anstalten, Carlotta zu folgen. Magdalena wollte sie aufhalten.

»Bleib bei Mutter«, erklärte Carlotta unerwartet schroff. »Noch ist Mathias nicht bei Bewusstsein. Falls er überhaupt je wieder aufwacht, ist es das Beste, wenn er dich nicht sofort sieht. Vier Jahre hast du ihn glauben lassen, du wärest tot. Erst durch mich hat er letztens die Wahrheit erfahren. Also wirst du ihn gut noch einige Tage länger in Ruhe lassen können. Er braucht alle Kraft, um überhaupt wieder zur Besinnung zu gelangen.«

»Was ist mit Mathias?« Helmbrecht trat auf sie zu. »Wieso ist er hier? Hat er die Kurfürstlichen etwa verlassen? Wann? Und wer sind diese fremden Herren dort?«

Damit wies er auf die Schweden, die sich weiterhin mit der hageren Pförtnerin im Hintergrund herumdrückten.

»Das sind Reisende, die Mathias gefunden und hergebracht haben«, erklärte Magdalena. Die Männer nutzten die Gelegenheit, sich zu empfehlen. Ihre Anwesenheit war nicht mehr vonnöten. Auch die Pförtnerin verzog sich aus der Halle.

»Wieso soll Mathias die Kurfürstlichen verlassen haben?«, wandte Adelaide sich unterdessen an Helmbrecht. »Was ist mit den Österreichern? Ich denke, Ihr habt ihn vor vier Jahren zu einem befreundeten Offizier in deren Reihen geschickt. Was habt Ihr mir verschwiegen?«

Verwirrt blickte sie von einem zum anderen. Magdalena fühlte Mitleid mit ihr, trotz allem, was sie ihrem Sohn angetan hatte. Tröstend strich sie ihr über den Arm.

»Das mit Mathias und den Kurfürstlichen ist eine ganz andere Geschichte«, fasste Carlotta sich ein Herz. »Die muss allerdings noch warten. Derzeit heißt es allein hoffen, dass er durchkommt. Es steht nicht gut um ihn.«

Damit eilte sie davon. Stolz sah Magdalena ihr nach, drückte Adelaide dabei weiter fest an sich.

»Carlotta ist eine gute Ärztin«, versicherte sie. »Du musst ihr vertrauen. Wenn es einem gelingt, Mathias zu retten, dann ihr. Sie besitzt eine ganz besondere Gabe. Das habe ich lange nicht richtig gesehen.«

»O doch, Ihr habt das alles richtig gesehen«, meldete sich Helmbrecht zu Wort. »Carlotta wird es gelingen, wie es ihr stets gelingt, alles zum Guten zu wenden. Das wisst Ihr so gut wie ich.«

Erstaunt sah Magdalena ihn an, er aber lächelte nur still in sich hinein.

11

Es wurde wohl langsam zu viel. Mehrmals ertappte Carlotta sich dabei, wie sie einschlief und ihr der Kopf vornüberkippte. Durch den Ruck nach vorn erwachte sie wieder. Der Nacken schmerzte, auch der Rücken tat ihr weh. Auch als sie ihren Schemel so verrückte, dass sie sich gegen die Wand lehnen konnte, wurde es nicht besser. Erschöpft sah sie sich in der engen Kammer um.

Das Bett, in dem Mathias lag, füllte fast den gesamten Raum aus. Ein kleiner Tisch passte am Kopfende noch hinein. Darauf flackerten Talglichter und mühten sich tapfer, etwas Helligkeit ins Dunkel zu bringen. Bizarre Schatten tanzten auf der Wand. Einige Male schon hatten sie Carlotta zutiefst erschreckt. Außer dem Tisch und dem Bett gab es nur noch den Hocker, auf dem sie saß. Zum hundertsten Mal wanderte ihr Blick durch die Kammer. Sie kannte bereits jede Unebenheit auf den grobgetünchten Wänden. Selbst das schlichte Holzkreuz oberhalb des Türstocks war ihr bis in die letzte Kerbe vertraut. Die Unebenheiten sorgten in dem dämmrigen Licht für seltsame Schatten, die seltsame Geschichten erzählten. Um die zu beenden, wollte sie am liebsten die Fensterläden vor dem kleinen Fenster an der Stirnseite weit aufstoßen. Der Kälte wegen aber mussten die dicht verriegelt bleiben. In den Hohlraum zwischen Holzläden und Glasscheiben hatte Carlotta sogar Stroh stopfen lassen. Mathias' einzige Chance, mit dem Leben davonzukommen, bestand in ausreichender Wärme. Die Längswand des Bettes grenzte an den Kamin im benachbarten Speisesaal. Zusätzlich hatte Carlotta angeordnet, heiße Steine unter das Federbett zu schieben. Selbst nach zwei Tagen in dem aufgeheizten Bett aber hatte Mathias sein Bewusstsein noch nicht zurückerlangt. Sein Atem ging weiterhin flach, wenn auch gleichmäßig.

Carlotta wusste sich keinen Rat mehr. Ein Dutzend Mal schon hatte sie den Kranken gründlich untersucht. Äußerlich war ihm kaum mehr etwas anzusehen. Die Erfrierungen im Gesicht waren schnell verheilt, auch an den Fingern gingen die Schwellungen zurück. Die Haut verlor langsam, aber stetig die blauroten Verfärbungen. Carlotta wischte sich die Stirn. Sie selbst schwitzte dank der hohen Temperatur in dem kleinen Raum unablässig. Als wäre das ein Zeichen, hörte sie, wie nebenan das Feuerholz im Kamin nachgelegt wurde. Adelaide beaufsichtigte höchstpersönlich diese Tätigkeit. Das war das Einzige, was Carlotta ihr derzeit zu Mathias' Wohl zubilligte.

Um sich wach zu halten, ging sie im Geist Rezepturen durch. Haargenau rief sie sich Magdalenas Aufzeichnungen aus dem kleinen Buch ins Gedächtnis. Da waren zum einen die bitteren Tropfen, eine Art Ergänzung zum Theriak, wie ihn viele Apotheker anboten. Allein die besondere Mixtur des Frankfurter Doktor Petersen ließ Magdalena als Grundlage gelten, ihre Tropfen zum Lebenselixier zu machen. Dabei umwehte doch auch das Rezept aus Pantzers Löbenichter Apotheke der Geruch des Außergewöhnlichen. Carlotta beschloss, ihn nach ihrer Rückkehr einmal als Grundlage auszuprobieren – wenn sie überhaupt je in den Kneiphof zurückkehren würde, durchzuckte es sie bitter. Rasch zählte sie sich zur Ablenkung verschiedene Tinkturen gegen harmlose Zipperlein wie Gliederreißen, Magendrücken oder eingewachsene Nägel auf. Dem ließ sie Rezepturen für Salben folgen, die offene Wunden heilten. Rote Mennige, Terpentin, Silberglett, Kampfer und Rosenöl gehörten als Bestandteile bei nahezu allen dazu. Auch Baumöl und venezianische Seifen waren eine gute Grundlage für solche Pflaster. Mit Johannisblumen und Kamillenblüten als Beigabe wurde die Heilung meistenteils beschleunigt. Hanf-, Leinsamen-, Rosen- und Lilienöl bildeten eine geeignete Mischung, gegen Brandwunden vorzugehen. Diese Öle hatte sie auch auf Mathias' erfrorene Nasenspitze und Finger gestrichen. Gleich stand ihr die Wundersalbe vor Augen.

Beim Gedanken an diese vortreffliche Mixtur musste sie an die jüngsten Ereignisse am Pregel denken. Apotheker Heydrich trat ihr in all seiner Boshaftigkeit allzu klar vor Augen. Wie hatte sie ihm nur je vertrauen können! Ihre Finger glitten auf die Stelle zu ihrer Brust, an der einst der Bernstein gehangen hatte. Wieder fühlte sie die Leere, die das honiggelbe Stück hinterlassen hatte. Doch statt Wut erfasste sie auf einmal eine unstillbare Sehnsucht nach Christoph, der sie dieses Schatzes beraubt hatte. Durch seine Liebe konnte er diese Übeltat wiedergutmachen. Mit ihm zusammen würde es ihr gelingen, Heydrichs Siegeszug zu verhindern. Inständig wünschte sie ihn herbei, wollte mit ihm reden, alle Missverständnisse ausräumen und die gemeinsame Zukunft planen. Bestimmt wusste er auch einen Rat, wie sie Mathias helfen konnte. Es war verrückt! Eigentlich sollte sie sich freuen, wie schlecht es dem Vetter ging. Allein sein Auftauchen im Kneiphof Ende Oktober hatte alles Übel ausgelöst. Dadurch wurde sie gewaltsam von Christoph weggerissen, ihre Pläne mit ihm von jetzt auf gleich zunichtegemacht. Sollte sie sich also Mathias' Tod herbeiwünschen? Es wäre so einfach. Nein! Ein Ruck ging durch ihren zierlichen Körper. Kerzengerade richtete sie sich auf dem Schemel auf. Mathias sterben lassen, das konnte sie nicht.

Verzweifelt wanderte ihr Blick zu dem kahlen Holzkreuz oberhalb der Tür. Von dort kam kein Zeichen. Draußen im Flur rumorte es. Gewiss ging es auf die Essenszeit zu. Nebenan wurde der Saal gerichtet. Nonnen trippelten vorüber, die energischen Schritte Adelaides mischten sich darunter. Mit ihrer dunklen Stimme erteilte sie Anweisungen. Vor Mathias' Krankenstube verharrte sie. Carlotta hielt den Atem an. Nur das Holz der Tür trennte sie voneinander. Ihr war, als hörte sie Adelaide Luft holen, die Hand heben und an die Klinke fassen. Wagte es die Tante tatsächlich, sich dem Verbot zu widersetzen und zu ihrem Sohn hereinzukommen? Der Augenblick dehnte sich zu einer Ewigkeit. Carlotta spürte, wie sich der Schweiß auf ihrem Gesicht zu Tropfen formte, die langsam über Nase und Wangen rannen. Draußen vor der Tür meinte sie, einen Seufzer zu hören. Etwas raschelte. Tante Adelaide drehte sich offenbar um und ging davon.

Carlotta wagte wieder, sich zu bewegen, wischte sich das feuchte Gesicht. Sie brauchte einen Hinweis, was sie tun sollte. Starb Mathias vor ihren Augen, würde sie sich das nie verzeihen. Dann hatte sie als Ärztin versagt. Was aber, wenn er erwachte und sie ansah? Wie wollte sie ihm begegnen? Noch vor wenigen Wochen in Königsberg hatte sie ihm versprochen, über Helmbrecht Kontakt zu seiner Mutter aufzunehmen. Das war ihr nicht gelungen. Zu Recht hatte er ihr das angekreidet. Dennoch ertrug sie die Vorstellung nicht, ihm nun von Adelaides Anwesenheit nur wenige Schritte von dieser Kammer entfernt berichten zu müssen.

Noch etwas beschwerte ihr Gemüt: Christoph war unerreichbar weit fort. Und mit ihm die Hoffnung, dass sich alles zum Guten wenden würde.

Wieder wurde es laut vor der Tür. Carlotta zog die Augenbraue hoch. Schon erwog sie, hinauszugehen und um mehr Ruhe für den Patienten zu bitten. Doch wozu? Wahrscheinlich bekam er nichts davon mit. Es störte nur sie selbst. Langsam erhob sie sich.

Der Lärm schwoll an. Aufgebrachte Stimmen stritten miteinander. Als sie näher kamen, unterschied Carlotta Frauen- und Männerstimmen. Christoph! Nein. Das konnte nicht sein. Wieso sollte er in Frauenburg auftauchen? Eine weitere bekannte Stimme meinte sie herauszuhören. Caspar Pantzer. Der mochte jedoch ebenso wenig wie sein Freund im Heilig-Geist-Spital auftauchen.

Die Hitze in dem Raum, die Schatten an der Wand, die Angst vor Tante Adelaide – all das vermischte sich zu einem düsteren Brei, der sie zu ersticken drohte. Erschöpft suchte sie Halt an der Wand, lehnte die Stirn dagegen, genoss den Moment der Kühle. Es war einfach zu viel, binnen weniger Tage zwei halbtote Kranke zu betreuen. Ach, was dachte sie nur für einen Unsinn!, schalt sie sich. Was hatte die Mutter im Großen Krieg getan? Über Jahre hatte sie ohne Unterlass Tag und Nacht bei Schwerverletzten gewacht. Carlotta sank der Mut. Sie war eben keine richtige Wundärztin. Sie versagte schon bei der geringsten Herausforderung. Sie rutschte mit dem Rücken an der Wand entlang auf den Fußboden hinunter.

»Carlotta, Liebes.« Die Tür öffnete sich, und Magdalena trat ein. Zaghaft tippte sie ihr mit den Fingerspitzen auf die Schultern. »Schläfst du?«

Carlotta fuhr hoch. Tatsächlich waren ihr gerade die Augen zugefallen. Erschrocken blinzelte sie. Nah vor sich erspähte sie das spitze Gesicht der Mutter. Im schwachen Licht der

Talglichter glänzten die schräg stehenden Smaragdaugen, das rote Haar loderte im Feuerschein. Sie musste träumen. Langsam ging die Mutter in die Hocke und legte ihr die Hand auf die Stirn. »Hast du Fieber?«

»Nein!« Carlotta schüttelte sie ab und sprang auf. »Mir geht es blendend. Nur die Hitze hier drinnen bringt mich zum Glühen. Ich muss einfach mal an die Kälte. Den Winterfrost auf den Wangen zu spüren, wird mir guttun.«

»Das ist eine hervorragende Idee. Ich passe solange hier auf. Gib allerdings gut auf dich acht. Schon jetzt ist Adelaide in der Apotheke sehr beschäftigt, um Tropfen und Aufgüsse herzurichten. Noch eine Kranke mit Husten und Fieber brauchen wir nicht.« Abermals tätschelte sie ihr die Wange.

»Lass, bitte.« Jäh entzog sich Carlotta ihrer Hand. »Warst du die ganze Zeit drüben bei Tante Adelaide? Oder bist du auch einmal unten in der Stadt bei Hartung gewesen?«

»Falls du wissen willst, ob ich die Nachricht an unser Kontor geschickt habe, kann ich dich beruhigen«, erwiderte die Mutter. »Alles ist erledigt, wie wir es besprochen haben. Gestern früh schon habe ich sie dem Boten mitgegeben. Spätestens heute Abend sollte sie also in der Langgasse eintreffen. Hedwig wird dann Bescheid wissen, dass wir in Sicherheit sind und eine Zeitlang hierbleiben.«

»Dein Wort in Gottes Ohr«, murmelte sie und spürte, wie ihr von neuem schwindelte. Sie musste dringend an die frische Luft. »Bis nachher«, murmelte sie und schlüpfte aus der Tür.

Die Helligkeit im Flur brannte ihr in den Augen. Sie blinzelte, taumelte, ohne viel zu erkennen, die ersten Schritte Richtung Eingangshalle, von wo noch immer Stimmen herüberwehten. Eine Novizin kam ihr entgegen, bot ihr hilfreich den Arm. Zwei weitere Nonnen wollten ihr ebenfalls beispringen. Dankend lehnte sie die Angebote ab, rieb sich die Augen. Unsicher drehte sie sich um die eigene Achse, stolperte, taumelte abermals. Haltsuchend ruderte sie mit den Armen und prallte unverhofft gegen jemanden. Sie brauchte den Kopf nicht zu wenden. Allein der Geruch verriet ihr, wer vor ihr stand. Ihre geheimsten Wünsche waren in Erfüllung gegangen! Freudig ließ sie sich in Christophs Arme sinken.

»Carlotta!« Liebevoll drückte er sie an sich, hauchte ihr einen Kuss aufs rotblonde Haar und fragte mit belegter Stimme: »Kannst du mir jemals verzeihen?«

»Dir verzeihen?«, wisperte sie leise. »Alles, was zählt, ist, dass wir wieder zusammen sind.«

Eng presste sie sich an seinen Körper, sog den herrlichen Duft nach Schnee, Tabak und Kaffee ein, der ihn umwehte.

»Jetzt wird alles wieder gut, Liebste. Schließlich haben wir beide uns endlich wieder.«

Sie verharrten eng umschlungen, vergaßen Raum und Zeit. Erst das mehrmalige Räuspern von Caspar Pantzer schreckte sie auf.

»Verzeiht, aber es ist hier wohl nicht der rechte Ort, um …«, setzte der Löbenichter Apotheker an.

»Entschuldige«, besann sich Christoph und gab Carlotta frei. »Es ist nur die Erleichterung, dich heil und unversehrt vor mir zu haben. Schließlich habe ich mir längst die allergrößten Vorwürfe gemacht. Vor allem, als mir klargeworden ist, wie töricht es war, deinen Bernstein ins Feuer zu werfen.«

»Ein Wunder, dass Ihr unserem guten Freund nicht einfach die Augen auskratzt oder ihm zumindest nochmals eine kräftige Ohrfeige verpasst«, bemerkte Caspar Pantzer bissig. »Nach allem, was sich der gute Mann Euch gegenüber erlaubt hat, hättet Ihr wahrlich gute Gründe dafür. Und wenn Ihr

Hilfe braucht, sagt mir Bescheid. Auch ich erteile ihm gern eine kleine Abreibung.«

»Vielleicht komme ich später auf Euer Angebot zurück«, erwiderte Carlotta augenzwinkernd. Sie hob die Hand, legte sie Christoph auf die Wange und genoss das leichte Beben, das die Berührung in seinem Körper auslöste. Wärme durchflutete ihren Körper. Am liebsten hätte sie ihn abermals umarmt. Sein Gesicht war von der Kälte gerötet und zeigte letzte Spuren von Blessuren. In den Haaren glitzerten winzige Eiskristalle. Den Hut hatte er offenbar verloren. Der Abdruck des Hutbands an der Stirn verriet jedoch, dass das noch nicht lange her war. Die grauen Augen blinzelten unsicher, das Grübchen am Kinn hatte sich tief eingegraben.

»Wieso seid ihr hier?«, fragte sie, ohne ihn aus den Augen zu lassen.

»Lasst uns ein stilleres Eckchen suchen«, schlug Christoph vor. »Schließlich sind hier überall mehr als zwei Ohren, die uns lauschen.«

Carlotta folge seinem Blick und gewahrte die beiden Nonnen und die Novizin dicht hinter ihnen. Erst nach mehrmaligem Hüsteln setzten sich die Frauen in Bewegung, tuschelten aufgeregt und warfen den Männern neugierige Blicke zu.

»Es wird schwer sein, im Spital einen Ort für uns allein zu finden«, sagte Carlotta. »Der frühe Wintereinbruch hat viele Menschen aufs Krankenlager gezwungen. In allen Ecken müssen Patienten versorgt werden. Lediglich Tante Adelaides Apotheke ist noch frei von Kranken. Dort aber werden wir auch nicht für uns sein.«

»Tante Adelaide?« Christoph wandte sich erstaunt an Pantzer. »Du hast mir doch erzählt, du kennst die Apothekerin, die seit einigen Jahren die Offizin im Heilig-Geist-Spital führt. Wie kommt es, dass Carlotta sie Tante nennt und du mir nichts davon gesagt hast?«

»Oh, Ihr kennt sie ebenfalls?« Carlotta sah nicht weniger neugierig zu dem Löbenichter Freund. »Jetzt verstehe ich!«, rief sie aus. »Tante Adelaide ist die Apothekerin, die Ihr der Rezepturen wegen hinzuziehen wolltet.«

»Ihr seid mit der Steinackerin verwandt?«, fragte er verblüfft. »Darauf wäre ich nie gekommen.«

»Wie auch? Wir tragen nicht denselben Namen. Sie ist die Witwe des Vetters meines Vaters. Mit ihm zusammen hatte mein Vater in Frankfurt am Main ein Kontor«, erklärte sie. »Mathias ist übrigens ihr Sohn.«

»Nein!«, entfuhr es beiden Männern wie aus einem Mund. Sie wechselten vielsagende Blicke.

»Eigentlich hätte ich mir denken können, dass Ihr die Steinackerin kennt«, griff Carlotta das Gespräch wieder auf. »Wenn ihre Offizin in den letzten Jahren an Bedeutung gewonnen hat, wie Hartung erzählte, dann durfte Euch das als Zunftkollege natürlich nicht entgehen. So weit liegen der Königsberger Löbenicht und Frauenburg nicht auseinander.«

Statt darauf einzugehen, begann Pantzer, in den Weiten seines riesigen Mantels zu kramen. Sie wurde ungeduldig.

»Hier«, verkündete er stolz just in dem Moment, da sie das neuerliche Zögern tadeln wollte. Er hielt ihr einen kleinen Tiegel dicht unter die Nase. Ihr Herz begann zu rasen. Die Finger wollten ihr kaum gehorchen, als sie an dem dicken Korken zerrte, der den Tiegel verschloss.

»So, wie Eure Augen funkeln, habt Ihr erkannt, worum es sich handelt.«

»Ach, mein lieber Pantzer!« Dieses Mal flog sie dem großgewachsenen Apotheker um den Hals und küsste ihn auf die

Wange. »Ihr habt es also tatsächlich geschafft! Ich wusste gleich, dass Ihr der Richtige für diese Aufgabe seid!«

»Nicht er allein.« Christophs Miene verfinsterte sich.

»Das musst du doch gar nicht erst betonen, Liebster.« Sie wandte sich dem jungen Kepler zu. »Du bist zwar nur ein lustiger Jahrmarktmedicus, wie du mir immer wieder gern erzählst, doch solange dir ein so ausgezeichneter Apotheker wie unser guter Pantzer zur Seite steht, gelingt selbst dir hin und wieder eine Rezeptur.« Aufmunternd kniff sie ihm in die Wange. »Das lässt für die Zukunft hoffen.«

»Du gibst ihm einen Kuss, mich aber zwickst du und machst seltsame Bemerkungen über unsere Zukunft?« Christoph schüttelte den Kopf. »Wie soll ich das alles verstehen?«

»Hast du etwa schon vergessen, was du mir in Aussicht gestellt hast?« Neckend sah sie ihn an. »Wir wollten gemeinsam über die Märkte ziehen und Wunderheilungen vollbringen. Eine Salbe wie diese hier wird fürs Erste unser Einkommen sichern. Denk daran: Sie hilft bei sämtlichen Verletzungen, insbesondere bei solchen, die sich ungestüme junge Burschen beim Raufen rund um die Märkte und Feste gern zuziehen.«

»Oder beim Kriegführen und sonstigen überflüssigen Händeln«, ergänzte Pantzer.

»Von törichten Verletzungen, die der eine oder andere beim Klettern auf morsche Leitern erleidet, ganz zu schweigen.« Frech grinste Christoph den Freund an.

»Weiß Heydrich von eurem Erfolg?« Schnell wurde Carlotta wieder ernst. »Gefährlich nah war er davor, das Rätsel der Salbe zu entschlüsseln.« Gleich hatte sie das böse Gesicht des alten Apothekers wieder vor Augen, hörte seine grässliche Stimme, wie er ihr drohte, damit sie für ihn beim alten Kepler vorsprach.

»Niemand weiß Bescheid«, beruhigte Pantzer sie. »Deshalb sind wir so schnell wie möglich hierhergekommen. Wie letztens schon beschlossen, wollte ich mich mit der hiesigen Apothekerin beraten und die Salbe bei ihr in Sicherheit bringen. Solange wir nicht wussten, was mit Euch und Eurer Mutter ist, haben wir niemandem von unserem Erfolg berichten wollen. Immerhin gehört die Salbe Eurer Mutter. Sie ist das wertvolle Erbe ihres früheren Meisters.«

»Danke für Eure Ehrlichkeit.« Sie nickte ihm zu. »Was ist mit der zweiten Rezeptur?«

»Ihr meint die Bernsteinessenz?« Pantzer zauberte eine braune Glasphiole aus einer weiteren Tasche seines Mantels. »Keine Sorge, auch da sind wir weitergekommen. Die Rezeptur stimmt fast genau mit Eurer anderen überein.«

»Fast heißt nicht ganz«, hakte sie nach.

»Genau!«, stimmte er mit einem ernsten Nicken zu. »So weit waren wir letztens schon, wie Ihr Euch erinnert. Inzwischen bin ich nach einigen Versuchen zu der Überzeugung gelangt, dass im Unterschied zu der Aufbereitung nach Paracelsus kein Weingeist, sondern ein Essig hinzugegeben wurde. Das würde den veränderten Geruch erklären. Am einfachsten wäre es, Eure Mutter direkt darauf anzusprechen.«

»Natürlich.« Carlotta nickte nachdenklich. »Das aber reicht nicht, sonst hätten wir das längst schon in Königsberg so handhaben können. Wir waren uns einig, zwei unabhängige Zeugen hinzuzuziehen: einen Apotheker und Doktor Lange, den Leibarzt von Fürst Radziwill. Als Erste kann Tante Adelaide die Rezeptur der Essenz bestätigen. Ihr Ruf als Apothekerin des Heilig-Geist-Spitals ist unangefochten. Was sie für angemessen hält, wird niemand in Frage stellen, auch Doktor Lange nicht.«

»Der einzige Haken wird sein, dass Witwe Gerke das Urteil Eurer Tante anzweifeln wird«, gab Pantzer zu bedenken.

»Dann darf sie eben nicht herausfinden, dass ihr verwandt seid«, warf Christoph vergnügt ein.

»Es gäbe noch eine weitere Möglichkeit«, meldete sich Magdalena zu Wort. Alle drei fuhren herum. Im Eifer hatten sie nicht gemerkt, wie sie auf den Flur getreten war und zumindest den Schluss ihres Gesprächs mit angehört hatte.

»Mutter!« Carlotta war empört. »Was ist mit Mathias? Du kannst ihn doch nicht allein lassen! Was, wenn er aufwacht, und niemand ist bei ihm?«

»Keine Sorge, mein Kind.« Sie legte ihr die Hand auf den Arm. »Er ist nicht der erste Patient, den ich in diesem Zustand vor mir habe. Noch schläft er tief und fest. Wenn ihr hier im Flur aber noch länger so laut redet, besteht die Gefahr, dass er aufwacht.«

Sie lächelte, was ihre Worte weniger tadelnd wirken ließ, und begrüßte Pantzer und Christoph.

»Ich freue mich, dass Ihr hier seid. Die Vorsehung meint es gut mit uns. Dabei haben die Zeichen letzte Woche erst einmal sehr schlecht gestanden.« Sie schenkte Christoph einen bedeutungsschwangeren Blick. Verlegen sah er zu Boden. »So, wie es aussieht, ist uns das Schicksal inzwischen wieder gnädig. Um es nicht gleich von neuem zu verstimmen, müsst Ihr allerdings das Eure dazu tun. Wohlgemerkt Ihr, mein guter Kepler, seid jetzt gefordert. Ihr könnt dafür sorgen, die Ungefährlichkeit meiner Bernsteinessenz zu beweisen.«

»Ich?« Erstaunt sah Christoph sie an. »Was sollte ich tun, was die beiden Apotheker und Doktor Lange nicht können?«

»Das frage ich mich auch.« Carlotta war zunächst nicht weniger verwundert als er. Doch mit einem Mal begriff sie, worauf die Mutter hinauswollte.

»Dein Vater! Verzeih, Liebster, aber du bist weniger als Medicus denn als Sohn gefordert. Als kurfürstlicher Leibarzt und alteingesessener Physicus der Altstadt zählt das Wort deines Vaters mehr als jedes andere. Was er als Medicus gutheißt, wird niemand in Zweifel zu ziehen wagen. Vergiss nicht, er hat die Wirksamkeit der Tropfen bereits am eigenen Leib erfahren. Er muss es nur offen bekunden.«

»Mag sein«, sagte Christoph nachdenklich. »Doch es wird nichts nützen. Schließlich habe ich mit meinem Vater endgültig gebrochen.« Traurig sah er Carlotta an. »Das ist auch ein Grund, warum ich mit Caspar hierhergeritten bin. Leider ist es völlig ausgeschlossen, meinen Vater in dieser Angelegenheit um Unterstützung zu bitten. Er wird mir diesen Gefallen nicht tun. Und Euch, mit Verlaub, verehrte Frau Grohnert, ebenfalls nicht. Nur zu gut kennt Ihr seine Vorbehalte gegen Wundärzte und vor allem gegen Euch persönlich. Eine Frau, die im kaiserlichen Tross während des Großen Krieges ihr Handwerk ausgeübt hat, ist für ihn nie und nimmer gleichwertig.«

»Eigentlich hatte ich die Hoffnung, gerade ein so kluger Mann wie dein geschätzter Herr Vater sei bereit, immer wieder dazuzulernen. Angesichts all seiner Studien und Bücher müsste ihm klar sein, wie wenig wir wissen und wie dringend es nottut, dieses spärliche Wissen zu ergänzen, insbesondere durch den Austausch mit Gleichgesinnten wie meiner Mutter.«

»Du vergisst, Liebes«, mahnte Magdalena, »dass wir beide Frauen sind. Für studierte Doktoren wie den hochverehrten Ludwig Kepler ist das noch schlimmer.«

»Dabei sollte doch vor allem dein Vater wissen, was es heißt, wenn weise Frauen übel verleumdet werden.« Carlotta konnte nicht mehr an sich halten. »Auf eine allzu lange Tradition an studierten Gelehrten blickt eure Familie nicht zurück. Oder hat er tatsächlich schon vergessen, dass seine eigene Großmutter noch eine weise Kräuterfrau gewesen ist? Fast hätte man sie auf den Scheiterhaufen geworfen.«

»Das erklärt einiges«, raunte Magdalena.

Erstaunt sah Carlotta sie an. »Hast du das nicht gewusst?«

12

Mehrere Wochen lang hatte der Winter die Dreistädtestadt am Pregel fest in den Klauen gehalten. Als nach dem zweiten Freitag im Dezember plötzlich Regen einsetzte und unerwartet milde Luft durch die Gassen wehte, genoss Lina das von ganzem Herzen. Vergnügt rührte sie im Topf mit dem Gerstenbrei und summte ein munteres Frühlingslied.

»Zu Mariä Empfängnis Regen, bringt dem Heu keinen Segen«, knurrte Hedwig missmutig. Mit einem lauten Knall warf sie einen Klumpen Brotteig auf den Tisch, langte mit den Fingern in den Mehltopf und streute Mehl darüber. »Das mit dem Wetter ist noch so ein böses Omen. Ich hab es doch gleich gesagt: Der junge Kepler ist unser aller Unglück! Seit er Carlottas Bernstein ins Feuer geworfen hat, reißt es nicht ab.«

Erschrocken duckte sich die schmächtige Milla neben dem Herd. Dabei stieß sie gegen den Stapel Feuerholz, den sie gerade sorgsam aufgeschichtet hatte. Polternd fiel er um. Hedwig quittierte die Ungeschicklichkeit mit einem weiteren verärgerten Grummeln. Lina dagegen lachte auf. Schluchzend machte Milla sich daran, die Holzscheite wieder aufzurichten.

»Regt Euch nicht auf!« Lina lächelte vergnügt. »Der Regen ist doch erst am Samstag gekommen, also ein Tag nach Mariä Empfängnis. Und außerdem ist es sehr lange hin, bis das Heu im nächsten Sommer eingebracht wird. Wer weiß, was bis dahin noch alles geschieht? Ich werde mir jedenfalls nicht jetzt schon das Leben verdrießen lassen. Es gibt auch genug Erfreuliches. Denkt nur an die Nachricht, die uns die Grohnert-Damen aus Frauenburg geschickt haben. Endlich sind sie in Sicherheit. Jetzt wird bestimmt alles gut.«

»Ach, Kindchen, dein sonniges Gemüt möchte ich haben.« Wieder klatschte die Köchin den Brotteig kräftig aufs Holz der Tischplatte und walkte ihn durch, als zeichnete er allein für ihre schlechte Stimmung verantwortlich. »Schon allein, dass die verehrte Frau Grohnert dort in Frauenburg ausgerechnet die Steinackerin treffen muss, verheißt nichts Gutes. Musste das Schicksal sie vor diese neuerliche schwere Prüfung stellen? Du hast ja keine Ahnung, was das bedeutet. Die Steinackerin hat ihr in Frankfurt schon das Leben zur Hölle gemacht.«

»Steinackerin? Wer ist das?«, erklang Millas helles Stimmchen, doch zu Linas Verwunderung ergriff Hedwig die Gelegenheit nicht, um über die Fremde herzuziehen.

»Wie gut, dass du in Frühlingsstimmung bist«, wandte sie sich stattdessen an Lina, streifte die vom Teig klebrigen Finger an der weißen Schürze ab und rückte die Haube auf dem dünnen grauen Haar zurecht. »Dann macht es dir gewiss nichts aus, trotz des Regens einige Besorgungen zu erledigen.

Mir ist nämlich, als hätten auch die Krämer ein Frühlingserwachen gespürt und ihre Buden an der Brücke geöffnet. Käse und Butter können wir gut gebrauchen. Vielleicht haben sich auch ein paar Fischer in ihre Boote gewagt und die Angeln ausgeworfen. Das Eis auf dem Pregel dürfte so weit geschmolzen sein, dass es sich lohnt. Nach all den kargen Tagen mit Gerstenbrei sollten wir uns wohl wieder einmal etwas gönnen. Die verehrte Frau Grohnert wird es uns nicht übelnehmen, zumal wir selbst am gestrigen Sonntag nur Suppe gelöffelt haben.«

»Steutner hat auch schon gesagt, dass es keinen Grund gibt, so knauserig mit dem Essen …« Weiter kam Milla nicht. Schon brauste Hedwig abermals auf. »Wie kommst du dazu, auf diesen langen Tölpel zu hören? Dem kommt es gar nicht zu, in mein Wirtschaften hineinzureden! Es langt gerade, dass der freche Bursche dem ehrwürdigen Egloff im Kontor alles erklären will.« Über den letzten Worten wurde ihre Stimme bereits milder. Wie so oft, wenn sie die dreizehnjährige Magd schimpfte, tat es ihr alsbald leid. Die traurigen braunen Augen erbarmten sie. Auch jetzt glitzerten wieder Tränen darin.

»Gut«, erklärte Lina und strich sich das widerborstige blonde Haar aus dem erhitzten Sommersprossengesicht. »Ich gehe gleich los. Die Fischweiber haben bestimmt nicht allzu viel anzubieten. Je früher man ihre Körbe inspiziert, desto eher wird man was finden, für das es sich zu zahlen lohnt.«

»Such trotz allem nicht zu lang herum. Bis Mittag soll der Fisch noch aufs Feuer kommen. Die Herren im Kontor wollen pünktlich essen. Zumindest die beiden«, Hedwig warf ihr einen vielsagenden Blick zu, »die dort brav an ihren Pulten stehen. Schau, ob du den nichtsnutzigen Steutner in den Gassen entdeckst. Wird höchste Zeit, dass er vom Hundegatt zurückkommt. Schließlich wird er dort mit dem alten Schrempf nicht alle Erbsen einzeln nachgezählt haben.«

Sie zwinkerte Lina zu. Die begriff sofort, was die Köchin eigentlich im Sinn hatte: Sie wollte wissen, was im Lagerhaus vor sich ging. Dafür erlaubte sie ihr sogar ein kurzes Stelldichein mit dem Liebsten. Lina nickte eifrig, drückte Milla den Rührlöffel in die Hand und rannte zum Haken, um ihren Umhang zu holen. Sie bückte sich nach den Stiefeln, die neben der Treppe standen, und stopfte hastig eine Lage frischen Strohs aus der bereitstehenden Kiste hinein. Für das nasse Wetter bestens gerüstet, eilte sie zur Tür.

»Geh auch noch beim Fettkrämer vorbei«, rief Hedwig ihr nach. »Schmalz und Käse könnten wir ebenfalls gebrauchen. Und vergiss nicht, Geld mitzunehmen. Deine schönen Augen werden zum Bezahlen nicht reichen.«

Umständlich kramte sie einige Münzen aus ihrer Schürzentasche. Lina konnte es kaum abwarten, bis sie mit dem Zählen fertig war. Frohgemut trat sie zur Tür hinaus. Gleich spürte sie die kalte Feuchtigkeit auf dem Gesicht. Der unablässige Regen spannte einen dichten, grauen Vorhang durch die Straßen. Flink zog Lina den Umhang fest um Kopf und Schultern, setzte vorsichtig ihre Schritte. Die Steine auf dem Beischlag waren glitschig. Schlimmer wurde es noch unten auf dem Straßenpflaster. Binnen zweier Tage hatte das Nass Schnee und Eis weggewaschen, zurückgeblieben war schmieriger Matsch. Heimtückisch steckte er in den Ritzen zwischen den Pflastersteinen und verhinderte den Abfluss des Regenwassers. Es war, als stünde die gesamte Langgasse unter einer riesigen Pfütze. Schon nach einer kurzen Strecke spürte Lina, wie das Wasser in ihre Schuhe rann und das Stroh durchnässte. Bald gab es bei jedem Schritt ein quietschendes Geräusch. Ihre Zehen scheuerten am feuchten Leder.

Trotz des unwirtlichen Wetters erledigten viele Hausfrauen und Mägde um die günstige Vormittagsstunde zwischen zweitem Imbiss und Mittag ihre Einkäufe. Der Trubel auf der Langgasse und der angrenzenden Krämerbrücke in die Altstadt hinüber erinnerte an die ersten Frühlingstage, wenn alle nach den langen Wochen bitterer Kälte aus ihren Löchern krochen. Vor den Krämerbuden drängten sich die Leiber dicht an dicht. Direkt vor dem Badehaus rief ein Zeitungsjunge die neueste Ausgabe des *Europäischen Mercurius* aus. Gebannt verharrte Lina einen Moment, lauschte dem, was der Bursche unablässig den Vorübereilenden zurief.

»Hieronymus Roth in Kolberg eingetroffen! Der Schöppenmeister zu Kneiphof am Pregel als gemeiner Gefangener der Obrigkeit. Standhaft weigert er sich, Seine Durchlaucht, Kurfürst Friedrich Wilhelm, untertänigst um Gnade zu bitten.«

Als er ihr ein Blatt direkt unter die Nase hielt, wich Lina zurück. Sie verstand nicht viel von dem, was in den letzten Monaten in der Dreistädtestadt am Pregel vorgefallen war. Gut lesen konnte sie auch nicht. Dennoch ahnte sie, wie aufrührerisch sich dieser Roth verhalten hatte. Damit wollte sie nichts zu tun haben. Rasch huschte sie zwischen den vielen Menschen hindurch.

Beim angestammten Fettkrämer an der vorletzten Bude der Krämerbrücke erstand sie Käse und Schmalz. Danach eilte sie zur erstbesten Fischfrau auf dem Fischmarkt und kaufte getrocknetes Fischwerk. Das musste genügen, ein wenig Abwechslung auf den Mittagstisch zu bringen. Viel wichtiger war, Hedwigs unausgesprochenem Auftrag nachzukommen und Steutner unauffällig zwischen Hundegatt und Krämerbrücke abzufangen. Die Aussicht, den Geliebten mitten am Tag eine Weile für sich zu haben, zauberte ihr ein Lächeln aufs Gesicht.

Sie beschleunigte ihre Schritte und erspähte das Hundegatt. Die milde Witterung der letzten Tage hatte das Eis auf den Pregelarmen schmelzen lassen. Dennoch lagen Boote und Kähne fest vertäut am Ufer. Seit Wochen schon gab es keine Handelsschiffe zu be- oder entladen. Früher als üblich war der Seeverkehr in diesem Jahr eingestellt worden. Dennoch lag der Hafen nicht völlig ausgestorben da. Hie und da hielten Fuhrwerke vor den Lagerhäusern. Einige Kaufleute nutzten den Tag, ihre Warenbestände im Kaufhaus am Markt aufzufüllen. Kräftige Burschen schleppten Kisten, Säcke oder Holzbalken vorbei. Lina musste sich vorsehen, niemandem zwischen die Füße zu geraten, wollte sie unbeschadet das Singeknecht'sche Lagerhaus erreichen. Da erspähte sie Humbert Steutner. Weit holten die langen Beine aus, gleichzeitig schwankte der dünne Oberkörper nach vorn. Ein heißer Strahl schoss ihr durch den Körper. Seit Tagen schon verzehrte sie sich nach ihm. Es war schier unerträglich, ihn so nah bei sich zu wissen, aber nie auch nur die geringste Gelegenheit für eine zärtliche Berührung oder gar einen hastigen Kuss zu finden.

»Humbert«, rief sie und winkte mit der freien Hand. Als er sie entdeckte, hellte sich sein Gesicht auf.

»Lina, was machst du hier?«

»Hedwig hat mich zum Markt geschickt.« Zur Bestätigung hob sie den Korb mit den Einkäufen. »Das aber ist nicht alles, was ich für sie besorgen soll.«

»Oh, welch Glück für dich. Die Gute sollte sich beim Kurfürsten als Aufpasser bewerben. Seit die Grohnert-Damen abgereist sind, herrschen in der Langgasse weitaus strengere Regeln als zuvor. Nicht mal zum Abort kannst du gehen, ohne dass sie es mitbekommt. Wie habe ich unsere kleinen Ausflüge vermisst.«

»Was soll ich erst sagen?«, stöhnte Lina auf. »Doch lass uns nicht jammern. So, wie es aussieht, siegt ihre unstillbare Neugier über all ihr Bemühen um Sitte und Anstand.«

»Ja, da eröffnen sich gute Gelegenheiten für uns, wie mir scheint.« Er zwinkerte vergnügt. »Allein, wie du letztens am helllichten Tag im hochheiligen Kontor vor Egloffs Augen das Regal gewischt hast! Ein wunderbarer Anblick!«

»Du solltest nicht nur genießen, mein Liebster. Alles hat seinen Preis, insbesondere das Vergnügen. Doch wenn du mir ab und an ein kleines Geheimnis über euer Treiben hinter der verschlossenen Kontortür preisgibst, wird Hedwig mich wohl öfter in deine Nähe lassen.«

»Welch verlockende Aussichten.« Neckend versetzte er ihr einen sanften Nasenstüber und beugte sich zu ihr. Ihr Herz machte einen Hüpfer. Seinen Atem auf den Wangen zu spüren, gleich gar seine Lippen auf den ihren zu haben, versetzte ihren Leib in erwartungsvolle Schwingungen.

»Wen haben wir denn da?«, hörte sie eine vertraute Stimme dicht an ihrem Ohr. Sie erschrak. Über ihrer Träumerei hatte sie einen Moment zu lang die Augen geschlossen und nicht auf die Menschen in ihrer Umgebung geachtet.

Jetzt war es passiert! Doch Lamentieren nutzte nichts. Eines Tages hatte es so weit kommen müssen. Der Kneiphof war einfach zu klein, um auf Dauer unliebsamen Begegnungen aus dem Weg zu gehen. Vorsichtig wandte sie den Kopf und blickte der Wirtin aus dem Grünen Baum ins feiste Gesicht.

»Gott zum Gruß, Verehrteste«, murmelte sie und zwang sich zu einem Knicks. Dann aber sah sie hin. Etwas an der stämmigen Wirtsfrau stimmte nicht. Regentropfen perlten von der knolligen Nase, die Wangen waren feucht und gerötet von der Luft. Der Umhang der drallen Weibsperson war gar zu einem regelrechten Zelt angeschwollen. Das aber lag nicht am vergrößerten Umfang der Wirtin. Sie hatte ein Kind auf dem Arm, barg es gegen Regen und Kälte nahezu zärtlich an der eigenen Brust. Lina meinte, ihren Augen nicht zu trauen.

»Karlchen!«, schrie sie auf. Der kleine Bursche kehrte ihr das schmale Gesichtchen zu. Sofort ließ sie den Korb fallen und entriss der Wirtin den Kleinen, der erschrocken losbrüllte.

»Ist ja gut, mein Süßer, ich bin bei dir! Jetzt wird alles gut«, raunte sie ihm ins Ohr und presste ihn an sich. Unter ihren Worten und dem sanften Wiegen ihrer Hüften beruhigte sich das Kind. Augenscheinlich spürte er, wer sie war. Ein dicker Kloß schnürte ihr die Kehle zu. Sie roch an ihm, sog beglückt den vertrauten Geruch ein. Leicht war er geworden, stellte sie entsetzt fest. Womöglich war es ihm bei den Leuten in Pillau doch schlecht ergangen. Sie hätte ihn niemals dort lassen dürfen!

»Wie kommt Ihr zu dem Kind?«, herrschte sie die Wirtin an. »Was fällt Euch ein, ihn an Euch zu nehmen? Autsch!« Der Schmerzensschrei galt Karl. Mit ganzer Kraft krallte sich der Bub in ihren Busen. Dass ein Anderthalbjähriger schon über solche Kräfte verfügte! Sie biss die Lippen aufeinander und löste seine Finger, angestrengt darauf bedacht, ihn nicht abermals zum Weinen zu bringen.

»Du bist mir vielleicht eine gute Mutter!« Die Wirtin lachte böse. »Aber was will man von einer wie dir erwarten? Liederlich bist du, ganz liederlich, pfui! Und der arme Wurm hier muss es ausbaden. Kann einen dauern, das kleine Kerlchen!«

»Was soll das?«, fragte Humbert Steutner. »Wovon redet Ihr, gute Frau?« Verwirrt schaute er zwischen beiden hin und her.

Lina wiegte den Buben auf ihrem Arm, der sich längst vertrauensvoll an sie schmiegte.

»Humbert, sei nicht böse. Ich glaube, wir müssen dringend miteinander ...«, setzte sie verzagt an. »Also, Karl hier ... Nein, anders: Vor ein paar Jahren bin ich ... Oh, ich fürchte, es geht gerade nicht.« Tränen erstickten ihre letzten Worte.

»Ich kann doch mein Kind nicht im Stich lassen!«, presste sie schließlich mit aller Kraft heraus.

Steif stand Steutner da. Eine unsichtbare Wand trennte sie beide. Die Wirtin hörte belustigt Linas hilflose Stammelei.

»Jetzt jammerst du, Mädchen! Aber es ist zu spät. Als dieser schäbige Lump gestern Abend bei uns im Wirtshaus aufgetaucht ist, habe ich zuerst einen gehörigen Schreck bekommen. Ein Kind bringt der uns ins Haus! Und ausgerechnet Karl heißt der Bengel. Da hat es mir doch fast die Sprache verschlagen. Meinen alten Karl habe ich mir gleich dazugeholt. Der hat nicht weniger erschrocken ausgesehen als ich. Ein Blick ins Gesicht des Kleinen aber hat genügt, dem Spuk ein Ende zu machen. Es kommt auch von der Zeit her nicht hin. Du warst viel zu lange weg, bevor der Kleine hier ... Also, bilde dir nur nicht ein, du könntest meinem armen Karl deinen Kleinen anhängen!«

»Aber ich will Euch doch gar nicht ... Fritz ist doch, das weiß er längst. Also, mein Karl soll doch gar nicht hier sein!«

Wieder brachte Lina keine richtigen Sätze zustande. Der Umhang rutschte ihr vom Kopf. Heftig klatschte ihr der kalte

Regen auf den Schädel. Bald hing ihr das strohblonde Haar in schweren Strähnen herab. Sie zitterte vor Kälte und vor Aufregung. Hilfesuchend starrte sie zu Steutner.

»Humbert, bitte!«, flehte sie leise. Ein schwaches Zucken umspielte seinen Mund. Bang sah sie ihn an, drückte Karls winzigen Kopf fest gegen die Brust, schlang den Umhang um ihn, damit er nicht fror.

»Also, mir ist das gleich klar gewesen«, polterte die Wirtin weiter. »Dieser erbärmliche Lump nennt sich zwar Vater, doch sorgen kann der nicht für das Kind. Unsereins aber hat wenigstens ein Herz. Man kann so ein armes Würmchen ja nicht im Stich lassen.« Sie hielt inne, schnaubte zufrieden beim Gedanken an die eigene Barmherzigkeit. »›Karl‹, habe ich also zu meinem Karl gesagt, ›egal, wie es ist, wir nehmen den kleinen Burschen erst einmal zu uns. Diesem dahergelaufenen Streuner kann man das Kind jedenfalls nicht länger anvertrauen. Die Lina werden wir schon finden.‹ Dass ich dich dann so schnell auftreibe, ist natürlich ein Glücksfall.«

Selbstgefällig nickte sie und zog sich die Heuke strammer um den prallen Leib. Ihr Blick fiel auf Steutner, der immer noch reglos dastand.

»Mein Gefühl hat mir gesagt, weit vom Kneiphof wird die Lina heute nicht sein. Bei dem Wetter wird die Wirtschafterin aus dem Singeknecht'schen Haushalt sie auf den Markt schicken, um frische Zutaten für das Mittagsmahl zu besorgen. Die Gelegenheit habe ich gleich nutzen wollen, dich erst einmal allein zu sprechen. Ich bin gespannt, was die gute Hedwig dazu sagt, wenn du ihr jetzt das Kind ins Haus bringst. Und die Damen Grohnert erst! Doch wir werden sehen. Also, los geht es, meine Herrschaften, oder wollt ihr hier Wurzeln schlagen? Bei dem Regen ist das kein Vergnügen.«

Sie packte Lina am Arm und zog sie mit sich. Steutner rief sie über die Schulter hinweg zu: »Kommt lieber gleich mit, mein Bester. Wer weiß, was Ihr noch alles über die gute Lina erfahrt. Glaubt mir, es ist besser, mit einem Schlag alles zu hören. Dann wisst Ihr endlich, woran Ihr mit ihr seid. Ihr habt doch Interesse an ihr? Streitet es nicht ab! Ich habe Augen im Kopf. Eben habe ich Euch bei Eurem Stelldichein ertappt. Das allein wird der verehrten Frau Grohnert vor Augen führen, was sie sich mit der Lina ins Haus geholt hat. Und das, wo sie eine junge Tochter hat, die erst noch verheiratet werden will. Vielleicht hört sie dieses Mal auf mich.«

»Wie kommt Ihr dazu, mich …«, setzte Lina an. »Wer gibt Euch das Recht, derart über mich herzuziehen? Ihr seid ein niederträchtiges Klatschmaul! Schaut lieber, dass Euer verehrter Herr Gemahl des Nachts nicht in die Kammern …«

»Was fällt dir ein«, fuhr die Wirtin auf. »Wie redest du mit mir? Ganz zu schweigen, wie du den Ruf meines guten Karls besudelst. Mit eigenen Augen habe ich gesehen, wie du es erst letztens wieder versucht hast.«

»Lasst gut sein, verehrte Frau Wirtin.« Überraschend meldete sich Steutner zu Wort. »Ihr habt recht getan, gute Frau, das Kind an Euch zu nehmen und seiner Mutter zu übergeben. Anscheinend hat der Vater nicht die Absicht, sich weiter um den Kleinen zu kümmern. Den Rest regeln wir jetzt allein mit der verehrten Frau Grohnert. Vielen Dank für Eure Hilfe. Unsere Patronin wird sich gewiss noch bei Euch erkenntlich zeigen.«

Bestimmt fasste er Lina bei den Schultern und schob sie zur Brücke. Die Wirtin jedoch gab nicht auf.

»Das könnte Euch so passen! So schnell werdet Ihr mich nicht los. Ich komme natürlich mit und werde der verehrten

Frau Grohnert höchstpersönlich erzählen, was Sache ist mit Lina und dem Kind. Auch die gute Hedwig soll es aus meinem Mund hören. Die ahnt gewiss schon lange, was die Lina für ein Kuckucksei ist.«

»Glaubt mir, Verehrteste«, säuselte Steutner, »Eure Absichten in allen Ehren. Aber die gute Frau Grohnert mag es nicht, wenn sich andere in ihre Angelegenheiten mischen. Gewiss wird sie Euch später eine Nachricht schicken, wie sie entschieden hat. Immerhin weiß sie, dass Lina bei Euch in Stellung gewesen ist. Auch des Kindes wegen wird sie sich melden. Doch zuerst wird sie sich ganz allein ein Bild von alldem machen wollen.«

Unauffällig gab er Lina ein Zeichen, davonzueilen, während er weiter auf die Wirtin einredete. Endlich begriff auch Lina: Keinesfalls durfte sie mit in die Langgasse kommen und die Abwesenheit der Patronin entdecken. Sie mühte sich, den schnellsten Weg durch das Gedränge einzuschlagen. Dabei fiel ihr ein, dass sie den Korb vergessen hatte. Wenn sie ohne Käse, Schmalz und Fisch nach Hause kam, würde Hedwig erst recht böse schimpfen! Umkehren aber durfte sie auch nicht mehr. Sie linste zurück, erspähte Steutners lange Gestalt inmitten des Gewühls von Köpfen, Hüten, Umhängen. Es sah so aus, als würde er die Wirtin nicht los. Lina schnaufte. Mit Karlchen auf dem Arm waren die verlorenen Einkäufe vorerst ohnehin die geringste Unbill, die sie zu Hause erwartete. Vielleicht gelang es ihr wenigstens, die anderen vor dem Auftauchen der Wirtin zu warnen. So rasch es ging, rannte sie über das glitschige Straßenpflaster nach Hause.

13

Wie siehst du denn aus?«, setzte Hedwig knurrend an, als sie öffnete, um entsetzt innezuhalten, auf Karl zu deuten und auszurufen: »Wie kommst du denn an den?«

Im nächsten Moment war ihr alles klar. Entschlossen zog sie Lina in die Diele, riss ihr den Umhang herunter und starrte auf das Kind auf ihrem Arm. »Gott im Himmel, erbarme dich unser, du hast ein Kind!«

Neugierig schlich auch Milla heran. »Wo hast du das her?«, fragte sie.

»Gefunden hat sie es. Statt einem Fisch hat eins der Marktweiber ihr das Kind angedreht«, knurrte Hedwig. Dann aber siegte ihr weiches Herz. Behutsam nahm sie Lina den Kleinen vom Arm.

»Ganz durchgefroren ist er. Los, Milla, glotz nicht, sondern schau nach dem Feuer. Es muss kräftiger werden. Und dann holst du mir eine dicke Decke, nein, besser gleich zwei, oben aus der Truhe im Schlafgemach. Die verehrte Frau Grohnert wird nichts dagegen haben. Der Kleine hier muss erst einmal warm werden. Nicht dass er uns erfriert.«

Sie presste Karl gegen ihren dicken Busen, wiegte ihn sogleich. Keinen Mucks ließ er verlauten. Er schien zu spüren, wie gut sie es mit ihm meinte. Lina wischte sich Tränen aus dem Gesicht. Noch ehe sie sich bedanken konnte, wurde es laut vor der Eingangstür. Steutner und die Wirtin! Sie hatte versäumt, Hedwig zu warnen. Schon prallte der schwere Klopfer auf das Eichenholz.

»Ist ja schon gut«, brummte Hedwig. »Mach auf, Lina.«

Flugs schlurfte sie mit dem Kind zum Herdfeuer, während Lina zögerlich öffnete. Steutner verdrehte die Augen. Das sagte alles. Die Wirtin aus dem Grünen Baum schob sich bereits ungefragt in die Diele, erblickte Hedwigs gedrungene Gestalt vor dem Feuer und stürmte auf sie zu.

»Gute Frau, was sagt Ihr dazu? Ein Kind schleppt Euch die Lina an. Dieses Weibsbild! Ich habe immer schon gewusst, mit der kommt nur Ärger ins Haus. Einige Jahre habe ich es still mit angesehen, mich auf meine Christenpflicht besonnen. Dann aber war es genug. Ach, was verfluche ich den Tag, da ich das freche Gör in den Kneiphof geholt habe. Und jetzt macht sie der armen Frau Grohnert diese Schande! Ich muss die Gnädige sofort sprechen und mit ihr beratschlagen, wie es weitergehen soll. Ruft sie her, ich bleibe solange am Feuer. Mir ist schrecklich kalt.«

Neugierig spähte sie in den Topf mit Gerstenbrei, der über der Flamme hing. Dann wanderte ihr Blick weiter über das Bord mit den blank gewienerten Töpfen und Pfannen, vorbei an dem Haken mit dem unbenutzten Kochgeschirr hinüber zum Tisch, wo sich der Brotteig unter einem Tuch versteckte. Nirgendwo standen Schüsseln mit weiteren Zutaten oder Kisten mit Vorräten. Auch ein Schinken fehlte im Rauchabzug, von einem Tontopf mit Butter und Käse ganz zu schweigen. Aus ihrer Zeit im Grünen Baum kannte Lina die Wirtin gut. Sie musste ihr Gesicht nicht sehen, um zu ahnen, was sich gerade in ihrem Kopf abspielte. Die Wirtin begriff, dass der Topf mit Gerstenbrei über dem Herdfeuer nur auf zwei Möglichkeiten hinweisen konnte: Entweder stand die Herrschaft aus dem Singeknecht'schen Kontor kurz vor dem sicheren Ruin und sparte deshalb am Essen – oder die Grohnert-Damen waren gar nicht da, das Gesinde ganz allein und deshalb zur Bescheidenheit aufgerufen.

Das Schweigen Steutners, der gleich an der Eingangstür stehen geblieben war, Hedwigs schuldbewusster Blick und Millas Entsetzen sprachen Bände. Auch Lina fühlte sich nicht imstande, eine rettende Erklärung abzugeben.

Als sich die Tür zum Kontor öffnete und Egloff heraustrat, um nach dem Rechten zu sehen, war die Wirtin bereits voll im Bilde. Sie verschränkte die Arme vor der Brust und sah mit einem überheblichen Lächeln von einem zum anderen.

»Dann stimmt es also«, wiederholte sie die Worte, die schon Marietta Leuwenhoeck letzte Woche gebraucht hatte. »Seit Tagen schon wird darüber getuschelt. Niemand jedoch wusste Genaueres. Farenheid aber hat wohl recht. Mit eigenen Augen will er gesehen haben, wie die beiden Grohnert-Damen letztens zu Tromnau und Hohoff auf die Wagen gestiegen sind. Bei früher Morgendämmerung muss das gewesen sein, ohne Fackeln und Laternen, damit es keiner merkt, natürlich weit abseits vom Kneiphof, drüben im Löbenicht. Jetzt ist mir so einiges klar. Wie gut, dass ich hergekommen bin und es selbst herausgefunden habe. Ich hätte es sonst nicht glauben mögen. Klammheimlich haben die beiden Frauen die Stadt verlassen. Nicht zu fassen! Wer so heimlich tut, der hat etwas zu verbergen. Wer hätte das von der guten Frau Grohnert gedacht? Letztens noch habe ich ihr beigestanden, als der arme Helmbrecht bei uns im Grünen Baum umgefallen ist. Wie hat sie sich immer bemüht, uns alle glauben zu machen, sie wäre die rechtschaffene Erbin des guten Paul Joseph Singeknecht. Ach Gott, der Arme! Selbst viele Jahre nach seinem Tod geht das unsägliche Versteckspiel in der Familie weiter, jagt eine schreckliche Geschichte die nächste.«

Lina fand ihr Verhalten empörend. Am liebsten hätte sie ihr lauthals widersprochen. Ein Blick zu Hedwig und zu

Steutner aber zeigte ihr, dass es besser war, den Mund zu halten.

»Wie kommt Ihr dazu, derart über die verehrte Frau Grohnert herzuziehen?«

Laut gellte Egloffs Stimme durch die Diele. Neugierig geworden, schlich auch der behäbige Breysig aus dem Kontor heran und blieb abwartend am Fuß der Treppe stehen. Egloff drehte sich kurz zu ihm um, schaute dann wieder zur Wirtin. Sein dürrer Leib bebte vor Aufregung.

»Ruft sie doch, damit sie mir Widerpart gibt.« Herausfordernd verschränkte die Wirtin die Arme vor dem Busen und funkelte den Kontoristen an. »Los, worauf wartet Ihr?«

Abermals sah sie betont ruhig von einem zum anderen. Als sich keiner rührte, lachte sie wieder spöttisch.

»Was seid ihr nur für elende Duckmäuser! Wie soll das hier weitergehen? Ewig werdet ihr nicht verbergen können, dass eure Patronin nicht da ist. Genauso wenig, wie ihr das Balg hier verstecken und Linas Fehltritt verheimlichen könnt.«

»Welches Balg?« Erst jetzt entdeckte Egloff das mittlerweile sanft schlummernde Kind auf Hedwigs Armen. Erstaunt riss er die Augen auf. »Wo kommt das her?«

Mit wenigen Schritten stand er vor der Köchin. Die drehte den Körper zur Seite und legte den Arm schützend über Karls Kopf. Egloff indes wich nicht von ihr. »Ist es Linas Kind? Nun sagt schon!«

Als die Köchin schwieg, stürzte er zu Lina. Beherzt schob sich Steutner dazwischen und zischte: »Wagt nicht, ihr etwas zu tun!«

»Das wollen wir doch sehen!«

Egloff packte Steutner am Kragen. Entsetzt schrie Lina auf, versuchte, den Geliebten zurückzuziehen. Der fühlte sich sogleich in seiner Ehre angegriffen und wehrte Egloffs Griff heftig ab. Wild fuchtelten die beiden Männer mit den Armen, zerrten und zogen einander an den Kleidern, starrten sich böse an. Keiner von ihnen jedoch hob die Hand, den anderen zu schlagen.

»Ja, es ist mein Sohn«, sagte Lina beherzt. »Steutner aber hat nichts damit zu tun. Er ist nicht der Vater.«

Beschämt senkte sie für einen Moment den Kopf. Ihr Herz klopfte heftig. Ängstlich suchte sie dann Steutners Blick.

»Es tut mir leid, dass du das so erfahren musst. Ich hätte es dir noch erzählt, glaub mir!«

»Schon gut«, raunzte Steutner.

»Damit ist wohl klar, dass du deine Sachen packen und heute noch aus dem Haus verschwinden musst.« Egloffs Stimme klang in der Stille schneidend.

»Niemand packt und verschwindet!«

Entschlossen mischte Hedwig sich ein. Sie drückte der verdutzten Milla das Kind auf den Arm und marschierte geradewegs auf Egloff zu. Die Arme in die Hüften gestemmt, blitzte sie den alten Schreiber wutentbrannt an.

»Nicht zum ersten Mal erkläre ich Euch, Ihr sollt Euch nicht um meine Angelegenheiten kümmern. Das Haus ist mein Bereich, die beiden Mägde unterstehen mir. Wer hier kommt und geht, entscheide demzufolge ich allein. Und glaubt mir«, sie beugte sich gefährlich nah zu ihm vor, »ich kenne unsere verehrte Frau Grohnert nicht nur länger, sondern auch viel besser als Ihr. Deshalb weiß ich ganz genau, dass sie die Letzte ist, die eine arme Mutter mitsamt ihrem kleinen Kind mitten im Winter aus dem Haus jagt. Erst recht nicht so eine treue Magd wie unsere Lina! Das Schicksal hat ihr übel mitgespielt. Ganz allein steht sie mit dem kleinen

Wurm da. Das ist Unglück genug für so eine geplagte Seele. Da müsst Ihr nicht noch kommen und sie vor die Tür weisen, noch dazu vor der ganzen Versammlung hier.«

»Seid Ihr fertig?«, fragte er leise. Sie nickte. Schnaufend holte er Luft. »Das habt Ihr wunderbar hingekriegt, meine Teuerste. Ihr habt recht: Lina vor allen anderen hier zur Rede zu stellen, ist nicht angemessen. Die verehrte Frau Wirtin«, mit einer schwungvollen Armbewegung wies er auf die besagte Frau nahe der Eingangstür, »hat bestimmt mit großem Vergnügen jedes einzelne Wort gehört. Ich bin sicher, die Vorgänge im Singeknecht'schen Haus während der Abwesenheit der verehrten Patronin liefern nachher im Grünen Baum ein wunderbares Gesprächsthema. Die Herren Zunftgenossen aus dem Kneiphof, der Altstadt und dem Löbenicht werden ganz begierig zur Kenntnis nehmen, wie weit es hier mit uns gekommen ist: ledige Mütter als Mägde, Köchinnen, die sich anmaßen, das Haus zu führen! Ich bin gespannt, was als Nächstes kommt.«

»Prügelnde Kontoristen nicht zu vergessen«, ergänzte Steutner vorlaut. »Oder wollt Ihr Euren eigenen Part in der Angelegenheit verschweigen? Das lassen wir nicht zu, nicht wahr, mein guter Breysig?«

Zustimmung heischend, klopfte er dem Schreiberkollegen auf die Schulter. Unentschlossen schaute der Kahlköpfige zwischen Steutner und Egloff hin und her.

»Falls es Euch beruhigt«, meldete sich die Wirtin wieder zu Wort. »Dieses Getuschel ums Gesinde kann mir gestohlen bleiben. Viel mehr interessiert doch die Herrschaften in meinem Gasthaus, warum die Grohnerts bei Nacht und Nebel spurlos verschwunden sind.«

Wie um ihre Sätze zu unterstreichen, pochte es energisch gegen die schwere Eichenholztür. Verwundert sahen alle einander an. Steutner fasste sich ein Herz und öffnete. Draußen im Regen standen der kurfürstliche Leibarzt Ludwig Kepler und die Kaufmannswitwe Dorothea Gerke.

»Das sieht so aus, als hättet Ihr uns erwartet«, stellte Dorothea fest und trat ohne Aufforderung ein. Kepler folgte ihr. Neben der elegant in Schwarz Gekleideten wirkte er massiger und plumper als sonst. »Findet hier eine Versammlung statt?«

Dorothea Gerke schlug die Kapuze ihrer Heuke zurück, drehte sich einmal um die eigene Achse, schenkte Milla mit dem Kind auf dem Arm einen abfälligen Blick und hielt erstaunt vor der Frau aus dem Grünen Baum inne.

»Frau Wirtin, welch Überraschung! Was treibt Euch hierher?«

Eine Antwort erwartete sie jedoch nicht. Schon trat sie zu Hedwig. »Ruft mir die verehrte Frau Grohnert, rasch. Es ist dringend.«

Sie faltete die Handschuhe aufeinander und schritt quer durch den Raum, inspizierte mit angewiderter Miene den Topf über dem Herdfeuer und schüttelte den Kopf, sobald sie des Brotteigs auf dem Tisch gewahr wurde.

»Was ist das hier eigentlich für eine Wirtschaft? Ich kann mir kaum vorstellen, dass die verehrte Frau Grohnert das duldet. Los, was stehst du da noch herum? Du sollst sie endlich rufen!«

Energisch fuchtelte sie mit der Hand dicht vor Hedwigs Nase herum. Die verzog keine Miene.

»Auf die Grohnert-Damen werdet Ihr hier nicht treffen.« Genüsslich schürzte die Wirtin die Lippen. »Da hättet Ihr letzte Woche im Löbenicht sein müssen. Mit Tromnau und Hohoff haben sie die Stadt verlassen.«

»Was fällt Euch …«, versuchte Egloff, das Unausweichliche aufzuhalten, woraufhin ihm der behäbige Breysig überraschend schlagfertig über den Mund fuhr: »Tut mir leid, Verehrteste. Die hochgeschätzte Frau Grohnert lässt Euch gewiss noch eine Nachricht zukommen. Eine dringende Angelegenheit hat sie letzte Woche sofort nach Frauenburg reisen lassen. Inzwischen hat sie uns eine Botschaft geschickt. Gemeinsam mit ihrer Tochter ist sie wohlbehalten dort eingetroffen und auf dem besten Wege, alles rasch zu erledigen. Sobald sie die Geschäfte abgeschlossen hat, wird sie in den Kneiphof zurückkehren.«

Zur Bekräftigung wedelte er mit einem Papier durch die Luft. Erstaunt wechselten Steutner und Egloff einen Blick, auch Lina war beeindruckt von Breysigs klugem Einschreiten.

»Glaubt ihm kein Wort«, zischte die Wirtin. »Eben erst haben die feinen Herrschaften hier versucht, mich hinzuhalten. Aber nicht mit mir, meine Liebe! Ich habe das falsche Spiel durchschaut.«

»Wenn die Grohnert-Damen nicht da sind, wer ist dann hier in Haus und Kontor verantwortlich?« Mit dröhnender Stimme brachte sich Ludwig Kepler in Erinnerung und wippte ungeduldig auf den Fußspitzen, was ihn noch furchteinflößender wirken ließ.

»Womit können wir Euch dienen?« Egloff besann sich auf seine Aufgabe. »Wie Ihr wisst, bin ich der dienstälteste Schreiber im Haus. Ich habe sogar unter dem ehrwürdigen Paul Joseph Singeknecht seinerzeit hier in der Langgasse …«

»Ja, mein Guter, das weiß ich sehr wohl«, fiel ihm Kepler ins Wort. Jetzt, da er den Hut in Händen hielt, kam sein aufgeregt rotes Gesicht voll zur Geltung. An den Schläfen pochte das Blut in blau angeschwollenen Adern. »Auch wenn ich erst seit knapp zwanzig Jahren hier am Pregel weile, kann ich mich gut an den alten Singeknecht erinnern. Ein aufrechter Mensch! Fünf Jahre noch hatte ich die Ehre, ihm als Physicus mit meinem Rat zur Seite zu stehen.«

Er zwirbelte die Enden seines Bartes. Dann sprach er direkt zu Egloff: »Wo steckt mein Sohn?«

»Bitte?«

»Wo mein Sohn Christoph steckt, will ich von Euch wissen«, wiederholte der kurfürstliche Leibarzt gereizt. »Wenn er sich hier im Hause oder sonst wo auf dem Besitz der Grohnerts aufhält, richtet ihm aus, er soll schleunigst nach Hause kommen!«

Schon machte er Anstalten, zur Haustür zu gehen.

Dieses Gebaren stand offenbar im Widerspruch zu dem, was die Witwe Gerke erwartet hatte. Sie stellte sich ihm in den Weg und rief den anderen zu: »Was ist los mit Euch? Warum steht Ihr alle da wie erstarrt? Habt Ihr nicht gehört, was der ehrwürdige Medicus Kepler von Euch wissen will? Ist sein Sohn hier im Haus? Oder gar drüben im Lager am Hundegatt? Sagt es lieber gleich, bevor wir alles von den Stadtknechten durchsuchen lassen.«

»Was fällt Euch …« Abermals brauste Egloff auf, dieses Mal jedoch war es Steutner, der ihn in die Schranken wies.

»Verehrteste Frau Gerke, hochgeschätzter Doktor Kepler«, unterwürfig verbeugte er sich vor den beiden, »die Stadtknechte braucht Ihr nicht zu rufen. Christoph Kepler ist nicht hier.«

»Ihr lügt!«

Der alte Kepler stampfte mit dem Fuß auf. Seine Stimme dröhnte durch das gesamte Haus. Davon erwachte Karl und weinte los. Hilflos schaute Milla zu Lina. Die nahm ihr rasch das Kind aus dem Arm und beruhigte es an ihrer Brust.

»Warum?« Verständnislos sah Steutner ihn an. »Ihr wisst doch, was vorgefallen ist, als Euer Sohn zuletzt hier im Hause gewesen ist.«

»Das ist es!« Dorothea Gerke reckte die Nase, streckte gleichzeitig den Zeigefinger hoch in die Luft. »Das erklärt so einiges.«

»Ihr sprecht in Rätseln«, merkte der alte Kepler unwirsch an, woraufhin die Witwe ihn an den Armen fasste und leicht schüttelte, als gelte es, ihn wach zu rütteln.

»Der Bernstein, erinnert Euch! Man hat Euch doch erzählt, dass Euer Sohn hier bei den Grohnerts den verwunschenen Bernstein ins Feuer geworfen hat. Das aber war kein gewöhnlicher Bernstein, das war ein verhexter Bernstein – pures Hexengold!«

Sie hielt inne, lauschte verzückt dem Klang des letzten Wortes nach. Leiser fuhr sie fort: »Vor einigen Jahren bereits hat mir jemand davon erzählt. Die Grohnert-Damen sollen sich schon öfter dessen Zauberkraft bedient haben. Auch die Essenz, die Magdalena Grohnert meinem Gatten verabreicht hat, stammt von diesem Hexengold. Es kann nicht anders sein. Wie sonst ist sein grausiger Tod zu erklären?«

Ihr ebenmäßiges Gesicht verwandelte sich in eine schmerzverzerrte Grimasse. Sie presste die Faust zwischen die Lippen, als gelte es, einen schrecklichen Schrei zu unterdrücken. Langsam schritt sie die Reihe der Versammelten in der Diele ab. Reglos standen Egloff, Steutner und Breysig da, einträchtig bemüht, sich nicht von ihrer Darbietung beeindrucken zu lassen. Milla klammerte sich an Hedwig. Die Köchin schnaufte empört. Lina holte Luft, um der grässlichen schwarzen Witwe etwas entgegenzuschleudern. »Wie kommt Ihr …«

Ein Wink Dorothea Gerkes aber genügte, sie verstummen zu lassen. Gebannt starrte sie der Kaufmannswitwe ins Gesicht. Das Herz schlug ihr bis zum Hals. Sie versuchte nochmals zu reden. Karl gluckste. Es war wie verhext: Sie brachte keinen Ton heraus!

Mit einem siegesgewissen Funkeln in den dunklen Augen sprach Dorothea Gerke weiter: »Der Rauch dieses unsäglichen Gesteins hat euch alle verhext. Allen voran Christoph Kepler selbst. Wie von Sinnen ist er seither. Wie sonst ist zu erklären«, sie wandte sich an den alten Kepler, »dass Euer Sohn plötzlich Dinge getan hat, die er bei klarem Verstand nie und nimmer tun würde? Sich mit einem Kurfürstlichen zu prügeln – vor den Augen aller Bürger dieser Stadt!«

»Das war ein Spektakel«, stimmte die Wirtin des Grünen Baums eifrig zu. »Ich sehe es noch vor mir. Unweit von unserem Haus, direkt vor dem Grünen Tor, sind sie aufeinander los. Die Witwe Gerke hat recht, mein bester Kepler: Euer Sohn war wie verhext, als er auf diesen Dragoner eingedroschen hat. Dabei muss er auch den Kurfürstlichen in Bann gezogen haben. Habt Ihr davon noch nicht gehört? Der Blaurock ist anschließend nicht mehr zu seinem Fähnlein zurückgekehrt. Desertiert soll er sein! Die Schmach, von Eurem Sohn zu Boden gerungen worden zu sein, muss ihm arg zugesetzt haben.«

»Was Ihr nicht sagt!« Dorothea Gerke wirkte auf einmal verstört. Der Zwischenruf der Wirtin hatte sie aus ihrer Rolle gerissen. Sie fasste sich an die Stirn und schüttelte den Kopf.

»Ihr hört es!«, setzte sie mit neugewonnener Kraft an. »Euer Sohn stand ganz im Bann dieses Hexengolds. Niemals wäre er Euch je so frech entgegengetreten. Davonzurennen hätte er nie und nimmer gewagt. All das ist letztlich dem bösen Zauber der Grohnert-Damen zu verdanken. Damit haben sie Euch endgültig Eures Sohnes beraubt! Ach, welch böses Schicksal für einen guten Vater wie Euch!«

Jäh warf sie die Arme in die Luft, vollführte eine Drehung um sich selbst und sackte im nächsten Moment kraftlos in sich zusammen.

Ludwig Kepler schien das eigenartige Gebaren ungerührt zu verfolgen. Plötzlich griff er sich mit beiden Händen an die Kehle. Das Gesicht verfärbte sich feuerrot, die dicken Adern an den Schläfen schwollen bedrohlich an. Verzweifelt rang er nach Atem, stöhnte, schrie etwas und kippte im nächsten Moment schon um.

»O Gott!« Wie besessen stürzte die Wirtin des Grünen Baums zu ihm hin, bekreuzigte sich. Auch die Gerke-Witwe kroch auf den Knien zu dem Medicus. Lina drückte Milla den kleinen Karl in die Arme und eilte ebenfalls zu dem Bewusstlosen.

»Einen Arzt! Wir brauchen einen Arzt!«, rief Egloff, während Steutner bereits zur Tür hinausstürmte.

14

Zum Mittagsmahl wollte Mathias aufstehen und in den benachbarten Speiseaal hinübergehen. Ungeduldig trommelte er mit den Fingern auf die Bettdecke, mochte kaum abwarten, bis es Zeit war, sich anzukleiden. Carlotta sah seinem Vorhaben mit gemischten Gefühlen entgegen.

»So lange ist es noch nicht her, dass du Meister Hein von der Schüppe gesprungen bist«, erklärte sie. »Seit kurzem erst bist du wieder bei Bewusstsein. Auch wenn du dich fühlst, als könntest du längst wieder Bäume ausreißen, solltest du vorsichtig sein. Schneller, als dir lieb ist, kann es dich von neuem umwerfen.«

Sorgfältig schüttelte sie das Kopfkissen in seinem Nacken auf und drückte ihn zurück gegen die Kissen. Selbst im dämmrigen Licht der engen Kammer wirkte er noch erschreckend blass. Die flache Hand auf seine Stirn gelegt, prüfte sie, ob er weiterhin fieberte, fühlte ihm auch den Puls.

»Behandele mich nicht wie einen tatterigen Greis.«

Entschlossen fasste er nach ihrem Handgelenk und zog sie mit einem Ruck dicht zu sich heran. Sie verlor das Gleichgewicht und kippte vornüber. Als sie auf seiner Brust landete, schlang er die Arme um sie. Verärgert versuchte sie, sich zu wehren, doch Mathias besaß auf einmal ungeahnte Kräfte.

»Lass mich!«

Sie zappelte und zerrte, um sich zu befreien. Vergeblich. Hilflos lag sie quer über seiner Brust und kam ihm so nahe wie seit Jahren nicht mehr. Sie schalt sich ihrer eigenen Unvorsichtigkeit wegen. Nicht zum ersten Mal hatte Mathias sie überlistet und in eine unangenehme Situation gebracht. Wann würde sie gelernt haben, dass ihm nicht zu trauen war? Angewidert schloss sie die Augen. Sein Geruch war noch derselbe wie ehedem in Frankfurt. Es würgte sie. Gleich hatte sie all die schrecklichen Begebenheiten mit ihm wieder im Sinn. Mehrfach hatte er versucht, sie gegen ihren Willen zu verführen. Zaghaft aber brach sich dazwischen noch eine weitere Erinnerung Bahn: die an jenen anderen Mathias, den echten Freund, den sie damals in der Nacht vor Thorn und letztens auch im Kneiphof erlebt hatte. Warum nur gab er dieser Seite seines Charakters keine dauerhafte Chance? Er würde so viel besser damit durchs Leben kommen!

»Du siehst, wie voreilig du mich gewarnt hast.« Sein spöttischer Ton katapultierte sie jäh aus ihren Hirngespinsten in die rauhe Gegenwart zurück. »Dich hat es umgeworfen, mir aber geht es blendend. Oder bist du am Ende aus freien Stücken auf mich vornübergekippt? Ja, so wird es sein! Gib zu, liebste Carlotta, du willst das auch!«

Gierig griff er mit der Linken nach ihrem Busen, mit der Rechten packte er sie am Hinterkopf und zwang ihren Mund auf den seinen. Sie biss die Lippen fest zusammen, entschlossen, ihm keinen Fingerbreit nachzugeben.

»Dann eben nicht!« So abrupt, wie er sie gepackt hatte, stieß er sie wieder von sich. Frech grinste er sie an. »Das wird schon wieder, da bin ich mir sicher. Ich weiß ja, wie du zu kriegen bist, mein Schatz.«

»Du bist widerlich!« Angeekelt wischte sie sich mit dem Ärmel ihres Kleides über den Mund und presste den Rücken gegen die Wand. Doch die Kammer war viel zu eng, um ausreichend großen Abstand zu gewinnen.

»Eigentlich sollte es dich doch von ganzem Herzen freuen, mich wiederhergestellt zu sehen«, fuhr er fort. »Immerhin habe ich meine rasche Genesung dir zu verdanken.«

»Nicht mir allein«, warf sie ein. »Ohne Christoph wäre mir das nicht gelungen.«

»Oh, verzeih, wie konnte ich den studierten Herrn Medicus nur vergessen?« Er tat beschämt. »Seltsam, dass du so viel Wert darauf legst. Ich dachte immer, Wundärztinnen wie deine Mutter und du sind nicht so gut auf die hochnäsigen Herren Doktoren zu sprechen. Allzu gern stellen die doch eure Kenntnisse in Abrede, bezichtigen euch gar der Quacksalberei. Aber nein, ich vergaß: Der gute Christoph behauptet gern selbst von sich, ein einfältiger Jahrmarktdoktor zu sein. In deinem Talent allein sieht er die einzige Möglichkeit, vor der Schande bewahrt zu werden, als Arzt zu scheitern. Ist es nicht so?«

Verschwörerisch grinste er. Jäh wurde ihr klar, dass er schon weitaus länger, als ihr lieb sein konnte, bei Bewusstsein war. Um sie und Christoph zu belauschen, hatte er den Besinnungslosen gespielt. Ihr wurde heiß vor Scham. Sie wollte gar nicht darüber nachdenken, was er alles gehört haben musste. Bis letzten Sonntag wähnten sie ihn vollkommen außer Bewusstsein. Seite an Seite hatte sie mit Christoph in der engen Kammer neben dem Bett gewacht. Sobald klar war, dass sie nicht mehr um sein Leben kämpften, sondern einfach nur auf sein Erwachen warteten, waren sie noch enger zusammengerückt. Wie selbstverständlich hatte Christoph ihre Hand gehalten, sie fest an sich gedrückt, ihr schelmische Neckereien zugeflüstert. Mehr als einmal hatten sie sich gar geküsst und Zärtlichkeiten ausgetauscht. Ihre Ohren glühten. Natürlich hatten sie und Christoph auch über ihre Pläne für eine gemeinsame Zukunft beratschlagt. Jetzt, da endlich klar war, dass sie für immer zusammenbleiben wollten, gab es einiges zu besprechen. Nur in der kleinen Krankenstube in dem Frauenburger Spital konnten sie das ungestört tun. Zumindest hatten sie das geglaubt. Wieder wurde ihr heiß. Um nicht in Mathias' hämisches Gesicht schauen zu müssen, blickte sie zur Tür.

Vom Gang drangen die üblichen Geräusche herein: eilige Schritte, helle Frauenstimmen, Klappern von Geschirr, Heranschleppen des Feuerholzes für den Kamin im angrenzenden Speisesaal. Es war der Tag der heiligen Lucia. Aus diesem Grund stellten Nonnen in verschiedenen Winkeln des Hospitalgebäudes zusätzliche Talglichter auf. Eine Woche schon hockte Carlotta Tag und Nacht in der schmalen Kammer kurz vor dem Speisesaal. Darüber waren ihr all die Klänge vertraut geworden. Sie fragte sich, wo die festen Schritte Christophs auf dem Steinboden blieben. Vor einer halben Ewigkeit schon war er hinausgegangen. Aus der Spitalapotheke wollte er neue Tropfen für den Patienten holen. Bitter lachte sie auf. Ausgerechnet zur Stärkung von Mathias' Lebenskraft sollten die dienen. Dabei verfügte er offenbar längst über genügend Kraft, um sie alle in die Tasche zu stecken!

»Keine Sorge«, lenkte er überraschend sanft ein. »Ich werde niemandem etwas verraten. Du kannst dich auf mich verlassen.«

»Wie könnte ich darauf noch etwas geben!« Böse funkelte sie ihn an. »Nie und nimmer werde ich dir jemals wieder über den Weg trauen! Verrat mir allerdings eines.« Eindringlich blickte sie ihm in die nahezu schwarzen Augen. »Woher nimmst du nur all diese Niedertracht? Habe ich dir je etwas Böses getan?«

Stumm sahen sie einander an. Sie spürte seinen warmen Atem auf den Wangen, roch abermals den herben Geruch nach Pferd und Rauch, der ihn selbst Tage nach seiner Flucht aus dem Heer noch umfing. Längst spross ihm der Bart auf Wangen und Kinn. Die harten schwarzen Stoppeln verliehen seinem Antlitz einen bläulichen Schimmer.

»Carlotta, hier habe ich …« Die Tür schwang auf, und Christoph stürmte herein. Mitten im Satz brach er ab und schaute verwundert auf die Szene, die sich ihm darbot: Carlotta und Mathias dicht an dicht mutterseelenallein in der engen Krankenstube. »Oh, verzeiht, ich wusste nicht …«

»Da gibt es nichts zu wissen«, fuhr Carlotta auf und eilte zu ihm. Flink nahm sie ihm die Phiole aus den Händen. »Du weißt, wie Mathias und ich zueinander stehen. Daran hat sich nichts geändert. Ich habe ihm gerade nur etwas den Kopf zurechtgesetzt. Jetzt, da es ihm sichtlich bessergeht, kann er auch wieder bessere Manieren an den Tag legen. Übrigens«, wandte sie sich an Mathias, »dafür, dass Christoph dir das Leben gerettet hat, zeigst du dich reichlich undankbar. Wann besinnst du dich wenigstens auf ein kleines Danke?«

»Also, ich weiß nicht«, setzte Christoph verlegen an. »Schließlich …«

»Unsere gute Carlotta hat natürlich recht, lieber Doktor.« Mathias' Gesicht strotzte vor Überheblichkeit. Er schob sich höher in die Kissen, warf das tiefschwarze Haar zurück in den Nacken und verschränkte die Arme vor der Brust. Belustigt spitzte er den schmalen Mund.

»Ich bin Euch wirklich zu allertiefstem Dank verpflichtet, mein verehrter Kepler.« Er setzte zu einer Verbeugung an, die im Sitzen höchst lächerlich wirkte. »Ganz selbstlos habt Ihr die letzten Tage hier an meiner Seite ausgeharrt, um mich ins arme Erdendasein zurückzuholen. Doch täuscht mich meine Erinnerung, oder steht Ihr selbst nicht nur am Ende, sondern auch am Anfang der Geschichte, die mich überhaupt erst in diese Situation hineinmanövriert hat?«

Triumphierend sah er auf sein Gegenüber und genoss die Stille, die nach seinen Worten in der kahlen Kammer hing. Carlotta wollte etwas sagen, Christoph bedeutete ihr jedoch zu schweigen.

»Ihr, Kepler, werdet wohl selbst zugeben, dass Ihr es wart, der mich in Königsberg so hinterhältig angefallen hat. Dass ausgerechnet der Sohn des ehrwürdigen kurfürstlichen Leibarztes und hochverdienten Stadtphysicus der Altstadt so etwas Unerhörtes tut! Ich bin entsetzt.«

Das war zu viel für Carlotta.

»Du elender Mistkerl! Schieb jetzt nicht Christoph die Schuld dafür in die Schuhe, dass du aus der Armee der Kurfürstlichen geflohen bist! Es war allein deine Entscheidung. Er konnte gar nicht anders, als dich anzugreifen. Du hast ihn doch erst dazu herausgefordert. Hättest du uns in Ruhe gelassen, wäre es gar nicht so weit gekommen, dass er dich niedergerungen hat. Wenn du das nicht offen vor deinen Kameraden zugeben kannst, ist das deine Sache. Christophs wegen hättest du nicht klammheimlich vor den Dragonern Reißaus nehmen müssen!«

»Wer hat Reißaus genommen?« Plötzlich stand Tante Adelaide in der Tür. Ihre hochgewachsene, ganz in Schwarz gehüllte Gestalt füllte den gesamten Rahmen aus. Als Carlotta der erschrocken dreinblickenden Nonnen auf dem Gang gewahr wurde, begriff sie, dass die Tür zum Gang bereits seit Christophs Rückkehr offen stand. Damit hatte jeder, der wollte, mit anhören können, was Mathias, Christoph und sie sich an unschönen Dingen zu sagen hatten.

»Mutter!«, stöhnte Mathias auf. Matt sank er in die Kissen zurück und starrte Adelaide an wie eine Erscheinung. Christoph trat zur Seite, um die Apothekerin durchzulassen. Sie eilte zum Bett, kniete nieder und fasste die Hand ihres Sohnes. Aufmerksam betrachtete sie seine Gestalt. Auch Mathias starrte seine Mutter aus den tief in die Höhlen zurückgefallenen Augen eindringlich an. Es war, als müssten sie mit den Blicken die verlorenen Jahre zurückholen.

Carlotta und Christoph verständigten sich stumm, die beiden allein zu lassen. Mathias war inzwischen ausreichend bei Kräften, die Aufregung zu bewältigen. Leise schlichen sie hinaus und schickten auch die Nonnen fort, die sich noch immer neugierig auf dem Gang herumdrückten. Bedächtig schloss Carlotta die Tür zur Krankenstube.

»Ob sie einander verzeihen können?«

»Eigentlich hat doch nur Mathias seiner Mutter zu verzeihen«, erwiderte Carlotta.

»Stimmt.« Christoph nickte. »Schließlich beneide ich ihn nicht um das Gespräch. Früher oder später aber müssen die beiden es führen.«

»Sie muss ihm erklären, warum sie ihn seit Jahren in dem Glauben gelassen hat, sie wäre tot.« Carlotta schüttelte den Kopf. »Es muss furchtbar für ihn gewesen sein. Nach dem schrecklichen Überfall hat er sie noch da liegen sehen, auf das Übelste zugerichtet. Er hat gedacht, zu spät gekommen zu sein und ihr im entscheidenden Moment nicht beigestanden zu haben.«

»Auf diese Weise von den Grenzen des eigenen Handelns zu erfahren, ist entsetzlich.«

Betreten schwiegen sie, ein jeder in die eigenen Gedanken versunken. Auf einmal stieß Carlotta die Stille bitter auf. Sie bildete sich ein, Christoph zürnte ihr wegen ihres Mitleids Mathias gegenüber. Immerhin musste es vorhin auf den ersten Blick so ausgesehen haben, als küsste sie den Vetter. Und jetzt litt sie gar derart mit ihm! Kein Wunder, dass Christoph sie nicht mehr ansehen, geschweige denn mit ihr reden wollte.

»Christoph, du darfst keinesfalls denken, Mathias und ich stünden uns noch besonders …«

»Scht!«, bedeutete er ihr und legte ihr den Finger auf die Lippen. Seine Augen blickten auf eine Stelle in ihrem Rücken. Sie wandte sich um und erspähte eine Nonne, die so tat, als fegte sie den Boden. »Lass uns woanders hingehen«, schlug er leise vor, legte ihr den Arm um die Schultern und geleitete sie zum Speisesaal.

15

Der geräumige Saal, den zwei imposante Kamine an den Stirnseiten beherrschten, lag wie ausgestorben. Von der Fensterfront fiel verschwenderisches Wintersonnenlicht herein. Die unberührte Schneelandschaft vor den Scheiben reflektierte das Licht gleißend hell, als gelte es auch für die Natur, den Festtag der Lichtermagd Lucia üppig zu feiern. Letzten Montag noch hatte es einen Wärmeeinbruch gegeben. Doch schnell hatte der Wind wieder auf Osten gedreht und für neuerliche Kälte gesorgt. Am gestrigen Dienstag hatte es ununterbrochen geschneit. Erst in den frühen Morgenstunden hatte die Sonne die grauen Wolken verdrängt und den Tag der heiligen Lucia standesgemäß mit verschwenderischem Strahlen begrüßt.

Die langen Tafeln waren bereits für das Mittagsmahl gedeckt, die Nonnen in der Küche verschwunden. Froh, eine Zeitlang ungestört mit Christoph zu sein, trat Carlotta an eines der doppelflügeligen Fenster auf der Längsseite und schaute in die weite Winterlandschaft.

Die Fenster gingen nach Norden, in die sanfte Ebene hinein. Irgendwo weit hinten am Horizont lag Königsberg. Die Sehnsucht versetzte ihr einen Stich. Sie dachte an Hedwig, Lina und Milla sowie an das Haus in der Langgasse. Seltsam, wie wichtig ihr das alles in den letzten Jahren geworden war! Ob die Mutter und sie jemals wieder in Frieden dort leben konnten? Deutlich stand ihr die Feindseligkeit Farenheids, Heydrichs und der anderen Kneiphofer vor Augen. Die Erinnerung an die gemeinsame Verschwörung gegen den Fürsten im letzten September verblasste darüber. Umso tröstlicher nahm sie Christophs Anwesenheit wahr. Lächelnd drehte sie sich zu ihm um und umarmte ihn.

»Du weißt ganz bestimmt, was du mir bedeutest? Ich bin froh, dass wenigstens wir beide uns wiederhaben. Wir sollten nie vergessen, einander rechtzeitig beizustehen.«

»Es tut mir leid«, raunte er ihr ins Ohr. »Du weißt, dass ich das nicht gewollt habe.«

»Was?« Sie sah ihm ins geliebte Gesicht. Die grauen Augen bewegten sich unruhig. Die weichen Züge seines Antlitzes unterstrichen die Verletzlichkeit, die er in den letzten Wochen so offen an den Tag gelegt hatte. Sanft strich sie mit der Fingerkuppe über die Furche am Kinn, berührte seine Lippen. Spielerisch schnappte er nach dem Finger.

»Dir muss doch nichts leidtun«, erklärte sie aufgeregt. »Mathias hat ganz allein für sich entschieden, aus den Reihen der kurfürstlichen Dragoner zu fliehen. Dafür kannst du nichts. Und letztlich ist es gut, wie alles gekommen ist: Durch Mathias' Auftauchen in Königsberg und deine überzogene Reaktion ist uns beiden erst bewusst geworden, was wir wollen: miteinander als Ärzte leben! Das schwebte uns zwar schon lange vor, aber letztlich nicht ernst genug. Erst mussten sich noch die Schatten unserer Vergangenheit lichten und den Blick auf das Künftige freigeben. Auch das hat Mathias ins Rollen gebracht. Nun steht nichts mehr zwischen uns. Wir wissen, warum wir uns füreinander entschieden haben und in Zukunft einander beistehen werden. Es bleibt nur, uns deinem Vater und deiner Familie gegenüber zu erklären. Dazu müssen noch einige andere Dinge richtiggestellt werden.«

»Und wir sollten deinem Vetter zumindest helfen, sich dem drohenden Galgen zu entziehen«, warf er ein. »Schließlich weißt du, was ihm blüht, wenn seine Kameraden ihn aufgreifen.«

»Du bist unverbesserlich.« Sie lächelte.

»Sonst würdest du mich nicht lieben«, ergänzte er und umschlang sie, um sie zu küssen.

»Genug!«, erklärte sie schließlich. »Es gibt noch viel zu tun. Lass uns in die Apotheke gehen und mit meiner Mutter beraten, wie wir Mathias beistehen und unsere Angelegenheiten in Königsberg klären können.«

Sie nahm seine Hand. Es blieb ihm keine andere Wahl, als ihr zu folgen. In Höhe der Krankenstube trafen sie auf Adelaide. Sie gab ihnen ein Zeichen, weiterzugehen.

»Mathias will allein sein«, flüsterte sie ihnen zu. »Ich glaube, das wird ihm guttun.«

Zu dritt gingen sie zur Apotheke. Das ehrfurchtgebietende Auftreten Adelaides schüchterte die wenigen Nonnen ein, die ihnen begegneten. Selbst die alte Pförtnerin buckelte respektvoll vor der Tante. Keine wagte, sie anzusprechen oder gar nach ihren weiteren Vorhaben zu fragen.

In dem großen, quadratischen Saal der Offizin am Ende des Westflügels herrschte rege Betriebsamkeit. Wie all die Tage zuvor machte sich Magdalena an der Seite von Caspar Pantzer über verschiedenen Töpfen, Tiegeln und Destilliergefäßen zu schaffen. Der vertraute Geruch nach getrockneten Kräutern und Ölen, gepaart mit dem scharfen Duft von fremdländischen Gewürzen und Seifen, verwandelte den Raum in ein kleines Paradies. Die letzte Woche hatte Carlotta nahezu ausschließlich wie eine Gefangene in der engen Krankenstube verbracht. Mit einem Mal merkte sie, wie sehr sie diese Gerüche und das Hantieren mit den verschiedensten Utensilien vermisst hatte.

Adelaide ging sofort zum Tisch und machte Anstalten, die Arbeit an einer der Destillierapparaturen aufzunehmen. Caspar Pantzer nickte ihr zu, griff sich eine Schale, auf der Carlotta kleine, schwarze Körner entdeckte, und trat zu einem Mikroskop. Es herrschte eine beredte Stille. Die Mutter gab zwei verschiedene Öle in eine längliche Phiole und schüttelte das Gefäß vorsichtig, um die zähflüssigen Substanzen zu vermengen. Gemeinsam fertigten sie eine genaue Niederschrift, wie Magdalenas Bernsteinessenz herzustellen war. Das Nachmischen der fünfzigjährigen Wundersalbe, das Pantzer mit Christoph bereits in seinem Löbenichter Laboratorium gelungen war, wurde ebenfalls noch einmal schriftlich festgehalten. Der Frauenburger Kaufmann Siegfried Hartung sowie eine Nonne des ehrwürdigen Spitals zum Heiligen Geist hatten sich zur Verfügung gestellt, das Procedere nach bestem Gewissen zu bezeugen.

»Bald ist es geschafft, Liebes!«, rief Magdalena Carlotta vergnügt entgegen. Sie legte die Phiole mit den Ölen beiseite, wischte die Hände sorgfältig an einem Leinentuch ab und kam um den großen Tisch herum. »Heute Nachmittag wird der Stadtphysicus aus Frauenburg kommen und die Rezeptur für meine bewährte Bernsteinessenz prüfen. Ist das nicht wundervoll?«

»Sobald er Unterschrift und Siegel unter das Protokoll gesetzt hat, werde ich persönlich nach Königsberg reisen und bei dem hochgeschätzten Doktor Ludwig Kepler vorsprechen«, ergänzte Hartung. Umständlich erhob er sich von dem Sessel, den man ihm am Kopfende des Tresens zurechtgerückt hatte. »Ich bin mir sicher: Noch vor Weihnachten werdet Ihr mit Eurer Mutter zusammen in Eure Heimatstadt zurückkehren. Der Vorwurf der Scharlatanerie oder gar noch Schlimmerem ist nicht mehr zu halten. Kepler wird nichts anderes übrigbleiben, als Euch beizustehen. Die Königsberger Bürgerschaft, allen voran die Kaufmannszünfte der drei Städte am Pregel, werden sich öffentlich bei Euch entschuldigen müssen.«

Er strahlte über das ganze Gesicht. Das schüttere weiße Haar stand in alle Richtungen ab. Die dünne ältere Nonne, die als zweite Zeugin zugegen war, nickte zustimmend und beeilte sich hinzuzufügen: »Unglaublich, eine so wirksame und streng an Paracelsus' alte Überlieferungen gehaltene Mischung auch nur annähernd mit schädlichen Einflüssen in Verbindung zu bringen.«

»Streng an Paracelsus' Anweisung hat meine Mutter sich dieses Mal eben nicht gehalten«, warf Carlotta ein. »Die Aufbereitung des Bernsteins mit Essig statt mit Weingeist geht auf einen anderen Gelehrten zurück, wie wir inzwischen wissen. Ach, Mutter«, wandte sie sich an Magdalena, »warum hast du uns eigentlich so lange verschwiegen, dass du noch eine zweite Rezeptur zu verwenden pflegst? Du hättest uns viele Umstände erspart.«

»Aber Liebes«, verteidigte sich Magdalena, »ich bin gar nicht auf die Idee gekommen, dass du das nicht in Erwägung gezogen hast. Immerhin studierst du doch all meine Aufzeichnungen stets so gründlich. Du hättest nur genauer darin lesen müssen, dann wäre dir auch diese zweite nach Johann Schröder aufgefallen. Er empfiehlt, statt Spiritus vini Essig zu verwenden, um speziell das Herz des Patienten zu stärken. Das schien mir im Falle von Gerke der entscheidende Punkt.«

»So, wie Eure verehrte Frau Mutter mir das Ableben des armen Gerke beschrieben hat, vermute ich die schädlichen Einflüsse bei seinem Tod ohnehin ganz woanders«, warf die Nonne ungefragt dazwischen.

»Das wird sich wohl nicht mehr beweisen lassen«, beeilte sich Caspar Pantzer anzumerken. »Wir sollten zufrieden sein, wenn wir die Ehre der geschätzten Frau Grohnert wiederherstellen. Im Gegenzug neue Vermutungen oder gar üble Verdächtigungen auszusprechen, wird der Sache nur schaden.«

Dankbar lächelte Magdalena ihm zu. »In ihrem großen Schmerz, den geliebten Gemahl so überraschend verloren zu haben, musste Dorothea jemandem die Schuld daran zuschieben. Deshalb hat sie mich derart beschimpft. Ich glaube, sie wird damit aufhören, sobald ihr versichert wird, dass es keinesfalls an meiner Behandlung gelegen hat. Was gibt es Neues bei Mathias?«, wechselte sie das Thema. »Ihr habt ihn also gerade erstmals allein gelassen?«

»Ich war bei ihm«, schaltete sich Adelaide ein. »Wir haben kurz miteinander gesprochen. Es ist alles nicht einfach für ihn. Er braucht noch viel Ruhe, um zur Besinnung zu kommen. Wenn es ihm bessergeht, haben wir beide einiges miteinander zu besprechen.«

»Vor allem muss er sich überlegen, wie es mit ihm weitergeht«, ergänzte Carlotta.

»Dann kommt er also nicht mehr zurück nach Königsberg?«, fragte Magdalena.

Ihr Ton klang hoffnungsvoll. Eindringlich blickte Carlotta ihre Mutter an. Die verzichtete jedoch auf eine weitere Erklärung.

»Wie es aussieht, wird Mathias die nächsten Jahre einen weiten Bogen um alle Gebiete des Kurfürsten schlagen. Schließlich wird ihm das nicht schwerfallen, reist er doch sehr gern, wie es scheint.« Christoph bemühte sich, dem Ganzen einen harmlosen Anstrich zu geben. Angesichts der vielen

Ohren, die in der Offizin zuhörten, durften sie keinesfalls offen über Mathias' Desertion sprechen. So lange wie möglich sollten die Nonnen und Hartung glauben, er gehöre zur Kaufmannszunft wie sie alle.

»Wir sollten Helmbrecht in dieser Angelegenheit um Hilfe bitten«, dachte Adelaide laut nach. »Er hat Verbindungen in alle Himmelsrichtungen und wird Mathias gewiss verschiedene Möglichkeiten anbieten. Das hat er schon einmal getan, das wird er uns auch ein zweites Mal nicht abschlagen.«

»Der gute Helmbrecht«, sinnierte Siegfried Hartung und besah sich seine Stiefelspitzen. »Er weiß in der Tat immer einen Rat. Manchmal erscheint es mir unfassbar, wo er überall in der Welt jemanden kennt, der ihm noch einen Gefallen schuldet.«

»Es ist gut, dass es Menschen wie ihn gibt.« Magdalenas Tonfall wurde leiser. »Wir können gar nicht lange genug leben, um ihm für all seine Wohltaten zu danken. Selbstlos steht er uns seit Jahren zur Seite.«

Überrascht horchte Carlotta auf. Magdalena spürte das und lächelte ihr zu. Damit war also auch dieser Kreis geschlossen. Froh erwiderte Carlotta das Lächeln.

»Ich werde Helmbrecht gleich nachher beim gemeinsamen Mittagsmahl darauf ansprechen. Mir war, als stünden bei ihm Pläne ins Haus, in Krakau einige Beziehungen wiederaufleben zu lassen. Wird höchste Zeit, das in Angriff zu nehmen.«

Hartung machte Anstalten, sich zu verabschieden. Kurz schweifte sein Blick noch einmal durch den Raum. Er nickte Pantzer und Christoph zu, verbeugte sich vor den Damen und marschierte mit dem Hut in der Hand hinaus.

Noch bevor in der Apotheke alle wieder ihre Tätigkeit aufnahmen, hielt die aufgebrachte Stimme des Kaufmanns auf dem Flur sie wieder davon ab. Sein dröhnender Bass hallte in dem ehrwürdigen Gemäuer des Spitals laut wider. Gleich war zu hören, dass er umgedreht sein musste und mit eiligen Schritten geradewegs zur Offizin zurückkehrte.

»Da ist etwas passiert!«, rief Pantzer überflüssigerweise und eilte zur Tür. Neugierig folgte ihm die Nonne, die Übrigen verharrten an ihren Plätzen.

»Es hat sich nun alles verändert«, verkündete Hartung lauthals und wedelte mit einem Schreiben durch die Luft. Erst, als er bereits die Mitte des Apothekensaals erreicht hatte, tauchte Philipp Helmbrecht in der offen stehenden Tür auf. Sichtlich verlegen ob des Aufruhrs, den sein Kaufmannsgenosse verursacht hatte, hielt er sich im Hintergrund. Carlotta bemerkte, wie er der Mutter ein Zeichen gab, mit dem Kopf zu Christoph wies. Ihr Herzschlag stockte. Noch ehe Hartung ansetzte, die offenbar frisch eingetroffene Nachricht vorzulesen, wusste sie, dass etwas Schreckliches geschehen war. Schon stand Hartung neben Christoph, legte dem jungen Medicus die Hand auf die Schulter und suchte seinen Blick.

»Mein lieber Kepler«, setzte er in mitleidigem Ton an.

Christoph erstarrte. Carlotta verwünschte den Frauenburger Kaufmann ob seiner Tolpatschigkeit.

»Was ist?«, presste Christoph heiser zwischen den Lippen hervor. »So, wie Ihr Euch aufführt, scheint es mich zu betreffen.«

»Ja, leider. Euer armer Vater, der hochgeschätzte …«

»Ist schon gut, spart Euch die Schnörkel.« Christoph wurde kalkweiß.

»Euer Herr Vater ist zusammengebrochen und liegt besinnungslos danieder. Eure verehrte Frau Mutter schreibt mir, ob ich weiß, wo Ihr Euch aufhaltet. Ohne Euer Einverständnis will ich ihr nicht antworten. Überlegt Euch, was Ihr tut. Es sieht wohl nicht gut aus für Euren Vater.«

»Nach allem, was er mir an den Kopf geworfen hat, soll ich jetzt …« Christoph war außerstande, einen klaren Gedanken zu fassen, geschweige denn, den Satz zu beenden. »Wieso schreibt meine Mutter ausgerechnet an Euch? Wer hat ihr verraten, dass Pantzer und ich hier in Frauenburg …«

»Das spielt doch jetzt keine Rolle mehr«, versuchte Pantzer, den Freund zu beschwichtigen. »Wahrscheinlich schreibt sie an alle, die sie außerhalb Königsbergs kennt. Viel wichtiger als das aber ist, dass du so schnell wie möglich nach Hause reitest. Vielleicht hast du Glück und triffst deinen Vater noch lebend an. Glaub mir, nichts ist schlimmer, als ein Leben lang dieses Gefühl zu ertragen, im entscheidenden Moment zu spät gewesen zu sein.«

»Da habt Ihr wohl recht«, ertönte eine Stimme von der Tür her. Erstaunt fuhren alle herum. Mathias stand dort, lehnte sich erschöpft gegen den Türrahmen. Die locker um ihn herumschlackernde Kleidung verriet, wie stark er an Gewicht verloren hatte. Umso entschlossener aber war der Ausdruck in seinen dunkel umschatteten Augen. Nachdrücklich sah er auf Christoph, bemühte sich gar um ein aufmunterndes Lächeln.

»Glaubt mir, Kepler, am Ende zählt nur, dass Ihr versucht habt, ihm rechtzeitig beizustehen.«

»Ich komme mit«, warf Carlotta hastig ein. »Gewiss ist es der gleiche Anfall, den dein Vater letztens schon in Heydrichs Apotheke …«

»Ja, du hast recht«, stimmte Christoph zu. »Wir beide sollten so schnell als möglich aufbrechen. Besorgt uns bitte zwei Pferde«, wandte er sich an Helmbrecht, dann fasste er Carlotta an der Hand. »Pack deine Wundarzttasche, Liebste. Es ist wieder einmal Gelegenheit, die Wirksamkeit deiner Tinkturen zu beweisen.«

Carlotta eilte zum Tisch und sortierte bereits die ersten Phiolen.

»Am besten nehme ich die Essenz, die mit Essig aufbereitet ist. Wenn es wieder ein Herzanfall ist, wird es sinnvoll sein, deinem Vater gleich diese Tropfen zu geben.«

»Das ist unmöglich«, schaltete sich Magdalena ein. Überrascht fuhren beide zu ihr herum. Carlotta holte Luft, um ihren Entschluss für die neue Rezeptur zu verteidigen, da redete die Mutter bereits weiter: »Es ist ausgeschlossen, dass ihr beide mutterseelenallein nach Königsberg zurückkehrt.«

16

Der Ritt von Frauenburg nach Königsberg war eine einzige Tortur. Zwei volle Tage verbrachten Carlotta und Christoph unter Begleitung von Siegfried Hartung im Sattel. Ungeübt, wie Carlotta beim Reiten war, schmerzten ihr bald alle Glieder. Auch der beleibte Hartung fühlte sich auf dem stämmigen Ross sichtlich unwohl.

Lediglich Christoph machte es nichts aus, tagelang auf einem Pferd zu sitzen. Unerbittlich trieb er sie beide an. Jede Stunde, die sie länger brauchten, konnte bedeuten, nicht mehr rechtzeitig bei seinem Vater einzutreffen. Das zehrte an seinen Nerven. Carlotta mühte sich, ihre Stute in Trab zu halten, um nicht den Anschluss zu verlieren.

Die Herren hatten sie in die Mitte genommen. Christoph gab das Tempo vor, dann folgte Carlotta, und Hartung bildete den Abschluss. Froh, den Geliebten stets gut im Blick zu haben, sah sie nach vorn.

Niemand von ihnen sprach ein Wort. Das Schweigen machte Carlotta zu schaffen. Je näher sie ihrer Heimatstadt am Pregel kamen, umso schlimmer wurde es für sie. Mit einem Mal fragte sie sich, ob es eine gute Entscheidung gewesen war, mit Christoph mitzureiten. Noch schwelten die schrecklichen Unterstellungen gegen die Mutter und sie in der Bürgerschaft. Hartung begleitete sie beide zwar nicht allein des Anstands wegen, sondern trug auch die Papiere über die Rezepturen aus Frauenburg bei sich. Trotzdem war ungewiss, wie darauf reagiert werden würde. Vorerst aber besaß die Rettung des alten Keplers oberste Dringlichkeit. Inständig hoffte sie, es handelte sich wirklich um einen ähnlichen Herzanfall wie damals in Heydrichs Apotheke. Sie tastete unter ihrer Heuke nach dem Bernstein. Schmerzlich wurde ihr wieder sein Fehlen bewusst. Sie musste es ohne den Beistand schaffen. Sie hatte Christoph an ihrer Seite. Das sollte genügen. Schweren Herzens hob sie den Blick.

Wenigstens war das schöne Winterwetter seit ihrem Aufbruch aus Frauenburg stabil geblieben. Strahlend schien die Wintersonne vom wolkenlosen Himmel, brachte die leicht hügelige Landschaft am zugefrorenen Haff zum Leuchten. Selbst die Dämmerung schien noch erfüllt davon. In der heraufziehenden Dunkelheit begann der Himmel blaurot zu lodern. Carlotta brannten die Augen von dem ungewohnten Lichterspiel. Gleichzeitig meinte sie, nie mehr aufrecht gehen zu können, so schmerzten die Glieder vom stundenlangen Reiten.

Die Sonne war bereits eine gute Weile vom Himmel verschwunden, als sie in der Ferne die Silhouette Königsbergs auftauchen sahen. Die beiden ungleichen Türme des Kneiphofer Doms und die markante Linie des Altstädter Schlosses formten zusammen mit den vielen anderen Türmen, Dächern und Zinnen vor dem dunkler werdenden Firmament ein eindrucksvolles Schattenspiel.

»Lasst uns schneller reiten«, wandte Christoph sich um, sobald sie das Brandenburger Tor hinter sich gelassen hatten. »Schließlich wollen wir nicht, dass das Tor an der Grünen Brücke schließt, bevor wir dort sind. Die Nacht in einem der Krüge auf dem Haberberg zu verbringen, wäre schrecklich.«

Ohne ihre Zustimmung abzuwarten, spornte er sein Pferd an. Carlotta und Hartung mühten sich, es ihm nachzutun.

Schon passierten sie die ersten Hütten der Vorstadt. Nach und nach wurde die Bebauung dichter, die Hütten größer, bis die ersten Steingebäude auftauchten. Linker Hand erhob sich die Haberbergsche Kirche. Carlotta äugte hinüber. Bei ihrer Ankunft am Pregel vor mehr als vier Jahren hatte sich das Gotteshaus im Bau befunden. Nun ragte sein hoher roter Backsteinturm stolz in den Himmel. Die Straße in der Vorstadt lag wie ausgestorben. Die einsetzende Dämmerung trieb die Menschen zurück an den heimischen Herd, die Mühsal des Tages im Kreis der Familie friedvoll zu beschließen. Ein einsamer Hund bellte, zwei Katzen schossen über die Straße. Endlich erreichten sie das Tor an der Grünen Brücke.

»He, Ihr!«, rief Christoph den beiden Wachhabenden zu, die gerade umständlich den Riegel vor die schweren Torflügel schoben. »Ihr müsst uns noch einlassen.«

»Da könnte jeder kommen«, knurrte der eine, ein kleiner Mann mit einem gewaltigen Bauch. Sein etwas dünnerer Kamerad stimmte zu: »Es wird dunkel, das Tor ist geschlossen.

Morgen früh könnt Ihr wieder Einlass begehren. Drüben in den Krügen findet Ihr gewiss eine Kammer für die Nacht.«

Er wies auf die Häuserzeile auf der gegenüberliegenden Straßenseite. Wenig einladend reihten sich dort ein halbes Dutzend einfacher Herbergen aneinander. In den meisten Fenstern brannte nicht einmal Licht. Im Winter kehrten nur wenige Händler und Reisende des Nachts dort ein.

»Nein!« Christoph schwang sich von seinem Schimmel, nahm den schwarzen Spitzhut vom Kopf und trat auf die beiden zu. »Schließlich ist es morgen früh zu spät. Dann ist mein Vater wahrscheinlich schon tot.«

»Wisst Ihr nicht, wen Ihr vor Euch habt?«, schaltete sich Hartung ein. Auch er war mühsam aus dem Sattel geglitten. Humpelnd und stöhnend gesellte er sich Christoph zur Seite, nestelte gleichzeitig ein Bündel Papiere aus der Rocktasche.

»Selbstverständlich werden wir Euch die entsprechenden Empfehlungen zeigen. Meine Wenigkeit heißt Siegfried Hartung, Kaufmann zu Frauenburg am Frischen Haff. Ich hatte bereits des Öfteren das Vergnügen, hier an der Börse Geschäfte zu tätigen. Das ist der junge Medicus Christoph Kepler. Der ehrwürdige Stadtphysicus Ludwig Kepler aus der Altstadt ist sein Vater. Und der ist Leibarzt des Kurfürsten Friedrich Wilhelm höchstselbst. Nun liegt er krank danieder und braucht dringend Hilfe. Deshalb sind sein Sohn und die junge Wundärztin hierhergekommen.«

Damit schob er die imposante Brust heraus und schaute überheblich auf die beiden Wachhabenden hinunter. Die waren in der Tat unter seinen Worten mehr und mehr in sich zusammengesunken. Sie wechselten hilflose Blicke. Doch bei der Erwähnung Carlottas schreckten sie auf.

»Eine Wundärztin?«, brummte der kleine Dicke. »Verzeiht, Fremder, aber der gute Stadtphysicus braucht gewiss keine Wundärztin von außerhalb, um zu gesunden. Jeder weiß, wie er zu den nichtsnutzigen Scharlatanen steht. Ihr beide«, damit nickte er Christoph und Hartung zu, »könnt gerne durch. Ihr habt großes Glück. Das Tor ist noch auf. Die Dunkelheit setzt erst in wenigen Augenblicken ein. Wollen wir hoffen, Ihr gelangt noch rechtzeitig in die Altstadt, um dem guten Kepler beizustehen.«

Erleichtert schwang sich Christoph in den Sattel, griff Carlotta in die Zügel und wollte auch ihre Stute durch das Tor führen. Die beiden Wachhabenden aber kreuzten im selben Augenblick die Piken.

»Sie nicht!« Drohend hob der Dünnere die Hand. »Sie kann gern morgen wiederkommen. Dann erhalten auch die Gaukler und Narren Einlass zum Markt.«

Carlotta wurde die Kehle eng. Kaum wagte sie, zu Christoph zu sehen. Sein lautes Aufstöhnen war nicht zu überhören. Wenigstens hatte Hartung ihren Namen nicht erwähnt, sonst drohte ihr womöglich gar Arrest. Niemand konnte wissen, was Farenheid und Heydrich inzwischen über ihren angeblichen Verrat hatten verlauten lassen.

»Gut«, sagte sie leise und machte Anstalten, ihr Pferd zu wenden. »Besser ihr beide als keiner von uns.«

»Du bleibst!« Blitzschnell verstärkte Christoph den Griff um die Zügel und verkündete lauthals: »Entweder wir alle drei oder keiner. Schließlich braucht mein Vater dringend die Hilfe dieser Wundärztin. Gewiss könnt Ihr Euch ausmalen, was das heißt. Der Kurfürst wird toben, wenn er erfährt, dass die Rettung seines hochgeschätzten Leibarztes an Eurer Sturheit gescheitert ist.«

Wieder wechselten die Wachhabenden ratlose Blicke, hielten die Piken aber vorerst weiter gekreuzt. Siegfried Hartung erbarmte sich ihrer.

»Der junge Kepler hat recht, verehrte Herren. Falls des Kurfürsten Leibarzt stirbt, weil die angeforderte Hilfe dieser Wundärztin nicht rechtzeitig eingetroffen ist, wird es großen Ärger geben. Ob die Wundärztin heute Abend oder morgen früh durchs Tor reiten darf, wird also von entscheidender Bedeutung für Euer weiteres Befinden sein. Seht, noch ist es hell«, er deutete nach Westen. Ein silberner Streifen zog sich über den Horizont, teilte den abendlichen Winterhimmel. »Das Tor schließt doch erst bei Dunkelheit, nicht wahr?«

Ein letztes Mal tauschten die beiden Wachhabenden Blicke. Für einen quälend langen Moment blieb die Zeit stehen. Dann klirrte es. Der kleine Dicke zog seine Pike zurück, der Dünne tat es ihm zögernd nach.

»Danke!« Hartung lupfte den Hut, Christoph winkte nur und trieb seinen Schimmel an.

Im Kneiphof herrschte ruhige Abendstimmung, nur wenige Fuhrwerke und Karren zockelten noch über das Pflaster. Christoph schlug den Weg rechts in die Magistergasse und von dort über den Markt zur Schmiedebrücke in die Altstadt ein. Das ersparte Carlotta den Anblick ihres Elternhauses oben in der Langgasse, kurz vor der Krämerbrücke. Nahezu im Trab ritten sie bis zur Schmiedegasse. Die Pferde ließen sie zu Füßen des Beischlags stehen. Hartung erbot sich, sie wegzuführen. Christoph fand kaum Zeit, es ihm zu danken, sondern eilte bereits zur Haustür.

»Nun macht schon«, ermunterte der Kaufmann Carlotta. »Ihr wisst, es eilt. Schickt mir morgen Nachricht in den Grünen Baum. Ich warte dort und kümmere mich um den Rest.«

»Das ist sehr großzügig von Euch.« Sie lächelte und nahm ihre Wundarzttasche, um dem Geliebten ins Haus zu folgen. Der hatte bereits den großen Klopfer gegen die Tür fallen lassen. Sie strich ihm sanft über die Wange, doch er entzog sich ihr. Wie gern hätte sie ihn in die Arme genommen, ihm Mut zugesprochen. Schon öffnete Marthe die Tür.

»Junger Herr, Ihr? Dann kommt Ihr endlich zurück? Versöhnt Euch mit Eurem Vater«, flehte sie und rang die Hände in der Luft. »Sonst werdet Ihr niemals Frieden finden!«

Eindringlich sah sie ihn an. Christoph erwiderte nichts. Marthes zweiter Blick galt Carlotta. Der fiel erwartungsgemäß unfreundlicher aus. Bevor sie etwas sagen konnte, erklärte Christoph hastig: »Ich muss zu meinem Vater.«

Damit drückte er Marthe Hut und Mantel in die Hand und sprang die Treppe ins zweite Geschoss hinauf. Carlotta sah ihm nach, bis er aus ihrem Blickfeld entschwunden war. Nur widerstrebend ließ die Wirtschafterin sie eintreten. Langsam entledigte sie sich ihrer Heuke. Im Schein der hellen Kerzen, die in sämtlichen Leuchtern der Diele steckten, war die Missbilligung, die sich in Marthes Gesichtszügen widerspiegelte, nicht zu übersehen.

»Wie geht es dem verehrten Herrn Doktor?«, erkundigte Carlotta sich freundlich, stellte die Wundarzttasche ab und streifte die Handschuhe von den Fingern. »Vermutlich betreut der hochgeschätzte Physicus Lange, seines Zeichens Leibarzt des Fürsten Radziwill, den Patienten. Wisst Ihr, was er angeordnet hat?« Sie bemühte sich um ein Lächeln. »Ich frage mit Bedacht Euch«, erklärte sie der Alten geduldig, »denn der verehrten Frau Kepler und ihrer Tochter hat der zweite Zusammenbruch des Medicus binnen weniger Wochen gewiss einen gehörigen Schrecken eingejagt. Deshalb werden sie mir kaum ausführlich Mitteilung über die letzten Tage geben können. Ist der gute Doktor überhaupt wieder bei Bewusstsein?«

»Einen gehörigen Schrecken haben wir alle davongetragen!« Bitter lachte Marthe auf. »Wisst Ihr eigentlich, wo es den verehrten Herrn Stadtphysicus dieses Mal so arg erwischt hat?« Sie sah sie angriffslustig an. »Drüben in der Langgasse, in der Diele Eures Hauses ist es gewesen. Wenn das kein Zeichen ist!«

»Da mögt Ihr recht haben«, erwiderte Carlotta und war sich sicher, dass sie das Zeichen anders verstand als die Wirtschafterin. Ausgiebig wärmte sie sich die Hände über dem lodernden Kaminfeuer. Wenn sie den Physicus gleich untersuchen wollte, sollte sie das nicht mit eisigen Fingern tun.

»Ihr seid eine sehr besonnene Ärztin«, entfuhr es der Wirtschafterin überraschend. Offenbar hatte sie gerade den Sinn von Carlottas Tun durchschaut. Carlotta lächelte wieder.

»Ihr wisst, was ich bislang von Euch gehalten habe«, fuhr Marthe fort. »Dem guten Doktor geht es sehr schlecht. Doch vielleicht seid Ihr jetzt die Einzige, die ihm helfen kann. Doktor Lange ist es bislang jedenfalls nicht gelungen. Dabei hockt er seit Montagabend bei ihm, streicht Salben auf, verabreicht Tropfen, hat gar zweimal schon einen Aderlass angeordnet.«

»Was?«

»Ich weiß«, winkte Marthe ab, »das habt Ihr beim letzten Mal erfolgreich verhindert. Selbst mir, die ich keine Ahnung von derlei Dingen habe, kommt es unglücklich vor. Der gute Doktor war vorher schon kaum mehr bei Kräften. Hinterher aber war es noch schlimmer. Seine Durchlaucht, der Kurfürst, hat bereits angeboten, einen Pfarrer zu schicken. Noch weigert sich die verehrte Keplerin. Sie hat Angst, der redet gleich von der Letzten Ölung.«

Sie hielt inne, biss auf den Lippen herum, suchte nach weiteren Worten. Auf einmal stand sie dicht vor Carlotta, legte ihr die knochige Hand auf den Arm und sah sie flehentlich an.

»Der junge Herr wird es nie und nimmer allein schaffen. Das wissen wir alle. Bitte, steht ihm bei, ganz gleich, was der Doktor früher über Euch und Eure Mutter gesagt hat.«

Die Alte war den Tränen nah. Bestürzt bemerkte Carlotta, wie stark sie zitterte. Tröstend drückte sie ihr die Hand.

»Ich tue mein Möglichstes. Aber zaubern kann ich genauso wenig wie alle anderen.«

Bei diesen Worten zuckte Marthe zusammen, mied Carlottas Blick. Wenigstens empfand sie ein schlechtes Gewissen, dachte die junge Wundärztin. Immerhin hatte sie als eine der Ersten gegen die Mutter und sie gewettert. Entschlossen griff sie nun nach ihrer Tasche und eilte in den zweiten Stock.

17

Die Tür zum Schlafgemach des alten Kepler stand offen. Christoph musste sie vor Hast aufgestoßen, dann aber vergessen haben, sie zu schließen. Ein Schwall abgestandener Luft schlug Carlotta von drinnen entgegen. Auf leisen Sohlen trat sie ein. Das Herz klopfte ihr bis zum Hals. Zwar deutete sie es als gutes Zeichen, dass es bei Christophs Auftauchen keinen empörten Aufschrei gegeben hatte. Trotzdem fürchtete sie, entrüstet hinausgeworfen zu werden, sobald sie jemand entdeckte.

Zu ihrer Überraschung empfing sie eisiges Schweigen. Niemand drehte sich zu ihr um. Wahrscheinlich waren alle mit der Betrachtung des Kranken beschäftigt. Sie beschloss, die Zeit zu nutzen, und ließ den Blick wandern. Gleich war ihr, als wäre die Zeit stehengeblieben. In dem schmalen Raum bot sich ihr dieselbe Szene wie bei ihrem ersten Besuch vor wenigen Wochen: Der kurfürstliche Leibarzt lag blass in seinem prunkvollen Bett, die Hände auf der Decke wie zum Gebet gefaltet, die Augenlider geschlossen. Seine Gemahlin saß auf einem Schemel zwischen Bett und Fensterfront. Auf einem kleinen Tisch stand ein Krug Bier. Der malzige Geruch erfüllte den Raum. In einem mehrarmigen Kandelaber flackerten halb abgebrannte Kerzen und spendeten trübes Licht. Christoph stand auf der anderen Längsseite des Bettes und sah mit sorgenzerfurchter Stirn auf den Vater herab. Das heftige Auf und Ab seiner breiten Brust verriet, dass er immer noch außer Atem war. Hanna, die zwanzigjährige Tochter, wachte am Fußende, jederzeit bereit, einen Auftrag auszuführen, und gleichzeitig streng darauf bedacht, alles rund um den kranken Vater im Blick zu behalten. Dank der einschläfernden Luft und der düsteren Stimmung meinte Carlotta, die Anwesenden dämmerten längst ebenso besinnungslos vor sich hin wie der Patient.

»Gott zum Gruße«, sagte sie leise. Mit einem Ruck fuhr Christoph zu ihr herum, breitete die Arme weit aus, um sie willkommen zu heißen. »Endlich, Liebste!«

»Was will sie?«, knurrte seine Schwester unfreundlich und maß Carlotta mit einem abfälligen Blick. »Wir wollen sie nicht hier haben. Doktor Lange weiß, was zu tun ist.«

»Gut, dass Ihr kommen konntet«, erklärte dagegen die aschfahle Keplerin und erhob sich langsam von ihrem Platz.

Ihre fleischigen Finger zupften unruhig am dunkelgrünen Samt ihres Kleides. Die weiße Haube auf dem farblosen Haar war verrutscht. Die grauen Augen waren weit aufgerissen. Carlotta bildete sich ein, darin einen schwachen Schimmer Hoffnung zu erspähen.

»Helft meinem Gemahl, bitte! Ihr habt das schon einmal getan. Ich bin mir sicher, er wird es Euch auf ewig danken. Mein Dank ist Euch bereits gewiss. Tut etwas, sonst ist es zu spät.«

Sie presste sich ein zerknülltes Spitzentuch vor den Mund und wimmerte leise. Dann streckte sie den Arm aus, schlang ihn Carlotta um die Schultern und drückte sie fest gegen ihren dicken Busen. Überrascht ließ Carlotta das über sich ergehen, sog den Lavendelduft ein, der die Keplerin umfing. Er überlagerte zaghaft den Schweißgeruch, der in ihrer dicken Kleidung hing. Als sie sie endlich losließ, fielen Carlotta die feinen Schweißperlen auf der Oberlippe auf, selbst die Ohrläppchen waren gerötet. Das rührte von der unerträglichen Hitze im Schlafgemach. Der große Kachelofen in der Ecke links neben der Tür glühte förmlich, so gut war er angefeuert. Carlotta sah fragend zu Christoph. Der zuckte hilflos mit den Schultern.

Neben dem Ofen war der Leibarzt Lange auf einem Stuhl in sich zusammengesunken. Das Kinn war ihm auf die Brust gekippt. Der hagere Mann mit dem üppigen weißen Haarschopf schlief tief und fest.

»Er hat gewollt, dass gut angeheizt wird«, erklärte Hanna, sobald sie begriff, was Carlotta störte. »Er hat gesagt, Vater friere. Also haben wir ihm heiße Steine ins Bett gelegt, ein zweites Federbett besorgt und das Feuer ordentlich geschürt.«

»Das war sicher fürs Erste das Richtige«, sagte Carlotta vorsichtig. »Inzwischen aber ist es wichtig, dass er frei atmen kann.«

Sie trat an eines der Fenster und öffnete es, stieß auch den Fensterladen vor den Scheiben weit auf. Sofort strömte ein Schwall eisiger Winterluft herein. Carlotta schauderte, atmete jedoch befreit mehrmals tief durch, bevor sie sich wieder in den Raum wandte. Reglos lag der alte Kepler in seinem Bett, auch Doktor Lange schlief ungeachtet der kühler werdenden Luft weiter. Mutter und Tochter Kepler schmiegten sich am Fußende des Bettes aneinander, Christoph sah sie abwartend an.

»Ich möchte ihn gern untersuchen.«

Bei ihren Worten meinte sie, ein leichtes Zucken auf dem Gesicht des alten Kepler zu entdecken.

»Allein, wenn es geht«, fügte sie hinzu.

Dieses Mal war das Zucken deutlicher, fast schon ein richtiges Zwinkern.

Zögernd gingen die Keplerin und ihre Tochter hinaus. Christoph weckte auch den weißhaarigen Lange behutsam auf und erklärte ihm flüsternd, was geschehen war.

»Oh!«, rief der Leibarzt des Fürsten Radziwill und fuhr hoch. »Das Fräulein Grohnert bei Eurem Vater? Wisst Ihr, was Ihr tut?«

»Ganz bestimmt«, erwiderte Christoph, woraufhin der Doktor ihn gründlich musterte.

»Ob das aber Eurem Vater recht ist?«

Als Christoph schweig, erklärte er mit bitterem Unterton: »Wo eine Wundärztin meint, Wunder vollbringen zu können, ist ein studierter Medicus, wie ich es bin, überflüssig. Das solltet Ihr bedenken, mein lieber Kepler! Behauptet hinterher nicht, ich hätte Euch nicht gewarnt!«

Er klopfte Christoph auf die Schulter, sah noch einmal auf seinen Patienten, dann auf das offene Fenster und zum Schluss auf Carlotta. »Wollen wir hoffen, dass hier alles mit rechten Dingen zugeht.«

Ohne weiteren Gruß stakste er auf steifen Beinen zur Tür hinaus. Als Christoph ihm folgen wollte, hielt Carlotta ihn zurück.

»Bitte bleib«, flüsterte sie. »Nicht dass es am Ende heißt, ich hätte deinen Vater verhext.«

Vom Bett erklang ein Stöhnen. Verwundert sahen sie einander an und wandten sich dann dem alten Kepler zu. Der ruhte in derselben Position wie eben. Sie beugte sich über ihn, horchte einen Moment auf seinen Atem. Der ging gleichmäßig. Prüfend legte sie ihm die Hand flach auf die Stirn. Im selben Moment schlug er die Augen auf.

»Carlotta, Ihr!«, wisperte er und verzog das faltige Gesicht zu einem schwachen Lächeln. »Ist der alte Griesgram endlich fort?«

»Ihr seid wach?« Ratlos schaute sie zu Christoph. Auch der stutzte zunächst, begann dann aber schallend zu lachen.

»Ihr seid ein Schelm, Vater!« Kopfschüttelnd setzte er sich zu ihm auf die Bettkante. »Sagt nur, es geht Euch gar nicht so schlecht? Ihr habt das alles nur gespielt, damit Carlotta und ich hierher zurückkommen?«

Matt hob der alte Kepler die Hand, ließ sie schwer auf die Decke zurückfallen.

»Das ist nicht wahr!«, entfuhr es Carlotta entrüstet. Im Gegensatz zu Christoph war ihr ganz und gar nicht zum Lachen. Ihr schmächtiger Leib bebte, sie spürte, wie die Empörung sie zittern ließ. »Wisst Ihr, was Ihr Eurer verehrten Frau Gemahlin und Eurer Tochter angetan habt? Um Euer Leben haben die beiden gebangt! Selbst der Kurfürst und viele andere in der Stadt haben bereits für Euch gebetet. So mancher hat bereits Kerzen für Euer Seelenheil entzündet. Wenigstens die schaden wohl nicht.«

»So viele werden es nicht sein. Du vergisst«, warf Christoph schmunzelnd ein, »dass wir hier von Lutheranern umzingelt sind. Da zündet keiner eine Kerze für einen anderen in der Kirche an, wie das bei uns Katholiken guter Brauch ist.«

»Du weißt wohl auf alles noch einen Scherz.«

»Ihr irrt Euch, verehrtes Fräulein Carlotta«, erklärte der Alte unterdessen heiser. »Ich habe niemanden getäuscht. Mir ist es wirklich sehr schlecht gegangen. Aber jetzt, da ich Eure Gegenwart spüre, fühle ich mich gleich viel besser. Die eisige Luft«, er wies mit der Hand zum offenen Fenster, »und natürlich die Gewissheit, dass Ihr mir gleich Eure guten Tropfen verordnen werdet, sorgen dafür.«

»Ihr solltet nicht so viel reden, Vater«, mahnte Christoph den alten Herrn. »Schließlich kostet Euch das zu viel Kraft.«

Folgsam sank der Alte wieder tiefer in die Kissen.

Carlotta seufzte leise. Sosehr es sie erleichterte, Ludwig Kepler in weitaus besserem Zustand zu sehen, als sie befürchtet hatte, so sehr regte sich in ihr weiterhin Entrüstung über sein Verhalten. Sie stellte die Wundarzttasche auf die Kommode zwischen den beiden Fenstern und suchte darin nach der Phiole mit der Bernsteinessenz. Mit Bedacht ließ sie sich dabei mehr Zeit, als nötig war. Von hinten trat Christoph zu ihr.

»Du siehst ihm wohl alles nach«, wisperte sie ihm zu. »Kaum eine Woche ist es her, dass er dich dieser törichten Prügelei wegen aus der Stadt gejagt hat. Aber über sein jämmerliches Schauspiel, das deine Mutter und Schwester in höchste Verzweiflung gestürzt hat, lachst du. Was dein Vater hier treibt, ist kein Scherz mehr, Liebster!«

»Halt ein, Liebste«, erwiderte Christoph und strich ihr sanft eine Strähne des rotblonden Haares aus der Stirn. »Lass uns später darüber richten. Schließlich zählt jetzt vor allem, dass er sich entscheidend besser fühlt, kaum dass du den Raum betreten hast. Mutter hat dich um Hilfe gebeten, und sogar Doktor Lange ist ohne Widerstand verschwunden. Ich bin mir sicher, das alles werden wir noch nutzen können. Vor allem, weil er ausdrücklich nach deiner Bernsteinessenz verlangt hat.«

Er zwinkerte verschwörerisch, nahm ihr die Phiole aus der Hand und ging zum Bett zurück.

»Zehn Tropfen morgens, mittags und abends davon in einen Becher verdünnten Weins, das rät unsere verehrte Wundärztin, Vater, und du wirst sehen, bereits nach wenigen Tagen kehren die Lebensgeister zurück. Diese Essenz hier ist übrigens ganz speziell zur Stärkung des Herzens aufbereitet.«

Mit großer Geste träufelte er die Tropfen in den Becher. Als er ihn seinem Vater reichte, machte er einen Kratzfuß. Der Alte schmunzelte.

»Solltet Ihr nicht besser vorsichtig sein?« Carlotta packte Keplers Handgelenk, um ihn am Trinken zu hindern. Verdutzt schaute der Alte zwischen ihr und seinem Sohn hin und her.

»Erstens habt Ihr mir letztens selbst vorgehalten, wie wenig man die Wirksamkeit der Tropfen beweisen kann.«

Eine leichte Röte huschte über die Wangen des alten Medicus. Beschämt wandte er sich ab.

»Und zweitens dürft Ihr nicht vergessen, welchen Trank

Ihr da an Eure Lippen setzt. Auch wenn Ihr selbst nach den Tropfen verlangt, so wisst Ihr doch genau, was es darüber hier am Pregel heißt: Sie seien gefährlich, *lebens*gefährlich«, fügte sie hinzu und sah ihm in die unruhigen braunen Augen.

Seine buschigen Brauen zogen sich zusammen. Das Antlitz verfinsterte sich. So kannte sie ihn seit langem.

»Ihr wisst doch: Der ehrenwerte Kaufmann Gerke hat diese Essenz von meiner Mutter bekommen. Elend soll er daran gestorben sein. Auch Ihr schwebt in großer Gefahr. Die ganze Kaufmannschaft im Kneiphof spricht bereits davon. Bei Eurem letzten Zusammenbruch in Apotheker Heydrichs Laboratorium habe ich mich angeblich der Tropfen bedient, um Euch ins Leben zurückzuholen. Alle sollten mich für Eure Retterin halten, nur damit ich Euch und Euren Sohn besser umgarnen kann. Da ich Christoph also gewonnen habe, gibt es jetzt nichts, was mich aufhält, Euch so schnell als möglich ins Jenseits zu befördern – mit Hilfe meiner gefährlichen Tropfen.«

»Ach, Kindchen«, schmunzelte der alte Kepler und griff nach ihrer Hand, um den Becher zu nehmen. Bedächtig setzte er ihn an die Lippen und leerte ihn in einem Zug. Anschließend reichte er ihn ihr zurück, wischte sich die Lippen und sank zufrieden in die Kissen zurück.

Erstaunt wurde Carlotta im selben Moment gewahr, wie sehr seine Miene der seines Sohnes glich. Abgesehen von dem dunkleren Teint und dem braunen Haar grub sich bei ihm am Kinn dieselbe Kerbe wie bei Christoph ein. Die Züge im Gesicht wurden insgesamt sanfter und passten damit so gar nicht mehr zu der finsteren Anmutung, die ihm die grobe Nase und die buschigen Augenbrauen verliehen. Die Ähnlichkeit der beiden zu erkennen, versetzte ihr einen Stich. Hilflos sah sie zu Christoph, um doch einen entscheidenden Unterschied auszumachen. Jäh zuckte sie zurück. Das Lächeln des Geliebten schien ein Spiegelbild seines Vaters zu sein.

»Vielleicht genieße ich es, dank Eurer Essenz verhext zu werden«, erklärte der Alte. Spöttisch zuckte es um seine Mundwinkel, in den braunen Augen leuchtete es schalkhaft. Carlotta mochte nicht glauben, was sie da gerade entdeckte. Sie sah genauer hin, doch sie täuschte sich nicht: Es war dasselbe schelmische Grinsen!

»Ihr hättet mich viel früher schon in Euren Bann ziehen sollen«, fuhr Kepler fort, »dann wäre uns allen so manches Leid erspart geblieben. So aber hat mich letztens erst die Witwe Gerke darauf gebracht. Erst als sie meinte, Christoph wäre dank des Rauchs, den der verbrannte Bernstein in Eurer Diele verströmt hat, verhext worden, ist mir alles klargeworden. Vor Schreck ist mir regelrecht das Herz stehengeblieben! Schlagartig wusste ich, was hier gespielt wird: dieselbe elende Lügengeschichte, mit der man einst meine Großmutter fast auf den Scheiterhaufen gebracht hätte, sollte auch Euch und Eure Mutter ins Feuer befördern! Doch Zauber, Hexerei und dunkle Magie in der Heilkunde, wie Ihr und Eure Mutter sie betreibt – wer mag denn an solchen Unsinn glauben? Es tut mir aufrichtig leid, verehrtes Fräulein Carlotta. Sehr lange habe ich nicht begriffen, worum es der Witwe Gerke und so manch anderem im Kneiphof geht: Man will Euch und Eure Mutter entweder mit Schimpf und Schande aus der Stadt vertreiben oder aber am besten gleich ins Feuer werfen. Den Singeknecht'schen Besitz wollen sie sich unter den Nagel reißen, einzig darum ist es ihnen zu tun. Gerade nach dem plötzlichen Tod ihres Gemahls ist die Witwe Gerke Eurer Mutter gram. Seit Ihr vor vier Jahren so kurz vor Ablauf der

Frist aufgetaucht und den Erbanspruch erhoben habt, zürnen sie Euch schon. Doch nicht mit mir, meine Liebe! Und wenn ich einen weiteren Herzanfall erleiden muss, das zu verhindern.«

Entschlossen schob er sich in den Kissen höher und hob mahnend den Zeigefinger. »So wahr ich der Leibarzt des durchlauchtigsten Kurfürsten und der langjährige Stadtphysicus der Königsberger Altstadt bin, werde ich fortan alles daransetzen, dem bösen Spuk gegen Euch ein Ende zu bereiten. Die Tinkturen und Rezepturen, die Eure Mutter und Ihr vertreibt, dienen nichts anderem als der Genesung. Das werde ich schwarz auf weiß bezeugen. Wer anderes behauptet, soll es vor der ehrwürdigen Fakultät beweisen.«

Erschöpft sank er in die Kissen zurück. Sogleich sorgte sich Carlotta wieder um ihn: Abermals war er kreidebleich geworden. Andererseits schien das ein besseres Zeichen, als wenn sein Gesicht tiefrot und die Adern an den Schläfen blau angeschwollen wären. Zumindest schlug sein Herz gleichmäßig, und er bekam ausreichend Luft.

»Was aber das Wichtigste ist«, setzte er mit leiserer Stimme hinzu. »Nehmt Euch dieses Nichtsnutzes hier an.« Er wies mit der Hand matt auf seinen Sohn. »Mir scheint, ohne Euch bringt er es wirklich nur zum närrischen Jahrmarktsquacksalber. All die Jahre, die er an den ehrwürdigen Universitäten studiert hat, haben den Schalk in seinem Hirn anwachsen lassen, statt sein Wissen zu mehren. Nur Ihr allein könnt das Wunder vollbringen, ihn vor dem schlimmsten Unsinn zu bewahren. Versprecht mir einfach, ihn nicht im Stich zu lassen.«

»Dann haben wir Euren Segen, Vater?«, hakte Christoph nach und legte den Arm um Carlottas Schultern.

»Moment«, meldete die sich lächelnd zu Wort, »nur, wenn du mir versprichst, deine Heilkünste nicht landauf, landab auf den Jahrmärkten feilzubieten, sondern brav mit mir hier in der Stadt sesshaft zu werden.«

»Reicht dir als Beweis meiner guten Absichten vielleicht dieses hier?« Er ließ sie los, um in den Taschen seines Rocks nach etwas zu suchen. Prüfend klopfte er sie ab, steckte wieder die Hände hinein, erblasste, suchte weiter. Bald stand ihm der Schweiß auf der Stirn, und er schlug sich anklagend die Faust auf die Brust. Dabei musste er auf etwas gestoßen sein. Sofort gewann sein Antlitz die gesunde Farbe zurück. Umständlich zog er eine dünne Lederschnur unter dem Hemdkragen hervor und knotete sie auf, um sie Carlotta dicht vors Gesicht zu halten. An der Schnur baumelte etwas Ungleichmäßiges, Längliches. Lächelnd hielt er es ins Licht, damit der durchscheinende Stein voll zur Geltung kam.

»Ein Bernstein!«, jauchzte Carlotta auf. Der alte Kepler schmunzelte. Glücklich fasste sie nach dem Stein, zog ihn näher zu sich heran und betrachtete ihn ausgiebig von allen Seiten. Er war von einem glühenden Rot, vollkommen klar und rein.

»Er ist wunderschön«, sagte sie. »Ein wenig anders, aber bestimmt nicht weniger kraftvoll als seine Vorgänger.«

»Das will ich hoffen«, meinte Christoph.

»Wir werden sehen, inwieweit er mir künftig beisteht, weitere Wunder zu bewirken. Das erste zumindest scheint vollbracht.«

Sie wies auf den alten Kepler. Mit einem zufriedenen Lächeln war er eingeschlafen. Gleichmäßig hob und senkte sich die Brust.

18

Gleich nach dem Frühstück zog Magdalena sich in Hartungs Wunderkabinett zurück, wie sie das auch schon an den beiden vergangenen Tagen getan hatte. Kaum hatte sie die doppelflügelige Tür hinter sich geschlossen, fühlte sie sich wohler. Selbst die staubige, trockene Luft machte ihr nichts aus. Sie warf die offenen, noch immer tiefroten Locken zurück und ließ den Blick durch den vollgestopften Raum wandern.

Das Betrachten der seltsamen Dinge, die Hartung im Lauf seines Lebens zusammengetragen hatte, lenkte wunderbar ab. Darüber vergaß sie für eine Weile die quälende Ungewissheit, wie es Carlotta in Königsberg ergehen mochte. Weder der gutmütige Hartung noch der aufbrausende junge Kepler schienen ihr im Zweifelsfall geeignet, die siebzehnjährige Tochter zu beschützen. Helmbrecht hätte diesen Part viel besser ausgefüllt. Den aber hatten weder Carlotta noch Christoph als Begleiter akzeptiert. Also blieb nur die Hoffnung, das Schicksal möge ihnen gnädig sein und alles zum Guten wenden.

Magdalenas Blick fiel auf einen der Schaukästen vor der Fensterfront. Unter der Glasscheibe befand sich eine Sammlung verschiedener Messer und Speerspitzen. Einige Klingen glänzten silbrig im einfallenden Sonnenlicht, andere waren matt, manche völlig von Rost überzogen. Die Speerspitzen dagegen schienen besser in Schuss. Sie wirkten gar frisch geschärft. Aufmerksam widmete sich Magdalena den Feinheiten der Verzierungen auf den Griffen. Ihr Herz stockte, als sie die Initialen auf dem Heft eines Klappmessers erkannte: E. G. – Eric Grohnert! Das konnte nicht sein. Sie beugte sich tiefer, besah sich den hölzernen Knauf genauer und atmete schließlich erleichtert auf. Eine dunkle Maserung des Holzes hatte sie in die Irre geführt. Just vor dem ersten Buchstaben war ein Fleck. Die Buchstaben lauteten also C. G. Und nicht E. G.!

Um nicht noch weiteren Täuschungen aufzusitzen, wandte sie sich einem anderen Kasten zu und betrachtete die dort aufgereihten Becher aus Ton, Zinn und Glas. Doch auch hier meinte sie immer wieder, einen Hinweis auf Eric zu entdecken. Erschöpft sank sie in einen ledernen Klappsessel, der zwischen den Fenstern stand. Wenn sie ehrlich war, boten ihr all diese Kuriositäten nicht nur Ablenkung von der Sorge um ihr Kind, sondern auch stete Erinnerung an den vor vier Jahren verstorbenen Gemahl. Schuld daran war Hartungs Eingeständnis, einen Großteil seiner Schätze Erics Handelsgeschick zu verdanken. Somit steckte in jedem der Abertausende von Schmetterlingen, Insektenlarven, Waffenschildern, Mineralien, Krügen und was auch immer noch in den Regalen lag, ein Stück von Eric. Zumindest hatte er es aufgetrieben, in Händen gehalten, über seinen Wert verhandelt. Verschämt wischte sich Magdalena die Augenwinkel. Endlich wusste sie, was er in den Jahren des Großen Krieges, von denen er nur so ungern erzählt hatte, wirklich getrieben hatte: seltsame Dinge aus aller Herren Länder für einen sammelwütigen Kaufmann am Frischen Haff besorgt! Kein Wunder, dass er stets mit allen Nationen gut zu Rande gekommen war, in allen Ecken der Welt Freunde gehabt und sich nicht sonderlich um die Gefechtslage gekümmert hatte.

»Da wäre Besuch für die gnädige Frau«, unterbrach die Wirtschafterin ihre Träumerei. Wie bei einer Missetat ertappt, fuhr Magdalena hoch. Schon trat die Wirtschafterin beiseite und hieß Helmbrecht eintreten. Erleichtert lächelte Magdalena ihm entgegen.

»Gott zum Gruße«, verbeugte er sich.

»Bringt Ihr Nachricht aus Königsberg?«, fragte sie und fühlte, wie sich ihr Puls beschleunigte.

»Nein.« Helmbrecht wandte das Gesicht ab. Statt seiner wundervollen bernsteinfarbenen Augen sah sie seine narbenübersäte Wange, konnte den ordentlich gestutzten Bart studieren und die tadellose Kleidung bewundern. »Das Wetter ist zwar gut, dennoch rechne ich nicht vor dem morgigen Sonntag mit dem Eintreffen eines Boten. Vergesst nicht«, fuhr er mit einem sanften Lächeln fort, »Eure Tochter und ihre beiden Begleiter sind erst Donnerstag früh aufgebrochen. Ungeübte Reiter brauchen für die Strecke selbst unter guten Bedingungen mindestens zwei Tage. Gestern Abend erst dürften sie am Pregel eingetroffen sein. Noch also gibt es nicht den geringsten Anlass, sich Sorgen zu machen.«

»Ihr habt ja recht«, stimmte sie kleinlaut zu, »ich bin wie immer zu ungeduldig. Es ist wohl die Stille in diesem großen Haus, die mir so schwer auf dem Herzen liegt. Nichts lenkt mich hier von all den Grübeleien wirkungsvoll ab.«

»Dabei dachte ich, Ihr studiert die Schätze, die unser verehrter Freund Hartung hierhergeschafft hat. Ich glaube, höchstens die Sammlung des geschätzten Morel in Eurer früheren Heimatstadt Frankfurt am Main ist dieser hier einigermaßen ebenbürtig.« Sein Lächeln wurde breiter. »Nein!«, er hob den Zeigefinger, »in einer Sache übertrifft der gute Morel unseren lieben Hartung. Erratet Ihr es?«

»Spannt mich nicht auf die Folter, mein Bester. Mir gelingt es kaum, meine Gedanken zusammenzuhalten«, wich sie aus.

Nur ungern ließ sie sich an Frankfurt erinnern. Die Begegnung mit Mathias und Adelaide hatte genug unliebsame Erinnerungen aufgewühlt.

»Ihr seid nicht mit aller Aufmerksamkeit bei der Sache«, tadelte Helmbrecht scherzend. »Ist Euch noch nicht aufgefallen, was in Hartungs Wunderkosmos fehlt? Dabei ist das ein Schwerpunkt von Morels Sammlung.«

»Bitte, mein Lieber, martert mich nicht mit alten Geschichten«, bat sie. Trotz des gutangefachten Ofenfeuers fror sie. Hände und Füße waren eiskalt, ihr schmächtiger Leib zitterte. Eng schlang sie die Arme um den Oberkörper.

»Geht es Euch nicht gut?« Besorgt musterte er sie und trat näher.

Sein Geruch betörte sie. Er hatte wieder Kaffee getrunken und geraucht. Es erinnerte sie an Eric. Ihr verstorbener Gemahl war diesen Genüssen ebenfalls nicht abgeneigt gewesen. Warum nur kam sie nicht von ihm los? Die schwarzen Einsprengsel in Helmbrechts Augen funkelten im Gegenlicht, die Flügel seiner großen Nase bebten leicht. Sie sollte endlich mit der Vergangenheit abschließen und sich dem Jetzt zuwenden.

»Ich wollte Euch nicht lästig fallen«, fuhr Helmbrecht fort. »Ich finde es nur immer wieder erstaunlich, dass unser guter Freund Hartung zwar selbst ähnlich erfolgreich wie Ihr mit Bernsteinen handelt, aber kein einziges der ihm angebotenen, oft ausgefallenen Stücke je in sein Wunderkabinett aufgenommen hat. Was sagt Ihr dazu?«

»So weit bin ich in all den Tagen noch gar nicht gekommen«, gab sie kleinlaut zu. »All die vielen Dinge, die es zu bestaunen gibt, haben mich hervorragend darüber hinweggetäuscht. Ohne Euren Hinweis wäre es mir vermutlich nie aufgefallen.«

»Das Offensichtliche übersieht man allzu leicht«, stellte er fest und suchte ihren Blick. Das Bernsteingold seiner Augen glänzte. Sie spürte, wie es sie in Bann schlug, wie sie in den geheimnisvollen Tiefen versinken wollte.

»Es ist einem zu vertraut und selbstverständlich.«

Beharrlich kämpfte sie gegen die Verlockung an, sich einfach in seine Arme sinken zu lassen.

»Ich hoffe, Euch wird der Umgang mit dem kostbaren Bernstein niemals zu selbstverständlich. Es wäre schade um das Wunder, das jeder einzelne in sich trägt.«

Unter seinen letzten Worten war seine sonst so volle Stimme zu einem heiseren Krächzen geworden. Umständlich begann er, in seiner Rocktasche zu suchen. Behutsam zog er ein kleines Kästchen hervor und reichte es ihr. Erstaunt sah sie das Zittern seiner Hände. Es rührte sie.

»Ein kleines Geschenk für Euch, meine Liebe. Mit meinen Worten wollte ich es etwas galanter anbringen, das aber scheint mir wohl gründlich misslungen. Verzeiht!«

»Ein Geschenk? Für mich? Ihr verwöhnt mich, mein Bester!«

Sie nahm das Kästchen, ließ ihre Hände dabei auf den seinen ruhen, genoss die Wärme, die er ausstrahlte.

»Ihr habt es nicht anders verdient«, erwiderte er leise und rückte noch ein wenig näher an sie heran.

Ihr Herz klopfte heftig. Heiß spürte sie seinen Atem im Gesicht, sog seinen herben Duft ein. Sie schloss die Augen, spürte seine Lippen auf den ihren, öffnete sie willig. Zum ersten Mal, seit sie sich kannten, gab sie sich einem Kuss mit ihm hin. Bald schloss Helmbrecht sie in die Arme, drückte sie fest gegen seine Brust. Beglückt ließ sie es geschehen.

Eine halbe Ewigkeit später erst ließen sie wieder voneinander, hielten die Blicke allerdings weiter ineinander versenkt.

»Wollt Ihr das Kästchen nicht öffnen?«, fragte er schließlich.

Unfähig, einen Ton herauszubringen, nickte sie nur stumm und hob den Deckel an. Ein Bernstein lag darin, eingefasst in Silber, das zu einem zarten Ring geschmiedet war.

»Nach all den Jahren hielt ich es an der Zeit, Verehrteste«, begann er, »Euch noch einmal an Eure Antwort von ehedem zu erinnern. Im August 1658 habe ich Euch gefragt, ob ich hoffen darf. Damals gabt Ihr zurück, die Hoffnung erlösche nie. Doch irgendwann ist der Zeitpunkt gekommen, an dem man sich noch einmal mit dem zart lodernden Funken beschäftigen muss. Vielleicht ist es möglich, ihn stärker anzufachen. Oder man sollte ihm die Gnade erweisen, ein für alle Mal auszubrennen. Nachdem der Bernstein, den ich Euch seinerzeit überreicht habe, ein wenig zu groß und schwer wog, habe ich diesen hier ausgewählt. Er mag Euch direkter an meine Frage gemahnen. Zwar hält er kein Insekt in sich gefangen, doch wenn Ihr ihn genauer anschaut«, behutsam nahm er ihn aus dem samtigen Polster und hielt ihn ihr vor Augen, »dann erkennt Ihr die unendliche Tiefe, die er in sich birgt. Seid Euch sicher, meine Teuerste: So tief, wie dieser Stein, so tief ist meine Liebe zu Euch. Vielleicht wagt Ihr das Abenteuer und lasst Euch einfach hineinfallen. Ich verspreche Euch, ich werde Euch auffangen und auf Händen über alle Abgründe des Lebens hinwegtragen.«

Sanft steckte er ihr den Ring an den rechten Finger und umschloss ihre Hand abermals mit der seinen. Wieder schauten sie einander an, versanken ineinander.

»Ihr habt recht, mich an jene Zeit vor vier Jahren zu erinnern. Vor Eurem Eintreten war ich in Gedanken selbst nicht weit entfernt. So, wie es aussieht, ist heute der richtige Tag, mit den alten Zeiten abzuschließen. Ich verrate Euch noch ein Geheimnis.« Kurz suchte sie nach den geeigneten Worten, lächelte dazu. »Unser lieber Freund Hartung hat diese Schätze hier nicht eigenhändig zusammengetragen. Ausgerechnet mein verstorbener Gemahl hat ihm einen Großteil der Absonderlichkeiten beschafft.«

»Ein seltsamer Zufall«, pflichtete er bei. »Oder aber vom Schicksal so gewollt. Ausgerechnet im Schatten der von Eurem Gemahl zusammengetragenen Altertümer finden wir beide uns zusammen, um eine gemeinsame Zukunft zu planen.«

»Genauso empfinde ich es auch.«

Sie spürte, wie sich ihre Wangen röteten, als wäre sie keine reife Frau von bald achtunddreißig Jahren, sondern ein unschuldiges junges Ding.

»Das heißt doch nichts anderes, als dass wir die vergangenen Zeiten endlich zu diesen verstaubten Kuriositäten in die Schaukästen räumen dürfen. Wenn uns danach ist, können wir sie hervorholen und uns an ihrem Anblick erfreuen. Gemeinhin aber sollten wir uns umwenden und nach vorn schauen.«

Sie umfasste den Bernstein an ihrem Finger und drückte ihn gegen ihre Brust. Ihre grünen Augen strahlten.

»Heißt das«, krächzte er heiser und packte sie sacht an den Schultern; seine narbigen Wangen glühten, um seine Mundwinkel zuckte es, »Ihr seid bereit, den Funken Hoffnung endlich kräftiger anzufachen?«

»Nicht nur das«, erwiderte sie, »ich will ihn richtig zum Lodern bringen. Hoffentlich erlischt er erst in weiter Zukunft.«

»Das hoffe ich auch.«

Abermals umschlang er sie und küsste sie. Leidenschaftlicher noch als vorhin gab sie sich ihm hin. Dieses Mal war es an ihm, als Erster abzulassen. Verlegen hüstelte er in die Faust.

»Verzeiht, meine Liebe. Sosehr mich das unverhoffte Glück berauscht, so sehr muss ich mich doch auch wieder darauf besinnen, einen klaren Kopf zu behalten.«

»Habt keine Angst, mein Bester, auch dabei unterstütze ich Euch gern.«

»Daran hege ich nicht den geringsten Zweifel.« Er verbeugte sich leicht. »Deshalb möchte ich Euch bitten, mich gleich jetzt ins Spital zu begleiten. Ich muss dringend mit Eurer Base und Eurem Neffen sprechen. Euer Beistand könnte mir dabei von großem Nutzen sein.«

»Lasst mich raten: Es geht darum, Mathias von hier wegzubringen und vor dem Zugriff der Kurfürstlichen zu retten.«

»Die Zeit drängt. Je länger er hierbleibt, desto mehr wächst die Gefahr, entdeckt zu werden.«

Wenig später hasteten Magdalena und Helmbrecht Seite an Seite den Berg hinauf, am Dom und dem Domherrenstift vorbei zum Heilig-Geist-Spital. Die Dezembersonne glitzerte auf dem gefrorenen Schnee. Mehrmals schloss Magdalena geblendet die Augen, so hell erschien ihr das Licht nach all den Tagen in Hartungs dämmrigem Wunderkabinett. Helmbrecht schritt so weit aus, dass sie Mühe hatte, gleichauf zu bleiben. Außer ihnen war kaum jemand unterwegs.

»Was denkt Ihr?« In abgehackten Worten berichtete Helmbrecht derweil, wie er sich die weitere Entwicklung vorstellte: »Mathias wird inzwischen wohl kräftig genug sein, einige Stunden im Sattel zu verbringen. Die erste Etappe führt bis Elbing. Zwar ist es vom polnischen König an den Kurfürsten verpfändet, doch es halten sich dort zurzeit keine preußischen Truppen in nennenswerter Zahl auf. Wenig wahrscheinlich also, dass Mathias dort von einem ehemaligen Kameraden erkannt wird. Anschließend geht es die Weichsel hinauf und letztlich über Lodz nach Krakau. Befreundete Kaufleute werden ihn dort aufnehmen. Gewiss kann er da auf Dauer bleiben und sich eine eigene Existenz aufbauen.«

»Das klingt, als müsse er sich für die nächsten Jahre auf eine Lehrzeit in einem Handelskontor einstellen«, hakte Magdalena ein. »Das wird ihn nicht sonderlich freuen.«

»Solange ihm nur die Wahl zwischen Galgen und Kontor bleibt, dürfte selbst ihm die Entscheidung leichtfallen.«

Helmbrecht gab sich ungerührt.

»Ich bin Euch von Herzen dankbar, dass Ihr Euch ein weiteres Mal für meinen Neffen einsetzt. Dabei seid Ihr ihm gegenüber zu nichts verpflichtet.«

»Ihm gegenüber sicher nicht, aber Euch«, warf er mit einem Augenzwinkern ein. Sie blieben stehen, sahen einander an. »Es wird Zeit, dass wir die Förmlichkeiten lassen. Findest du nicht?«

»Hier, nur wenige Schritte vom Eingang zum Domherrenstift entfernt?«

Sie lachte. Schon beugte er sich vor und küsste sie ungeachtet der Örtlichkeiten und der Frage nach der Schicklichkeit. Sie genoss es, das altbekannte Kribbeln im Bauch endlich wieder zu spüren. Seit vielen Jahren hatte sie nicht mehr so empfunden. Glücklich schmiegte sie sich an ihn. Viel zu schnell ließ er sie wieder los. Sein Blick war ernst.

»Was ist dir auf einmal?«, fragte sie. »So rasch wird keiner der ehrwürdigen Herren herauskommen und uns schelten.«

Helmbrecht erwiderte nichts, sondern wandte den Kopf und sah nach Osten hinüber, in die Weite des winterlich eingekleideten Landes. Magdalena begriff.

»Du selbst bringst Mathias nach Krakau, nicht wahr?«

Bang studierte sie die Regungen auf seinem Gesicht, beobachtete, wie der bernsteinfarbene Grundton in seinen Augen sich aufhellte, auch die Narben auf den Wangen an Farbe gewannen.

»Wann?«, fragte sie und wusste im selben Moment schon die Antwort. »Also heute noch. Ich hätte es mir denken können.«

Damit war es an ihr, sich ebenfalls abzuwenden. Die aufsteigenden Tränen sollte er nicht sehen.

»Meine Geschichte scheint sich immer aufs Neue zu wiederholen«, sagte sie leise und rang dabei um einen ruhigen Ton. Sie wartete einige Atemzüge lang. Dann erst sprach sie weiter. »Es ist wohl immer das Gleiche: Kaum habe ich meine Liebe gefunden, steht der Abschied bevor. Genau das ist es, wovor ich mich zeit meines Lebens fürchte. Bislang ist es mir nie vergönnt gewesen, mit dem Mann meines Herzens auf Dauer mein Glück zu leben. Anscheinend liebe ich stets die falschen Männer. So ist denn das stete Zurückgelassenwerden mein Los.«

Entschlossen wischte sie sich über die Wangen und setzte ein schüchternes Lächeln auf, als sie den Kopf wieder hob.

»Trotzdem«, fuhr sie fort, »ist es besser, den Falschen zu lieben als gar nicht zu lieben. Irgendwann wirst auch du zu mir zurückkehren. Und dann ist es an der Zeit, für immer zusammenzubleiben.«

Statt einer wortreichen Erwiderung schloss er sie einfach ein weiteres Mal fest in die Arme.

19

Lange schon, bevor der Wagen im Kneiphof eintreffen sollte, lief Carlotta immer wieder zum Fenster und sah hinaus. Ein winterliches Schneegestöber hüllte das Geschehen auf der Langgasse in einen schier undurchdringlichen Schleier. Gewiss würde Tromnaus Fuhrmann unter diesen Bedingungen die Reise verzögern, wie er das bereits auf ihrer gemeinsamen Fahrt Anfang des Monats getan hatte. Bis Weihnachten blieben nur wenige Tage. Es wäre schade, wenn die Reisenden nicht rechtzeitig zum Christfest am Pregel eintreffen würden. Carlotta wandte sich zurück ins Kontor.

Die drei Schreiber Egloff, Breysig und Steutner beugten sich tief über die Pulte und kratzten einträchtig mit ihren Federn über das Papier. Für einen kurzen Moment unterbrach Steutner sein Tun und sah zu ihr auf. Das Scharren seiner Stiefel über den Dielenboden stoppte. Sie nickte ihm zu. Er verdrehte die Augen, vollführte mit dem Kopf seltsame Bewegungen, räusperte sich und zeigte schließlich wie zufällig mit der Feder zum vorderen der drei Fenster. Erst jetzt begriff sie, dass er sie auf etwas hinweisen wollte.

Langsam schritt sie nach vorn, machte wie zufällig auf dem Absatz kehrte und blickte geradewegs zum Fenster. Gerade noch konnte sie erkennen, wie draußen vor der Scheibe Farenheid, Boye und Gellert ihre Köpfe hinter die Mauer des Beischlags duckten. Zu spät – sie hatte sie erkannt.

»Was soll das?«, rief sie. »Wieso starren die so schamlos in unser Kontor?« Sie hastete zum Fenster und riss es auf. »Was fällt Euch ein? Belauert Ihr uns am helllichten Tag? Habt wenigstens den Mut und kommt herein, mir Rede und Antwort über Euer seltsames Verhalten zu stehen.«

Sie wartete, bis die drei ihrer Aufforderung nachkamen und zur Haustür eilten. Erst dann schloss sie das Fenster und ging Richtung Diele, um die Kaufmannsgenossen zu empfangen.

»Soll ich Euch begleiten?«, fragte Egloff. Auch Steutner ließ durch ein Hüsteln seine Bereitschaft erkennen mitzukommen. Lediglich Breysig steckte die Nase noch tiefer als zuvor in seine Unterlagen.

»Danke«, winkte Carlotta ab und lächelte. »Mit diesen drei Herren komme ich gut allein zurecht. Darauf freue ich mich seit Wochen.«

Gut gelaunt schlüpfte sie hinaus. Milla hatte den drei Besuchern bereits die schneenassen Umhänge und Hüte abgenommen. Lina rückte ihnen Stühle am Tisch zurecht, und Hedwig huschte mit dem kleinen Karl auf dem Arm die Treppe hinauf, um die Herren gar nicht erst begrüßen zu müssen.

»Vermutlich wollt Ihr wissen, wann meine Mutter hier eintrifft«, verzichtete Carlotta auf eine umständliche Begrüßung.

»Der verehrte Hartung hat uns eben in der Börse davon in Kenntnis gesetzt, dass sie mit Tromnau und Hohoff für heute Nachmittag erwartet wird«, ergriff der stämmige Farenheid das Wort und strich sich über den grauen Bart. »Da wollen wir ihr im Namen der gesamten Kneiphofer Kaufmannschaft natürlich gleich unsere Aufwartung machen.«

Seine dröhnende Stimme erfüllte die Diele. Oben im ersten Stock antwortete Linas Sohn mit einem Gluckser, worauf Hedwig etwas Beruhigendes krächzte. Das Schlagen einer Tür wies darauf hin, dass sie in der Wohnstube verschwunden war.

»Deshalb sind wir so schnell wie möglich hierhergeeilt«, ergänzte Gellert. »Offenbar sind wir noch zu früh.«

Die knotigen Finger zwirbelten den roten Bart. Im Schein der Kandelaber erkannte Carlotta an seinem Gesicht, wie sehr ihn die Gicht quälte.

»Braucht Ihr etwas gegen die Schmerzen? Ich kann Euch rasch ein wirksames Pflaster aus Bleiweiß, Baumöl, Mennige und venezianischen Seifen bereiten. Zeigt mir Eure Hände, ich lege das Pflaster gleich an. Für ein paar Stunden habt Ihr dann wieder Ruhe vor dem Podagra.«

Sie trat näher zu ihm hin, um die Finger genauer anzusehen. Er aber zog sie gleich hinter den Rücken zurück.

»Nicht nötig.«

»Seht Ihr«, mischte sich Boye ein und polierte seine angelaufenen Brillengläser, »das gute Fräulein bietet selbst Euch seine Hilfe an. Und das, nachdem Ihr ihm und der guten Frau Grohnert so übelwolltet. Höchste Zeit«, er wandte sich mit einer tiefen Verbeugung an Carlotta, »dass wir uns bei Euch offen entschuldigen. Die gesamte Kaufmannschaft aus dem Kneiphof, der Altstadt und dem Löbenicht, kurz gesagt alle aus dem gesamten Königsberg sind froh, Euch und in Kürze auch Eure Mutter wieder in der Stadt zu wissen. Wollen wir hoffen, dass damit alle Missverständnisse ausgeräumt sind.«

Er setzte sich die Brille wieder auf die Nase und sah zufrieden von einem zum anderen. Farenheid und Gellert wirkten leicht verschnupft, und Carlotta mühte sich, nicht laut aufzulachen. Zu deutlich stand ihr vor Augen, wie die drei Herren in der Nähe des Fischmarkts so böse über die Mutter und sie hergezogen hatten. Kaum zu fassen, wie sie nun darum buhlten, einen anderen Eindruck zu hinterlassen.

»Was heißt, es galt, Missverständnisse auszuräumen?«, warf Farenheid entrüstet ein. »Erstens wollte keiner hier den verehrten Grohnert-Damen übel. Da habt Ihr wohl etwas gründlich missverstanden, mein Bester.«

Sein rechter Zeigefinger schnellte nach vorn und tippte Boye anklagend gegen die Brust. »Wir waren einfach nur besorgt, was sich um die Damen zusammengebraut hat. Schließlich seid Ihr gänzlich ohne männlichen Beistand.«

»Und als Ihr dann auch noch so überstürzt die Stadt verlassen habt, wurde uns mulmig«, pflichtete Gellert bei. »Bei Nacht und Nebel, im dichtesten Schneetreiben – was hätte Euch da nicht alles zustoßen können! Noch dazu, wo Tromnau und Hohoff sehr rauhe Burschen sind. Da hätte es wahrlich weitaus bessere Gesellschaft für Euch gegeben als ausgerechnet die beiden Löbenichter Kaufleute.«

Farenheid schnaubte, weil er offenbar befürchtete, der andere stehle ihm die Aufmerksamkeit. Brüsk schob er sich wieder nach vorn. »Zweitens bilden wir hier sozusagen eine Art Vertretung für die übrigen Zunftgenossen, die schlechterdings nicht alle hatten hierherkommen und die hochgeschätzte Frau Grohnert begrüßen können. Gestattet uns also, verehrtes Fräulein Grohnert, dass wir uns zu Euch gesellen und gemeinsam mit Euch auf das Eintreffen des Wagens warten.«

Laute Schritte draußen auf dem Beischlag ließen sie allesamt herumfahren. Männerstimmen drangen herein. Carlottas Herz machte einen kleinen Sprung, als sie sie erkannte. Noch bevor die beiden Mägde ihr zuvorkommen konnten, eilte sie zur Tür und riss den schweren Türflügel auf. Verdutzt sah der alte Kepler sie an. Christoph, der seinen Vater nicht viel überragte, zwinkerte ihr frech über die Schulter des Alten hinweg zu.

»Mir scheint, Ihr habt uns schon erwartet«, posaunte Ludwig Kepler und lupfte den spitzen Hut. »Oh, ich sehe, Ihr habt viel Besuch. Gott zum Gruße, meine Herren«, lächelte er den Kaufleuten zu, die ob des unerwarteten Auftauchens des kurfürstlichen Leibarztes bestürzt schienen.

»Wie schön, Euch hier zu treffen. Dann können wir alle gemeinsam der verehrten Frau Grohnert einen großen Empfang bereiten. Noch dazu habe ich allerbeste Neuigkeiten.« Vergnügt zwinkerte er Carlotta zu. »Der gute Caspar Pantzer befindet sich, wie ich höre, ebenfalls mit in dem Wagen, der sie zu uns an den Pregel zurückbringt. Eben habe ich von der ehrwürdigen Universität die Zustimmung erhalten, den jungen Apotheker aus dem Löbenicht alsbald ins Kollegium einzuladen. Dort wird er uns die Mischung jener berühmten Wundersalbe vorführen, die die verehrte Frau Grohnert einst von ihrem Lehrmeister erhalten hat. Mein Sohn«, er wies auf Christoph, der sich bislang im Hintergrund gehalten und Carlotta immerzu verzückt angelächelt hatte, »wird ihm dabei assistieren und die Wirksamkeit der Salbe aus medizinischer Sicht erläutern. Damit tritt der gute Pantzer ganz in die Fußstapfen seines verehrten Vaters, der einst seinen berühmten Theriak in der Albertina präsentiert hat. Was sagt Ihr dazu?«

Beifall heischend schweifte sein Blick über die Anwesenden. Carlotta vermochte sich jedoch nicht so recht zu freuen. Auch wenn Pantzer letztlich der entscheidende Schritt zur Entschlüsselung der Salbenrezeptur gelungen war, so hatte sie doch viel Vorarbeit geleistet. Sie spürte einen Arm auf ihrer Schulter. Unbemerkt war Christoph an sie herangetreten.

»Nicht traurig sein, Liebste«, wisperte er ihr ins Ohr. »Wir alle wissen, dass du maßgeblich dazu beigetragen hast. Aber Frauen können nun einmal nicht in der ehrwürdigen Fakultät auftreten, geschweige denn, den Gelehrten und Studiosi einen

Vortrag halten. Du kannst jedoch versichert sein, dass Caspar und ich deinen Beitrag zu dem Ganzen nicht verschweigen werden. Wir sitzen bereits an einer Schrift, in der wir das kundtun.« Er drückte sie an sich und hauchte ihr einen Kuss aufs rotblonde Haar. »Du weißt ja, ohne deine Unterstützung reicht es bei mir eben nur zum närrischen Quacksalber. Allein deshalb muss ich mich mit dir gut stellen, sonst werde ich mit meinen Künsten nicht weit kommen.«

»Apotheker Heydrich wird nicht eben jubilieren«, bemerkte derweil Boye und rückte seine Brille auf der Nase zurecht. Gellerts knotige Finger fuhren gedankenverloren durch den roten Bart.

»Das wird ein großer Moment für die Albertina«, rang sich Farenheid zu einer Bemerkung durch. »Wie gut, dass Ihr Euch so um den jungen Apotheker aus dem Löbenicht gekümmert habt. Es sah doch lange Zeit so aus, als könnte er das Erbe seines Vaters nicht sonderlich gut ausfüllen.«

»So ist das wohl mit den Söhnen.« Der kurfürstliche Leibarzt schenkte Christoph einen vielsagenden Blick. »Man muss sich einfach in Geduld üben, bis die Zeit reif ist, dass sie ihre wahren Fähigkeiten beweisen. Manch einer braucht dazu allerdings nicht nur die Hilfe seines Vaters, sondern auch weitere Unterstützung von gänzlich unerwarteter Seite.« Er zwinkerte Carlotta zu. »Wollen wir hoffen, dass sie sich derer fortan immer sicher sein können.«

»Sie kommen!«, platzte in diesem Moment Steutner vom Kontor aus herein. »Ich habe den Wagen vom Fenster aus gesehen.«

Er machte sich nicht die Mühe, die Besucher zu begrüßen, sondern lief gleich weiter zur Eingangstür. Ein heftiger Windstoß fegte ihm entgegen, sobald er sie öffnete. Die eisige

Luft breitete sich sofort in der Diele aus. Carlotta fröstelte, und Christoph nutzte die Gelegenheit, sie inniger an sich zu drücken. Lina und Milla rückten enger an das Herdfeuer heran.

Bedächtig stieg eine hochgewachsene Frauengestalt in Kobaltblau die Treppen des Beischlags herauf. Enttäuscht blickte Carlotta ihr entgegen. »Marietta, Ihr?«

»Verzeiht«, entschuldigte sich die Kauffrau aus Brügge mit ihrem auffälligen Akzent und trat ein. »Ich werde Euch nicht von der Begrüßung Eurer Mutter abhalten. Erlaubt mir bitte, sie nur noch einmal in die Arme zu schließen. Dann kann ich beruhigt nach Hause fahren.«

»Ihr reist ab?«, hakte Carlotta nach und reckte sich auf die Zehenspitzen, um an der großen Frau vorbei die Tür fest im Blick zu behalten.

»Gerade ist das Wetter günstig. Die Gelegenheit muss ich nutzen. Sobald ich Eure Mutter ans Herz gedrückt und ihr alles Gute für die Zukunft gewünscht habe, wird mein Wagen kommen.« Marietta lächelte. »Jetzt, da sich alles zum Guten gewendet hat, brauche ich nicht mehr länger am Pregel zu verweilen. Doch seid gewiss: Im nächsten Frühjahr schon bin ich wieder da. Dann können Magdalena und ich endlich darangehen, unsere geschäftliche Zusammenarbeit zu beginnen. Dazu bin ich doch hierhergereist.«

Von der Straße klangen die Rufe des Fuhrmanns herüber. Pferde wieherten, Wagenräder knirschten im Schnee. Es dauerte nicht lange, und eine kleine Gruppe dick in Mäntel und Umhänge gehüllte Menschen trat über den Beischlag zur Tür herein. Artig machte Marietta ihnen Platz. Carlotta wurde unruhig. Endlich entdeckte sie Magdalenas zierliche Gestalt inmitten der Gruppe und stürzte auf sie zu.

»Mein Liebes, wie schön, wieder bei dir zu sein.« Die Mutter schloss sie fest in die Arme. »Es tut so gut, nach Hause zu kommen.«

»Dabei warst du gar nicht so lange weg«, entgegnete Carlotta. »Auf den Tag genau drei Wochen sind seit unserer Abreise aus dem Löbenicht vergangen.«

»Mir ist, als wäre es eine Ewigkeit. Seither ist einfach so viel geschehen. Wieso haben wir Besuch? Ihr seid gewiss nicht alle meinetwegen hier.«

Verwundert schaute die Mutter die Runde entlang. Die Kaufleute verneigten sich wohlerzogen. Marietta löste sich aus dem Halbkreis und umarmte sie herzlich. Erfreut ließ sie es geschehen. Zuletzt fiel ihr Blick auf den alten Kepler.

»Doktor! Ihr seid bereits wieder wohlauf?«

»Da staunt Ihr, Verehrteste, nicht wahr?«

Der Altstädter Stadtphysicus trat auf sie zu und lachte sie an. Verblüfft wich Magdalena zurück. Carlotta und Christoph wechselten vielsagende Blicke.

»Eure Bernsteinessenz hat wahre Wunder bewirkt«, rief er laut und freute sich an den verdutzten Gesichtern der Kneiphofer Kaufleute. »Insbesondere diejenige Version, die Ihr zur Stärkung des Herzens mit Essig aufbereitet. Ihr habt recht gehört, meine Herren. Allein der Wirksamkeit dieser Medizin habe ich es zu verdanken, so rasch wieder auf die Beine gekommen zu sein. Wäre letztens nicht das hochverehrte Fräulein Grohnert an meinem Krankenbett aufgetaucht, hätte die gutgemeinte Fürsorge von Doktor Lange mich wohl noch über Wochen ins Bett gezwungen, wenn nicht gar doch bald das Auftauchen des Pfarrers zur Letzten Ölung nötig gemacht. Sie aber hat gleich erkannt, was mir fehlt. Wäre sie nicht Wundärztin, meine Herrschaften, würde ich den durchlauchtigsten Kurfürsten bitten, sie an meiner statt zu seinem Leibarzt zu ernennen. Eine bessere medizinische Versorgung als durch sie ist wohl kaum möglich. Selbst im Hinblick darauf, alles in die Ausbildung meines Sohnes gesetzt zu haben, muss ich das ehrlicherweise eingestehen.«

Schmunzelnd hielt er inne. Die Kaufleute blickten betreten zu Boden. Das spornte den Medicus weiter an.

»Aber Gott, der Allmächtige, hat wohl ein Einsehen mit den Ängsten eines geplagten Vaters wie mir. So hat er denn auf seine Weise dafür gesorgt, dass mein studierter Sohn und die überaus gescheite junge Wundärztin einen Weg gefunden haben, wie sie künftig mit vereinten Kräften für das Wohl ihrer Mitbürger sorgen werden. Ich will meinem Sohn jedoch nicht vorgreifen, verehrte Frau Grohnert. Doch als stolzer Vater bitte ich Euch, sein Anliegen, das er Euch gleich unterbreiten wird, mit äußerstem Wohlwollen aufzunehmen.«

Magdalena war verblüfft, Carlotta glühten die Wangen. Auch Christoph wirkte verlegen. Lediglich Marietta schmunzelte wissend. Die Kaufleute gaben sich zutiefst beeindruckt. Farenheid verbeugte sich zu Carlotta und Magdalena hin, die beiden anderen taten es ihm nach. Boye begann alsbald in die Hände zu klatschen, zögernd fielen die anderen ein.

»Das sind sehr viele aufregende Neuigkeiten, verehrter Kepler«, sagte Magdalena. »Wenn Ihr erlaubt, begrüße ich erst noch meine Schreiber und wechsle einige Worte mit meinen Kaufmannsgenossen. Dann sollten wir uns zurückziehen, um in Ruhe mit unseren Kindern zu sprechen.«

»Wir wollen Euch nicht lange aufhalten«, schaltete sich Farenheid ein. »Jetzt, da wir Euch wohlbehalten vor uns sehen, verehrte Frau Grohnert, ist unser Anliegen fürs Erste erfüllt.

Wenn Ihr erlaubt, benachrichtigen wir die übrigen Zunftgenossen in der Börse über Eure Rückkehr. Alles Weitere können wir morgen oder in den nächsten Tagen besprechen. Übrigens soll ich Euch im Auftrag der allseits geschätzten Witwe Gerke ganz besonders herzlich willkommen heißen.«

»Oh«, entfuhr es Magdalena. »Wie schön, von ihr zu hören. Gleich morgen werde ich sie aufsuchen. Wenn Ihr so gütig seid, Ihr das auszurichten?«

Anders als die übrigen Anwesenden kannte Carlotta die Mutter gut genug, um das Lächeln auf ihrem Gesicht richtig zu deuten. Belustigt zwinkerte sie ihr zu.

»Was ist mit Tante Adelaide? Wollte sie nicht mit dir kommen?«, fragte sie neugierig.

»Nein«, erwiderte Magdalena mit einem Anflug von Traurigkeit in der Stimme. »Sie hat sich entschlossen, in Frauenburg zu bleiben. Die Aufgabe als Apothekerin füllt sie voll und ganz aus. Das ist wohl auch gut so, jetzt, da Mathias sie wieder auf unbestimmte Zeit verlassen musste und sie auf sich allein gestellt ist.«

»Zumindest weiß er künftig, wo er sie finden kann. Dieses Mal scheiden die beiden im Guten voneinander und werden wohl Kontakt zueinander halten.«

»Stimmt, danach sieht es aus.« Magdalenas Blick schweifte ab. Eine Weile gab sie sich ihren Gedanken hin.

Da erklang aus dem oberen Geschoss lautes Gepolter. Hedwig kreischte auf, Kindergeschrei folgte. Dann wurde es mucksmäuschenstill.

Erschrocken sahen sie einander an. Lina schob die verdutzten Kaufleute vor der Treppe beiseite und stürmte die Treppe hinauf.

»Ich glaube, ich werde da oben gebraucht.«

Carlotta eilte hinterher. Kurz nach der rundlichen Magd traf sie oben in der Wohnstube ein. Zunächst war in dem langgestreckten dämmrigen Raum nichts zu erkennen. Fragend sahen sie und Lina sich an. Erst Hedwigs lautes Schnaufen aus der linken Ecke ließ sie dort hinüberschauen.

»Karlchen!«, stieß Lina aus und nahm das weinende Kind auf die Arme.

Carlotta wartete noch einen Moment, um gegen das aufsteigende Lachen anzukämpfen. Der Anblick, der sich ihr bot, war zu komisch: Das Bildnis des ehrfürchtigen Ahns Paul Joseph Singeknecht war von der Wand gefallen. Die Leinwand hatte Hedwigs breiten Schädel getroffen. Dabei war sie zerrissen und krönte nun als übergroße Halskrause die Schultern der Köchin. Mit hochrotem Kopf saß sie auf der Wäschetruhe, die unter dem vormaligen Platz des Porträts stand, und erholte sich nur langsam von dem Schreck.

»Ich habe dem Kleinen doch nur das Bild von nahem zeigen wollen«, krächzte die Alte. »Da er die Händchen freudig ausstreckte, habe ich ihn näher hingehalten. Dabei muss er an die Leinwand gekommen sein. Im nächsten Moment ist das Bild von der Wand gekippt und auf uns gestürzt. Verzeiht, Gnädigste!«, japste sie schluchzend gen Tür.

Magdalena stand im Türrahmen, umkränzt von dem alten Kepler und Christoph. Sobald den vieren klar war, dass nichts Schlimmes geschehen war, lachten sie los. Eifrig sprang Christoph Hedwig bei und befreite sie von dem zerschmetterten Kunstwerk.

»Da hat Euch die Vergangenheit wohl ganz kräftig erwischt«, bemerkte er. »Schließlich solltet Ihr froh sein, dass Euch der ehrwürdige Ahn nicht erschlagen hat.«

»Gar so grausam sind unsere Vorfahren nicht«, befand Carlotta. »Die wissen schon, wie wichtig es ist, die Nachfolgenden nicht zu erdrücken.«

»Wollen wir hoffen, dass das so bleibt«, erwiderte der junge Medicus und fasste sie an der Hand.

»Dafür werden wir sorgen.«

»Ich sehe«, meldete sich Magdalena von der Tür her. »Der Ahn hat wohl vor Freude seinen Platz geräumt, um Jüngeren das Feld zu überlassen. So, wie es aussieht, ist die Familie kräftig dabei zu wachsen.«

»Wir werden unser Möglichstes dazu tun, verehrte Frau Mutter.« Christoph vollführte einen Kratzfuß. Carlotta stieß ihn in die Seite.

»Treib es nicht zu bunt«, wisperte sie ihm schmunzelnd zu. »Sonst überlege ich mir das mit dir noch einmal. Was habe ich schließlich davon, wenn du zwar doch nicht als Jahrmarktquacksalber unseren Lebensunterhalt verdienst, dich aber hier in der Stadt wie der kurfürstliche Hofnarr aufführst?«

Epilog

Die Huldigung

KÖNIGSBERG / PREUSSEN

18. Oktober 1663

Carlotta wunderte sich, wie viele Menschen in den Schlosshof passten. Vor ziemlich genau einem Jahr hatten die Altstädter und Löbenichter dem Kurfürsten an ebendieser Stelle die Ehrungen erwiesen. Schon damals hatte sie gemeint, im dichten Gedränge kaum mehr atmen zu können. Nun waren auch die Kneiphofer Bürger noch hinzugekommen. Es schob und drückte von allen Seiten. Ein jeder wollte in das ummauerte Geviert hinein und versuchte zudem, möglichst nah bei der eigens für Friedrich Wilhelm aufgebauten Bühne zu stehen.

Ein buntgestreifter Baldachin überdachte die an der Ostseite des Hofes errichtete Empore. Längst hatten die zahlreichen Ehrengäste darauf Platz genommen. Darunter waren neben einigen polnischen Gesandten der Bischof von Ermland sowie der königliche Vizekanzler und der kurfürstliche Statthalter Fürst Radziwill. Der brandenburgisch-preußische Kurfürst würde die Empore jedoch erst nach der Festpredigt besteigen, um von dort aus die Huldigung der Stände entgegenzunehmen. Dazu war ein mit rotem Samt ausgeschlagener Thron bereitgestellt worden. Dem zur Seite hatten sich der Landhofmeister mit dem Kurhut, der Oberburggraf mit dem Kurschwert, der Kanzler mit dem Zepter sowie der Obermarschall mit dem Marschallstab postiert.

Trotz aller Vorbehalte kam Carlotta nicht umhin, die Versammlung auf dem Podest mit einem Anflug von Ehrfurcht zu betrachten. Schweiß stand ihr auf der Stirn. Sie nahm ein kleines Seidentuch und tupfte sich damit übers Gesicht.

»Geht es noch, Liebste?«, erkundigte sich Christoph besorgt. »Wahrscheinlich war es keine so gute Idee, hierherzukommen. Angesichts deines Zustands hätte dir ein jeder verziehen, den geforderten Eid nicht ausgerechnet heute persönlich vor Seiner Durchlaucht abzulegen. Als kurfürstlicher Leibarzt hätte mein Vater dir eine andere Gelegenheit verschaffen können.«

Liebevoll strich er mit der Hand über den deutlich vorgewölbten Leib. Es war nur noch eine Frage von wenigen Wochen, bis sie mit ihrem ersten Kind niederkommen würde.

»Mach dir keine Gedanken, Liebster.« Sie lächelte ihren Gemahl an. »Die Enge hat den Vorteil, dass ich im Zweifelsfall gar nicht umkippen kann. Als frisch gekürter Stadtphysicus des Kneiphofs wirst du zudem Mittel und Wege finden, mich davor zu schützen.«

Sie zwinkerte ihm zu. Erst seit Beginn des Oktobers hatte er das Amt inne und fühlte sich noch nicht sonderlich wohl in seinen Würden.

»Davon abgesehen«, fuhr sie leiser fort und drückte ihm beruhigend die Hand, »möchte ich genau wie alle hier versammelten Edelleute, Stadtoberen, Beamte und Bürger der drei Städte am Pregel dem Kurfürsten den Schwur vor aller Augen in die Hand leisten. Der Weg hierher ist lang und beschwerlich genug gewesen. Gerade wir Kneiphofer haben uns heftig widersetzt und stehen auch jetzt nicht sonderlich freudig im Schlosshof. Umso besser ist es, die bittere Pflicht jetzt so schnell wie möglich hinter uns zu bringen. Das Zittern der Stimme, das Schwitzen und Zaudern beim Kniebeugen wird ein wenig auf die Finger zu sehen. Neidvoll muss ich eingestehen, dass Euer Kontorist die Erfolge Eurer Mutter an der Börse noch in den Schatten stellt. Es ist wirklich ein Glücksfall, einen so tüchtigen Statthalter im Geschäft zu haben.«

»Das ist es in der Tat«, erwiderte sie. »Noch dazu, wo seine Frau, die gute Lina, unserer alten Hedwig weiterhin im Haus so tatkräftig unter die Arme greift. Dabei erwartet sie selbst bald ein Kind.«

»Das freut mich zu hören.« Grünheide zwirbelte den grauen Bart. »Dann wächst der Hausstand in der Langgasse tüchtig an. Wollen wir hoffen, es bleiben uns im Kneiphof fortan Aufregungen wie die des letzten Jahres erspart. Dann sehen alle unsere Nachkommen einer prächtigen Zeit entgegen.«

»Hier steckt ihr«, erklang eine laute Stimme. Sie drehten sich um. Caspar Pantzer schlurfte heran.

»Wir Löbenichter haben unser Soll bereits erfüllt«, verkündete er mit einem belustigten Schmunzeln. »Der Eid liegt hinter uns. Dafür dürfen wir als Erste vorn auf dem Festplatz den Adler bestaunen, der angeblich nur sauren Wein ausspuckt. Wenn wir Glück haben, sammeln wir auch all die goldenen und silbernen Münzen ein, bevor ihr Kneiphofer dazukommt. Die kurfürstlichen Kämmerer streuen sie bereits eifrig unters Volk, wie man hört. Es geschieht euch schwierigen Burschen nur recht, wenn ihr einmal beim Geldscheffeln das Nachsehen habt.«

Lachend tätschelte er Christoph die Schulter und warf Carlotta eine Kusshand zu, bevor er in der nach draußen eilenden Menge verschwand.

»Er ist und bleibt ein Schelm«, entschlüpfte es Carlotta. »Nicht einmal die neue Würde des Hofapothekers ändert etwas daran.«

»Das wäre auch schade«, erwiderte Christoph. »Schließlich ist er uns so, wie er ist, ans Herz gewachsen.«

»Bin ich dir eigentlich auch ans Herz gewachsen?«

Sie stellte sich auf die Zehen, um ihm geradewegs in die grauen Augen zu schauen.

»Mein ganzes Herz ist erfüllt von dir, meine Liebe.« Schelmisch zuckte es um seinen Mund.

»Du bist und bleibst ein listiger Königsberger.«

»Hast du dir den nicht immer zum Gemahl gewünscht?«

»Nur, wenn er brav dabei bleibt, was er tun soll«, erwiderte sie leise.

»Und das wäre?«

»Das weißt du genau: allein mit Worten scharf zu schießen und niemals zu scharfen Waffen zu greifen.«

Nachbemerkung

Königsberg im Herbst 1662 – das ist noch nicht jene (ost-) preußische Stadt, die aus der jüngsten Geschichte bekannt ist. Noch bilden die drei eigenständigen Städte Altstadt, Löbenicht und Kneiphof Königsberg, 1724 erst werden sie zu einer Stadt vereinigt. Einig aber sind sich die eigenständigen Bürgerschaften bereits 1662 in einem wichtigen Punkt: Die von Friedrich Wilhelm von Brandenburg (1620–1688), dem »Großen Kurfürsten«, verlangte zusätzliche Steuer, mit der er den Unterhalt eines stehenden Heeres finanzieren will, ist nicht zu akzeptieren. Seit Mai 1661 tagt dazu der Landtag im Altstädter Schloss, ohne dass eine Lösung in Sicht wäre. Natürlich geht es bei diesem Streit weniger um die neue Steuer als darum, dass Friedrich Wilhelm seine Machtposition im Sinne des Absolutismus ausbauen und langfristig sichern will. Durch geschicktes Taktieren ist es ihm bereits gelungen, dem zuvor unter polnischer Lehnsherrschaft stehenden Herzogtum Preußen die volle Souveränität zu verschaffen (vgl. die Verträge von Labiau 1656, Wehlau und Bromberg 1657 sowie Oliva 1660).

Die drei Städte Königsberg begehren dagegen auf, gereicht ihnen dieser Status doch eher zum Nachteil und beschränkt ihre in Jahrhunderten erkämpften Sonderrechte, die sie seit den Zeiten des Deutschen Ordens genießen. Selbst während der polnischen Lehnsherrschaft mussten sie nicht darauf verzichten. Deshalb reist der Kneiphofer Schöppenmeister Hieronymus Roth im Frühjahr 1662 heimlich zum polnischen König Johann II. Kasimir nach Warschau, um sich – »wie in alten Zeiten« – dessen Unterstützung als Lehnsherr zu versichern. Als der daraus resultierende Bundesbrief von den Vertretern aller drei Städte Königsbergs unterzeichnet werden soll, kommt es zur Spaltung der bis dato einheitlichen Front der Stände. Auf Druck von Friedrich Wilhelms Statthalter, Fürst Radziwill, rückt der Altstädter Schöppenmeister von diesen Plänen ab. Ein zweites Bittschreiben an den polnischen König kommt nicht mehr zustande, weil sich die Räte der Altstadt von der Wiederherstellung der polnischen Lehnshoheit in Königsberg distanzieren. Dafür aber marschieren die kurfürstlichen Truppen auf die drei Städte am Pregel zu.

In einigen Darstellungen ist die Anekdote überliefert, die Kneiphofer hätten drei leere Särge aus der Stadt hinaustragen lassen, um das Gerücht vom Ausbruch der Pest zu verbreiten. Daraufhin seien die Kurfürstlichen aus Furcht vor Ansteckung unverrichteter Dinge wieder abgezogen, um am 25. Oktober 1662 unter Anführung des Großen Kurfürsten höchstpersönlich in die Altstadt einzuziehen. Von dreitausend Mann ist die Rede, die unter feierlichem Salut seitens der Altstädter Bürger empfangen werden. Am 30. Oktober bestellt Friedrich Wilhelm die Räte der drei Städte zu sich ins Schloss und lässt den Kneiphofer Schöppenmeister Hieronymus Roth noch am selben Tag von einem Dragonerkommando verhaften. Damit ist der Widerstand der Königsberger gebrochen. Roth bleibt bis zu seinem Tod im Jahr 1678 in Haft, die Königsberger Städte hingegen huldigen dem Großen Kurfürsten im Oktober 1663 untertänigst im Schlosshof. Friedrich Wilhelm besiegelt damit seinen absolutistischen Machtanspruch und legt den Grundstein für die Amtszeit seines Sohnes, Friedrich III., der sich 1701 als Friedrich I. in Königsberg eigenhändig zum ersten König in Preußen krönt.

Die Ereignisse des Herbstes 1662 liefern in leicht abgewandelter Form den historischen Hintergrund für den vorliegenden Roman. Frei erfunden ist die im Prolog beschriebene Versammlung der Kneiphofer Stände im Junkergarten, auf der die siebzehnjährige Romanheldin Carlotta die List mit den leeren Särgen vorschlägt. Ebenso sind die meisten Figuren und ihre weiteren Erlebnisse fiktiv. Allerdings hat neben dem bereits erwähnten aufrührerischen Schöppenmeister Hieronymus Roth (1606–1678) ab 1643 tatsächlich der Sohn des berühmten Johannes Kepler, Ludwig Kepler (1607–1663), als Stadtphysicus der Altstadt sowie als kurfürstlich brandenburgischer Leibarzt am Pregel gewirkt. Dessen Großmutter – und Mutter Johannes Keplers – Katharina, die als »weise Frau« wirkte, wurde 1615 in Württemberg als Hexe angeklagt und 1620 freigesprochen. Ludwig Keplers Sohn Christoph dagegen ist frei erfunden. Historisch nachweisbar ist neben Fürst Boguslaw Radziwill (1620–1669) als kurfürstlichem Statthalter in Königsberg auch dessen Leibarzt Albrecht Lange (1619–1686), der zuvor Feldarzt in der französischen Armee gewesen war. Belegt ist zudem ein gewisser Caspar Pantzer als Apotheker aus dem Löbenicht. 1648 hat er vor dem erlauchten Kreis der Universitätsgelehrten die Mischung seines Theriaks vorgeführt und zudem das Privileg der Hofapotheke erhalten. Nach seinem Tod gab es zunächst über Jahrzehnte keine privilegierte Apotheke mehr, was zu Spannungen innerhalb der Apothekerschaft sowie mit dem kurfürstlichen Hof führte. Im Roman trägt der fiktive Sohn den gleichen Namen wie sein Vater. Der Königsberger Barockdichter

Simon Dach (1605–1659) hat Pantzers Theriak in einem seiner Gedichte gepriesen. Auch ein Apotheker Georg Heydrich wird in den Annalen erwähnt. Er durfte 1662 an der Albertina feierlich die Mischung seines Theriaks vorführen.

Der Wirklichkeit weitestmöglich angenähert ist die Darstellung Königsbergs und seiner Umgebung. Sie beruht auf Berichten und Abbildungen aus der Mitte des siebzehnten Jahrhunderts, die recht zahlreich überliefert sind. Die Wiedergabe der eingestreuten Sinnsprüche auf Königsbergs Häusern und in der Börse folgt einer zeitgenössischen Beschreibung Caspar Steins aus dem Jahr 1644.

Aus den überlieferten Beschreibungen ergibt sich ein anschauliches Bild vom Wesen der damaligen Königsberger. Mit einer gewissen Schlitzohrigkeit und einem ganz eigenen Witz behaftet, wissen sie ihre Sonderrolle im Herzogtum Preußen zu behaupten. So scharf sie ihre Position stets in Worte zu fassen wissen, so vehement lehnen sie den Griff zur Waffe im entscheidenden Moment jedoch ab. Gern wahren sie ihre (geistige) Unabhängigkeit, ungern aber stürzen sie sich in offenen, gar handgreiflichen Streit. Diese Eigenheit scheinen sie sich nicht nur über die Jahrhunderte hinweg bewahrt zu haben, sie ist selbst im heutigen Kaliningrad (wieder) zu beobachten. Mögen die kläglichen Überreste der einst blühenden Stadt am Pregel erschrecken, so erfreulich ist andererseits zu beobachten, mit welchem Selbstbewusstsein sich die Kaliningrader von heute auf die (preußische) Geschichte ihrer Stadt besinnen und mit welchem Geschick sie diese gegenüber anderen Interessen zu verteidigen wissen.

Glossar

Akzise: Verbrauchssteuer, die auf Güter des täglichen Bedarfs erhoben wird

Albertina: von Herzog Albrecht von Brandenburg-Ansbach 1544 in Königsberg gegründete (nach Marburg zweite protestantische deutsche) Universität

Altstadt: älteste der drei Städte, im Schatten der ehemaligen Deutschordensburg, jetzt Schloss, gebaut

Amber: Bernstein

Beischlag: nicht überdachter, terrassenähnlicher Vorbau vor den Bürgerhäusern (v. a. in den Ostseestädten Danzig und Königsberg)

Digestivum: Lösungsmittel, auch verdauungsförderndes Mittel

Feldscher: Wundarzt, Chirurg im Heer

Heuke: ärmelloser, etwa wadenlanger, glockenförmiger Mantel ohne Verschluss, bei Frauen oft als Mantelüberwurf getragen

Huckelkieze: Tragegestell für schwere Lasten auf dem Rücken

Hundegatt: letztes Stück des Alten Pregels, bevor er sich westlich der Kneiphof-Insel mit dem Neuen Pregel vereinigt, an dessen westlicher Seite liegt die Lastadie, der alte Hafen

Justaucorps: etwa knielanger, eng anliegender, taillierter Rock für Männer

Kneiphof: jüngste der drei Städte Königsbergs, südlich der Altstadt auf der Dominsel gelegen

Krug: (Strauß-)Wirtschaft, Gasthaus

Lastadie: lat. *Lastadium (= Schiffsballast),* Ablageplatz für die vom Schiff entladenen Waren (Dock, Pier)

Latwerge: süßes Mus

Lischke: kleine regellose Siedlung aus der Ordenszeit, Dorf mit einfacher Palisadenumzäunung

Löbenicht: eine der drei Städte Königsbergs, östlich der Altstadt gelegen

Lomse: Pregelinsel in Königsberg, östlich vom Kneiphof

Lostag: Kalendertag, der Aussage über kommende Wetterverhältnisse gibt (z. B. Siebenschläfertag)

Nation: an den frühneuzeitlichen Universitäten Bezeichnung der Studenten einer bestimmten Landsmannschaft (z. B. Westfalen, Sachsen …)

Patten: einfache Holzleisten, Unterschuhe zum Unterschnallen unter Schuhe, um diese vor Straßendreck zu schützen

Pennäler: jüngere (Erstsemester-)Studenten

Pflaster: Kräutermischung zur Wundbehandlung

Pomeranzen: Bitterorange

Rabat: länglich geschnittener, vorn herunterhängender Herrenhemdkragen

Rheingrafenhose: weite, etwa knielange Rockhose für Männer, die an den Seiten oft noch mit Schluppen (»Galants«) verziert ist

Ronde gehen: Wache gehen

Schnebbe: kleine, dreieckige Frauenhaube, deren Spitze vorn in die Stirn ragt

Schöppenmeister (auch Schöffenmeister): Vorsitzender der zwölf Schöppen bzw. Schöffen, das sind ratsfähige Bürger, die bei Gericht dem Richter zur Seite stehen und vom Rat der Stadt berufen werden. Der Schöppenmeister fungiert auch als Sprecher der Gemeinde (die ratsfähige Bürgerschaft der Stadt) und hat somit auch politischen Einfluss.

Schwendtag: unglücklicher, verworfener Tag

Senioren: Studenten aus höheren Semestern

Spiritus vini: Weingeist

Tresor: großer, wuchtiger Schrank, Buffet